戈迪默作品

贵客
A Guest of Honour

[南非] 纳丁·戈迪默 著　贾文浩 译

北京燕山出版社

戈迪默在柏林文学节(2009)

当今的第一流作家中,极少人能够像纳丁·戈迪默那样如此全心全意、精力充沛、勇敢无畏地完成一位有良知和非凡才智的作家可以承担的繁重的伦理任务。

——苏珊·桑塔格

戈迪默在获得诺贝尔文学奖后接受采访(1991)

戈迪默在印度新德里为读者签名(2008)

戈迪默在瑞典皇家学院(2011)

戈迪墨访问亚历山德拉附近的黑人城镇（1986）

戈迪墨参观以色列犹太大屠杀纪念馆（2008）

戈迪默与苏珊·桑塔格

戈迪默与君特·格拉斯

在索因卡生日庆祝会上

戈迪默与纳吉布·马哈福兹

戈迪默与马尔克斯

戈迪默与索因卡

二〇〇四年,戈迪默邀请马尔克斯、苏珊·桑塔格、保尔·瑟罗、鲁西迪、约翰·厄普代克、玛格丽特·阿特伍德、阿契贝、奥兹、大江健三郎、若泽·萨拉马戈、伍迪·艾伦和阿瑟·米勒等二十位当今世界文坛大师级作家每人奉献一篇短篇小说,由她编辑成书:《爱的讲述》。此书在纽约举行首发式时,联合国秘书长安南亲自出席,戈迪默本人在曼哈顿主持该书作品朗诵会。此书出版后的所有的收入都捐献给了南非的抗艾滋病组织。

戈迪默接受采访(2008)

戈迪默一生充满传奇色彩,但从未写过自传。她说:"自传不能到老了才写,不能伤害任何人的感情,不能让你落到因为毁谤被起诉的地步,更糟糕的是还不能自相矛盾。"她很少谈及自己的生活,更愿意谈论笔下人物错综复杂的思想与心灵。她说:"真相寓居于细节的意义之中。"

目录
CONTENTS

译　序 / 001

第一部 / 001
第二部 / 070
第三部 / 189
第四部 / 288
第五部 / 363
第六部 / 443

译 序

贾文浩

提到戈迪默的创作,很多人第一个反应就是"种族隔离制度"。没错,这是戈迪默无法"逃离"的图圈。尽管她反复强调"我对政治毫无兴趣","假如我生活在其他地方,我的作品可能不会过多反映政治,甚至我根本不会去写政治"。生于斯,长于斯,长眠于斯,这片土地的点点滴滴注定要融入她的生活、她的职业,乃至她的生命。

但是,仅仅把戈迪默的创作当作南非种族隔离制度的解读文本,那是对戈迪默的轻视,也是对即将开始的"悦"读戈迪默先入为主的打折。单以反映种族问题的主题来看,戈迪默的作品,不一定比《汤姆叔叔的小屋》《辛德勒名单》《为奴十二载》等更能赚取读者的情感分;况且在南非早已废除了种族隔离制度的今天,再拿此说话,未免过时。尽管评论界常常提及政治因素对诺贝尔文学奖评选的影响力,但是不可否认的一点是,那些在诺贝尔文学奖光环笼罩下的作家和作品,是经得起时间和读者考验的。那些获奖作家和作品,最终是凭借文学的魅力和力量取胜的。我想,这也是戈迪默一直不认同"政治论"、一再强调写作初衷的原因:"我从九岁起就开始写作,那时写作是因为对人生好奇，想自我解释生活和人性是怎么回事，这个指导思想一直贯穿了我的写作生涯，没有什么能够阻挡我遵循自己内心的写作诉求。"事实上，从文学角度分析戈迪默的作品，她在艺术上的追求是纯粹的，在写作手法、细节描写、情节安排、心理刻画、语言洗练、人性探究等方面，绝对是大师级的。这也是她赢得世界文坛的认可，最终获得诺贝尔文学奖的根本原因。

至于本书——《贵客》，戈迪默的第五部长篇小说，可以说是体现她文学探索和艺术功力的一个典型例子。作品在艺术层面、阅读体验上提供给读者的享受和启示，是极其优质和精妙的。

先来看看一九九一年诺贝尔文学奖颁奖词对《贵客》的评价："长篇小说《贵客》(1970)是她前期创作生涯中的一座里程碑。这部作品结构严谨，简洁含蓄，文体高雅。她极其热切地成功表达了在一个国家诞生时各种事件的纷繁复杂。回国的前殖民地官员被卷进冲突当中，忠诚感又使他无所适从。事件的进展通过平行发展的主人公的恋爱事件得到反映。他那毫无英雄气概的偶然死亡则对个人在追求未来的伟大游戏中的作用提出了反思。"很显然，诺贝尔文学奖的评委们更多地关注了作品的结构、语言、文体以及情节，而"国家""殖民地"这些政治性名词，只是故事的舞台背景。

翻开这部小说，我们随着主人公布雷上校的足迹，从英国威尔特郡来到了非洲中部一个刚独立的国家。在这块从前的英国殖民地上，我们会见到这位前地区专员的各路朋友、同胞，上至总统，下至佣人。布雷作为总统的贵客，会带我们进入这个国家的政治、经济、教育、上流社会、普通生活，地理环境，风土人情等领域，做一次非洲内陆的"深度游"。这是作品非常直接的馈赠。

作为一部文学作品，洋洋五百多页的原作，从头到尾，几乎无处不精彩。故事的动人之处，除结构外，还有对人物的精微刻画，对人、人性、心理、情爱的细腻而丰富的描写。

戈迪默塑造过不少精彩的男性形象，采用的手法不甚一样，各有各的特色。本书的主人公布雷，作为英国殖民机构的地区专员，他违反了自己的使命，公开支持黑人独立运动，以至于遭到英国侨民弹劾，被遣返回国。作者把他塑造成一个具有人文精神并反对种族歧视的白人先知形象。除了政治立场令人尊敬之外，布雷还具有一个典型英国绅士的可贵品质：高贵、正直、善良、诚信、忠厚、勇敢、嫉恶如仇、富有正义感和同情心。他在与莫维塔、莘札以及其他朋友的交往中，充分展示了这种品质，赢得了朋友们的一致信任和尊敬，甚至当地的黑人民众都对他敬若神人。当年出于正义感，他扶助莫维塔进行独立斗争。莫维塔胜利后当了总统，布雷一点都没有居功自傲；而当他看到莫维塔大权在握后，受到权力的腐蚀，有了独裁的倾向，也并没有因为友谊而袒护他。布雷后来转而支持与莫维塔对立的莘札，就像当年义无反顾地支持莫维塔一样，并不令人意外。因为他始终有着自己的是非判断标准。他最后坚持一以贯之的标准，做出了选择，并不掺杂利己思想和功利杂念。

在小说中，尤为精彩的是两个矛盾的设置与铺呈，极具艺术张力。过去布雷与总统私交甚笃，相当于总统的教父，也曾是另一个政治首领莘札同甘共苦的好朋友。而莘札与总统的政见不合，直至走到你死我活的地步。这让布雷陷入了支持哪一个的矛盾之中。作者对这一矛盾的设定，非常经典，给了布雷一个哈姆雷特式的延宕，让读者始终惦记着他的选择。

戈迪默对制造矛盾的核心人物之一——莘札给予了相当的重视。不仅通过凸显他的政治主张，还将更多的笔墨放在对他的许多生活细节的描写上，如在权力、友谊、利益、困境中的生存状态和选择。还有，关于这个人的活动能力，特别是语言的力量，常让人联想起雨果笔下的朗德纳克。通过这些细节描写，凸显了这个人物不可抗拒的魅力。他如磁铁般地吸引着布雷，竟至于使他改变了初衷，走上了险途。

整个过程的叙述，像一部交响乐，宏大而清晰，把读者渐渐带入情景，节奏掌控十分熟练，收放自如。矛盾的发展、深入、转化、激化都顺理成章，形成一个个强烈的戏剧冲突，悬念交织，引人入胜。

在这个人物众多、关系复杂的故事中，还贯穿着另一条线，像一道亮丽的彩虹，让作品有声有色、有滋有味、有惊艳有遗憾。这就是布雷和丽贝卡的相遇。这是主人公深陷的另一个矛盾，是婚姻内外的感情矛盾。两人都是英国人，一个是五十三岁的老男人，一个是二十九岁的年轻女子，双方都远离各自的家庭，萍水相逢，不顾年龄的差距，忘掉了各自的婚姻，奋不顾身投入情网，爱得轰轰烈烈。小说中，情节发生得合情合理，毫不突兀。

丽贝卡为人直率、简单，完全听凭感觉的驱使，不喜欢周围献殷勤的人，对布雷情有独钟。这女子的特点是跟着感觉走，不受理性、利益等观念的影响。她已经是三个孩子的母亲，而当爱情出现的时候，毅然迎接，没有丝毫犹豫。这场爱是她的一次全新的经历，她发现这个老男人身上有一种不可抗拒的魅力，仿佛面前展开了一个前所未见的瑰丽世界，她甘之如饴、视若珍宝，全身心投入，为之不惜一切代价。这是人类普遍存在的一个特性，追求自我主宰、追求情感满足，一旦时机合适，便不受时空的限制、不受理性的制约，喷薄而出，惊天动地。

在婚姻和婚外恋情的矛盾中，布雷自然比丽贝卡想得多，不过在最初的本能冲动后，他总能说服自己，去继续拥抱这场艳遇。丽贝卡那种天然本色，甚至粗糙的行为举止、做事方式，他既好奇又欣赏。对他来说，丽贝卡是另类，与他婚姻中习以为常的那种温文尔雅、相敬如宾的气氛，形成鲜明对照。突破规则，总能引人注目。而布雷和丽贝卡突破的是婚姻规则，这就更能引起读者的关注。那么美好浪漫的情爱，背后隐现着一个问题：鱼和熊掌不可兼得，如何取舍？这问题太大，涉及了婚姻定式，不可能找到答案。小说情节的安排上，也回避了这个问题。也许不回答，就是最好的回答。

无论如何，布雷是认真的，在与丽贝卡的这段生活中，他的爱是真诚的，关怀是无微不至的，还表现了一种骑士精神，为了丽贝卡的利益，铤而走险都在所不辞，这便是这个老男人的魅力所在。对他在这场情事中的表现，读者可能更多的是去赞赏，而不是责怪。当最终的不幸降临到布雷头上后，丽贝卡才发现自己对布雷的爱有多深，巨大的失落感让她痛不欲生，让人深深为她难过。她的第一反应是再不会回到丈夫身边了，那是一种曾经沧海难为水的感觉。可以看出，这段生活给了她多么大的影响。布雷的不幸，给这场戛然而止的情爱平添了一层凄美，令人唏嘘。能把一场婚外恋情写得如此动人，实在是不简单。

《贵客》的精彩与经典，远不止于此。正所谓"有一千个读者就会有一千个哈姆雷特"，更多的阅读体验和发现，还需要读者自己去体会、品味。总之，这是一本不辜负读者的时间与精力的优秀作品。

翻译《贵客》，是愉悦和享受的，同时也是辛苦和焦灼的。众所周知，南非官方语言有十一种之多，其中的英语，又不是纯正的英语，而是掺杂了许多本土方言和外来语，这些语言的翻译是非常艰难的，需要查对大量资料、一一核对。另外，《贵客》的原作中有许多变换了字体的单词和短语，或表示强调、特指，或是南非语中的特殊说法，或是法语、西班牙语等非英语词语。这些特殊格式，译文中也做了相应的处理。翻译难免有不妥之处，敬请读者指正。

一个诚实的人,终其一生,不知何处安身立命。
　　　　　　　　　——伊凡·谢尔盖耶维奇·屠格涅夫

许多人叫我冒险者——我是,但与众不同——我誓死捍卫我的人生理念。
　　　　　　　　　　　　——欧内斯托·切·格瓦拉

第一部

　　鸟儿在屋顶一声欢叫,把他从睡梦中惊醒。下午已经过去一半,是在酷热的非洲,他立刻意识到身在何处。就连似睡非睡、似醒非醒的那一刻,他也并没有流连于自己在威尔特郡的家,那里白雪覆盖,正处在寒冷的冬季。进村的路被雪封堵,狗儿在松软的雪地里尽情奔跑,喘气如牛……房子中央很暖和,开着燃油暖器,还有透过红窗帘射进来的光,奥利维亚的东西也都是温暖柔和的色调——小地毯、樱桃木和椴木摆设、红土陶罐、串珠饰品,还有他们从刚果淘到的两尊精致木雕。几天前,他在家里收拾行李,准备出行,把东西一样一样整理好,事先的决定一再让位于实际情况。要是烧水壶不灵了,看在老天的分儿上,让麦凯来看看,先不要拿到城里去修。——真可惜,你把你的短裤送人了。——也不知道还会有什么地方,我敢穿短裤出去。——不过你的腰围没怎么变,连半英寸都没有。——看你的睡裤就看得出来,我给你新换了松紧带,尺寸跟原来一模一样。——

　　三个月前,亚当森·莫维塔在肯辛顿一家牛排馆外面跟他说:当然喽,你现在要回我们这儿来。他开车回家,在空荡荡的路上减速缓行,一路感受着寂寥的仲夏暮色,慢悠悠回到了那座房子。房地产开发占据了村庄,这潮流遍及英国,但是这地方的情况却相反;房子原来是座庄园（奥利维亚认为再以前曾经是个小修道院），但是在十九世纪以前，村里人纷纷迁往工业化的城市，人口锐减，失去了村镇地位，村子就此消失了；商店兼邮局关闭了，许多村舍失修坍塌；往日的农田变成了林木和草地，只有几座房屋幸存下来，卖给了那些渴望过乡下生活的人，他们不在乎生活不方便，不在乎荒凉寂寞。奥利维亚说过，这地方本该是个令人伤心之处，但实际上并不是；非但不是，还改变了面貌：从前的乡野风光又回来了，带回了那种波澜不惊的安宁和自然界的蓬勃生机，又是新一轮的开端。而且他们去伦敦看朋友看女儿，也就两个小时多点儿。他自从十年前离开非洲就一直跟亚当森·莫维塔和其他非洲独立运动领导人保持密切联系。多年来他花大量时间频繁往来伦敦，凡涉及殖民署的事，他就来提供咨询。别的事只要有助于各种团体前来诉求请愿、反对旧体制、为自己国家的独立进行谈判，他都尽力协助。就在中非这块领土上，他在殖民机构供职多年，后来因为支持人民独立党而被当地侨民弹劾并被驱逐。他对妻子说："莫维塔邀请我作为客人回他那儿去。"

"哦，要去也应该在独立庆典的时候去。太好了。"她以前老给莫维塔做三明治盒饭带着，因为他周末总要在加拉省骑车跑好几英里，到各种会议上演讲。

第二天两人告别时，他对亚当森·莫维塔说："可惜，独立日奥利维亚过不来——我们大女儿差不多在那时候生孩子。"

莫维塔脸上慢慢出现一个不好意思的微笑，他眼睛盯着你的时候，这笑容就像是逐渐变强的光，"你是说小维妮夏？她都要做妈妈啦？"

"恐怕是。"他以自己英国人的方式含糊其辞。

"哦，好，真好。别担心，布雷太太很快就会跟你们在一起了。"

"大概到她可以把孩子交给维妮夏照顾的时候，庆典已经结束了。"

"我的意思是——她到了你们也差不多安顿好了。"

他俩站在莫维塔的出租车门边；两人之间忽然涌起一阵热情，英国人站着没动，矮小但动作敏捷的黑人伸出双手抓住他的胳膊，抓得很紧，只隔着黑西装，要是在他自己的国家，他会跟兄弟十指紧扣。手松开后，他对莫维塔说："我没听明白。"莫维塔说："你——我们现在期待你回来。"

"可是我能做什么？对你有啥用？"过去每当他们举行关于宪法和政治策略的讨论时，他总是尽量回避（一个白人，局外人，提供些不带个人色彩的服务，只要用得着。）——此时，一股强烈的自我意识涌上心头，仿佛静脉注射了一支兴奋剂。

"只要你愿意！什么都行！我们需要你，只要你愿意！"莫维塔一扭身钻进了出租车。

房子突兀地立在空旷的路上，石墙上架着石梁，石窗台光溜溜的像块用久了的肥皂，不过房子的正面在另一边。房子遮挡着花园，里面草木葱茏，点缀着各种花朵，色彩亮丽，争奇斗艳，还有野蜂飞舞，蛾虫嬉戏，前面连接着一条长长的山谷。夏日的黄昏，他常和奥利维亚在花园培植花草。并不认真，没她白天自己干得认真，只是随意拔除这儿那儿长高的野草，感觉很愉快，尤其是从土里拔出草根的那一瞬，拔出的根须上沾满细碎的土屑，浓浓的土壤气味扑面而来，类似水果蛋糕。核桃树下，他们在摆放白色木桌椅的地面铺了石板，为的是隔潮。他们在这儿喝威士忌，连饭后咖啡也在这儿喝。偶或黄昏渐近，林木遁形于夜色之前，他会轻轻走进夕阳斜照下的草地里，仿佛将身体浸入金色的潮水中，去射杀一只鹌鹑。没人在乎你有没有狩猎权。夜幕垂落后，他几乎是摸黑把枪擦干净，枪里的润滑油味儿清晰可嗅，洋溢着一种完成任务的满足感。奥利维亚在起居室放着音乐，窗户大开着，外面也能听到。

本夏季的节目单是斯特拉文斯基和普朗克；她属于这样一代人和一个阶层，她们花钱请别的女人织毛衣，等到自己快当外婆的时候，才开始动手制作怪模怪样的布娃娃玩具，送给兄弟姐妹的孩子。她有个雪茄盒，里面装满了奇奇怪怪的扣子，是做布娃娃眼睛用的，但是她把盒子放到远离自己的地方，因为她年轻时鄙视的事情之一，就是虚情假意的老女人拿自以为了不起的事情作秀。

"我觉得这话我们也说过好多次了：等他们独立后我们就回去。"她检讨似的稍稍耸了一下肩膀，承认聊天时偶尔也会说些应景的话。

"这倒不是因为谁说过什么。"两人都心知肚明：在那些日子里，重要的是鼓励亚当森·莫维塔，让他相信自己，看到未来，因为你一个白人又不会从中谋取什么利益，只是表明你相信这梦想将成为现实。

她眼睛掠过山谷，然后平静地盯着他，目光里含着期待，想弄清楚他们说这些话到底是什么意思。

他说："当然，我当时是想回去。只是假设。在我们离开前也这样。——只知道我们必须离开。"

"可怜的亚当森，经过了无数次绝望，可是这么快就成事了。十年！"十年前他们被驱逐出境，十年前她年方四十，依旧年轻，女儿们还是中学生。"这倒也是历史的必然——可是怎么会是亚当森？怎么会是我们？"

满屋子全是他们多年在非洲收集的东西，多年料理的花园也很难割舍。这是个不忍离弃的家。

"他们期待你回去。"她声调里带着自豪。

"亚当森正沉浸在胜利的激情中，对吧。我看他会拥抱亨利·戴维斯。"戴维斯是侨民中的宪兵，有个时期，是他把亚当森·莫维塔流放到遥远的西部省。

"他自然以为你们都是从流放地返回来的呢。"他们大笑起来。但是他们说的是莫维塔。她结婚二十二年来一直保持着一种莫名其妙的羞涩，都不可能开口直接说：你想去吗？二人之间经历过起初的激情，接下来在互相坦诚和理解之中长期相处，所以他怎么打算的她应该是明白的。也可以说她是知道的：因为彼此间有一种深深的默契，从来用不着明说——无论何时需要自己，都无条件响应。否则怎么可能共同生活呢？所以，现在的问题是他们的话题触动了她压在心底秘而不宣的一个欲念,即是想知道在威尔特郡的这房子、这生活——最终——在他眼里是不是他们的最后归宿。因为她突然发现对她自己来说是这样的。她毕竟是(名副其实的,哪怕已经失去了过去的一切)一个英国女人。二十年前他们一块儿离开英国的时候,她从储藏室里挑出一些家具和其他居家所需,当时她觉得那是废物,不过还是把它们都安置好,这些东西和自己那份还算不错的个人收入所能提供的生活,自己最终也接受了。在决定给他做书房的房间里,那张从她曾祖父手上传下来的书桌,自然就归他使用了——桌面中央蒙着一块暗红色摩洛哥山羊皮,嵌着几乎褪了色的镀金压条——在这块安静的桌面上,将史无前例地正式写下这块领地(莫维塔的国家)的历史;这可不是殖民署的那种黄杨木办公桌,那是用来写政府公文的,那种千篇一律的官样文章,今天写了明天就可能揉成团丢掉。

在香气洋溢、飞蛾翻飞的夜晚,她能感觉到房子的存在,恍惚有人立在身后。她不知道他是否也有这种感觉;她不会试图去探寻这个答案,害怕发现他没有——她有时会有一种预感,中年阶段你可能会一夜之间失去一切:爱你的丈夫、朋友、孩子,仿佛这一切从来没有发生过,或是你不知不觉走开了,渐行渐远。此刻,蓦然顿悟,她并未移步,恍若石化。

他们看着烟叶花周围的飞蛾。她开口说话了,理智中带着询问,是那种英国女人的声音,一代代同类人都以此为防御:"莫维塔说了待多久吗?"

"不过就是个姿态吧!他自己也没个准儿!"

"不会吧,他昨天说了的,对不?昨天你没听明白他的话。一年?六个月?——到底是多久?"

非洲国家独立后,应约而来的白人一般是签订合同接受聘用的。"天哪,我哪儿知道?我敢肯定他也没谱。这事还悬着呢。"

奥利维亚回屋里去换唱片,随意一换竟是莫扎特——《竖琴与长笛协奏曲》——他点燃了一根雪茄,欣赏起来。在草木葱茏的花园里,她随兴漫步,折了一枝莳萝花回来。"它在那儿。"她说,指的是他们的猫头鹰,野外孵出来的幼崽,每晚都能听到它叫。她说明天要摘下莳萝花晾干。一切都依旧,然而一切都变了。世界这个大桶中,一切都在翻转轮回,动静交替。她心里清楚,即便他自己还不明白,他会去的。

一路上欧洲全是黑夜。下午飞机起飞时,伦敦天色暗黑,下着雨,经停罗马,机场宛如一个巨大的橱窗,色彩斑驳,在雨中朦胧闪烁。到了雅典,他又拽出外套往外走,带轮子的舷梯栏杆冰冷湿滑,手抓着很难受,大雨如注,他嗅不出爱琴海和百里香的气味儿,他记得以前非洲之行都能闻得到。在机场候机楼里的黄色灯光下,旅客们纷纷坐在破旧的椅子上,蜷缩在厚厚的衣服里面。有位老妇人满头银白的鬓发,在卫生间门外自己的岗位上惊醒过来,打开门,一边微笑,一边抓起一块脏兮兮的抹布。他在周围随意散步,好让僵硬的膝盖活动活动,但是地方不大,转一转就发现又转回到那家商店门前,旅客中的女人和孩子们都忍不住停下来,盯着那些刺绣围裙和士兵人偶。一个十来岁的女孩外套袖子上缝着瑞士各州的徽章,容貌像极了维妮夏十几岁的时候。他买了一张明信片,图片上,湛蓝的大海和雪白的遗址相映成趣,他打算写几个字寄出,留下对希腊的记忆:这里的冬天和黑夜,而这时的剑桥也许已是春风劲吹了吧?爱你,詹姆斯。就在一年前,维妮夏自己在希腊经历了初恋,后来常把那个错误当笑谈。

但那是欧洲的最后一站。凌晨三点飞抵卡诺,只见天空一轮巨大的月亮,普照大地,比欧洲冬季下午还亮,旅客们穿过停机坪,忍受着蒸腾的热浪,白天的灼热整夜留在地上,就像阳光晒暖了的石头,余热绵长。空气里有烧柴火的烟味儿,飞机肚子下面走动的人都光着脚。旅客们再次登机后,都感觉像穿了皮袄,机舱里密不透风,闷热难耐。他脱掉外套放到行李架上,连声道歉,生怕自己减衣服的举动打扰了别人；还要飞几个钟头才能到，对到达目的地的期待，并没有唤起旅客太大的一致反应，只是受到传染似的，都本能地动一下，好似牛群嗅到了水源，一时都抬起了头。太阳升起后，有些人从打盹渐入沉睡，但是女人们开始检查自己装帽子的塑料袋。不久，刺目的阳光射进机舱，照亮了那些头上的发网、没有血色的嘴唇、下巴上的胡子茬，于是卫生间外面很快排起了队。他开始填写《入境登记表》，姓：**布雷**，名：伊夫林·詹姆斯，填上护照号码。有人在他背后窥看他的名字，他赶紧把表格折起来，样子很狼狈，倒不是他怕别人看，只是有点不好意思。卫生间门外的队列沿着过道移动，他朝上瞭了一眼，一个手里拿着印花洗漱袋的男人，目光疲惫呆滞，两人目光碰巧相遇，便互相以表情致意。坐在他身边的女人一夜都在睡觉，均匀的呼吸声一直在他耳边起伏，但一路无话，这会儿突然像揭开笼子罩的鸟儿一样，开口说起话来。他挤在座位之间帮她摸回了一只鞋，那是在飞临一片已然遥远的沙漠时滑落的；她笑了笑，道了声歉，一边朝散布着雀斑的胸脯上喷了点古龙香水。然后她把椭圆小窗上的遮板拉开，看了眼外面光亮炫目的天空说："这里的黎明好灿烂！"接着两人饶有兴致地聊起了已被甩在身后的寒冷和突发的严冬。

他的座位不靠窗，看不到下面的矮树林、红土地——红得像砖头磨成的粉、沿河床生长的灌木丛：直到飞机在跑道上停下来才看到。还不能下飞机，先要等检疫官上飞机。他解开了安全带，倾斜身体，朝过道另一边的磨砂玻璃望过去，看见了，缩小的，有点变形却是真的，矮树林、土地，跟一直留在记忆里的一模一样。就在脚下。就在周围。一个穿土黄色短裤的黑人（过去总是个穿白长筒袜的白人），向乘客头顶上喷洒一种带有刺鼻香味的杀虫剂，向赖在飞机上的蚊蝇宣战。舱门开了，流动的空气把外面嘈杂的声响裹挟进来。他在人群中移动，旧地重回的感觉汹涌而至，通体响应。穿过停机坪，灌木丛散发出一阵阵生土豆气味，扑鼻而来。双手能感到清晨新鲜的温暖，昨夜严寒中冰冷的金属滋味,已然置之脑后。机场大楼上还是那五朵粉红素馨花,铁栅栏外流浪汉和顽童们,照旧把手指钩住菱形网眼,眼巴巴盯着里边看。一下飞机,乘客又都复归陌路人,彼此不再关注,注意力都投向悬挑航站楼里面那一张张扭动的笑脸,一只只挥舞的手臂。他谁也不认识,跟着队伍走,这本身就算是受到迎接了。他登上进楼的台阶,只见上面落着夜里被灯烤死的飞虫,尚未清扫,瞬间的那种亲切熟悉感,不亚于别的乘客看到了人群里熟悉的面孔。等候验护照过海关时,一路相伴的乘客们形同路人。唯独那个拿印花洗漱包的男人,仿佛并不知晓这个流行习惯,脸上始终挂着微笑,貌似在说:"我们又来了。"他越过一个挡在中间的女人对他说:"你是布雷上校吧?感觉在罗马就认出你了。欢迎回来。""说真的,我不记得你了。我离开很久了。"那人手长而粗糙,头发被太阳晒黄,从一侧梳向另一侧,盖住了秃顶。他带着墨镜,架在漂亮的日耳曼颧骨上。"我是刚过这边来住的——从南面过来的。南非。"他做了个随和的表情,表示理解——"我老婆和我决定不能再待下去了。就到这儿来试试。我不知道,试试看呗。我读到过你要回来的消息,报上有篇文章,我老婆玛戈特从瑞士寄给我的,所以我就知道那是你了。我们在罗马下飞机的时候,你在我前面。"

"是的,到了市区我可能不认识路了。"

"哦,这又不是纽约,也不是伦敦,别担心。"那人说话带点口音,是欧洲腔调。两人都笑了。"哈哈,这么说,我们也许会在大湖路碰到。"

"拜托!恩克鲁玛路。"

"我说过我需要重新认一遍路。"

那人飞快地环视一周,压低声音说:"这个国家需要多有几个像你这样的白人,记住我的话。有信念的人。有时候,我甚至觉得我又回到了南边,这是事实。我跟我老婆说过。"

一个戴墨镜的年轻黑人,头发浓密而柔软,齐顶部削平,更像是被园林工而不是发型师修剪过。只见他穿过人群,挥手做绕圈动作,一副主管气派。"这边走,上校,长官。您的行李稍后会送到出口,劳驾您把机票给我用一下——"

另一位见此光景,点头微笑,露出在此地有家的东道主神情,与那黑人寒暄几句,递过机票,道了谢:"在银犀牛街,哦当然,是你熟悉的地方。随时欢迎——我们聊得很开心——"

他跟他道了声谢,听到他俩在说话,但什么也没听见,只管紧跟白色短裤里那个结实的臀部,经过隔栏,穿过接待大厅。"没问题,先生,这是布雷上校。""我负责照顾布雷上校,免了吧。"护照查验处,一个年轻黑人官员犹豫不决,说:"稍等片刻。这个我定不了——"不过,指导他工作、准备让他接班的那位脸色苍白的伦敦佬说:"没问题,伙计,是我们的老朋友卡巴塔先生。"行李并没有先到入口处,只见这里旗帜漫卷,彩带飘飘,簇拥着貌似罗马皇帝的莫维塔的巨幅照片,身穿宽袍,笑容满面,一如当年在乡村足球队的老照片里的形象,那还是在加拉省。卡巴塔先生说:"这些人怎么搞的?对不起,我去找个服务生,"返回来时,行李箱都在一个农夫脑袋上顶着,他头发干枯稀疏,脚趾岔开,机场的行李搬运全由这些农夫包揽。他管两位先生叫"穆克瓦伊"[①],长期以来,这个敬称惯于用来称呼男性白人,而不管他是谁。

大众车上插着官方旌旗。他身旁坐着卡巴塔,壮硕的臀部和大腿塞满了座位。"你这么大个子,坐这车有点儿不舒服吧,上校?总统想让我用梅赛德斯去接你,可是说实话,假如我排队等那个车,不知道啥时候才能过来。你知道当时怎么着?今天下午,英迪拉·甘地夫人到了。昨天是联合国秘书长和几内亚总统塞古·杜尔。"旧机场路到市区,沿路立起了镀金拱架;有几个人骑着自行车,衬衫背后印着红黄色的莫维塔像。他说:"到处是节日气氛。"但这却有点分神,他感到自己应该倾听内心的声音,注意别的东西。年轻人说:"你来自加拉省?""我

---

① 加拉语,意为先生。

以前是。怎么，你是那儿人吗？""我是乌姆撒龙维人。我妈妈是加拉人。我去过那儿。""哦，是吗？是最近还是小时候？没准当时我还在那儿。""我觉得，看到你回去他们会特别高兴。"他笑了一声。"我不知道会不会到那么远。"

"哦，你一定要去，"年轻人自豪地说，"我去一趟乌姆撒龙维要用十个钟头。路比原来好走，好走多了。回头你自己会看到的。去趟马托肯才六七个钟头。我的汽车是个小不点，是辆二手破车。"大桥附近，女人们头顶煤油罐去取水。路边的广告牌越来越多了，有水泥厂，现代化的漂亮工厂，厂房由棱角分明的玻璃单元组合而成，厂房之间，灌木丛里挖开的一片一片地里，女人和孩子们在锄地，地里长着玉米和弯弯曲曲的豆秧。孩子们（当然有理由偷闲）停下来朝汽车挥舞手臂。他下意识地发现自己迫不及待地招手回应，车顶低矮，他低着头，笑呵呵地伸长脖子望着他们的小脸蛋，都看不见了还在看。车载着他穿过市区的集贸市场。芒果树下，剃头匠的镜子在阴凉地里映射出光柱，活鸡被捆住双脚堆成堆。正是芒果上市的季节，扁如刀片的橘黄色芒果核，经反复啃咬吮吸，仍连着一缕缕筋丝，随手丢弃，人走过的地方，随处可见。

那只鸟在客房的圆形草屋顶上，这是在他的老友罗兰·丹多——威尔士人——的花园里，丹多刚被任命司法部长。布雷被送到这里时，主人不在家，仆人们毕恭毕敬地接待了他。招待他用的午餐，是非洲厨师特选，深深地留在了他的记忆里：微煳的大麦肉汤，熟透的葱煎牛排，上泡沫下冻胶的布丁，散发着鸡蛋和百香果汁味儿。罗立[①]来电话问他到了没，又解释了一遍——事先信里解释过了——他有官方午宴要出席。布雷满耳朵里都是让人疲惫的嘈杂声音，加上这顿热烈的午餐吃得他肝火旺盛，身体里一阵阵燥热，令他几欲窒息。他回到房

---

① 罗立，罗兰·丹多的昵称。

间里拉严窗帘，在黑暗中睡了。

顶上没有天花板，一根根顶梁堆叠衔接，呈蛛网状螺旋上升，上面直接盖上一层草顶，里面平坦顺溜，旧的部位发灰，更换过的部位显黄，细看，像梳整齐的头发，难免也会逸出一丝半缕。那只鸟也许是在小瓷瓶上平衡身体，通过这个小瓷瓶绝缘子，电线从屋顶通进来，连接头顶的吊灯。鸟儿飞走了；他知道，仿佛那轻如鸿毛的鸟爪能压塌屋顶似的，现在压力解除了。

太阳转了方向，映红了窗帘，像火焰映照着天空。房间里闷而凉的空气变热了；不过疲倦感也在减退，他的头感觉轻爽了许多。周围一片安静，寂静中听见有声音在什么地方嗡嗡然响起来，停下来喘气，笑声——并不温和，但压得很低，几乎听不见了。不。另有个声音，在近处，上气不接下气，一声嘶叫（是匹马，他心想），他听清了一个词：不仅仅是特别的发音组合，同时这个词还表示"不急"的意思，这语言在首都讲，而他一直没有真正弄通。

他起身来到大房子里洗澡。花园里，烈日炎炎，炙烤着每个角落。卫生间里，苍蝇横飞，发出震耳的嗡嗡声，拼命撞向窗玻璃。罗立是个单身汉，他房子里的布置很特别，既显安逸奢华，也显寂寥依旧，白人居住的家里往往就是这个样子，沉湎于孤寂的生活，只对黑人男仆发号施令。卫生间水箱不断滴漏，冲水不灵，毛巾硬得像正装衬衫（奥利维亚花了好几年的工夫，教人们学会漂洗掉衣物上的肥皂）。有个头戴厨师帽的老伙计给他泡了杯茶，放在了树下，未经要求，便拿走了他揉皱的西装去熨烫。园子里的草长得很结实，有个青年正用一柄顶端弯曲的长铁刀割草。乱蓬蓬的灌木丛长势旺盛，芙蓉开出大个的花朵，上有艳丽的花粉，招惹蚂蚁爬上爬下。一品红渗出奶状液体，花开正艳，呈现旺盛的繁殖力，而草木下面的红土壤，却板结光秃。一下雨，树底下就会黏滑粘脚，只有蚂蚁打洞掏空的地方，才会疏松脆裂。动物死尸的恶臭一阵一阵飘过来，像刺鼻的煤气，搅扰他喝茶，他站起身四下环顾,以前曾无数次这么做,也总是一无所获,他想看看是不是前后左右有只死老鼠或田鼠正在腐烂。不管是啥,始终啥也没发现。那是生长的气味儿,他们多年前在加拉就发现了,腐烂和再生的过程如此迅速,几乎同时发生,因而散发出死亡和出生连带的恶臭。他先在花园里溜达了一圈儿,又翻过了铁网栅栏,但是外面的野草和荆棘丛(丹多家离市区八英里)密密层层,无路可走。他冲着草丛听了一阵,重拾当年的感觉,是那种在草丛中被动物听到的感觉。郊外有——或者说过去有——豹子,有次丹多的狗被豹子捉去了。他上了条路走了百来步,遇到个骑自行车的人,跟他打了个招呼,用的是他刚才躺在床上重新捡起来的语言。

六点,罗兰·丹多回家了。他在车里焦急地向外张望,仿佛电话虽然打过,但还不能确定是不是招待好了布雷。不过眼睛一碰到他,那反应好像上周两人才见过面似的。他大大咧咧的,好多单身汉都这样。模样活像从晚会上得了不少礼物的孩子,从城里带回来许多关于独立庆典的传闻,关于莫维塔的地位和他的同党,有不少谣言,掺和些许实情爆料和真实观点,越传越活灵活现。又一只托盘送到了树底下,这次有威士忌和杜松子酒。一条肘上带斑点的黑色拉布拉多犬站在丹多面前,一边听他说话,一边慢慢摇着尾巴。杰森取不回金羊毛(杰森·马伦加是新上任的财政部长);对了,有件事不错,不再保留英国警察局局长了。人们老拿刚果跟这里对比,形成判断,真蠢,不过黑人副局长亚伦·欧纳布,完全有能力接替那老朽。塔里斯曼·昆西是个顶尖角色,绝对是莫维塔的人。大卫·萨姆巴塔负责农业,不敢说胜不胜任,再说黑人懂什么农业嘛;汤姆·穆梭玛内有腐败的风险——有理由相信,在一个社区开发项目的土地交易中,已经有暗箱操作的苗头了——但是他来自那个对的部落,莫维塔明白,他要想掌控局面,内阁至少要有三个穆梭人。

丹多一边饮酒论政,一边从狗脖子上捉下几个虱子,扔在脚下踩死。新来了几个年轻人让他心生嫉妒,他们来自英国和美国,很在意表现他们不带有肤色意识,避免使用歧视性词语,称呼人很礼貌,而他对这些根本不在乎,用的是从前老侨民用的语汇,其实他跟这些语汇反映的态度毫不相干。罗立·丹多想说什么就说什么:他到昨天还没有"发现"黑人是自己的同类。"当然,莫维塔必须给每个人一份工作。这些趾高气扬的叫驴,从野地里钻出来,用当地党支部的经费买烟丝,填充他们的烟斗。他们都是英雄,你懂得,战斗英雄。战斗个屁。真刀实枪打过的没几个,里面有一个爱德华·莘札,被女王陛下的勇敢士兵打爆了头,这会儿去哪儿啦——回巴士法兰茨去了,跟他的几个老妻在一起。就我所知,他的名字连提都没人提过。"

"但是莘札肯定要来参加独立庆典的吧?"

罗立两眼一瞪,"谁管他在哪儿。"

"但是他这会儿肯定在城里吧?"

"鬼才知道他在哪儿。"

"你的意思是爱德华不参加庆典?那不可能。他还没来吗?"

"想想看,内阁里没给他留位置。我看他不会露面,站在人群里挥挥彩旗,就为了这点荣耀他能来,你说呢?"

"但是,这可太滑稽了,罗立。你知道莘札。他知道他要什么。我感觉他要出任驻联合国大使。给莫维塔点时间,让他自己醒悟,缓解他俩的紧张关系。当然,他应该搞外交。不过那是他俩的事。"

"你可以问问莫维塔,要是你正好有机会,问问他可不可以找点活儿,哪儿都行,要有个像样的名分,给可怜的老莘札干干,当年他手提大砍刀①,撞开布政司大门那会儿,莫维塔还是教会学校唱诗班的一个小屁孩。"丹多三四杯杜松子酒和姜汁啤酒下肚,满腔愤慨,怒目而视。他沉湎于尝试那些奇怪的混合,可以一连几个月只喝一种酒,然后又以同样振振有词的好借口(助消化,事后不会口渴),改喝另一种。

---

① 原文为 Panga,非洲人用的一种大砍刀。

"哦,莫维塔可不是那样。"

"你认识莫维塔。我认识莫维塔。可他如今成了总统。如果有国父,那也非他莫属了。"

"我敢肯定,以前不管有多紧张,现在也都化解了,这是上次在伦敦和莫维塔见面留下的印象。"

"不错,'可怜的老莘札'大家都这么叫。可怜的老莘札。"丹多没解释称呼是怎么变的。也许他不过是觉得自己变老了,才这么说的;他是显老,这倒不假。令人意外的是,他那管小鼻子更钩了,大概是两边的皮肤塌下去的缘故。

布雷有不少问题问到别人,并非所有的问题都是令人愉快的。有的回答令他吃惊;两人的交谈穿插着越来越多的惊讶、讽刺、逗乐,以及丹多显出的蔑视和愤慨,当时他给布雷讲了新政府成立时白人的表现,有的忽然转向,欢迎新政权,有的收拾东西,一走了之。"雷金纳德爵士要送莫维塔一个布塔①木讲台,一个银墨水台,赠送安排在周二下午。"丹多来劲了。雷金纳德·哈维爵士是三家特许经营矿业公司联合体的董事长,谁都知道,作为这里有史以来最不受欢迎的总督雷德弗斯·莱德利的私人朋友,他曾影响总督宣布矿工工会不合法,当时莫维塔和莘札正在利用这个工会,推动独立运动。有篇报纸采访很有名,他在采访中把莫维塔叫作"那个来自加拉的怪物,在这个年轻国家工业关系的幼儿园里,抬起了他那颗桀骜不驯、长错地方的脑袋"。"——这足够让人毛骨悚然的了。"丹多说。这话产生的效果让他很开心。当时,人民独立党把哈维的话当作对莫维塔头发的嘲弄;他头发还是老样子,周二它当然要隆重登场。

布雷重复了当天早上在机场别人对他说的话——有些还住在首都的白人,其实更愿意去南部,去罗得西亚,或者是南非。"是谁说的?""不

---

① 布塔,刚果地名。

认识——飞机上的一个乘客——头有点秃,白皮肤,说话带口音,没记住名字。他最近才迁过来。"

"哦,哈尔玛·温茨——绝对错不了。他和他老婆去年接手了银犀牛公司。我喜欢老哈尔玛。他刚去了趟丹麦还是什么地方,他母亲去世了,他去奔丧。哪天晚上我们去他家吃牛排,他们的做得好极了,用木炭烤,东西应有尽有。"

"麦高文怎么样了?"

"天哪,他们走了五六年了。那以后又来过三个经理。现在那地方干什么都难;以前那地方是矿工酒店,现在还是那气氛,对新政府机构来说倒是很方便,并不特别吓人,所以来的非洲人很多。来的人都很有范儿,派头十足,都是出入社交场合的角色,酒吧里一条条白领子,围在一根根黑脖子上,你可以想见,那些白人流氓看了会怎么想。哈尔玛温和得像绵羊,不管怎么样,他需要维持店里的秩序。不过,我告诉你还有谁在——巴里·福赛思。对,还在赚钱。福赛思建筑公司。它的广告牌满大街都是。他们说他拿到了合同,承包了整个伊索札河的开发设计——聘请的设计师有波兰的,有意大利的。"

外面有蚊子,他们挪进了屋里。蜘蛛从画框背后爬出来,扁扁的贴在墙上,活像海星。起居室里空气憋闷,有股浓烈的热脂肪味。等着吃晚饭的当儿,他们继续聊天,时不时有些特别耳熟的声音也来助兴——咝咝声、刮擦声、高嗓门说话声——从厨房传过来,与进进出出摆放餐具的仆人们相伴而来。又是一顿大餐,丹多叫他的厨师换一瓶白葡萄酒。

"我当然不会开错酒瓶,我知道啥时候吃鸡肉,啥时候吃牛肉。"

"我说,这瓶不对,因为我早上告诉过你,把那瓶圆形平底的放进冰箱。"

"你说我做的鸡肉,对吧?我瞧过,我见那瓶圆咕隆咚的,里面有红葡萄酒——"

"粉红,是粉红色。我故意一个字都没提颜色,因为担心你把颜色搞混。我知道你很犟，菲斯特斯——"

俩人争执不休，互不让步，像两个孪生姊妹老佣人。在厨房，大家都能听见菲斯特斯复述换酒的事，坚信自己没错；丹多同样肯定自己没错，接着聊天，好像并没有受到丝毫打扰似的。"……这么说并不夸张，他们正在做的，是引进所谓民主社会制度，取代家长制。还没有把地区专员换成地区行政官呢。只换了他的一个职能。还得去给农民补课，让他们明白，如今这些职能分门别类分配出去了，由其他机构各司其职：有些问题找行政官没用，比如叫个救护车到另一个城市去——过去，大家可都是这么办的，对不？"

"在服务站，事无巨细，没有咱们不负责的。"

"对。但是现在，人们应该明白，有公共卫生部可以去。"

"好事！对每一个人都是好事！多么没希望的事，对专员没希望，对人民也没希望。民主与憎恨手拉手。不管黑人行政官怎么样，不管政府怎么样，最终都不会像那样。"

"行政官没问题，别担心。前景虽暗，但好过我们自己的一些人。我对这层并不担心。法律方向不变。"

丹多的表情把布雷逗笑了：深恶痛绝的表情，沟壑纵横的面孔，有一种狗生来就是这样一副尊容。

"我猜他们会死光的。这事只能这么说了。到那时我们能得到什么，只有上帝知道。"

"我在伦敦见了格文粹的哥哥，那天他住在格雷酒店，他跟我说他会是这儿酒店里的第一个非洲人。"

要是丹多瞧不上谁，你说了这人的名字他也会忽略。"别以为我不知道我要倒霉了。"他说。仿佛这场私下里的谈话是在聊他个人似的。"我既答应了莫维塔，就明白这意味着什么，每次经过我办公室门口的职位牌，我都明白。那一天会来的，会给一张驱逐令让我签字，我才不要签这字。于是来了逮捕令。"他吃了一口剩下的百香果布丁，一个难以觉察的微小震颤瞬间闪过他的脑袋。"可怜的老丹多。"

"谁还待这儿谁就傻了,难道这些道理他能不想?"布雷说。

"我要指示国家公诉人行动,尽管我不愿意这么做。这才靠谱。要是莘札在下届选举找点麻烦,要是他感觉自己被他妈的彻底忽略(他当然是被忽略了),真的反对的话,他会把他教人民独立党的花招全用上,那会是什么结果,呢?要是他把讲兰巴拉语的族群全动员起来,集体抗议,像从前那样,在投票站大打出手,烧毁房屋,那会是什么结果——你觉得这事我干不出来吗,这次就把莘札安插进来?"

"哦,我信。可是究竟为了个啥?"

"我答应莫维塔的时候心里就明白。丹多你这可怜虫。黑人那点儿腌臜的事一点都不比白人干净。他们会很高兴看出来的。但是他们好满足的小头脑绝不会搞明白的是,我接受这差事的时候就明白,我一直明白,当时我大声说了,现在我照样要大声说——"

"这会高兴了谁呢?"

丹多又斟满了白兰地酒杯。"同人们!值得信赖的伙伴们,去了南部的,去了罗得西亚的,去了南非的,在那里,他们肯定法官席上没有黑人,绝不会做出和白人一样有影响的判决。——同人们,腾彻尔·梯尔,威廉姆森,德莱尔,干!"

午夜过后两人才睡。布雷到厨房把酒杯装满水,备好夜里喝。蟑螂四处逃散,从原来感觉安全的藏身处仓皇出逃,途中停一下,转动触须环顾四周。一队毛绒绳般的黑蚂蚁拥向一扇橱柜门,目标是从一个盘子里掉落的饭渣。他站在水池边,喝了几口凉水,看着窗台上一个泡菜坛,离坛颈三根火柴梗处,漂浮着一些鳄梨核。他一只脚移向另一只脚时,感觉一阵轻飘、晕眩;似乎在那儿站了很久——他不能肯定。

他听到了丹多的动静,被那条老拉布拉多犬拉着来到了花园,绕着客舍外面转了一圈,对狗呵斥了几句;天刚蒙蒙亮,菲斯特斯的助手来到门前,送来了早茶。

　　　　　　＊　　＊　　＊

　　一架直升机隆隆而来，飞过庆典上空，轰鸣声震耳欲聋，淹没了布雷被介绍给街上遇到的一个人时双方的寒暄声，遮盖了酒吧里的聊天声，演讲也听不见了。谁都不知道这是啥来头——是一项安保措施吧，有人欣然确信，有人茫然附和，这是进步的象征，是工农业展会上一个不可分割的角色，于是成了与所有公共集会相关联的一个景象。独立庆典在体育场内进行，他听到天边响起直升机声那一刻，正好肯雅塔①开始演讲。他身边坐着新大学的教务主任年轻的妻子维维恩·贝利，二人目光相遇，颔首致意——但是，尽管直升机并没有离去，也没再次在头顶出现，演讲在扩音器里回荡，仅有的伴奏来自一个轻轻的鼾声，那人一转身，只剩了清晰可闻的呼吸声。后来发现，直升机在附近的足球场上空盘旋，载人绕圈，一次半克朗，下面的人群在排队等候，这活动在整个庆典期间一直持续；原来是家国际卷烟厂在作秀。

　　这是尼尔·贝利发现的，因为家里安排出了些差错，或是误解，耽搁了他的时间，他很晚才到贵宾席，布雷感觉到身边这对年轻夫妇之间气氛恶劣，剑拔弩张，因为后面几排都骚动了一阵。讲台上方搭了天棚，垂着天鹅绒帷幕。他的座位和讲台之间的空地上，塞满了新闻摄影记者、广播电视记者，在这个庄严仪式的全过程，这些记者们上蹿下跳，猫腰踮脚，收放导线，抢占器材位置，操控快门闪光灯。仿佛要上演一场精彩的戏剧表演，绚丽的场景无处不辉煌，那群穿工装的工人下场了。这情形，加上他身旁两口子低声争吵，搞得后面的人直冒火，也让他很分神，在他看来，计划中的"庄严时刻"的崇高神圣，总被这混乱状态冲淡。这里进行的活动，象征着前所未有的收获，

---

① 肯雅塔（Jomo Kenyatta, 1891—1978），肯尼亚首届总统，一九六四年至一九七八年在任。

他一生大半光阴对此深信并坚定不渝：表现于震耳的吼叫，叫声来自庆典间的表演，表演人群前后摇摆，传统宽袍，胸前佩戴奖章，白手套，女人尖叫，士兵立正，太阳照在管乐队铜管上反射出闪闪亮光。或者也表现于那些兜售冰激凌的三轮车，停候在每个座位区的最底层，上面是千万张黑色面孔充满的圆形露天会场坐席；表现于那条不知打哪儿蹿出的杂种狗，只见它旁若无人，冲总统讲演台抬起一条后腿。

莫维塔一副木乃伊表情，为仪式而备的表情。但是独立一经宣布，他立马变了个人似的，无比活泼自在，在座位上坐直腰杆，左顾右盼，完全变成了旁观者，布雷感觉这也是一景。布雷发现自己瞬间和他目光相遇，这让他有点尴尬，那张脸上闪过一个微笑；但是莫维塔迄今为止可是一直习惯于眼睛盯着他看的。他跟身旁那位年长的英国公主交谈，公主双膝并拢，坐姿优雅，体现王室风范，也微妙地反映了仪式的煎熬。布雷看见他指向加拉妇女代表团，她们把面孔和胸颈涂成白色，表达欢乐，她们的行列排在来自各区的音乐舞蹈队伍中。

仪式结束后，其他官方活动一场接一场——国家舞会、招待会、鸡尾酒会、宴会、午餐会——宫门外，情景依旧，庆祝的气氛与日俱增。他参加了大部分官方庆祝活动（他和罗立在家见面必先来个恶作剧，互致军礼，每晚都穿半正式宴会装），但是真正的聚会是在之前和之后。这些聚会自然而然，一个连着另一个，一旦你出席了第一个，接下来所有的，你也得出席。他真正认识的只是其中一些人，但是所有的人似乎都知道他，许多人是朋友的朋友。丹多带他去过了贝利家；而尼尔是莫维塔的朋友，维维恩是（所有人的）前任总督威廉·克拉夫爵士的侄女，当年布雷在坦噶尼喀①殖民机构工作时，是克拉夫的上司。贝利一家的朋友有不少，包括莫维塔的内务部长西普里安·肯特，他老婆婷迪，领地内不多几个非洲医生之一蒂莫西·奥达拉，当然这

---

① 坦噶尼喀，坦桑尼亚的大陆部分。

位布雷很熟悉。通过每个人的关系,这群朋友不断扩展,在小小的首都的新国际人物圈子里,吸收了波兰人、加纳人、匈牙利人、以色列人、南非人,还有罗得西亚的逃亡者。

国家舞会后,有个私人通宵晚会,在一个大帐篷下举行。罗立·丹多答应要过来,布雷自然跟他一块儿来。布雷在舞会上见到的那些人,盛装而来,鱼贯而入,都为晚会的安排出了力。到了的客人没去舞会的,一片欢声笑语;自然也是要华服盛装秀一把的;两拨女士互致问候,交谈甚欢,每个人说的都是舞会如何如何。香槟上来了,奏乐的刚果乐队加快了节奏,一时间,国家舞会上那种既荒诞也带点震撼的气氛,在这儿重现了,与晚会本来的那种舒适愉快的氛围融合交汇。帐篷里塞满了从各位家里借来的椅子和小沙发,还有来自他们花园的鲜花。有人和同事竖起了一面纸板,上面是莫维塔的放大照片——讲演,大笑,打哈欠,好奇地触摸机器,离开,到达,甚至有威胁的面孔。大家都出了把力,让晚会的隆重感觉一直持续到当夜的狂欢之最。维维恩·贝利,芳龄二十六的女神,姿容秀美,举止优雅,一颦一笑无不端庄,她缓缓移动着,负责地关注房间各处,保证某个女孩不会被长者或醉汉纠缠,或者是哪个男青年被女孩们冷落,而要去照应一下。她不经意地来到了布雷身边,布雷冷不丁请她跳个舞,于是二人舞起来,勉强跟着没听过的音乐节奏,不过还算能踏住节拍,不至于成为大家的笑柄,那些人的非洲旋转舞步令人眼花缭乱。"你会跳舞我很高兴。"她说,他为自己只是出于礼貌请她跳舞而感到羞愧。"尼尔不会跳——我觉得回避这类活动,认为这类活动无聊,是错误认识。婷迪·肯特跳得好极了,是不是——像蛇一样有音乐就扭,有时候他会跟她跳。他喜欢趁西普里安不留意,跟她调情,不过跳舞不协调,她纵情狂扭,他呆站在那儿像安德鲁,两只脚瞎磨蹭。"安德鲁大概是她的一个孩子;大家如此这般亲近随和,仿佛好朋友一样,这好比发现自己独自置身于只讲外语的人群中,只好硬着头皮学这门外语了:他来到这些人当中,不免被当作是要找伴侣，或是找其他关系。

有人招呼维维恩，他们便从跳舞人群中抽身离开，来到一个挤满人的桌子跟前。一个年轻女人用胳膊肘支着桌子，两只手臂挡在高耸的胸乳前。"我的酒杯给你吧。"她说。此刻周围恰好没有端酒的过来。她走开去跳舞了，一手托着肚子，缩紧有点松懈的身体，从人群里挤过去。饮酒加兴奋，感觉越来越热，那只酒杯被旁边一个黑人伸出一只细长的手斟满了，杯子上留有那个白人女子的指印。"你不记得我了？——拉斯·阿萨和，我在英国去过你家一次。"年轻男子说他在广播电台工作，"我是英语部主任助理。"

"你父亲还好吗？我的天哪，我想再去看看他！"约瑟夫·阿萨和是爱德华·莘札的中尉军官，那还是在人民独立党的早年时期。

"他现在老了。"这问题问得不对，一个潜在的暗示被年轻人避开了，就是他跟莘札的牵连。他的衣着、手表、袖扣都属于高档，是一个男人认为必须买最好的给自己的那种。他有个墨索里尼式的下巴，在国内他老家那个地区，这种下巴很普遍，但是那双手很感性，灵巧而有力，典型的非洲型，与国际上生意人的那种无特征手型大异其趣，而布雷惊讶于见到一双没有被体力劳动磨损的手。这里的囚犯做苦力，往往是手工砸石头。

两人聊了广播电视对庆典的播放，从这儿又谈到了两人都感兴趣的话题——在一个有这么多种语言族群的国家里，交流是个问题。"我怀疑在乡下的学校，广播教室究竟有多大用处，是不是根本不能极大改善教师不足的条件，或者有助于维持教育标准，因为那里的教师可能不那么胜任。我想找人聊聊这个话题——你的同事行不？我不想直接去找主管领导——"

"没多大区别。他们"——拉斯·阿萨和指的是白人——"都知道今年年底以后，要签合同的，三年后换人。不管表现如何。这些年一直都是铁饭碗，你能期待什么呢？你不需要有创见，不需要离开座椅，你只需要通过那个魔术盒子弄出声音来，让当地人安静——现在，嘭，全没了，包括唯一的那点儿动力也没了：养老金。他们很可怜，老哥；他们到BBC找工作，肯定没他们能做的。他们什么工作也找不到。他们想走，渴望走，看得出来，和他们一起工作的时候，他们不能忍受看见你的脸——这倒是很令人愉快的，你能想象得出——"一个苗条的小姑娘在他俩中间滑了一下，猛地抓住了拉斯·阿萨和戴着金表的手，仿佛那是姑娘丢失的财产——"噢，救救我，丹多大叔真要命。"

"——当前发生的情况，我可以给你举无数例子——今天下午的仪式：像一场赛马，老哥——会场的安排布置，跟残疾人圣诞慈善会一模一样，除了这个他们还知道什么？你提点建议，他们扯开话题，喷云吐雾，连听都不听。"姑娘还待在那儿，听他俩说话，像翻开的书页，中间夹着一张照片；布雷看不出她是个女孩还是个女人：细锁骨，长脖颈，脸也宽不了多少，脸色苍白，白里透黄，大嘴薄唇，没抹口红，黑发，闪亮忧郁的黑眼睛，身穿刚果布裙。

"想想看，到年底没跟他们签合同，会怎么样？""退职金怎么说——最后会很少吗？"

"必须同时做好准备，有替代人员才行的。我两年前做过一个试点项目，派送当地人去培训广播技术——毫无结果。要是我明天接管英语广播，你知道我会面临什么情况——来自本地的大批讲兰巴拉语和埃珍泽利语的人，还有那些从南非逃亡到这儿的中小学教师。"

那女孩坐在那儿，什么也不看，像只屏住呼吸的动物，离群独处，躲避危险。

布雷站起身来，有人把他介绍给了一个高个子女人，她一直在跟美国人柯蒂斯·佩提格鲁在边上跳舞，基本是原地踏步。她是西非人，嫁给了蒂莫西·奥达拉，那是布雷上次见他之后的事。她说话也带美国腔，身穿艳丽的民族裙，拖在身后，好像从商店柜台花花绿绿的布匹卷上直接扯下来的布，裹在了身上，不管从哪个方向看上去，尺寸都比本地女人大一倍,本地非洲女人总是被留在家里,而她可以秀出自己的裙装。有人跟佩提格鲁打招呼,布雷和那女人单独面对彼此,像一对儿舞者;她伸手挽住他的胳膊。两人一边往出走,她一边说:"猜猜我的名字?"他脸上露出尴尬的神情——"和你的一样,我相信。伊夫林。""但是大家都叫我詹姆斯。""瞧瞧我,真希望一样呢。好吧,今晚总算找到跟我一般高的了。咱俩可以横扫舞场。"俩人一边跳,她一边跟周围的人应答,忽而扭头跟这个说两句,忽而伸出一只穿金色拖鞋的粗糙宽大的古铜脚,踹那个的小腿肚。"叫她唱歌。"丹多吼了一声。"今晚不唱,罗立大哥,我要正儿八经的表现一下。""我就是这个意思!""要是这个伊夫林唱的话,会让那个伊夫林尴尬吗?"她问布雷。"一点都不。唱什么?""哦,你觉得呢?要是我唱的话,好看吗?"她相貌虽丑,但活力四射,充满自信。"瓦格纳?"愉快的首肯:"唱吧!我的嗓门跟牛蛙有的一拼。我在家唱老歌很吓人的,不过用英语唱还好——英语的发音很粗糙。"

维维恩·贝利经过时面色急迫,插了句话:"——那是哈尔玛·温茨的女儿——刚才坐在你身边的。"

"就是那个脸长得像东方人的小女孩,跟拉斯在一起的?"

"是的,可爱的小东西,是不是?玛戈特让她来,是让我做了保证的,保证她一直有人陪护。你没有撇下她单独和拉斯在一起吧?"

他无奈地扭转肩膀。跳舞的人朝后退去,围着一个波兰农艺师,看他教一个又瘦又高的英国男人和两个非洲青年跳一种东欧农夫舞。那个刚果乐队不知道该奏什么音乐才好,就奏出一种渐强的跺步节拍;那两个波兰人有一个弹起了钢琴,尼尔·贝利打起了鼓。英国人在庆祝场合常表露的那种大学生式的个人表现欲,席卷而来。有人又去取了一箱香槟来,酒水都热了,但凌晨下了一阵雨,像出了点汗,吹在脖子上脸上凉凉的。后来那个奥达拉女人唱了一曲新国歌,优美动听的女低音,唱的时候,大肚子在袍子底下一颤一颤的。年轻的单身汉们嬉笑玩闹,头发乱蓬蓬的姑娘们,从你身边蹭过来蹭过去,或是突然冲陌生人笑,散发着从她们身体上蒸腾而出的化妆品和香水气味儿。接下来,到贝利家吃了早饭;人渐渐少了,但有些人整夜不断出现,光线不断变化,此刻,贝利家的游廊后面,涟漪般的天空呈粉红色,略带灰色,空中洋溢着咖啡味儿。一个金卷发女郎,戴着镀金耳环,亮闪闪的肩带在丰满白皙的后背上留下了红印记。蒂莫西·奥达拉穿着件百褶前襟衬衫,装饰扣眼很突出,浆洗得很挺括——穿戴都很搞笑,个个都像是马戏团里的角色。大家在耀眼的旭日霞光中互道晚安,贝利的孩子们已经穿着睡衣在花园骑车玩耍了。

　　几天后,那些面孔就看惯了,尽管不熟悉,也不再像头天夜晚独立舞会上那么夸张怪诞了。贝利家有个年轻女人常来常往,有时候带几个孩子来一块儿玩,有时候带走好些。她叫丽贝卡·爱德华兹,高个头,穿一件纯棉衬衫,脚蹬一双凉鞋,貌似不修边幅的中学生,把汽车钥匙在食指上转得叮当作响,显得很不耐烦。如果安排出了差错,总是派她去接人;有天下午她开辆老式旅行车来接布雷,车里丢满了糖纸,不成对儿的短袜,还有些小巧精致的玩具。那天夜晚在独立晚会上,就是她把自己的酒杯给了布雷。那晚跳东欧农夫舞的那个波兰人,成了他的聊伴,两人常常待在一个安静的角落里,聊加拉语和兰巴拉语族的奇怪语法结构。他感觉派对上的气氛肯定是十九世纪俄国小说描写的聚会上那种气氛。孩子们跑进跑出,打斗嬉戏。婴儿在黑屋子里睡觉。食物由大伙儿动手一块儿做。邀请多少人,取决于啤酒和红酒能维持多久。他感觉自己像个参加婚礼的中年亲戚,默默无闻,来自遥远的他乡,对眼前一切充满好奇,身不由己,不无喜悦。这事说来奇怪,是官方招待的继续,许多人并不清楚这个陌生白人是谁,座位显著,姿态谦虚。有一次,在报界举行的宴会上,莫维塔提到了一个在场的人,"一位女神般的教母",于国家洗礼之际在场照应,成年之时归来探视。谢天谢地,这话谁也没想到指的是他。这成了他的独立日故事;就像卷烟公司的直升机是尼尔·贝利的故事,这故事被一讲再讲,与此同时,侥幸未被评头论足的夫妻之间那场好戏,也就时过境迁,销声匿迹了。

布雷不论到哪儿,都要打听爱德华·莘札的下落;官方的任何活动,都不见他的踪迹。布雷感觉他一定在周围什么地方待着;这次没见着他,真是不可思议。这一切既是莫维塔的,也是他的。但是,似乎谁也没有看见他,也不知道他这会儿或之前在不在首都。过去的面孔还另有几个;威廉·克拉夫总督,扬起粗硬的眉毛,摆出一副夸张的神情,在莫维塔的宴会上迎接宾客,还是他当年在达累斯萨拉姆网球场上的做派。"詹姆斯,你一定要过来和多萝西打个招呼,在我们离开前。我不敢提吃饭——我们无家可归了,你知道——"

"威利[①]大叔的独立笑话,"维维恩说,"能让非洲人捧腹大笑。"

"只有威利大叔这类人,才能让人笑成那样。"尼尔说。

克拉夫两口子还是通过维维恩跟布雷套近乎。"多萝西大婶说,她的秘书想找到你。他们想请你周一来喝酒。我要是你就去了,免得她告诉伦敦的每一个人,说你为了讨好非洲人,有意回避他们。"他笑了一声。"是的,真是这样的。她对我妈妈这样说了我。她很清楚,我们在伦敦再也不会见面了。"

克拉夫一家搬到了英国领事馆,履行最后的一两个星期的责任,然后就打道回府。英国领事馆是一座宏伟的新式玻璃楼,周围风水不错,建在一块长满伞形相思树的地块上,跟建筑师按比例制作的模型一模一样。助理、秘书等一干人把领事和夫人安排在内室,免得他们的猫和多萝西夫人的狗正面交锋。布雷进门时,里面正乱着,他看见了领事夫人,这之前见过一面,只见她在二楼上露了个脸,正低头安慰一只暹罗猫,随后就没影了。到处摆放着鲜花,好像楼里住着病人。

"不错,活干完了,只剩下卷铺盖走人了……这小伙子不错,只要

[①] 威利,威廉的昵称。

不打扰他，他学啥都快，不过人还是能干啥就干啥……如果他保持冷静，这个谁也说不准，连他也一样，嗯？连他也一样。"一个老佣人端来一个银托盘，上面放着酒杯酒瓶，克拉夫停下话头，他为人厚道宽容，严于律己，宽以待人，他说："来几片柠檬就更好了……多一些冰块？——是的，我和莫维塔说过，反复说过——你定下自己的目标，然后一条道走到天黑。他有主见，但他并不是那种意志坚定决不妥协的人——哦，当然了，你知道。前些时候——跟你讲句悄悄话，我说，失去拉德克利夫准将，不是聪明之举。当然啦，他们搞得轰轰烈烈，但是他拒绝碰军队。哦，我感觉经过这个变故咱们成好朋友了。"这是个小小的免责声明，目的是共同与非洲人保持亲和关系，他相信布雷有这个优势。他神情愉快，看着盛马丁尼酒的玻璃罐，拿起来又耐心地放下。那个老佣人拿来了冰块和柠檬片，他跟北加拉人一样，外眼角有刻痕。"太棒了，多谢。"

布雷跟这个加拉佣人打了招呼，用了对长者的敬称，他便丢开了像他手里的托盘一样毫无表情的佣人面具，热情地咧嘴一笑，露出了嘴唇的粉红内侧，上面的色斑很少见，像达尔马提亚人。前总督在一旁看着，脸上始终带着微笑。佣人有点局促，给他鞠了一躬，退着走了几步，像部落里的人对待首领，然后转身甩开步子离去，姿势有点怪异。

"我也给多萝西倒上马丁尼酒吧，也许把她吸引过来。要是能坐在一块飞毯上飞回去多好啊……那运输可就省事了，现在我们在伦敦就已经待三个月了，说不定还在爱尔兰待了一两个星期。这些年来，你待在威尔特郡你那象牙塔里都做什么啦？你是打高尔夫球吗？我记不大清了……"

"是网球……忘了吗？那次咱们打完球，带了几个女孩去喝啤酒，去的是达累斯萨拉姆的一家酒店，有德国鹰标志的那家？"

多萝西进来了，克拉夫大声说："合适吗？来和詹姆斯喝一杯——"

"我亲爱的詹姆斯——有一百年没见了——"

"我们定做了个板条箱运送弗里齐,她正在试看合不合适。"

"我侄女维维恩找到个木匠。她的联系超广,这女孩了不起。关系很有用!"

威廉·克拉夫呷了一小口马丁尼,带着殷勤愉快的神气说:"新的任命和这事比起来,简直是小儿科。露营的本领必须学……我敢说,一定非常好,让脑子变灵活。"

"丹尼斯觉得你那个老鹰台灯是留在政府大楼里了,他跟你说过吗?"多萝西坐在椅子边上,向前略倾,仿佛下楼来就待一小会儿。

"看在老天的分儿上,随他拿去用吧,该轮到别人在那儿挑灯夜战了,哦——你说到哪儿了,詹姆斯……"

罗立·丹多问了问见面的情形,口气显得既不满意,又感兴趣。"他从来没有被派到过还有工作要做的地方,"他说,"克拉夫去年才来,是在自治政府获准组建,独立日确定了之后。一个早早就定下来的日期。"

布雷听了这个闲话感觉有点不自在,头脑清醒了后,有点迟疑地笑着说:"我感觉战斗结束了,他们两口子要悄悄溜走了。"

"打从他一年半前来这儿走马上任后,天天屁事没有,除了去林萨拉钓鱼。"

那天晚上在佩提格鲁家,丹多的声音从人堆里冒了出来,当时有人正往叉在自制烧烤架上的羊身上涂抹烤肉料,大家都围上来看:"……屁事没有,除了跟他的秘书去钓鱼,秘书就是变相的仆人……"丽贝卡·爱德华兹刚刚告诉尼尔·贝利,佩提格鲁的希腊朋友菲利克斯·帕西里斯对她大发雷霆,因为她忘掉了一些他想用在烤羊上的主要佐料——"我要是菲利克斯,一定会叫你回家去取,姑娘。"尼尔说。布雷见她那张年轻的脸上表情凝重,面容疲惫,不禁动了恻隐之心,想转移一下她的注意力,就说:"天哪,我在克拉夫家举止像个顽童!我是在卖弄呢,居然专门跟加拉来的仆人聊天。"尼尔和丽贝卡·爱德华兹被逗笑了。"可怜的威利大叔。""他在达累斯萨拉姆可是个好小伙儿呢。他很认真地上课学斯瓦西里语,说得比我好多了。"他们挖苦人总是毫不留情,又乐得开怀大笑。

大家聚拢来,准备取各自那份烤羊肉,机场见过的那个矮胖敦实浅色头发汉子,用捏着块烤肉的手,打了个招呼。"我是温茨,哈尔玛·温茨,我们是在飞机上见的。"

"你好吗?罗兰·丹多说,我们也许会在银犀牛看到你。"两人端着餐盘走出人堆,温茨对一个坐在一张帆布椅上的女人说:"玛戈特,这位是布雷上校。"

"别,别,别这么客气,你俩找个地方待着吧。"

于是俩人四下找座位,他看见烤肉叉下的火光,映照在这女人油光的脸上,如同映照在酒杯上和挥舞中的刀叉上。靓丽的头发往后梳起,齐齐拢在耳后,亮出高高的饱满额头,他心里总是把这种打扮的女人跟忙忙碌碌的女强人联系在一起。

"尝尝看,玛戈特,好极了——"

"我还不够胖吗——"但她还是从老公叉子上扯下来一小块肥肉脆皮。

"说真的,都一个礼拜了,咱们这还是头一次有时间坐下来一块儿吃呢。玛戈特自己早上六点就待在厨房,有时候夜里十点还在厨房。她真还没时间坐下来好好吃一顿呢……"

"哦,没那么严重吧……咖啡我肯定是喝过几百杯了……"

"没错,一只手在锅里飞快搅拌,另一只手上端着咖啡喝。厨师去参加独立庆典后,一去不返了,现在还没露面——走的时候他说,就去一个下午,就去看看在报上见过照片的那些伟人——好吧,你怎么说?"

"我们感觉那对他是个重要日子,毕竟是的。"黑暗中,女人脸上露出一个好看的微笑。

布雷问道:"那你们是怎么对付的?"

她两手一摊笑了,但他老公把盘子放在膝头,抬起两只手来,抢着要先说——"晚饭一百二十二!那是星期二。昨天——"

"只花了一百零九,就这么多——"两人都笑了。

布雷举起盛着红酒的啤酒杯敬了她一杯。

"怎么不提我的助理厨师?你别忘了我有帮手呢。"她说。温茨把酒杯放在椅子旁边,无比诚恳地讲起来。"她那个助理厨师。我是从新开的劳动市场招来的——当时想,好吧,试试看,他们就派他来了,有五年工作经验,一切都还好。"

他老婆听他讲述,轻轻笑着,正襟危坐了一会儿。"好吧。"

"五年工作经验,但你知道是啥工作?——你知道那些芒果树下的剃头匠吧,就是快到批发市场的路两边?"

"我家儿子的评价最好,我想是。'妈妈,要是巴纳巴斯给个杀猪的当过学徒就好了,就能学会怎么切肉,而不是切毛了!'"

"哈哈,为三个疯子干杯,"温茨兴奋地举起酒杯,"每个人都觉得你是疯了,到这么个国家来。"

"布雷上校不打算管理一家酒店。"她的声音温柔而干脆,口音比他老公轻。

"我没有你们勇敢。"

"哦,你怎么知道?"温茨说,"我们当时也不知道该干什么。"

她平静地说:"我们连想都没想过会当银犀牛的业主。"

"不管怎么吧,那是另一回事。——我听说你要去教育部?"温茨说。

"哦,你听说了?"他笑了一声。"好吧,也许我真要去呢。银犀牛酒吧还真是个消息灵通的场所啊。"

"要是你想听听那地方有多少腌臜事——还真没错。"温茨太太说话的腔调,仿佛就跟老公一个人说似的。"那儿的人脾气火爆,喜欢蔑视一切……对,银犀牛酒吧。"

"我儿子斯蒂芬今晚照料酒吧。他居然会跟那些人打交道——比我干得还好,跟你说真的。他让他们都很安分。"

"我们离开南非时,答应他可以自己选择学校。"温茨太太放下食物,靠在椅背上，火光照不到她了，黑暗中那张脸显得很大，泛着幽幽的光，眼睛像两个山洞。

"他在卢格德中学念书，要参加高级程度考试。"温茨不假思索地说。"——你不吃了吗？"她打了个拒绝的手势，动作像黑暗中一群萤火虫在飞——"你吃了吧，哈尔玛。"

下起了雨，廊子上的人感觉冷了，纷纷溜进屋里。有几个人围着空壁炉高谈阔论，壁炉上放着啤酒瓶。"……手提大砍刀撞开布政司大门那会儿，别人还是流鼻涕的小屁孩……"这时，丹多的话引起了一个来自社会福利部的爱国愤青的注意；本国仅有的三四个女大学毕业生之一的多丽丝·曼椰玛眼睛一闪一闪的，听而不闻；一个南非逃亡者显出赞赏的神色，他棕黄色的皮肤、小鼻子、精致的嘴唇，把他跟另外那两个黑人天然区分开来。灯光下，玛戈特·温茨的头活脱是一条船头的装饰头像，高悬在船体之上——双下巴，漂亮的深棕色头发，短而高的鼻梁，从宽阔的额头上自然延伸下来，水彩色眼睛下面，连接着两道深深的纹路，通向两颊。她向屋子另一边的布雷不经意地微微一笑，就跟旁边一个身边没人的美女攀谈起来。他加入进来的时候，大家正在听她说。"我们不必争论；我们可以相信，殖民主义是站不住脚的，对我们来说是这样的，不是吗？你认为是，我认为是——对。但是四十七——""四十八。"——蒂莫西·奥达拉闭着眼睛，靠在墙上，但微微绷着嘴唇，以示警觉。"——抱歉，你们被英国统治了四十八年，给他们挖矿，给他们修路、建设城市，却住在棚屋里，伺候他们，为他们搞清洁，却被当成泥土——现在全完了，你们真的以为前面有大路，可以跨进现代世界，而没有磨难吗？你们以为有人会教你们识字，给你们供电，杀灭传播疟疾的蚊子，这一切就为了爱？芬兰人？瑞典人？俄罗斯人？任何人？不要你们作为回报，挤尽最后一滴汗水和尊严的任何人？这些是明摆的事实。从你们的观点看——幸亏才经历了不到两代人——这样值得吗？有人会让你白进来吗？有吗？难道你不是必须用受罪来付代价吗?这就是我要问的——"

"哦,你犯了一个通常的错误,认为非洲人没有生活——等殖民者来了,才给了我们生活——在你们的大楼里和后院里。"

她慢慢摇晃着脑袋,听奥达拉说完。"我要说的就是,别把过去的苦难捆在自己的脖子上。独立意味着什么——我不用'自由',我不喜欢大字眼——那么你的独立意味着什么?"

"过去只对政治有用。"哈尔玛说,这话等于说:她说得对。

有人说:"当心中情局的人。""打倒新殖民主义。"

"当然,柯蒂斯,"哈尔玛说,"但是如果你必须这么做,要把那四十年什么的保持下去,那么和你,你的孩子,坐在一张桌子上吃饭——不健康,让我恶心。他们想要听到什么,是你怎么到传教士家后门的?——"

奥达拉太太也到这圈人里来了,伸出一只银指甲手,在柯蒂斯·佩提格鲁的板寸头上摸了一把。"噢,上帝呀,蒂莫西,别再闹了。"

"——让他们在自己的国家自然地抬起头来,而不必为此感到趾高气扬!"

奥达拉大笑一声。"但最后总是归结到同一件事情上:你们欧洲人总是振振有词地谈论那种苦难,因为你们不知道……你们可能觉得那是可怕的,但你们的生活中没有这种事。"

布雷看见玛戈特·温茨抬起头闪过一个坏笑,仿佛有人讲了个老笑话,她笑不出来。

"好吧,你弄错了,"她老公说,口气一本正经的,"我们生活在希特勒先生的统治下。这点你必须完全清楚。"

"我对希特勒没兴趣。"蒂莫西·奥达拉露出一口好牙,显得不耐烦,但很愉快。"我的朋友,白人在非洲杀的人超过了希特勒在欧洲杀的人。"

"嘿,你疯了。"温茨温和地说。

"欧洲的战争不断,白人互相残杀。那与我何干?你刚才说,人应该让自己经受苦难。我对希特勒没有任何感觉。"

"怎么会没有？"温茨太太柔声细语地说。"你对非洲人的遭遇有感觉吧，这两种感觉应该是一样的，不多不少，情形完全相同。一个是十八世纪船舱里的奴隶，一个是十九世纪四十年代集中营里的犹太人或者吉卜赛人。"

"好吧，我十七、十八岁的生日都是在霍华德要塞的拘留所里过的，而且是作为女王陛下的总督的客人，"奥达拉说，"那个我是知道的。"

"她的两个兄弟都死在了奥斯维辛集中营。"哈尔玛·温茨说。但是他老婆正和乔安·佩提格鲁说话，乔安正往一根长烤肉叉头上裹糖浆，要烤棉花糖。

"看在上帝的分儿上，蒂莫西，别再露牙了，让它们扎进什么东西里面吧。"伊夫林·奥达拉对她老公说，当地女人没人敢这么做的。可他没听她的，好像要占老婆的上风似的，他的同胞们老这样，都不听女人的。他气愤地质问温茨，明的是问丈夫，实际是问他老婆的："你得啥回报了，能弥补这损失？"

玛戈特·温茨谁都不看张口就说："那没法说。"她扭动了一下手指头，上面有糖浆，黏糊糊的，她老公从兜里掏出块手绢递给她。

当晚，布雷、尼尔、伊夫林·奥达拉、一个南非逃亡者、佩提格鲁一家，还有另外几个人，要一块儿出去到卫星酒吧。布雷在他们几个中间站着，身边是奥达拉夫妇和温茨夫妇，这时，乔安·佩提格鲁把最后一团棉花糖放进嘴里，刚才给布雷，布雷不要，她只好自己吃了，然后她向大家打了个手势，意思是有话说，大家一定要听。"丽贝卡去过卫星酒吧，她说那地方现在好极了。他们打掉一堵墙，好像直接通院子，有舞蹈表演，有女孩陪。"

尼尔说："当真？咱们里头是谁带丽贝卡去的卫星酒吧？"

笑声轰然而起。"好吧，大家都一块儿去呗，行不？"年轻的佩提格鲁女士总是热情饱满。她长长的卷发散落开来，上面落了一层雨点，因为她在外面的烧烤火上烤棉花糖来着。她是个人类学者,布雷明白这就是她爱张罗出行的原因所在,外出时,她就把孩子捆在自己后背上,人在非洲,入乡随俗。

"那是谁?带着去嘛!"又是一阵爆笑。

"不,不——喔,有拉斯照顾呢——"

"哦,拉斯,是吗?"

"卫星酒吧,呃?""那我们就出发。"

丽贝卡·爱德华兹从廊子上回来了,面带笑容,和颜悦色,但对大家避开她说的那些话,含有疑问。她说:"那儿有电灯,像明星的梳妆台上见到的那种,电灯亮起,组成一句口号:**独立万岁**。"

大家闹哄哄的,还是决定了要去。丹多不去,维维恩要回去看孩子,丽贝卡·爱德华兹说,自己的孩子也是独自在家。尼尔坚持要布雷来,他这人到了半夜,特需要有人做伴。但是当尼尔、布雷、伊夫林·奥达拉、那个南非人一块儿走到批发市场的时候,其他人都没到。他们随即进了卫星酒吧,音乐声劈面而来,这时有人说想起来碰面地点是铁道口。于是他们又去那儿找人,布雷感觉夜里出来找人这事,尼尔·贝利十分喜欢。他们返回城里,来到爱德华兹住的公寓——在黑黝黝的大楼前,尼尔站在月光下的一块泥土地上,呼叫起来,可是没人应答。他们在一处停下来,顺路捎带了个搭车的。他们是在车灯光里看到这人的,帽子拿在手里,漆黑的路上唯一能看清的是他干净的白衬衫。他应答了一声,用感谢的口气称呼尼尔为老爷,这是白人在路上停车搭载一个黑人,所期待的礼貌。上车后,他坐在布雷和南非人旁边,和城里的白人黑人坐在一起,他像个刺猬一碰就缩成了球。布雷再次回到这个国家,又意识到自己的个头、块头和满面红光,都带有冒犯人的意思,可是这不是他的责任,他心里明白,旁边这人蜷缩起来是避免跟他接触。汽车里洋溢着伊夫林、尼尔、南非人的欢声笑语;汽车经过了芒果树荫下,明亮的月光下,树荫隐隐绰绰,像睡着的野兽;一座荒丘上,一头毛驴在吃草,草地上散落着打碎的瓷瓶;清真寺上的色彩几乎能看出来,华丽的印度式建筑上的银色防盗栅栏泛着亮光。批发市场是很早以前建的,毫无规划,乱七八糟;一夜之间冒出大片店铺,街巷纵横交错,汽车拥挤不堪,在插满门店、已经耷拉的彩旗下,所有的店铺都关门打烊、黑灯瞎火,只有酒吧例外——小店的灯光大喇喇、明晃晃,投币选唱机放出热闹的音乐,熙熙攘攘,人声嘈杂。

布雷愿意留在卫星酒吧外面等等看,万一另外几个人来了,也好有个接应。他在街上徘徊了十到十五分钟的样子,看着街边的边界,那是脚印和自行车胎压出来的,而不是过去白人市议会认为最高的那道沥青分出来的。印度人的店面廊子上是水泥铺地,形成了泥土中的岛屿;碎布片从这里刮起,到处散落——印度人雇佣的黑人,白天就坐在这儿操作缝纫机。窗板和破损的廊柱上,贴着红旗下莫维塔身穿宽袍的海报。卫星酒吧前门上的玻璃贴痕累累,上面涂着遮挡视线的颜料,小男孩们从颜料上面往里窥看,一边撕扯着海报残片,一边冲布雷傻笑。门口不断堵塞,内有饮至酩酊的醉汉往出挤,外有进退犹豫的男人朝里望。

我们的享乐是多么矛盾啊,他心想,又慢慢朝街上走去,从一个人身边经过,那人仰躺在土地上,就在川流不息的自行车队伍边沿。深凹的路面与店廊水泥地的落差,很适合坐。酒吧内的嘈杂声响不绝于耳,倒是让人心安,知道那房子里有人气,于是他抽了支雪茄,驱散了周围空气里的气味,那是一种木头的芳香,混合着早已闻惯了的各种潮湿味——尿液和烂水果味。十年过后,城里的灯光没有强多少,因而夜空并没有失去其明亮;方圆数千英里,没有能让天空暗淡下来的大城市。夜空上星星一团团一片片,晶莹璀璨,有如烈焰熊熊;他仰头贪婪地观赏,一直看到头昏脑涨。这时,贝利的汽车回来了,他们决定不再等候另外那几个人了,便匆匆喝了些啤酒,打算回家睡觉。酒吧里那个老地方,配备了板凳和食堂那种简陋饭桌,坐满了常客,痛饮着本地啤酒,丝毫不顾角落上的乐队震耳欲聋的演奏。在新啤酒园——这是个院子,貌似收拾整理过(垃圾筒还是满得往外溢),摆放了几张桌子,桌子中间支着阳伞——有些非洲小资带着女人,还有一两对夫妇在跳舞;伊夫林·奥达拉跟一个熟人招手打了个招呼。这儿的人猛喝瓶装的欧洲啤酒,尼尔的朋友到处都是,他去找老板,老板是个英俊的年轻黑人,有张贪婪的脸孔,热心于各种赚钱的办法。他跟他们坐在一起,因为尼尔死活要他坐在这儿,而他自己笑着坚持说,有这么三个女孩,不是要来陪他们的,可是——"你们帮帮这几个孩子吧,每到这个钟点,警察就来巡逻,他们一来就不是一个,你瞧——这个地方落后着呢,伙计。"啤酒和女孩们都来了——"别,别,很高兴你和你的朋友们能光临敝馆。当然,这儿的装修还不行……就是想来点儿夜生活,添点儿庆祝气氛。我光给乐队,每晚就是二十镑,我想在这儿开个高档酒吧,提供冰镇威士忌,一切都要够档次……顾客是市里的做高级贸易的那些人,你懂的。"

那三个女人好看但不高贵,结实的黑腿上,紧包着闪亮的长筒尼龙袜。她们笑个不停,穿着光鲜,出入这个场合,让她们感觉很快活,仿佛不干这行有些日子了。她们打扮得漂漂亮亮,拉直了头发,涂了眼圈,把嘴唇涂成紫色。但是,那片亮出**独立万岁**字样的霓虹灯淋了雨,不亮了。

真的,爱德华·莘札不在首都;有过去那样的背景,他的缺席异常引人注目。布雷自己觉得,这个缺席又似乎总是在场。

* * *

夜里在土路上开车回丹多家,不时会撞死欧夜鹰,它们愚蠢地卧在车道上,等到发现险情起身逃离,已为时太晚,当年在加拉开车,路上也是老遇到它们。天亮后,它们的尸体被车轮不断碾压,变成路上的尘埃。他和奥利维亚有本鸟类日记,专门记录加拉及周围的鸟类生活;当年他们想起这事很不安,夜里无法避免撞死这些鸟,久而久之,也就习以为常了,所以车撞到鸟,几乎没什么感觉,就像甲壳虫撞在挡风玻璃上一样。甚至连注意都注意不到了,哪管被撞死的鸟很漂亮,通体黄褐色,有几道黑条纹。有年夏天,他们曾经研究欧夜鹰的习性,找出它们喜欢待在车道上的原因;结论是它们翅膀下面有虱子,必须不停地洗沙浴,清除虱子。不错,非洲当年是个做研究的好地方,有隔世绝俗的欢乐和趣味,尽管他也卷入了政治。

在庆典那个星期里,开车进城很费劲,总要被某个官僚经过而封路堵在半道。戴白手套的交警,骑着摩托,组成威风凛凛的队形,疾驰而过;穿卡其军装的士兵封锁道路,驱散孩童、女人、游民、自行车;有时会有乐队前导,一路奏乐,铜管齐鸣。这种场合,总是旌旗猎猎,迎风招展。随后而来的,是一辆戴姆勒或者梅赛德斯,坐在最里面的,不是这个国家的总统,就是那个国家的总理;往往是他的座驾过去后,人们才会意识到他是谁,他周围总是簇拥着大批随行保安,他们的标志是统一的:黑面孔上都戴副眼镜,黑西装熨烫得平展挺括,雪白的衬衫领。一次,来的是英国女王,由她的女侍臣陪同,女侍臣灰白的头发烫过;一次,来的是甘地夫人;巧的是有次布雷和维维恩·贝利坐在车里,还被莫维塔的车队堵了一回。贝利的孩子们爬上了车顶欢呼,莫维塔身穿黄宽袍,坐在他的敞篷车内,车载着他转眼驶过,他脸上带着那种难以觉察的微笑,几天工夫,他就学会了带着这个微笑,扫过眼前无数面孔,这些面孔在他眼里都是一个样。维维恩难过地说:"他很精彩,是吧?人群里咱们最顺眼了。"

"不知道他喜不喜欢这一套。当然,他应付自如,和我们一直期待的一样。"

"他说什么?"她说。

"我还没有和他聊过,说真的——没有那种场合。"

和往常一样，一个交警在车队末尾殿后，在空荡荡的路上开车画了个"8"字，动作夸张，于是道路封锁解除，喇叭声响成一片，催促动作迟缓、不知所措的行人。贝利的孩子们争先恐后从天窗钻回车里，互相扯拽腿脚；害羞的黑人小孩在一旁看热闹，有个小女孩把拇指放在嘴里，咯咯笑个不停。一个年轻女人把她的小婴儿背起来，紧紧捆在自己的衣服上，再把一个小不点孩子放在自行车行李架上，然后蹬着车子，晃晃悠悠骑走了，一边嘴里又是叫喊，又是大笑，跟街边的另一个女人聊个没完。鼓凸的纸板盒一摞一摞，用绳子捆起来，搁到一颗一颗脑袋上，顶着走，大孩子背着小孩子，一群年轻人骑着自行车，优哉游哉，一边还争辩着什么，后面的自行车不耐烦了，拼命摇响尖厉刺耳的车铃。人群里有个年轻人边走边把一个晶体管收音机举到自己耳朵跟前，里面传出一声广告歌，声音忽而高起来，又渐渐弱下去。"我要把我的旗子给那个小女孩。"艾丽萨·贝利说。"好吧，那就快去。不——你们几个坐着别动。"

大家望着这个胖乎乎的白人小女孩，都知道她平常对自己人很凶，此刻好像正走向一个颁奖台，把她的小旗子递给了那个嘴含拇指的黑人小孩，旗子又小又脆，是在日本突击印制的，为的是这笔买卖赶上独立庆典的顺风车。步行的人在车流缝隙里穿插。"他们喜欢这么做吗？"维维恩说。体育场举行了一场运动会，一场由一个警察管乐队和一个大型学生合唱团联合演出的音乐会，还有一场很特别的历史大表演，这场表演一口气演了好几个钟头。部落舞和颂歌交替进行，还穿插着白人插科打诨的表演场景，这些白人丑角都留着邓德利里[①]式胡子，拿着大块的金矿石，向装扮华丽的首领展示；情节必须含蓄模糊，以免冒犯奥赛比·祖纳二世部落后人，意在提醒观众，那位老人把领

---

① 邓德利里，英国一八五八年的剧作《我们的美国表亲》中的人物，没头脑好脾气的贵族，留着标志性的两端上翘的胡子。

土内的矿产权送给了白人,价格是一辆双驾四轮马车,和伟大的白人女王的一样,外加许诺每年付二百英镑;为了不冒犯英国人,让他们想起,这个价钱使他们失去了一个国家。学校女生穿着运动袍上体育课,戴头盔的矿工体现了当代更安全的工作环境。

布雷和维维恩心里都在想非洲城镇和乡村的庆祝活动。"啤酒吗?成桶的啤酒……烤肉,开辟出空地跳舞——"维维恩在心里把情景换到了欧洲,红酒柜,乡村广场。后座上,孩子们在争吵;小女孩一副自以为是的态度,吹嘘着自己把小旗子当礼物送人的事。"我有时候就是不喜欢艾丽萨。"维维恩压低嗓门悄悄说。不自信在布雷看来,是聪明人的一种无知,这表情给她的面庞增添了一种独特的美。她很直率,跟总爱挑剔别人的那种一般情形相反,她总是挑剔自己。"你觉得她会感觉到吗?"

"她会的。"

"这可是从来没想到的。就是说,你竟会厌恶自己的孩子,就像厌恶任何人。也有可能,年纪大了就解脱了,这些有趣的情形干脆全发现了,也就解脱了。"

"一定会解脱。"

"说不准。也许有别的打击。"

"这么说,你觉得不会?"——这话更像是肯定,而不是疑问。他有一种感觉,她此刻是在谈婚姻:她自己的;包括他的,她知道他的婚姻持续二十二年了——人们谈起奥利维亚,同时也会捎带他,以前总是这样,但是这个结合,双方都是原来的个性,并没有成为双头同体,形影不离,夫唱妇随那种类型;也许这就是她想要的,但希望渺茫,跟她的尼尔没什么希望。

"哦,不见得,有的人年纪越大脾气越坏,越粗鲁。比如托尔斯泰。再比如叶芝晚年的一些诗作——依我看,很多人老了都是那样。是他们的情绪变了,晚年的情况并没有那么糟。天哪,更糟的究竟是什么?"

好像这对她非常重要,她说:"我倒没有看过他们的作品。有一本除外,说的是一个老人——"

"'我两腿间有魔鬼'——是那本吗?"

"是的——不过重要的不是性。人肯定有别的事要处理。"

"不能预料的那些事又怎么讲呢?哪怕是动脉硬化这么简单的事,也能把你变成一个贪婪的老妖怪,对自己过去深爱的那些人疑神疑鬼,生怕人家偷她的钱包。"

"但是,你想过没有,这事会发生在你身上?"前面亮起红灯,车停下来,她扭头看着他,一张年轻女人的脸,刚开始呈现成熟的神情,由内而外,体现各种情感和意志,五官也都变得和内心协调一致了。

"当然没有。"他那种中年人的沉着,本身就表明会坦然接受这种未来的灾难,他的话显然是言不由衷的。她听了微微一笑。

丹多提议去银犀牛吃饭——菲斯特斯从厨房出来了,气宇轩昂,好像要了断啥事似的,他一直在纠结,晚上要不要在家准备晚餐。"谁留了,谁走了,牢骚没完没了。"布雷和丹多在花园里喝了一杯,天刚擦黑就穿起外衣,出发进城。菲斯特斯把自行车绑在车顶的行李架上;他起码要去享受一下节日的气氛。"怎么回事,菲斯特斯?"丹多问了一声,因为布雷提了一下。

体育场有"拳斗"。"我必须七点半赶过去。"

"我知道,我知道,别慌。肯定到了。"

黑人坐在车后座,上身穿白衬衫,下身穿灰裤子,身上散发出浓重的石炭酸皂的味道。他还是不住地重复着:"七点半。"

"我今晚准时送你到体育场,希望你明天也准时做好早饭。"

菲斯特斯看了他一眼,欲言又止,先动手把窗玻璃摇下来,大叫一声。车里依稀听到佣人们那个角落里有答应声。菲斯特斯咆哮起来;这回跑出来一个小伙子,把大门打开,等车出去再关上。车前灯照出两道尘土光柱，前方一直射向天空。菲斯特斯对丹多说："我啥时才能到，你告诉我。"

"要知道，你在车上要坐八英里的路程，明白了吧。"

"别坐到明天就行。"

布雷扭身递给他一根烟，菲斯特斯接了，但没笑容，他不想刺激丹多；他在考虑谁不在岗。

他们让他下车的地方不是体育场，而是一个街拐角，因为他突然扑向前座（抓住丹多的肩膀，要他停车），他一路上都想着在这个地方下车，却憋着没说。丹多把车开到了大湖酒店，而不是银犀牛；他觉得肯定是把眼镜丢那儿了，在那儿吃的午饭。大湖酒店是几年前建的，业主是最大的金矿公司，因为实在找不到更合适的地方，可以招待从英国和美国来的头头脑脑了。楼房的整个设计，小到最后一个门把手和烟灰缸，都是由一位曾获得建筑奖的当代英国设计师承担的，但他从来没去过非洲；公共空间和阳台之间的墙，是花边状水泥格子框架，但是没有角度，雨季雨水会溜进来；铺着厚地毯的卧室是全封闭的，换气全靠空调，旱季清新的空气进不来。阳台现在部分用玻璃封上了，被雨水腐蚀的真丝帘换上了尼龙帘；酒店没原来那么美观了，但是调整到适应了环境，可以生存下来了，好像一棵植物，迫于环境而发生变异。

他俩到了的时候，有个鸡尾酒会正要结束，晚到的只好待在围着水池的阳台上，贸然站在人群里，距离太近了，里面拥挤嘈杂，大家都在交谈。在金色大厅里，花丛之间，插了许多小三角旗，宣传国家自己的新航空公司；丹多和布雷穿过大厅，来到了另一个酒吧，遇到不少人和他们打招呼，聊天寒暄。罗立·丹多毫无顾忌，大声应答，旁边的人都能听到，假如他们真想听，但没人在听。一颗颗脑袋低抬高举，一对对眼睛瞥来瞟去，一张张脸上绽放出日落时分才有的那种惬意迷离的光彩。"……雷蒙德·麦金托什，没错。我不懂他这会儿拍诺曼的马屁干吗？瞧那。——嘿，雷蒙德，祝贺你的头一个百万。——啊哈，乔，牛排消化了没?"几个人聚在一处谈话,其中一个黑人在招手,脸上露出一个表示重视的微笑,他正向前挺直腰背坐在椅子上,两膝张开,裤子紧绷,跟对面的白人交谈。"——乔·卡巴拉和斯坦也在这儿吃了午饭。开面粉厂的。头一例黑人吃这碗饭的,走着瞧吧。私企的领头羊,把座位焐热了,好让白人资本投进来,安插董事,大把捞票子。他吃上熏鲑鱼了,我看到了……——难道你不觉得回家跟孩子们在一起更好?"丽贝卡·爱德华兹听见了丹多的声音,从一棵橡胶树后面用眼睛找人。她正在和柯蒂斯·佩提格鲁一块儿喝啤酒,显然是下班直接过来的,旁边乱堆着一摞超市买来的纸夹子。"晚饭又要晾干了,柯蒂斯。你跟我不一样,像我这号光棍,想啥时回家都没问题。"

他俩被一个联合国粮农组织官员和雷文神父拦住,雷文在森施负责难民培训。布雷去过那儿,应比尔·雷文的要求,在丹多家那个圆形茅屋里,偶尔也做了些笔记,可以讲一门简单的经济管理课。"你能讲葡萄牙语吗?赞比亚人把莫桑比克解放阵线的一批讲西语的小后生推给了我们。"——雷文说起这个困境,有点激动。那个联合国粮农组织官员主动提出,要带布雷去看看他在南方经营的实验农场;"要是到时候我还在这儿,我跟你去。"

他跟着丹多走了,丹多到了吧台跟他的朋友科宁斯比争论起来,科宁斯比是个经理,俩人争论的是奥匈帝国,还有弗朗兹·约瑟夫的性格。这情形丹多早习以为常了,不管谁跟他聊起哪个话题,他一定是比人家懂得多,只要没有更专业的人在场,他对自己这个优势还是自鸣得意的,尽管他满嘴牢骚;布雷记得经历过这样的情况,那还是些读书很多的人,但生活圈子很窄。粗放的智识不像人们以为的那样;有可能会是一种强迫症,非要跟人解释——不管什么人、公路上的卡车司机、地区兽医——欧洲共同市场的工作机制,或者是维特根斯坦的理论。

布雷总感觉吧凳坐着不舒服——他块头太大,坐上去跟邻座不是肩膀摩擦,就是膝盖碰撞。一条胳膊肘支在吧台,侧身看着周围,感觉还好些。他一边喝威士忌,一边看着所有的人。回想过去,恍如南柯一梦,醒来变成了今天,伴随着各种不和谐。来了一小群白人,是来吃饭的,一个个光眉俊眼,刚在美发厅理过发,当天第二次刮过胡须,头上清爽利落,脸上容光焕发。笑声响起,粗鄙不堪,引起合体的西装里面,突发阵阵肢体痉挛,只见坐在吧台前稍远点儿的三个白人,笑成一团,嘴里惊呼呐喊:"等等——等等——"故事里加了个转折,接着又讲下去。一个黑人身穿美国格子花呢上衣,坐一块儿的另一个穿深蓝西服,嘴里跟他说着话,眼睛却并不看他,显然心不在焉。腰果盘里,黄色指甲在剥壳;一个管所有的人都叫"宝贝"的女人,发了句牢骚,因为她的马丁尼酒杯里没放橄榄,吧台伙计过来时,她把牢骚话又说了一遍。又进来两个黑人,从大家头顶上望过来,神态诡秘而傲慢,一下看到了穿格子花呢上衣那人举起一根手指,立刻上前来握手寒暄,彼此拍背,这么热情的礼节,过去往往令白人侧目,如今也就闪过一个漠然的眼神而已。

那个有女士参加的晚会显然是为了款待一个高个金发男子,他从外地来,大家都仔细听他说话,显得很专注,好像在听才子专家讲话。他是人们心里那种卫队长式的类型,也许太特别了,不会是个卫队长。也并不特别年轻;他宽阔的肩膀上竖着一颗小而英俊的脑袋,后脑平直,头发略长,像丝,顶部稀疏,一笑就露出骨感的牙齿。他表现愤怒或是大笑的时候,鼻孔很活跃,吸气有声。对此,他的朋友们肯定感觉魅力无限。他用的字眼是现在已经听不到的那些,无论如何,在英国听不到。最有可能的解释是,他一定参加了业余戏剧表演,而担任导演的那位太老了,没法仿效诺埃尔·科沃德①。业余戏剧表演在公务员和侨民中很流行;就连奥利维亚有一回也参加演出了,那是部烂惊悚剧,场景设在某位勋爵的庄园里。

---

① 诺埃尔·科沃德(Noël Coward, 1899—1973),英国剧作家、作曲家、导演、演员、歌手。

"……噢,天哪,没错。她父亲也正好出来了。正好出来了。卡本迪山庄那地方没了。失去了那些马儿,卡萝尔伤心透了……去了泽西,我想……阿波罗瓦酋长上周跟我说,宰杀可能要有麻烦了,有些伙计养了政府的种牛,块头大得吓人,政府在它们身上下了血本——我说,老伙计,你担心这个啊,我可是恨不得我和你那些母牛,你那些老婆,所有的一切之间隔着万水千山……'让佩泽勒滚远点。'我说别他妈傻了,阿波罗瓦——只要他独自一个人,就没什么废话,我严厉地教训他,我们一块儿喝白兰地——"

"——妙啊!"有个女人情绪失控,把手里的杯子放下了。

"——天哪,这没什么——卡萝尔给老阿波罗瓦的老婆买了紧身胸衣哩。"

笑声一片。

"是他大老婆。可怜的老口袋,闹不清奶从哪儿开始,臀到哪儿为止。一座肉山。我的天哪,可爱的老女人。真不知道假如没有卡萝尔她可怎么办,他们很喜欢卡萝尔。没错,给她买了紧身胸衣、灯笼裤,不知道了……在哈罗德商场的特号柜台,给马戏团什么的肥女人准备的……"他缩紧鼻孔吸了口气,大伙儿面面相觑,都很开心。"我们走了以后,不知道谁要来接手这份差事,我可以告诉你们,中央政府和地方负责人,鬼才知道这帮先生们怎么称呼自己。我的天哪,佩泽勒——肥头大耳的地方官僚,来自东部省,开着他那辆崭新的吉普(我正式要求了四年,想把老爷车都换掉,没理会),他派头大极了:'我跟阿波罗瓦酋长九点半有个约会。'——他边说边看表。他以为他要去看牙医呢。于是老家伙去了他家,就想喝点小酒,好好聊一聊。"

伙伴穿格子花呢上衣的那个黑人,忽然用英语对吧台伙计趾高气扬地说:"这儿的服务糟透了。我说了要冰块,没说吗?"

但是谁也没听他说,除了布雷。

"……真不错,短期投资赚了百分之八的利。他们在这些国家就干五年,你知道。"

餐厅里,晚宴音乐奏响,徐缓悠扬的钢琴声,从吧台上方的一只喇叭里传来。

"哦,根本不会有什么困难,我们有信心……"那些白人商人,只要认真起来,立马就是一副专业神态,一脸漠然,若有所思,总是在国外,要么坐在飞机上,要么坐在酒店里,代表大公司。

"……你那些奇怪的葡萄牙人,越过边界线,在这边闲逛呢……狡猾的家伙,你那些葡萄牙人,不过我的人总有办法……说正经的,佩泽勒,我走了以后,你爱怎么干就怎么干,但是只要我还在岗……政府官员,对不?——那么好,告诉他,什么时候看英语没问题了,能读懂机密报告了再说吧,这么偷鸡摸狗还要好好折腾一气的——"一对对蓝眼睛,瞪得溜圆,像鱼眼,神情热切,看见丹多和布雷离开吧台,从这儿经过,略带微笑,对从每一张白人的脸上读出来的情感,表示理解。

"月亮,六月,勺子,"丹多说,"谁他妈要听这胡说八道?一定要跟科宁斯比说说。连卫生间也在播放。在这儿连自己尿尿的声音也听不见。"

出城不远就到银犀牛,像大部分殖民时期这些领地内的酒店一样,它也建在大北公路边,这条公路从一个国家通向另一国,贯通中非和东非。十年前,来这地方度周末的常客是从城里和矿区来的白人,这儿也是他们星期日游玩的场所;附近可以钓鱼,花园里养着一只驯顺的蹄兔,还养了些鸟儿,关在笼子里。如今资金用来翻修老酒店,丛林里星星点点建起了不少房子,亮起的灯光像蜘蛛网,空旷的新道路上已经立起了街名牌,有几个部已经搬迁到了那个方向。布雷听说新大学选址也是那里。"没错——不过还会变,"丹多说,一边握住方向盘,好像那是一匹野马的头。"大学地址选在城区西坡,可能性最大。他们花十五万英镑建起来一座工程部大楼,才忽然明白过来,政府部门的大楼应该建在同一个区。所以他们打算在建那些楼群的地方,再盖一座工程部大楼。一千英亩,就在政府大厦和使馆区下面。明眼人都能看得清清楚楚,除了一个特地从外国请来的城建专家。"

"那原来建好的那座楼房怎么办?"

丹多口气急促起来,还加了个挥手的动作。"谁知道,大概是当养鸡场吧。可怜的温茨。他投资不走运。他酒店的房地契还没弄清楚呢——我一直跟他保证,要和他一块儿研究那些文件,他被那个王八蛋麦金尼捏在了手心里,还记得麦金尼和戈尔丁吧?温茨先到这儿买下了那地方,签了协议,等他老婆孩子都过来以后,才发现他当初绝不该同意一条操蛋条款。等于没产权。"

"天哪。他们是因为政治原因被迫离开南非的,对不?"布雷对有过一面之交的这个人,产生了些许兴趣。

"不知道是不是被迫。她当时很紧张,想走——我是说哈尔玛的老婆。她是犹太人——哈尔玛是一九三六年把她从德国弄出来的,你知道,他自己不是犹太人。把她偷偷带出边界。那是个可怕的经历。当然,当时在德国是不允许他俩结婚的。他连家里也没告诉,谁都不能相信。带着她,突然消失了。真不可思议。你不会信哈尔玛有这胆量吧,可他还真有。假如他被捉住,会和那些人一道关进集中营的。"

银犀牛那个老露台上,两个柱子间拴着的一条彩灯电线松了,中间低垂。非洲人坐在硬椅子上喝啤酒。有的身边有女人陪着,女人身边当然是带着孩子。小孩子们拿空啤酒瓶子玩,翻越露台的矮墙。电话亭还在那儿,门上贴了一张莫维塔的大画像,头上戴着一个金色的花环;打电话的人在画像边上写了不少号码。酒店内,朽坏的蝶翅形画都换掉了,代之以刚果面具,质量还不错,墙面重新粉刷过,刷成朴素的白色——除此之外,大都是老样子,跟布雷记忆里的一样。在餐厅里,多了个拱形护罩,像个许愿井,里面用明火烤肉,不过当晚没用上,牛排是从厨房端出来的。自从布雷离开非洲后,这里出现了冷冻设备,所以他发现哪儿都能吃到这种牛排:大块厚厚的牛肉,事先切好,就总有腐烂的破布条的意味儿。"她做蘑菇酱是一绝,很特别,"

丹多嘴里嘟囔着,"这地方和以前一样,开张以后生意还不错。"哈尔玛·温茨看见他们了——也许要去那里吃个饭,就不能不拜访温茨一家——他朝他们的桌子走过来了。他穿着棉布裤子、绿色编织衫,胸口起了皱,两手一摊歉疚地说:"天哪,真对不起——我想让你们先喝杯马丁尼酒什么的,可是你们怎么到这儿了……我不知道怎么跟你们说——商会定了明天的午餐,今天早上我去车站取小龙虾,发现都坏了。整整一批货。玛戈特在应付别的事,面包和鱼很好,真是奇迹……红酒怎么样?罗立,我想叫你尝尝我弄到的一瓶蒙拉谢……不过,那是牛排,呃?哦,我们今晚拿不出小龙虾。但是下一次,要提醒我,你一定要尝尝看……很鲜美。"他坐下来陪他俩喝了一杯红酒,聊起了英国政治;他时不时很不情愿地停下来,四下张望,看看哪儿需要他出现,接着又蛮有兴致地回到话题上。咖啡上来的时候,他说:"哦,玛戈特想请你们跟我们一块儿喝咖啡,稍晚些。走运的话,十点前厨房就完事了,我们就能出来了。到我们的宫殿来。罗立知道怎么走。""斯蒂芬在照料酒吧?"罗立说。"他也许在。我不确定。酒吧伙计今晚应该在那儿。"侍应生眼巴巴地望着他,好一会儿了;他匆匆离开了。

酒吧里令人窒息,充斥着发酸的酒精味。一个风扇吹着一圈小船旋转,这玩意儿在机场商店里有卖,上下颠簸,像失衡的天秤。"你多大了,年轻人?"丹多大声问一个胖乎乎的白皮肤男孩,男孩下巴上有道凹槽。显然,这是一个老玩笑;斯蒂芬·温茨笑了笑,一边带点儿炫耀地放下一瓶白兰地和两个漂亮的高脚杯。"大到知道你喜欢喝什么,丹多先生。""哈尔玛的儿子和继承人。所有这些酒终有一天都是他的。"哈尔玛·温茨脸上露出尴尬的神态,好像刚告辞的客人;他跟男孩说话。丹多用两只手捧起白兰地酒杯,像捧着一只小鸟。"我刚告诉你儿子说,我要报告警察,说你在酒吧雇佣未成年人。""没事,你该看看我们有时候是多么辛苦地把那些背在背上的婴儿拒之门外的。"

"我们看见门外边有,"布雷说,"看上去倒挺淳朴的。"

"那是玛戈特，"哈尔玛很直率，说话毫无保留。"他们喜欢到这儿来。玛戈特散发糖块给孩子们吃。所有别的酒店，当然，都是想办法叫他们把孩子放在家里。"

庆典周来访的大部分游客都走了，但是酒吧还是有一半的上座率，来的都是常客，有白人有黑人，有的黑人白人结伴而来。来访政要的随员们，把银犀牛当成了据点——塞内加尔的一位秘书，象牙海岸的两位男士——还有些新闻记者，一对菲律宾夫妇，在联合国人口统计部门工作（丹多认出他们了），夫妇俩和加纳大使馆的朋友在一起。一两名莫维塔的少尉军官来办理例行公事，也混迹于这些名流当中，不过丹多说："他们还处在清教徒式的奉献阶段，政府里——首先会出现贪腐，接着就是清洗，然后又回归正常，能来酒店饮酒，和我们这些普通人在一起。他们会慢慢迈稳脚步。"很多人跟他打招呼；连布雷也看熟了一些面孔。不过他们没跟哪个一块儿喝酒聊天；丹多袖口汗涔涔的，坐在令人窒息的酒吧里，周围是这样的一群酒客，总算能得空任由自己陷入冥想，也颇感惬意；好像在自家厨房里，听着锅碗瓢盆齐鸣。没过多久，他们就被叫到了温茨的公寓。一进客厅，浓郁的欧式风格扑面而来，尽管墙上装点着透明蜥蜴，本地造的家具样式也不好归类。是那张桌子造成的这种印象：是张圆桌，一根粗重的雕花腿，荷叶边黄桌布，中央一盏吊灯。灯光投射范围，看到的是欧式室内布置，这种布置，让人联想起冬天午后的昏暗、潮湿，还有冬夜寒风的拍打。但是此刻窗户大开着，外面温吞吞黑乎乎，啾啾虫鸣，不绝于耳。

咖啡，黑巧克力蛋糕，一碗泡沫奶油，一起摆在桌子上。丹多一口气吃了三块。玛戈特神情沉稳，不是有心事就是累的。除了给他们送来吃的喝的，她似乎感觉不到丹多和布雷的存在，她不可能事先知道他俩在酒店。她不时莞尔一笑，应答顾客，但是她似乎并没有在听她老公说什么，尽管他说个不停，说些跟她有关的趣闻逸事，期待她加入话题，还重复了她的意见，好像她认可了似的。

"来杯杜松子酒加咖啡。"他热情劝酒,布雷不想再喝了,可是丹多说:"啊,好。"哈尔玛尽管依旧是满头金发,相貌英俊,但还是因长期劳累而显得疲惫,这时他在屋里四处翻检,打开几个纸箱,摸摸索索,像个老人。"是瓶白兰地,应该在这儿……哪儿去了……我是半个丹麦人,你要知道,那是我们国家的,你们是怎么叫来着,烈酒,对……天哪,瞧这儿都塞了些什么东西……"一摞一摞撕开的信封,邮票散落在地板上,卷了边的照片,银行存款单据,免费奉送的这东西那玩意儿。他又去一摞摞书后面找,那是些哲学、政治类书籍,把几个摇摇欲坠的书架塞得满满当当;房间里到处有书,英语的有萧伯纳、奥尼尔、多斯·帕索斯、奥斯汀,德语的有黑塞、格哈德·豪普特曼、布莱希特、里尔克;还有德语和英语心理学书——一眼望去,顿有三十年代欧洲遗风之感,这是那时欧洲青年必备的书籍,他们没钱没地方添加更多藏书,也绝无动机和意志,把它们当废物丢弃。

"你想找什么,哈尔玛?"玛戈特·温茨突然大声问,声音里含着耐心和力量。她背对着他。

"没,没什么,酒,圣诞节留下的那瓶,就是维贝克——我正在——等等——"

她站起来,步态坚定得像梦游者,脑子里如数家珍地装着所有东西的路径:各种纸箱和犄角旮旯堆放着什么,清晰得像玻璃底下的一座蚂蚁洞里的交叉路口。她从一个包装破损的唱盘架子背后,顺手拎出一个瓶子。"给你,哈尔玛。"

他还是一个劲地唠叨说他以为在这儿在那儿呢,他明白自己把它放在了哪儿,她站在那儿盯着他看了会儿,好像在等上紧的发条松下来。

他们的女儿伊曼纽尔,悄悄溜进来,给自己切了块蛋糕。"没错,我认识你。"她直接跟布雷说,她老爸在一边做介绍;独立庆典晚会上,她像个小动物躲避追捕一样躲藏起来,没太多注意跟拉斯·阿萨和说话的中年陌生人,这时一经介绍感觉很亲切。她故意从一个角度切了蛋糕,显然是不想要蛋糕馅,给下一个人造成了麻烦,她也毫不在乎。她坐下来一点一点吃着小碎块,用一双修长、纤细、灰黄的手捧着蛋糕碎块。她耸起双肩,锁骨上下就出现两个深凹,锁骨上发青而滑腻的皮肤,在室内的高温下汗涔涔的泛光。她的某个角度,让布雷联想到了东方饥民的照片——满脸就是两只眼睛和骨头;但是,在没样式的短裙下面露出两条美腿,大腿细而性感,膝盖骨小而圆。

斯蒂芬把父亲弄乱的书整理好。"哦,妈,找到杀死那些东西的灵药了,名称有了。"

"啥东西?"他妈妈问,并没有转过身来。

"那些咬书皮的东西。"

"蠹虫。"她说。

"药店能买到。名叫灭害灵,往书架上一喷就行。"

她说:"他知道怎么让书不被虫子咬,不过他从来都不打开一本书。"

温茨正跟两位客人说着话,忽然提高嗓门叫喊起来,好像对着麦克风说话。"他还有多少时间。你知道他完不成作业。"

"没错。"

他的注意力停顿了一下,试探她;接着又回到新大学的话题上,继续刚才的讨论,布雷认为重点应该放在科学上,特别是工程学,他不同意这种观点。

"喔,我看不出这些非洲的新大学怎么招到合格的人才,填满那五六个学院,"布雷说,"理智的解决方案,是让地理上、经济上和其他方面有联系的国家,建立一种高等教育联盟,各大学发挥所长,集中建设好一两个学院,从加入联盟的各国招生。这里,我觉得大学应该首先提供工程学和医学学位课程,刚开始就先设置这两种学位。谁想念文科,就去马凯雷雷和卢萨卡。这样才可以建设一流的师资和设备,而不是把饼摊薄,降低标准。"

"然后可以设置一些预科——我也说不好……就是中学和大学之间

的过渡。这样就可以给年轻人提供普通教育——也包括那些要出国上大学的青年,呃?"

"没人怀疑这个,"丹多说,"这是认可的原则——继续教育学院之类的。"

"可是为什么不能把它和大学连在一起?实际上做的事是连在一起的,就是降低门槛。就是多花点时间完成学位课程罢了。但是,如果是理工科大学,上校,这个学院就需要另一个平台,另一套管理机构,就为了那些要去外面学法律或语言的人。"

"需要的是技术人员、矿业工程师、电气工程师,我亲爱的哈尔玛,而不是大批的爱国白痴,写非洲文学论文!"丹多话说得像放炮。

"我要想读法律,就不知道去哪里读了。"斯蒂芬喜形于色,接了句话茬。

"你不要学法律,"哈尔玛说,"你一定要出去的话,也不能在外国当执业律师。那是个要命的行当。"

"行了,哈尔玛,别扯了,你可以到大学预科教教书,你可以为这个国家做点贡献。"

温茨又给丹多斟了杯酒。"可以给教会学校毕业生讲康德和黑格尔。"他笑着自嘲道,"要是我还记得任何内容可以讲的话。"

"你要能教书,就去教。"布雷说。一边转向玛戈特·温茨,补了一句:"为啥咱总把话说得这么死?谁能肯定别人做什么好?"她听了会心地笑了笑,貌似歉疚。她轻声对女儿说:"你的鸡尾酒会怎么样?"

女孩耸了耸肩,眼睛向远处望去。

"中华人民共和国的贸易代表团,是不是?"哈尔玛说,是说给客人听的,表示知道得很清楚。"太美了。有纸灯笼和爆竹。真的!"他显出一副夸张的惊讶神情,好像看到了早熟的小孩的绝活儿。

伊曼纽尔忽然高兴得咧嘴大笑。"你真该看看拉斯九十度的鞠躬。每个人都是那么鞠躬。上韵律操课呢。有个人邀请拉斯和我去中国参加个青年活动。他跟我聊了很久——当然是有人给我们翻译。问我如何摆脱新殖民主义的影响。我不知道怎么说。"

她父亲对她说："拉斯怎么老是把'语言'说成'咏言'呢，他还是说非洲'咏言'？听着很滑稽。"

"去你的。"伊曼纽尔坐直了身子。

斯蒂芬大笑一声说："还真是，他怎么……我是说发音……我老注意到……"

她像条眼镜蛇，一跃而起，小脑袋摆出攻击的架势。"收拾你的啤酒瓶去。"

他有点害怕，笑得不那么自然，身体在扭动；但是她自己却径直走出了房间，谁都没理。"嗨，伊曼纽尔，你到哪儿去？"丹多喊道。"今晚不给我吹长笛了吗？我怎么你了，我的美人？到这儿来！"

"伊曼纽尔不行。"玛戈特·温茨说。

"她吹得好，她吹得好。"丹多对布雷说。

"是的，下次听她吹。"她妈妈说。

"可是这地方没人教她，这是个问题，"哈尔玛说，"她真的很有才。她也拉小提琴。是她外公的遗传，很不错，她也取了外公的名字。伊曼纽尔·戈特利布，物理学家，说不定你们还听说过……"

玛戈特·温茨摆了摆手，意思是不可能。

"你该听听她摆弄非洲乐器，布雷上校，"斯蒂芬说，"那个像手风琴一样的玩意儿？她弄出的声音绝了！那玩意儿是用拇指弹的。"

"你认识拉斯·阿萨和吧，搞广播那个？"哈尔玛说，"他打算制作一个节目，是她演奏本地乐器。我不知道是个什么节目。他满脑袋都是点子。"

"我以前认识他父亲，"布雷说，"这一家很优越。"

大家都累了。聚会到大家都沉默的时候，就是该结束了。哈尔玛·温茨瞥了老婆一眼，然后看了看丹多和布雷。他用低沉的声音说话，意思是斯蒂芬这男孩在场。"遇上这情况，真不知道该怎么办。你们今晚看见了。他去哪儿都带她。他肯定至少比她大十二岁，一个老于世故的男人。一般这情况应该果断阻止。如果他是个白人另当别论。但是眼下这情况，很棘手……只要玛戈特跟伊曼纽尔说点什么，她就觉得……好像我们在干涉！"他脸上浮现出痛苦的神色，深信女儿会毫不犹豫地投入他的怀抱。

斯蒂芬插了一句，表示他也在场。"伊曼纽尔不顾一切，执迷不悟了。"

但是玛戈特·温茨绷着脸，木然无表情，好像在外人面前提起私事让她恼火了。接下来，他们又聊了点鸡毛蒜皮，朋友间的客套，几分钟后告辞离开。

* * *

同莫维塔共进午餐的邀请，来自乔伊·莫维塔本人打来的电话。布雷和她已经在好几次招待会上见面聊过，他们还一块儿跳了舞——认识她那么多年来头一回——是在独立庆典舞会上。"你当然知道我们现在住哪儿？"她说话还是那种令人愉快的盈盈笑语，听她这么一说，两人都笑了。总统搬进原总督府之前，一直住在卡萨莱特镇上的一所三居室铁皮顶小房子里。这是总统搬家那天前，报纸一直津津乐道的一件事。他们从加拉搬到首都后，就一直住在那儿。"是个正式午宴吗？"她有点不耐烦了——"亚当森想见你。我是希望就你一个人。我孩子跟我说，妈妈，怎么这么多人跟我们一块儿过呢？"

"哪个孩子？特拉玛？"

"你跟不上时代了！特拉玛已经六年级了。曼加力索都快十岁了——你离开后出生的。说的是另一个男孩，斯坦利，两岁半。"

"干得不错，乔伊。斯坦利的加拉话说得怎么样？我需要有人跟我练练，这人不能太大，免得我一出错他就受不了。"

"哦,你想什么呢!难道我会跟孩子们讲英语?"

他这些天借用了贝利的另一辆车,于是就开车去了总督府——还没人想到要叫它的新名字:总统府。门口的花园过去毫无特点,曾经一直打算修葺一番——几棵大肚棕榈树和人工种植的花坛——但是,在门口被岗哨拦住与主人电话核实之际,他很高兴看到一个大家庭,有女人、孩子,警卫室后面的树丛里升起袅袅炊烟,说明还有做饭的锅碗瓢盆。也许这些人是乔伊和莫维塔的亲戚;布雷心里有点纳闷,不知道莫维塔如何来处理这些亲戚家的权利,在一个房子里,显然这房子表面看上去足够大,能容得下他全家上下所有人。

当然,看上去这并不像一座房子,至少在非洲不像。想到此,他不禁为莫维塔打了个寒战,此刻,他驾驶的维维恩这辆老雷诺车轮胎,正咔嚓咔嚓压在了通向房门的耙平整的碎石子路面上。这座建筑是新古典主义风格,门廊下有双排白色廊柱支撑,门廊背后立着的,是一座当地红土砖和云母石镶嵌的体量巨大的主建筑,一排一排一模一样的窗户,像营房。新国徽高悬在正立面上。另一面俯瞰的园林,虽说貌似要建成出自万能布朗①的手笔,可是却没能做出一望无际的茸茸草地、精致的湖泊、亭台,也没有鹿群出现,不过也还算不错了。这座园林不过是丛林里开辟出来的一块树丛稀疏的草地,方圆约莫七八英亩,里面的树,枝叶更茂盛,如此而已——就他记忆所及——园里满是幸运鸟和变色龙,那儿本来就是它们的家。园林保留下来还是一个早期总督的功劳,他想用它刺激一下当地高尔夫球场的发展——他当年是在有两段楼梯的平台上挥杆的。

开门的是一个黑人,身穿白斜纹布,戴手套,头戴土耳其毡帽,这是殖民地住户家仆的行头。领布雷进了一个私人起居室的是另一个年轻、头发浓密的黑人,身穿蓝条纹衬衫,别着一朵白色康乃馨。他

---

① 万能布朗(Capability Brown, 1716—1783),英国十八世纪著名园林设计师。

是莫维塔的新秘书,不过还有个年轻的白人,举止从容,一副助手的神态。布雷听说过他:过去是当地最大矿务局的公共关系官员,用他的主要目的是为保护莫维塔,免受推崇他为党领袖的人的叨扰。那些人还是期待能随时走进来和莫维塔说话;当这些人被告知现在见总统需要书面申请,不能指望哪个黑人秘书能把他们全都挡驾,比如来自基督教会的女人的纠缠,或者是老农有冤情上访。

"我太幸运了,布雷上校,我是克莱夫·斯莫尔,我姑妈戴安娜·莱克斯过去和您夫人是朋友,我记得您离开这个国家前,她把一封您夫人写给她的信读给我听——印象非常深。我感觉那是引起我对这儿兴趣的一件事——那时我还是个学生。"年轻白人晒红的额头上方,头发闪亮飘逸,覆盖着眉毛和太阳穴以上,嘴唇玲珑有致,胡子该刮了,眉似触须,对女人有吸引力。他上穿粉灰色衬衫,下穿亚麻布紧身裤,从年长的非洲管家手里接过马丁尼酒罐,准备自己斟酒。"你知道我特喜欢做这个,尼姆罗德。我们在这儿实行了一种新的劳动分配制度。"

"总统马上就来,先生。"秘书跟布雷说完,转身跟斯莫尔低声聊天,神态轻松自然,显然已经对权力和宫廷乱象习以为常了,感觉这里的气氛与别处无异。"你赢了?"

黑人惊讶声不断,认为那是必然结果:"哦,他怎么说?'我们非常抱歉'——还能说啥。"

"大块头要高兴了。等着瞧。高兴吧。道格拉斯怎么样?我敢打赌,他的鼻子歪成九十度了。对不?"

莫维塔进来时,他俩各自站开,在总统身旁一边一个,仿佛推出他们的产品。

他穿着束腰外衣,多年前党选择了这种装束(兼有毛式上装和衬衫式夹克的特征),混搭但得体,但是穿在他身上效果不一样。还没等布雷走近,他先走到布雷跟前。两人的手紧紧握在了一起,两人几乎摇摆起来,高兴地笑着。"是时候,是时候,"莫维塔连声说,"总是在人堆里穿行！刚跟一个人对视，另一张脸立刻出现。"

"很奇怪，在路上有人会挡住你，看着你走过去，朝我们挥手。"

莫维塔耸起肩膀笑得像个刚表演了小把戏的小男孩。"但是这可是为你啊，假如你在场，詹姆斯，你知道的，肯定是为了你。"

管家送来一个圆托盘，上面放着斯莫尔准备的马丁尼酒，还有一杯给莫维塔准备的橙汁。莫维塔的音量和精神齐涨，说和笑的声音放大，好像酒精在他血液里循环，一如别人。他性喜自我陶醉，那种澎湃的情绪既吸引人到他身边，也因他们在场而高涨。多年前，他骑自行车走村串乡，不等他有工夫喘口气，身边聚拢一群人，他一开口立刻压倒众人，磁铁般把人牢牢吸住。他过去总在足球场演讲，连续讲两小时，讲到后来，他总是情绪高涨，脸上渗出亮晶晶的汗水，听众紧紧挤在球场形成一个有机整体，像一个巨兽从洞穴里吼叫出他的名字：莫—维—塔。他发明了一种拉长间歇的技巧，利用这个停顿，酝酿情绪，引起共鸣，激发反响。听众喊叫，他接受，过后接着讲。一次，奥利维亚都被震撼了——"太可怕了——好像他们是要逼他交出自己的珍藏——像一群蚂蚁击打俘获的蚜虫。"

秘书威尔弗里德·阿索尼专擅职业技巧，总把总统的兴趣当自己的兴趣。"总统先生，我们应该感谢布雷上校，使我们的朋友克莱夫有幸在这儿供职。哦，我的意思是间接的影响，不过也　样。"

"哦，这又是你的影响范围了，莫维塔，"布雷说，"想想看，会怎么发展，在国际上——不知道联合国会不会认识到。"

"不，不，是你的，詹姆斯。"

"可是，哪怕你心里这么想，也别告诉他们。你不能对我这个从前的老相识这么友好。"

"可你是，怎么说呢，那个时代的产物——"

"——驱逐出境的，不管怎么说都是，难道是要这么说？先生。"斯莫尔插了一句，大家都笑了。

"——现在,你终于来了该来的地方,现在,现在,和我们一块儿建设国家。是不是这样?当然是的!"

他们有说有笑,声音越来越大,偌大的房间也变得舒服了。宾主喷云吐雾,蓝烟缭绕,烟雾悬浮在法式落地窗上方,窗外的花园林木正沐浴着中午的暑气。布雷的思绪不时溜到那里的安宁之中,逃避一下眼前热烈的谈话;那摇曳的光亮仿佛穿过他的意识,给他片刻的慰藉、安抚,旋即逃逸,悬在半空;温暖的天气,让人略感愉悦。几个男人谈兴正浓,乔伊·莫维塔忽然来到,身前身后围绕着几个孩子和一条狗,打闹嬉戏,一块儿拥进来。一时间,屋里嘈杂喧嚣,热闹起来;有两个孩子布雷以前没见过,另有一个他离去时尚在襁褓中:他们都穿着白色短袜,十一二岁已经抛开了黑人儿童的羞涩,满有信心地跟长辈说话,有什么要求、有什么抱怨,都能说出来;唯独那个小的,紧紧抱着妈妈的腿不松手,眼神惊诧,偷偷瞅着周围。莫维塔跟老婆孩子说了句加拉话,孩子们便一哄而散,跑到外面的露台上去了;那条狗留在屋里没动,它显然感觉还是屋里凉快,还铺着舒服的地毯,但是最小的那个孩子又跑回来,要带它出去,他的哥哥姐姐跟在后面;克莱夫·斯莫尔抱起小家伙悠了一圈。"让他飞!让他飞!"①孩子们恳求着。"你们的妈妈也不许我这么做,曼加力素,她怕我失手把你头朝地摔下来,以后你就永远是班里垫底的那个啦。"

"我是第十三名,班里有三十五个学生呢。"孩子跟布雷说,也想被高高举起来。

最小那个孩子爬到了莫维塔身上,嘴上湿乎乎的小东西,呼哧呼哧喘着气,圆圆的鼻孔,圆圆的眼睛,小模样与所有的黑人婴儿相比,也算得上是出类拔萃了。

"我还没跟你说呢,"布雷说,"我已经当外公了。今天早上收到电

---

① 原文是"by the leg! by the leg!",指提着腿悠圈的样子。

报，维妮夏生了个女儿。"

"维妮夏！"莫维塔摇晃着脑袋，"你还记得过去我常骑车带她出去兜风不？——她给我们做海报。"他对乔伊说，维妮夏回英国上学后，他才娶乔伊的。"对，这小丫头是人民独立党最年轻的支持者。会议时间地点之类的事项，都是在海报上宣布的。还有口号。克莱夫，她有一次拿一张海报给殖民总督看——当时的总督是谁来着，詹姆斯？对了——他在那儿，是在与莘札首次伦敦会谈后，是那次——他去加拉区巡视，当然"——大家都笑了——"是去看独立的胡言乱语是从哪儿散布的，看看布雷这家伙是个什么货色，怎么好像并没有制止——再就是他在侨民中心那回，那天他去专员家吃午饭，他问这小丫头——就是专员女儿——你画的这漂亮图是啥，维妮夏说，这不是图画，是海报，看！那是做什么用的呢，小丫头？你没看见吗？她说。当然是为人民独立党大会喽！"

布雷点头大笑。

"她对自己的画感觉很自豪。对不？"莫维塔说。"为什么不？"大家又都大笑起来，纷纷插话，把莫维塔讲的这段往事引申一番，莫维塔不胜感慨，讲到动人处，激动不已。

"好多年过去了，"布雷说，"维妮夏还把我拉到一边，非常认真地要我给她讲实话：是不是也有她的原因，我才被驱逐了？她说她长大以后，就开始想这个问题，挥之不去，一直压迫着她的良心。"

莫维塔动了感情，眼睛眯成一条缝。"维妮夏！她一定要来，和她丈夫一块儿来，呃，詹姆斯。她应该和我们同庆独立。"

"来张照片怎么样？"斯莫尔对阿索尼说。"威尔弗里德急得要命，想试试他的新照相机，先生。"

大家都挪到了露台上；热浪似乎缩短了他们之间的距离，声音碰到房子的立面上有回音。布雷和莫维塔站在一块儿，布雷垂着肩膀，有点不好意思，莫维塔微笑着，一只手搭在布雷的胳膊上。没提防那条狗跑过了画面,于是秘书又拍了一张。然后乔伊和孩子们也来一块儿照;大家脚挨着脚,胳膊交叉合抱。

"我们要有个秋千,有个滑梯。"曼加力索说。

"还要在树林里弄个体育场。"最小的那个孩子第一次开口跟布雷说话。

"公主这么说的。"

乔伊大笑一声。"没错,公主有的是好主意。我每一件该做的事都是她告诉我的。她说我们应该把园子圈起来一块,专给孩子们用,里面要有秋千之类的东西让孩子们玩耍。你知道,我是说她住惯了这种地方。她说你必须有个自己的地方——专门给孩子用的。"

"哦,她俩一见如故,相处得好极了,"莫维塔说,"乔伊知道了白金汉宫的全部秘密。"

"胡说八道,她住都没住在那儿。"

"还有中国大使的夫人,她俩成了密友。她英语讲得很好。"

"她邀请我去北京,带去非洲妇女的声音。"乔伊对丈夫不甘示弱,对布雷露出笑容。

"乔伊是个宝。"布雷说。

"我就是这么跟他说的。"

孩子们都脱了鞋袜,最小那个孩子浓密的短头发上满是草叶。裤裆上湿了一片,让人看了有点难为情,但是刚看出来,马上就让热气蒸发干了。房子的阴影里,冒出个穿白制服的家仆,一副犹豫不决的样子,宣布开饭,但是没有引起任何人的注意。秘书和助理还在摆弄那个宝丽来相机。照片出来了,大家都过来围观。包括后来加入的那个女人,她把一头柔软的鬈发一缕一缕拢在头顶,扎成宝宝式的发型。跟许多女人一样,她把自己人生的嘉年华,在化妆方式上表现得淋漓尽致:黛德丽①式的眉线,画在两只蓝眼睛上方光洁的英格兰皮肤上,

---

① 玛琳·黛德丽(Marlene Dietrich, 1901—1992),德裔美国影星、歌手。

鼻子上扑的粉恰到好处,嘴唇上涂着粉紫色口红。穿一件海军蓝上衣,一边肩下别着一个小小的钻石胸针。布雷被介绍给了哈里森太太,人们熟识极快,都学会了这个时代这个国家的社交习俗。莫维塔、布雷、乔伊聊起了独立庆典;孩子们围着威尔弗里德·阿索尼和斯莫尔,上蹿下跳地伸手够那台照相机。"等下,等下,曼加力索——你想照一张吗?不想跟比姆博一块儿照?"

哈里森太太高而清晰的英国女人腔调响起了:"孩子们——我要知道是谁借走了我的整枝剪①?你知道吗,曼加力索?我觉得曼加力索可能知道,你说呢,特拉玛?"

孩子们戛然而止,一下子都像泄了气的皮球。站在那儿,扭动身体,把脚在草地上拧来拧去,大眼瞪小眼。她那双眼睛把孩子们的情形看得一览无遗,鞋和袜子到处扔,那个小不点两腿之间那片湿印子已经基本干了。

"曼加力索!"乔伊喊了一声。

"你过生日我送你一把整枝剪,"那女人对孩子说,"可你要保证别再借我的。我需要用我的整枝剪,你知道。"

他对她笑了笑,皱了下眉,一副讨饶的样子,想躲开众人的注视;他是拿了花匠剪,但他不知道"整枝剪"是啥意思。

"乖孩子,"哈里森太太说,"莫维塔太太,我担心你们再不去吃午饭,蛋奶酥就要变成煎饼了。厨子都快急死了。"

"哦,天哪——几点了?我们刚才拍了个照——亚当森,我们得去吃午饭了。"她一边笑着,一边手忙脚乱,不知所措。孩子们都让保姆领走了,很费了番力气;哈里森太太立在客厅里,眼神惘然,若有所思,看着大家一块儿走出来。然后大家等了乔伊几分钟,等她把孩子们安排到各自的屋里。她返回来时笑着道歉,跟布雷走在一块儿。"孩子们

---

① 原文为法语。

不理解，为啥不能像从前那样一块儿吃饭了。"

"有时候也可以吧？你一个人的时候。"

"没那时候！"她说，肩膀轻轻一耸，意指斯莫尔和阿索尼。"没有客人的时候也不行。"

"你不是让那个什么太太管理这地方吧？"布雷责问道。

她对他笑了笑。"不是，不是，我有个表妹从家乡来，还有我嫂子的小妹。她们是来帮我的。你知道，在庆典期间，有几天我一点时间都没有，根本没法照料孩子们。"一进餐厅，她声音低了下来，也许是因为凉爽的餐厅气氛跟露台上孩子们闹哄哄的情形完全两样。主妇肥硕而依旧年轻的身躯，顺从地坐在桌子的下首。莫维塔当仁不让地坐在上首，仿佛饭桌是会议桌。每个人背后都站着一个仆人。莫维塔甚至感觉不到他们的存在，但是乔伊看得出哪个仆人偶尔心不在焉，会用当地话小声指责。上的菜有熏鲑鱼，有奶酪蛋酥、冷鸭肉。莫维塔一边谈论美国对外政策，一边认真地剥掉鸭肉上薄薄的一层肉冻。"我真看不出有什么道理，非要插手越南，另外，像你提到的这位权威人士说的，美国对外的棋局已经走到头了，必须处理国内问题，也或许是因为像我的几个部长说的那样，美国发现国际影响很重要，美元都买不来。如果美国要撤军，"——他抬起两只手掌——"好吧，美国强大，可以为所欲为。如果美国对挨饿的人说，没有小麦，除非你付钱，好，事就这么做了。那个吓人的老故事，就是说谁去占领真空地带那个，如今已经没人听了。但是我们不能那么做。非洲国家硕果仅存的剩余价值，就是它们剩余的贷款和需求。我们在挣扎。我们被迫买南非的玉米，这个从那个国家进口，那个从另一个国家进口，我们被捆绑起来，像三条腿赛跑，而对手是各种各样的人。殖民时代的经济结构把我们绑死了。当然，我们可以互相帮助。——但是别忘了，那可不是说我们总是理解各自的问题。不是说我必须听非洲统一组织的指挥，去管理这个国家，对不对？"他看着放在胳膊肘边的奶油冻，对夫人说："我不是说好了，平时中午就吃普通饭吗——不是已经决定了吗,从今往后?"

"是的,我知道——"

"别弄得花里胡哨的。就弄点水果就行。"

"是的,哈里森太太说这就是水果——用水果做的。"

他犹豫了一下,用小勺伸进去,发出吧唧一声,舀了一小块放在自己盘子里。"我对奥博特①有什么用?用石灰换水泥,比起从别处进口,他还额外付三分之一的价。尼雷尔②的健康与我何干?在达累斯萨拉姆港,给我们的物资低关税——"

"我想问你个问题,亚当森——昆迪海湾前景如何?"

"最好问斯莫尔先生,他刚从那儿冲浪回来。"莫维塔微笑着,舀起了最后一团布丁。

"好,关于港口的前景,我给不出专业意见,但是我要告诉总统先生,那地方极有可能成为一个度假胜地。海滩好极了,远比蒙巴萨③海滩美。是个海底潜水的天堂——您需要的是把希尔顿先生招引来,建一座希尔顿酒店。"

"那儿一百英里之内,有塔拉瓦-戴姆游乐场,这是另一个游览胜地。"阿索尼对布雷说。布雷以英国人的礼貌回应,表示同意;他和奥利维亚带着孩子们去昆迪玩过一次,当时那就只是个渔村,据说曾经是十九世纪初奴隶贩运船的港口,还有个小型要塞遗址。就在独立前,一队意大利专家去那儿勘察过建设港口的可能性,港口的规模要能停靠油轮和大型货轮。"报告啥时候公布?"他的声音随着一个仆人上菜

---

① 阿波罗·米尔顿·奥博特(Apollo Milton Obote, 1925—2005),乌干达政治家,一九六二至一九六六年间出任总理,后两度出任总统。一九六二年,他带领乌干达脱离英国殖民统治,走向独立,因而被视为现代乌干达的国父。

② 朱利叶斯·尼雷尔(Julius Kambarage Nyerere, 1922—1999),坦桑尼亚政治家、国父,也是坦桑尼亚建国后的第一任总统(1962—1985),非洲统一组织主要领导人之一。

③ 蒙巴萨,肯尼亚地名。

时浆洗过的衣袖前后移动遮挡而忽高忽低。

"哦,正在研究。"莫维塔说,用一个微笑结束了这个话题。乔伊·莫维塔接过来说:"我想叫亚当森在那儿建个小房子。孩子们还没见过海呢。就一座小小的房子,你知道?"

"有个问题,舌蝇会把我吃掉的,我的胳膊像根火腿肠。不,不能在海滩上——在路边,通游乐场的那条路。"

"——但是会清除掉的,"阿索尼说,"蚊蝇都会灭掉。北方已经这么做了。部里有灭蚊蝇计划。如今,一切都有可能。我们生活在一个科学时代。蚊子已经不见了。舌蝇也会消失的。"

"那就成天堂了。"莫维塔打了个标志性手势,一只手在桌子上方伸展开,指向远处,指向山河,笑声爽朗。吃罢起身之际,他捏了捏布雷的胳膊,用力很大,就一瞬间。

在客厅喝完咖啡后,莫维塔领布雷去自己的书房。哈里森太太有个习惯,用抱歉掩饰强硬,跟乔伊·莫维塔说事的时候,总这样,乔伊一出客厅立刻就去见她,半带紧张,半带骄傲,好像一个受宠的学生,听到了女校长的召唤。克莱夫·斯莫尔等莫维塔走过身边时说:"顺便说一句,先生,霍华德要塞那些人的事,我来处理吧,如果接通了电话。"

"威尔弗里德知道这事吗?"莫维塔转过身来,同阿索尼说了几句加拉话。"好吧。但是,如果酋长的兄弟坚持……"

"别担心,我可以像逗蝴蝶一样料理他。"斯莫尔说着,绷紧了优美的嘴巴。他面带喜悦,向布雷致意。"期待下次见到你,先生。"

房子里的走廊地面铺的是黑白相间的瓷砖,踏上去有回音。莫维塔先推开一扇男洗手间的门。布雷走出来时,见莫维塔已站在那儿等他了;这情景恍如在伦敦的一个火车站。布雷心里窃喜,找回了与朋友相处的亲切感,在公众人物的超级面具后面,这种老朋友的亲切感一仍其旧。不用说心里也会问,难道那身着宽袍的庄严画像,和眼前这位是同一个人?穿着宽袍,站在有天鹅绒华盖的讲台上,那是一种神圣庄严的化身,原来不过就是这个脑袋后仰的矮个子男人,这么多形象集于一身。他就是这么一路过来的,当年曾以匹夫之力,跳上自行车,骑到下一个村子,下一个。

然而,书房有点压抑。厚重的栗色窗帘让光线暗得像教堂。一张巨大的书桌,真皮桌面。真皮座椅。一张沙发,覆盖着毛织物当装饰,上面有条金箔线左右贯穿。活脱就是个公司老板的办公室;这都是别人为他布置的,以为他就是另一个土豪,一个黑人农夫,靠政治起家,当上了国家前身——全体矿业公司名义上的超级主席。也许真是有人拿了公司的贷款这么做的呢——此外,谁会知道怎么伺候一个第一把手呢?但是,这种想法来自对这个房间的敌意;或许就是总督留下的模样,也未可知,房子的其余部分就是呢。

莫维塔犹豫了一下,要不要坐在书桌后面的一张大座椅上,终于还是走开了。他开始在房间里踱步,好像两人在等谁似的。"做梦都没想到会这么久。每天都想打电话,叫你过来……我有顾虑,是么?你不会相信我,但是每时每刻——每一天——每时每刻——都有事必须……见什么人……"

"这就是了,肯定是这样的。"布雷说,人已经坐进沙发里了。

"是的,我知道。但是如果你在这儿,詹姆斯——"

"谁在这儿都会是这样。"

"我认为是这样。"他眼神和口气不一样,午餐用过的那种欢迎官腔,时不时还会溜进他的话语里。

布雷说:"你是总统。"

"但和你在一起不是。"

"哦,也是的。"布雷坚决把他摆正位置。

莫维塔显得受冷落了。他有一种奇怪的混合——对人生充满信心的微笑,而眼睛却是政客的那种变化无常。"我都不知道我的书在那儿。我想肯定还在自由大厦。"

"我周五去那儿看了下老地方。"城里主要的几条大街背后有个又脏又乱的街区,人民独立党的总部曾经在这儿,是从一个印度商人手里租来的,当年他们仅能租得起这里的一间陋室。

"哦,自由大厦在国会那边!"

"当然,其作用是保证党的机器不会坏掉。"布雷说。

但是莫维塔并没有忘掉礼貌的英语说法,知道这话听着像假设,实际是警告。他不禁大笑起来。

"那怎么可能?"

"哦,很高兴听你这么说。在农村地区尤其要留意。人们会觉得天高皇帝远,像从前政府不是他们的政府那样,管他国会发生了什么,你知道。"

"我设置地方政府官员,为的就是这个。我还会亲自到人民中去,尽可能多去。我想至少每隔几个月巡访一遍全国,但是已经聘用了这位……在自由大厦,人们习惯了来见我,任何时间,不分白天黑夜,有时候乔伊早上醒来,发现有人已经坐在院子里了……"

"应该说,总统是中枢。无论如何现阶段是这样。人民会习惯的。他们会慢慢理解。"

"哦,他办事办得很好。但不是我要的结果。"

"她在这儿做什么——那个英国女人?"

"她以前就在这儿待过——布置花瓶之类的事,"莫维塔说,"为搞庆典,乔伊需要有人帮忙,担心自己应付不了。"

"一切都很完美,"布雷说,"全都完美无瑕。"

"我们去外面走走吧。"莫维塔站在房间中央,仿佛要让房间顷刻消失。两人推开过道第一个门,来到了园子里,并肩散步,踩在乱草上,头顶上有皱巴巴的棚顶,边走边聊,就像从前一样。莫维塔个头矮,比布雷活跃,从他们已经走远的房子看过来,他俩的漫步活像双人舞,个矮这位会往前赶一步,忽然打断个高的那位的注意力。他们偶或会停一会儿,然后又接着走,步子随谈论的节奏忽紧忽慢。莫维塔讲了个故事,是讲财政部长杰森·马伦加的精明,颇令人意外,对于此人,布雷听到很多微词,不仅是从罗立·丹多那里听到的。"当然,如果我把外交事务拿来自己管,可以考虑让多拉·多拉任财长,但是事情已经决定了,就这么着吧。"

"别,你怎么可以。"没有提到显然可以选用的莘札。

"哦,别人试过。不管怎么说吧"——两人交换了个眼神——"多拉·多拉总在那儿,如果马伦加需要帮助。"而且,尽管只字不提莘札,两人心照不宣的感觉还是指向了一句话:"如果马伦加承认需要帮助。"

他们笑着丢开了这个话题。"我可能要做的"——经劝说,莫维塔让步了,同意论证已经做出的决定的正确性——"几个月之内——明年——如果我调整人事,就让汤姆·穆梭玛内当内务部长,换塔里斯曼·昆西做财长,也许兼任,继续担任矿业部部长——"见布雷沉默不语,他没往下说。"我知道人们怎么说汤姆。但这后生很能干,你知道?——他精明圆滑,不过能处理好棘手的情况,而不搞砸。他很老练,你知道。内务部很麻烦——难民、遣返之类的问题一大堆。你该看看那些档案。一等庆典结束,问题都会找上门来。"他边说边冷不丁抽了一下鼻子。"我在认真地考虑把汤姆列为人选。"

布雷说:"但是当内务部长。他不是很主观的吗?他会跟人算旧账吗?"

"这个嘛,说不定,也许会,但公事归公事,职责是职责。我觉得他会干好的。有时候你必须冒一个风险,去抵御另一个风险。"

布雷不知道莫维塔是不是在就管理问题寻求帮助。他的脸一时扭得很难看,像面对太阳或自己的思想,扮了个鬼脸,感觉自己的内心已经流露得足够多了。

"我个人希望看到他在邮政电信位置上,安全无风险。"

这个玩笑,莫维塔点头表示领会,而不是同意。

"亚当森,你从来没有想过莘札——出任外交部长?"他小心翼翼地措辞,但是莫维塔立刻如实回应——"瞧,爱德华我另有安排,因为——"他狠狠摇了摇头,仿佛要摇掉什么东西——"因为他认为一切都是他教我的,而且——因为过去就是过去,我并不是要摆脱过去。——但是结果会怎么样,我不知道,这是我的麻烦。"

"他是个才华横溢的人。"

"你还是这看法?"

"哦,好了,这你也明白的。"

"詹姆斯,"莫维塔说,清楚无误地表明这是让老朋友高兴之举,"我能给莘札什么职位?你觉得副部长之类的职位行不?因为这就是我还有的空缺。可这并不是他想要的。他想改变世界,想利用我和这个国家,实现他自己的目标,哪管国家会发生什么。我可以给他个副部长——顶多这样了。"

"你不能这样做。"

莫维塔张开紧绷的嘴唇,什么也没说又闭上了。

"我希望看到,"布雷说,听见自己以温和方式说出来的话比心里想的更武断,"他担任一种特殊职务,不一定在哪个政府部门,但要视同离任的前辈政治家那样,对待他的意见。嗯?比方说,我认为他做联合国代表,绝对会干得很出色。这是个起点。"他说罢显出矜持沉稳的神态,而莫维塔两眼瞪着他,惊讶不已。"我们派驻联合国的大使?爱德华·莘札?在他说了那样的话之后?在他向联邦秘书长说了那样的话之后?上届大会他的所谓少数派报告,发生在独立前不到六个月?在我们吃尽了他带来的苦头之后?"

"让他当多数派的发言人,你就会有得看了。听你这么说,他好像组建了一个反对党。"

"他的所作所为好像是这样!很多人认为他最好这么做!公开站出来!"莫维塔用脚后跟铲平草地上新出现的一溜儿鼹鼠丘。"——多么烦人,这些事——如果他不再牢骚满腹,憋在家里,行……这事都在他……"

"我希望你不会让他牢骚满腹。"

"你要见他吗,詹姆斯?"

"不知道有没有机会。我没料到独立庆典上他居然没出现。"

莫维塔肩膀一耸,突然以要求的口吻说:"我们要像今天这样隔几周聊一次。就这么固定下来吧。"他们已经转身往回走,房子从朦胧柔和的树丛里看过去,显出红色的坚固外形。

"但是我亲爱的亚当森,我得很快就回去了。我考虑下周回。你现在要日理万机,贵宾们走了以后你就要忙了。"

莫维塔又停住脚步。"回?可是你已经回来了。"

"留下来,我不知道能做什么。"布雷笑着说。

有约定俗成的习惯,两人总是随心所欲而不逾矩;一旦话说到这份儿上,两人就恪守各自的礼貌,布雷假装从没看重过自己的身份,就是个访客而已,莫维塔假装给他留了个超过访客的位置。这么做很容易,总有冲动想这么做——他望着面前的房子,它丑陋的身影随着他们走近愈显得难看——人总可以绕开过去的生活,就像绕开一座丰碑。

"别,别,现在别——"莫维塔打着磕巴说,就像多年前他说起殖民署那人一样,"他们的英语没法跟我说话。"他勉强说,"你在英国有啥事,说真的?"

"哦,那是种闲散的生活,这么说吧,这事也怪了,每天无所事事感觉真好——"布雷把问题变成了一个自责,也乐得承认;这让对方也容易些——这是游戏的一部分。

莫维塔没回答,暗示这种含糊其辞对他没用。但是他自己的话也没那么清楚明白。在掩饰缺少信念的对话中,他使用了感觉亲切的"我们",说:"下周走,这叫什么话。我们决不允许。"

他们把话题转到了别的事情上。莫维塔本来是想等他俩单独在一起的时候,聊聊昆迪港口那份报告。他说到自己特别担心的几点情况时,凝视了一下布雷的脸。感觉依旧,仿佛当年,就自己的假设和发现,寻求指正。不一会儿,他们回到了房子里,两个年轻人照例来尽职照料,乔伊进进出出,哈里森太太沏好了茶。电话铃声此起彼落,秘书送来一份电报,莫维塔去接电话,布雷等候跟他说再见。等他放下电话回转来,一切又迅速恢复了原先的节奏;都是那么友好和善①,能听到玩耍般的责骂,夸张而优雅的歉疚,计划和许诺——"我们不要再这么说英国了,行不?""好吧,一个字都不提英国了。""我告诉过他,英国适合老人回去养老,对不?"乔伊又去打电话了,反正下周还会在一个招待会上见面。莫维塔搭在他肩膀上的手很有活力。是的,这很好,布雷说。(他那会儿已经走掉了,他的航班已经预定好了。)莫维塔执意要送至门口的台阶。他看上去年轻、机敏、愉快,挥手停顿一下,仿佛行礼,旋即返身进去了。这就是他的生存状况了,未来都是,布雷脑子里留住了这幅图景。他带着厌恶驱除了心里的那种闪念,即认为莫维塔曾经是他的门徒,不过当天他确有一种放弃的感觉,好像相关的一方,一位长者,看着年轻的一方起航,驶离他的视野。

出于某种原因,他没有告诉奥利维亚返程的确切日期,虽然他舱位已经预订;他在想也许会顺便在西班牙停留一周。他还从来没有认真看看马德里的普拉多博物馆呢。

离开前三天,来了封信,是专人递交的。莫维塔请他立刻接受一项委任,做特别教育顾问——去调查各省学校、技校,以及成人教育项目的组织结构,从最大的北方省加拉开始。他又一次没读完就停下来。他把信拿给了罗立·丹多看。

"有人这么快就想出了这一招。"丹多说。

两人大笑一通,倒不是因为有什么滑稽的,而是布雷某种程度上感动了,激动了,也无法确切描述这种感觉。莫维塔被责任的高墙封闭起来,谄媚的声音不绝于耳,被办公室里貌似狱卒的人团团包围,他居然冲破了封锁:莫维塔对充斥耳际的声音一分钟都不信。

丹多那张大嘴从来闭不上。"布雷弄到个职位,是挂钩木工部,还是什么来着——哦,对了,可是他钓的目标不是这个,而是胸肌扩展

---

① 原文为法语。

和背部抓挠,哈,我听说的。"逗得人们大笑,不过大家还是理解,这里面有文章;行政接管后,各项计划启动,天天都有委任发出。被任命的人,大都是名字读不出来的黑面孔,店主们和矿场管事的以前从没听说过。但是在法律、农业、公共卫生和教育领域,有大量白人:外国专家,也有几张熟悉的面孔,比如伊夫林·詹姆斯·布雷上校,他早年曾在这块殖民地,关心黑人的利益超过了关心白人的生活。和布雷一块儿搬迁到首都的那批人,除了朋友就是朋友的朋友,现在都到全国不同地区奔赴岗位或着手新项目去了;大家谈到的多是财务、设备、人员,或者是缺少这些东西,有这些才能展开工作。布雷是他们当中的一个,心里不确定能否取得既定收获而不辱使命,因为手头没有任何资源可以利用。人们大都觉得他这份差事,是完全可以理解的;谁都不记得他本来是要回家的。罗立·丹多举办了一次送别酒会,不过是他家的又一场聚会罢了。

信到那天,布雷把信揣在口袋,回到园子里的小屋,随即感到一种刺痛的不确定性溜进心中。如果它晚来三天,他就走掉了。再也不可能把他拽回来了。

莫维塔去了内罗毕,与肯雅塔、卡翁达①和尼雷尔举行会议,所以布雷没再见到他。他同教育部长见了面,讨论了他工作的职权范围,决定他两周后去加拉,他便给奥利维亚写了封信。他告诉奥利维亚他"怀疑"这份差事是特意现设的,为的是给他点儿什么;他感觉没有必要告诉她,这份工作需要做,也许他能做得比多数别人好——他能干多好,她心知肚明。他还幽了一默,说他保证先干六个月左右的试验期,足够各处看看,写份先期报告。说有了政府配给的房子——回到了从前"提供基本家具"的时代。说等能住了,工作也开展得顺手了,她就来和他团聚。到时候肯定可以放心让维妮夏自己照顾孩子了,对不?——就有一事没告诉她,莫维塔的信到之时,他已经订好了飞伦敦航班的座位。

---

① 卡翁达(Kenneth Kaunda, 1924—),赞比亚独立后首任总统。

第二部

布雷从一个要"离开"的人手里买了辆二手大众,开着去了北方上任。在一个天暗云低预示一个大热天的早晨,他离开了首都。出发前,罗立·丹多去上班了,菲斯特斯戴着厨师帽和园丁一块儿给他送行。维维恩·贝利带了件礼物,是在当地书店买来的几本企鹅丛书:《小人物日记》《三凯撒》《东方快车》《危险的关系》《鼠疫》——"哦,我总觉得你离群索居的时候,要读一些自己熟悉的东西。"书放在车后座上,旁边有一瓶威士忌,还有教育部最后一分钟送过来的几本卷宗。他开车穿过市区主干道,瞥见了伊夫林·奥达拉太太,正在新邮局门外停车,还有另外几张熟悉的面孔,忙自己手里的日常活计。那个卖木雕动物的小贩,已在凤凰树下支起摊位,正擦拭自己的商品;那些失了业的,吆喝兜售塑料袋装好的番茄。整个城市被一股蠢蠢欲动的潮流席卷,人们纷纷拥向金矿,卡车轰鸣而过,满载混凝土管和其他建材,从冷库运出的僵硬猪肉,从酒厂运出的哗啦啦响个不停的酒箱。接下来,入眼的是金矿附近的景致,宛如花瓣的交叉路口,广告牌、美人蕉和玫瑰花坛,远看,是接连成片的一块块矩形房屋,涂成整齐划一的颜色,供非洲矿工居住。木瓜树冠像拖把,聚在一起构成几何图形。烟囱、晾衣绳、爬山虎,斑驳交错,涌动的人影,发出嘈杂的噪音,打破了这里的宁静。过了二十分钟,一切全甩到了身后。经过布希阿姆,看到它铎王朝风格的门面,上面麻麻点点,布满了黄蜂窝,还有块布告写着"出售"(这也有人"出去"了),然后就看不到什么了——目之所及,唯有一条平坦的路,两边有树木竹林,有草下藏水的大片湿地[①]。终于又看到了长尾伯劳鸟,它们总是在这种地方出没,在空中悠然盘旋,墨水黑的尾羽宛如用毛笔写的中国字笔画。

开了一上午车,一路上遇到的小轿车不超过十几辆,还有那辆头重脚轻的长途汽车,慢得像停在路上,是两周一次从坦桑尼亚边境开过来的。凡经过非洲乡村,路上总能看到几辆自行车和几个流浪汉。寂静无声的树林边上,到处堆放着一袋一袋的木炭。这环境仿佛是个深院大宅,里面的居民深居简出;各户的棚屋一副弱不禁风的模样。回忆不停——不,是感受——就像眼前这情景,居然已经忘掉了。在英国,多年来偶尔也会梦回此地,但是跟眼前这情景完全两样;即便是醒着时回想,也都是心理上的记忆——出于情绪的选择,而只有在特定的时间特定的地点,才会产生那种情绪。

丹多的家,已经留在了背后,渺如威尔特郡。他享受着眼前的自由,心里明白不会长久,一旦意识到坠入了这个环境,不能再从局外人的角度观看,像旧地重游或寻访未知地域那样,那么这份自由也就不复存在了。

他来到伦瓜河岸的教会学校,但是本尼迪克神父出门了,年轻神父没一个认识他的。屋檐上还有些泥燕窝,燕子唧唧喳喳飞进飞出,他被让进屋里喝茶。忽然传来铁块撞击的轰响,这声音他太熟悉了,是块条形铁吊在树上,下面放根棍子,这是宣布放学了。刹时间,暑热中的宁静被打破,叫喊声响成一片,伴着无数光脚奔跑踩踏的闷响。神父们很能干,卖给他两加仑汽油,一个咧嘴笑着,一边手压泵油,

---

① 原文为dambo,指中非的小块涝原草地。

念珠晃来晃去，另一个两手插在教士袍的袖筒里，两只青筋毕露的单身汉大脚，套在一双粗糙的凉鞋里，紧紧并在一块儿。神父们像女孩一样羞涩。当地男学童们一路打闹嬉戏，渐渐走远，他冲他们叫了一声，打个招呼，他们都笑着叫喊回应。

这一带靠近路边有些大村落，树林里青烟缭绕。树枝被砍伐下来，堆在树干周围焚烧，形成钾肥，给土地施肥耕作，在地上弄成一个个圆圈，像是古代德鲁伊教的标记。新竖立的路标指向丛林："自由酒吧"，"纽约酒吧"，"独立酒吧"——曲溜拐弯的英文字体涂在一片木头上。但是，十年来成长起来的一代，依旧穷得叮当响，跟他们的父辈一样。

他想在马托肯的皮尔琪酒店过夜，以前途经此地，总在这儿下榻。他到得挺早，比预计的早，所以有点纠结，是不是接着往前开。再开六十英里，就到位于牛浴站的政府招待所，但拿不准那会儿还开着没。走下沥青路面已经很久了，他下了车，把衬衫下摆抻进裤子里，见自己这辆小红车无比丑陋，不管啥车，走到这儿全都这模样。挡泥板内侧下缘镶了一层泥巴，被撞死的飞虫无数，五颜六色的内脏涂满了保险杠。

炎热和寂静包围了他。他踩在开裂的露台上，打量着黑黢黢的酒店：有股蜂蜡和杀虫剂的混合气味，附近没有一个人影。他知道酒吧在哪儿，于是，伴着自己的脚步声来到这儿，不料门紧锁着，他敢肯定，"戴维·琼斯酒柜"招牌旁边挂着的那个船钟，也纯粹成了个摆设。他又回到露台上；没有正门，纱门到处都是，他所到之处，身后吱吱呀呀响声不断，伴着他来到一个荒凉的餐厅，饭桌上餐巾叠成扇形，走廊墙壁是暗淡的绿色，通向的门一律紧闭。一个婴儿座上堆满了旧靠垫，走廊拐弯处有个老式洗涤台，大理石面已经破裂；地板上放着一个托盘，上面有两只空啤酒瓶和几个酒杯。

他再次回到露台，跌坐在一张椅子上，把两条沉重的长腿伸展开来。他知道这个钟点的德性，所有的人都在睡觉。他自己只要坐上一会儿，也会在这午后时分，昏昏欲睡。花园外围有一圈黄百合，一个顶上下陷的巨大鸟笼,像个沉重的蜘蛛网,后面是蓝鹤和珍珠鸡,正在啃啄梳理自己的羽毛,因被关起来,似乎有些焦灼。他可以看到它们抖动脑袋,显得不安。周围的田地很肥沃,白人农民在酒吧喝高了,就来寻开心,把他们当中一人推进去,与鸟儿为伍。一种深深的不真实感,压迫着他。他看到一个铜铃按钮,擦得很亮,便用食指按了一下,并不期待会有任何回应。但是隔了一会儿,有个很年轻的服务生来了,头戴土耳其红毡帽,手里端着个银色托盘。他点了一瓶冰啤,对方说老板娘正在睡觉,酒吧这会儿不开。"老板娘还是皮尔琪夫人①吗?"没错,皮尔琪夫人还睡着呢。这儿还没到加拉,不过方言已经接近了。他对小伙子说了句加拉话,对方听懂了;两人商量好了,哪怕没有房间,也要把行李从车里取出来,等皮尔琪夫人睡醒。厨房锁着吗?没,好像是开着的。他便叫男孩给他弄杯茶喝。

  他一边喝茶,一边就见大树的阴影投在了露台上,似乎带过来一阵微风。下午的炎热转向了,而且转得很突然;有只珍珠鸡叫了起来。他已经不习惯长时间开车了,一开就是好几个钟头那种。处于静止状态下,他硕大的身躯不知道该怎么放才好。他出去散了会儿步,也不知道往哪儿走,这条路倒是认识,就是下主路的小道,主路通向两英里外的马托肯侨民中心。脚下的红沙踩上去很舒服——他在首都那个月一直都很少步行,仅在城里的街道上偶尔走两步;谁都不步行路两边草高及肩,厚实光亮的草条,被自身重量压弯。红羽织巢鸟脸上好像戴了黑面具,会忽地从草丛里飞出,倒挂在自己的窝巢边。一条粗糙的车道两边的石头涂成了白色,沿道长着的芦荟弯曲下来,车道通向一个高坡处规模很小的学校,然后又向下坡通去。他沿这条道走了一遍,好让散步有点意思。学校有个花园——种了片玉米、豆角、番茄,还搭着番茄架——当作校钟的那块铁,悬挂在旁边的树上,他

---

① 原文为西班牙语。

经过打开的校门时,男老师正伏案工作。只见他猛地跳起来,立即上前来道歉,好像慢待了来客而不胜惶恐。"不,老师,很抱歉,老师,我只是随便转转——"布雷用加拉话跟他打招呼,仿佛尊敬师长的学生跟老师说话一样,让对方放心。

那人不好意思,不过很高兴,立刻拿来了能拿出的一切——学校注册簿、学生练习本和教材,嘴里不停地解释回答布雷的问题,语速迟缓,神态焦虑。一个女学生刚才和他坐在一张桌边,这会儿手头的事不能继续了,她手放在面前的书上听着,脸上带着淡淡的微笑,表示欢迎。她看上去像个成年女人,但因上学时间不连续,非洲学童比白人学童年龄普遍大得多。老师本人又瘦又黑,羊毛套头衫里,鸡胸很明显。他的学校有两间教室,校龄七年了;教室有些课桌,但是年龄小的孩子,老师解释说,上课就坐在地上。学生有家离得远的,可以住村里的农舍,周末步行回家。"今年我们总共有六十五名学生,"他说,"是最多的一年。女生二十一名。"他很自豪地展示了一张海报,贴在潮湿的墙面上:"我们的土地"——一个面带笑容的矿工正在金矿干活;几个面带笑容的渔民正在拉网;一个面带笑容的农妇正在收庄稼。人口数字是绿的,收入数字是红的。"这是教育部发的。哦是的,开始好转了,好事情。我正要填那些表呢。目标要实现了。希望孩子们在校的时候你再过来看看。他们会给你唱歌的。"

布雷听黑人孩子们为他唱歌,太多次了。"希望下次吧。"

"我老婆教合唱,也教一二年级的课。"那个年轻女人脸上绽开了笑容,看看这位,再看看那位。

"我还以为你是个学生呢!"布雷说,几个人大笑起来。

"哦,我在帮她准备六年级考试呢。下个月她就要去城里参加考试。她有四个孩子,你看,学习总受干扰。不过我只要有时间,就教教她。她的目标是出教师考题。"

"你好有福气,娶了个教师。"布雷想把她也拉进来一块儿聊。

"我正在准备普通水平剑桥证书考试,"男老师说,语气中含着焦急,显出求助无门的样子。"我手头有英文试卷,不是考试用的,您知道——"

"我知道——试题样本。"

"是的,是一九六六年用过的试题——您知道。这题我做还挺难,因为有查不到的生词——"说着就去桌子跟前拿了一本陈旧的小型学生词典。

"哦——是这样啊,这词典里不会有不常用的词,有吗——"

妻子动作麻利,一下就帮丈夫找到了试题和练习册。他眼睛扫描着试题,嘴巴偶尔抽动一两下。布雷注意到了他急促的呼吸,仿佛得了支气管炎。"这个词——这儿,'mollify'……?"

布雷差点笑出来,不禁想咳,憋在嗓子眼里了,便出于习惯性的"教养"礼貌,拿过试题来掩饰了一下。这个词的意义不明确,谁都可以引申——荒诞就荒诞在这儿了:殖民文化的纠结。他念道:"从以下选项中选择写一封信给:(a) 表亲,描述你去欧洲大陆参观一所学校的经历;(b) 父亲,解释你为何希望参加海军;(c) 朋友,描述参观一个画廊或者看一场电影的情景。"

男老师写下了"mollify"一词的意义,展示了几个问题,用红笔勾过的,是他能答上来的。"这是我第三次尝试了。"他说那份试题。

"好,祝你们两位好运。"

"她去考六年级的时候,要带着我们的合唱队,去参加学校合唱大赛。上个月,我们合唱队获得了荣瓦省大奖。这次还不知道——不过我们有希望,有希望。"男老师神采飞扬。

布雷看到了小学生们自己平整的足球场;后面有一个泥土坯房子,欧式外形,三根加工粗糙的树干支撑着一个露台,这一定是老师全家住的地方了。一位年老的妇人正在外面做家务,身边有两三个小孩子。男老师说:"要是我有人可以求教,就像求教您一样,那就好了——"可是他觉得好像发牢骚不好意思,就又谈起学生了。

布雷在这个国家无数次感觉到,随便聊什么话题,总是会得到过分的回应,就说:"你眼下感觉最大的问题是什么?"结果令他吃惊,出乎他的意料,并非独立后的教育部如何,这人沉默不语,陷入了思考,聊天时,非洲人长时间不说话并不会感到尴尬,然后他说:"我们必须让家长允许女孩上学。这事我多年来一直在努力做。我们的女孩子必须受教育。我可以给你看看数据——一九六五年,不,一九六四年,对了……我们学校只有九个女孩,上了两年就退学了。我没办法说服父母亲让女孩们上下去。但是我在努力,努力。我自己去找家长谈,是的,去乡下。我跟酋长们谈,对他们说,瞧啊,如今这是我们自己的国家,男人怎么能娶没受过教育的女人为妻呢?会有麻烦。我们必须让女孩来上学。但是他们听不进去。我去家访,见父母亲,跟他们谈。是的,对,今年我们争取到了二十一个女生,有些已经三年级了。我慢慢开导他们。"男老师微笑着深吸了口气,手插在浓密的头发里,这是他的习惯。"他去说服他们。我有自行车。"

布雷想起来现在事情都不一样了,就连皮尔琪酒店也不例外。"你今晚能来酒店吗——我要在这儿过夜。晚上可以多聊会儿。"

老师脸上突现憔悴神色,好像大病初愈似的。他犹豫地使劲眨了下眼睛,仿佛这邀请背后藏有某种他想弄明白的东西。"几点,先生?"

"晚饭后就过来吧,我们喝杯啤酒。带上你太太,当然。"

那人慢慢点了点头。"晚饭后。"他重复了一遍,背诵着。

布雷回到酒店后,皮尔琪太太已经在酒吧了,正在记账。她硕大的脑袋上那层厚厚的微红金发,现在已经黄白斑驳,像老头的胡子。她抬头越过眼镜框望过来,立刻摘下眼镜站起来,拖着年迈女人沉重的身躯,迈着内八字步子走过来。"小伙计告诉我了,我听着像你。"想当年,跟男人调情是她的拿手好戏,如今这早已成为往事,就剩唠叨抱怨了。他俩见面不多,互相没那么融洽,可真怪,那种旧日的态度,又出现在两人之间了,好像过去的十年根本没有过似的。两人笑声爽朗,热情握手。"瞧啊,贵客光临,怎么两鬓都花白了,还会讲加拉话。喔,上了年纪的从不来这儿——所以我就想啊,莫不是布雷上校!不,没错,反正我是听见你出去了,我还以为自己挺聪明哩——"

他说:"这么说,你是独自经营这里的生意了?奥利维亚和我都听说了皮尔琪先生去世的消息。"

"五年了。"她说。吧台后面有几幅奥斯卡·皮尔琪的铅笔漫画,画风模仿比尔勃姆①。"我想假如他在这儿,肯定不能忍受。"

布雷在吧台前落了座。"一个女人自己经营,太了不起啦。"

"这倒没想过,我干了二十五年酒店生意,你知道。但是照现在这么经营,会叫人发疯的,跟你说吧。"

"你不能找个帮手吗——经理,或者助理?"他要了杯加奎宁水的杜松子酒,她把一个倒吊在酒杯上方的酒瓶翻过来,开始兑酒,一招一式透露出一股傲慢之气,对那些敢于轻视她的人,这动作本身就是一种鄙视。"那些人会说,有些事情有的人就是干不来。他们不在乎。他们想发财。他们想学开飞机。我厨房里一个小伙计就这么跟我说的,是呀,我可没撒谎。他不愿意擦洗桌子,他现在可以去学开飞机了。"

布雷笑了,"谁跟他这么说的?"

"你还问我呢!"她长满斑点的手灵巧敏捷,完成了每一个需要的动作,把冰桶留下的一圈湿印子擦干净,明确表示她心里清楚,他完全明白。"我只能说,打从上周开始,我就不能随便解雇这些优秀的飞行员了,要把他们撵出厨房,必须先向劳动部请示。你肯定知道,当然了?上周公布的。我从酒店管理人协会拿到一份通知,不过他们觉得有办法对付——我要解雇人必须得到地区劳动部门官员的允许,还不知道他是哪位呢,也不知道这位先生对我的生意了解多少——"

他俩都哈哈大笑起来;她对布雷的指责,他过去曾经的身份,为人,

---

① 比尔勃姆(Max Beerbohm, 1872—1956),英国散文家、剧评家、漫画家。

朋友圈,在两人之间统统都挑明了,这里唯一的小变化,是那个苏格兰威士忌的石膏标志,和那个制止虐待动物协会标牌。她又坐回自己那堆书旁边的位置,面前有杯啤酒。

他说:"我能想见,这对你有多难。"

她不相信他;像他这样的人,用不着自己打拼,是英国政府派过来的,结果站在了黑人一边,因为如果不愿意,他们就不需要跟黑人待在一块儿,生活在一起。但是,她要接着说下去,让他听一听。"我的老罗德维尔,从我和奥斯卡结婚前开始,罗德维尔就一直给奥斯卡干活儿。那天他们来了,要看他的党员卡。这啥意思!他什么都不知道,只知道他是国内工资最高的厨师;他在这儿当主厨二十五年了。党员卡!他们一听态度就变了!他晚上过来路上就挨了打。他对我说,夫人,我该怎么办——?这帮暴徒。"她没点名说"人民独立党";不点名道姓,就可以想怎么说就怎么说,而不担心刺激到谁。俩人聊天亲切到有点怪,不在乎互相羞辱。他说劳动部新的权力也把他自己管住了,"问题是失业率上升了,就是现在。"

"喔,卖的人很多——买的人没那么多。等到这些飞行员和别的先生们饿着肚子回来,要他们原先的工作的时候,他们会惊讶得目瞪口呆的。上个月,阔克两口子离开了。约翰尼·康诺利说,要是牛奶场不能出手,他就要把他的牛送到加拉屠宰厂去。这样的人多了去了。"

"肯定,农民会感到紧张。但是我不觉得少数白人离开,对劳动力现状有什么影响。眼下这是个不可避免的过渡,等过渡到发展计划实施后——昆迪港项目已经开始了,据我了解,还有伊索札地区沼地排水项目。这会儿失业的人,不会比殖民统治那会儿更多;只不过他们感觉变了,自然不会满足于在乡村里糊口水平的生活了。他们会拥向城市和矿山,而那里也没有工作给他们,这状况是危险的,真的。可不再是那个农民的老故事里讲的了,不会干活儿就离开土地。"

"哦,完全是这样,他们一辈子就知道,"她说,"种甘薯、养山羊、喝啤酒。比咱活得滋润,相信我。"

有汽车停车的声音传来,接着门廊上有人说话。两名招待走进吧台,她老练地吩咐了几句,两人得了指示便走出吧台。她嘴角吐烟,眯起一只眼,走来走去,硕大的脑袋,篮球般的胸,和墙上的漫画相映成趣。得空就返回来记账,眼睛一垂,越过两颊向下看她标出的那些数字,一边跟布雷聊天。他直截了当地问:"黑人来这儿吗?"

"法律允许,"她也直截了当地说,"如果他们来,我的伙计们给他们服务。来的很少;他们喜欢自己的啤酒,当然,在他们的家①里,那就是他们想要的……他们往门廊露台上一坐,只要规矩,想坐多久坐多久。他们知道必须守规矩。"

"周末晚上,农民们还把年轻人往鸟笼里扔吗?"

她大笑一声放下了笔,摇了摇头,乐不可支。"噢,那可是从前的好日子,啊?哈哈,那些夜晚可真好啊。还有圣诞和新年!我们这一群从前过得是多么美好。奥斯卡常说,再不会了,再不会了。每一次——天哪,啊?哦,都过去了,一去不返了。"

她的不满表情没了踪影,红润的光泽又回到了脸上,眼睛里盈满笑意——仿佛一条老狗得到了短暂的心满意足,而没忘摇尾示好。他感动了,一向这样,凡遇到生命的跃动;但是即便是在这难能可贵的热情瞬间,她脸上依旧挂着咄咄逼人的傲气与自卑:他这类人对此是不屑一顾的,他们在行的是享受生活!

他洗过澡,换了衣服,准备去吃晚饭,在一截过道里忽然被她拦住,钥匙哗哗响。"你肯定需要的都有了吗?毛巾,香皂——都有了?这些天我心里都没底。"他再次向她保证都有了。那些白人还在露台上饮酒,酒吧也基本坐满了。有人玩掷飞镖,收音机里嘈杂地播放着新闻。满屋没有黑人。晚餐锣声已经在酒店整座建筑的各走道、露台、耳房响过。

---

① 原文为 khayas,南非语中意为"家"。

餐厅亮起了灯,但是没见有什么动静,谁也没有要去吃饭的意思。他不想自己孤身一个坐在那里。但是他心里清楚,露台上的人他都不认识,也许有一张脸除外——这个男人满头鬓毛般竖立着金发,在光照下闪闪发亮,好似仙人掌上的毛刺;大概叫丹尼斯顿,以前是这儿的一名骑警。他要了杯酒,眼睛盯着看青蛙,一边也怀着防小偷的警惕,留意人的动静,还不断扑打从灯上落向露台地面的飞蚁。皮尔琪太太的猫溜过来,偷偷接近青蛙,一个跑掉就锁定下一个,他见此情景就把猫撵开了。此行头一次,他对教育部的材料有了兴趣,那些材料还在车里躺着呢;这兴趣是那个小学校和那个老师唤起的。他感到某种实现目标的冲动,尽管这份工作本身他感觉并不真实,因为他不知道如何下手。他只是心里接受下来,为的是"自己的原因":不可以追问,暂时如此,但是关于这事,绝不存在什么功利的幻想。他起身去拿车里的文件,打算晚餐前边喝酒边看一眼。

走回到露台时,见那位学校老师已经站在台阶上了,穿一件军装外套,帽子拿在手里。布雷感觉,他是一直在阴影里等候来着,也许是,但也不确定,夜幕中如瀑的灯光下,全是白人面孔,哪个是他要找的那个呢。"哦,好……漂亮……这是我要的酒,没问题——"两人落座。他要了啤酒,另一位说喝啤酒。"我不知道我做了自我介绍没有,布雷,詹姆斯·布雷——你的名字……?"

老师清了清嗓子,向前倾过来说:"鲁本·森兑。鲁-本·森-兑。"然后他点点头,确认无误,便又向后靠在椅背上。他当然习惯了被招来谈话;布雷知道,这习惯,能来酒店喝酒也无法改变。也许只能让他忘掉自己。布雷开始谈他自己,谈自己以前怎么给英国政府工作,当加拉地区专员,后来变得"不受欢迎"——他用了这么个词——不受殖民署的欢迎。"不过,那些都成历史了,没啥意义了——他想多了解些学校的情况,想全面了解学校教学,这个地区的。森兑从荣瓦教会学校接受了中学教育。他自然认识本尼迪克神父。"今天上午神父们告诉我，政府要接管学校了。这事你感觉如何？"森兑说："我希望，先生,知道政府有多少钱。""是的,钱——？接着说。"他舔了舔干嘴唇，"如果我们的政府有很多钱，那我们必须接管所有的教会学校。如果在我小时候，没有这些教会学校，我就没有中学可上了。英国政府在侨民中心只有那么小个学校，您知道？但是如果有钱，对教育就是最好的福音了，所有的儿童都享有同等机会。你看，我们的政府不会考虑，好啦，那儿有一个教会学校，靠近这个村子，那个村子，所以为什么还要再建另一个学校呢——您明白我的意思吧？"

"哦，对的，完全明白——"

"那是英国政府的做法，但是我们的政府不可以做同样的事。这就是我们必须关闭教会学校的原因。不是因为神父们不好。我不是这意思。我们的人没有这么说的。欧洲人不可以说，我们把教会学校人员撵出去了；我们在自己的国家必须有自己的学校，就是这个原因。我就是想知道，我们是不是有钱。"

"我想你们有，"布雷说，"但不是教师有，问题就在这儿了。我希望你能说服教会学校的教师，把学校的管理权移交给政府，但是要留下来继续教书。当然到时候还会招聘成百上千名教师，从外面招聘。"

"如果我们有钱。"他说，感到满意了。

"教育部支持你自己的学习深造吗？你给我看的那些课件是哪儿来的——函授课程吗？"

他摇了摇头，咳了一声。"我自费……从伦敦订的。"

露台上人少了，汽车一辆接一辆开走了，不过正经喝酒的还在酒吧喧闹。皮尔琪太太神气十足，来到露台。"晚上有人要在这儿用餐吗？"她冲所有的人问了一句，然后看着布雷，布雷礼貌地欠了欠身。"我肯定是的。不会太久。"

森兑站了起来。她看了看他。"哦，那只羊怎么样？"她扯着高嗓门问道。"噢，你认识森兑先生，皮尔琪太太——""我当然认识森兑了。"老师伸手拿帽子,机械地从椅子上抓起。他穿这身外套站在那儿,在露台上显得有点不谐调,他那张瘦而黑的面孔上,看不到眼睛在哪儿。他说:"哦,夫人,我应该来谢谢您。您真是太好了。不过从那以后,我一直在生病。"

她继续保持被劫道似的姿态。"喜庆过度了,是不?"

"我得了重感冒。"他说。她转身离去之际,他鼓起勇气说:"孩子们非常非常高兴吃到肉。我特别感谢您。"

"没啥。"她欢快地说,语调拉得老高,转身迈着重重的步子离开了,身体向一边倾斜,像是站立多年形成的习惯。

他笑着坐下。"那是只全羊。"他说,"酒店为庆祝独立,送学校的。噢,真是个美好的礼物。孩子们高兴极了。"他又咳了一声,喝了口啤酒,又接着咳起来。等他喘气平顺下来,布雷说:"现在去吃晚饭怎么样?你感觉可以吗?"

"我已经吃过了。"

"哦,你肯定?你不想再吃点什么吗?"

"不,自打又得了这感冒,我就没有感觉到饿过。"他又是一阵干咳。

布雷说:"你去看过病了吗?"

"我又去过诊所。他们说我必须上医院去化验。"他说了首都一家肺病医院的名称。他伸出三根手指。"三年前,我在那儿住了十七个月。现在又得重感冒了,才两三个星期。我不饿。"

"哦,是这样。那咱们再来一瓶啤酒吧。"不过两人没有再坐下。"你啥时候去医院?"

老师笑了笑。"路很远。"

"但是你不该拖着不治。"

"我准备普通水平考试。"他说。他突然显出茫然不知所措的样子,好像感觉见面该结束了,而他不知道该怎么结束,因为此行的目的还没完成。"先生,我想求您一件事,可不可以给我写信说说我弟弟。他想去学习农业——欧洲农业。他在那儿的罗斯先生的农场工作,罗斯先生很好,教他怎么做。现在他一直想去上农业学校,这事我们听说了。不知道能不能麻烦您把他需要的文件寄给我——我可以帮他填好……去申请……如果您能寄给我表格……"

布雷解释说,他不是要去首都,是要去北方;不过他会安排一下,让人把农校的材料寄过来。军装外套上的号码隐没在黑暗处,酒店灯光照射下,号码斜对角明暗一分为二。布雷朝餐厅走去,里面有人已经在吃了,老朋友们聚会,聊得热火朝天,服务员光脚踩得地板颤动不止;他点了半瓶红酒,找了个地方坐下来,这地方能看看文件,就从带在身边的卷宗里随便抽了份报告,看两眼。他已经养成了单身汉的习惯,边吃边看。趁自己还记得,草草记了一笔,要给那位老师寄本牛津词典。

看来,一切都从头再来;他有些暗自欣喜,有些鄙夷不屑。那人穷得一无所有——他还有什么不需要的吗?奥利维亚说:"善是可笑的。"她在这儿的时候就真是这么身体力行的。她组织义卖筹集善款,好让那些行善的白人妻子出力,为黑人儿童建个诊所,而矿场每年支付英国股东的股息,数以百万计。她戴白手套张罗义卖市场;然而他俩被召回成为轰动一时的事件,夫妇俩离开领地抵达伦敦的照片刊登在报纸上,其状令人尴尬,哪里还有白人移民长久依靠的公务员夫妇身份和尊严。

用罢晚餐起身回去,经过了"戴维·琼斯酒柜",看见那一张张流光溢彩的面孔——高个头英国人,迈着那种永远不变的管事人的步态,胳膊下夹着文件,回到了自己房间。

他躺在床上,那张床像所有酒店的床一样,对他来说太小了点,他凑合躺着阅读。皮尔琪太太的夹子床头灯,颈部断掉了,他把灯泡拧下来安到了天花板的灯口。灯光投射在他两眼之间的一个点上。他把教育部的卷宗里所有文件都看了一遍,关于从哪儿下手开展工作的内容很少。大部分数据都没有适当的分析,而导致高比率失误的反复出现的"无法预料的情况",或者最简易的实验计划被放弃,却始终没有任何解释说明。他关掉灯后,感觉到一种越来越深沉的寂静;仿佛已经走过的距离有多长,黑夜就有多深。

* * *

他在加拉镇度过了第一个星期,时间都花在了写信上,信都是寄回英国的,说的都是一些家事该怎么处理的问题。分配的房子原来住着个会计,搬出去了,新管理制度实施后,会计被宣布为多余人员。房子里没有厨师,没有窗帘。他暂住当地酒店,消息不胫而走,于是便有前来应聘者,一个印度裁缝欣然受命,制作窗帘。祖萨博先生很沮丧,布雷没选他的布料,但是布雷和奥利维亚向来都对深栗色或棕黄色情有独钟,上面还要有斯瓦西里语或加拉语的深奥文字,当地女人包在头上、裹在身上的那种布料——这回他用不着在乎是不是适合于专员府了。

那条宽阔的大街是加拉省加拉镇的标志,高高拱起的路面中央铺了沥青,但是两边很宽的红土带,依旧是坑坑洼洼、高低不平,时而被悬在路上方的桃花心木树冠的浓荫遮挡。加拉镇是个殖民时期移民聚集的老地方;在它成为英国的一个前哨之前,迪宝·提布就在那里建立了他的一个奴隶转运站——侨民中心北面,有个他的阿拉伯要塞遗址。村围墙已经倾塌,但是老树还都在;树太大了,不容易从奴隶大篷车道上移走;树太结实了,没有被英国军队的炮火摧毁,他们当年在这儿镇压当地人;好几个世代以来,古树一直受到女侨民的景仰,她们成功地争取到了当地一条法规的颁布,禁止任何人砍伐这些古树。巨大的灰色树根露出部分,给自行车提供了很好的停靠处,给小商贩手艺人提供了摊位;修鞋匠在这儿摆摊儿揽活儿,修自行车和缝纫机的也在这儿摆摊儿。有棵树叫奴隶树(一百年前,树底下进行过奴隶买卖），英国女士们在树干周围铺了一圈石面，立起一圈围栏，挂了个牌子，上面写着威尔伯福斯①的话。在村子里，布雷发现，从他离开后这里开始有了工业。鱼粉厂和石灰厂的年轻工人们，在周围晃悠，玩掷骰子，地下扔着不少炸薯片包装袋。

他人高马大，上身穿灰色亚麻里子夹克，下身穿自己在首都买的裤子，当时是在街两边的商店进进出出，穿梭于阳光下和阴影里，总算有所收获。熟悉的气味袭来——石蜡，小米，一口袋一口袋的鱼干②，一只白铁勺插在腐味扑鼻的小鱼堆里；撒在地下的白糖粒和玉米粉，踩在鞋跟和水泥地之间，咔嚓咔嚓的，也还是那种老感觉。在裁缝店，一卷卷布匹和裁好的闪亮衬布，散发着豆蔻香味。还是那些相框，还是那些爱德华时代人像，手执长长的烟斗和手杖；一张照片上，莫维塔身穿长袍站在老女王身边。祖萨博先生和他儿子阿罕默德，差不多是从前和布雷最早交谈过的人。（酒店换主了，邮局现在有黑人职员。）祖萨博皮肤白，肥胖，穿衬衫，背心上挂着一条软尺，像绶带。他笑声很轻，几乎听不到；站在他身边的阿罕默德瘦而黑，已经长大了——跟布雷记忆里他母亲一样——神情专注，多少有点偏执的样子，这印象来自一对略带斜视的乌黑眼睛。

"上校，是上校，你回到咱这儿啦……"祖萨博的目光炯炯有神，神采飞扬，激动得像个少女。"这是我二儿子，阿罕默德……你不记得上校了（他那会儿还小呢，呃，上校）……布雷上校？你当然记得！地区专员，还有布雷太太——哦，多好的夫人！"

男孩一头厚厚的直发似乎都升起，又落下，表情羞涩，无言以对。

"哦，上校……天哪，你回来咱太高兴了。我常常跟我老婆说，我

---

① 威尔伯福斯（William Wilberforce，1759—1833），英国议员，废奴主义者，为废除奴隶制做出过杰出贡献。

② 原文为kapenta。一般指坦噶尼喀沙丁鱼，这种鱼在赞比亚和津巴布韦被称为卡彭塔。有时也指坦噶尼喀湖中的鲱鱼。

们这儿再也没有像上校一样的绅士了!噢,迈特兰先生,你走了以后,他来的,他也是位好绅士,哦,是的。后来还有卡特先生,韦林琼斯先生。但是在这儿待不久,就住十五个月……哦,上校……"

他还是不出声地笑着,把两只光滑的手展开,好像欢迎团的一员。"哦,很好,是的,可以说很好"——他顽皮地稍稍耸了一下肩膀,仿佛刚泄露了一个秘密似的——"当然有些事情还没理顺,生意也下跌了点儿,哦,这是很正常的,当然,上校。我不是抱怨——你明白?我们这些人都百分百地支持政府。我们还给党的基金捐了款呢——去年,五百多镑。我们信任总统——哦,是的,我们是这样的。当然有很多人走了——你知道,旧政府的人,走光了。哦,我知道他们是啥感觉,我能想见。皮利大夫和皮利太太回英国了,把房子卖了。几年前他在湖边建了座挺漂亮的房子,退休后,你知道。但是,现在他们自然不想住下去了……为什么要留呢……在你住的地方再往上"——他指的是专员府——"现在那儿住的是阿莱克先生和太太,还有六七个孩子。是的。你和布雷太太在那儿的时候,上校,那地方真叫漂亮——那花园,美极了!布雷太太的花园。另一位太太是谁来着——巴特沃斯太太?哦,对,多好的夫人。你知道,是我给她做了第一条女式灯笼裤?我说,可是巴特沃斯太太,夫人,我从来没给女士做过衣服。但是夫人是想要啥就一定要啥的,你知道。你能做,她说,你能做!还有普莱费尔先生。今年他又得了高尔夫冠军。他还在这儿,还有勒罗伊先生,还有俱乐部的安德森一家——安德森先生还是委员会主席。这个月,那儿有演出。大概又是帕西法尔先生在安排。你知道他是个非常聪明的人——"他把白人社区所有活动的全部细节,都讲述了一遍,而这些活动他从来没参与过。"噢,过去的人还是不少,"他保证说。"你会看到的,上校——"并不是他忘记了,曾几何时,就是这些人要求殖民署驱逐布雷,而是他记得太清楚了——这是他处理事情的方式,为了自己和别人的安全,不惜同时向四面八方磕头作揖,哪路神仙也不得罪。

侨民中心大部分白人生意人欢迎布雷，显出职业化的欢快神情，覆盖那种面无表情的冷漠。他们也没有忘记，但是有的人已经习惯了。他并不特别敏感他在他们中间的"位置"；与莫维塔和爱德华·莘札关联的过去，以及这个国家的未来，对他是重要的，至于他与殖民管理当局、与移民之间的过去，困难也好，冲突也罢，毕竟都过去了。当时各方的行动——很公平——是按照特定历史形势的观念进行的，那种形势一去不返了。客观上不存在了，他的意识中也不存在了；他离开了很久，回来已经物换星移，前嫌尽弃了。他被派回老地方，这事他似乎没觉出有什么深意，除了可以利用一下他的长处，那就是他懂这里的语言，熟悉这里的人。他自己并不觉得回到了被驱逐的地方——这种不值一提的小胜利，跟当前的情况有半毛钱的关系么？

但对一直留在这儿的侨民而言，他不是初来乍到的，而是旧地重回的；对他，大约十年前，他们公开举行过一个会议，地点就在他现在住的酒店，对他，他们集体向总督请愿，开除他的职务。来侨民中心的头一星期，他意识到这个了，只是有点心烦而已。他们进城购物，跟从前一样，他也跟他们一块儿去。他们跟他打招呼，甚至停下来说话，女人们挎着购物篮，或者男人们两根指头钩着装满啤酒的购物袋，都在利用跟他共享的英国式聊天传统。于是第一停顿就是个机会，说："哦，娶是我不赶紧去取，阿尔科克绝不肯给我拿只鸡。"或者"罗伯特一准在邮局门外等上了——我还是赶紧去吧。"但是他们让他（并不自负，因而是自我意识最弱的男人）意识到，他们在面对他。他对他们没有丝毫抱怨。在心里他对自己和他们，都生出些略带恼火的喜悦。果真是这情形，可真无法忍受了。

在第一封寄来加拉的信里，奥利维亚写道："可以想象，你看到老房子的感觉，怪怪的吧！"——但是他还没看太多，连去那丑陋公寓的路上散步，也还没空去呢。在他心里，那公寓不只是个住所，而是在其中历经沧桑耗尽半生的一个标志。哪天他得空，要去看看在花园里玩耍的阿莱克那"七八个"孩子,然后说给奥利维亚听。

他进出鱼鹰酒店走过门廊露台上,偶尔会被湖光水色的景致吸引。湖是个习惯了的地标:晃眼的一片亮光,在林木后面的极远处,阴天雾天,则是一片异样的溟蒙。转瞬间,他脑子里一片空白;湖面的光泽变幻莫测,眼皮低垂的一瞥,成一条横线——看见的其实并不是什么湖,而是远方形成的视错觉,湖水泛光,融入热气氤氲之中,宛若水行天际,空旷邈远。一旦你来到长满树丛杂草的湖岸边,发现根本不是远看到的那座湖了,而是(如地图显示)一个大水系南端的区区一小点,这个大水系伸向内陆,绵延六百英里,跨四五个国家。那个瞬间,这个无限遥远的符号,和无限的时间合二为一,使他心胸豁然开朗,抛开了当天的思绪,恢复到了十年前的自我,今昔贯通,与当前的自我浑然一体。这个停顿并没有引起关注。他走下露台的台阶,打算去给自己的房子里添置点用具。

到第二周就能搬进来住了。当然,他已经跟侨民中心说明了身份。也跟地区专员黑人阿莱克谈过一次——但是他们不再叫地区专员了,而被称作地方官。他还见了当地教育官,桑普森·曼伦巴,此人碰巧是个老朋友,布雷当年在职的时候,他是(英国人的)非洲学校的校长。阿莱克是货真价实的"新非洲人",英国移民们最不喜欢的就是这种人:肥胖、迷人,穿莫维塔制服上衣,下摆被瓷实的臀部高高撑起,讲一口流利的非正式英语,坐在办公桌后面都是一副吊儿郎当的模样,像个小学生,有人看见他在树底下让人擦皮鞋,一边嘴里还嚼着甘蔗。受教育不多的黑人惯于炫耀,侨民们跟他们在一起,如鱼得水——男人穿殡仪工装,戴眼镜,大声清嗓门;这种漫画形象,被他们接受,认作自己的文明标志,哪怕自己就是些穿着皱巴巴的短裤、喝啤酒的农夫。阿莱克会不会积极处理事务,还有待进一步观察;就布雷听到的只言片语而言,这是有可能的。他轻松地说他不知道该为布雷做什么——他被要求"做所需的一切给予协助",等等,而具体该做什么,由布雷告诉他。"我可以有个办公的地方吗——这是主要事项。"阿莱克觉得很滑稽。"我的意思是,你能给我间办公室,用一个打字员吗——我知道你的人手不够。""办公室!这还用问!但是打字员恐怕没那么漂亮。我来介绍你认识一下。"他按了下铃,应声进来一个二流男文员,腰背跟老头一样,一张娃娃脸,无精打采,一看就是学习函授课程熬的。"这是勒坦卡先生。他会尽力协助你。"文员走了后,阿莱克兴致未减:"这么说,你来了。但是我申请的是一个真正伶俐漂亮的秘书,那可是首选啊,也许咱们的标准要提高。"

阿莱克敦促他先把家安顿好,然后"我们再着手处理那些重要事项";这倒是个很体谅的办法,不知道该跟他做什么,那就先往后推。

搬进来倒没怎么费事。一星期内采购回来的各种物品,都堆放在起居室。祖萨博人很好,派儿子和一个女儿过来安装窗帘。布帘遮在窗上,看着像桌布;尺寸做小了,对不上。拉开在两边耷拉着,显得很寒酸。他不知道问题在哪儿;他想起了奥利维亚,忍不住笑了。他有了个年轻的佣人,叫马洛普,在加拉语中的意思是"最后一个",一上岗就要钱去买了件白色长围裙,随时穿在身上。他把房子里的水泥地面都打了厚厚一层红色上光蜡,迎接布雷到来。两个人又花了一个星期六的下午安排布置——根据直觉。政府配给了一把北非式座椅,安了个老式铜挂钩,把浴室的镜子按照布雷能看到自己刮胡子的高度,重新高高挂起——这是不能改变的白人单身汉房子里的格局,早至侨居之初就是这样的。马洛普找了两个破烂的绣花桌垫,垫在一个皮革相框下,相框里是维妮夏和她的小宝贝的照片。酒都摆放好了,威士忌、杜松子酒,还有一个开瓶器和几只酒杯,都放在固定的位置,算是屋里的"临时"存货。厨房已经散发石蜡味儿了,冰箱在运转,起居室散发的是灭跳蚤粉的气味儿。这地方房子几天不住人,就变成跳蚤们的乐园了,布雷的脚踝隔着袜子被咬痛了,那还是先前来看了一眼的那次。

他又开始早起了,这是以前在非洲养成的习惯。五点半开始,就能听见佣人在房子里的动静了,一边干活,一边低声哼唱。布雷周六的早饭是在花园里吃的,伴着一股烧柴火的烟味。是从前的烟味——没错,穿越时空,好像跟你做过爱的女人身上的气味,蓦然再现。少顷,太阳鸟的啼鸣,从花朵编织成的漏音喇叭中奏响。玲珑的野鸽咕咕哝哝,声似催眠,飞起来身姿矫健,叫起来声音柔和,跟欧洲城市里高视阔步的粗莽鸽群,判若两个物种。小片枯叶纹丝不动,垂悬蛛网之下,系于一线游丝,叶面闪闪发亮。一棵巨大的无花果树可能是好几棵树的结合,树干扭结盘绕成麻花状,高达二十英尺,再往上,树冠开阔如盖,树枝交错,呈放射状四下展开,边缘向下垂落。疙疙瘩瘩的小果实满树都是,直接就从老硬的树干树枝上绽出。精瘦的黄蜂飞离果实,落入树下的烂果堆里。他心里,一种莫名的愉悦油然而生,仿佛一种隐隐的危险。他拖过来一张晃晃悠悠的折叠桌,上面留着一圈一圈的花盆印。把桌子安放在树底下,开始在上面写信,读奥利维亚寄来的报,享受独处的奢侈,怡然自得。

但下午悠长。空气中回荡着人们的各种动静;远处击打网球嘭然有声,同一条路上别人家时而停车,时而汽车发动,天空像酒杯一样脆响隐隐,扭曲着教堂的钟声,就像酒店露台上的视野,扭曲着远方的湖面。在越来越深沉的寂静中,隐约传来一阵星期天寻欢作乐的喧哗,声音自东面来,是一个当地小镇的方向。他暗自思忖,要去那儿转转,这次还没去过呢。当然,他从前当地区专员的时候,对那地方很熟,在那儿消磨了大把光阴,太多了,有的人可能会这么觉得。但是他知道,打从那会儿,地方变样了,发展了。有全新的住房建设计划,还要建一座工人宿舍。

红土路穿过树林,通向远处。路上有行人,推着自行车,边走边聊;他经过时,女人们抱紧小孩子,抵在自己衣裙上,男孩们追打嬉戏,用芒果核互相投掷,有些宗教小团体在树底下集会,年轻情侣身穿最漂亮的衣服,和老人们一块儿用拖橇拉运木材或木炭,星期天和平常日子对他们来说，并无二致。一座座小巧的新房屋，外形漂亮，却好像坐落在泥沼里。在森林里建房时，把地基周围的树砍掉了。能看到一块块踩踏过的木薯地和芋头地，还有一两辆陷在泥巴里被丢弃的汽车。房屋有电灯，孩子们在玩一种游戏，好像其中一个环节是用木棍打电话线杆。他们冲汽车里的白人大声喊叫，肆无忌惮，兴致勃勃。

他看到了建在一块高地上的招待所，这算是一个缓冲地带，把黑人区和白人区分割开来；一座现代化的公共建筑，周围聚满了贩夫走卒的货摊推车，就像官墙外的棚舍。但他没有走进记忆中的老镇，而转上了未经修整的老街，两边挤满了窝棚、猴子、狗和人。老镇脏乱而美丽；这片低地长着挺拔高大的棕榈树，对比之下，下面的纷扰，仿佛小矮人的世界，树梢画出的天际线，清澈疏朗。啤酒、垃圾、烟的混合气味，扑鼻而来。最破的窝棚搭建在一片片光亮的香蕉树叶下，枝头挂满一串串青绿果实，仿佛枝状大烛台，那些木瓜树上面也是果实累累，状如印度女神的胸乳。远近四下草木繁盛，茎叶纠缠，出污泥而翠绿，盖朽木遮废铁，若水面荡涟漪，如流苏垂纱幔。浪漫的贫困；他宁可住这儿，与棕榈树下的老鼠为邻，也不愿住那片高地上整齐划一的豆腐块楼房里，那地方地面已经露土了：当然从来没人逼他从这两种居住环境二选一。一个赤身小孩举起一只手朝他摆了摆，另一只手抓着自己的私处。一个老人向他脱帽致意。布雷谁都不认识，谁都认识。他感受到相互之间，有种莫名的认同，在英国绝没有，在欧洲也少见——在西班牙偶或有，那是一天早晨在市场上，混迹于大群前凸后翘的身体中，忙碌的人们笑声不断，不过听不懂他们的语言。这不是失去自我，而是发现自身的存在，自己忘却的外形被认出，一个身材高大、粉红脸膛的英国人，淡色眼睛、浓眉，戴一副放大镜般的眼镜，坐在汽车里，仿佛有层玻璃壳隔绝在另一种气体中。他慢慢开着，心里有种不自觉的愉悦，不大肯定自己要去哪儿，但又感觉他拐的弯分明是熟悉的。路果然经过了他去过的和认识的人家。他穿过街道，来到一块不知名的公共场地,见有公共车停车场,山羊在寻找丢弃的芒果皮,女人孩子们怡然自得地在树底下席地而坐。

就是在这儿,人们消磨星期天的地方,传出鼓声,他在城里听见过。小卖店里震响着爵士乐,敞开的门廊上,男人们或站或坐,都在饮酒。一个店门前的空地上,有个草棚,四面无墙,草棚下几只高筒鼓架在木炭火的余烬上。布雷的车停下来的时候,这儿刚好是中间歇息。一个小男孩用一个羊皮风箱扇那堆余火,提高温度,以便把鼓烤得结结实实。只有一个鼓在响,击打着均匀沉闷的节奏,随时可以跟得上。透过周围的喧哗和爵士乐,仍能听得见那嘭嘭的鼓声。布雷就坐在车里,看着周围的一切。有的小孩挣脱怀抱,在空地上蹒跚学步,被大点儿的孩子追上抱起。有的小孩哭闹不止,有的在吃奶。女人们聊天聊得很投入,眼睛盯着周围看,警惕地看着孩子们。有些男人在喝酒,有些站在一处,干活儿中间歇息一会儿。骑自行车的人,有去的,有来的。有个更响亮的鼓点配合先前那嘭嘭鼓声响起,来自另一面鼓;鼓手侧耳细听,对音质不满意,鼓点渐弱。鼓手们过来摆弄自己的鼓,并不说话,也不看喝酒的人和别的人。他们的面孔和头发沾满了尘土。他们叫那男孩干这干那,男孩便跑进跑出,晃着一对尖尖的胳膊肘,操作风箱;红红的炭火像眼睛,忽而睁开,忽而合上。但是听到刚才响起又落下的那个配合鼓点,一个裤子上带夹子的中年人,在空地上独自踢踏起来。另一个也来了,接着又来一个。渐渐地,刚才喝酒的人、闲汉,都动起来了;鼓都取来摆好了;安宁之中,动静持续增大,搬鼓、拖凳子、停顿、打鼓,所有配合的鼓点和动作,形成一个整齐划一的节拍,这节拍感觉不只是声音,也不只是动作,而是一个身体中的一个心脏的跳动。这不是狂喜或亢奋,就只是个星期天下午的酒吧舞;布雷抬起两条长腿钻出汽车,一只手支在后备厢上,和周围的人一块儿观看。人们似乎知道他是谁。一边看一边偶尔和人说一两句话;他问个问题,或评价一下,像平时和人近距离接触那样。一个老人肯定地说，那些酒吧是新开的。一个年轻人等老人一走开，就忍不住说：这个酒吧已经三年了。这舞是老式的，老古板们跳的。我要是你，我就去跳了，布雷说。年轻人露出嘲弄的神情，旁边一个女人不禁笑出声。跺脚和节拍传导到了布雷和其他人的脚底，仿佛他们全都站在船甲板上，底下就是机房。

一辆黑色的梅赛德斯招摇而来，上下散发着新官僚的做派，引得大家齐齐扭头注视，投去羡慕的目光。车忽然停了，就停在了人群中。布雷感到很吃惊，车上坐着几个穿白衬衫、黑西服的人，其中一个跳下车，不等大伙儿让开，就大步流星朝他走来。"你还好吗？"布雷还没来得及回答，镇长的脸就从后车窗伸出来了，用英语大声喊起来："你是迷路了吗，上校？我们能帮你吗？"

布雷几天前见过镇长，陪同的有桑普森·曼伦巴。"不，不是，就是随便看看。"随即感觉出于礼貌，还是到车跟前去一下。"还是很感谢。""你肯定没问题？"镇长是个大块头，中分发型，一望而知是加拉脸型，着装是专为某个正式场合的；或许只是享受乘坐自己漂亮的座驾出访，身边有穿着亮丽的亲友陪同。

车起步优雅，绝尘而去，小孩子们尾随奔跑。大伙儿都笑着看布雷，把他看作是给他们带来荣誉的人。有人说："那是加拉最大的轿车。"那个老人又出现了，说："那是镇长，你知道吗？镇长！"女人们咯咯地笑，笑他迟钝。"他知道，他知道。"没人羡慕镇长，包括他的豪车、要位；只是感到骄傲。

布雷回到家里，天还亮着，便在花园里转悠了一圈，然后信步走出园子，溜达着穿过树丛，这也许是受到在威尔特郡生活养成的难以觉察的习惯引导——他和奥利维亚天天溜达，就像城里人天天遛狗一样。高尔夫球场上空，已经有蝙蝠在飞，高尔夫俱乐部已经亮起了灯，飘出橙子的味道。星期天晚上，白人社区居民多半会去那儿，运动完了喝一杯。他已经登记了名字，重新注册会员；他填表的时候，秘书的脸上一副若无其事的样子,其实强忍了内心的惊讶。但布雷这么做,并不是一种虚张声势的姿态,更不用说把自己的归来看成一种"胜利"来刺激同胞。他做事总是直来直去,容易让人误解。哪怕是伸出"友谊之手"——就只是接受了这个现实,他又回到了加拉,回到了这些人当中,没再把他们看作远离故土、浪迹天涯之人,一如当初他并不同意他们的观点,认为加拉人不属于他们的社区。奥利维亚来了后,有可能使用俱乐部的游泳池,这个地区只有这么一个游泳池,所以办张会员卡反正用得上。要利用现有条件。当然,独立后,俱乐部照例做出了一个将死的机构常做的姿态;依据职权,送给镇长会员的资格,还让阿莱克当了人事主任——布雷感觉这两人一次也没踏进过这地方。

树下大概停了三四十辆车;有辆车里,一条阿尔萨斯牧羊犬隔着紧闭的车窗,狂吠不止。黄昏的天光一阵阵暗下来,令孩子们兴奋,白人孩子们在草地上奔跑尖叫。房子是多用途的,真是个货真价实的资产。布雷走上台阶,只见酒吧外门廊露台上的一张张桌子,坐满了人,这儿那儿不时有头抬起,他暗忖:这地方做成人教育中心,再合适不过了。那些稍小的房间,工会可用来为学徒工开办夜校,桑普森·曼伦巴可以举办扫盲班,那间大餐厅,可用来让学校合唱队之类的团体搞演出。

他跟几个熟人打了招呼。一个金发碧眼的女人背着一个孩子,手上还抱着一个,耐着性子站在接待台前等候,她老公和火焰俱乐部的另一个男人,因球赛得胜,聊兴正浓,不忍离开。布雷道一声抱歉从他们身边经过,但是他们没看见他——除了孩子们,俩孩子就要睡着了,忽然蓝眼睛睁得溜圆,目光跟着他来到布告栏。他的名字在上面,好了,但是旁边没别的名字。轰然一声爆响,像是一场派对的嘶哑歌声;钢琴开头几小节的重复,让他意识到这一定是在排练:祖萨博提到过的剧场演出。

那一周他是从给自己制订了一个工作计划开始的。他和曼伦巴长谈了几次,明确了不能靠现有学校和学龄儿童适用的数据为基础,来撰写报告和建议。这个省巨大,把欧洲的一个国家整个放进来,都装得下。最近的一次人口普查已有七年之久,而且谈不上准确。不可以就把地图分成合适的几份,每份里分配几个新学校名额,每平方英里给多少教育设备。桑普森·曼伦巴希望在加拉新建一所大型中学;但是需要全省合理协调教育资源,从小学到中学——毕业生要达到英国普通水平,还要考虑特殊情况所需资源,如晚入学的学生,其他可能不适合学术教育机会或无此潜力、分流至初级技术学校的学生。"全省小学生预期有多少能达到中学水平,比方说,五年?能填满一个新的中学校名额?超额?超额太多,有必要在别处另建一所新中学?"但是桑普森·曼伦巴回答不了这些问题。"的确是。取决于我们需要和能有多少新小学。"而这靠的不仅是在校学生人数,而且包括应上学的人数。"我们教育人才资源库里有多少教师?""啊,这可是个麻烦。"曼伦巴总是唯唯诺诺,唯有附和。但是布雷判定,如果自己能发挥什么作用的话,必须克制性格中的固执,放宽界限,接受更多的实际条件。他必须调整自己,克服障碍。

他出发去全省调研,一个区一个区过,一个村一个村过,走访学校老师、校长,搜集事实数据。他打算自己普查学龄儿童人数,各种就业青年人数,他们虽已就业,但仍受益于比会认字更多的培训。他知道开始考虑下一步行动前,这项工作必须完成。他从加拉镇和周围的村庄开始,在一个圆心起步,一圈一圈放大绕下去,每天转,每星期转,直到把全省从大湖到巴士法兰茨都转遍。只要有可能,每天晚上他都回家。后来圈子越转离中心越远,他就选一个点过夜,一定要最方便下一天的走访范围。在加拉市转的时候,曼伦巴陪着他,有点像是检查学校,所到之处,一律是正式场面,学生集合,老师紧张——走访结束后有种感觉,这种正式礼貌的场合,阻止了和孩子们的真正接触,看不到咯咯笑着的、满脸期待的脸,而是立正直挺、朝着太阳的千人一面,而那些受教育不完整的低薪教师,要么说话啰唆,要么张口结舌,很不胜任。第一星期他每天回家都有种窒息的感觉,这哪里是教育,然而这就是现行教育,发生在学校中,学校只有徒有四壁的教室,和被孩子们的光脚踩硬了的红土操场。孩子们活泼好动,却被用低劣的方式,灌输死记硬背的内容,在脑子里一天天发酵。他在笔记本里写道:"如果莫的政府只是生吞活剥我们带来的知识,益处不大。"他感到自己不胜任,找不到治本的猛药。教育部也无能为力,包括它那些顾问,那位有能力的英国研究员,三十年前曾是一所著名公学的校长,还有那位美国人,受美国中西部一所大学的非洲研究计划资助。他们心目中的教育结构建立在自身的教育背景和经验上;包括他自己,在非洲住了那么久,照样倾向于以自己熟悉的教育模式,考虑需求问题,但是对这儿的孩子并不奏效,这儿的学校里教的,跟孩子在家里的文化模式不合拍。这儿需要的也许是有最新基础学习技巧知识的人。这样的人应该能突破旧观念,不再看重特别的文化背景,而重视学习过程。应该自由组合自身与相关文化的关联。"给朋友写封信,描述跟姑妈出国旅行"——他常常想起马托肯的那位学校老师。

他要去趟位于湖区深处的渔业区,便把车停在湖区南端的水产冷冻厂,走水路,基本上一路都是搭顺风船去的,船都很笨重,手工制造,都是单干的渔民船。有些渔民其实是生意人,哪儿出产湖鲱鱼,他们就去哪儿收,分装成八十磅一袋,再到不出鱼的湖区出售。这些船没有地域界限的概念,哪儿可能有村庄,他们就在哪儿停靠,船老板说斯瓦西里语,也说加拉语——几百年来,斯瓦西里语从东岸登陆,成了湖区的通用语,即便深入南方的内陆居民本来不说这话。虽过着深居内陆的封闭生活,湖区村民却有着海港居民那种天然的精明世故,还有着天马行空的独立精神,就像航海的水手,视野海阔天空,闪烁的地平线永远在船头隐去。他们在布雷周围兜售海产,放声大笑、插科打诨、讨价还价。他的加拉语说得还是这么好,现在天天都说,恢复得跟从前一样了,可以跟他们自由对答了,甚至于还能听出对话中夹杂着的斯瓦西里语的词汇。船上堆放着一垛垛干湖鲱鱼口袋,他在上面一连坐了几个钟头,用自己的香烟,交换他们的烟斗丝,任凭船在亮晃晃的无垠湖面上,逐浪随波,起伏摇荡。他那张英国脸变得僵硬而泛红,好像在分泌颜料,在他离开这些年里,这项功能已经偃旗息鼓,如今死灰复燃,颜色分泌来自他身体内部,把他的胳膊、手和脸,都涂抹得十分鲜亮,剃须镜里映出的是一张节日的脸。不管交谈是多么的生动,声音都会彻底淹没在湖水里,像落在水里被吞没的硬币。在他看来,向四下延伸的水天,仿佛两种元素结合的爆炸,发出无边的光焰——是一种美,对感官有种异样的吸引,他从没有过再看到这美景的奢望。这就是它。人是无法凭记忆感受这种实在的。这绝不是脑海里的幻象,而是所见所感的旧景重现。鱼鹰发出女妖啸叫般的尖鸣,响自太阳的暗面。时而鱼群出没,鱼尾旋摆,搅起水下漩涡。条石鲷吃湖鲱,老虎鱼捕食条石鲷,鱼鹰和海鸥盘旋侦察,俯冲扑击,捕获猎物。对他的同伴们而言,这地方就是个环境条件——天气、运气(有无鱼运)、离下一个目标的距离。他思绪散漫;美学理论认为美是功能的副产品,眼前的景象会给这理论增添新的意义吗?美也可以是另一种解读情境的方式,在这种情境中,发挥的是——眼下的案例是捕鱼为生——功能。有个人伸了根手指到右鼻孔,刺啦一声,把左鼻孔擤空了,鼻涕擤到了湖里。湖水还是那么透亮清澈,鱼儿在水里一闪一闪地游着,鼻涕进去没了踪影。

　　岸上,有数千人的社区,孩子们不上学,大人们不纳税(布雷回加拉后听阿莱克这么抱怨)。"你到了那个地方,也许会觉得能做点什么。"阿莱克口气诙谐,显然对问题感到有些茫然。"政府告诉我,这些人仅次于矿工,是这个国家最能赚钱的家伙,可他们不理会所得税。你从他们身上得到的只有茅屋税,这他们倒是一直缴纳的。所得税他们觉得是白人交的税。难道让他们也当白人,就因为我们有了自己的政府?天哪,伙计,独立是个什么玩意儿!"想起渔民来,布雷有些羡慕地大笑起来。"哦，他们是单干户，文盲，极精明——够政府麻烦的。""我是说，你怎么评估他们的收入？这可不是放两摞书那么简单。都是这儿的问题"——阿莱克一根手指戳着自己的太阳穴——"审计员又有什么办法？""组织他们加入合作社。"布雷说，还是感觉好笑。

"哈哈，有个大渔业公司。"

"是啊，可那是个外国公司。渔业公司干活儿的人都是雇员。我指的是打鱼和卖鱼。噢，会来的，我看会的。"

"那些人吗？他们不想听听我们说，怎么对他们好？"

"别担心，阿莱克，总统喜欢自由企业。"两人都笑了；莫维塔就是这么板着脸向矿业公司保证的，并没有直接冒犯惧怕经济殖民主义的政府成员。

"你带鱼回来了吗？"阿莱克问道，一边哗啦一下把文件全推进了抽屉；布雷走进来的时候，他正要去吃午饭。

"没想这事！不过下次我要记着。你老婆喜欢啥鱼？我看见条特棒的鲈鱼。"

"哦，她是城里人，湖里的东西她都不碰。但我不想孩子们也这样。我跟她说，孩子们生活在哪儿，就适应哪儿的生活，必须靠山吃山靠水吃水。她就说，那么超市的肉有什么不可以的？"

"下次我给你带条鲈鱼。"

"好嘞，炖一锅鱼，加胡椒粉，我喜欢。"他拿出个指甲锉，用锉尖打磨黑手掌上的几个指甲白边的内面，好像在削果皮。"手上沾满了炭。连刻蜡纸的活儿，我也得自己干。我今天不能回家吃饭了，工作堆积如山，伙计。我真恨不得开车到部里，绑架一个像样的秘书回来。"嘴里一边嘟囔，一边松了口气，和布雷一块儿离开了办公室。他的儿子们都还小，有一个骑着车来接他，等在外面，一边捂着自己的一个大脚趾，上面涌出一滴鲜血。他们一块儿查看了下伤口，那滴血从满是尘土的小脏脚上滚落下来，像滴水银。孩子骑车撞上了路边的滨枣丛，这低矮的树丛整齐地划出了侨民中心的入口。国内所有的侨民中心都有滨枣丛篱笆,就像他们每个办公室都有个北非式座椅,都有个标准的墨水台。"瞧瞧,"阿莱克用加拉语说,"口子很深。这是啥植物?"

"为啥不拔掉,清除掉算了。"布雷说。

阿莱克面露不确定的表情,仿佛不记得为啥不行了。接着他又缓过劲来,用英语说:"你说得太他妈对了。我要把这块地方清理干净。"

"你可以种松叶菊——冰花。"布雷说。阿莱克已经去取车架上的自行车了,一只手推着车,另一只手抱着孩子,一边安慰孩子,一边跳着夸张的步子:"喔,喔!"

你只要离开这地方一次,再回来,就觉得这里是家。回到屋里,布雷来到厨房,吩咐马洛普去车里取东西;马洛普有个朋友来看他,正坐在那儿,这时立即起身。布雷跟他打了个招呼,突然觉察到他后面的那位不寻常地抽动了一下。他的经过触动了什么。他下意识地查看,仿佛背上沾了什么刺激物。那张脸盯着他,茫然又期待,因扫兴而垂头丧气;然后仿佛侧面挨了一击:"卡里莫!"那人大笑起来,笑喘了,好像他的名字救了他。那张面孔来自另一段生活,是布雷从前的厨子,在地区专员家里做饭。互致问候一连进行了几分钟,然后卡里莫就完全放松了。他讲英语:"我今天过来的,昨天,三天。不,那孩子说穆克瓦伊周二走,周五回来。我准备好了。"布雷的眼睛跟着对方的叙述转,像转迷宫一样转回原地,卡里莫系围裙总是在腋下系两个结。"你怎么找到我的?"

"菲斯特斯叫我来的。他叫我来说,上校回来了,一个月,两个月,就到加拉。我跟老婆交代了,跟儿子们交代了。他们说你去哪儿?不,我去加拉。上校他回来了。不,我去。我一定去。"

他们开始用加拉语聊天,这不是卡里莫的母语——他是南方人,多年前,他在南方给布雷干活儿——但这语言,他跟布雷搬到加拉后,就跟布雷一块儿学会了。他们互相讲述了家人的情况,布雷取来了维妮夏孩子的照片。重聚的喜悦兴奋笼罩着布雷孤独的午餐,卡里莫端来吃的,布雷就留住他聊半天。

但是,黄昏时分,他已经写了一两个钟头笔记,记下湖畔居民社区的情况,这会儿忽然又想起了马洛普的事:马洛普怎么办?卡里莫当仁不让地接管了家务;布雷感觉到一阵以前有过的恐慌,生怕在自己的权力范围内,给别人造成伤害。他打发卡里莫走是不可能的。他生活里需要卡里莫;卡里莫此行走了一千多英里,放下村里的事,来投奔他的。一个念头让他恐惧:为他做饭、清洁,仿佛他的这些事,是卡里莫一生的终极召唤。

他来到厨房,卡里莫听见他的动静,便开始备茶。布雷从起居室窗户,看见过马洛普——在园子里找了活儿干,去收拾草地了,挥舞着用一根铁栅栏铁条磨成的镰刀,在割草。"卡里莫,你跟马洛普说过工作的事吗?"他用加拉语说。"穆克瓦伊?""我请马洛普来照料家务的,你瞧。"

卡里莫深沉地哼了一声,只这一声,事情就定下来了。他老了,他会发出这种声音,像晒太阳的老人。"马洛普管花园,管洗车。我管做饭。洗涮的事也归他。咱总得有个小伙子做外边的事。"

"是的,可是我现在不是地区专员了,你要知道。我来这儿的开销都是自己管的。这个房子不大,不是全家人。有一个人照料就够了,多了用不着。"

卡里莫用开水冲洗茶壶,把茶放进去,浇上水,盖上盖子,慢慢转动,让盖子里面的突出部分放对地方。

"一个人做饭,洗涮,所有的都包了——就为我一个人。"

"穆克瓦伊随茶要蛋糕,还是饼干?"

当然,卡里莫一定是烤了蛋糕了,家里的事都安排得井井有条,迎接他外出归来。他让布雷感觉,对方在蛮横地插手自己的事,这事得说说清楚了。

卡里莫端着托盘进了起居室，放下托盘说："我一直照顾你。做饭、洗涮、里里外外——对我来说都一样。"

布雷说："你不会累吗？"

他已经坐在桌边了。卡里莫看着他，笑了笑。"你呢？你不累。"

"好吧。我给马洛普解释吧。继续用着他，等给他找到下家再说。你来安排他的事——花园，不管什么吧，你都可以叫他干。"

晚饭后，他写信给奥利维亚。哦，以后你再也不用担心我没人照顾了；卡里莫又来了。他听人说我回来了——连坐长途车带步行，长途跋涉了一个月，找到我这儿了。我很不好意思，不过感觉很幸运。过去的好时光回来了。

莘札。爱德华·莘札。甚至卡里莫的出现，都是个提醒。他应该去看望他；很容易安慰自己说，这事常挂在心上；其实，他没有。他手上的工作，没受到干扰分心，占据了整个儿头脑。在首都时，每天的工作压缩在几个钟头内，其他事会挤进来，会朋友什么的。如今，他虽然常常觉得孤独——夜晚形单影只，只有个黄蜂在灯下陪他进餐，光秃的家具蹲守在客厅，监视着一个隐士的周围；在花园里也是形影相吊，在无花果枝型台灯下读信，读文件——访谈、文书工作，占用了整个白天和夜晚大部分的时光。丹多又写了封信来，除了别的事，还特意问了他去见了莘札没有——丹多的笔迹很难辨认，几页薄纸写得满满当当，紧靠边缘，他的信需要放一放，下次再仔细读。从多年前直到现在，罗立·丹多都愿意跟莘札痛饮到一醉方休。他总是怨天尤人、拐弯抹角、连讽带刺。他为人豪放，广交朋友。要是布雷又跟莘札见面了，会忽然觉得没什么话说：他是让莫维塔叫回来的，现在给莫维塔做事。最好谈实际问题，谈恢复某些事情的可能性，如传统木雕和制鞋工艺，可否在城市举办工作坊，再扩展为小型商贸学校。他和曼伦巴谈起过这个话题。教育部取消了这些乡村作坊，基于一个政策：现在所有人都应该接受适宜的教育；黑人不再被训练来给白人做杂活儿。"但是要想提高生活标准，我做技工和管子工可以不？再说，乡村里也需要木匠鞋匠呀，今后相当长的时间里还是需要的，在同类社区里肯定需要，那里的居民还没有完全适应向货币经济转变，不习惯到商店里买需要的东西。如果我们能培训一些人，等于给了他们一条生计，就能分流一些盲目流向城市的人群了，给他们另外一个选择。这是个好主意，比劳动营好多了，是不？"布雷发现要让曼伦巴高兴，除非这建议出自曼伦巴本人。曼伦巴自己认为，政府关闭乡村作坊，不切实际，但不愿意被认为自己的省份落后，在提出高等教育要求的时候不愿意。曼伦巴不是个爱拍马屁的人，但是他需要略微表现自信的强硬；通过和他协作，布雷发现了让自己稍感满意的情形，即曼伦巴在这方面有所收获了。

然而他还是跟阿莱克说："我想这些天去看看爱德华·莘札。"当时他正在阿莱克家——他自己住过的老房子——这是个星期六下午。官员之间，不再像从前官员都是白人那样，有饮酒进餐的互相邀请了，不过阿莱克说，"为啥不来我家？"很清楚，这就是公开邀请了，布雷就貌似漫不经心实则真诚地接受了。收音机照例是音量很大，在门廊露台上响着。七个孩子，有几个在大盆里的泥土上推玩具车，泥土刮出了车辙辘印，当年奥利维亚用这个盆子栽种小橘树。

"去那儿的路很糟，他们告诉我的。"阿莱克懒洋洋地说，尽管不无兴趣。

布雷意识到这是在勾起话题，因为虽说他要公开去见莘札，还要告诉莫维塔，其实莫维塔也希望他请出莘札——他依然感觉要谨慎，不愿阿莱克报告他见了莘札。事情应该做得天衣无缝，若无其事，除了自己，谁都不感兴趣。

阿莱克太太端来了茶，却被吩咐换啤酒来；她想把露台上的孩子们撵开，但是阿莱克圆滚滚的身体，肌肉发达，看上去有点发福，但充满自信，对女人和孩子很有磁力。他最小的那几个孩子跑到他身边，紧靠在他滚圆的大腿上。他说起老婆来仿佛老婆不在场。"她这人管不住孩子。也管不住家里养的鸡。她朝这个方向撵,他们朝那个方向跑。"

"他们很顽皮。"她看上去不知所措,冲孩子们显出生气的样子。

"我们过去可是听妈妈的话哟。"他在逗孩子;对他来说很容易。逗够了,他把他们从身上拿开,像拔掉身上的刺。她对布雷说:"你太太要来这儿吗?这个地方安静死了。商店里啥也没有,我希望能回城里去,真的。"

但是她跟孩子们一样,离不开她丈夫,尽管她并不怎么碰他。他把他们一股脑儿全撵走了,容易得很,就只凭一个命令的脸色。

布雷感到些许难受,认识了阿莱克这么个朋友,前提是保持谨慎。为什么阿莱克会认为他此行肩负政治使命?告诉莫维塔他怎么想,是一回事;任何事情被理解为政治行为,是另一回事,有些事,他归来伊始就置之度外了。这种不关心,要是去看一位老朋友,就正好被确认了,而不管这位老朋友是谁。

担心——独居让人自我关注过度——的结果,是把他的调研范围扩展到巴士法兰茨——莘札所在的区。一天早上,他出发上路,想顺便穿过有铁矿的山区,花一周的时间。他记得莘札喜欢方头雪茄,离开加拉时,他到侨民中心去了一趟;阿莱克分配给他的办公桌上,放着一个新盒子。办公室的门开着,门里有人,正打算从另一面打开门——是个年轻的白人女士,摊开两手站着,手的高度齐胸。他礼貌地露出个笑容,忽然看出对方认识他;是丽贝卡·爱德华兹,在首都维维恩家里见过那位。他一边翻找摸索雪茄,一边听见她解释说,她是来为阿莱克工作的。"罗立说给你写了信,我就告诉维维恩别再打扰了。"当然,丹多信里肯定说了——名字认不出来。"我能帮你做什么?"

"没有,你知道他们这儿的情形。每次一个人调动,整个机构都会收到通知。"

他写了个道别便签递给她,转交阿莱克。"他一定乐坏了。他威胁说要上部里去大闹,劫持一个秘书回来。"

"我来没声张。"女孩粲然一笑说。

夜里下了场雨,象草都被水浸得塌在地上。他听得见车轮胎咔嚓咔嚓响,白天头一个轧过水泡过的砂土路面。他迟钝的嗅觉复活了,像动物的鼻子一样灵敏。竹子、岩石、苔藓——都那么清新,像岩画上喷了水。走出加拉镇十几英里后,他搭载了个坐顺风车的年轻人,那人带着个纸行李箱,吃力地走在路上。路上还有别人,这儿一个,那儿一个,女人背着小孩,背着瓦罐,乡下人都光着脚,穿过森林草地,进行生活中每天的例行活动,如同书记员和售货员在城里穿过街道,但是这个人穿着衬衫,新鞋上沾满了泥,一望而知跟眼前乡下人的活动没关系。布雷把车停在他前面,他没吭气,坐进了车里。"我要去矿上——那个方向。你去哪儿?""好,没问题。"

多了个人,清晨车里的气氛变了,那种感性的愉悦消失了。烈日照在物件上,感觉空落落的:那人呼吸很轻,嘴唇合上有轻微响声,不时听到,那是他没有大声说出来的话,布雷眼角余光瞥见带卷的眼睫毛,慢慢眨巴着,脸颊粗糙,上面有条深线,像是病容,又像故意绷紧的。他的裤子很干净,皱褶凹凸,是在小箱子里叠放过。他从衬衫兜里取出圆珠笔一次,用一只漂亮的灰黑皮肤手,把笔尖咔哒咔哒推出推进。

布雷不知道这年轻人只是因为坐在一个白人旁边,感到不自在呢——有种情形太常见了,那些从前的附属国,那莫衷一是的愤恨,那极普通的相遇竟会留下的挥之不去的阴影,让人目瞪口呆——还是他不想说话,也不想听。然而,他的在场令人异常压抑。布雷试了试说加拉话。年轻人没接话茬,而说了句"我要回家了"。他在城里待多久了?"两个月十七天。"布雷不想问这问那;那人接过一根烟,布雷于是轻松了许多,盯着箭一样飞掠的路面,信马由缰,如梦如幻。

接近山关处,铁矿宛如山脚的一道紫红伤疤。旁边一座同样颜色的沙堡山，拔地而起，光秃秃的，没有绿色植被，掩盖山上这腌臜泥土。有条新修的路通向那里。附近一面山坡上，一片住宅正在开辟划线。这儿那儿出现些小小的东西在蠕动。车走近了，才发现那是随处可见的矿工恐怖的身影，头盔下面，是一张污土覆盖的丑脸，橡胶靴沾满了泥巴——日复一日，刚从坟墓里出来，浑身上下湿漉漉的。

"我要去看个人，他家大概还要走三英里……"

"好的，先生。"

布雷以为那人要在矿上下车，刚才是这么理解的——不过没关系。"快到你们村了告诉我就是。"年轻人重重地挥了挥手，不知是说还远着呢，还是没在意。他们走到了一个大牧场，十五年前，乔治·博克瑟在这儿定居，感觉很遥远。现在山上有了矿场，还架了电话线。博克瑟还在这儿，依旧穿着擦得一尘不染的皮靴，身边紧跟着三条阿富汗猎犬，精瘦、凶悍、一身乱毛。博克瑟是那样一种人，跟世界的唯一联系，是通过与自然做斗争来体现的。人类的事情他不关心。人不管是白人还是黑人，对他而言仅一事与他关联，那就是共同与自然做斗争。跟他一块儿寻找走失的小母牛，或是一块儿修理栅栏的，是个黑人还是白人并不重要，而重要的是两个人，他和另一个，协力对付朽烂的栅栏桩，或者对付偷猎小母牛的花豹。十年前，他并没有加入白人侨民的阵营，声讨布雷，同样，政权独立之际，他也没有加入白人侨民的出境潮。并不是他对肤色没有感觉，他是跟任何肤色的人类都没有交流。情势——布雷当时的情势——使博克瑟表现得像个朋友，只是因为他对与布雷为敌不感兴趣，而布雷一直明白，这种现象并不说明什么，跟博克瑟的其他性质、外表一样——他穿的衣服，保持着他当年在公学的传统风格，倒不是把这作为迅速发展的社会洪流中地处一隅的标示，而是他与生俱来、无意识（像野兔或豺狼）的标志和习惯。

布雷被人领向一座房屋，再到一处牛栏，找到了博克瑟。两人起劲地聊着，一边打量博克瑟亲自喂养的两头健硕公牛，布雷竟把搭车那人忘到了脑后。布雷跟着博克瑟来到房前,从车前经过才猛然想起:"我车上搭了个人。"博克瑟瞟了眼搭车的,没当回事——"我会给他弄点东西来。你要吃午饭,当然。"但是布雷坚持说就喝杯茶,或者什么喝的就行,然后就上路。两人来到起居室兼书房,这个空间是博克瑟用当地的桃花心木板隔出来的,光线昏暗,像个校长的书房,不过书都是农业方面的。茶托盘上有银质铭刻,继承来的英国家具,还像布雷记忆中那样摆放着。两人谈起了矿山。"你的矿产上有什么进展吗?大概已经发迹了吧?"博克瑟从壁橱取了一听啤酒,倒进了一只不那么光亮的醒酒壶里。"我不在乎。没什么。公司把这儿的每一英寸都翻了一遍;有一阵子规划都做好了——有条矿脉;我该得多少回报;在巴士法兰茨相中一块地,买下来两千英亩。兴奋了多少个夜晚。少有的不眠之夜。"

养牛的书占据了最好的位置,把《亚瑟之死》《伊利亚特》《丘吉尔回忆录》挤到了上层书架,但是读书俱乐部的推荐小说和平装《亚历山德里亚四部曲》,和农业杂志放在一处,探手可及,一些荚果,一只巨大的蜗牛壳,跟几颗步枪子弹堆在一个托盘里。——布雷记得博克瑟的老婆,一位黑发绿眼女人,不笑的时候很好看,一笑便露出没长大的黄斑豁牙。夫妇俩有一个儿子,刚进桑德赫斯特军校,博克瑟说,仿佛被提及了很久没想过的事。

"为什么在巴士?"布雷问,"我倒不觉得这是个养牛的地方。"

"不,不,说到点上了——有不少泄气话,都是一派胡言。我在这一行摸爬滚打十年了,搜集记录草地水文资料,把这一带的各种蜱都搜集全了。我可以跟你保证,这地方蜱传播的疾病,跟法兰茨一样多,问题是一模一样的,但是自然草地要好太多了。如果把保护水资源搞上去——我指的是洪水导流措施——那可就用不着添加饲料了,雨季前的八九月份都用不着。你的草地一年到头都很好,饮牛的问题也不存在了。你瞧,眼下只要洪水消退,从北到南,水一下子都流干了。"

"可是我看到过旱季地上有水的。"

"不，不，你看不到。不是干净水。沼泽泥塘，没别的。靠这个过不了冬。那就是为啥你看到每年有大批牛群羊群迁徙，口蹄疫就是这么传播的，有一处爆发，就这么传播开来。从安哥拉边界出发，经长途跋涉，九月份来到法兰茨。"他边说边喝了口啤酒，又喝了口茶，不在乎混饮——他疲劳脱水，头天一整夜同他的牧工和猎犬一道追踪一条鬣狗，这家伙上个月咬死三只牛犊。精悍的猎犬把那条鬣狗逼得走投无路，将它活活咬死，最后一枪都用不着放。几只猎犬躺在他周围，喘着气，像电影明星一样的长睫毛耷拉下来，遮挡了眼睛，都紧张过度，累得筋疲力尽，想闭上眼睛睡觉，又睡不着。但博克瑟还是抓住机会开了枪——不为发信号，而为用枪声宣布、申明他的战术、胜利和扭转局势，这胜利是经过年复一年的丛林奋战而取得的。两人边聊边从窗口向外看那片丛林，只见牛群在那里缓缓移动，有些在各自低头吃草，步履蹒跚，有些被驱赶——远处的——像棕黄色的山洪，穿流于稀疏的树丛间。他带布雷来到一个卫生间，这里放着个纸箱，里面装满阿司匹林瓶子，瓶子上贴着标签，是这个地区发现的蜱的全部品种标本——"我迄今能够区分的全部——"他说话留有余地，是谦虚的科学态度。许多蜱还活着，一连数月，生活在一个没有食物和水的蛰伏状态。在废弃的浴缸里，有些蛾的蠹虫，在蠕动；博克瑟扭开一个僵得吱吱呀呀的水龙头，把它们冲掉了。这个实验室的粉墙格子上，有正在蜕变的美人鱼和海马。

博克瑟对布雷回到这个国家，他此时的活动，到这儿来干什么，没表示一点兴趣。但是布雷立刻发现，可以利用一下博克瑟的知识，不过要找个合适的方式接近他。至于他可以向莫维塔的农业计划委员会提供服务，这样的建议绝不是好主意——跟人的接触，哪怕只是说说，也会让他变成一副冷脸，甚至恼怒。"要是什么时候你来加拉——我是说你正好要来的话——不妨给那些上畜牧业课程的学员讲讲，我们打算办培训。打算把从前的手工艺学校再办起来，更新学习内容——一种小型贸易学校,当然要有实际的农业技术,结合其他实用内容。我不明白这些为啥非推到农学院里——即便是有农学院,也没这个必要。这个可能会跟你的研究一致——小伙子们可以在他们的放牧地,搜集草品种和其他东西。"

"哦,加拉。卡罗琳走后,我就去过一次——卡罗琳回英国了。"

"喔,等她回来后,你肯定还要到城市去的,那时候——"

"那要两年以后了。光阴似箭哪。我不觉得这儿有啥变化。很怪啊;时间都去哪儿啦。你们都是啥时候回来的?"

"奥利维亚稍晚过来。我已经在这儿——哦,大概三个多月了。她说好等维妮夏生了孩子就来——"

博克瑟环视四面粉墙,看着自己整齐码放的一瓶一瓶的蜱。"这是她的卫生间。"他说。他指的是他老婆,他老婆有一口歪七咧八的牙齿。"你们要两个卫生间干吗用?"布雷心里掠过一股惬意的同感,拉近了两人,布雷感觉这种同感挺滑稽,恰是来自不理解。奥利维亚要来了,三个月转瞬即逝。

跟博克瑟较真是荒唐的。他们接着聊下去,怀着男人间的默契,彼此都从家庭的港湾松开了缆绳,任意漂流。

布雷回到车上,搭车那人不见了。博克瑟叫了个仆人过来询问;说给他送过饭了,已经吃过了。博克瑟和布雷四下巡视一圈,没见他的人影。布雷感到有些不快,那人怎么也应该有句话呀,让人摸不着头脑。"这个搭车的不那么主动。"他说,话里带了些冷冷的讥讽。"也许是刚从监狱出来吧,"博克瑟说,"剃过头,呃,我注意到了。"

布雷穿过了巴士山关,越过一个 U 形水道时,用旧了的减震弹簧承受了巨大的撞击,车子一头扎进水道底部,跳跃着颠过一道道石头梁子。他在谭雅村一处旧时的政府客舍住了一夜。阔叶树下,粉红淡紫,花团锦簇,直接生长在沙土里,看不到根茎叶片,好像是孩子们玩过家家,摘来鲜花,插在土里的。一眼望去,他以为是鸢尾花(在威尔特郡家里的百合花坛里，盛开着鸢尾花），接着看出那是野百合，当年维妮夏和帕特常常摘野百合，小女孩享有特殊待遇，允许跟他去收税。他用铁饭盒烧了一份咖喱米饭；当年这儿有个老厨子，专给客舍做饭，头上戴一顶主厨高帽，用一只煤油炉做花生仁烩菜。

　　第二天，他被山羊铃铛的轻响唤醒，便去走访当地学校老师。每个人似乎都记得他；他和奇多尼酋长和他叔叔一块儿喝啤酒，当年布雷当地区专员的时候，他叔叔这位老摄政王，曾经热情款待过他。他们端出一只令他惊吓的白色活鸡和红薯请他吃。布雷离开谭雅村后，看看到了可以不失礼节的距离后，就松开白鸡脚上的绳索，放它钻进了树丛；有人从树林里出来，布雷希望那不是谭雅村的人。可是他一看就认出来了，竟是搭车那人，还扛着他的纸箱。布雷笑了；对方似乎并没有任何感觉，似乎没觉得见了熟人，但是又钻进了汽车，仿佛有约在先。到了下一个停车过夜的地点，他坚持睡在车里，对村里的人一概保持警惕。他的鞋沾满了干泥巴，变成了灰色，泥钻进鞋里，满脚都是，他一动胳膊，就有一股强烈的汗臭扑鼻而来，充满车内。不管他内里憋着啥东西，这会儿都一股脑儿释放了出来，毫无顾忌，一种要命的气味儿。臭气还不算啥，他阴郁、麻木、无语，变得令人厌倦，在太阳下走得太久而浑身脏臭。到了第三天，他突然叫布雷停车。布雷以为他要方便，但是他钻进树林消失了一会儿，然后回来说："我要待在这儿了，先生。"附近有个木炭烧烤营地。

　　布雷又花了两天的工夫，在法兰茨地势稍高的区域，沿着崎岖不平的车道，上下来回走了个十字，一个村子一个村子走访了一遍。汽车的排气管老是掉下来，每到一个村就修一遍，一个村一个修法。到了第六天早上，穿越河道的时候，大众车忽然熄火了。车的突突声响了一路，猛然静止下来，真像是一种预示：莘札就在河对岸。树林里柔软的沙地上一阵响动，远远望去，他以为是野鹿在吃草，却原来是些女人在摘野酸果。她们一见他经过，都嬉笑不止。

树林甩到背后了，灌木也没了，小轿车行驶在一片开阔平坦的原野上，远处地平线附近，有水光闪闪。他过去就总觉得那儿有水，忽然他就像只鸟儿似的，俯瞰远方，视点渐升，视野渐宽。他把眼镜摘了一会儿，只见远方的光亮，闪烁摇曳，倏忽远去，感觉更远了。

远方展开炎热泛蓝的点点水面，越过无边的软草地望过去，其状阴沉。小鸟儿在毛茸茸的草丛上飞来飞去，像蝗虫。空中弥漫着一种辽阔空荡的气味。这片原野上有数以千计的牛；但它们那么小，像撒在地里的一把芝麻，还没有乔治·博克瑟草地上的蜱子大。路很可怕；车行的颠簸，跟眼前的寂静安宁形成鲜明对比，仿佛飞机在晴朗的天空上遭遇了气流。牛倌们站下来观望，面无表情，若有所思，看他驱车越过纵横的沟壑水辙，那是拖运木料压下的痕迹。草地上开始有了伊拉拉棕榈树，树叶边缘的形状，展开像多刃的削笔刀。他感觉回到了从前，开车转弯也没什么犹豫，直奔莘札的村庄。又是一代儿童，浑身赤条条，成群结队在房前屋后嬉戏。房屋是混合材料建成的：本地传统的泥加草，外加欧洲移民建房用的砖头和瓦楞铁皮。孩子们玩一种古代维多利亚式的格斗；十九世纪最后十年，来自刚果的比利时传教士和来坦噶尼喀的德国传教士，越过这片草地，一路上把旧欧洲的遗风，抛撒在长角的牛群中。

莘札住在（有人指给他）芦秆墙后面的一座宅子里，独立于其他房舍，貌似酋长的居所——实际上，还真是莫巴纳酋长房院的一部分。里面外围有些泥土房，有间难看的砖房，用木杆和草搭建了一个门廊露台，窗上有防盗卷板，类似首都郊区的欧式房屋窗板。这儿没有孩子，非常安静。一个老太太侧身躺在太阳地里，身上盖着破布单子，只露出一双光脚。布雷感觉要是拿脚碰一下，她没准儿会翻个身挺了尸。

他好像来到了一个废弃之所，便在周围随便走动，没有去敲门。他朝一个黑暗潮湿的茅屋里随意看了一眼，见里面暗黑空洞，只有两个汽车轮胎，和一个钢制档案柜，旁边有一堆霉烂的草席。他扭头转向太阳，见有个人,高个子,小脑袋,下身穿灰法兰绒裤,上身穿运动衫,像个学校老师,或者城里的书记员。"喂?"他口气粗鲁地说,没有靠近。

"爱德华·莘札在这儿吗,你知道吗?"

那人没回答,径自走过来细细打量布雷。"你想见莘札?"

"他们告诉我他现在住这儿。他在吗?"

那人站住了,不愿意被逼问。"我不知道他在不在这儿。"

"你能给我问问吗?"

"你想见他?"那人在考虑。

"我是他老朋友。"

"我不知道。我看看他在不在。这就去。"

那人进了屋,但布雷感觉他从后门走掉了,他看见有人影晃动,穿过院子。布雷站在太阳地里。老太太纹丝不动。有股皮革味儿。那人回来了。"来吧。"他们进了门,来到一个像是客厅的房间,墙角有个黄蜂窝,一个橱柜里装着一卷一卷的议事录。那人像保镖一样默不作声地跟在他身旁。他们在坚硬的椅子上坐下来,等了很久。屋内和外面的明暗反差渐渐缩小了。莘札进来了,光着脚,两手插在晨袍衣兜里,在摸一根烟。但这不是这天的第一根烟;头一眼他给人的印象是他并不是刚起床,而是根本就没睡觉。

*　　*　　*

"这么说,无论如何,你都决定要来看我。"

爱德华·莘札面带微笑,鼻孔张大抽紧,毫不含糊。"詹姆斯……你是英国人,你想怎么做都行。"他做了个鬼脸,表示害怕后果,但是夸张了,变成了玩笑。

有什么和过去不一样了(莘札随意地握着布雷的手,另一只手捏着火柴盒):是颗牙,断了一颗门牙——这就对了。莘札现在有颗门牙断掉了，断缘呈弧形，已经很久了，磨光了，和别的牙边一样。他点着了烟，注视着布雷，脑袋向后一仰，还在取笑他说："你知道，见了你很高兴，詹姆斯，很高兴，很——说实话，我应该发表个讲演，我应该——"他故意没在意身上穿的晨衣，好像那是他的正常行头。他用加拉话叫旁边那个人离开，但一个钟头后回来，显然并不在乎布雷能听得懂他说了什么。

但是，他转向布雷用英语说——复述莫维塔在大型集会发布的口号之一——"你为国家建设出力，啊……"布雷认为对方想让自己明白，一个小时后走人，和别的客人一样。

"是你教他演讲的吗？"

莘札在加拉人里，肤色不算黑；晨衣敞开了些，他轻轻揉着棕褐色胸膛。乳头周围有几颗胡椒粒黑痣，就像面部皮肤结构上的毛发，从坑坑洼洼的皮肤上长出来，这种不平坦的皮肤是受早年皮肤病的影响，出天花，或者青春痘。坑洼凹凸延伸到嘴唇弧线，在上唇部分显得像胡子，在大而紧的鼻孔下面，强化了微笑的效果。"我是个好教师。但是我没教他不让人说话。他自学的。要不就是别人帮他的。我不知道。"他又做了个害怕的鬼脸，好像布雷能认出来似的。

"啊，好吧——开始就设置成了一党制国家，你总说——你是怎么叫的来着——？"

"小儿国会。"莘札把这个词单拿出来，用以概括，说完微微一笑。

"小儿国会——就是它，小儿国会，非洲人想把英国威斯敏斯特国会照搬到自己国家，但是又不肯花时间，不肯花钱。"

"当然，我想得肯定对，伙计。现在，你那个孩子肯定想让我取个好听的名字，建立个反对党，而把所有他惧怕的人，都公开吸引到他周围——一个听话的、无害的、小小的反对党，让你在选举中可以轻易击败它，法宝就是我教他的团结就是力量的讲演术。要么就是让他那些年轻的志愿者们，去攻击选民——这么做看上去总是好于求助于人民独立党的创建人,那些把他送进总督府的人,对不?——为什么我们一直站着?"难看的棕色沙发上,堆放着洗干净的衣物——褪了色的格子衬衫、绣花粗糙的床单,他把这些东西堆在桌子上,大大咧咧往沙发上一坐,脖子仰后放松,靠在沙发背上,下巴动了动,男人这样动下巴,说明他知道自己没有刮胡子。

其实,过去两人有很多机会走到这一步。布雷对此心知肚明,这一步完全可以实现,只要透过以前的一层层经历,共享目前的思考,通过些比较亲昵的琐事,彼此接近,最终在这次实现坦诚相对的关系。不过,两人都在试探中愈发接近;彼此之间毫无障碍,毫不设防。他们能敞开心扉,畅所欲言,就像在一个伸手不见掌的黑屋子说话一样自在。布雷说:"从我来头一天开始,我就想跟他说。我考虑——如果你和他可以分开的话——你可以出使联合国一段时间。"

莘札注视着他,神情懒懒的,微微露出一点勉强的愉悦之色,常见于一个不再受人瞩目的旁观者,本是说话的角色,在一场行动中,声音戛然而止。"哦,不错,联合国。"他和颜悦色地说。

布雷在沙发上坐下来。

莘札保持着耐心,笑吟吟地对待他。

这超然的态度里潜伏着力量,并非倦怠。一头雄狮眼睛什么也不看,也绝不会扑向苍蝇。老莘札啊。可他一点也不老。四十五,五十,大概比我大一岁。布雷深知莘札起伏平稳的胸膛中的活力,因热而光亮有力的脖颈的活力——仍是一个男人的身体,而非一个老人的身体,只不过脸上记录着多年的阅历和饮酒的习惯。

"我有个感觉,你我之间有什么不能明说的事情。"

"当然,詹姆斯,当然。不然,莫维塔怎么解释?当然,可——怕的事情——"他大笑起来,手伸过来放在布雷的膝盖上。"他不愿意让我出现在他眼前。这就是原因。听上去很可笑,啊,他怎么跟你解释呢,我不要莘札。我—不—要—莘札。莘札那张大黑脸出现在报纸上。莘札在内阁张开他那张大嘴。我跟矿业公司打交道，莘札一个劲儿提问。英国人。美国人。法国人。为何。如何。几何。为谁。最好叫那个叫什么名字的年轻英国人，在身边拍马屁，温顺友善得像条狗，你喂养他，他就为你汪汪叫，就这么回事。不要莘札问那些混蛋问题。以前，有问题他总是问我。现在，他自己就是那个给出所有答案的人。"

"不让人说话？"刚才溜掉的话题，又带着新含义出现了。"刚才你说的那句话——你是特指什么吗？"

莘札按摩着自己的脖颈，翘起没刮胡子的下巴，面带笑容听着。然后正襟危坐，笑望布雷。忽然转了话题，他说："哦，都是闲扯，就像你车里那个小伙子。"

"那个年轻人？搭我车的那个？"

莘札让悬念保持了一会儿，内心深处在观望，而没有太大兴趣。

布雷脑海里一阵汹涌，他跟莘札提到那小伙子了吗？他立刻意识到这件事的愚蠢，说："可是他一句话也没说。"

"不错，封上了嘴。他被封上了嘴。"莘札微微一笑，露出了那颗断掉的牙齿，对自己的措词很得意。

两个月十七天。

他大概是刚出狱。

"在哪儿？"

"喔，当然是加拉。你认识地区警长莱巴里索，地方官阿莱克，你当然认识他们。"

"什么指控？"

"指控？啥指控？没指控，没审判。就是弄进去了。"

"他做什么了？"

"在那家鱼肉加工厂做工。"

布雷情不自禁地打了个手势，想抓住莘札的注意力——可是莘札没理会，平静地说："跟别的伙伴谈论工资条件。跟他们说了公司特许权的事。政府又给续了五年的特许权——你知道……"

莫维塔的部长和英国-比利时渔业公司续签了合同,条件是转让部分股权给政府,但是工人的工资还保持殖民时代的水平。

布雷别扭地坐着,身体前倾,两手悬在双膝间。

莘札嘴里又叼了根烟,话从烟两边挤出来。"镇子上有过几次小集会——工厂的工人举行的,接着就开了锅一样。这行动工会代表不喜欢,青年先锋队不喜欢。"

"他们就逮捕了这小伙子?"

"可以这么说。他们把他带走关起来,问了很多问题,前后两个月,正好搭你的车回家了。"莘札突然停住话头,像给孩子讲童话。

"两个多月。"差不多就是布雷到达加拉的时间。"我一句都没听说。"

"不会,"莘札说,一个哈欠没打完,"一句也不会听说。从莱巴里索嘴里,还是阿莱克嘴里?"

"是谁负责下的这个命令?谁签的字?这个国家现在还没有防范性拘留法律。"

"哦,好吧,有传统,还是过去那种紧急情况下的做法。"莘札想打住这个话题的态度越来越明显了。

"是谁下的命令?"

莘札保持着耐心,但也显出不耐烦了:"莱巴里索,阿莱克。"

"我想跟小伙子谈谈。"

"他被问的'问题'够多了。"莘札说。

"有可能莫维塔不知道。"布雷说。

莘札大笑一声。布雷站起身来,他不知道把自己安顿在啥地方好,他听见自己的鞋子在吱呀作响。莘札的腿在晨衣下伸出来,眼睛里显出不屑,又含着同情,感觉好笑。布雷说:"我不需带走这些了。"他把小雪茄盒子放在那堆洗干净的衣物上。"是你喜欢的老牌子。"

莘札站起来,很开心的样子。"天哪,伙计,我爱这东西。这些日子我就靠抽这烟了,有人给我弄些来。你能再多给我些吗,詹姆斯?我想要一盒子,从英国寄给我,行不?"他的人进房间了,他也没理会,陪布雷穿过厨房,走出房子,来到另一座房子里,是座泥草房。

"她酿的啤酒不错。"他看着厨房里一个年轻女人介绍说,女人正在布帘后面忙活,脏兮兮的布帘把空间隔成两间屋子。他叫了她一声,她赶紧把一双赤脚伸进鞋里。"她刚生了个孩子,"他用加拉话说,"儿子在哪儿,塔丽萨,让我们看看儿子。"她笑着应答,在陌生人面前并不畏惧,"让他睡会儿,不行吗,为啥随时要看他呢?""你忌妒了。我有很多孩子,再多一个也没啥。——这是她第一个孩子。"他对布雷说,一边走到了布帘后面,马上传出了笑闹声,走出来时,他一手拽着晨衣,一边眯着眼朝上吐了口烟,免得烟喷在另一只手里抱着的婴儿脸上,婴儿只穿着件小背心,浑身粉棕色,几乎是半透明的,手脚小得出奇,不停地乱动,脸像表盘那么大。女子一把从莘札嘴里夺走雪茄,紧紧盯着自己的孩子,莘札用食指沿小孩卷曲的耳朵边摸了一下,耳朵边缘仿佛还在子宫里压缩着,没有舒展开。小孩撒尿了,尿出一根弱弱的小弧线,好像海里的硬壳动物,受到了骚扰,射液以自卫。莘札大笑,嘴里说着粗话,几乎是把孩子扔给了母亲,母亲接过孩子来,大呼小叫,心疼不已,抱回到布帘后面了,只听小孩爆出尖叫,音量惊人,不让他爹的笑声。他转身去找毛巾。泥草房里有股凉气,混杂着婴儿的臭味、啤酒味、柴火味。有衣服、饭锅、报纸、一个收音机、一架崭新的手推童车,是那种在欧洲公园里常见的——育儿中的合理乱象。一个行李箱上有南安普敦码头、旧金山、纽约的标签(莘札这代人中有些得了奖学金,去美国黑人大学念过书;莫维塔出生太晚了,中学毕业就直接进了政界),行李箱上有个蕾丝花边垫,上面放了套漂亮的咖啡杯具。莘札随手抓起一件什么衣服,擦了擦胸脯,又随手扔到一个角落。一张厨房桌上放着一个老式打字机,这就是他的书桌了。一个装书的箱子乱放在那里;书箱后面的墙上有件唯一的装饰,一个足球队——

恩克鲁玛，对眼法侬，福星塞拉西，格瓦拉，人群里有张脸是莘札本人：在开罗举行的一次亚非国家会议，是在六十年代初。莘札见布雷在看，就说："流氓画廊。"一边抽着一根雪茄。他有权在这儿搭建泥草房住，他是这块战场的司令官。

他们喝着家酿的酒，随意漫谈着政治，莘札两次被叫走（外面的太阳地里，人们像马一样等候，轮到了就出来跟他说话），那女子和婴儿在近处，这一切都不许打搅他们的谈话，并不是莘札给予了布雷全部的注意，而是他们之间过去的一切，对莘札而言都是次要的。

莘札第二次回到屋里，布雷起身拦住他说："那小伙子受了多少煎熬？"

莘札演哑剧似的脑袋一抖，眼睛一眨。"什么？"

"'问题'，你说的。'问题'够多的？"

莘札嘴里叼着熄了的一小截雪茄。"哦，你知道会问出什么问题，詹姆斯。"

"我知道吗？"

"毕竟，莫维塔是和你一伙的，你了解他，了解我们……"

布雷一听，好像吹了凉风，浑身收缩了一下。

"问题必须有答案。不管怎么说。一种办法不行，就会有另一种。你懂得。"

"我想知道发生了什么。"

莘札像对孩子解释一样说："詹姆斯，他的脑袋不回答，所以他们把问题放在了他背上。"

"知道了。"

"你从他背上能看到这些问题。你想看看吗？我去把他叫来给你看。"他好像要把事情弄完似的，决意要给布雷展示一下。"我不想让你信那些流言蜚语——我去叫他来，你自己看。别，别，你待着，我去找他来。"

布雷独自站在那里，周围都是莘札的东西。那女子在布帘后面没有声响——似乎她在听,但没有露面。

少顷,莘札回屋了,带着一个年轻人。小伙子显出压根不认识的样子,布雷的问候成了肉包子打狗——有去无回。莘札用加拉话说:"弯腰。"他掀起了小伙子的衬衫。小伙子叉开腿站着,两手扶着膝盖。他没有回头。从他细瘦的腰部向上,后背渐阔,双肩下方肌肉明显,脊柱两侧,有一道道鞭痕,在腰部是浅黄色,在脊柱两侧是粉灰色,在肩膀上是陈旧的棕色。皮肤上的毛孔凸起,分泌物结了痂,长时间没见新鲜空气和阳光。皮肤的光泽没了,像动物被关久了一样。布雷见过这种皮肤,从前当地区专员,就是地方执法官,见过犯人。在威尔特郡自家房子里,这类情形——这类情形的现实,不存在。

目睹这皮肤,他被深深触动,鞭痕已经愈合,部分硬痂已经剥落,露出光洁如丝绒的新皮,这情景寓意深刻。疤痕、眼睛、创伤,是的,抗议,身体所遭受的会留下长久的记忆——累累伤痕,记录着愤怒,像刻在树皮上的信息。胸腔左侧靠下的小坑,譬如说:哪来的?先天畸形?小时候缺少营养而发育不良?——他伸出一根指头在一道伤疤上摸了一下——就收回了手,感觉不好意思。小伙子还弯着腰,像个物体,好像必须弯着腰给人抽打出伤疤来。有的伤疤只留下淡淡的印子,比周围皮肤色浅,皮肤细胞会渐渐融合,看不出来。那一道一定裂得很深,才鼓起这么粗一条疤痕。忽然,他看出了抽打的图形,有规则的间隔,像一块烤肉上划出的刀口。在一条罗圈腿结实的腿肚子上,稀疏的腿毛下面,露出一道苍白的鞭痕。布雷伸手靠近这条伤痕一两英寸的地方,指着伤痕,一边看着莘札:这是?

"有人没抽准。"莘札说。他张开嘴唇,一圈胡子向后退去,露出了牙,咧嘴一笑,合上了嘴。

也许是道老疤,以前没留神伤到的——跌了一跤、事故——跟加拉的监狱不相干,但是莘札不想区分得那么细了。布雷明白,在莘札眼里,所有的伤痕都是一回事,都是他自己的。

"他们能从他这儿得到什么，值得下这狠手。"

这回莘札是真笑了，手掌托在小伙子臀上，如同在摸战利品。证明了自己是对的，他感觉很高兴："老詹姆斯，老好人，跟从前一样。"

布雷用加拉话说："他怎么不站起来——"莘札好像这才意识到了一件不重要的事，随手亲切地拍了小伙子屁股一巴掌，用英语说："好吧。可以了。"

小伙子把衬衫塞回到短裤里。布雷想跟他说句什么，但他看着小伙子，见他眼睛紧盯着莘札。

"好吧，"布雷说，"他究竟藏着什么，才让他受到这个遭遇？"

"詹姆斯，詹姆斯。你回到这儿来，在每个树丛背后都能看到一个英雄。他们一抓到他，他就把知道的都告诉他们了。当下。毫无保留。但是他们有些问题，他不知道答案。这是个办法；如果有人不说，别管为什么，没人想告诉你为什么——随他去吧。这是例行公事。"

"我们知道。当然了，这事全世界都发生。可那都是在什么地方。"

莘札说："这地方，詹姆斯。"他短短笑了一声，又补了个词儿，"是不？"

莘札想到了一个学术问题："不是这个，不——综合所有的例证考虑，你也不会有这种期待。"他转向小伙子："好吧。"

小伙子终于把目光转向布雷，用加拉话礼貌地道别。莘札把他叫住，扔给他一盒烟，刚才他把这盒烟放在一边，抽了雪茄。小伙子接过烟，没说话走了。

布雷说："要发表一个声明。你我二人发表这个声明。"

莘札看着他，几乎显出喜爱的神色。"那日子一去不返了。"

"你这就放弃了，太轻率了吧，莘札。"布雷对莘札的屈服抱以嘲笑，等着莘札反驳他。

"哦，对，"莘札说，"我就是个懒汉，瞎混日子。谋划。不，不，不是谋划，是堕落。随他们怎么想，由他们去。得了肺癌。有人说是肝。——给我说说，老丹多怎么样？还有伦敦那群老哥们？我从卡梅伦那儿偶尔能听到些消息，你要见了他，告诉他我在哪儿，我们习惯用鼓传话，所以就不写信。"女子抱着孩子出来了，孩子醒了，眼睛大睁着，于是他们又落座，续杯添酒，说玩笑逗乐，老朋友间开怀畅饮，女子在旁边陪着。

莘札从没这么坦率过。但是，布雷告辞说："我要回去了。"话悬在了空中，不是滋味。当然莘札知道，他是说要去见莫维塔；莘札就只是在芦苇篱笆前站了会儿，面带笑容，注意力集中，像狗竖起了耳朵，倾听周围的动静。"你这次要住很久吧？"他若无其事地对莫维塔的客人说。

"如果我觉得有所作为。"

莘札没理会隐含的问题。"你是做什么来着,詹姆斯——学校的事？了解到了学校老师的编制了吧。"

"我跟桑普森·曼伦巴合作，调研学校，有个目标——实际上，是考察整个教育系统，技术学校、职业学校，这些学校也都需要——成人教育的开端，工业渐渐发展起来，需要新一代年轻人，成人教育就是为他们准备的，现在加拉就是这样。"

石灰厂，鱼肉加工厂，搭他车的小伙子就来自鱼肉加工厂。

莘札点了点头。

布雷忽然说："只要你需要，爱德华……"

他们站在彼此间有一点距离的地方，停了一刻。

"哦，好吧，雪茄——你说你会从英国给我弄点来。真好，你知道。"莘札微笑着。

他两手插在晨衣的口袋里往下压着，一迈步，肌肉发达的臀部就凸起来，道别后他很快走回屋里，布雷刚才就是在那儿等候他。

布雷做了必须做的事，走访了村里的学校，驱车二十英里，去了白衣教会学校。开了那么久，后来终于拐上了来时的路，看到了拿旧木桶当马骑的孩子们、山羊、自行车、泥草房、莘札家的芦苇篱笆。

但是布雷穿过这一切,并没有注意,心里有压力在酝酿,等待一段间隔,然后突然爆发。车轮滚过一段烂路,握着的挂挡杆不停地抖动,搞得自己的手也在发抖,得使劲克制。两个月十七天了。回到这儿还没几个月,就已经开始领教了——打人、关押。还是老一套。难怪莘札对他的反应忍不住要嘲笑呢。他从来没想过自己和这类人为伍,他们坚持激进的自由主义,而不过是一种变相的专制。他从来不曾发现,自己会处在这么特殊的一种不诚实之中。多年来,他渐渐接受了——保持一定距离——某些丑恶的事实,如果不幸难以避免,以便实现他相信的社会变革。他努力丢开小伙子脊背的图像。为了实现莘札和莫维塔共同设想的那种国家的愿景,他将做出极大的容忍。

但是,拷问小伙子一事,横在莘札和莫维塔之间。

那么他自己怎么说?他可以原谅自己吗?也许这事对他心里的触动,只是不要让自己卷入这浑水。在他这是一种不诚实。如果是必需的那就做吧,但我不做,这事我不沾手,哪怕像在教育调研报告末尾签个字,也不干。这可以了吧?

然而,他还是有股冲动,想立刻起身直奔首都,去见莫维塔;好像这么一来,就可以一劳永逸地解决了一切疑问:他自己的疑问,以及发生的那些事。——阿莱克?至少该先跟阿莱克谈谈,弄清事实。阿莱克一定是负责人,必须有他的签字。他看到阿莱克和他自己,进出侨民中心,在加拉乡村的街道上,不期而遇,互相挥手打招呼,漫无目的,如同蚂蚁相遇。但是阿莱克自己绝不会关押别人,他是听了莱巴里索的命令?阿莱克和布雷嘲笑过莱巴里索,那个笨矮子,接替了康纳少校,打仗的时候给康纳当勤务兵。莱巴里索啥都不是,阿莱克当然也一样:两人都只会奉命行事。阿莱克是个办事麻利的公务员,独立但喜欢政治,或者是有政治野心。如果一道命令来自首都,并不会干扰其当地日常公事的顺利进行,他会乐意签字。性格随和,自信,坐在自家露台看文件,伴着孩子们的打闹,他知道他在做什么,他相信上面的人也知道他们在做什么。毕竟，政府是人民独立党。在阿莱克这号人的顽固信念中，上了台的政府绝不会忍受威胁；阿莱克绝不会改变对莫维塔的看法，其他什么也不会改变。

莫维塔让贾斯汀·切克维当法官；布雷不大认识他，但罗立·丹多管他叫格雷酒店帅哥——"谁知道那套尼龙假发下面盖着啥，我晚饭桌上跟他挨着座，看见他用汤匙当镜子欣赏自己——"丹多真是个话痨："一旦你当了法官，你就不用再跟司法打什么交道了。你就安静地过日子吧，像个大人物。司法部长的工作也一样——这是一对儿窝囊废，法官和我，真的，如此而已。他会做好的，我相信，只要莫维塔公正无私。"他要给丹多打个电话，一回家就打，但立刻又决定不能这么做。那房子里的电话线是合用的，当地接线员会听到每一个字。他不再遥想罗立喋喋不休的笑话了。

布雷跟莘札在一起的时候，像个长辈，不情愿相信自己最喜欢的孩子撒谎骗人。他在莘札家的时候，暗自担心莫维塔知道情况。但是现在——独自在开阔的软草地上，极目四野，渺无人迹，唯见一个女人头顶着个煤油罐子闪闪发亮——他感觉有可能莫维塔真不知道，地域这么辽阔，通讯如此不便，道路常被洪水冲断，电线杆总遭蚂蚁啃噬，这就形成了自主执法的现象，而总统府红墙后面，电话、电传，以及机场起降的飞机，把莫维塔跟亚的斯亚贝巴、纽约、伦敦之间的距离，拉得近于这片苍穹之下的荒凉草原。

车在疾驰（马不停蹄，原来三天的路程一天走完），他又恢复了信心，没什么原因。山麓森森，包围了大路，包围了自己。莘札有另一种信心，激怒布雷的信心，不只是精神，也包括身体，连同感觉。莘札出现在他清晰的意识中，形象栩栩如生，让他感觉怪异而惊讶。一阵躁动自心底涌起，搅得他难受，触碰到了多年前早已（当然）萎缩了的神经，本来它像迷走神经和脑垂体一样，随着发育成熟而功能废退。莘札那双结实的赤脚，因穿鞋而走了样，踩在泥土地面上——活脱是舞台上面对塞浦路斯的奥赛罗。他抽的烟是越境走私而来；有朋友越境：有烟的人可能也有钱和武器。还有那孩子，为什么那孩子不停出现？——莘札把孩子抱在手臂上那副无所谓的模样，跟他和那女子生了这孩子一样。他甚至也没有吹嘘他又有这么个年轻娇妻，这对他都不是事，他什么都不隐瞒……

那人要改变他的生活，想到此，布雷感觉心中燃起了烈火。莫维塔反倒成了个将此催生的因素。四十四岁的莘札，看上去也就三十。不，他并不是个有把年纪而显年轻的人——完全不是——他有原动力，自然而然，只要活着就要好好活着。要想阻止他，除非放倒他。

威尔特郡自己那座房，的确温馨漂亮、整洁干净，园子里的鲜花芳香四溢，厨房的美食香味扑鼻，所有的红酒都是精挑细选的精品，可是在这无所不精致的包围之中，布雷感觉沉闷而了无生趣；在那儿每次醒来，都会觉得自己无所适从，有被活埋的窒息感。同时，又有被出卖的冰冷感觉。奥利维亚在那儿走进走出，薄荷糖和香烟摆放在床头桌上，她裙子后摆略低，光滑的长筒丝袜裹着两条大长腿。一张油画上的某个局部，走出画面，出现在眼前。他忽然想体会一下进入奥利维亚身体里的感觉。但是回忆不起来。独自开车穿过茂密的丛林，他有了勃起的温热反应，这反应来自那种念想，进入女人身体，任何女人。他又把思绪转回到莫维塔身上，体内血管立刻收缩起来。他不应该那样，质问莫维塔也许是个错误。他一开始就挑明了，两人之间不能有什么地位权力的关联，因为他刚开始就看出，这种关联的危险——危及他和莫维塔的个人关系——可能掺杂尊卑贵贱的意识，这种意识来自殖民时期。我必须忘记自己是个白人。一个白人在非洲，总把自己看作老师。向镜子里一瞥，里面映出一个魅力不减的老影像，没啥了现在，不管是一个头戴遮阳帽的公务员，还是对侨民不屑一顾、跟黑人出入兰开斯特宫的自由主义白人，都一样。如果我不喜欢莫维塔的所作所为，我就撤了，回威尔特去。在家里写篇文章给《新政治家》。他几乎在自言自语了。他回到加拉的家里时,多希望奥利维亚在。孤独感忽然而至,好像寒冷、疲倦的感觉一样。他提笔给奥利维亚写信,要说的话已经在脑子里了,告诉她快点下决心来。他很想她。

他本想第二天晚上回到加拉——也能做到,准备好开夜车,一直开到凌晨一两点——但事到临头又改主意了,就按原计划返程,又兜了一个大圈,把诺姆区包括进调研行程。文件上说,这里是迁移安置计划区。这里人贫穷冷漠,能看见他们在林子里卖力地挖东西,神情茫然,自从断奶就一直吃不饱。有的村连校舍都没有。小孩子们脏兮兮的,不说话,从森林里出来向他兜售蘑菇,蘑菇有犁片那么大,一年里就这个季节生长。小孩们身上凉凉的,散发着股淡淡的地窖味儿;他总把这味儿当作非洲的特产,尽管不好闻,却是贫困中的一种奢侈。这片森林里,有诸神盛宴后的残羹剩饭——巨蘑菇,沙土里盛开的百合花——但人赖以为生的普通食物却没有。

开车环绕加拉的最后一圈,他沉浸在冥想中。细听发动机的声响,生怕节奏有变,车出状况。他不断看表,时间在流逝,里程在增加。终于拐上了大街,立刻被桃花心木树荫包围,周围很安静,他看见商店都关了门——是个星期天。他不管,还是去了办公室——阿莱克或许在那儿,做点工作什么的。但空无一人。基督刺丛被拔除了。他没法去阿莱克家——自己原来的家——他周围一堆孩子围绕,玩小汽车,没法交谈。星期天的老鼓点,远远传来,一下午响个不停。俱乐部周围停满了车,车尾亮闪闪的。一辆车拐进了入口处,停了一下,跟他并排,开车的冲他友好地笑了笑,显得身份重要。秘书布劳顿,张嘴冲他说了句什么,他便摇下车窗,咧嘴礼貌一笑,表示没听见。"你没有接电话。我一星期都在联系你。委员会批准申请了。亨德森赞成。好吧,你回来了,我知道你听了会高兴,可是怎么也逮不到你。"他俩把入口处挡住了,那人便摆摆手,开进去了,期待布雷跟着,他脸上神采奕奕,一心要接着谈下去。

亨德森是当地一两家布店的老板,想让奥利维亚回来,精明的男人。布雷行驶在安静的土路上,一路两边都有或隐或现的房屋,经过一个加拉男"保姆",推着一个白人小孩童车,一个黑人官员带着几个孩子和几条狗,和另外几个官员一道,走进了政府公寓,周围是楼房,中间停放着许多亮闪闪的自行车。除了低矮的树丛,满眼全是高大的无花果树,浓荫密布;什么也没变,什么也没变。一切都一仍其旧,而与此同时,那小伙子却被关进了监狱,隔离在城外的丛林里。

马洛普拔除了房子前路边的杂草,显得干巴巴的,只剩了木槿围篱。布雷进了封闭的院里,心头一阵发紧,这里的住户唯有自己一个。那种迫切感好像回声,又袭上心头。

他开始从后备厢里卸东西,直接堆在草地上。孩子们轻声低语,好奇地问这问那,打破了阳光下的沉寂。他家独立于另一家,这感觉不错,两家之间的空地草没拔完。他环顾四周,看到一个女人和三个小孩,穿过这片空地走过来。他们头上都包着东西——毛巾。这一切——俱乐部秘书觉得很有意思,人们干吗用毛巾包头——是他和他听闻的这个老地方的生活之间的距离的一部分,在这些表象下,他自己也是距离的一部分。

原来是丽贝卡·爱德华兹,带着三个孩子,是在首都贝利家闹腾的那群孩子里的三个。头巾下面,几股泡沫从太阳穴流下来,流下脸颊。布雷对孩子们说:"游泳了吧,呃?"稍小的那个孩子紧紧抓着他妈妈的大腿。她把一滴洗发液沫擦掉。"哦,可真够受的——你瞧,忽然就一滴水都没了,我们刚刚抹在头发上……"又一滴洗发液沫滴在了她的光脚上。"能不能把头伸到花园水龙头下面——""天哪,到我洗手间来。我来开房门。"她和孩子们都穿着廉价的橡胶凉鞋,尾随他鱼贯而入,脚下嘎吱嘎吱响成一片,打破了寂静,赶走了空虚。他推开卫生间那扇僵硬的窗户,扭开水龙头;见水流了出来,大家尖叫着,松了口气——"还是热水。"他说罢走出去了。

有几封没打开的邮件，上面是熟悉的笔迹，有几卷报纸；纸箱里的笔记和文件夹，还是他离开时搁置的模样。"地区"，"学校"，"十八岁以下人口"。他拿一张复写纸，夹在两张白纸中间，卷进打字机。开始给莫维塔写信。揪出一个廉价的蓝皮本，加拉商店里只能买到的那种，动手写信，打草稿。说到正题前——文件夹和笔记——说到重点前，他一定要先从莫维塔那儿得到一个答复。卫生间传出一个孩子喃喃不休的问话，这小孩的表达需要，超出了他掌握的词汇。他撕掉了报纸卷外面的包装纸，把报纸卷反方向卷了一下，弄平展。他要写的，要对莫维塔说的，肯定不是那小伙子的事……说你有大规模的对立并非事实，我不相信有什么差别导致对立，但是你把莘札推向了对立面，如果他在那个立场上有所动作，一定是反对你，但不以负面方式。他一定会有所作为，来反对你把他排斥在外后的所作所为。如果你掌权后和以前行为不一，那他当然会这么做。……如果你让他合作，现在，你们都会面临同一种调整的问题，考虑到以前的紧密关系，就会有很大的机会，找到相同的的解决办法。你明白吧？这样做，往最坏处想，至少能保证团结一致……至少你可以避免现在不得不做的一些事。……丽贝卡和她的孩子们过来谢他，他不经意地感觉自己有些失礼，竟没有问她是怎么来到这儿的，从哪儿过来的。

"你找到住的地方了？不会还是在酒店里吧？"她解释说自己搬进了树丛对面的房子里，跟农业部一个叫侬瓦耶·特卢姆的官员夫妇合住。"我不在乎，有块地方也能做厨房，是院里的圆房子接出来的小空间。只要能离开酒店就好，那地方花了我太多钱了。"孩子们的头发被草草擦干，锥子一样立着的，她自己的头发梳得很整齐，像条黑色的湿缎带。光光的大额头，大鼻翼，沐浴后微微发亮。她眼睛是黄色的，活像他养过的一条向导猎犬。四个人穿过了树丛，从哪儿来还回哪儿去了。可怜的东西；有个谁也不愿刨根问底的事——她和她的孩子们完全可以住这房子里，而不是住在鱼鹰酒店，然后再搬过去和特卢姆一家合住，这事他本该事先想到的。也许罗立就想叫他这么做来着……我不相信莘札像从前一样在你身边，会发起行动罢黜你。没有道义上的原因，只不过他生性就有这么一种神秘感，喜欢幕后做事，显示重要性，博得少数圈内人赞赏……他喜欢独特，喜欢那种不可多得的感觉，也就是你在别人中间找不到的那种类型，但是……他跟人交往有一种懒散——这你知道——日常的那种接触，跟人群握手微笑之类的事，他嫌烦。本质上，他是个自私内向的人——我指的是，成功对他而言，意味着庸俗，他总是要把这些事留给你来做的。……

卡里莫回来给他做了晚饭。吃过后，在夜色中，他站在那棵无花果树下，吸了根粗大的雪茄，这雪茄他克制着不常吸。有蝙蝠在啃食树上的果实，这是些最安静最隐蔽的动物，只在黑暗中冲来撞去。他心里琢磨着，能到谁家去喝一杯，像从前那样。不去俱乐部，那儿新来的已经替代了他。不找阿莱克。也许可以去丽贝卡·爱德华兹那里看看，在首都他们是一个圈子里的。但是他和她没什么好谈的，他不怎么会闲聊。他靠在树干上，雪茄燃成了指头粗的一根硬烟灰。蚂蚁爬来爬去，他背部的神经一阵紧缩。

他回到屋里给妻子写信，建议她打定主意两周内动身过来。他反正是要去首都的，这样就能一趟搞定，顺便接她带她一块回来。落款后，又写道："解释你不来原因很简单，就是此行没有明确目的。"这句似乎是在传递爱意，有这个效果。他把这句删了。他试着又写道："我们解释你来的原因似乎都被你不来的未知原因打败了。"他感觉没理解自己说了个啥。信封没封口，他把信和给莫维塔写的那几页放在一起。

早上，他把几页信留在原处。至少到他跟阿莱克谈过再说，至少等到那会儿。

他到了办公室，阿莱克和他的新秘书正以一杯咖啡开始这个工作日。他一辈子都在这种气氛中度过——他所谓的"一辈子"是指什么，是在非洲的岁月。办公室很闷，不过在一天最热的时刻到来之前，还

127

是凉快的，职员们在过道慢慢来去，交头接耳，聊个不停。这时邮袋还没有到。阿莱克坐在他的老板椅上，向丽贝卡·爱德华兹发问，开些大家都能接受的玩笑。

"你没有忘记把第十七节 B 段打进来吧，呃，我的姑娘。"她靠在窗台上，一只手里拿着个杯子，另一只手拿着根烟。"我没有。"当然，不能指望她周末把工作带回家。阿莱克说："你是个天使。到周五能把那个文档更新吗？你发誓？"他向布雷微微一笑，是大忙人跟外出度假回来的人打招呼的姿态。"哦，丛林怎么样？一切还都顺利吧？"两人聊了一阵路况，"司各特先生对斯坦利·恩科说：'最好让巴士法兰茨脱离……'"（恩科接替了省公共工程公司经理司各特。）阿莱克引述了这句，为这么解决这个问题高兴得不亦乐乎，两人都大笑起来。

"我可以跟你说句话吗，阿莱克？"布雷问道。

"哦，当然，当然。"

丽贝卡·爱德华兹很知趣地马上离开了。"这个，这个，别忘了啊——"阿莱克拿着个文件夹冲她摆了摆。

阿莱克站起来，从挂钉上取下卫生间的钥匙，出去享受一天的黄金时刻，一边说："马上回来——你可以听听新闻——"他朝办公桌上的一个收音机指了一下。

* * *

阿莱克用侨民中心肥皂洗过手，用侨民中心毛巾擦干。

"我开车顺路捎带了个年轻人。"布雷说。

阿莱克点了点头，露出笑容，仿佛猜出了故事——"只要没打你脑袋就好。城里情况还是很糟。他抢了你啥？这些家伙有的是从鱼厂来的——我才不会让谁搭车呢，再不会了，这是心里话。"

"没错，是鱼肉加工厂的——可是他刚从监狱出来。他住了两个半月监狱,没审判,没指控,就在加拉,在莱巴里索管辖的监狱。"

阿莱克在办公桌后面坐下了,听对方讲述,不再自己猜测。他伸手打开电扇,可能每天早晨都在同一时间开启电扇,把入侵的热驱逐出去。他坦率地面对布雷。"你知道吧。"布雷说。

"莱巴里索把我拉进了画面。"

"这么说是莱巴里索的决定?"

"我们监视那家伙很久了。莘札的人。"

布雷说:"你指什么,莘札的人?"

"现在这儿有不少巴士法兰茨人。莘札叫他们不时捣点乱。不是在工会,就是在别处。"

"阿莱克。"布雷不想就听听经过,而阿莱克对待这事,却像埋在一个整洁花园里没爆炸的炸弹。"阿莱克,莱巴里索把一个人关押了两个月十七天。"

"就我所知,这个人还真是个捣乱分子。我指的是,其实这事不归我管,要是涉及了本省的利益,那就又当别论了。从这点出发,有人期待我对某些事暗中监视。要是有可能出什么乱子,我要知道人家期待我了解的事"——话还没完,他改主意了——"我必须差不多心里有数才行。"

"你看到的是莱巴里索把法律抓在自己手里,滥用了。"

阿莱克很友好,想拿莱巴里索开涮,他和布雷以前这么做过。"当然,我一开始就跟他说了,找地方执法官的人,去跟你对付麻烦吧。别找我。不管怎么说,好像总得对那家伙做点什么。他们想多了解点他的情况。"

布雷说:"是欧纳布感兴趣吗?"亚伦·欧纳布是首都警方的头儿。

阿莱克与其说是回答,不如说是同意。"我想是的。"

布雷一字一板地说:"我在加拉一点儿都没听说。"

"哦—啊,你有你的事要处理,想想那老头儿莱巴里索的处境吧——"他朝树林和村子后面那个监狱的方向摆了摆手。"我们手上都有自己的活儿干。不过这姑娘，布雷——我跟你说，我现在不一样了，要啥来啥。要是你忘了什么，她会记着。你要做什么尽管给她好了。要是你想把报告打出来，交给她；她是个秘书，伙计。"

布雷眼睛跟着旋转的电扇转向了左边、中间、右边，再重复一遍，左、中、右，再一遍。他想问：那儿还有别人吗——跟莱巴里索在一起的？但是电话响了，阿莱克用加拉话热情应答，口气活泼。他感觉通过阿莱克了解这事，不得要领，便打了个手势，表示失望，随即离开了房间。

在自己的办公室，他动手整理那些文件夹。文件夹总是在办公室和家之间搬来搬去的。办公室不是他一个人独用的，另一个文员戈弗雷·勒坦卡，小心翼翼地进出，他给了他些材料去打字。他做不到主动去用那个姑娘。气温上升，屋里热起来。他站在窗口向外望去，视野中，村庄在树林里沉睡。十二点，村子醒来，有自行车出没，载着家人去镇上，下馆子吃午饭。黑黑的腿，一圈一圈蹬着车，聊天说话，大呼小叫，不耐烦的铃铛声，一片喧嚣。他出了门，仰头望去，只见太阳朦胧，藏在云里。他感觉自己不是在加拉：外面如此陌生。或者反过来说，他内部有什么东西把他同所有这些人隔开了，而这些人并不知情。他在他们中间做什么？他把一条坏了拉链的裤子送进祖萨博裁缝店；祖萨博正在做活儿，把一个翻领的几层布，缝线固定。缝纫机上方亮着一个灯泡，没有灯罩，墙上贴着莫维塔的照片。祖萨博的内弟和岳母刚从麦加回来，内弟也在店里，裹着白头巾。"回家了，上校。"祖萨博对两人欢呼道，一个从乡下回来，另一个是朝圣归来，快乐溢于言表。"回来是一定的，伊斯梅尔。"内弟对自己的重要性当仁不让。"十五年了，我一直计划着明年，明年……但是说真的，上校，我一直都在筹划。"来到商场杂货店，换个煤气罐，按程序来：出纳的栏杆门设在新**出口处**——第二道门，以前一直用一卷一卷的油毡和白铁皮浴缸挡着。现在只要能买得起鞋的，都穿塑料拖鞋，男男女女都穿这鞋，拥来拥去，争先恐后地体验超市的美好感觉——购物超过两镑六便士，就送一把小梳子。一个疯狂的老女人，在加拉街头流浪，不知怎么就进了旋转栏杆门，嘴里唱着圣歌，在罐头食品架和洗涤用品架之间，来回走个不停。

他没有直接回家，绕道经过监狱。他印象里医院后面有一条道，可以绕小山走，连接监狱路。记忆没错；背后狗叫声，紧随不舍，他停车下来，抬头望去，只见这里跟非洲任何军营和监狱一样，是个光秃的地方，低矮无窗的房子，暴露在太阳下面。他不知道自己想找什么：有道很高的铁网围栏，顶部带刺，灯光暗淡，新旗子耷拉着。他当地区专员的时候，进去过好几次。他知道那个炎热的白墙院子，熟悉那消毒剂和木薯的味道。英国统治期间，那儿不关押政治犯，紧急情况下，他们都被送进拘留所。居留所他也去过，建在没有人烟的偏远地方，里面周复一周，月复一月，年复一年，都在炎热和孤独中过去。人们在里面受折磨挨揍，死于痢疾。调查委员会也治不好他们，无法让他们死而复生。他的巴士法兰茨之旅带给他的震动，忽然放大了。从一团异乎寻常的光焰中，滚落下来。他平心静气地考虑着。他看到过那个伤痕累累的脊背，但这真的是不可思议的吗？对莫维塔，对自己——对任何敢于走出威尔特郡的人？他的双手在颤抖——由于这念头，这是普通的恐惧吗？

自我谴责，深达生命的核心，包括向胸腔压血的深层肌肉。但是这种颤抖还是破天荒第一次，源于对自己鼻子底下发生情况的知晓……

这也是人所共知的。像我们呼吸的空气，我一辈子鼻子里吸的都是这臭味。为啥单单这会儿作呕了？你在多年的工作中一直闻着这恶臭，就像疾病和死亡之于医生。

中午的暴热炙烤着一切。屋子里闷热得透不过气来，他坐下来准备吃卡里莫烧好的午饭。（卡里莫比记忆中的他迟缓多了，要不就是卡里莫老了些，老了？——布雷注意到他那布满红血丝的黄眼仁和虹膜分野处，多了个发蓝的圈。）他越想面对莫维塔的情景，越是对自己的目的疑虑重重,而且还有件事情隐隐约约——像 X 光片子上一个器官里疑是病灶的暗影——就是他自己的地位。如果小伙子的遭遇,是官员们滥用新获权力的事例,和阿莱克的谈话,就足以给这个件事画个句号了;阿莱克会把话传给莱巴里索,莱巴里索就会不让此类事件再发生,以便讨好(假设)本地人民独立党的一些领导。莫维塔的干预,可能更进一步,谴责莱巴里索。但是会继续发生此类事件,而无人过问,无人传话。唯一期待不发生此类事件的方式,是国家一切都会好起来,持久好下去,有法可依,有章可循,消除官员渎职弄权。到那时,滥用职权会继续存在,但方式会发生变化,不再是酷刑,而成为贪腐,这些在西方和东方民主国家,屡见不鲜。国家要想健康发展,可持续,莫维塔就需要莘札的帮助。

但是,如果小伙子的遭遇是欧纳布从首都下的命令呢?

如果这事是一个特别机构的正常活动的一部分,比如国家安全部门的一个机构——这个机构会是什么名字?他的思绪带着否决,冷静下来。然而他在此地生活在白人黑人中间,太久太久了,隐约感觉到,不会是另一种情形。要是这样,当前的情况就很明显,莫维塔与莘札为敌,是国家都不敢于做的事。

莫维塔去了一个邻国,进行几天正式访问。布雷无法立即见到他。他不能把写给他的信寄出,给奥利维亚的也不能。他回家看了一下,去侨民中心看了看,又转到那条宽阔的林荫大道,这是加拉的标志。他漫无目的,仿佛捆好了行李,预先寄到了下一个不知名的目的地。他回避某些人——阿莱克一家,特卢姆一家——已经认识了。一天午饭时分,回家路上,进了摊贩树林附近的"本地"酒吧,要瓶啤酒。工厂的年轻人聚集在那儿;这是加拉的精英,有固定收入,每周拿钱,而不是那些种植经济作物的农民,偶尔才有收获。老人独自坐在脏兮兮的摊架子旁边,喝一杯国产啤酒,眼神茫然,衣衫褴褛,从布烟丝袋里摸出硬币和鼻烟,手指哆哆嗦嗦,摸索着晚年岁月的遗留。年轻人喝本地工厂生产的欧洲瓶装啤酒，一边争论足球，也说到收音机的电池价格。他在旁边听了一耳朵。有些人戴着人民独立党党徽，另一些带着一家饮料公司发送的徽章。他们对他视而不见，带着些怀疑；一个上了年纪的换坐了他的座位，打了个表示尊敬的手势。

拐上回家的路，一眼瞅见了阿莱克的秘书正在炎热中踽踽独行。一副巨大的太阳镜上方，她那白皙闪亮的额头，汗涔涔的。她说："就剩百来码了。"不过还是上车了。"我那个老伙计离合器坏掉了，得花十四镑。""疯了吧，这么热的天走路。你天天都可以搭我车去上班。"

她说："哦，我不想逼你八点十二点，来了去，去了来，就因为我……我是说，你本来不必按时上下班，对不……"

家里比外面凉爽，但还是闷热、潮湿、空荡；卡里莫拉上了窗帘，阻挡热气。窗帘薄而色浓，像彩旗，遮光。真的，他用不着按时上下班，他的工作性质是自己做主，对自己负责。这是他喜欢的工作条件，可以让自己有用。昏暗的房间里，他坐在桌前，茶托里一只杯子轻轻磕碰了一声，餐刀发出微弱的刮擦，此外别无其他声响。哦，为什么别人要在炎炎赤日下走路？没有理由，难道就因为他自己在中午两点钟，用不着回到侨民中心来，或者到别处？他一边喝咖啡，一边写了张便签，派卡里莫去送车钥匙给爱德华兹女士使用。卡里莫说："夫人她很高兴，她说谢谢你了，她要接孩子，谢谢你。"

他拿了书本材料，出门来到无花果树下，继续他的报告，同时也写了信给英国，索要不发达国家教育体制文献资料。手头有本关于拉丁美洲的大部头资料汇编，这书到时他在巴士。先浏览一下，做点笔记；那些不熟悉的西班牙姓名，成了润滑剂，读得通透顺畅：暑热升腾，空气黏糊。这是花园一天里最不好的时候。云后面的太阳射出白光，活像焊工焊机上的电弧，穿过树枝和薄树叶，射向他跳动的神经，把两眼之间拧起一个疙瘩。可是回屋里也很麻烦。四点半，是当年殖民官员回家的时间，卡里莫端来了茶，布雷顺便要了杯凉水。一入口，激得牙齿生疼，两眼之间的疙瘩也隐隐地疼。他把书本留在树下，回了墓穴般的起居室，进门之际，一个冷静的决定如期而至：明天去首都。想罢，往沙发上一躺，体重把上面的布罩拉扯得支棱起来，他点了一支方头雪茄抽。刚才读了的东西不进脑子。他睡了，睡了有两小时。

他一觉醒来，发现自己在一个凉爽幽暗的房间里，白天正一步一步退去，换来了粉红的夜色，辉煌的落日余晖，正在露台外面流连。空气中点缀着玫瑰，黑得像合上了眼皮。一个影子在屋里移动。她想把钥匙放在桌上，不声不响，眼睛一直盯着他，不想惊醒他。不料他睁眼看见她了，她忽然静止，活像小孩子玩"雕像"游戏。他耳朵里有鸣响——满屋子听得到蟋蟀叫声，从花园传进来的。他在黑暗中伸出一只手——接钥匙，顺便打了个抱歉的手势。

然后，她又犹豫了一下，转过身来，依旧是那种向一侧摆臀的姿势，女人走在家具之间的姿势，过来抓住了他的手臂——不是手，这抓握传递了一种奇怪的慰藉，一种安宁。仿佛他又睡去，而并未醒来，他意识清醒，分明看到了恍然眼前、尚未入心的情景：她缩回了双手，手掌展开，乳房情不自禁，人却不情愿地退后了一点。他想起了打开办公室门第一次碰见她时，她站在门后面的样子。

幽暗中，两人互相凝视，神情专注，彼此都不想让对方看清自己的表情。他开口了："坐吧。"被她还抓着的手臂转动了一下，他抓住了她的手腕，拉向沙发。

"门开着。"她坐在他身边说。屋里全黑下来。门口有个镜子，映出一抹柠檬色光亮。

"我不知道头怎么会这么疼。"

"哦，是吗？暑热三点钟最厉害。"

"那辆大众好开吗？"

"好极了。孩子们在镇子另一头，很远的雷利学校。"

他想站起来开灯，给她杯水喝。心里这么想着，整个身体却被一种欲望控制住，任其膨胀，这难堪的莫名欲望，自打青年过后就再也没有感觉过。

尽管如此，他毕竟还是他；他亲吻了那嘴唇，抚摸了那肉体，动作一如经验，随即起身巡视，确定卡里莫不在家，然后把门从里面锁上，站在那儿定了定神，俯视着的白玉般的胴体，他已经把包裹在外面的衣服剥开，展露出的是典型的女人身体，宛如大理石。他没忘记问了一声可不可以，黑暗中响起的声音是"不"，这是对他的信任。他开始和她做爱，两人越做越猛，就在身体仿佛要飞离躯壳之际——异乎寻常，他忽然想起了莘札。莘札自信的笑容，莘札有力的光脚，莘札在充满婴儿气味的屋里抽雪茄。莘札。莘札。只听她屏息欢叫一声，又一声。

她摸到了自己的衣服，拿着去了卫生间穿。他拧亮了灯，整理了一下沙发，桌上摊放着散乱文件，书架上乱堆着书和发票，还有几只灯泡。一只蟑螂从地毯下爬过。他穿上裤子衬衫，去厨房给两人取水喝。但她出来了，轻声而清楚地说："你的佣人呢？我最好走吧。"她的意思是佣人可能注意到了房里黑着灯，锁着门。如果这会儿有人看见她在，肯定会奇怪的。

她走了，没等事后温柔抚慰的满足感，像萍水相逢的陌生人。她该走过了花园，他暗忖，穿过了空旷的灌木丛。他听见狗冲她叫，她到家了。他这才想起，跟她做了爱，却没看见她的脸。他又孤身一人待在寂静的房子里；这时才想起了卡里莫今晚不在，去教堂了，不然老头儿一准会使劲擂门。出月亮了，月光照在他留在园子里的书上，一如照在墓园里的碑上。

他把皮箱取出来，拍掉了巴士的尘土，又往里面放了几样东西。他试着给罗立·丹多拨电话，一个钟头后，接线员回电说没人接。他拿了盏灯，去把一个磨损的车胎换了。飞蚁不停地扑灯，薄翅落了一地，像肥皂片。他手上干着活儿，鼻子闻到了自己身上的汗味儿，还有淡淡的另一种味。干完洗了个淋浴，十点钟，感觉很饿，就把卡里莫存在冰箱里的剩饭取出来，凑成怪兮兮的一餐饭。天还没亮就起床，一大早就动身了。加拉的树还没睡醒，鸟儿还没叫，不过大街上并不是空无一人。一个老头儿在邮局台阶上歇着，他一天的旅程已经开始，正耐心地抠脚指头。

翌日中午，布雷到了首都，没有去找丹多，而是径直去了银犀牛，开了间房。"没问题。"玛戈特·温茨不动声色地说，抓着钥匙，推开了几间空房门，让他自己挑。

"当然，一切都要适应，还要再适应。"哈尔玛·温茨等他们回到办公室，说道。他老婆没理会他的话。"别去餐厅吃午饭，跟我们一块儿吃。"哈尔玛说。老婆也对布雷说："当然，你记得怎么走吧？——过了这个过道往右拐。你不介意等到两点吧？这个点之前我出不了厨房。"

哈尔玛因为布雷回来，处于一种兴奋状态。两人一块儿来到酒吧，先拿了别人点的丹麦啤酒。吧里人满了，尽管酒店房间大都空着。低低的天花板上转着电扇，发出的响声似乎自打布雷上次离开首都，就一直没有停止过。"要是捷克人能用五镑的成本生产一千瓶，就没我们什么事了……""他一直在赞比亚，小混混，苏格兰小胖墩，你还记得吧……""……按一比五打比赛，不过那会儿我还很年轻……""不错，但关键是，不到百分之二十五的利，绝对得不偿失，浪费时间……""……在内罗毕总部，我说，你们这态度没什么……蠢货、杂种……"白人搞基础设施、铝矾土、公路建设、采矿设备、技术支持、纺织、钢板。黑人搞农业、公共工程、邮政、电讯——政府各部就在沿路。黑人比白人穿得更正式，大都讲热情友好的英语，不说本地话。他们年轻俊朗，耳小头小，发黑手黑。白人多半是秃顶驼背，粉红耳朵。"我昨天去他家了，我亲爱的伙计，我跟他熟得很，自打在萨隆加参加教师培训就认识……""……很不方便，他老婆跟我说：'为啥玛皮拉先生没在奇布韦那儿见你呢'——哦，不错——什么也瞒不住老婆，天哪——""……下周跟部长见面聊天，对，是这么计划的……""……这帮修车的，伙计,该治治他们了,我是说他们漫天要价……"

在吧台上方转动的那条微型海盗船,正慢慢悠悠地在缓缓飘移的气流里摇荡。哈尔玛一头撞进了银犀牛这档子生意,按条件盘下了店面。他的声音穿过嘈杂的嗡嗡声,透着一种麻木,反正周围全是问题,虱子多了就不咬了。他不会卖掉,除非按当时的买价,一期抵押贷款还没结,银行不贷给第二期了,因为业主权起了争议。房屋业主对他接手后的装修改造"沉不住气"了;如果酒商可以预付参股资金,一切都没问题,不料出了新法,规定酒商不得向外侨和非本国公民预付。

过去几个月,独自生活,远离亲友,布雷已经不习惯这种欧洲人的亲密无间,这么黏糊,涉及别人的生活。他能做的,就是偶尔提个问题,让哈尔玛任性倾吐——尽管吐露的只是事实:布雷感觉这些事实解释的还是表面——"玛戈特和我觉得……""……其实我们需要的,这么说吧,就是再有一年的时间,就都理顺了。"——并不多涉及私下是怎么奋斗的。停了一下,温茨又接着说:"怎么做呢,我感觉要跟拉斯·阿萨和谈谈……"这张英俊而憔悴的北欧脸,似乎在等候,等着迎面一击。两道深沟自眼角开始,跨过颧骨,呈八字绷紧。"他有个叔叔在董事会——你知道。"所有的白人公司董事会,都有个黑人董事做摆设。"那儿一句话,一切……呵呵。就把我们从黑洞里拉出来了。"

"是啊,要是能说服酒厂——"

温茨还在等待,等候出手的时机。他说:"但是伊曼纽尔不好办。我老婆——玛戈特——我们不知道,伊曼纽尔会怎么想。除了这个,这事看上去行不行,我是说那个男人怎么看?眼下我们还没试过,跟伊曼纽尔的友情到了哪一步。"

他终于把话挑明了,感觉松了口气。"你觉得这事可行不?"

"这话应该我问你。我离核心太远了。"

温茨摊开两手,十指交叉,支住下巴。"什么?这?黑人只要愿意,就能去政府部门工作,白人还像过去一样在商界——他们乐意,什么也没变。他聪明得很。你该听听人们怎么说:这后生真能干,政府很稳固……哦,他太聪明了。你想想当时人们是怎么说他来着,呃?首都航班那档子事都忘了,他们又想维持原样,又想发大财,发猛财。当然,蜜月还没过完。我就是说说我看见的。黑人——说到底,他们是谁,哪儿跟哪儿?——升了官,掌了权,白领不当别人的职员了,矿工升到了以前梦想的位置,以前有白人,他们没得想。所以,我说这情况好啊。他干得好极了。国内别处怎么样呢——我从没出过远门,最远也就是蔬菜农场,玛戈特要去那儿给酒店采购,我两周开小货车去一回,我了解的就这么多!"他自嘲地大笑了一声。"你去的那些地方啥情况?"

"哦,加拉开始有了些工业——不过新的捕鱼特许经营协议,没起色,湖区还是从前的老样子,有向巴士法兰茨迁移安置项目,不过眼下是百废待兴——道路,水灾治理——一切。"

哈尔玛不同意。"捕鱼许可费涨了差不多百分之二十,我想。钱现在并不全都出境。"

"但是渔业的工资一分钱也没涨。当然,发展与计划委员会——也许会有所作为,为湖区居民谋点利。而巴士——那里更需要。但是渔业的潜力在那儿,只待下手……"

"项目、委员会、计划——呵,鬼话,可怜——那是他们的事,对不对?"哈尔玛·温茨说。"不是你我的事,不是咱们的生活,他们必须自己去弄。"他长长吐了口气,顿了一下:他眼睛盯着一个人穿过房间,然后给了个意料中的笑容,女儿朝他走过来了。"伊曼纽尔,还记得布雷上校吗?这次住咱这儿——"她显得漫不经心,就事论事地说事:"有个叫汤姆森-维特的来了,要见你。他有个外交人员用的皮箱,上面有姓名缩写。他的鼻毛被尼古丁熏黄了。""天哪,伊曼纽尔。"她爸爸哈哈笑了,让她见过布雷。女孩很拘谨、冷漠,咬着拇指上的指甲倒刺。"你决定一下,要不要去见他。我看他是从银行来的,要不就是从卫生部来的;他一直在嗅,好像要嗅出什么气味似的。""哦,我的天。

我还是去吧。你领他去办公室了吗？"哈尔玛径自走了，脑袋探向前方，神色焦虑，女儿在后面跟着。布雷看见他回头问女儿什么，但是她在桌子间拐弯走了。

布雷冲了个淋浴，坐在花园的一张破了的帆布椅上，等着吃午餐。从早报上看到，莫维塔结束国事访问回国了。增强了团结，提出了建设性建议，将造福两国的五千万镑水电项目，原则上达成了一致……头条文章质疑该项目，认为与其说是为经济利益，不如说是为泛非洲独立做的一个展示。"毫无疑问，这个国家总是把自己的命运同非洲大陆的命运联系起来……无疑，莫维塔总统就职第一天起，即以非洲的理想为己任，在国际合作中视非洲为整体，面对迄今尚不能解决国家争端的世界。但是我们不能浪费自己的资源，只为加强国与国之间的合作。在构成北部边界的大湖，我们有潜在的电力资源，因而南部的任何此类项目均属多余，这项目的本质乃是把我们重要的工业发展，完全置于一种不确定因素，只能在我们邻居家里求证。……"

哈尔玛的女儿和拉斯·阿萨和穿过草地经过他身边，投入地小声交谈着。两人并没有注意到报纸后面的人。长住在酒店，天天与陌生人为伍，女孩不管到哪儿，总把自己私人世界的外壳戴在身上。一阵笛声升起又落下，她一定是带着随身听。两人在近处草地上坐下来，他听见伊曼纽尔清晰决断的声音："有人告诉我，就像打个喷嚏。"男的开口，声音低沉而含嘲讽："天哪，那是你们白人才对女孩这么说。要是在非洲，你就知道怎么做爱了，有人教。"

"哦，讨厌你这么居高临下的，你的想法没人懂。"

一时无话。随身听里放出巴赫，声音尖厉震颤，反反复复，高音一直维持，兴奋，声嘶力竭。

在温茨的圆桌旁，玛戈特·温茨厚重雪白的胳膊，庄严地悬在盘子上方，给大家分菜。她脸上擦了粉，不过酒店肉汤味还在周身散发。她时不时看一眼儿子斯蒂芬，好像在看一只宠物狗守着食盆狼吞虎咽，既带点柔情,也不乏厌恶。斯蒂芬有他父亲的金发和英俊脸庞,但也长成了非洲出生的白人青少年肥胖体形,被迫锻炼,晒太阳,像饲料鸡。哈尔玛·温茨不停地皱眉眨眼,抵抗心事。他强打精神笑了笑说:"那个批准佣人房间图纸的家伙,看也没看就盖章了。反正他就要回英国了,才他妈不在乎呢。完全违反市政法规,空心砖不够——你能想象吗?上水连接到了哪儿,根本不是我们付水费的地方。"

"我跟你说,我闻得到下水的臭味,要改,拿钱。"伊曼纽尔往一片面包上抹黄油时,棕色手背上的筋腱动作十分精确。

"那你怎么办?"玛戈特·温茨说。

他向布雷求助:"他们告诉我必须这么做,呃?会同建筑商跟监理讨论。"

"再来点沙拉,布雷上校?不要?——建筑商是谁?"玛戈特·温茨放下叉子等回答,貌似很有耐心,知道能等到所有答案。

她老公瞥了她一眼。"哼,阿特金森——还能有谁?"

"我看阿特金森不会再给咱出力了,哈尔玛。"

斯蒂芬端起盘子,还要一份肉,不耐烦地摇晃着盘子,想说话但又不敢说,知道自己的饭量受限制。"敲掉几块砖不就得了,这有个啥?"

"水。法规。"他妈妈温和地列举了些实际情况。

"啊……再过一年,他们才会再派人来,到那时候,空心砖有了,敲掉几块转,就齐了——"小伙子切了块肉,用叉子扎住,嘴忙上了,不再说话。他姐两手放在桌上说:"闭上眼睛等他们离开,哈尔玛。"她自己那双细细的黑眼睛环视了一下,意识到有布雷在,瞳孔似乎收缩闭合了,要睡着了似的,随即又醒来,水汪汪的黑眼睛。布雷心里琢磨,怎么从没见这女孩笑过,这当儿,她冲布雷粲然一笑,生动而诙谐的一笑,深含自信。

午餐结束得有点突然,哈尔玛和妻儿都心事重重;斯蒂芬被一个黑人叫走了,叫他的是酒吧招待,上唇留着一缕黑亮的胡子。"问题是你对这些家伙太温和了。不就是有人说了他是水务公司董事会的……远没到世界末日吧?……"斯蒂芬站在门口不停责怪,口气带着同情。酒吧招待态度恭顺,装作并没有在听雇主的谈话。布雷感觉怪怪的,心里把自己跟这个酒吧招待归入一类了,他站在那儿活动着双脚,脚拇指有肿块,鞋上挖了洞,不然会夹痛。哈尔玛吞下最后一口咖啡,因为玛戈特·温茨提醒他,半小时后到车站;她给布雷解释说:"要是火车到了人没到,他们就直接把东西堆在站台,晒在太阳地里。"

"发票在哪儿?"

"好了,好了,马上就有——"她站起来跟着习惯走,习惯引领她去放发票本的地方,那是每天早上的例行路线,过道、厨房、库房、办公室。

伊曼纽尔走过去替妈妈亲了父亲额头一下。玛戈特·温茨戴上眼镜去找发票本,是在手袋里看见过。她停了一下,看着女儿用嘴唇把父亲光溜溜的额头上那缕醒目的头发推开;这个上了岁数的女人,脸上出现一种似曾相识的神色;然后她自己转身走开,抽了下鼻子,戴好眼镜,俯身搜寻发票本。

哈尔玛尽管着急,还是沉住气陪布雷走完过道,还不时说说自己的看法。这次说的是火车,司机换上非洲人以后,事故多了。布雷说:"都是喝酒惹的祸。"哈尔玛·温茨认为绝对有必要把一些事项记录在案,比如假定、误传。他搬出莫维塔,但没指名道姓,这个人称代词很奇特,一提到,声音就低下来,这信号一出,听的人心领神会。他激动地说:"他们当然喝酒。他们要自我炫耀,新生活多美好。这些白人会怎么想:他们的祖先在欧洲工厂第一次拿到工资,会怎么表现,呢?这些英国人——他们的祖先喝廉价的杜松子酒,灌得烂醉如泥,如今他们却嘲笑非洲人。……但是他知道该怎么办,他知道该干啥。现在他规定工作前喝酒违法,一杯就丢工作。你很快就会看到,呢,人们会给自己规定行为准则——火车不会比原来更糟。"

布雷去露台上的公用电话间，给莫维塔的私人秘书威尔弗里德·阿索尼打电话。可他"不能接听"；公共关系官克莱夫·斯莫尔替他接了电话。他情绪欢快；他肯定总统听说了会高兴的，客套一番——"你看有可能安排我明天见他一面吗？"斯莫尔答应一定尽力；布雷知道，当然，大佬刚回国，斯莫尔会留一条紧急信息给阿索尼，说话口气很职业，始终温和愉快，让对方听了舒服。然后布雷又打电话到贝利家，还好，没人接；见莫维塔前，他不想去朋友中间露面。他跟哈尔玛含蓄地暗示过，不必告诉罗立·丹多他住这儿，明天他自己说。好吧，他什么也没说。看情况定吧，他甚至开车进城买了趟东西；跟从前一样，住在偏远一隅，跟国内那些门类齐全的综合商场相比，这里逛街也自有其异国情调。去书店是件了不起的事，即便是不起眼的小店，基本上都堆满了上一年的畅销书，詹姆斯·邦德之类。他买了本简装的叶芝，是本散文集，作者是东非一所大学的政治学教授；一本重印的艾萨克·多伊彻写的《斯大林》——能淘到宝贝。在半个钟头内，他忘记了自己到首都的目的。他买了个订书器，还买了两根圆珠笔，质量似乎比一般的那种好，是那个娇小漂亮的非洲女店员推荐的，女孩的黑头发梳成一个发髻，画了眼影。架上也有儿童书，他差点买两本《丁丁》——给丽贝卡·爱德华兹的孩子们，一个女孩，还有她常抱在怀里的两个小男孩，孩子们老在他家和特卢姆家之间的开阔地上玩耍。但后来他又把书放回了架子上。海外报纸和杂志，凡没订的，他都收了一份，满载离去。

回到银犀牛酒店，见有总统秘书办公室的留言。明天上午十一点十五分约见。哈尔玛·温茨代收的留言，他无动于衷，没觉得有啥特别——而实际上，布雷感觉很意外，温茨的看法简洁明了，确定无疑，认为布雷的位置带有某种保密、重要的性质，派去边远地区搞教育项目，只是个幌子。"哦——顺便说，要是罗立来酒吧，别说我在这儿，好吗？我明天就给他打电话，不过这会儿不大想见人，要是我俩到了一块儿，今晚一定会喝高——"

"幸亏你说了,我去吩咐斯蒂芬。"

他女儿掀起柜台盖板,穿过办公室。她的胯骨凸出,把紧身布裙撑得紧紧的,显出平平的小腹。她拿着个音乐盒子,小孩摇着玩耍的那种。"伊曼纽尔,见了丹多先生,别提布雷上校在这儿。"

"我从来不见丹多先生。"她轴得很。

布雷哈哈笑了一声,她父亲也跟着露出笑容,仿佛在坦白说:惯得没样了。

布雷拿了杯啤酒到花园里,在同一张吱呀作响的椅子上坐下来,背朝酒店。突然眼睛被一双手蒙住,手黏黏糊糊的,散发着甘草味,弄得椅子嘎吱作响。维维恩·贝利的孩子们包围了他,只见维维恩站在一边等着孩子们停下来,她又怀了孕,上次见还没有。"行了,行了。你们给了詹姆斯个惊喜。好吧,别闹了。放开手,让叔叔站起来。艾丽萨!够了!"

他被孩子们拉着胳膊腿,朝她走过来,四肢被拽向不同的方向。终于脱身,把他们甩在了身后草地上,上前亲吻了她。她神情漠然——一副忘我的神态——俨然一个带孩子的母亲。"我们看见你了,在铁路桥那个红绿灯。孩子们非要来找你。"

孩子们欢呼雀跃,"抓到你了,抓到你了!"

"我到了打过电话,就在午饭过后。"

"我去学校接他们了。这下尼尔要乐坏了。他到达累斯萨拉姆去了一个星期,回来在家又闲得发慌呢。詹姆斯,你看上去苗条又美丽,你瞧——"大家一齐对着她笑。

"我累惨了,我的天,这个月真要命。"

"是啊,我知道,恐怕我也好不了多少。"

"哦,忽然一天忙得要死,三餐只吃面包——"俩人情况类似,蓦地生出一种共鸣,很像回到了从前,一时情绪高涨。

她带他出去吃晚饭,情形一仍其旧,首都什么都没变。回家时各商店刚关门,交通拥堵。再过一个钟头,街上就会像城镇上一样,热而空荡,夜色苍茫。他们经过莫维塔的总统府,见门前岗亭里站着岗哨。在贝利家的花园里,乘孩子们在草地上吃完饭,维维恩给他讲了至今发生的一切。佩提格鲁一家派遣到了贝鲁特任职,很高兴地赴任了,乔安在那儿的大学里工作;那个南非难民大卫·拉什比消失了两个月,又出现了,他应该去阿尔及尔;蒂莫西·奥达拉得到了卫生部的一个秘书职位,但是伊夫林让他拒了,因为她想叫他去美国拿硕士奖学金。他们没怎么见过莫维塔和乔伊,不过孩子们上周去总统府参加过一个生日聚会;乔伊辞掉了那个安排花卉的英国女人,感觉更好了,充分展示出了管家的能力,身边有她姨妈帮忙,那是个明智的好女人,给一家金矿公司的总经理当过二十年管家。莫维塔很有本事从国外招商引资,尤其在工业方面,在国际金融市场就逊色些了;甚至要举办一个金盘晚餐会,这是白人商人们能见到总统的地方,入场券仅五十镑,收入用于大学奖学基金。

尼尔·贝利一回家,就被闹哄哄的孩子们包围起来。他依旧是一副学生模样,不像个教务长。他同时跟许多人打交道,处理不同情况,都能应付自如。他热情迎接布雷,跟儿子撞了一下拳,拍拍老婆的背:"好吗,丫头们?好家伙,我当起了听忏悔的神父,长得真漂亮,红头发,十八岁,花季美少女……要是你们……也长成那样……学生们听说可以找我讨论任何问题,只要不涉及性、宗教,或政治,詹姆斯。"

晚餐喝了不少酒,布雷感到想说话,以控制一下自己。他想谈谈莘札,眼前出现了莘札的形象,赤脚,身穿晨衣,隐现于视野尽头;他想听听尼尔会怎么看,怎么解释。说出口的,却是莘札在他脑海里印象的周围情景。听说莫维塔跟有些部长相处困难?为什么?"保罗·塞什卡总是闹点儿麻烦,从一开始就这样,你知道的,"尼尔说,"最近有些传言说德拉米尼·奥科伊为他游说——资金划拨投票之类的事。这些事情上,争议太多了,因为人多嘴杂,免不了你说你的发展,我说我的发展,都想为自己那个地区争利益。每个人都想回去当英雄,带回一座轧棉厂,或者是一座屠宰场。谁都不想把这些事留给发展计划委员会去决定。不错,奥科伊和摩西·帕哈尔有意跟着塞什卡干,好像跟着领头羊跑一样——不过我不清楚,看不出塞什卡对莫维塔构成威胁,你能看出吗?我觉得他跟莫维塔斗,五分钟也坚持不了,我看他不是这块料。他在那个水电项目上左右摇摆,像墙头草。你一定看到了报道?他先给总统施压,推动这个项目,他感到'遗憾',外交局面并无进展,比如和非洲邻国友邦的兄弟友谊。接着,他的思维突然改变,抛出湖区主张,也是我们自己的计划——这主意倒不坏,只是没有考虑我们独自承担成本的问题,而别的计划则是共同承担成本,融资已经有保障,美国、西德和法国投入资金——"

"这是早报上说的,我看到了。"

"我知道。是个巧合。我看塞什卡在这事上没有任何影响,只不过是埃文·布兰克想给大家一个刺激,好让大家保持警觉。"

维维恩说:"不公平,尼尔。你知道,埃文认为北方人被遗忘了。"

"但是,如果是个比塞什卡更有力的人,莫维塔会担心吗?"布雷问道。

尼尔打了个嗝,晃了晃脑袋,才费劲地说出了话:"啊哈!不过那就另当别论了,詹姆斯。这事说起来总让人担心;如果换个人就不样了,多拉·多拉,比方说,哪怕他并没有发牢骚,没想往上爬。"

"你不觉得真有牢骚?"

"不,没觉得。我说的牢骚,指的是抱怨莫维塔没有利用可利用的资源,为国家谋利。"

"哈尔玛告诉我说,实业家们都愿意花五十英镑跟他吃顿饭。"

尼尔咧嘴笑了一声。"我的天,他可是个不怕吃苦的家伙,老莫维塔。"

他们又谈到了布雷的工作,布雷讲了在加拉的一两件事——他的名字在俱乐部公示了几个星期,有胆大的布商支持。维维恩在电话上

145

跟朋友说话；过了会儿她回来说："你知道不？莫维塔今天午夜要在电台讲演。显然，下午每隔一小时，就广播一次通知。"

尼尔又开了一瓶红酒。"合同给了中国人。法国、西德和美国取消了贷款。或者他们建两座坝——湖上的也建。天哪，天哪，今晚睡不了觉了。"

维维恩看了眼布雷，说："他困了，他开车走了几百英里。"

他为莫维塔感到尴尬。为啥安排在午夜？这种事都是谁给的建议？也许他不知道，希特勒就总选深夜或凌晨发表讲演，进入人们的梦乡，侵犯人们的思想，那种时刻，血压和神经抵抗最薄弱。"当然，中午才是报告修建水坝的好时机。"

"乔伊说，反正他从来没在三点前睡过。"

尼尔伸手抓挠自己的脖子，显得烦躁不安。"我们是不是打电话给詹尼－佩尼和柯蒂斯，告诉他们不要睡觉，收听广播？"维维恩和颜悦色地说，因为尼尔要是想让人做伴，谁也挡不住他，"我们好几个月没见詹姆斯了，我想跟詹姆斯好好聊聊。丽贝卡写来信说她弄到的房子离你不远？——谢天谢地，她总算搬出酒店了。我觉得你们这位阿莱克送她过去前，该先在那儿给她找个地方住。他是个什么男人啊？你知道，跟丽贝卡在一起的那些人，总是利用她。"她说完想听到对方的赞同。

布雷说："是半所房子，跟别人合住的——"尼尔笑了一下打趣地说："可怜的老贝琪①，远在穷乡僻壤，我们要写信给她。"

"可是阿莱克——你看他还好吗？"

"亲爱的，当然了，他还在追她，如果你指的是这个。"尼尔插了一句。"你想还能怎么样？我们的贝琪还是挺招人的。"

维维恩护丽贝卡贬阿莱克，说："这想法不对头……她根本没往那儿想，要是你真的了解她——她压根儿没想找男人。不过是那种同情

---

① 贝琪，丽贝卡的昵称。

而已……"

尼尔咄咄逼人地说:"哦,真是,那是你们女人这么叫吧。"

"哦,我知道这话你不爱听,你可是有传闻啊。"她对丈夫说;两人渐入争执,一触即发,选择词语有如选择投向对方的石块。

布雷为自己的无动于衷感到不知所措。但他还是用不变的语调说:"阿莱克是个不错的工作伙伴,这是我的感觉。丽贝卡的孩子们上了当地的学校。"

午夜,莫维塔的声音回响在房间里。他们都睡意蒙眬,静静听着,互相都没注视。维维恩的右手按着自己的肚子侧面,让屋里唯一的躁动安宁下来。莫维塔宣布立即实施防范性拘留法案。

* * *

全部消息又出现在早报上。他一边读,一边似乎听到了莫维塔的声音,仿佛那些话是对他说的。采用了紧急条例,立即实施这项法案,不经过例行的议会程序。这项措施"被极不情愿地实施",但是"对其必要性没有任何疑虑"。"我肩负着人民的未来,如果我不迅速采取果断行动,我将辜负人民,辜负人民的神圣信任……人民通过努力奉献,建立了国家的坚实基础,而有人却在暗地里挖国家的墙脚。有人不理解时代的变化,个人的微小目标,将转变成保卫国家和平与进步的高尚事业——这个事业,即便国家最微不足道的人,也已迅速投身其中,因为我们的国家掌握在我们自己的手里。有人试图为了自己的私欲,不惜毁损全民的利益。他们为数极少,不堪一击,只要你们信任并支持你们的领导人,就不必害怕他们。他们虽然渺小如蚂蚁,但也像蚂蚁一样贪得无厌;如果我们说,呵,只不过是几只小蚂蚁,也许我们哪天醒来忽然发现,我们正在建设的房屋地板塌陷了。我们必须阻止这种腐败,防患于未然,在为时未晚的时机采取行动,扭转这些犯了错误的人,指出他们真正的利益所在，如同你们的，我的，我们共同的——"

报纸用了五栏篇幅登了一张莫维塔的大幅照片，正微笑着走出飞机舱门，是几天前他回国时的情景。报纸社论力排众议，指出没有理由惊慌失措；总统如果不是完全掌控局面，就不会出国的。

银犀牛的伙计们走过圆顶屋的时候，彼此高声招呼，用力敲门，送早茶，送早报。(布雷用拇指和食指捏起两只蚂蚁，糖刚放那儿，它们就找来了。)锅炉里正在添燃料。刺耳的锣声在走廊和花园里响起，宣布开饭，锣声由远而近，渐渐消失，跟昨天听到的女孩录音机里放的一样。脚步嘈杂，踏在水泥地上，从清晨开始了一天的奔忙。水盆上的水龙头，一拧就吱呀作响。布雷早上醒来便马不停蹄地忙活了一气——卫生间洗漱，穿衣，吃早饭——到了差五分十一点一刻，他来到两侧廊柱高耸的大门前，门给他打开了。此处他这辈子来过多次：去拜访新上任的地区专员；请求释放莫维塔；为加拉省白人居民对他的投诉辩解。

布雷恍恍惚惚来到总统府，但在接待室等候接见的时候，变得异常清醒警觉。手上夹着点燃的香烟，架在椅子扶手上，通过手的颤动，他感觉到了自己急促的心跳。房间里的宁静带有某种性质，他能分辨出来，感觉自己被放错了地方，就像有东西沉在了水里面。与此同时，他心里迅速流畅地重复着准备好的一番话，而不是脑海里涌起的那些意象和情感，一场正式会面前，总是要把要说的话，事先在心里排练一遍。他内心因激动而异常紧张，外表却保持着冷静。长久以来，这情形还是头一回。他打开了窗台座上方的一扇窗，向园子望去——只见一棵棵枝叶稀少的树，立在炎热的太阳地里，一对戴胜鸟在草地里啄虫吃——是另一个地方，仿佛火车窗外看到的风景。

秘书阿索尼快步走进来。"你懂的，上尉，要是换了任何别人，今天都是不可能的，我跟斯莫尔先生就是这么说的。私人会见真的没时间……我们刚刚回来，现在还有另外——"他的嘴角垂下来，一副主人的样子，精明强干。"要是换了任何别人，我都办不到……但我还是想办法把你安排进来了……"那副态度像个饭店伙计，明确表示要到这张不错的餐桌，完全是靠他的人情。斯莫尔朝门口望了一眼："你在北方干得真出色，令人赞叹。"赞扬的措辞是固定的；只是换掉了"在南方"或者是"沼泽地区"，或是取决于斯莫尔上次见他之后，当事人正好去了什么地方。"我知道头儿想见你，一切都必须为此让步，尽管他的日程已将满得不可开交了。只可惜会见很短暂，哦，恐怕只能这样了。"

布雷不敢肯定他不会延长见面时间。于是两人陪着他，边聊边来到走廊，工人们正在走廊上搬运一只巨大的铜缸或铜壶，肩扛手抬，把道儿堵了。威尔弗里德·阿索尼转身向斯莫尔打了个类似舞台上的手势。

"你们这是在干什么？"斯莫尔站定了对搬运工人们劈头喝问道。工人们吃了一惊，险些失去平衡，亮闪闪的铜器有如导弹，向前冲过来。"为什么不走侧门？厨房——为什么不走厨房门，啊？"仆人们拥过来，赶紧解释。厨房门太小了进不来。"你们不能让人横穿总统府，知道吗？你应该很明白，尼姆罗德。我的天啦，谁都可以大摇大摆走进来，只要说是工人就行？"他和阿索尼面面相觑。"你们有点安全意识吗？——好了，赶紧把这东西弄走，别挡道儿，放这儿，来，来……"一帮工人目瞪口呆，退出接待室那个双扇门，让布雷、阿索尼和斯莫尔过去。两人已经对布雷失去了兴趣。"难以置信！""说得真对，克莱夫。""是当真的哈？""是的，是欧纳布下的安全命令。""哦，我知道谁会理睬这个命令了。""我希望能执行。真希望能执行。""五分钟后我去接电话。要不你去接，愿意不？"威尔弗里德·阿索尼轻轻走进总统办公室，关上了门，语调变得正式而平静，好像一个医生走进一个重要病人的病房一样。他随即出来，不动声色，示意布雷进去。布雷瞥了一眼他那张有如雕刻的丰满脸庞，嵌在光滑乌黑的皮肤上那对眼睛，好似古希腊雕像上的珐琅眼珠，他已经在和斯莫尔应对下一个重要事项了。

莫维塔正站在总指挥的办公桌背后，掌心支在桌面，身体倾向前方。

一见面,他总有那么一秒钟的错愕,好像在苦苦回忆多年前相爱过的人,第一次是在哪儿相遇的。他笑着走过来——是那种牙膏广告的微笑,绝对是,但这是对欧洲而言,而在非洲,这个微笑不过是路上遇到、边啃甘蔗边笑的孩子脸上的表情——用黑而优雅的双手,拉住布雷的两只手。两人心里都涌起由衷的喜悦。"要是你问我,回家后想见谁,回答肯定是詹姆斯。哦,很累人喔,詹姆斯?——多年以前你没告诉我,你没有警告我。从飞机一降落,每天开三四个会议——午宴,酒会,晚宴——有两次大会前,还举行了特别讨论——就早饭后和午夜后有点儿自由支配的时间。"

"哦,你当年总是把那些材料走哪儿带哪儿。骑车走那么远的路,那可是良好的准备。"

"不管怎么说,我们得到了想要的。而这次又是一个有利的捆绑借贷,哦,所有的设备、材料、技术工人,都来自融资国家。他们出资,他们的人监理。用不着为各种延误气急败坏。用不着像我们付款那样,指责承包人违约。你知道吗,全部运营后,我们每年有六千千瓦时的电量。我们可以卖电给刚果,马拉维——赞比亚,甚至——谁知道呢,也可能他们从卡里巴弄到。我们北方的湖区规划也是又一个类似的梦想,你知道,独立前我们美好的梦想,跟这个比起来,那个连建议也算不上。主要的问题是钱——造福一国的项目,比造福两国的项目弄同样的钱,加倍困难。你还得独自去争取。我可以告诉你,詹姆斯,世界上有一种差别,是一个乞丐和一个政治家的差别。这是我学会的一件事。"

皮沙发跟前有个茶桌,新摆放的,周围有几只黑皮简易座椅,不太正式的谈话就在这儿进行,而不必隔着办公桌谈。两人就在这儿坐下来。

布雷感觉心里很热乎,很放松,就说:"效果好极了,但是有个事让我不安。我是说昨晚。"似乎这样说有点残酷。莫维塔眨了眨眼,两条手臂交叉放在胸前,想恢复刚才的轻松。"我不明白,詹姆斯。"

"你没觉得不舒服吗?"

莫维塔的眼睛还在闪动。他笑着说:"你听到了我的讲话。"

"哦,是的,那是你必须说的。但是你对这事怎么想?你认为必须这样的真正原因?不过我不是为此而来的——"

莫维塔打了个手势,显得迫切而又无所谓;布雷来看他因为他是布雷。

"不——我有原因"——话一出口,两人都有点吃惊——"上周,我去巴士的路上碰到了个年轻人搭车。我后来发现他在加拉监狱被关了差不多三个月——是在你的新法律颁布前。我想和你谈谈他,我不了解这事你知不知道,不过当然了,我清楚欧纳布知道,这事的决定权——我不知道说法——来自上面,来自欧纳布……不过这倒没关系。我是说,事情本身很重要,但是还有更重要得多的,从昨晚开始,变得更重要了。那个年轻人,拘留法案,产生了影响。"

莫维塔仰靠在椅背上,手臂仍交叉在胸前,神情专注,坚定有力,布雷对此非常熟悉。他脸上掠过一阵短暂的松弛,仿佛下一刻就要爆发;接着,眼珠又转了转。布雷对这个动作再熟悉不过。

"——这不是事情的关键。因为我好像清楚,那年轻人的遭遇,拘留法案——是不可避免的,至关重要的,缺了不行,这就是你的理由——"

莫维塔立即回应,但并不接受:"不错,我有充分的理由。我不能袖手旁观,让这个国家被捣乱分子毁掉。"

"你说的捣乱分子是什么人,莫维塔?"

"你让人民获得了独立,一开始就是这个目标,人民自由。得到应该得到的……他们总是存在的,你必须对付他们。这你知道。我不喜欢这样,但是我必须去做。"

"你最好不要管得太多。你有机会给人民缺少的东西。"

莫维塔说:"詹姆斯,这不是重点。你可以都给他们带电灯的房子,正经的工作,照样会有人捣乱。"

"那就是还有别的事，让他们不满意。"

莫维塔略带不屑，微微一笑。"你说得很对，是权力，这才是他们想要的东西。有人想要权力，可是通向权力的路只有一条。他必须利用每一个听他话的穷人，用他们听不懂的话煽动他们，他们就轻信上了我们的当，于是就认定，如果这个国家不是人间天堂，那跟他们的无能和我们的困难无关。——詹姆斯——我们要把这帮小混蛋清扫干净，警告他们背后的人，这么做没有用。你可以相信我。这事一完，什么拘留法案，我一天都不让它继续。"

两人之间擦出了静电般的火气。"这事不会完。你会永远保持这个法案，如果你不治本，不找到需要这措施的原因。如果你治本，你就不必'对付'他了。你现在对付这事的办法，其实你并不喜欢，莫维塔——"

莫维塔想回答，却没说话。他对布雷笑了笑，止住了话头。"好吧，继续。"

"我相信你的那些蚂蚁正在家里啃自己的座位。"

莫维塔的嘴动了一下，又恢复了原状。

"'他们受到了监视'，"布雷说，"不错，还好。还有谁？还有谁被监视？为什么？莫维塔，为什么？什么目的？我始终都相信，如果你给他一个部长，不会有麻烦的。他不会捣乱。他就会去处理那些麻烦。"

"他就是那个总捣乱的人。"莫维塔说。然后忽然像个演员离开观众一样，他转动着亮闪闪的眼珠，扭动着压抑的躯体，鼓起力气，猛烈爆发，声势夺人——"莘札！从自治那天起，他就开始批我们。自从那天起。总是看着不顺眼，心里直摇头。不管我们讨论的是什么。谁都不信任。他打定了主意要留意我们，就像他过去留意他们。是的！你还记得吧？在伦敦的谈话，他总是最后出来说'我想某某人说的不是他的意思，他是在周旋。''这个必须撤销……'当我们忙着思考下一步的行动时，他为我们留意着他们。他会发现我没注意到的情况，也常常是对的，会给警告。但是对我们大家呢！你能那样工作吗？詹姆斯，詹姆斯"——他的声音低了下来，有耐心讲出道理，柔和而富有激情——"他可以告诉你，他的眼睛时刻盯着我的后脑。我问他什么的时候——我就去找他，一向就是这么做的，你理解——他是我的父亲，兄弟——他总是带着微笑听你说话，一边听一边把眼睛闭上。"莫维塔此刻站在布雷身边俯视他。就那么悬在那儿，停顿下来，喘着粗气，几乎上气不接下气，像个马上要哭出来的男人，话都说不出来了。"'我没理解清楚。''我知道我这是在跟谁打交道吗？'——他闭着眼睛说话。教训我。是的，好像他对待兰开斯特会议厅那些英国人一样，喉咙里咕咕隆隆，像要睡着似的，却冷不防逮你个正着。难受吧，呃？好吧。我对自己说，他是你的父亲，你的兄弟。好吧。但是要让他公开出来。让他说说对眼下这些事情的意见，像别人那样。这是一个政府，不是一个秘密社团。睁开你的眼睛看看我，莘札。但是我没说什么。沉默了很久很久。我跟你说过什么吗？上次在伦敦？你绝不知道那种感觉。我感到羞愧，知道吗？我不想叫你知道他的所作所为。我自己也不愿意相信。但是我再不能只考虑自己了。要是我还那样，我就必须出局"——他大步走到窗前，关上窗，把热气蒸腾的花园关在了外面——"我们再也不是处在加拉的丛林里了，除了彼此，一无所有。这个国家有八百万人。我不能像母牛一样被绑住后腿。克拉夫和英国参谋长会谈防务协议的时候，谈起南部边界基地的问题，克拉夫总结他相信我会同意的事项时，我的天啦，我才明白他已经心里有数了，知道我们会在哪里让步，在哪里坚持——导弹基地问题，比方说。克拉夫显然知道我们准备就此讨价还价，他做好了准备，对此毫不掩饰——我对他说——就是说，我有反对意见，反对的是我们其实都不反对的事情，为的就是看看他的反应。他便说出一番话来：'但是我了解你的政府是可以接受的。'——你是从哪儿了解的，我说。谁告诉你的？当然，最后他说出了这人。但是后来我又单独问过他。'是有人对我这么说的。'他看着我那眼神，好像我疯了，好像我并不知情。你无法责怪他。谁对你这么说的？——原来他跟克拉夫谈过话：'当然，莘札跟我的前任很熟悉。'事先聊一聊很有用。过去，很多进展就是悄无声息地进行的。诸如此类。我能说什么？好吧，那次并没有造成损害。谢天谢地。但是，事情就是这样的。看看他给的少数民族报告吧。这可是你了解的事情。你清楚你自己对这事的看法。是的，好，一点都不得体，你就是这么对我说的。但你不是那种爱多说的人，我知道你有顾虑，不管你说什么，我手上有八百万人，詹姆斯，我的所作所为，只能是为他们服务。"

"你把他逼到了对立面，本来你俩之间不存在对立。"

莫维塔双手垂了下来，无奈地晃悠着。"不存在！如果你给他太多，他会把你的胳膊也吞掉。你对他的印象还在多年前。"

"是的，他变了，"布雷说，"但是你知道，我去见了他。"

"不，"莫维塔说，"不，我跟你说，我不知道。"

破天荒头一回，自打那骑自行车带吉他的男孩跟他相识以来，头一回布雷不知道莫维塔说没说真话。

"什么时候？"

"我去那儿的时候——上星期，去巴士的路上。"

"哦，是这样。"

"不，你没明白。我给你写了信——没发出，那个年轻人的事让我担心……但是我想告诉你，如果莘札跟你在一起，我无法相信他会搞什么动作罢黜你。只要你们还在一起共事。独立前你们在党内的不同意见——并不是一成不变的。他跟你较劲，因为他相信对有些事，党应该有立场，党不应该考虑政府的限制，即便是为情势所迫：像这样一个国家，党的存在意义就在于此。面对政府，保持自己独立的信念，始终如一地反对政府接受权宜之计，哪怕面对强权。事实上，这是辩证的。这就是他在党内对立的真正意义。"

"哦，我们都明白他早年受过马克思主义教育。他一九三七年去接受了六个月的培训。这话我们从他那儿听了无数遍了。我们都知道我们还是一群丛林顽童的时候,他已经是党内的知识分子了。这我们都知道。"

布雷说:"我说这些的意思是,他身上有些东西,让他始终都想成为一个强者,但不是那个……这大概就是我想说的意思。你不相信我有什么实质性的理由,认为他不会威胁到你,其实就像我也不会一样……但这不见得是个实质性的理由,不过是性情问题。性情在很长的时间里会暴露无遗……他就想让圈子里少数几个人佩服。在他看来这就够了。他乐于'成全'你;为什么他不致力于成全自己呢?"(他心想,我是不是涉及了自尊;不,莫维塔清楚他并非无能之辈,不需要被人成全。)"因为他并没有一个要实现的意志,真的,他也不想要。他真不想要。这是个弱点,也许可以这么说,一种傲慢。让别人去干吧,去受群众的摆布。"

莫维塔有一种令人疲倦的顽强,思维非常执着。"换他到我的位置上来,也会如出一辙。"

"如果他跟你在一起,"布雷说,"如果你们两人一道,莫维塔……你们处在同一个阵地。他会从你的角度考虑问题,那可就完全不同了。强者也会妥协,"他又加了一句,为自己的用词打了个表示尴尬的手势。"他要是坐在这房里的桌子旁,就没有多少雄心壮志可言了。"

莫维塔一只手抵在另一只手掌里握成了拳头,仿佛在试验。布雷忽然看出他在极力控制自己,克制身体某些发抖的部分。我伤到他了,我伤得他这么厉害,仿佛感到了那个人的存在。他们不能改变彼此的关系。他——布雷——和莫维塔;他必须从我这儿获得首肯,那是我的老角色。只要不这样就是背叛。这是犯傻;莫维塔不傻,但那骑自行车的小伙傻;莫维塔只要跟我在一起,就摆脱不掉那个骑自行车小伙的影子。总统需要爱,需要赞同,与事实无关,是我们两人之间的。只要涉及我们两人,从来都是这样。

布雷感到对那双傲慢的赤脚，含在断齿中间那雪茄，那微笑，那浓厚的胡子，生出一股渐强的厌恶。他说："要我是你，现在就派人去请莘札。"

莫维塔的声音打破了自己的沉静。"但是你不同意防范性拘留。如果莘札来和我共事，你会发现这法案我俩都支持。"他冷冷地笑了一声，显得有些傲慢。

"没这个必要。"

莫维塔盯着的是自己了如指掌的整个构架，好像在寻找地方安放它。"你这么想？莘札的追随者们怎么办？他们会跟着他？——总是有必要的。"他站起来绕着桌子踱步，盯着那堆文件，仿佛他们是些似曾相识的面孔，伺机吸引他的注意。他突然转身走过来，站在布雷的椅子旁边。"我没有从莘札那儿得到任何消息。"他说。

"我不是送信的。"

"但是你最好让他理解，他现在的所作所为，毫无用处。他不必把他谋划的事情付诸行动。他是庸人自扰，或者更糟。真的，詹姆斯，如果你替莘札着想，告诉他住手，别鼓励他。"

这是当头一击。"鼓励？"

"你说的，过去的老朋友什么的。"

"我没有说，莫维塔，"布雷说，口气温和，"过去的——就过去了。你们两个，你和莘札的现状，我不掺和。我只能告诉你，我对你俩的看法，如此而已。就是我想到的，我相信的，坚信的。"

"好吧，好吧。我也一样，见了他，你也跟他说你的想法。"

布雷说："你不想让我见莘札吗？"

莫维塔语调悲伤，同时也带着政客的老练："詹姆斯，我从来不会告诉你该怎么做。天哪。"

但是我应该知道——我该怎么办。"我在这儿是你的客人。"

莫维塔动情地说："你回家了。"

布雷说:"党代表大会有什么内容?下个月?"

莫维塔还是人民独立党的主席,莘札作为地区主席,在执行委员会。

"我们会见面。如果他来。"

"你的意思是?"

莫维塔停顿了片刻,然后说:"他不是总在家,这些日子。他们是这么说的。"

"但是他要来参加党代会,当然。"布雷的声调变了,他故意显得像在开玩笑,"那么,也许你要取消会议,呃。党代会可是特别实际的。——告诉我,你发布新法令,是要拘留什么人——难道都是年轻人,像搭我车的那个鱼厂小伙子那样的?你想从他们嘴里听到什么?"

"那是欧纳布的事。他的人知道问什么问题。"

"鱼厂年轻工人们的全部要求,不过是给住招待所的那些人解释渔业特许经营。当然这事让工会头疼。要么就是乱了秩序,或者别的。但是无论如何也不至于监禁两个月十七天。这么长的时间能问的问题太多了。"

莫维塔说:"哦,这些事要着手解决了,谢天谢地,当地警方不能为所欲为。法令里都做了具体规定和限制——切克维会同丹多认真起草的。——那傻孩子没吃苦头吧?"

布雷说:"他挨打了。这是确定无疑的。——你不至于只要听到工人抱怨,就以为是莘札煽动的吧?不错,他的想法能影响咱们那地方的巴士人。但是全国上下,别处的呢?你能把看不惯的都算到他头上么?"

"那就是审问的用处了——找到根源。如果是莘札——你不会相信吗?"

"我不得不信。这并不会改变我的信念——过去和现在都不必如此。你不必与莘札为敌。"莫维塔听了直摇头。"相信我,詹姆斯,相信我。"

但他不想让布雷离开;他俩之间,总有一股磁石般的强大吸力。离远了就东倒西歪,乱了方寸,然后又被吸回来。

布雷冷不丁说:"你不会逮捕莘札吧?"

"如果迫不得已,那对我们都是一场灾难。"这话说得含蓄,彼此都知道是指他们三个老朋友:他、布雷、莘札。

布雷感到一种无谓的抵抗,无谓的惊恐:莫维塔撒了,没影了,又回到过去的老关系里了,好像总统做的是另一回事。布雷被动地跟着,跟跄,无奈,勉强地谈别的话题:"阿莱克如何?你觉得他怎么样?""哦,很能干,我觉得。""有点平易近人,嗯?""噢……这我还真不知道。反正看你怎么要求了。他有很好的素质当公务员。""对,对。这就是我想说的。但你需要的他提供了吗?"

布雷没往下说,笑了笑。"我也不知道我做的是不是你想叫我做的。"

"那事做得怎么样啊,詹姆斯?"

布雷保持着笑容,缓慢而礼貌地回答:"我走遍了全省。普查了受教育人口,可以这么说,年龄范围很宽。眼下,我要核对材料,写成报告。大致就是这样吧。可以做全国其他地区的模本。做好以后,再普查别的省份,就容易了,可以把工作分配给当地工作人员。那么我每个省花几周时间就够了。我不知道还需要在加拉待多久,我要去看卡玛扎·菲利。"

"好,你要去看菲利……"

"他写了些建议,我应该按他说的试点计划进行,先在加拉实施,然后再普及。我给他写了个意见,是关于一种技术学校的。我想这样也许就能占领俱乐部了"——两人都哈哈大笑——"但我想最好还是去做为完成报告而需要做的事——我最好尽快去别的省。"

莫维塔说:"但要是菲利想在加拉做试点,你就不要急着走。"

"有时候我感觉从来就没有离开过,但那是在我独自一个人的时候,你知道。取决于周围的气氛,味道之类。但我的老房子和侨民中心——让我觉得冷。大概是我从前那样离开的缘故吧……有时候我感觉自己从来就没有离开过,有时候我感觉再也回不来。"

"何必那么急呢。你在那儿的住处行吗?我们真该给你找个像样的房子,詹姆斯。要是你听说谁要走,知道哪个侨民的房子要出手,你一定要写信——政府可以给你买一所那样的房子。"

"哦,现在的房子住着很不错。花园里有棵漂亮的无花果树。"

"应该给你和奥利维亚准备个好房子。这事真让我不安。不要那种英国式的小窝棚。她来了不能住那种房子。"

"房子绝对没问题!就几个月,非常舒适了。再说我还不知道奥利维亚来不来。都这么久了,她还是犹豫不决,你知道。"

"别着急,"莫维塔看着布雷,坦率地说,"你知道,事情很滑稽,这么多年了——我一直感觉你还在那儿,在加拉。我去了那儿也是这感觉,期待你,想着你在加拉。就像我自己一样,我也感觉一直还在加拉。过去的好时光"——他用牙齿咬了咬下嘴唇,又咬了咬上嘴唇。"现在我必须靠西蒙·萨博。"萨博是加拉省长。"你不能跟他说,詹姆斯。如果我派人去找他,他就会对我说,别担心,总统先生,一切都在掌控中。有些黑人的为人你是知道的,詹姆斯,你知道我们的为人。他说话有个习惯,老重复几句口头禅。老是说英语,那一口独门英语,是在赞比亚教会学校的公共管理课程上学的。我对他说,别告诉我向你敬礼的警长怎么说,别跟我说这个。告诉我人民怎么说,你听到的……我只消跟你聊上五分钟,詹姆斯,就比从他可靠的消息源之类的渠道了解得多。"

布雷的思绪又到了那小伙子身上,小伙子被监禁的牢狱,距离他那无花果树旁的房子,不到五英里。"我两眼一抹黑。"

"萨博不是可以推心置腹的人,"莫维塔说,"和你,我……我知道不管你对我说什么,你心里有这个国家"——他用手指敲了敲自己的胸膛——"心里——你会看到,你会看到,我不能把个人感情混进来。你也不会。我必须知道那儿发生了什么。从了解情况的人那里。"

——莘札。莘札。"我连莱巴里索把人关监狱这事都不知道。"布雷说。

"国家这么大,这些事情很难杜绝。小警察自以为是个大人物。要学习的东西多着呢。"他说的是心里话,尽管颁布了拘留法案。布雷凝视着他。他急促地说:"詹姆斯,我们让你失望了,真对不住啊。"布雷沉默片刻,仿佛感到一根火柴在两个巴掌间燃烧,愚蠢的虚荣;他头脑里意识到了:现在不管总统还是总理,皇帝还是大臣,他们是一家人,是同事;不过总统对他还是偏向的。对我。莫维塔说:"你必须帮助我们,詹姆斯。我们需要你,一如既往。"所以他就在现在这个地方了。政客们凭准确的直觉利用你的长项。布雷感觉头脑里翻江倒海,仿佛酒至酣酊做了个判断,而自己并没有意识到。他所答非所问,莫维塔认为这是含蓄:"但愿我交给你这项教育任务有意义。"莫维塔也听他说。"我毕竟不是专家,我认为有必要的就进行,简单的实用主义,看到的教育缺陷也都是我认为的。必须是白领才行吗?湖区居民需要培养律师吗?成为识字的渔民如何?可以经营自己的合作社,从高层管理到养殖场的活儿都胜任,可以吗?如果我们一无所有,如果我们白手起家,那我们能不能放弃陈年老套的教育目标?真希望我懂得多些。我感觉答案既在于教育技术,也在于组织结构。这方面我不是太懂。"

话题转到了布雷走访过的渔业社区。布雷批评了新特许经营条款,没再提那个因此被监禁的小伙子。莫维塔边听,眼皮边抖动,仿佛词语是皮鞭,是武器,抽打到自己身上,再抽打到别人身上。他同意特许经营跟殖民时期相比,没什么改进,这是就渔民的直接利益而言,但他辩解说,特许费增加了,所以还是值得的。"五年时间,詹姆斯。五年一晃就过去。到那时,我们的光景会好得多,再接管渔业,就不是一个单独的事情了,而是作为湖区整体发展的一部分。我希望获得一千五百万贷款,或者在那儿建一条路,公司自己出一部分钱,剩余部分由公司代表的国家出。剩余的鱼资源不能为蝇头小利流向北边,而要进入南方市场。"

"渔民们要苦等了。"

莫维塔对布雷说："我知道。但我们只能这么做了，一如既往——力求平衡。我并不想叫谁等一辈子，绝对。这就是我给我们定下的目标。"

"可惜还要用防范性拘留法案对付没耐心。"

"詹姆斯，"莫维塔说，他又坐下来，上身前倾，伸手放在布雷的大膝盖上。"不是用来对付那个的。我向你保证，目的不在这儿。"说罢仰靠在椅背上，脸上亮光光的，像布雷见过的那些小学生的脸，终于开了窍似的。

布雷感觉到经验也会是一种腐朽；也许这儿发生的事，是因为我们从旧世界带来了这种发霉的信念，排斥了任何其他思维。他说："法律一经颁布，不用是不可能的。"

过去，他们会坐下来，一块儿吃炖菜和面包，喝浓茶，都是乔伊准备的，或者什么也不吃，直到有时间吃这么一顿。但莫维塔一定是在飞机上晨昏颠倒，任何时间都当作工作时间，而这种生活节奏的燃料，却是那种乏味的快餐。他们用了些茶托端进来的三明治和咖啡；三角形的面包由咖啡送下肚，吃法像工人，同时两人谈论起莫维塔政府各部的部长。莫维塔坦言有疑虑，布雷谈了自己的看法，两人都不会把这些话向任何人透露。莫维塔还是想让塔里斯曼·昆西当财务部长，他对经济学比杰森·马伦加更在行，各方面都更精明，但是还有谁能当矿业部长呢？这人必须像昆西一样，明白经营矿业就两件事：一方面要抓好国际融资，另一方面要掌控本地劳动资源——部长需要的不是地质学专业知识和采矿技术，那些都是公司的事。"要是我有两个昆西就好了！"莫维塔无奈地说，"只要再有两个就行！""一个管财务，另一个管外交，呢？""没错。"昆西极大地推进了本地化理想——给公司规定了责任。两年内，通过公司设计和实施的强化培训课程，矿长以下的职位全是黑人。莫维塔咽下一口咖啡。"几年前，那儿都不信任我们用炸药。"两人都大笑起来。"——当然这可能还有别的原因。""以前我在这儿的时候,菲利谈到过在继续教育学校,为矿业管理培训人员。""问题是,一旦你开始了那种课程,就会有大量教师从普通学校辞职。他们受过基础教育——当然,矿业管理工作的报酬,教师的工资没法比……我想矿场一个秘书的薪酬,大概是一个小学校长的两倍……?我们经不起一个地方的资源流失到另一个地方。""最好的办法就是,在高中阶段学生分流——给奖学金,资助部分毕业生读继续教育学校的课程,如同给师范生奖学金。"

莫维塔把一张纸巾揉成个球,瞄准纸篓投过去。"时间,还是时间。与此同时,我们还需要英国人供职。"莫维塔把所有的白种人都叫英国人:来自南非的、罗得西亚的、肯尼亚的,以及在非洲其他地方兜售技术的白人。"跟菲利谈谈吧,这倒是个好主意。"

莫维塔的思绪又转到了别的问题上,注意力转变之快,有如处在一间操控室,面前满是各种仪表,无数指针不停跳动,显示某些看不见的力——压强或者是电压。他谈起了几周前处理的事项,一个领导人突然被流放,还有一群难民,都进入了国内西部边界领土。独立前这些人一直生活在国内;事实上,他以前先做过一件事,独立前他找到了相关政府,坚持给予雅各布·尼安札和大卫·索施奇,以及他们的追随者庇护。他不能正式接收,担心本国反对;但他们受到了支持他们的国外多个机构的资助,建了个营地,在首都设了代表处。表面上,他同他们国家的总统维持着正常而不热情的关系(两国间有历史遗留的不信任,可追溯到莫维塔和莘札从非洲国家获得支持,争取独立那时候);时不时总有来自贝特总统身边的政治人物,对给邻国的"叛徒"提供庇护的"兄弟"国家,发出威胁。莫维塔解释了让尼安札和索施奇继续留在国内,变得不可能了。当然,他公开否认了贝特总统对尼安札和索施奇的指责,说他们在收集武器,准备把庇护国当作基地,对本国发动游击战争……他抬起脸看着布雷,停住了话头;布雷打了个手势,表示这种情况不可避免。"他们现在不在乎了,"莫维塔说,"他们连掩饰都不掩饰了。尼安札飞进飞出,法文报纸上登他的照片,在阿尔及尔到处跟人握手。他们在贵格会教派给他们在营地建造的厨房里,藏着机关枪——是的,表面上看,就有几堆土豆,掩人耳目——"他和布雷忍不住发出带点紧张的笑声。"我无可奈何。"

布雷取出一支雪茄,含在嘴里,却没有点燃。这么说尼安札和索施奇得接着干下去了,从东北边越过边界,到另一个国家去,那个国家应该是新经济联盟成员国,联盟把他们的国家和莫维塔的国家联系在了一起。

"我见到了雅各布·尼安札。谁都不知道。他们走之前我见了他。他从来都比索施奇讲理。"莫维塔停下来。当然,他希望索施奇能理解,要不能的话,至少尼安札能理解。但看起来情况并非如此。布雷点燃了小雪茄,莫维塔也如法炮制,把雪茄烟头伸进火焰里。他本来烟酒不沾:来自长老会教会学校的影响。"你看到在达累斯萨拉姆的多拉·多拉的讲话了吗?"布雷衔着烟的嘴一张一合,点了点头。

"很好,呃?"

布雷一边喷云吐雾,一边说:"是最好的演讲之一。"

"今天早上接了个电话,说他要去哥本哈根、斯德哥尔摩、赫尔辛基。"在国会,莫维塔政府最重要的几位议员,对外交部的差旅花费提出质疑,出示了他的旅行记录,显示自从独立以来,他在国内的时间只有几周。"是的,要是我再有一个昆西就好了,"他说。"艾伯特忙着开阔眼界,你同意这个说法吗?如果有人在北极请他喝一杯冰水,他也会去的。这事我很难干涉。他给我说了那么多好理由……你知道吗?当然,他很能干。他们也听他的——"他指的是外部世界。艾伯特·多拉·多拉还是个穆梭人,内阁委任的唯一执掌钥匙的一位。莫维塔真正想说的是一个事实:多拉·多拉能干也罢,不能干也罢,都不能撤换,否则就违背了与穆梭人达成的选举条约,也不能保留,否则就会引起莫维塔的人找借口把他踢出去。这是个心照不宣的事实,下面还掩盖着另一个事实，这一个不是想当然就能看出的——如果多拉·多拉被给予另一个职位，莫维塔会不会相信他变成另一只蚂蚁？莫维塔会不会担心，心怀不满的多拉·多拉，有可能向其他人发牢骚——尼尔·贝利提到过，发展与计划委员会主任保罗·塞什卡、摩西·帕哈尔、德拉米尼·奥科伊。多拉·多拉是个杰出的人，手段老练，善于作秀，显得平易近人，与莫维塔的自然朴实形成极鲜明的对照。

布雷抓住时机谈起了巴士法兰茨，不涉及莘札——有没有莘札，都必须有路，必须有大的举措，消除巴士与首都圈和其他矿区的差别，不能听任它看上去像另一个国家。"问题是那儿什么也没有。"莫维塔说。

"不，是没有什么可开发利用、吸引外资的，但有人，莫维塔。"

"除非那儿发现了什么矿——过几个月要在那儿进行一次地质勘探，瑞典人——那儿唯一的出产就是牛。而且，我是说它们还得自己走到屠宰场。"

法兰茨是国内不多几个没有舌蝇疫情的地区之一，舌蝇传播牛锥虫病。但那儿牛资源的利用，主要是传统老办法，部落里都把牛作为一种财富和资本。布雷说："你必须彻底改变现状。在那儿养殖商业肉牛。那你就可以停止从南部进口肉食了。而且赶着牛步行过来也不经济——有很好的理由修路。"

莫维塔把他们谈的这部分要点记下了。"我想和你一块儿去那儿一趟，好好看看。我下个月飞到加拉，停留些时间，到时候我们一块儿去。今年年底，我们去湖区。也许我可以带上乔伊和孩子们，要是奥利维亚在那儿，他们可以一块儿度几天假，咱俩——那儿给我准备了一座房子，你知道，我还从来没见过呢——"独立时，渔业公司送了总统个湖畔"小舍"。"与此同时，詹姆斯，你得给我写信啊？勤写信，让我知道你的情况，我们不能不通音信。"

他坚持要布雷在首都过完这周剩余的几天。"你来参加跟商界白人的那个晚宴吧。我告诉阿索尼。"莫维塔脑袋往后一仰笑起来，肩膀笑得一耸一耸。"你知道他们想知道什么吗？要不要给我安装一个特别的卫生间。"几年前，有些小国家的王室成员来访，人民独立党搞了些政治投资，弄什么"安乐屋"给王室成员住。长话短说，这座小房子造价不低，超过了本地非洲人家庭的那种住房。两人大笑，布雷忽然想起了莘札的想法。说起水泥材料，莘札有一种满有把握的直觉，尽管不那么重要。他知道如何置对手于不利的荒唐境地。

他回到银犀牛酒店，来到前台取钥匙，站在那儿愣了会儿神，感觉自己置身一场戏剧，而自己对剧情漠然不知：哈尔玛·温茨和他女儿情绪饱满，在柜台、书桌、保险柜围成的笼子里，穿梭往来，经过彼此身边。哈尔玛猛一趔趄，跟布雷打了个招呼，女孩情绪高昂："基督啊，但愿你没有去为后代打仗。你看看英文报就知道了。跟后代没关系。"哈尔玛脸上紧绷绷的白皮肤在颧骨周围黄头发下面浮出红色，整个额头都红了。女孩那双黑眼睛一闪一闪，像黑夜水面油花泛起的光泽，呼吸时锁骨上方陷下一个小窝。她把一堆信件归拢，走出柜台；只见她脸色愤然，抬起柜台盖板时露出了刮光的小腋窝，渗出一层细汗，一股香水味钻进了布雷的鼻子里。

酒厂的事，伊曼纽尔听说父母打算求拉斯·阿萨和说情。"天知道谁告诉了她。"她父亲说，布雷看得出来除了自己以外，哈尔玛一定告诉了很多人。有件事是不可能的，那就是她生气并不是因为父母居然想到要利用阿萨和，而是因为这事让他们犹豫不决，对她难以启齿……这叫她气得要命。她对父母大发脾气，说他们"把每个人都逼疯了"，而他们知道该怎么做。她跟父亲说："看见你顾虑重重，我真想吐。"他对布雷说："当然，子女必须坚持自己的权利，这事没有办法的，每一代人跟上一代人的对立，总是父母无法理解的。"

布雷听到了女孩对这件事的反应。他说："你只管干你的，看看能让拉斯·阿萨和帮上多少。"但他清楚，有些实际情况哈尔玛·温茨还不认可。他两手摸着桌上熟悉的物件,额头上的红晕渐渐消散。

花园里,女孩蜷缩在一张帆布椅子里。布雷打算快步经过,免得她不得不假装没看见,但她带着怨气先开了腔,仿佛一个弥补过失的孩子,同时没能掩饰对别人的小心思毫无兴趣:"你逛街有啥收获?"

他停住了脚步,显出一副很自然随和的样子,表示认为女孩一切正常。"哦,我要找的是有特色的东西,你知道。"

她用指甲在自己胳膊皮肤上抠了几下,然后圈起手掌摸着肩头。她说:"他们真可笑。噢,好心……可是什么也改不了——可笑。他们根本就不该到这儿来生活——不过是个姿态罢了。我爸爸非常浪漫。他做的每一件事都浪漫。"她一边说,一边揪皮肤上的小粉刺,终于揪掉了,立刻涌出一滴殷红的血。她歪下头用嘴去轻轻吸。

布雷说:"连德国也是那样?"

"特别是德国。"她又去吮吸皮肤上流出的血,看了看。"他根本不会处理日常生活,妈妈受不了。也不能责备她。从一个国家跑到另一个国家,有啥意思。每天围着炉子、烤箱转,有啥意思。"

布雷被她逗得哈哈大笑,她忽做惊恐状,仿佛被自己吓着了,倒不是因为布雷笑她。"我们都是些粗鄙的野蛮人,弟弟和我都是。他有他的坏,我有我的坏。这是另一回事。我妈妈很难过,看着我们在非洲长大,性子野,没教养,不文雅,不像那些想差点谋杀了她的欧洲人。"

"你觉得你野吗?"

"你觉得我们要像他们那样,还能活下来吗?"

人来人往,紧挨着他身边经过,就像好多猫蹭着他的腿溜过去。他们个个理直气壮,吆三喝四,目光往你身上一扫,砰一声关上车门,你的注意力像照相机光圈一样,不断开启闭合,仿佛瞳孔对明暗的反应。一阵冲动一掠而过,想把这感觉跟人说说,耳边响起跟维维恩·贝利说过的话:"我简直没感觉到我有多孤单。"

他还没跟罗立·丹多联系,丹多就打电话来了。"你回来那天夜里我一夜没睡,一直在听。"布雷站在露台电话间,上方是莫维塔的照片,照片上随手写上的号码都掉色看不清了,听见对方这么说,禁不住笑了。"减肥了没?猜你没有。总统告诉我,你和切克维干得不错。""噢,扯淡,布雷。我从来都没干错过。还行吧,没我也一样不错。要的就是这效果,伙计。我对自己的要求就这么多。"

在他家吃晚饭的时候,他说:"那就是我给当今任何国家法律功能下的定义。那就是正义原则的目的——你控制非法行为的程度。确定下来。最好能规律化,好过允许法律法规被忽略,被蔑视,管不住这爱跳舞的人群,啊?有了英国移民配额,英国人就不会攻击隔壁的黑人了,捷克斯洛伐克报社有了审查制,苏联人就不会来了。"他喝了一杯柠檬苏打饮料,兑了些白酒,酒瓶上没有商标。"波波柯西克给我的——梅子白兰地。南斯拉夫贸易专员。纯烈酒对肾危害小些。这些天我脑子里真的都是这些事——相信我,只有在健康的时候才会考虑目标理想,只要身体里一切正常,这些东西就不算事。我这倒霉的前列腺是个麻烦,每个钟头醒来撒一次尿,你只要看见我一条腿站着,另一条腿绕着这条腿,那就是在憋尿。"他一脸怒气,神色沮丧,好像正在操作的一架机器出了故障似的。他瘦下来了;脑袋脸膛缩小了一圈,可声音倒比原来大了。那条老拉布拉多犬在两人之间的草地上喘着气。花园那头,花匠和一个朋友在玩播棋①,在红土地上刮出块平地来当棋盘,石头棋子从一个洞,推进另一个洞,伴随着下棋人的嘟囔叫喊,几乎淹没了留声机发出的微弱音乐。

"你可以动个手术,罗立。"最近的地平线上,荆棘树枝条光秃,纵横交错,一眼望去,仿佛淡红色的天幕碎瓷般龟裂了。

"是的,我知道,你就等着看我的好看吧。我会卷铺盖拍屁股走人,

---

① 原文为chisolo,指在南非、刚果流行的几种播棋,特色是如播种般不断搬移棋子——撒进棋具的各洞中,又称非洲棋。

换个地方,可这有啥意思?所有国家都一样。我们都是落伍的人。所以不妨就待这儿,省得再到别处撞大运。"

"是谁想出来的拘留法案?"

丹多显然觉得这个问题不相关:"西普里安·肯特想出来的,我看是的。他点子特别多。这方面有才,敢为天下先。莫维塔有想法,没说出。肯特说出来了,你看,还是在别人都不能反对的情况下说出的。"

肯特是内务部长。"莫维塔就提了你和切克维。"

"需要撰写人。我们需要正确的用语。我倒是可以用自己的话写。法案里有个条款每年都要修订一次。那个小条款归我。"

知了齐鸣,声如许多门铃一齐拉响,不过没有人去开门。布雷以其神态约束着自己,也约束着对方,温和地说:"每年修订一次。隔得太久了,最初是啥目的,人人都忘得差不多了。"

"哦,我关心啥。这条款是我凭良心写的,老兄。是我把它放进去的。德行、正义是个召唤,人人都会响应。都行。你懂我的意思。"他的两颊上提,显示内心的不悦。拉布拉多慢慢站起来,把口鼻放在他的膝头,但被他推开了。

"莫维塔说等不需要这法案的时候,一天都不会保留。"

丹多躁动不安,生出一种挑衅布雷的快感。"莫维塔朝廷里的人道主义者。哦,狗屎,詹姆斯。你跟我说过,谁要不想干自己不情愿的事,而干我这差事,就是个傻蛋。"

"除了对付莘札,你知道还有别的原因吗?"

"没有。真没有。你别把塞什卡的话太当真。麻烦事,撒家舍业——不是失业,严格说,是农民离开土地,往城市蔓延……但你不知道巴士有多少人进了工业领域、道路铁路建设。一直就是这情形。接近劳动力总数的三分之一。莘札通过他们反对人民独立党工会,这是确定无疑的。"

布雷说:"防范性拘留是用来对付这个的?"

丹多两手抓住椅子扶手,把身体撑起来。"他可不是初出茅庐的新手,跟我们的人不一样。一开始规模小。他在外边有朋友,也许内部也有——反正总有人想利用他。他在有些人眼里一钱不值,要知道——稍等。"

他踢拖着凉鞋,走到芙蓉花丛背后,惊起一片飞虫,嗡嗡有声,布雷听得见丹多在撒尿,声音很大。

菲斯特斯从房子后门出来,端着一碗新鲜的冰块。他乘丹多不在,嗔怪了一句,也说明他刚才在能听见他们说话的范围:"怎么啦?穆克瓦伊有些日子没跟我们在一起了。"他端着冰块,等布雷回答。

"我不知道我能来,菲斯特斯,我打过电话……"

借口被接受,冰块放下了,说来也怪,白人很久前定下的规矩,变成了这个老黑人的尊严,"主人"关心的就是他关心的。

"卡里莫还好吧?"他一脸严肃。卡里莫露面后,布雷曾写信给丹多,向菲斯特斯致谢。他们聊了一小会儿,用的是本地话,布雷说得有点断断续续,菲斯特斯不时给他提个词儿。他喉咙里发出深沉的声音,表示惊喜和礼貌,一边走走一两个空苏打瓶,丹多一回来,他就出去了。

"——没错,可怜的倒霉蛋莘札。可怜的倒霉蛋莘札。"这时,丹多脸上露出安宁之色,于是又给自己斟了杯酒。

"他又找了年轻老婆,还有了个孩子,"布雷带着笑容说,"他人丁旺盛。"

"这老色鬼!"丹多乐了;这事一入心,他自己也活起来了。

有来自境外的香烟,有莫巴纳堡里的一所房屋。但布雷没说,这跟他无关。丹多半真半假地说:"你告诉莫维塔这个好消息了吗?"

布雷盯着他说:"我告诉他派人去请莘札。现在还是这态度。"

"他要是现在去请莘札,可不是什么好事。"

布雷迟疑了一下说:"我看这事你是不情愿干的——联系莘札。"

丹多耐着性子放下酒杯,然后爆出一阵短促、尖厉、居高临下的笑声。"我为莫维塔工作,伙计。"

布雷很晚才从丹多家出来回到酒店;在那儿消磨了一个夜晚,不喝得过量是不可能的,所以他小心翼翼地开车。他眼前出现一双眼睛,两只脚,就在路边人行道上:一只小鹿,正在吃东西。车窗开着,闻到了浓重的露水散发出来的气味,清凉湿润,沁人心脾。

哈尔玛·温茨还没睡。隔出来的办公室不靠近门窗,里面闷热,他老婆在厅堂里清扫、洗刷、整理,弄出来的气味有好几层,互不融合——油烟、驱虫剂、煮花椰菜、洒出的啤酒。哈尔玛的脑袋在灯下油光锃亮,周围照例是成堆的发票、剪报之类。他有次对布雷说了心里话:"我在伦敦认识一个避难者,靠剪报为生,分门别类,制成文档,给人提供有偿咨询。是个教授,原来在布达佩斯大学,五十六岁那年被迫流亡。"

当晚,他对布雷倾诉时,顺便问道:"那天——伊曼纽尔说什么了吗?玛戈特看见她在花园里跟你说话了。"

布雷撒了谎,引用了屠格涅夫的话。"'一个诚实的人找不到自己的归宿'——差不多就这些。"

他脸上掠过一阵羞愧的倦容,含着愉快。"我的天,我这宝贝女儿,老是怪怪的。但你知道谁给她介绍了拉斯·阿萨和吗?斯蒂芬。她弟弟。他告诉了玛戈特。伊曼纽尔跟他合不来。姐弟俩是一对冤家对头。托马斯·曼在他的乱伦主题里,只描述了事情的反面——"布雷的谎言让他来了劲,他不放布雷去睡觉,两人的声音穿过深夜酒店的寂静,仿佛梦中的交谈,又像偷偷摸摸的老鼠,窸窸窣窣的蟑螂。

那一周议会举行会议,没有必要召集紧急会议。他走进会场时,正在第二次宣读拘留法案。他这么大的个头,要想不被人注意到,还真不容易。他弯着腰从两排木头座位中间悄悄走过,这条通道是观众席和议会成员之间的分界,几张面孔转过来认出了他。会议室装潢华美,墙面上镶着的木板,来自穆梭森林,上面有淡淡的条纹水印,但里面闹闹哄哄,与一间中学教室并无二致。里面的气味如同教堂。有一两个议员穿着宽袍——是内阁成员,摩西·帕哈尔博士,和那位身材矮小的德拉米尼·奥科伊,袍子下面露出高档意大利皮鞋——大部分议员穿着正式的西服,显出黑人所特有的那份潇洒自信。罗立·丹多那张细长白脸上,遮挡着一副粗框眼镜,留着牙刷一样的胡子,在这群人中间活像个宠物。

外面赤日炎炎,车水马龙,一进来环境骤变,感觉就像一只压麻了的肢体又血脉流通后那种刺痛。一个声音盖过嗡嗡低语,是内务部长肯特的声音,只见他把议程单揉成团,攥在拳头里。"……普通温顺的公民,何惧之有?可敬的议员先生所谓'恐吓网络',是何用意?他这用语从何而来?议会里大家都清楚,它和本国的现实生活毫无关联。我们都明白,它来自国外,可敬的议员先生间谍小说读得太多了——本议会没有詹姆士·邦德和菲尔比——"

他得到了些想要的笑声,不过没多少;虽然没有哪个人听不懂关于詹姆士·邦德的那句说笑,但是有不少人没听说过菲尔比。发言者斜靠在高高的椅背上,仿佛头上的白卷毛假发分量很重,使他不堪重负。他的话引起了赛勒斯·戈玛的注意,这位是来自东北部一个选区的成员,只见他在座位上坐直了腰。戈玛身穿宽袍;他发言的时候,把宽袍的下摆像老女人拉展披肩一样整理好,动作有点夸张,他下巴前突,歪向一侧肩膀,像只寒鸦——跟布雷记忆中的一模一样——绷紧脸,眯起眼,声音还是那么轻柔,说得有条有理。"我们需要并接受了这部法案。这是一回事。但是我们不能就此认为,那些对此担心的人,心存疑虑的人,是我们可以嘲笑的。我向可敬的内务部长表示了我的看法,认为这些人是真诚的;他们不该受到冷嘲热讽。防范性拘留法案并不是笑料。当年英国人对我们实施这法案的时候,我们并没有笑。"全场突然屏息静听。"面对巴士的集中营,我们并没有笑——"有人高声喊起来,"是的,巴士!""——还有霍华德要塞。"他稍稍停顿了片刻,但停顿已经足够长。"霍华德!""巴士!""霍华德!"发言人请求保持肃静。赛勒斯·戈玛略微舒展了一下腰背,又接着发言,还是那样有理有据,声调柔和。"我们的总统在那儿被关了十七个月,他没有笑。他忍受了苦难,为的是获得人民的自由。如果我们必须接受防范性拘留法案,认为它必须实施,那么这并不可笑。"

全场先是一阵沉默,似乎有点不信任,不过很短暂。继而响起一小片硬生生的掌声,仿佛要寻求支持,旋即淹没在满场爆发的热烈氛围中。他座位下方,有人喊道:"难道你想要叛徒!"会场似乎有一种一触即发的敌意,满场涌动,形成一圈波浪,包围了戈玛。但是从那一小片鼓掌的人群里,有个人站出来发言,是个年轻人,脸像河马,耳朵很小。一只指头细长戴戒指的手按在肥硕的臀部。他的英语口音很重。"部长能不能解释一下,为什么这法案没有先向中央委员会提出。如果我说错了,请指正,但是就我所知,没走这个程序,这还是头一回。党没有批准这个法案,因为党压根儿不知道。难道说,中央委员会就是个橡皮图章不成?一味听任政府做决定?是不是?"

西普里安·肯特笑了,面对这个天真的问题,向大会坦诚地说:"可敬的议员知道,这是总统行使紧急权做出的决定。"

那个学生模样的大块头咬住不放。

"总统也是党的主席。他同他的中央委员会协商过吗?这就是我要问的。"

莫维塔脸刮得很干净,神态平静,权威十足,还是那副总是认真考虑每个人的意见的神情。这时他站起身,代替肯特回答。"我想对尊敬的议员保证,因为我知道,他成为党的青年组织的一位杰出组织者之后,对党的忠诚始终如一。我同他一样,希望人民独立党——你和我,我们全体共同缔造的党——继续通过本届政府,实施符合人民意愿的政策。出于对某种局势采取紧急措施,实施了防范性拘留法案,没有向中央委员会提交法案。但是我想指出,采取这一步骤,是经过与内阁充分协商的。中央委员会的八个成员,有五个是内阁成员。"话音刚落,便响起一片表示赞同的嗡嗡声;他打断了嗡嗡声,继续谦和地说:"下个月,这项措施要提交党代会,获得通过是没有疑问的,不仅其余中央委员同意,大会也同意,我对此深信不疑,会对中央委员会在内阁的多数代表的决定,赋予一项全国范围的执行法令。"后排座出现了不赞成的骚动,但被锃亮的皮鞋跺地板的响声和鼓掌声淹没了。莫维塔的支持者们热情激动,信心倍增。见此光景,他努力克制,不让自己受到影响,而是激流猛转,朝向那些反对者,嘈杂中,他的声音洪亮清晰:"在我们的建国的第一年,我们团结一致,这也许是绝无仅有。在我们后代、后代的后代的生活中,如果上帝保佑,让我国实现我们为之奋斗的和平稳定,那么国家的管理就会变得简单,只是专业的有效管理而已。但我们是肩并肩的兄弟。在我们除了一条裤子一无所有的时候,我们要自由。是的,是我们——来自索卢西的赛勒斯·戈玛,我自己,许多人,我在这里看到的许多面孔——曾经一同蹲监狱,不是为了要毁掉,而是为了要创造非洲人民的新生活。是我们进行了艰苦的斗争,还是我们转而去统治。我们是第一茬庄稼。这是过去统治我们的人说的。这话倒没错,是他们种下了殖民镇压的祸根,长起来的是口吐烈火的我们……从小学开始,我们的思想历经磨难,终于理解了团结对我们的重要性——失去了它,我们得不到任何有价值的东西。对那些疑虑和分歧——我们报以尊重。在我们的大家庭中,可以各抒己见,并不影响我们的大家庭……"

塞勒斯·戈玛伸手在脸上刮了刮,把眼睛转向了莫维塔,脸上显出一种莫测高深的表情。丹多显得有些烦躁。休会时,布雷起身离座,走在了媒体人群前面,去吃午饭;他前面只有几个记者——一个穿花呢背心的黑人,已经占据了一个玻璃壳电话间,冲着话筒飞快地动着嘴唇。总统号召团结,当然。布雷脚步平缓,慢慢走过一段花团锦簇的车道,走向访客停车区,一辆小型吉普车从议员停车区忽然开到他面前,他停住了脚步,一时进退失措。开车的是那个大块头年轻议员,就是他提出了中央委员会的问题。他猛踩刹车,自己肥硕的身躯像皮球一样弹跳起来,脑袋差点撞在帆布车顶上,停车下来,面对彼此的窘境,飞快地笑了一笑。

布雷要去和尼尔·贝利共进午餐。有个浪迹天涯的意大利人从刚果来,在中非商店后面开了家比萨饼店——店里满是城里的年轻白人;没有非洲人愿意花六先令买一团圆面块,上面涂了些番茄和凤尾鱼酱。看到那些为数不多的年轻白人吃腻了比萨饼,这意大利人将来肯定得开一家炸鱼薯条店,以招徕非洲本地食客。不过眼下很显然,城里没别的去处,只能来这儿了,酒椰洋葱气味儿扑鼻而来,"别了,罗马"歌声震耳欲聋,但部里、使馆、教会学校那些漂亮的男男女女(各种大会是找妞儿的好地方,尼尔·贝利是这么说的)互相吸引,来此同桌吃饭,成就一段浪漫。尼尔·贝利和布雷跟别人一样,用可乐大杯畅饮店里的招牌红酒,贝利那颗硕大的河神脑袋,黄里带红的鬈发胡须,喜悦地晃动,目光四下扫视,偶尔突发大声:"是了,是了,当然了,戈玛是个惯于圆滑取巧的混球,一张嘴说出来的话,就不只是为自己说的,绝对的。其他人因为在内阁,没法说的话,我们的塞勒斯在发言中都说了。"

"他让人设想自己又被囚禁在了巴士和霍华德要塞,这一次是被自己人囚禁……就说了一句……停顿也有效果……然后不等别人有机会反驳,他就拿出了莫维塔的十七个月,牺牲的绝好榜样……忠诚的典范!"布雷赞叹地笑了。

"噢,他好像要拍你的背,却朝你肋间捅了一刀。"

"干得妙。很有看头。"

尼尔·贝利形象光鲜,神态傲慢,挥了挥酒瓶,叫人添酒。"尝到了金属味儿了哈?在真正的石蜡密封铁罐里的陈年佳酿。——哦,他的政治生命会很长,那男孩。"

"他已经够久的了。莘札当总书记的时候，他有一阵子负责全国组织工作。"

"是吗？我还不知道呢。詹姆斯，你真是个活档案——多个。这事你怎么看？再来点儿。不过莫维塔可以把他们一网打尽。"

"是的，他这么干了。"布雷说。

"他让你确信他需要拘留法案。"布雷说，红酒下肚，英俊的脸膛泛着红光——半问半答。

"莫维塔是个怪人。"

"你指什么，詹姆斯？"贝利渴望对方跟他说心里话；这是他和女人交往的"技巧"——女人们总是对想让她倾吐内心的男人感兴趣——但他很享受说服、引诱、讹诈技巧，不管跟谁。

布雷摆动着自己盘子里的橄榄核：先摆成一行九个，再摆成两行，分别是四个五个。他笑了。

"你指什么？你相信他，可你不想这么做？你不相信他，可你想这么做？来呀。你一定心里有数。来呀，快说，詹姆斯。"

他给了尼尔·贝利一个长辈的眼色，一边微笑着，让晚辈心急火燎。贝利面带狐疑。

"他号召人们为信仰献身。"

尼尔·贝利扬起金色眉毛。他认定这有讽刺的意思，就是这样。布雷继续打哑谜，脱口说："有意思。有意思。他早年有跟白人神父学习的经历。""那是长老会的成员。他不是天主教徒。""哦当然。这红酒有点金属味儿……一醉解千愁。我不行了，晕了。"

罗立·丹多出现了，身边有个白人，面孔年轻俊朗，似在苦笑。丹多透过低垂的烟雾，打量着拥挤的餐桌。"来吧，把你们下巴上的酒擦干净了，让我们来接班吧。"丹多介绍了他的同伴，回国途中的美国法学家，从南非来，途经罗得西亚，在那儿观察政治审判。他显出自然随和的样子，是名流在不相称的地方做出的有意识的姿态。也就是丹多能带他来这儿,要换了别人,肯定都会请他到大湖酒店,给他要来自都柏林湾的冰冻对虾、法国夏布利白葡萄酒。"你不泡妞,在这儿跟老布雷干吗呢?"丹多和尼尔·贝利两人一见面就互撕,不过丹多毕竟雄风不再,被大群佳丽簇拥的时代一去不返,早被尖牙利嘴的年轻雄兽,驱赶出去了。贝利感觉这种战时的俚俗亵词挺少见:"咪咪","妞儿"。他当年逃亡到这儿的时候,还是个脖子上挂牌的小男孩,而衣着光鲜的丹多上尉(丹多壁炉架上有张照片,菲斯特斯天天擦拭)腋下夹着手杖,在开罗街头高视阔步。"给詹姆斯亮一手吧,罗立。你当然玩过,你没兴趣。"丹多不喜欢美式说法、美国谚语,特别是出自一名大学职员之口。但是专家客人扑哧笑了一声,尽量显得无所谓,显得通情达理。

"你感觉南非法律怎么样,格拉斯普特纳先生?"河神不仅长得帅,幽默,还知道爱德华·格拉斯普特纳是谁(普林斯顿高级研究员,著有国际法权威著作),他还知道怎么开始一个话题,自己也准备好深入讨论这个话题。

"哦,我得说法庭的行为是无可指摘的。它只是有些令人惊讶。它是个公开法庭。是个公正的法庭——尽管你知道,有些被告是白人,有些是黑人。法官是个非洲人。但是按自由世界的最高法学标准看,法庭的行为是公正的。判决是根据法律做出的。"

"根据法律。啊,没错。可那是什么法律呢,格拉斯普特纳先生?南非共和国的法律在世界上是独一无二的,就在于多数人对犯罪、叛国有正当诉求。联合国《权利法案》定义的正当诉求。你同意吗?"

"广义上讲,是的。是这样的。"

"那么你看到的是公正,还是公正的程序?许多戴假发的脑袋照章行事。公正是一架机器,还是道德概念?颁布一项法律可以让这条法律公正吗?通过这法律可以得到公正吗?我想这个问题的答案在纽伦堡给出了。"

"纽伦堡没有给出答案。任何地方都不曾给出过答案,"丹多说,他一直勉强保持着耐心。"原因很简单,不存国际司法标准意义上的国际法。国际法是国际刑警的规章,为的是互相安置难民,交换间谍,边境冲突,领空争端,还有沿岸三海里的领海捕鱼界限。司法是经验主义的,是各国为适应自己的社会制度安排的。这你应该知道的。《人权法案》!干吗不是'登山训众'①呢?说的漂亮,老兄。"

"当然,我在那儿遇到了不少有麻烦的人。非常大、非常大的麻烦,就是这个问题,贝利教授——"

"这还是人待的地方吗!你能在那种地方生活吗?"尼尔·贝利叉开两腿,摊开双臂,似乎要解放整个黑非洲,包括尼日尔河和刚果河的泥土岸、森林和沙漠,羞涩的巴特瓦人和干枯的布须曼人,可爱的布拉扎维妓女和急切的加拉学童。"你能吗,哥拉斯普特纳?"

"哦,我不知道。这事急不得。有个人告诉我他在那儿的理由,就是待在那儿,在对立面,顽强地待下去,即便他无法改变现状。我不是个革命者,他说。被关监狱的风险,我没有勇气冒。但是我可以对这些视而不见。我必须待下去,跟自己的思想对着干。这是我的情况,我没见别的人有什么作为的。"

"恶心!"

"当然,日常生活中,他承认……会养成习惯,滋生一种麻木感……对有些事情习以为常……呃?"美国人转向布雷,想让他也说点什么。

布雷开口了:"那天我读到一段文字——每个国家各有其私下的暴力……见多了就见怪不怪了,而且能学会明哲保身——对一切习以为常。"他暗忖,这是从哪儿借用的?难道是格雷汉姆·格林说的?为啥我要引用别人的意见呢,好让自己脱身?

尼尔·贝利站起身,挡住了侍者的路。"是的,多谢。至少可以选择各自的暴力。并不都是同等恶劣的,这是关键。我不认为我们都是

---

① "登山训众"是《新约·马太福音》中的一段重要文字,集中表达了基督教义和精神。

共谋。这是廉价的感情。所以你可以在那儿生活,詹姆斯,一个白人,可以'跟自己的思想对着干'?"

丹多说:"当学者的行当已经够傻了,别再过了,尼尔。他当然不能在那儿生活。天哪,他被英国政府驱逐出这个国家的时候,你还是——"

"——是啊,是啊——还是个流鼻涕的顽童,背上写着:德文郡,埃克塞特①。"丹多那些挖苦人的话贝利全知道。他们哈哈大笑一通;在本来够吵的餐厅里又添了一桌闹腾的。贝利又坐下要了杯丹多那种酒,贝利接过一根雪茄,封套上写着法学家名字首字母。"我有朋友从古巴弄来的,天知道怎么弄到的。封套是在坦帕②装的,大概是。"

他暗忖,我也有喜欢雪茄的朋友。

他得离开大家先走了,去取为参加金盘晚宴借来的正装,是从发展与计划委员会主任秘书的老婆那里借的——能干的维维恩安排好的。加布里埃·奥迪斯的老婆在社会福利部工作,办公楼坐落在城里的旧街区,那是沿铁道建起来的一带居民区,过去那就是城市的全部了。几棵古老的木帕帕树把树根伸到了街上。湖鲱鱼干袋子里,散发出鱼肝油的气味儿,混杂着肉摊上吊着的内脏散发出的怪怪的甜味儿。有一对儿刚果妓女,裹着头巾,活像棒棒糖,坐在街边看着彼此的金色凉鞋和染过的脚趾甲,咯咯地笑个不停,他经过时她俩抬头笑盈盈地望着他。她们下身穿裹裙,上身穿小如胸罩的套头衫,露出一圈亮闪闪的棕色小蛮腰,相形之下,本地女人显得很邋遢,不过身着欧洲廉价服装,倒也体面庄重。社会福利部楼梯上污迹斑斑,湿漉漉的,上面沾着死蚂蚁和干泥巴。墙外人头攒动,熙熙攘攘,各揣目的在附近溜达转悠。墙上满是涂鸦,倒不是会写字的人涂写的脏话,而是半文盲签的名,笔画类似挂钩。一两个长凳上,人们挤坐在一起;也有人

---

① 埃克塞特,英格兰西南部城市,德文郡首府。
② 坦帕,美国佛罗里达州西部港市。

蹲在过道的地板上,貌似苦行僧,有人经过时,就把自己的腿和包袱挪开让路。他混在人群中——唯一的白人——等待的时候,从一扇窗户口向外望了一眼,看见少说也有一百到一百五十人聚集在院子里,院子的地面被光脚踩踏,摩擦得光溜溜的,树干被人的脊背蹭得脏兮兮的,像街灯柱。他被优先招呼到玛丽·奥迪斯的办公室的时候,待在过道里那些人呆望着,目光里没有怨恨。她是个漂亮女孩,像空姐般爽利,这在非洲女性中,往往见于那些负责任的职务上。她领他走进办公室的时候,迅速扫了一眼过道的人群,目光不是在点人数,而是从他们木然的脸上评估他们身上的压力有多大。那是一个诊断式的目光。她办公桌上摆放着一个玻璃杯,里面插着一枝玫瑰;木地板磨旧了,但一尘不染,有股接待穷困人群的房间里特有的那种小孩的秽物和脏脚的气味儿。以前加拉的法庭就有这种气味儿。

他试了试晚宴正装上衣,把裤子贴在身体一侧,从腰到踝比画了一下。见衣服还合适,她脸上露出善意的微笑。"哦领带!我忘记要领带了。"

"买一条很方便的。你真好,太感谢了……你肯定你哥哥不介意?"

"他有两套,从来不穿。以前这是他工作穿的——他有个乐队,在大湖酒店演奏。现在他们穿蓝翻领银西装——难看透顶!再说这儿的干洗店也洗不了。他正想着穿脏了就不要了呢。"她把套装叠起来,叠得很专业,叠好放进一个结实的纸袋里,纸袋上印着几个大字:红圈超市购物优惠。

"玛丽,你这么加班加点工作,是不是太辛苦了?"

她很谨慎地避免白人同事通常会有的那种倒苦水般的抱怨。

"也算不上吧。一天只能接待一定数量的人。要是弄得太快,其实帮不上什么。我现在挂靠劳动部,凡是职业介绍所介绍过来的这些人,我都要接待。"

"这么多上了年纪的女人和孩子——在我看来很难录用的。"

"他们不是来工作的。他们要找的是关系,是从家乡来这儿的,看看有没有运气找个干的。他们不知道要找的人在哪儿，不知道他在哪儿工作——如果有工作的话。你有啥办法呢？他们没钱。他们睡在公交车站。劳动部不知道该怎么对待他们。就把他们送我这儿了。"她温和地笑了笑，笑声里含着同情。"我提过建议，设立一个收容所——市场那儿有个老房子，比方说，我想到了它。可是首席福利官说要那样的话，就要对他们负责了……而他们就不该来这儿。他们会一直待着不离开，有些会的。是个头疼事。"

"那你怎么办呢？"

玛丽·奥迪斯在伯明翰受过社会工作培训，在那儿做过调研，对象是把西方文明带到她的国家的那些人，研究他们的一些行为，譬如虐待妻子、不管孩子、酗酒滋事等等。在一次独立庆典的聚会上，她正好坐在了他身边，给他模仿了一个英国女人说话有多难听："我并不为你感到羞耻，宝贝儿，因为你是个黑小子。"

她很有职业素养。"给他们钱买公共车票，说服他们回家。但是我们现在是发代票券——要发钱的话，他们拿了钱会继续留在这儿。昨天，我的下属发现他们有些人开始卖代票券了。"她笑得很温柔，一边把他送出来。门一开，过道上涌起一阵无声的骚动：眼珠子都朝这儿转，身体都向前倾。他在楼梯前被一个老妇人挡住了，老妇手里捏着一张纸，因为折叠的次数太多，沿污损的叠缝烂成了四块。上面有个看不出是什么的名字，好像是个建筑公司；他摇了摇头，指了指道排队的人，给了她两个半先令。他克制着没说一句加拉话和当地话，对这些乡下穷人来说，以往的经验告诉他们，白人即权力；要是让他们通过本地话接近你，你可怎么摆脱他们的纠缠不休呢？那我可就傻眼了，身后跟一群老人，去找那些造孽的老乡，没准他们在哪儿卖西红柿呢。

裤子有点儿短。他从屋里的衣柜门上那面镜子里看了看，镜面上有些潮湿的锈渍。居然忘记买领带了，不过哈尔玛应该有。还真是，漂亮的领带，优质粗真丝，上面还带着柏林标签。伊曼纽尔笑着说："没人戴这种领结了。拉斯借你一条就行啊。这个就像两截正面交叉的黑带。"拉斯·阿萨和正在温茨家；圆桌上放着几杯酒，上面的灯拉到很低的位置。屋里气氛温馨，一家人其乐融融，家事搞定后的庆祝：阿萨和一定去求过他叔叔了。

"没问题，你能到我那儿取一下吗？"

但是布雷对手里这领带挺满意的。哈尔玛乐得哈哈大笑，笑阿萨和描述怎么跟主任换英语广播节目，阿萨和是副主任。显然主任是个南非人——阿萨和模仿了南非白人的口音：像这里许多受过教育的人一样，阿萨和上过大学，是在南部，还在英国广播公司工作过。"……碰巧是 BBC 标准发音，我告诉他了。'见鬼，伙计，那可不是我们的发音标准。'——要是有人从他嘴里听说我是个新帝国主义者，我可一点儿都不奇怪……"

哈尔玛打量着他的老婆，看她是不是也乐了。她把眉毛扬起来，像个老女演员。伊曼纽尔内心挺乐，不断跟父亲和弟弟逗乐，叫她母亲"宝贝"——这都是为了让阿萨和感觉自在，或者是为了在别人面前，表现出她心目中的家庭生活场面。

夜色温柔，天边明月初升，另一边，落日留下的丁香花般的余晖，尚未褪尽，景色令人陶醉，空气中闻得到煮土豆的味道，一到夜幕降临，整个中非都散发着这种味道，是那种矮树丛的味道。金盘晚宴在售烟大厅举行，他到达时，厅里还黑着灯。他其实并不想来——莫维塔邀请了他，让他有些尴尬——但这时，轿车纷至沓来，汇聚在外面场地上，车前灯光柱里，闪过穿白衬衫和各色花裙的幢幢人影，门廊①搭起条纹帆布篷顶，门警身披金色穗饰，令人眼花缭乱，充满期待。浓浓的土豆味儿中，聚集在入口处这群衣着正式的绅士淑女，黑人和白人那一张张面孔，对他来说，表明了一个事实：这不仅是又一次市政府举行

---

① 原文为法语。

的宴会——这是非洲,而这次非洲人是尊贵的客人,受到鞠躬微笑的礼遇。能感到那种满足——天真,他明白;没关系——这毕竟是最明显而最微不足道的变化。对黑人而言,白人愿不愿意跟他们吃饭,现在都无所谓了;现在他们自己成了当家做主的上层人群,反倒是白人要讨好他们,巴不得跟他们在一起了。一张入场券五十镑;他排队进场,前面是一个皱脸秃头的英国人、一个活泼丰满的苏格兰人,以及他们金发碧眼的夫人们,一个也许是小官员夫人的黑人女士,不失身份地展现出露肩礼服,佩戴着珍珠项链,散发出浓重的科隆香水气味儿,简直是外科手术室的气味儿了。黑人市长和白人商会会长,共同迎接列队而入的来宾,一视同仁。

选择售烟大厅,是因为大湖酒店最大的那间火烈鸟厅,也不够接待预计来宾人数。大厅光秃的墙上全部以红布覆盖;要员贵客的座位在一片高出的平台上,后面垂下金色的幕布,莫维塔的一张巨幅彩照悬挂在幕布中央;一行行长桌,中间留出一块四方位置,好似拳击台,四角都装点着人造丁香花和镀金枝叶盆景。

市政府的奢靡俗艳,差不多在这儿全盘复制了,所不同的是空气里弥漫着亲切淡雅的烟叶味儿,这味儿持续经久,不会被食物和女人的香水味掩盖。布雷听发言走神的时候,就会感觉到这气味儿。发言的有市长、商会会长、一位明星企业家、最大的矿业公司董事长。上桌的有葡萄柚鸡尾酒、佐料清淡的河鱼(闪亮的法文菜单名:清蒸罗非鱼[①]),一种牛肉,显然是取自从巴士赶下来的牛群(香菇砂锅牛肉[②])。他的座位左边是司法部长夫人贾斯汀·切克维太太,右边是雷蒙德·麦金托什太太,她丈夫是个保险商,是市政府里仅存的几位白人议员之一。这位夫人像个旅游者,自豪地执意使用常用语手册上的

---

① 原文为法语。
② 原文为法语。

句子，显示她在这儿过得多么潇洒自如。她凑过来越过他对那位黑人太太说："莫维塔夫人看上去好年轻啊，是不？她这年纪责任该有多大啊。换了我，肯定无法应付。大厅布置得美吗？不知道费了多大的劲才弄成这样呢——你真该看看咱们那位女主持人夏尔登－罗斯太太，登上梯子往墙上钉钉子的情景。"她又压低声音对布雷说："全是从印度布商那儿借到的，你知道。"切克维太太有点腼腆，闷着脸不做声，头和脖颈被胸衣挤起来的肉托举着，看着盘子里的鱼，不知所措，因为她不像布雷和麦金托什太太那么经验丰富，她克服不了对鱼的反感，吃不下。她嘟囔着说："哦，是的。"又说："哦，是吗？"只把语调变了一下，变成一个礼貌的问句。他关注了切克维太太十分钟后，觉得跟她讲加拉话也许更好，但是一方面怕被人（麦金托什太太）误解，以为是逗能，是巴结黑人，另一方面又担心人家（切克维太太）觉得他是嫌人家英语不好。无论如何，他了解到她家乡是北方省，就小心翼翼跟她聊，没冷场，聊到加拉市镇的变化，她家人都在哪儿，等等。麦金托什太太很健谈，她是这块殖民地上一个精力充沛的女人——"这事不会把我放倒的"，她指的当然是她在女士委员会里的问题，但是她投来得意的一瞥，全然没把对方放在眼里。她弄不清他是谁；说来很有趣，像他和她这两类人，在殖民时期是断然不会相遇的，因为两人对本地非洲人的看法截然不同，在他看来，他们是这个国家的主人，而在她眼里，他们只是侍候主子的仆人。如今他俩被黑人召集到了一块儿，出于相同的原因，他是因为长期的友谊，她同样是因为朋友的接纳，这原因会持续存活——在经济上存活，当然；她的血肉之躯从没遭遇危险——所以她接受黑人政府，就像她接受白糖里有蚂蚁的存在，有责任打疟疾预防针一样。

  他被安排在了主桌上，但安排好了之后——又添进来一个名字。那位企业家提到要建一个大型汽车总装厂（一家英美联合体），需要雇用五百名工人，还说对于外国投资来说，政府稳定、条件合理，就能把资本从邻国吸引过来，因为那里对外商持股有"不可能"的限制，对工业国有化有几近"疯狂的要求"。"这里工业和国家是同步发展的。"金矿公司董事长雷金纳德·哈维口气温和地说，带有一种首领式的骄傲，"令他"自豪地说，矿业的历史可追溯至本世纪初，"在经历了几个世纪的奴隶贸易的掠夺和沉寂后，它给非洲这块地区带来了第一道希望的曙光。十八世纪，随着含金岩石的发现，建立了今天的现代国家……"他都不必提及国民经济总收入百分之四十来自矿业；这是大厅里的每个人都熟知的，就像知道每天早上太阳照常升起一样。矿业继续不断在开拓新领域……老旧的作坊式开采，曾经阻碍了矿业的发展——但是公司不断研发，每年投入超过一百万，探索更先进的采矿技术，提高生产，克服困难，创新开采……矿业公司将与国家共同进步……

掌声一如惯例，热烈而嘈杂，每个演讲人嘴刚闭上，掌声即落。一张张黑人的脸颊泛着光泽，一张一张白人的脸上也溢满了血色，然而每颗心都无动于衷，都明白这位企业家说的其实是："你们要用我们的钱——但要按我们的条件。"金矿集团的董事长所说的是："我们不打算重开小矿，因为海外股东想要的是现有金矿的高利润，而不是扩大生产增加就业人数，等五六年才能收回成本。"冷藏公司遍布全国的肉店，以前总有个供应黑人的小窗口，与白人顾客隔离开来，三年前经人民独立党抵制，不得已才改变了格局。这时冷藏公司的经理热情洋溢，坚持要敬桌子对面的黑人来宾一根雪茄。"现在不抽就装口袋里吧。回家想抽了再抽。"工会联合大会总书记恩迪斯·书农瓦先生曾经说："他们带着一瓶杜松子酒和一本《圣经》进来——让我们把他们带来的还给他们，叫他们走人。"这会儿他正在桌子下面替医疗卫生部长的老婆找手袋。这位女士体态丰腴，连声道谢并道歉："哦，给你添麻烦了……哦，瞧，你胳膊上沾了好多灰……哦，我真是……"

莫维塔讲话很短。布雷从自己的座位能清楚地看到莫维塔的形象，高高的额头，小而厚的耳朵，女人般的卷曲睫毛底下，闪动着一双亮眼睛，厚嘴唇讲话时略向外翻。只要为国家共同奋斗，都是同胞，莫维塔说。"从我们最初开始斗争"他就从来没有把公民与肤色联系在一起。如果说发肤色之财是错的，那么歧视某种肤色也是错的。他说："今天的晚宴是我们在座的每个人所吃过的最昂贵的一餐。"有人笑出声了。他微微一笑，但他是当真的，诚恳的，仅仅不到一年前，他还住在只有两个房间的铁皮屋顶房里，那是在城里的黑人聚集区，"——成本的确超过了以往任何时候，这次聚餐的价格，五十多年前，就由国内人民的劳动以及外国人对我国发展所具有的远见支付了。"

高音量音乐响起，伴着杯盘的碰撞、众宾客的聊天、汗流浃背的侍者纷乱的脚步。乔伊·莫维塔由一个白人带领，缓缓来到舞池。嘈杂的声响中出现了歌声；刚果人乐队演奏着他们独特的打嗝节奏，外加南美手鼓和响板。每隔一会儿，小号乍起，听着像坏笑。有些白人开始往一块儿凑，就像他们在俱乐部舞会一样，黑人也凑在一起开怀畅饮威士忌，一边大聊生意经。白人太太们三三两两去衣帽间，亲热得像中学生，出来时神采飞扬，笑声朗朗，十分兴奋。白人太太们耐着性子坐着，在这种正式场合，她们天生能忍受沉闷，也不在乎被忽略。麦金托什太太和布雷跳舞，布雷跳得很负责，麦金托什太太喝多了加奎宁水的杜松子酒，这时一副什么都不在乎的样子。她咯咯地嘲笑着墙上覆盖着的彩旗。"来自劳苦大众，亲爱的。他们骗取当地的可怜虫这么多年了，现在可以拿出一些来了。"

他跟伊夫林·奥达拉舞了一圈。舞毕，她拉着他走出舞池，把他介绍给了一个气质优雅的女孩，他刚才注意到了这女孩从女宾中走过的样子。那些黑人太太们大都被老公冷落在一旁，那些白人太太和丈夫一块儿盯着她看。只见她身着一袭白裙，耳垂悬一副水晶耳坠，衬托出黑缎子一样光亮的黑皮肤。她走过去时，目不斜视，如鹤立鸡群。多丽丝·曼耶玛。但他在独立庆典期间见过她。她刚被任命为本国驻联合国文化专员；她接受祝贺时保持谨慎，神态傲然——仿佛只能透过镜子看到她,这美人既不屑于置身白人男子的后院,也不愿意做黑人男子的附庸。她打算经阿尔及尔赴任;布雷和她谈起了本·贝拉和布迈丁①,聊了几分钟,就见走过来一个白人,他一直在等个机会过来聊,眼睛始终盯着看她裙子下面凸起的两个乳头,一边下意识地用手摸着自己的胡子,嘴里说了点什么冲伯②死了的话。"我打赌他会出狱,我输了。我计算过他的机会——你知道,他多少次化险为夷——输入了电脑程序。他可是个诡计多端的家伙——我是做保险的——精算师。"他说,巧妙提及自己的行业,让人未及设防。多丽丝·曼耶玛没看他,而对布雷说:"但愿冲伯在地狱腐烂。""噢,跟我来。"这年轻人兴高采烈,带有雄性的驾驭意味。"我刚开始了一项运动。"她把一双长眼睛一低,越过圆润的颧骨往下瞟了一眼,小鼻子微微鼓了一下。"我们的运动本能和你们不一样。你们的血统喜欢某些运动。他们就让他活那么久是因为蒙博托③。要不然他就会被扔到一条臭水沟里,像他对待卢蒙巴④那样。"年轻人邀请她跳舞,扶着她的胳膊走向舞池,他金黄色的鬓角很时尚。"漂亮的一对儿。"伊夫林·奥达拉笑着说,笑声很像男人。她穿一件华丽的礼服裙,活像一根水泥柱子;恩迪斯·书农瓦戴着一副无框眼镜,做政治演讲时,镜片一闪一闪,这会儿也在跳舞,舞伴是个金发女郎,很谦虚,善社交,面带微笑,头向后仰,不过表情中带着矜持谨慎,眼睛睁得挺大,骨盆紧抵着一个陌生男人。夜渐渐深了,饮至酩酊的几伙白人汉子笑声暴烈,他们开始忘掉了在场的黑人,

---

① 二人都是阿尔及利亚革命的领袖。

② 莫伊兹·卡奔达·冲伯(Moise Kapenda Tshombe, 1919—1969),刚果共和国政治家,军阀。

③ 蒙博托·塞塞·塞科(Mobutu Sese Seko, 1930—1997),扎伊尔共和国总统,一九六五年至一九九七年在任。

④ 帕特里斯·卢蒙巴(Patrice Lumumba, 1925—1961),刚果共和国首任总理,一九六〇年上任,次年即遭暗杀。

大讲黄段子。黑人三五成群,聚在一处,用他们自己的语言,说些少儿不宜[1]的话。布雷去上卫生间,站在他旁边的一个白人左右瞟了一眼,跟同伴说:"谢天谢地,还不至于,呃,格雷格?天哪,跟这些家伙在一起真够呛。跟一大妈在地板上推了一圈——跟你说呢,我得用低速挡,才能让那废物动起来。"

乐队演奏结束,嘈杂的声音戛然而止。人们随即开始聊天,四下张望。场面有点乱;人们聚集起来;新一轮的嗡嗡声刚开始即被制止。莫维塔和乔伊从宾客中穿过,他手里拿着一把吉他。布雷以为是他从前见过那把:他的吉他。但是当然不是那把,是一个乐手递给他的,因为有人建议或者要他这么做,说不定是莫维塔突发奇想,也未可知。不管怎么说,他略带点不好意思地走了一圈,他一只手挽着乔伊,另一只手拎着吉他,脸上一半是期待(他喜欢那把吉他),一半是骄傲(他过去很喜欢村民们高兴地看表演),以前每当下了自行车,从背上取下吉他,他脸上就会出现这种表情。没有报幕,很自然,两人走上前台,丈夫开始演奏,妻子偶尔两手搭在一起,腰背挺得笔直,身体年轻而松弛,富有慈母仪态,穿一件中学生式的粉裙,面带微笑,和他一块儿唱起来。两人的声音都柔和悦耳,非常和谐。两人唱了支五十年代美国电影中的流行歌曲。

白人掌声雷动;他们都很开心;也许是出于一种无意识的安心,看到这个黑人领袖用传统的人们喜闻乐见的形式取悦大家。黑人看上去都很任性;四十年来,都是别人吩咐自己什么时候来,什么时候走,什么时候站起来,什么时候脱掉帽子,而今他们的黑人总统决定所有的规矩。唱罢,莫维塔牵着夫人的手走下前台,把吉他还回去,走过人群分开的一条通道,离开了大厅。经过时人们自发拥上前来,一睹那张黑面孔的风采,那洋溢着脆弱幸福感的微笑。

---

[1] 原文为法语。

他想起了他跟贝利怎么说莫维塔:"他号召人们为信仰献身。"他想说的其实是要心底单纯,一种单纯,才能号召人们为信仰献身。他跟信息部主任谈起过这事,主任是这块殖民地第一个黑人记者,多年前,即刻召回令刚宣布后,曾经来采访他。"我最担心的是,我担心你们会注意到,我那时不会速记……"他们都哈哈大笑,过去的总是让人愉快的,这是人之常情。但他曾对一个人刻骨铭心地关切,此人就是莫维塔,那是发自内心的关注、感情和保护,甚至保护他不受布雷自己的侵害。他总是高度警惕想要压垮莫维塔精神的各种威胁——白人、黑人政客、恩迪斯·书农瓦那副无框眼镜的闪闪寒光、非洲统一组织——他猛地想起了来自回忆、报纸和实际在他周围的威胁。你信仰的存在一定有,万物之精神,一个存在!

乐队再次将乐声充满大厅。一瞬间客人们在震耳欲聋的音乐中行动起来,喝酒和跳舞。

第二天早上,他在回加拉的路上,眼前的树林竹林都引不起他的注意,他的思绪仍纠结在过去几天发生的事情上,感觉怪怪的,仿佛那是别人的经历。

昨夜辗转反侧,焦虑失眠。

给我写信。给我写信。我们要保持联系。都是莘札,当然。回到加拉,关注加拉。别忘了跟加拉保持联系。

号召为信仰献身:那需要单纯。废话。是一种初生的救世主义行为——世界上最老套的政治伎俩。

我看是这么回事。

事后回味,觉得不无益处,只能为自己上当受骗而自我解嘲了。

第三部

在无花果树下，他坐了一天又一天，一直编撰他那份报告。有一阵子没下雨了。夜晚，满天繁星把天空编织成一个巨大的石英罩，晶莹璀璨，再微弱的声响都听得到。卡里莫生了一堆柴火，树枝上残留着干苔藓，皱巴巴的，像一个个生锈变灰的铁纽扣。在加拉这种躲不开的安静中，他发现自己处在一种听觉紧张状态——身体内部有聒噪声，好像梦中有只动物在吃草。听，他在树影下抬起头，听昆虫的嗡嗡声，这些无所谓的生命在不停繁衍——磨蹭、爬走、编织、啃咬、嗡鸣——这些都不能让他平静。加拉的森林村庄像个魔罩，盖住了一切，吞没了一切，滤掉了所有的景象，唯有眼前浓密的绿色。在桃花心木树下，相同的黑人影来来去去。光脚走在泥地上，毫无声响；偶或招呼声乍起，像林中一阵鸟叫掠过。捕捉黑奴，葡萄牙人和英国人来此远征——都消失在新旧交替、周而复始的繁枝茂叶之中。远处小工厂的轰鸣声，同样也被压低。在林中空地上这个小小的遥远的安静的十字路口，一切如故。唯一的变化是淹没在林海中的一声大哭。那是一声尖厉的大哭，无限高。（一天，他在午休十分，做梦般地享受着同样的宁静日光，枝繁叶茂的林木，每当出了什么差错，他就会感觉到它们的存在——他看到一辆汽车燃烧起来，远处变幻的树影下有血肉模糊的身体。就持续了一小会儿；他的皮肤缩紧了——似乎是身体上的本能反应，有种似曾相识①的感觉——吹来一股凉风，钻进了他汗湿的衬衫和热乎乎的脊背中间。）

卡玛扎·菲利争取到一笔立刻兑现的拨款，用来开办一所技术学校。布雷曾对他说："曼伦巴和我正在做的，就是把你们部门关闭掉的旧政府时期的作坊，进行拯救复苏，简直就是口对口的人工呼吸，知道吗？这事情整个是跟政策对着干的。"菲利两手一摊，露出黄里带红的手掌。"这是个实验，是为了布雷报告"——布雷嘴巴一侧向上抽起来，觉得这个词儿有趣——"我赞成。"

桑普森·曼伦巴充满了一丝不苟的热情。他去各工厂做了一圈调研，问他们最初哪些课程是当务之急。他给瑞典写了信，询问机器车间设备的价格。"为什么是瑞典，桑普森？"但是在他厨房里那张铺着印花油布的餐桌上，他做了自己的功课，"协议——你知道。政府得到的贷款：农业和工业机械信贷余额。"

他们计划在村庄设立小分校，附属于加拉那个主校区——要求每个酋长建一所大房舍，在里面安置该项目提供的基本教学设备，包括制鞋、木工以及最重要的农机修理维护，是农业部借给这些社区的那些农机。曼伦巴有个美妙的主意：聘请当地两个修车厂的技工，晚上来村里教课，如果这太不现实，可以周末来教课。最大的问题是找到适合教每种课程的老师；但是如果被这困难吓住，不敢放手干，那么，他俩都明白，非洲这块土地上可就什么也干不成了。聘请修理厂的技工是个临时方案，无论如何都应该试一试——他们说当地语言，虽然黑人汽车修理工的适当学徒期，殖民时期没有规定，反正他们为主人修车，时间久了就都会了。在加拉，他们常年给白人社区修理汽车、拖拉机；他们自己的社区既没有汽车，也没有拖拉机。

---

① 原文为法语。

另一个问题是分校选址。布雷深信,不会设在当地黑人聚集的那个老地方,甚至也不会在新公寓和招待所那一块,而是在镇子上。重要的是让加拉人重视并实实在在地付出,这事过去一直都是白人的事,现在不仅是白人也是黑人官员的事。他想叫那些只是去镇子上打工的人买账,或者完全听从左右他们生活的政府安排,也要叫他们永久性认可他们属于这里。那些俱乐部,"英伦子弟"、"玛丽公主图书馆"——多年来已经让人习以为常了。他想叫人们对他们城镇拿出主人公意识,这是最终的目的。他为找地方,去见各种相关人士的时候,并没有用太多的话谈这点。(这不无道理,他毕竟曾经是这里的公务员。)但他表面很简单的方法里——仿佛这就是个例行的事务,不是什么非同寻常的事——尽管或者因为他的那种内敛的方式,是大家从前都熟悉的,但还是微微引起了一些不快,对一个总是道德优越的人,这种厌恶是不变的。他的无所畏惧的精神,也是那种安静型的,有人拿他的背景开个玩笑,他也只是把僵硬的上唇抽动一下,以示谐谑而已。他去见了俱乐部秘书,尽管他和莫维塔都嘲笑这念头;总得给俱乐部成员一个机会。很像是丹多给议会的机会,以废除"防范性拘留法案"。他向秘书提议,废弃不用的那间台球室——玩台球的那代人都过世了,现在时髦玩壁球——可以用来做成人中级培训,桑普森·曼伦巴本人打算来执教。台球室有个单独的入口,独立于俱乐部房子的大门。只是在晚上上课。还有个大仓库或大棚,布雷还记得是建来圈狗群的(多年前加拉还有追踪猎犬,有人从爱尔兰运来了一些猎犬,结果相继染上胆汁热病死去了;不过死前它们还是留下了基因,当地偶尔还能看到 U 型耳的野狗)。那个大棚正好用来做车间,上钳工和车工课,而且它离房子主体很远,绝不会干扰会员的活动。

"你看,我们打算办得有点类似那些有规模的大学,教学楼分散在城市各区。"布雷谦虚地说,口气很温和。他和桑普森·曼伦巴——平生头一次坐在俱乐部里——微笑着对视了一下。

但是秘书似乎害怕一旦露出微笑，就会把俱乐部出卖给胜利的黑人，就像在拍卖会上的一个眨眼，就把一批货的价格压下来。他口气深沉地说："我理解。"他当然会把这事提交俱乐部委员会——布雷需要写一封信，说明情况，等等。"是的，曼伦巴先生会写的——这项目由他的部门主管。"秘书有表示"理解"；他可以直接告诉他们（这时他脸上有了笑容，听到令人遗憾的坏消息时的那种表情）台球室里装满了道具布景，戏剧和歌剧组要了几年了，他都没法叫人过来打扫。至于那个仓库——"你指的是离俱乐部房子不远，就在第七球座挨着的那个是吧？"——那个仓库是球场管理员放工具的地方，割草机什么的，说实在的，有些球童在里面睡觉。"这我知道，有些事我也不知道——你懂得。"他变得健谈起来，性格还挺开朗，只要他能摆布了访客。"也许我们可以招募那些球童来上课。"布雷说，像个快乐的传教士。秘书是个大块头，从椅子上站起来走路时，两条大腿紧紧摩擦；他的短发抹了好多润发油，看上去湿漉漉的，仿佛刚淋浴完。他跟黑人一块儿开怀大笑，尽管除了开头的介绍，并没有跟他说话。他领两人出来，一边走路，一边抬起一条胳膊放在肩膀后面。"上校，你没跟这儿其他人说过你们的计划吧？我是说，在聊天时提到过吗？"他话里带着合情合理和恭维的口气，就像在鼓励一个要出手一只不错的二手壁球拍的会员；他知道布雷得到了会员资格，但估计布雷还没去酒吧喝一杯。布雷绷着脸嘟囔了一句："我才回加拉，还没有机会，真的……"

坐进车里他说："真不该说那些球童。打高尔夫球的人会觉得听到了丧钟：我们打算带走他们的球童，教育他们。"

"我特别想把他们送到学校念书。"曼伦巴坚持不懈，"那些孩子们除了抽烟屁股、赌钢镚儿，啥都不会。"

"天哪！那些球童肯定会跟我们对着干。他们肯定会跟那些会员站在一条战壕里，保卫高尔夫俱乐部的地盘。"

俱乐部的管理人员一定会召开紧急会议。不出一周就有封信被侨民中心的信差送到公寓来。抬头是地区教育官，桑普森·曼伦巴先生，注明"抄送E.J.布雷上校，D.S.O.[①]"。自一九二八年成立以来，加拉俱乐部的会员们始终致力于为本社区服务，但他们感觉俱乐部的房屋和大棚用于成人教育，既不适当也不适合。俱乐部的目的是，过去一直是，提供娱乐设施，而不是教育设施，教育的场所应当是学校、教堂，以及其他专为教学设置的地方。所以，非常遗憾，等等。

他给桑普森·曼伦巴打电话，在非洲的城镇里有电话的黑人为数不多，他是其中之一，接电话的是个还不会说话的小孩子，不停地对着话筒重复一个词儿："啊？啊？啊？"随信一块儿送来的还有阿莱克写的一张条子，干巴巴地说："我听说你回来了。"他还没去侨民中心，这倒不假；他所有的文件都在家，眼下曼伦巴是他唯一需要见的官员。阿莱克邀请他当晚去吃晚饭；观察我，看看我在首都干得如何？他暗自思量，我希望我自己知道呢。

他踏上门廊露台的台阶，这原来曾经是他住了那么多年的家，一眼就先看见了那女孩。丽贝卡·爱德华兹——她背对着他。她正给一堆光脚黑人白人小孩倒橘子汁，小孩们的手和下巴颏露出桌边，眼巴巴地望着。她闻声回头，把遮住脸庞的秀发一甩，高兴地脱口说："欢迎回来——大家都怎么样啊？"这句问话并不期待回答，只是打招呼而已。都很好。他意识到自己像块石头，竟不知道该如何面对这女孩，自从上次在暮色中分别后，还一直没有见过。当然就是因为她，他还没去行政中心，因为她，他没安排人每天给他送邮件。他不想被这些烂事打搅自己，去考虑如何面对女孩。过去了这么多日子，一见之下，关系又回到了那时。或许那事对她来说，就像对他自己一样无关紧要；她在首都的朋友们话里话外有许多暗示，对她很是关心。

[①] D.S.O.，英国军队的一种勋章，授给服役优秀或有战功的军人，可随姓名列出，以示敬意。

桑普森·曼伦巴在场（他腼腆的妻子很少在这种欧式聚会中露面，哪怕聚会是黑人自己举办的）；还有农业官员侬瓦耶·特卢姆和妻子；教会医院的年轻医生休和萨利·弗雷泽；莱巴里索也来了，拖来一张帆布椅，丢在客人面前，好像是阿莱克示意他这么做的，还说，坐吧，他还是那样——模仿他的白人前任，留着一九一四年至一九一八年流行的胡子，皮鞋擦得锃亮——跟他的腮帮子一样油光光的——好像一直在这职位上当学徒。曼伦巴和布雷立刻谈起了那封信，边喝啤酒边说，大家也来评论，感觉这信更滑稽了。特别是头一句，就是那句说俱乐部自一九二八年以来，致力于"为本社区服务"，那就是说它所谓的社区指的是白人，大家不禁哈哈大笑了一通，正当欢声雷动时，特卢姆家的一个小孩被笑声吸引，爬上了台阶，嘴里流着哈喇子，晃晃悠悠站了起来，像眼镜蛇听见了音乐。没等小孩的恍惚转成恐惧，丽贝卡·爱德华兹过来一把抱起小孩，搂在怀里。

"你们下一步怎么走？"弗雷泽问道。他模样像个舞台上的海盗，黑鬈发，晒黑的手臂上长满了毛，嘴唇上挂着一抹啤酒沫。

"桑普森，你说呢？"布雷把话头丢给桑普森了。

"我们要考虑。"

"哦，校长来了！"阿莱克的话和蔼可亲，又带些刁钻，一边说着，一只手就伸进他的客人头发里揉搓了一把。

休·弗雷泽的眼珠子转了转。"让我们永远保存可敬的加拉俱乐部那藤条爬满的外墙，高高耸立，历经无数令人回忆的周末舞会，阿加莎·克里斯蒂的无数优雅表演。"

"不，说真的，詹姆斯？"阿莱克懒懒地说。他扬起一条眉毛看着特卢姆家的那个小孩，看着小孩慢慢从丽贝卡的怀里滑溜下去，在地板上爬走了。

"下一次就用甘地会堂了。你不觉得吗，呃，桑普森？"

"简单得很。需要啥场所就弄个命令来直接征用就是了。"大家又都笑起来，对萨利·弗雷泽的言外之意心里清楚——都明白布雷和总统的关系不一般。

"哦，我又不是阿莱克，也不是莱巴里索！"

警官感觉这话是对他的恭维，望着大家痴痴笑了，心里乐开了花："求你了，上校，上校……"阿莱克多少意识到了这话带有挖苦，就拉长了脸。正好这时，他老婆说饭好了，他便宣布开饭："谁说我不是加拉地区有史以来最聪明的官员呢？你们知道是谁掌的勺吗？我的秘书，对，"——她微微一笑，耸了耸肩，他伸胳膊搂住她的肩膀——"我也让她做饭。""瞎说。我就给了艾格尼丝菜谱，别的可什么也没做。""她在这儿待了一下午，帮我弄晚饭，"阿莱克太太平静地说。"我放了你一下午假，对不，贝琪？你经历过的老板中，我是最好的，不是吗，贝琪？"

布雷没给爱德华兹的孩子们带礼物来，而贝利夫妇带了。布雷就抓住机会跟女孩说："维维恩给你寄了东西来——一个包裹。不好意思，我没带上。"

"哦，没关系的。我可以打发一个孩子过去取。"她优雅地摆脱了阿莱克粗壮的手臂。

翌日，他去看祖萨博。有可能跟俱乐部秘书说的一样，"有人可能聊天时提到这计划"——如果不是跟加拉俱乐部的成员，有可能是跟印度社区的人。祖萨博倒是什么也没说；他那双特大的黑眼睛周围起了褶子，颜色和肌理类似阴囊，眼珠里闪着幽幽的光泽，似乎穿透了布雷的计划，透露出胸有成竹的自信，白人俱乐部一定会拒绝，而他清楚结果：会建议甘地会堂以及毗连的印度学校，提供场所。尽管加拉的印度人主要是穆斯林，像许多非洲社区一样，但他们景仰热爱甘地，为印度和第三世界带来了荣誉，也许还有些模糊的念头——他们自己在非洲人中间不确定的地位——认为这位圣雄对种姓制度和种族歧视的谴责，可能会削弱非洲人刚开始对他们印度穆斯林的歧视。当然，甘地会堂和学校是在——按照殖民地的惯例，白人总是一再把他们身边的各族人迁移到别处——"集市",地方不大,不过几条街,白人镇子边缘印度店铺后面就是。"不过这地方合适,你不觉得吗,祖萨博——可以打破人们之间那种老掉牙的归属界限,这鬼东西活得也太久了,早该死了……你们这些人给欧洲人树立了个好榜样,让他们再思考……对非洲人的意义也不小,可不只是证明你是这个国家的好公民,没这么简单……也别误解我的意思——印度人只要感兴趣,我们都希望他们来上课,会有用的,祖萨博——"

布雷以前从没直呼过他"祖萨博",没有不带"先生"的;裁缝明白现在不带这个尊称了,并不是像其他白人一样跟他有了距离,才不给他用,而是因为两人认识太久了,经历的事情也太多了。

他笑了:"我们所有的人都受过教育,上校。从开始的第一天,我们就有自己的学校。"

"我知道。实际上,我还考虑从你们的人里找老师呢……我打算看看帕特瓦先生行不行。"

店门外,祖萨博的一个孙女骑着一辆崭新的儿童三轮车,固执地摇着车铃铛,后面有个衣衫褴褛的黑人小男孩推着她走,小男孩是"保姆";小男孩一直起腰来,气喘吁吁,龇牙咧嘴,那小女孩就冲他尖叫,呜哩哇啦嚷嚷着古吉拉特语。

印度学校同意出借甘地会堂和木工作坊,用于成人教育计划,条件是不得干扰学校正常上课和宗教规定。布雷坐在无花果树下自己的老地方,给曼伦巴写了封感谢信。爱德华兹家的一个孩子出现了——他看不出是男孩还是女孩,孩子们都是平头,都穿短裤。孩子一张嘴,听出是清楚的女孩声音,跟他要妈妈的包裹。丽贝卡和另外两个孩子,在路边他那辆破不溜丢的车里。她挥了挥手,表示抱歉。他取出了贝利家的礼物,见母子们在车窗里欢聊;车里,她的男孩们吹大了一个塑料海豹,一个大球,他们都把泳裤系在头上——这是个星期天早上。他对所有的孩子说:"水是家里的自然元素,要多亲近水。"

她笑着看了眼自己的孩子们。"我喜欢你的新办公室，我每次经过都看见你坐在那儿。像佛坐在菩提树下。在这儿工作多好啊。侨民中心跟着提高了身价。"

"哦，是你告诉我，我是侨民中心里的一个多余角色。"

"我？我从没做过这种事吧？"

"别担心——我现在很感激。情况好极了，我这漂亮的无花果树，对不。地方只要凉爽，就是完美。"

她很敏感，有点吃惊，有点尴尬。血色很快又涌回脸颊，唯独眼里还闪着惊讶。"可我啥时说过呢？"

"哦，别在意。你很周到，原谅我没送你一程，那会儿你的车在修。"

"哎哟——你可能误解了——"

"是啊，我知道，有时候会搞不清楚，把事情弄错。"她心里这才舒坦了些，还略有些不解。两人一时无语，任清晨的阳光照在脸上，就像在外面晒太阳的人。"那些印度人怎么说？"

"我们借到了甘地会堂，除开上课日和节日都可以用。相当不错了。"

"哦，那真好。"

他说："可怜虫。他们还能说什么，他们希望能帮上忙。"

她犹疑地摇了摇头，两眼之间皱起一条线。"当然能帮上忙。你就可以开始了。"

"是帮他们的忙。他们的情况有时候不好的话，就会是帮他们。"

"那他们还好吧？谁也没提起过他们的事？"

他对她说："周围发生的事他们都看到了。肯尼亚、乌干达。别处都成了一片瓦砾。他们不管在哪儿都回避非洲运动，希望跟殖民当局保持联系，他们犹豫不决，不知道该不该放弃英国国籍，到后来终于发现不值得保留那一纸文件。我以前去过那地方，当时他们都不让人民独立党支部在甘地会堂开会，伊斯兰委员会的要员总是把说明情况的通知给我。如今，他们终于允许非洲土著踏进从没进去过的地方了——还是那同一个希望,尽管他们的处境并不算是对掉……反正他们没什么权力了,完全是黑人说了算。不过本能还一样,保证自身安全的本能。为什么安全最终会变得这么危险?"

"不走运。"她说,带有宿命论的意味。

他哈哈一笑,但是她口气很坚定——她也许去给人看手相算命更好:"不,我是当真的。不走运,因为你太小心了,不会去冒险的。"

"没有勇气是不走运?"

"就是。必须顺应潮流,相信自己运气。因为如果是为了安全,你无论如何什么也得不到。"

"是报应?"

"对。"

"你说的对印度人来说是对的……他们让我们用会堂不管出于什么动机——不管他们决定是给还是不给,都无济于事。"

他看到她脸上蓦地掠过一种神态,是想到了他跟莫维塔的关系的那种神态;那种意识总是让他感到不自在,因为这似乎给了他一种虚假不实的重要性。"要是事情往坏里发展,你怎么说?"

他马上变成了否定的腔调。"三四百年前,这里开始了一场深刻的变革周期,最先出现的是我们这些外国入侵者。我们想当然地认为,那事情过去了,周期完成了,国家独立了……但并不是这么回事……还处在变化的过程——就是这样。对这个要心里有数。至于入侵者——我们还不知道,最终是要把残余一股脑儿吐干净呢,还是咽下去呢?目前走社会主义道路的,成了最排外的非洲国家,走资本主义道路的,入侵者原来有多少,现在他们的后代几乎还有多少。并不奇怪,但可以彻底改变……"

"我的族人定居在了英格兰——我父母,"她说,"我不知道……感觉我这人太懒,你知道吗?我们不是说洗盘子做家务什么的——我是说过另外一种生活。"

"你来这儿以前在什么地方?"

"哦,肯尼亚。我是在那儿出生的,我和我哥哥。他职位被接替后,就去了马拉维。我丈夫戈登的合同没续签,我们就去了坦桑尼亚。克莱夫是在那儿出生的。"她悬着的手臂晃动着,摩挲着孩子的后颈,孩子扭动着躲开了,一边说:"他要来和我们一块儿游泳吗?"

"傻货,我们取回了维维恩的礼物,你知道的——"孩子们开始打闹着拆礼物包装。她开车走起来后,他们又面对一堆包装纸,不知如何是好,就像小狗围着一根骨头摇尾巴。她扭头微笑着道别,两道眉毛之间出现了一条纹路。

他回到了自己的无花果树下,又回到等他处理的那些笔记、报告、剪报中去了。他点燃了一根雪茄,抖掉了树枝上掉落下来在他字里行间爬来爬去的蚂蚁。事情遇到了一个瓶颈,大家送孩子上学的热情很高,于是小学毕业生的数量超过了中学能容纳的人数。国内办小学很容易,但是接下来怎么办?肯尼亚。他看到自己做的一条笔记:在肯尼亚,小学毕业生中学升学率,只有四分之一或五分之一。一定有个现实的途径,把进不了中学的小学毕业生,输送到农业领域,接下来至少两代人多半会在这个领域谋生。他视而不见地扫了一眼表格上的蚂蚁,那是一张各相近地区的教师、学校、政府教育支出的一览表。旁边还有一封奥利维亚的来信,旁边有几张照片:维妮夏的宝宝光溜溜躺着,眼瞅着上方,眼神很生动,是头一次笑。莘札一只手抱着那个粉里带黄的婴儿。奥利维亚来信的第三页放在最上面,像是一次并不顺畅的聊天:没什么,你能想到的,还是你那老一套再来一遍呗。不一样的爱。你知道,近乎理想了,就是说只要是孩子,就因为是孩子,对你就有不容争辩的要求。我感觉自由多于约束。读到这儿,他兴奋地遥想着远方的情景,个人的爱和非个人的爱之间、依恋与分离之间,达成了妥协,来自于她那慈善的自由主义兼不可知论的观念。到现在,变成了一个慈善的外婆。妻子跟他年纪相仿,他俩"二战"期间结婚。比莘札小几岁。她的学识也不多不少刚刚好,一步步适用她的人生;他想起她来不禁涌起一阵温馨,当年她还是个金发碧眼、身材苗条、门牙漏缝的女孩,日月如梭,渐渐老去——仿佛忆起一个多年不通音信的人,或许会问起:"他怎么样了?……"

那堆邮件里还有封莫维塔的来信。信封是打字机打的,看不出信是谁写的,他打开里面的信纸,看到了那笔迹,一如期待,也有惊喜。莫维塔希望那笔拨款"够用";他又一遍敦促——给你找个像样的房子好不?奥利维亚啥时来?他感觉他该收到信了,也许布雷又外出了,去了乡下?"我们不能失去联络。"

布雷每次看到桌上的信件,总感觉被一股蛮力抓牢。信是搁在他肩膀上的一只手,召唤他;在这只手底下,他变得静如处子。他又把思绪强拉回到报告中的事实和数据上去:这是正事,别的都不是。这是我用武之地。他不想回信,他对莫维塔的答复就是不答复。

一两天过后,他开始在脑子里写那封回信了,人走在加拉的街道上,心里想的是回信。你懂我,知道我不会为了你"到处跑":不管咱俩怎么小心,我都不会向你汇报莘札。你不能派我到莱巴里索插不上手的地方,我不能在你和莘札之间传递情报当间谍。我可不是为这回来的。

信的腹稿修改了一遍又一遍。一次,他正在车行全神贯注地斟酌字句(这一稿是要了断的;写完发出他就要上飞机,再也不回来了,再也不说当地话了,除非是为旅游,看狮子),碰巧遇到富勒家的两姐妹。他从英国回来后还没见过老姐俩,倒是问询过她俩的情况,想抽空去看望她们。她俩从玛丽公主图书馆步行过来,用橡皮绳提溜着几本书,和十到十五年前一模一样,那会儿她俩每个月进城两次,每次都来专员府和奥利维亚共进午餐。两人在"一战"期间都在爱情上受过挫折,就在二十年代初期结伴"出走非洲",开着一辆福特("一战"期间,姐姐菲利西蒂小姐做过救护车司机)深入非洲中央高原。她们在湖岸山坡上种茶,早在布雷出任地区专员前,两人就是当地一景。阿黛莱德小姐在她们住处办了一所小学校和一间小诊所；两人把礼貌、慈善、和"进步"当作她们对当地人的宗教使命。不过，菲利西蒂小姐对奥利维亚坦率地说过，像布雷一家那样和非洲人一块儿吃饭，她俩做不到，会感觉不舒服。当年侨民们在鱼鹰酒店集会，要求从侨民中心驱逐布雷，因为他支持非洲民族主义者，富勒姐妹愤而反对，离席抗议。除了博克瑟少校（他那天没去开会，以示反对），为他辩护的白人也就她们姐妹俩。

两人还像原来那样，阿黛莱德说话多，老是接过菲利西蒂的话头，替她说完。她俩关心的主要还是奥利维亚——她还在威尔特郡的家里，对不？她会过来吗？

"你来我们这儿看看吗？"

"哦，不——我们——"

"你肯定听说了，我们要走了，"阿黛莱德宣布了这个消息，"你一定听说了。"

看样子需要道个歉，为自己没留意这件事。

"有太多的事情我都好像没听说。"

"哦，看样子你跟他们打交道不多。"菲利西蒂说，她指的是当地白人侨民。

"喔，还可以吧，一切都挺不错的，你知道。——我老是惦记着要来看你们，打算奥利维亚一到就一块儿来——"

阿黛莱德面容苍老，头发稀疏，用一个发网罩着，看得出头发不停地颤，不过颜色和质地依旧像棕垫。她口气坚定地说："我们的时间不多了，该进博物馆了，最好躲藏起来。"

他说："我敢说你们在这儿过得很愉快。你们真觉得想要离开这里吗？我想你们没什么可担心的，有什么放心不下的吗？"

菲利西蒂说："我们这儿来了检察官员——阿黛莱德必须保证，种植园不得解雇任何人，你知道。他们还新派了一个当地视察员到学校——他想知道我是不是按照大纲教学，他还——"

"这事情倒没什么,菲利西蒂。"阿黛莱德对她说,没在乎她说的话。"可是我们太老了,詹姆斯。总被忽略,没法待在这个国家了。"

他们一边聊天,布雷一边让人给车胎打气,给电瓶蓄水。他保证给奥利维亚写信,告诉她富勒姐妹要回来。他看见了阿黛莱德拿着的书,一本是韦维尔[①]的回忆录,另一本是米奇·斯皮兰[②]的一部作品。

他们一块儿沿街边树下散步,阿黛莱德戴着白棉布手套、发网,菲利西蒂穿着宽松长裤、男式凉鞋。老阿黛莱德(人们过去总叫她海斯特·斯坦霍普夫人,总是取笑她、布雷和奥利维亚。)一点都不浪漫。她既无自由观念,也无浪漫情怀。俩老女人都不愿意请黑人来自家客厅,但现在她俩都不愿意被忽略。两人尚有自知之明,知道自己过时了。

这种相遇,在他的感觉里似乎很遥远了,真有一种穿越感。心里又一次默默把那封信撕掉,随风飘散了。自己有多自负啊?难道要出污泥而不染?非驴非马啊。天哪,我是什么?童子军?自己伸手拍自己的背?一种深深的不耐烦冲自己而来;这是一种新感觉,违背了过去的自己——沉湎于孤芳自赏,而感觉自我厌恶,这感觉以前还从来没有过。以前手头有干不完的事。如今我说不,我不干。因为我不在其位,不谋其政。

他反复思索:那就一走了之,回到威尔特郡自己家去。把手头这倒霉的教育差事弄完。也许有用,反正无害。既然已经做了。

而且,就像牙疼或头疼,一旦生发,会反复疼痛那样,他心里一直想着去看莘札,念头挥之不去,总有一天会不由自主地再次开车到巴士。他会去看莘札,心里明白为啥要去。

* * *

---

① 阿奇博尔德·珀西瓦尔·韦维尔(Archibald Percival Wavell, 1883—1950),英国陆军元帅,最有才华的将领之一。

② 米奇·斯皮兰(Mickey Spillane, 1918—2006),美国电影编剧兼演员。

特卢姆夫妇、丽贝卡·爱德华兹和她的孩子们、阿莱克夫妇、布雷——他们结伴出行，差不多每天见面，而并非真有多铁的交情。加拉镇很小；特卢姆夫妇和阿莱克夫妇，加上另外几个官员家庭，在这个黑人城镇上，算是遗世独立了；丽贝卡因为是新来的，生活条件和白人社区不一样，布雷因为有过去的影响，两人又在白人社区遗世独立了。布雷常去镇上那片孤立老区里的曼伦巴家吃晚饭，有时候也被爱德华兹和特卢姆家那群光脚丫小孩拉去，到空地对面特卢姆家吃饭。阿莱克家——他自己家——因为地方宽敞，也常常是大家聚会的场所。他没女人没孩子，单身独居的小天地留给自己，只把桌子摆成餐桌，卡里莫在上面盖了一个防苍蝇的纱罩。

一个周末，他们要一块儿去湖边玩，他发现自己也被拉进了团队。一群孩子和野餐装备堆到了他家，让他带过去。他开车途中孩子们给他唱校歌。到了车门一开，小家伙们一股脑儿溜出来，像鸟儿飞出了笼子，叽叽喳喳，叫叫嚷嚷，闹成一片。布雷和阿莱克往下搬东西；阿莱克带了把大镰刀，对付岸边齐腰高的野草，他脱掉上衣，砍出一片空地，干得很轻松，像侨民中心外面的干劳力活儿的。他把一条蛇劈成了两半——是条无毒的草蛇。他像小学生一样兴奋，把死蛇撂在一边，向大家展示，一边抓起一把草擦了擦刀刃，喜滋滋地看着布雷。他说："这么说，我们甩掉莱巴里索了。"

"什么？"

阿莱克弯下年轻的身躯，拿起布雷带来的一张两周前的英文报纸。"通知昨天到的。他还不知道。调走了。去了东部省。马萨玛地区。"头版上的一张照片引起了他的注意，一些人穿着不辨男女的服装——长筒靴、中式外套、舒适长裤、花环项链、蜡像制服——还有几张年老的面孔，穿晨衣，戴礼帽，正在行进中，像一支教会军队，上面有条标题《**贵族公子结婚：婚礼嘉宾加入越南示威游行**》。

轮到布雷盯着他看了。"你吃惊了吗?"

阿莱克笑了,似乎在对照片微笑。他抬起头来。"不,我不吃惊。"

"哦,我吃惊了!"

阿莱克那张大脸绽开了笑容,他能屈服于权力。如果说布雷可以去首都,是总统的耳目,哦,那必须当作一个事实接受下来。当然,阿莱克也以他的方式,工作和独处。

布雷说:"哦,不管怎么说都是件好事。"阿莱克笑而不语。他仰躺下,头枕在一只胳膊上,他厚实无毛的胸膛上,胸肌发达,起伏平稳,性感十足。他体格魁梧健硕;布雷忽然想到了古代雕刻,那些非洲国王,惊人地从容自在,他们的肉体只是高贵气质的附属物。"当然喽,他有远见,理应提升。不过,那个年轻人还是可以起诉他。"

一时无话,各自看报。布雷在看一份当地日报,是从首都发来的,迟二十四个小时。矿业部部长昆西,请求矿工们不要"不负责任地"期待公司付给他们外国专家的薪酬福利水平;未来二十年,公司会"继续需要"专家开发金矿。一位工会发言人说,有些白人"从小到大"都在矿上;他们"一辈子都住在矿区",为什么非要为他们支付去外国的飞机票,给他们专享的探亲假呢?司法部长否认了一条传闻,传说有一起祭祀谋杀,多少年来头一起,实际上是一起政治谋杀,调查即将开始。

周围割了草的地带,一道一道闪亮;女士们唤孩子的叫声,从水面上一声声传过来。冬天并没有改变湖面空气的湿润,湿而热的空气格外凝重,几乎可以看到每一道声波在空气中的轨迹,就像喷气飞机划过天空留下的那道白雾。

午餐后,侬瓦耶·特卢姆跟几个渔民搭讪,借到了他们的船。船小,装不下所有的孩子,否则就不安全了;布雷就去帮着带了两个小不点,在丽贝卡的带领下,上了一条小独木舟。阿莱克和他的老七睡在一片啤酒瓶和奶茶的光晕里,远处一眼就能看到。

大船缓缓驶离岸边,响起一片欢呼,大家互相挥手,渔民叉开脚蹚水推着船穿过芦苇。布雷在那条大树干做的粗糙木筏子上划水前行,使出了他上大学期间的划船技巧,小心翼翼地往前划。他在离岸不远处徘徊,在巨大的湖湾衬托下,船似乎有点倾斜,小船头朝着远方的地平线,缓缓升起,海天接壤处,晶亮耀眼,实景化作幻影,绝类海市蜃楼。在光亮的湖面上,令人恍觉伏在一条巨大的海怪背上,大到看不出哪儿是头,哪儿是尾。另一条船在远处跳动翱翔,在水面炫目的热气光亮中,成了一个翩翩舞动的黑影。男孩女孩一张张棕色白色的小脸蛋,被水面反光照得亮闪闪的。他这会儿已经掌握好了划船的节奏,看着船上的人,心静如水,在水面漂浮的人会有这样的新鲜感觉。

丽贝卡的衬衫两腋下汗水浸湿,留下两块半月形的汗渍。她裤腿卷到了膝盖上,有些粗糙的两脚,踩在独木舟底子上的泥水里,泡得发红,跟孩子们的一样。他意识到了自己划船划得有多认真,两个大人不禁相视而笑,心情宁静。

孩子们想下水游泳。哪儿哪儿的水都是青绿青绿的,摸着温暖柔和,但对孩子们来说,岸边没芦苇的地方,水太深了些,就沿着一面不算高的峭壁,来到了浅水处,又担心遇到鳄鱼。布雷向远处划去,来到一个小岛,水面上六英尺高的一圈草木,全清除掉了,是为了防止舌蝇繁殖;看见小岛,孩子们的注意力转移了,把游泳忘到了九霄云外。他慢慢划到小岛另一边,只见这儿真有一块海滩——完美的白沙滩,有棵猴面包树,树荫如盖,有些死树干被海水冲洗的光光的,斜戳在岸上。丽贝卡跟孩子们一样,欢天喜地。"噢,真好看——可是这儿有没有危险呢?瞧,能看见水底,这一带底子上看得清清楚楚——"

他和丽贝卡下来,把独木舟拖到沙滩上;费了挺大的力气。在这块没人的地方,他们无所顾忌,放大嗓门说话。他把短裤卷起到大腿上,蹚水从水湾一头走到另一头,摸清水底的情况。这里没有芦苇,没有那种可能忽然滚动起来的水,淹了一半的树干。"我感觉这儿很安全。"孩子们早迫不及待地脱光了衣服。丽贝卡脱衣服很费劲,女人脱裤腿都是这难受样,单腿蹦跳——她里面穿着泳衣,外面还套着花裤衩,浑身的皮肤都晒得黝黑,褪掉裤衩露出了大腿根的两道白。她冲进了温暖的水里,然后慢慢蹚水,一只手拉着一个小胖墩黑孩子,另一只手拉着一个瘦骨嶙峋的白孩子,黑孩子在水里走得晃晃悠悠,白孩子兴高采烈,蹦蹦跳跳。

他在沙滩上躺了一会儿,又站起来警惕地观望水里的大人小孩,透过近视眼镜,扫视耀眼的水面,波光粼粼,清澈见底,丽贝卡和孩子们在水里尽情玩耍。那黑孩子在视野里一直很醒目,另外几个在光影里或隐或现,露出一个小肩膀,伸出一直小手,小脸蛋一闪。没人烟的地方,时间没有意义,人关心的事在这儿都不相干——这里让人有一种强烈的生命感。他在岸边以手遮眼,站立良久,这是最古老的姿势,他纯粹是自身的存在,独立于这个存在的任何变化之外。他回归了自身,既不是青年,也不是中年,既不掩饰个人意识的吐露,也不用它来黏合人生画地为牢的泥巢。他吸了根雪茄。他也可能是那烟雾。那女人和孩子们欢声笑语,个个活像跳出水的鱼,从头至尾冲到空中,眨眼又冲回水里。他看得见小家伙们一张张小脸蛋,冲他嘻嘻哈哈,恍如来自彼岸。

她带孩子们回到沙滩,站在那儿喘气,一边把额前湿漉漉的头发撩到后面,细细的水流顺着脖子和肩膀流下来,像珠子挂在凝脂般的皮肤上。"太——美了——可惜——你——没来——"她一时喘不过气来,冷不丁转身独自一个又下水了,这次走得更远了。他感觉自己不好意思盯着她一个人看。会打搅她在水里无拘无束的自由。他坐在沙滩上,一只手搭在膝头,警惕着眼前,又不表现出来,隔一会儿扫视一下水面。那湿滑柔软的女人身体,颤动的肉身,刚才就那么自然地站在他面前,湿透的泳衣紧紧粘贴在身上,显出凹陷的肚脐眼,紧绷着腹股沟,泳衣下缘退缩处,露出几根柔软卷曲的毛——他曾与这个身体做爱。他曾经拥有——"占有"是个荒唐的字眼,如今不再拥有了,只能用眼睛看了。他曾进入这身体。经书上的委婉词"熟读"并不适当。他并未熟读那身体——他现在的眼光里有同情,也有男性的苛刻,用这种眼光看着她又走上沙滩,来到他跟前,两条腿膝盖以下很美,脚踝灵巧,大腿粗了些,肉堆积在这里,走起来一颤一颤的。她在他近旁躺下来;鼻子里进了水,抽了抽,愉快地微笑着。除了两个小不点,没有任何人。他对她说,好像他隔世相逢时说过似的:"不好意思,发生了那事。"

这话随着日光落在了她闭着的眼皮上。少顷,她小心翼翼地说:"为什么?"

他感觉自己对不住她,弄得她在首都遭人议论。他没有马上回答。"因为好像没发生过似的。"

"那不就对了。"她说。她静静地躺着;过了会儿,她坐起身,要烟抽,用浴巾随便裹住身体,毫不做作。

"像极了马拉维的海滩。"

"是吗?我没去过马拉维。我被驱逐那年,本来打算去那儿度假,结果没去成。多年前我们常带孩子来这儿野餐。"

"这块沙滩?"她问。

"很怪,以前从没来过这块沙滩——压根不知道有它,今天才头一回发现。——以前走得比较远,一般要过了夺命崖,你知道,在大沙滩上。"

"夺命崖是啥?"

"没听过那个传说吗?喔,比传说还要实际些,真的。这一带大酋长的部落多洛,通常在这儿举行新酋长选举耐力比赛。酋长上任前,必须从陆地游到那个岛。成功就划船凯旋,失败就被捉拿,从夺命崖上扔下去。就人们所忆,那情形后来没再发生过。但是游泳选拔赛还是保持下来,延续到当代——当今酋长的前任就游过。我们刚搬过来的时候,他还活着。"

她说:"你太太也和你一样对这儿这么留恋吗?"

他笑了笑,有些欢喜,有些不解——"我那么留恋吗?"

她不指望深入了解他。"可是你回来了呀。"

"我不能逢人就解释一遍——但确实很难,人家认定你有某种目的或者……听到的就信了,传开了……"(他很快意识到表面上一直在聊他自己,实际上他总结人们对她的看法,她在首都朋友们口中的形象,刚才话题转移了。)"回来是一场梦幻,一个玩笑——独立后,我们常聊起我的身份,好像从此会有享不完的福。莫维塔遭遇过牢狱之灾,白人里就我支持他,所以我也成了牺牲品,不容于我供职的政权。我成了一种象征,在非洲史无前例:在白人的不妥协与黑人的不妥协的对决中,自愿舍弃自己人的立场,舍弃了光明。我代表了所有非洲人渴望的东西——即便是在他们说要把白人赶到海里去——那样的一种局势,使他们不必把他们的权力建立在苦难之上。像我这样的人,支持的是史上没有过的状态——如此而已。"他心想,难道这是我编出来的吗?难道不是我一直所思所想的吗?——在伦敦,我的确跟莫维塔一块儿,做过具体的工作:代表团的原则、提议、备忘录以及所有与殖民署较量的其他事项。"但是人们对我的印象没变……阿莱克现在认为,莱巴里索的调动,是我在背后搞的。我看得出来。他今天早上告诉我说,莱巴里索离任了,好像在说我已经知道的事。"他泄愤似的笑了一声。当然,她应该不知道莱巴里索的事——作为阿莱克的打字员。但是他感觉用不着顾忌面子,该怎么就怎么。他一点都不知道莱巴里索调动的事,他跟她一样无权比当事人知道得更早。"有个年轻人——被莱巴里索严刑拷打,就在这儿的监狱。他没受指控就被拘留。我是偶然知道的。"

"我想阿莱克认为是你告发的——告诉了总统。"

"这是当然的,我说了。那么,好像我要做的就是要求总统让莱巴里索走人——结了!"

"一样的,总统准是觉得这么做好。我是说,他对你了解得太久了。你要求不要求都是一样的。"

他心里检讨了一下。"我对莱巴里索的调动是有责任的,不管我想不想这么做。"

"但是你觉得他走了的好？要这样的话，还有什么关系呢？"

"有个防范性拘留法案。他所做的，现在是合法的。他被解职的原因站不住脚了。"

她缩回了肥硕的大腿，下巴抵在膝盖上，腿便像盾一样把上身全挡住了。她抹去脚趾上的沙粒。"没准莫维塔这么做是为了让你高兴。"她说。这当儿，他们注意到孩子们钻进灌木丛里看不见了。"小家伙们去哪儿了？"细小的声音传过来了。孩子们越过了一大块沙滩。他走过去把瘦弱的白孩子抱回来，她抱回了黑孩子，比画着，看小家伙大腿上一圈肥肉，都比屁股蛋子肥了。孩子躺在她怀里望着她，懒洋洋、乐滋滋的，觉得给她抱着是理所应当的。"我相信你有了个外孙吧？"

"是的，女孩。"两人都乐了。"好像非常非常遥远。"

"你还没见过？"她问。

"哦，见过照片。"他指了指手里的孩子。"这是你的——我其实应该知道的，可是总有那么多孩子——"孩子黑头发，跟她一样，但长相毫无相似之处，不过脸型还是有那么一点痕迹。有个遗传标志——黑眼睛，浓眉已经有型，浆果色嘴唇，下唇有道凹线：像个小大人，尽管两条小腿又细又瘦，在骨节毕露的膝盖下晃来晃去，两只爪子一样的小手，苍白肮脏，手背布满皲裂。她的孩子看上去都缺少关爱，每逢游戏欢乐，不像一般儿童，总是收敛克制，因为他们必须适应不断变化的新环境，不断置身于新一批"叔叔"、"阿姨"之中。

"他跟戈登是一个模子里倒出来的，"她说，好像在说什么不可救药的东西，"不光是长相，说话的样子，一切。真怪，这孩子可是一直跟着我的，从他会走路到现在，跟我们一块儿住还不到三四个月呢。"

"他们在贝利家都很担心你。"他挑选字眼很谨慎，"不知道你为阿莱克工作，是不是愉快。"

"阿莱克是个好人。真的是，你知道。他爱虚张声势，总觉得要用鞭子抽打着我干活儿。我的天，他不知道我都给谁工作过。这个世界上有的是混蛋。但是我倒不觉得，一个黑人会像那样。"

"像什么样？"孩子们又到水边玩去了，他和丽贝卡在沙滩上漫步。

"让你难受，他们就高兴了。我是说他们太随便，借了你的钱，你再也要不回来——就这些事吧。但他们那样并不感觉难堪。"

"——阿莱克不是这样？"

"哦，是这样——还是我第一次领薪水。不过他倒是还了我。上个月，他又借了，这次还得没那么利索。我不在乎——那房子对他们的确太贵了，你知道。亲戚太多，都要张嘴吃饭，哪怕就是玉米粥。艾格尼丝还买了台洗衣机，还要付清家具费用。"

"还是应该量入为出，事先有个预算。"

她把捡起的一块被水磨光的玻璃块，扔到远处。"阿莱克！真的，给我支个招吧，你懂得——我跟他说我这个月要收回借款，不然我自己也付不了特卢姆的房租了，你知道他说什么？他说他去跟特卢姆替我说情，他要解释一下，比如搬家啦、修车啦、别的什么啦，真是手头紧……"

"你最好别告诉贝利一家。"

"哦，阿莱克还好。我记得有一次在罗得西亚，我有个雇主，叫汉弗莱·坦普尔。戈登回来，见我受不了那老家伙的折磨，他都不让我去领取薪水了。他自己去了办公室，直接进了坦普尔的办公室，要求道歉……那个办公室的人压根儿不知道这莽汉是谁……"她哈哈大笑。对贝利家的关心，她说："我这儿还能对付。刚开始，我恨不得立马打包，一走了之。后来感觉自己太鲁莽……不过刚搬来一个新地方，常有那种恐惧感。"

"这儿是个孤岛。你觉得孤独吗？"随即又很自然地添了一句"——在我走之后"，心里并不是指他个人，而是指有他这么个人在，好歹是个桥梁，通过组织活动、聚会什么的，把白人习惯的生活融入未来不一样的生活。

"我没想过。你知道你自己总是想着怎么走掉,一走百了,一劳永逸,你并没有再向前面看。等你到了——感觉安全了……实际生活中那老一套又开始了,找地方住,找学校……对我来说,还是这样好。你知道那地方的人有多好。我喜欢那些人,不过"——她把目光从他身上移开,转向湖面,又总结了一句老生常谈——"我——腻烦——了——他们。"说完停顿了一会儿,说到带有本质性的道理时,总是会有停顿的。

两人聊天的节奏变了。聊起了湖,聊起了他在周围的旅行。"你会发现很难看到变化,除非是就事论事。在欧洲,如果你离开十年再回去,你会看到这期间的变化,新楼房,新景象,一片一片住房工程,甚至新车型,还有人们衣着新款式。可是这儿呢,一切都跟原来一模一样——湖是原来的湖,船是原来的船,人是原来的人——也就多了那么一座桥啦,一条路啦。然而,一切都不一样了。这一切林林总总的大背景变了。而且,最重要的是,我去见了一个老朋友……是我的同龄人,知道吧,这十年的变化,在他身上能看出来——头发灰白,一颗牙断裂,明显的标记,一望而知有了把年纪。可是他竟然又添了个儿子——我当上外公的时候,正巧他得了一子!"

"那没什么特别的。"她说,喜悦的神态中含着询问。

"真有他的。"他说,也笑了出来。

"我不知道为什么。说不定他也是个祖父呢。"

"哦,我肯定。当过好几次了。他儿子多着呢,我记得。"

"哦,非洲人嘛。"

"你听说过莘札没有——爱德华·莘札?"

"不记得了,应该听说过。一个政治领袖?那些内阁部长的名字,一般我都知道,再多就不想知道了。你会发现我是个政治盲,恐怕的确是的。跟维维恩不一样。"

"他是个老朋友。是人民独立党的创始人。"

她说:"你谁都认识。"

"是啊,"他说,"麻烦就在这儿啦。"

"回去我划船,好吗?"她问。"天哪,这座湖太美了。太不一样了。"

"跟什么不一样?"

她看了一会儿,仿佛自己也说不上来。"住这儿跟以前比。"阳光照亮了她的鼻孔边缘和颧骨,她的嘴唇看着挺干的——她好像没有随身带化妆品,也没法补妆。的确,她好像故意不露风情。几乎视为一种冒犯。她母狮般的褐色眼睛,盯着孩子不放。

当晚,大家回到家后,他就穿过空地,去把孩子们带进车里的零七碎八清理干净。她在露台上跟侬瓦耶·特卢姆下棋;他们用一盏新式的煤气灯照明,发出金属色的光线,仿佛来自地狱。她推开棋盘,把一堆东西堆在椅子上,跟他走过花园,园子没有栅栏,有一排零星散布的百日菊,把园子和矮树丛分割开来。周围还有孩子们挖的一个个浅洞,一道道沟渠。"我教会了侬瓦耶下棋,现在他每局都打败我。我一抱怨,他就说这是非洲的习俗,打败女人——不过他很西化,他只在棋局上这么做。"两人边漫步边聊天,她双手交叉抱在胸前,不知不觉走近了他家,便进去喝了一杯。"去无花果树下坐会儿,会很凉吗?"

"不,不会,我很喜欢坐在那棵著名的无花果树下。"

他拿来一个玻璃烛台。点燃蜡烛,光亮映照着大树干上的裂缝和凹陷,有如山洞里点亮了灯;尽管是在夜晚,树皮上仍发生着各种活动,蚂蚁成群结队,巡守自己的边疆。

"你跟特卢姆一家合住,好像相处很好。"这事让他感兴趣,生活之必需,要靠观念来权衡,一个没什么自由观念和热情的女人,跟一个黑人家庭同住,觉得太无所谓了。显然她是在殖民环境下长大的,不管在哪儿,都一直生活在殖民地的白人区域。

她说:"他们人很好。我很幸运。跟人合住是个巨大的冒险。"

"你没发现他们很不一样吗?——你知道,在一起住,小事情有时候影响很大。"

"哦，那是另一回事，当然——你跟别人合住总是这样的。过去一两年来，我一直跟黑人工作，在贝利家我们的朋友圈里，也有黑人朋友，可我从来没有跟他们住一起过。不过就像我今天下午说的……当时，我什么也没想……必须离开那家酒店，正好来了这么个机会……当然这是个不一样的经历——家里还是有很多隐私的地方，我们却住在一块儿，我是说，没分得那么清，这块地盘归我，那块地盘归你，我原以为会事先有安排呢。他们就顺其自然了；我们一块儿吃，人们随时都会直接进屋来……即使这样，也还是有些隐私的，不过是另一种。他们从不问什么。接受你的一切，没说的。"他从屋里取了啤酒，又回到树下，她说："戈登自然是强烈反对。我把这情况写信告诉了他，果然不出所料，那使他来了信。上周收到的——说他孩子们的教育背景什么的，说了一堆。他简直怒不可遏。他被逼急了，总是写这种律师函一样的信，傲慢愚蠢透顶。他见我们坐在院子里，从一口大锅里舀玉米粥吃——你肯定不知道戈登的想象力。"她大笑一声，笑声里带着嘲弄，也含有一丝骄傲。

"戈登去哪儿了？"他问，口气好像认识似的。

"我其实不想说。"她口气半私密，半卖关子。"在刚果，跟那杂种娄娄·坎博雅一块儿去的"——她见他在想这个名字——"不，不是搞政治的，就是个普通的骗子。哦，真不一般。戈登是在赞比亚的一家酒吧里遇见他的，娄娄开着他那辆黑色的梅赛德斯，在那一带到处走。戈登去跟他一块儿搞礼品生意。娄娄有家'工厂'，做象毛手镯。产品都挺吓人的——假面具和角雕刻。他想去南非，涉足那边的古玩行当，当然遇到人家抵制了。所以戈登就来找他。干这行能发大财，他们打算搞个网络，覆盖整个非洲，从东到西，从南到北——你瞧瞧。我不知道怎么样了——好像蔫了。戈登在上封信说，他找了个工作，在什么卡布拉巴萨——那座水坝。他在卡里巴水电站工作，当然，我去索尔兹伯里那会儿，他就干这个。他是个工程师，那是他的老本行。——

如果你想要象毛手镯,我还有存货。"

他心想,真该像特卢姆一样,什么也不问——不该问那些涉及私人的问题。不过是她主动说起了这个男人的话题,说起了她丈夫;这个男人似乎不过是个传闻逸事。布雷说:"还好,至少没当雇佣军。你提到了刚果——"

"噢,我敢说,娄娄也干武器买卖,不过利润太大了,容不得别人插手。不会让戈登·爱德华兹进这行。"说来滑稽,精力充沛的家庭主妇满腹牢骚,嫌好事总是轮不到她丈夫。他从她身上看到过这种满不在乎的无所谓神态。她开始给他讲首都的那些传闻逸事,包括丹多,各部的官员,大学的职员,讲得两人哈哈大笑,乐不可支。这些故事出自一个聪明的秘书之口,来自她的观察;凡是那些可能出自一个聪明的情妇之口的故事,她都一律避开了。他陪她步行回家,又穿过矮树丛,轻吻了一下她的脸颊,道了晚安,在首都,这是他俩所属的群体里,男女道别的习俗。她是个勇敢诚实的女人,而他感觉到一丝惬意,自己在两人的关系上,做得还是得体的。他最厌恶不得体,就连擦镜子这种事,都容不得半点差错。他像做完事擦书桌一样仔细地擦了镜子。这周又遇到她的时候,见她正给孩子们买冰激凌,他主动提出周末再带她和孩子们去湖边玩——他想跟冷冻鱼厂的人聊一聊。

但是周五晚上,她打来一个电话——桑普森·曼伦巴正在办公室和她一块儿工作——说有人请孩子们去玩,孩子们"欣喜若狂",都迫不及待了,所以——没关系,下次再一块儿去湖边吧(他老有一种感觉,即便是在安排每天的计划,他也很有可能突然走掉,而不顾这些计划)。然后他感觉自己太像松了一口气似的,因为没人打搅他出行了,他加了一句——"当然,你可以来,要是你愿意——如果你没别的要紧事?我反正是要去的。"她说周六早上给他信,不知道是不是来得及?他感觉到两人各有心事,宁愿受煎熬。

曼伦巴坐在那儿仰着脑袋,两排大黄牙咬着一根铅笔——还是钱的问题，钱。以前警察局的那座老房子还在那儿，中间一个方院子，四边是房间——他们可以花很少的钱买下来，改成教室，出几百镑就行。现有的拨款已经有用项了。曼伦巴说："能不能写封信，再多要点？"

"写给谁？"

他看着布雷，耸了耸肩。

不错，他只能问莫维塔了。他说："要是我写给我那个当美国文化专员的朋友，也许可以。他们对教育项目很感兴趣。当然，他们喜欢有影响的大项目——比如大学。但讲堂——就这么说——没准还真能办成呢。"

他快吃完早饭的时候，听见她从露台纱门进来了。她穿了条男式蓝牛仔裤，脚穿一双胶凉鞋，挺高兴来得时间正好。她看上去非常年轻——他并不知道她的年龄，约莫三十，他心里猜道。卡里莫仔细打包了饭食，用攒下来的肉店打包绳捆结实。"里面包着什么？"布雷问道，卡里莫扳着指头，一五一十地说给他听——"哎，烤鸡，小鱼煎蛋，哎，番茄，面包，盐，一点胡椒。没黄油。你去买点黄油。"他每次准备的野餐都一样，凤尾鱼煎蛋，奥利维亚教他做的，还有盐和胡椒纸卷。"黄油不带了，会化掉。"丽贝卡说。他便在出来的路上停车，买了一瓶红酒。

她随身带了一个小收音机，他跟她说，也许要在冷冻厂等他很长时间——"那儿也没什么转头，不是个好去处"——于是她从他书架上拿了本书，神态似在说只要没麻烦就好。车里有个伴相当不错；她给两人点烟抽，爬山的路感觉很快就过去了。他只要对她稍有注意，心里就替她担忧，感觉她是在为别人活，没有自己的中心。像个搭顺风车的，让人家带着走，处处无家处处家，没什么行装也不用惦记什么，无牵无挂什么人都可以做伴。要是她在路上招手搭他的顺风车，他会停下来的。来到冷冻厂，他把车停在一处能找到的阴凉地；建筑物和破旧码头之间，树都被砍光了，地上满是碾压踩踏的鱼内脏，盖满了尘土，爬满了苍蝇，游荡着几条丑陋不堪的狗。他见她整理好座位，坐舒服了，打开两面的车门通风，把小收音机拉开天线，吊在车窗上。

上周报纸上有报道，说鱼厂发生了争议，对雇佣"临时工"不满意——说得不是太清楚。他来的目的就是收集更多资料，涉及的家庭数，涉及的相关领域，从公司拖网渔船上雇佣的人员记录，都可以查到；根据他的笔记，从教育需求统计，分散在当地的工人人数，和实际的人数有出入——实际人数可能要少得多，因为工人多半都是背井离乡，撇家舍业，独自从远处湖区来打工的。湖区人有外出谋生的传统，早在殖民时期前就有了；哪儿有生意，哪儿有鱼，他们就去哪儿。有时候，很难判断他们属于哪个社区。他们属于一个区域，按他们的话说，是"水上的"，这个区的远方边缘，伸进了非洲别国的范围，而那些地方是他们没见过的。这跟其他族群不一样，其他族群的家庭所在地，可经双重确定，一是凭原部落，二是凭殖民时期所在行政区划。

冷冻厂区有停尸房的气氛，男工人们都穿着橡胶围裙，用水龙冲洗水泥地面，有些血渍和内脏痕迹，怎么冲洗都洗不掉。他一眼看见一个白人经理，发红的皮肤上布满皴裂，色斑点点，一辈子干这脏活儿干的，不过也习以为常了，就像城里人去办公室上班一样，只不过这儿是野外，每天赤日炎炎。有人领他来见另一个人，是个灰眼睛黑人，他办公室里的文件令人眼前一亮，不过这些记录还是不能令人满意。布雷问他能不能和车间里的人员谈一谈——工会的记录也许更准确。这位书记员神情茫然，走出了房间——"等一下，啊。"他回来面无表情，像个刚推掉责任的下级官员。"经理说不知道他今天来不来，他们周六不上班，除非是加班。"布雷看到有人在工作。"是的，有些人今天上午加班，不过我不知道……"书记员又变得不自在了，书记员带他来到清洗包装车间。他似乎有一种一厢情愿的感觉，希望布雷一眼就看到了要找的人；这儿的一个监工是个大块头黑人，穿一双橡胶高筒靴，站在湿淋淋的地板上，鱼就是在这儿刮鳞的。监工抬头一看，跟书记员目光相遇，便走过来，一副事务表情，习惯了被召唤指使。

布雷介绍了自己，那人说话跟当过兵一样简洁有力："早上好，长官！埃利亚斯·鲁巴迪里。"不能握手，因为他两手都湿得跟鱼一样，浑身上下沾满了鱼鳞，连胡子上都是，活像狂欢节的海神那一身闪闪的亮片。他们来到一处露天通道说话：哦，是的，工会有记录，不过保存记录的人不在，都锁起来了。在哪儿？在他家，那人的家。可以去他那儿吗？——在露天通风处，那人身上的鳞片很快干了，他把两手一搓，鳞片哗哗掉了一地。"他不在那儿……"然后是黑人惯有的停顿，一般出现在更准确的解释之前。布雷默默把自己调整回了熟悉的加拉，监工说："你知道，那天……他脑袋上挨了一下子。"

然后，他们又接着谈下去。鲁巴迪里是那种受教育不多，但聪明绝顶的人，在白人面前很敏感，但很自信，对自己人态度专横，国家独立后，全国到处出现这种人。人民独立党是由这些人活跃起来的，过去那种互相依靠的小炉匠热度还在，喜欢扎堆抱团，如今都被权力的大熔炉取代。争论是没有意义的——他对布雷表达的就是这意思。过去雇用老人和妇女的鱼干"厂"——"沙滩上戳些竿子晾几条鱼——你去那儿还能看见"——这些老人、妇女别的啥也干不了。他们干活儿不是全天，他们不定哪天病了，第二天下午才来干活儿，他们一般都腿疼——他爆发出一阵大笑，显示自己的宽容。"总算给了他们些事干，挣点钱买烟抽。"当然，鱼干归公司所有，这情形很久了，是一种小型的私人特许经营，他们买了些船，租用这儿的场地，那还是工厂刚开办的时候。每年生产几千袋干鱼，都卖到矿区了——但是那边的需求量减少了，因为独立前矿上几乎不用临时工了，住在家的工人，享受不上住矿工人的定量。公司在加拉还有鱼干鱼肉加工厂，供应别的市场，就布雷所知，那儿的工序都是机器完成的。所以这儿的工人——他手一挥——"公司就让他们待着。"建厂之初就成立了的工会，不认这些人。

他谈起过去几周的"麻烦"，脸上现出若有所思的神情，好像他在这之前，排练过多次，坚决消除了任何失误，没有其他解释的余地。

"有人来说,这儿的鱼干工人,一样为同一家公司工作,为什么不能进工会?他们说,他们挣得太少,有人接受太低的工资,对我们并不好。要是麻烦找上门来,要是哪天罢工了,他们就不来干活了,谁知道呢?"他面露嘲弄神色,抬起上嘴唇,吐了口气,仿佛这事不值得笑。"他们当然知道,那都是扯淡。女人和老头怎么能干活儿呢?他们能干的就是洗地!他们不懂包装,不会操作冷冻厂的机器设备。"

"那为什么别人还在乎他们?"

"为什么?先生,我来告诉你。这些人说他们是人民独立党,可他们不是人民独立党。他们想在工会里给人民独立党找麻烦。他们想在这儿搞罢工。我知道他们。他们就想找麻烦。"

"他们是湖区人吗?"

他显出肯定的神态。"他们是这儿的。但是他们在那儿有朋友"——他向空中戳了一指头——"在加拉的工厂,在城里——我知道。"

"这么说,闹起了矛盾?"布雷说。

"麻烦,麻烦,开会。我们有人想把他们开除出工会。然后就爆发了斗争……麻烦。"

"那你——你想开除他们吗?"

他把胡子参差不齐的嘴唇一咧,看了眼布雷,表情很专业。"人民独立党用不着被告诫来关心这儿的工人。他们必须改变观念,讲道理。"

布雷又跟他谈了会儿,关于拖网渔民和工厂工人的来源,得到了些有用的信息。原来鲁巴迪里自己和他老婆孩子,都不是来自附近区域的,而是来自偏远湖区的一个乡村。

布雷知道,他已经让丽贝卡在车里等了差不多一个钟头,便紧走几步穿过鱼干架,这些戳在太阳地里的架子看上去像某种农作物,布满厂房一侧的外围。他很快看了一下。真的,这更像是当地渔民企业,而不像一家白人开办的大公司的部分业务。只是更大——并非更精细——跟渔民自家的鱼干加工设备比较而言。沿湖畔一路走去,只要看到茅棚，就是渔民自家制作鱼干的简陋场所。他们的鱼干架通常是用芦苇编制的，连接处用草捆绑，上面晾晒着切开的鲈鱼和鲃鱼，晒得僵硬干挺，像一张皮，发黄，边上一圈盐，腥味特别大。地是光秃的地，靠近湖边到处扔着饮料罐和其他垃圾，这地儿显然没人干活儿。当然是周六了。赤条条的小孩，在垃圾堆里觅食的野狗，随处可见。他注意到一些棚屋，排列在一个锈迹斑斑的铁皮屋顶下面，不是仓库，尽管里面散发着扑鼻恶臭，是住人的。墙上没有窗，就有个黑黢黢的门洞。在黑暗的屋里，有些面孔或隐或现。他才发现，他以为是垃圾的那些散落的东西，原来是这些人的家产。没有传统的锅碗瓢盆，陶瓷的、木头的都没有，也没有从商店买来的那些品种——只用同一种类似瓦砾一样的东西，湖边常见到的那种。好像这些人还生活在远离尘嚣的地方，被一个社群抛弃，而那个社群本身已经卑微简陋之极，用的都是白人物品中最廉价最低劣的东西。棚屋没有门。他感觉不好意思走近，盯着看里面的人，就快步走过，保持几英尺的距离。眼前的凄凉景象，惨不忍睹，令一个丰衣足食的人深感震惊。一个得了疟疾的老人躺在门外地上，曲着腿，好像准备着按传统方式被埋葬似的。营养不良的脸上，带着衰老的惨笑，一望而知是从那些死神的臭嘴一样的黑门洞里出来的。他看到棚屋里没有用具，只有人，了无生气，仰躺着，或是从外面太阳地里爬回屋里。一个女孩，先天臀部异位，一脸怒相，不是因为坏脾气，而是因瘸而行动费力造成的表情，挪出门洞，显出乞讨神色。一个干瘪的老太婆，仰头想要说话，费了一番力气，却说不出话来。

他回到冷冻厂房附近的汽车跟前，对丽贝卡说："你来一下，我想让你看样东西。"

他俩快步走过去，她只管跟着他走，没吭声但很纳闷，瞟了他几眼。"天哪，这么大的味——"他们经过了晒鱼架。他抓着她的胳膊，领她从棚屋前走过。他手用了点力，似乎在告诉她别出声。她说："太可怕了。""所以我要让你看看。"两人压低声音悄悄说，头不向彼此转动。

那瘸女孩，那干瘪老太婆，那些一声不吭的孩子，盯着两人走过。

一回到车跟前，她立马爆发了。"为什么没人为他们做点什么？他们是谁？"

他点了点头。"我就是想弄明白，我不是在夸张。我是说，这还是个贫穷的国家。农村的生活没那么光鲜。"

"但是这个！就是在部落乡村里，也可能不会像在城镇里这么糟吧，他们肯定有自己的东西吧，你看到了他们活着。在那里他们简直一无所有，布雷，一无所有。没有生活必需品。"

"让我震惊。他们是被剥削到一无所有了。"

"那他们靠什么维生呢？"

"他们是鱼干工。"开车上路离开那地方后，他给她讲了那些人的情况。

最后，他说："哦——我们找个地方去吃饭吧。"便减了速考虑。她一激灵，说："去个漂亮的地方。"

"那天我们是在哪儿来着？"

"噢，好地方。"但他在湖滨道上停下来，准备下车的时候，她好像犹豫不决。

"是这地方吗？"

她说："我以为你说的是那小岛呢——"

"一直到小岛上去？"

"别介意，这儿挺好——"

"好，要是你不急着回去，我肯定不急。等等——我看看哪儿能找条船——"

她还是一直说别麻烦了，但难以掩饰内心的希望。有两条独木船，上面打了许多铁皮补丁，在芦苇丛里停着。一个渔民在收拾渔网。他跟渔民用加拉话热情地搭讪，渔民叫他们自己挑船。他们便挑了积水少的那条，这回有两只桨。船走得飘忽晃悠，但她坚持一人一桨划船，划得满面红光,兴致勃勃,显出魅力女人常有的模样。女孩一过十四,就再也不会那么无拘无束,心里总是顾忌自己的外表;他从自己的女儿身上看到过。

她是对的。这岛,这沙滩,走这一趟不亏。她高兴得像女王似的。"你见过这么完美的沙滩吗?瞧——还有靠背,可以面朝湖水——"他们先游了会儿泳,脱衣再穿衣,假装不好意思,各自不朝对方那个方向看。然后,打开卡里莫准备的午餐。"尝尝鱼馅蛋,来。"两人有滋有味地吃起来,喝了几杯红酒。她的大腿真的是太粗了,坐着吃,裤子紧绷在腿上和小肚子上,像鼓一样。那么人们说"漂亮女孩"指啥呢?是说她脸漂亮?她是方脸,皮肤微红带棕,他不喜欢这么宽的下巴,等人到中年,她就会发福,长出双下巴。她额头饱满,侧面尤其好看,覆盖着直直的黑发——头发黑极了。还有一双美丽的眼睛,淡黄,像母狮。不,这就算得上"漂亮"了——魅力,不在于美丑,不在于匀称不匀称,这些在这个女人身上兼而有之。她没有用香水,但脖颈处到锁骨的小窝极迷人,让人恨不得把脸埋进去,感受那销魂的起伏,吮吸生命的芬芳。

他们在沙滩上躺下来,肩并肩;她要了根雪茄,悠闲地享受。一会儿问个问题,说点看法,翻身侧躺着,头枕在胳膊上,手插在凌乱的头发里,另一只手搁一半在身下,护着短衫下从胸口涌出的乳房。不管她是啥,她绝不是卖弄风情的女人。

"你的合同签了多久——跟阿莱克签的合同?"

"十八个月。"

"那以后呢——你要回去?"

"回哪儿?"她说。他想的是首都,他习惯了开口前深思熟虑。"我不知道会怎么样。也许我们去南非。因为他在卡布拉巴萨做事。"

"在莫桑比克,去哪儿都好几英里。"

"不过他要去南非工作。他工资付的是南非币。但也可能我续签——

再续十八个月。看吧。不管怎么样,我想把阿兰和苏西送到寄宿学校。"

"但不是在南非。"

"哦,是在那儿。我没敢想罗得西亚。孩子们也不能待这儿太久——"她不情愿伤他感情——她看到过他个人的全部投入——她不想说他在这个国家的宏伟教育计划没那么好。"只不过是,学校经过新的合并调整,标准已经下降得太厉害,你知道,不能让自己的孩子上学白上了。"

"当然。现在只有黑人的孩子受益,对白人的孩子有点不利。但是你不会真的要把他们送去南非吧?"

她又说道:"哦,我不知道,据说那里的学校还不错。"

他看出她是在考虑钱的问题;去南非可能有钱,能付得起他们的学费。表面之下,她的生活是刚刚满足最基本的需求,现在的生活就是这样,所以奢侈品不在考虑范围和情感范围。但他还是温和地说:"看你们跟特卢姆合住在这儿挺好的。你送他们去那儿,接受旧式的殖民地教育,考虑一下他们的白皮肤,那会让他们与众不同的。"

她微微一笑,有点不好意思,也有点满不在乎。"哦,那我呢?就像在肯尼亚。也就是在学校的时候有那种感觉,他们会适应的。"

"不是所有的人都像你一样这么随遇而安。"他说。

她又把头枕回到胳膊上。"我不太理解你这话的意思。"

"你很现实,"他说,"不能拿过去的殖民老眼光看你——黑鬼是黑鬼,白人是英国绅士。你顽固地坚持另外的标准——我不知道是什么标准,但肯定不是以肤色为准的。"

"这没什么大惊小怪的。如果你担心的是这个……"她垂下了头,又仰躺着。也许她在琢磨自己的"另外的标准"——是什么。也许她对这个不满意——对自己不满意。容易确定的是,需求主导着她的生活,美丽而质朴,即使有凑合之处。她那位隐身男人的标准又是什么呢?她嫁了他,却似乎从不跟他一起生活。在首都那一小群男人眼里,她是个友善热情的女人。他俩头一次来这岛上的感觉,又出现了。而这次，这个年轻女人，和他自己，存在感那么强烈，异样的安宁而清晰，彼此都没有任何人和时间的羁绊。

几只鱼鹰栖息在浅水里的一棵死树上，对周围漠不关心。他顺着它们的目光朝湖面望去，自己的目光却游移不定，没有对焦点；鱼鹰的眼力超出人眼视力范围，就像有些声音超出听力范围。她说："他们又不打算做南非人。"

"这跟你的现实主义是矛盾的，你知道。现实也要有原则——这是个比较方便的解释，现实主义者随遇而安，哪怕遇到的事情并不现实，一种虚假的现实。那样的现实情况，你应该能看得清，为了你的孩子，本能地拒绝，哪怕是临时的。这就是原则的应用。"

她嘟囔着，两条胳膊交叉起来，"我要记住这个。"——这一刻，他看到她一半藏在头发后面的面颊上，露出微笑。

喔，是的，给一个年轻漂亮的女人做导师，多好啊，为她分析自己。"我们快该撤了。"

她若有所思地说："你还能待多久？"

"我自己定。"

"你跟自己签订合同。"她好生羡慕。

"很方便。只有我知道合同期多长。或者说，我应该知道。"

"那么你也许真知道。"

"是吗？"

"哦，是的，是这样的。我们了解自己，了解周围环境。"她伸手抓了抓头皮，再把抓到指甲上的头屑抠掉，抠得很专注，好像她是独自一个人似的。他不禁自忖，她这个人多么直率啊。他一直喜欢奥利维亚那种讲究挑剔，个人的坏毛病在她身上一概找不到，简直令人称奇。奥利维亚肯定不会跟挖鼻孔的人上床……

他们在岛上消磨了不少时光，然后上岸付了漏船的钱，跟穿运动衫和破裤子的罗圈腿渔民又聊了一通。还给钱，他似乎很惊讶。他一直忙着拾掇渔网,反正自己也不用船,很乐意让他们用。

但他一见手里的钱,肯定马上就在琢磨想买的东西,因为他看着钱笑了,像在说,这能干点啥?他用加拉话对布雷说,你能再给我两块九么?布雷没零钱了,丽贝卡有,就给他了,觉得挺好笑。开车回家平添了一份乐趣,时近黄昏,慢悠悠行驶,来时下坡,去时上坡。过了山隘,来到大草原,布雷忽然感觉到轮胎扎了。于是停车换了轮胎,没啥难的,不过是走夜路了,天黑下来才到家。"这可是个吃饭的好时候,找个小点的好饭店,变魔术一样出现在加拉大道上。"她说总得去看下孩子;不过车开到家门外那条路灯稀疏、灯光微弱的路上时,她似乎忘掉了自己关心的事,跟着他走,一块儿进了他屋里。卡里莫在壁炉里生了火,难看的屋子里有股轻柔干爽的木头①香味。他们在湖上买了几条鲤鱼,想在木材灰烬上烤熟吃,但卡里莫把鱼拿走了。"别在锅里煎,卡里莫,看在老天的分儿上——要烤,不要煎——"

她看他努力说服卡里莫的样子,忍俊不禁,哈哈笑了。"要是你担心孩子……你可以现在去看,卡里莫我了解,没一个钟头做不好。"

她去了,好像本来打算这么做似的,但是他看出来,要是他没说,她是不会去的。十分钟后她就回来了。只见她抹了口红,头发梳到后面,在湖上弄得贴头皮了。她自己看上去像个刚洗完澡的孩子。"一切都好吗?"

"噢,都好。吃过了,睡了。艾德娜·特卢姆很可靠,信得过。"她带来一小包软糖,"饭后甜品,喝咖啡时吃。你喜欢烤一下吗?"

卡里莫进来收拾桌子的时候,显得不满意;她蹲在壁炉旁,仔细看那淡红色的嫩肉,在叉尖上鼓胀起来,肉变皱巴,颜色变深。"尝一块,卡里莫。"她朝卡里莫晃了晃烤肉叉,但他迈着沉重的脚步出去了——厨房才是做饭的地方。

她吸了根布雷的雪茄。十点半了,他听见卡里莫锁了厨房门。她

---

① 原文为 mukwa,是一种津巴布韦、赞比亚等地称为安哥拉紫檀的木头。

两手抱膝,头枕在双膝上。他伸手抚摸她的头发,多么平庸的爱抚——摸狗摸猫也是这样。她忽地抬起头——排斥还是响应,他没工夫琢磨——直接就把脸埋在她脖子底下锁骨上方的销魂窝里,一如那条独木舟在湖面启动,乘着另一个生命的潮汐涌动,逐浪随波,合着她呼吸的节拍,伴着她怦怦的心跳,听着她喉咙里微微的吞咽声。

她对他微笑,透出一抹忧伤。

"你能待多久?"

"我们想多久就多久。"

他开始亲吻她,这次要吻够,把上次的也补上,一边展开手掌保护似的放在她肚子上,一路摸下来,到达紧裹在裤子里的肚子和大腿交汇处,这条破烂的旧牛仔裤并不适合她。两人配合默契,尽在不言中。他脱光了她的衣服,带她来到他空荡荡的男人房间里那张孤零零的床前,此前他从来没有跟任何女人分享过这张床;这里既像小男生的房间,又像光棍老男人的房间,来自离他远去的往昔,或许出现在他以后的岁月。然而这张狭窄的床又充实了,他自己又充实了,都在眼前,那个跳进水里的女人身体,那两条肥硕、颤抖的大腿,涌动的双乳。这次他饱览了每一寸肌肤,看着乳头在他两指间旋转,变成深色宝石球,光亮透明的皮肤下显出幽蓝的血管,宛如地下的淙淙流泉,看到那丛生机盎然的毛发消失,大腿根隆起,背面脊梁末端两瓣屁股分叉处呈紫褐色。这一切都细细享受够了,才翻身以膝盖为支点,俯在她上面,听见她说了句让他放心的话:"没问题。"(她知道如何保护自己,确保不能有麻烦),说罢,她在他身下用力向上,迎接响应他的身体,把活儿全包揽下来,把雄起的阳具抓在手里,享受两个身体之间带来的新体验、奇幻感。他终于进入了仔细端详过的身体,在她里面如熔岩冲出地壳,彻底释放。

她是个充满性骄傲的女人。她说:"你的精液真不少。"他的嘴和鼻子还埋在她头发里,嗅着湖水留在头发上的冷湿味。他浑身松懈,忽而打个盹,忽而又醒来;他的手离开她滋润的乳房,轻轻滑动,有一下滑到了胸腔和臀部之间的低洼处,仿佛掠过一只侧躺的吉他。

这时,他们关了灯,黑暗中,他开始说话了。说的还是老一套。卸了负担的身体,也卸了头脑的负担。于是赤条条在床上,口无遮拦,毫不设防,道出一个个秘密,像袋子破了,豆子往外滚漏。他心里明知是泄密,但还是跟她讲了;关于莘札的事。"——我有个不大合理的念头,要是再见了他——我会明白。"

"这是我想到的。关于你和我。如果——如果——到这一步——又——我想,那我会明白。"

"什么?"他问,逗弄的口吻。他把已经麻木了的阳具头部,轻柔地抵在她身上,这物件像个惊了梦的小动物。

"明白我们该做什么。"她说。

那个星期,他开车去了巴士。在莫巴纳酋长庄园那座欧式房子里,那个身着洁净的灰法兰绒衣服,脚穿锃亮皮鞋的男人,被一个孩子叫来了。他说莘札病了。布雷说听到这消息感觉难过,能不能去他那儿看望他?

"不能,他病了。"

但肯定可以的,就去问候一下,是什么病?

他睡着了。因为他病了,所以他睡着了。

"那我等一会?"布雷说。

那人的眼睛像黑色蚌壳的内侧,不透明,有层亮膜,仿佛镀了层水银。尽管脸瘦,眼皮却丰满光滑。他说:"他病了。"这是一种令人厌恶的迟钝,在殖民时代屡见不鲜;白人肯定就会转身离去:笨黑鬼。

"如果他知道我来看过他,他就会见我。"

"他病了。"

布雷回到车里,抽了根雪茄。同样的雪茄给莘札带了一大盒,在车座上放着。怎么说也该把雪茄留给他;他拿起雪茄返身走向那座房子，忽然想绕过它，直奔那座大茅屋，那里住着莘札、他的女人和孩子。院子里只有几个孩子。门开着，正打算轻轻敲一下，先感到一阵亲切，只见那张杉木桌上堆放着文件，箱子上摊着咖啡壶具，领导人群像斜挂在墙上——随即来了莘札的女人，莘札的老婆，抱着孩子，脸蛋儿不再是粉黄，皮肤颜色像新长出的嫩树叶。她跟他打过招呼，面带羞涩，一本正经。他道了个歉；问莘札感觉好些吗？

她说："哦？哦，他很好。"忽然用教会学校女生的英语说话。"可我以为他病倒了呢？"她站着看了他一会儿，目光深邃、惊异，仿佛他是一束强光。然后，她过去关上门。屋里光线昏暗，感觉安全；屋顶吱呀作响，一只闹钟嘀嗒。他很难看清楚她，说："莘札怎么了？"声音自己听着很大。

她向前靠了靠——"他又出门了。别跟任何人说。"

"出境了？"

她对自己说了的话感到害怕。"我想是的。"

他说："别担心。我马上走。要是有人看见我，我就说你不让我见他。不会有问题。"

小孩的胳膊腿在她怀里乱动一气，像水底动物的触须一样。她说："我要告诉他你来过吗？"

"要是你觉得不会给你们俩之间带来麻烦的话。"

"那我告诉他。"

小孩欢喜地尖叫了一声。他悄声说："你儿子真可爱。"说罢又拿回了雪茄，怕万一她决定不说他来过。

* * *

新警长走马上任了；这人来自中部省，来自一个说加拉话的部落邓迪。"前中量级拳手，"阿莱克说，"据说十年前拿到过名次。"

"打坏头脑了?"

"喔,没,那地方还好。"阿莱克哈哈大笑。

丽贝卡告诉他:"新上任的警长来了,找过你。""真的?他找我干吗?"他下一次来到办公室时,她立刻探头进来说:"他又来了。"几分钟后阿莱克的声音混杂着另一个声音,在过道响起。阿莱克带来个人,个头跟布雷一样高,塌鼻子,弯鼻梁,是阿拉伯奴隶贩子和当地人的混血相貌,显然鼻子不曾被打碎,不过整张脸是拳击手的脸型。阿莱克走了。"我叫人给你送茶来。"

"我很高兴听说你在本区,上校,很荣幸。"

"你——对现在的职位满意吗?"

两人进行着善意的寒暄。

"噢对,好,你习惯了在周围走访。我们还处在重新建设阶段,你知道。这个国家还年轻,是不是?好,我正在把事情理顺——新上任总会有这样那样的小事。但我不想找麻烦。不会有不正常的情况。从今往后,一切都将"——他叉开手指,两手一摊——"完全——正常——"他说罢哈哈大笑,掩饰自己的粗俗。

"我听说过你在拳击场上的声誉,"布雷说,"我想劳驾你给我们中心提点建议。我们在那儿有各种娱乐俱乐部。"

"噢,很乐意,很乐意,只要能帮得上——我的工作够我忙的——不知道一天有几个钟头有空,得悠着干——"人出于好意答应的事,其实心里清楚不会非办不可。

丽贝卡说过,也许莫维塔这么做是想让你高兴。没有"不顺利的"情况;难道也是为了让我高兴?警长来见我,似乎没别的目的。布雷坐在办公桌旁的旧椅子上,其实办公桌也不是他的。他摘下眼镜,揉了揉眼睛。两手按摩拉展鼻子两边颧骨上方的皮肤,一直按摩到脖子,把眉毛拉得高高的。莘札出入边境,也许他们知道——他看着警长那张被打扁的脸,乐呵呵的,换掉了莱巴里索——他们也许知道,也许不知道。莫维塔收不到信，会难受的。其实拿张纸出来写，很简单：你是对的，莘札没在家，他老婆说，他进出边境。你可能知道他去那儿见谁。

他眼睛近视得厉害，摘掉眼镜仿佛把世界拉到了跟前，就像一只蜗牛的触角。窗外的绿色变模糊了。落了灰尘的书架上，参考书、贸易指南、老韦氏词典，书名一概看不清楚。他坐在这个视觉上收缩了的空间，固执而无为。但他思绪一时绕不回来。还是莘札的事，根据事实判断，走到了死胡同。

他告诉丽贝卡，他没见到莘札，因为莘札病了。反正其他人都不清楚他的目的和去向。现在，她在房里待的时间很长。一开始，她只是夜里过来，等特卢姆一家睡着了就溜出来，拿着铅笔电筒，穿过树丛，然后在凌晨两三点，再穿过黑暗的树丛，被一只手牵着护送回家。夜色黑得如此美丽，星辰低垂，晶莹璀璨，像一颗流星划过留下的一片灿烂，蝉和树蛙都因空气凉而集体噤声。他俩听得见彼此的呼吸，距离很短，转眼就到了。他独自返回，感觉壁炉里散发出灰烬的幽香，屋里暖暖的。夜夜销魂，了无痕迹。后来，她不仅过来跟他一起吃，还留下来过夜，只在清晨卡里莫打开房门之前走掉，赶在"孩子们一窝蜂扑进来"之前回到自己房间。她告诉他，天亮后，她要和艾德娜坐在厨房喝咖啡——艾德娜起床很早，起来就做家务，然后才去医院值班。

"特卢姆两口子会怎么想？"

"哦，他们很谨慎。你放心。他们什么也不会多想。"

他总是不由自主，老回想起首都那些人背后怎么议论她，你传给我，我传给你，口气那么轻松。

"你知道艾德娜怎么说吗？'我说，你老公到底在哪儿？女人必须有个男人。'地道的黑人观念。"

她站在他的桌子旁边，椅子上坐着他，在忙活一堆资料。他伸手把她揽在怀里，把脸埋在她肚子上的裙褶里，随手又把她汗衫撸上去，露出两个奶子，散放出周身围绕的热。她耐心站稳不动，体验愉悦，享受被爱抚。他发现这样无比兴奋。起先没觉得她身体有多美，等到轻车熟路后，同一个身体里注入了情感，变得玲珑剔透、性感荡漾——其形态、质地、色泽，都能引起他的性欲。

她在空荡荡的房间里任意走动，脑子里有一搭没一搭地想着自己的事；缝缝补补孩子们的破衣衣裳，坐在炉边地毯上写信，字迹大而潦草，活像乱码，星期天下午一准关在他的卫生间，弄头发。她把缝纫机搬了过来，翻新窗帘。"你老婆来了，看见这些东西这腌臜样，会晕过去。"

奥利维亚在信里说过，她真答应要来，十一月之前——那封信写得像个宠坏的小女孩，她知道自己很任性，我行我素，旁若无人。对布雷来说，十一月还很遥远。时间计划看来都被迫推延了，或者可以说，要落空了。下周和十一月，同样都是眼不见，心不念。他不知道自己身处何境，从没有像现在这般心思茫茫。他也不知道自己这么想有什么意义：身处何境。他的感情和行为之间，有条越来越宽的鸿沟，其中——并非空虚，而是生命的一种新状态，不期而至、前所未有、毫无戒备——潜藏着意义。他和丽贝卡坐在同一个房间里，给奥利维亚写信，说些嗔怪的话，十一月可以，但可惜了，她要错过冬天了，大概忘记了加拉的冬天有多美了吧。信里只字没提自己。所有亲切的话都是身外的。薄薄的信纸像蛇蜕下的皮，肉身脱离，形状依旧。他把信纸折起，装进了信封。

丽贝卡给他打字，是不得已而为之。她抬头望去，用口型说了个字，脸上掠过淡淡的笑意。他对她说："我开车去了巴士，爱德华·莘札出门了。"

他跟她说话，她常会露出一种神态，表示明白了，好像生怕被误解——哪怕是在床上黑暗中，他也能感觉到。

"他越过边境了。在巴士，西北边境很容易穿越。方圆几十英里荒无人烟，法兰兹伸入荒漠，边境只有刚果河上有一个边防哨。他的小妻子话里隐约说他以前也去过。——别这么担心！"她绷紧了脸，显出惊恐的表情。

"我不知道他是不是去见索施奇。你还记得那两个人吗？——几个月前，莫维塔驱逐了他们，因为老贝特总统指责他，说他允许他们在西面边境我们这一边，组建了游击队基地。"

"要是他去见他们……？"

他意味深长地吸了口气；他的腰还跟二十五岁那会儿一样精瘦，但是像许多同样身高的肌肉男，他腹部伸缩性很强——可以排空提到胸腔，但也不可否认一个事实，一旦忘记收腹，肚子就会从皮带上突出。他动了动皮带。"有份英文报纸上登了篇有关文章。显然，索施奇和尼安札分裂了。索施奇现在成了首领。他谴责尼安札浪费资金，错失良机，未能实施解放计划等等。不管这背后有什么勾当，如果这儿有什么机会被索施奇看到的话，他怎么能不感兴趣呢？不管现在他们在自己国家的什么地方，都相隔一国之阔的距离。渗透是不可能的。不管在哪儿，跟他们国家都不接壤。莘札可能是他们的机会。"

她的看法就是几句带有疑问的话。"除非他真想捣乱。"

"依我看，要是莘札回去再组织一个家庭，他就不会在穿越边境去见索施奇了。"

"他怎么出去的？"

"我不知道。"他强迫自己闭上了嘴，险些说出莘札可能通过索施奇，从乐见莫维塔出局的其他来源得到支持；可能获得武器，可能与索施奇结盟——莘札！荒唐的闪念。当年在兰开斯特会议厅发生激烈的争论，莘札和莫维塔属于争取独立派，不惜牺牲，为独立与殖民政府进行艰苦的斗争。侨民相信，殖民政府会为他们的利益而不退让，不料政府的想法很简单，即择机放手。莘札更适合当总统或总理，而不是浪迹江湖。

通露台的纱门传来几声轻敲。丽贝卡喊了声:"哎,苏西?"孩子们从来不会没敲门就闯进来。他心里纳闷,难道是她教的?还是他们天生就懂,或是怕大人觉得他们不懂规矩。小女孩的声音低得听不见。

"进来跟我说。我听不见你说什么。"

小孩推门进来,奔向妈妈,告男孩们的状。

"别理他们,都是淘气鬼。"

"我去跟他们说,他们是淘气鬼。"

丽贝卡笑了,冲他做了个吃惊的表情。"噢,别,不告诉他们。这是秘密,是你和我的秘密。"

女孩的愤怒平息下来,他把她叫到身边,给了她一雪茄盒桃花心木树种,树种像豆粒,是他从桑普森·曼伦巴家外面那棵树上采集的,专为送她的。"谁能帮我在豆子上穿孔,然后我可以穿绳做成项链。"

他对小孩很礼貌友善,是个好大叔。"我没有穿孔的工具,苏西,不过我可以到甘地学校那儿去,找人给你做,你要等几天喽。"

小女孩满怀信心地说:"我爸爸回来会给我弄好的。"孩子们好像没有时间概念,说起自己的爸爸来,好像爸爸天天跟他们生活在一起。

小女孩走后,她坐那儿,手放在两腿间,看着打字机发呆。她扭头说:"你要再去一次吧。"她指的是首都,去见莫维塔。

"我不去。"

"不去?"

"不去。"

她没大听明白,有个地方弄不懂:一脸茫然。他注意到了,也不明白什么原因,便走过去心不在焉地轻轻抚摸了她一下。两人的生活深深纠缠在一起,从不过问——没关系,他可以让两人的关系降温。他用一根指头摸了摸她的眉毛,眉毛下边的睫毛很密很长,每当上下睫毛合拢,在眼角处就多少有点纠结粘连,眼睛今天是茶色。孩子们谁都没像她的眼睛。

"那会是致命的。"他说。

他从她身边走开。近乎怪罪地感到，你要想理解我，先要理解我的一生。但他还在不停说话，仿佛面对奥利维亚，奥利维亚跟他的感觉一样；除了他并没有跟奥利维亚说太多，在信里也不说什么。他一边说，一边又体会到了那种怪异的与日俱增的孤独感，像寒意，从手脚发凉，到寒彻心头。他那就事论事的沉稳声音，在自己耳朵里响起——一种猛烈的不相干的感觉，忽然闯进了他的意识——死亡：像死亡，生命退缩，由远及近，像一块燃烧的纸片，烧到中心，残存一圈冰冷的灰烬。

"我完全理解自己在做什么……莘札和莫维塔建立了人民独立党的时候，我怀有信念。作为殖民公务员，我的地位与这种信念，表面上发生了矛盾，实际上根本不矛盾，因为对我来说，那是殖民制与生俱来的矛盾——这矛盾会发展，辩证地说，矛盾最终会激化，指向未来——未来殖民当局要垮台，黑人要当家做主。我只不过是预见到了我那个职位的下场。我……花了些工夫，给未来做了些准备，因为——好也罢，坏也罢，先别管——那个机构已经太大了。大而无当。侨民中心信差，巡回收税——我们是些忙忙碌碌的蚂蚁，围着僵尸转，英国国旗在上方飘扬……但是现在，我想我该离开他们了。"

她正襟危坐，好像他的话拉直了她的腰，支撑着她。"为什么这么不一样？你肯定以为你的看法是最好的，最好的政府，最好的——"

"对他们而言——是这样。我为什么要相信我知道？我为什么要相信？过去不一样。那是我的境遇，我身在其中，因为我是其中的一部分，是他们造反的对象；因为我可以选择改变跟它的关系，我自己也反它——你懂吗？如今，我应该在他们中间调停——即便分量轻得像根羽毛，也能对局面多少发挥点影响——还是那个原则，认为有权为他们做决定。"

她替他感到义愤。"莫维塔想叫你说服莘札！但他们敢要求你吗！"

"这并不改变我的观念,要是莫维塔想利用给我的诱饵,要是他认为合适——"

少顷,她说:"那些替别人打仗的人结果会怎么样。就因为他们相信,一方是正确的。譬如西班牙内战。"

他微微一笑,揉了揉鼻子,抬起头好像要吸口气。"国际纵队和刚果、比夫拉那类地方的雇佣军,还是有距离的!"

她又继续打字了,打得很慢,仿佛那敲击是行走在分隔他俩空间上的犹豫脚步。

"问题是,我是说——你是——你也在其中。别的你什么都不在乎,对不?"

"哦,人人都'喜欢'非洲。"

"你住在你漂亮的房子里,远在英国,好像你的生活已经结束了。我是说,你没灾没难,每天看看报,开着漂亮的轿车,远离尘嚣,像过去那些——"

"退休的上校。"

她眼睛里几乎涌出泪水,不由自主地说出了这些话;一时间,他的情和欲接踵而来。

"这地方能遇到都会遇到。从来都是的。"

"爆发过战争。"

"这你可是从来没有谈起过。"她说。

"在这块大陆,你什么都能遇到。"他说。

"噢,可不是吗,我在这儿出生的。别无选择。"

"亲爱的老上校,追忆往事,当年在侨民中心背后煽动革命。"

"你在这儿。你爱那个男人,麻烦就在这儿了。"她说,面带苦笑。

"哪个男人?"他说,假装不那么在乎她的话,却又显得很在乎她的话。

"哦,他们俩,就我所知。不过莫维塔,我知道。跟这相关的事情就都说得通了。你把自己绑在了别人身上,迟早会习惯的,就像婚姻,不管发生什么,你还是觉得自己有应尽的义务,因为毕竟有这个存在——不管你把自己的位置叫作什么。陷进去了。你有啥办法?你忘了人们是怎么说的,忘了事情的模样,忘了自己怎么看自己。你只不过干自己必须干的,就这样过下去。我不知道会有什么办法。"

他脑子里转悠着一丝疑惑,不太清楚她那种超越性的"升华"观念从哪儿来(来自圣公会教士在肯尼亚女子学校讲道的影响?)。但她对他能量的印象,认为异乎寻常,深信不疑,让他感觉受用,甚至感动。在他们的谈论中,仿佛莫维塔也在场,就站在他书桌后面。

"你要像子弹飞一样去见莫维塔吧,告诉他莘札越过了边境,也许在那儿接触索施奇。"

她并没有等他接话。她把头偏向一边,饱满、发白、纹路毕现的嘴唇向后抽,两道眉毛间的线拉平了——"是的,是的,当然,要我就会的。这是很自然的!"

"我不大喜欢那样的爱。"他说,仿佛是在对她的小女儿说话。

"哦,好吧,那就是英国人的作风——顺其自然,自己的情感深藏不露。"

"我亲爱的小丽贝卡,英国人差不多是世界上最没限制的人了。你很久没去英国了,到处都在宣讲展示爱,各种爱,到处都是。谈论它是没问题的。"

"我从来没去过。——不过也一样,你不是那代人,布雷——啊对,那些老传统的禁忌在你骨子里——"两人聊得很来劲,打情骂俏,忘乎所以。

吃完饭,她蜷缩在壁炉边,忽然大声读出书里的一句:"'人应当在不知不觉中互相爱。'"

他正在一份卷宗里翻找,抬了下眼,没注意听,但显出很宽厚的样子。

她仰头靠在自己胳膊上,望着他。"你听见啦。"

他这才明白，她是拿书里的话说他呢——包括莫维塔。

他们（他和她）之间从来没有用过这个词，这句老话，甚至做爱时嘴里念念有词的那种用语，也不是这个。"什么书？"

她笑了笑。"你还记得你去冷冻鱼厂吗？出发前我拿的就是这本书。"她把书展示了一下，是加缪的《鼠疫》——是他来加拉的时候，维维恩给他的几本简装书中的一本。

已经是过去时了。

我拿这可怜的女孩怎么办？把她交给谁？为什么我要加入这场接力赛？

他教她学语言——加拉语。他用的是一种游戏教学方法——让她开始一句话，一句陈述，如果她不知道自己要说的那个词对不对，就换另一个。她一般会这样开始："我正在路上走——我经过了一座小房屋，小房屋上覆盖着……覆盖着……""说下去。""覆盖着……粥……"两人大笑，争辩一番；如果说出来的句子滑稽可笑，他们大概就会说些刁钻古怪的话来评论当地人，有时候也这么评论自己。

他从上衣口袋里掏出一支小雪茄，到她跟前坐在那张坐垫肥厚的北非椅子上，她挪近了点，靠在他腿上。他用加拉话说，你今晚要回家吗？她回答得完全正确，很高兴能来了词儿，不，今晚我要——不会说"留下来"这个词——睡在我朋友家。明天呢？昨天呢？他考了考她各种时态，还有亲属称谓，都是过去几天教的。昨天我在我表妹家，明天我要去我（妈妈的兄弟）舅舅家，后天我要去我姐夫家，星期五我要去我奶奶家。"好极了！"他用英语夸了一句，随即又返回加拉语——"然后你还回你朋友家吗？"她是个好学生；没用过的词语，她也记得住：在加拉语中，没有"家"这个独立词，孩子们说父母家，男人们说"老婆家"，女人们说"老公家"。"等等……"她把句子在脑子里过了一遍——"然后我要去我老公家。"

她说得没毛病，顿了顿，得意地笑了——突然，就在他报以笑容之际,她脸上现出惊异之色,额头上一根血管明显地鼓起。这回,游戏产生了不可言喻的效果,含有莫名危险的信息,好像拿着玻璃杯对着字母表转,看拼出来的词,看到了不祥之兆。

她想跨过这道沟,慌乱中,说得不合语法,在游戏的不合逻辑的传统里,我老公离开家去田地里了。

接着,她用英语说:"我收到了戈登的一封信。他可能要来看孩子。"

"那么他要来了?"

"我几天前才听说。他向来没准,他到了我才会信。所以我没跟你说。可是今天下午,苏西跟你说起那豆子的事——"

"什么时候?"他说。

她说出了这件事,卸了个包袱似的,一下轻松了,简直是愉快了。"下个星期。如果真来。"

但他心里清楚,她分明知道他老公要来了——日期,星期几。他说:"你怎么办?"

她说:"他大概住在鱼鹰酒店。艾德娜家没床位了,他睡不下。"

她会把一切都安排好的;她很能干,还为奥利维亚来,缝补了窗帘。

她在"朋友家"过夜。躺在浴缸里,水像凸透镜,放大了她的身体,他仔细端详,只听她梦呓般地说:"我想奥利维亚不会知道我。"

"我想也不会。"

"你不会告诉她?"

"也许不会。"

"我不知道——我看你俩是那种无话不谈的夫妻。"

我们过去是,我们过去是。"戈登来你紧张吗?"他穿着衣服坐在浴缸边上;她的两颗棕色乳头伸出水面,遇到凉凉的空气,变硬了,她哺乳孩子的时候,沉甸甸的乳房把皮肤撑出波形纹理,像水印。这个身体年轻(她才二十九岁,他现在知道了)、松懈、极富肉感。"噢,天晓得。"

"有人也许会出于善意告诉他。我想任何人都知道。全社区都知道了。"这他还从来没想过;可能会成为丑闻,就他所知,会在剩余的白人侨民中流传。如果没有人看到过那只铅笔电筒、凌晨他俩穿过树丛的身影,那么卡里莫是不可能跟其他佣人翻闲话的。

"我看不会。"她在琢磨心地善良的特卢姆夫妇、阿莱克夫妇;她真正认识的白人,就是些孩子的家长,一块儿带孩子在学校认识的。"他生活在自己的世界。只偶尔想起来我们的存在。你会喜欢戈登的,瞧着吧。他很有人缘,大家都喜欢他。"

她好像在谈论一个老朋友,一个人物。他说:"我见了才知道。"

"哦,我晓得。"她一冲动,从浴缸一跃而起,水从身上哗哗流淌,就用湿漉漉的手指,脱掉他的衬衫和裤子,把自己的身体紧紧压在他身上,这样的接触,既让他不适,又令他喜悦。

第二天一早,他醒来就气急败坏,似乎是因为她还在,卡里莫就来到门口了——他俩一定是睡过头了。想到这情况,他的心都缩紧了,前一天留下的忧伤,再度涌起。卡里莫推开了房门,但没有端来咖啡。实际上,这会儿还很早,远不是喝咖啡的时间,他来是要告诉布雷,有人来看他。布雷茫茫然,没完全弄明白,把身边的女人也忘掉了,大声招呼:"卡里莫,什么情况——你倒是说清楚啊,过来——"卡里莫打开门,站在那儿,面对床,飞快地瞥了一眼,似乎什么也没看见。女人惊醒了,抖动了一下。"穆克瓦伊,他说他是你朋友的兄弟,外面——外面——"

厨房门外,晨光怪异,仿佛电灯照亮似的,没多少树叶的木瓜树下,站着一个年轻人,缩着背抵御凉气。

莘札想见他。"在博克瑟少校家!现在他在那儿?"

"对。或者你告诉我,你哪天来。他会去那儿。"

他目送那人离去,是那些穿衬衫长裤年轻人中间的一个,在非洲大陆所有的道路上,都能遇到他们踽踽独行的身影,离前后任何地方都很遥远。木瓜树好像伸展开的手指,透过去远看,天边升起一轮红日,但并不热。日光直刺他的眼睛,他立刻扭转头。他绕到了房前,站在无花果树下。无花果树活像印度的湿婆神,伸出无数手臂,纹丝不动,比别的树都静,尤其是在静谧的清晨,因为树老了,树叶稀稀拉拉,不会被气流吹动。树根下,堆满了树冠上落下来的东西;没成熟就干了的果实、死树叶、蛆虫、蚕茧。她穿好衣服出来了,又回头看了看,走到他跟前。

"我可能出去一天,不是今天就是明天。不,不是去首都。他想见我——从巴士来了。"

她走过草丛时,忧郁的面容让他吃惊,于是他轻轻喊了声:"丽贝卡!"她停下了脚步。"你没事吧?"——当然,被卡里莫撞见;反正他总会发现的,不过还是……她坚定地点了点头,像她的孩子们有时候那样。直到他上了路,才开始咂摸一个情况,他没注意卡里莫端上早餐时,态度有啥特别。卡里莫的管家意识,属于奥利维亚和他夫妇俩,整个家庭;而他连吭都没有吭一声,没有替不在场的奥利维亚打抱不平。也许下意识里,卡里莫也觉得布雷和他的关系跟过去有点不一样了——他依旧是个仆人,可是尽管对他来说,并没有本质上的变化,而过去那种主仆之情消失了。和从属感一块儿消失的,是管家的权利以及关怀。也许卡里莫不过是老了,把奥利维亚当成了过去。

因为有铁矿,巴士的道路延伸到博克瑟家,一路经妥善养护,路况良好。路上时有施工队,旱季填补洞孔,夏季修补冲坏的路面,不时就有赤脚工人,挥舞一根绑了块红布的棍子,示意他下主路,绕道而行,但他还是不到下午两点,就到了那个农场。开了这么久的车,一路没停,他略有些晕眩。博克瑟锃亮的高筒靴,在阳光下一闪一闪。"我不知道老家伙想干吗。"他立马开脱自己与莘札或任何别人的关系。"你跟他有啥事,我才不管,别急。他有一次来跟我借钱!"能逗博克瑟大笑的事没几件,这就算一件了:有钱撂在哪儿等你借。他也利用旱季——建造几座农场用房。布雷看到了一批混凝土预制块,对不齐,因为尺寸不精确。"瞧这做的,一塌糊涂,没干透就卸了模子!"预制块产自加拉一个新工厂;布雷也跟着抱怨了一番。

博克瑟继续干他的活儿,把那些能用的预制块拣出来,嘴里喊道:"那小伙子去哪儿了?我不知道那爷们在哪儿,不过知道他来了,因为我看见他岳父的汽车了,就停在我的水坝上——他在这儿留了个人去找你。"他脸上显出的情绪,跟他嘴里说出的话不搭界——每发现一个不规矩的水泥块,他就会很恼火,不信任那两个黑人牛倌的眼力,那两人在他的监视下干活儿。那个探子不见了。"哦,是啊,一定是去叫他了。你可以到房子里去。我不在乎。给你自己倒杯饮料喝,要么就跟厨房要茶。"

一条阿富汗猎狗跟着布雷去那座房里。房间都是按功能区分的,以前住过的人在房间上做了标志。博克瑟一家不一样,生计全放在一件事情上,一个心眼只养牛,所以也就不必区分什么功能了。到起居室要经过卫生间,布雷上次来记住了。起居室里从前的特征越来越少了,疫苗瓶、饲料手册、干草样本,和亮闪闪的银器、几尊斯坦福郡小猎犬一处堆放。三双靴子,上面还留着夏天的干泥巴,搁在沙发旁的一只设拉子红酒箱上面,显然在这儿找到了永久的藏身之所。倒不是东西都没放对地方,而是房间里能放东西的地方全放满了。布雷打开酒柜,从药瓶堆里取出一听啤酒。他听到了汽车的声音,便随手又取了一听。那只漂亮的公狗,怎么看都像个女人——简直人格化了——原地优雅地站起,立在布雷身旁,朝门口吠叫,因为它看见一个黑人从轿车里出来。莘札穿了件灰衬衫,下摆在裤子外面,脚上穿凉鞋,走路时脚指头紧抠鞋底。风度几与西方黑人无异。他没理会狗叫,走上门前露台台阶,径直走进起居室,带有一种故意的骄横,布雷一下就觉得那么熟悉——很像电影演员、体育明星,他们出现在电视上显得那么懒散,刚赢了比赛什么的。轿车很大,老式美国车,前脸扁平,亮晃晃的表面落了一层灰,车身沉重地压在不堪重负的老旧减震弹簧上。

"很了不起。"

莘札咧嘴笑了笑,上前来跟布雷寒暄。"呵,以前你对部落首领很慷慨,你知道。莫巴纳酋长是个大人物。"

"你是娶了莫巴纳酋长的女儿?"

"你认识她,你见过!"莘札把手搁在狗头上,嘴里嘟囔了些什么,表示欣赏,狗便发出咕隆咕隆的声音,摇起了蟒蛇般的尾巴。

"是的,我见过,她是个漂亮女孩。你艳福不浅。"

"这辆车不怎么好了。"莘札笑着说,一边坐下来以客人的温和眼光,环顾博克瑟的房间,心想这就是那些白人的窝。他去过欧洲和美国,实在觉得不可思议。

"她好吗?儿子好吗?"

"多谢你去看她。"

"可惜你出门弄烟去了。"

莘札目光一闪——掠过的笑容表示认可,相互默契——随和的气氛立即改变,转向另一个频道。他等着布雷给他倒上啤酒,但神态分明是要直奔主题。"我没有担心。"布雷做了个鬼脸,质疑如此信任,是否明智。"我知道我没有必要担心。但是我想跟你谈谈——你知道,我想告诉你几件事情,我想让你知道——"他张着嘴,咬紧了牙,他两手攥着啤酒杯,做了个有点滑稽的动作,好像拿一颗脑袋面对什么似的。"就是这个了。很多事情我们很久前就定了。不只是在伦敦。在那之前,就在刚开始,呃,就在家。这一切都怎么了,呃?发生了什么,詹姆斯?"

他的话是疑问语气,像演说。他们在巴士聊天时,那种不分彼此的挖苦,完全不见了。现在,过去那种亲密可能瞬间变味。莘札可以纵横捭阖,传闻逸事,个人想法,挥洒自如,不在乎先后逻辑,因为他和布雷脑子里自然都能衔接起来。他指责、要求、嘲笑——把两个人的话一个人都说了。"卡伊拉坐在酋长院——那个老罪犯,几年前强奸了一个孩子,告诉法官那是他当酋长的权利。那些无知的老家伙,必须剥夺他们的'权利',清除他们所有的寄生状态,择优选拔——但是你听说过废除酋长院吗？没有,你只听说过该院要扩大,以便那些脑满肠肥穿蓝套装的家伙,能舒舒服服在那儿稳坐。——假的,你知道。吹得好。莫维塔还在谈什么要忘记部落的差别——现在是这么说的,不说废除部落制,因为说了会叫那些肥头大耳的家伙颤抖的——他一直在改善酋长院的条件,因为他们要稳坐在那儿——坐到去该去的地方为止。莫维塔喜欢就过去的时代发表演讲,那会儿我们各自只有一条裤子——问题是,他不记得我们那时也知道,我们要什么。我们要彻头彻尾改变这个国家。是不是？把一切推倒重来,就像踹了蚂蚁窝,让不知道自己要往哪里去的人民过上新生活。是不是,詹姆斯？但是有迹象吗？雷金纳德·哈维告诉他,除非金价上涨,否则公司不能开展金矿生产,他一句话没说就信了。好么,一句话没说,哈维的话多的是,哈维只要说出一点就够:公司向南非扩展,获利会大得多。他就妥协了,说很感谢公司就在这儿运营,赚取股利。但这是什么想法！——噢,对,我知道了,两年之内,矿长以下的管理职务,统统本地化。那又怎样？与此同时,不能创造新的就业岗位,这不就是作秀吗？我们撵走了白人,自己坐上了交椅,却继续为告老还乡的他们赚取股利？这就是他的想法？天哪,詹姆斯,为了这样的结果,我们多年的奋斗难道都白费了？他生怕得罪英国人和美国人——因为我们需要外国资金。但是如果你去老地方找,你就得守老规矩。连小孩也看得出来。利润都投入了他们的经济体系,而不是我们的。关于那个新的糖业大项目,我们听说得多了——怎么样了？他们用优惠价买糖,而我们却要种稻米,在公开市场卖个好价钱。我们按他们的价格出口铁矿,再按他们的价格从他们那儿买钢。我们卖给他们棉花,买他们的布——捷克人愿意给我们技术援助,建纺织厂,但他从日本人那里获得的轧棉机,捆绑了一个贷款协议,规定全部棉花收成归他们所有。所以,我们回到了原地。他们做的衣服，又卖给我们穿。我们完全可以获得尼雷尔所获得的——由中国人建设的纺织厂、轧棉机、我们需要的专有技术，以及全部免息融资。他怕什么？他只不过是跟他认识的魔鬼玩游戏罢了，呃？除了两个大项目，还在拟定文件，有几个扩展现有产业的新合同很糟，跟渔业特许经营交易一样，有跟没有一样的没用，一塌糊涂——除此之外，我们还有什么？——可口可乐装瓶厂，还有个收音机组装厂，把德国的收音机装进塑料壳子里，因为我们的劳力成本比欧洲低，而我们买收音机，他们获得丰厚利润？难道我们就会教育自己的人民消费他们出售的东西？天哪，难道我们仅仅从出口原材料，转变成装瓶、组装——从来不会自己制造吗？"

"会的，开头会慢一些。"

"开头！通向哪里？"莘札停下来，好像要等回音渐渐消失。"根本不是我们计划的那种开头。他忘了！忘了这个国家要做什么。忘了我们的保证。无耻政客的空头支票。现在却让他们穿着自由的衬衫，在装罐冷饮线上干活儿。"他放开喉咙大笑一声。"难道你不痛心吗？"他说。"詹姆斯，难道你不会像疯狗一样嚎叫吗？"

"莘札，跟你相比，我更是个局外人——"莘札把两人之间任何掩饰都撕掉了，在这种赤裸直接的气氛中，他大声说出了自己的想法——"你说得这么清楚，太可怕了……你知道……？也许这对你更容易……也许你期待得太多、太急，因为你不是草民出身，有些事情你没亲身经历——我自己现在搞一个教育项目。要知道，莫维塔才干了几个月。"

"——不错，总预算的百分之二十投入了教育，教育现状怎么样？捉襟见肘是吧？在这些所谓的学校，有三万儿童只能拿棍子在沙土上写算术。很快有一万五千半生不熟的学生毕业离校，到城市里混日子。"

"不会超过总预算的百分之十二，肯定。"

"几个月！詹姆斯，大家都明白，几个月对我们来说是很长时间。人民独立党成了一个典型的保守党了——原地不动，跟老牌殖民势力藕断丝连，倾向西化，奉行排他主义。是个教材案例。他的民主，最终是把那些老团体的权益置于任何人之上——酋长、宗教组织、前殖民国家。还有外国人的权益。所有这些。七个月了，要走什么路线已经明显了。要么起步就变，要么永远不变。瞧瞧周围吧。这块大陆，这个时代。时不我待，没有第二次机会了。"

这一番话说得很冷静，是在陈述既成事实；也掺杂着关注和威胁，听上去有点异常。同时，他把布雷说服了，此情此景，唤起了他过去对莫维塔的那种责任。

"我不同意他做得像你想得那么糟。总的方向——"

莘札盯着他，一边从日本棉布假日衬衫上垂下来的上衣兜里摸出一根烟。听见布雷说话，他脸上克制的表情下面，泛起一丝欣慰，意识到自己的话打动了布雷。

"——他走的路线，我倾向于同意。"布雷做了个自我贬低的手势。"我肯定，那不是该走的路线。如果你和他的计划的算数——当时的。我必须判断一下当时做了什么规划。当时你们头脑里的国家应该是什么样，当时我"——他的声音哑了一下，总有这毛病，尤其要说明自己在一场不是自己的斗争中，扮演什么角色的时候——"决定支持你们。这是真的——你们十分清楚，掌握权力，并不等于把被解放的人变多，而其余的人照旧，只不过是恢复了自由的奴隶阶级——"他面带笑容，引述了法农[①]的话，"从来没有更好过。"

"——这个已经忘了。法农的有些话我们还记得：'人民必须学会喊"抓贼！"'"

"我不记得……"

"查一下吧，"莘札说，"查一下吧。"

"他的书我是很久以前读的。——你当时的目标非常明确，我们都

[①] 弗朗茨·法农（Frantz Fanon, 1925—1961），法国作家、散文家、心理分析学家。

知道，问题是我不知道你是不是很清楚，如何实现你的目标。你和莫维塔私下争论的那些目标，可都没这么简单——"

"——还有你。"莘札说。

"——还有另外几个人，不止几个。没有用。作为纯粹为获得独立的一支力量，组建了人民独立党，一切都投入这个方向了。有多少人能超越这个目标。哦，这些都过去了，不值得讨论——有项政策是直接导致的结果之一——"他的口气忽然变了，回到了殖民当局的立场——"阻碍政党发展，直到爆发群众运动——肯定会发生暴力，到时候再依法取缔，恢复秩序……但是要让人民独立党这样的政党，离开政治舞台，无法发挥其政治学校和意识论坛的功能，不能作为一种工具，把盲目的物质渴求，引向美好的目标"——他的手在空中绕了一下——"空谈的自由，虎头蛇尾。这并没有真的涉及——作为一种实际的工具，不是夺取控制在白人手里的旧生活，而是创造一种前所未有的新生活。真的是还没有涉及。只是我们心里明白。即便是那些最聪明最理智的人，头脑也被一种隐隐约约的意识陶醉，想要看到外国人的统治崩溃。反正是这样或那样的暴民思想，要缴获战利品……不必打砸破坏，你知道。即便是想象不到的东西，也可以成为战利品。'到时候我们去逛街。'"

"也许吧。"莘札让步了，尽管他不同意。"也许我该自责。我应该认识到的。"

"这种情况下，你能干什么？"

"我应该早看出他是什么人。"

布雷扑哧笑了一下。"我总是在说一样的事情，总是绕回到同一件事情上。应该一直是你们俩，曾经是你们俩。不知道一开始是哪个——当然那会儿是你们工会的影响，没想到分开后他的发展。或许这事你想到了。"

"我一直清楚我们朝哪儿走。我一点儿都没变。我只是太他妈懒了，我感觉……有时候必须自己踹自己一脚。"他把两手搁到脑后，露出笑容，简单的姿态，让他的话变得模棱两可。

"你真不想考虑组建一个新政党？"

莘札摇了摇头说道："我告诉过你。人民独立党就是这个国家——跟他说的一样，人民独立党缔造了这个国家。一切都来自人民独立党。他喜欢净化政党，当然，就像那个混账渔业特许经营。人民独立党是我创建的党。"

"这是个重要问题。"布雷说。

"我没对你隐瞒什么。你看到的就是我看到的，你也没有变，你说话还是那么彬彬有礼，跟以前一样，真好，收起吧……詹姆斯！但是如果在莫维塔和国家路线之间做出选择——天哪！"

"他跟我说了差不多一样的话。"说得有些尴尬，但轻松撇开了话题；他微微一笑。

"有本质的差别，当然，不管他做了什么治国方略，他都是正确的。"莘札叉开脚趾，灵活得像手指，抠住凉鞋皮扣。

"不，不——要是我的话，我可以做所谓的'任何事'——换句话说，哪怕有悖我的原则——因为这样可能有益。"他暗忖，自己还是那个老仆的角色，把弄乱了的局面收拾整齐。

"有益？什么？"莘札说。"把国家团结起来，像从前一样？保持欧洲人所谓的稳定——海外投资稳定，穷到一年到头等树上的毛毛虫长肥开荤一次的稳定？我们不想要这样的稳定，詹姆斯，我们要让这个国家的贫穷不稳定，让落后不稳定，我们要让顶层的人穷几年，好让真正的、传统的、最底层的贫困，那些在非洲'一成不变'的厚道人，最终破除这臭名昭著的稳定，从泥淖污浊中走出来——"

多么激昂、豪迈，他们一致展望未来——他和莫维塔。布雷说："我得告诉你，他对你穿越边境可能有想法。他大致提到过——我第二次来看你之前。我当时没太注意。"

"边境！在巴士这算个屁，"莘札说，"当地人放羊每天都会越过去。你忘了边境两边都是同族人。"

"我真不知道你去那儿干吗，不过他那么想，情有可原。"

莘札吞云吐雾，但没在品味。烟一点燃，就衔在嘴角，直至烧到嘴唇。

布雷说："干什么去了——索施奇，尼安札？"

"流亡中，这很平常。"他目光逼视，好像要阻挡布雷心里对这个问题自作解释。"他俩关系不太好……尼安札总那么满不在乎，坐等果实从树上掉下来。莫维塔叫他走人，他就径直去找索施奇"——他把胡子拉碴的下巴一扬——"'卷铺盖'，没想声张，就几个朋友知道……在联合国，对难民问题有否决的，有向高级专员提抗议的，我是说他们是在拖延时间——"

两人都咧嘴笑了。"想想他们还得严格遵守客套。"布雷说，一边做了个摆手姿势。

莘札一本正经地说："对，就是这样的。索施奇认为尼安札可以随遇而安，推到哪儿算哪儿。索施奇想放手一搏。他不想躺在床上等死，欣慰地看着儿孙绕膝。当然是能找到援助的，只要你动手干。"

"远隔着一个国家，也干不成个啥。"

"对，这倒是真的。"莘札冷静地说。

"我知道你能提供什么——保证——索施奇，但我不大清楚他能提供你什么。"

两人之间对人的看法有默契，那两个人都在撒谎，他们心知肚明；莘札曲起发黄的脚趾，厚厚的脚趾甲有些日子没剪了；一时无话，很怪，这么容易就没得说了。好不容易才打破沉默："除非你想打游击战。"

"那又怎样？"

这是从他那儿逼出来的，莘札自己是不肯说的。"我想——可以越过边境给他点儿帮助，他可以从外面弄到武器，可以一块儿干。就像南非和罗得西亚游击队那样干，通过赞比亚。更成功呢，我觉得。取决于是不是准备使用暴力。"

莘札点了点头,好像学生听讲,死记硬背。然后他说:"我真想有机会赢。"

也许他是说对组建新党失去了希望,也许——他演戏似的浑身一哆嗦——他的意思是如果傻到发动游击战,打不赢是肯定的。

"党代会你到场吗?"

"到场?听上去像到舞场。"他站起身来,挺直腰杆。"我是执行委员会的。仍然是。我会去。

"太棒了!"——太容易了,瞄哪儿到哪儿。

"你也去吗?"

回答像轻轻拍了一掌,投桃报李。"我是党员。我想我还是吧?不过当然了,我不属于任何我知道的代表团。"

"哦,他会安排的。你提醒他就是了。"莘札满意地说,布雷反倒不自在了。"天哪,我要跟你谈谈,你知道吗,詹姆斯?好了,好了,我知道一切都会好的。你不会上当受骗。"

"莘札,我只有一个——喔——大胆的希望。是关于党代会的。对于方向问题,你也许能做点什么。那是个适当场所。"

"哦,到时候看吧。你来帮我们一把。"莘札不善于套近乎,吸烟的喉咙里发出一声沙哑的笑。"跟着我,被遣返,像从前的日子。"

那条狗站起来,在露台门口抖身上的毛。博克瑟回来了,上台阶声音挺夸张,似乎在宣布他来了,他嘴里咕哝着,又叹气,又吹口哨;弄得那条狗不知所措。博克瑟对坐在他起居室的黑人说了几句,神态简慢,毫不拘泥,那种熟悉很不一般:"你发达了,莘札?当然喽。今年的草怎么样?当然喽,你厌烦养牛,我知道。不过你的岳父——他准有五六百头牛,呃?谁也数不清。不过那儿的伙计们都有挺大的牛群,没错。分我一份我不介意啊。今年红水病厉害吗?这儿都成灾了。我都死了十五六头了。"

莘札没站起来，也一样的随意，按白人的标准看是这样——但是他跟博克瑟说起他感兴趣的话很认真。莘札出人意料，居然对养牛懂得那么多，就像他对任何别的事情一样，难免令人疑惑。他对博克瑟的态度，让布雷想起个人，以前来拜访过他老管家的那个人，为人厚道，但可怜兮兮的让人不待见。自己也没明白，他把老师都甩到后面了。莘札坐着莫巴纳的老车离开后，博克瑟诚心诚意地说："咱哥俩坐下好好喝一杯。真的希望你什么也没给他。这可是个大人物，绝不会偿还。"

"不过我以为你拒绝过借钱给他。"

"你说得太对了，我是拒绝过。猴年马月前的事了。他要钱搞政治活动——他们的党——你知道。但是莫巴纳那老魔头，弄走我一头牛，去配种——难怪他的牛群繁盛了。一个子儿都没见着。哪天我要去那儿一趟，看看他的小母牛，跟他说，瞧啦，老头儿，我在你家看见我女儿啦——事情你懂吧，他会很感谢的。"

他跟博克瑟聊了一晚。主人实实在在的寂寞——并非独处造成的，而是执着于专业导致的——让他内心的冲动很弱了。博克瑟储存了不少红酒，从一个黎巴嫩进口商那儿买来的，还是偶尔去首都那趟买的。一瓶一瓶取出来，也不说什么就打开（博克瑟跟莘札一样，具有敏锐的感觉），不过是分场合的。博克瑟说起他的养殖业，草原生态，以及他对蜱这个怪物种非凡的观察——描述了沉默而富有耐心的寄生生命的亚生活状态，说得滔滔不绝，口若悬河，一如往常，而且说得清楚精确，甚至还自成风格。他脱掉帽子，就跟变了个人似的；长年累月戴帽子，额头中间压出道印子，上下黑白分明，上半白而多皱褶，湿乎乎的，像洗衣女的手掌。赤裸在不同的人身上表现在不同的部位；这里是他的赤裸，在这颗暴露的头盖骨上，红酒下肚，头顶泛光，不停冒汗。蜱就算了提吧——在布雷看来，博克瑟就是个怪物种。布雷听得都见怪不怪了，这种感觉有过一次，是在离开英国前，他和奥利维亚看一场太空电影，他自己的生命感显然是在别处。

* * *

他正给莫维塔写信,抬头忽见那么眼熟的黄衣服,穿过树丛,由远而近。她先躲起来,又出现在近些的地方。见此光景,他便站起身来迎候。有时候也是这情景,清晨或夜晚,一只母鹿大概夜里在高尔夫球场吃过了草,静悄悄地游荡过来,离得很近,每当这时,他也是这么屏息凝视。但是看到那身黄衣服,联想到衣服里面那结实而绵软的身体,他自己的身体就有了反应。想到马上就要把她紧紧抱在怀里,他身上立刻涌起一股快感。少顷,她快步走进园子里的草丛中,他猛地一惊——她身上有什么不一样了——像是另一个人在那儿微笑。走近了才发现,原来她把头发梳上去拢在脑后了。他说:"宝贝儿,我盼着你一起床就发现我的车回来了——"他伸手抚摸她脑后,又是一惊,这次是她自己忽然止步,隔开他一英尺,她抬起的两只手掌,示意别出声或者别靠近,她面色明媚,搞什么恶作剧似的,显出痛苦而又傻傻的笑。"他们跟着我——孩子们,戈登。我们来请你晚上过来喝酒给他接风。我跟他说我晚上给你打字。没问题。"

他的身体先凉了半截,随后才是头脑。他说:"为什么让他来我这儿,丽贝卡?"

她盯着他的眼睛,含情脉脉,容光焕发,笑意灿然。他从来没见过她这样。"孩子,你这傻瓜。他们一直说你。这么久了,我们从你家进进出出,多显眼啊。要是我们忽然不来了,那才奇怪呢。"

"我的天,你为啥不告诉我他多会儿回来。我可以离开几天的。"他又操起自己原来那副嗓音说话,她说过这是上岁数的人特有的声音,他明白她啥意思,她就是那么一说,大大咧咧,没恶意,他俩之间的距离不在于年龄,而在于社会背景、教育、信念。

"别傻了。"她恳求道,眼眶里涌出了泪水,像是笑出来的那种泪水。

"绝对没问题的。你不了解他。他从不多想。他不会那样。他对女人很有魅力。他连想都没想过我会看一眼别人。我跟你说过。他很快就走。真没问题。"

她站那儿像个小学生,打算用手堵嘴,好像在师长面前,道出了犯下的大错。他对她的惊讶和对自己的愤怒,不相上下,感觉自己挺蠢的。他想说,想想看吧——傻女孩,难道你看不出,我并不想见他吗——但是孩子们一窝蜂拥进来了,像一群玩偶,紧跟着就听见那人扯开嗓门说起来,他的声音听着像爱尔兰人,自然轻松,能感染人,打开话匣子,就说个不停,没完没了——"——那棵树底下能造个树屋,克里维①,马上!那才是棵树!可以造一间大树屋,里面放得下行军床——""再放个炉子做饭——"那个瘦弱的小女孩蹦蹦跳跳的,想引起注意。"我教你怎么做——我特喜欢爬树!"——那个稍小些的男孩,径直爬向前面,没在乎他妈妈和布雷。"你怎么不跟詹姆斯说早上好,说早上好了吗?"她追过去把他抱起来,任凭他甩胳膊踢脚——"放开我!放开我!放开我!"她大笑起来,任他踢打叫喊,就是不放手,以示惩罚,小家伙那双生气的黑眼睛里挤出了泪。

"贝琪,看在上帝的分儿上——怎么不管到哪儿,总要弄得鸡飞狗跳呢?"

她把孩子放下,笑他气呼呼的样子,也笑老公责备。小不点跌跌撞撞要踢他妈妈的小腿,他五官遗传很明显,以前看上去就觉得像谁。现在布雷知道像谁了。这个丈夫真令人惊讶;但也许不管他有多具体,也是这样的虚幻,因为他就不是为布雷存在的。他长得很帅,五官优雅精致,有点矮——但这也是跟布雷比较而言。五英尺十英寸上下——比丽贝卡高,站在一起,足可以保持男人的底气。他衣着年轻优雅,修身哔叽裤,腰带齐胯,敞开的衬衫领口系一块薄绸巾。丽贝卡穿着

---

① 克里维,克莱夫的昵称。

她那身黄裙子，脚穿皮带橡胶凉鞋，跟他站一块儿，看着有点寒碜。他无名指上戴一个鸡血石戒指，双手强健有力，橄榄色，脸膛也是橄榄色，很光洁，一双又大又亮的黑眼睛，视线端正，和那小孩子的一模一样，嘴唇鲜亮，色呈淡红。笑起来脸上显出一道 C 型线，挂在嘴角两边，眼角放射出几道整齐的鱼尾纹。他的黑头发里已经早生了白发，像演员故意染了几缕，引人注目。他说："我家这群闹哄哄的小家伙，吵死人了，大概你已经习惯了吧。我觉得贝琪把他们惯野了，她太软。对——我要给你们晒晒屁股——"他转身装腔作势，冲孩子们大吼一声，孩子们嘻嘻哈哈地缩成一团，那个小不点眼里还噙着泪。"——不过你那棵树可真不错，能做个树屋，我怕我忍不住会动手的，哪怕我没孩子，也会在那树上弄个消闲的小窝，通电灯，上去就把梯子拿掉——"

布雷一直像个厚道的朋友，这时开口说："哦，我就在这棵老树底下也觉得挺不错，你也看见了——"丽贝卡一直还是那样的容光焕发，姿态俏皮，还是跟他在一起的那种一惊一乍，这时也开了口："戈登，看在老天的分儿上！别把这主意灌到孩子们脑子里！起码让布雷安静地在树底下工作，你不知道他多喜欢那棵树——"

大家十分友好，交谈甚欢，其间，他私下里也发现露出些破绽——即便她凭自己多年的经验，表面上那么精明。女人称呼男人的姓，没错，是一种正式的称呼，不过床铺也就匆忙随意整理了一下，这就泄露了一种暧昧。见她要走，他感到一丝满意。她说："我倒是挺想跟你们在一起，不过我还是得走了，你俩聊吧，阿莱克需要他的秘书。我已经迟到差不多半个钟头了。""给那家伙打个电话，就说下午请假，"帅哥指示说，"你想叫我替你请假？""噢，别，戈登，我不能，他昨天给了我一天假，明天就是周末了。事都堆到周一了。"他耸了耸肩："行，那就快走你的吧，必须去就去呗——"她脑袋一偏："钥匙？"他把车钥匙扔给了她，她没接着，两人都以为对方接。"难怪我儿子们玩不了板球——"他拍了拍她的背。"走你！不许搞什么加班。听见了？有人六点来。听明白了？"

她跑出去了，回头又看了一眼，头像木偶一样点了点。她的大腿颤动着，就像那天去岛上玩从水里出来时一样。

孩子们都去爬那棵无花果树了；他们从来没这么淘气过——被管束的小东西们，跑进来的时候眼睛看着旁边，暂停了争吵打闹，等这些大人们不在的时候，他们会按自己的规矩再接着来。布雷自己的女儿们完全不一样，她们自己很节制，九岁十岁时，就像大人一样，跟来访的殖民总督交谈。十四岁的时候，在饭桌上，就很有礼貌地对非洲民族主义者提出自己的看法。跟她们的妈妈一样，她们可以同任何人聊天，可以和所有人都保持距离。

丈夫站那儿又热情地聊起来，像个自来熟的流浪汉，他的友好并没有什么意义。是一种习惯，这样，在非洲的酒吧和酒店里，他才如鱼得水。一个在任何地方都待不久的男人，不管在哪儿，都会显出一种自来熟的气质。可以在刚果偏远的村落里，跟车行老板聊天（他跟布雷说起过），他的车在那儿抛锚了，其情形跟此刻和这位他老婆给打过字的中年上校聊天一样。他很"疯狂"，居然在刚果做生意——"我觉得很快活，玩得高兴。我撤了。那儿还有钱赚，跟你讲。但是大批比利时人回来了，他们把别人统统挤走了……刚果那些小子们宁愿与鬼为伍，也不愿意给我这样的魔鬼干活儿。他们还真是这样的。我认识一个小子——比利时人——是第四次回来了。头一次是在基乌湖搞天然气特许经营——那是个火山湖，对有些人来说，那是块宝地，没准哪天就发了，如果你能活到那会儿。随后他去了卡塞河搞工业钻石，他和搭档打算分出来自己干，他准备拉一个财团给他们的钻石生意融资，这样就可以踢开矿业联合会了。"他边说边不紧不慢地微笑，笑得有滋有味，显得机智幽默，世故圆滑，露出一口好牙。"第三次去那儿了，还不知道结果。现在他在卢本巴希和赞比亚边界，做换钱买卖。他告诉我他感觉在欧洲'没用'。在这儿他说谁都愿意出手帮忙，把事情做起来——能怎么帮就怎么帮,他们知道你不会白白利用他们的热心。而俄罗斯人、中国人、美国人,各自都是盯着看对方给啥,可你毕竟要活下去呀。"

"你觉得我们是魔鬼?"布雷说。

聊够了,要说再见了。"你跟我一样明白。白人不是为了自己和任何别人的健康待在黑非洲的。只要出缺,立马就有工人来,二话不说,补上空缺。天哪,你该跟我一样亲眼看看那光景。——好吧,够了——别动那棵树。把树下桌子上那堆乱东西收拾一下——詹姆斯绝不会叫你弄什么树屋,别把东西掉在他文件上——"他咧嘴一笑,笑自己鲁莽,不过总是信心十足,别人也都能接受,所以他又发令了:"你觉得怎么样,让贝琪住那儿好吗?要是他们需要她,总得给她找个像样的住处吧,呃?这儿肯定有房子。没有的话,他们也得找一处啊。是这道理吧——你想要人给你服务,就得准备好报酬。昨天,我当面跟阿莱克说了:你需要她,你去给她找个房。"

"我想艾德娜·特卢姆挺能帮上忙的。"很难说什么,不管说什么,进了自己的耳朵,都觉得是一种荒诞的暗示。

"噢,那女人什么都替贝琪做。但问题是那房子是个贫民窟。就两间卧室,没有她自己的卫生间。不能这么住啊。我说,瞧啊,如果我有一个星期,一定会找个房子——政府付房租吗?"孩子们自豪地围着他站了一圈。"瞧!"苏西举起一只干干的小手,上面长了黑黑的硬痂,丽贝卡在中指上涂了去痂油膏。她戴着一只小手镯,是用桃花心木小珠子串起来的,小女孩手猛摆一下,手镯滑落到了手臂上。

孩子们把扔到桌子上的无花果都清理掉了。他拿起那信纸,吹掉了沾满灰尘的小碎叶、蜘蛛丝。把这信忘到了九霄云外。小队人马叽叽呱呱,消失在了叶子稀疏的树丛间,丽贝卡总在那里出现、消失。回到了信上。他要求莫维塔别忘记安排邀请他参加党代会。他提到了教育中心的进展。"很像是英国十九世纪的工人俱乐部。在这个国家,人们开始来这儿——当然，他们还没有给这地方命名——重新认识自己，不再是劳动机器，要学会更多的技能：要变得更有用。不论是柔道班，还是供需关系讲座……我想向当地党支部建议，利用这地方普及政治教育，不仅在党的会议上喊口号。这也可以帮助抑制粗野习性。我总认为，人们头脑能达到的高度，高于教育他们的人所相信的程度。"

这类信的风格和逻辑，他全都轻车熟路，挥洒自如。一辈子——脑子里忽然蹦出这个词，跟那些昂贵的瑞士表广告词有关联：一辈子。一辈子的习惯。他感觉自己脱离了那个一步步建立起来的安全概念，像个被关起来长久不见太阳的人，暴露在天光之下，赤裸惨白。那姑娘跟他面对面，心贴心，他脑海里忽现末日图景。思绪围绕着她，围绕着那不变的微笑，那睁开的黄眼睛，耳朵鼻孔忽隐忽现。他呆坐了一会儿，仿佛吞下了不熟悉的药片，等待药性发作。忽听屋里电话响起。是曼伦巴打来的，兴奋溢于言表：瑞典发来的车床到货了。他去借了辆卡车（又是从乐于助人的印度商人那里借来的），接上曼伦巴，直奔公路货运站，去取机器。

在特卢姆家的聚会跟通常来去随便的那种不一样，那种聚会一般是下班后一个钟头，艾德娜的一个亲戚来，或者一个规规矩矩的下级官员求，新上任的，干坐在那儿一言不发，孩子们端着饭，进进出出。这次聚会还有一两个陌生面孔：一个电话工程师，戈登·爱德华兹这趟跟他同行，还有那个金发接待员，从鱼鹰酒店来。是她给村里带来了超短裙（从欧洲开始流行的时尚，需要一年时间，才能闯进非洲丛林），她坐在这群人当中，那两条远近闻名的大腿整齐地并拢，好像闭上的嘴巴。休和萨利·弗雷泽大夫从教会医院来，带了个刚从西非徒步过来的芬兰青年——他的帆布背包靠在墙边。他穿件印了个非洲领导人头像的T恤衫，被汗水腐蚀和过分洗涤，到处起球掉色，他年纪轻轻就秃了顶，像个廉价宗教画里的青年圣徒。装卸完那台肮脏油腻的机器，桑普森·曼伦巴换上了他最好的那身黑西装。阿莱克穿一件带边饰的棕色皮夹克——戈登在场，他哪知道在阿莱克结实漂亮的胸肌里装着啥主意？不过有个印象：戈登·爱德华兹一旦谋上什么，就会一直装在脑子里，融入他的生命轨迹，但却深藏不露。忽而来这儿搞点什么，忽而去那儿弄点什么。总是这样凭一时兴起，任意而为，这倒是十分对这人的胃口，这人非常喜欢这样的生活。

　　阿莱克，特卢姆，弗雷泽夫妇——都觉得布雷和戈登·爱德华兹在一起很自然，没有一丝半点尴尬。也许他们事先都商量好了，这帮朋友真够哥们：他不太清楚他是主角呢，还是受害者？人人都这么快活。有时候，他感觉仿佛他是个被欺骗的丈夫。丽贝卡穿了件新裙子（另一件礼物？），跟她跳舞的时候，她活力四射，像个少女，容颜里分明藏着什么。谁信呢，她就是这么暗示的，那个风流倜傥的小男人没跟她睡？浑身涌动着嫉妒，他两条胳膊都没劲了，几乎从她身上耷拉下来。聊天的间隙中，她要布雷看她唇语——"我哪天一早过来。"他咕哝道："别，千万别。"她受了伤似的，拉长了脸，说："我们再去湖上。你提议。星期天。"家庭出游。他感觉自己脸上挂着苦笑，戴绿帽的情人："好吧，我做东。"戈登·爱德华兹跟鱼鹰酒店那个高挑俗艳的女孩跳了一曲又一曲；她肯定是为他而来。那么，难道他是住在酒店不成？不可能问丽贝卡他跟你住一块儿吗？傻啊，傻啊。他神色愉快而冷漠，自打回来就一直是这样，本来这儿的一切是那么熟悉，是新的生活，忘掉了过去。鱼鹰酒店的金发女被阿莱克邀请跳一曲；他大而有力的双手温柔地搂着她，活像捧着孩子们养的鸽子，她让假睫毛低垂在颧骨上。她从那个侨民酒店搬到特卢姆家住，好像旅居外国似的。艾格尼丝·阿莱克戴了假发，丽贝卡告诉过布雷，那是她邮购的，戴上像个漂亮的美国黑人姑娘。她跟那个芬兰人聊天，说她渴望去欧洲的一些城市观光，她挺着头，像女人戴了顶新帽子。在那芬兰青年眼里，那些城市都是战场，年轻人推翻富人的汽车，蔑视权威，在地毯覆盖的穆斯林教堂里宿营，不是她期待的购物天堂。"有啥'好东西'？"他用灵格风英语教材的腔调，一字一板地说。"你们这儿才有好东西——树的形状，圆圆的太阳，这些漂亮的水果"——他膝头放着一只芒果，用手抚摸。她挺欣赏他的单纯——"这件T恤？从非洲买的？是哪国的总统，或是别的什么人物？"

芬兰人低头斜瞅了一眼胸膛，仿佛一手摸着陪伴自己浪迹天涯的狗脑袋说："斯尔法纳斯·奥林匹欧①。"

"哎哟，遇刺了②——他死了。"布雷扭头看着艾格尼丝，给了她些谈资。

芬兰人不动声色地说："没什么。"音调里含有一种暗示，反正那是个好人，不管是死是活，实际上好过有些还活着的人，也许就是这间屋子里的。

艾格尼丝欣赏的态度垮掉了，变成了本地黑人女子那种咯咯的笑，快笑抽了，眼光一瞥，把艾德娜也传染了。这种逗乐虽然因他而起，其实并无恶意，于是大家痛饮啤酒，让芬兰人感到释然。他舞跳得很疯，但宁愿独自跳。他很瘦，浑身上下唯一的曲线，就是缩水的牛仔裤中间凸起的曲线。

在边境上，他被移民官员扣了钱。布雷说："这很正常，任何国家都会这么做——他没有往返票。他们必须保护自己，怕万 他滞留不去。"

"所以我们必须给他准备点零用钱。"弗雷泽夫妇对他表示关心。

"哦，他没什么大用。"

阿莱克笑着对丽贝卡说："我们给移民局写信？教会医院能给他担保吗？也许我们可以叫他们解除部分扣款。"

"那就太好了，"休·弗雷泽说，"顺便说，趁我们在城里，他先向

---

① 斯尔法纳斯·奥林匹欧（Sylvanus Epiphanio Olympio, 1902—1963），多哥政治人物。一九五八年出任独立后首任多哥总统，在一九六三年多哥军事政变中遇刺身亡。

② 原文为法语。

警长提出报告。"

"但我不觉得警长会插手。"阿莱克犹豫地看了布雷一眼,显出涉及这类事务惯有的观望神态并对他说:"有些关于铁矿的传闻。"

"哦?说什么?"

"没人知道这些事怎么开始的,事后才知道。关于加班。"

工会刚同意了四十八天的消暑期,才放弃了罢工。"罢工?"

"显然是的。"

"我们听说,有人看见一卡车当地人民独立党青年党员,开上了巴士的公路,"弗雷泽说,"我们明天就能知道,头破血流,肯定要来医院的。欧塔,最好别出门,伙计,可能比你料想的开工时间要早。"

"好吧。我宁愿是包扎,而不是埋葬。"那双淡淡的蓝眼睛,在欧洲对一切视而不见,在非洲既不同情也不评论。他的胸腔在自由衫下平稳起伏,然后又去跳舞了。

"他到底从哪儿弄来的?"丽贝卡说。

"有个人给我的,"他说,"我在他的茅舍住过,地方不大,顶上盖着香蕉树叶,不过里面很凉快。走的时候,你瞧,他说,这件T恤衫不是新的——他就这么给我了。"

"印着莫维塔头像的,我们必须给他弄一件,趁他在这儿。不要二手的。我们买得起。"丽贝卡跟布雷说话,带着一种新的同志般的情谊。不是彻底的新,而是当时在首都贝利夫妇那圈人里,她作为一个不合群的女人,跟那儿的男人说话方式。另一个群里朋友的行踪,在这个群里通常不传播,也许。她别的新姿态——暗通款曲——私底下不时也有表露。她问了一声,对他同时也对别人:"不久前鱼厂不是也发生过罢工吗?"

"噢,那可是个棘手的地方。老在蓄谋闹事。不过那件事已经解决了。"阿莱克回答是对每个人的。

布雷感觉她的注意力在他身上。他说:"湖区一切都很平静。我们应该抓住机会去一趟。星期天怎么样？"人人都情绪高昂。"我带吃的。卡里莫要忙了。不，不——我做东。""刺枪捕鱼是怎么操作？"戈登立即问他。"我的渔具一准在这儿吧？"他又问了丽贝卡一声，她很有兴致——"都在那个棕色铁箱里。原封没动。""我从来没用过，不过肯定不错。""咱们试试，呃？你有船？""那儿独木船多的是，都肯出借的。"

"你不需要，"丽贝卡热情地说。"那儿的鱼成千上万，从我腿边游来游去。你下水用不着走太远。岛周围全是鱼。"

丈夫开始详细问她些问题，很有耐心，对一个人的特点熟悉得了如指掌，才会这样包容。"她到一个地方玩痛快了，会把那地方说成天堂，这女孩。"

她眼睛泛着亮光，盈盈顾盼；她感觉羞涩了会这样，在两个男人面前绷紧了下巴。戈登·爱德华兹跟布雷夸起老婆来。"你见过谁这么像西蒙娜·西戈诺雷特[①]吗？见过吗？那头型，粗脖子？下巴的形状？"

她没看他。从丈夫身边得体地走开了，还是那么生气勃勃。"她胖了，人到中年了，都长出双下巴了！"

"这倒不是的。你会跟她一块儿慢慢变老，肯定。你真有福。"

他不太肯定西蒙娜·西戈诺雷特是谁——女演员，当然，不过他和奥利维亚从来不看电影。"哦，我还真没觉出来……"

"那个老妖精！"

他们不管她生了气，哈哈大笑。

他住在特卢姆家；他一天说不定啥时候就会过来，总是人还没到，话先到——夹杂几缕灰白的头发梳得一丝不乱，皮肤晒成橄榄色，充满自信，黑眼睛一转，屋里的东西一览无遗。他对待每个人都好像打小就认识一样，当仁不让地把你纳入他的关系网里专属的位置。所以布雷在

---

① 西蒙娜·西戈诺雷特（Simone Signoret，1921—1985），出生于德国的法国女影星。

他眼里，立马就认定是专业权威人士，就像他认定哪个货币走私贩子能派上什么用场，或者哪个大夫愿意做人流，这些人他当下就分门别类，对应到自己的要做的各种决定里了，而根本不会考虑丽贝卡的意见。

"这样不行，怎么能让阿兰和苏西去上学，把小东西留在家。他们几个这年龄，都需要妈妈照顾，和适当的家庭生活。女人不带孩子，生孩子干吗？她特别喜欢孩子。把他们推出家门有害无益，几个月都不行——就看我需要多久能安顿下来，那时候她过来就是了。老收拾行李搬家，有啥好？麻烦在于不管她到哪儿，她总弄得好像要在那儿过一辈子。这地方。我是说，你听说了吗……？我发现她落在这儿了，像只鸟儿落在一根难看的电线杆上。我真该把她送回英国她妈那儿。'她不想离开那么远。'但是哪儿还能比这儿更远呢？跟当地人混在一起，连个自己的卫生间也没有。这可不是我的子女生长的地方。贝琪还骄傲地告诉我，他们在学加拉语。我就纳闷了，学加拉语有啥用处，看在基督的分上？学会了说给谁听？到哪儿说？"他说着大笑一声，"到英国？到法国？到德国？我要不会说法语，说加拉话能玩得转吗？我学会几句葡萄牙语——我在安哥拉待过一段，你知道，那是我这辈子过得最快活的时光，后来才发现"——他笑了笑，露出迷人的半透明牙齿，男人这样也就生而无憾了，起码把故事讲完了一半——"天哪，在本格拉[①]另一边，那叫刺枪捕鱼！很像希腊——光秃秃的黄岩石，蓝蓝的大海。没有一棵树，一片草。我在洛比托[②]给那儿的港口做个合同。每个周末都穿过沙滩，到一处海湾。戛罗平哈斯[③]——好像是这么叫。哦，我抽空学了些葡萄牙语。我能让人听明白我的意思……现在还有一份合同，跟卡布拉巴萨签订的，那座水坝——你知道？法国人和德国人准备给南非修建的，还有葡萄牙人。我跟欧洲工程师们相处得很

---

① 本格拉，安哥拉西部一港市。
② 洛比托，安哥拉西部一港市。
③ 原文为 Garoupinhas，葡萄牙语。

融洽——我们过去就在一块儿干过。我忍不住又回到了工程师老本行。不管怎么说,先干一段。所以我的葡萄牙语又派上用场了,在莫桑比克。你发现自己爱上了热辣辣的树丛,方圆数十英里,荒无人烟,要是你能跟当地店铺老板或者警察交谈,他们就愿意给你做事。我喜欢饮料里放冰块……这地方可能是个火炉地带"——两人心里都清楚,这话只能他们两个之间说,不能让丽贝卡听——"你大概听说过恐怖分子扬言要炸掉水坝,就在我们忙着修建的时候。好么,我可不想为南非和莫桑比克政府送命,就像我不想为任何人送命一样。不管是白人还是黑人——他们都不能要我的命。就我个人来说,我不觉得他们有机会靠近——整个工地防守得像个军事机构。南非人能这么做,你可以相信。任何别的地方都没有这么安全。这儿我不知道。铁矿场爆发罢工。我了解这些国家;一旦有了劳工的麻烦,就会石头棍棒一块儿上,打个一塌糊涂,他们才不管谁挡了路。只有一条路,两星期才有一架小飞机航班——不能忘记这些。你觉得这行吗?好——我信任你,一旦看到好像要出乱子了,劳驾赶紧告诉她,教她带孩子走人,别等出了乱子再说。我知道你会这样做。"

"当然。"

"因为你看贝琪有多——她从来不相信谁会伤害她。当初非要去布杜①——疯了。好,如果你想要个漂亮的性感美人,那你就会安顿下来,是不?没法儿两全——"他的女儿来找他,他便告辞离开了,跟女儿说起了妈妈,互相开玩笑,把说妈妈的话,用在了女儿身上,用手指把她耳后乱如麻的头勾住,把她瘦瘦的小脸蛋扭过来,互相蹭了蹭鼻子。"你就有这些衣服吗,你哥哥的旧裤子?穿你这么可爱的小女孩身上?我们去给你买一条像样的裙子好吗?"她没说话,只使劲点了点头。没错,丽贝卡的孩子们是缺少了什么,有点寒酸。布雷忽发奇想,

---

① 原文为 bundu,南非英语,意为荒郊,荒野。

急于换个话题,好把这位父亲的注意力引开。"去湖里玩,你有什么装备——大概不会是全套潜水服和氧气瓶吧?"

星期天,在湖上,戈登·爱德华兹坚持要布雷跟他试试刺枪捕鱼。带了几副潜水镜、脚蹼、三支捕鱼枪。他发现这是个奇特有趣的玩法,以前还从来没有体验过。他只射到一条小鱼,而那位当然是行家里手,捕到一堆,包括一条重达十五磅的尼罗河鲈鱼。一次,两人在水底相遇了,便一块儿上浮,脚下沾带了不少水草,打水很费力,浮出水面恰好面对面。他看到对方潜水镜背后的笑脸,湿漉漉的黑发,肌肉隆起的身体;两人默默对视了一会儿。

"噢,喜欢吗?"她等着两人上岸后,问道。

"哈哈,真是太好玩了。我玩得如鱼得水——"

谁也说不动阿莱克和特卢姆下水。"这些家伙就是叫喊别人抢夺了他们资源的人,是不,詹姆斯?"——戈登·爱德华兹偏着脑袋,打量他们。阿莱克从帽檐下撂过一句话:"我的国家需要我,生命太宝贵。"

弗雷泽夫妇说的那个传闻证实了。那天他们都在湖上的时候,一群人民独立党暴徒,驾车闯进铁矿光秃山坡上的工人驻地,工人们星期天都在屋子外面不远处生火做饭,火都被他们踢翻,自行车被烧掉,还杀了人家拴着的一只山羊。后来阿莱克讲述了全过程——是在他们结束了野餐回家后,他拿到警长赛鲁夫发来的紧急通知,要他去矿上。有一刻,阿莱克试探性地提议,布雷跟他一块儿去,但随即两人出于不同原因,都放弃了,好像这事没么重要。也许阿莱克被告知,显示一下莘札的这个老朋友的准官员身份,是代表莫维塔的;也许他仅仅被告知,让布雷感觉到自己重要……另一方面,如果他没有得到上面的指令,可能阿莱克话一出口,他又犹豫了,担心上校这种身份不确定的人员,是不是允许看到本区内部的负面景象。他们再没有谈起过莱巴里索在加拉监狱毒打过的那个青年。

但是第二天在侨民中心,景仰他的阿莱克,一上午反复踱步,尽管冬日里天气宜人,也没迈出房门,一直说星期天的事件,好像在说一场足球赛。他对这种行为持批评态度,但描述得津津有味。"一个老女人特别担心她的缝纫机被砸——她头顶着缝纫机跑出家门,我不知道她要去哪儿——有个家伙"——他总把人民党的打手叫"家伙"——"一把抓住她,只是出于恶,而非任何别的意图。一个警察捉住了他,女人放下头上的缝纫机,劈头盖脸踢打那家伙,警察一直抓着他让女人打……从没听说过这么扛东西的。女人总是最辛苦的……我们的女人!没有什么比这老妈妈的叫喊声更让我头疼的了。"

人民党的那些"家伙"去矿上的目的,是支持工会官方的决定(与矿工自己的决定背道而驰),而不是闹罢工。他们说要在矿上开大会——"让他们知道,不仅工会,人民党也一样,期待他们去干活儿。"布雷接了一句。"完全是这样。"阿莱克说。"那些家伙说什么要采取忠诚的和平呼吁。如果卡车开到工人住地的时候,大家没有一起喊叫,特别是那些上了年纪的,伙计,什么都不会发生……"几个人的脑袋被打破了,还不够在教会医院开急诊。"你很幸运,阿莱克,我干你这份工作的时候,我第二天就会把他们都传上法庭。"

"这我可不会。"阿莱克出于职业的良知,表示了同情。尽管他对那晚的描述简洁冷漠,他和赛鲁夫显然还是采取了有效的行动。赛鲁夫抓捕了大部分肇事的人民党打手,关押起来,准备交加拉地方执法官预审。一切都处理得合理合法,布雷紧张的心情也放松了些。当然他还在猜测这事跟莘札是否有关联——准备发动的罢工前一周,在矿区那儿。喔,莘札至少看到了人民党打手被逮捕。

莫维塔的回信很快到了,一定邀请布雷参加党代会——以什么名义,他没说。布雷心里明白,党代会这次在首都开。(对此举已经招来很多批评,以前党代会总是在位于中部省和加拉交界处那个叫延博的小村庄里召开,在那里发生了战后头一次成功的政治示威游行,以及英国殖民当局头一次大抓捕。)至于布雷没按莫维塔的希望给他写信,莫维塔未置一词，就简单问了下布雷对铁矿争端怎么看，好像两人的关系不存在沉默就表示拒绝。

他立即在他的无花果树下写了封回信，说他感兴趣的是争端的过程，和包括鱼厂、矿山的争端。两个事件类似：工人们提出问题，没有受到行业管理人员和工会官员的支持，这些人员也是人民党官员。两个事件的核心问题，都是工会和雇主之间的协议，显然并没有被全体工人接受：在鱼厂，是临时工的地位问题（莫维塔知道，他亲自告诉过他，那些人是如何被雇佣和生活的）；在矿山，是加班费率的问题。似乎很清楚，人民党干预工会带来一个危险，等于废了工会自身的功能——在劳资关系中，代表工人的利益。这事是注定要发生的，只要雇主的利益和国家的利益一致，而政府又是党本身。工会要取得工人的信任，才能控制他们，失去他们信任的工会领导，必然导致劳工动荡。"如果你毁掉工会，你需要警察——越来越多的警察。这只是开始。结果，可想而知，是平息了，因为工人们没有地方要求权利。国家和雇主知道什么对经济最好，决定他们的需要和不需要。而且还有个名义。"然后他一本正经地说，那些人民党的打手上法庭的时候，他要去旁听；他们被逮捕受审，对党是件好事。

那个星期，有天一大早她来了，不过没有那么早，卡里莫已经在到处走动了。她进来轻轻关上卧室的门，他听见自己早晨的沙哑声音说："锁上。"她穿戴得整整齐齐，像要工作的样子，腋下夹着文件。房间里光线昏暗，有股聚了一夜的腐味，他的衣服随处乱扔着，散发着他隐秘的体味。阳光熨斗一样熨烫着窗帘，屏幕一样显示着上面的游鱼、贝壳、小公鸡、咖啡豆，像几面彩旗，把屋里映照得五颜六色。他一只胳膊支起上身，但没让自己彻底清醒。她身上散发着冷水和牙膏的气味，她的心跳轻盈而急促，带着已经起身活动的人的浑身精力。而他还是睡眠中那种缓慢而沉重的心跳。胡子拉碴，身上还带着夜里的温热，一把搂住这晨露般的女人，把她压在了身下。闭着眼，手指头摸索拉扯，脱掉了她刚穿好的衣服。脱衣服不是问题，但衣服既脱，就像常言说的敞开了胸怀，她的性欲也如开闸泄洪，滑溜溜地蹭着他下面，趴在他睡了一夜热乎乎乱糟糟的床褥中间，把他那块含在嘴里，柔软的头发在他两腿间摩挲。一股强烈的电感，穿透他一生的禁闭（性似幽深的湖底，深不可测），逾越一道道藩篱，登陆一条条远岸，玉露琼浆，销魂蚀骨，暂别胜新欢。

她从他抽屉里取了块干净手绢，伸进他床边的水杯里蘸湿，把身上擦了擦——脸、腋下、两腿间。她不想去卫生间，免得碰到卡里莫或马洛普。擦完穿好了衣服。

"我起来去外面看下有没有人。"

"我是从高尔夫球场那条路过来的——汽车停在第四洞附近。说我要早点去完成那些工作，昨天晚上带回家没做。"

"好吧——我听见他们都在厨房。"这些靠耳朵听就能分辨。

她走了。

跟他在一起不到半个钟头。很怪，好像头一次来似的。隔了一段重新来过，感觉是不一样的：一种恢复仪式，背后有什么真实意义，说不清道不明。

他进了趟城，为活动活动筋骨，全身协调一下，找找平衡感。来到主路上，在壮美的大树底下，一种鲜活感油然而生，眼前万物都是自己喜爱的；他想起了在威尔特郡或者多年前在坦噶尼喀的莫希，开车兜风，穿过阳光树影。上星期在湖底慢慢潜水——感觉都一样——每个微小的细节都会留下印记——这条路，这地方。在一个实在的平面上，一切都探手可得，可以证明。的确是旱季的香味儿，几个月里尘土没被雨水打湿。他后面的空气被自行车铃声搅动。两个只穿背心的小孩，把一根玉米棒从你嘴里传到我嘴里，几只乌鸦呱呱叫着飞出了视线。一个平凡的上午，对他而言，是阳光普照的广场：被判刑的罪犯所能见到的最后光景,只要活着就能见到。

　　人们去领取养老金、缴纳税款的那座老民政楼分出一部分,当了法院。楼房外面,一群老女人在抽烟袋。她们蹲坐着,身体像蛇,从一圈衣服里伸出,腰以上都光着,只戴一串珠子,连奶头也遮挡不住,倒也分不清哪个是奶头,哪个是珠子。她们都不说话。人来人往,蹭着她们身边经过,有书记员、流浪汉、穿白衬衫戴廉价墨镜的年轻人。他进了法庭,闻着还有教室的气味;他自己曾经坐在讲台上,摆弄着那只盖着玻璃杯的水瓶。他和另外几个人坐在一条长凳上,就他一个白人。他左右那两人隔着他的后背说话,不是不礼貌,而是认为他听不懂他们说什么,就没觉得碍他什么事。他们在讨论一笔贷款,欠他俩一个人的,或者两个都欠。显然他俩是莫逆之交,欠哪个的都没关系。他俩穿一样的牛仔裤,是当地印度商店从国外进的货;戴一样的日本手表,厚厚的镀金表带;留一样的发型,出自露天剃头匠的手艺,好似修剪灌木,把他们浓密的头发顶部削平。每侧颧骨都有三块疤痕,那是部落标记,如同种牛痘留下的疤痕。

　　人民党青年先锋队扎扎实实地坐满了前两排长凳。他们大部分人很难再叫青年了。青少年的劲头,在这些早过了年龄的人身上,仍有遗留,因为他们的希望还没有实现。这股子劲头体现在他们的坐姿和不安分上。他们死盯着人看,互相推搡,没羞没臊,怒形于色。有的戴着人民党的军便帽,有的穿着破烂的汗衫,一望而知是家里那个游手好闲的浪荡子,有个人还拿着收音机,法院勤务员发现后,过来警告他禁止使用,勤务员穿双靴子,每走一步吱呀作响。那人在勤务员眼皮底下,还不时把收音机凑近耳边,只是没有拧旋钮。

　　平常那些乞丐,那些另类,总找不到能被人接受、有归属感的场合,故而埋头于一些空虚的行为之中。有个老头面带焦虑,一副忧心忡忡的样子,布雷对这模样再熟悉不过——在侨民中心和法院周围,所有无助的黑人脸上,清一色都是这种忧虑的神情。他不知道外面那些乡下女人是谁。说不定是牵连进矿场事件男人们的亲属。还有从城镇来的一些衣着"体面"的男女,一定也是亲属。法庭生杀予夺,令人敬畏;庄严肃穆的现场一阵骚动,被告依次被带进被告席,恰好顶棚上的电扇由慢而快旋转起来,憋闷的空气随即风卷旋流。法庭座无虚席,外面人群中,一张张脸孔从窗户朝里张望。甚至还飘进来管乐队嘭吧嘭吧的节奏声——戛然而止了。十一个被告,被告席太憋屈,座位不够,像在剧院换座位一样,乱糟糟的,后来从别处搬过来几张椅子,才勉强坐下。有个挺特别的细节,赛鲁夫的人跟他们一块儿进来,然后围绕旁听席站了一圈。全体起立;黑人地方执法官走进法庭,落座,面前摆放着玻璃水瓶。他来自另一个省,以前是中学校长,也给律师做过秘书,他不时需要翻译给他翻译英语,凡是感觉加拉语的细微含义他没完全领会,就要翻译。布雷在阿莱克家见过他,是个性格开朗的聪明人,但此刻坐在法官席上,面色阴郁。

从首都来了一位印度律师,为被告辩护。坐在被告席的那些人显得大义凛然,这时一致扭头仔细看了眼自己的辩护律师;也许以前没见过。宣读了起诉书。他一边听,一边把额头两侧发亮的头发往后抹了抹,仿佛旅途劳顿,还没恢复过来。他讲一口带有古吉拉特口音的英语,快而柔和,宣读甫毕,他立即请求本案一分为二:根据《取缔聚众骚乱法案》,几名被控非法闯入且故意损坏财物的,与两名被控殴打袭击的,分开审理。请求被批准;两案发回候审,一到两星期后,择日开庭。律师反对,理由是时间太短,不够准备辩护。于是案子再往后推。批准那九个人继续保释,但拒绝了另外那两个人。青年先锋队员们的屁股下的板凳吱吱呀呀,响成一片,喉咙里发出鸟叫一样的威胁声。窗户外面的脸孔都在碰撞窗玻璃。被拒绝保释的两人中,有一个很瘦,光光的脖子上,鼓起一棱一棱的肌肉,像个跳芭蕾的。他一直扭动着脑袋,一副横样,眉头皱得像米开朗基罗的大卫,一遍遍环顾人群。每次环顾,前两排就一阵骚动,而赛鲁夫的警察神情漠然,势力的转移失衡，令人恐惧。律师反对拒绝保释，检察官拒不让步。执法官似乎哪一方的话也没听，他确认拒绝保释。两名被告还押候审。

一干嫌犯离场时，利用他们人多，缓步行进，一边唱起了人民党的歌，那两个去监狱的，大呼口号，是独立前的老口号。布雷挤在法庭人群中，任凭自己随波逐流。女人们穿着去教堂做礼拜的衣服，这时平静地张开嘴巴呜呜地叫喊。执法官用木槌击打桌面，见没效果，也没事似的。只见他嘴巴张合，应该是宣布休庭，随后走出了法庭。接下来要审理下一个案子，物证包括一辆缺个轮子的自行车，都搬进来了。与此同时，警察在各排板凳间穿行，被挤得东倒西歪。很难说在门口挤作一团的人，是本场退席的，还是来听下一场的。人群并不愤怒，但很自信，真怪，一边交换场地，一边交谈。那些呜呜叫的女人站在起身的板凳旁，摇摆着身体，活像跳集体舞。他个头最高，如鹤立鸡群，往出挤的时候，把一切都看在了眼里。给人民党捧场的那些人，把嫌犯们唱的那支歌，接着唱下去，脑袋动得像母鸡，激昂振奋经过人群，经过那老乞丐如醉如痴的面孔，经过不停左右张望的年轻人。他差点笑出声来：自己这个戴眼镜的白人，活像个图腾，滑稽地摆手，排在女人们身后，看着她们的摆臀，把裙子像大钟一样，摆来摆去。他夹在人群中慢慢挪动，最后终于全出去了，就像浴缸里的洗澡水，从出水孔盘旋流尽。

外面，那个三人乐队的基督教救世军节拍，仍响个不停，有点凌乱。那支人民党青年先锋队挤在人群中，不在乎被围观，管自讨论起来。队里有人跑来跑去，往返于队里和法院办公室之间；每个人都在等那九个人办好保释手续出来。终于出来了，他们显得胆怯温顺，好像在朋友注视下离队的旅伴。他们刚出来，警察就驱离了整个人群，清空了楼门前的开放式露台和前院。大概要解散了，队员们似乎一时找不着北；随即有人朝马路对面那块空地移动，旁边就是玛丽公主图书馆。乐队被人群淹没，演奏没停。先锋队就地开了个临时会议，在那座小小的铁皮屋顶"帕特农神庙"参差不齐的廊柱旁。他站着等了一会儿,一边侧耳倾听,一边想起这还是英帝国退伍军人联盟的女士们筹钱建起来的。会议发言的,站在一个木板箱上,是店铺里丢出来的,还没被拾柴火的一块块拆走。人民党带来了自由,违反党的命令就是愚蠢……凡是国家的事都是党的事……人民党没有撵走这个白人,指派他做事的黑人一样坏……不许把法庭的事说出去,但是他会告诉所有的人——不服工会,就是不服政府,党知道该怎么对付他们。

他走开绕过一个打群架的地点——年轻人忽然大打出手,石块乱飞。他正好处在一块石头的飞行轨迹,被击中脖子侧面,他本能地伸手捂住脖子,仿佛拍苍蝇。一个女人经过,吓得大声惊叫:"噢,对不起,对不起,穆克瓦伊……"

脖子没出血。他抓住了那块小石头,没让它落在敞开的领口里;他把石头塞进了衣兜。

那天在加拉发生了几场骚乱。不是都跟那场庭审相关联,但是缘于法庭那群人被激发的自信影响了镇上的气氛,有如一股热浪对一个寒冷国家的人产生了影响。

"应该把他们一网打尽,罚干苦力,"在超市的迪尔先生信心十足地说,一边把刚买好的火腿包好,"流氓太多,没人教他们说人话,没了。他们学会的唯一本事,就是当个更好的贼。我要告诉你说从我自己动手干活儿以来,我丢了些什么,你肯定不会信。这地方还没准备好——你必须先把人教育文明再说。"

一个小女孩在人行道上摆放了几个没长大的西红柿。他停下来买了几个,正好戈登·爱德华兹过来了,马上提议一块儿去鱼鹰酒店喝杯啤酒。鱼鹰酒店的内部酒吧里,还没有黑人敢进去呢;顾客们边喝边聊高尔夫、欧洲汽车拉力赛,都是昨晚电视上播出的。

戈登·爱德华兹讲了个有趣的故事,说的是他的一个朋友,在莫桑比克海峡一艘巡逻船上干活儿,巡逻目的是拦截运往罗得西亚货物的船只。现在这个朋友辞职了,改行去做躲避制裁生意的掮客,干得挺成功,往外运烟草,往进运机器。爱德华兹一边说,一边瞟着布雷的脖子。"被啥叮了一下吧。"

他用表情示意自己不清楚。那块小石头跟钱一块儿装在衣兜里,能证明上午发生的事,那一幕还在他脑海里备着,随时用做谈资。

那九个人被判有罪,罚了款。另外那两个没再审;经总统特别干预,他俩被诉一案被撤了。

* * *

几乎每天都有骚乱的报道,不是这个省就是那个省。

每个买得起电视机的人,都不停地看联播节目,美国的、英国的——体育、科普、西方传统文化,以及(如果是白人)没完没了的连续剧《福尔赛世家》。艾德娜·特卢姆租了一台电视机,所以只要是首都电视台广播时间,全家上下总是聚在幽暗的起居室里。每天都有新闻综述(拉斯·阿萨和当过一段时事评论员),但是电视台养不起摄像和电视记者团队,没法实况报道国内事件。昏暗的房间里——震耳的音乐声、录制的嘈杂人声、一堆脏兮兮的小孩子的臭味、廉价食物的佐料粉味、侬瓦耶的烟味——只要马德里有足球赛,或者播放越共逃亡者受审,看得比邻省邻市发生的事情更清楚。加拉繁盛的绿色植被,像密不透风的墙,把邻居遮挡的严严实实。

每当他高大的块头挡了门口的光亮,丽贝卡就会不动声色地起身,离开她的帆布座椅,从观众中溜出来;所有别的人继续沉浸在节目里。他和她如今已经不在乎孩子们了;他有时候心里暗自思忖——顷刻又会忘掉——应该提醒她,不该允许孩子们玩命看那玩意儿,会上瘾的。她坐那儿,孩子们靠着她,挤坐成一堆,每个孩子都非要挨住她不可,最小的那个常在她怀里睡着;孩子们从她那儿得到的,足以抵消眼前看到的那些超越他们理解力的事情。他们之间有一种同胞感;他知道她身体里有股持续暖流,对孩子们有催眠和充电的效果。只要挨着她的肉身,一同呼吸,就不会受伤害。

丈夫戈登·爱德华兹又走了。布雷没发现她是不是跟他睡过——绝不会,他知道,即便是在那一刻,他用膝盖拨开她两腿进入她的身体,他也在这么想。她眼睛里什么也没有透露,有时候她会愿意在他上面,看着他的脸,分明是情人的眼神,面容对他彻底敞开。她抱怨说,因为他近视,激情来临时,眼神那么空洞,是在掩饰。"我捉摸不透你心里在想什么。"

"那种时候我啥都不想。"但是她才是心里藏着秘密的那一个。而她那母狮般的棕眼睛(瞳孔放大棕色更深)似乎不存在任何秘密。她身上那种俏皮的活力,仿佛一件可以穿上的衣服,老公回来她就穿上了,现在又脱掉了。她那天早上来见他,是个聪明之举,是向他表示没问题,那位一走,他俩就能再在一起了:已经这么做了,他们一有机会就在一起,打着掩人耳目的幌子,有事找朋友帮忙什么的。然而在她心里,那双眼睛里,没有什么"小聪明"。她心思简单,和盘托出,毫无保留,毫不隐瞒,有啥说啥,连她的秘密也一股脑儿向他吐露。男女之间确有那么一个阶段,彼此和别人的关系,也都从属于彼此的关系。可以包罗一切,包含一切,并非顺从,而是一种心心相印的贪婪。如果我太老,不说什么贞操之类的话,说起来也荒唐,那么她也是这样的,只不过以她的方式。她为奥利维亚来修饰窗帘,并不是出于天真。

他给奥利维亚写了封信,说了说罢工停工的事,也模模糊糊说了些不满意的话,说这里的偏远地区,居然还停留在部落纷争时代。他没有建议说,这种气氛下不适合她过来。但反正他们往来的信里,也再不谈她来不来的事了。他并不奇怪为什么她自己搁置了这个念头,因为——他很清楚——她显得那么默契,对他也合适。他信里讲了近期发生的事件,包括为报复而杀牲、烧房子,讲了关于产业关系法案的提案，要是通过了，教师和公务员罢工就不合法了。她信里说，她和维妮夏在一个乡村古玩店，淘到一个军官的衣箱，大约是拿破仑战争时期的遗物，还去了一趟伦敦，看了一场话剧，剧情是两兄弟之间不伦的同性恋，要是内廷宫务大臣还掌握着戏剧审查权，这出剧断然不能上演。他们的小女儿帕特从加拿大回来度假。维妮夏小两口带着宝宝在威尔特郡的房子里住了很久，随信寄上几张宝宝在花园草地上玩耍的照片。后来他老能看见那些照片，放在橱柜里那只破损的烟灰缸里，卡里莫把壁柜当了保险柜，把照片插在破烟灰缸的边框周围，已经插了一张维妮夏和婴儿的照片，插照片那天下午，丽贝卡满脸笑容进来跟他说，没事了，月经总算来了。这次晚了一星期。她摘掉他的眼镜，抱住他的脸一顿狂吻，止不住兴奋："不过就算有了，我正好可以去英国了。我总想去。"

他沏了杯茶给她，抚摸着她的头发。"英国？"

"在这儿做违法。"

这么说这次没怀上他的孩子；但是有可能，每次都有。他看得出来，她害怕怀上，也显示出了害怕。她告诉他说，她不能吃避孕药，因为一吃就胖。

桑普森·曼伦巴和太太应邀过来共进晚餐。现在，大家都觉得自然是丽贝卡当主妇。有了卡里莫许可，她也到厨房帮他打下手；卡里莫坚持把马洛普的工作范围限定在室外——马洛普料理的蔬菜园，除了供应自家，同时还供得上特卢姆和阿莱克两家吃。曼伦巴太太（很腼腆，白人的本名她叫不出口，她自己的本名也不让人叫）问清楚了布雷只请她一家，她才来。她不爱说话，除非是让菜劝酒，她才会十分有礼貌地勉强回应，只要她胸前的婴儿袋里发出猫叫一样的声音，她就立马消失在厨房去喂奶或照料。丽贝卡偶尔也离开一下。丽贝卡是那种有人缘的女人，女人们也都喜欢她。这些天布雷和她都感觉轻松了，可以招待一下朋友们。他俩早上一块儿醒来，晚上等大家都走了，就一块儿睡在他窄窄的床上;这可真是上天的慷慨赠予。

　　成人教育中心暨贸易学校很火,令人惊喜。桑普森在侨民中心安排了几名职员,开办乡镇老年扫盲班。布雷说服了白人社区最不可能的白人,去甘地会堂的作坊班,教各种技术。白人本来多少有点莫名其妙的担忧,慢慢发现也许去教教书是个不错的主意,只要不投入成本就行,就是做出个姿态,跟黑人合作,黑人是主角。谁乐于展示自己的一技之长,他也都默默记下了。那几个美国人做出了惊人的贡献,包括几个技术全面的工人和钱款——不是和平工作队成员,只是哪种公谊会教徒,——他们教装配、车工、绕电机线圈,还有不少别的技术,很适用于加拉地区轻工业起步的需求,而且他们还把自己的吉普开到乡下,教学生们驾驶和保养大型农机,这些机器可以从侬瓦耶·特卢姆的部里借到。连博克瑟也过来一星期,教一门畜牧精讲课,享受口若悬河的讲述。美国人有个录音机,整个课程可以一遍一遍地播放;博克瑟是用加拉话讲的,所以可以拿到边缘乡村去播放,当地人听得懂。博克瑟跟布雷住一块儿,期间丽贝卡自然是谨慎回避,连早上过来也不可能了。博克瑟五点就起床,在屋里走来走去。他走到哪儿都带着单身汉的好习惯,以为他和他主人同属一类,都喜欢这样:似乎他心里在琢磨,要是能长久住一块儿,可就理想了。他是那样一种类型,性欲早没了,也许已经阳痿了?他谈起过莘札,没说什么新内容:铁矿场的持续骚乱,原因在于这位"老爷"的干预,他从巴士来,坐着他"岳父"的汽车,找了些人。矿工工会秘书从首都过来,看到了发生的情况,但谁会听他的呢?——他们都是莫巴纳酋长的人,他们只听从莫巴纳让他们听从的人。莫巴纳叫他们听从他女婿,服从莘札的领导权。博克瑟说的就是当地传闻的实际情况。

　　博克瑟那天上午离开,她午饭时分就过来了,两人干柴烈火般做爱。午餐上了桌,盖着卡里莫的纱帐盖,等候着。吃的时候她因客人离去而心情愉快地说:"他这人怎么这么悲观呢?"

"因为他眼里只有我没有你。"

她又高兴又愤愤不平地笑了。"你!喜欢他!"

"每个人在自我审视中,都知道自己在对方眼里几斤几两。别人都不会发觉,只有自己清楚。"

她很好奇。"真不一般哪,你居然以他的角度想你自己。自我审视这东西肯定不存在。太不靠谱了。"

"可是你没有吗?"

"我有吗?我不知道。"停了片刻,她说:"噢,是有。我离开首都大概就因为这个。"现在她流露出阴郁之色,目光迷离,听着他说,看着他吃。

中心确有些实用价值,他和曼伦巴一块儿操办。不管外界出什么情况。中心算是一直开办下去了,正常开展每天的活动——不管国家的大环境和他的思想怎么变——尽管它所存在的大环境破裂、发展不平衡、伴随着旋涡和动荡。天天在一起紧密合作的人,是有毅力有头脑的桑普森·曼伦巴,和那一张张专注的面孔,或聚集在甘地会堂,或在老警局改建成的教室里,那几位公谊会朋友把吉普车开到萨凡纳湖周围的乡村,风尘仆仆,马不停蹄,或者开到巴士——这一切实用的活动都在开展,在一块大陆板块上,上面的人照例忙他们的生意,没觉察他们的环境已经挣脱了束缚,好似房子在洪水中随波逐流,家具仍各在其位,花盆还摆在窗台。

人每天自己干什么是真实的,他心想;她坐在床上台灯下,撕掉小脚趾上的死皮("这是我冬天的蜕皮——夏天都穿凉鞋,就没这玩意儿")。

他凌晨醒来,黑暗中异常清醒,脑子里嘭嘭乱跳着一件件事实。在那个地区,莘札总能利用进步快的地方发挥影响,通过他跟工会的关系影响工人。其次,通过他和酋长的联姻,他还加强了部落的凝聚力——如果布雷记得没错,他本人就是部落酋长的外甥。主要是因为他,讲兰巴拉语的加拉人——加拉的一支,在巴士乡下广泛分布——从开始就一直是人民独立党的嫡系。他和莫巴纳女儿的婚姻,肯定为他极大地扩展了拥趸，在此范围内不仅有莫巴纳在家乡为数可观的追随者，而且还有遍布全国的劳动大军中成千上万的一大部分。莫巴纳是布雷那个时期的殖民当局任命的部落首领，当时殖民当局罢黜了前酋长纳嘎西，因为他毫不妥协地支持刚诞生的人民独立党；独立后，纳嘎西官复原职，又当上了大酋长，而莫巴纳也恢复到从前的普通酋长，不过赶上了好时代，得了件礼物——他那辆破不溜丢的美国车。呵，这些天，那辆车让莘札开了。这个联盟顺理成章，哪怕没有那场婚姻也一样。被莫维塔降了职位，莫巴纳和他的人肯定不会原谅莫维塔；不管莘札的事业有多渺茫，只要是反对莫维塔的，就和他们的利益一致。

莘札？纳嘎西曾经是他的追随者，他的"被启蒙的酋长"，不畏惧民族主义运动。莫巴纳也曾经是一个"政府的好孩子"，这是莘札用来挖苦他的比喻，是莘札惯用的鄙视方式。这种状况姻亲也很难改变，但是毫无疑问，利益可以将其改变。眼下，莘札有各种各样的朋友，到处都有。

有时候他醒来躺着考虑这些情况，感觉似乎莘札的朋友名单，完全可以组成一个议会一样的机构——在评估完善，暗中进行。在想象中，他把莫维塔推到他们眼前。他不确定莫维塔能做什么，该做什么。假如我是莫维塔——但问题是他不是。他努力驱逐一辈子在头脑里生了根的概念，想抛弃最后那点晚节。但是总有另一个，另一个——要是能有个终极该多好！他的思想被黑夜解放。如果一场革命能解救人民，不受恐吓、剥削，走出错误的权力画地为牢的藩篱，那么这革命要走多远，才能自我保护，并保护给人民带来的福利？多远，才能拾起足够的石块，再造它毁掉的墙壁和武器，再开始使用它们对付那些所谓的反革命？什么是反革命？革命的敌人，或者是认为革命被出卖的革命者？莘札和莫维塔各自把这标签贴在对方身上。莘札相信莫维塔背叛了革命原则，变成了革命的敌人；莫维塔也同样看待莘札。他希望他们都错了。他希望看到他们团结一致，谁都不出卖新生活，而不是沉湎于权力内耗,不能自拔。经过这番思考,他内心准确地定义了现状,自己要坚持立场,他的信念绝对合理。

有时候,夜里的声音和黎明前的声音之间,会出现一个万籁俱静的时段(几分钟?几小时?),这段寂静会被忽然响起的鸟儿欢叫打破,叫声送走黑暗,叫出黎明。每当听到这时的鸟叫,各种严酷的事实,会在脑子里重新安排一遍。莘札联盟的重要性沉下来;莫维塔必须起用莘札,安排在自己身边,派省里的官员去安抚莫巴纳,撤销人民党对工会的控制——可以办到。莘札说过:"我真想有机会赢。"他有一批同盟——莫巴纳,甚至纳嘎西的一些人;工会运动的支持者,他们的力量和人数是不可估量的;边境那儿索施奇的黑道生意——他真有机会吗?

但是,这是在选择对眼前的情况视而不见,在那双紧闭的眼睛后面,一切都会瞬间出现:别的事实,坚若磐石的事实。有一次,劳动部部长汤姆·穆梭玛内说,产业界的动乱并非基于"真正的要求",而是因为被"煽动",第二天,又拼命去掩盖这个含义,说工人们有政治上的不满意。有多少次罢工和争端是源自莘札的灵感?可以归在他身上的事情实在是太多或太少了。还有什么道理去认为,莫维塔要做的全部,就是把人民党那只沉重的手,从工会脊梁上拿开——莫维塔相信,快速发展经济,为工人和全体国民谋福利,就是要支持投资人雇主,保证劳动大军顺从地劳动。

这一大片事实周围,有一个不能调和的因素,就是事实本身所处的那种氛围——情感,好像一只虫子,守护自己一生最关心的卵,吐出丝来一层层把它包裹起来:他厌恶莘札,因为他认为莘札是正确的,他厌恶莫维塔,因为他不能承认莫维塔是错误的。这时(四点,现在,五点?),他已经做好了准备,随时可以像翻转一块墓板石一样,翻转自己的判断,然后发现石板下面躺着的,还是那类东西。

他要起来去闷热的卫生间撒尿。在水池里撒了尿,扭开水龙头,轻轻冲掉,免得马桶冲水声把她惊醒。有一回,他像强迫症一样急匆匆地回忆着什么,猛地想起莘札说过——"……必须教导人民高呼'捉贼!'"是在什么情境下说的?莘札说过,要核实一下。他蹑手蹑脚地走到起居室,扭开电灯。烟灰缸里塞满了隔夜的烟头。壁炉里有些葡萄茎柴火,他桌上放着杯泡沫咖啡。他浑身赤裸,跪下来,两腿间晃里晃荡,湿湿的,挨着了脚踝,他只管在公家配发的书架上搜寻起来。他来非洲随身带了本法衣的书。是本软皮书,书页都成烟屁股那种淡尼古丁色了。他找到了那句:"'捉贼!'在人们追求理性知识的淡漠意识中,必使他们……"他回看了几行,看看上下文的意思。"……过去一切都似乎非常简单:坏人在一边,好人在另一边。起初的那种清明而又朦胧的亮光,会有一阵半黑暗紧随其后,惑人感觉。人们发现,邪恶的剥削事实,可复以黑面具,或阿拉伯面具;他们高呼'背叛!'但是呼叫被误解;而误解必须纠正。背叛不是民族性的,而是社会性的。必须教导人民高呼'捉贼!'在他们追求理性知识的淡漠意识中,必使他们放弃对领主太过简单的概念。"

他又回到床上躺下,头脑清醒,她的头枕在了他的胳膊上,一条腿搁在他两腿间;如果她在接近意识清醒的任何点位,忽然醒来,都会用嘴唇滑过他的胸毛。这些天夜里,每当他夜不能寐,辗转反侧,却又感到无比的安宁。他明白这种矛盾,感觉自己在两极间求得平衡。他母亲有个闺蜜常乐滋滋地说,谁要忽然萌生了不一般的需求的话——那么他知道自己还活着。

他挺纳闷那位闺蜜知不知道她在说什么。

他看见两辆警用吉普车顶上银光闪闪的天线在挥舞,警车满载赛鲁夫的人,穿过树丛、枝叶。当天下午,他去了一个村庄,正在回家路上,那个村子有可能被发展中的加拉市郊吞噬。这是这地方了解情况的途径:亲眼看见、亲耳听见。他顺道去了趟侨民中心,跟阿莱克提起了这事,他离开后阿莱克一定给赛鲁夫打电话汇报了。管他呢,到明天下午,所有的人都会知道出什么事了。距加拉四十英里之内的铁路工地上,死了一名劳工。其他工人放下手里的镐头,抗议劳动条件;他们威胁意大利工头。有个工头开车去加拉求援,在矮树丛里走了一半路,在森林车道上走了另一半路。铁建工地也从附近的卡索洛村,雇用临时工。赛鲁夫的人赶到后,发现村民已经把死去的劳工抬回家埋了,葬礼结束后,义愤填膺的村民直奔工地,加入了罢工的队伍。那些工头们把自己锁在晚上睡觉的一个铁轨车皮里;一节火车皮被放火烧掉了,工具设备都被倒进河里。

"党代会召开前,还挺热闹的。"阿莱克说道,仿佛预料中的一般。他、布雷和丽贝卡正站在阿莱克的办公室喝茶。现在,赛鲁夫的小队人马中,缺少精兵强将,而加拉镇上和工业区、鱼厂、石灰厂的工人,与人民党青年先锋队之间,出了些说不清道不明的麻烦。这情形延伸到了乡里,下班后的状况很令人担忧,有一伙流氓,四处流窜,趾高气扬,在城里大街上招摇过市。丽贝卡开车回家路上,遇到过他们一回,她反复说:"我按喇叭,他们分开两半让我过去,他们一直狂叫,不过我看不是冲我叫的。"也许她想叫人说她够猛的,或者天不怕地不怕。她质问的是自己的行为,而不是那伙流氓的行为。他对她说:"哦,这情形你应该明白吧?"故作责怪,像教她学语言似的。"我就能听见一句话,'我们来了。'"——她把这句引述用加拉话重复了一遍,表示确定无疑。

"人们都喜欢有点激动的状态,就这么回事,我今天上午就得到了这么个印象。"阿莱克被叫到了镇上,去开车陪镇长约书亚·恩萨利兜圈视察。赛鲁夫不傻,看中了这是个表现的机会,正好把公务和权力都展示一下,不但可以掩饰警方缺人手,甚至还可以建议不必让警察到场。"很多人无缘无故就从工厂回家了——看得见他们站在自家门外,那时候应该是在上班的。——这些人在鱼厂和石灰厂没事干。有一个说他请了天假,因为他老婆和他妈不愿意单独待在家里。另一个的老婆不叫他去,因为怕他在城里惹麻烦,都是这类情况。荒唐。约书亚给他上了堂课,包罗万象,从如何让老婆守家,到他为加拉这座名城健康发展而承担的责任。原来那人是屠宰场的清洁工。"

但是在宿舍里不只是有激动,这山上的新楼房,曾经把加拉白人区和本地城区,一分为二,本地城区在这儿连看都看不见。"如果这些年轻人没工作,是谁把他们弄到青年先锋队的,他们又是怎么养活自己的?"布雷问道。宿舍本来是给未婚青年住的,只要他们受雇于工厂和公共机构。

"我就是这么跟老恩萨利讲的。这是市政事务。那宿舍住满了没权利住那儿的人——他们没工作,硬搬进来,还把屋子跟他们的亲戚合住,那些亲戚在城里工作。"

"那人民党应该开除他们。"

"我们的人,人民党一个也不开除。"阿莱克说。

"我亲爱的阿莱克,人民党可以,也这么做过——铁矿的矿工们怎么样了,那些叫板工会的人?"

阿莱克听了微微一笑,不置可否。"反正安排宿舍是个坏主意,不管是谁想出来的。"

"当然。太像个住宅区了。制订这计划的人,心里想的是那些季节工人。"他对丽贝卡又说道,"——独立前,最后一个白人村那个客栈,这个就是后代。"

"是的,我看是这样,"阿莱克说,"在一个连份报纸也没有的地方,你怎么去让人人都知道今天夜里有宵禁?赛鲁夫坚持认为我们需要实施一两天宵禁。"

丽贝卡说:"广播电台?"

"喔,不……我不知道。"阿莱克和布雷都清楚,这肯定行不通,当局一定不想叫全国都知道这事,从而留下个印象——说也说不清——加拉处于紧急状态。

他看了眼阿莱克。"当然,可能会在新闻里广播——实施宵禁之类的。"但是那跟通过广播,向加拉人民发布禁令,还是不一样的,广播发布的警告,所有的人都能听到。

"赛鲁夫想用卡车安上高音喇叭,在街上循环播放。"

"那肯定是最好的。"

"可他没有警用的卡车——车都在乡下,在铁道工地。"

"那你怎么办?"丽贝卡说。她过来站在布雷身边。他们朝外面望去,目光越过侨民中心整洁的花园(花园里原来扎过阿莱克孩子脚指头的基督刺拔除后,种上了芙蓉花),投向下面缓坡上的街景,大片常绿植物宛如云雾,把镇子遮没了一半。这幅图景上,市场隐约可见,呈现几处蔬菜色块。车站开阔地,停着一辆顶部厚重的黄公交车,车身褪色了,两侧装着帆布。这片开阔地是帕博胡的商店院子,商店房顶上立着"五朵玫瑰"的广告牌。一队蹲在地上的女人和孩子排在诊所外面候诊。所有这些,在图景上历历在目。路上蠕动着自行车和行人,司空见惯的自行车在路上那个坑里起伏颠簸,那是通往侨民中心的五百码柏油路的终止处,再往前有载车轮碾压的下沉土路。他有种感觉——准确无误——忽然间,他俩心里同时想到了湖上的光景。大湖一望无际,远处地平线不弯曲,湖面轻舟点点,向你飘来。湖面依旧像是白热的天空。

阿莱克说:"跟人民党借吧,我看应该的。就他们有一辆车,刚收拾好的。"

不知为啥,丽贝卡想叫他过去跟特卢姆一家吃个午饭——她一般这个时候都忙着去学校接孩子,给他们弄饭吃,除非孩子们自己跟同学一块儿回家,那么她就能到他这儿来。他二话不说同意了。因为他中午时分在侨民中心接到个电话,是祖萨博打来的,反正要去见他,去之前先听听他有啥事,这么着急忙慌的。肯定是了,伊斯兰社团的I.V. 楚纳拉在祖萨博的店里。在熨衣板、缝纫机、放着拴了绳的大剪刀的柜台之间,两个老绅士"表达了社区的担忧",说的是甘地会堂和学校。他在那儿每两周给当地人民党支部上一次课——按泛非洲的目的所需,讲点经济学基础。伊斯兰委员会成员们担心,眼下这个时候,让那么多年轻人聚集在印度学校,这事是不是明智……其实他们真实的想法,是想在城里发生动乱时,关闭学校和工作坊,借给成教中心使用的那些部分。他并不吃惊;他也暗自考虑过,这个党员培训班,是不是暂时停课的好。城里几家印度商店放下了窗板,那天早上他就注意到了。在特卢姆家,丽贝卡和她已经接回家的一群黑白孩子们,已经围坐在桌子周围了。桌上放着柠檬汁和蛋糕。"他们非叫你来不可。"他这才意识到,今天是她生日,不是哪个孩子的。"我是不知道你哪天的生日吗?"她笑了——"我想我有次告诉过你,我问你星座那天。""我是双鱼座。"小不点克莱夫抢着说。

他很想当着孩子们的面亲吻她。尽管她歉疚地说,孩子们闹哄哄的,让他来这儿受累了,也没啥好吃的,但她很高兴,很欢喜,周围有这么多孩子关注她。他们送了她在学校制作的礼物——图画,巴黎地标彩塑。克莱夫提醒说爸爸也有礼物,在衣柜顶上搁着。一个花里呼哨的包装盒,里面装着一只银链透明晶石坠儿,原料产自锡兰,经达累斯萨拉姆或者蒙巴萨的珠宝匠加工制作而成。苏西非要她戴上,所以吃饭从始到终,这根项链在她胸前晃来晃去,映衬着裙子领口下那对乳房的轮廓。她准是把盒子一直收着,特地在生日这天才打开。

不管赛鲁夫是否派人去求援,下午,城里来了其他警局的增援力量。他们风尘仆仆,晕晕乎乎,一副陌生人的威严冷漠,站守在街拐角,黑人酒吧外面,在大街上桃花心木树巨大的树根上摆摊干活儿的擦鞋匠和修自行车摊位旁边,在城里工业区末端的那棵奴隶树底下。他几乎能去的地方都去过了,想给丽贝卡买件像样的礼物,结果不管去哪儿都看见这些警察。

加拉能找到什么呢?他甚至又回到祖萨博的店里,去打听有没有哪家印度商店可以淘到好东西,结果也一无所获,那里只有日本棉花,没有漂亮优雅的真丝纱丽,存起来为谁家女儿结婚用。什么都没有;药店里连正经法国香水都没有一瓶——"没人要那东西。"最后,他给她买了个皮箱,是在迪尔超市的绅士用品部找到的;这是他在加拉唯一能找到的漂亮的东西,准在那儿搁了有些年了,太贵了卖不动——十年前他离开的时候,就一直立在那儿,用廉价的旅行毯包着。他把皮箱搬到大众车里,不是百分百满意,但好过什么也没有。开车返回时,在交叉路口被逼停了,因为人民党的大喇叭卡车正经过。一阵从地底爆出的巨响震耳欲聋,想不听到也难,但听不清说什么。弗兰克·罗杰斯正好站在他旁边等候放行。罗杰斯是原加拉镇长,鱼鹰酒店和一家红酒店的老板,参与组织了那次将地区专员召回的活动。罗杰斯依旧是那一口黑黄牙,依旧是那一头金黄发。他咧嘴一笑。"这回不会再离开我们了吧,布雷,是不是?"

"给教育中心的一个职员买件告别礼物。"

当然,人人都知道布雷有女人——原来是跟那些粗野的黑人混在一起,如今卷土重来,又给自己找了个荡妇,远离家国,十分安全。这对他这种白人来说,是个大诱惑——想干啥干啥,黑人才不管呢。——他一回到加拉,心里就清楚,过去那个老谣言说他养黑女人,现在又复活了——在他们家的后院,把这谣言传给那些肤色一样、政见各异的白人。难道一个毫无疑问的白人情人,比编造一个黑人情人,名声受损稍轻些吗?他倒是很乐意了解,有个白人情人,究竟被认为是堕落的稍轻还是更重的标记。

奥利维亚自己对这个白女人比对一个黑女人更介意?(她知道那个漂亮的黑人姑娘,他在达累斯萨拉姆深深迷上了她,当时他还没结婚。)她会不会更能理解他有个黑人情人?倒不是她认为女黑人够不上她的层次,而是因为她自己也发现她们中有许多美女,想也能想见一个男人见了会怎么样,也许能在黑人姑娘身上发现,西方女人为自身解放而付出的那些品质。这情形了解一下也有意思,但是他从来没有。

奥利维亚绝对不会知道这个姑娘，不会难过。这是个不争的事实，而与此同时，他在跟这姑娘同居，每个安排，每个想法，都会让她参与。"放弃"姑娘的念头，压根儿不存在；他也同样相信，奥利维亚不会受到伤害，不会被影响，目前还是蒙在鼓里的状态。他一辈子都活在理性当中；现在，非理性来临，被他以似是而非的方式，巧妙化解了；完完全全，蛇衔其尾。一个解释？关键是他并没有感到需要向自己要一个解释。根本没有。

汤姆·穆梭玛内在劳动部的常务秘书飞到加拉调查卡索洛铁路事件，他在监狱附近的简易跑道上降落，引来一群肚皮赤裸的儿童围观。但这时，事情已经解决了。把政府财产扔进索洛河的行为，有三个人被指负责，听候审判，其他人都回去工作了。只有那个开车穿过丛林求援的意大利人，拒绝回去。常务秘书在卡索洛村受到了啤酒招待，他在那儿讲了话，告诉村民铁路会给这一地区带来更多的钱和工作岗位。

常务秘书卡勒博·尼亚仁达来这个地区，由阿莱克接待。他个头矮小，头发浓密，活泼好动，喝浓茶的时候，不停地打嗝，就用一只光洁的手捂住嘴。他能讲不少故事，都是发生在当年他在首都当丧葬清运员的时候。也许他还保持着浓厚的职业习惯，跟人打交道很老练，见面熟，出门忘。他说卡索洛村民待人很友好，但是"谁也没来告诉我发生了什么。'噢，上周那事啊'"——他讲述了他们怎么解决的——"——我毕竟不是去参加婚礼的。"

"哦，他们乐意见到你，没问题，"阿莱克说，"人们愿意相信政府关心他们。"

"把那么大个吃土的玩意儿推河里了，让人想不关心也难啊！"尼亚仁达大笑起来，左顾右盼，寻求赞许。

有人提起了那个意大利工头，他还在加拉，天天坐在鱼鹰酒店的露台上，戴着墨镜，打量别人，别人看不着他的眼睛，衬衫敞着，脖子上挂着的十字架,在卷曲的胸毛丛里闪闪发亮。布雷能说点意大利语,打算万一打个照面,就跟他打个招呼,表示友好。工头跟他说,他打算尽快搭车去首都,到工地一拿到自己的东西就走;然后就打道回府,回意大利弗吉亚去,公司要是起诉他,请便。"他说圣母玛利亚救过他一命,但你不能肯定她再救你一回。'——再做一次'是他的原话。"

"就是那个人,昨天在超市帮我推购物车来着。"艾格尼丝·阿莱克戴着假发,眼睛涂了妆,准备参加特别活动,一整天都带妆,因为常务秘书在,并不是想吸引他,只是为了显得哪怕地处遥远的北部省,也要有范儿。

"他知道你是政府资产吗?"尼亚仁达脱口就来。

艾格尼丝单手叉腰站着。"我能告诉你的就是,那是我一生第一次遇到白人帮我拿东西。"

"黑人没帮吗?"艾德娜·特卢姆轻声细语地问。

"哦,他们啊。别提了。你趁早不用指望他们。"

大家说笑着,阿莱克跟布雷在一边说话,话题又回到了卡索洛村民。当然喽,阿莱克陪尼亚仁达去的。"他们要在那儿建水坝,有人跟我说的,但是他们不能跟他讨论。我问为什么,他们说他是个穆梭人,为什么他要让政府在加拉修建水坝?自然是的,他会看到家乡建起水坝。"阿莱克肩膀一耸笑了。

"但是为什么他不提这事?"

"他哪儿知道他们要什么?"

阿莱克把返程的事务都安排好了。如果恢复了秩序,招待一个政府部门的要人,人们会觉得脸上有光,尽管对他个人并不信任,为什么又回到了不满意的状态中?因为讨论过水坝的事,结果没建,阿莱克就成了众矢之的了。

加拉镇又恢复了宁静。楚纳拉先生同意甘地学校重新开放,让成教中心使用。铁矿那边还有这样那样的麻烦。东部省的磷酸盐矿又有骚乱罢工的苗头。已经开始了一场,参与者是维修站的工人和公路运输公司的司机,就是这个公司负责给加拉送邮件和报纸。加拉一星期没报纸看,信件都延迟了。尽管(抑或是因宁静而加强了这感觉?)邮件不规律,丽贝卡居然收到了丈夫的一封信。在孩子们上寄宿学校这件事情上,他显然改变了主意,他给孩子们报了南非的一所学校。

"他去那儿了?"

"他从温得和克写来的信,可是学校在约翰内斯堡。"

"那小不点怎么办?"布雷说。那个小不点的脸是父亲的翻版,显然太小,还不能上学——只有五岁。

"他去戈登的姐姐家,待一段时间,大概是这么个意思。她家有对孪生姐妹,跟小不点年龄差不多。——这么说,戈登也能常见到小不点了。"

他对她说:"他也叫你过去了吗?"

她显得很难为情,但也不乏高傲,似乎在说危险既过,隐瞒就是正当的。"是的,他要我们都离开——但我给他解释了,我不能违反和政府签订的合同,再说还有钱——还有房子的钱,我不能说走就走……"

"什么房?"

"在肯尼亚的房——我父亲给我们盖了房做嫁妆。去年卖掉了,我们把钱弄出来带到了这儿。但是现在不能从这儿转账到南非。"

"哦,天哪。"他眼前出现了她孤守约翰内斯堡的情景:戈登·爱德华兹远在莫桑比克的丛林里痛饮加冰威士忌,逮不着人。这种对困顿和抛弃的预见,来自儿时看到露宿街头的乞丐。

"他说啥?"

"关于我?"她慢吞吞地说。"可我告诉过他了,我不能来。我应该完成合同。至少要等到阿莱克另找到了秘书。"

她绷紧了饱满的方形下巴,但眼睛暴露了内心,被他看穿了,就像面对瞄准的枪口,两手静静举起。

接着又谈了些孩子们离开的具体细节。

那夜做爱结束后,她哭了。这之前,他从来没见她哭过。眼泪像断了线的珍珠扑簌簌流下,流进她头发里,流进他脖子低洼处。他抬起一只手摸了下,手指头湿了,好像摸到了自己没感觉到的伤口。她没有藏起自己的头脸,头在他臂弯里仰躺着。他想到了小男孩,就说:"我知道。我知道。"他把手上的泪水在身上抹干。她并不是那种爱哭的女人,一哭起来,就跟他熟悉的别的女人哭起来一样了,他也无能为力,只能给点寻常的安慰——他吻了吻她的眼睛,用舌头舔她的眼皮。她说:他那么独立,但是又……太小,对不?"

他取了片阿司匹林,倒了杯水给她,她吃过药睡了,因为哭过,发出轻微鼾声。一种割舍的情愫在他心中蔓延。他要告诉她,跟孩子们一块儿走。他抱紧她,漂浮在她身体里的暖流中,仿佛什么也没发生,渐渐睡去。

早上他俩都睡过头了,没工夫说话了。晚上她过不来;侬瓦耶下乡了,艾德娜值夜班,她必须陪孩子们在家睡。他过去吃了晚饭,还是没有机会——是星期五,孩子们被允许晚睡。他俩陪孩子们玩了音乐椅子游戏。她讲了好多他们之间的笑话,一晚上心情愉快。等孩子们上了床,又不是时候让她难受了。她心情愉快,因为艾德娜的妈妈下周来照顾家,他也许诺过跟她单独去湖上。日子一天天过去,他那句话越来越难说出口了。开车去湖边,每次带回来的都是不一样的新鲜感。他们去那个小岛——这些天,带了刺枪捕鱼工具——她捉到了第一条鱼。时为春季;随后两个月直到雨季,会越来越热,已经开始了,所以他就把独木舟拖上沙滩,用石头支起来,形成一块阴凉——猴面包树还没长出树叶来。即使这样,中午一点时分的宁静炎热,依旧令人窒息。他俩躲在那块阴凉下,兴奋地聊天,一到湖边来,就有兴致。有一阵她说:"……我感觉难受的时候——你知道。真的是因为我啥都不在乎。很糟糕,是吧。我盼着你,我……只要孩子们不在身边,就……麻烦的是我就想咱俩独自享受那份狂喜——"他一时没弄清她说了什么——他忘了,因为太密切了,这天过得太舒服了,他能说什么呢?

于是就什么也没说;没那个必要。

孩子们坐轿车离开了加拉,跟联合国夫妻医疗队同行,医疗队是暂请来对国家医疗机构提供咨询的。他们是丽贝卡的好朋友,是她在非洲从一国到另一国期间结交的,到湖区居民点走访了一圈,正要回首都去。到了首都,维维恩会把孩子们交给她的一个朋友照管,那朋友也乘坐同一航班去约翰内斯堡。

孩子们临走前一天,丽贝卡时不时会伤心,又哭了——也许这次是因为跟孩子们分别。孩子们太激动了,感觉自己很重要,憧憬着坐飞机去见父亲,就没剩多少感情给妈妈——他们会不时冷不丁一块儿大声说起约翰内斯堡,"我们"要在那儿做什么,这个或那个孩子脸上会忽然露出发愣的表情,然后又说——"你傻呀,妈妈暂时不过去。"他们好像相信——或者她告诉他们了?——她会很快去的。也许是真的,她并没有告诉他。

孩子们离开后,只见艾德娜·特卢姆在大众车里抽泣;她去送了孩子们,独自回来,布雷安慰了几句。她挺括的制服压皱了,好像被强暴了似的,和剪刀一块儿装在整洁的护士服衣兜里的两支圆珠笔,漏了一点墨渍。丽贝卡去拿柠檬泡茶时,她对布雷说:"别告诉她——我永远都不会离开我的孩子,永远。别告诉她。"

现在,用不着趁天还没亮,就悄悄离开他的屋子,潜回特卢姆家她的房间去。孩子们到达后,戈登从约翰内斯堡打来了电话;是个无线电话,通话质量很差,但足够让她明白一切都很顺利。

后来,他俩坐在无花果树下,她踢掉凉鞋抬起脚,鞋太热,脚都肿了。"他跟大家都问好——特卢姆一家,还有你。"

他对她说:"他要我在必要的时候,保证安排你和孩子安全离开。"

她一动不动。"哦?现在不需要了。"她伸出手放在他掌心,在两张椅子之间,两只手时而拉紧,时而放松。

第四部

　　豪门影院的老板是易卜拉欣和赛义德·乔西,属于印度商人家族的商二代,家族最早是从首都起家的,那时还没有铁路。不管演什么,乔西兄弟俩总有一个守在影院前厅,不让那些无业黑人青年不买票就混进来。人民独立党代表大会开幕那天,那两种人都销声匿迹了。红绿相间的棋盘格子地板,瞬间不见了踪影,全被穿凉鞋和锃亮皮鞋的脚覆盖。代表们服装各异,有穿拖地宽袍的,有穿莫维塔制服的,有穿亮闪闪的黑西服的,人声鼎沸,一扫往日此地默默排队买电影票的情景,让这里带了一种被强占的气氛。玻璃缸里的观赏鱼用灯光照得雪亮(乔西兄弟自称他们家的影院是"中非最豪华的影院"),鱼儿溜着玻璃壁游,无声地喘息,吸着氧气泵冒出的一连串小气泡,仿佛一群玩物,被消失了踪影的人遗弃,惶恐不安。爆米花机停了;汽水被茶取代,茶壶是租来的,由党的大妈委员会负责照料。

　　外面街上,妇女组织穿着准制服——裙子上唯一显示制服的地方,是人民党的红黑标志颜色——激昂歌唱。一支青年先锋队的茶箱乐队也来助兴。不时有人带领呼喊党的口号,高举红旗彩旗,在人们头顶上飘扬。这些前来庆祝的人们,潮水般拥进了前厅,所以游说代表说了什么,完全听不到,楼梯全部被堵死,上不来,下不去,去不了负责议事日程的大会秘书处，秘书处设在二三层之间的包厢里。新闻摄影机磕磕碰碰，纷纷举起，像潜望镜。闪光灯此起彼落，一张张面孔被闪拍。人群挤得不耐烦了，不用管理人员费事，自己退后了，歌手们，合唱的，一股脑儿退出来到了街上，跟小孩们、卖冰激凌的三轮车、警察的摩托车混在一起。

十月的大热天——白人侨民都习惯把这个月叫作自杀月——外面热浪滚滚，不过豪门影院有空调。随着空调吹来烟味和口香糖味，布雷听见会场安静下来，令人头昏脑涨的湿热也凉爽了许多。莫维塔上台来致开幕词，看到周围那一张张白面孔、黑面孔，一双双飞快眨动的眼睛，布雷能感觉到代表们满怀信心在聆听。一个个看上去那么镇定自若，丝毫不为那些负面意见所动，认真准备了发言，归纳了要大家带回去的要点。莘札在台上中央委员会执委会就座；那张面孔渐渐与自身貌合神离；那胡须、那不经意的仰望，目光没投向观众席，而投向了一侧，仿佛在侧耳倾听什么无形的秘密。他来了。

莫维塔的上装与众不同处，是搭配了一条小格子领巾；在舞台的灯光下，远看是一个淡红色团，在台上那许多面孔中，不用细看也能找到他那张脸。他脸面闪着光，看上去健康、帅气。他用亲切的口吻开讲，说接管政权不足一年，政府这架机器运转还不稳定，殖民当局人员归国后，加剧了管理人员已经短缺的长期状态。国家的技术过去一直主要靠外国侨民提供，殖民当局"认为有必要"发展本地人掌握技术——这是闻名于世的殖民主义政策。"我们没有得到白人的'教导'去独立，当我们为之奋斗并赢得它时，我们两手空空掌握了自己的国家。"从第一天起，我们面对的事实就是，许多管理工作和技术工种，仍需外国侨民来做——不同的是，"如今，我们是雇主，他们是雇员：我们支付乐师，选择要听的音乐。"考虑到国家终于回归到真正的主人手里，却出现眼下这种困难、危险、不稳的状态，那么情况如何呢？

莫维塔停顿了一下，向观众席一排排膝盖和脸孔环视一圈，确保能够透过舞台上将他包围起来的强光,看到下面暗淡坐席上的听众。他亮出自己的面孔,仿佛圣塞巴斯蒂安①面对飞来的乱箭。他似乎在拔掉射进肉身的箭,好像那些箭伤不到他,没被伤害就已经拔掉了:是的,的确有些困难,产业工人和公共建设工人事件,所有这些,实际上都是殖民遗留的直接后果,在殖民时期被搁置回避,总是推到以后再说。"推到了我们手里"——他忽然提高嗓门,到了足球场大会的高度,于是片刻之间,扩音器承受不了,那句话在会场回音四起——"推到了我们手里,需要我们来处理,好像这些问题是政府造成的,而不是继承来的。目前,取悦于人民很容易,只消把某些东西放到他们手里,让他们高高兴兴走人——这只能是暂时的。但是,他们回来又伸出空空的两手,你没东西给他们了,因为你把国家的经济资源榨干了,你怎么办?"在目前这个时期,经济发展的需要压倒一切。政府想的是整个国家的福利,政府没有,不能,也不会答应矿工们的要求,这些要求,没有考虑一个独立的发展中国家的经济,而是倒退回了殖民时期的经济。矿工们这样的混乱念头是可以理解的……当然,在这个国家,到处都有人想利用他们的混乱,达到自己的目的。但是"人民党政府高瞻远瞩,关心民众"。人民党政府正在解决产业纠纷,以工人的长期利益着眼,这个利益可能会超过他们的预期——实际上,是以他们的最高利益为出发点,以及国家的全盘利益。"在欧战期间,英国政府在联合王国内,采取了特殊措施,包括禁止罢工,为的是保持工业生产。我们面对的也是战争——而我们拥有的是国家的不发达、落后与贫穷。我绝不采取导致失败的捷径。我绝不会让这个国家的人民落个一无所有。"

说出那个掷地有声的词组最后一个音的时候,他使用了惯常的技巧,让他自己面对另一个具体的指责——还有一个问题,是最初这几

---

① 圣塞巴斯蒂安 (St.Sebastian,256—288),在基督教遭受严酷打压时期,被罗马皇帝下令乱箭射死的基督徒。

个月里必须解决的。此时此地,他把以党的名义所完成的工作,向全国做了充分的陈述,并且当然认为是人民党义不容辞的责任。通过了防范性拘留法案,遏制暗中颠覆新生国家的企图。像他已经指出的一样,在一些区域,人们对自由的果实等得不耐烦了,一时失去了理智,很容易给分裂势力当牺牲品,这种分裂势力在非洲新兴国家到处都有,鼓动人民给自己添乱。煽动不满情绪,易如反掌,比通过努力工作,使国家获得有序可控的成长更容易。"我们把国家建设稳定后,应该能够容忍宣泄不满和发牢骚,只当是无害的疯人呓语,我们也就不需要防范性拘留了。这是一个临时性措施,适用于一种新的紧急状态——这种紧急状态不是动荡不安,而是稳定工作、免受害群之马骚扰的必要性。"

还有第三个问题,也是非本国特有的问题,在非洲新兴国家普遍存在。邻国常有动荡和不稳定,稳定国家感觉有责任以东道国身份,收留"这种或那种"难民。这些难民完全明白,他们必须严格遵守不滥用东道国庇护的严格条件,才能享受庇护。没有哪个国家容忍"图谋不轨的外国人,违反避难的权利,携带武器进入这个国家,打着普通老百姓日常活动的幌子,运送武器装备"。从湖区向首都运食物的卡车,就曾被难民利用来搞这活动。他将不允许任何人"以我们为代价发动战争"。这些人被驱逐出境了,他们应该认为自己运气不错,没有上法庭接受审判。这些人要不要因带进武器而受审,由司法部长来决定,如果此类事件再次发生,他会立即行动——其他难民应引以为戒。

尽管存在"这么多问题,我们既然接管了国家政权,就责无旁贷",今天,我国在非洲兄弟国家中,并在全世界都享有很高的威望,更重要的是,人民能够亲眼看到他们的希望,在日常生活中逐步实现。非洲化方兴未艾。在行政部门,现在将近半数海关官员是黑人。省级黑人官员已经取代了全部白人地区专员。十六名黑人地方执法官已被任命。警察指挥权也在一位黑人手里——这支力量团结一致,忠于国家,他认为没有其他新兴国家可与匹敌。未来两三年,甚至军队总司令也会是"我们的人"。

通过了一部新的学徒法案,规范私企培训青年工匠。当然最大的一步已经迈出——两年后,按照矿业公司开工同时实施的培训计划,从工人直到矿长,都将是黑人。他愉快地首次向党代会宣布,他刚被告知,教育部部长和发展与计划委员会主任,已经在首都为国际劳工组织,成功安排设立了一个管理培训项目。项目的特定目标是培训黑人填补贸易和工业领域的管理缺口,接任目前几乎清一色由外国人任职的中高级职务。再一个目标是鼓励更多黑人进入商界,促进经济发展。这个项目为期五年,到项目终止时,联合国专家完成分期退出。联合国特别基金提供百分之八十五的费用,政府负责其余百分之十五。

他习惯耐心等待掌声落下,而心思早已移向下面要告诉听众的话;但是他向观众报以灿烂的微笑,表示感谢,然后才开始往下说。说到了教育——"整体教育状况经过紧张有序的调研,目标定位不仅是所有学龄儿童十年义务教育,而且要寻求新途径,克服殖民时期学校对我们的儿童造成的心理障碍,即认为学习过程为外国文化所专有,以为学到的那点东西,实际上并不属于他们自己。"然后他又接着谈自然资源开发——大型水力发电项目谈判成功,意味着"在我们有生之年,我们的儿童将过上富足的生活"。作为两个非洲国家的合作项目,它也意味着,我国已经积极展开泛非合作,泛非合作的目标是,在非洲、为非洲人、由非洲人、建设非洲共同发展的第三世界。在工业领域,外国矿业公司,未来五年的投资,将达到三千五百万到四千万英镑。这是对那些人的回答,他们在独立前的梦想已经成为现实,他们在这个时期"大谈民族化"。在一个不发达的国家,没有什么民族化可言。

他抬起两只手掌,制止听众鼓掌。党执政以来的首次党代会,也许是党史上最重要的一次。人民党实际上已经成了政府,它本身要负责执行人民给予的委托——它不再是鼓动人民干这干那的角色。这需要一些改变。党不再发挥其原有功能，以及为自由奋斗的原有行动——这些都过时了，某些境况下也会形成浪费。它必须根据一个稳定的执政党的功能和行动，重新定位，这样一个党不只是人民热情的产物，而是它赋予权力的政府的基石和主干。正是本着这种精神，人民独立党总统，在独立后这么短时间内，就召开了这次党代会，比各国元首向全国汇报的间隔都更短。和为独立而奋斗之初一样，他现在知道，要使这届党代会积极做出调整，准备贡献"来自国家四面八方的真正黑人政权的勇气和集体智慧"。

全场一致的掌声淹没了一些不同的反应。接着，听得出有各种各样不同的掌声，呈现反应的不同形式，好像一支管弦乐队，渐强时管弦齐奏，分辨不出乐器，渐弱时一些乐器不奏，另一些乐器保持主题或变奏，就立刻突显出来了：双簧管单独奏响的声音，弦乐一起发出的咏叹。喧哗声很有节制——总统讲完，每个人的手必须被看到在拍动——渐渐安静下来，一大部分热情的听众，巴掌拍得最起劲，还能听见，这是乐队里的铜管，声音更高了，伴着跺脚声，因影院有地毯而跺脚声沉闷。观众席这个区震耳的忘情喧嚣，搅扰了相邻各区的宁静；那些象征性地表示了感谢的听众，本来坐着不动，排斥过激表现，此刻也在座位上动起来，转着脑袋，暗暗发起对立的一致反应。

布雷仰靠在椅背上，让脖子放松一下。空调吹凉的空间充满了喧闹，好像鸟群飞过来旋过去。他冲动了一下，想跟人接触，想旋起一股气流，连接他和罗立·丹多。罗立坐在主席台上，两手叉腰，两只脚在长条桌下交叠着，他这个位置碰巧是个安全角落，在莫维塔说到他作为司法部长的权力的时候，没引起注意。（像个私人保镖，一个歹徒——小丹多。）——或者盯住莫维塔本人，直勾勾看他眼睛，瞬间相信，隔这么远的距离，莫维塔都可能把他，布雷，辨别出来。有关教育计划那寥寥几句，几乎一字不落都是他写给莫维塔的；这些话又从演讲台返回到他耳朵里了，对他悄然到场，是一种心照不宣的认可。总书记——

贾斯汀·切克维既是党的总书记,也是司法部长——开始没完没了地欢迎并介绍以观察员身份列席的外国政党代表。名字念出后,会跟着响起寥落的掌声和尖叫,表示对来宾的热情:来自坦桑尼亚坦噶尼喀非洲民族联盟的代表,来自赞比亚联合民族独立党的代表;对纳赛尔的代表团热情不高,这个团的成员们一律平头,头发油亮,笑容可掬,眯眼凝视的目光犹疑恍惚——乡下人不大知道自己的斤两,而许多倒是知道自己斤两的人,又跟这份代表荣誉无缘。莫维塔照例被选为大会主席,大会提议人民党主席、委员会常务委员的选举,在最后一次会议进行。

　　通过这种形式,暂时又把人的注意力吸引过来:好像每个人心里都在琢磨有时限的战况。在两天半的会议期间,说服、召集、分组、再分组,交换意见,回顾老目标,确定新目标。无数只黑皮肤、白指甲手,草草记笔记。无数张油亮的、绷紧的、真挚的、坚定的或者犹豫的面孔,体现了来自各地的全部愿望,来自市镇、乡村、湖区、冲积平原、路边的摊位、自由酒吧,来自日常生活的各个方面。在耕地、饮酒、放牧、劳作、休闲、在粗糙的床垫上或是铁床架上幻想,在篱笆加泥皮墙的教堂里争论,在玩弹球机的时候,在二年级水平的记账员记账的时候,愿望也就形成了。我要。你要。他要。我们要。他们要。人民意愿的综合。为了它,周围一颗颗脑袋在想象的场景中被照亮,你方唱罢我登场,你名后的头衔到我名下。日程安排上,有个竞选计划要定下来。他事先对这事有点想法——开那几次会议前就必须好好看看,这事要认真。其他程序没人在意,莫维塔的讲话,在这人或那人的记忆中筛选下来——爬梳剔抉,抛开无用的辞藻,抓住要害。莘札听了怎么想?莘札身旁有个大块头汉子,大部分时间挡住了他。

　　午餐时间,布雷在水族箱前观赏了一阵;反正他那张白人脸是躲不掉。代表们跟放学的男孩似的,欢天喜地,还没吃就高兴上了。谁都不出前厅,一起聚在那儿喧哗说笑。几个老党员过来跟他打招呼——艾伯特·克诺克,曾经是党的财长(不是百分百的廉洁,不过很久前就被撤换了,"既往不咎");老卡维拉教士,从拉湾加区来,拄着手杖,夹着卷了边的文件包;约书亚·恩萨利,加拉镇长——"我们应该事先安排好一块儿来,你为什么不给我打个电话?我车里有的是地方——还有冰啤。"——那一两个印度人,以前在一个小乐队,从一开始就公开支持人民党,现在成了代表。有人往水族箱里扔了烟头,他用日程活页卷起来,捞上来一个烟头,有条鱼已经在啃食了。"可怜的鱼。"莘札站在那儿。莘札很会说笑,总能冷不防逗人一乐。"你认识巴斯尔吗?巴斯尔·恩宛加。"他身边是那个大块头年轻人,长着一双河马小耳朵,有天在会议大厦外面,差点撞倒布雷。他们互相认出来了,咧嘴一笑。"我听到过他发言,在会场,不久前。"过了一小会儿,恩宛加走开了,神态显得挺想被介绍给别人,一经介绍,又感觉不该打搅别人。"吃饭吗?"布雷说。

"你住哪儿?"莘札关心地问。

"住丹多家。"

"哦。顺路走下去有一家咖啡厅,就是靠近邮局那家。几分钟后在那儿见。"

布雷正要离开,罗立·丹多走过来和他并行,不过中间还隔着两三个人。白人都有一种心照不宣的感觉,不在大庭广众之下黏在一块儿,不管是哪种意义;这感觉——无论如何,在其社会意义之下——基于个人的暗示,因为他们的地位很不一样,尽管他们是老朋友。罗立说:"感觉还不错?"他绷着脸,神色抑郁。他变得太多了,十年前那个风流倜傥的老色鬼,只在人们记忆里存在了。眼前这人老了,一张中年人的脸,完全被失望、欲望、消化不良重塑了,这种特征多半属于白皮肤,而不属于他这种威尔士皮肤。从来没有黑人变得像他这样。

希腊人开的店总是叫"咖啡厅",名字是从欧洲来的,但跟欧洲同类店毫无共同之处。邮局附近那家店柜台上卖炸鱼薯条,买了站街上吃——往日的遗留，那会儿黑人不允许坐桌子吃——还有结实些的鸡蛋、牛排、薯条饭。莘札已经在喝什么鲜亮的榨汁饮料了，柜台上那个玻璃槽榨汁机永远在转动。他抬起一根手指确定一个重要问题："牛排鸡蛋？红肠？""对，我来红肠。"他俩之间的桌上，照例放着一组调味瓶，像解药一样触手可及——伍斯特酱汁，番茄酱汁，色泽浑浊的醋。"有些地方差不多跟老班达①一样了，呵呵。"莘札说。莫维塔的演讲稿放在他俩中间的调味瓶旁边。

布雷微微一笑。"比如？"

莘札把手臂在桌子上方不耐烦地摆动着。"'这是对那些人的回答，什么什么，他们大谈民族化。''……在一个不发达的国家，没有什么民族化可言。'那个疯医生②在马拉维就是这么说的。"

"没那么坏。他总是说，先积累财富，才能民族化——差不多是这意思。'民族化等于民族自杀。'不——莫维塔更接近桑戈尔③。"

"桑戈尔？"莘札对他咧嘴一笑，期盼解释。

"哦，是的。桑戈尔说过——跟莫维塔说的很相似。他猛批工会，写文章说在一个不发达的国家，没什么民族化可言。"

"啊，我记得那文章说什么。没错，我看他可能做……"莘札鼻子里哼了一声，显示自己是个不耽于幻想的人。"他总是用这话来对付那些社会主义思想的工会领袖。你知道那是什么时候吗？那是一九六一年以前的事。当时，非洲工会统一组织要求发展经济领域公有部分，他予以驳斥。他把工会会员们斥作伪精英，还有许多不堪的骂名。"他对这一比较，意味深长地点了点头，觉得自己在这儿栽了。

---

① 海斯廷斯·卡穆祖·班达（Hastings Kamuzu Banda, 1902—1997），政治家，一九六六年至一九九四年任马拉维总统。

② 指班达总统，班达早年曾行医。

③ 列奥波尔德·塞达·桑戈尔（Léopold Sédar Senghor, 1906—2001），塞内加尔国父，非洲著名政治家。一九六〇年至一九八〇年连任五届塞内加尔总统。

"我还没细看那些决议。你在秘书处怎么样啊?"

莘札双肩向后仰靠在不怎么舒服的塑料贴面椅子上,好看的长袖衬衫下,显出了发达的胸肌。他没打领带,但衬衫一直紧扣到领口,翻领的缝线与衣兜很配。招摇的宽袍和准军服,他都看不上眼(独立斗争期间,他穿过莫维塔装,所以,这可以视为一个信号,对他来说,不会有过去那种亲密了),黑人中产阶级的涤纶羊毛混纺尚品,他也不屑一顾。他说——知道自己机会的人,看上去并不那么好,但是不在乎这个——"我们提出党和工会事务关系中的位置,应该重新审查,但被扔出来了。不过——同样命运的,还有青年先锋队的提议,说党应该支持政府'争取团结工会,反对分裂因素'。一个小女孩告诉我就在这么搞呢。——我喜欢那个,你呢? 我喜欢。一个又一个分裂因素。"两人哈哈大笑。"但是我们有很多小事——这决议那决议,机会大致平均……我们知道大事是不会放到日程上的……我们事已经够多了。"

"委员会如何对付那个大地震?"

"哦,你知道——有个老办法:在那个项目下列出的全部事项,其实是在别的议程下处理的,所以没必要了。哦,我们也会考虑……青年先锋队一定被要求谨慎收敛,放弃提议。他们每天都被允许远离的事,还有啥必要让大会讨论。"

莘札吃得很快,盘子里有啥,几乎连看也没看一眼。他用面包把盘子蘸干净了,像个法国人。

布雷吃几口,停一下。"我看任命工会联合大会总书记,是挑战莫维塔的权力,这件事也在议事日程上。这事你们这么处理?"

"那事归椰玛支部讨论——"

"——是的,我注意到了。"在椰玛,有铁路维护车间,有磷酸盐矿;党支部建立得最早,工会是多年前莘札组建的。

莘札咯咯笑了,带着喘息声,吸了口气,放松了舌头。"这是件棘手的事。他们说这事归工联大会自己管,不归党代会管。不过以前有

297

过"——他扬起眉毛，晃了晃胡子——"其他几个支部也送来了完全相同的议案……所以……让委员会很难。他们一定要听我们说。"

"我很惊讶。"

莘札慢慢点了点头。

"可能是非常重要的。"布雷坚持道。这是个问题还是个陈述，取决于莘札怎么看了。

"可能是——"莘札出神地瞪着眼，看服务生清理桌子，然后眼睛慢慢回到布雷身上，停住不动了，两个鼻孔微微张大、绷紧。

"你知道国际劳工组织的事吧。"莘札停顿了一下说，眼睛看着布雷切断他那根煎太老的红肠。

"你并不吃惊。"

"在这儿还算正常吧。管理方式，一个培训中心，办了个小商务班。学员学习如何从白人进口商那里，扩展自己的信誉，如何制作两套账目，合理避税。"他把椅子向后压斜了点。"每个人都开心，因为他们看到了这事背后的意图，挤走印度人。好像这意图是万灵药。他们认为这是天才之举，避免发生在赞比亚尴尬局面，让印度人卖掉生意，却没有任何赞比亚人有钱买，也不懂如何去经营。不管他们怎么想，都不是关键。问题不在于店主的种族和肤色需要换。所有的中间商，本质上都是剥削者。剥削阶级本地化解决不了我们的问题。"

不需要让他说，这道理他同意，莘札明白。"培训可能对别的事情有用——经营零售店之类的。"

"我们应该有坦桑尼亚那种东西——国际劳工组织在达累斯萨拉姆建立了一个国际生产力机构。连乌干达项目都比我们这个管理班强。小企业培训，可以在合作领域顺便安插。他们在艾伯特湖区开办了捕鱼营销生意，在坎帕拉有个木工作坊。不错。但你有要求才有所得。这是这种国际援助的一项政策——很正常，他们不可能去费力做违反别国政策的工作。所以我们有的计划，是要把一个老旧的经商自由的社会本地化。"他转了下放着账单的面包盘。"好——咱们撤吧。我的是多少钱?"

"明天你买单。"

他们椅子拖后一点,发出刺耳的摩擦声。莘札让布雷先过去,一边对他说:"你最好别老跟我一块儿吃。"他去柜台买了包烟。出来和布雷一块儿走在街上明晃晃的阳光下,戴上了一副墨镜,加重了胡子的神秘感,整个脸看上去不那么显眼了。"这儿没人再叫我'小伙子'了。是因为自由了,还是我老了?"

"你不老,"布雷说,"按理你也该老了,但你没老,我跟你说真的。"

莘札笑了笑,把衬衫下摆掖进裤腰里。两人一边往回走,他一边掏出根火柴,掰成两截儿剔牙。"我开始掉牙了。"

莘札尽管有教养,却还是保留着根深蒂固的本地习性。掉牙很自然,他也许没有想过该去看看牙医,减慢掉牙的进程。瞧瞧约书亚·恩萨利镶的那几颗醒目的金牙。对布雷而言,莘札做事总有意义。有人你可以通过外在符号理解,有人表面上一样,却毫不显示其内涵。

"为什么不能一块儿吃饭?"

莘札没答话,先扔了火柴梗。"你住在丹多家。他也许不喜欢那样。"

"可怜的丹多。"罗立·丹多也是莘札的老朋友。他差点说:几个月前我刚到的时候,丹多就跟我说过你的情况。他喝醉了,为你叹息。"如今他成了公职人员。"

"是的呀,他也许不喜欢那样。"

他想知道我见没见莫维塔。

"我不觉得我去哪儿对我不利。"

"你不觉得。"这句话倒不是说布雷不谙世事;这话说得几乎算得上是辛酸了,既是责备,也是挑战。"但是你已经、正在、将要这么做了。我们觉得。"

听到这种指责,他略微有点恼火,一时感觉脑子短路了。他的防卫一如既往，变得越来越冷，给出越来越多的证据来反驳受到的指责。"我们？你和莫维塔？"

莘札大笑了一声，但这一笑并不能让布雷罢休。

快到影院时，莘札说他要去看个人，便跟他分道扬镳了。"我住在赛勒斯·戈玛家。"他说。

"老城区？"黑人区一直被叫作老城区。

"嗯。门牌号应该是一○七，在主路上。就在卫理公会教堂旁边。"

"哦，我知道。"

"街角干洗店老板娘会转信。叫奥科伊太太。记下号码。"

"德拉米尼的妈妈？我记得她。"德拉米尼·奥科伊是邮电部部长；莫维塔从他那儿拿走了信息部分，另设了一个部。

"对，没错。我就是在老戈玛家住。"

秘书处工作很有经验，不把重大事项安排在头一天下午。妇女组织参会的问题，引起了几个妇女代表的激烈反应——过去她们参加党代会是以支部而不是以地区为单位——她们想拿回以前的权利。（这一定就是外面那些女歌手唱歌的原因了。）有个议程要求"发奋"努力，建立国家自己的外交网络，不再继续依靠前殖民国家提供的服务机构，要让人民有机会在从未触及的领域，表达自己的心声——在政党政治话语中。无论保守还是激进，每个人都希望国家有自己的外交代表；这项议案满足了爱国主义原则，尽管政府既无财力，也乏人力去执行。有一项关于社会礼仪本地化的提案，是加拉党委提出来的，原来是桑普森·曼伦巴炮制的——桑普森下车时一个字也没说。但是毫无疑问，他脑子里是有哪个具体的机构，才让他说出"白人俱乐部有价值的礼仪，还存在于小城镇，在全社会不是哪儿都能见到"。他说了个例子："在一家社区中心工作坊，狗笼被拒绝使用。"此话一出，招来一片嗡嗡的笑声，一致反对。曼伦巴慢慢显出吃惊的神色，他解释说这并不是普通的狗舍。主席赶紧出面要求大会肃静。媒体桌上方的一颗颗脑袋都低下去了，圆珠笔在纸上嚓嚓飞舞。大会花边新闻：白人编辑的笔下，这则插曲变成了欧洲版——"党代会把白人俱乐部装进狗舍"——报纸出版后，黑人对其报道取舍大惑不解，有被冒犯的感觉。妇女明确了不打折扣的参会权力后，一个个精神饱满。如果主席要回避一双要求迫切的眼睛的话，他就会直勾勾地盯着另一双看。有个肥硕的女代表，裹着党代会颜色标志的头巾，穿件德国印花齐踝长裙，念了份提案，说商店和车行里的"化妆间"应该本地化。她是用她当地方言说的，夹杂了那个英语词，发音很可笑。这些"化妆间"都带抽水马桶，水龙头，但钥匙只给白人女士用。如果白人女士可以在那里面往脸上扑粉抹油，为什么黑人女士不可以在那里面给孩子洗澡呢？

　　这些之后，有关于红酒和白酒加税，以减少酗酒的提案，但没有受到也许本应该受到的重视。提出该提案的代表还拿出了事实和统计数据：去年进口的白酒比一九六二年增加了十五倍。而且这还是欧洲人减少之后的数据。国家必须注意不仿效马达加斯加之类地方，那里一年白酒的进口量，在所有进口货物中位列第二，仅次于急需的机器设备。提案引起了更多的笑声，不过有人举了那个禁酒总统的例子后，大家脸上都露出了严肃的神色。莫维塔本人咧嘴大笑，解除了自己那个力量强大的超人形象。提案讨论完毕，一天的议程也告结束，大家都纷纷起身，慢慢走上坐席间的通道。这时布雷对邻座坦诚而快活地说："现在我们大家都去喝杯啤酒。"

　　他又回到了罗立·丹多家他刚到时住过的圆形茅屋里。躺在床上看着从房梁垂下的灯，看着草编屋顶的蜂窝图案。窗户中间最大那扇固定玻璃外，矢车菊开得旺盛而无序，能打开的几扇外面，却一朵都不见。花朵在不抵抗、看不见的障碍上拍打蹦跳，他看着看着，渐渐睡意蒙眬。一合上眼皮，眼前一片红黑之中，就会出现她那张直率倔强的方下巴脸，一张女人脸，这女人总是自谋生计，乳房下垂的母兽，辛劳的躯体上那颗脑袋,总处于护仔的警觉中。在他眼里,她像很多人。像古希腊人,周身都有那种特征。像伊菲格涅娅①,能理解其父阿伽门农的苦衷,必须用她来换取渡海顺风。他想,也许她不过是个普通女子,实际上见识很有限,有勇无谋,而我是个中年男人,在享受前列腺的最后收缩。他和奥利维亚爱拿这词儿说朋友的风流韵事,他都忘了谁发明的。(看见了她那对带黑痣的奶子,看见了那两条肥厚的大腿,粗得没法穿裤子。)肥胖会落在任何人头上,就像癌症和冠心病,就像死亡。人总不愿把这些跟自己联系起来,以为那是别人的事,但是它们总会不期而至。——喔,如果这就是命,没必要克制——忌妒就忌妒去吧,太正常了,克制倒是高贵,但内心的苦楚只有自己知道。

但是奥利维亚也知道。奥利维亚聪明绝顶,而且每件事都会表现出来,身体也如此。一开始就是——多年了,的确——他们俩都这样。维妮夏和帕特,年轻的奶妈和未来的女星,都来自那种不可逾越的亲密。奥利维亚肯定还记得那些情景,他已经忘差不多了。对她而言,他们属于过去。身体的记忆是短暂的。他早在跟丽贝卡做爱前很久,就从身体上把她忘掉。奥利维亚和他的情形不必问,就像飞机失事;他是幸存者。这是他的性傲慢,他对这种解释很明白……一声鸟叫,接连叫起来,叫声来自屋顶,他睁开眼睛,这声音似曾相识。他把脖子底下压得软不拉几的枕头,抓捏得鼓起来,枕成看书的姿势,慢慢看起党代会日程来,这儿那儿画个叉,做记号。

罗立·丹多有他的习惯,晚上不再中断喝酒去林子里散步了。他脸上总带出内心的烦躁,是偶发的膀胱疼搞的,把这表情定格在他脸上。看了可怜的丹多,看了他在首都见到的每个朋友,布雷感觉自己还算健康,从里到外都是。一望可知,就像青少年手淫后的黑眼圈一样。

---

① 伊菲格涅娅(Iphigenia),希腊神话里阿伽门农的女儿,险被其父奉做献祭,以换取大军渡海的顺风。

但是丹多什么也没说。两人之间的距离很难分析。起作用的是不是性能量、年龄、政治和个人方向的变化，本来这些话题，在园子里这种气氛下都是必聊无疑的，结果一反常态，啥都没说，虽然还像从前一样坐在那里。

丹多也注意到了莫维塔的那个意图，打算自己行使总统权力，任命工会联合大会总书记，这已经安排在大会议程里了。布雷看到了这个极端情况惊讶不已，但丹多没看出来他的惊讶。"没有哪件事不是党的事。我看莘札鼓动起了这么大的支持，书记处那些人挡不住。莘札把工会的事拿来大做文章，在党代会扇起了火焰，免不了要摊牌了。他一定有足够的理由相信总书记非他莫属了，如果工联按过去的方式选举的话。"

"莫维塔也要摊牌。他也许会拿出一项新法案，把莘札排除在工会之外。"

"哦，不过弄个宣言罢了，不至于费那事，再弄个新法案出来。以前那个《劳资调解法案》就允许的，那是从前殖民地立法中挺好的一项，量身打造，让黑人安心待在自己的位置。现在也完全适用。"丹多把杯底的杜松子酒一饮而尽，龇牙咧嘴，下巴上抽紧几棱筋腱。

"要是莘札又当了工联大会的总书记，倒是个好位置。"

"怎么讲，伙计，怎么讲？"

"如果莫维塔有意这么安排。这是让莘札归队又不失面子的好位置。莘札自己会主动'退休'，在政府之外出任这个关键职位；莫维塔不会当他的赞助人，也丝毫不会谦卑，只会伸出手来接纳他。这就解决了劳工麻烦，制止了工会内的宗派分裂。他的政府就会更稳固了，就是这样。"

"让莘札往他脖子上吐烟。"

布雷笑了笑。"他这些天不喝酒。"

"不是我想的白兰地。革命的烈酒。"

"来一点没害处。"

丹多向后一仰，准备避其锋芒，把椅子当巢穴。"我忒希望能这样。

我忒希望是这样。不知道有谁跟我似的,这么容易上当受骗,把时间浪费在这块大陆,我们的想法又没害处,只不过是帮黑人从白人手里接管组织机构。"

"嘿,你明白了。"

"我明白了,是吧。"丹多瞪着打算一跃而起、不管结果的眼睛,朝花园里扫视一圈,目光落在了狗身上,他那条老狗温顺地摇着尾巴。"但是莫维塔不会接受莘札强加给他的任何继续革命思想。爱德华·莘札,任何别人,都不行。他说要建设坚实的基础之类的话,是算数的——不是农民的辛勤劳作,不是那些,而是起码高出两砖的资本主义国家,这儿已经朝这方向迈出去了。他可以在这儿那儿建几个像样的国有企业,装装门面,你懂的——但主结构的风格不变。看上去有点像一家瑞士银行——或许一家西德银行更合适。这一大家子,满地盖茅屋,且要从金盘宴席上猛吃呢,要比原来富多了,跟你说吧,他们不在乎。莫维塔真的相信,那就是他能干出来的最好成绩,他肯定要这么干,怎么干最好就怎么干。创造一个黑人国家的小规模经济奇迹①。如果他把莘札留在身边——如果让他通过工联大会上来,他很清楚他手里会落下什么——跟政府对立的工会风险。那就是爱德华·莘札的意图,要通过宪法的方式东山再起,他会这么放手一搏,我们那孩子知道。"他给布雷又倒了杯酒,仿佛要封住他的嘴。

"我看不出来。我不觉得莘札有机会。如果他通过工会角逐权力,会把他自己放到一个位置,像我说过的,莫维塔会意识到需要他,一直以来都是的。很奇怪,到现在他说起莫维塔的不是来,尽管有时候还义愤填膺——他还是显出对他很关心,一种责任感,还是。无论如何——有感情也罢,没感情也罢——我都不觉得他有机会成功。"

---

① 原文为 Wirtschaftswunder,本为德语,意为"经济奇迹",后指二战后西德的经济飞跃的现象。

"嘿，为什么不会？你知道不？要我说出来吗，布雷？你知道工联大会和人民党实际从来都是一回事，这么多年都是，直到现在。他们都从同一个阶级发展成员，知识结构也一样——至于对待政治方法、对待社会、对待经济的态度，两者没什么大差别。甚至两个阵营的领导人，都是同一群人！瞧瞧莘札自己——人民党的头一任主席，同时兼任工联大会总书记。恩迪斯·书农瓦和一批其他人都不例外。尽管这样，情况会很快发生变化，两套缰绳也拖不住，究竟哪个会领先，呃？——按理说情况会有个走向，劳工组织跟进步意识比较弱的政党发生冲突。可是过去并没有发生——不可能发生，因为过去有两个制约因素：国家没有摆脱外国政党的控制，还没有达到一定的工业化水平。呃？可是现在，完全是另一码事了。我们独立了，前沿阵地不是政府办公楼了。理论上，工联大会应该具备专业上的优先考虑，现在——他们应该用工联主义搞统战。但是工联大会实际上还是个工会组织，呃，国家的一部分，本应执行国家政策方针——难道工联大会章程里，这样的条款一条都没有？我敢打赌，肯定有。工联大会是工人和初级公务员的代表，但也是国家劳动部的一个得力工具——那是个了不起的工程，伙计。工联大会成了个双头牛犊，莘札有机会捕捉宰杀。他要干的就是打造自己的形象，代表工人利益，反对国家控制工会，反对把工人的利益作为国家需求的附属品。他是在这么干。看看他的灵感吧。"他把前半个手掌刴在布雷的大会议程表上，上面有布雷做的记号。"他已经这么干了，在全国发动了十几场罢工。工人们暗地里听他的话，不服从自己的工会官员，因为工会内在的问题形成的矛盾——双头牛犊。"

"你已经回答了自己的问题！"狗吃了一惊，他使劲挠了挠它的脖子，一边听丹多说话，等待插话机会。挠完又用力拍了它一巴掌。"你说独立前，工会跟进步意识比较弱的人民党发生冲突，却不能成为一个成功的对立面，因为国家还没有达到一定的工业化水平。工人阶级还没有足够强大。但这观点现在仍适用。现在工业化规模的广度，依旧没有大到能扩大工薪阶层。工联大会没有足够的人员,也就没有足够的经济资源,把自己打造成莫维塔政府的对立面。在莘札或者其他任何人的领导下。莘札搞过工会运动,起步是在矿上,那会儿他还是个小伙子,加入了职工委员会,记得吧。他也在别的非洲国家混过。记得吧,他还是本·萨拉赫的密友。突尼斯爆发过工会组织与新宪政党政府的冲突,他都知道事件中谁输了……这儿情况也一样。莘札一定知道这个时候能干成。"

"可以试。不管怎么说,如果莘札能在这儿找个本·萨拉赫,那他毫无疑问,是感觉自己吉星高照了。如果你打不过他们,那就加入他们。也许他看出自己的能耐了,工会这个老领袖,把政府好好涮了一把,又在加拉露面,去找萨拉赫①,未来几年的计划与财政部部长。也许莫维塔看出了他葫芦里卖的什么药,才企图出面制止。"

两人的声音越来越高,互相打断,言辞激烈。入夜,蝙蝠四面出动,在他们周围振翅翻飞,是什么预兆,不得而知。少顷——空气转闷,夜色加深,他看不清丹多那张小脸盘了,感觉自己的脸也被黑暗遮没了——他回想了一下他俩谈论莘札的话,好像他是在另一个国家,从书里读到的,一个有趣的政治形势下的一个有趣的人,而不是近在眼前,一两英里开外,老城内戈玛家。这态度是从丹多这儿来的。他是个官场老人,他那种激烈的客观性带有学术味。他自己有次说过,他为莫维塔做事。就他个人来说,莘札当然不在考虑范围。

晚饭后,他告辞出来,没说去哪儿,开车径直去了老城。通老城的路没什么改进,路面没铺沥青,街灯偶尔才有一两个亮。他经过了一家老店面酒吧,在独立庆典那些天,和贝利他们来过。就是那次,和丽贝卡萍水相逢,不过她不是跟他们一块儿的。他记得车停在一座破旧的平房前,她就住在那儿,他在车里等候,尼尔·贝利往她窗户

---

① 原文为法语。

上扔小石子。不过那公寓在黑暗中；另一个时间，另一个丽贝卡。

在眼前的黑暗中，他认出了奥科伊太太的干洗店，正对面肯定就是戈玛家的房子了，从前砖墙上涂了号码，年久剥落了。这条街当年是最繁华的街道之一，外面没有做饭的火炉，但顽童、青少年成群结队，这儿充斥着叫喊、嬉笑、游戏，特别小的孩子站在那儿就能睡着，像站在附近的毛驴。这是座标准的独立两居房，有条光洁的水泥道通前门廊。院子没门，立着两根木桩，拴着条狗，链子足够长，狗可以上蹿下跳，见他靠近，猛扑上来，扑到链子绷紧，猛地绷了个趔趄，像条上钩的鱼。他敲了半天，才有个人应门：一个穿睡衣的小孩，长得挺可爱。看了他一眼，扭头跑回去了。不过他听见了说话声，莘札的笑声，从小小的门厅里面的房间传过来。门厅里有几张直靠背椅，一个冰箱，一本《家庭百科全书》，一个旧沙发，拉开当床用，睡着另外两个小孩，在明晃晃的灯光下睡着了。里面的门总算开了，一眼瞥见里面有几张面孔，打着手势，闷在里面，又热烟雾又重。一个女人看了他一眼，立刻回头看房间里面，求指示，但赛勒斯·戈玛一脸不耐烦，一认出来人，立刻迎上来，先关上了布雷身后那个前门，热情欢迎。"快请进。这是我母亲……这是我弟弟……这是巴斯尔·恩宛加……这是利诺斯·奥格托……"一满屋子人，莫不是党代会的分会场。莘札站起身，面带喜悦。他把一条手臂搭在布雷的肩膀上。桌子的一头，两个人在玩扑克，玩得很投入，只低头看牌，抬头互望，默不作声。地板角落上有个后生在做作业。收音机开着。一个年轻女人拿来一只粉红镀金边酒杯，莘札给布雷斟满了啤酒。赛勒斯·戈玛的母亲像个神龛里的守护神，坐在稍离开些的一把深色木椅里，椅子的形状有点怪，是一种小尺寸椅子，显然别人都不敢坐。布雷又看了一眼，才认出是个老式抽斗柜，曾经的个人用具，改为大家的坐具了。不管是戈玛家的谁弄到的这件东西，恐怕根本没弄清它原来的用途。老妇人身材高大，皮肤黝黑，类似与刚果交界那一带的人。赛勒斯继承的相貌特征，活脱是围绕核心主旨充分展开的铅笔素描;她脑袋硕大,鼻孔如卷轴,嘴唇宽阔下翻,因上了年纪而颜色发青,眼睛充满血丝,一只微凸(轻微中风,也许),耳垂不再像过去那样戴铜环了,两耳垂肩,天然本色,秒杀一切人工装饰。长长的棉布裙下边,光着两只脚。她不说话,见了布雷也就出了口长气,挺直了身子,头向前大大倾斜了一下。她时不时清一下喉咙,吸一下鼻子,戛然有声,但没人在意。这情景很悲哀,是一种强制的尊敬:没有因为她这老年人的脏习惯让她回避,而她自己对此毫无觉察。

莘札的情绪不错,选举前夜,好情绪总要回到他身上,当年人民党内侨民竞争席位的时候,他就是这情况。他说了些自嘲的笑话,不见得是信心十足,只是玩闹罢了。是大卫[①],而不是歌利亚[②]。刚才介绍的那个利诺斯·奥格托,把他明天主持审议的议案,逐词逐句细细过了一遍,这个议案认为政府人员的薪水太高。他是个很有气势的人,头上脸上沟壑纵横——甚至剃光的肉脑壳顶上,都有纹路,表情变化不局限在面部,整个脑袋都参与。他跟布雷说话像上课,英语口音重但很流畅:"你知道估计数吗?预算的百分之四十七。部长和台面上那些主管负责人之类的角色,像约书亚·恩萨利——""小心点,恩萨利跟詹姆斯挨着。"莘札插了一句。"——他们一年拿三千到一万。——我们的非技术工人,挣三十到七十二镑。——等等,我还没说完。这儿还有别的数据。住房免费,汽车基本补贴七十五镑,公差额外补贴一英里一先令,日期随便,在PWD加油站加便宜汽油。高级公务员和企业官员,也有基本类似的特权。"

---

① 大卫(David,约前1050—970),古代以色列王。年轻时杀死腓力斯丁巨人歌利亚,受扫罗王赏识。后四处躲避扫罗王追杀,扫罗死后做犹大王,建立统一的以色列王国,定都耶路撒冷。

② 歌利亚(Goliath),据《圣经》记载,歌利亚是腓力斯丁军中巨人,无可匹敌,犹太人无敢应战者,牧童大卫毛遂自荐,用投石弹弓打中歌利亚的额头,将他杀死。

赛勒斯·戈玛和恩宛加两人都是议员，自己薪金可观，也享受些特权；当然，他们不是内阁部长。他们似乎是想当然地认为，自己愿意减少薪金；至于游说普通人，这点肯定会被注意到。"我这儿有数字，是参会代表平均薪酬。百分之七十三的代表年薪六百镑以下，这百分之七十三当中的四分之三，年薪在三十到一百镑之间。就是这样。"

"现金薪酬，当然——自家地里出产之类，还没算在里面，啊？"莘札不假思索，脱口说道，生怕有漏洞被反对派抓住。

"现金薪酬。内阁部长自家园地里的出产，没统计在内。"

莘札立刻点了点头，满意了。

恩宛加对布雷说："东都和坦楠兹那伙人，准备全力支持。他们要求冻结六百镑以上的年薪。"

"好，那会堂里几乎每个人的薪水都不到六百镑。他们肯定不会反对的。"奥格托显得他好像已经把那些人都说服了。

"这可是事先摸底，利诺斯，"莘札在一旁说。"你是怎么做的？"——指的是那些代表们的薪金数字。

"我在这上面花几个月的工夫了，伙计。谁都不回信，你懂的——你必须死缠烂打。花了我很多邮资。"奥格托忽然大笑一声，面露尴尬，耳朵牵着头皮动。尴尬才从脸上下来，又爬到了头上。说起他遇到的麻烦，他口若悬河，异常兴奋。故事一个接着一个，把一屋子人都逗得哈哈大笑，除了那两个闷头玩扑克的人、那个专心做作业的学生，和那个老妇人。

布雷跟赛勒斯·戈玛说起了一个有关农民工的提案。他注意到提案来自南部省省委——戈玛的席位在东部省——但是戈玛对这提案了如指掌。"核心是要把农场工人视为农业领域的工业从业人员，应该组织起来，就像其他工业领域一样。这个领域百分之七十一的工人还在农村。他们没有适当的代表，没有适当的雇用条件，没有最低薪酬标准，一无所有。这是件棘手的事——他们大部分不是全职，像挣工资的工人那样。他们是白人农场主雇用的季节工,部分时间在自家地里或部落地里干活儿,或者做雇农,给白人种地交租,分一份收成……

"支持的人多吗?"

戈玛短短笑了一声。"原则上。对于几乎占全国劳动力四分之三的人群,谁愿意出面说他反对改善他们的生活呢?不过可能有人为了别的原因不支持。"

"当然。组织起这百分之七十一的农民,工会力量就会发生巨变。"

戈玛耸了耸肩。只要布雷涉及莘札派系议案背后的政策定义,戈玛便哑然无语。莘札又回到跟利诺斯·奥格托和恩宛加的讨论上,烟叼在嘴角,狗尾巴似的摆来摆去。"……在几内亚,我是说别忘了本地化的问题还没有出现……塞古①选择了离开法国社区,法国人立马都走了,那些公务员的肥缺上,外籍的一个也没了,本地的薪金没了参照。所以就自己想定多少就定多少。提出大幅度削减薪金是容易的。但必须小心谨慎,不能弄过头……如果操之过猛,比方说波及了教师的福利水平,那可就事与愿违了"——他时而打个哈欠,倒还是那么兴奋——"你就等着他们操纵工会闹事,再要求增加工资吧——"

有个情况让莘札感觉不快,莫维塔用他的权力,任命工联大会总书记,这个内容安排在了第二天下午的议程里。有个人穿着西装,颧骨上刻有部落标记,说:"他们想清除障碍。"莘札没理会这话,也没理会布雷的眼睛。他把胳膊肘支在桌子上,手挡在嘴上,鼻孔张大,重重叹了口气:"清除障碍。"当然,他想花点时间观察大会,用几天工夫展示一下他回归了活跃的领导权,以及他在问题提出前呼吁支持。他处在被人半遗忘的状态,必须提醒人民党,他是谁,他的能力。不管发展到哪一步——如果必须挫败那个动议,莫维塔动用他总统的权

---

① 艾哈迈德·塞古·杜尔(Ahmed Sékou Touré,1922—1984),几内亚政治家、外交家、国务活动家,非洲民族主义领袖。一九五八年至一九八四年任几内亚总统。

力任命工联大会总书记，不理睬他的意见，或是假如阻挡成功，工联大会的领导保留推选他的权力——莘札的政治资本就看涨了。

赛勒斯·戈玛跟莘札提了下时间。一屋人都面面相觑，对于这个时候要见的人很谨慎。莘札把话挑明了。"要是愿意，来吗……要是你想……"戈玛脖子有点驼，皱起了眉头；其他人都尴尬地立着。莘札感觉到邀请没回应，也就没再提，仿佛布雷已经拒绝了似的，"抱歉……我们约好了要见德拉米尼·奥科伊。"这么说，现在邮电部部长奥科伊也是莘札阵营里的人。莘札看到布雷脸上的结论，懒洋洋地笑了笑。但是戈玛目光敏锐，也有些沮丧郁闷。布雷再次对老妇人致意。布雷出来后，赛勒斯·戈玛如释重负，说不是个人的事。"……这么多年了。布雷太太好吗？她在英国住着还愉快？给她写信别忘了给我带个好，不知道她记不记得我了……"他还穿着那身西非布袍，是他在公共场合的正装。"我们走吧。"莘札说。又对布雷推心置腹，态度和其他人一样——"明天上午见。在这大城市要多注意安全。"

还不到十点，黑沉沉的夜，空气闷热。一只蟑螂飞进了车里，像刀刃一样，钻到了脚垫底下，他猛跺了一脚。也许座位底下、缝隙里尽是些飘香的食物渣，是带孩子们去玩耍的时候掉下的。他们把车当成家了，面包屑、破玩具扔得哪儿都是，跟丽贝卡一样。他还不想睡，也不想跟罗立喝酒；琢磨着想去银犀牛溜一圈，跟温茨一家打个招呼。他们会换个日子请他来做客，不过会后他不想在首都耽搁太久。银犀牛座无虚席。"必须给代表折扣——你有啥办法，"哈尔玛说，"成本是一样的，不管顾客付多少。"玛戈特已经睡了。"没病吧？""谁知道呢，玛戈特？她说累了，也病。她说病了，也累了。我想叫她去度个假。她说为啥我不出去走几天。"他撂下办公室不管，坐在小小的私人起居室里，有张圆桌，上方是个锥形吊灯，灯罩低垂，画家维纳尔笔下的室内布置。窗户大开，通向外面热烘烘的夜，有红尘土味儿混杂着烧草味儿。哈尔玛·温茨还是那样见面熟，倒是他也没人说话。他今夜给人一种印象,好像是个囚徒,他的囚室被布雷无意间打开了。儿子斯蒂芬已经考完了中学毕业会考,但是上大学没可能——他家(哈尔玛家)和玛戈特娘家,他们所知的多少代人里,头一次出这种中学毕业,就成了个半知识青年的小资①。"他是个天生的殖民地人——适应性强,喜欢好人缘,喜欢跟人泡在一起的感觉,照料酒吧,大伙儿都管他叫斯蒂夫②——你懂我的意思。对这情形你毫无办法。每个人都喜欢他。玛戈特觉得恶心。当然我也不一定很乐意……但是我觉得这也是不得已的办法,可以解决生存的问题,呃?我们带他来这儿,来了这个世界,这个地方,那么这就是他对付生存环境的方式。并不是靠智力,你明白——他只靠本能。玛戈特在欧洲没见过这种人。她父亲是个老教授——他们一块儿去一个温泉,每一顿饭,他都在一个私人房间里吃。按他们受的教育,独处和沉思能让人能力得到发展,跟愚蠢的人在一起,只能浪费时间,阻碍这种发展——抑制能力。他是黑格尔派学者,一家人都受了影响,任何既定的思想,他们都要重新考虑,从反面思考,然后才做决定——你知道,逆向思维那一套。他很看不起经纪人……哦,谁看得起啊,特别是你还不得不成为经纪人。但是他从来不是……还没等他需要这么做,他就死了。啊—呀—啊!"——这惊叹不是德国的,是能拉长调的斯堪的纳维亚的,收尾用升调——"都有犹太人的精明智慧,虽然他不把自己当犹太人。要他在东欧,不在德国,这老头就会成为犹太法典的先贤,用不着考虑挣钱的事——希伯来部分传统对他来说,比真正的犹太人聚集区还要糟糕。"

布雷记得温茨的女儿是以那个遥远而令人生畏的欧洲人命名的。为让哈尔玛忘掉他儿子,他把他的注意力往女儿身上引。"伊曼纽尔在哪儿?她在电台的音乐前途如何?"

---

① 原文为法语。

② 斯蒂夫,斯蒂芬的昵称。

"她每周四晚上在电台广播。"哈尔玛愣了一下,这可是人人都知道的呢。但是布雷从来不听广播,要听也就听听新闻,完全没注意这个忽略。

"哦,太好了。"

哈尔玛感觉为女儿骄傲太外露了,心里有点鄙视自己。"她应该去哥本哈根上音乐学院。在巴黎。吹根树枝做的笛子,在葫芦上裹上铁皮敲打不停,也算艺术。啊哈,真没法说。现在,玛戈特有她的主意"——他吐了口气,中途顿了一下,没奈何还是吐干净了——"现在玛戈特带她去见医生,调理调理。吃片药,找个男人也就像吃颗阿司匹林。"他说的是没在跟前的玛戈特。"你是谁,非要做她的主,管她跟什么男人上床?她又没要你管。你决定。你决定这二年的女孩们怎么生活。"他不知如何是好,自己责备自己。"我这人跟现实脱节了,我这人活在梦幻世界里。哦,是。任何男人,家住乡下,有五六个子女一个老婆,这对她胃口,没什么担心,因为伊曼纽尔得到了保护。保护什么?你能告诉我吗?一个女人一旦知道自己不会有怀上孩子的风险,就解除了所有的灾难和痛苦了吗?"

"我们尽力而为,如此而已。"布雷说。

"你女儿都结婚了吧?"

"是的。结了婚就万事大吉了。"

两人心情放松了一下,哈尔玛摸了摸自己精致的耳垂。"你知道,我常常想去你那地方走几天——给自己放个假,游览一下。我在这个国家哪儿都没去过。"

"好啊,为什么不。"

"也就想想罢了。"他耸了耸肩。"干了这行,半天也走不开。现在变得更不可能招到员工了,绝对的。玛戈特又去厨房干活儿了——厨子跟人打架,被捅了一刀。噢,我有啥办法?不可能凭空变出一个厨子来。我告诉她,我们应该找个欧洲移民,在意大利或者德国发招聘启事。"

伊曼纽尔露面了,脸上立即换了表情:还是原来那样。她伸出一只发黄的细长手,打手鼓似的晃了晃。"钥匙,钥匙,给我。——你好,布雷上校,我不知道你在这儿。"

"很不幸,他这次冷落我们了,住丹多先生家。我们被抛弃了。"

跟伊曼纽尔这年龄的女孩该说什么?不是你长大了……但她好像真长大了。她比上次见长高了,更苗条优雅了。他们寒暄了几句,她显出跟大人平等的模样,当然他们上次聊天已经是这样了。他忘了在花园聊过。"过来跟我们喝一杯。"她说,留了个灵活的邀请,好像他知道她暂时离开了男朋友。她又摆了摆手要钥匙,叉开腿站着父亲面前。"你要什么东西?""你别管。"他笑了笑,让步了。"不,伊曼纽尔,告诉我拿什么?""我要把全家的秘密都打开,让世人忌妒的眼睛好好看看家里的珍宝,就要这个。"她那张微黑的窄脸还是不假脂粉,但是头发变长了,从尖尖的头顶直披下来,垂在长脖子两侧,头发粗而有光泽。她看着老爸,又爱又怜,那表情怪怪的,冷酷而割舍不下。人决定要放手一匹忠诚亲昵的马,最后那一刻来临时,会有这种表情。她走开了,步态懒散,带着女性的傲慢,显得很女人。

哈尔玛·温茨说起私生活以外的事情来,判若两人。当着人他是一副面目,是他的庇护所,这里他如鱼得水,驾轻就熟。他向前倾身(他还穿着轻便帆布鞋,皱巴巴的亚麻裤,好像他从丹麦到西班牙布拉瓦海岸度假,被绑架了似的)聊着过去几个月罢工和骚乱的事。"在政治改革中,每个好人背后都有一伙暴徒。——他也不例外。在一个文盲农民国家,他们知道讲理行不通,就发明一套说辞,哄老百姓。"莫维塔的开幕词登在晚报上了,"**这一天是我们的——莫维塔总统**。""他说经济发展的需要是重中之重,对老百姓有啥意义?他说工作,更多的工作,还要更多的工作,有啥意义?先锋队青年打人的时候,蔑视工会和罢工的时候,那会儿他们就明白了。他们明白工会就是党,党就是国家。是一回事,谁要不满意工会领导的决定,谁就是叛徒。就咱们之间说,我听到个情况,先锋队那些小流氓,在很多地方是党和政府的唯一活跃的联系。可惜他让农村党组织散伙了"——哈尔玛用英语成语不是每次都对——"支部被忽略了……如果青年不是这么嚣张,很多支部会觉得他们跟人民党政府根本没有联系……这是个错误……但是你无能为力。为了效率,他需要集权化。好么,这会滋生各种问题。"

"问题是很多青年先锋队员们已经有把年纪了。"

"是的,喔,这就是这些国家的一个矛盾——劳动力不足,失业人口多。"

"我们明年需要两千五百名拿毕业文凭的中学生,未来十五年需要一万五千。乐观的估计,明年的毕业生不会超过一千。但是未来十五年,有可能达到。"

"你现在做这事,呢?"哈尔玛对这数字感到欣慰,也许是言不由衷。"你说得对。我还是觉得教育是唯一的希望。现在还这么认为,无论如何"——他暗指德国,人类科学知识能使人更善良,在德国是个例外。那是他人生的转折点。"现在天下都是爱了,呢?回到爱了。甚至用不着基督了。我对这没有恨,也没有信。"

布雷说:"在欧洲,我们谈得太多的是所谓迷惘的一代,但在非洲,真有这么一代。这代人会发生什么?"

"他们会参与政治变革,我看。谁知道呢?——他们会变老,回家去种红薯。到那会儿,我们不在这儿,见不着了。"

"但就眼下来看,你觉得事情还不至于太糟糕吧?"布雷好奇地问道。

"不,不。总的看来还好。他还是冷静的。"

"那他的承诺呢?"

哈尔玛脸上显出一个老女人表示信心的神色。"他实现得太多了。喜欢所有的人。但是得给他时间,不要从各方面压他,英国人和美国人,非洲统一组织。"

"恐怕涉足青年先锋队,是个顺带的事——偶然现象。他们就在那儿,游手好闲,就像你说的,他们的流氓习性有其功能,可以成为国家的一支有生力量,积极参与留给人民党支部的那些事务。但是先不提他们了——在金矿接连罢工中发生的事,铁矿加班矛盾,卡索洛铁路事件:他们都扮演了令工人对工会失去信任的角色。工人们感到工会不再为他们说话了。从当地鸡毛蒜皮的小事,到工联层面,做决定跟他们无关。如果工联大会总书记由总统任命,工联就大致变成劳工部的一部分了。——工人罢工是反对工资协议之类的事,这些协议本来就没有经过双方适当协商,为了这个就把人民党的小伙子们招来敲破人家的脑壳,这是愚蠢的行为。工会的分裂是个实实在在的问题。"

"但这是事实吗?总统绝不会在这儿鼓励法西斯行为。我绝对不信。他绝不会允许这事发生。他不喜欢左派或右派集权主义,对他来说都是一样的……但是爱德华·莘札这个人——你过去就认识他吧?——人们说这一切都是他幕后策划的。"

布雷忘记了要提问的他自己。"这倒是真的。他发动的。所有这些问题都在党代会公开了。真可惜,发动这些事件是为了抓权。"

哈尔玛·温茨在椅子里扭了几下,露出一副神神秘秘的神情。"这就是事情的真相吗?"他的微笑确认了一代人的共识。"哦,去那儿肯定很有意思——你很幸运。那个影院还可以吗?一开始有人说,他们想在这儿开会,你知道……"——脸上掠过扬扬得意的神色——"但是我觉得我们的麻烦已经够多了。"

伊曼纽尔,拉斯·阿萨和,还有个外表凌乱的白人青年,都坐在大厅房客休息区。布雷离开时,听见伊曼纽尔打招呼,他婉拒了喝酒,就站着聊了一会儿。年轻的英国人和颜悦色,神情茫然,有点像是在飞机上待了几星期,和衣而卧,被领口勒住了喉咙的模样。他在一家周报打工,也许是个新闻记者(说出名字,又一次希望布雷知道),正常寻访报道非洲国家。拉斯·阿萨和正给他讲该见那些人。他衣兜里塞满了纸片,拿出来比对推荐给他的名字:"巴斯尔说别错过这人,这名儿怎么念……噢,这伙计你知道吗……安东尼说他很有价值……"

他对布雷说:"我肯定,有人给过我你的名字?"

"哦,是的,布雷上校,著名人物之一。"拉斯·阿萨和说。

伊曼纽尔给了布雷一个不常有的令人惊艳的美丽微笑,对拉斯语含不敬表示歉意,拉斯也跟温茨一样,对英语短语中的一些细微意思略有误解。

"你就是那位,跟总统一块儿被监禁还是什么的?"

"就是的。"

"够了。"伊曼纽尔又把布雷领回原处。也许她是故意逗那个记者。她跌坐在深深的沙发里,里面的断弹簧吱呀作响,她窝在靠背上,小小的乳房垂下些许,显然在高领布裙下是裸着的。

"这帮人布雷上校都认识——我老爸、老莘札。"阿萨和,这个事务型的人,打了个夸张的手势,转向布雷——"他们应该把莘札关进去,呃?问题是总统对这些人太软。"

记者还在比对那些人名。"有个人叫卡尔·邱奇,你不认识吗?我想这个人提到过你。以前在《卫报》干过……四十五左右,了解非洲历史。"

他不认识卡尔·邱奇,但他问了些他的情况,才发现年轻人过去也不认识他——他们是几天前在利伯维尔①结识的。

他道了晚安。"你为什么希望爱德华·莘札被监禁呢,拉斯?"

"他应该被开除出党,无论如何都应该。他们说他跟索施奇去过北京……不管怎么说。哦,这是传说。但是他到处跟金矿工人秘密集会,给他们滚动罢工方案,导演了整个事件。他们自己怎么可能搞出这套方案呢?我有个构思,做个实况纪录节目,访谈什么的,找罢工工人随访——但是新成立的信息部老板把我的构思枪毙了……需要冷静,所以……假如照我的做了,爱德华·莘札这会儿已经进去了。"

---

① 利伯维尔,加蓬共和国的首都。

拉斯·阿萨和有一种特别的笑，表示十足的自信（布雷对贝利夫妇这么说过他），毫不气馁，毫不退让。难怪温茨的女儿成了牺牲品，她爱她的父亲，遇到了一个为了生存，什么都在所不惜的人，便被俘获。应该安慰哈尔玛，告诉他伊曼纽尔也——不仅是她弟弟——表现出了一种无意识的自保本能。

*　　*　　*

上午会议刚开始，利诺斯·奥格托支部谴责政府人员高薪的议案，居然成了大会的核心议题。他刚讲出头几句，会场便唰的一下静下来，他接着往下讲，把抽象的数字做具体对照，全场屏息静听，高度警觉。忽而像面对向外喷油的加油枪，忽而像玩一把扑克牌一样摆弄那些数字百分比；他代表党代会，邀请自己拿一张——随便哪张——比较了劳工的工时和官员的工时，展示了一名劳工每周能给家里买回的便宜肉是多大一块，而官员能买回的是多肥的鸡——有时候还可以当作招待费用报销。

布雷附近坐着一个女代表，忍不住对这些披露窃窃私语，声音很低，像一把大提琴意外拉响了几下。男代表们凡属于那个薪金范围而被批的，拿出盛气凌人的耐性，如同各处的富人谈及穷人的无知，说他们不懂得特权是勇于担当的重负。辩论展开后，他们当中有两三位站起来，对着主持人，不管他的眼睛往哪儿看；插着自来水笔的上衣兜下，胸膛起伏，雄辩滔滔。有个问题被一遍又一遍提出，政府高官是不是在别人睡觉的时候，也要通宵达旦地工作，去处理那些影响国计民生的大问题？这些人认为，对他们的知识和忘我的工作，薪酬"不算高"，——"说什么工时，多么漂亮的谎言，在一个高层职位上，你不可能一到五点就放下工作走人，像那些幸运的工人一样"——议案几乎搁浅，但奥格托的揭示并无恶意，他的调查中四分之三的代表说自己的年薪在六百镑以下，这就足够让砝码对他有利。奥格托的嘴唇在颤抖，布雷看见他绷紧嘴巴，克制胜利的冲动。他心里也很忐忑，脸一直冲这个方向微笑，像个近视眼，不想让人家说傲慢，不理人。莘札在主席台上，抽起烟来。

坦楠兹支部呼吁冻结超过六百镑的年薪，与奥格托的成功形成了一个有趣的矛盾，因为这个呼吁给大会带来了不平静。财务部部长杰森·马伦并不认为，对财富进行更平均的分配会动摇政治体制的整个基础，但是他警告说，冻结工资，一刀切，会对外国投资构成威胁。他把这个事项交给了一个专门委员会。

随后那些农村支部开始了攻势，要求把农业工人组织起来，要求按不同的地区确定最低工资标准，这些也花了点时间才进入程序。主持人首先确定了辩论发言人，他们打算展示当地农场滥用劳力的案例，而不是讨论问题本身；案例中包含残忍和各种互为矛盾的偏见。莘札和戈玛面色坚毅。接着，大会出现了一个特别的格局，仿佛先前一直不存在，是集会中展现的那种人群的力量，清楚地出现了。布雷一生参加过无数会议、谈判、讨论，熟悉这种时刻：总有那么一个时候，集会的真正意义，强烈无误地表现出来，就像烈火爆发前的烟味。没有传统、借口或处世之道能阻挡它。由于许多党的官员和领导人也在政府里，总是有一些适当的政府部门成员可以——穿着党代表的外衣——就每个问题给出政府立场。农业部副部长主持这项议案。他以几乎令人厌烦的文雅态度，讲了三点：农活儿有季节特性，原始农业方法，以及非技术性劳动力干活儿维生不关心生产的根深蒂固的意识；有这三点，要把农业工人组织起来，就是完全不可行的，"最快也要十年"。"应该首先实施政府农业发展计划,提高土地生产力。"他热情高涨，平易近人。"老百姓有个习惯，只要白人农场主需要除草或收割，就去打工——难道我们非要说，这些没法常年按正常上下班时间工作的妇女、儿童和老人，必须放弃帮人家种地赚点小钱的机会，因为按工厂工人的方式组织农场劳力,就不允许他们去帮工?你无法在一个国家最落后的地区,一夜之间搞出一个现代化的工作环境来,单凭一个政策不行,一纸文件也不行。"

赛勒斯·戈玛的袍子在他耸高的那个肩膀上支棱起来,他同意农业发展计划是基础——"当然大部分还都是几张纸文件。但是要改变农业的落后状况,不能只靠给他们修建水坝,借给他们拖拉机,派人教他们耕地。不管他们有多落后,多缺技术,他们毕竟生活在一个现代的货币经济中,第一步,就是要认识他们的劳动,必须按那个经济方式来衡量。他们必须有的买东西的钱,和别人的钱是一样的。他们挣钱的劳动,必须以钱来衡量,而不是白人认为打发妇女儿童足够了就行。这个原则是无法建立的,除非把农场工人像其他工人那样组织起来。没有规律的田间劳动——我们的祖先代代相传的古老方法,他们烧树开地,种足够养活自己的一块地,等那块地不行了就迁到另一处——这方式不能成为高产的现代化农业,除非把农场工人组织起来。没有适当的工资标准、工作条件、社会福利,怎么可能形成一个行业?没有这些,农场工人依旧是个农奴。"他的谴责越深,声音越干。"试问党对全民的承诺,只对城市人口有效吗?"他停顿了一下,但一片沉默,没有反应。"——如果你不愿意问你们自己,那就让我来告诉你们,那些政见非常不同的专家们,一致同意一件事:农业的落后总是减缓、有时阻碍整个经济的发展。在英国,农业革命历经十六到十八世纪,为工业革命提供了极大的支持。在美国、日本,晚近到一百年前,正是迅速的农业革命,才使这些国家的工业奇迹有可能发生。在法国,重农学派土地税运动……"——布雷听出来了,这些引述来自那位时髦的农学家雷内·杜蒙。

"这是多么残忍的事情,让农场劳工跟我们看齐,组织开会,向工会交会费,给我们大讲我们将获得的那一切,而实际上我们永远得不到。"一个年轻人站起来发言。主席看见时已经晚了——人头齐刷刷朝声音转过来，好像在跟踪人群里飞过的一只大黄蜂。"这是多么残忍的事情，让田地上的农民觉得他们可以像城里人一样生活，只是因为他们有了工会……我们是在挖地，不是挖金子……我们种地的时候，别人在学校念书……为什么要告诉我们，这些可以改变，就因为交了会费，工联大会就会这么说……"有人想打断他的话，面对混乱的会场秩序，主席的头摆来摆去。发言人突然改变了风格，从一个文盲的口才，一下变成委员会会议厅里的传统英语发言，震住了整个会场，全体代表一时都目瞪口呆。"——人民党的农村各支部，一直被以这种概念误导：仅通过政府援助计划，生产即可提高，作为结果，农业工人的工资会上涨，雇用条件会得到改善。农场工人正在被利用，他们要求的任何福利都得不到，因为这运动并不为他们的利益着想。这里面所有的内容，无非是工会运动的某个部分，想扩大其影响和资金，为了其自身的原因。——我不想说那些原因……农业部不能为农场工人做的，工会也一样做不到。这个党以人民、农民政党的名义创建，因为我们全都来自那片土地"——掌声响起，特别是在那些服装显示从土地走出去最远的人群里响起——"这土地上的人不需要这些关于他们的废话，他们被遗忘，因为土地上的农民和城市里的居民本无区别。我们都一样。城里人属于另一个阶级这种观念，我不知道是从哪儿来的。它不是非洲的观念。它来自别处，我们不需要它。我们的党就是一个人民党，我们的执政党就是一个人民的政府。"

这时，莘札第一次发言。他穿着昨天穿过的那件衬衫，扣着的兜里鼓出一盒烟的轮廓。布雷听他讲演过那么多次，感觉到他正在酝酿着一股怒火，他发觉自己在敏感地观察听众的安静反应，会场安静下来，周围的人都随大流，屏息静听。莘札和莫维塔一样（莫维塔一开始就是照莘札的样子学的），先让听众等了一下，然后才开始说，这是一种权威的伎俩，并不是犹豫。然后他张开嘴一次——断掉的牙齿形成个难看的缺口——让嘴慢慢合上，没有发出声音。等到声音传来，布雷感觉似乎是自己脑袋里发出的声音。"人民独立党成长于农村和村民去打工的白人城镇。成长于矿山工人运动,那里的矿工也来自农村。"声音很平静、缓慢,也许有点太缓慢了——也许他们觉得,这样听众才能充分理解。"实际上,这是一场农民运动,我们都是农民的后代。但这并不足以保证千秋万代,执政党都是人民的党,政府都是人民的政府。回顾过去,并不能去掉我们年轻一代脸上的伤疤和印记。"他不经意地抬手摸了摸胡子。"对成千上万的人来说——不到总人口的四分之一——生活发生了变化。他们在部里、政府部门、办公室、商店、工厂工作。职位高的有汽车和房子,职位低的也知道每周都有薪水进账,可以去买炉子、收音机,那些东西可以迅速显示较高的生活标准。"他耸了耸肩。"但是对于更多的大众来说,生活基本没有变化。四分之三的人口还生活在田地上,虽然工业化——假定它不仅是正在蔓延的外国特许经营——未来将吸收相当比例的人口,千百万老百姓仍将留在土地上。在城市,在乡村,我们都是一样的人,然而他们没有汽车,没有砖房,没有冰箱,没有漂亮衣服……我们都是一样的人,然而他们没有定期的年薪收入,没有失业保险,没有最高工作时限,没有工伤赔偿,没有解雇赔偿。我们是一样的人吗?——人是一样的人,活法却不同?是的——人是一样的人,活法却不同。我们必须面对一个事实,非洲异化观是对实际情况愚蠢的视而不见。工业化本身就是一种非洲异化观——如果它的意思是带给非洲的新事物。一个政党就是一种非洲异化观。我们正坐着里面的这个漂亮的电影院,就是一种非洲异化观,我们应该在外面一棵树下开会……认识到这个事实,即一个城市精英阶层已经发展起来,这个精英阶层和农民之间,在物质和其他方面,差距迅速拉大,少数人跑到了前面,对后面的多数人没有展示出什么,除了扬起灰尘——这种认识不是非洲异化观,或者任何异化观念,而是对正在实际发生的局面的正视。如果说我们过去是一个无阶级的民族,我们现在正在创造一个一无所有的农民无产阶级。

在农村地区，生活是停滞的。如果人民党作为执政党，仍然像过去那样通过独立斗争成为人民的党，它必须认识到它允许发生什么。刚才，我们听到了党代会的代表们，反对要求农场劳工作为一支工人力量的基本权利的提案。我们能相信自己的耳朵吗？这是人民党说出的声音吗，就在此时？"他停顿下来，以便引起反响，但是依旧是阴郁的沉默。于是他的声音鼓足了劲。"好，我们在此召开人民党第七次代表大会，党组成政府后的首次。我们必须相信。昨天我们的妇女组织抗议被排除在大会之外。我们必须相信我们的耳朵，相信我们听见了她们的声音，她们从一开始就为了独立，与男人们并肩奋斗，我们的妇女一直是党的全日制成员，这个党曾承诺不歧视任何部落出身和性别——我们的妇女被排斥在会场外面，在大会辩论期间准备茶点，而辩论的最终决定将影响她们和她们的儿女的生活。——我们听到了，而我们所听到的只说明一件事：这个城市的自由大厦与农村各支部之间的纽带已经断裂。这就是为什么，党讨论农场工人地位，就好像他们是些陌生人，生活在别处的人——月亮上的人。这就是为什么。只有人民知道政府和党为他们服务，党才是人民的党，政府才是人民的政府。不应该有任何地区被遗忘，不应该有任何人群被遗忘。党的任务是指导群众发表意见，而不是作为一个行政机构，只负责传递政府的命令。党无论是否执政，其存在就是为了帮助人民，听取他们的要求，了解他们的需要，而不是成为人民和领导之间的一道屏障。农场工人要求组织起来，作为一支被认可的力量，有权就其事务进行谈判；如果人民党打算不理睬他们这个要求，就等于采取了一种蔑视他们的态度，认为他们没有自我组织管理能力——这种态度，当总督府变成总统府的时候，我们以为永远丢掉了。这个代表大会必须面对这个事实，党面临沦为服务于政府内阁、公务员、商人的党。"

掌声和异议像一副钹的两半一样剧烈撞击，许多人弓着背半牵强地鼓掌，是因为害怕意见不同。农村来的代表，性格和衣服都不显眼，本来在座位上并不起眼,就是一排一排的脸和膝盖,这时突然变得声势浩大。脸上有部落标记,耳朵上戴着耳环,垂到衬衫领子上——似乎到处都是。布雷感觉到一种莫名的激昂,但一时还没有完全领会莘札的话——他观察着周围的一张张脸,观望着主席台上那些面孔。莫维塔的头在莘札发言的时候一直扭向别处,没有什么反应,除了也许——布雷高度敏感的观察发觉的那些——微微扬起的下巴,显示他还是在听,好,总算是在听。提案以微弱劣势被否决,失败的一方发出嘘声表达愤懑。现场全体是个很怪的感情集合,混合声音中包含一种受控的噪音表现——混乱的叫喊,警告,哀号——发出这声音的人记不住个人是怎么发声的。赛勒斯·戈玛不安地扭动着,克制着自己失败的心情。莘札不看任何人的眼睛,直直盯着前方布雷的方向,似乎微微带着不易觉察的笑意,抑或是嘴唇轻轻上提显示隐忍。布雷的眼睛盯在了他身上,只见他霍地在自己胸脯上狠抓一把。这是一个滑稽的信号,一种表示还活着的手势。

毫无疑问,他给大会留下了印象。如果以前不存在两个观点截然不同的派系,那么现在存在了。当那些代表犹豫不决,但不由自主地为莘札鼓掌,他的支持者、他的追随者又在大庭广众之下露脸了。现在存在了。莫维塔一定知道。他一定听出了发言中影射他的信息,把头扭开也回避不了。

大厅里,布雷从洗手间出来,正好撞见罗立·丹多和莘札,时机正巧,谁也躲不开谁了。丹多说:"哈,那是你的立场,爱德华。"那口气好像他俩天天见。"我没有立场,罗立。凡是在工人先锋作用的基础上,继续革命,反对经济帝国主义,我都支持。这就是我的政策,一如既往,你知道的。"

丹多咧嘴一笑,笑得把脸上的纹路都重新布局了。"噢,是的,党内有党。"

"我们一块儿吃午饭吧,你可以把他知道的说一说。"布雷说。

"你们俩去吃吧。我办公室的工作堆成山了。这些马戏表演只能浪费我的时间。"

这时,人们公开围在莘札身边。戈玛、奥格托、那个大块头青年巴斯尔·恩宛加,争先恐后地跟他说话,把他的注意力吸引到这儿一下,那儿一下,目光老练地在代表群里挑选。莫维塔之前一直没有出现在会场外,而是一散会就钻进总统座驾绝尘而去,这时却出现在前厅,被中央委员会的成员们包围着。他看见了布雷,朝他走过来,带着周围的人一起过来了,因为他不能从底下钻过来。隔着那么多颗头那么多张脸,他就喊话了:"今天晚上见好吗?"布雷迟疑了一下。"秘书没给你打电话吗?""也许在我离开后打了。""晚餐。十点左右。酒会后。好吧?"

经过刚才的邀请,再回到莘札那圈人里,真有点尴尬。赛勒斯·戈玛眼神里带着责备。布雷不得不努力克服内疚的感觉,把莘札先搁置一下,心里有激动也有焦灼,想到了要对莫维塔任命工联总书记的权力,给予谴责,下午会上就要进行。莘札不抱太大希望,但也很困难,聚集在他周围的人表现出对他的真正支持,带来一股气势,没法不让他为可能的机会感觉兴奋。无论如何,他一边跟布雷说话,一边似乎立刻就打定了主意。他的脸色僵硬,像个醉汉,不动声色地说:"你还记得老扎卡利亚·塞姆斯图吗?他还坚持说那句话,梯索罗区的所有五个支部都响应……赛勒斯跟他谈了几天,你知道怎么了……不管他想什么,对莫维塔投反对票的念头,他一直都是如鲠在喉……喔,可以理解。但是他知道你——就你来说——我是说,他一直都坚信你说过的话。如果你跟他说一句,就没问题了。"布雷非常迅速地说:"那好,他在哪儿?"

"他在停车区。利诺斯刚从那儿过来看见他了。楼后面靠近围栏。散着步过去就是了,就像去你车跟前,你就看见他了。"

布雷走出豪门影院,没人注意,来到了炽热的户外。走过一段疙

325

疙瘩瘩的地面，仿佛有人推他的背。他走过一辆辆汽车，感觉有成百上千个太阳围绕着他。脚下不时踩到填洞的炉渣。一棵树孤零零地立在那儿，树上盖满了整个旱季的灰尘，像个空屋子里盖了块布的家具。衣衫褴褛的小孩子们到处都是，围在汽车窗干净的玻璃前，有的在暴露的树根周围赌钢镚。

他看到有些人半坐在车里，开着车门，半个身子在外面。他们在吃炸鱼薯条，有个人把包装攥在手里，揉成个球，瞄准树底下那堆垃圾。那个老人扎卡利亚·塞姆斯图正坐在一个翻过来的水果箱上，抽着烟斗，烟斗有个白铁皮盖，连在一根链子上。见布雷走过来，老人对孩子们打了个手势，指着扔过去的那个纸球，一时没认出布雷来，跟别人说："你要不想吃，就让别人吃。"布雷用加拉语正式跟他打了个招呼，叫他"我的老朋友"。

老人眼睛没认出来，耳朵却听出了来人是谁。脸上睡醒了似的显出惊喜。寒暄了五分钟，"但是你看见我在那儿。"布雷弯下头说。"好，好……我听说你回来了。我听说了。可是我们都以为你永远离开再不回来了……你离开了这么久。"

"我别无选择。你知道，那些年不允许我回来。"

"我也变成个老头儿。"塞姆斯图说。

别人都显出那种表情，好像以前都见过他；他们唯他的马首是瞻，显得呆板迟钝。他分别介绍了其中两个，显然都是梯索罗党支部官员，其他人没那么重要，一块儿介绍了一下，打了个绕圈手势，布雷看见那只手上有根指头第一关节肿大，其他指头朝一边倾斜，典型的关节炎形状。十年很长，不过要看开始的时候，你一辈子过到哪儿了。

两人都站着，聊梯索罗区的情况。那儿有了造砖厂，土蕴藏量大，全国之最。其他方面，种庄稼是最差的，勉强糊口。"你们那儿的砖厂要扩大了吧？政府有这么多建设项目要上马，是吧？"是的，但是新土源在区里最东边，需要有轨道联通，才能都用上。"公共工程部和广播大楼要兴建了，砖头从卡翁达的国家运过来，"老人说。"我给莫维塔写了信。他是个大忙人。最近见他没那么容易了。——但他回信了。是的，回信写得很好。"

那个扔掉食物包装盒的人开口说话了。"告诉我们的是我们知道的。铁道建好前，砖头不得不进口。"

"这段铁道列在第一份名单上。"塞姆斯图说"第一"这个词用的是英语。他们都笑了一笑，布雷也不例外。塞姆斯图说："我想第一份名单一定很长。想弄清楚铁道列在哪儿。"

"这是麻烦的原因吗？"布雷说。上个月砖厂有一次罢工。犹豫了一两秒：说明这件事不足为外人道也。但是塞姆斯图认识布雷比别人都早。"人们被告知，要么工资不变，要么一些人下岗。是工会说的。麻烦开始后，政府派人来告诉他们：新砖厂亏损了，铁道修建好才能扭转，不管怎么说，都需要裁员。但是如果他们不要求增加工资，就可以留下来。"

"但是我从报上看到，麻烦开始的时候，工会已经在谈判增加工资的事了，是这样吗？"

"是的，是的——工会先要求公司增加工资，后来工会改变了，你看，又改变了——告诉新砖厂的工人，要是旧砖厂的工人继续要求增加工资，就让他们下岗——"

布雷使劲点了点头，两人并没有互相注视。刚才说话那人有个特点，就是眼睛总不与人对视。"我们还能做什么？我们开始跟公司谈判后"——砖厂是金矿集团的子公司——"劳动部打来了电话，有个秘书跟我们说，听着，伙计们……"

"如果有人能告诉莫维塔，"老塞姆斯图急切地说，"如果我们能修建铁道。下次你跟他说话的时候，也许可以告诉他？"

布雷看穿了对方的意思，觉得自己可能被利用了。老人说："你当然会见到他。"

"是的，我会见到他。但是跟你说的一样，他是个大忙人。每个人都想提要求。"

塞姆斯图考虑了一下，但依旧沉着脸，没有一点放弃的意思。他把旧帽子扣在头上，身上还穿着教士或校长的黑西服，腰部挂着一根表链，早年文化人的行头。"信不好使。是有人用机器写出来的。"他的那只得关节炎的手，抓着烟斗，做了个在信纸下边签名的手势。

其他人看着布雷，在明晃晃的日光下大家都眯缝着眼。这位工会人士凸出下嘴唇，把满满一肺的烟吐出来，缭绕在自己脸前。布雷对他说："你的工会要给工联大会施压，把铁道的事提交给发计委成员。"

对方半张脸抽了抽，苦笑了一下，好像说话人不知道自己在说什么。他摇了摇头大笑一声，感觉自己是在对牛弹琴。

"但是你当然已经这么做了。"

"然后呢？"那人说。

布雷微微一笑。"哦，你告诉我。"

"工联大会没有说我们的要求，它就告诉了我们公司的意见。"

一时无话。大口吸烟把两人拉近了——公司、发展计划委员会都一样。

看着时机合适了，布雷打破了沉默，不经意地问了塞姆斯图一个问题："哦，很抱歉，听到你们地区情况并不那么好，穆克瓦伊，我的老朋友——不管怎么说，对于工联大会总书记任命而不是选举，你是怎么看的？这是个非常重要的职位——我指的是对于你们当前这种麻烦来说，如果总书记人选正确，他就会让政府看到——"

"噢，可是这个人选是莫维塔说了算的。"

"我们刚才说——莫维塔要做的决定太多了。莫维塔要考虑的问题太多了。"

老人说："莫维塔不能选择一个傻子或者一个坏人。"

"不能，当然不能。但是我们刚才说了，他没法知道每个人进来都在想些什么。他需要从什么人那里得到咨询,现在,你不觉得吗——"

"是的,是的。但是谁来咨询?"老人暗示可能是莫维塔政府里的什么人,他自己选择的人。

"来自劳动部的人,也许是计委的人。"布雷添了一句,接着又对这位工会人士说:"你碰到的那几个人。"

"哪个人选正确,谁能比莫维塔更清楚呢?"

其他几个人离开汽车,开始向这边移动,都很谨慎。布雷对着他们所有的人,简洁公开地说:"好,我觉得应该来自工人们自己当中。只有他们知道愿意让谁替他们说话。这也是工会的作用。"

"总书记应该选举。"老人咀嚼着这个意思,心里在认真考虑。

"一直都是这么做的,直到现在,"布雷说,"自从莘札和莫维塔创建了工会,让殖民政府认可工人的权利。从那会儿开始。"

老人突然把话题转了向,似乎在警告自己。"啊,现在我们独立了。莫维塔知道该怎么做。如果他决定选择谁,他知道他为什么那么做。"

过了一会儿,他把戴着帽子的脑袋偏向布雷那边,对自己的听力没有把握,拿烟斗指着布雷腰部。"但你是个聪明人。当年你和莫维塔、莘札一块儿干,给我们带来了独立。我们忘不了你。人们会像记着自己的父亲一样记着你。你没说出口,可你没说出的就是,你不认为莫维塔是正确的。"

"我是说不管莫维塔选谁,由他来选择本身就不对。工联应该自己选举自己的总书记。"

"是的,也是啊;但是你说莫维塔错了。"

"是的,我说了莫维塔犯了个错误。我要告诉他。因为他是个伟人,只要我感觉他犯了错误,我总是告诉他。"

老人听见这么说很高兴,咧嘴笑了。"噢,我看你还是那么壮实。——英国人让你离开的时候,我们在这儿说,他们得把你像头公牛一样捆在船上——"对他们这些殖民时代的故事,年轻些的人不感兴趣。

"我听说莘札想当总书记。"本能告诉他要大胆。他有生以来头一回这么唐突。

他不知道他们了解不了解莘札,也不知道这是不是他们心里所想。"莘札,呃?"老人说,"你同意吗?"

布雷不假思索地说:"他以前当过总书记。如果工联愿意。没有比莘札更了解工会。"

"我想跟你谈点事。"老人看了看别的人。他们站在一块儿聊天,漂亮的上衣搭在肩膀上。布雷和老人坐进车后座。车门倒是开着,但跟外面一样热。车里有瓶迷你假玫瑰花,吊在后视镜旁边。塞姆斯图说:"这么做不会不好吧……"

他可能指的是违背莫维塔的意志不好,也或许是指他不喜欢莘札这时候任职。要是从莘札那儿把事情了解清楚些就好了,了解清楚他最近和老人的关系。"你想知道我的看法?我想莫维塔需要莘札就这样做个反对派。他需要莘札"——布雷做了个衡量的手势——"'在那儿。'莘札离得太远了。"

"在巴士,是很远。莘札理解这种麻烦——他自己在煤矿干过。"

"就是这样。莘札是莫维塔的另一双眼睛和耳朵,他也知道他的见识。"

"他们派去砖厂的人"——塞姆斯图的舌头发出啧啧的响声,显示出蔑视。"他倒是小学毕业了,不错——"

布雷让他独自考虑了一分钟。

"戈玛担心我投票。他一直来找我。"

"哦,这很重要。梯索罗区的五个支部,你要知道。"

"但是我担心这是件坏事……因为莫维塔想选择。"

"我不觉得是坏事。"就是在加拉语中,他也听出了他声音里,那种英语式的权威习惯和自信,好像一个从良的妓女,对男人的态度还保持着职业习惯。

塞姆斯图喋喋不休地说着戈玛——"他的脑袋压进了肩膀,像只秃鹫,很难信任一个像那种鸟的人。"忌妒莫维塔,忌妒莘札——"必须有人在他们之间传话协调。"豪门影院座位很舒服,首届党代会——布雷记得吗?——当警察拿到那份会议日程。这些都啰唆完了以后,他会自主决定,他说:"你可以告诉戈玛,我照办。"

"五个支部都这么办?"

"都这么办。"

要的就是这句话。他想见了跟莘札交代的光景,要的就是这句话,我完成了使命。干得很轻松。他去了那家咖啡厅,他和莘札在这儿吃过红肠,可是他不饿。从豪门影院的冷气中出来,站在外面晒着,这会儿手脚都肿胀得难受。手表紧紧箍在手腕子上,从汗涔涔的手腕上摘下来,黏着汗毛。人造果汁在容器里转个不停,色泽鲜亮柔和。希腊店主和他老婆在喝土耳其咖啡,咖啡杯很小。"可以给我也来一杯那个吗?"

那矮小的男人惨白微绿的脸颊上,有两个酒窝,他冲高大的英国人笑了笑。"哦,我们不卖这种咖啡,这是我们希腊人自己喝的。""我知道。我很喜欢。我能来一杯吗?"那人高兴了。"哦,要是你愿意。我给你一杯。"怀了孕的妻子很年轻,肩膀雪白,腋下露出几缕黑毛,取来个杯子,脸上没笑容。他尝过的腋下,总是有股说不清的汗和香水的混合味儿,是要盖住汗味儿的,汗本身带点苦涩,像咬破了一只橘子核儿,他的舌头顺着滑动很顺畅,逆着来就能感觉到刮过的毛根上长出的小绒毛。咖啡滚烫,浓郁醇香。丽贝卡一直没进入他脑子里;只有这一部分,突然间,唤起了他潮水般的真实触感。这是所谓感觉来自下半身——不管是哪部分吧——他一时间想得情深意切,不在乎人们怎么叫。有一回他逆着来也立马胀了。他要了一瓶苏打水,因为那人不肯收咖啡钱:是布雷给了他欣赏他祖国风俗的荣耀——那是个远在数千英里之外的国家。

十月里每天这个时候，都会出现一种怪异的变化。天空的颜色和高度都变了，只剩了沉重压人的热，压在人身上、树上、房子上。午后两点的街道，看上去像挨了痛扁似的趴在那儿。他感觉自己的身高被往地面上砸，地上只有大红蚂蚁爬来爬去、自由自在。他打了个车走几个街区回豪门影院。首都的出租车司机都精神欢快，干得起劲——党代会给城里带来了大批顾客。司机戴一顶白色高尔夫帽，外加一副墨镜，每到红绿灯停下就展开巴掌在大腿上拍鼓点，跟收音机里大声放出的音乐和谐一致。

大厅里几乎空了，人们又陆续回到座位上。布雷见机会正合适，可以悄悄溜回座位，省得见莘札那伙人。他不想谈塞姆斯图。但是莘札本人逆着返回座位的人流，又出来了。他手里拿着文件急匆匆去什么地方。

"啊，你跟你那位老朋友塞姆斯图见面如何？"

"梯索罗区的支部都投你的票。"

莘札的心情溢于言表："这么简单。"

布雷没再说话。莘札处于那种状态，当一个决定性事件迫近，压力无法忍受，思绪就会抓住一些不关痛痒的细节去完成，说些不完整的话，在这些没用的事情当中，穿插事件本身形成的紧迫性：此时，此刻，对结果的评价有如神谕。不管手里是什么文件，他拿文件的模样仿佛抓着自己的命运，他的眼睛已经不耐烦地越过了布雷，嘴唇夹着一只灭掉的烟，带着一丝笑意。"但愿他们也能像信任你一样痛快地信任我。"

"他们信任我，因为我没有任何权力。要是也这么轻易地信任你，对你并没有什么好处，对吧。"他从兜里掏出丽贝卡给他的小燃气打火机，拇指一捻，喷出一股小火苗："来。"

"你不能给我一盒火柴吗？——我的用光了。"莘札机械地弯下黑羊毛般毛茸茸的脑袋，点着了烟。

"拿着这个。"头顶上出现了星星点点的白发，像从羊毛织物上揪下来的白棉线。布雷跟莘札从来没有跟莫维塔那样的感情，这种感情当然也包括近距离的接触，也就是对对方身体、本质和特征的容忍。这也部分说明了那女孩的意思，她有次说他"爱"莫维塔。他可以使用莫维塔的剃须刀，穿莫维塔的衣服（莫维塔的衣服他绝对穿不上！），不假思索，就像用沾着丽贝卡黑睫毛水的毛巾一样。但是跟莘札，尽管莘札对他的理解远超莫维塔——莘札跟他思想在同一层次，属于同龄人——在莘札和他之间，有一种身体上的抵触。他又想起了那天见面的情景，是回来头一次见，手上抱着他和那年轻女子生的柔嫩小孩，瞬间的性忌妒。不涉及女人。不涉及具体哪个女人，只是作为符号的女人，通过她，有人做了孩子的父亲。好，这些天，魔鬼已经从瓶子里出来了；他的感情，犹如汹涌的春潮，每天都出现，时刻都在守望，感情地位仅次于智力。注视了莘札的脑袋一秒钟，他暗忖，是那一刻开始的吗——他抱着他儿子的那一刻？

豪门影院观众席的照明灯忘记拧亮了，只有安全出口的红灯亮着。刚从大天白日下回来，一时什么也看不清，但能感觉到所有的眼睛，并没有转到他身上，而是安静而紧张地盯着下一个事项。听不到什么说话声。他一路摸索到自己的座位。这时，灯光正常了，灯光下只见人人都朦朦胧胧的，面露不耐烦的神情，就等中央委员会执委会和总统入场。

莫维塔穿上了就职典礼穿的那件宽袍。穿了这身袍子，十月大热天，脖子不必受领子和领带的拘束——但是这影院里面还好。穿着宽袍让他看上去高多了，脖子底部的肌肉显出个 V 字形，扭头的时候，光洁的黑皮肤上闪着一道汗水。莘札伏在面前的桌上，支起的肩膀挡住了两旁的人，两个拳头支着下巴，也遮住了留着胡子的下半张脸。布雷一直看着他，看他会不会往上看，也想让他往上看。说来也怪，他很焦急地想让莘札这么做，对代表们会怎么看他这幅形象很担心。莘札没有动。他从衬衫兜里掏烟的熟悉动作不见了。

大会按惯例完成一个议程，进行下一个议程："人民独立党党代会，严肃并警惕地看待一个意图，即工联大会总书记一职，由国家总统任命，

333

而不是由工联大会成员选举,自从这个国家的工会诞生以来,这个职位一直都是由选举产生的。人民独立党提议,谨告知总统,这种剥夺民主的程序,与国家赖以建立的自由精神、人民独立党和工联大会倡导的自由劳动原则,背道而驰;特此请求总统确认工联大会选举其总书记的不可剥夺的权利。"

这是法律套话,主席控制着会场的秩序,禁止听众席上有可能的说话声,座位上人手一份会议日程,把他们最放肆最紧迫的思想理念,翻译成符号,放在廉价的白纸上。这种古老的人类纪律形式——从古希腊传下来的这只易碎的罐子——在执行。首届大会那种和谐友好①的节日气氛,如今早已荡然无存。西装都坐得起了皱,抽烟的一盒接着一盒抽,排遣烦躁,缓解紧张。尽管有空调,冷风循环流动,还是有人群兽群的气味,不是因为身体聚集在一块儿,而是因为决断、愤恨、忧虑、兴奋,布雷心想,这气味是从我自己和别人身上来的。我们不说话,我不知道左右两边的人想什么,我们搭在扶手上的胳膊紧挨着,但是我们放出的信息,互相不懂了,不像动物那样立刻理解。

第一个对提案发表意见的人,是经过认真挑选的:工会骨干萨姆·加卡,这是那号"极端认真"的人——也就是,对特定事实有一种特别顽固的理解,不会把它们联系到其他事实的层面上。在任何社会,这种人都有可能与政治无关。这里,他就是不理解自己是什么政治地位。他信仰(与福音派教会有一拼)工会主义——工会活动应仅限于劳资关系的专业问题。而且,尽管工联从来没有实践过企业工会主义,但它从诞生以来就一直是民族政治斗争的一部分,斗争对象是雇主或白人殖民者,以及同类势力,与其斗争的工人或黑人国民,主张自己的要求或权利;尽管到现在,工联还不能实践企业工会主义,因为一个不发达国家,只能以过去的政治概念"号召"工人,为国家经济解放

---

① 原文为法语。

而奋斗——他从"纯粹的"企业主义角度,力主选举总书记。对于理解这个意义的人,可以从理论概念上去理解;对于大多数人,他只说工联的成员代表全国的工人队伍,必须始终明确谁最适合为他们与政府对话,工会主义的全部意义,就在于工人们选择自己的发言人,等等。

聪明的莘札,布雷心想,挑选了这个人发言。但是有的陈述,也需从这种政治不结盟的情境下剔除。工联大会现任总书记恩迪斯·书农瓦,从另一个优势角度发了言——谁都知道他自己是选举任职的,但他仍提醒党员,将来若是总统指定,那个人不能是局外人——按现有规定,这不可能发生——他应该是工联领导成员,因而应该是通过自由选举,为工会成员说话的人,否则他在工联干什么?

巴斯尔·恩宛加站起身来,巨大的后背挡住了他左右两个座位上的人。"主席先生,现任总书记的发言就是个很好的回答,如果总书记不经选举,而是任命的话,他也许有信心继续留任"——他清晰和蔼的声音立刻传到了主席耳朵里,主席没来得及反对——"当然,个人的意见我们不关注,我们必须依据事实来决定,啊,我们有个忽略,那就是在工联自身中,有工会运动中代表不同意见的人。只有工联的多数成员才有权决定,代表哪种思想的哪个人,能作为总书记最好地为工人服务。如果任命来自外部,那结果只能是偏向某些意见。一定会是那样。——那工会就有麻烦了。让工人选举他们自己的人——党的责任是支持这一权利——"他说得结结巴巴,英语带口音,断句不按常规,不过他有股年轻人的冲劲,很自然不做作。他说完巨大的身躯坐回到座位上,掌声响起,像扔出一把钢镚。有人站起来问,为什么这个事项要在党代会上讨论——难道这不就是工会要辩论的事情吗?——但是立刻被胜利的掌声压住了,掌声不是为他,而是议案支持者的自我庆贺。

莘札慢慢从萎靡状态恢复过来;他也为恩宛加鼓了掌,但只微微一笑,以示赞成。辩论节奏加快了,布雷感觉莘札一直在对准一个频道倾听、关注,透过说话人回声四起的发言,甚至透过主席控制不住的观众席上的窃窃私语。下面的辩论也在代表们之间展开,在观众席一排排座位上响起;大家传递信息,交换座位,弯着脊背,模样私密,低着头,侧着耳,眨着眼——分布着血丝的淡黄眼睛,露出大白眼仁的明亮眼睛,呆滞的老迈眼睛——纷纷与别的眼睛对视,打开了内部的窗,内心的活动一览无遗。

莫维塔两臂交叉在袍子前面,然后松开,靠在椅背上,两手放在桌子上。公开场合的手势这么少——就是这点儿也受制于古代会议习俗,尽管实际上并不是由此产生。权力受到了质疑,莫维塔对此有疑虑吗?这个英俊、矮小的罗马皇帝,身穿宽袍坐在那儿,明知道自己错了,但相信自己有理由为执掌权力而操纵权力,此外别无选择,是这样吗?

有人——选定的成员,来自书农瓦－莫维塔派系——激起一股狂热,指责那些人借反对总统任命总书记,而"污蔑伟大领袖"。"这些人应该离开会场。这是个一党制国家。我们是一个国家,我们有一个领袖,他是工会和全国人民的领袖——"

吼声震得喇叭失真听不清了,尽管他还在不住地吼叫。听众冲他鼓倒掌,冲他喊叫——反对的声浪汹涌澎湃,大有将互相连接固定在地面的座椅掀翻之势,以至于布雷感觉这压力是冲他来的。罗立·丹多那张窄窄的灰白脸,在脖子上转动得像一只刚睡醒的鸟。会场里突然出现了一批戴白头盔的警察,从帘子后面的出口处拥进来,那里是乔西兄弟漂亮的混血女引座员,端着糖果托盘,拿着手电筒,通常候着的地方。布雷左边一处发生了扭打,靠近影院后部——打架?——"一个老人心脏病发作。"有人重复着——但是戴白头盔的人,在座位间的通道上一步三级,迅速带走一个年轻人,只见他一脸愤怒,遭到这样对待,怒不可遏,还有另一个,袖子从上衣连接处撕掉了。两人被推出门,外边立刻传来一阵歌声,好像扭动一个收音机选台旋钮,一个频道的广播一闪而过——又是那些妇女，毫无疑问——还进来几个戴红色绶带的青年先锋队"带队的"。警察似乎不知道拿他们怎么办；但是年轻人旁若无人、傲气十足的神态，变成犹豫了，因为面前是一群全副武装、戴白头盔、脚蹬皮靴、腰带挂枪的警察。于是他们站在警察旁边，他们既没得到进来的许可，也没被赶出去，就站在那儿面面相觑。

会场有呼唤莫维塔的喊声，但是他没有表示要讲话。布雷设身处地为他想了想，奇怪他为什么把这事交给了书衣瓦，及其助理人员，进行辩论。——你不是要亲临现场、任人宰割的吧？——他不听我的问题，现在，就算我坐在他身旁，单独跟他说话，照样不听。他离得那么远，在这个充满声响、声如钟鸣的会场另一头，发言人的声音在回响，无数思想波在扩散，往复重叠，回声交集：一个单一的意图指向他，将他淹没，他不战自败。布雷感觉，自己实际上和精神上，都想搭救他，而他却只剩了个莫维塔的躯壳——那张熟悉的脸、那袍子。人民党总书记贾斯汀·切克维，和司法部长一样，显然是挑选来作为反对该提案的一门重炮。他的讲演雄辩滔滔（曾在牛津辩论社锻炼过，是个获黑人奖学金的自信学生），虽然并没有煽情，但他的形象和声音，经他自独立以来业绩力量的强化，有点像个自诲情事的女人平添魅力似的，打动了听众。每一个身着压箱底节日盛装的村民，都看到了——如果说自己已经晚了——儿子可以多么优秀。切克维的外表并不简朴；他穿着白人的名贵衣服，就像他使用最昂贵的词语，只有付出最昂贵教育的代价，才能得到那些词语。而这些之外，他依旧保持着黑人的特质，一眼可辨，用不着解释，像是显示一种骄傲，来自非洲自身被忽略的价值重新恢复。他的发言当然是直指莘札；为策略起见，故意把动机引向误解。党代会受到非洲运动的敦促，要批准采纳纯专业的工会主义了吗？这种态度的支持者们拒绝允许以任何政府活动形式，参加工会。已故的汤姆·姆博亚曾经这样辩论过，的确，在理论上，这是值得钦佩的……"对于经济高度发达可以这么做的国家——虽然,如果我们看看其中一些,比如英国"——对劳工党政府的麻烦,他挤出一个同情的笑容——"我们不知道有谁可以这么做。"……但是,即便是这个理论最坚定的支持者,通过非洲的经验也认识到,工会运动不能仅为保护工人的眼前利益,而"不顾国家死活"。即便是今天所谓"企业"工会主义最坚定的拥护者,也认识到,促进工人利益的唯一方式,是积极支持政府,实现其经济目标。工会绝对有必要调整态度,考虑长远经济计划,确保"通过政府和工会最大限度的密切信任与合作,实施这一计划。总统对工联大会总书记的任命,是对这种合作的最重要的认可。它是政府对开展这种最高层次合作的保证,绝不应该为这种短视的内部纷争的所困扰,这种纷争随时可能在工会运动中出现……"

辩论被媒体记录下来,录了音,但是忽升忽降的音量分贝,并不能记录实际发生的情况。在这个图表下面是另一幅图景,是莘札和莫维塔之间平衡的高低变化。在这之下,还有一层:这情况的实质,就连布雷也不明白。一个下午的争论和发言,将是整个大陆力量升降小弧线的一部分,将来会在历史学家的记述里,半句话带过——"这个十年行将结束之际,出现一种一致性,发生于形式不同的国家……"这情况未尝没有意义,这争吵喧嚣,也太容易了。它的意义在于通过语言、通过在场、通过坐久了膝盖抽筋、通过不停地点燃一根又一根烟,达到就某事倾听并陈述意见的目的。

莫维塔仍未流露任何表示。他要想说话肯定会说的,即便说定了他不讲话。他过去这么做过,那是他容易冲动的性格特点,他的政治感觉超越了政治即"游戏"的陈旧概念,在那种概念下,每一个动作都是预先策划,必须照办的。在他看来,政治一直是具体的,是食宿,是工作。他穿着宽袍坐在那儿,是件大众政治艺术品,布雷心想——就像宗教艺术、涂成蓝色和金色的石膏像。

其他派系也有他们的行动计划。莘札最后一个发言。他站起来等着声音静下来,终于等到了。但是那些按惯例静下来准备倾听的人,发现他环顾四周,好像要把他们都记在心里,包括会场的一切。他看着打架斗殴的暴徒和那群警察,他们的出现令人尴尬,跟发言没有关系,在哪儿聚集取决于命令的约束力,或许在哪儿聚集也是无意义的——他看着他们,露出笑意,笑得干巴巴的,带着戏谑的怜悯,是人们对监狱看守的微笑。然后他开始发言。"在我们国家,像在大多数非洲国家一样,独立前,民族主义在工会活动中处于优先位置,因为非洲工人的经济和社会处境,是殖民主义的一个直接后果。取得独立后,经济和社会问题又成为首要问题——看看我们周围,他们在矿山、鱼厂、铁路,罢工闹事。非洲工会运动必须在政策层面进行改革,以处理这些问题。现在,让我们明确一件事。改革,只能在既定的框架中进行,这个框架受三种因素限定:殖民体制的遗产,工会在国家政治发展中的作用,以及我们面临的社会经济问题的规模。——这就是椰玛决议的意义;这就是尊敬的切克维部长讲话的意义;这也是我讲话的意义。"他那个好学生(穿宽袍,肩背后靠,像硬币上的胸像)讲话的风格全是从他这儿学来的。但是莘札自己却没有把所谓的魅力租借出去,他自己发言中带有这种特质。"专业工会主义、社团主义的标签,不会贴在工联大会上。即使是切克维先生为捧工联而说的'启蒙'专业工会主义,也不行……因为他所说的,实际上指的是,工会可以支持任何政府,只要政府的政策对工人有利,而不问政府的总政策是什么。好,我们知道这个逻辑的引导方向。在欧洲,它导致了墨索里尼,导致了希特勒——导致了法西斯主义。非洲自己犯的错误已经够多了,世界和我们最后的希望之一,起码是非洲不再重蹈欧洲的覆辙。在非洲,切克维先生引述了姆博亚的例子。是的,已故汤姆·姆博亚作为工会领导人,后来作为经济计划发展部部长,的确奉行过'社团主义',他是我们非洲大陆的伟人之一,我们对他心怀崇敬。但是有人说他利用这种理论,为自己盲目追随西方找依据,放弃了积极的中立原则,而这是人民独立党和我们国家奉行的原则;在他死去那段时间,外国商业利益盛极一时,而肯尼亚人民依旧贫穷。……不,在一个发展中国家,工联大会不应该贴上专业工会主义、逃避工会应有的现实作用的标签,因为自我们党诞生于工会以来,工联大会的职责,始终是最充分地参与国家政策的制定。一九五九年,我从监狱出来后,几乎没有时间找一件干净衬衫"——这是个看似随意但非常高明的提醒,让人们记起他为人民党坐过牢——"就被工联大会派去科纳克里①,参加非洲工会统一组织会议——它是创建泛非工会一次重要尝试——任务是支持工会参与政治行动,作为取得社会经济进步的唯一途径。在随后那些年里,人民党遭禁,工联大会仍活跃,一度成为我们的先锋组织,工会在行动中重申了这一信念"——也许他说过"声音胜过语言"——他自己的语言被浪潮般响起的掌声吞没几次——"当时工会看到工人的最大需要,是国家反对殖民主义和帝国主义斗争的需要。现在,他们的领袖不应该由他们以外的人指定的原因,并不是他们认为独立后,他们的作用是少参与政府事务,恰巧相反,而是因为要更多地参与,因为现在工人最大的需要,是保证政府将反殖民斗争进行到底,消除殖民主义对工人的全部束缚。这个新殖民主义的概念不是个——有人说是——时髦词,一个来自欧洲或美洲或任何地方的诚实投资者,披着共产主义的外衣,露着恶魔的面孔。现在我们面对的是列强'无私的'的帮助,跨国公司对我国自然资源的控制,让我们永久处于经济落后状况,永久低价出口原料,高价进口制成品。"

两根指头伸进起了皱的衬衫衣兜,好像是在跟朋友谈论,是个习惯性的动作,要掏烟。但是他一摸到烟盒,才突然意识到自己是在公众场合的讲台上,正在为自己的政治生涯讲话;布雷看见那只手漫不经心地缩了回来。"独立后,工会主义是人民防御外国资本的方式。你

---

① 科纳克里,几内亚首都。

们不相信我吗？——我们只听说过吸引外资。但事实是我们也需要防御它。我们需要确保不能让它拥有我们……我们国家有价值高昂的自然资源，当然未来我们也必将继续寻找资金来开发这些资源。但是外商投资的条件，使用外资的开发种类——这些事务是我们需要工会积极参与独立意见的，不是政府任命的官员那枚橡皮图章"——说到这儿，他的拳头落下，把桌上的水瓶震得水在里面晃荡起来，坐在影院后排都能看清水的反光。"——在一个刚独立的国家，工会不只是保护人民抵御外资的看门狗。在坦桑尼亚，朱利叶斯·尼雷尔曾对他的人民说过的话，可能对我们有用，他说：'我们犯了个错，选择我们缺少的资金作为发展的主要工具……一个国家的发展，是由人来推进，而不是钱。'只要一个政府愿意同工会积极合作，就有可能促进前所未有的各类发展。我不是在指国家经济的结构变化——国有化矿业、银行、保险公司等等——我们害怕吓走海外的富人，国有化只是一项后殖民措施，为的是恢复国民经济，建立独立的民主基础……我所说的是，有可能通过政府和工会之间最高层次的合作，建立湖区渔民合作社，农场农民合作社。——在这方面，比方说我们可以从以色列总工会获得帮助，这在一些国家已有先例。为什么我们不能尝试一种可能性，即由政府购买撤离的白人侨民的农场，让农场上原来为侨民种地的人享受利益？有一种工人自治制度，创始于南斯拉夫，后来在阿尔及利亚采纳——这个词的意思是自我管理，意思是把土地移交给农场工人，他们知道如何让土地多产，农场由农场工人自己组成的委员会管理。这胜过政府白手起家建立全新的大种植园，我们的农业机构现在正忙着借钱干这事呢。专家们发现，那些种植园到头来，无法交给那些没有经验的村民来管理……自我管理制度还有一个很重要的附带作用。它帮助那些失业人员进入永久性的劳动队伍，不鼓励使用临时工，在长期的基础上从事农业生产。

"在城市里——在工业领域——工人的实惠在哪儿？在这儿运营的

很多跨国公司,对他们在非洲以外的国家的雇员制订了持股计划,或者利益分享计划。为什么非洲是个例外?这些公司必须为我们的工人设立这类适当计划,结合与工会议定的协议。还有很多其他可能性,都需要在政府计划层面上认可工会的主动权。在其他商业活动之前,可以首先设立一个工人投资组织,让黑人进入目前由外国人主导的我们的经济领域。这比朝外国商店扔石头、打砸抢好多了,上个月,一些青年先锋队员在特姆巴就这么干了……为什么我们不能有一个人民银行,一个国家援助的银行,帮助那些从别的银行借不出钱来的小农场和小店主融资?自我管理计划也可以在小工厂实施,可以在城市里建立一个系统,与农村地区的系统一致。工厂、商店——全都可以由工人控制,通过他们的管理委员会进行管理,管理人员和工程师由政府委派。外国投资者不拥有那些工厂、商店。所以可能不如外国公司管理得有效率,利润可能不如以前高,但是没有外国的股东等着分走利润。我知道有个小铸造厂刚倒闭,因为赚不到足够让白人满意的钱。但是赚的足够让为他干活儿的二十六个人满意了……他们现在加入了失业大军……

"在我们投下这一票的时候,要记住两点,这两点都表明本届党代会,对于国家任命工联总书记,予以谴责。头一点——无论宣称工会在政治力量中的地位有多大,工联都不能回避它的主要职能,就是传达它代表的工人的不满。没有哪个任命的总书记会这么做。第二点——在一个独立国家,工会的角色不是纯职能的,不是劳动部所属的一个部门,而是让基于人民的劳动进行计划的社会,符合人民的意愿。在工会联合大会宪章里,规定了工联的宗旨之一:'工联保持为人民独立党的政治领导下,建设社会主义国家运动中的一支有生力量。'我号召大会保卫党的这一分支,或者与党决裂。"

莘札的支持者们掌声雷动,跺脚欢呼。他脸上掠过一阵快意,尝到美味的表情。但并不是那种一阵高过一阵、来自每一排座位每一个角落、经久不息的掌声,那掌声会把一个辩论对手捧得越来越高。相反,会场上有一种怪异的惊恐的气氛。他坐下来。辩论在继续,但是感觉没人在听;不过座位上的每一声响动,每一个坐姿的变化,一些位置上发出有如蝙蝠惊起的声音,甚至——布雷感觉受到一种不祥之兆的压迫——青年先锋队骨干们的无聊情绪,全都清晰可辨。别人在发言,莘札这会儿也像莫维塔一样,默不作声。但是莫维塔的沉默,他的气场,在渐渐扩张,在听众座位中蔓延,只见听众心不在焉地叹气、在本子上乱画,互相回避各自的目光,坐得或直挺挺地向前,或懒洋洋地靠后,心里都在等待。投票开始前,一直是这情况:莫维塔的沉默本身在向他们说话。情形就这样持续下去,从辩论开始,莘札就一直在暗暗倾听。现在布雷听得到,感觉得到——无法用语言来形容情形有多么令人担心——莘札的必然反应。犹豫不决的人被征服,可以这么说,支持莘札的那些举在空中的手臂,被一股无形的力量牵动。他们把票投给了他,他穿那身宽袍坐在那儿,对他们什么也不要求,因为他期待他们手中的票。

莘札此刻从兜里掏出了烟。把烟叼在嘴角,用丽贝卡的礼物点着,那个打火机拨第一下准着。

布雷心想,这才是好样的。好样的。

*　　*　　*

他发现自己跟丹多和莘札到了大湖酒店同一家酒吧。如果说有谁曾经"发现自己"在哪儿属实的话:表面上看是碰巧了,实际上有更多故意的成分。在金鲈厅举行的鸡尾酒会上,一种无意而迷人的引力,把他们从三五成群的宾客里,慢慢地分别吸引到了一块儿。他事先不知道莘札会来,所以并无期待。最先听见的是丹多的声音——"什么性别腿不分叉"——取笑一个新近的装饰,那是一条巨大的鲈鱼,这个厅就是以它命名的,鲈鱼没头,上半身是女人的身体,材料是涂成金色的石膏。

很多代表从没见过大湖酒店这种地方的内部。他们站在厅里惊叹不止,不熟悉这种环境下,对吃喝仪态的要求,遭到侍者冷遇,看不起他们,端着杜松子酒和威士忌加苏打,给那些懂得品味这些东西的人。莫维塔(穿一身适合这种场合的黑西装)手拿一杯柠檬汁在人群中移动,频频劝酒,劝大家多吃盘里的珍馐美味,有些人正襟危坐,闷声吃东西,盲目地吃那些扎在竹签上的虾,有人甚至喧闹作乐。酒会在继续,那些职业政客和公司董事不慌不忙地饮酒,所获不过自我重要性短暂的闪烁,这情形总是和此类酒会相关联。各个派系的胜利和不满,似乎都以这种方式包容消解,葬礼后的盛宴,一如婚礼之后。

莘札还穿着那件揉皱了的节日衬衫,好像他来这儿的目的就是要显得另类。各色人物纷纷跟他打招呼寒暄,他没有凑到莫维塔跟前,聊天一副心不在焉的样子。这会儿他被几个年轻人围住了,仿佛是个危险的目标,随时会溜掉似的。其中有个岁数稍大有点醉意的,先跟他打招呼——他们相继问了些有关工人自治的问题——"你说的那地方是不是金沙萨路上的铁匠坊?——我有个亲戚原先在那儿干活儿,他现在有了工作,在锅炉厂。""怎么了,伙计?"这些问题的水平让有人感觉难堪。"——但是谁拥有那些农场和工厂呢——政府吗?"

罗立·丹多开怀畅饮,他的几个同伴已经喝得垂下了头,拿着酒杯,目光迷离,而他面无表情,说话声越来越高,旁边聊天的人都不免侧目——"当然,在非洲国家,尊重工会的行动,不过是一种善良的愿望罢了。你懂得,看在上帝的分儿上,不是吗,莘札?——他当然懂,和我一样懂。"

一张张笑逐颜开的脸,让出一个空间来。莘札面带笑意,伸出食指竖在紧闭的嘴巴前,做了个抱歉的滑稽动作。"呵,我在学习——很快。"他们都被逗得大笑,很乐意跟他在一起。拉斯·阿萨和硬拉布雷来酒吧,他越过布雷对莘札说。"哦,不错,我们相信你,我的朋友。不过让你学习只有一个办法。"

"……胡子不错,要说工人的事,政府建设为工人谋利益的社会主义国家,"丹多说开了,"在非洲国家,经济发展是以损害工人的利益为代价的。这情形还要持续很久很久。这是事实。我不在乎你用什么政治教条和经济学概念,财富的生产和分配,跟过去没两样,整个非洲大陆没有例外。不,不——我知道下一步是啥——别老是盯着欧洲一百年前发生的事,你知道那个答案是确定的。十九世纪,欧洲工人阶级被榨干了血汗,西方经济列强才开始明白,要认可穷棒子的要求。这情形有可能出现,只有一个原因:他们开始明白的时候,并没有搅乱发展的格局。在有限的范围内,他们走上了前台,增长了的消费通向了更大的投资。"

莘札和丹多挪到了小小的吧台跟前,站在调制鸡尾酒的位置,酒渐渐进入他们的血管,周围的人露出好奇的神态,还有别的,在同一间厅里,对彼此的直接感觉。莘札开口了,只见他神态自若,俨然一副刚辩论完的模样。"为什么不可能?"

"因为我亲爱的莘札,在现在的非洲,国际储蓄是不存在的。不存在或者没收益。有几个子儿,塞到床垫子里,跟臭虫混在一块儿了。消费低得可怜,不可能限制增加投资,所以你的工资冻结也没用。财富分配既没规则,也无道德标准,但谁他妈也不知道该怎么办,工会都捆绑在一块儿了,因为早在完全的工业化发生前,它就走上舞台了。"

"马克思倡导保护黑人资本主义!记住,你现在是给谁干,丹多。"莘札把长满胡须的嘴合上,半带幽默,半带傲慢。"——照你说的,工人怎么也不会感觉受益——"

"——不偏右,不偏左,不居中——你可以说个天花乱坠,天堂来临。来一杯,爱德华。——来呀,伙计,照料好先生。"他吩咐酒吧招待。周围人多起来,圈子围得更紧了,"当年你们还是流鼻涕的顽童,爱德华和我就在谈论这些事了……他知道我在说什么。"

"你说工会都'捆绑'在一块儿会是多么乱七八糟。"莘札吞了一大口威士忌,这轮酒是丹多发起的。"听着——要干的就是选择。为了经济发展,它会成为政府制定政策机器中的一个零件——意思是,只要批评政府无能,出局——完了。然后工会活动限制在一件事上——保证产业工人驯服。这就是所谓的国家收入分配不均了,对吧?你把大量金钱交给了显要人物,你给庞大的警察队伍埋单,好让大家都安静。所有这些都是不生产的支出,啊?所以工会可以庆贺自己团结了精英政治权力。——但是,还有另一种方式——"

莘札还在说,丹多开始摇头了。"——保护工人利益阵线。告诉我别的选择,说呀。一定会导致经济发展减速。你说所有的活动都以工人生产为基础,这没啥意义。要么你让工人埋头干活儿,闭上嘴——"

莘札向他摇了摇手臂——"那是你已经在干的事,你已经在干了!"

"噢,工会是不是有能力实践它的策略,太值得怀疑了。这我们都知道。"布雷,也在这轮威士忌酒圈里,感觉自己也卷进了辩论。"现在,工会领袖变身成为政治人物,迫使他妥协……缺陷的主要原因在这儿。但是,根本的缺陷在于它是两件事的混杂——工业的落后,加上工会领导人要承担的政治责任。"

"啊,我的天。要做的就是一件事,适当的承担政治责任——"莘札的双手伸在一个无形的重物之下——"没有禁止承担。"丹多说。布雷转向他——"你同意吧,在起草经济发展计划中拥有大的话语权,是多数非洲工会的基本要求,罗立?"

"听着:要求,要求——"丹多开始炫耀了,吸引他的听众。

但是对他们而言,布雷的角色比他更显眼。"……要克服短期效益的要求,和制定真正发展政策所采取的措施之间的矛盾,这是唯一的办法了。当然困难是巨大的……有风险……"

酒精的作用,让丹多时不时忽然断电,冒出些拧巴的话——"你每次过马路都会冒生命危险,伙计。"

"……工会和政府的地位,水火不容。"

"哈,哈,哈哈哈。"丹多不是在笑,他的思绪越过酒吧,与假想敌厮杀。"轻轻踩,布雷,脚下有鸡蛋,你懂的。"他又回过神来,望着莘札。"工会会员主要来自公共管理,除了矿上那些。要整治官僚体制,就要缩减编制。你怎么能既不损失成百上千的会员,又精简官僚体制呢?"

"我才不管你那几百个官僚呢,如果我们能得到几千个农民。别说了,伙计——"

两三个人唱起人民党的歌曲来,开始唱得乱七八糟,后来,黑人哪怕喝醉了酒,唱歌也不走调的能力显示出来了,声音很吵,但很和谐。罗立不知道发生了什么,一时很恼火,脸看上去那么小,面色惨白,油亮的头发,稀稀拉拉立在头顶,眼镜一会儿对准这个目标,一会儿对准另一个。"好过你们那一帮人,我可以告诉你。比你一辈子见到的一些人更厉害……出了门我就不信任他,老杂种……不过你,少不更事,你们这一帮,你们再也见不到一个他这样的,用不着你跟我说——"

看到丹多这模样,布雷涌起一阵老朋友的情谊,他这人从来没有官架子,为人厚道,不管表面上多不痛快,多滑稽。他这样的人,也只有非洲国家能聘用,其他任何地方,一看那张不专业的脸,都不会再考虑他的专业能力了。

拉斯·阿萨和聊起了矿上的罢工,布雷心不在焉地听着——"现在想停产可没那么容易,公司有工具收拾他们!"那个词用得够毒:"工具?"

"是的,那些家伙们不老实的时候,他们不会束手无策了。我那天看到了,够猛的——但是,伙计,全都到那儿了!一个福特卡车小车队,改装成了装甲车——"

"公司警察武装起来了?"

"是啊,你觉得如何?他们就等着太空人(普通警察的绰号,因为他们戴头盔)来?或者等总统决定要不要调军队来?显然,公司去找他说,瞧这儿,如果你管不了,你必须让我们自己来。……他就给他们开了绿灯。"

"他们有枪?"

拉斯把两只漂亮的手一摊。"全套防暴乱突击队装备。催泪瓦斯、枪——直升机,可以迅速运送十几个人到需要的地方。这下哪儿有麻烦,就好办了……除了矿上,别处也没问题……头儿知道他们在那儿,他有需要可以用。"

与此同时,以丹多和莘札为核心的那一小群人,闹出了些动静。布雷看见丹多一跃扑向莘札,伸出手臂,要搂莘札的肩膀,姿态夸张。莘札安静而敏捷地闪过,像只猫从人手下溜掉。莘札并没有注意看丹多,他正扭头和别人说话。他一定意识到了那条手臂是冲他来的。但是丹多在吧凳上歪过头了,晃悠了两下,失去了平衡,从吧凳上掉下来了。一阵忙乱,周围人纷纷出手拉起他,只见他脸上表情依旧,说不清是敌视还是关心。

阿萨和厌恶地说:"依我看,那老家伙是非洲化的最好例证。他们应该叫他俩决斗,这地儿需要效率。"

"算你狠,拉斯。也许你该叫人去拿催泪瓦斯了。"

但是说阿萨和狠,他还挺得意。布雷知道有人是笑里藏刀的。他立马来到罗立·丹多跟前。丹多已经站起来了,好像有点清醒了。"咱们回家吧?"

"说啥傻话呢,布雷。你到底跟莫维塔吃饭了没?"他那模样活像只从狗嘴里夺下来的鸡。

"时间来得及,先回趟家。"

"我的天,不行,我有个约。"他跟两个年轻人走了,是那两个人给他掸去了身上的灰尘,另有个乐呵呵的矮个穆梭人——那儿的人都是矮胖墩儿;巴特瓦族的血脉来自刚果,早先有过移民,都被遗忘了——还有个爱唠叨的驼背男人,他没系党领带,而是别了好些殖民时代的徽章——童子军证章、红十字证章什么的。

他把高嗓门和夸张手势留在身后了;这一阵混乱把党代会上一天的议程引起的私下反感和事后紧张都释放了。现在,莘札周围全是自己人——恩宛加、戈玛、奥格托围着一张小桌喝酒,神态自若,在这儿站定不挪窝了,好像在火车候车厅里或是机场候机楼里一样。但莘札扭头对布雷说:"老家伙没事吧?"

他就跟莫维塔一个人共进晚餐,吃得晚了些。那些没聚在吧台的大湖酒店客人,很久才从金鲈厅散尽。举办鸡尾酒会招待代表们,让莫维塔一如既往地紧张不安——"特别是招待党代会代表"。

这么说,党代会需要招待得更好些。可他坐在那儿,穿着那身袍子,意思是他们也要穿着自己的袍子来,他们应该同意他包揽更大的权利。布雷笑了。"鸡尾酒会和民主并驾齐驱。"

"是吗?"

"专制政权,往往是宴会。"

莫维塔咧嘴一笑。"你喜欢这酒吗,詹姆斯——"桌上有瓶红酒。

"不,不,你没错,我是喝够了——"上菜不拘一格,有牛排、土豆,莫维塔吩咐了服务员别等。宽敞的餐厅里装上了空调,跟他上次来不一样了,他感觉有点凉,也有点闷。莫维塔自己动手打开了窗户,放进来温热的夜晚空气,显得两人之间很亲密。他知道布雷认为他任命工联总书记是个错误;他自己先说起了这话题,省得它一直在那儿碍事;两人谈话中,布雷保持着自己的态度。叉子盘子叮叮碰撞,很悦耳,填补两人之间因意见不同而出现的沉默。莫维塔吃得很贪,前所未见,转眼间牛排没了。

"当然不能否认,在许多国家,工会组织隶属于政府政策。但是这些国家的经济发展缓慢，他们克服最初的不利条件，已经相当困难……那儿的原因不适用这儿。"

莫维塔边说边吃，点头表示注意，而不是同意。"——是的，但是在大部分非洲先进国家中，工会必须克制，不能进行激进的对立行动——对于任何经济发展政策的成功，这都是个严重的危险。"

布雷能感觉到自己脸上冷冷的笑，感觉到自己在耸肩。他终于忍不住伸手去抓红酒瓶。"这要看你持什么立场——什么可以，什么不可以成为对立面？劳工问题激进的解决途径，和政府的激进对立面，这两者之间是有区别的。混乱就在这儿。在经济优先的选择中，难道政府可以不考虑有组织的劳工运动的多数支持而采取行动？"

莫维塔笑了，好像已经准备好了，要逐个否定。"我们有支持。"

"肯定不是来自最近几个月发生的事情。"

莫维塔不相信布雷所指的意思。他的回答堵了布雷的嘴。"今天的事情就是最好的例证——想把工会放到政治对立面的位置。好，你自己亲眼看见了，这失败了。这就回答了我们有没有支持的问题。"

他态度和蔼但干巴巴地说："爱德华输了，你赢了。"

莫维塔并没有表现出难堪。他没再说相信我。他没再急于解释。"看来你觉得这是莘札和我之间的事——不考虑经济繁荣。"他半开玩笑，心里充满了新的自信。

"我想这是你的观点。"

"来自工会的对立——特别是政治对立——只能在一种条件下允许，那就是统治阶级在为巩固其利益，而不是为发展经济努力。"莫维塔说得更具体了。"如果是损毁政府的一种尝试，那么政府别无选择，只能粉碎他们，是吧？——甚至使用武力，也许。"

"——我不知道你赢了什么。"

他俩都把话说得够温和，不刺激对方，毕竟有老朋友的情分，有遗憾，但互相谅解；已经做了的就做了。

他觉得有必要解释，这感觉始于那天上午在停车场的对决中完成使命之际——"我的老朋友，塞姆斯图"——他今晚要把那样做的原因解释一下，就在这儿。为什么？——此刻，这种意图变得不相关了。同样也感觉莫维塔认为没必要向他承认，允许公司武装一支私家军队。晚上过去了。彼此都有没说出的话。不过也聊了很多。莫维塔急于讨论他的一些失误，各种困难，一些疑虑——特别是内阁成员的情况。这方面的坦诚是另一方面缺少坦诚的弥补。也许并不是玩心计，故意讨好——是一种无意识的情感（忠诚？同情？），也并不是妥协，寸步没让。布雷要不要继续在此居留的事，也没再提；莫维塔只是说，他觉得加拉的工作快弄完了吧？他没问为啥奥利维亚还没来。如果他问了呢？——怎么回答，当下编个什么谎话，让他当下接受？

党代会没完没了，每一件事都有分歧。各次会议之间的间隔很短。莘札眼望会堂，不事梳洗以示轻蔑。他越来越像个陌生人，忽然从荒野中现身，占了个位置，让别人惊诧。就连他的支持者们接触他，也是通过戈玛和那个乐呵呵的巴斯尔·恩宛加——这几位都是些孤芳自赏的另类。布雷给英国写了信（他趁这些天有的说，都是有意思的事，比如党代会，讲给奥利维亚听，能把信写得很长），把莘札描述成"一个令人不快的提醒者，提醒人思想的幽灵还在徘徊。在首都令人着迷的圈子光芒之外，整个国家……"

这是那种可以读给家人朋友的信。"有意思"，而且里面没有外人不能看的内容。他和莘札、莫维塔之间发生的那些事——只字没提。这个秘密，像另一个，不可能提。不过——读罢这信（他现在会把写给她的信，读上几遍）——他看到说莘札的那段，道出了一些自己对莘札的真实态度，神不知鬼不觉地沿着他的笔调，来到了信纸上。

他写了去老城区戈玛家的讨论。当然包括他跟塞姆斯图的谈话——管他叫"我的老朋友"，那天坐在他那辆老车里，像坐在烤箱里，里面齐眼睛插着塑料花——在其他描述之外，添了这段，感觉真实可信。莘札，毫无疑问，做事眼光更深远，善于从长计议。但是也许他们说得对：小事拘谨，大政稀松。莘札这一派通过每一个问题的辩论，对戈玛所谓的"党的领导僵化"，不断发起进攻，不过在戈玛家，他们认栽了，把总书记决议的失败，当作他们在本届党代会的失败。他们似乎孤注一掷，决心让代表们听他们的，即使在大会投票否决那项决议的反对意见后，他们仍要求党的基层单位拥有更大的自主权，要求老式的社会和经济结构转型。他们强调过简朴生活、严于律己、舍得牺牲，而不是新的统治精英的那种他们所谓追名逐利。布雷私下里对莘札说过，他们开始表现出了清教主义，这是一个压力集团的典型特征。莘札笑了，继续抠那颗断牙。"最终，压力集团的失误就在于此，啊——他们的影响出不了本团体的范围。"

最后一天，就总统开幕词展开辩论，他对莫维塔的职位发动了一场精彩的进攻，而并没有进行人身攻击，富有激情地请求否决"虚假的民主，旨在保护大公司权益，同时维持与前殖民政权的关系"。他总结了"争论的精神"，说这现象"发生在世界各国的国会，因为它存在于人民的心中和思想里"。他演讲时，头发浓密的脑袋像雷达不停地左右旋转，"独立是不够的。政治革命之后必须紧接着社会革命，让我们每个人都获得新生……"最后引述一首诗的时候，他的两手在面前的桌上不停地颤抖：

  到人民中间去
  与他们同甘共苦
  向他们学习
  热爱他们
  为他们服务
  同他们订计划

>从他们所理解的开始
>
>在他们已有的基础上建设。

演讲斗志昂扬、激励鼓舞,那段引述来自中国,也是恩克鲁玛最喜欢引用的。他既宣扬社会主义,又把自己当神……但不应该以这种类比和类似的志向谴责莘札,因为莫维塔像卡翁达,一直以来都认可这位被罢免的加纳国家领导人。后来,在接受英国记者采访中,受到了这样的描述:这位"刚毅的政坛宿将卷土重来,宛如来自巴士法兰茨的一股尘暴",莘札的问话被原样引述:"我们建设了自己国家大厦后,难道要发现这座房子里,封闭着反对派的骨架?"(奥利维亚一看到马上寄来了剪报。)

选来致党代会闭幕词的人,照例是从党领袖的得力助手——既然党的领袖是总统,这个选择就表示这人要进入政府。有传言说,这人是总统事务秘书约翰·纳弗玛,却是工联总书记恩迪斯·书农瓦,由他来致闭幕词。

星期天,举行了一场盛大的党员集会。很多代表都留下来参加了集会,有坐卡车来的,有步行好几英里来的。举办过独立庆典的那个体育场,庆典后第一次使用,为这次集会收拾整齐了。野草、雨水和人为(据说)损害(有人居然把台子拆了一部分,拿回家去做建筑材料)——都清理干净了,显然是公司慷慨解囊,叫来园艺工和劳力,他们仍然修整管护属于公司财产的草坪和美人蕉花床,在殖民时代,这些草木给白人雇员创造了洁净优雅的环境。布雷和哈尔玛·温茨、他女儿伊曼纽尔也来了,他们听见主持人感谢公司,以及另外一些所谓"赞助人"——一家国际软饮料公司提供了卡车,运送老人和大批学童。

哈尔玛急着想去野游,伊曼纽尔对拉斯·阿萨和多少还是上心的,阿萨和在指挥给集会录音录像,准备在电台和电视台少有的本地节目中播出。女孩穿件简单的短上衣,布料花色很美,来自北非,两腿修长,跟着阿萨和在人群里挤来挤去,不时回头看她父亲和布雷,他俩坐着的位置引人注目,因为女孩很特别,在那些身穿薄尼龙衬衫的黑汉子们中间,在那些惊呼呐喊、兴高采烈到脸都白了的黑女人中间,摩肩接踵,毫不拘束。她自己我行我素,异乎寻常,本身就是一道风景。相比之下,在北半球,一场时装秀中用金链子牵上来一条非洲猎豹,似乎也不算离谱。布雷说到了拉斯·阿萨和在拍影片这事,哈尔玛便几乎带着一种为了女儿而勉强生出的骄傲——"啥事他一上手就能干好。"他凑得近,声音很低。这话他当着他老婆玛戈特的面,断然不会说。

莘札直接回了巴士——反正离开了首都:"——那么我在家里见面吧。"想必是指加拉。没他在,似乎什么也没发生。莫维塔跟前这些人,皮肤涂成豹子花斑的老人,脚腕上戴着桃核链,猫腰迈着战斗的步伐,引得年轻人咯咯地笑,教堂唱诗班两手交叉在胸前,军校学生列队行进,锦旗招展,鼓乐齐鸣,载歌载舞,女人们高声叫喊,婴儿在怀里吃奶,小孩猛啃烤玉米棒,男人们举着自制党旗游行——赤日炎炎,尘埃滚滚,各种气味扑鼻而来,玉米啤酒、煮鱼干:令人炫目的生命气息。布雷感觉浑身被汗水湿透了。要是他这会儿能跟莫维塔说上话(他容光焕发,神采奕奕,没坐在华盖下,完全暴露在青天白日下,簇拥在欢声雷动的人群中),就会告诉他,这永远是他们的,这是对生命的认可。他们会把权力交给别人,就像一面旗子,你明天被拉倒了,另一面就会立起来。你现在怎么样不重要。他拿不准要不要告诉他一切,他所相信的一切。那天晚上很容易,怎么可能这些事情会如此容易。突然眼前的形象变了,黑白交替,是炎热和喧嚣引起的晕眩造成的,奥利维亚瞬间闪过。对她也容易。她没问,他没说。却令他不安,他心里总觉得奥利维亚和莫维塔在某种程度上有联系。当然有一种明显的联系,那就是过去。但是,为了莘札,从停车场到会场大厅("塞姆斯图,我的老朋友")那种不动情感的步态,那姑娘的出现,这两者之间的联系——总在他心头,挥之不去,洗刷不尽——想起来总感觉内疚。内疚什么?我一直在生活,我不渴望奥利维亚:这是不由自主的。我信奉的那些东西,认识莫维塔以前,就一直在我心里,至今还在,哪怕他弃之而去。

他身边坐着友好的哈尔玛,周围有大片热情的人群,却感觉极端的孤独。他不知道活动持续了多久。很短暂,也许吧,但非常激烈,感觉像是永恒的。每一样东西都离他而去,人群像深深的海洋。一股风吹干了身上的汗水,脖子上结了一层僵硬的汗渍。

过后他们来到贝利家喝一杯。罗立在那儿,还有玛戈特·温茨和另外几个人。"你们是怎么活下来的?"尼尔·贝利指的是冗长的党代会,贝利"担心的是大老板"。"可是你应该去的呀,"——哈尔玛心里挺高兴的,能在集会上跟那些单纯的人混在一起。"他们热爱他,你知道,他们热爱他。"玛戈特脸上掠过一丝不耐烦,这些天只要听见哈尔玛说话,这脸色就反复出现,就像面部神经不由自主地抽搐似的。贝利说,莫维塔是被他的司法部长切克维之流"逼得紧"。首先,他们想让多拉·多拉离开外交部。"哦,我知道,莫维塔一开始就跟他合不来——你还记得吧,会上那个问题,说他周游世界"——布雷微微一笑——"不过依我看,实际上,他干得还不错——你不觉得吗?"

"是的——但是那些人指责他把太多时间花在了飞机上——他们现在可都是他的铁哥们,都和切克维气味相投。"

哈尔玛撇开其他人,直接跟布雷说话。"这里面有什么名堂吗?"

"我们这星期都看到了,哪些人支持莘札。"

罗立·丹多把烟斗在空中摆了摆。"布雷算一个。"

尼尔说:"你看他不一般吧?——我看到了他说的话,感觉这家伙有头脑,他多半都是正确的。但是,假如他跟我说——我是说假如他在那儿说,我在那儿听——我的头发会竖起来。我不喜欢这家伙。"

维维恩的身体看上去像泄了气的皮球,仿佛刚生了孩子的女人。头发没怎么梳理,看上去很僵硬,黄头发带有铜绿色——她那张漂亮的脸,孩子般的薄鼻孔,短促的话语,就是内心的直接体现。"他是个很有魅力的男人。我就奇怪了,咱们怎么就没人找他当情人呢?"

"你从来没见过他。中学女生的偶像。"她丈夫听不下去了。

"我见过。咱们第一年来这儿有一次招待会上见过他。"

"——她的激情一旦被唤起,就再也忘不了,我的母象——"

"三天前,我跟他说过话。我是在哈法吉车行看见的。"大家都大笑起来,就她还很认真的样子。

"幸会哈——"

"我们都在买汽油。他一眼就认出我了。"

"这种积极的中立是很不错的主意,不过咱们还是要实际一点,嗯?"哈尔玛说,"不管目标朝哪儿,俄国人或者中国人或者古巴人来了,那我们就回到了冷战,就像开车,嗯——如果你保持中立,你没法走……他不会比莫维塔更不愿意结盟了。西方对他这种思想怀有畏惧,东方倒是欢迎他。在两群秃鹫之间。"

"噢哎,这里面有艺术。让肉长在自己骨头上。这是咱们的黑人兄弟们要学会的。"

布雷对丹多说:"你觉得莫维塔是要试试吗?"

丹多用残缺不全的下牙咬着烟斗。"我们谈过一百遍了。你很清楚我怎么想,你是想肯定一下自己的想法。因为你总算从你那白日梦里醒过来了……我不知道怎么会这样……现在你不喜欢你看到的。我的立场很坚定,因为我从来不期待我喜欢的那些事"——有人笑出声了,连玛戈特脸上也有了笑容——"莫维塔不是个要冒大风险的人,他身上没有一点激进的细胞。要在这儿进行大变革,必须能冒巨大的风险。他宁愿走基本安全的路,原因很简单,他没别的本事,他骨子里也有自知之明。他选择了他那群秃鹫,因为他觉得凭他的经验,他就能揣摩出来,这些秃鹫的喙有多长。好吧——现在他知道跟他们在一起,自己应该保有多少肉了。"

他发现自己在跟丹多说话,跟所有的人说话,看着他们那一张张脸。"为什么我们这么肯定,一群秃鹫的喙比另一群秃鹫的喙更危险?——因为监狱、劳改营、那些年在苏联死去的成千上万的人,因为中国的"大跃进"和后来的动乱,因为匈牙利,因为捷克斯洛伐克,波兰——是的,我知道。但是我们这些人也知道,西方的错误在哪里,假装神圣的背后,搞了那么久的奴隶制,鄙视被自己剥削的人——现在还是,在这个大陆的南边。它按自己的形象复制了非洲的特权范围,变成自己的郊区……它不断以'自由世界'的名义发动战争……如果积极的中立是理想,但第三世界的本质,就是罗立的那个比喻,在两群秃鹫之间生存的艺术。为什么我们这么肯定,不可能更值得去尝试,在跟东方那群秃鹫的交往中,我们能保存多少肉?为什么?因为我们'属于'西方?表达我们的观点——坚持观点——得到了西方的许可?……许可我们捆绑在一块儿了?罗立——我自己——我不觉得他会说,除了自己的信仰,他还相信别的什么——你是不是同意,我们从来都接受萨特的说法:社会主义是人类再创造自身过程中的运动?这是还是不是我们所相信的?——不管这条道路上实验发生了多少突发问题……无论是罗伯斯庇尔,还是斯大林,还是毛泽东,还是卡斯特罗——它是唯一的道路,所有其他的路都是后退。你们想在这儿看到什么?另一个中国?另一个美国?如果我们承认所有的国家形态都是基于两者之一,我们应该选择哪个?"

"你是说社会主义是绝对的?"尼尔喜欢强烈的情感,把它作为一种娱乐。他立刻接过话。"衡量政治制度的参照标准呢?"

"是的!必须的,如果我们相信,像罗立和我这样的人,我们一辈子都在说的那些话——律师和公务员。是的!难道还有别的?"

"可我还是个律师,你却不再是公务员了。"丹多说,一边看着布雷。

两人四目相对,然后布雷移开了目光,丹多要盯着谁看,谁就会败下阵来。

话题又转到了外交部长多拉·多拉身上。"可是穆梭人怎么说?"哈尔玛还坚持原来的话题。"尼尔——莫维塔怎么脱身,又不至于在那儿造成麻烦?"

尼尔·贝利站在坐着的客人中间,像个马戏团的领班,两手抹了一下漂亮的髭毛胡须和头发。"啊,多拉·多拉的奇怪位置自有其优势——尽管他名义上是穆梭人,可是实际上好像是从刚果来的……有人把这挖出来了。他的名字显然不是穆梭人的名字……对不,詹姆斯?多拉·多拉?"

"也许不是,那儿的人名没有把两个重复的音放一块儿的……"

"——他倒是得了一个穆梭人席位,可事情还是有些"——他举起手臂左右摇摆了一下,手指并拢,显得很僵——"疑问。但是莫维塔必须放个穆梭人在那个位置上,问题就在这儿了。显然穆梭人想要的是穆梭玛内。或者不如说,穆梭玛内一心想要这个位置。他拼命要摆脱劳动部,看来并不奇怪。"

布雷说:"尼尔,你看穆梭玛内是不是给莫维塔施压的那些人之一?"

"那要看你从哪个角度看待这问题了。让穆梭派高兴总是件很棘手的事。又不能太重视他们。"

"我不是这个意思。他是不是有足够的影响力,能说服莫维塔同意矿业公司建立私家军队?"

"难道这传言是真的?"

"哈尔玛要是不相信什么,你得跟他说上二十遍,"玛戈特说,"你得先用坦克碾他一遍。"

"我听到的消息只说有装甲车。"布雷轻描淡写地说了句,为的是维护哈尔玛的面子。维维恩那命令般的清脆声音响起来了,这声音是她出身的烙印,就像一个孤儿后背上的高贵胎记一样:"哈尔玛,我跟你一样。那公司有个当妈的来艾丽萨的学校接孩子,就算她没告诉我现在感觉安全多了,我也不信。——我告诉她我感觉更不安全了。"

尼尔继续他的话题。"西普里安·肯特有可能是那个施压的人,甚至古卡,也有可能。要是你的内务部和国防部的人给你提建议,很难不采纳。"

"议会谁也没疑问。"

"事干得很谨慎……人们最先听到的传言,是上个月这些人突然出现在格威施矿——据说从这儿去了'警察'增援。后来才泄露出来,这些人是一种新警察……但是议会又开会的时候"——已经开始的对莫维塔的"担心",在他脑子里转了一下。"当然,看上去非常可怕。我不怀疑他有能力严加掌控。但是,最好还是让公司当配角,不露面——可以叫作国民后备役,诸如此类。他听了馊主意,公开了公司——要是我,就不会同意他有需要就用公司的资源,还是应该使用现有资源——"

"把公司的事当成个自然现象谈,这对我没啥帮助,"维维恩说,"还是像从前一样,我们读到赞比亚、罗得西亚的情况,特许警察为伟大的女王陛下,维护那些地方的秩序……公司究竟招募哪路人马呀?太可怕了。刚果来的那些雇佣军,成天在非洲转悠,想找事干……"

"我看这主要是黑人的事,没白人什么事——"尼尔没让她说下去。

"公司管理人员指挥军队了?你信吗?"维维恩嘲笑他无知。

"哦,我看他们是从乔治·古卡手上借了些人马,反正你总是爱夸张。"

维维恩那双周围散布着雀斑的蓝眼睛,满腹狐疑地打量着两个男人。"告诉丽贝卡,我把防暴乱的背包装好了,随时可用……我真是太高兴了,戈登又消失了,他不在谁都高兴。"也许丽贝卡跟她说了秘密,布雷不知道。但是她说得那么轻松,自然把他跟丽贝卡作为朋友联系起来了,反正都在同一个地方。也有可能是——像维维恩的为人——想向他显示她接受他这种关系,也好不动声色地保护了丽贝卡和他,免得别人瞎猜。

他说:"孩子们好像不这么想。他们喜欢父亲在身边。"

"是的,肯定是的,戈登总让他们期待,让他们激动——他总带来那么多新鲜事。但是,如果他待下来,就没那些新鲜事了。所以对他来说还是去外面闯荡的好,你知道。现在孩子们学校一放假就能见着他了,他们肯定美得不行,不用等得地老天荒,留下不可挽回的创伤。丽贝卡不用为他们担心。她特别能干。我真该把孩子送我妈那儿,或者谁家住些天。孩子们总跟我待着,好像不能放松。尼尔总是找理由反对。"他知道她心里不会这么想,她是想让大家觉得丽贝卡的处境很正常。可她老公大大咧咧地说:"我在这儿呢,姑娘,没去挖地造坝,替沃斯特和卡埃塔诺在卡布拉巴萨水库卖命。"

拉斯·阿萨和伊曼纽尔忽然闯了进来,还有跟着几个拉斯的粉丝。其中有个大学老师,尼尔是同一所大学的教务主任,见尼尔模仿一次会议上的教职员,年轻的黑人也露出一口好牙,咬住了粉红的舌尖,扮了个鬼脸,也要秀一下职业特权,尽情取笑他们的大学。聚会变调了,大家开怀畅饮,聊天东一榔头西一棒子,丢开了刚才那些话题。也许是好情绪的缘故,或者因为再一次出现从前的情况是不可能的,如今黑人和白人随意聊这些事,并不涉嫌损害黑人对自己人的忠诚,不像从前会对他们构成危险,那是独立前的情况,当年好客的总督敞开拘押营和监狱的大门,专等对方放松戒备,出言轻率。精神轻松的状况出现过两次——几个月前也出现过——属于一个时代,要么是欧洲人自己不再有权力,要么是厌烦了给互相惧怕的黑人当见证人。一阵对首都的不耐烦情绪,突然涌上他的心头。他一边喝酒,一边假装回到这些朋友们中间很"快活"。他想要离开,恨不得连夜返回加拉。

离开前,他往侨民中心打了个电话给丽贝卡,叫她写封信授权给他。她在电话另一头,声音有点不知所措,就像人们遇到紧急情况一样。他准备再待几天,住罗立家。但她一定是把信安排在政府邮袋中,航空寄来了——他希望她没有跟阿莱克讨论过信的内容——因为快信是寄到罗立家，由政府信使迅速递交的。这封他口授的正式信函外面，还包着纸，是半张绿色绘图纸，似乎是后来想起来加上的，上面草草写了一串密码一样的情话，后面有几个感叹号。她信写得很蹩脚，使他想起了自己的女儿从学校给他写的那些信。他仔细地把那半页纸烧掉了，笑看着火苗，心里清楚，另外那张最好也烧掉。

他带着信来到银行。丽贝卡的父母在她嫁给戈登（谁都希望他不在场）时，给她盖了座房，后来房子卖了。他把卖房的钱全取出来。这笔钱的一半，相当于外汇管制条例允许带出国的数额，只能由永久离开的人携带。在早饭桌上，和罗立谈起了外汇，罗立便把那些外汇官员们奚落了一顿，说他们没能力阻止钱非法流向国外，跟以前没啥两样。他说谁都知道事情怎么做；有一群人，一个南非白人和两个刚果人，他们在首都有代理，光天化日之下走私现钞到卢本巴希，然后再从那儿带到客户指定的任何地方。老城区里有个印度人，都说他的办法可靠——自从老哈法吉死了以后，接手的那些人跟他都有关系。怎么做？哦，旅行津贴是一种，穷学生拿了国外的奖学金去留学，旅行津贴最大限额总是超过他们实际带的钱，所以给他们一点回扣，就可以让他们给别人的带钱。商人，公司高官们的老婆回国度假，穆斯林去麦加朝圣——人多的是，你想都想不到，他们都乐于顺便捞点外快。

他暗自思量，很有可能那两个刚果人恰好就是戈登的朋友，也未可知。反正没那么难办，去车行随便打听一下，找到老城区那个地方。又一次，头顶着烈日，心怀着目标，只身踏上了那块荒地。那个戴波斯灰羊羔毛毡帽的老先生即便知道他是谁，也没有显出一点惊讶的神色；也许他早就认出熟人也不再惊讶了。一切都办好了，很令人满意。丽贝卡的名字不会出现，实际上，那个老先生绝不会知道。那笔钱，将近四千英镑，用当地货币计算，要翻一倍，将要换成瑞士法郎，放在一个编号账户里。到时候，丽贝卡的签名要存放在瑞士银行，作为从这个账户取钱要求的签名。他解释说这笔钱转账很费时间——一次只能转一点——这可不行。加快也可以,但费用比较高,肯定的。钱最多在两三周之内存入账户。

事办妥后,他又步行穿过那片空旷的荒地,有黑人和印度小孩们在那儿玩滚铁环,铁环是从包装箱上拆下来的。他记得第一次打这儿经过的时候,那辆大众启动不了,小孩们把游戏变成给他推车,推到一个下坡处,他好利用下坡打着车。拐到街上,见有个穿白衬衫戴墨镜的年轻人跟他打了个招呼。他并不担心被看到,这种担心对他压根儿就不存在,因为似乎那从来就不适用他,跟他的生活没关系。他感觉自己孤身一人,是个挺普通的存在:他的头脑都被实际事务占据了,通过各种行动,一件一件完成,然后他才能离开。看牙医;去取换了后跟的鞋;买红酒送主人。

回丹多家取东西的路上,遇到总统的车经过,被挡在路上了,以前也被挡过一次。前后都有摩托车护驾——蜂群似的轰轰然,簇拥着总统座驾。

他只看到了莫维塔的面部侧影,从他目光的焦点一闪而过。下一次,下一次两人见面——很难想象这次就如此这般结束了。但世上的事不见得都是善始善终的,不是画一条线,像加法那么简单。事情会反反复复,分分合合,不断变化,形成另一种组合。即便我们死去,我们生前的所作所为,继续形成新的组合(他仰望云朵,看到了分子);一个人从生到死,一如宇宙,莫不如此。下一次我们见面——是的,莫维塔甚至把我驱逐出境也未可知。那倒也是一种见面。

第五部

她的车停在特卢姆家外面，卡里莫正用水龙头冲洗树丛和那棵无花果树，好像绿化工在大街上冲洗树一样，冲洗落在树叶上的一层灰尘。卧室里静悄悄的，薄窗帘透光明亮，简陋的起居室也是悄无声息——他猛地握紧了拳头，去各房间查看了一遍。实实在在，不是回忆，又回到生活中了。他走进去，再做自己的主人。卡里莫见他回来，高兴得什么似的，一连串迎接的话语，像是他自己内心喜悦的表达。

不久她就过来了，他听到她走上门廊的脚步，吱呀一声拉开纱门进了屋——肯定再过几秒钟，她就会站在房间里了，一个大活人。来了，是她。头脑和感觉拼了命也储存不了的活生生的人，再精确的回忆也不行，绝不行，只有当她在那儿，才能享受到的活生生的人。他抱住她的那一刻（有点不敢相信眼前的事实，舌吻的感觉回来了，分开的手指感觉到了她脊背上的肉），那种真人的感觉回来，转了一圈又消失了，空灵变为熟悉。她欣喜急切地想要听"所有的故事"，好像对表演满意、等在幕后的那个人——她并不忌妒他去首都，去见了她那些老朋友。两人吃了第一餐：是的，完完全全就是她，她特有的心思表露，从垂下的眼皮，就能看出她下一步想做什么。他目不转睛地看着她，她时不时伸手摸着他的手，反过来，转过去，捏他手上的骨头。

"你接电话很冷静。"

她听了颇感意外，带着专注的好奇说："你自己才是特别的冷静呢。"

"你不想知道我要那封信做什么吗？你对我做的事一点都不在乎吗？丽贝卡，我把你的钱从银行取出来了。"

她以为他开玩笑，盯着他看。"说着玩呢？"

"真的。卖房子的钱。我已经汇出去了，在瑞士银行，你啥时需要都可以取。任何别人都不可以，任何人都不能冻结这账户。你在任何地方都可以用。"

她一下子显出紧张又无能为力的神色，脸上两个颧骨间，平而宽。"为啥？我又不走。"

"你必须安全。你和你的孩子们。看着你安全了，我也就放心了。"

"哦，明白。"

"你不明白……你不明白……"他从桌旁站起来，走到她跟前，笨拙地紧紧抱住她。他把她遮在脸上的手臂拿开，见她脸上泛起潮红，额头上凸起一根血管，像细绳。他感觉她是要哭了，赶紧哄——"你真是个好姑娘，这么信任我，你那么多现金，就不怕被我卷走，一声不吭就交到我手里了。"

她低头把方下巴抵在脖子上，克制情绪。"问题是你从来不骗我。我知道你要做什么，不做什么。我改变不了。"

"起码我希望这笔钱放在一家瑞士银行。一两个星期后，就能知道到那儿了没，或者我上了大当，把你的钱弄丢了。"

在"故事"之间，穿插了些朋友们的新闻，没怎么说党代会：那是他脑子里的一大块储存，没法像说故事一样说，也没法像讲述事件一样说，连解释都难。那几天，整件事分裂成了对他极其重要的一个个因素，表达上各具特色，需要时间才能水落石出。

那天晚上她说："你怎么做的——卖房子的钱——不允许，是吧？"

他睡着了一下，听见她的声音又清醒了。"对，不合法。"他发现自己的手从她一只乳房上放松下来，摊开了；睡眠中人回归本身，梦中抓紧的东西是虚空，有如骷髅。她说："那就更接近戈登那条道了。被他们发现了怎么办？"

"那些弄走我的侨民剩不多了，剩下的几个说，他们一直都清楚我的为人。"

"包括莫维塔？"

她的乳头也睡得松弛下来。他的手摸不出那点跟乳房别处有啥不同。他用食指反复弹压乳晕，直到它又立起来。她温柔地换了个姿势，没反应，心思不在这儿。

他忽然完全清醒过来，手从她身上移开，在黑暗中摸索床头柜上的烟，所谓床头柜，就是个一条腿的刚果凳子。他点了烟抽起来，一边说起了那天就工联总书记展开的辩论，告诉她，自己如何去停车场说服塞姆斯图，支持莘札。

"哦，对的，是个老朋友。我也就能做到这一步了。我认识他很久了，跟莫维塔、莘札一样。"

"莫维塔怎么样？"她终于又问了。

"我一直想告诉他。反正他知道我对总书记这件事的看法，所以我不觉得他知道了会有多惊讶……但我觉得这好像是我自己的事。"

"你指什么？你为了莘札这么干的。"

"为了我自己，我觉得是这样。莘札想干的事，我相信应该在这儿干。"

她说："我想你可能会惹麻烦，布雷。"

"你告诉过我说，明哲保身是不可能的，活着就必须做下一件事。你也说明哲保身是危险的。我印象很深，非常深。"

"我那时候还不了解你"——她总是避开那个字眼"爱"，像个中学生，害怕这个字，好像听到会被嘲笑。

"他会以为你站在莘札一边，"她安静了一会儿又说，"——他不会吗？对这事他会怎么办？"

"我不觉得我会被看作是个很危险的敌人。莫维塔是总统,他随时都会除掉我。"

"这就是我的意思。你可能对他不危险,但是他的感情会受到伤害……这是危险的。"

"要为了这个,他可以借口说我走私钱,把我驱逐出境。"

她从窄床上坐起身来。黑暗中,他看到她的黑发更浓密了,现在已经齐肩膀了。"噢,我的天。你瞧!真希望你没做这事。像戈登这样的,做也就罢了——"

"宝贝……开个玩笑!……什么也不会发生。"他把她拉躺下来,挪得舒服了些,给她说了一堆两个人都不信的话,不信的原因各有各的不同,但是一个愿说,一个愿听,权当是催眠故事了。"我看这事的安排,是绝对安全的……每个人都会规避现金出入境的法律规定,就像都规避所得税法一样,公平游戏——"

"你可不是每个人。"

他俩都深切体会着对方的存在,感觉飘飘然(有种存在感),如此亲密;事是完美的,却是不合理的,从绝对安全的角度看,是昙花一现的。

阿莱克不愿意辛苦面对另外的局面,表现得就好像大家——包括布雷——对莘札返回原处都感到满意一样。他问了些诸如"烟火"怎么样之类的问题,露出标志性笑容,表明他这人指望的是,孩子就是孩子,政客就是政客。他打发一个孩子去取冰啤,跟另一个孩子亲切地打闹,孩子非要爬到他的椅背上,再往他头上爬,他不停地鼓励:"来呀,上……别泄气……"布雷认真讲述了一些主要的辩论,概括了一下出现的不同论点。啤酒拿来大家开喝了,他说:"你的这种玩世不恭的态度叫我很吃惊,阿莱克。"

"哦呵,这是头一回有人这么说我。"

"很准确。所以我才吃惊呢。你好像对这些问题根本不感兴趣……好像并不存在。你把它看成是个比赛……对你没什么具体意义,是吗?"

如果像阿莱克这样信心十足的人也会尴尬的话,那么他的确是尴尬了。他理解要是承认,等于贬低自己的智力,因为他已经反驳过把他的态度解释为玩世不恭,但是要否认的话,他们自己就需要讨论这些问题——克服不情愿、懒散、似懂非懂,跟布雷发生冲突。他面露笑容。"……这说来话长。你投入行政管理的时候,才会看到实际情况。你原来一直在做行政事务,没发现吗?——你做了决定,要宰杀所有左角歪斜的母牛,因为可以改进品种,这是畜牧兽医机构的研究人员发现的,结果有人不照办,原来是因为在某某酋长的地盘,所有的母牛都是螺旋形的左角——"

布雷看出,这种回避本身,认可了他自己是持反对意见的。

"不管怎么说,也许我们还是不争的好,和为贵嘛。"阿莱克的话很圆滑,把他老婆也拉进了谈话,她这时正进来往盘子里倒花生。

"休息一周吧,我们度个假。"

"我没说度假的事——我考虑的是爱德华·莘札会出局,就是这样。——我告诉过你,你要愿意可以回你妈家,我跟詹姆斯过单身汉生活——"

"那我希望他一直在局外。我不喜欢你夜里去铁矿,去天知道乡下什么地方——把我一个人和孩子丢在这儿。"她扭头对布雷做了个假装恼火的娇嗔模样。"把我吓坏了。"

"我在党代会上听到过一个年轻女人也这么抱怨。不过把她吓坏的是公司的私家军队。她害怕他们招募施拉姆①和他那些失业的雇佣军。

"噢,城市。在城市里怕什么呢,跟这儿不一样,这儿那些石灰厂的乡下人,在街上大喊大叫,可怜的丽贝卡,你记得那次在汽车里——"

"记得,没错——但现在莘札夹着尾巴回到了巴士,党代会开完了,

---

① 施拉姆(Jean Schramme,1929—1988),比利时雇佣军,曾参与刚果内战期间的一系列军事事件。

那些胡说八道也该结束了吧——"

"不光是玩世不恭了,也是乐观的,阿莱克。"他为艾格尼丝·阿莱克转了话题。"见曼伦巴夫妇了吗,他回来以后?桑普森提的议案通过了,我一点都不知道他在考虑这个问题——"

"曼伦巴?真的?"阿莱克高兴地嘟囔着。他一喝啤酒,说起话来眼睛盯着周围,模样好像一个忙得不知道该干什么的人,满脑子都是抱怨,"艾格尼丝,按你说的把那地方修好,要不就砍掉当柴烧得了。"

他老婆和布雷都抬起头来愣了一下,才理解他说的是花园里的那个旧凉屋。她心里在为布雷着想,就说:"噢,不,不要拆。我要把它修好,跟以前一样好。"

那凉屋是奥利维亚建的——或者说让人建的,来了几个犯人在士兵看守下,垒起了柳条泥皮墙,上面盖了草屋顶,捆结实(专员府厨房备好了茶和面包,送过来慰劳他们)。那是为孩子们建的,小女孩们穿着妈妈的衣服,在里面跟英国家庭女教师玩,那个女老师小腿上有鹅卵石一样的斑点,一头闪亮的金发,她(奥利维亚说)爱上他了。在他看来,现在这凉亭是阿莱克的房子。他来到那个坡度挺大的扇形门廊前,拾级而上,进里面看了看,不大记得在里面住过了。

莫维塔差不多平静地过了一个月。也许他认为工会那些闹事的,已经在党代会上解决了,不过大部分受益工人并没有跟他们走,也就没有受清算。那些"忠诚的"矿工们开始更新工资要求,要求与白人矿工同工同酬,以前他拒绝过这要求,用的是他那著名的"空手"论。现在,他回避公开争论,先是恩迪斯·书农瓦——他"任命的人"——然后是劳动部部长的秘书,最后是矿业部部长塔里斯曼·昆西,分别出面干预。每天早上,头天的报纸,会放在布雷和阿莱克的桌上,还有每天的会议报告,讨论,结果——失败——是"不泄露"的。阿莱克说:"莫维塔应该告诉他们在哪儿打住——他是他们唯一听从的人。"布雷没说,他现在不能露出那种倾向来。"他要昆西就是干这用的。"

但是不容易,因为长期以来,他们一直被海外那个不露面的主子统治着,见不着他们中的一个具体个人权威,现在这个人以他们的名义接管了权力。"政府"长久以来就是个异己、抽象的权力,"领袖"才是他们自己的有血有肉的人。

他好奇是否或许——对莘札来说——会产生什么奇怪的安慰,也许这种从非洲政坛上莫名其妙的隐退,隐含着东山再起的变数。他苦苦思索着(内心严重不安)莘札消失在那座村舍里,里面散发着柴火烟味儿,婴儿的乳味,说话,抽烟,有个老人睡在外面的院子里等死,莘札也在等——等什么,信号或者时机,布雷不得而知。不过,莘札派人来找他去博克瑟的农场见面。那天他们刚去湖上玩了一天,在他们的岛上——他和丽贝卡。天太热了,她身上晒出土著出征时涂在身上的颜色,小腿正面、腿肚子、鼻梁、颧骨、高额头上,都晒成了猩红色。"你可别中了暑啊。"她用烫人的嘴唇亲了他一口,示意她准备好做爱了。俩人都搞得疲惫不堪,浑身瘫软。从他回来后,每天都是急不可待的亲热——有时候他不得已,抓住她的手按在自己私处。

在那个锈迹斑斑的淋浴下面,她气喘吁吁地对他说:"我忘了告诉你了——老博克瑟在你不在的时候来过,到侨民中心来找你。"

"——多待会儿,你可能体温有点高。"

水顺着她头发流了满脸,她夹紧大腿踮脚站在冷水里,大叫道:"他不在农场。"

"你怎么知道?"很好,她的眼睛闭上了。莲蓬头冲下来一只死虫子,吊着长长的丝,上面沾着虫子的脚,他把虫子从她肚皮上弹掉。"哦,我怎么会忘掉呢——我来告诉你——"她跌跌撞撞挪到沾满皂沫的脚垫上,摸索着关了水龙头,也把他推出淋浴间——"水疗够了,布雷。——因为他去的英国。他回了英国!他老婆死了。所以现在他回英国了!"他俩都咯咯地笑起来。"喔,有这么可笑么?我告诉你,他老婆死了!"但是他俩笑得更凶了。"他还回来不?他说不回来了吗?""当然没有。

他要回来的。他去是因为老婆死了……去看看她到底死了没,真的,我看……我不知道……"

他低头亲了亲她被晒红的眼皮、脖子,但她猛然又恼又窘地阻挡,一边还大笑不止。跟她那个小儿子一样,绷紧脸蛋,或哭或笑,有时候又踢又打,从她怀里挣脱。布雷跟她打闹,但她一下睁开了眼,他看到——里面出现的那种责备、单纯。一个不在身边的妻子,如同死去的妻子。"来呀,把身上擦干。我给你肩膀上抹点油。"他们安静下来,认真把油抹好。

第二天早晨,他刮胡子的时候,她把脸靠在他背上,睡了一夜松弛下来的胳膊搂着他的腰。被这么搂着舒服死了,他剃刀刮了一道,镜子里出现张雪人脸,对着镜子里的脸扮相、说话,俩人一边聊着首都的趣闻逸事。他告诉她说,维维恩说了想跟莘札做情人,谁都没当回事。"是她说的吗——'做',难道?她就这样儿,可爱的老维维恩,一说到这些事,她立马跟听她外婆——也许是外婆的妈妈——讲故事一样来劲——她可是个出了名的大美人,爱德华七世时代的美女,有个勋爵老公,常会看上这个那个男人。不在乎老公怎么想。"

"你把咱俩的事告诉维维恩了?"

他感觉脊背上湿乎乎的一点,沿着脊梁骨一路上来:她的舌头。"没直接说。但是我写信的时候肯定会提到我们'做这做那'。"

"因为我感觉她知道了咱俩的事。"

"这些事她都知道,维维恩。她知道,不过从来不乱说。"

当然,维维恩以前一直都很谨慎。也许对老公和朋友都不说。"她从来看不错人——她的判断准。"他脊背后的嘴里嘟囔着。

他想说:"她不喜欢戈登。"但是他半闭着眼,瞄着镜子里刮脖子的剃刀,话到嘴边又咽回去了。没戴眼镜,刚刮完的皮下有充血,顿时年轻了许多。虽无明确证据,但他能感觉到这才是他在每个人心目中的形象。深刮了脸后,皮肤平展挺括,美滋滋地暗忖,这才能代表他。

他默默欣赏着镜子里那张脸，一边感觉着后背上她的爱抚。

她离开去侨民中心时，他保证说当晚尽量赶回来，为让她放心又温柔地一笑，隐含了那个意思："——我还要弄清楚，博克瑟太太是真死了还是假死。"不过她一直低头注意她的鞋后跟，说松动了，跑回去换了一双红凉鞋。欧莉安·德·盖尔芒特刻意穿上红鞋，为的是回避斯万将死的的消息：但是丽贝卡不会知道欧莉安和斯万是谁，那年冬天在威尔特郡，他和奥利维亚一块儿重读了一遍普鲁斯特。也是退隐后的闪烁，除了激情完全一样。一次（最后？）前列腺收缩，如此而已。

博克瑟的房门紧闭。佣人们的孩子乘机在门廊上玩得痛快。房后面，满满一厨房人，厨子和他的朋友们正在里面热闹，水里泡着好几只锅，外面沾满了溢出来的汤汤水水，已经干巴了，牛奶罐放酸了，炉子上冒出烤肉味，都用果酱罐头盒喝啤酒。厨子递给布雷一小杯又酸又稀的东西——用的是白人的玻璃杯——叫一个男孩带他去见莘札。牛场一片热浪，在乡下，哪儿都没遮没挡的，不像在城里。但布雷还是深深吸进肺里一口气，现在，他的身体已经习惯了在这环境下生存，呼吸，出汗，而不排斥，好像适应性非常好的生物，肌体温度随着所处环境变化。

莘札和巴斯尔·恩宛加在一座自建的欧式小房子里，是农场学校老师的房子。莘札递给他一块炖鸡腿——"别，拿着，拿着。""我来点别的——我自己来——""吃吧,伙计"——恩宛加咧嘴笑着——"他已经吃了不少——""那条腿谁吃了？"莘札回敬了一句。

"你呀，伙计，瞧盘子里，那骨头——"

莘札把骨头端起来让大家看："你啥意思，骨头？这是鸡翅骨头，呃？"恩宛加把一根油乎乎的手指头伸进莘札盘子里翻了翻。"瞧，瞧，这根大骨是啥——别拿碎骨头凑数呀，有一说一，听见了没——你吃了那条腿吧，上校，不会白吃的，别担心——"莘札大笑着抢过年轻人挑出来的骨头，扔给了一条灰白杂种狗，狗一张嘴在空中接住了。"他把对自己不利的证据销毁了！"巴斯尔·恩宛加叫了一声，两只手掌啪地拍在桌子上。

"叫那孩子去厨房再拿点啤酒过来。"又对布雷说："一说起喝酒，恩宛加就来劲了。——我们这次需要个大罐子，不要那破柠檬瓶子了——他们这儿的啤酒做得不错——非常好，呃？——我老婆以前也做，你知道，我第一个老婆，那个高个子。一个大罐子，恩宛加——"

恩宛加装出个急匆匆的模样，到门口冲院里那些孩子们大叫，问谁来帮个忙。

"你好像在这儿过得很自在。"

"哦，肯定。这些人都是我岳父的弟兄。他们的啤酒我随便要。"

布雷冲周围打了个手势。"不只是他们的啤酒。"

莘札笑着看了眼周围，目光在说这地方也没啥。"他们什么都肯替我做。你今晚在这儿住吗？"他忘了布雷是房主的朋友。

"我说，你送了个口信给我，爱德华，为啥你不把话说清楚点儿。这地方这么大。——哦，我看出来谁都知道你躲在外边——除了地方，还有时间。我不知道你在这儿待多久，三天还是一天，我不知道等多久见你才保险，万一我手上有丢不开的事，不能来呢……"

"我当然会一直待到你来。"

他们哈哈大笑。恩宛加说："周日学校怎么样？"他说的是党的集会。"听说你去了，"莘札说，"阿萨和这家伙想叫我被抓起来。"

"是的，我跟几个朋友去了——朋友的女儿跟他一块儿工作。"

"谁都知道阿萨和的白人女孩。她漂亮吗？"恩宛加温和的表情里掺杂着不相信的神色。

"还算漂亮。"

"他应该看看我当年在伦敦的女孩们，哎，布雷，还有我那个美国的——你记得她给我买的睡衣吗？那会儿我在兰柏住监狱——真丝的，伙计，恩宛加，有根红腰带，还带着那叫什么来着，穗儿。"

"我进入政治游戏太晚了，这是个问题。"

"莫维塔开心吗？"莘札说。

"这么说吧，很有信心，是的，表明心里很踏实，没疑虑。要不就是控制得好，一点没暴露。他并不要求谁来认可他正确。"

莘札拿着根烟，准备抽，但没放嘴里，听得很专注，听完说了句"这样啊"才抽了一口。

布雷看到"他并不要求谁来认可"一语道破，等于说出莫维塔不需要他了。莫维塔用不着得到我的首肯。他割断了牵连，我自由了。那么多种约束，那么多种自由。全都彼此关联：自由地投入某个约束。自由地跟她做爱，就甘心做了回江湖钱贩子。摆脱莫维塔变自由了——又来到莘札身边。

他几乎是不耐烦地说："好吧，有什么事了？"

"喔，说来话长……我想和你平静地讨论，你知道？我想有个机会说……"莘札一开口正经说话，恩宛加马上变得专心致志。他们肯定是有备而来。"没必要再说党代会了的事了——多费口舌，呃……我现在有别的考虑。"

"是吗？"

莘札用焦虑的目光凝视着他，几乎有点夸张，也许作为莘札，过头的表情是为了寻求认可，莫维塔再不会这么做了，他似笑非笑的表情已经说明了。"工会要闹个天翻地覆。我也可能明天就会死去，我跟你说，这没什么大不了的，要闹个天翻地覆——他要的都揽到手里了，跟我一点关系也没有了，这跟我们的政策绝对是背道而驰。……矿工们，现在。工资已经比国内其他行业强多了。但是你会看到。这个月底就能看到，他们会全部出动，史无前例的一次大行动，我们倒要看看他怎么办。那可是一个声势浩大的群体，谁都会害怕。要想压制他们，这次没那么容易了。工会的领导层瓦解了，政府自己要来管工会，结果连政府走狗也为稳定要价，好让他们惹不起的这个产业保持安静。

他要做什么?如果矿工们得到了更多的报酬,到处就都会提出新的要求。如果他来硬的,就会燃起燎原烈火,原来追随政府结果失望的那些人,会和拒绝追随而遭压制的那些人团结一致。"

"起义迫不得已,势在必行。"

"当然。——所谓的起义,"莘札脱口纠正道,带着政客的警觉,决不能让词义被抓住把柄,那个词会被解释成认为政权不合法,"煽动者!莘札、戈玛、恩宛加都参加!"

"让我们坐牢的好借口。"恩宛加从来没坐过牢,信口开河,嗓门还挺大,好像无所畏惧。

莘札坐牢很多次了,对他来说,讨论最终的结果是不相关的。"不管发生什么,基本原因就是工会的腐败,呃——?"

"腐败?"

"政府干预。一回事。这就是我考虑的,为什么不叫个人来——某个领导——给我们说说?在政治上不要选边站。说些意见,没人能说的……好,我想,我们动手干的时候,你可以去旅行一趟,詹姆斯,去看看家人"——他伸了个懒腰,打了个辅助的手势,意思是"诸如此类"——"你可以顺便去趟瑞士,比方说,很多航班都在那儿经停,对不?"

他愣了一下,意识到这是在影射瑞士银行里的那笔钱。

"说下去。"

"哦,没什么可怕的,没什么难办的……你可以去国际劳工组织一趟,看看他们会不会派人来——观察员,调查委员会——看看这儿的工会状况……你觉得如何?"

他遇事一般是先看实际情形,其他反应暂时往后推,等考虑过实际情况再说。"如果国际劳工组织同意,别忘了没人能保证会允许这样一个代表团入境。如果我没记错,发生过同样的事情——在突尼斯,不是吗?——政府拒绝了。当然莫维塔要说不,会是很尴尬的,他这么一个出了名的讲道理的人，但是……再说，还需要向国际劳工组织递交一份适当的报告——"

"哦，戈玛有个班子可以写。"巴斯尔·恩宛加说，莘札又补了一句："这我们解决，没问题。"

"——我算什么角色？"这是符合逻辑的考虑，不过没什么用，只为拖延时间，他的心思被别的考虑占据了。"前公务员？黑人最好的朋友？"一阵大笑。——"政治雇佣军？"巴斯尔·恩宛加笑得咯咯的，止也止不住，狠拍自己的大腿。"——对，就这么说，这个最接近给我的定义——"

"噢，要好好把你包装一下。"莘札欢快地说，口气不容分辩。

"我需要带着证书。起码证明我此行的目的，应工会高层代表的要求——最好是工联大会的领导人——"

"会安排好的，我们马上动手安排，"莘札先声夺人，不由分说，"这个好说。很容易。根本不算事。"

他有个怪异的感觉，这事情简直是太欠考虑了，就这么任性，这么固执，说说倒还有意思，过后就不再感兴趣了，失效了。他对莘札口气稍严厉地说："你说你要在这儿动手干了？"

"嗯哎，我是想和你谈谈。"莘札抬手拍打了一把苍蝇，那几只苍蝇老落在他那一对非洲人特有的精致耳朵上，拍死一只，恶心地看了看沾在手上那块血糊糊的东西。他从布雷带来的晨报上撕了一块，擦干净手掌，说："现在我们知道工会内部和党内，谁是我们的朋友。我们需要保持联络，统一行动。"

"公开的？"

莘札慢慢解开了衬衫纽扣。"你能想到多远就是多远。"

"就是说没多远，对吧？"

莘札肚子上的皱褶，是几道渗着汗水的沟线，反射着亮光，他伸手摸了把胸毛和乳头。"哦，我不知道。可以抓几个工会的人坐牢，但不可能把整个劳动大军都抓起来。"那只手反复摩挲着自己的胸腹。

"但是你、戈玛和恩宛加不会活跃太久。"

莘札抚摸着自己赤裸脆弱的胸膛。"戈玛和巴斯尔在国会有席位,能抵挡一下——我自己会让他们很难找到。"

"你在党代会露面前,一直是那种状态,不是吗。但是谁都不难找到你。我现在有种感觉,一切都要变样了。你一动手,就会被逮捕。"

莘札仰头望着天花板,微微一笑,扭头对布雷说:"因为他用不着对任何人再做解释?"

那个小男孩取来了啤酒,踮着光脚丫,上了门廊,站住了,腼腆得要命,在门口喘气。莘札站起来,从他手里接过塑料桶,那以前是装洗涤剂的,博克瑟用来洗盘子的。他给了孩子一个钢镚儿,还逗了他一句,说他两条脏兮兮的小胳膊倒挺有劲。"他为啥不去学校念书,詹姆斯?你知道学校没位置了?记得写你报告里啊。"

"报告里都有,别担心。"

"你最后的话。"莘札说。

"有可能。"

"我的意思是就那个话题——没有什么说的了。"莘札给大家倒啤酒。"你的是哪个,巴斯尔?"

"谢了,我不要了——我也不知道,我的肠胃今天不对——"

"来吧。这是好东西!"

莘札添满了布雷的杯子。"当然——需要钱,才能办事。国际劳工组织里,我那几个老朋友怕是也帮不上……我得看看我能找多少。戈玛想出份报纸……我们也需要两部汽车……一切都用钱。"

"一直是谁提供资金呢?"布雷问道。

莘札正想打开窗户说亮话。"我们一直靠我岳父莫巴纳接济。但那点只是杯水车薪罢了。他那辆老车就要报废了,哎,巴斯尔?"

"需要换新引擎,其他还不算。"

"这要看你跑多远的路了，"布雷说，"明说吧——大概开不到那儿。"

"你听到我说了。"莘札指在党代会上。"我就是要去那儿。要让这个国家回到人民手里。你懂我。除此之外，我别无所求。是的，我知道什么对我们好"——他用手指头敲了敲他的胸骨，表情气愤——"就像他决定什么对'他们'好一样。这就是他和我最大的区别。我宁愿在地下腐烂发臭，也不愿对他听之任之。在地下腐烂发臭。那些年我真傻，以为能教会他啥是独立——真傻。"恩宛加坐那儿纹丝不动。布雷惊奇地看见莘札眼睛里闪着泪花，让他很揪心。"如果到头来掌控这个混蛋国家的是那矿业公司，那些内阁部长，那些在白人董事会里的黑人，那么，这么多年来我们忍饥挨饿，受尽折磨，猪狗不如，脑袋被打爆，牢底被坐穿"——他的声音在回荡，牙齿间白沫乱飞——"我也责备自己——我自己。还有你，布雷。我也责备你，你逃脱不了，永远不会！只要我还活着，你等着瞧，我不在乎你是在英国，还是在天涯海角，我不在乎你是白人。只要我还活着！"

屋里顷刻变成了真空。外面，孩子们一定是在玩耍莫巴纳酋长那辆老车，响了一声喇叭，随后便是一阵死寂。莘札悄悄出去查看。听得见他把那群孩子轰走了。他走路像一只捕食中的猫一样，又进了屋。

莘札看着他，慢慢扣上衬衫。

他说："莘札，你打算怎么对待他？"他俩之间那种强烈的感情，使得恩宛加在他们面前什么也算不上了。大块头恩宛加处在这么一场情感洪流里，无法离开。

"但是我不能杀他。"莘札说。

"你可以把他关在什么地方，关些年，或者让他到外国流亡，让他浪费一辈子，策划推翻你。"

"……嗷，天知道。"

"但是他身边的人——都清理掉吗？"

"他们必须关起来，肯定的。"

一种距离感，像晕眩一样，在他身上涌起。他不假思索，就事论事地说："你还去见索施奇那伙人是吧。我猜你跟他们做了笔交易——他们帮你出人出武器，作为回报，你保证事后给他们一个基地？"

"差不多。不需要太——成本太高——"莘札有话憋在肚子里，猛地脱口道："不能造成太大破坏，不能超过他让公司的私家军队在工人中造成的破坏。不需要——如果时机对的话。"

"你必须让时机正好。"

恩宛加的在场，又慢慢变得可以接受了。莘札安静下来，年轻人看着布雷，使劲点头。

"如果我哪天夜里从加拉赶过来见你，没问题吧——你是独自在你房子里吧？"莘札说。

"我不是一个人。"

莘札说："那我送个信可以不？好了，走吧——我想带你见个人，菲迪，铁矿案停了后，他就消失了，一直被拘押，而人民党内那些杂种却逍遥法外。——切克维是一个，还有我们的老朋友丹多。"

这高个子凸眼睛男人的鼻子折了，审问的时候被打的。他无精打采，却又口若悬河，他遭遇的真正不幸，混杂着明显的自吹自擂，一股脑儿倒了出来。监狱关了起码二百人，三百、五百也有可能。他被单独关过，也被放在十五到二十个人的牢里关过。几乎被饿死，靠吃甘蔗地里的蔗鼠活下来，鞋都被收走了。"为什么拿走鞋？"莘札问道，对他在布雷面前的拙劣表演显出冷淡的表情。"为什么？为什么？——瞧瞧这个，他们用椅子腿打我，打折了。"他不停地摸着自己那管弯曲的鼻子，转着脑袋打量着几个人，看他们反应是不是跟预料的一样。

莘札用不着在布雷面前觉得尴尬，作为曾经的地方治安官，他知道受折磨不像人们想的那样，是个高尚的事情，而往往是令人恶心的，人会本能地躲避的。那人坐在一间茅屋里，周围站满了亲戚，好像来探视病人一样。更多的人是那些老人和孩子，蹲在外面与鸡狗为伍。

一个小女孩爬进了门，衣服像破布条，露出了胖乎乎的私处。每次菲迪摸鼻子，小女孩的小手就跟着抬起手来，摸摸自己的脸。

无论如何，感情是太弱的东西。憎恶会变成愤怒，而这才更有用，多数时候是这样。

关押菲迪的监狱在霍华德要塞，这个老地方是块"安全地带"，是殖民政府用来关押莫维塔的。莘札一直在提醒布雷，意在引领布雷的思维。他带着戏剧性的口吻说："我们要把那地方犁一遍，种上庄稼。不能再留那儿了，再不能了。"

博克瑟的农场刮起了巨大的沙尘暴，来自巴士法兰茨山关。羽毛、树叶、玉米壳、人们烧过的草木灰和垃圾，全都在半空飞舞，卷进了尘暴旋涡中，卷起几根参天巨柱，通向天空。风是热风。太阳那地方变成了一块红斑，仿佛上苍的招贴，在尘雾中隐现。闻得到旋风中有雨味儿，不过大概几周之内不会来。他们挤坐在茅屋里。布雷最终还是留下来过夜了，赤身睡在一间闷热的屋子里，屋子还算挡风，一同睡在屋里的，还有莘札、恩宛加，还有那个学校的老师。其实他可以很容易就开夜车回去，但他有种奇怪的感觉，不情愿走出他和莘札包括他身边那些人的这种实实在在的氛围中。他们谈到很晚：工会、越南、尼日利亚战争、非洲阿拉伯人、威尔逊在非洲的失败、尼克松对白人控制的非洲国家的冷淡；话题最终又回到工会上。多年来，他有意忘掉了莘札优越的智力。躺在屋里能闻到其他几个人身上的汗味、喝剩的啤酒味，烟头的呛味，能听到那男人打呼噜，在廉价的铁床上辗转，毫不拘束，一如平常。布雷心想，这是个异乎寻常的人——像这个大陆上许多其他异乎寻常而死于非命的人一样。黑人指责白人在一个他们从来没有真正离开过的大陆上，操纵权力；白人指责部落制，以及东方（如果他们自己来自西方）或西方（如果他们自己来自东方）的插足。异乎寻常的人谈社会主义，谈平民百姓，谈光荣，谈救世，而为铜、铀或石油而死。莫维塔是他们中的一个。莫维塔和莘札。在他——布雷——看来,这是对莫维塔动了杀机。在政治术语里,这个词叫"屈服于压力";我熟知的那个他完了。不知道莘札的前途怎么样,屈服于另一种压力(但是我不能杀他,他撒了谎;我信了,我撒了谎?)。

不是远在英国,也不是在世界的另一端……

他以为他没睡着,但一定是睡着了,因为那一句话在脑海萦绕,挥之不去。

* * *

起居室里,一个男人和丽贝卡相对而坐。为隔热,房间里遮着窗帘,光线很暗。

但是哈尔玛·温茨在银犀牛酒店,在首都!

空空的壁炉两侧,温茨和丽贝卡各坐一只塌陷的老式北非椅,默不作声,两人都无法向对方解释布雷去哪儿了。场面太过尴尬,两人谁都没站起来。

"哦,哈尔玛!你在这儿做什么!"他把两人解救了,丽贝卡的眼睛里闪着复杂的幽怨、警告以及天知道别的什么,哈尔玛苦笑着说:"喔,你请过我,还记得吧……?"

他的一番寒暄尽管是老生常谈,但布雷听了觉得是对自己的责备,比丽贝卡眼睛里的意思更清楚。"我以为怎么请也请不来你呢……太棒了……你啥时候到的……你是"——那双眼睛,此刻完全是深黄的,眨巴了一下——"……你一路开车来的?"

一个颤抖的手势——一个扭曲的微笑,一个幽默的企图:"别问了——我到这儿了。丽贝卡给我做了午饭,很好吃。"

"太好了。我就去看了看……真不敢相信。去周围看了些学校……吃了一天尘土。必须洗个澡——昨晚这儿刮风了吗?"他们聊起了天气。

"来，先喝点茶吧，完了我再洗澡。把一身的尘土洗掉……你行李拿进来了吗？卡里莫招呼得好吗？"

"是的，是的——丽贝卡给我吃的午饭很好，树上新摘的鳄梨，啥都有，服务一流！"声音似乎从那张僵硬的脸上自动发出。布雷和女孩站在他身旁，仿佛是事故现场。她说："我必须跑了。""代我问候阿莱克。"布雷说，却借口去厨房安排茶，跟着她来到花园。

她等在那儿。"出大事了——你没听广播吗？——拉斯·阿萨和逃出国了。伊曼纽尔跟他一起跑了。"

"为什么阿萨和要这么干？你肯定吗？难道他——"

"只提了伊曼纽尔。'我想你知道伊曼纽尔出走了。'他跟我这么说的，但我不敢问，怕他情绪不稳定。噢，天哪，我以为你不回来了。我给侨民中心打电话说我来不了，感觉不舒服什么的。我没法让他一个人待着。我不知道发生了什么……他们。他没提玛戈特。'伊曼纽尔离家出走了'——就说了这一句。然后我们就一直坐着，没话说。我不知道他见我在你房里跟在自己家一样会怎么想。哦——我想眼下他并没有看出什么。但是来这儿做什么？为啥来找你？"

"哦，宝贝……对不起……别担心。"他伸手把她头发拢到耳朵后面——她现在头发长了，真漂亮。他好想亲她，真亲了一口，卡里莫出来朝肥料堆上倒旧茶叶，两人也不在乎，他感觉到她温热的身体充满了他体内那个既定的位置。

"他在这儿待多久？"

"我的宝贝儿，别担心。"

"我今晚不能过来了。"她突然把小腹紧靠在他身上，感觉很难过。

"真见鬼。来你的，为啥不来？不解释就是了，就这么着。"

"好吧。好吧。——噢，为啥偏选这儿，为啥不能到别处呢？"

"没什么，没什么。"他抚摸着她的头发，好像摸一块以前从没摸过的好布料似的。

"你想现在跟我做爱么？"

"当然。"

"他可真扫兴。"她说。俩人强忍不快，紧紧拥抱着。

他陪她来到汽车跟前，又摸了摸她的头发。她启动了车，扭脸给了他个由衷的幸福微笑。"那我来啊。"他急切地点了点头。她又跟他缠绵了一分钟："你脸上每根皱纹里都是尘土。"这话他完全明白。"我知道，宝贝。"

等着他的是那个汉子和他的不幸遭遇。

布雷进了屋。

他意识到了自己的身高、健康的体格、结实的肌肉——整个人——站立在那儿，似乎欠了一个道歉，为失迎。他从夹克兜里掏出一盒烟，跟哈尔玛打了个手势，抽出一根。

"谁能想出个原因来，阿萨和为什么要这么做？"他说。

憔悴的金发白肤面孔又恢复了活力。"星期三晚上他在酒店——她冲进来跟我说要出去一个钟头。她很晚才回来——肯定，我已经收拾停当，上床了，她还没到家。第二天星期四，我记得她拿了些衣服去洗衣服，坚持要当天就洗好。显然她求提蒙——领班——你认识——他那天休假，她求他从城里回来的时候替她取衣服。她不想让她妈妈知道，你瞧——她肯定是已经决定好了。……星期五她一天都挺正常的，没什么事……到了下午，她说要去跟几个朋友去马廷加水坝上过周末。她还来我办公室，叫我到储藏室把她的滑水板拿出来。你能相信吗？"

那张脸又没表情了。他猛地起身，打了个趔趄，才从椅子上慢慢站起来，搞得布雷好不容易才克制住，没伸手去扶他，免得被当作干涉个人行动，不是别人应该观看的。哈尔玛穿过房间，上衣肩膀处挤上来一堆，只见他颤抖着，一时不知所措。"她跟我一块儿进了储藏室，我们在那堆垃圾里翻找那个滑水板。她还问我玩过没有，我跟她说我年轻时候没人玩这玩意儿，她说可是你常滑雪呀，还滑得蛮不错呢，划水也是用那几块肌肉——她说我哪天来试试。她说,当一切都飞驰而过,你会感觉自己很强大,是不是——感觉想干什么就能干什么。"他狠狠地摇起了头,好继续下去。"她真跟我一块儿去取滑水板了。"

布雷坐在一个牛皮带马扎上,那是木匠店的学徒们给他做的。他也给不了什么,除了耐心倾听。

"我告诉他我当年在奥地利就完全是这种感觉。也够滑稽的,我当年就这么想。然后她拿着滑水板回了她房间,我就再也没见她。我去了城里的冷冻库取货,回来他们告诉我她去了马廷加。"

"后来再没见她?"

他说得激动起来。"我是说,我们以为她星期天晚上回来,很简单,一点儿也没往别处想。……星期天,我看见有椅子搬到了啤酒花园,提蒙过来告诉我有电话。喔,你知道……我说,让别人接吧。他就说是从德累斯萨拉姆打来的,是伊曼纽尔小姐。我说什么,德累斯萨拉姆,有没有搞错!是马廷加!我没担心,以为她想在外面再住一晚。"

"她从德累斯萨拉姆给你打的电话?"

"她在机场。我不相信她。她反复告诉我,听着,拉斯和我在德累斯萨拉姆,几分钟后我们就飞往伦敦了。她听不清我的话。我冲话筒大喊,跟他在这儿过,伊曼纽尔。你用不着私奔。她发火了。她说我知不知道她并不是'犯傻'——她用的就是这个词儿——她不是'犯傻',拉斯处境十分危险,不能待下去了。她是这么说的。"

"那广播上的通知又是怎么回事?"

哈尔玛坐回到椅子里。"喔,后来电话断了。我打过去,想接通……等到我们接通了德累斯萨拉姆,他们已经离开了。玛戈特不相信我的话,我把每句话重复了一百遍,就是刚才我跟你说的这些……她歇斯底里大发作,说为啥不让她接电话。后来斯蒂芬听到新闻广播,说阿萨和跟一个白人姑娘——不知姓名——逃到了外国。那天下午他们一定是在我们这儿的机场等飞机,也就离我们在的酒店两英里。有人说他遇到了政治麻烦。你能想到他怎么会遇到政治麻烦吗?"

布雷想赶紧把这种思绪转到一个合理的推测上。"哈尔玛,说真的,我跟他聊天的时候,他总给我一个印象,只要是政府的选择,他都坚决支持。也许是工作上人事关系的压力……?但是假设有人想谋他在电台的位置,那他也不至于出国呀,是吧?"

"我去找过警察了。"哈尔玛耸了耸肩。"我想找罗立,但他不在城里,我没法……她说的每句话,我都想一个字一个字……你为什么不给我打电话。一晚上一白天。"他往前倾了一下身,贴近布雷的脸,耳语道:"我不知道伊曼纽尔除了在电话上说的,还说了什么。不知道她是不是什么也没再说,不知道我真跟她说了什么。"

布雷做了他一年前不知道该怎么做的事。他拉住温茨的两只手,放在椅子扶手上,压了一会儿。"丹多怎么了?"

那张脸上现出茫然不知所措的神色,见如此困惑,他丢开了问题。这人显然不等丹多回来就离开了;莫不是有意放走,没想抓……难怪丽贝卡跟他在一起感觉不自在。

"伦敦是个好地方,他们去那儿还好吧。你会很快听到她的消息。伦敦安排事情也比较方便——朋友、钱、其他什么的都好说。"奥利维亚。但很快过了一下脑子,不合适:再给自己下个套,把这里和威尔特郡联系起来,伊曼纽尔会发现,这儿的生活那儿并不知晓。仿佛丽贝卡的线索会从伊曼纽尔身上找到!

让哈尔玛·温茨安心是不可能的。他很难分心,除非在他偶尔茫然不语的时候,可以一试。这会儿,他的整个心思、整个人,被事情的经过填得满满当当。这事在毁灭他,同时也在支撑着他:你要让他解脱,他反而会一蹶不振,散了架。

这个伊曼纽尔;伊曼纽尔和阿萨和;星期五下午的事,星期天晚上从德累斯萨拉姆打来的电话。在接下来的几个晚上,他们三个坐在布雷当年当公务员时候的旧椅子里,哈尔玛·温茨一直在讲述。他脸上始终带着惨兮兮的怨恨表情,两只手的中指无力地搁在磨损了的椅子扶手上,不时抽动,扯得连着手腕的筋腱,在皮肤下面颤抖。

"她跟着我到了储藏室,我不知道她想不想跟我说话……呃?也许我说了什么……我应付她了,不知道她……"

"哦,我看不是这样。你跟她相处得这么好。如果她要想说什么的话,她肯定会说的,好吧……"

那双蓝眼睛继续往深处搜索。布雷拿过杯子,添满威士忌,但是酒不管用,都灌不醉,他拿着酒杯,结果忘掉了。"为什么说'你本可以做点什么'?你倒说说看,'做点什么'是啥意思。"

丽贝卡对布雷说:"最好让他把我们逼疯,以为他自己做了什么错事,可怜的家伙——起码可以让他不去想她是多有心计——就只说滑水板的事。"

但是布雷还是禁不住去找点安慰的办法。"哈尔玛,她做的这事,对你是个晴天霹雳吗——说到底?你说过她真的很喜欢那男人。也许某种程度上,你也有责任,鼓励了她对他的忠诚?因为你和玛戈特——哦,你们的孩子生长在这样一个环境里,其中,黑人被当作需要支援的人——你明白我的意思?——如果他遇到了严重威胁(我们应该相信她),她肯定要帮助他脱离危险,对吧……你自己也是这样的,在德国,当玛戈特……"

他不知道这里面包含着的意思,对哈尔玛来说是非常致命的。他们用讨论建立了一个避难所,盖满尘土的玻璃窗外面的藤蔓有些被扯掉了,透过射进来的一道道光线,他看到哈尔玛的脸一直往下落,撞到了地下。两男人都陷入的沉默,好像有什么不可救药的事情发生,这时传出了丽贝卡在淋浴间唱歌的声音,她以为有哗哗水声掩盖,外面听不见呢。布雷大惊失色,勉强笑了笑。哈尔玛脸上唯有那白皙的好皮肤似乎没动静,下面的骨头架子好像松散了,嘴巴总是留着一条缝隙,好像缺氧似的。这会儿,那儿有什么在轻微抖动,眼睛也在联动,这是意识到了有别人在场,仿佛瞅见了从一堆瓦砾中捡起的一片没日期的报纸。

布雷动手把酒杯拿到花园。温茨在目前这种状况中,既注意不到话题急转,也觉察不到无意义的活动。他提起一把凳子,捡一份报纸,站立了一会儿,把报纸慢慢放下,又拿起来跟着缓缓来到无花果树下。一年里这个时候的尘土,让日落后的天空像丝绸,暗灰色,透点淡红,空气很闷,悬浮着看不见的微尘,跟天空一个颜色。布雷点亮了一盏灯;哈尔玛说:"很抱歉,我没打招呼就来了。"

"没问题。"

不过这种自我保护的僵硬说法,似乎对温茨很有帮助,超过了出于同情的所有反应。"不,我不该来这儿。打扰了你的清净。我知道。"

"没关系,哈尔玛。说到底,人想保守的唯一秘密是自己本身的——即便是个错误。"

"我没听明白。"

他笑了。"我的意思是,对自己的负面疑虑,是不能当干饭吃的。"

"如果你什么也没有了呢?——你怎么办,去自杀吗?"但是这话没接上,有丽贝卡在场就忽略了,这时候,丽贝卡身上散发着他从首都买来的香水味。丽贝卡突然大声说,"好主意,不错,我们今晚去外面吃饭。我问下卡里莫吧?有没有我的冰啤了?"

第二天上午,有电话打到侨民中心来找布雷。是斯蒂芬·温茨——"我父亲在那儿吗?——在,哦,有人在马托肯的长途车上看见他了,所以我们想他肯定是到您这儿来了。""他挺好的。"布雷说,虽然儿子并没有问起。"我姐姐发了个电报。""从伦敦?""是的,她人在那儿。"布雷立刻给家里打了电话。卡里莫好长时间才把温茨找来。他整天做什么呢:一定是坐在花园里。他总算说话了,像乌鸦叫,犹犹豫豫的:"你好……?""伊曼纽尔安全地待在伦敦了。她给家里拍了电报——你儿子刚打了电话来。""打你办公室了?"温茨的话紧张不安。

"他不想跟他们哪个说话。"布雷向丽贝卡汇报了,他打电话的时候,丽贝卡溜进了办公室。她耸了耸肩,把下巴往脖子上靠,压成了双下巴,故意给他看,他便用根手指横在下巴底下,逗她玩。那天早上躺在床上的时候,他告诉了她莘札的建议,要他去瑞士国际劳工组织。此刻,她说:"如果你出国,会让你再回来吗?"她溜进来就想问一句。

"为什么不让……要照他说的去……我就回趟英国。"

"你要去英国。"她站在门口说。

"我也许哪儿都不去。不知道他是不是当真。我有种感觉……"

再多就没告诉她了。要是奥利维亚,他总是告诉她一切。但是到头来呢?他可能什么都不跟奥利维亚说了,什么都不说。唉,男女之间那不解之谜,谜底究竟是什么?

他得去下桑普森·曼伦巴家,桑普森想跟他私下聊聊。

"我受到了威胁。"曼伦巴等太太放下两大杯奶茶,出了小客厅才说。他脸色有点尴尬,好像不得已,承认自己得了传染病似的。"我被告知,要是不停止石灰厂工人的培训班,'哪天晚上我就回不了家了。'"

"是谁?"

"一个叫莫卡德的人——他自称司令,先锋队的。就是在甘地会堂打架的那伙人,当时你在首都。"——他指的是在开党代会。

"我们打算要求赛鲁夫警长提供保护。我们一块儿去吧。必须有证人,你答应过。"

目前给石灰厂工人开设的课程,是最基础的教育。"是什么人想让停课的?"曼伦巴说。

"前些时候,我给工人们讲过他们的权利,讲过工会,大概是这原因。他们不想让人灌输这种思想。"

赛鲁夫把那东海岸鹰钩鼻子和眼睛皱紧,显出一副职业表情,听了情况没反应。"我不觉得你们有什么需要担心的,曼伦巴先生,别听这些胡言乱语——"

"这些人有过暴力行为,警长——你知道这类事件警察处理过多次,都有他们参与。"他冷静地说。

"——如果你感觉紧张"——他露出一种居高临下的神情,冲桑普森·曼伦巴飞快一笑——"让我看看,这些天夜里是谁在会堂周围值班。当然,最近政治情绪高涨——咱们国家情绪高涨,呃?——如果你们开这些课,开这种俱乐部,那么人们——喔,你们惹上麻烦很自然,我们……就被迫保护你们。我们能怎么样?"他大笑起来,神情快活,趁他俩告辞,还说:"你呢,上校?你有什么要投诉的?"

"曼伦巴和我一起开办了成人教育项目,你知道,赛鲁夫先生。项目受了影响,我总要关心的——他也一样。"

"噢哇,我很高兴你没事。你的调研旅行没问题。你没遇上这些捣乱分子,呃——太好了,我很高兴。"

那天晚上吃晚饭的时候,广播上播出一则消息,外交部长艾伯特·多拉·多拉被逮捕,因其策划推翻总统的阴谋。涉事的还有几个"著名公众人物",包括两名国会议员,同时被捕的起码还有另外五人。另一个参与阴谋的是广播电视人员,伊拉兹马斯·诺马吉尔·拉斯·阿萨和先生,已于上周逃往国外。哈尔玛·温茨像个从牢房里提出来的囚犯一样,一脸茫然听判决。丽贝卡盯着布雷。他感觉紧张而激动,想笑。多拉·多拉!卡里莫进来拿汤盘,见汤还没喝完,不高兴了,舌头啧啧响。哈尔玛拿起汤匙,吃起来。

几个人都吃好了。布雷摇铃招呼卡里莫。"瞧,我们一无所知,哈尔玛,我们一无所知!"

"多拉·多拉,"哈尔玛说,清了清喉咙,"他跟爱德华·莘札有什么联系吗?"

"显然没有!肯定是右派发起的政变!"

"我总觉得阿萨和没什么大用。"哈尔玛说。这是头一次听他说起这场政治风波相关的话。伊曼纽尔走了,公共关系没增没减。丽贝卡怯生生地说:"至少他们没把她牵扯进去。"布雷补了一句:"没有,这很好——看起来好像没什么问题。"他的意思是温茨不会因阿萨和的事情受到牵连。肯定罗立会关照,不管怎么说都会。哈尔玛没表示他可能要给老婆打电话,或者要回家去。晚饭后他和布雷喝了杯白兰地,然后早早上床睡了。从无花果树下看得到他房间里亮着灯,他拉上了窗帘。

他俩在园子里散步——闷热的夜,没有月亮——在树丛里绕了一圈又一圈,一直聊天,距离很近却几乎看不见对方。后来他们发现走到了高尔夫球场——但漆黑的夜色下,早在殖民时期,就修整得起伏有致的漂亮风景,又回到了粗犷的原初状态,汇入小城中心(一片微弱的灯光上方,罩着一只巨大的黑手)外面的那团黑暗之中,黑暗遮盖了萨凡纳湖和森林,吞噬了周围的一切,唯有千树万树上成千上万只小虫,齐声鸣叫。莘札,莫维塔,在夜色包裹的树林间散步的他俩;多拉·多拉,拉斯·阿萨和。

"你觉得她和拉斯参与其中了吗?"丽贝卡说。

"哦,我怀疑。"

"她那么聪明。她总给我一种感觉,你心里想什么,她都知道。"

"我想知道,这是穆梭人干的,还是多拉·多拉自己干的——我这么说,是因为他总把自己看作是穆梭派的。莫维塔给了他外交部部长职位,是按过去老选举制跟他们讨价还价的结果。等到报上登出其他的人的名字,我们就明白了……拉斯家的背景绝对是加拉,人民党保守派——但他对长辈不恭敬……她很聪明,肯定是的,他心里怎么想,她知道得清清楚楚。想想看,尼尔说起过,多拉·多拉不是穆梭人血统。"

"可能会有搜捕行动。进行搜身检查。"有时候她的用词受她丈夫戈登的影响;夜幕下两千英里以外,他也在那儿,矮小的英俊后生,脖子上系一条丝巾。

"这我可不知道。阴谋不挫败,总有人不得安宁。恐惧是妖魔,必须驱除。"

也许对莘札的注意力,暂时会分散开,谁知道呢?跟她在黑暗中散步,他意识到,一个人会为另一个人设身处地着想。他们前面是一汪水,水面的光泽像黑缎子。什么东西扑通扑通跳了进去——大蜥蜴?小动物在这儿坚守,与打丢的高尔夫球为伍,这些难看的史前幸存者,本质无害,却披上一身鳄鱼的外衣——他有次见到一只,随便跟卡里莫说起了,卡里莫就去捉来吃了。

"你是说你还是要去瑞士。"

他的手掌能感觉到她迈步时臀部的摆动。"你跟我一起吧,我们游玩另一座湖。"

"我怎么回来呢?"

当然,在黑暗中,他们也并没有决然遁世。她理应待在这个国家,离开于理不通,无法再回到这种生活。这种生活只在这儿存在。

在黑暗中,她跟他住的这座房子远低于那棵大树。那形状好像被遗弃了一样,其实树根已经扎到了房子底下了。俩人回了家,又谈起了多拉·多拉。他心思里都是做爱,她蹑手蹑脚用卫生间的时候(免得惊动走廊对面的哈尔玛),他已经躺在床上,身体全准备好了,就等她了。她进来看见了。于是两人又进入了激烈的欢愉中,伴着浓重夜色里无花果树上蝙蝠的低语。

他夜里醒了一会儿,头脑异常清醒。为什么要跟桑普森去见赛鲁夫呢?他和桑普森向警长提出了投诉,警长指定了一个警察在甘地会堂周围巡逻。一系列的程序:应该怎么做,已经做了什么。根据什么法规?如果曼伦巴真被杀了呢?镇上十几片丛林里,进了哪片他都可能会被捅刀子;在他家门外……这是他们不能相信的;我们——我还在按老皇历办事,已经不灵了。实在太危险了。赛鲁夫不会——不能——向他们背后的青年先锋队发通知。没有任何通知。就一个警察在甘地会堂外面:这是个明确的符号,道德已经完全没有意义。现在世界上没有哪个地方,还有非暴力抵抗①——这个词一经翻译就已经掺杂了暴力——能对人的生命有保障的,而这正是它赖以发挥效力的条件。

谁能保护曼伦巴?莫维塔风雨飘摇,莘札刚走,又要对付多拉·多拉,以保护自己。他能提供的,不会强过赛鲁夫派来甘地会堂周围巡逻的警察。莘札没有权力提供他许诺的安全——在那以后……

曼伦巴需要一支枪,最近夜间,他必须带把枪。

但是到了早晨,黑暗中在脑子里闪过的那段夜惊魂,天光大亮后感觉没那么迫切了。又是个星期天。丽贝卡早早进"城"去采购,他在树下吃早餐吃了很久,直到她回来,她顺路去侨民中心取回了邮件和报纸——办公室都锁了,不过总有人清理邮箱。一份海外报纸上,多拉·多拉事件的报道比本地报纸多。他们又煮了一壶咖啡,边喝边看报,哈尔玛梦游一样出来了,他早上总是这副样子。他显然吃了不少安眠药。他们没跟他聊多拉·多拉,让他继续在梦境里多待会儿,而他就在那种状态中,从厨房到树下的早餐桌,来来回回走了好几趟——活像一具无意识的木偶,也许吧,感觉到自己待这儿处境尴尬,他不大情愿被人伺候。

布雷吃完了,丽贝卡陪客人吃。他做了一夜梦——"所以今天早晨特别累……地板上有个甲壳虫,背朝下扇翅膀,嗡嗡的一直响。"

"梦见的?"因为丽贝卡讨厌哈尔玛到这儿来,所以对他老是这种强调的口气。

"不是……在屋里,就在地板上。一关灯就听见响,每次快睡着了就听见它叫,现在还在,背朝下。我在想,它背朝下,起不来,我帮它翻过来。可怜的东西……"布雷笑了一下,一边看报喝咖啡。哈尔玛扭头向着布雷——"我起来打开灯,拿了只拖鞋,啪的一下拍死它了。"他眼巴巴先瞅着布雷,又看看姑娘,好像等他俩给个解释。他俩都犹

---

① 原文为 Satyagraha,为印度英语。

豫不决，布雷温和地笑了一声，她也一样。"把摊鸡蛋吃完吧，别剩了。"她说。一直都在看报，哈尔玛看一份英文报纸，心烦意乱地翻到评论版。

丽贝卡离开去洗头，手伸进头发里撩了一把，这是个标志性动作，跟女人护理身体相关联。

"看来威廉·赖希又受学生欢迎了……报上说他老婆在写一本关于他的书。我年轻时候在德国，他是我们的预言家……当时认为，性革命可以摆脱家庭中的父亲专制，但是我们讨论这个话题的时候，其他人都去抱着希特勒父亲、斯大林父亲的脚亲吻了。——大多数人的意志导致无数次自我毁灭，我们的民主思想又能怎么样……？"

"当然，你是站在自己处境的立场上，看待一切……我看是这样……"布雷说。"但是这个大陆上现在的父权制，赖希会怎么想呢？——根据他的理论，父权的性基础，在非洲社会不存在，他们的性生活是按顺序来的，只要男的身体上做好准备，双方都可以满足。这又怎么解释？"

但是温茨摇摆不定的兴趣已经偃旗息鼓了，他耐心地一版一版翻完报纸，随手丢在一边。

"可怜的东西。我后来又躺回床上，才意识到我杀死了它，"他说，"我用拖鞋底子碾碎了它——你知道那些甲壳虫①吧，它们有个硬壳，不过一下就能压扁。但我还得下床，消除噪音，抓住它的腿，不让它挣脱。"

报纸和其他信件里，有封奥利维亚寄来的信。丽贝卡刚放下这捆报纸邮件，他立刻就看到了，但他没动，就在那儿搁着——在他们的眼皮底下搁了一会儿，他当时已经拆了报纸的包装。这会儿他拆开了那封信。

"……我是说在你的背上，在地板上一个钟头又一个钟头。"

薄薄的信纸上那字迹显示着教养，字大而整洁，没划掉一个词——说老朋友的儿子结婚，维妮夏买了新车，劳工党布莱顿会议——你处

---

① 原文为德语。

在莘扎和莫维塔的战争硝烟中，而我坐着看电视。祖萨博电影院——你还记得吗？开张的时候，就在我们离开前，那些印度小女孩给白人女士们戴花环，那些芙蓉花上爬满了蚂蚁，讲话的时候，我们都不失礼貌地抓自己、挠痒痒……

"这是脆弱的象征。显示出脆弱的象征是致命的。她指责我脆弱。她说我对孩子们没有威严。但她也老责备自己。你知道为什么吗？"哈尔玛虚弱地笑了一声，控制不住自己。"知道玛戈特说什么吗？"

他眼睛看着奥利维亚的信，耳朵听着哈尔玛的话……你在那儿过得可真有意思……我这些消息很一般……我有时候也会担心。我不知道我们再从哪儿开始。当然，我应该来，可我没来……这个实际情况说明，真是不可能的。

"她说，我必须自责。一个犹太父亲，应该对女儿有点权威。他应该提供条件，让她接受合适的音乐教育。他应该带他的子女去更好的地方生活，而不是将来埋在这个地方。一个犹太人应该干得更好。"

在可怕的沉默中，又响起了虚弱的笑声。"我知道我并不好。不过还真是的——她说得没错。"那瘆人的虚弱笑声，突然变成了一个激烈而尴尬的道歉——不是为他自己，是为他老婆。

"可怜的玛戈特。"布雷说。

"我留下了所有的钥匙，留下了小货车，停在酒吧外面，然后拿着行李走到大路上。她当时正拿着一瓶鲜花往门口走，看见我放下了钥匙。"

我有时候会担心——他跳过看过的几行——你在威尔特郡可能会感觉无聊，现在。地方是非常漂亮。我越来越喜欢这儿了。似乎感觉这辈子就有过这么一个家，别处哪儿都不是，达格勒恩也不例外。——那是她父亲家。奥利维亚是那种人，儿童时代非常幸福，不能被丢在不安全的状态中，别的什么都能忍受。

"这么说你不会撵我走。"

"你尽管住着，哈尔玛。"

"一般不会带这东西出门——说走就走,"温茨说,"她肯定度日如年了,呃?"

丽贝卡洗过头发出来了,湿头发梳得像第一天来这儿一样,只是现在长了些。他站起来,正式得有点奇怪,老婆的信捏在手里,第一次当着哈尔玛·温茨的面,撩起湿头发,亲了亲她的脸颊。"我要去趟曼伦巴家。"她坐在靠近哈尔玛的太阳地里,手里拿着点东西缝补;是小女儿的一件裙子,在腿上放了会儿,处在她和布雷的视线里,就像刚才那封信一样。

丽贝卡和哈尔玛都朝他摆了摆手,他便开车上路了。不一会儿,便来到曼伦巴家,见他大儿子正用水泥抹门廊上的裂缝,那几个小点儿的,站着围观,瞅机会要玩那泥浆,跃跃欲试的样子。桑普森还在等给他分配的新住房,升任教育官员后,上面答应给他调房子。布雷常说曼伦巴应该有一套他自己那样的住房,但是曼伦巴为人厚道,谦恭礼让在前,理应享受的权利在后,不听布雷的劝。桑普森带他进了小客厅,墙上挂着装了框的学校各级毕业证书,沙发前面是个塑料面咖啡桌。他说:"桑普森,我想你晚上应该随身带把枪,有多少人都能吓跑。"

曼伦巴说:"没事的。我现在到哪儿都有表弟陪着。"

"很好。你觉得你能保护好自己吗?"

"他随身带着刀。"桑普森坐下来,双手悬在两膝间,显得沉甸甸的,仿佛手因为可能会干的事,已经不是他的了。

星期六上午,镇上人气很旺,像个大市场。小孩、自行车、逛街的闲人不慌不忙——汽车就在这街上不紧不慢地开,而不是横冲直撞。布雷买了一包花生,包装是报纸,圆锥形,像蛋卷(带回去给特卢姆的孩子们吃,他和丽贝卡要去那儿吃午饭),他跟小贩做这笔买卖的时候,有个人从另一侧车窗伸进头来——是个年轻人,东久·万节,在布雷夜校班上很专心,很喜欢讨论。两人来到街拐角的金科尔酒吧。东久穿着双断了鞋带的透明塑料凉鞋,戴一副蓝色墨镜,形状像汽车挡风玻璃,拿着折起来的报纸,强调他说过的话。"这个多拉·多拉,他想要什么?他想要什么?"他笑起来很特别,头仰起来,嘴巴张大,生气勃勃。"我不知道——你看他是穆梭人吗?""这报纸!什么也学不到!""对,不过大概是他们拿不到多少消息。要不就是封上嘴了,不让他们用他们弄到的消息。""那我干吗要付六便士?还不如买杯啤酒喝呢。"布雷又买了两瓶啤酒,年轻人是石灰厂的工头,告诉布雷,前一天是发薪日,有人打了一架。"这些人,我们都管他们叫'熊背'——你知道,他们的工作是扛麻袋装卡车,一个一个人高马大的。两个新来的这周才开始干活,我们在会计室外面排队领工资,熊背开始闹事了,他们要那两个新来的拿出来卡证看看。两人出示了工会证,但没有党证。好么,就被劈头盖脸揍了一顿。我不知道。钱也没了,两人倒在地上被拳打脚踢。我们就向工会投诉了——我自己,我跟他们谈话了,他们是那么倔,肩膀那么壮,就是没脑子——噢,我以后最好别那么招惹他们!"说得高兴了,他哈哈大笑。"但是他们老打架,打起来没完。——他们根本不在乎提高生产。"他添了一句,表示他的学费没白交。

一开始,好像多拉·多拉不会马上审判,他毕竟是根据《防范性拘留法案》抓起来的,理论上可以无限期拘留——起码要等到法案年审之后,那是制定法案的时候丹多规定的。矿业薪酬争议还没有解决,两周"冷却期"也被一场鲁莽的罢工搅黄了,那是工会好不容易才说服矿工同意的。本来就是象征性的一天的事,只限于生产规模最大的那个矿,但是有些部门的工人第二天没回来工作,后来也不时拖延,再加上内部争议,不只是工会和矿工之间,而且是矿工们自己各帮之间。"很快就发展成了一场帮伙战争,"有天晚上,布雷在特卢姆家这么说,"给了南方白人另一个机会,让他们说黑人除了部落制,别的什么都不懂。"

"喔,是我们的错,"侬瓦耶说,皱起了眉头表示有道理,"是加拉人和穆梭人互殴。"

"他们遇到麻烦就互相斗,因为工会失去了掌控。工会挂在政府和矿工之间,向两边都做了保证,哪边的都兑现不了。"

"所以那些加拉的白痴们认为是被穆梭人坑了。"侬瓦耶自己是加拉人,说话的口气仿佛是自己的家族不争气。

"除了部落制,别的一概不懂。"哈尔玛说。他、布雷和女孩相处得很密切了,看起来是自然而然的,她可以伸出一条赤裸的手臂紧搂一下布雷的肩膀,半开玩笑,半讨好。哈尔玛重复的话没啥分量,倒也恰到好处,差不多算是拿自己开涮的玩笑吧。

可能是由于罢工的重要性,莫维塔和贾斯汀·切克维并不急于进行政治审判。如果人们处在一种争吵状态,会因一场审判而陷入更大的不和,会突出那些不满情绪,他们会认为那也是自己的不满,尽管很不一样,总还是会加重他们的不满情绪和反抗心理。尽管这样,罢工仍发展蔓延开来,对峙的双方之间,又冒出个第三方来:不干活儿的矿工不管做什么——罢工或者就罢工争论——矿场没他们还真不能运转了。并不比莘札说的来得迟,所有的金矿全停工了,煤矿、铁矿、铝矿,相继跟进。首都附近的金矿,公司的军队使用了催泪瓦斯、警棍,驱散走向总统府的大规模矿工游行队伍。矿区和首都医院聚满了人,被催泪瓦斯熏得眼睛暂时看不见,维维恩·贝利写道:"那该死的艾伯特·多拉·多拉,这都是他造成的。我们知道他是用失败鼓舞士气呢,他就想看看莫维塔的笑话,知道他没有手腕控制工会和莘札。现在莫维塔亮出了可怕的肌肉,他们要的就是这个。为什么他不出来,站在阳台上对他们喊话?他们手里连块石头也没有,他们来跟他对话,是因为他们不想跟切克维那帮人对话。哈尔玛是对的,从玛戈特的愤怒中逃离,没坐等'大老板'和公司的愤怒降临此地(别告诉他我说的话)。我的防暴乱包打好了,随时都准备着。"

真的,审判多拉·多拉和同案被告开始前一天(突然宣布的,也许是丹多强硬起来,固执地出面跟裹足不前的切克维的法治对着干?)

莫维塔逮捕了二十三名工会人员。"就该这么干。"阿莱克坐在他那张大办公椅上说,一边仰靠在椅背上,下巴抵在胸口,咧嘴笑了。"赛鲁夫说还逮了一些。现在他期待这儿能收回些警力,这会儿用不着了。"

"谁拦着他啦?如果铁矿上出现暴乱,他也需要派人去抓捕啊——但是在那儿罢工的,好像比大部分地方的都理智。"

"他觉得这些人其实并不是罢工的——有些是这个镇上的聪明人。预防好于治疗。那次你把莱巴里索搞了个措手不及,打那以后,这儿的每个人都非常小心谨慎。"他善意地大笑一声,挖苦赛鲁夫的窘境。

"哦,这样啊。"

"你忘记了?"阿莱克提起了莱巴里索被拿掉的事,赞叹那件事干得漂亮,而并没有想起那小伙子鞭痕累累的脊背。

"没有。但是别人都忘记了。赛鲁夫什么都用不着担心。"

"噢,赛鲁夫这人有野心。他是个聪明人,鼻子上落不上苍蝇。"

"有人威胁桑普森,我希望他把精力用在对付那些家伙上。"

迄今为止,至少赛鲁夫还办了点事,这次进行了防范,阻止了加拉的青年先锋队自由"解决"铁矿上的罢工。他设立了警察检查站,检查过往的所有车辆、步行接近矿区或矿工宿舍的人。当然,这也给莘札造成了困难——他的人从外面很难跟罢工的人里应外合了。但是莘札的人显然在工人中确立了扎实的领导地位,所以这个障碍也不算什么大问题。那么莘札呢?他在博克瑟庄园的"总部"距离矿区很近。——莘札也许去了别处,离开很远,即便不是出了境。不过这会儿他要想见莘札,以前商定的见面地点,是绝对不可能了。

莫维塔在电视上做了个报复性的讲演。镜头附近爬着一只苍蝇,不肯飞走,形成一团带毛边的模糊阴影,包围着莫维塔那风采粲然的微笑,偶或又变成了一张咄咄逼人的嘴巴。在特卢姆闷热黑暗的起居室里,电视声音消失了一下,那一口白牙好像要咬住那只苍蝇……声音又回来了:他"耐心地讲完了",他会"铲除害虫","荡涤污泥浊水,粉碎阴谋"。他公开说多拉·多拉事件，尽管还在审判中[①]。宣布了全国处于紧急状态，首都实施宵禁。报纸登出了公司董事长访谈——显然这是个声明，经公司和政府商议，拟定的——登了报纸一个整版。罢工危机，对国家外国援助和外商投资"没有造成不可估量的损失"。"国家不应该被误导，去相信唯有私人投资——人们被武断地告知，这是'经济帝国主义，''剥削，'和共产主义宣传惯用的其他口号——才会损失。"要没有国际金融援助组织，他着重强调，绝没有——绝没有——哪个大型开发项目可以完成，这些项目拨款的时候，靠得主要就是来自工业领域"稳定的抵押"的报告。（他的声音世界银行听得到？）……国家经济已提升为非洲最健康的经济体，在这个进程中，公司发挥了主要的作用，它将尽一切可能（招募更多私家军队士兵，购买更多枪支？）与莫维塔总统合作，恢复工业领域的稳定与繁荣。

他们把所有的新闻广播都集中听了一遍。吃饭的时候，听不见一声勺子响。在闷热到令人窒息的夜晚，布雷和哈尔玛在无花果树下光着膀子，白乎乎的两团，女孩和他俩在一起。布雷在卫生间刮胡子的时候，把那个小半导体收音机放在窗台上听，丽贝卡躺在浴缸里泡澡（布雷眼前出现了湖底风景，圆圆的两块白玉，上面各有一只蜗牛，黑黑的一片水草，园子里曲径通幽）。哪怕是在鱼鹰酒店的酒吧里也是这样。有一回，里面都是白人，忽然不说话了，凝望着前面，电扇吹来阵阵凉风，掠过他们的前额，他们听着那声音，等着停下来。等着停下来。在大街上白人开的商店里，店主和白人居民也是这种神态。一种思维习惯，看着这个国家发生的事情，称之为"本地人的麻烦"，事情令人不安，总会过去，处理好，像出现时一样，消失得莫名其妙（"他们"自己不知道，究竟是什么情况，想知道的从来不知道）。谁处理的？结果怎样？在这片遥远的地方，在桃花心木树底下，他们作为侨民，始

[①] 原文为拉丁语。

终处于孤立的一群，还没准备让他们提什么进一步的建议呢。仔细想想也就明白了，现在这是一个外国（一个殖民国家属于殖民者，而不是为他们服务的被殖民者），然而他们的情感并不认可理智。有人在鱼鹰酒店的酒吧里谈论莫维塔："雷金纳德爵士会替他收拾乱局，往常都是这样。"他们就都继续喝他们的杜松子酒，喝冰啤，打周末场高尔夫。布雷咽下一口啤酒，对一两张面孔点点头，又独自待着，感觉没有愤恨，没有厌恶，真没有。只是有种三心二意的怀疑，不能否认的内心认可，带着这情感，回到那旧体制里了——学校，兵营——又闻到了那走廊的气味儿，看到布告板上那卷了边的通知。他以前来过这儿，眼前这帮跟自己肤色相同，脸型类似的人，他也是当中的一个。

每天都靠听庄严的新闻广播打发时光，生活的内容全变了，正常的决定、情绪、行动，统统被挤走了，生活被劫持了。每天中午，大家迫切地等着听上午发生了什么；每天晚上，等着听后来又发生了什么。在加拉，镇子上的喧嚣又中断了，什么都可能出现，什么都可能是理由——一卡车警察从大街上隆隆开过，经过修自行车的摊位，剃头匠摊位，卖鞋带、刀片、清凉油的小贩摊位。他们要去哪儿？石灰厂的工人开始聚集，午饭时聚在那棵奴隶树底下。谁都没理由驱散他们，因为看样子他们也就是在树荫下乘凉，但另外一些人沿着红土路来到镇上，或者带着面包、石蜡，又出来三五成群，随意聚拢——这是什么意思？仿佛是对旁观者们的一种无意识的回应，一天午饭时分，爆发了一场武斗，沿街追打：衣服被撕烂，袒露胸膛，一个小孩子跟他背上的小弟弟，在邮局外面尖声惊叫。他被打架的人群撞倒在地上；不，不是，他就是被这景象吓着了——他身边又来了一伙人：一个疯狂的女人，在唱圣歌，几个靠捡拾垃圾为生的老人，每天多半都坐在邮局的台阶上，一帮年轻的信差，嘀咕闲话。（丽贝卡打那儿经过，给那孩子买了个冰激凌；干洗店里出来了肥胖的迈特兰太太，晃悠着她那肥白的三层下巴，对她说："太可怕了，他们不把小孩子当回事。就不该允许大部分这些人有孩子。"布雷和哈尔玛很喜欢这段插曲。)有人在玛丽公主图书馆外墙上喷涂了几个字：绞死多拉·多拉。黑人区一座房子被放火点着了，邻居们说"莫卡德司令"告诉他们，那座房子里的人是"多拉·多拉的人"。艾伯特·多拉·多拉去过伦敦、华盛顿、西德，却没有到过他自己国家的北部任何地方，加拉传统上瞧不起穆梭人，所以他绝不可能在加拉有任何支持者。但是不管是谁，反正青年先锋队是铁了心要骚扰，又纵火烧了三座房子，夜里又在在镇上发动了三场武斗。赛鲁夫把他一小队警力，派往一百七十英里以外，集中用在铁矿场维稳上。阿莱克模仿首都，在加拉也实施了宵禁。"老菲尔丁上校自告奋勇，召集了一队志愿人员，积极支援，在镇中心巡逻。"他对布雷说。与其说是告诉布雷一则消息，不如说是在寻求咨询。

"噢，天哪。什么情况啊？——莫卡德司令和菲尔丁上校在我们中间，带着枪自由行动。为什么你不能逮捕莫卡德？"

"赛鲁夫说，问题是证据不足。你不能证明他是纵火的幕后指使者。"

在侨民中心他的办公桌上，布雷发现那个石英钟（丽贝卡送的礼物）的孔雀石底座下，压着一个开窗信封。里面装着练习本上撕下来的一页纸，是教会学校的笔体，按行线工整地写着："今晚七点在鱼鹰酒店喝一杯。"句号深深扎进了纸里，显得在犹豫，落款怎么写才对，没有签名，写了"你忠实的"，大概觉得这个套话很重要。布雷想到了莘扎，但是为什么在鱼鹰？——也许打算邀请他参加白人义务治安队。

他打算找个借口溜出去，这个时间，他们三个一般都会坐在那棵树下，要是他突然宣布要去鱼鹰酒店喝一杯，丽贝卡和哈尔玛一定会十分惊奇。于是他说，七点左右要去见桑普森·曼伦巴。哈尔玛和丽贝卡正在丈量树下的面积，哈尔玛拿着一把金属卷尺，尺子会弹出，像变色龙的舌头，丽贝卡拿着一个本子一支铅笔。哈尔玛开始闷头在房子周围搞点小建设，先是吊了个驱虫黄灯，晚上他们就可以在外面看书了。现在又打算在树下铺出一块硬地面。丽贝卡记得有一堆砖头，堆在特卢姆家园子里,是公家的建筑工人留下的。显然那天白天,哈尔玛、卡里莫、马洛普,还有特卢姆家的大孩子们,用手推车把砖头运过来了。丽贝卡和哈尔玛在讨论,是铺成人字形的呢,还是横竖交叉图案。"上面抹水泥吗?""不,不,"哈尔玛用手比画着说,"如果砖铺得合适,嵌进地里紧紧连成一体,上面什么都不需要了。你要愿意,可以留几道空,种花用,看上去就很美观,呃?雨季过后,要是没被冲走,也可以种些小植物。""等到明年,会长漂亮吗?"她满怀热情,转向布雷。

他让他俩只管干,美化房前屋后是好事,好像他、她、哈尔玛是一家子似的,盘算在这块不受打扰的地方住下去,后半辈子就在这儿了。

黑人戴夫是鱼鹰酒店的酒吧伙计,来这儿喝酒的白人都很喜欢他。他穿一件午夜男仆穿的蓝上衣,打一只蝴蝶结,一口流利的英语,会说大把的白人措辞。"怎么样啊,上校,先生?——就您自个儿,还是等等?"咧嘴一笑,用块餐巾布在柜台上一抹,推过一盘炸薯片来。布雷心里暗想,在这儿,莘札的人都这么滑稽,这么惹人注目,因为他觉察到了,这酒吧伙计本人来跟他接头了。"对不起,上校,先生,您的车挡道了——您能挪一下吗——"他赶紧离开吧台往外走,酒吧伙计也消失了,从另一个门出去,在走廊迎着他。"这边来,真吵。"这话是让能见的人听的。他领着布雷经过一垛垛空酒瓶箱:"去车库旁边的树篱背后,我的房间在那儿,就那个高屋顶的,您会看到的。您收到我的信了,呃?推门进去吧——他在里面……"想不到的地方都有莘札的朋友。不过这是因为小小的加拉镇还保持了原样,一个白人殖民小镇,有可能误以为在白人中间看到了黑人,而不是相反——就是因为他活儿干得好,戴夫这个"人物"似乎成了个白人里的黑人,他对客人无微不至,让人有宾至如归的感觉。在非洲许多国家殖民时代终结的时候,白人花花公子们惊讶地发现,自己在私人生活中最喜欢的仆人或司机,原来是个政治激进分子。

酒店的院子里黑乎乎的,只有一只灯泡吊在男洗手间上方——是给酒吧用的洗手间,所以哪怕被人瞧见了,一个白人在仆人住的地方蓰摸什么,也没什么不妥。进门来,见在外屋床上坐着莘札,床用砖头支着,上面铺着印花布被褥。"瞧——先不说什么——赛鲁夫先动手了,抓了那些他认为的'不良分子',这说明他周围的眼线很多,所以——"

莘札摇了摇头,用舌头尖舔了下那颗断牙。"我不到镇子附近,别担心——这儿的人百分百放心。巴斯尔被捕了——你知道吗?是在蓝杰被抓的,就在捉了二十三个人那天。"

阿莱克说过"还有别人",不只是工会领导人。蓝杰是首都附近的一个小村落。"好啊"——莘札打断了自己的话——"肯定是有人,我感觉。不幸的是这人是巴斯尔。詹姆斯,我必须有辆车。巴斯尔用的是那辆老车,我岳父那辆。"

"当时你也在场?"

莘札没直接回答。"还好,他们没发现我。但是我们哪个人都不能回去取那辆车了。我特别需要一辆车,特别需要。我今晚必须离开这儿。"

"这不容易。在加拉,谁都知道谁的车。"

"我知道。但我必须有一辆。"

"好吧。我试试。"

"别试,詹姆斯,我必须有一辆……"

房间很小,两人离得很近。他对莘札说:"你知道多拉·多拉的情况吗?"

"你是什么意思?"

"没有料到吧?"

"多拉·多拉在我们周围活动。党代会前他跟我谈过一次。他说可以代表穆梭人,当然,他知道很多人依旧信任我……"莘札笑了一声。"呃?他想我们也许有可能合作……他表示得很清楚,他能弄到钱——天哪,谁会给多拉·多拉钱呢?呃?不管怎么吧——他基本把我当同伙了,或者想让我发声,这样他就能公开指责我——我不知道他的意图究竟是哪样……我跟他说头儿知道我已经退出政治了。他说我侮辱了他,把他当傻子。当然,他周游世界,找到了支持者,能干点事了……瞧,詹姆斯,我想让你去行动,支持我们。现在。"

"去瑞士。"

"任何地方。每一个地方。"

布雷盯着他。

"哦,国际劳工组织吧——喔哇,太晚了。现在有个机会,千载难逢。你知道我指什么。这次矿工罢工不是我搞的。我不必给你解释了吧——但是现在,事情既已至此,我必须动手了,如果还打算动手的话。我们必须利用这个时机,你明白。可能会持续很久,如果变成一次全国大罢工……如果全国上下——詹姆斯,我想让你去给我们弄钱。要快,现在。在英国那些人你都认识。在矿上有过几次接触……还有瑞典,东德。眼下哪儿能弄到就去哪儿。我已经有一些,已经有一些,当然。如果索施奇肯出手帮忙,他肯定有钱,我需要他。需要他,詹姆斯。他有训练有素的人员……你知道。在正确的时间正确的地点,有一支训练有素的小队,就可以控制广播电台电视台……机场……不用大动干戈就大功告成……几乎不费一兵一卒。如果莫维塔不能控制这个国家,我们也裹足不前,那会怎么样?多拉·多拉就会登台。多拉·多拉或者跟他一样的哪个人。结果就是这样。首都的腐败会更大,监狱会人满为患,雨季要是迟迟不来,像今天这样,人民就只有遭殃了,要去挖野菜草根来煮粥吃了,就像这里老发生的情况一样。"

布雷暗忖,他跟我说的这些都是对的;但是莘札停顿了一下,在这间小如牢房的屋里,有一种感觉,也是常出现在他俩之间的,莘札知道他心里在想什么:跟他自己心里想的一样,他说:"我没有想过我会这么干。现在,必须这么干了。"

布雷说:"我怎么跟你说呢?让我考虑一下?"

莘札鼻子响了一下,表示同情。

"就算我'考虑'好了,我知道的还是我已经知道的事:我不认为会期待我做什么。不只是你,是我。"

莘札对他微微一笑,慈祥得像父亲。"真不知道我们有多幸运,至今没动刀枪,来去自由。考虑考虑我们的需要。你肯定不会白干。"

这是个小小的象征性的暴力,布雷,你不会反感的。常发生在别人身上,像催泪瓦斯和警棍。

"但是你自己愿意吗?"莘札说,既无所谓,又感兴趣。

"是的。"

"好老天,詹姆斯,记得从前吧,我们开完会老去你那儿,饥肠辘辘?下着雨,从莫洛古施教会学校骑自行车走十五英里?后来秘书处来了命令,要'拘禁'我,你做了个决定,说既然命令上没说'逮捕',那就'拘禁'吧,就给我说了情况——?"两人都哈哈大笑。

"我过会儿要回去,要是能弄辆车。如果到,比方说十一点,我不在这儿了,那就别等了。"

但是莘札似乎很有信心,他会在那儿。也许他知道,我有个女人,会是她的车,因为我的车在这个省里谁都认识。

他回了家,从卧室叫她,这样可以单独跟她说。"这期间,你用我的车,咱们就说你的车放车行去修了。哈尔玛不会知道你早上没开自己的车去上班,因为他起床时你已经走了——""真希望一切顺利。"她说,目光环视屋里,一副不问问题的神态。

他说:"我只有一样担心,如果他在哪儿被捕了怎么办……他开的汽车是你的。但要是我的……如果我跟他联系起来,我就什么也帮不上了——"

"不,不,别用你的。"她并没有解释。

两人就事论事,好像周末去湖上玩,要准备东西一样。

夜里湿气浓重,没有散开的意思——每到白天,太阳能把西北方水面和森林里的潮气烤干一些。九点半,他说他把公文包忘在曼伦巴家了。出了门，绕到房后，开走了丽贝卡的车。鱼鹰酒店灯光明亮的门廊露台上，穿短裤的白人在玩飞镖，空中蟑螂飞舞，相映成趣。他记得最初回到加拉后，自己站在最上面的台阶上，眺望远方的溟蒙，感觉能分辨出哪里是湖面。如果说他当时能看到那里，那女孩已经在那边了。他有种感觉，摘掉眼镜，周围能看到的不清晰的地区，就是他生活的环境。他的眼镜不仅仅是矫正身体缺陷的工具，也是他选择一种方式，把模糊未知的环境，整理成几个清晰明确的要点。

他把车开到后院。莘札光脚躺在床上抽烟。他身边有两个年轻人，布雷以前见过他们跟他在一起。一个收音机在响。布雷把车钥匙递给他，他伸出一只手，手掌发黄，掌纹发黑，是算命先生的算命图。"让人开车送你回去。""不用，我可以步行。""怎么，别，伙计。当真吗？这样大概更好。"他一副懒洋洋的神态。两个年轻的助理一个坐在一把椅子上，另一个坐在一只翻过来的箱子上。两人的脚像在地上生了根，向前倾着上身，样子是那种伴在发号施令之人身边的、惯于用手的人。莘札把钥匙抛给了其中一人，用加拉话告诉他，把车开到鱼鹰酒店楼后面的小道上。他用他那威严的不耐烦眼神，看了看另外那个人，用拇指和食指捻了捻胡子，像捏一个面包球。那人站起身，站了一下，跟着出去了。

"你要回那儿去吗？"布雷指首都。

"军队不那么担心我——"莘札没太在意布雷的问题。布雷咧嘴笑了笑，莘札把床坐得吱呀作响，两手抱着膝盖，抬起眼皮看着他。"——不，等等。拉上军队可以办成事，一个白人指挥。莫维塔的人，国家的人。拉德克利夫准将跟金矿公司的私家军队合作——实际上是他的一个朋友训练了这支军队，是他推荐的一个桑德赫斯特军校的老同学。喔，是。但是拉德克利夫的军官都是黑人。至少两名高级军官不那么喜欢他，他们有野心。不管什么情况，他发布命令都要靠这两位。如果哪天他们不……只有三千士兵，赛勒斯·戈玛跟军官们有过良好的接触。这方面的工作，他已经干了些时候了。"

"我的天。"

莘札两腿耷拉在床边晃悠着，显得胸有成竹。布雷被他吸引住了。莘札接着讲下去，滔滔不绝。布雷知道得越多，让他知道实情的风险就越小，他受到的约束越大。

"赛勒斯干得很成功，跟你明说吧，詹姆斯。德拉米尼·奥科伊也很有用。他弟弟在军区司令部。从他那儿能得到很多消息。你知道在独立前，军队很活跃，权力下放，现在几乎每级编制都可以独立行动。你只要控制了任何一级，你下命令下面各级都会执行，因为现在的各级司令官，并不是直接听总司令的命令，跟以前不一样了。机会很不错，可以充分利用各级编制发挥作用——除了师和旅，当然喽，因为那是总司令直接指挥的。奥科伊准将也上过桑德赫斯特军校。他认为他可以依靠第六旅和他自己的二十三旅的军官。这就是两个旅了，本来军队也没多大。主要的担心就是公司的突击队——他这么叫。这取决于那要占据多少兵力……但是警察，又是另一码事了。"

"欧纳布是最高长官，但在他下面，有不少真正掌权的白人警官。"

"的确是。那些白人是真正的专业人员，他们拿多少钱，干多少活。哪个都不可能对我们的事有兴趣。警察人数比军人多。"

"欧纳布也不傻。要傻的话，罗立就不会建议莫维塔把权力移交给他。他知道遇到这种局势，怎么依靠白人警官。他会替他们感谢上帝。"

"事情就是这样，詹姆斯。警察太多。他们的结构地基很深，呃？人们会听他们的。多少年来一直有他们，冰冻三尺，非一日之寒啊，而军队那会儿就是从英国来的几个娃娃，在这儿军训呢。警力一直是准军事力量。再说他们还有青年先锋队，警察自己觉得不光彩的事情，就叫他们去做了。这些我都知道。不过有些迹象表明，情况没有那么糟……你知道过去十五年来，哪场政变中警察保护了政权？它本质上是官僚体制……这种规模的国家，主要是生活在乡村的农业人口，警察大多数集中在农村地区——难道你要赛鲁夫的本地警察，赶到首都去保护一个他们从没见过的政府?"

布雷听着,但没回答。

"我们还有别的朋友。位置都不错。特别机构。不只是帮着收集情报,重要的是,有时候万一泄露可以抹平。我的意思是,让多拉·多拉出局,这是很重要的,知道吗?"

"这么说,非常专业。"布雷说。

莘札盯了他一会儿,目光带着赞许。"是的!如果干得合适,应该不会掉脑袋。不费一兵一卒。"

"索施奇怎么说?"

"多少年来他朝思暮想的就是这事。我们需要手提通讯设备,伙计——就这类东西。我们要设组织中心,我们不准备在街上战斗。"

"你想让我什么时候动身,爱德华?"

"现在。尽快。旅行费用在那边报销。我会把地址告诉你,因为我们什么都不写,懂吧?我不想让你被'拘禁'……"

"我不知道我能快到什么时候动身。我不是拖延。个人的事需要安排——全面考虑。我需要决定怎么做最好。"

"好,好。但是我就离开这儿了。总有人来来往往,你在这儿的酒吧留信就可以,最好上飞机前跟我联系。去哈法吉车行——知道吧?——找那个钣金工托马斯·帕施娄。"

"又是哈法吉车行。"

"嗯呃?帕施娄知道我在这儿。或者戈玛,如果我不在这儿。——好吧,那么你要回英国和家人团聚了,无论如何,至少我报答了奥利维亚。"

"我也许不能回来了,"布雷说,"莫维塔可能不让我入境。他一定知道我们在接触。如果他再让我入境,他不得不逮捕我。"

莘札忽然用加拉话说:"也许他需要你把他的手松开,甚至现在。"这个俗话"把手松开",意思是加害于一个本部落的成员,以便解除一个禁忌。

"已经这么做了。"布雷说。

他们讨论了具体事项，他去哪儿，寻求哪种援助。安排了国内的联系人，给莘札传递信息，境外通过索施奇。过了宵禁的时间很久，他才步行回家。鱼鹰酒店一片漆黑，大街寂静无声，蟋蟀的呼哨声此起彼伏，树蛙的鸣声轻如弦颤。他只遇到一个巡警，没躲避：一个白人，从鱼鹰酒吧方向来，不大会被视为安全风险。警察用加拉话沙哑地咕哝了一句晚安，他也道了声晚安。当然，要在英国，他就违法了。策划推翻一个友好国家算不算犯法？那儿已经是冬天了，跟去年这会儿一样，离开将近一年了。湿冷的树叶落在人行道上，显得死气沉沉，一股腐朽发甜的坟墓气息扑面而来。英国。一种十分不情愿的感觉涌上心头，竟减慢了的脚步。英国。

回到家，见哈尔玛和丽贝卡还在外面的无花果树下。他故意打开自己的车门，又嘭的一声关上，动作僵硬，让听见的人以为他开自己的车回来了。他跌坐在一张椅子里，能闻得到自己身上的汗味，心里希望哈尔玛没注意什么，因为他显然是步行来着。太热了，没人想上床睡觉。皓月当空，雾气被月亮驱散些，就像反射光一样，月亮似乎也在反射热。这些天家里很安宁，仿佛只有在不可能和荒诞的庇护下，才有了这种安宁。

后来丽贝卡说："我闻到股烧东西的味儿。"镇上的方向，天空映红了一片，仿佛午夜日出。

* * *

那天夜里，又有房子被烧了，死了十五个人。

"圣烧"蔓延到了全国，莫维塔那个"烧掉肮脏的破布"的比喻，被青年先锋队当成了行动指南。现在他再说什么话，愤怒或失望，威胁或煽情，在他们疯狂的激情下，统统听不到了。

铁矿上罢工的许多工人，都有家人住在加拉。办集体葬礼那天，警察被调离矿场，移师镇上，对付那些纵火犯（房子被烧掉的那些人联合起来，进行报复性焚烧），这些罢工的人，突然聚集在加拉。他们人数远超留下来守卫矿区的警察小队，他们用了矿场的卡车，连夜赶路，早上就在混乱中赶回镇上，警察没拦住他们。他们在那儿分成了两队，一队穿过高尔夫球场，去了镇上的黑人区，另一队来到了加拉镇的街道上。布雷和丽贝卡从侨民中心向外望去，只见那些一夜没睡赶过来的人，唱着歌，迈着缓慢沉重的步伐，步子很大，像梦游，缓慢而欢腾，有些人戴着矿工头盔，有些人手执棍棒，更像是仪仗，而不是武器。丽贝卡眼睛里涌出了泪水，他以为是因为害怕。她说："好可怜。"

阿莱克把他叫到一边，叉开腿站着，深深吸了口气。

"他以为空中会掉降落伞吗？他疯了。这会儿，这一刻，我从哪儿搬兵去？"赛鲁夫一早就把他从睡梦中叫醒，不停地打电话。

"哦，他很担心。"

"人人都担心。我跟马托肯说过，给部里打了电话，要跟部长本人说话。现在，他还要怎么样？见他的鬼。"

他站在那儿望着外面的队伍，表情奇特，恼火而不知所措。他全部的信心和好脾气都硬撑着，好像悬于一发的雪崩，只要大喊一声就足以崩溃。

"马托肯能帮上忙吗？"

"你也疯了吗？从上星期开始，石棉矿就一塌糊涂了。公司派去了防爆人员，昨天他们向罢工工人开枪了，打死一个走在罢工队伍里的女人。天知道那儿会怎么样。"

歌声越来越高，雄壮震耳，逐渐靠近窗户下面，人的声音能产生这么大力量，令人生畏。楼里的职员和管收发的员工，都跑到外面草地和花坛上围观去了。园丁老摩西摇晃着水龙，用加拉话喊道，你们渴吗！侨民中心的员工们一阵大笑，压低了声音，估计会被叫回去干活儿。其中一个拿政府文件夹遮在眼睛上，挡阳光。

罢工工人的目的很明确，就在各自的内心，他们心里知道，自己几个月来一直受到几件事情的威胁，对他们在矿上的代言人不信任；以总统的党的名义威胁他们的人，手中掌握着吓人的权力；官方无力保护他们。队伍经过侨民中心，向市场行进。

阿莱克忽然说："来呀。"可能是出于恐惧，而不是知道他们该干什么，布雷情不自禁跟他去了，走下了木头栏杆台阶，经过那几个员工，尽管阿莱克没看他们一眼，他们还是不敢跟着来，只是看着他和布雷两个走到路上，跟在罢工队伍后面。阿莱克那肌肉健硕的臀部，在熨得相当平整的短裤衬托下，很像运动员。他具有超强的本能，能瞬间做出判断，把劣势变作优势——他并不排到队伍后面，而是沿着一侧穿插。他和布雷在队伍两翼迅速移动，像两只牧羊犬，驱赶一群羊。布雷感觉周围全是向前运动着的身体，全是汗味、尘土味儿。很多人认出了他，比认出阿莱克的还多。无数双眼睛注视着他：他不禁浑身紧缩了一下，曝光了——难道这算是对莘札的效忠？他的真实动机，并不是因为支持阿莱克，自然出现在队伍中的形象，而是让能看到的人目睹这一刻。但是领导的习惯是与生俱来的。到了市场的时候，他和阿莱克都赶到了队伍的前排，向后转，走了几步，两人的手都举起来，动作一致。歌声停了，前排的人站住了，后面的继续往前走，聚拢来，两人被围在中间，周围留出一片空间来，四下是成堆的干枯蔬菜、死鱼。一个老女人也被围在里面了，坐在她的摊位旁边，没有挪动，露出两条骨瘦如柴的腿。阿莱克开始说话了。他双手交叉在宽阔的胸膛前。人们往前挤，想听清他的话，他便挤出人群，一跃跳上一个手垒的摊位台，站在花生堆和木薯堆里。台子吱呀响，但还能撑住。他的声音底气十足，活泼欢快，既不恐吓，也不祈求。他说他知道他们为什么到这儿来：他们担心自己的家人亲友。他向大家保证，正采取一切手段制止放火打斗。如果他们自己动手制止，会把事情弄得更糟，会让他们家人亲友的情况更糟。如果他们怎么来的再怎么回去,他个人向他们担保,他们谁都不会被抓起来,受折磨。……

他心里清楚,这些人都知道他的许诺不会兑现。但是他们相信他会试试看,他们的目的,因为表达不清,摇摆不定,在他的感召下,他们得到了些安慰。先前那种一触即发的紧张,渐渐消退,他走进他们中间,跟他们说话,市场上人们三五成群,纷纷议论,交头接耳,指手画脚。布雷说:"回到高尔夫球场去吧。从那儿尽快离开。要几个人一块儿,不要单独行动。避开大街。"队伍有一百五十人左右,一时间,领头的显然被更换了,阿莱克努力说服大家,结果虽不是唯命是从,也都同意了。

"我们跟他们一块儿去吗?"阿莱克和布雷站在那儿,像在足球散场后走出来的观众,脸上汗水横流,市场上的苍蝇到处都是。阿莱克最希望的是避免跟警察相遇。忽然又胸有成竹了:"我站在头排显得很傻。"

"如果他们分成三组,一组回去走侨民中心那条路,另一组走屠宰场那边——不,不好,离石灰厂太近——从老教堂绕过去,这样好一些,开阔地上有条道。然后第三组隔十分钟再按第一组的路线,走侨民中心那条路。要紧的是安全撤退。"布雷说。

"我就这么跟第一组走到侨民中心——看上去就好像我要回家似的,到了那儿我再跟他们接着走下去。"

"很好。"

"你还是待这儿吧,"阿莱克要求布雷,"留下来,看着他们。……我不喜欢这个市场里的这些人,懂吧?"

人群开始散去,退走,成了一个一个疲倦的个人,而不是一个群体。有一两个人甚至还买了木薯嚼着吃,他们吃上顿饭到现在肯定很久了。布雷突然听见后面一阵刺耳的轮胎摩擦声,吼叫声,转身望去,只见来了一卡车青年先锋队,冲进了人群。有什么东西猛击了他肩膀一下,那个老女人伏在她的洋葱堆上,号叫起来——戴着黑红徽标的青年先锋队员，像一群马飞跃障碍一样，从他身旁冲过去，一路击打着冲进了罢工工人当中。他们挥舞着头上鼓凸的棍棒、自行车链条。阿莱克惊得站下来愣在那里，在三十码开外，和另一组罢工工人在一起。布雷朝他大声喊，叫他快走，但是已经太晚了，工人们都跑回来支援工友。蔬菜滚了一地，一堆捆着腿的鸡，惨遭踩踏，发出尖厉的惨叫，羽毛和鲜血跟撕烂的衣服和赤条条的身体混在一起。布雷惊恐地看到，冷饮摊上光鲜的橙色、绿色饮料瓶被乱手抓起、敲碎，五颜六色的饮料从碎裂的玻璃瓶里迸出，断颈的玻璃瓶锋利的齿状玻璃碴，戳进人脑袋和胳膊堆里。有个工人朝他这个方向劈面扎来，极其恐怖的一击，整张脸登时开了花，从额头到下巴，鲜血迸溅。鸡血和人血四处横流。布雷拼命抓住一条手臂，那只手上抓着一只瓶颈，对准了一个脑袋。他扭住那条手臂，直到听见骨头碎裂声，也没能叫他松手。待瓶子换到他另一只手上，他把它插进了他的裤兜里，同时与一个从后面卡住他脖子的人扭打起来。从侨民中心那边和通城中心的路口跑来很多人。布雷一边招架，一边悲从中来，心里明白，更多的人加入了这呐喊打斗的人群。他打算赶紧找到阿莱克，却一时不知他在哪里；忽然看到阿莱克耳朵上流着血，左冲右突，朝他奔来。他们没说话，一块儿冲出一条血路，从市场背后的厕所那边，穿过那些店铺背后的场院，跑到了侨民中心的后面。

丽贝卡惊得张开嘴巴，露出两排咬紧的牙齿，好像刚从冰水里捞上来的人。她瞪着他们，不知所措。那个年纪大些的职员，戈弗雷·勒坦卡，不顾穿着漂亮的羊驼呢上衣，立即从阿莱克办公室的洗脸池旁边抓了条毛巾，敷在那只流血的耳朵上。"伤口深吗？"布雷问道。"是打了头上一下吗？"阿莱克宽厚的胸膛一起一伏，喘个不停，脑袋摇得像耳朵里飞进了苍蝇。他们给他擦干血渍，看到底是从哪儿流出来的血。看见了，布雷发现一个很深的小洞，正好穿过了耳郭上的软骨：还好，不是颅脑损伤。勒坦卡找到了急救箱，丽贝卡拿两块药棉垫紧紧敷在伤耳朵两边止血。阿莱克头不晕了。"快找赛鲁夫——打电话，詹姆斯——""——警察在那儿了，"丽贝卡说，"你没看见——他们在人群的外围，从内罗毕街开来两辆吉普，那边。戈弗雷和我上房顶看到的。""房顶？""是的，我们发现可以上去到插旗子的那个小平台。"

阿莱克手捏着耳朵上的纱布垫，几个人一起跑到空荡荡的走廊里（"我那些笨蛋们，都跑去要把头打破"），钻进一个窗户里，登上螺旋形的木阁楼，建这阁楼是为立那个旗杆，那会儿英国国旗在这儿飘扬。"别再上来了，重量太大怕撑不住。"布雷对丽贝卡说，她便站在下面等着。有辆被推翻的汽车在燃烧着，冒着火焰，浓烟滚滚，遮天蔽日，什么也看不清。但是能看到那两辆警车，车顶上的天线闪闪发亮。

他们退回了侨民中心，阿莱克给赛鲁夫拨了电话。听他问值班警员问题，大家都注视着他的面孔，从他脸上的反应揣摩警员的回答，丽贝卡对布雷耳语道："你也流血了。"他低头看了下，一只鞋上有黑血印子。"踩死不少鸡。"她摇了摇头。她指了一下，当着别人面没碰他。"还在流，瞧。"他把手插进裤兜里，掏出了那个断了颈的柠檬汁瓶子。他环顾左右，看谁能帮他扔掉。丽贝卡从他手里接过来，放到了阿莱克那只大烟灰缸里，上面沾着血，很脏。裤兜里子割破了，布雷伸手向私处一摸，湿乎乎的一团毛，下面有道口子。他摇了摇头，表示没什么。

"他在镇子上。那儿有人被杀了，他们开了枪。警察局没人，只有个接电话的。没别人。"

一时无话。她盯着那只有血印子的鞋看。

布雷说："你要愿意，咱们可以开车回去。"

"就咱俩能做什么？"阿莱克说。

"你干得不错。要是青年先锋队没来，一切都会处理得很好。你能做什么——我们可以很快去石灰厂兜一圈——把人稳住，别让工人们上街。"

"丽贝卡怎么办？你觉得戈弗雷和她在这儿可以吗？"

布雷说："先把他们送到我家。"

"我能开车。我会避开这几条路,戈弗雷和我没事。"

布雷和丽贝卡对视了一秒钟。"走公墓那条路。别靠近高尔夫球场。"

布雷坐在阿莱克旁边,想着丽贝卡,心里冒起一股不祥之兆,仿佛她已经出事了,而不是可能遇到麻烦。大腿根上那个伤口像烟头烫着一样疼,疼痛从伤口向四周放射。阿莱克在工业区干得很出色。那儿有些工作中断了,镇上发生的事传来一些,人们听说后骑上自行车就往家赶。阿莱克对一群工人喊话,工人们都盯着他耳朵看,丽贝卡用十字绷带绕头包扎起了他的耳朵。布雷看见大伙儿朝他聚拢来,被他这个人的号召力稳住了,就像在家吸引住女人、朋友、孩子,而他自己并不费力。

阿莱克说:"你想去镇子上走一趟吗?"

只有一种回答。"我跟你去。"

阿莱克猛地打了个哈欠,两只手抬起来,再猛拍回到方向盘上。"我们经过你家,看看她俩回去了没。"

他说:"我担心镇上的情况。肯定很多人受伤了。"

"我分身无术。那儿有警察。店主都会关门的。"

丽贝卡、哈尔玛、勒坦卡和特卢姆一家都在布雷的房子里。孩子们玩得很开心,卡里莫把他们撵出了厨房,他们就在屋子里窜来窜去,尖叫撒欢。丽贝卡和卡里莫给大家端来咖啡。阿莱克拿起一杯一饮而尽,动作有点笨拙——有领导的风度。艾德娜晚上值班,白天本应睡觉,但她又回去医院了,她急匆匆跑回来,看侬瓦耶是不是把孩子们都从学校接回来了。她主动要给阿莱克的耳朵上药包扎,正好阿莱克的老婆给丽贝卡打了电话,因为老公办公室没人接,急到了歇斯底里的程度——阿莱克赶紧过去叫她住口,说出去了一下。他还有个原因:"你有枪吗?"他问布雷。

"打鸟的猎枪有,在六千英里以外。"

戈弗雷·勒坦卡怕他母亲会担心,所以他们一块儿劝他别去镇上了。

布雷给桑普森·曼伦巴家里打了电话。桑普森的老婆接的电话，说不知道他在哪儿，出了乱子，出了乱子，她反复唠叨。她把自己锁在家里。"那些人"坐着卡车，坐着汽车——她指的是青年先锋队，也可能是说罢工工人——从街上开过去了。

"阿莱克能做什么呢？你是警官吗？或者谁是——"侬瓦耶·特卢姆说。

"他有这方面的才干，你知道。"

"丽贝卡说你腿受伤了，詹姆斯？让我赶快检查一下。"矮小的艾德娜说一口流利的英语，是在上护士培训课程上学的，他只好来到卫生间，把裤子脱掉。他穿着内裤站在那儿，听任她减掉一片毛，清洗了创口。他笑了，"自己弄伤的。""真需要缝一针。你应该去医院。我一分钟就能缝好，可是我没资格。""哦，你只管弄。你比医生做得好。"他们便一块儿来到特卢姆家——大中午，门窗紧闭，上了门锁，显得有点陌生——她取出自己的弯针和塑料缝合线，"像个老练的缝鞋匠。"他说。没注意，针便闪电般穿刺过厚厚的皮肤，动作越快痛感越轻，线拉紧，打结，剪断，动作麻利。黑皮肤的双手，粉色手掌和指甲，赏心悦目。"会出什么事，詹姆斯？为什么总统不能阻止这些事？人们不知道自己做什么。你真该看看医院那些烧伤的病人。丽贝卡很幸运，不用担心孩子了。"

她离开去换衣服了。他把沾上血渍的裤子穿上。丽贝卡还在那儿等他。出了这么大事，弄得人心惶惶，步步惊心，不过都是在心里而不是表面。

回了自己家，丽贝卡跟特卢姆的孩子们玩耍，大人逗孩子的模样。卡里莫和两三个朋友聚在一块儿，点头应答，聊得热乎：年轻的园丁马洛普去高尔夫球场"看热闹"还没回来。"这儿来了大帮坏蛋。"卡里莫开腔了。但是他那几个朋友拦着他，让他别操心。

"要是我们互相找人，都会找丢的，卡里莫。"布雷说。两人用加拉话聊。

其他人听了都松了口气，胸膛的起伏就足以说明。

卡里莫说："他肯定在哪儿喝醉了，我知道。总有人乘乱偷别人兜里的钱。"

"你担心他的钱？"

"穆克瓦伊，你知道的，昨天晚上你给他发的工钱。"

"我过会儿再来问他的情况。你就在这儿。我需要你，卡里莫。"其实只是句话，奉承他的。老家伙不情愿地出去了。

布雷听着外面的动静，看是不是阿莱克的车。哈尔玛在他跟前唠叨，描述那些人如何穿过高尔夫球场。"……一路唱着歌，你知道——就跟德国的学生节日一样，我们唱的是《国际歌》，但是好像没人要来打我们。"他说得激动起来。"都一样，学生和工人，都是警察和暴徒案板上的菜。——他们是这儿的淋病和麻疹。……麻疹能要命，尤其是以前没接触过这种病毒的人。……"

外面，那棵老无花果树包了一层尘土，显得皱巴巴的，纹丝不动，像块化石。炎热的中午阒然无声，花园里静悄悄的，显出一种无法触及的冷漠。布雷站那儿愣了会儿神——那一阵惊呼呐喊，打得天昏地暗，踩烂的鸡流出黄色内脏，矿工的脸上鲜血淋漓，这一幕幕重现在他眼前。树林那边，难分难解的厮打，作用于全部感官。镇上的喧嚣，离得太远，难以分辨，只有类似海螺的声音在耳畔鸣响。

阿莱克在房子另一边的马路上按喇叭，布雷赶紧出去坐进了那辆政府公车的副驾驶座位上。

到了镇上老城区，生活很密集，暴力就没那么显眼了——这里有一座座土坯房、茂密的棕榈树、一堆堆靠墙堆放的废物废料、旧车底盘、成堆的木材，垃圾堆里长出木瓜树和藤蔓枝条，住房和瓦砾的界限分不清，这儿的门破了，那儿杆子连根拔起了，灰土上扔满了模样像武器的东西，一方面在锈蚀朽烂，另一方面也在修复翻新，成就了这里的生气。那些被烧毁的房子是彻底毁坏了，不过一两处被烧的房子，已经有些人气了——一块铁皮倾斜盖在仍旧立着的墙上，包装箱木条做的门也支撑在门洞上了——又住了人。老城区带着灾难的痕迹，藏住了一切。看不到人，他们做饭用的锅和火盆子，留在屋子外面，一俟眼下对日常生活的威胁像他们知道的其他威胁一样过去，他们就会再生火做饭，在铁皮盆里洗衣服。这里还隐藏起了他们的党派观点，他们清除威胁的突发决定。布雷和阿莱克后来听说，那天早上，有几个人在那儿的巷战中被打死了，但是他们自己什么也没遇到，只看到一幅偃旗息鼓的景象，还有小孩子们的脸和手，从遮挡窗洞的麻袋片后面露出来。

招待所附近的新住房项目区，没有老城这种保护的氛围。那儿的生活还太新，太浅，经不起攻击。蜘蛛网都破碎了。窗子全砸了，满地都是碎玻璃和砖头。扭曲的自行车，砸坏的食品摊，惊叫的人群——这些都直接在森林里铲平的一块红土地上。前面没路了，不通其他街道。他们倒车蛇行了一段。一伙人像是在徒手斗殴，有人受了伤。一辆厢式警车开过，后面的铁栅栏里全是人，一张张扭曲的面孔冲外面大声吼叫。地上扔着一个矿工的安全帽，被车撞飞了，像一颗掉的脑袋。有个加拉女人裙子被扯到乳房下面，头巾也不见了，露出满头蛇一样的辫子，一声一声地尖叫不止。

他们一路目睹这乱象，一直来到招待所。一帮年轻人吼叫着跑过来，冲撞汽车，使劲摇晃，好像一群飞蚁。阿莱克不予理睬，只管开车往前走，直到他们被甩开。在招待所外面，赛鲁夫和一些手下人在两辆敞篷车内受到了围攻。罢工工人和青年先锋队正在激战，先锋队以招待所为据点，从窗户往外扔石头、瓶子。赛鲁夫的人开始发射催泪弹，目标不是招待所，而是工人。车还在走，布雷就打开了车门，阿莱克慢速行驶，穿过人群。布雷抓着车顶，上身探出车外，用加拉语喊话，劝他们撤退。他耳朵被自己的喊声震得难受，野蛮的喝令，粗暴、响亮，是远祖的回声,被水手和奴隶继承而与他无缘,但他的基因来自他们的两腿之间。他的视线因颈部血液的压力而变模糊了。他继续高喊,人们开始后撤,参差不齐,朝汽车方向退过来,离开了那座楼房。他似乎听见他们在喊:"莘札!莘札!"——阿莱克挂上了倒挡,猛给油,汽车吼叫着向后急蹿,从人群的边缘向后退,人们追着车跑,向布雷高喊:"莘札!莘札!"好像他是领头的。阿莱克一定是判断到他们退出了催泪瓦斯的覆盖范围,刹住车跳出去。人们的面孔朝着布雷,刚才那名字是冲他喊的,这会儿茫然不知所措。阿莱克和布雷再次组成了紧密的联合体,在人群中紧急穿越,好似放出隐形鹰隼,围绕激奋的人群盘旋,乘他们进退犹豫之际,引领他们后撤。

眼下最紧迫的问题是,把铁矿工人带出此地。——赛鲁夫无法把这么多人都抓起来,即便都抓起来,也没有地方关他们。显然,每次警察、罢工工人和青年先锋队之间的战斗停歇后,街上当地人都消失了,聚集在那儿的大都是些"入侵者",一群一伙的,要是遇到警察和下一帮青年先锋队,就正好成了进攻的目标。阿莱克有个地方不周全,他不在乎有没有授权,似乎他也没在意,他没得到警长的命令,是独自行动的。他一心想把矿工们领到什么地方——哪儿?——"牛仔竞技场"。布雷忽然想到了这个地方——让他们待在那儿,直到被运回矿上。布雷开车飞快穿过垃圾遍地的街道,找到曼伦巴,征用两辆校车。事情够荒唐的,情急之中,办法大抵是这样的:桑普森、布雷、阿莱克陪护着几校车从打斗现场退下来的工人,一路上打跑了那些乌合之众的骚扰,他们搞不清这景象是激怒他们了,还是吓着他们了。事情圆满完成后,布雷和曼伦巴狂野地开车往返于竞技场和镇上,去取布雷的车,采购食品和医疗用品,接送医务人员。但是路过自己家,发现车不见了。丽贝卡、哈尔玛、侬瓦耶,都被艾德娜打电话叫走了,去帮着把那些还躺在市场的受伤人员运回来。布雷和曼伦巴回到了竞技场:阿莱克正在那儿跟两个愤怒的白人理论,一个叫乔治·奈,另一个叫查尔斯·奥尔迪斯,是侨民农业协会的会长和秘书,他们要求阿莱克让这些"非法闯入者"走开,离开这块私有场地。当年一个黑人和一个白人争吵,就等于是坏了规矩,而他当时就是挣钱维持这种规矩的。布雷想到这个一阵心惊肉跳。现在时过境迁,物是人非了。阿莱克是负责人,奈只不过是个不合作的市民。身为白人,没给他任何优越地位。但是一见布雷,奈立刻转向他。"啊,当然啦!这就是你指望的那一天!那就是我们上次除掉你的原因!你这白人杂种!"

这是一声叫喊,混在了那天下午的各种叫喊声中。到了傍晚——来了两车士兵,手持轻机枪,在镇上巡逻——大家又在布雷家聚齐了,丽贝卡、哈尔玛、侬瓦耶、布雷本人。他还穿着那条发臭了的裤子。

两条裤腿交叉处,有块干了的血渍,看见才让他想起事情的经过,仿佛已经是好几天前的事了。卡里莫一下午都在照看特卢姆家的孩子们,房里翻了天,好像也发生了一场动乱。丽贝卡和哈尔玛表现都很积极,出了力气。她忘我的投入付出了代价,下巴和脸颊都起了皱,变粗糙了,上面凝结了一层透明的汗渍。他私下里对她说:"情况很糟吗?"她喘着气回应,脸色茫然:"不,不。还算幸运,我没见着一个死人。"他捏了她手一把。

侬瓦耶带着孩子们回去了,入夜,他们疲惫不堪,而一切忽然变得那么寂静。他们喝了啤酒,收听广播,罢工蔓延到了铁路工地、码头。在首都,交通运输工人、邮局工人、教师,全都走上街头。"加拉地区发生骚乱",带着黑人口音的播音员,以BBC的标准冷静口吻播报。哈尔玛做了个鬼脸,悄悄地笑了。

布雷出去到花园里,朝镇上的天空望去,只听丽贝卡从背后隔着纱门叫了一声:"阿莱克!"他立即去接电话。收音机声音高了些,是新闻播报,让房里充斥着一种康康舞的快节奏。这种声音中,他堵上一只耳朵,听到了阿莱克的急促的声音,在硕大的身躯中共鸣。他在说飞机——"什么飞机?"每周两次的航班两三天以后才会有。

"喔,农业部那东西……你知道。艾格尼丝要去南方。回娘家,带孩子们一块儿去。我想她也会的。她——喔,你知道。丽贝卡怎么样?可以挤得下。"

他看着她,一边听阿莱克讲电话。

他说:"我试试吧。"

"这对他们再好不过了,把他们从我们脚底下拿开。"阿莱克说,带着他表现尴尬时的那种漫不经心。

"什么时候?"

"早晨。告诉她在箱子里装几条裙子带过来。他们七点起飞。"

他立在那儿一小会儿,丽贝卡和哈尔玛期待着。他伸手关了收音机。"艾格尼丝要带孩子们回她妈家——明天一早搭乘农业部的飞机。她想让你一起去,丽贝卡——"他口吃了一下,名字卡在嘴里没说完整——"你可以跟维维恩和尼尔待几天。我想你必须去。"

她眼睛盯着他,仿佛两扇窗户通往她内心,逼着他不得不往那儿看。"不。"

"就几天,阿莱克同意了。是个明智的决定。"

她像个小孩躲避惩罚似的说:"艾德娜怎么办?"

"艾德娜是个护士。"艾德娜当然是属于这里的,这里有她的国,她的家,她的人民,而艾格尼丝和丽贝卡——艾格尼丝是从首都来的大都市的女孩——对加拉没有什么义务。如果加拉被隔离,就一条路,没有铁路,一条窄窄的飞机跑道,那对特卢姆全家也没什么影响。

她转身经过两个男人,离开房间,来到了卧室。他感到一阵真实的恐惧,仿佛他做了什么无法更改的事。

她站在那儿,一边是那个难看的老式衣柜,里面挂着她的几件裙子,一边是昨晚他们睡过的床。这些似乎都变成了一个陌生人的东西,他和她仿佛从来没有在这儿待过。

"如果不是为了我……你理解,宝贝……?我觉得自己像个疯子,抓着你不放。"

"我不去。"

他走近她,好像两人是在一间酒店房间,单独在一个陌生房间。他抚摸着她的头发,抱住她。"我身上臭。不该靠得这么近。"

他们没说话。她用食指指甲划他的衬衫。最后她说:"缝了几针?"

"四针,大概是。不,两针——我是说四个针眼,以为一个针眼算一针呢。"

"疼吗?她技术不错,是吧?"

"这儿。"他拿住她的手指隔着裤子摸,摸到了那个小小的线结上。

她说:"你给阿莱克打电话。"他点了点头。他们平静地回到了客厅,哈尔玛正在切割一只羊羔腿。"马洛普回来了。"卡里莫从门口说,带着挑衅的口气。

*　　*　　*

阿莱克常来布雷这儿,反正家里也没人,大家凑在一块儿,过一个钟头算一个钟头,确定不了下一个钟头的事,一块儿分享卡里莫做的热腾腾的饭——大块大团,干巴巴的,不好消化——天天如此,极有规律,像太阳东升西落,谁在谁就吃。除了卡里莫,其他人的身份都模糊了,个人的品性,目的也好,信念也罢,都搁置不顾了,只管埋头做下一件事。

焦头烂额的赛鲁夫靠阿莱克帮忙,阿莱克就推给了布雷和曼伦巴很辛苦的一件事:给竞技场避难的人们安排膳食。但是,等到布雷和曼伦巴第二天从医院带了预备好的粥和肉,去了那地方——曼伦巴借来了童子军装备中的各式各样的缸子、水壶等用具——却发现那些人被士兵列队包围在场地中央,暴晒着。士兵们来自西部的塔勒法人,跟罢工工人说的不是一种语言。一看见布雷,人群里发出欢呼声:莘札,莘札。曼伦巴与士兵们争执了几句,要求让布雷去工人中间分发食物。布雷站在那儿呆住了,非常小心谨慎,忍住了可能导致情况恶化的任何反应。然后允许他进去,工人围着他,跟他诉苦。他们要回家,步行回就行,但是警察不让任何人走。警察带走了他们当中的二十多人,告诉剩下的,就待在这"牛圈里"。

除了分发食物,别无选择。他和曼伦巴就给大家分食物,就只做这一件事。布雷知道桑普森(尽管在党代会上,他态度坚决地对"狗窝"问题表示愤慨)对莫维塔毫不怀疑,不管自己对这个政权下发生的一些事情多么难受和困惑,总是毫不动摇地支持莫维塔。同时,桑普森也信任他,所以听到工人们冲着布雷高喊莘札的名字,他也没吭气。他们之间对已经看到的情况也不会去讨论。情况的压力,在大众车里的热度中,可以明显地感觉到。

曼伦巴下车后,他来到市场,见都关闭了,印度店铺都上了窗板,不过超市那天上午还开着。里面没什么人,只要溜达着碰到了一块儿,哪怕是头上顶着购物篮、背上背着孩子的女人,也会招来吊儿郎当的士兵的注意,立马警觉起来,粗暴地催人快走。布雷看见几个加拉女人摇摇摆摆走开,一边拍着裹在裙子里的屁股,粗鲁地大笑,嘴里叫骂着那些士兵听不懂的脏话。到了侨民中心外面,透过一辆巡逻车的车窗,见阿莱克在跟赛鲁夫说话。他冲布雷打了个手势,叫布雷过去。三个人开起了秘密会议,代表了法律和秩序。赛鲁夫显出公事公办的笑脸,跟布雷寒暄。"一切都好吗?你和曼伦巴干得真不错——我刚说过,我必须把那群人隔离开,把他们放哪儿好?""奈被告知从那儿离开。"阿莱克满意地说。他对赛鲁夫说:"你真该听听他是怎么骂布雷的——这家伙。要是换个时间,我会给他下巴上来一下子。""噢,上校才不会理睬这种人呢。"——赛鲁夫换了个讨好的说法,好像两人是一对搭档。

"那些人被赶到了圈牛的地方,也没个遮挡,在太阳地里晒着。"

"怎么能这么干——我亲自去看看。那个警官不知道自己在干什么。——腿怎么样了？没给你带来麻烦吧，呃？"说罢，他又跟阿莱克说了一两句，便开车走了。

阿莱克把丽贝卡带到了侨民中心，本想做点例行事务，可是地方被警卫把守着，几乎没人来上班。阿莱克自己也被叫到了工业区——那儿还有零星械斗，一方是鱼厂和石灰厂工人，另一方是青年先锋队的团伙——他回避了他们的正式名称，总管他们叫那帮流氓。又有人纵火——"不过只烧了一棵老树。"他说。

"是那棵奴隶树吗？"

"就是闲汉们老坐在下面乘凉的那棵——你知道。不过没什么，火势没有蔓延开。树里面毕竟是湿的，树叶倒是像纸一样烧得满天飞。"

"布雷喜欢那棵树——是吧。"丽贝卡对他笑着说。

"大概这是个不祥之兆——那树有年头了。我就是喜欢看人们在底下吃薯条，悠闲自在的。"

回了家，他跟阿莱克说——"看，竞技场变成了集中营。为什么？那些人应该回自己家去。但是赛鲁夫逮捕了二十来人，对剩下的也像是拘押了——他们是被拘留了。"

"他没法用警车送他们去那么远的地方——车全出动才够用。"

"让他征用校车呀。是啊，你就用过的。"

"是的，不过那是紧急情况。"

"整个事件都是紧急情况！我们并不是要把他们聚集起来交给警察抓捕的。"

丽贝卡和哈尔玛低头吃饭，没抬头。布雷和阿莱克之间一阵沉默。

阿莱克说："来镇子上那阵势——不光是他们的主意。莘扎的人在他们中间，赛鲁夫打算再找找看。从他们关进去的那些人里面找。有报告说，巴士有些营地，在边界这边——武器藏在丛林里。有人说索施奇那帮人渗透过来了。"他耸起肩，又放下。"我不知道。我们的麻烦已经够多了。"

饭后喝咖啡的时候，布雷打起精神说："你最好看看赛鲁夫下了命令没，要让那些人回看台上去。"改成新"安排"前，工人们本来都在两侧的观众席上安顿着，上面有顶棚遮阳。

"好吧，没问题。"

"桑普森过会儿去那儿一趟——"

"好，我去，别担心。哦，有个惊喜给你——"阿莱克递过来一包信。因为首都交通运输工人罢工，所以没有邮件递送。"有人想出个非常聪明的办法，把邮件袋交给空运士兵的小伙子——不过现在，军官们最多只能安排到把袋子交给我。"其中一个信封上盖着瑞士邮戳。布雷一边跟大家聊，一边立即拆开看。阿莱克走后，他把信递给了丽贝卡。然后对她和哈尔玛说："我最好自己去看一下。我不能给警长下命令，对吧……"她的眼睛迅速移动：亲爱的布雷上校，阁下寄来的金黄色眼睛女孩①的验证文件，已为阁下妥存，我们随时敬候阁下的指示。她看罢折起，微微颔首，递还给他。

哈尔玛给了布雷一个电话留言，要他跟祖萨博联系。他给裁缝店打了电话，没人接，肯定关门了。可怜的祖萨博。他觉得自己也应该去看看他。丽贝卡说："阿莱克要不在，我就没啥必要去办公室了。"

"对呀，就在这儿待着吧。"他心里琢磨着，那帮恶棍放火的地方，离镇子很近，就在工业区。

"我们是不是该去花园里，接着干活儿了？"哈尔玛说，"一个地方用不着你，试试别处。"

布雷告辞，刚要开车上路，她从厨房门跑出来。他看见便停下等她。"是从瑞士银行来的吗？"他点了点头。"都安全妥当了。""那女孩是啥意思……？哪跟哪儿啊？"他让她等了一秒，心里得意地看着那双眼睛，这几天眼圈描黑了，挺时尚。"意思是'金黄色眼睛的女孩'，是一部小

---

① 原文为法语。

424

说的名字。我有回听见罗立这么叫你。所以你有个代号了,随时能用。"

"谁写的?"——尽管他感觉,她大概并不关心那个作者,多半还是想说自己,想知道他怎么看她。

"——法国的一部旧小说,巴尔扎克。"

祖萨博的家就在裁缝店后面。园子里没草没花,有个水泥大象,脑袋上顶着一只鸟澡盆。房子正立面涂成了天蓝色。门铃响了半天门才开。开门的是阿哈姆德,祖萨博的二儿子。谁也没说话,领着他来到最好的一个房间里,地面铺着油毡,中间是一张大餐桌,边上有壁柜,上面都覆盖着玻璃板。门店是关了,不过祖萨博一定是在里面干活儿呢,只见他穿件雪白的衬衫,戴着两个套袖,脖子上挂着软尺,跟往常一模一样。他要说的事情很让人难受,不管是什么吧,先喝茶,是凉茶——中间蜻蜓点水似的穿插些话,如"一切还那样",说说天热,干旱——准备说暴乱的事,纵火的事,好像要把这些解释成自然的季节现象才更婉转。"你多虑了,老伙计。不过我也不知道怎么让你安心或者让自己安心。那些爱说风凉话的,得意地说,独立什么都解决不了。我们这些人其实都明白,独立才刚刚开始解决问题。取得独立之日,也是长路开始之时。"

"你说得对,上校,你很有智慧。跟你这样的人聊天真好。你不能想象我是怎么跟有些人解释的。我对他们说,别老拿现在和过去比,没用。可他们紧张得要命,知道吗?他们说为什么要引人注目。甘地会堂是本社区出钱建的。我对他们说,那就改了名字算了,要不你们一直害怕,怕你们的投资出问题。甘地本人都不相信投资。但是他们很紧张——你明白我的意思?"

"哦,这些天那儿没上课,当然——没人可教了,暂时没人来了。"

"是这样的。但是——上校——他们希望你能把那些东西拿走。木工设备什么的……他们说怕有人图谋不轨,进来搞破坏……"

"你想叫我们退出场地?"

"上校——"

"噢，别担心，祖萨博，我是在想——"

"我们这个社区，该给党缴纳费用，都如数缴纳，上校。你是总统的好朋友，我们觉得也没什么可担心的。但是那些人——他们是谁，他们谁的话也不听——"

"我不知道曼伦巴和我，就两双手，怎么搬那些东西。是要马上吗，啊？"

祖萨博神色很难堪，抬起两手表示别无选择。

"你能找些人来帮我们吗？你儿子的朋友？——算了，他们最好别出现。我来找人吧。"

家里女人都默不作声，好像并不存在，其中一个很不好意思地过来，轻轻放了一托盘茶，连茶匙和杯子都没磕碰一下。"哦，来一杯，上校，这茶还行。"祖萨博说，好像他已经喝了似的，"莫维塔总统日子不好过了，可怕，可怕。你觉得是怎么回事，上校，难道是共产党？"

那天下午和晚上，布雷、曼伦巴、曼伦巴的年岁稍大的几个儿子、哈尔玛、马洛普、侬瓦耶·特卢姆、丽贝卡，一块儿动手，把成教中心的设备拉出了甘地会堂。他们用了一辆吉普，是农业部的车，还有一辆拉菜的卡车，是祖萨博从一个印度商店老板那儿借来的。东西分别堆到了布雷的单坡顶车库、丽贝卡和孩子们占据着的特卢姆家那个圆形茅屋，甚至还在侨民中心放了一部分。

午夜，电话响了。祖萨博的声音又弱又尖，好像被绑架了似的。"上校，阻止他们，阻止他们，你必须阻止他们。你认识总统……""祖萨博，看在老天的分儿上，出什么事了？""他们要烧了会堂——你一定要来阻止——"

他丢开电话靠在墙上良久，起居室里一团黑，突然从睡梦中被电话叫醒，有点头晕。他抬起一只疲惫的手，摸着胸口——莘札的动作。一只蚊子嗡嗡盘旋，嗅到了目标。他给阿莱克打了电话。他提了条裤子直接穿在睡衣外面，出门时，他被菲尔丁上校的士兵拦住了，士兵背着运动步枪,戴着红袖章。"看在老天的分儿上,别问了——有人放火了。"

阿莱克和布雷看到远远的一道火光,感觉到那火焰了。一股巨大的热浪涌过来,仿佛来自一个炼铁高炉打开的炉门。那些青年先锋队员们先把里面的东西抢光,然后放火走人。消防车来了,但是灭火水龙只够把会堂周围浇湿,避免火势蔓延——在水雾和烟雾中,会堂和靠着会堂建起的学校都已经烈焰熊熊,烧成了空架子,顷刻间就要垮塌了。祖萨博和另外几个人站在那儿,睡衣外面披着外套,尽管夜里很热,熊熊烈火前热上加热。火遇到水的气味和燃烧的气味很呛人,他们的黑眼睛里都是愤怒的泪水。他们好像气得说不出话来,都瞪着布雷。火焰肯定是没法控制了,祖萨博打电话的时候,消防员已经来了。从火里救出几件东西,已经烧黑,又浇了水,湿淋淋的,布雷看见其中有个箱子,上面整齐地写着一行白漆字:**圣雄甘地非暴力学习用具**。一个年轻的印度人对他说:"我看保险公司不会赔的。"

丽贝卡太累了,都没听见电话响,也没听见他离开房子。他回来进了卧室,她猛地坐起来,吓了一大跳。"甘地会堂烧了。""啊,天哪,忙活了一天白干了。"他上床躺在她身边。他身上散发出烧湿木头和烧油漆的气味。"盖上点。"她说,一边从他身下拉出被单。他踢掉了脚上的凉鞋,但就那么仰躺着动不了,睡意袭来,浑身瘫软,昏昏沉沉中,听见自己的呼噜声惊天动地。

一大早,鱼鹰酒店的酒吧伙计戴夫来了,要见布雷。卡里莫正在客厅给地板打蜡,所有的家具都集中在了中间,他带着来客进来的时候,脑袋一直扭向别处,不看来客。接着他就又跪在地板上干他的活儿,不停地穿插在布雷和来客的脚下,就是想让来客忍不住离开。

丽贝卡在卫生间。布雷便把来客带到了卧室,床上被子还没整理好,女人的鞋、他的烟熏火燎味浓烈的衣服,都在地板上乱丢着。"赛鲁夫折磨了他逮捕的那些人。"

"从竞技场抓走的那二十个人?"

"十五到二十个——我不知道到底是几个。他们挨了打,罚站一整夜,糟透了。他们挨打,青年先锋队的却放了。赛鲁夫甚至不敢抓他们。是的,没错。你也看见了,这么多房子被烧,这么多暴力,就是因为他不逮捕他们,他反而逮捕他们攻击的人。所以他不喜欢士兵——士兵见谁捣乱就抓谁。他吓怕了,怕丢了饭碗。"

"如果我去找赛鲁夫,他问我从哪儿听到的消息,我怎么说呢?"

酒吧伙计抓住布雷的手臂,仿佛酒后要吐露什么老生常谈似的。"别靠近他。"

"哦,我可是他的一个好帮手。"

"我为什么来,我知道你要去那儿。告诉莘札。有些人也许会跟他说什么,会让他改变计划。如果他掌握所有重要的情况,他就明白了。我知道那些人的名字。"

"哦,我看有不少谣传……我从哪儿都可以听说,对不?你觉得有人会注意到你来这里吗?"

"也许有人看见我了,也许没有。现在谁都在看,你要去哪儿,什么时候去。"

"不能让赛鲁夫对那些人为所欲为。"

这个动机酒吧伙计倒没在意。"你不要这些名字?"

"要,不管怎么都给我吧。你知道莘札还好吗?"

"他会很好的。"口气半带责备,半带恼火和忠诚。

酒吧伙计走后,卡里莫进了厨房,布雷也来厨房取擦好的皮鞋,是马洛普擦的。"你没有给那人钱吧,穆克瓦伊?"

"为什么给钱?"他有种被保护的感觉,觉得好笑。

"他就是那个酒店酒吧的伙计,啊?我认得。谁都认得他。他跟人借钱,借钱。他们说他还跟去喝酒的白人借钱。"又用英语说:"他不好。"

"别担心,卡里莫,我什么也没给他。"

一整天,他精神涣散,什么也想不成。对立的压力势均力敌,他在中间不知所措。他中午要去警察局,可是路上把车停在了一棵树下,抽了一支烟。拖到下午,他暗下决心一定在六点前去,要是找不到赛鲁夫,他就回自己的住处(阿莱克给了他一个口令,现在,口令由警方发布,有了口令他可以在宵禁后外出;这是又一种特权)。如果赛鲁夫发现,消息来自鱼鹰酒店的酒吧伙计,那人可能被拘留审问,以了解他知道些什么。如果赛鲁夫没有发现消息来源,相信了布雷"承认"的刑讯逼供消息来自加拉流传的小道消息,赛鲁夫肯定会矢口否认。前思后想,很难做出决定。他想,我可以要求看一下那些人——这次以谁、以什么的名义?赛鲁夫被莫维塔派到这儿,接替了莱巴里索,因为那个小伙子遭酷刑,背上留下累累伤疤。所以,如果我需要一种特权才能过问此事,那就要打出莫维塔的旗号了。

可是,赛鲁夫还说了那话,是那次他和桑普森·曼伦巴去看他的时候:"……你去乡下旅行没问题,上校……"——影射他去和莘札联系,或者是对他们的怀疑。也可能是暗示了一个警告:别以为我不知道。

他一定知道。

可是在这摊子事情里我如此合作,行为已经超出一般的人道主义了。为保持秩序。(以谁的名义?什么秩序?)也许莫维塔还犹豫不决,是不是要"放手干"……

他跟哈尔玛和丽贝卡在一起的时候,几乎没有说起过这事。他和丽贝卡单独在一起,会亲吻她,但没有欲望。他和曼伦巴每天都去竞技场送食物,工人们又回到了观众席的天棚下面,但还是被严密看守。整个加拉弥漫着一股烧焦味,来自甘地会堂那场大火。又传来湖区渔场骚乱和烧掉房舍的消息,通鱼厂的路设了路障,拉鱼的卡车进不了加拉镇。

晚饭后,暮色四合,他坐在无花果树下,抽一支随手摸到的走了味的雪茄。随时可能动身去见赛鲁夫。继续坐着。丽贝卡出来了,见他不说话,就像老树上的蝙蝠一样,动作轻手轻脚。哈尔玛拿出本书来,亮起了灭虫灯。花园里,除了这棵老无花果树,还有几棵蓝花楹树,过了短暂的花季,就很难被注意到——过去这几天里,忽然满树开花,丁香花丛好似穹顶,透出灯光。卡里莫打发马洛普过来取咖啡托盘,年轻人轻轻哼着小曲,声若飞蛾。

布雷回屋在桌边站了一会儿,桌上还摊着没写完的报告,有些活页钉在了一起,有些放在文件夹里,有几张放在烟灰缸上,连维妮夏和她孩子的相片框上也放了几张——卡里莫老说屋里有风,风里有灰尘。纸上落了灰,摸上去砂砂的。一只黑色的死苍蝇仰躺着,腿上绒毛毕现。她坐在壁炉边的地板上,靠着他的腿——壁炉里空空如也,只有他们随手扔进去的几个烟头。他有几个星期没坐在桌边工作了,也没给老婆写信。他拿起一张丽贝卡给他打报告用的纸,写下了瑞士银行那笔存款的详细信息:银行名称、地址、账户名、代号。写好把纸叠起,用大拇指甲把折痕捋平,烟灰掉上去一块,抖掉,仔细沿折痕撕开,又把写了字的一半折叠起来,装进了他的夹克上衣兜里。

他站起来,从黑乎乎的门廊上,叫了她一声。

她在卧室里找到他,在这儿他俩可以避开哈尔玛。他在床上坐着,说:"我们明天走,今晚打包,明早动身。"

她走近了些,说:"你为什么不相信我。我不走。"

他朝她伸出手。"过来。宝贝,我们一块儿走。"

"你带我走因为我那天没走。"

"不,不。我去哪儿都不想丢下你。我们走。我不能在这儿再给阿莱克当义务警员了,是不是?能老这样下去吗?"

他坐着,她站在他跟前,低头看着他,微微离开些。他慢慢把两只手掌放在她两侧臀上。

"你跟我一块儿来?"

"我们一起走。"

"然后呢?"

"还不太清楚。我们去一家酒店,我干什么都不要再考虑别人了……

我们就说我必须带你走,因为这儿不安全。——这儿现在不安全。"

"我只害怕一件事——回不来了。"

"我知道,但是我也在那儿。"

"你不回这儿了吗?"

他摇了摇头。

"绝不回来了?"

"也许不了。"

"舍得下你这房子。"她说。她也坐在床边他身旁,握着他的手。

她问道:"你的意思是去瑞士?"

黑暗的房间里,两人感觉特别近。他身上涌起一种感觉,彻底扭转了空虚感,感觉憋了一天的力量,全都像脱缰的野马,释放了出来。

"有可能,但是去那儿太晚了。在欧洲我还有别的事情,明天我们离开这儿再告诉你。但是不管对谁都保持一个口径,我来是为护送你,嗯?"

"我们怎么能一起走呢,到海外?"她慢慢说,使用了殖民时期的词语,这词饱含着距离和遥不可及的意味。

"我们会想办法。也许我们能办到。我们先定一下怎么做。我不能待在这儿了,宝贝。"他抚摸着她的头发,头发长了些,很长了。她说:"你在想什么?"

他对她笑了笑。"——多可惜,是吧。"

还是丽贝卡想到了哈尔玛。他俩都觉得,当然哈尔玛跟他们一起到首都。"这样他回家也好交代了。我的意思是他会体面些,就不会显得好像连滚带爬回去了。"他去花园告诉哈尔玛。那颗英俊的金发脑袋低垂着,透过日渐稀疏的头发,亮光光的头皮越来越明显。他正在读乔治·奥威尔书信集,目光越过眼镜上缘,而不是透过镜片。哈尔玛摘下眼镜,倾听着,神态冷静而理智。听罢站起身,合上书,点点头表示理解。他问了几个此行的实际问题——那段路上没有路障,没有问题,呢?布雷说他没听说有问题。哈尔玛便回屋里去了,他听见他和丽贝卡说了什么，惹得她大笑。

布雷关掉驱虫灯，有色灯光渐暗至全黑，像一张纸被火焰吞噬，瞬间变作黑色灰烬。黑暗中，他感觉到在树上不断爬上爬下的那种大蚂蚁，有一两只笨头笨脑地爬到了他脚上。老树的树干有好些根，扭结在一起，到四十英尺高，四下伸展开粗大半秃的树枝，形同一个巨大的棚屋。它多大岁数了？跟那棵奴隶树一样老？树干上，他发现这儿那儿有些又厚又硬的伤疤，见证它这辈子遭到过被砍的劫难。这是个令人安心的东西，养活着很多生命，哪怕是那些寄生虫，它们生存的唯一的目的，就是吃空树的内部。这是个有机体，它的心不知道在哪儿，因为它是许多树合为一体的，每根状如动脉的树干都貌似枯萎，紧紧缠绕着另一根挺拔精壮的树干。这活物巨大而发育不良，衰老而多产，枝头和枝丫分叉处不断结出没用的果实。就树论树，这树足够好了，它不是为人类而生。漆黑的夜，热气偶或流动，热气浓厚处，树蛙叫个不停。这样的夜，他经历过何止千次，太熟悉了。

他回到了屋里，站那儿看了下桌上那堆文件，扭头进了卫生间，丽贝卡正在清空卫生间的每只抽屉。捕鱼用的防水镜和弓弩，堆在一个角落里。"卡里莫有几个大洗衣筐，可以拿一个来装这些。我真想再去一次湖边玩。"他说，"他们说在撒丁岛玩刺枪捕鱼很不错。""撒丁岛，我们来了。"她挥舞着一根蓝色的潜水通气管。她仿佛有些晕眩，一下没站稳。"似乎不真实，对不？"

"对，从来都是的。"他脑海深处，浮现出在威尔特郡把这些衣服装进箱子的情景。他想起了一句话，有些蠢，像是流行歌曲里的一句歌词：你的腰围十年没变。现在，跟那时一样，做决定是一个挺艰难的过程。他找到了一只筐装那些刺枪捕鱼用具；最后，他把桌子上所有的纸张文件都划拉到一块儿，环顾左右，想找个东西装进去。有个薄薄的装茶的三合板箱他感觉还可以，把里面弄干净就行。他把箱子底朝天翻过来，磕了两下。哈尔玛来了，看了一会儿，神情专注，好像不知道该不该帮忙，该不该给点建议。"你怎么说？已经弄完了？"

哈尔玛坐在一把破旧的露台椅子边上，压得椅子腿成了喇叭状。他不好意思地说："我想我还是留下来，照看房子里的东西吧。"

布雷正从箱子上撕下一块旧标签。一只小蟑螂从底下溜了，掉在地板上，他一脚后跟跺死了。"问题是我不知道什么时候才回来。"

"这好办。也许我很快就走，如果感觉寂寞什么的。你要带那本奥威尔的书吗？"

"天哪，书你都拿去。没地方放。"

丽贝卡手里抱着一串小孩穿旧的凉鞋。"这是干吗？"

"哈尔玛决定再待一段儿。"

"噢。是吗？"她说，态度友好，有点尴尬，想显得感觉既不是没道理，又不是出乎意料。

哈尔玛短短笑了一声——"听起来可能有点荒唐，可是你们知道，我想把树底下铺地砖那件事干完。我不想弄了半截丢下不管——明白吗？然后我才能决定……下一件事。只能这样。我必须先把它干完。那儿弄得乱七八糟的，无花果和树叶掉得满地，地也不平。铺好砖以后，一扫开就没事了。"

"这提醒我了——给马洛普和卡里莫的工钱。我给你张支票，你替我给他们钱好吗？还得劳驾——明天替我给阿莱克打个电话——告诉他我决定把丽贝卡送出去。"他在支票上写了两个佣人各自三个月工钱的数目，外加足够维持一段房子开销的数目，但是哈尔玛看也没看，直接装自己钱包里了。布雷看着木箱，突然有了个念头。"哈尔玛——我把这些留这儿，你能什么时候帮我收拾装箱吗？你回首都的时候，帮我带过来或者——？"

"当然没问题，都交给我吧。"

他们一直收拾整理东西，有的打包带走，有的扔掉，把布雷住了这么久的房子，像翻抽屉一样，翻了个底掉。哈尔玛忙着煮茶。

三个人坐下来喝茶的时候，哈尔玛对女孩说："我喜欢这房子。我现在境况不好，不过我喜欢这房子。"她站那儿，手里拿着茶杯，神情有点异样，布雷见她在看着，看着，目光闪烁，一件一件挨着看那几样难看、简陋、笨重的家具，最后目光落在两人聊天坐的椅子、吃饭的桌子上。她忽然觉得不好意思了，好像大声说出了什么，有点太显亲切了。不过一晚上大部分时间里，布雷觉得她非常兴奋——带些克制的兴奋。甚至他脑子里闪过了一个念头：也许她是情不自禁，知道自己要见孩子们了。他俩上了那张窄窄的床，不管怎么说，在上面睡过了许多夜晚，紧紧搂着，或者太热，各自翻在一侧，总要不时互相抚摸，肩膀、脚、头发、手，仿佛一副神经系统发挥作用，控制着两个身体，进行特别的配合迁就。他俩洗了淋浴，没怎么擦干，就赤条条躺上床，也没盖被单——皮肤上的水分蒸发产生了凉爽感觉。她说："我想感受一下你在我里面，但我们不做爱。"

"我们在大湖酒店租个大床房，那儿一定有大床房。"

"一天能到吗？"

"我们就一直开车走，好么？"他摸着她的脸，感觉她在微笑。

后半夜下雨了。屋顶上电闪雷鸣，他迷迷糊糊看见自己一脚踩住了那个飞快逃窜的蟑螂，金黄色的小东西。这时他已经软了，从她温柔幽深处掉了出来。大雨给了他们庇护，两人继续睡去。

早上，外面好像蜕了层皮似的，焕然一新。满眼的绿色，全都亮得像蜻蜓翅膀，在阳光下晾干。蓝花楹树投下大片阴凉，遮住了地上的落花。毛色光亮的椋鸟，飞来飞去。哈尔玛已经在那儿了，在检查他的地砖马赛克防水性能如何。

马洛普把三个行李箱和装戈登·爱德华的捕鱼用具的那只筐子全塞进了车里。卡里莫两手插在围裙下，来回走动监督。布雷已经告诉他，夫人要到首都朋友那边去。对他而言，首都是天涯海角，是世上最大的城市，最好的地方：如果你去过那儿，就差不多去过全世界了。"劳驾代我问孩子们好,"他用英语对丽贝卡说,一边笑着反复嘟囔,"没错……没错……嗯哈……"最后道别时,他递过来那只野餐篮子,每次去湖边,他总给他们用这篮子装吃的。"还是小鱼煎鸡蛋?"布雷说。老头笑弯了腰——"你喜欢的鸡蛋,面包,还有点奶酪——"

"没有烤鸡?"丽贝卡说。

卡里莫听了这善意的老笑话,两只眼里涌出了泪。"呵哈,穆克瓦伊没有告诉我今天要开车走!我昨天夜里没有做烤鸡——"

"有那些煎蛋就够了,卡里莫。"

哈尔玛吻别了丽贝卡。"甩手不干了,呃?我上哪儿去另找个铺砖的小工呢?你回来看吧,要为你把它弄完。"

哈尔玛和卡里莫留在后面了,一个两手叉腰,另一个两手插在围裙下面。马洛普一直在他房间外面跟一个朋友聊天,这时欢快地挥手道别。丽贝卡在座位上挪动了一下,坐舒服了,点了两根烟。"我感觉好像咱俩是去湖边。"

老车渐渐把加拉甩在了后面,他俩也把这里的全部怒火和混乱抛在了身后。沿途看到侨民中心有警卫把守,市场里一个个被砸烂的货摊,惨不忍睹,市场成了战场,满目疮痍,苍蝇横飞,烧毁的房屋散发着灰烬的气味——这是他们曾经居住的环境,一幕幕像河水一样从他们车轮下流过:雨水洗刷过的硬路面两边,长着屏风一样的茂林修竹,那里不是打斗之地,看不出骚乱的迹象。那潮流被导入地下。

他指了指通向迪宝·提布的阿拉伯要塞的那条道。

"我们没去成——"

"我总有一天要带你去,很值得一看。"

一连开出很多英里都没见一辆车。路边不时见摆放着常见的木炭袋,等人来买。林子里走出个赤脚汉子。雨过天晴的地方,女人一群一群,扛着锄头下地。零零星星几个村落,旱季后变得更小了。那一片片矮树丛,一夜的雨水,就足够让那些野百合,直接从沙地里破土而出，开出花来。他们一路观赏，一览无遗。过去的一个星期像住监狱，现在忽然自由了。刚说起路边的玫瑰，忽而就没影了。偶或车窗外掠过连绵的树林，大片的翠竹，恍如梦境。这景象令人思绪纷如海浪，反复涌起、撞碎。他们想象着家里的情景，哈尔玛和卡里莫各自痴迷于自己乐此不疲的那摊事。"但是卡里莫会当家的。""噢，没问题。一个玛戈特，外加两个哈尔玛，他都玩得转。"

"我忍不住为玛戈特难过，"丽贝卡说，"一个弱男人会把一个女人变成泼妇。铺地砖的时候，就连我都想呵斥可怜的老哈尔玛几句。"

"就连你也是？你总能看出来谁是弱男人？"

"嗯。如果我看上谁了，他还得能保护我才行。"

"我头一眼看见你——通过别人认识的——我就知道你是能被利用的那种人。情感上和其他方面，谁都可以利用你。你的朋友给人这种印象。维维恩总担心你。"

"喔哇，我在那儿表现不好。他们不信任戈登，没一个信任的。哦，我是说，谁都喜欢戈登——但是他们都以为戈登对我不好。我知道他们为我担忧。这让我表现得很滑稽，我无法解释，但是他们跟我调情的时候——尼尔、别人——我看出来他们愿意，他们对我啥也敢说，宁愿冒险说自己过得也不怎么地。我为他们难过。我感觉实际上……"她把手搁在他大腿上。"你不喜欢听这些。"

"虚荣，我看是。愚蠢的男性虚荣，我跟他们差不多，应该感到羞愧。我总是相信性自由，倒不是说我自己体验了多少，只是原则。"

她笑了。"我很高兴。我不想你跟很多女人做过爱。"

"尽管你跟很多男人做过爱？"

"我和你不一样。对我来说无所谓。有一件事很重要——你我开始之前，我就决定不能在那个朋友圈里再待下去了。我来加拉，就是想离开那个环境。"

停了一下，她又说："你在想我们第一次，在你的客厅里。"

"是的。"

"你说得对，的确好像跟别人一样。"

"你先暗示我需要你，我才开始同情你的处境。"

"你先开始的。你心想，可怜的一个女孩，带着几个孩子。丈夫在哪儿？"

"是的。我该让你住过来，而不是在鱼鹰酒店，付了几星期的房租。"

"但是你去看了莫维塔，一回来就把事办妥了。从那天我们去湖边，一切都变了。我也不一样了。"

"是吗？"

"你让我不一样了。"

"我改造了你，宝贝，你的大块头老情人。你再不想要别的男人了。"但他心里明白，说自己老了，她听了会伤心。

"和你生活是完全不一样的。"

"对我也是这样的。"

"哦，别这么说。"

"为什么不？"

"对你不是。"

"宝贝！我是说在加拉，没说别处。亲我一下。"他飞快地把脸伸给她。

她靠在他肩头，心满意足，朝路边一个孤独的身影摆了摆手。

"你不觉得戈登有……哦……让你感觉有什么弱点吗？"

"你指什么？"

"哦，你告诉过我，他绝对不以为你会对别的男人有兴趣。"

她咯咯一笑。"那是因为戈登对一切都太自信了，戈登啥都能对付。"

"但那是自大、傲慢，你觉得那是他的弱点，对吗？"

"某种程度上。但是你说你相信性自由。"

"我们在说戈登——他不认为这是性自由，恰好相反——连你性自由的可能性，在他看来都不存在。"

"当然不是性自由。只是事情没什么大不了的。不管是他以为我没能力吸引任何男人,还是我自己觉得有没有都没关系——本质上都是一样的。"她靠在他肩膀上很放松,很温暖。"我非常忌妒奥利维亚。恐怕就是这样:一想起她,就会有一种糟糕的感觉。"

"为什么要认为自己这么忌妒呢?你跟我不一样,我是对别的男人有一种愚蠢的性忌妒。"

"我不知道。"她似乎在等自己想出答案。"因为你不把性和爱分开。——是吗?如果你再和她睡觉,是因为你爱她。"

她说的这情形,恰恰不是奥利维亚,而是戈登——透过挡风玻璃,红土路在他眼皮底下向后飞逝,挡风玻璃被飞虫撞得星星点点,他脑子里出现了戈登,从特卢姆的住房穿过树丛,朝他的房子走来。

"我不知道为什么——要睡着了的感觉会这么舒服。我要打个盹儿。"

她睡了半个多小时,三四十英里的路程。他的思绪很平稳,并不是他对这桩事情的去向没有顾虑,而他似乎明白了一个道理,人绝不可能指望摆脱顾虑,摆脱内心的冲突,这就是人的生存状态——生命本身的状态——没有什么行为能摆脱它。没有终极,只要活着就没完,到死才会停下来。他脑子里一遍又一遍地考虑着一件事:迅速给莘札筹钱的可能性。也许,按局势的发展,没等到他安排好筹集的事,说不定莘札就死了。也许莘札流亡国外,莫维塔继续执政一段时期。也许会烧毁更多房屋,流更多血,像鸡血一样容易,只顾厮打,不明白为了什么,打斗会产生副作用,这些小团伙在无谓的战斗中,消磨了他们真正的民族斗争意志——摆脱长期受奴役、孤立、殖民——命运赋予他们的意志。内耗和混乱不断出现。他是其中的一方,也是其中的一部分。他一如既往,仍以怀疑为工具。没有别的可以贡献,也不指望最终获得什么,最后的结果他接受,他别无选择。

他下意识地认为,自己的生命和其他奉行文明价值的生命,才是最文明的,自然不情愿冒生命的危险——在明显的致命冲突中。这是他与生俱来的一种本能,而自己为此深感愤怒。他明白(开车飞驰而过,抽打着两边茂盛的高草)自己正与自己的天性背道而驰：为了个人的信念,有些事情或许值得忍受,但是,没有什么值得牵扯别人忍受痛苦。如果为了一项事业而杀人,而这事业与我无关,则我手上不能沾血；所以,不参与。但他没有这么做,却把那个"自己的天性"搁置一边。这要么是个悲剧性的错误,要么是他的救赎。他心想,我搞不明白,尽管在我的余生,别人会告诉我。车窗进来的风,吹得丽贝卡的头发在他肩膀上飘拂。汽车经过一块沼泽中的草地,上方盘旋着许多寡妇鸟,尾巴又黑又长。忽见路上盘着一条蛇,他连忙躲了过去；下一辆车会碾死它。他脑子里还转悠着一个可能性,到了首都后,去最后见莫维塔一面。这乱套的事,像颗宝石掉在了池塘里,混在水底的石子里,跟别的卵石一个样。如果捡起来……即便到了这一步,做事大胆并不为过,莫维塔可以抓捕莘札,不是敌人,而是唯一机会……他恍然看见自己已经迈上了那座巨府的红砖台阶。他想,心里这个图像会隐没,就像恢复健康后幻觉意象隐没一样,遁迹于无形。

他并没有为莘札预先考虑过什么,因为那是他一直以来的航标,就像这条路是通往首都的一样。哈法吉车行。即便莘札已经转移,也没关系。他有名单。莘札不是个靠谁的人,毋宁说他能让人心甘情愿去做什么,动力发自内心。他知道不能要求人做自己心无所属的事。

哈尔玛会不会在那房子里遭攻击？——为什么会那样,加拉的骚乱中并没有掺和反白人情绪。但万一碰巧了呢——有人拿根棍子挑一团浸了汽油的烂布,跑到了这条街而不是那条街,菲尔丁的一个治安警卫看见黑影一慌神开了火？但是哈尔玛有一种与生俱来的生存能力。哈尔玛难逃此劫。出于本能,他会待在加拉原地不动。他无所畏惧,就像他的婚姻。——我得去看看玛戈特,他心想,听到女孩睡梦中呼噜打得山响。我可以对她坦诚相告,他恢复得不错。说来奇怪,尽管神经崩溃让哈尔玛失去了曾经那么热衷谈论政治的激情,所以他们一直没谈起当前局势，顶多说到了侨民中心的一些事，然而他有个印象，哈尔玛完全理解布雷在加拉的处境，就是过去几周的情况，仿佛哈尔玛自身的碎裂残骸打开了，赤裸扭曲、暴露无遗，能从容接受深藏在这种谈话中而没说出的内心真实。哈尔玛说过一句话，那是他们从花园看到镇子上火光冲天的那天晚上："火在人心里，不在房顶上。"——是陀思妥耶夫斯基在哪本书里说过的。

丽贝卡醒了。她脸颊上压出了他运动夹克皱褶的印子，眼睛迷离恍惚，因酣睡而颜色变深。他停车一分钟，好让她方便一下。她找了个隐蔽的涵洞，少顷回到路上，迎着太阳露出笑靥，摘了一朵野百合，捏手里旋转。她穿着她那条旧牛仔裤，走路有点笨笨的，也许有意识地展示自己身材一直没变，只是大腿有点粗了。她刚睡醒那一刻，显得十分年轻——每天早上都是这样。皮肤散发着活力，就像一股矿泉上方的水汽透过地面，无论何时他抚摸她的脖子和脸颊，心跳都会加剧。

看看时候不早了，才停下来吃卡里莫准备的午饭。地上湿得很，两人把包装报纸展开铺地上，坐在上面。都懒懒的，不想说话，除非很重要。说话声会传得很远，一直能传到寂静通透的萨凡纳森林。中午时分，听不到鸟儿叫。不过丽贝卡从保温瓶往外倒咖啡的时候，还是跟他说了一句："如果不是去瑞士，那么，是要去哪儿？"

"过几天我就知道了。我现在只跟你说几个事实，因为我不能谈这事，跟任何人都不行，甚至跟你也不行。"

"在这儿也不行？"她抬起手指了指森林，半开玩笑地说。

"等我完全了解了我会告诉你一切，因为你必须知道。"

斑驳的树影洒在她胳膊上，像裹了块披肩，她眼睛盯着他。"这么说，现在只能说这些了——也许我能做什么——为莘札。我会做的，不管是什么。"

她没说，那我怎么办？她站起来，好像要收拾吃剩的东西，却走到对面蹲坐着的他身后，两条胳膊搂住他的脖子，把他的后脑勺抵住自己的肚子。

他说:"我会都告诉你的。"

"我知道你会的,这次。"

她绕过来蹲坐在他对面,摘掉他的眼镜,按摩着眼周围的皮肤,玩起了老游戏,盯着他近视混浊的眼球晶体,她常提醒他保护眼球晶体。他说:"如果我现在开始亲吻你,我们就永远到不了目的地了。"她拾起保温瓶。"要把剩下的倒掉吗?"

"别,过会儿也许还想喝呢。"

"过会儿就不热了。"

"没关系,解渴就行。"

他们回到车上,见森林里出来两个小孩。刚才可能就在树后面藏着,耐心地张望了一会儿,然后才上前来。她把吃剩的面包、奶酪、小鱼煎蛋,统统搁在他们展开的手掌里。车还没开动,两个瘦弱的小家伙又消失在森林里了。

过后不久,他们遇到了一个明显的路障,清理了一半。树枝和石头移到了路边,刚够一辆轿车通过。四下无人,不远处就可以拐上那条岔道,通往牛浴站,从马托肯再走六十英里就到。这地方一直没下雨,将近下午三点,炎热、单调的行车节奏,窗外掠过的热风夹带着有人从牙齿间吹出的口哨声,所有这些让他一边开车一边感觉昏昏欲睡。于是俩人换了下位置,丽贝卡开车,但他又没睡着,只是在小车里尽可能地伸展了身体,眼睛用不着紧盯着催眠的路面。现在是他点烟给她抽。他刚闭了会儿眼睛,就听见她不耐烦地低低哼了一声,他清醒过来,见前方远处又是一个路障。路面热气蒸腾,出现海市蜃楼般的景象,好像有大堆树枝草叶。还看不大出来是不是把整条路都挡上了。她减了速,两人死死盯着前面的障碍。但是当然,她看得比他清楚。"该死的,是全挡上了。现在我们怎么办?"

"慢慢走。"他把脑袋伸出车窗,草很高,象草,非常干,上个季

441

节的草还站立着。一棵死树被拖到了路上,连根带枝。折断的树枝堆在树干上。她停住车,熄了火。

"先看看再说。你先别下来。"

他慢慢走近路障,爬上去,翻过另一边,来回看了看,又爬回来。他回到车跟前,笑着说:"你感觉有力气没?我们得干重活儿了。"她下了车,两人先把拿得动的那些断树枝清理掉。但是那树干不好办,死树根连着一大坨红土,肯定是暴风拔起的。用力推纹丝不动,她无能为力地笑了。"别急,姑娘。用千斤顶试试怎么样?从这儿往上顶,也许能抬高些,然后再推。"

千斤顶没放在前边的储物箱里,而是在后座底下,因为这车他买来,那个固定卡子就断了。他进了车里,把那篮子饭放在前座上,把后座翻起来,灰尘飞得到处都是。这时,有东西突然从草里冒出,他感觉自己腿和腰被抓住了,人卡在方向盘和座椅之间,块儿大力气也大,一时没被拉出去。突然周围都是人,车里也进了人,刚才一直没声响,这时突然叫声四起,他拼命吼叫、用力拉拽,听不到压在他身上的人是不是在叫喊,也听不到丽贝卡是不是在尖叫。他一面使出浑身力气保护自己,一面拼命大叫,让丽贝卡听到,赶紧逃跑。一伙人七手八脚拽着他的腿往车外拉,脖子磕在了地板边上,一下磕懵了,耳朵听不见了,疼得钻心,听不着自己的叫声。他身上猛地爆发出一股力量,霍地站起,感觉摇晃得厉害,围着他的人都比他矮小。随即他又被扑倒在地上,往上看着那一张张脸、棍棒、石头、农具、背后的太阳。什么东西一下一下砸在自己身上,他感觉自己在抽搐,眼前一阵阵漆黑,一阵阵恶心,被猛击后抽搐到腰腿折叠起来,喘不过气来,他感觉自己又站起来了,觉得自己在大叫,想跟他们说加拉话,可是一个词也不会说,一个字也不会了。突然眼睛里爆开了什么,被湿淋淋的花朵蒙上了,心里暗暗叫苦:这下完了,然后——

第六部

　　她在路边一个深沟里待了很久。指甲缝里塞满了红土。两壁都是红土，一片片枯草紧紧盖着上面，她身体两边都是。她脑袋抵在枯草上，等候灾难也降临到自己头上。她嘴里有土，混在唾液里。她像动物一样大口喘息。她听到了火焰的呼呼声，看到了浓烈的烟雾。

　　后来四周安静下来。除了焚烧的余响，没有别的声音。火燃尽了，只剩了气味和烟。

　　当时她看到那伙人从车里往外拽他的时候，赶紧朝他跑来。他站起来瞪着她，因为近视没看着。但就在那个瞬间，他又被那伙人打倒在地，那么大的躯体，抵抗击打的声响，吓得她一头冲进路边的草丛，直往里钻。脚崴了也顾不上，只管逃命，手足并用，连滚带爬，滑到地面上削下去的一面坡底。她发现自己掉进了草丛的边缘的一条深沟。但那伙人离他不到二十码，她明白自己顷刻间就会落到他们手里，逃也没用，两边都是土壁，只好束手待毙了。

　　她肯定那伙人还在，只是不作声。

　　她没动。烟雾不再升腾，渐渐淡下来，静静地悬在半空。她不知道过去了多久。但是寂静是一种空旷的感觉；在她和路之间的一带高草上方，红毛织巢鸟掠过来闪过去，好奇地嘀啾。又过了一段时间。

她站起身，打算爬出这条深沟，可是两面的壁太高了。她挪到了滚下来的地方，发现两边有两行斜对的凹槽，是路政部门弄的，便蹬踩着一步一步上来，拨开高大浓密的草丛，虚弱地钻过去。汽车还在路边，像块黑炭，座位还在冒烟，碎玻璃散了一地。

他在路的一边上，没被火伤着。没受伤。她高兴地哭了，因为看见他没被烧死，她小心翼翼地走过去，走得不快——她走不快——走到他跟前，他躺在地上，两条腿摊得很开。她绕着他走了一圈，听见他有点声响，她以前从来没听到过。又绕了几圈。他的身躯——胸脯、那么大的块头却依旧保持精瘦的男人腰、壮健的躯干，好像全被打烂了，外面包裹着那件弄脏了的运动夹克。尽管走了样，但还在那儿。整个人还在那儿。有些搅和着泥土的血渍，看上去黏糊糊的。但他身躯还是全乎的。满脸的土和血，拧巴着脸，嘴唇略往后绷，好像正使劲扭开瓶盖似的。

忽然她看见他眼镜碎片扎进了颧骨里。镜框躺在耳朵边，玻璃片深戳在结实的肉里，正在平时被眼镜保护的柔软而略带光泽的那片皮肤下方。玻璃片刺得很深，周边皮肤都白了，没怎么流血。她在旁边跪下来，手指哆哆嗦嗦试着拔出碎玻璃片，又生怕伤着他，但不可能拔出碎片而不伤他。

过了一小会儿，她走开坐在路边刷白的里程石上。他的眼睛没睁开，但眼皮没全闭上，留着一条缝。她折了一小截干草梗，挑指甲缝里的泥，挑得很仔细，一个接一个。天非常热。头发下面，汗水顺着两颊往下滴淌，流得脖子上都是。她眼睛时时盯着他。她心里涌起一种陌生而可怕的怪异感觉，跟眼前他的身体相关。她站起来回到他身边看着他：这是她昨夜抚摸过的同一个身体，一直在她里面直到她睡着。

饭篮子和他的公文包扔出了汽车，所以没烧掉。她捡回来，用篮子支着公文包搁在他头边，给他挡太阳。

又过了半晌。她坐在路上。汗水浸透了衬衫，能闻得到汗味。她时而张开嘴喘几口气，听到声响了，就屏住气息。她开始感觉到了什么。不知道是什么,但那是身体上的某种暗示。接着,她清楚地想起了那个保温瓶还在篮子里,便稳稳地站起身,去拿过来,把剩余的咖啡倒在塑料杯里。看见液体,浑身立即起了反应,直达嘴里的腺体,再到神经,到所有感官,到肌肉和骨头——她渴了。她一口气喝光了咖啡。然后开始哭泣。渴了,喝过了,大难降临了:她失去了他。她活下来了。在这荒郊野岭,烈日当头,眼泪从眼里扑簌簌流出来,经过鼻子,滴到手上。

有些村民从路上走过来。一个老头,两只耳垂上各吊着一个别针,围着一截腰布,上面穿件夹克,在她面前站住,嘴里反复念叨着一个不完整的词。有几个小孩子来围观,没人叫他们走开。她能做的就是面对老头,不停地摇头,摇头,摇头,摇头。几个女人围着布雷唉声叹气。人们拿来一条灰毯子,她老看见他们的茅舍门外挂着这种毯子,还拿来块旧门板,把他抬起来放在门板上,抬走了。他们似乎认识他,他属于他们。带别针的老头用惊讶的口气对她说:"是上校!是上校!"

后来她就不知道他的情况了。她离开了他,沿着路走下去,两边有两个女人陪着,硕大的胸乳外面裹着棉布。她还活着。

村民们把她和他带到了一个旅店,关门了,不然就是废弃了。房子外面围了木板,外面有几个大鸟舍,不过里面没鸟,铁丝网门开着,里面堆放着大量破床垫和垃圾。他们把他抬到了他们住的地方,一间土房,把他放在一个铁床架上,里面昏暗阴凉。这是那老头的床,有个枕头套,上面有手工绘画的刺绣,许多黄色的十字架、蓝眼红鸟儿、蓝花红叶。女人们围着他坐下,双手合十,不拍出声响,持续发出一种远古的喉音,也许是一种祈祷,也许是另一种她从没听到过的人类的声音。她把头靠在旁边一个裹着布罩的大胸乳上,闻到了木头烟火和鼻烟味。从马托肯侨民中心来了一位骨科医生,用他的路虎把她带走了。医生娇小的妻子,看上去很像艾德娜·特卢姆,好像有点怕她,把她安排在显然是他们的婚床上。来了一个穿教士袍的白人大夫,给她打了一针。他们让她睡觉,因为她没死。她理解。此外还能怎么对待她？她睡了一夜，第二天早上，发现自己在一张大床上，过去那么多夜，都是在窄床上睡过来的。

尼尔和维维恩·贝利来了，带她到了首都。她穿着那位骨科医生妻子的一条裙子，随身什么也没有了，唯有一只饭篮子和一个公文包。

到了贝利家，孩子们一下就把她包围了，又拉又扯，亲得不得了，问她克莱夫、阿兰、苏西在哪儿。维维恩用大人的话跟孩子们说："你们别骚扰丽贝卡，她非常、非常累。"但他们眼里，她是太熟悉的丽贝卡，老挤进她的车里，去外面玩耍野游。维维恩的孩子们都跟妈妈争得面红耳赤，艾丽萨叫道："这不公平！丽贝卡比你好！"房间里磕门声，叫喊声，乱成了一团。

尼尔每次进来总是说："我想我们需要一杯白兰地。"好像三个人各自手里没有一杯酒就没法聊天。她依着贝利夫妇把酒喝了，但没吃维维恩给她的药片，因为吃了药就得去躺下睡觉。醒来就想不起出什么事了，还得苦苦回忆。维维恩说："我有个好主意，给你做几件衣服。"缝纫机搬到了起居室，维维恩开始缝制，一边自言自语，做了一半的就交给丽贝卡完成。她穿着维维恩的衣服，比骨科医生妻子的更合身。她想起件事，就对维维恩说："你把衣服送还到马托肯了吗？"维维恩温和地说："没有，我会的，等交通恢复了再去，别担心。"

她在缝一道卷边，布料是白色发绿的棉布。她说："他们怎么处理他的事？"

维维恩把两只手慢慢从缝纫机上移开，脸上露出恳切的表情。"他们给他妻子发了电报，问她要不要把遗体运回去。"

他们告诉她，机场关闭了。需要把他安放在某个有冷冻设备的地方。谁也不知道航班什么时候才能恢复。她想拿机场开个玩笑，说："反正你那个暴乱备用包总在手边。"但是维维恩听了，想起了什么难以言说的事情，没有应答。

他们各自手里拿着白兰地酒杯，谈起了发生的情况。那天——昨天，前天，大前夜：慢慢又过渡到另外的相关日子——跟她知道的不是一个版本。路上打劫的那伙人，是一帮流窜匪徒，成员是暴乱事件剩余的人渣，流窜了一个星期，匪窝在石棉矿附近。有一个陌生白人领导的公司平叛队——"你看，"维维恩打断了丈夫的话，"我知道他们会插手，起用刚果来的那些人，莫维塔阻挡不了。我就知道会这样。"——用机关枪扫射罢工工人，工人手里只有木棍和石头。对付他们的那些白人，训练有素，知道怎么对付乡下人，要以出钱一方的名义，给他们个教训——他们在村子里放火。村民和工人围攻雇佣军盘踞的老皮尔琪酒店，没成功。有人设置了那个路障，也许是为了伏击那些白人（落空了，那些人已经撤离，没影儿了）……据说开始放火烧房子的人，是个高大的德国人，他没坐部队的车走，自己开车走。

维维恩说："但这是个小小的大众车，里面还坐着女人。"

"对石棉矿工们来说，军车和别的车是一样的。车就是车。"尼尔对她说，口气冷漠。"再多的情况谁也不知道了，到现在就知道这么多。我看莫维塔并不知道他们用机关枪扫射工人，野蛮地烧他们的房子。他把事情交给了公司的私家军队，靠他们的思想意识，太轻率了……"

她提供了一个信息："帮我们的人认识布雷。有个耳垂上挂别针的老人，以前认识他。"

尼尔把酒杯放在地板上，两手交叉搁在两个膝盖之间，他那颗眉目清秀、留胡子的大脑袋（布雷有次叫作河神头）垂得很低，微红的脖子上青筋毕现，瞪着腿间的地板。沙哑而严肃地说："是的，他们认识他，但是那帮暴徒不认识。矿工全国都有。天知道他们是谁。没人知道那些白人是谁。反正是从什么地方来的白人。也许他们开着大众车旅行，也许他们车里带着女人。那些人认识他二十多年了，但在一英里开外设置了路障的那伙暴徒，从来没见过他。就这么回事。"

艾格尼丝·阿莱克来看她。头上戴着平直的假发，穿得很漂亮，一直哭泣。"要是你跟我坐飞机来就好了，要是咱们一块走就好了。"

布雷的死,使她那矮小而丰满的身体,似乎也经历了她一直以来的恐惧。丽贝卡和她坐在花园里,拉着她的手安慰她。维维恩端出了茶。"过来跟我住吧,丽贝卡,来我妈妈家吧。房子不错。我讨厌加拉那地方,别告诉我那地方的情况,千万别——你一定恨我们——我跟妈妈说,她恨我们,为什么不?"两人拥抱在一起,她哭,丽贝卡就轻轻拍她的背。维维恩非常善意地说:"你看我们做的衣服怎么样,阿莱克太太?你看丽贝卡身上穿的这件裙子,就是我俩一块儿做的。"

罗立·丹多来了。是傍晚时分,几个人都喝了酒。个头矮小的罗立还是那副样子——刻薄、蛮横——乱世乱象,出了什么事,什么时候官方信息不可信,反正没他不知道的。众所周知,莫维塔不在总统府,他向公众源源不断地发布讯息,不知道从哪个隐蔽处发出的。他在电视上露面,据说背景是从老电影胶片剪接的——合成得不太好。谁也没提过这些,但他们谈起了。丹多似乎肯定,莘札出了国,策划一场游击队叛乱。德拉米尼·奥科伊和卫生部部长摩西·帕哈尔,双双失踪,显然是追随他去了。戈玛据说在监狱。监狱里人满为患,如果谁几天不露面,人们都会认为他进了监狱。尼尔说:"罗立,莫维塔要求英国出兵,是真的吗?"

罗立坐在夕照里,领口里皱巴的脖子上筋腱很明显。他好像没听见,站起身要给自己再倒一杯酒,在丽贝卡跟前犹豫了一下。他把手搁在她头上:"金黄色眼睛的女孩,金黄色眼睛的女孩[①]。"脚步笨拙地走到门廊露台,给自己倒了杯酒。回来坐在她沙发椅的扶手上,伸出胳膊搂住她,一边说话,一边摸了摸她的脖子,有几分醉意了,这样的时刻他都控制不住自己,而利用自己失去朋友而忧伤的机会,去挑逗一个女人。他谈起了布雷。"这件事,当然,我们所有的亲爱的外国朋友们都会说,他被他热爱的人民杀害了,你还能指望他们什么,这些人

---

① 原文为法语。

是多么的忘恩负义，恩将仇报。就这一点，也够让他恼火的。也许他觉得好玩，我不知道。"

维维恩优雅的声音在夜色中响起。"我希望我们能弄明白，事情发生时，詹姆斯自己知道不是那样的。"

"当然他知道！"罗立以不容置疑的权威口吻说，他知道自己和布雷的友情，别人不能望其项背。"那些听说他的死吓得尿床的白痴们，怎么能跟他比！他知道历史的力量意味着什么，他知道社会变革会释放出风险多大的能量。但是这有什么用？他们都会说'他的黑朋友'谋杀了他。他们还会再次落井下石，他们要洗刷自己的罪孽，说，是的，他死了，带着基督教的宽恕，饶恕那些为报复而杀死他的人。全能的基督。从来没人说公道话。他们总是用自己那恶心的错误观念诋毁一切。"因为宵禁，罗立留下来过夜。她听见他在隔壁卧室里打呼噜。

维维恩跟丽贝卡不停地说她的孩子们，说克莱夫、阿兰、苏西，但是她自己一点儿都不想他们。她开始出血，尽管还不到日子，是那个时间，她想：从没发生过。一次也没怀过孕。维维恩做了些贴心的小安排，仿佛出于善意，从路上撵开迷失的动物。"我想你该去看看玛戈特。如果你愿意。她情绪非常低落。她很想知道哈尔玛的情况，尽管她不承认。"于是她开着维维恩的车，去了银犀牛。那天以后，这还是头一次开车。车也是那种——大众的一款老车型。她的脚和手自行协调，脑子开了小差。才过去了五天。

下了一整夜的雨，清晨美极了。（穿那件绿裙子，维维恩说。）邮局和广播电台周围有士兵把守，人们被拦在警戒线以外。在火车站和长途汽车站外面，坐着数百个女人、儿童和老人，周围有一堆一堆家用物品，有牲畜，在强烈的日光底下，伴着尿味和烂菜味。火车和汽车都不通。

下了雨，又热，到处都绽开了鲜花。士兵们穿着单调的军装，站在开满花朵的树下，一品红和芙蓉花，像狂欢节散在总统府车道上的纸花，据说总统府已经人去楼空。在银犀牛酒店的老园子里，停着一辆庞大的美国车,后面还停着一辆稍旧但毫不逊色的车。新的那辆,宽大的后窗上有尼龙窗帘,座位罩上有虎猫图案。有几个穿着睡衣的黑人,坐在一座平房外面的草地上——她只管朝大厅走去,没怎么注意。但是其中一个站起来,展开双臂迎上来,是个身高体胖的男人,嘴里叼一支雪茄,头戴一顶豹纹软帽:娄娄,娄娄·坎博雅,来自刚果,戈登的前合伙人。"爱德华兹夫人——我说我认识走过来的女孩!你在这儿干吗?""娄娄——你呢?"他抓住她的肩膀,笑着看她,一张葡萄黑大脸,一脸横肉,崎岖不平,额头也满是沟沟坎坎。"咱在哪儿都做生意。你知道娄娄。但是这次战斗,呃?他们疯了,呃?我坐在这儿,我跟我的人昨天来了一周了,没什么事,没事。有时候我都想去放纵一下①——"他狂笑不止。她听戈登说过"去放纵一下",这句法语的意思是,去找个姑娘做爱。娄娄和戈登在一起讲法语,半文盲黑人讲的那种刚果味儿法语,掺杂着加拉语词汇,比利时语用法,但是娄娄向来都很自豪,能跟她讲英语,她就不会懵在那儿了。"孩子们②还怎么?戈登在哪儿?又赚大钱了没?呵,戈登啊,要是他一直跟我干,你裙子会更多!我发迹了——对头,我是说发迹了,呃?——我在电影③里听到的!喔,生意一向不错,可是现在这场战争,还是叫什么?什么?什么?呃?我和我的弟兄们昨天已经在这儿一星期了。"

"你要去哪儿?"

"我去南边。往南,往南。离这儿很远。我有机票,可是飞机不飞了。你瞧,我可不想去约翰内斯堡。你还记得吗?"

是的,她还记得,他总是巴不得去约翰内斯堡。他根本不信南非有规定,不准外国黑人入境,如果他真去了,他就没法享受他习以为常的那种自由,没法泡酒吧泡妞了。

---

① 原文为法语。

② 原文为法语。

③ 原文为法语。

"你知道——现在,我在那儿有生意。我往那儿运三批货了——三万法郎。在瑞士支付。不是刚果。"他津津乐道,爆出一阵狂笑。"但是你病了吗,爱德华兹夫人?怎么回事——"他用戴着戒指的手摸了把脸。"你缺钱花?"

"不,没事。我很好。——我出来的时候还能见到你吧?我得去看温茨太太。"

"随时。随时。好像要在这儿过圣诞了。"

她感觉手指湿乎乎的,紧张僵硬。他那种表达忧伤的脸色好滑稽,她突然感觉眼泪又要流出来了。在贝利家泪都流干了,就像人们说母牛不下奶了。

玛戈特·温茨的头发好久没染了,新长出来的一截跟上面的颜色不一样。两人聊天的时候,丽贝卡一直盯着那一两英寸花白头发看,面对玛戈特头发上这个明显的分界,感觉不好意思。也许是心里忧伤的外在表现。两人在小小的起居室里,坐在圆桌旁,上面有带花边的桌布。面前各放着咖啡,旁边搁一把小银匙,一个郁金香状的银奶油瓶。她们说起了哈尔玛,好像在说一个病人,被建议去加拉疗养康复。丽贝卡说他最近看上去好多了。他干活儿,在花园散步,对他身体都有好处。还用结论般的口吻说:"他主动提出待下去,照料房子。"玛戈特脸上现出一种不知所措的凄凉表情,因为她们的话题,不可避免地到了面对的事情上了:说到了那天,丽贝卡和布雷离开加拉的那天。丽贝卡叙述哈尔玛在加拉的生活,每当提及布雷的名字,玛戈特左半个脸就会抖一下,好像里面有刺,扎了一下似的,但也没辙,没法老回避。她说了说那件可怕的事情,说他是多么好的一个人。她瞪着丽贝卡,没法说下去。丽贝卡表现很庄严,她的脸(不像娄娄的),天生就是表现悲情的。

她们又添上咖啡接着喝,丽贝卡问了问酒店的情况,问了问儿子斯蒂芬的近况。"没人知道会发生什么,"玛戈特说,语气近乎严肃,"就算我想走，也没钱走。就算我们都想走，机场也关闭了。我看边境也关闭了。哈尔玛在这儿不会有什么好发展了——"接着又想起了假如他没留下来"照料房子"，他就会死去的，又露出那种茫茫然的表情，这表情丽贝卡不陌生，因为以前玛戈特到哪儿，总是让别人脸上出现这种表情。丽贝卡问起了女儿的事，玛戈特脸色才好看了点儿。女儿在伦敦安顿下来了——当然，伊曼纽尔一无所有，老是音乐会啦，独奏啦——音乐是她的命根子，你知道。"丽贝卡起身告辞的时候，玛戈特对她说："丽贝卡，需要啥跟我说。不知道你啥情况——也许有地方住？"丽贝卡谢过她，说没事，当然还是住贝利家了。"我看到你酒店里有个客人，是我们的老朋友——有名的娄娄·坎博雅。"

"噢，是他。"玛戈特的声音有点干。"他还自带了几个妓女，不避讳司机和助手。倒没给酒店惹麻烦，警察还忙别的事呢，不然我就惨了，被人家说开的是妓院。"

娄娄一直在留意她出来没，把他的朋友们都撇在了那间圆顶平房的露台上。"你不想少喝几口吗？不？那到我房车里来，给你看看我现在的生意——"这么热的天，他穿条淡蓝色亚麻裤子，一件棕色马海毛金线短衫。肥厚的脖子根上挂一根金项链，垂着个嵌红玉大圆坠儿。豹皮帽子上悬着根麝香猫尾巴类的穗子。房车的巨大尾部堆满了特制的盒子，旅行推销商的风格，但带有娄娄自己的特色——镀金锁、红塑料鳄鱼图案盖。"美国货，美国货。"他倒卖的还是从前那些货——象牙裁纸刀、象牙项链、著名的卢肯谷王坐像的粗糙复制品，可以在卡塞河上游的巴库巴村雇人成批刻制、用贝壳和铜装饰的面具，不是舞蹈用的那种，而是白人家里墙上挂的那种。"要是我去不了约翰内斯堡，我想我明天就去葡萄牙语区。把货卖掉，那地方也不错……给你，我给你弄了件小礼物[①]……是的，是的，你拿着——"她只好从一堆凉

---

① 原文为法语。

鞋里找一双合适的,凉鞋是金色后跟,鞋带不知道是哪种可怜的野兽皮做的。"爱德华兹夫人,可是你为啥忧伤哪,呃?"他退后了一点,朝她摇摇头,发现礼物也不解决问题。酒店前后响起了非洲木琴声,宣布午餐开饭,他的随从一听都站起来,椅子腿磨得嘎吱嘎吱响,七嘴八舌,叽叽喳喳,女孩们放声大笑,毫不拘束,摆着漂亮的黑皮肤小手,指甲涂得像白鱼鳞,大波一颤一颤,耳环一甩一甩,满头都是黑黑的小辫子。他高声说了几句挖苦的话,女孩们听了笑得更起劲了,有个女孩还把两手叉在臀上跺脚,脚链发出玎玲玎玲的响声,浑圆的屁股在紧身裹裙下面扭来扭去。

丽贝卡快到贝利家了,忽然又掉头回银犀牛去了。他们都围着桌子吃午饭,椅子东倒西歪,跑堂的汗流浃背围着他们转,啤酒瓶递来递去,娄娄坐在桌首。他不管在哪儿,总带来非洲露天夜总会的气氛。"你真的要去吗?""葡萄牙语区?是的,我跟你说过,这地方待够了。飞机——没关系。我自己走。——我已经去过一次,不错⋯⋯"

她说:"我能跟你一块儿去吗,娄娄——能带我去吗?"

"没问题,带你去!没问题!明天[①]?你怎么过来[②]?有很多行李[③]杂物[④]吗?"

贝利夫妇不知道该跟她怎么说。"什么时候能到那儿?去了干什么?"

"坐不成飞机。"

维维恩说:"那你应该去南非呀。"

她摇了摇头。

"那你要去哪儿,丽贝卡?"维维恩轻声说。

---

① 原文为法语。

② 原文为法语。

③ 原文为法语。

④ 加拉语。

她告诉他们，布雷把她那笔钱汇到了瑞士银行。

"别跟任何人再说起这事。连你的朋友娄娄也别说。"尼尔·贝利说。维维恩沉默不语。

"我想去取这笔钱。"

他们没再问什么。

维维恩给了她件从英国带来的驼绒外衣："欧洲快到冬天了——你没有保暖的衣服。"她的物品不多，只有她俩一块儿缝制的两条棉布裙，那条旧牛仔裤、衬衫（洗干净了，没有红土痕迹了），饭篮子和布雷的公文包。尼尔请示她让他打开公文包，找找布雷的护照和其他文件，后来又把公文包还给她了。

尼尔走进了卧室，两个女人站着，拿着那件外套。"飞机票怎么办？"

"我跟娄娄借钱买吧。"

尼尔点了点头：娄娄是她丈夫的合伙人，钱的事好安排。她立刻说："他肯定乐意让我用瑞士法郎还。"

尼尔离开卧室后，她对维维恩说："我再也不跟戈登一起生活了。"维维恩站在那儿，看着外套，却视而不见，用门牙咬大拇指甲。

他们给了她一只行李箱。她把东西都装好后，一半还是空的。直到她走的那一刻，夫妇俩似乎都感觉又有责任阻止她，却又不能给出任何原因，她为什么不能去。"我觉得他出不了边境，"尼尔说，"尤其是他这个人。大概都知道他干过军火走私。"

"他能过去，没问题。戈登总是说，没娄娄办不成的事。"

他驱车走了一天一夜，只在路边停了两三次，在车里小睡一会儿。任何人开车这么久，这么快，不休息都是危险的，但她知道没事。她发现并不是你不在乎生死，而是你知道你什么时候死不了。你是被留着活下去的。他只从那几个女孩里挑了一个带着，车里有挺大的空间可以伸展肢体，可以睡觉。她和那女孩不说同一种语言，所以交流仅限于偶尔一笑,以及需要的时候无言的一致行动,一块儿下车到树丛背后撒尿。热得厉害,车速令人眼花:森林、萨凡纳湖、矮树丛,从车窗外一一掠过。娄娄略施手段,就把边防检查站的官员摆平了,把两瓶威士忌"忘"在了空调旁边,天很潮,瓶子上沾了水汽。到了边境另一边,已经是黑夜了。他想找个电台听听,突然爆出一阵刺耳的音乐,把人都惊醒了,她看见他穿着汗衫的模糊身影,前大灯光柱里满是飞虫,闻到了破晓前的新鲜气味。他们行驶在沙漠附近,看到一些坚硬的黄土蚁冢,有十五英尺高,过了季的多刺高灌木,枝条乱七八糟耷拉下来,巨大的猴面包树。车开过几座干河床上的木桥。快到中午的时候,看不见植物了,什么也没了,满眼都是一座座坚硬的黄色石崖,河流般的花粉色沙丘,石崖反复出现、消失,接着,大片黄色背后,出现了一道鲜亮结实的蓝色——大海。穿过肮脏的村落、自行车流、鸡群、超载的公共车和卡车,这是每个殖民地城镇的第一景观。他们经过了几个工厂,名字是葡萄牙语,石崖被围得严严实实,满眼全是粉墙、白墙、瓦顶、墨绿色的树木、白人房屋前叶子花夹道的美丽小径。往下看,弧形滨海路后面,商务中心方方正正,一片一片,连着港口上杂乱的船只和起重机吊臂。娄娄带她来到里斯本酒店("你喜欢——两个酒吧"),给了她够买一张去欧洲机票的葡萄牙埃斯库多币,另外又给了她相当于五十英镑的现钞,一半美元,一半英镑。他们去游览自然景观的时候,那女孩让丽贝卡看了她的两厚沓钞票,裹裙臀部两个布兜里各放一沓——好像带她来的目的,不只是放纵一下[①],主要是当钱罐用的。娄娄自己没在酒店开房,他和他港口的好朋友到外面快活去了,他答应给女孩买顶假发——她把手指搭在自己肩膀上,满脸表示要求的欢笑,意思是要长长的,长过肩膀的——然后他们又出发了,开车一路向南,直奔另一个港市。

---

① 原文为法语。

他们离开后，她回到酒店房间，有两张床，她在一张床上坐下，还有点轻轻摇晃，长时间坐车后一下静下来，仿佛还是车里的节奏。她拿起电话，拨通了航空办事处，得知需要等两天才可搭乘去苏黎世的航班，她订了班机座位。他们记下了她的姓名，她说随后她再去支付票款。

这是个双人房间，两张床，中间隔着个床头柜，上面放着电话、烟灰缸、一本《旅游指南》，书名是三种文字：英语、法语、西班牙语。有个卫生间，厚厚的窗帘后面还有个窄窄的小阳台。她出去站了会儿。半个月亮挂在平静的海湾上，海湾弧线上棕榈树排列均匀，正对酒店，围板里面，正在建一座新楼群。有一处空隙里，工人们坐在钢梁之间绷紧的钢丝绳上吃盒饭。俯瞰下面，有个正正方方的小场地，从前这个城市还是边防要塞的时候，那儿一定是广场了，现在已经被沙面路和观赏树分割了，像个图章。一个头戴纸帽的工人，朝她招手。她转身进屋，拉上了窗帘，站定看着两张床。把刚才打电话坐过的被单拉开，仰面躺下。枝形吊灯上有六个假蜡烛，在天花板上投下六块圆形暗影。吊灯的玻璃珠串儿在她感觉不到的气流里轻轻摆动。房间里所有的东西都是陌生的，只除了野餐篮和公文包，还有她自己。整整一星期前，他们离开加拉，上了公路。

里斯本酒店前台有个男服务生，矮个子，大脑袋，卷发，小嘴，唇周发青，胡子刮多干净都改不了这颜色，年轻的褐色眼睛溜圆，像猿猴。大脑袋高过柜台不太多，总是忙前忙后的——要么是给顾客换旅行支票，要么接电话给谁记下一个号码，要么拿起那支小小的金色自动铅笔，咔嗒咔嗒把铅芯按出来，画一张街道地图。他说一口流利的英语，告诉丽贝卡怎么去航空办事处。要是电梯来得太慢，他就从柜台出来，猛戳电梯按钮。他带着病床上病人一样的笑容，把客人出去到太阳下面之前丢在柜台上的房门钥匙收好。

她能想起这人脸上的每个细部，好像是个橡皮图章印在一张白纸上，而在布雷脸上，总有记忆填补不起来的空白，比如，左边颧骨和下巴之间，鼻子和上唇之间。她无法把他完整回忆出来。她捕捉到了某些表情、某些角度，但是找不回稳定的形象。

棕榈树下的步道，比从楼上看长多了。走了半个多小时，走得很慢，总算到了码头入口。她走了一段步道，又走了一段对面那条宽阔大道的一侧，沿路都是商店和建筑物。快到码头时，有个地方味儿很大，路面滑腻腻的，上面散落着鱼鳞什么的，黑人妇女一番讨价还价，然后把到手的鱼放进当地出租车的后备厢带走。在市区那一侧，有一座大楼，里面全是银行和保险公司，金碧辉煌，墙面、地面全是马赛克和金属拼贴，还有黑石女神雕像。在当地人普遍营养不良的殖民地，这种建筑总是聘请白人建筑师完成的。有的商店里杂响着晶体管收音机、录音机发出的声音。电烤炉里的烤叉上叉着涂了佐料的鸡，烤成了诱人的棕色。也有老楼房、仓库货栈之类，窗上都遮着百叶帘，有些房子的正立面、门窗口画了立柱和花环，上面的淡色涂料剥蚀斑斑。人行道上有咖啡店摆在外面的咖啡桌，男人们边喝咖啡边看报。凡有女人经过，男人中的白人就放低报纸。她走累了，在一个街边咖啡店挑了张桌子坐下，要了杯咖啡，不加牛奶，多加糖，边喝边看那些大个头水鸟，它们在海湾浅水里一站就是一天，看上去好像是退潮后陷进了水下的淤泥，涨潮后，望着镜面一样的水中倒影，孤芳自赏，不忍离去。她也下去到水滩泥沙边上走了走，发现那些鸟不怕人，走近了也纹丝不动。步道边有混凝土长凳。她坐了会儿，有几个儿童乞丐缠着她兜售彩票，年轻的葡萄牙士兵也骚扰她。也许长凳已被约定俗成，是个撩妹的地方。不过这个城市的妓女基本没有白人。那些年轻士兵来自一个古代城堡，在俯瞰海湾的一座黄色岩山上。如果她出了里斯本酒店不向右转，而朝左边拐过去，沿着步道一直走，就会经过城堡要塞的下面。城堡很坚固，饱经沧桑，形状像颗用旧的大牙。城堡是葡萄牙人五百年前建造的，屹立至今——军用吉普沿陡峭的坡路上上下下，进出要塞，岗哨亭立在古老的无花果树间，老树根扎进了城堡墙壁，墙壁也从来没松过手。夜晚，灯火通明，城堡被照得雪亮。这是床头那本三语旅游指南里提到的一个景点。

飞机第二天晚上六点才起飞。她买了瓶洗发香波，洗了头发，来到那个小广场，在初升的旭日中晒干头发。一个衣衫褴褛的黑人老头，戴一顶印有城徽的帽子，在用水龙浇干卷的灌木叶。酒店没有英文报纸，但前台立着个铁丝架，上面搁着《时代周刊》《新闻周刊》，供外国商人看，他们整天坐在酒吧的霓虹灯下，见面互相握手，和当地商人及随从互相误解。她出来时买了本《时代周刊》，这会儿在小广场翻看，那些脚手架上的工人朝她吹口哨。谁结婚了，谁离婚了，谁死了——女明星、被废黜的王室成员、美国政客，都是她从来没听说过的。有几幅图片，一群裸体学生，在一座很高的桥上，焚烧一个模拟像——一个越南小女孩，手臂齐胳膊肘炸掉了。靠近页面底部，有一幅图片，标题中的姓名好眼熟——**你拍一，我拍一，莫维塔快出局——下一个离开的会是他吗？**这是非洲的政变年——今年一月以来，已经有十几个政府垮台。西方国家眼里的好小伙帅男孩，亚当森·莫维塔（四十岁），是这个大陆最新出现的温和领袖，目前系紧了总统座位上的安全带，各处的骚乱在震荡着他的国家。他的所有监狱都人满为患，即便如此，他也不能确定那些没进监狱的左派或右派是朋友还是敌人。他的外交部长，温文尔雅、反对共产主义的艾伯特·多拉·多拉，上个月被捕入狱，据说罪名是政变未遂。他信任的白人"星期五"、曾帮助他进行独立谈判的非洲专家——伊夫林·詹姆斯·布雷上校（五十四岁），在通往首都的公路上，被神秘谋杀。他曾经的亲密同志、左派、爱德华·莘札，成功地挑起工会暴动，由总罢工升级为全国性暴乱。似乎为了证明老朋友的讥讽，说他不过是个"白人企业外边的黑人看守"，亚当森·莫维塔不得不请求英国向他的国家派兵。这种求助于前殖民宗主国的引狼入室，是否能把他留在总统座位上，把国家的金矿和其他有价值的矿产资源留在英美财团手里？

文很短，栏目总标题"非洲"下面最后一段。图片上是莫维塔的脸，她见过——布雷的名字出现在文章中间。她把短文整个读了好几遍。起身沿着步道往前走出一段，又转身往回走，经过一个又一个商店，然后又在那家街边咖啡店的一张桌子旁坐下。其他人有报纸看，她面前搁着那本杂志，旁边是装满白糖小纸袋的小罐子。潮水又涨上来了，盖过了那些大鸟的一截腿。隔开几张空桌子，有个男人带着个小男孩，两人都专注于男人正在画的图。孩子歪着头笑着，神情中有敬佩、期待、自负——图是给他画的。男人上了年纪，是那种极英俊的男人，这种男人有可能娶过第三或第四个妻子，年轻堪比他的女儿。他时不时抬头看一眼海水，对比画面，一抬头额头就露出许多皱纹。那是一张黑黝黝的地中海脸，所有平滑优美的表面，都已是沟壑纵横，仿佛时光用更尖、更黑的铅笔，重新画过。一双深陷的炯炯黑眸，挤出冥思、欢乐的皱纹，禁不住使人联想到令人失望的知识——一个科学家，认为生命不过是显微镜下一滴液体的转动模式。但他穿得很寒碜，神气也不高贵。也许是个学者，在葡萄牙遇到了政治麻烦。小男孩拽着他的胳膊，急不可耐，缠磨他。最后，总算画好了，他拿着画朝着海面伸展了胳膊，小男孩爬下椅子，看画得对不对。她也看到了——幸福无比的画，过去的幸福，海面浪涛汹涌，一条游轮上挂满了彩旗，冒着凯旋的烟，海鸟在空中翱翔，像一封情书上的吻痕。孩子看着乐了，但还有期待，想找出——什么——仅存在儿童期待中的神秘魔力。那男人看着自己的作品，禁不住愉快地笑起来。小男孩也受了感染，同他一起兴奋地大笑。小男孩又吸了口橘子汁，然后一老一小手拉手穿过马路，一拉一扯地走了。那男人领着小男孩的样子，显示了一种特别的警觉和保护，暗示着这种管护是暂时的，或者是新鲜的。好像是一个离婚的父亲，从前妻手里诱拐了小男孩。——但是，不，他太老了，不像是个父亲，更像祖父，独自带着孙子。她有种强烈的感觉，这是那男人最后的所有了，仅存的硕果。

他们走了。十分钟里，她对那两个人发生了浓厚的兴趣。一只水鸟展开了翅膀——她此前没见它们动过——拍打着,慢慢飞起来,飞过了海湾。

　　飞机晚点了,从非洲南部一路飞来,中途经停机场不止一个,起飞时往下看,海湾上这个城市宛如晶莹璀璨的一弯月牙。那片碗状的绿灯光是体育场,像倾斜的舞台布景那里,是那座要塞,很快便成了星星点点快要熄灭的微亮,像扔在地上的火柴。她没看到非洲大陆的森林、沙漠,第一次离开这个大陆,邻座的男人不停地打开阅读灯,取出座椅袋里和呕吐袋放在一块儿的地图仔细查看。一片棕色,一片绿色,看不清了,双层玻璃窗外面起了雾珠——只能看见自己的脸。空姐推着手推车过来,里面装着报纸,也有她看过的同一期杂志,手推车返回来的时候,杂志不见了:哪排座椅靠背后面,哪个人肯定在读呢。她的邻座喝了几杯香槟,那神气好像是为完成任务,而不是为了享受,后来停止提供食物了,灯都暗下来,他按了红色按钮,叫来了空姐,要苏打水。趁他醒着,她从公文包(在她身旁,靠边搁在窗下的地板上)里取出那半页打字纸,上面有布雷手写的字、银行名称、账号,还有那句法文金黄色眼睛的女孩。她上飞机后,看过几次了。也许这是他写的最后几个字。还有给哈尔玛写的支票?不,那肯定是之前写的。但是她不能确定。她不知道他是什么时候决定的,要把账户信息都写在那张纸片上。她再也无法知道,当他写下金黄色眼睛的女孩的时候,是不是竟成了他的绝笔。没有别的,只有具体信息、地址、密码。从这些字母的形状和空隙里,能看出什么?她仔细搜寻,就像那个小孩在那个男人的画里搜寻一样。

　　她把那张纸放回公文包,旁边响起压抑的打嗝声。

　　如果他是抄下来的(从笔记本?从记忆中?)账户信息,肯定是要交给她的,她才知道怎么去。不过他们在一块儿的话,她也没必要拿着那张纸。他把纸放在公文包里,没有交给她。那他是打算什么时候才给她呢?

　　不过也许放在公文包里很久了。没有笔记本,没有记在脑子里:

放在公文包里备用,离开加拉的时候就当作个人文件,他的和她的,自然就一块儿带上了。邻座那人睡着了,她也感觉自己精神松弛,昏昏欲睡。忽坠梦境,见布雷走来走去,但她缩手缩脚,因害怕而清醒过来。看着黑蓝的窗外,现在能看出去了。弄不清楚是一直看了几个钟头,还是只看了一会儿,她看见地上一道黑乎乎的隆起硬壳,燃烧似的亮起火光。她以为是非洲草原的大火,后来发现是火光折射的效果。那儿是一段海岸线——海滩和一个小港,灯火通明,而后面的大片陆地正在沉睡。现在她看到黑暗中有黑黢黢带亮点的晃动平面:大海。

旁边的男人伸着脖子,在她肩膀上方保持一个礼貌的距离。他说:"意大利海岸。"

她以前从没出过非洲。一种强烈的陌生感涌上心头。天亮了,看空中已经是白天。下面,欧洲人还在酣睡。不久,阿尔卑斯山脉出现在冷冽的阳光中,闪耀、优雅。乘客都活跃起来,都往外看,晶莹的山脉,像珠宝商橱窗里展示的手表。

一辆黑色的梅赛德斯出租车,载着她离开玻璃和钢结构的航站楼,驶向市区。田野起伏有致,还是一片绿色,也有收割后的茬子地。空气里弥漫着凉意。所有的新楼房都一样,黑色钢骨架,外装闪光灰玻璃面,一块块方玻璃,拼成玻璃幕墙,像湖面反射天空。湖面喷起一根巨大的高压水柱,仿佛一头巨鲸被困在那里。机场问讯处的女孩给了她一个酒店地址,她按地址找到了酒店,是湖畔一座老式的别墅酒店,她从这儿去闹市区,还得沿街步行到车站,坐有轨电车。房子上都有个小尖顶,有阳台,有阁楼,房子之间距离很近,窗户都是双层的。有棵梨树修剪得像堵墙,上面还孤零零地挂着一个梨,通体红色,已经枯了。她穿着那件驼绒外套,腿感觉冷。电车蹒跚而来,沿着陡山坡般的街面往下走,在大街上的一个终点站,她随所有的乘客下了车。那张纸片没放在包里,而是被她攥在手里,揣在外套兜里:显然那家银行是在这条大街上。她沿大街走去,看着门牌号码,发现了号码排列方式，便横过马路，因为双号在另一侧。走啊，走啊，感觉每个人都是冲着她直走过来，仿佛没看见她似的。她这才意识到，这儿行人是靠右走的，不是靠左。这条街又长又宽又繁华，但是她没留意那些商店和人，只顾注意号码了。有家银行的正面光滑得像绸缎，有几个小巧的展示窗，里面有个笑嘻嘻的木偶，戴着金色假发，端着存钱罐，但这不是她要找的那家。她给一个过路人看纸片上的名称，对方给她指了路，再走几步就到，有个柱廊，特大号双层窗户。推门进去，来到一个大厅，空间巨大，说话有回音，黑白拼图地板，远处沿墙有一排隔间，外面拦着红木镶铜栏杆。她朝其中一个隔间走去，一个门卫上前来拦住了她。听不懂她的话，便带她来到一个脸色苍白的职员跟前，这个职员说一口流利的英语。他们领她进了一个红木电梯，升到了大楼的巍峨穹顶。在飞机上的那种陌生感觉越来越强了。

又是一个大厅，走在里面，走近走开的脚步声会响半天。但是厅里有一个角落铺着厚厚的地毯，摆放着真皮和天鹅绒面椅子。她坐下来浏览法文和德文金融期刊，里面满是图片，有钢骨玻璃结构的工厂厂房，有滑雪滑出的一对雪翅。有对印度男女也在等候——女的穿件纱丽，薄如蝉翼，外面套一件羊毛衫——来自另一种气候的陌生人，跟她自己一样。

她现在不相信，相隔如此遥远的这个地方，有谁会知道那个账户，或者说那个账户或那笔钱，到底存不存在。一个骗子，光着两条腿，穿着借来的外套，经过若干条走廊，经过几排盆栽花木，经过一个两条胳膊上挂着帽子和雨伞的木头狗熊，来到一个大房间，里面满满当当，声音都被吸附掉，跟她以前进过的办公室都不一样。又是一个木头狗熊。一个玻璃门书柜。一张圆桌，桌腿是个半人半羊神。还有张办公桌，桌面蒙着压花真皮，手感柔软，上面摆放着几幅照片，一盆非洲紫罗兰，放在一个镀金篮子里，装点成了另一件家具。

韦伯先生做了自我介绍，像个医生准备听病人吐露病情，神态温和平静，仿佛要问一下肠胃的功能。他慈眉善目，大腹便便，看上去很传统，挂一根怀表链。金黄色眼睛的女孩可能是施密特或者琼斯；

他用一支银笔写了几个字，按了下铃，调取文件。等候的时候，他主动聊起来。布雷曾经逗过她，说戈培尔、格林和冲伯这些人，在瑞士银行藏有亿万财富。韦伯先生是个老人——"在这家银行工作四十年了。"他面带笑容对丽贝卡说。问了问她住哪儿。"噢，非洲一定很有意思，对吗？我老想去看看——不过太远了。我老婆想去意大利。那儿很美，我们去过希腊，那地方美，但非洲也很美，是吧？"也许他跟冲伯说过一样的话，过会儿跟那个穿纱丽和羊毛衫的女人也这么说——"噢，印度一定很有意思，对吗？"——这么多年过来，他一直稳坐在那儿，跟他家人的照片在一起。

文件送过来了，他看了一遍，像戴双光眼镜的人一样，变换着角度，问她想取多少钱。她说要全取出来。

他提了个父亲般的建议："你不想汇到你要去的地方吗？你去哪儿？"

她只想过到这儿：她已经来到这儿了。她说："英国。"

他摇晃着软而短的食指，像个钟摆。"你知道吗，如果你把钱带到英国，你就带不出来了？你放在瑞士这儿，不管你在世界什么地方，只要给我们写信，我们就把钱汇给你。最好你现在需要多少取多少，你在英国需要多少，我给你汇过去——是英国什么地方？伦敦？——你告诉我个银行名字就行，任何银行。"

"任何银行——我一个也不知道。"

她在几份文件上签了字。他写了个数字，要支付到卢本巴希的让－路易·坎博雅的账户上。"刚果金沙萨，不是？"他很得意自己知道这不是一个地方。"这个刚果和那个刚果——"他递给她一张出纳用的纸条，双方握了握手："祝你此行愉快，亲爱的女士。不巧的是，这不是最好的季节。你应该春天来呢。"

楼下的一位白人男士，手上戴一只结婚金戒指，数了一万五千法郎现钞，捆好递给她。她现在像娄娄的那个女孩一样，身上有好几种货币。

好了，都齐了。她走出那个巨大的门，自己的脚步声在身后消失，眼前一个个穿雨衣、穿外套的人，行色匆匆，孩子们用德语跟父母提要求。她现在漫无目的,眼前琳琅满目的商店把她看呆了,皮货店里全是软羔羊皮外套,鳄鱼皮箱(真皮的,不像娄娄的那种),玩具店里色彩缤纷,令人眼花缭乱,食品店有各种蒜香红腊肠,马蹄形香肠,玻璃橱窗里陈列着钢壳、金壳钻石表,鞋店里排满各式各样的皮靴。一个窗子的夹层里有水不停地往下流,形成水帘,窗后面摆放着一盆盆玫瑰、百合、蓝花,都被水帘放大了,看得见,摸不着,好像在她已经远离的那个湖里,戴上潜水镜看水下野生植物的效果。在一家糖果糕点店,女人们买了蛋糕直接就在柜台上吃。门口有股暖风,阻挡外面的寒气。在一间散发着香草味的糕点屋,她要了杯咖啡喝,只见人人都在吃甜品,有的人对那些蛋糕指指点点,中央空调把她两腿也温暖了。出来到了街上,信步向前,经过一小片墓地,地上盖满掌形落叶,像扔掉的旧鹿皮手套,把一个长满地衣的雕像埋了许多。以前她从来没见过栗子树,但儿时读过的英国故事图画书里,见过孩子们玩果核戏。开始下雨了,一顶雨伞下,有个胖老太太在卖烤栗子,用一个红红的小火炉子烤。坐进上坡的电车里返回,旁边坐着几个回家的主妇,手上拿着早晨出去采购的物品,身上已经穿得厚厚实实,要过冬的样子——外套、皮靴、雨伞、手套。就连穿橡胶靴的小孩们,粗呢大衣都扣得严严实实,像个桶。人们都那么平静,对生存环境中看不见的危险,应付自如,风险都是已知的。但是当然,事情绝没有这么简单:即便是这些湿乎乎的红鼻子(即便是韦伯先生),也可能在他们合法的软床上,突然受到爱或死的暴力侵犯。

她感觉非常冷,血流都不畅了,便在酒店休闲酒吧要了杯红酒。酒吧装点了些摇摇晃晃的古董,几幅家族肖像。酒吧连着一个花房,里面是些在非洲到处可见的普通植物,用中央空调加热,把盆栽的花草改变成水培的。一对年轻男女坐在里面,往咖啡里加奶,拿小勺搅动,碗里放着浆果,上面撒了一层白糖,吃得慢条斯理。两人轻声低语,说的是德语——好像是"好的……?""哦,很好"——两人蒙蒙眬眬,似有睡意,各自舔了舔搅咖啡的小勺。女孩穿长裤,一件套头衫,上面饰有串珠,身材修长,细腿,神态漠然。小伙子比女孩矮,有点腼腆,衣着随意,但很精干。脸上线条柔和,美中不足的是下巴略有点双。女孩打了个哈欠,小伙子微微一笑。聊天有些发窘,无精打采的样子,一望而知是刚结了婚,双方以前都没有过情人。"很好。"他又说了一遍,把碗放回托盘。

红酒上头了,有想唱歌的冲动,心里琢磨着眼前这一对儿,温和礼貌,在一张咖啡圆桌旁相对而坐,就那样一直坐下去。会那样一直坐到他变胖,头发变白,而她脸上还是不变的冷漠,孩子们长大了,等着坐他们的座位,接替他们。丽贝卡意识到她和那一对儿之间的沉默,在那个装饰座钟的嘀嗒嘀嗒声中悄悄流逝。

* * *

下一站到英国,她飞越灰暗的海面,上面漂着浮渣泡沫,很像唾沫,欧洲下水道向这片海域源源不断地排放污水;飞越欧洲城市,一块块灰色房屋街区,像印刷工的字盘。

她的父母一直在那儿居住。但对她来说就是个地址而已,她给这个地址写过信,也许并不是个一小时之内能到的地址,现在伦敦这街道,肯定不是。满街行人,脚步匆匆,隐身迷雾,仿佛走进世界的末日。她并不打算跟家人联系。她在街上漫步,乘坐公共车,去游览那些代表这个城市的标志。如果哪条小巷有"塞缪尔·约翰逊旧居"的标牌,就去走一趟;如果有小册子,就买一本。进地铁站踏上陡峭的滚梯,降入黑暗。跨过几座大桥,闻到了教堂里的麝香。经过许多酒馆,里面亮着啤酒色的灯光,塞满了酒客,挤挤挨挨。地铁里也塞满了乘客,但互相并不触碰。她一路看那些广告招贴:地铁里,一个女孩两根指头捏着一条纸内裤,松开了手——"脏了就扔垃圾桶";在苏豪区的一家药店,"怀孕测试——24小时服务"。老康普顿街口有个手推车,上面摆满二手书,她翻看了一阵。不时看到些前后挂广告牌的人,露出一张老人脸。脱衣舞俱乐部门外,站着兜售门票的人,东张西望,就像商店的巡视员。

在皮卡迪利广场,她从喷泉水池间穿过,那里整天坐着带背包和吉他的人,逗留在交通中心岛上。一个年轻人化装成耶稣,穿一身脏兮兮的白袍,周围是一圈留着短卷发的门徒。几个女孩留着印第安人红长发,靠在穿猎人夹克的男友身上。在沙夫茨伯里大街,这些人蜂拥经过,前后左右都是。牛仔们腰间系着宽如胸衣的皮带,肤色白皙的女孩留着乱蓬蓬的长发,穿着脏兮兮的长大衣和破皮靴,活像学生读本里狄更斯小说的插图。流浪汉、东方乞丐、留胡子的英俊土匪,还有个穿绿天鹅绒紧身裤和短上衣的斗牛士,全都在她眼前簇拥而过,令她应接不暇。这些寒冷中的狂欢人群,了解炎热的太阳下汽车燃烧的现实吗?村庄里,树上开着淡紫色的花朵,捆着腿的鸡,被踩踏成内脏横流血肉模糊的一片——她猛然涌起一阵物换星移的感觉,有如当头挨了一拳,眼冒金星。这儿没人认识她,整个儿一乡下农民。

然而这儿是布雷的家乡:她从有些人的脸上,能依稀辨出他的影子。一家饭店外面,有辆出租车里坐着个老头儿,甚至一个留连鬓胡和长发的年轻演员。他可能也曾经是,或者成为,跟他的生活有天壤之别的他们中的任何一个。她仿佛穿越时空,回到他远离的过去,再去往他再也不会现身的未来。他生命里的那段插曲,并不是他的选择,碰巧两人萍水相逢。她感觉像奇迹降临,怎么解释呢?解释什么?他的生?他的死?她与他一起生活的经历?三者各有一些。她开始渐渐意识到,她不会再和戈登在一起了。那是路上出事后,她脑子里第一个坚定的念头,当时特别口渴。她也曾对维维恩说过:"我再也不跟戈登一起生活了。"此刻,原因渐露端倪。布雷是这儿的人,但他跟这里的人都不一样,他不想和他们一样。他选择自己的生活,依据的是自己的心愿——信念,她觉得是,但感觉自己并不完全理解。跟她父亲所谓的热爱黑鬼的人,关系不大,但跟生活本身有关联。戈登从来都是要占别人的上风,布雷活着不是要跟谁作对,而是要参与。她以前从来没有跟这种人生活过。一旦你和这样的人生活过了,你就无法跟戈登生活了,他就是想"赚一把就走"——总是换到另一个国家,总是把下一个机会当成上一个机会,赚了就走,周而复始。布雷的生活在那条公路上画了句号,好像他并不在乎,没觉得自己比被绑住腿的那堆鸡更重要——至于首都那些人的解释,她根本不当回事,对于他的死这个事实来说,那些说法是毫无意义的,只有她自己有亲身感受,亲耳听到,亲眼看到,亲手从他脸上拔出玻璃片。不管他们是谁,他们像杀鸡一样杀死了他,像砍死了路上的一条蛇,拍死了墙上的一只虫。他们这行径对她来说,完全是阴暗恐怖的,是埋伏在阴沟里的恶,她指甲里曾塞满那沟里的土。但她肯定,他知道那些人是谁。他知道为什么灾难降临在他头上。好色的老丹多,手搁在她肩膀上往下探她的胸,话说的倒是对的。

她还带着那张纸片,上面有他手写的瑞士银行账户信息。她一直把纸片带在身边,装在新外套的衣兜里,外套是她在一家商店买的,那家商店里的灯光明亮,和着一首鼻音哼出来的曲调节奏,不停闪烁。他把那笔钱走私弄出境外,因为他爱她,这她是知道的。但是这个并不能让她开心,因为(在地铁里、公共车上、公园长凳上不断取出纸片读)它的意思,分明是他知道俩人要分手,没有了他,她以后的日子还长。另外——再进一步解开那个密码——写下来的时候,他的意思是有一天要回到奥利维亚身边,而不是他知道自己要死了。

她想到奥利维亚,就会觉得她只是个空香水瓶,里面留有余香。她在酒店房间的衣柜里发现一个,搁着一层架子上:不知名的英国女人留那儿的,一个奥利维亚吧。这个城市的八百万人里,她谁都不认识。她和任何人都没关联,除了他妻子。

时不时会有一种强烈的念头吸引着她,去见奥利维亚和他的女儿。但是她总在想,她们会以那种超有礼貌的宽容对待她——就像他的宽容——她讨厌这样。她想承担起自己的痛苦,忍受它,让别人也"可以接受"。

她给自己买了几件冬衣,穿上出门就和别人一样了。她和酒店那个爱尔兰女佣聊过天,话题包括年龄、脾气、每个孩子常得什么病,因为她想把自己的孩子接到伦敦来跟她住。这倒不是在做白日梦——跟几个孩子一块儿在公园里踩着厚厚的落叶散步。只有那个爱尔兰女佣和她聊天,每天从女佣拿专用钥匙打开房间门开始,两人就一直聊,停不下来,直到在吸尘器轰然打开的鸣响中道别。女佣问起孩子,她都如实回答,但一问起丈夫,她回答的却是布雷,还活着,在非洲他们一直居住的地方,等候她回去。女佣满足于不求甚解:说非洲只说"那地方",表情带有同情。"我辞掉了大学招待所的工作,干十二年了,因为那些黑人要一块儿到卫生间——扔那儿的凡士林瓶子,我看见了。我立马找到头儿那儿,我说政府要让那些黑人来,我没法干了,我老公一天都不让我干了——我受不了那个,我说,多谢了。"

除了外套兜里还装着的那张纸片,离开加拉前一天夜里,布雷说的话,她也还记得。当时她对他说——话不多——在加拉她只害怕一件事,就是被送走,他说,我知道,你去哪儿我也去哪儿。当她说我们怎么能一起走,他知道她心里想的是英国,他说,也许我们有办法。他说:我们会决定该怎么办。(一天下午,在一家"锡兰茶馆"里坐着喝茶的时候,这段情景忽然清晰地回忆起来。)我们要确定怎么办。也许纸片上的那个密码,并不说明他打算好心把她安顿在一处,然后遗憾地离去。也可能是两人一块儿去撒丁岛,那里玩刺枪捕鱼棒极了。不,不会是那儿……但是离开加拉一块儿去什么地方,是肯定的。他们从来没有在加拉以外的地方生活过。

那个茶馆里,有几幅茶园的放大照片,还有个装了框的知识小测验:关于茶,你了解多少?正好冲她挂着。她又来过一次,想起了那天夜里,他俩没好好做爱。是她决定的,因为两人都累坏了,第二天还得早起,她便决定只在里面,不做。他放在她里面睡着了,她当时心想,要好好犒劳一下他,第二天夜里,要在首都头一次在一张大床上做爱。所以那天夜里,他没要,她也没要,不料竟成遗恨,约定再也无法实现。这些天,她饱受遗憾的折磨。在全部的失落、损失、沉默、空虚、终结之中,这一项变得最煎熬、最残忍,因为这份煎熬本身,是死亡的空虚对她的嘲弄:无所寄托。她安慰自己说,他俩做爱不下一百次了,约定已经完成——多一次又能怎么样呢?但她就是渴望这最后一次。当时为什么竟会放弃呢?随别的一道,莫名其妙地损失了。她千万次问自己,这会有什么不同?但是回答很凶,她就是要。是她的。死神降临前,归她所有。并不是死神将它拿走的——死神拿走的是不可争辩的——是自己放弃的。她苦苦回想,以至于这个未完成行为,在自己身体上产生了物理反应。身体核心部位在膨胀,她恐惧地发现,那一夜的欲望,此生永远得不到满足。

她怕了自己。

烟灰缸散出烟头的腐味,是加拉烧了房子后的气味。

池塘水面粼粼闪烁,她漫步经过,走上大街。公园的树,把叶子撒满街道,湿漉漉的,像旧报纸。她看到光秃的树枝上,凸起一个个小节,来年春天会长出嫩芽。麻木不仁的大地,新旧交替,周而复始。她也会继续追寻吗?——看透了,看到最本质的事实——无非是一个肉体和另一个肉体纠缠在一起,直到像一块石子扔进池塘,荡起感觉的涟漪,从那个小石子一圈一圈向外扩散,从藏身处,生命的核心,结出果实……她想:不过如此。她害怕了。会重来的,平庸的欲望。一切都会重头来过。她坐在公共车上,感觉周围的一个个身体都是威胁。

有的日子里,那种仰天捶心的痛苦,会莫名其妙地停歇一阵。这时她禁不住失声痛哭。她开始每天早上在酒店房间的地板上做锻炼,因为在报纸上看到过,通过做一些日常例行活动,就可以消磨很长时间而不觉无聊。她躺在女佣用吸尘器清洁过的地毯上,眼泪夺眶而出。她哭是因为对布雷的感觉,如此强烈地回到她身上,仿佛他根本就没在路上死去,意外根本没发生。她在酒店房间里做什么呢?对他的感觉又在她身上复苏,不需要寻找证明,不需要追问他,因为他已经离开,不会再发现什么。他死了,对她来说,又一次。爱尔兰女佣来清扫房间,一排针一样的刘海下面,那双母鸡一样尖锐的眼睛,哭过的泪痕是藏不住的。她说刚知道了孩子们想她。这个谎话也让她思念起孩子们来了。想象着带他们在伦敦散步,这成为了她的目标。几天之内,她要写封信给戈登,说说关于孩子们的事。她不知道以什么借口才能让戈登把孩子们交给她。感觉一切又会回到过去,戈登有老婆孩子在某地,会心满意足,比过去远了点。

一天下午,她从酒店附近的郊外购物中心超市出来,听见有人叫她的名字。仿佛一只大手猛抓住了她的肩膀,她转过身,面前站着一个女孩,修长苗条,脸窄肤黄,长而直的黑头发遮了半个脸,随意靠在一个购物手推车上。是伊曼纽尔。"我想是你,又不敢认——你是来度假的吧?"

"我娘家在英国。我来两星期了。"她的手紧抓着装了一个梨、一个橘子的纸袋,这是她独自一人的证明。"你呢——你住在附近吗?"

微风中,伊曼纽尔的头发绕在了脖子上,像条围巾。"我们刚从路上过来。住地下室不见天日。不过下月就会有一个大工作室——如果不回去的话。"

"回去?拉斯能回去?"

"是别人。"

"对不起——我以为是——"

两人站那儿聊了一阵,以前互相并不喜欢。伊曼纽尔的优雅手指,在购物车把手上敲出一串不连贯的连音。"没事。没什么大不了的。我们就是朋友,如此而已。我现在和科菲·阿胡玛住一块儿——他刚出版了第一部小说,但现在他父亲又对加纳感兴趣了,他现在要想家,我们随时可以走,我们可能去加纳。你的孩子们跟你在一起吗?我们推出一部儿童剧——他写的剧本,我谱的曲。接下来的三天在剧院俱乐部演出,孩子们可能会喜欢。"

伊曼纽尔点头很快,让她想起没引起她兴趣的什么东西。"哦,天哪——那个意外事件你在场,是吗?"她多少有点好奇。"布雷上校怎么了——挨打了吗?"

"他被杀死了。"

"太恐怖了。"她人离开了拉斯,思想观念还是他那套。"当然,他支持莘札和他那伙人。可怜的家伙。这些白人自由思想者,卷进他们不理解的事情当中了。他能指望什么?"

*   *   *

应莫维塔的请求,英国派了两架运输机运来军队,暂时平息了骚乱,恢复了全国的秩序。恢复秩序与引起骚乱是同一种手段。莫维塔又回到了总统府,莘札流亡阿尔及尔,赛勒斯·戈玛、巴斯尔·恩宛加、德拉米尼·奥科伊,还有许多别的人,都被在什么地方囚禁起来了——暂时——被遗忘了。

哈尔玛·温茨在加拉那座房子里毫发未损,布雷死后,他把布雷的东西打包好,寄给了他妻子奥利维亚。

谁也不能肯定,布雷在去首都的路上遭遇不幸的时候,本打算是去见莫维塔,还是去为莘札买武器。对一些人来说,诚如丹多预言的那样,他是野蛮的牺牲品;对另一些人而言,他是又一个狂人,如同杰弗里·宾或者康纳·克鲁斯·奥布赖恩,是作茧自缚。有家英文学术月刊出了一期论"自由主义的衰亡"专刊,有人撰文讨论他,说他是个耐人寻味的案例:"从怀疑并放弃经验自由主义的观点来看,他是那种不能忍受人类活动中的愚蠢与荒谬的人,他们时刻准备听从天意,为带来真正的改变,不惜赴汤蹈火、浴血牺牲。"

哈尔玛·温茨也把布雷的文件箱收拾整理好,交给了丹多,认为他可能知道该怎么处理这些文件。后来辗转交到了莫维塔的手里。他显然相信布雷始终在居间调解。一年后,他发表了国家新教育规划蓝图:《布雷报告》。

图书在版编目(CIP)数据

贵客/(南)纳丁·戈迪默著;贾文浩译.
－北京:北京燕山出版社,2016.7
ISBN 978-7-5402-4245-9

Ⅰ.①贵… Ⅱ.①纳…②贾… Ⅲ.①长篇小说—南非(阿扎尼亚)—现代
Ⅳ.① I478.45

中国版本图书馆 CIP 数据核字 (2016) 第 225582 号

A GUEST OF HONOUR by NADINE GORDIMER
Copyright ©1970 by Felix Licensing BV
This edition arranged with A P Watt at united agents
through Big Apple Agency, Inc., Labuan, Malaysia.
Simplified Chinese edition copyright:
2017 Beijing Uni-wisdom Media Culture Co. Ltd
All rights reserved.

贵客

[南非]纳丁·戈迪默 著
贾文浩 译
策　　划 / 赵东明
责任编辑 / 尚燕彬　潘柯晓
装帧设计 / 小　贾　张　佳

北京燕山出版社出版发行
北京市西城区陶然亭路53号　邮编100054
全国新华书店经销
北京市松源印刷有限公司印刷

开本 880×1230　1/32　印张 15　插页 6　字数 370,000
2017年1月第1版　2017年1月第1次印刷

定价:48.00元

版权所有　盗版必究

中国古典文学名著丛书

品花宝鉴
下

陈森 著

黑龙江出版集团
黑龙江美术出版社

第三十一回
解余酲群花留夜月　萦旧感名士唱秋坟

话说华公子看到得意处，把酒来敬子云诸人，合席只得满饮了一杯，共赞聘才、子佩作得出神入妙，非寻常戏脚所能。少顷，二人下台，子佩便指著文泽骂道："你是不懂好歹的，我在台上费力，你倒在那里说长道短的批评我。"文泽极口叫冤道："我何尝批评你，你这般瞎挑眼？我与静宜先生说闲话。"次贤道："真是讲闲话。况且你唱得如此绝妙，赞不住口，尚何评论之有？"华公子笑道："我听得他们说，你倒真像个阎婆惜。你若化了女身，也是个不安本分的。"子佩道："好吗！你们逼我上台，又要取笑我。"徐子云问聘才道："魏兄这音律实在精妙，将来尚要请教，如闲时可到敝园走走。"聘才连连答应，道："晚生是无师传授，都是听会的；就是上台也是头一回，莫要见笑。"于是大家猜拳行令，闹了一会，钟上已到子正时候了。

子云道："才到秋分，不应如此夜短。"次贤道："亦觉久了，你试一人静坐到此刻，颇不耐烦。"子云道："已交十五日的子时，到天明已快，请撤了席，止了戏，大家谈谈，天明我们也要散了。"张仲雨道："此刻早已开城了，要走也可以走。"华公子道："忙什么，到辰刻散不迟。"即吩咐撤席止戏，家人整顿茶具，泡好了香茗送来。子云留心不见琴言，但见珊枝靠著屏风有些倦态。华公子查起琴言来，珊枝回道："他身子不快，睡了。"原来琴言每逢热闹中便触起他心事，就要伤心。又见冯子佩与聘才串戏，眼中颇瞧他们不起，转托珊枝托病而去。

华公子又叫诸旦上来，不用衣帽，俱穿随身便服，都令序齿坐在一边，便道："我知你们于戏曲之外，各有一长，或是诗词，或是书画，或是丝竹等技。今日与前次俱以戏酒耽搁，不能使你们一试所长。此刻尚早，会诗的，不妨吟几句；会画的，不妨画几笔，不必谦让。"诸旦默默无言，子云与文泽站起来道："妙，妙！待我来分派。"即对著蕙芳道："媚香是长于诗的，瑶卿是长于丹青的，静芳是长于舞剑的，香畹是长于书法的，佩仙是长于填词的，蕊香是长于猜谜诙谐的，瘦香是长于品箫的，小梅是长于吹笙的。可惜玉侬又病了，他倒会一套《平沙落雁》。"华公子便命叫他起来，又吩咐珊枝拿了琵琶来。家人把些笔砚乐器都搬了出来，分摆在各处。

次贤道："我来点将：先点玉侬与瘦香把琴箫和起来；再点瑶卿画一幅，媚香、香畹、佩仙对景吟诗，题在上面；再点珊枝与小梅，笙、琵琶竞奏；再点蕊香猜几个灯谜，说个笑话；末点静芳舞剑，溜亮风生，亦可如《渔阳参挝》矣。诸公以为何如？"众皆称好，诸旦依次而行。琴言不得已，双锁蛾眉，把弦和起来。这边漱芳依谱吹箫。琴言一来心神不佳，而且手生，生生涩涩的弹了一套《平沙》。洞箫倒吹得和平。华公子摇摇头道："琴声不佳，箫声倒好。"子云道："琴本难学，也还亏他。"次贤道："想你不长弹，生疏了。"琴言道："有半年不学了，方才第四段第三句几乎想不出来。瘦香的箫，比从前更好了。"漱芳道："我是向老师课学。静宜先生隔三日必教我一吹，所以不生。"琴言默然，抚今追昔，颇觉感慨，几乎落下泪来，只得退后站了。次贤、子云亦颇恻然怜念。

这边袁宝珠摊了一幅绢在画案上，左右凝思，画些什么呢？想了好一回，不得主意。蕙芳、素兰立在面前，低低的问道："你画什么？我们好先定主意，打起腹稿来。"宝珠正想不出头路，便扯著他们走到栏前，商量画些什么才好，限时刻的，又不能用工笔。若写几笔兰竹也不合景。蕙芳道："我想了一个题目在这里，但不知合你的意否？依我只须画一个小手卷，用墨笔写三两处楼台，加些丛林修竹。远近布置，上面画一个月，用花青水烘他几片彩云烟雾，便是今日的光景，题为《良宵风月图》何如？"宝珠听了，心中大喜，背著人作了一个揖，便入座，放大了胆，三分工，七分写，用王麓台法挥洒起来。次贤与诸人不便来看，又恐怕他画坏了；次贤远远留心，觉得下笔甚快，毫无拘束，已觉面有喜色。

那边蕙芳等三人挤在一处。只见李玉林俯首凝思，素兰把串香珠数个不了，蕙芳只管看著宝珠落笔，尚暗暗的指点他。不到半个时辰，已经画完成了二尺余长一个小横幅。华公子与子云等走近来赞不绝口。华公子看了，甚是欢喜，大赞道："却实在亏他，怎么能够如此。无怪乎近来个个说他们的才貌，正是羞死从前那一班爱钱的相公了。"次贤又替他略略的润色了几处，竟成一幅好画。华公子即向蕙芳道："你们题的想是有了？"蕙芳道："有是有了，只是不好。"便站在桌边，找了一张笺纸，写了一首七绝。华公子念道：

良宵灯月赏秋光，丝竹纷纷斗两厢。

我道嫦娥畏岑寂，遣风吹送上华堂。

华公子念罢，拍案叫绝。次贤、文泽、子云俱绝口称妙，说道："你们闹了一天，被他只用二十八个字，非特说尽，而且有余，我辈反不能如此。"华公子又念了两遍，只是赞叹。文泽道："好是极好了，第三句还要斟酌几个字。"蕙芳道："就请一改。"文泽道："可改作'想是嫦娥怕孤寂'，诗意较淡远些。"大家都说改的极好。仲雨、聘才暗暗吃惊，不料他们个个如此，向来疑他们有代笔，今日面试，是的确无疑了。惟冯子佩也不来看，桌子上放有一大盘桂花，他便撮了一把，问书僮讨了一条红线，自己捏著这一头，叫书僮捏著那一头，一朵一朵的堆在线上，顷刻结成了一个大花球。手中轻轻的抛了几抛，走过来挂在华公子衣襟上。华公子取下闻了一闻，笑道："你辛辛苦苦的结成，你自己受用罢。"子佩接了，又到那边弄琵琶去了。

素兰、玉林也都写出来。先看素兰的是：

满泛金樽玉液浓，秋光和霭似春容。

嫦娥宫殿层层启，照澈珠帘十二重。

华公子一样赞"好"，道："工力悉敌，竟是元、白同时了。"子云道："也要改两字。第三句'嫦娥'二字，与前首相同，不若改作'广寒宫殿层层启'，不好么？"素兰道："果然改得好。"始而子云恐素兰不及蕙芳，及到此刻才放了心。再看玉林的填词，填的《一痕沙》小令，看词是：

娇舞酣歌深院，绣幕锦屏香软。珠履客三千，集群贤。月若有
情留住，人若有情休去。莫听晓鸡鸣，乱啼声。

看者都是满面笑容，越发说好，道："真是柔情香口，纸上如生，能不令人爱煞也。"华公子道："实在极好，但我要换几字：'集群贤'换作'会群仙'，'乱啼声'换作'只三更'，可好么？"众人一齐道"好"。次贤叫他们快些写上，蕙芳、玉林都要素兰代写，华公子不依，只得各自写了。大家又赏叹一回，于是静坐，听珊枝的琵琶与春喜的笙。珊枝斜坐著拨动檀槽，只见指法如雨洒芭蕉，声韵如滩头流水，满怀春色，绕乱一堂；加之笙韵高低，声声应和，听得人人色舞眉飞，四肢愉快。弹了《月儿高》一套，大家也赞了一回。

吹弹过了，要桂保的诗谜来了。桂保道："是人给我猜，还是我给人猜呢？"华公子道："我给你猜。"随口念道：

碧纹浅縠起参差，今岁春来已较迟。

我道灞桥诗思少，不如赤壁夜游时。

桂保想了一想，笑道："公子说的，是风、花、雪、月四样，真作得好。"华公子道："真心灵，一猜就著。"冯子佩道："我说一个你猜：

未用时千包万裹，到用时粉身碎骨。

谁知一肚黑心肝，也能撺上云霄里。"

桂保笑道："这是爆竹。"华公子道："这样不通谜子也要人猜。"子佩道："何以见得不通？"华公子笑道："爆竹自然要他响，你这放不响的爆竹要他何用？"众人笑了。聘才道："我也说个不通谜子请教，你猜

猜。"念道：

　　惊天动地怒如雷，一去谁知不复来。
　　比似疆场发浩叹，古人征战几时回？

　　桂保笑道："也是爆竹。"张仲雨道："方才嫌子佩的不响，所以他第一句就从'响'字作出来。"

　　此时晓风飘飘，晨钟已鸣，东方发白，华公子即催兰保舞剑。兰保扎起双袖，掣出青锋，先展个门户，却也抑扬顿挫，满眼生光，到后来竟是一道寒光，连人也看不见了。大家痛赞了一阵。兰保舞完，已是红霞满天，朝曦欲上。今日是中秋，各人未免俱各有事，都告辞起身。华公子不便再留，整衣送客。子云等又将零星玩物，分赏众旦毕，各人同散，华公子直送出穿堂方回。惟冯子佩困乏已甚，已在留青精舍榻上睡了，聘才也自归房，华公子吩咐书僮好好伺候冯子佩，一面也进内室，诸旦约齐出城，且按下不题。

　　十五日一日过了。到了十六日，王恂、颜仲清约了史南湘来望子玉。子玉自七月中病好，调养了二十余日，已经强健。知琴言身落华府，不可复出，大有看破红尘之念，歌场舞席，绝不与闻，惟独坐一室，茗碗香炉，周旋其间。名为看破，其实情怀未断，犹时一念及，涕泪潸潸，不能自解。十五日到王文辉家一走，王恂、仲清约定明日午刻去望田春航、高品。子玉已吃过了早饭，在书房等候。不多一会，史、颜诸人已到，南湘坐了，与子玉叙谈。仲清、王恂先进内室，见了颜夫人，略坐一坐即出来。喝了一杯茶，即催子玉同走。外间已套上车，子玉也不换衣服，云儿恐怕寒冷，包上了几件棉衣。上了车，来到春航、高品寓处一问，都已回寓，遂同下车进内，一直走到里面。只听高品一片笑声，夹著些燕语莺声在内。到春航斋中，见苏蕙芳、李玉林在内。高品、春航见了四人进来，不胜欢喜，让坐了，苏、李二相公也都见了。略谈了几句，仲清便问闱中的事。春航、高品多属得意。仲清道："湘帆的文章请教过了，是一定得意的。卓然的文章，快拿出来看看，想来定有出人头地的好处。"高品道："不好，不好，不必看他。"王恂道："什么话！就不好也要看看。"南湘道："这三道题，卓然一定见长，就不看也不妨。"子玉道："到底看看怎样，据我愚见却有几样作法，注疏上有可依、有不可依的。"高品道："我那日忽然神思昏昏，不成一字，到晚随手乱写，完了卷就算账。首艺虽有草稿，也不知团在什么地方去了。"即到自己房里寻了出来。众人看了一遍，连诗稿也在上面。南湘看了一半，即不看了。王恂道："作却作得超妙，太短些，看来不过四百余字。"子玉道："笔老格高，此等文场中是少有的。"高品对子玉点点头，道："庾香还有点眼力。"仲清道："卓然，据你论，这篇文字怎样？你说句良心话。"高品道："说好也使得，说不好也使得。横竖场中不论文，中也不算侥幸，不中也不算抱屈。"仲清又问南湘道："你看湘帆何如？"南湘道："我看湘帆必定中魁，卓然的或遇见那荒疏的房考，或者倒中元也论不得的。"仲清摇头不语，高品取过文稿，扯碎了道："得失自有一定，不必论他，谈谈别样罢，大约我总中一个给你看。"诸人遂各无言，当是高品气忿了，各说闲话。

蕙芳说起前日在华府中，怎样题诗画画等事细述了一遍，听得众人欢喜。又叫他们念出来，各人赞了一回，尤赞玉林的词更为工妙。高品道："强将之下自无弱兵。你们看佩仙这首词，外边那些头巾纱帽作得出来么？"子玉道："果然。就是华公子这几个字也改得好。"又问了琴言几句，玉林、蕙芳也细细说了，子玉又发起怔来。忽然高品的小使进来请他，说有客要会。高品即忙出去，有好一刻工夫尚不进来。南湘道："什么人这么长谈？"春航道："近来卓然有些古怪，找他的不一而足，却非寻常往来，都是俗陋不堪的人。前日我的小使见他的管家，拿了好几封银包进来，问他，他说不知谁的。"仲清道："是了，卓然也穷极了，自然要作这个买卖。况且这篇文字是信手写的，不然何至忙到如此。"南湘道："不错，你听他说，总中一个给你们看，这话就明白了。"高品送了客去进来，大家住口。

蕙芳道："难得你们诸公可巧全都在这里，今日我作个东道，请你们何如？"王恂道："甚好。"高品道："相公不是要请分子？"蕙芳笑道："被你猜著了，我真要请分子。"众人当是顽话，都应允了。蕙芳命人到饭庄子上备了一桌菜来，众家人相帮摆好，蕙芳即恭恭敬敬的安了席。众人诧异道："媚香今日忽庄严如此，想来真要请分子么？"蕙芳应道："我早说过，几时见相公的酒可是白喝的吗？"大家一笑坐下。高品道："可惜少了一客。"蕙芳问是少谁，高品道："今日倒不可少潘三。"蕙芳"啐"了一声，一连敬了几杯酒，玉林也帮著敬酒，吃了几样菜。

蕙芳便在靴掖里拿出几页纸来，像是写的一篇文字，递与首坐史南湘道："竹君先生，我今日请分子就是为此。你看了，待我再说。"众人不解，都凑近来看时，题目写的是《香雪先生传》。蕙芳又叫跟班的拿进一个小包，解开一并送上。诸人看是《香雪遗稿》，共两本，诗文并列。南湘一句一句的念出，念完才晓得即是蕙芳教书教戏的业师，竟是个名士出身，因不第焚弃笔砚，入班教曲，生平著作甚富。蕙芳进京相投，亲如骨肉，所有才技，皆师所传。已于某年月日病故，旅榇无归，暂寄停城南寿佛寺。今其寡妻弱子，访寻而来，一路狼狈不堪，到京始知香雪已故多年。蕙芳知道了，即倾囊相助，得二百金，除盘费外，尚够经理其家，并求萧次贤画像征诗。其子元佐，年十三岁，贫不能入塾读书，而天姿颖悟，过耳不忘。每到

第三十一回　解余醒群花留夜月　萦旧感名士唱秋坟

人家书塾听书，默志在心，《五经》已熟一半。蕙芳的意思，欲浼诸名士或作诗，或作墓志，或作传，以表扬潜德，阐发幽光，且以盖其前愆，裕其后裔。诸人一面看，蕙芳一面讲，讲到伤心处，便呜咽起来。

众人为之动容，一齐站起道："此等高义，今人所难。我等自当盥沐敬书，表其万一。且香雪有如此高弟令子，即落魄而死，亦无遗恨。"春航与子玉更觉赞叹不置。南湘道："这篇传你自己作的么？"蕙芳道："都是实话，就是少些文气。"仲清道："也好，请湘帆润色润色就好了。"即说道："我与他作篇诔。"王恂道："我作几首挽诗罢。"南湘道："我作墓志。"春航道："把他的作了略节，我另作一篇传如何？"蕙芳道："更好，这原算略节，用不得的。"子玉道："大文章你们都作了，我们作什么呢？我只好作篇赞罢。"高品道："赞也很好，我作篇祭文倒沉痛些。"仲清道："我们何不约齐了他们几个弟子，到黄昏人静后去祭他一祭，并多凑些盘费给他何如？"春航等都说这更好了，蕙芳即叩头谢了，慌得众人齐来扶起。从此人人皆视蕙芳如畏友，连顽笑都不肯了。

南湘道："他定于何日起灵？"蕙芳道："三十日子时，二十九日三更光景。"南湘道："我们这些文章倒要早早的作起来，刻成一集，刷印几十本，交他带回。其分金，各人量力而行。或者如度香、静宜、前舟，也可叫他们出一分。我们约齐了，到二十九日夜二更，到彼一祭就结了，他们那些徒弟，媚香自去张罗罢。"众人说道："很好。"蕙芳道："祭也可以不必，也不敢当；况庙宇窄小，也无容身之地，赐些笔墨已荣耀极了，何敢当再祭奠；且外面俗眼甚多，反为诸公添些物议。"南湘道："这倒不妨，他也是士林中人，人也知道，且到那几日再议。我看湘帆，似不能少此一举，我辈附尾，亦无不可。"今日有蕙芳这一请，诸人动了恻隐之念，不能尽欢，到了初更，各自散了。

明日南湘、仲清即致札与子云、前舟诸人，数日后都送了些分金，并有几首歌行。南湘、仲清看了，点过分金是：子云二十四，文泽十六，次贤十二，共五十二两。仲清道："我们共有六分，每人八两，共凑成一百两也就够了。"南湘道："很够了。"于是又致札众人，两三日间都要凑足。诗文共遗集，俱已发刻停妥，印刷一百部，用银六十两，蕙芳一人出了。花部中曾受业于香雪者，现有四人：袁宝珠、王桂保、金漱芳、陆素兰，或学画，或学诗，皆为高弟，此四人也共凑百金，连蕙芳的共有四百金。母子二人并一老仆三人，雇舟由运河而回，也就极宽裕了。

到了二十八日，仲清又到南湘处商议明日之事，并说："大约有几个不愿去的：庸庵畏首畏尾，防他严亲知道；庾香更不消说了，那古庙里三更半夜的，也不好叫他去。"南湘道："我倒想著个主意：既是此举，也不专为祭他，我们借此可以散步野游，不如日间携樽而往，一献之后，即到锦秋墩、浩然亭上，与那些相公一叙，不很好吗？"仲清道："果然好，我未想到。如庸庵、庚香不来，我们四人罢了。"于是又同到春航处约定，即叫春航备了酒肴，于午刻在那里等候。南湘到了明日，即约仲清骑马出城。到了寿佛寺门口下了马，马夫拴在一边，已见五六辆车歇在那里。

进得门来，古刹荒凉，草深一尺，见马骡在那里吃草。颓垣败井，佛像倾欹。进了弥陀殿，尚不见一人。只见大雄宝殿，西边坍了一角，风摇树动，落叶成堆，凄凉已极。才见一人从殿后走出来。仲清认的是蕙芳的人，见了垂手站住。仲清问道："他们在那里？"那人道："尚在后面，待小的引道。"走到殿后，西边一个门内是一带危楼，门窗全无。走过了才是三间小屋，堆满灵柩，约有二三十具。见一柩前，有一小桌，点著香蜡，想就是了。天井内东边，又有一重小门，进了门有三四间小屋。春航、高品与蕙芳等都在其内，有一个老僧陪著。春航、蕙芳迎将出来。南湘道："这么个所在，阴惨怕人，怪不得有人不肯来。"蕙芳忙拖过条板凳放在上面，请他们坐了。仲清道："人已齐了，就奠一奠，我们往锦秋墩去逛罢。"蕙芳即将祭筵，就叫在那屋里摆起来。蕙芳上香，素兰奠酒，漱芳执壶，宝珠上菜，桂保焚纸，春航、南湘、高品同行了一个礼，五旦连连叩头代谢。大家也都坐不住了，急忙的叫人收拾，给了和尚一吊钱，一齐走出庙来。南湘、仲清仍旧骑马，余人上车，从人挑著担子，一径往锦秋墩来。

疏林黄叶，满目萧条。约行一里有余，已到了墩前。此墩巍然若山，上有梵宇，顶上建一大亭，名浩然亭，四围远眺，数十里城池村落尽在目前，倒也有趣。春航道："今日目击荒凉，心殊难受。及到此处，觉得眼界一空。"高品道："这个锦秋墩，我竟没有到过，竹君想来是游过的了。"南湘道："我是第一次。我因前日偶见前人有《题锦秋墩》诗，所以知道。大远的路，谁到此间来？"仲清道："其实也好。天天在热闹地方，也应冷落一回。"南湘道："这个寿佛寺就冷落够了。剑潭你说，惟清心者能叩寂，志淡者能探幽。那个庙里，你敢住几么么？"仲清笑道："若到此地位，也不得不住。晚间月明风静，或者有些鬼狐来盘桓盘桓，也未尝不佳。"高品道："剑潭总喜作违心之论。"素兰道："我若是一个人，就是日里也不敢进去。"桂保道："那些棺材破烂的甚多，我看晚间只怕有鬼。"漱芳道："亏那和尚只有一个徒弟、一个香火，竟不怕；若果真有鬼，和尚怎么好好儿的呢？"蕙芳道："你几时见鬼吃过人？我前日听那和尚说，每到阴风暗雨的时候，或是夜深，叫的叫，哭的哭，是常有的。"

宝珠道："你们听见怡园闹鬼没有？"蕙芳道："没有。"素兰问道："怎么闹鬼？"宝珠道："看桂花厅一个小使叫春儿，爱吃果子，每逢赏花请客的果子，他捡了藏在一个坛子里。那天晚间，有个大马猴知道了，便来偷吃。春儿睡了，听得满地抛果子响，问又不答；拿灯出来，又照不见什么；睡了又响，重又出来。那晓猴儿躲在一个熏笼里。春儿拿了把刀，无心走到熏笼边，那猴儿忙了站起来，顶著熏笼连撺带跑出去了。春儿火也灭了，刀也掉了，神号鬼哭喊起鬼来。对门的青儿跑出来刚撞著猴儿，毛绒绒的，一扑就栽倒了。闹得多少人起来，只见地下一个大熏笼，都想不出什么缘故。春儿说五尺多高一头黄发的鬼；青儿又说是青面獠牙的鬼，还伸开五指打他个嘴巴。倒议论了两天。到第三天将晚的时候，看得那猴儿进来，又想偷果子吃，才明白了。不然差不多闹到上头都知道了。"大家都笑起来。

蕙芳预备了两桌蔬菜、四样点心，就借庙中厨房作起来，九人于地下铺上垫子，席地围坐。春航与蕙芳相交了半年，久成道义之交，今复见其仗义疏财，深情感旧，愈加敬畏。再想起自己去年及春间的光景，竟至潦倒穷途，势将沟壑，若非蕙芳成就，虽满腹珠玑，也不能到今日。对西风之衰飒，怆秋景之萧条，烟霏霏而欲雨，云黯黯而常阴，不觉悲从中来，泪落不已。众人不解其故，独蕙芳略知其故，亦已泪满秋波，再经宝珠等一问，愈忍不住。念起从前落难光景，若非香雪提携，早已十死八九了，到此不觉的放声一哭，哭得众人个个悲酸。南湘心中发恶，便痛喝了一大碗酒，对著一带远山舒啸起来，清风四起，林木为摇。高品道："看你们哭的哭，笑的笑，胸中都有如此块垒；独我高卓然胸中空空洞洞，如无肠国民一般。孙登之啸，不过形狂；阮籍之悲，亦云气馁。古人登高作赋，感慨系焉。我们今日聊且一吟何如？"南湘道："好，你先起句。"高品道："悲壮淋漓，莫如填首《贺新凉》，我得了起句在此。"即念道：

    世事君知否？古今来、桑田沧海，不堪回首。高。只有词人清
兴好，日日狂歌对酒。史。正秋在、断云残柳。试马郊原闲眺望，
颜。问金台可要麒麟走？魂已去，更谁守。田。　天涯我已飘零
久。共晨昏、棋枰茗碗，二三良友。高。死者千秋长已矣，说甚名
传不朽。史。只块垒、填胸如斗。诗唱秋坟聊当哭，颜。听呜呜击破
秦人缶。且一醉，莫僝僽。田。

大家吟了一遍，哈哈大笑。天要下雨，遂无心久留，急忙收拾。南湘搭了蕙芳的车，仲清搭了素兰的车，一路而回。到得家时，已萧萧疏疏落起细雨来。

不知后事如何，且听下回分解。

第三十二回
众名士萧斋等报捷　老司官冷署判呈词

话说秋雨纷纷，泞泥满道，一连下了七八日，到了初八日方见晴明。场中定于初十日出榜，初九日一早即报起来。凡下场的个个意马心猿，到了这几天，寝食俱废。就是高品、春航亦未能免俗。春航初八日晚上，太睡早了，睡不著重又起来，至高品房中，见高品尚未安睡，二人谈起心事来。春航叹了一口气，道："我的名心原淡，中不中倒也无妨，就是对不住苏媚香，半年期望之心白白辜负了。科名虽不足贵，但古今名士才人，断无不从科名而起。"高品道："可恨今年这一班主考房官，把人回避得干干净净，我们再若不中，未免太冷淡了。若到明日此刻不见动静，就不必想了。"春航道："不要到此刻，点灯时不来，便已绝望。若据前日那两个六壬课，似乎你我皆可有望。"高品道："下场年问卜是最不灵的。我头一次在江宁考试，有个起梅花数的，为我起数，得《泰》卦五爻。他说不用说了，一定中元的。爻辞是'帝乙归妹，以祉元吉'，你还讲甚么？且《象》辞还是'中以行愿也'。"春航道："可不是！"高品道："不但此，那年是乙未年。你想帝乙的'乙'字，与归妹的'妹'字，去了'女'字傍，不算'乙未'两字么？我已十拿九稳，谁知道鬼神专会哄人的，你道可笑不可笑？"春航道："人心最灵。心之所欲，象即呈焉，此是人心上起的象，非卦中之象也。"二人煮茗闲谈，将近五更始寝，一到天明即已起来。

却说苏蕙芳惦记春航，亦复一夜不能安睡，比到起身时，已是巳正时候，连忙梳洗，即著人到外面打听，可曾报动，那人去了。随后有个京官，著人来叫蕙芳去陪著登高，蕙芳那有心绪，回他进城去了。停了好一回，钟上已交午初，打听人转来道："外间已报过四十名了，田老爷还没有在内，倒是那个姓归的中在三十四名。"蕙芳道："那个姓归的？"家人道："胡同外边住的，就是那叶先生的姑爷，开窑子的。"蕙芳听了，颇为不平道："奇了！忘八都中了，还了得！这么看来，是不必说了。"心上要到春航那里去，犹恐见面有些难以为情；意欲报了再去，心上十分焦急，比春航倒还胜几分。一回见宝珠著人来问信，素兰、玉林著人来问信，闹的蕙芳坐立不安。欲到戏园中，恐怕被人钩搭住了，闷闷的歪在炕上，拿本闲书消遣，看了两页又放下。

将近申初时候，尚不得信，闷绝无聊，忽见跟班的手里托著一个盒子，上面放著一盘枣糕，进来说道："胡裁缝送来的，有话要面求。"蕙芳道："他有什么话讲？既然他亲自送来，收了他的就是了。"胡裁缝也走进来，作了一个揖。蕙芳让他坐了。胡裁缝道："今日倒闲空在家，不出门走走？外面登高，游玩的颇热闹。又是报举人的日子，潘三爷的女婿中了，好不热闹，挤满一铺子人，报喜钱赏了一百吊。这胡同外的一家也中了，我常与他作衣裳的。寓在宏济寺的高老爷也中了八十一名，如今城外已报一百多名了。"

蕙芳听了，忙问道："宏济寺的高老爷中了，还有位田老爷也寓在寺内，可曾中么？"胡裁缝道："我没听见说，想必也中了。"便向蕙芳说："我的苏爷，我有一件事要求你：我那第三个儿子叫三喜，在铺子里闲著，教他作手艺，学了三四个月，剪刀都拿不起，一天倒要四五十钱买糖、买果子吃，我那里养得起他。他相貌也还干净，虽不能比你那班里相公，也差不多。他心也灵，针线学不会，戏倒学得会。如今听熟的乱弹，倒也会唱许多。我想作戏比我们作裁缝好万倍。我求你老人家行个好事，提拔提拔我，选个日子送三喜来拜你作师父，你老人家断不可推辞。我若送他到别班里，我也心疼他年纪又小，打打骂骂的，孩子也受不得的。你老人家心又慈，疼惜孩子，将来就不指望与你老人家一样，能够光光鲜鲜不少吃，不少穿，认得几个财东，也就心满意足了。作裁缝的有什么好处？自己又没有本钱，铺子里赊了料来，来路就贵，还要替人垫钱；开出账去，人又嫌贵了，七折八扣，拖拖欠欠。这一间铺子好容易开著，五七个伙计作活，老米饭，酸菜汤，一天费用也得两吊钱，能有多少沾光在内。你若肯收了作徒弟，歇两年我就不作裁缝，就像作老太爷一般了。"蕙芳听了，好不厌烦，便道："我将要改行不唱戏了，那里还要收徒弟？况且我也不会教人。你儿子要学戏，还是到那乱弹班里好，学两个月就可出台。我们唱昆腔的学了一辈子，还不得人家说声好。一个月花了多少钱，方买得几出戏，学他作什么？"胡裁缝尚是罗罗苏苏，好一回才去。已是上灯时候，蕙芳长叹一声，忍不住叫套车到春航处去，先与高品道喜。

及到了宏济寺中，却是冷清清的。进内先见了高品的家人，问他，那人答应道："方才报是报来，我们老爷说恐怕不是，不晓得什么缘故？"蕙芳走到里面，只见高品与春航对坐下棋，照应他坐了。春航便触起心事来，便把棋子一捋，说："输了，不必下了。"高品也便歇了。蕙芳问道："卓然已高中了，怎么如此模样？"高品笑道："中了便应该怎样？等湘帆报来再热闹罢。"蕙芳道："总是一样，全要中的。"高品道："方才报是报来，但有些不对帐，是个江南监生。"蕙芳道："据我看来不错的，你这名字未必有同的。"高品道："也难说，总要看了榜方作准。"春航默默不语，蕙芳只好说些宽慰的话。

少顷，史南湘、颜仲清闯将进来，南湘道："贺喜的来了，快预备喜酒。媚香，你也在这里？"春航道："此刻也差不多报完了，将吊之不暇，何贺之有？"仲清道："才报了一百八十多名了，卓然中在八十一名，你嫌低了，因此有些委屈么？"高品道："恐怕不是，你不见条子上写的是江南监生？"南湘、仲清齐道："这是笔误，常有的事。"春航道："不必疑心，卓然是已经中定了。"南湘对高品道："你且备起晚饭来，咱们一面吃一面等，如不来报，三更后同去看榜何如？全中了，你们两人好好的请我们吃十天。"二人尚未回言，蕙芳道："有理，有理！就这么著，我也有些饿了。"高品、春航知道今日必有人来，已经安排定了，即收拾桌子，摆上饭来。南湘不准先吃饭，要陪著他饮酒。高品口内虽说疑心，心上早已欢喜，颇觉对酒开怀。春航素来酒脱，此番倒放不开心，蕙芳也与他一般。南湘道："放心，湘帆总在五魁之内，如不是第四、第五名，我也不敢论文了。当年我在湖北侥幸的一年，约了几个朋友，大排著筵宴候报，候到三更不来，也气极了。那些人看不像，也去了。到四更将要睡时，才报了来，倒是个解元。难道你们下过两三场，还不晓得五魁是后填么？"仲清说道："上科我就不是上了报录的当？我是副榜第一，他就报我是第二名南元，倒赏了好些钱，明早他竟不来。及看榜时才晓得是副榜，倒叫我太山太水空喜欢了半夜。"

诸人借酒闲谈，到了二更以后，尚不见报来，就是史、颜二人心上，也知春航有些不稳了。将要吃饭，忽听门外一片声嚷将进来，倒把众人吃了一惊。听得嚷道："田老爷大喜，中的是南元。"春航一听，喜不可言，把箸子摔过一边，连忙走出位来。蕙芳也乐不可支。诸人是皆欢喜，忙看条子是"中式第二名，田春航，年二十三岁，江南上元县附贡生"，方才放心。报喜的讨赏钱，蕙芳带了些票子来，递给春航。春航先赏了十吊钱，道："明早同高老爷报喜的一同来领赏就是了。"众人道："明日二位老爷不是十吊二十吊的赏，重重的要赏几百吊钱呢。"高品道："是了，你明日来。"春航乐极了，因高品不放心，也有些疑心起来，恐怕报喜来诳他，只管发怔。蕙芳笑道："报已报完了二百几十名，人都要疑心，难道人人全是假的么？"仲清道："不必疑心，此刻已三更天，城门也都开了，叫你管家骑匹快马先看了榜来。我们也不回去，你叫人索性添些酒来。"春航、高品道："甚好。"一面打发人去看榜，一面再添酒菜。

此时各人畅饮，到底喜多愁少了，猜拳行令，闹到五更以后，看榜的始回，说道："田老爷是不错，榜上果然第二名。"这一句话把高品唬呆了，急问道："我怎样？"那人道："八十一名是叫高品三，年四十岁，江南淮安府山阳县监生。"高品气得发昏，说声："呸！"那人便拿出《题名录》来，众人细细看了，果无高品在内。蕙芳笑道："中的人我也不认得，我就晓得这两个：一个是叶茂林的女婿叫作'窑子归'，这三十四名归自荣就是；一个是潘三的女婿叫'作杠花'，他老子叫花三胡子，在杠房抬杠出身，如今大发财，开了几处杠房，这六十三名花中桂就是。"

高品再把第一张《题名录》看了一遍，略生喜色，不觉叹口气道："也罢，'名利'二字是有一定的。现在你们不比外人，我对你们直讲罢：一千六百两银子卖掉了一个举人，这个杠花就是我中的，是张仲雨的过手，明日就要讨账去了。"春航、南湘、仲清、蕙芳都埋怨他几句。高品道："我岂不知此事原作不得，我也有个想头在内：或者今科不当中，或者我竟能名利双收也未可知。况且我要回南一走，家内有几件大事急于要办，两手空空的，亦殊难堪。如今倒罢了，虽不能巴结与湘帆作个同年，但不叫抬杠的做年伯，称婊子为年嫂，也是不幸中之幸也。我看湘帆不但得此年伯、年嫂，还得了一个好年丈呢。"春航笑道："凭你怎样刻薄罢了。但是那一科没有些混帐人在内？焉知你下科又不与这些人作同年，倒是年丈之称，又是谁呢？"蕙芳听了好笑。仲清道："你方才没有听见抬杠的儿子花中桂，是潘银匠的女婿吗？叙起年谊来，不是你的年丈？"春航笑道："我也不与他会同年，我仍认卓然是同年便了。"高品笑道："这么说，我明日就叫潘三为丈人如何？"说得众人大笑。少顷，天色大明，红日已上，春航要出去见房师，并谒座师，各人也都散了。

已后会同年，请吃酒，一连忙了半个月。春航出于第四房孙亮功门下，相见之后，亮功久已闻名。就是刘尚书、王阁学虽未见过春航，于他儿子们书房内见他些笔墨东西，也久已倾倒，惟恐不得其人为憾。今中了南元，十分欢喜。从此春航与文泽、王恂又成了世谊，更加亲爱。惟有孙氏昆仲颇难浃洽，然亦不得不往来，惟淡交而已。

高品代枪之银已收清，共得了一千六百金。张仲雨过手，在花处讲定二千四百金，从中扣出去八百金，又索花姓谢仪二百金，也得了千金，自己享用；便从藩经历上加捐了正指挥，即在坊里当起差来。高品已于十月初二日回苏州去了。

春航在庙里寂寞，文泽邀至家中，王恂又欲相留，春航两处时相寄榻；又兼蕙芳照旧相陪，便安心乐意，与文泽、仲清等交相琢磨，闲时作些诗赋，习学殿试工夫。南湘也写了几天殿试卷子，已后又不写了。且按下不题。如今要讲起一件闲事来。那八月十四日晚，乌大傻教刑部里传了去，问了一堂私造假契、抵押钱财事。因归自荣急欲借钱，商于大傻，要借彼房契抵押，许其分用。大傻早将房契押出，只得另造伪契与归自荣，押了六百吊钱，大傻分用了二百吊。谁知这个财东与前次那个财东相好，一日叙谈帐目等项，讲起乌大傻的房子来，那个财东问起住址方向，知道就是押他那一所，便对那人道："这张契纸是假的。前年大傻已将房子抵押于我，押八百吊，有兴盛香蜡铺作保。现今利钱欠了四个月，我正要找他说话，怎么又押与你了？"那人便著起急来，即找了中保来寻大傻理论。谁知大傻子终日昏昏沉沉的在戏园闲闯，家中用一个笨汉，也甚不明白。那人找了十余天，并未见著一面，大傻回来又不知道。那人情急，告了一状，送到刑部里。乌大傻子是个天文生，其祖也作过官，其叔祖并且是个显宦，如今式微了，只剩下数顷荒田、几间破屋。幸亏契是白契，并非私造印信；大傻的堂母舅现任刑部司官，也有些照应。大傻想供出归自荣来，无奈契是他的，又系他出名，倒与归自荣毫无干涉，竟上了一个大当，革去天文生，限期赔偿。这也是他的晦气。

却说拿乌大傻那一天，有个皂隶叫作陆升，与归自荣住处相近认得，那日见他报了举人，忽然想起八月十四日，明明看见归自荣在乌大傻子寓里吃酒。因想十四日秀才们正在场里。怎么他不进去，又会中呢？想来想去，再不明白。一日遇见一个贴写，叫作葛逢时，排行第六，是个绍兴朋友，极会生事的。那天是十月初三日，陆皂隶走到衙门前一个小茶馆内，见葛贴写在里面吃茶，一边放著黄布小包。身穿贵州绸绵袍，套著玄青大褂，低著头在那里吃火烧。皂隶走近来弯弯腰，叫声："葛先生，独自一人闲坐吗？"葛逢时见了，也照应了。陆皂隶就对面坐下，走堂即添了一碗茶。葛逢时道："你今日清闲，想不是值堂日子么？"陆皂隶道："这几天不该班。葛先生，你是忙得很，近来想也发财。你是走得起的人，即日就要补经承了，将来可肯照应我们？"葛逢时叹口气道："老陆，你是衙门中老手了，难道你不知道我们的苦？若要想得经承，至快还得七八年，你想难不难？不比别的衙门还有些活动，这道衙门作了经承便又怎样？"陆皂隶道："作了经承到底好。你看黄经承与张经承怎样局面，簇崭新，风吹不动、火烧不著的一所好房子，好热车，干草黄银鬃大骡子，你瞧气色怎样光鲜，衣服怎样体面，也就罢了，将来还有个小功名。人生在世，衣食无忧，就也难得。"

葛逢时点点头，已将几个火烧吃完，然后问道："你可要吃点心？"陆皂隶道："我已吃了油炸糕、甜浆粥了。我有一件事不明白，今日难得遇见你，正好讨个教。"葛贴写道："有甚么事难明白？"陆皂隶道："我们街坊有个姓归的，是个南边人，招赘在乌大傻子家里，常见他出进的。我家与乌家隔不到一箭远，在一条胡同里，这且慢说。我问你年年下场的日子可是一定的日期，或是可以先后移改的？"葛贴写道："乡试么，通天下是八月初八日头场，初十日出来；十一日再进去，十三日出来；十四日再进去，十六日完场。这是各省一样的。会试是三月初八日起，也是一样。"陆皂隶道："你说二场是八月十四日进去，是什么时候点名，什么时候封门呢？"葛贴写道："点名总在一早，到了午未时也就要封门了。"陆皂隶道："到十四日二更天，还有不进场的人吗？"葛贴写道："怎么能够到二更天？今年点名极快，二三场午正时候已经封门了。十四日二更天还在场外，那是头二场犯了贴例贴出的了，所以不用进去，你当他还未进场呢。"

陆皂隶点头道："原来有这些缘故。什么叫作犯了贴例贴出来的？"葛贴写道："这些事你要问他作甚么？贴例的或是烧了卷子，或是墨水污了，或是不完卷子交了白卷。这些有毛病的卷子，就不发誊录所，就贴了出来，不要他再进去了。"陆皂隶道："据你说，贴出来的可会一样中么？"葛贴写道："你好明白！既贴了出来，没有完场，怎么会中？就是大主考的儿子，也不能中的。"陆皂隶道："我原听得人说，不完场是不能中的。我方才讲的那街坊姓归，名字叫自荣，现在高高中了三十四名。我于八月十四日二更天去传乌大傻子，明明看见归自荣在那里。他并且上前来问甚么事，讲了多少话，急得什么似的。那时我却不理会。后来见他报了举人，我又不曾认错人，细细想来，他没有进场，怎么也会中呢？请教你评出个理来。"葛贴写道："这却奇了，或者你认错了人，或是记错了日子，不要是十三晚上。"陆皂隶道："这人虽烧了灰，也认得出来，断不会错的。至于日子，有票字为凭，而且明日就是中秋节，一发不会记错。你想是什么缘故？"葛贴写道："这真奇了。"细细想了一回，问道："你可知道他的底子怎样？"陆皂隶道："这却不知道，他外面是极好看的，说是乌家的女婿。至于他是那一省人，我也不知道。"葛贴写道："你细细访一访，如果真没有进场，这就了不得，必定有个顶名代替的了。你若访实了，歇天我同你去找他，看怎样。我们见景生情，大家可以发些财。"陆皂隶道："我也是这么想。"二人商酌定了，葛贴写还了茶钱，各自去了。

歇了几日，陆皂隶访得明明白白，是归自荣撵出一个奶妈子，因偷了一张钱票、两样银首饰，被主人搜著了，撵了出来。归自荣那几日因城外人眼多，故躲在城里头看戏，请的客都是心腹至交，所以不瞒他们。内中有个马回子替他经手，请了一个浙江人，丁忧的廪生，许了他一千两银子，先付润笔一百两。归自荣没有钱，只付了四十金，至今分文未付。那经手的马回子又从中赚了十两，那廪生仅得他三十两银子，倒替他中了一个举人。如今天天向马回子吵闹，把马回子的大门也打破了。归自荣躲在家里再不出来，并且闹得外头有些风声了。陆皂隶从奶妈子口中，访得清清楚楚，便告诉了。葛贴写便叫陆皂隶去向归自荣借一千银子，被归自荣"啐"了一脸吐沫，便一五一十嚷将出来。归自荣无法，掩不住口，也只得和他闹了一场。陆皂隶讹诈不动，逢人便说要告他。葛贴写与他作了一张呈子，就递在部里。马回子知道了，通知了那个廪生，两人星夜逃往他方去了。部中审了两次，归自荣不能狡赖，只得据实供明，革去举人，监押起来，俟拿到代枪之人，再行定案。

此案一出，闹动了多少不第生监，鸣鼓而攻，并把归自荣在城外那些事情一总通出，部中看成了一个大笑话。有个老司官游戏三昧的，作了一个勘语，是一篇四六文，满城传遍。从此归自荣成了一个衣冠禽兽了。一日，文泽的家人从外面抄了一张来送与文泽看，恰好南湘、仲清都在那里。大家看时，只见写道：

　　勘得归自荣，家本书香，父曾攀桂；心耽铜臭，性爱游花。浪迹都门，骗人弱息；缩头陋巷，拥彼淫娼。恣挑达于风月场中，攫钱财于鸳鸯被底。臀有肤而尽堪凿空，面无皮而岂解包羞。贪酒食之欢娱，畅烟花之撩乱。交游假托，后庭里玉树常埋；廉耻全无，前溪边秋砧又捣。既在泥涂以含垢，岂堪月窟以探香。借曰兔本前生，竟忘鳖为同气；一味狐能工媚，亦由虫自可怜。乌大傻破屋无存，尚须还债；马二回大门亦坏，遑问谢仪。效张冠而李戴，回天力于人工。夫枪替虽已鳞潜，而索贿尚多雀噪。皂隶岂知颠倒，乱吵街坊；诸生尽讦阴私，纷呈词牍。是宜先除巾服，消断袖之余妍；重挞鞭挞，起引锥之隐痛。照例充军烟瘴，俟全案之齐拘；大书以示衣冠，泄众人之公忿。此谳！

众人看了，笑个不已。仲清道："这是天理昭彰，报应不爽。若没有那皂隶一闹，又有谁人知道？此等污秽东西算个孝廉，真辱抹杀多少人。"春航道："如今世上竟不成事了。你看此中漏网者固多，冤枉者亦复不少。前日瑶卿说：我们同年与他最好，教他画画的那个南京人金粟，本是个名士，性情磊落，大雅不群。因初到京时寄居在某显宦家，也是自不检束，他的跟班与彼内眷有私，竟将相如文君之事，疑到此君身上，因此辞出。不意这位显宦明于责人，昧于责己，怀恨在胸，借此发挥，将此君亦另案锻炼，又带累了几个名士一并斥革，你说冤枉不冤枉？"文泽道："此等事亦不足为奇。即如唐六如、吴汉槎诸公，至今其名自在，虽经斥革，与他何损？要知如归自荣这种行为，只怕也没有了。"春航道："难说。你看那买卖人的儿子，家人的内亲，其不通且不必论，难道也算身家清白吗？不过有幸有不幸就是了。"

正说话间，只见史南湘的家人进来说："请少爷回去，老爷放了道了。"南湘听了，即便辞了众人先回。不知后事如何，且听下回分解。

第三十三回
寄家书梅学使训子　馈赆仪华公子辞宾

话说史给事放了大名道，南湘随任同行，且到明年会试再来。诸名士、名旦送行，又叙了几日。光阴甚快，不觉又到腊月中旬。

且说子玉因南湘、高品出京，又少了两个知己。前月王阁学来对颜夫人说，不是冬底，就是春初，要与子玉毕姻。颜夫人回说不好专主，须寄信到江西，俟其回信转来，再为定夺，子玉因此连王宅也不大去了。徐子云近日补了缺，衙门中添了些公事，不能天天在园。是日，天气晴和，雪消风静，子玉欲访聘才，打探琴言消息。

早饭后禀过萱堂，乘舆进城，行不到半里，心里忽又踌躇起来，料聘才也未必在家，越想越不高兴，便说："不去了，出城回去罢。"云儿勒转马头，赶车的倒转车来，出了城，忽然有几辆车塞满了路，还有一群骆驼挤在里头。众赶车的喧喧嚷嚷，开让不来。子玉的车下了帘子，与一个车相并，子玉从玻璃窗内一望，却好那人也转过脸来望他，原来是宝珠。子玉见了，不觉一笑，宝珠问道："你从那里来？还到那里去？"子玉道："我从城里回来，不到那里去了。"宝珠道："何不到我寓里谈谈，我们也有两月不见了。"子玉一想回去尚早，也可借此散散，便道："甚好。"一边车已走开，子玉在前，宝珠在后，同到了门口下了车，宝珠让进了里面。

子玉尚是初次进来，到了内院，见正面上房三间，西间便是书斋，上悬一额是"小琅玕室"。子玉进内，觉得芳香扑鼻，不染点尘，有两盆水仙花已开足。桌上摆一个古铜瓶，插一枝天竹、两枝腊梅；那边还有两盆唐花。壁上所挂字画，皆是前人名迹，绝非世俗纱帽之作。又见一个小地罩内，左边挂一个横幅，是宝珠自己的倚竹图小照；右边挂著四幅小屏，是教他画画的那个金粟画的花卉。子玉看了，不禁一叹，说道："天下事真是有幸、有不幸。你看此等名士竟遭此劫，天之妒才果如是耶！"因向宝珠道："我听见人说，你之待此公，与此公之待你，亦不亚于蕙芳之待湘帆。且你于此公失意后，更觉亲密，一切旅费悉赖你周全。此等居心，尤为难得，真令世俗衣冠中人愧煞，此公亦甚知感激。"子玉一面说话，但见宝珠默默无言，眼眶一红，长叹一声，道："同是天涯沦落人，相逢何必曾相识。"不禁落下泪来。

子玉因无意中数语，竟触动宝珠心事，自觉出言唐突，忙指著窗外之竹，笑道："当岁寒时节，将此君与唐花较量，方见其潇洒自然，节同松柏。"宝珠闻之，又破涕成笑，子玉方觉放心。因又道："不觉日子这么快，转眼又是年底了，真是流年如水。"宝珠道："可不是么，本来离年近了。前日我听得剑潭讲，一过年你就要恭喜了，可请我们吃喜酒么？"子玉道："还没有定，等老人家家信回来再看。"宝珠道："今日我倒得了两样菜，不晓得你肯赏脸在这里吃饭么？若肯在这里吃饭，我便约了香畹来，大家叙叙。"子玉踌躇道："若吃饭回去就迟了。前日这么大雪，你想必积了些雪水，我们何不煮雪烹茶，请了香畹来作个清谈雅会，不好吗？"宝珠笑道："很好，到底你总与别人不同。"一面著人去邀素兰，一面吩咐把火盆抬到外间去，将茶炉搬过去，并搬出全副茶具。子玉见地上先放了一个大铜盘，后将一个古铜茶炉座在盘内。那炉约有一尺多高，身圆如斗，下有鼎足，炉身两孔，炉口圆小，从火盆内夹了些焰炭，又加上些生炭，便见一炉活火直燃起来。又一人捧过一个蔚蓝大磁瓯，又把个宜兴窑提梁刻字大壶，盛了雪水。子玉见了，颇觉欣羡，便说道："尚未煮茶，见了这一副茶具，已令人清心解渴了。"说话间，素兰已到，大家见了。

　　素兰对宝珠笑道："今日你如此之雅，一定是为雅人来了，但添了我这个俗人，不要把雅事闹俗了么？"宝珠道："你也就雅极的了。"素兰问子玉道："近来何以足不出户，可曾会过玉侬么？"子玉道："没有。玉侬此刻如何能出来？倒不料他安身立命竟在那一处了。"宝珠笑道："恐怕那处还不是玉侬安身立命处，玉侬之志，岂肯长受委屈的？"子玉道："我听得待他甚好，有甚委屈处？"宝珠道："好原好，但华公子那人究竟不能十分体贴人的。度香这么样待玉侬，尚不能得玉侬欢心，那边能如度香这么样么？局面就是两样，那处是步步不离规矩的，闲散惯的人也是不便的。八月十四那一天，我看玉侬出来伺候，就是勉强，叫作没有法就是了。"素兰道："如今见了我们也是生生的，觉得心上总是忧郁不开的光景。"子玉听了，不禁叹了一声。

　　宝珠见水开了，自己于博古厨内，取出一个玉茶缸，配了四种名茶，自己亲手泡好了，把盖子盖上。又取出三个粉定茶杯，分作三杯，又将开水添满茶缸，仍旧盖了。子玉道："要你亲手自制，倒累了。"宝珠道："你们尝尝这茶味可好么？"子玉与素兰喝了两口，觉得清香满口，沁入心脾，都说道："这茶好极，而且不像一种茶味。"宝珠道："我将各样好茶，并成一碗。"子玉道："怪不得香美如此。"宝珠又捧上一个果盒来，聊以侑茶。子玉道："倒比酒好。"

　　三人闲谈了一会。素兰问子玉道："近日你可见你那世交魏聘才么？"

子玉道："也有两月不见了。我今日倒特特要去看他。已经进了城，我想他是常在外边的，忽然不高兴起来，所以转回，恰才遇见瑶卿。"宝珠横波一笑，道："你错了，该去的。就使聘才不在家，你那心里人是不出门的，他知道你去，必出来见的。"子玉不语。素兰道："你不晓得魏聘才近日的事吗？"子玉道："什么事？"素兰笑道："这魏聘才从前指使人去闹玉侬，我心上极恨他，及至玉侬进去了，倒也不见怎样。我看其人也不算个大恶，不过是个小人意见。殊不知他从前会糟蹋人，如今也受人糟蹋起来，而且以后还没脸见人。"子玉听了，十分诧异，忙问道："有何难见人的事？"宝珠尚未知道，也问何事。素兰道："魏聘才原不好，但如今交朋友也真难，人面兽心的多。你们真不知魏聘才宿娼，被坊官拿住送交刑部么？"

子玉吃了一惊，道："有这等事！怎么就送刑部呢？"素兰道："我是听得张仲雨讲的。如今仲雨是正指挥，所以知道这事，已有四五天了。那一日魏聘才请富三爷在蓉官寓里喝酒，富三爷想起一件事来，先进城去了。聘才便不进城，叫蓉官去叫了一个媳妇，名叫玉天仙，就借蓉官寓里过夜。将近二更，尚在那里喝酒唱曲。有个吏目郁泰孙来查夜，走了进来，与聘才认识的，且同过席、听过戏的。聘才见是郁吏目便放了心，让他入座，吏目不肯，聘才便与他顽笑起来。那吏目即变转脸来，道：'老魏，今日讲不得顽笑，你可知道公事公办么？'聘才还当他是顽笑，便也说道：'什么公事私事，你别把坊官摆在脸上，就是都老爷挟妓饮酒也是常有的。快坐下罢。'一面又扯他。那吏目'哼'了一声，说道：'不要说是你，今日我来查夜，就是我们总宪坐在这里，我也拿得他。'话才说完，有几个兵役就拿链子出来，套上聘才，往外就拉。又有两个，一个锁了蓉官，一个锁了玉天仙。可怜魏聘才崭新的一身衣服，被他们拴在车尾子上，跟著跑。到了吏目寓处，铁面无私的讯起来。幸亏魏聘才的下人找了一个书办，讲了一千六百吊，写了字据，找了铺保，方开开锁。作了一套假供，魏聘才为李三才，今日蓉官留住吃饭，适逢蓉官出嫁之姊回家看弟，并无同桌吃酒，以致男女混杂。讯明是实，相应开释等情。"子玉道："这已算明白了，怎么又送部呢？"素兰道："闻说有位巡城都老爷，访得吏目诈赃，改供私放，把这案提上去，送了刑部。"宝珠道："如今魏聘才是在监里了，应该，应该。但华公子怎么不替他料理呢？"素兰道："据仲雨讲，是瞒著华公子。况且又是个假名假姓。大约脸总丢了，也不至有什么大罪。又听说魏聘才新捐了一个从九品，审实了，这功名只怕也革的了。"子玉听了，甚替聘才著急，连说道："这怎么好？就是我们那位李世兄，也在外边胡闹，夏间去嫖，连衣服都被人剥了。亲友们都知道，闹得很不好看。不料魏聘才又闹出这件事来。"素兰道："也叫他吃些亏才好，如今报应得甚快。谁叫他会使赶车的糟蹋人，如今是加倍奉还了。"子玉又笑起来。

　　当下三人讲了好一回。子玉见天色不早，辞了二人回家。到上房见了颜夫人，颜夫人似有不悦之色，子玉也不敢问，呆呆的站在一边。颜夫人道："你父亲有家书回来了，你作的事，他都知道，并且说我不能教训，你自去看罢。"便将家书递与子玉。子玉接了未看时，已唬得目定口呆。走到窗前，恭恭敬敬捧了看了一遍，两颊通红，一言不发，只看著颜夫人。颜夫人见了这样光景，心上著实可怜，只得故作冷笑道："知道害怕，莫若从前不作这些事不好么！以后学好也由你，不学好也由你，横竖我不能跟著你出外。你若再不学好，你父亲回来恐未必依你。"子玉只得连连答应几个"是"，也不敢坐下，也不敢退出。颜夫人也不便安慰他，只好问他今日可见魏聘才。

　　子玉听了，似有踌躇，欲说不说的光景。颜夫人又问了一声，子玉说道："没有见著，而且得个信，说魏聘才不晓得闹了什么事，被人告了，前日已收在刑部监里。"颜夫人听了，吃惊不小，急问道："这话是谁说的？为著什么事？你从何处打听来？"子玉随口说道："是一个认识的人，就是魏世兄的亲戚张仲雨说的。他也讲得不甚明白，倒像是狎妓饮酒被坊官拿去的。"颜夫人听了，骂了一声："下作东西！作这些不爱脸的事。如今便怎样呢？难道华府里也不管他吗？"子玉道："听得魏世兄在城外的日子多，这件事改著个假名假姓，说姓李，大约还瞒著华府里。又有人说，他新捐了个从九品。他虽说是李三才，人原知道他是魏聘才。"颜夫人脸都气红，停了一会道："莫非都是这些不成材的。就是李世兄也是天天不在家，不知在外面作什么事，想来也未必干正经，我又不好说他，聘才的事，谅他总知道细底。"子玉道："据李世兄讲，有两三月不见聘才了。他们近来倒很疏远。"颜大人道："但则聘才的事怎么好？其人虽不足惜，但究竟是老爷世交之子，打听个实信才好。"便叫个仆妇去传梅进进来，梅进即便走到阶下站住。颜夫人将聘才的事说了，叫他到王亲家老爷处，托他关照关照，到部里说个情也好。梅进应道："奴才就去。但魏少爷的事情虽小，已经收在监里，连他的家人都不容进去送饭，不知怎么要如此严紧。只怕亲家老爷未必肯讲这个情。或者他那华府里有人张罗他。"颜夫人道："你想是知道他的情节，到底是怎样的？"梅进道："昨日听得人说的。"便细细的将聘才的事说了一遍。颜夫人道："虽然如此，我们是尽我们的心，你且到王老爷处走一走，能与不能再说罢。"梅进出去了，颜夫人冷笑道："这是喜欢到相公家里去的榜样。"子玉臊得满脸通红，只得在下边凳子上坐下，即陪侍颜夫人吃了饭，然后回他书房。从此子玉心上惧怕，竟好几天不敢再作妄想。

　　梅进来到王宅，文辉传进，问了来意。梅进禀明，文辉冷笑了一声，道："那魏聘才我一见他，就知道不是个东西。你们老爷定要留他，幸而如今出去了。这件事怎样去说？且刑部里绝无相好。你回去与太太请安，说我只好转托人，碰他的运气罢。"梅进回去照直说了，颜夫人也无法，只得听其自然。

且说聘才在监里许了蓉官与玉天仙许多银子，叫他们跟著他的口供，说系那日吏目请他在蓉官寓处吃酒，叫了媳妇玉天仙。饮酒中间，要问聘才借银一千两，聘才不允，因此口角。郁吏目预先带有兵役，即将他们锁了，带回寓所。改作查夜拿获，诈赃卖放，勒写欠票等情。玉天仙又供郁吏目常到他家吹烟饮酒，半月前发帖请分子，分金未到，因此挟嫌，设计锁拿。那日锁拿之后，又逼索钱五百吊改供卖放。蓉官所供一样。部里审了两堂，彼此口供相对。华公子已知道了，欲待不管，心里又有些不安，只得著人到刑部里与他托情关照，因此轻办了好些。将吏目革职，聘才杖了二十，玉天仙逐出境外，蓉官释放回家，结了案。聘才尚欣欣的得意进城，道是官司赢了，一径回华府来。门上人见了，都来宽慰了好些话。聘才扬扬的说道："倒也没有受一点委屈，这些司官老爷们，都与我相好，司狱又是我的至交，一切全仗了他们。这几日倒也张罗得很好，不知公子可知道此事么？"众人只好回说不知道。

聘才进了自己屋子，尚有一起一起的人来问他，唯不见华公子打发人来，聘才真道他不知此事，便放了心。到了第三日，见林珊枝进来，两手捧了一大封，像是银子，放在桌上，说道："这是公子送你的。"说完，转身就走，聘才"道谢"两字尚说不及，已去远了。聘才见此光景，与平日不同，有些疑异，遂看银包上面写着："赆仪二百两。"心中跳了一跳，沉思了一回，已经明白，但一时不得主意，欲候珊枝出来说个明白。谁知候了两日，不见一个人来，就是平时常见的顾月卿、张笑梅也不过来。再思量了半夜，才定了主意，次早写了一封谢札，先说些感激的话，后说梅宅有事，现要请其回去照料家务，情面难却，只得暂去，俟开春再来。写完，自己到门房里告诉了门上，将书信给他传进。约有半个时辰，见门上进来道："方才的字，公子已看了，说回梅宅去的很是，公子有事，不及亲送了。"聘才心上尚冀转过脸来，听了这话，不觉心如死灰，只得说道："多多道谢公子并各位大爷们，多承照应了大半年。我今日就要搬出去，也不能当面叩辞了。"管门的答应著去了。聘才无奈，只得收拾行李物件，一面问管事的要了一个大车装好。自己有一车一马、一个小使、一个厨子、一个车夫，一齐的出了城，暂在一个店里歇了，消停了再找寓处。

聘才在华府里仅有十个月，在外面招摇撞骗，所得银钱却也不少；华公子于修金之外，尚多遗赠。聘才捐了个从九，花去四百余金，作衣服及浪花浪费共有二千金。此时除前日二百金之外，尚存三百金，还有些玩好等物。且幸所捐名次在前，约半年可选。因此胆壮心豪，与从前大不相同了。在店里住了两日，嫌他嘈杂，即租了宏济寺春航住的房子，高车大马，大阔起来。也不到梅宅去看望。蓉官、玉天仙时常往来，聘才以百金分送二人，又给了些零星玩好，日日征歌斗酒，自然有那一班气味相投的与他亲密。

却说富三爷闻得聘才闹了事，便在部里打听了几日，自己无路可通。后闻华公子替他托了情，才放了心。后又听见聘才辞馆出来，便又惦记著放心不下，意欲邀他回家。一日，起早出城来找聘才，只见寺门口一班人在那里啰唣。富三爷下车时，见一个披著件青布老羊皮大袄，戴一顶旧秋帽，有三十多岁，口中在那里撒村混骂。富三爷听他说道："原来这么不是朋友，一天到晚买长买短，茶茶水水，生炉子烧炕，那一样不伺候到，许给一百吊，才这么著。如今不认了，给三十吊钱就算了。你想公门中行好是没有的，过了河就拆桥，保佑你别进来；第二回再来，你瞧著罢！"富三听了，知是刑部的禁卒，便皱著眉走进去。聘才的人见了，即忙通报。富三已走进院子，听得咭咭咯咯打鼓板。小使开了风门，见聘才与蓉官迎出来，蓉官便抢上一步，哈了一哈腰，就来拉手。富三把他拧了一把，蓉官便将富三的手扭转来。富三骂道："小兔子闹什么？"摆脱了手，忙与聘才见了，问了好，便道："恭喜！恭喜！那几天我实在放心不下，司里头又没有认识的人，也不能进来瞧你。到你进了城，正要来看你，你又辞了馆。老弟，你叫作哥哥的怎么不惦记你？你是个异乡人。无亲少故的，如今打算怎样？还是要找馆地呢，还是在城外住？不然到舍下去过年，也有个照应，省得庙里冷清清的。"聘才道："多谢三哥美意。但小弟在城外住便当些，还有几件事情，若到城里去，就不便了。或者明年，再来叨扰罢。"富三道："旅费敷衍得下去吗？"聘才道："暂住几月，尚可敷衍。"富三道："也要省俭些才好。你在华府中也受用惯了，若如今要照那样儿就费事。"聘才道："自然要减省些。此刻就算这两个牲口是多余的，然而也省不来。雇来的车，一天也要一吊六百钱，核算起来，也就费得有限了。"富三要拉聘才出去吃饭，聘才说道："在这里吃罢。"就吩咐多添几样菜。富三道："咱们上馆子去罢，省得你自己费心。"聘才尚未回答，蓉官道："你好糊涂，今日已是腊月二十五了，还有馆子？家家都收了，要讨账呢。"富三笑道："不错，这两天心绪不佳，连日子都忘了。"聘才道："你有什么心事，还怕过不去年么？"富三道："倒不是为过年，过年原不要紧。你忘了我这个直隶州，如今已是顶选。前日出了两个缺：一个湖北，一个贵州；湖北好，贵州极苦。本应湖北轮到我，偏偏来了一个压班的来投供，只怕是他的了。贵州我听得一年不满三竿，如何是好？我想到选司找先生们商量商量，不知可好斡旋么？"聘才道："这里的和尚是僧箓司，他的兄弟就是吏部文选司的经承。或者就托这和尚去商量商量，可以挽回也未可知。"富三道："很好，我倒不便面讲，你就去与他说，若办成了，我重重的谢他。"聘才点头道："这和尚倒好说话的。那里算什么出家人，吃喝嫖赌样样精明，吹唱也好。还会专医杨梅疮，倒也真快活有趣。人人称他为唐老爷，他又要人叫他唐大哥。"

聘才话未说完，只听得风门一响，探进一个头来，戴个镶边酱色毡帽，两撇浓胡子。又缩了出去。聘才道："唐大哥进来坐。"那人道："停一回再来。"聘才道："就请进来，这位客就是我说的富三老爷，他正要会会你。"唐和尚便撬开风门，走将进来。聘才与富三站起，唐和尚满面堆下笑来，说道："原来这是富三老爷，今日僧人有幸，瞻仰了大贵人。"

富三也说："久仰得很。"与他拉了手，和尚一屁股就坐在椅子上，把富三上下瞧了两眼。富三看这和尚也就生得异样，五短身材，穿一件青绉细羊皮僧袍，拴一条黄丝绦，脚下是灰色绒毛儿鞋，满面阴鸷纹，一双色眼，手中拿个白玉烟壶，递给富三，富三也把个玛瑙壶送给他。和尚闻了烟，便问道："三老爷在城里住？三老爷是不认得我。当年我的师父与太爷很相好的，太爷巡南城时，常到小寺来，爱下大棋，常与我师父下棋。你方才没有瞧见老爷神座旁边那幅对子么，还是太爷亲笔写的，刻好了送来。这话有二十九年了。三老爷，你能此刻恭喜在那个衙门？"富三道："我在户部主事上当了几年差使，今年遵例加捐了直隶州，目下也要出京了。"和尚道："如今选在那一省？"富三道："尚未定，现有湖北、贵州两个缺，只好碰我的运气了。"和尚道："三爷一定是湖北。我祖籍是湖北，今日可巧见著我，一定是湖北，不用说了。"说罢哈哈大笑。聘才道："你也在这里吃饭，还有一件事要和你商量。"和尚应允，聘才拉他到房里说了一会话，富三听得明白，和尚连声的道："容易，交给我包管作脸儿，放心，放心。"同走了出来，和尚又对富三说道："三老爷的喜事，方才魏太爷已讲了，我就著人叫我兄弟来商量。包管妥当，不用三老爷费一点心，都在我身上。"富三便道了谢。

忽见风门外走进一个小和尚来，约有十六七岁，生得十分标致。头上戴个青绸灰鼠暖兜，身穿藕色花绉绸狐狖皮僧袍，腰拴丝绦，脚穿大红镶鞋，拿了一枝水烟袋来，替他师父装烟。和尚也不让客，就吸起来。富三见了，著实爱慕，弯流流两眼，只管看他。蓉官站在聘才背后，对著富三作手作脚的，引得富三笑道："唐大哥，这位是你徒弟么？我倒像见过他。"和尚得意扬扬的道："小和尚叫得月，今年十五岁了，念经唱曲都也将就，就是爱顽皮，我总不许他出门，三老爷不知从何处见他？"富三爷笑得两眼眯齐，说道："待我想来。"想了一回，忽然的大笑道："呸！我记错了，我认是大悲庵的姑子，实在像得很。"说得聘才大笑，小和尚涨红了脸。唐和尚笑道："三老爷取笑。"聘才道："叫他装个姑子，却也看不出来。我们这唐大哥是第一个快乐人，吃的穿的、用的顽的，件件都好。"唐和尚道："阿弥陀佛，出家人有什么好。我师兄在日把我拘束住了，如今比从前却舒服些。原先这屋子里有位田老爷，住了一年，也是天天有相公来的。我偶来走走，师兄便唠唠叨叨的说我不该过去。可笑我那师兄不吃、不喝、不花，紧紧的守住了那租子，都被他侄儿骗得干干净净。临终时一双空手，身后事都是我办的。人生在世，乐得吃，乐得顽。三老爷也不是外人，如今出家人都是酒肉和尚，守什么清规？我生平不肯瞒人，实在吃喝嫖赌也略沾滋味的。"说得富三大笑道："真是个爽快人。"三人谈了好一回。

富三见那小和尚生得实在可爱，不觉垂涎起来；又见他与蓉官坐在一凳，彼此交头接耳的说话。钟上已交正午，才见聘才的人来摆桌子，放杯箸。富三道："你可不要费事。"聘才道："没有什么可吃的。"于是分宾主坐了，富三叫得月也坐了。唐和尚命得月同著蓉官斟酒。富三见果碟小吃已置满了一桌，便道："作什么，都拿开，留四碟就够了。"便叫留下山鸡丝、火腿、倭瓜子、杏仁。蓉官道："慢些，慢些！"便抢了一碟橘子，又抓了一把金橘，道："你不爱吃，还有人爱吃呢。"一连上了九样菜，倒也很好滋味。蓉官夹了一个肉圆，塞到唐和尚嘴里，和尚囫囵吃了；蓉官又夹了一个，和尚又吃了。蓉官道："两个卵子十八斤，吃荤的不用，吃素的便请。"富三、聘才大笑起来，唐和尚也笑道："我吃不要紧，你若吃时，可受不住了。不要说是十八斤，就是四两重一条的，你可吃得下？"说罢，伸手过来，把蓉官捏了两把。蓉官瞪著眼睛将他毡帽除了，在他光头上摸了一摸，道："你们看，像是什么？"唐和尚道："很像鸡巴，你爱不爱？"蓉官又将他的毡帽折拢，道："你瞧这个又像什么？"富三道："蓉官总是这么淘气，别叫唐老爷打你。"唐和尚连忙陪笑道："不妨，不妨！顽笑罢了，什么要紧。"便歪转脸来，凑著蓉官耳边说道："就像你那后庭花。我这脑袋，又在你的前面，又在你的后面，给点便宜与你，好不好？"蓉官把毡帽与他戴上，说道："好个贼秃！"那得月喝了几杯酒，脸上即红起来，越显得娇媚。富三道："蓉官，你瞧得月何等斯文。"蓉官道："他好，你敢是想他作徒弟么？"

大家混闹一阵，唐和尚烟瘾来了，就在聘才处开了灯，吹一会烟，直到申末才散。富三进城又重托了唐和尚，蓉官也自回去。

不知后事如何，且听下回分解。

第三十四回
还宿债李元茂借钱　闹元宵魏聘才被窃

话说聘才送了富三出门，唐和尚即叫人去请他兄弟。聘才刚进屋子，只见李元茂闯将进来，道："今日才寻著你，店铺里那一家不访到，原来搬在这里。"聘才道："我也搬出来不多几日，因为有些事情，所以还没有来看你，并看庚香。"即问："庚香近来可好？"元茂道："好是好的，前月王家写信与太老师，明年二三月间要替庚香完姻了。就是我那头亲事，孙家常来催，本来年纪都不小了。我写禀帖与老人家，尚无回信。半年来也不寄一个钱来，今日已是二十五了，看光景，年内有信也未必到，这便怎样？如今有四十多吊的馆子账，零星费用也须二三十吊。衣服是当完了，也要赎出两件好拜年，你替我想个法儿才好。"聘才道："不瞒你说，难道你还不知道，我近来被人讹诈那件事，也费了好一堆钱。如今我又闲住在此，若说起钱，真一个也没有。算起来，今年的钱也花得不少，谁想到今日呢。我又没什么衣服，除了外边挪借，连当都没有当的。"元茂道："你装什么穷，我借了难道不还你么？此番老人家有信来与我办喜事，至少也有五百两银子。如今你借四十两银子与我，或是一百吊钱，就好过去，不然我竟死了。好人，好人！你不要作难。"说罢，作了两个揖。

聘才冷笑道："这真奇了，你也不去想想，我又不曾做官，我又不曾发财，你怎么当我是有钱的？告诉你，你不过几十吊钱的账，我是有几百吊呢，你不信，我给你瞧瞧。"便从靴掖子里取出几篇账帖来。李元茂接了细瞧，是裁缝账最多，有二百几十吊；馆子庄子的账也有二百来吊；还有些零星账几十吊，算来有五百余吊。元茂道："怎么一下就有这许多？这还了得！"聘才道："还有些没有送单子来呢。此时连账、连寓中的浇裹并新年的花消，总得要八百吊钱方下得去。此时两手空空，就有几件皮衣，又要穿的，也当不得。我实在自顾不暇，怎么能从井救人。你或者倒替我张罗，你那两个舅舅可以商量么？"元茂叹口气道："你还题这两个宝贝，天天白吃白喝，没有见他作过一回东。就是孙老大也欠了好些账，这两天躲著不出来呢，只怕他要问我商量。"李元茂无头无尾话讲了好些，聘才只得留他吃了饭。元茂到聘才房内搜著个烟具，便要吃烟，开起灯来，咕咕咚咚的，闹得聘才心里发烦。已到二更，聘才催他回去，元茂只是不动。

聘才道："你回去迟了，那里关了门怎么好？快些回去罢，此时也不早了。"元茂道："我今天歇在这里罢。"聘才道："我只有一副铺盖，怎么睡得两人？"元茂道："不妨，你盖一床大的，那一床小的给我。两人再盖些衣服，就不冷了。我们这一年没有同榻，今日正好谈谈。"聘才无奈，只得由他。元茂不知好歹，吹了烟又要吃果子，停一回又要点心，把聘才那个四儿呼来唤去，忙个不了。聘才歪躺在一边，也不去理他。

到了三更，四儿来请聘才，说唐和尚请说话。聘才来到和尚房中，见炕上开了灯，屋中点了两支蜡，照得雪亮，铜炉内火焰熏人；旁边小方桌上有几碟残肴、一把烧酒壶，却不见和尚。聘才坐下等他，等了一回才来，说道："偏偏要解手，忽然水泄起来。"叫人打了盆水，净了手，坐了说道："日间所说的事，方才兄弟来我对他讲了，他说可以，两个缺是一天到的，却是湖北在前，如今作个弊，将贵州放在前面也无妨碍。虽然一倒转来，也是个作弊。我兄弟说与富三爷没什么交情，不犯把这大情白送给他；贵州一任抵不得湖北一年，这是人人知道的。此事还要你去对他说。"聘才道："这个自然。但不知令弟可拿得稳？"和尚道："千稳万稳，并不是撞木钟。事成了才要，你能担这担子么？"聘才道："这有什么不能，富三爷是有钱的人，且做事极爽快的。但不知令弟要多少谢仪，有个数目，我好去说。"和尚道："这事若别人去讲，就了不得，三千五千两也不算多。我说是我的至好，这个情算在我做哥哥的身上，因此他只要三千吊钱。若说这个缺，一到任就有两万银子的，现成规矩，这三千吊钱算什么，核银子才一千二百两。你叫他开张银票来，横竖这个数儿。成功了，我也不想他什么，多吃他几天就是了。"聘才心内算计一番，便又问道："适或那边嫌多，还可以减些不可以呢？"和尚道："这个就减而又减，除了我兄弟之外，别人也不能作主。你明早就去说，这事很快，二十九日就可引见。如今的事，要老练，恐怕事后更改。你明日就要将他这笔钱存一个铺子里，说明日子去取方好。若事成了，长长短短起来，就不光鲜了。"聘才道："这个我知道，明早我就去。"又坐了一坐，即自回房，见元茂和衣睡着，已经鼻息如雷，聘才叫醒了他，又另将一副铺盖给他睡了，自己也便安息。把富三的事想了一会，又将自己的帐算了一会，已到五更。略睡片时，即见天明，便叫起家人，吩咐套车进城。净了脸，吃了点心，穿好衣裳，李元茂尚未睡醒。聘才推醒了他，说道："起来罢，我要进城去了，没有人在家照应你。"元茂模模糊糊的应了一声，翻一个身将被蒙了头，又睡着了。聘才好不烦躁，看这光景是不肯起来，只得叫四儿在家看守屋子，另带小使，骑了马出门找富三去了。

却说元茂睡到巳正方才起来，擦擦眼睛，见四儿在房里扫地抹桌子。

元茂便问道："你主人那里去了？"四儿道："到富三爷那里去了。"元茂下炕穿了衣裳，走到外间，四儿送了脸水，泡了茶，又送上点心。元茂又吸了几袋水烟，吐了一地的痰，四儿扫干净了。元茂问道："你可知道几时回来？"四儿道："拿不定。"元茂道："昨晚有几句要紧话没有讲，就睡著了。我若去了再来，又恐遇不著他，不如在此老等罢，我也没什么事。"又问四儿道："你们吃饭没有？"四儿道："我们是吃过了，李少爷你要吃饭，我去对厨子说。"四儿出去了。约有一刻工夫，四儿捧了一个木盘，里头放著几样菜，便问元茂道："喝酒不喝酒？"元茂道："二两烧酒就够了。"四儿先把菜摆好，又拿了木盘出去。

元茂看菜：一碟是熏鸡，一碟是鸡蛋，一碟是肉丝，一碟像是面筋，看不清楚，拈了一块尝尝，果然是面筋。四儿拿了一小壶酒、一个酒杯子，替他斟了一杯，又出去了。元茂一面喝酒，一面看那铺设，颇为精致。两间套房，昨晚心中有事未曾留心，日间是在外面小三间内。聘才卧房是在那院子西边，一重门进去，另是两间。此时元茂坐在外间炕上，喝酒喝了三四钟，已觉微醺，饭尚未来。遂留心观看，见炕上面挂了小小四幅工笔《岁朝图》；炕几上摆一个自鸣钟。东边三张楠木方椅、两张茶几，茶几上边一盆水仙，一边是一瓶腊梅。东边墙上并挂著一副对子，下面靠窗一张小桌，桌上放了七八个漱盂，亮得耀眼，是铜的。中间挂著个门帘，嵌著一块玻璃。两边窗子也嵌著两方玻璃。炕上椅上都是宝蓝缎垫子。墙上挂些三弦、四弦、箫笛之类。元茂无心喝酒，看到里间房里，是一带纱窗，中间挂个三蓝绉绸绵帘子。揭开了走了进去，这间却宽了好些。上面一张大床，镶著个冰纹落地罩，挂个月白绸夹幔子。床上一头叠著四五床锦被，一头放两个衣包，中间一张花梨炕桌，铺了大红锦缎垫枕，里面横挂一幅《睡美图》。房内西边摆著四个大皮箱，上有两个小木箱，下座两张木柜。中间一个大铜火盆，罩一个铜丝罩子。靠著窗一张书案，摆著两套小书。元茂看书套签子上写著《金瓶梅》。也有一个都盛盘，放著副笔砚。窗心镶着大玻璃，东边上手是一个小书架，放些零星物件；下手是两张方凳，用青缎套子套著。元茂看完，想道："这个光景岂是没有钱的？这四个大皮箱衣裳也就不少；那两个木箱与这两个大柜，定是放银子钱的。他还装穷哄我，今日断不能放过他。"便走了出来。四儿又拿进两样菜、一锡罐饭来，一样是羊肉，一样是炒肝；后来厨子又送了一个小火锅，一齐摆上。元茂吃了五碗饭，吃了些汤，把一碗羊肉吃了一大半，漱了口，吃了一袋烟，问四儿要了块槟榔，嚼了半天，坐著不走。

再说聘才到了富三宅里，将事必成的话说了，富三甚是欢喜。问起要多少钱，聘才道："钱却要的不少，他说此缺到任的规矩，就有三万，十分中给他一分不为过多，定要三千两银子才办。我与和尚再三说了，只打了个八折，再要减时，他断不肯。"富三沉吟了一回，道："二千四百银却也不多，几时要呢？"聘才道："说二十九引见下来就要的。但今日就要票子，出三十日的票子就是了。"富三道："票子存在谁人手里呢？"聘才道："我与和尚做中保，我两人收著。"富三道："如果不得呢？"聘才道："包得，包得，如果不得，原票退还。你于二十九日先到铺子里注销了就是了。"富三道："就这么样。但这两天是年底了，银钱正紧的时候，不知银号里办得齐办不齐，我们吃了饭即同去商量。"于是就同聘才吃了饭，聘才不肯耽搁，催他就走。

富三道："就在这里很近，我就搭你的车，到那里去办得齐全，你就带了票子出去。如一家办不齐，再找别家。"于是二人上车，不到半里路，到了一个银号，掌柜的招呼到里面。送过了茶，富三道："我有一件事特来商量：替我出一张二千四百两的银票，到三十日早上来取。"掌柜的道："若早两天也不难，但今天已是二十六了，这两天也忙得很，恐怕凑不上来。"富三道："你家凑不上来，还有谁家凑得上来？"掌柜的道："三爷，你难道不知道近来银号的银子家家都窄，而且也真少，外面的帐又归还不进来？看这两天能收下来，如能足数固好，不然有多少兑多少罢。"富三道："票上写多少呢？"掌柜的道："依我也不用票子，三十日三爷来兑交就是了。"富三道："不行，不行，这我是还账的，定要二千四百两。你如实在凑不起，你出二千的票子也可，一千五六百也可，我再别处打算。如果用不著，我于二十九日即来注销。"掌柜的只得应了，出了一千四百两。聘才对富三说："叫他分开了写：两张五百，一张四百，适或人家今年使不了这许多，留两张明年来取呢。"富三道："有理。"就照数开了三张。富三收了票子，别了掌柜的，上了车，再找两个银号，都说不能。富三没法，别家都是生的，没有往来，只得回家与三奶奶商量，拿了四十两金叶子、一对金镯子，还有些零星金器，共有六十两，到一个生铺子里换了一千两银子，出了票子。聘才也叫分开，一张五百，一张三百，一张二百。富三将票子交与聘才，聘才心上有事，不肯耽搁，即便辞了富三，独自上车出城去了。

回到寓中，先见了唐和尚，将说妥的事告诉了，然后取出三张票子，点过一千二百两的数目，叫他收藏了："若二十九日不得，即将原票退还。"唐和尚笑嘻嘻的道："断无不得之理。这二百两是我们两人应得的，只要给他一千就够了。"聘才道："我要进去换衣裳了。"一直走到自己房里，见元茂尚在那里，又开了灯吹烟，聘才见了心中甚气，便借此发作道："你怎么还在这里？这样东西岂可青天白日摆出来的？况且是个庙里，什么人皆可进来观望，适或被人讹住了，不要累死我么？怎么这般糊涂！"元茂道：

"怕什么，这里有谁来？我坐了大半天，没有见一个人进来。况且有四儿在外面照应著。"聘才气他不过，也不理他，把一套火狐腿的皮袄脱了，换了一件随常穿的狐皮大袄，换了便帽，擦了脸，喝了茶。元茂便啰啰唆唆的要借钱，后来见聘才总不应允，便道："你既没有钱，你那四个大皮箱内难道衣服也没有？况且我只借百十吊钱，似乎也不至拖累你。"聘才被他缠死了，只得拜匣内取出个扭丝金镯子，约有三两几钱，与元茂道："我所余就这点东西，你拿去当了罢。三两六钱重可当得一百多吊钱，家信一到就要还的。"元茂接了，方才欢喜跳起身来，作别而去。到二十九日，富三果然得了湖北，彼此大喜，即到寺中谢了聘才与和尚。

到明日，即将银票交与他兄弟，从一千之内又扣出二百为拉纤提缆之费，独自得了。将所零之二百两，分一百两与聘才，聘才倒实得了一千三百两。自己进城取了一半现银回来，又在城外换了些钱，得意扬扬，十分高兴，所有账目尽行清还，过年热闹是不必说。晚上竟把玉天仙接到寺中，请唐和尚过来守岁，绝早关了山门。一夜的泥筒花炮，放不绝声。唐和尚恐元旦日有人来行香，适或见了玉天仙，到底在他寺里有些不便，将近天明，即催聘才将车送他回去。

聘才初一日拜年，初二日听戏；初三日寓里大排筵席，请一班浮浪子弟，如冯子佩、杨梅窗、乌大傻等，带了一群下作相公，天天的欢呼畅饮，清曲锣鼓，闹得竹嘈丝杂，酒池肉林，一连五日，方才少息，也去了三百吊钱。到初九日，忽然有人高兴要开赌，劝聘才做头家。聘才自思近来财运颇好，或者可以赢些钱，即于初九日晚上开起赌来。或是摇摊，或是掷骰，又把玉天仙接了来，坐在内室与他放头。第一日来的人还少，第二日渐渐多了，第三日便挤满了屋子。一人传两，两人传三，引了两个大赌客来：一个是奚十一，一个是潘三，各带重资。是日聘才赢了二百余金，放了一百八十两的头，与玉天仙收了。明日潘三要开赌，带了两笸箩的松江锭，足足一千两，摇了五十摊，已输了大半；及到清账时输完了，还添出一百余两。是日聘才也输了三百两；唐和尚赢了一百两；冯子佩赢了四百两；奚十一大赢，赢了八百五十余两，将五十余两分赏众小旦与聘才小使，自己收了八百两。奚十一看上了小和尚，赏了他十个中锭。玉天仙又得了二百四十两头钱。

内中有个唐经承，就是和尚的兄弟，对著和尚道："明日我劝你们别赌了。我先前进来时，门外有两个交头接耳的，像是坊里人，恐怕闹出事来，都不稳便。"聘才已是惊弓之鸟，听了便有些胆怯，说道："我也乏了，歇两天再顽罢。"唐和尚道："若说不高兴倒可以，至于怕外头有什么缘故，你们只管放心。"即对著聘才说道："你的住房旁边是个菜园，有两三亩大，内有五六间草房，种菜的带著家小在里面，另有门出入。你院子里不是有重门通的？我嫌不谨慎，故封锁了。如外头有什么缘故，便开了那重门，从菜园里出去，是个极旷野的地方，难道他起了兵马来围住不成？"聘才道："虽然如此，我倒不为输了钱，又不为怕出什么事，实因是富三爷要起身了，我要请请他，与他饯行。后日是十四，约他出来住一宿。"并对奚十一、潘三道："奉屈二位来叙一叙，可肯赏脸么？"奚、潘二人应了。冯子佩道："你倒不请我。"聘才道："你天天在这里，难道还要下请帖么？"子佩道："我将梅窗也拉来。"聘才道："很好。"

众赌客算了账，到五更时各散了，又送了玉天仙回去。冯子佩即与聘才同榻，聘才道："我看近来好虚名而不讲实际的多。即如华公子、徐度香一班人，挥金如土，是大老官的脾气，但于那些相公，未免过于看得尊贵，当他与自己一样。又有田春航等这一班书呆架弄，因此越抬越高，连笑话也说不得一句。可笑那些相公装那样假斯文，油不油、醋不醋的，不是与这个同心，又是与那个知己。我真不信，难道他们对于那些粗鲁的人也能这样？我看他们就是会哄这班书呆子老斗的，身分也叫这些书呆子作坏了。他们见了，连个安也不请，说话连个奴才也不称，也要讲究字画琴棋，真真的可恶！"冯子佩道："可不是！若常这么样，还有谁叫他？难道这许多相公竟靠着徐度香诸公么？一辈子连个有势有利的人都不认得，真是些个糊涂虫！"聘才道："后日我要叫几个相公，也做个胜会。至于那几个假斯文的，我一概不要。你想想叫谁好？"

子佩道："相公们总不过如此。近来有两个人倒很好，叫他也便宜，而且你还可以常使唤他，相貌也与袁宝珠、苏蕙芳相并。"聘才道："叫什么名字？"子佩道："一个叫卓天香，一个叫张翠官。"聘才道："现在那班里？"子佩道："在整容班。"聘才道："整容班这班名很生，我竟没有领教过。"子佩道："是软篷子里小剃头的。"聘才笑道："呸！你怎么说这些人？"子佩道："你别轻看他，他比相公还红呢！你瞧那得月的脑袋怎样？"聘才道："好是好的，然而我不爱他，光光的头有甚趣味。"子佩道："可不是！若说天香、翠官，比得月的相貌还要好些。你不信，明日先叫他来，你瞧瞧好就叫他。"聘才道："也使得。"到了明日，聘才发帖请客，请的是富三爷、贵大爷、奚十一、潘三、张仲雨、杨梅窗。

是日辞了两个：贵大爷病了，张仲雨有事不能来，即补了冯子佩、唐和尚，宾主共七位。聘才叫了蓉官来陪富三，著人到篷子里叫了天香、翠官前来。不多一刻，两个剃头的也坐了大骡车，有一个人跟著走进寺来。冯子佩是认识的，小剃头的先与子佩请了安，然后向聘才请安。聘才仔细看他，果然生得俊俏，眉目清澄，肌肤洁白，打扮的式样也与相公一般。天香的面色虽白，细看皮肤略粗；翠官伶俐可爱，就是面上有几点雀斑，眉梢一个黑痣，手也生得粗黑。都是称身时样的衣服靴帽。手上都有金镯子、金戒指，腰间挂著表与零碎玉器。聘才看了一回，已有几分喜欢。冯子佩与他们说了，要他们明日来陪酒。二人便极意殷勤，装烟倒茶，甚至捶背捏腿的百般趋奉。聘才十分大乐，便越看越觉好了，留他们吃了晚饭。天香、翠官都会唱乱弹、梆子腔，胡琴、月琴咿咿哑哑闹起来，直闹到三更，聘才每人开发了八吊钱，道谢而去。

明日一早即来伺候，聘才、子佩方才起来。两个剃头的便问聘才找出梳篦，替他梳发，梳完了又捶了一会。那一个也与子佩梳了，然后吃过早饭，开了烟灯，大家吃烟。富三爷先来，唐和尚见富三爷来了，就带了得月进来。天香、翠官与富三、和尚都请了安。富三却不认识，问他是谁，在那一班的，聘才就说是全福班的。随后奚十一、潘三同来。奚十一带了巴英官，潘三带了个学徒弟的小伙计，拿他竟当做跟班的。大家一齐相见了。潘三见了天香、翠官，笑道："你们怎么也跑了来？"奚十一道："看来，魏大爷要开篷子做掌柜的了。"富三方晓得是剃头的，便哈哈大笑道："原来是他们，不是班子里的，倒也好。"大家同坐著，顽笑了一阵。

忽听得院中有人说："来晚了！来晚了！"只见一人穿著皮袍褂，戴著一顶齐眉毛的大毛皮帽，进门向各人作了个揖，说："今日有个内城朋友请我去看阳宅，闹了一天；并邀我去给他们看地，也不过是想外放。"聘才因叫翠官、天香过来见了，说："这就是很会看风水的杨八老爷，你们何不求他去看看你们的棚子，多会儿发财呢？"富三因接向杨八道："你要留神呀，不要像乌家的事，看完了找到你门上去。"说罢，大家大笑。

冯子佩忽然皱了眉，说声"不好"，便到院子里吐起来，慌得大家同来看他。吐了一会，就脸红头晕，满身发热。聘才忙叫他到炕上躺了，躺了一会，越发不好，便要回去。聘才即吩咐套车，自有他跟班的送他回去了。将近点灯时候，聘才即吩咐点灯。聘才新制了一架玻璃灯屏，摆在炕上，画著二十四幅春画。屋内挂了八盏玻璃灯，中间挂一个彩灯，地下又点了四枝地照，两边生了两个火盆，中间摆了一个圆桌。安了席，奚十一看那灯屏上的春画，对潘三笑道："老三，你看那挨嘴巴的很像是你。"潘三道："那个搂著人的也像你，就只少个桶儿。"富三看到末后一幅，不觉大笑道："岂有此理！魏老大不该不该，真是对景挂画。你们大家来瞧，这不是两个和尚鸡奸么？"众人看了，一齐大笑。奚十一对着得月道："你师父天天这么著吗？"得月"呸"了一声，涨红了脸，扭转头不看。唐和尚合著掌，道："阿弥陀佛！罪过，罪过！"

此时坐的是富三首席，聘才叫翠官陪了他；第二是奚十一，唐和尚知他是个阔手，且知道他爱得月，便叫得月陪了他；杨八坐了第三，聘才叫天香挨著他；潘三坐了第四，自己与唐和尚坐了主位。只不见蓉官来。饮酒之间，撒村笑骂，嘈杂到个不成样子。还是富三稳重些，不过与翠官说些顽笑话，尚不至十分村俗。奚十一手拿了杯子灌那得月，一手伸在得月屁股后头，闹得得月一个腰扭来扭去，两个肩膀闪得一高一低，水汪汪的两只眼睛看著奚十一，一手推住了酒杯。奚十一道："你若不喝这杯，我便灌你皮杯。"得月只得喝了。那杨八更为肉麻，抱了天香坐在膝上，掂著腿，把个天香簸得浑身乱颤。杨八与他一口一口的喝皮杯，又问道："我听见人说，你的妹子相貌很好，认识的人也很多。"卓天香脸一红，回道："你不要信他们一面之辞。"杨八道："我去年看见人给他写扇子，难道他们写的字也是一面之辞吗？"说著，将他脸上又闻一闻。只有潘三与聘才无人可闹。聘才笑道："我们今日只好轮著来闹这个老和尚了。"便互相与唐和尚豁了几拳。闹了一个多时辰，奚十一瘾来了，便叫巴英官拿出烟具来。灯是开现成的，奚十一躺下，叫得月陪他吹烟，两个剃头的也有烟瘾，都聚拢来。唐和尚见了，即连打了两个呵欠，伸了个懒腰，看得奚十一瘾大等不及，便到自己房中过瘾去了。

　　富三歪转身子，拉过翠官问道："你在铺子里做这买卖究竟也无甚好处，不如跟我到湖北去罢，可愿不愿呢？"翠官听了，道："你肯带我去吗？你就是我的亲爸爸了。"说罢，便靠在富三怀里，把脸挨近富三嘴边，又说道："我是不比相公，要花钱出师。当年讲明学徒弟不过三年，如今已满了三年了，要去就去。亲爸爸，你真带我去吗？"富三道："你若愿意跟我，我就带你去。"杨八听了，因向富三道："老三，你又胡闹了！你与其带他去的钱，不如帮帮我捐个分发，前日那个告帮的知单上，求你再写一笔。"富三因说道："我再写三十两就是了，你不必在旁吃醋。"杨八不但不气，并且连连道谢。翠官一笑，道："三爷，你能好造化，我才叫你能一个干爹爹，就又给你能招了一个来了。"杨八只作未听见，坐在一旁吃水烟。聘才道："你跟三爷去很好，还有什么不愿的吗？虽然比不得相公出师，也要赏你师父几吊钱。"富三道："这个自然。"翠官道："当真的了？"富三道："当真的了。"翠官便索性扒上富三身上，将头在富三肩上碰了几碰，说道："我就磕头谢了！好三老爷，好亲爸爸！"富三乐得受不得。

　　潘三见得月躺在奚十一怀里，天香躺在对面，杨八也想吹一口，便坐在炕沿上，歪转身子，压在天香身上。得月上好了一口，杨八接了过来，拨开毛茸茸的胡子，抽了一抽，口涎直流下来，点点滴滴，烟枪上也沾了好些。他就把皮袖子擦擦嘴再抽。枪又堵住了，天香欲替他通通，身子被他压住难动。杨八便捡了根签子乱戳，一抬手把个皮袖子在灯上烧了一块，惹得大家笑起来。杨八道："这个我也是初学。"便勉强吸了一口，烧得很焦枯臭，放下枪。天香道："你别压住了我，我替你烧。"那边得月枕在奚十一手上，奚十一又摸他的屁股。得月要起来，奚十一将一条腿压住了他，得月无法，只好任其抚摩。奚十一一盒子烟已完了，便叫巴英官拿烟来，英官远远的站在一边，正在那里发气。奚十一叫了两三声，方才答道："没有了。"奚十一道："怎么没有？我还有个大盒子在袋里。"英官又歇了半天，方说道："洒了。"奚十一道："洒了？你将盒子给我瞧。"巴英官气忿忿的走近来把个大金盒子一扔，倒转了滚到灯边。得月忙取时，不提防将灯碰翻，"当"的一声，把个玻璃罩子砸破了，还溅了奚十一一脸的油。得月颇不好意思，奚十一道："不妨。"忙将手巾抹了。坐了过来，要盆水净了脸。一件猞猁裘上也洒了几点，也抹干净了。聘才的人忙换了一盏灯，擦了盘子。得月将盒子揭开看时，果然是空的。奚十一道："这便怎么好？去问唐大爷要些来罢。"聘才道："有，有，有！前日我得了几两老土烟。"便叫四儿到房里去取烟。

聘才的房就在这院子西边，一重门进去，一个小院子，一并两间。聘才只将院门锁了，因要伺候客，不能叫人看守屋子。此夜月明如昼，四儿走到门边，开了锁，将手推门，忽然的推不开。因想此门素来松的，忽然今日紧了，略用些力也推不开。放下灯罩，双手用力一推，方推开了些，见门里有块石头顶住，心中著实疑异，想道："里头没有人，这块石头谁来顶的？"便蹲下身子拨过了石头，拿了灯罩，走进外间一照，不少东西，四儿略放了心。再走到里间细细一看，又照了一照，便吓了一大跳，只见大皮箱少了一个，炕上两个拜匣、一个衣包也不见了。即忙嚷将出来道："老爷！不好了，被人窃。"聘才心中甚慌，连忙赶去，到屋里看时，不知后事如何，且听下回分解。

第三十五回
集葩经飞花生并蒂　裁艳曲红豆掷相思

话说聘才走进房中一看，不见箱子、拜匣，心中著急。忙到院子内菜园门口看时，门却锁好，墙边扔下零星物件，便嚷道："快请和尚来看。"和尚已知道了，同了众人一齐进来。聘才急道："这怎么好！贼是菜园里扒墙过来的，没有别的说，你去叫拿种菜的来问。天天打更的，怎么今日有三更多了，还不曾听得起更？"众人道："且不用忙，我们开了这门出去看看。"和尚即忙叫拿了钥匙，开了门，幸喜得月明如昼，倒也不消火把。和尚先喊醒了种菜的起来。

种菜的听得此事，吓得胆战心惊，连忙叫他伙计出来，叫了数声不见答应。种菜的更觉心慌，各处找寻，杳无影响，园门仍是关好。走到园子西北角，见有一只箱子放在那里。种菜的道："好了，箱子在这里。"大家去看时是个空箱子，剩了几件棉衣、小衣、零碎等物在内。地下又见一个洋表，踏得粉碎。和尚道："这贼是墙外进来、墙上出去的，我们且开了园门从外看看。"聘才道："去也去远了，还看他做甚么。"富三道："你且进去查点东西，开了单子来，明早好报。"和尚见种菜的形色慌张，便疑心起来，把话吓他，说他通同引贼，明日就送他到坊里去，不怕他不认。便叫大家先到他屋里搜一搜，搜了一回毫无所有。只见一个老婆子在土炕上发抖。和尚道："你那伙计呢，怎么不见？"种菜的也在那里发抖不停，一回道："不知那里去了，他还比我先睡，说睡了一觉出来打更，如今门也未开，就不见了。"聘才道："这无疑了。"和尚道："这还讲什么，不是你通同偷的还有谁呢？"于是叫火工、老道等把这种菜的拴起来，那老婆子便叫冤叫屈，大哭起来。和尚一并把他拴了，恐他们寻死，交与看街士兵看守。

聘才同众人闹纷纷的进来，聘才请和尚陪了客在外边，自己去查点了一回。箱内是七件细毛衣服，有十五两金子、二百两银子，拜匣内有三十几两散碎银、二两鸦片烟，还有几样零件玉器；衣包内是几件大毛衣服。幸亏赚富三的银子并有些钱票都放在别处，没有拿去。算起来已过一千余金。聘才即草草的开了一个单子，拿出来给众人瞧。众人见聘才有事，不便再留；况已交卯初，大家都要作别。此时已经开城，富三与杨八也要回去。外面正在套车，只见蓉官坐了车来。富三的家人道："客要散了，你才来。"蓉官甩着袖子，急急走进来，见了众人请了安，见要散的样子。富三道："好红相公！十四日叫了，要十五日才来。"蓉官见了天香、翠官，便冷笑道："既然大家要散了，我也要回去。我还要叫剃头的剃头呢。"说罢，把腰一弯，竟自去了。两个剃头的甚是局促，众人也没有话说，各人上车而散。两个剃头的重新进来安慰，聘才每人赏了四两银子，欢喜而去。明日，聘才报了失单，坊里将种菜的审问，实系不知情。有个伙计姓蔡，去年年底新来，向来认识。本在个二荤铺打杂，因散了伙，情愿来帮同灌园打更。那晚睡后即不见了，委系无同谋窝窃情节。坊里问了几回，总是一样，只得送部知会九城，严缉贼匪蔡某，且按下不题。

再说王恂、颜仲清、文泽、春航，从十三日至十五日都在怡园赏灯饮酒。子玉也去了一天。因想去年此日初见琴言，今年似成隔世，不觉伤感了一回。新年上，诸名旦彼此纷纷请客，热闹了十余日。到了十七日，王恂、颜仲清飞了札来与子玉。子玉看时，才知道明日是宝珠的生日，请名士名旦在他寓里一叙。子云便要在他园里辰刻毕集。子玉作了回札应允。到了明日，只说怡园请酒，禀明了颜夫人，即到王恂处，一同来到怡园。次贤那日要在红茶仙馆里面，一切都是他预备，不要子云费心。

却说那红茶仙馆是去年新辟的，地方在梅峤之前，梨院海棠春圃之后，本是空地，只有一个亭子。亭外有两块英州灵石：一块有一丈二尺高，一块四尺余高。有一株大玉兰花，树身已有一抱有余，就倚著那块大石。那小石边也有一棵红茶花，是千层起楼的，名为宝珠山茶，已有六尺多高，开出千朵红花，娇艳无比。就在那里起了二十四间房子，把这两棵花围在中间。又添了些玉兰、山茶、迎春等花，芬芳满院。里面即刻了十二个花神，系嵌在墙上。次贤因宝珠命名之意与此相同，故要在此处。且厌平时酒菜不能翻新，三日前即把酒菜器皿通身亲手检点，意欲与平日不同。是日绝早，即将子云行厨挪到仙馆厢房里来。次贤每一样菜开一个做法，怎样烹调，怎样脍炙，油盐酱醋各有分量。费了一日心，配成三十二样菜。

是日，名旦中有几个不得来，都有堂会戏，不能分身。宝珠之外，来的是蕙芳、素兰、玉林、漱芳四人。这边名士怡园二位之外，是刘文泽、颜仲清、王恂、田春航、梅子玉五人，共十二人。众客到齐，宝珠先叩谢了。此日天气阳和，转了东南风，大家换了中毛衣服。园中花香透人，前面梅峨中数百枝梅花齐放，看去俨是个瑶台雪圃。众人都到园中散步了一回，子玉看见梅峤廊上新嵌了一个石刻，镌有二行半字，下面年月尚未刻完。即来看时，是一首五言绝句，道：

　　春已随年转，花如人返魂。
　　料他惜花客，坐月到黄昏。

子玉看了，心中想道："此诗是谁做的？却才刻起，像个望花而不见的意思，故羡慕起来。"子云和众人也来看这诗。子云道："庚香，此诗如何？可好么？"子玉道："诗意甚好，但何以单刻这一首，想是新咏。"子云道："这是玉侬近日怀梅峤的诗，瑶卿抄了他的出来，也是个望梅止渴的意思。我故把他刻了，真是花是人非。吾兄尚忆去年否？"几句话提起子玉的心事，不觉一阵悲酸，忍住了也不言语，走开了。仲清道："玉侬近日也学做诗了。"宝珠道："我搜他的已有二十余首，就不肯给人瞧，这首是无意中看见的。"大家嗟叹了一声，即重到里面来。次贤道："今日十二人，一桌又挤，两桌又离开了。"子云道："依我，把两张大方桌并拢来，就可坐了。"摆好了坐位，是东西对面八坐，南北对面四坐。文泽、仲清、王恂、春航、子玉、次贤、子云坐了东西，上下是蕙芳、素兰、玉林、漱芳、宝珠。宝珠坐了末位。

今日酒肴器皿，件件新奇。桌上四隅放四把银壶，也不用人斟，酒壶自会斟出酒来，只要个杯子接著壶嘴。壶中有心，心里有个银桔槔，一条银索子一头在盖子里面搭住，贮满了酒，把盖子左旋。里面桔槔㖂动，酒便从壶嘴里出来，斟满了把盖子右旋，就住了。当下众人把壶试了，个个称赞。子云道："静宜实在有这想头，不知怎样想出来，真是胸有造化。"次贤笑道："这没有什么奇。少停有两个杯子，却会走路，要到谁就到谁。"大家忙问道："何不就拿出来试试？"次贤道："少时行令时便用他，就只有两个。这两个叫银匠改了四五次，费了一个月工夫才成。"蕙芳道："快拿出来瞧瞧，一样可以喝得的，何必定要行令呢？"次贤便叫人到房中拿了一个花梨匣子出来，却有两个不大不小镀金杯子，外面极细攒花，底下一个座子，如钟里轮盘一样，下有四个小车轮。次贤拿了出来，放在桌上却不见动。文泽道："怎样不走？"把他推了一推，略动一动，便又住了。众人不解其故。

次贤笑道："你应了喝一杯，他便会走了。"文泽道："只要他会走，我就喝一杯。"次贤便拿了杯子放在自斟壶前斟满了一杯，便道："请宝贝转身敬刘老爷一杯。"那只杯子便四轮飞动，对着文泽走来。文泽喜欢的了不得，便轻轻的拿起来一饮而尽。便也斟了一杯，也说道："回敬萧老爷一杯。"那杯子忽然走错了，走到王恂面前住了。文泽道："怎么我叫他就不灵？"重新拿了过来放在面前，又说了一遍，那杯子又往下首走去，到了宝珠面前住了。文泽道："作怪。"子玉道："此中必有缘故，你摸不著。"众人皆猜不出机巧。只见次贤又把杯子取了过来，又说："敬刘老爷一杯。"那杯子又往文泽面前来了。文泽奇得了不得，说道："你能个个走到我才佩服，不然也是碰著的。"次贤道："合席都要走到的。"于是敬仲清、王恂、春航、子玉以及五旦，走来走去，又稳，酒又一滴都不洒出来。喜得个个眉飞色舞，别人叫又不灵，个个称奇。

蕙芳便把杯子四面看了，却一点记号都没有。及看座子里那轮盘中，有一个绝小的小针，好像指南针一样，却是呆的，心上想道："或者这一个针的缘故。"便斟了一杯酒，暗记著针头所向，把他对着次贤，说声："敬萧老爷酒。"那杯子果然望次贤走来。蕙芳大笑，众人亦皆欢喜道："被他识破机关了。"次贤笑道："好个聪明贼！果然利害。"文泽即问蕙芳所以然的缘故，蕙芳笑道："等我再试一遍方可相信。"于是又把杯子看了看，记好了，斟了酒，说声："敬徐老爷酒。"那杯便送到子云面前。子云笑道："十二个人怎样单是他看得出，我偏不信。"于是也把座子下看了一遍，斟了酒，说道："敬媚香一杯。"那杯错走到子玉面前，引得众人大笑。子云笑道："真有些古怪，我也叫不应他。"子玉把酒饮了，细看轮盘里已懂了八分，便笑道："我也来试试，不知灵不灵。"斟了酒，说道："这杯酒敬瑶卿。"那杯子便对著宝珠走来，走到面前，碰著箸子住了。蕙芳拍手笑道："又一个人知道了。"子玉也甚欢喜。宝珠饮了酒，便道："我是不服，偏要想想。"子玉又将杯子拿起来细看，被宝珠一手抢来，四面揣摹。仲清便问子玉道："你怎么看出来的？"子玉道："待我再试一试。"便斟上了酒，把杯子的记号对著子云，将要放时，忽然想道离得甚近，恐怕走过了。便站起把杯子放远了些，说道："敬徐老爷一杯。"那杯子果然直走到子云面前，子云称异，喝了。子玉笑道："是了，不错的了。"蕙芳对子玉道："你恐怕走的远，故放远些。我看静宜于近处则斟得浅，于远处便斟得满。此杯想是要重了才得远呢。"子玉点头道："果然。"次贤道："可恶之极，轻重远近都被他知道了。"王恂问子玉道："到底你从何处看出？"子玉道："你们何尝不看，但总看轮盘外面，没有看轮盘里面。你不见轮盘里有个绝小的小针，对著谁就到谁。"众人看了，大家试过，一些不差。群服子玉、蕙芳聪慧。

次贤道："今日雅集，不可无令。前舟，你是首坐，出个令，大家顽顽罢。"文泽道："甚好。但我的令没甚新鲜的，待我想想看。"想了一回，道："我们今天是十二个人，还是念句唐诗飞觞罢，用数目字飞。第一个飞'一'字，'一'字到谁谁喝酒。接飞'二'字，到那人，那人也照样喝酒。又飞'三'字，一轮到十二为止。错者罚酒，可好么？"众人都说："好。"陆素兰与金漱芳等道："这个苦了我们，搜索枯肠，那里就有这些凑巧数目飞出来。"文泽道："你们也能，只怕唐诗还比我们熟些。如果那数目飞不出来，便照数目多少罚酒。"宝珠道："譬如要飞十二，飞不出就要罚十二杯么？"文泽道："自然。"子云道："这也过多，且到临时再斟酌罢。前舟，你且起令，看飞到谁。"文泽道："我们坐在东边的，转过去自下而上；你们在西边的，须自上而下，方顺手。"次贤道："不差，请先喝令杯。"便斟了一杯，走到文泽面前。文泽喝了，便说道："梅花柳絮一时新。""一"字在第五，数到是漱芳。文泽斟了酒，向着漱芳走来。漱芳喝了，道："头一句，我就不知道是谁的。"宝珠道："我记得是赵彦昭《苑中人日遇雪应制》。"漱芳道："我就要飞'二'字了。"想了一想，念道："柳暖花春二月天。"数"二"字又在第五，轮到次贤，杯子就到次贤面前。次贤喝了，念道："愿陪鸾鹤回三山。"数到仲清，喝了酒，把酒斟了，走到春航面前道："罗帐四垂红烛背。"春航喝了，道："好个'罗帐四垂红烛背'！香艳无比。"把酒喝了，即斟了酒，念道："刺绣五纹添弱线。"数到宝珠，宝珠喝了酒，说道：'六'字本来少，偏偏轮到我，只怕要罚酒了。"子玉道："'六'字亦有。"宝珠想了一会，道："此句是谁喝酒，我没有算过。"念道："床上翠屏开六扇。"数到玉林，玉林道："这句不要是你编的。"素兰道："你还说天天念诗，连花蕊夫人《宫词》都不记得了。"玉林笑道："正是。我恐怕他有心要我喝酒。"便喝了，道："要说'七'字了。"想了有半刻工夫，飞到王恂道："门前才下七香车。"王恂喝了，飞出"八"字，是薛逢《夜宴赠妓》的"愁傍翠蛾深八字"。数到了子云，子云喝了酒，道："这'九'字只怕少些，就有也没有好句了。"因想了一会，念道．"宝扇迎归九华帐。"一数数到素兰，素兰喝了酒，飞出"十"字道："闺里佳人年十余。"数到了漱芳，漱芳道："我轮到两回了。"只得喝了酒，道："幸亏还记得一句'十一月中长至夜'。"便对宝珠道："你喝一杯罢！"宝珠道："你自己也要喝一杯，'十'字还在你身上呢。"漱芳也只得喝了一杯。宝珠喝了，想了一会，飞出一句道："南陌青楼十二重。"飞到子玉，子玉喝了酒，道："已经十二了，还要飞吗？"次贤道："座中媚香还没有轮到，轮到了他，我们再换令罢。如今只可飞十三了。"子玉飞出一句是："娉娉袅袅十三余。"飞到了仲清，仲清喝了酒，想了一想，道："这一飞，轮到数目皆要喝酒，等媚香飞一句收令罢。要十几的数目相连，也就少了。"即念道："'花面丫头十三四'，瑶卿、媚香各饮一杯。媚香飞一句算结罢。"蕙芳道："其实轮不到我，应该是度香。"子云道："你飞了罢。"蕙芳想了一想，道："幸亏还记得这一句，静宜与庾香都喝一杯。"即道："年初十五最风流。"次贤道："很好。"即与子玉喝了酒，收了令，吃了几样菜，几样点心。

谈了一回，次贤道："我有一个令就费心些，但是今日坐中却好都是喜欢行令的，想必不嫌烦碎，我们就照这个令行一行。"蕙芳道："你不要又拿《水浒传》米坑笑人了。"次贤笑道："你还记得雪天戏叔么？那日也就够你受了。"即叫书僮到书架上把第三筒牙筹取来。少顷，书僮捧了出来，众人见是象牙筒，内有满满的一筒小筹、一筒大筹。次贤先抽出大筹给众人看时，是个百美名的酒令。大筹上刻着"百美捧觞"四个隶字，下有数行规例，刻着是："此筹用百美名，共百枝，以天文、地理、时令、花木等门分类。每人掣一枝，看筹上何名，系属何门。先集唐诗二句，上一句嵌名上一个字，下一句嵌名下一个字。平仄不调、气韵不合者，罚三杯另飞；佳妙者，各贺一杯。唐诗飞过后，飞花名一个，集《毛诗》二句，首句第一字与次句第一字，凑成一花为并头花，自饮双杯，并坐者贺二杯；首句末字与次句末字，凑成一花为并蒂花，自饮双杯，对坐者贺两杯；首句末字，次句首字，凑成一花为连理花，自饮双杯，左右并坐者皆贺一杯；每句花名字样，皆在每句中间，字数相对者为含蕊花，自饮半杯，席中最年少者贺半杯；若两句花名字数不对，或上一句在第一字，下一句在第二、第三者，为参差花，自饮一杯，左右隔一位坐者贺一杯。如飞出花名虽成，气不接、类不联者，罚三杯。如美人应用何花，筹上各自注明，不得错用。"大家看了一看，说道："此令太难，一时如何集得起来？"

宝珠、蕙芳道："此令我们是不能的，只好你们七个人去行。"仲清道："倒是集《毛诗》，凑花名不易。若说唐诗要飞两句，也不过与方才的数目差不多。"子玉道："《毛诗》中凑花名，却也有几个。不过要并头、并蒂的难些。"王恂道："也好，横竖大家费点心，也可以消消食，不然这些东西在肚子里何以消化。就恐他们要凑《毛诗》，未免苦人所难了。"子云道："不然，单是我们七人行这个苦令，他们五人另行一个甜令何如？我们搜索枯肠想不出时，听了他们行得好的，也可触动灵机，或者倒凑出来呢。"坐中一齐说："好！但不知叫他们行个什么令呢？"子云道："我也有个令。"于是叫书僮拿两颗骰子并一个小碟子来。子云道："这骰子名色，么为月，二为星，三为雁，四为人，五为梅，六为天。如掷出么二色样，即是一月一星，须集两句曲文，一句说月，一句说星，也要气韵联属。如本来两句连缀更佳，各人贺一个双杯。如在一套曲里者，各人贺一杯。说得不好者，罚一杯。说颠倒者，譬如月在前、星在后，倒先说星、后说月，那就要罚的。如么三为月为雁，即二四有星有人，其余照此。如两个骰子相同，或是两个人、两个天之类，两句中也须还他两个'人'字、两个'天'字，如'人人'、'天天'等字更佳，各人贺双杯，说不出罚三杯。余皆照此。"蕙芳、宝珠听明了，又说了一遍道："也不容易，幸亏我们的曲子，还有几支在肚里。"子云谓次贤道："索性叫香畹、佩仙坐到这里来，好在一处掷骰，我们与他二人换个坐儿。"次贤、子云与玉林、素兰换了坐位。

次贤把筹和了一和，递给文泽，先掣了一枝，把筹筒搁过一边。王恂道："何不一同抽出，按著次序说不好吗？"次贤笑道："那就太便宜了，后头可以细想改换，再罚不成酒了。"文泽看那筹时，服饰门，美人名玉环。注："飞七言唐诗二句，集《毛诗》说并头花。"文泽想一想，出坐走了几步，道："这倒不是行令，倒是考文了。"次贤笑道："总以早交卷为妙。"有一盏茶时，文泽欣然入坐，念道："上句我是元微之的，下句用杜少陵的，合起来是：

玉钩帘下影沉沉，环珮空归月下魂。"

大家都赞道："妙极！"次贤道："并且'玉环'二字也在句首，倒与并头花相合。请说《毛诗》并头花罢，我们先贺一杯。"文泽道："想得好好的又忘了，再想不起什么花。"偶见酒杯是个鸡缸，倒便触著了两句，念道："鸡既鸣矣，冠绥双止。鸡冠是个并头花。"并坐是剑潭，该贺两杯。仲清道："你且饮了再贺。"文泽欣然，自己饮了两杯。仲清便掣筹，文泽道："你的贺酒还没有喝呢！"仲清道："你想这两句连不连，还要人贺酒。"子玉道："鸡冠却是并头，就是句子欠贯串些。"文泽道："你们除此句之外，再找一个'冠'字在上的，我就服你们。"忽又说道："我想起先的一个来了：吁嗟乎驺虞，西方美人。"仲清道："更要罚了，这个虽好，不是并头花。"文泽一想，道："呸！果然错了。"次贤道："我替你们讲和，剑潭贺一杯罢。"仲清只得饮了一杯，抽出筹来是天文门，美人名朝云。下注："飞七言唐诗二句，集《毛诗》并蒂花。"仲清想了一会，说道："我上句用韦庄的诗，下句用杜诗，合著是：

朝朝暮暮阳台下，云雨荒台岂梦思。"

又说道："我其夙夜，妻子好合。夜合花是并蒂花。"大家赞了几声。次贤道："并且这花名与唐诗多联合的，我们共贺一杯，对坐的是媚香，应贺两杯。"那苏蕙芳掷了一个二五，正在那里凝思，这边要他贺酒，他只得喝了两杯，倒凑著两句，念道：

全没有半星儿惜玉怜香，只合守蓬窗茆屋梅花帐。

这边子玉拍手称妙道："好个温柔旖旎！倒转来，偏这样凑拍，倒比原文还好。"文泽道："这是《访素》的曲文，是一支上的，我们也贺一杯。"这边王恂掣了一枝是鸟门的，美人名飞燕，花名也是并蒂花。王恂素来文思略迟，只得思索起来。看著素兰掷了个么四，也在那里凝思。忽见素兰想著了两句，念道：

月明云淡露花浓，人在蓬莱第几宫。

春航赞道："更妙！"子玉道："我们说的句子，倒没有他们的香艳。"素兰道："你们是诗，我们是曲，占了这点便宜。且你们又要人名，又要并头、并蒂就难了。"漱芳道："我才把他们行过的要想两句，再想不出来。幸亏不行这个令，不然要罚死了。"王恂尚未想出，次贤道："这是《琴挑》一支上的，我们各贺一杯。"众人喝了。只见玉林掷了一个二四，念了《闻铃》两句道：

长空孤雁添悲哽，峨嵋山下少人行。

众人也说："好。"子云道："就是情景凄凉些。"也各贺了一杯。这边王恂想著了，说道："我用裴虔余一句、温飞卿一句，合著是：

玉搔头袅凤双飞，燕钗落处无声腻。"

子云、文泽大赞道："妙，妙！此二句如一句，实在接得妙。"王恂又说道："奉时辰牡，颜如渥丹。是并蒂牡丹花。"众人尚未开口，仲清道："菜还没有上得一半，烧猪倒先拿了出来。"众人不解，留心四顾，王恂道："那里有什么烧猪？"仲清笑道："就是你想吃烧猪，你说得'奉时辰牡，颜如渥丹'，不像个烧猪么？"众人听了，大笑起来，王恂自己也笑了。次贤道："庸庵，你那第二句像说错了一字，或是刻本之讹也论不定。我记得是'玉钗落处无声腻'，不是'燕'字，且是李长吉的《美人梳头歌》，你又记错是温飞卿，该罚一杯。"王恂道："名字我说错了，似乎'燕'字没有记错。"春航道："或者别的刻本作'燕'字亦论不得的。总之这两句好。"于是大家也贺了一杯。只见宝珠掷了两个二，便念道：

　　今夜凄凉有四星。

众人大赞道："这句实在巧妙，全不费力。"各贺一杯。春航掣了颜色门的，美人名红拂，花名是个连理花。亦想了一回，说道："我上句用韦庄，下句用杜，合著是：

　　千枝万枝红艳春，钓竿欲拂珊瑚树。

花名是：既溥既长，春日载阳。长春是连理花。"众人赞了几句，也贺了一杯。漱芳掷了一个么四，即念道：

　　月移花影，疑是玉人来。

众人道："这句自然，好得很，该贺两杯。"皆喝了。子玉掣了个地理门，美人名洛神，花是并头花。想了两句不见甚佳，才要呆想，只见蕙芳掷了一个么三，想了一想，念著《偷诗》上两句道：

　　恨无眠残月窗西，更难听孤雁嘹唳。

子玉赞道："实在绣口锦心，愧煞我辈！"子云道："这个令叫我们行，也没有这些好句。"大家满贺了一杯。子玉得了，即道："我用冷朝阳《送红线》诗一句、孟浩然《登襄城楼》一句，合著是：

　　还似洛妃乘雾去，更疑神女弄珠游。"

子玉方才念完，次贤、仲清、春航等大赞道："方才飞的以此为第一，好在对得工稳。旖旎风光，却是庚香本色。"子玉又说并头花道："月出皎兮，季女思饥。月季是并头花。"众人道："这个花名也好极，我们应贺三杯，方可赏此佳句。"子玉谦了几句。又见素兰掷了一个么六，也想了一想，凑起《酒楼》上两句，念道：

　　暮现出嫦娥月殿，绝胜仇池小有天。

众人也说好，又都贺了。

次贤掣了时令门，美人名夜来，花是并蒂花。子云道："等你多想一想，我们用点菜再说。"大家又吃了一回菜，又上了五六样，俟点了灯，各人权且散坐。次贤道："我有了白香山一句、李太白一句，合著是：

　　八月九月正长夜，情人道来竟不来。"

众人赏叹道："老气横秋，又是'愿陪鸾鹤回三山'一例的，真是你的口气。"次贤道："慢说好，恐怕这花名要罚酒呢。我却用个别名，却也不是隐僻，是人人常说的。"念道："既见君子，吉日庚午。子午花是并蒂花。今天却是庚午日，算我说著了。"同人称赞不已，各贺三杯。

玉林掷了一个四五，想了一回，念出《絮阁》上两句道：

> 为著个意中人，把心病挑。俏东君，春心偏向小梅梢。

蕙芳笑道："这出《絮阁》比《闻铃》好得多了。"于是各贺了两杯。子云道："我就献丑了。"掣了一根是花木门的，美人名莲香，花是连理花。子云心上要想两句好的出来，不肯轻说。一面看著他们掷骰，见宝珠掷了一个二四，想了一想，念出《春睡》上的曲文道：

> 星眼倦摩呵，一片美人香和。

子云道："好！也该贺。"大家各贺了一杯。漱芳又掷了个么二，也想了一想，念道：

> 月上东墙，最可人星明月朗。

子云道："好！该贺一杯。"众人喝过。文泽道："你自己令也应交卷了，只管看著人交卷，难道你这腹稿还没有打完么？"子云笑道："快了。"于是又看蕙芳掷了一个么四，想了半刻工夫，念著《偷曲》上的两句道：

> 山入寒空月影横，阑干畔，有玉人闲凭。

子云道："更好，该贺个双杯。我也交卷了，我就用温飞卿《采莲歌》上的两句，凑起来是：

> 绿萍金粟莲茎短，露重花多香不消。"

大家说"好"，次贤道："这两句很佳，可惜'不'字与'茎'字不对。"宝珠将眼睛看了子云一看，心中若有所思。次贤道："不是这两字，也与庚香一样可以贺三杯；子云等诸位喝两杯也罢了。"再说花名道："南有乔木，堇荼如饴。木堇是连理花。"众人道："这两句却自然，该贺两杯。"这一天大家思索也都乏了，都要吃饭。子云道："尚早，再看他们掷几回。他们到底比我们少用些心。"素兰掷了一个重四，即想出一句《窥浴》上的曲文道：

> 两人合一付肠和胃。

仲清拍案叫绝道："这个是天籁，我们快贺三杯。"于是合席又贺了三杯。

玉林掷了个重三，也念《小宴》一句道：

> 列长空数行新雁。

次贤道："他们越说越好了，真是他们的比我们的好。"王恂道："词出佳人口，信然。"春航道："他们也实在敏捷，我们只好甘拜下风了。"文泽道："难为他们句句贴切，也从没有人罚过一杯，倒叫人贺了好几十

第三十五回　集葩经飞花生并蒂　裁艳曲红豆掷相思

杯。"子玉道："我早说我们不及他们。他们若行我们的令，只怕比我们总要好些。然而也是时候了，可以收令，吃饭罢。"子云道："等他们轮完了，歇罢。他们也煞费苦心，争这一杯贺酒。"于是轮到宝珠，掷了一个重二，即念《密誓》上一句道：

问双星，朝朝暮暮，争似我和卿。

众人说"妙"，又贺了一杯。大家看著宝珠一笑，宝珠不觉脸上一红，于是大家更笑起来。宝珠亦只得垂头微哂。不觉又到漱芳，已是每人轮了三次，也要收令了，掷了一个重四，也就念《窥浴》的曲子道：

意中人，人中意。

众皆大赞道："这一结，方把今日这些人都结在里面，都是个'意中人，人中意'了。我们应照字数各贺了六杯吃饭。"大家也高兴饮了，吃完饭，漱口，更衣已毕。钟上已是亥末，大家也要散了，遂揖别主人，主人和五旦直送到园门。五旦重复进来，又讲了一回，各自散去。次贤对子云道："我明日要将这两个令刻起来，传到外间，也教人费点心，免得总是猜拳打擂的混闹。"子云道："也好，况今日也没有什么不好的在里面。"又谈了一回，子云也自进去。

不知后事如何，且听下回分解。

第三十六回
小谈心众口骂珊枝　中奸计奋身碎玉镯

前回书讲的宝珠生日，在怡园乐了一天，正是人生悲乐不同。

却说琴言在华府，因元宵之日，华公子命其与八龄演戏，是日琴言身子不快，且兼感伤往日，是以神情寂寞，兴致不佳。那日在台上演到中情所感，不觉真哭起来。华公子以为无故生悲，十分不悦，叫下来痛斥了一番，有几日不叫上去。琴言独居一室，来往无人，且与那些跟班小使气味不投，龃龉相处。在留青精舍厢房后，有个小三间住著，有一个小使伺候。院子内有几块太湖石，两棵绿萼梅，一棵红梅，尚还盛开。

此日是正月二十七日，琴言对了这梅花，不觉思念怡园的梅岭来。想那度香相待的光景，较之今日，真有天渊之别。即有伺候不到处，度香非但没有形之于色，并且不藏之于心，反百般的安慰体贴。此日的华公子，喜欢时便也与度香仿佛，及不合他的意时，不是发烦，就是挑斥，元宵那一日竟至诟斥起来，与诸奴相等。那一班逢迎巴结的见了，便欣欣得意，似乎也有今日，从此便可堕入轮回，永无超升之理。主儿多叫一回，同伙多恨一回；主儿多赏一回，同伙多骂一回。那带诮带骂、冷言冷语的，叫人难受。总恨奚十一那个忘八蛋，无缘无故的闹上门来，因此堕落在此。又想魏聘才虽不是个好人，然尚有一言半语，道著我的心事，如今他又出去了。那个林珊枝倒像是半个主儿一般，先要小心谨慎的奉承他才喜欢，不然他就要撮弄人。如今索性把我撵出去了，倒也自在，自然也可以不到师父处去了。若得皇天保佑，使我做个清白人，我就饥寒一世也自愿意。不然人说前做过戏子，后做过奴才，好听不好听，人还看得起么？

琴言越想越气，自然的落下泪来，孤孤恓恓坐在梅花树下，伤心了一回。听得林珊枝的口声，叫了两声"玉侬"，即走将进来。琴言站起，珊枝见他满面愁容，便问道："你已知道了么？"琴言不解所问，怔了一怔，便道："知道什么？"珊枝道："你的师傅死了，方才著人来报信与你，并回明了公子，叫你回去送殓。"琴言听了，也觉伤心，泪流不已，问道："几时死的？"珊枝道："来人说是没有病，昨夜睡了，今早看他已是死了。"琴言又感伤了一回，问道："我怎样回去呢？"珊枝道："门外有人等你。公子吩咐也不要很耽搁，办完了丧事就回来。"琴言想了一想，即便答应。珊枝出去了，琴言叫小使包了一包衣服，捆了铺盖，并带了一包银子，锁了门出来。

可怜琴言尚认不得路径，小使指点了，走过了门房，却喜那些人都知道了，也不来问。一直出了头门，望见照墙边歇著一辆车，即是他向来坐的车。又见他师娘的表弟伍麻子同来，琴言上前见了，两人坐上车，一路的讲出城来。将到了门口，已见一班人在那里搭篷。琴言进了门，一直进内，只见天寿跑出来，见了琴言，重又跑进。听得他师娘在里头，呜呜咽咽哭起来。琴言到了床前，见他师傅已穿好了衣，帕子蒙了面，自然一阵悲酸，跪在床前，痛哭不止。倒是他师娘拉他起来，劝他住了哭。琴言问道："师傅得了什么病，好好的就死了？"他师娘道："并没有病，昨夜还是好好的。吹烟吹到三更后，睡了还讲了好些话。我睡醒来摸他就冷了。若说受了煤毒，怎么我又好好的呢？"琴言又问身后之事，他师娘道："你师傅挣了一辈子的钱，也不知用到那里去了。去年过年就觉得不甚宽裕。"说到此，便叹口气道："比你在家时就差远了。你那两个师弟十天倒有八天闲著，已后我也想不出个法子来。你师傅犯了这个急病，临终时又没有一言半语，平日在外头的事也绝不告诉我。如今是我们欠人家的，人家欠我们的，都一概不知道。胡同外有那两所房子，也收不得多少租钱。这衣衾、棺木、搭篷，倒将就办了，到买地办葬事，只怕就有些拮据起来。"

琴言叹息了几声，走到从前住房内，叫小使铺设好了，将带来的银包打开看时，大大小小共十五锭，自己也不知多少，约有五六十两，便拿进送与师娘，道："这包银子我也不知多少，公子奶奶新年的赏赐，如今也可添凑作零用。"他师娘接了掂了一掂，又解开点了数，便道："你在华府里，听得很好，是上等的差使，可曾多积些钱？我知道你是不在行的，不要被人骗了去。自己费点心，积攒些才好。我是无儿无女，将来就要靠你呢。"琴言道："公子赏的东西，都是些零星玩物。赏银钱倒少，就是留著，我也没用处。将来如果得了，再来孝敬师娘罢。"他师娘点点头，道："这才好，算个有良心的孩子。"一面将银子放在抽屉内，琴言也就出来。只见众人纷纷的忙乱，伍麻子捧了一包孝衣进来。又见袁宝珠、苏蕙芳、陆素兰来了，琴言即忙招接三人，一同坐下。问了他师傅的事，然后问起他新年光景。

　　琴言略将近事说了几句。宝珠道："你既回来，告了几天假？"琴言道："早上是林珊枝来告诉的，我也没有见著公子，说办完丧事就回去，也没有限定几天。"素兰道："总得告一个月的假，等出了殡才可进去，不然也对不住你师娘。"琴言道："可不是。"蕙芳道："索性告假告个长假，不去也罢了。究竟你也不是卖与他们的。"宝珠道："在那里好倒算好，就是拘束些。且同事中没有一个知心的人，未免孤零些。"蕙芳道："当日林珊枝也算不得什么，此刻见了我们，那一种大模大样。他就忘了从前到班子唱戏，他还唱乱弹时候，多油腔滑调，哄那些不会听戏的人，发了些邪财。一进了华府，就像做了官，有些看不起同辈的人。偶然与我们说两句话，又像个老前辈的光景。其实他与我同岁，也没有大些什么。"琴言道："他也是这里的徒弟，今日说得好笑，对我说道：'你的师傅死了。'难道你出了师，就算不得师傅么？"宝珠道："他如今要我们叫他为三爷，若叫他三哥，他就爱理不理的。他也只好在那八龄面前装声势，充老手。你不记得从前王静芳在燕衍堂要打他么？如今见了静芳，还不俛不保的记著前恨呢。"琴言道："华公子的情性，虽算不得十分古怪，然有时却也捉摸不定。偏是他上去，怎么说，怎么好，没有碰过钉子，这也是各人缘分了。真是随机应变，总没有一句答不上来，也算难为他。"素兰道："我听得说，他们府里没有一个不巴结他，就是三代老家人，也要在他面前周旋周旋。那魏聘才是叫他三兄弟、老三、三太爷这些称呼。"琴言道："魏聘才搬了出去了，不知可在庚香处？"蕙芳道："魏聘才么？如今倒更阔了。就在宏济寺住，同了奚十一、潘三、杨八一班混账人天天的闹，是什么剃头的，又是什么大和尚、小和尚，开赌宿娼，闹得不像。张仲雨也不与他往来了。"

　　琴言问起子玉来，宝珠道："前日我们在怡园叙了一日。"便将前日怎样喝酒、怎样行令、次贤新制的酒壶杯子都说了。琴言著实羡慕。又说那首诗度香也刻了，庾香见了怎样思念感伤的神色，一一说给琴言。琴言听了，也就感伤起来。蕙芳道："你既回来，少不得我们要快聚几天，不知明日可以不可以？"宝珠道："明日他也无事。"琴言道："师傅新死，于理有碍，须消停数日才可。"素兰道："若消停数日，你就要进城了。况大家叙叙，清谈消遣，也没有什么妨碍。你又不是孝子，怕什么？"宝珠道："我去问度香，明日、后日皆可。"三人坐了好些时候，要走了，琴言拉住了不肯放，众人不忍相离，只得坐下。后又来了王桂保、李玉林、金漱芳，大家直等了送殓拜了，然后才散。琴言穿了孝袍，似乎明日不好出门，只得约定三日后再叙。又叫伍麻子到华府求珊枝转为告假一月，俟出殡后方得进城。华公子准了，又拿了一个衣箱回来，琴言方才放心。

到了接三那日，有些人来，便请了金三、叶茂林来张罗，同班的脚色之外，还有各班的并左右街邻，各馆子掌柜的，挤满了一屋，看烧了纸才散。琴言也乏极了，回房就睡了。到了明早，宝珠著人送了信来道："本定今日，因度香有事，遂改明日辰刻在怡园叙集。"琴言应了，梳洗毕，独坐凝思："今日空闲无事，不如去看看庾香罢。"因想去年梅夫人待的光景，去谅也无妨。主意定了，换了一身素服，吩咐套了车，一面告诉师娘去谢谢同班的人。到了外间，忽然又转念道：如今已隔了半年了；况从前是聘才领我去的，不要进门房里回话；如今我独自去，就算太太待我好，叫我进去，那门房里我总要去求他，适或碰起钉子来，他倒不许我进去呢？况且他家的人除了云儿之外，一个都不认识。思前想后，不得主意，呆呆的站住。那小使进来说："车已套了，到什么地方去？"琴言不语，又想了一回道："不如去找聘才，仍同了他去，省费许多说话。他出来了，我去看看他，他也感情的。"遂对小使道："我先到宏济寺看魏师爷。"即出门上了车，小使跨了车沿，几个转弯，不上一里路已到了。

琴言见寺门口歇一辆大鞍子四六挡车，有个车夫睡在车上。琴言当是聘才的车，想道："幸而来早一步，不然他就要出门去了。"小使进去问了，说道："在家，请你进去。"琴言下来，走进了东边的门，小使指点他一直过了两层殿，从东廊后另有一个院子进去。琴言低著头，并不留心别处，一直到了聘才院子里，见聘才的四儿出来，与他点点头，把风门一开。琴言方抬头望去，吃了一惊，见坐著一屋子的人，心中乱跳，脸已红了，欲待退出，聘才已迎将出来。只得定了定神，上前见了。聘才道："今日缘何光降？令我梦想不到。"琴言红著脸，答不上来。聘才对著众人道："这是我天天说的第一个有名的杜大相公，如今是叫杜琴爷。"又对琴言道："这几位都是我的至好，那位是奚大老爷，那位是潘三爷。这位是我的房东唐佛爷，这位是他的小佛子，那两个也是班里头的，你想必不认识，都见见罢。"琴言无奈，只得对众人哈了一哈腰。和尚知道是华府来的，便合著掌把腰弯了几弯，笑迷迷的说道："多礼，多礼！请坐，琴爷。"潘三倒白对琴言作了一个揖，琴言照应和尚时没有留心。潘三已动了色心，借此走上前来，一把拉住了手，琴言欲缩不能。只见潘三啥牙撩齿的，凝著两个红眼珠，笑迷迷的说道："你是琴大爷？我的琴大太爷，我想见你一面都不能，今日真是有缘千里来相会了。"

琴言含羞含怒的急忙洒脱了手。聘才知他害羞，急了是要哭的，忙支开了潘三，扯他坐下，要问他时，见奚十一说道："你如今在华府里可好？"琴言只得答应了"好"。奚十一道："你可认得我？"琴言举眼看他是一个黑大汉子，颇觉威风凛凛，有些怕他，便说道："不相认识。"奚十一哈哈大笑，走近琴言身边，琴言要站起来，奚十一双手按住了他的肩头，琴言低了头，心中乱跳。奚十一又道："你该谢谢我，去年夏天我来找你，你分明在家，不出来见我。后来与你师傅闹起来，你从后门跑了，从此你就进了华府。这不是我作成你的么？今日见了应该谢谢我。"琴言方知他是奚十一，心中更慌，偏著身子站了起来，连忙退缩。奚十一大笑道："你这孩子年纪也不甚小了，怎么这般面嫩，倒像姑娘一般？"聘才恐怕奚十一动粗，便解释道："他在华府里规矩甚严，一年没有见过生人，自然拘束了。"这边潘三抓耳揉腮，垂涎已甚，却不敢怎样，唐和尚只好心中妄想而已。

聘才便问琴言道："你今日怎么能出来？"琴言将他师傅死了，"告了一月假，今日来看你，还要你同我……"说到此又不好意思说出来。聘才已经明白，便道："要我同你到那里去？"琴言只得说道："要你同我去见见梅太太与庚香。"聘才笑了一笑，点点头道："使得，使得，停一停我们就去。"琴言见有人在此，不好催他。奚十一虽是个粗卤人，尽讲实事的，但面目之好歹也分得出来。此时见了琴言，却是生平未见过的宝贝，心中著实大动。又想他已改了行，又在华府做亲随，便不好动手动脚调戏他，料想叫他陪酒也断不肯的，怎样想个法儿弄他一回。一面看，一面听他们说话，要聘才同他到梅宅去，便想出一个计策来。自己思算了一会，立起身来道："我要走了。"便腆起肚子，几步就走了出去。聘才与和尚连忙相送。潘三尚坐著不动，黄瞪瞪眼睛只管看著琴言，看得琴言一腔怒气，不能发作。奚十一拉了聘才，走到和尚房中，对聘才作了一个揖，道："今日我要求你行件好事，方才这个人，我实在爱他。我若叫他陪酒，是一定不肯的。"聘才不等说完，忙摇头道："不肯，不肯！是肯定的。"奚十一道："况且他已改了行，也难强他。如今我有一个妙计：我们去了，你留他吃饭，说吃了饭，才同他到梅宅去。到正吃时，我再闯进来同他坐坐，虽不能怎样，也就完了这件心事，谅来也不算轻亵他。再送他些东西，看他待我怎样。老棣台，我们相好一场，你为我出点力，我一辈子感激你。"

聘才沉吟了一会，明知琴言的脾气不能勉强，但又却不得奚十一的情，只得说道："依你这计也好，但是你不可撒村动粗的。他比不得别人，一句话说错了，他就要哭的。这钉子我已碰过多了。"奚十一道："你放心，我断不动粗的。我只要与他坐一坐，怎敢还想别的好处。我还有几样菜著人送来，你快把潘三也叫他出来，天香、翠官也撺开，就摆饭，我去去就来。"说罢，慌慌张张上车去了。

聘才进来对潘三道："和尚请你说话。"潘三不得已，迟延的出去，尚回顾了几次。聘才把天香、翠官也打发走了，便故意的对琴言道："好了，清净了，我也被他们闹昏了，闹得一屋子俗臭不堪。我们如今清清净净谈谈，吃了早饭再去，自然有一会耽搁。"琴言一想，在聘才处吃饭也不妨；况且这些人都去了，自然没有人来，便问聘才道："今年见过庾香几次了？"聘才随口说道："三次了。"琴言又问道："我听得奚十一是个坏人，为什么与他相好？"聘才道："也没有什么很相好，看他也是个爽快人。"琴言道："那个姓潘的，我也知道他。"聘才道："那是个买卖老实人，就这和尚也极通世务的。"琴言心里暗笑，也不便驳他。

却说奚十一跨上车，叫车夫狠狠的几鞭，那骡子一口气就跑了回去。奚十一到寓处，即进他的书房，吩咐家人问姨奶奶要了昨日晚上送来的四样菜、两样点心出来，送到魏老爷那里去，又教了他一番说话。也不进房，就在书房内炕上开了灯，叫巴英官打泡，急急的吹了三十口大口烟，已有三钱，可以挨得半天了。心里想道："送他些什么东西才好呢？"看著自己腰里一个大八件钢镶表值二百吊钱，将这表给他罢。又想道："单是个表也不算什么贵重，只有那姨奶奶那对翡翠镯子，京里一时买不出来，把这个送他也体面极了。"即到菊花房里，听得唧啷啷的一声。举眼看时，原来菊花在净桶上解手，见了奚十一，便笑了一笑。奚十一道："怪不得香气熏人，我当著外头开沟呢。"菊花"啐"了一口，道："嚼你的舌头！"奚十一开了箱，四角里掏了一掏，掏著了一个匣子，开了盖，看是了便揣在怀里，也不盖箱子盖，转身便走。菊花嚷道："你拿我的镯子做什么？"奚十一道："我与人比一比颜色就拿回来的。"到了书房，叫了巴英官，忙忙的踩开大步，一直到聘才处来。心里喜道："我若能弄上了他，这京里的大老官，就要算我奚老土了。"

再说潘三到和尚房里，和尚把奚十一的计与他说了，潘三乐极，连称"妙计"，便在和尚房中等候。心里想道："这个活宝，就与他坐一坐、喝一杯就够了，还想顽他么？就叫他顽我，我也愿意；他若肯顽我，自然也肯给我顽了。"一面胡思乱想，口中淌出馋涎来，便咬著牙把手在脖子后搥了两揸，鼻子里"哼"了两声。唐和尚看了好笑，便道："潘三爷做什么，脖子涨的疼么？"潘三也笑了。奚十一的人送了菜来，要面见聘才，四儿同了进去。来人道："家爷说，有位琴爷在这里，家爷从前不知道，冒犯了，深自懊悔。本来要请琴爷过去坐坐，恐怕不肯赏脸，叫我送了几样菜来，请大爷代家爷转敬琴爷消消气，家爷有事不能过来奉陪了。"聘才笑道："怎么要你老爷费事？又几时得罪过琴爷？说得这样周到，我就收下代做主人便了。你回去多多道谢。"即赏了来人五百钱，又对琴言说道："这是奚老爷的盛情，送你的，我倒叨光了，你也应该谢一声。"琴言不解其故，只得也谢了一句。

聘才叫四儿吩咐厨房快弄起来，就要吃饭。四儿去了不多一刻，就摆了酒菜上来，在个方桌子上。聘才道："虽然便饭，也喝一杯酒。"琴言道："不消了，就吃饭罢。"聘才不听，斟了一杯送过来，琴言只得接了，也回敬了聘才一杯。聘才喜出望外，也是平生第一次得意，难得两人对坐了。聘才随口的说些话来哄琴言，要他喜欢，说庚香近来也不出门赴席听戏，常托我对你说，在那里放宽了心，不要惦记著他，他慢慢的去结交华公子，自然可以常见面了。聘才无非要他安心久坐，等奚十一来。无奈琴言急于要走，酒也不喝，菜也不吃，呆呆的坐著，如芒刺在背的光景。

正要催饭，只听得院子里一阵脚步响，已撬了风门进来。琴言见奚十一，心里就慌，站了起来。聘才笑盈盈的说道："来得正好，主人来陪客了。"奚十一笑道："我知道此刻尚未吃完，竭诚来敬琴言一杯。"便叫巴英官拖过凳子，就朝南坐了。一手执壶，一手擎杯，斟好了，直送到琴言嘴边。琴言接又不好，不接又不好，急得满脸通红。聘才道："这是主人敬客之意，你不能干，喝一口罢。"琴言只得接了，喝了一口，把杯子放下，对聘才道："我真喝不得了，已饱得难受，你陪著喝一钟罢。"便想走开，奚十一一把拉住，道："好话，我来了你就坐也不坐，是分明瞧不起我。你回去问问，你家公子是我嫡嫡亲亲的世叔，我也不算外人。你既是他心爱的人，就算我的小兄弟一样，岂有我来了你要走之理？"便拉住了，毫不用力，轻轻的把他一按，已坐下了。奚十一一面说，双眉轩动，好不怕人。况旧年琴言已领略过了，吓得战战兢兢，面容失色，只得坐下。

奚十一好不快活，便要了一个茶杯，喝了一杯，夹了一条海参送与琴言。琴言按住了气，站起来道："请自用罢，我已吃不得了。"奚十一笑道："别样或吃不得，这东西吃了下去，滑滑溜溜的，在肠子里也不甚涨的。"琴言听了，也懂得是戏弄他，不觉眉梢微竖起来。聘才把脚踢一踢奚十一，道："他想必吃不得了。"奚十一又道："你既吃不得，我吃了罢。"把琴言吃剩的酒也喝了，还搭一搭嘴，道："好酒！"琴言此时气忿交加，又不便发作，捺住了一腔怒气，心中想道："这狗才不怀好意，我如今不唱戏了，他敢拿我怎样？他如果无礼，我就与他闹一场。"又见奚十一喝干了酒，又斟了半杯，放在琴言面前，要他喝。琴言一手按住了杯子，对聘才道："你知道我是从不喝酒的。"

奚十一还要强他，只听得切切促促脚步声，见潘三同了和尚进来。潘三嚷道："巧极了，被我闯到了好筵席了。"和尚也说道："原来魏老爷请客，也不虚邀我一声。"潘三弯著腰，耸著肩，急急的几步抢上来，道："待我来敬一杯。"便拿过琴言的杯子来，道："这酒凉了，我替喝了罢。"便一口干了，把杯子在嘴唇上擦了一转，斟了半杯，双手递来，直送到琴言嘴边。琴言扭转身来想走，无奈一边是潘三，一边是和尚，挡住不得出位，便接了酒杯，潘三尚不放手，要送进口来。琴言怒道："我真不会喝酒，你放了，我慢慢的喝。"聘才让潘三坐下，说道："他真不能，你等他慢慢的喝罢。"潘三只得放手坐了，聘才与唐和尚拿两张凳子坐在下面。琴言见潘三将杯子在嘴上擦了一转，十分恼怒，已知他们一党，有心欺侮他，若翻转脸来，犹恐吃亏。只得苦苦的忍住，拿起杯子来，装作失手，"当"的一声，砸得粉碎，衣服上也溅了几点酒，把绢子拭了，对聘才道："我冒失了。"聘才也知道他的心思，便道："这有何妨。"又叫换个杯子来。琴言道："不必，不必，就拿来我也不喝。"奚十一道："那不能，也不多劝你，一人劝你三杯。"潘三满拟这杯酒他若喝了，琴言便亲他的屁嘴一样，偏又砸了，甚是扫兴，还想重来敬他，被聘才拦住。唐和尚不知好歹，斟了半杯，道："阿弥陀佛，华公府是小寺的大施主，老太太装过三世佛的金身，少奶奶塑过送子观音像，舍了三年的灯油。如今他府里爷们光降，我出家人无以为敬，借花献佛，小琴爷请喝这钟。"捧了杯子，打了个稽首，口中念道："南无大慈大悲救苦救难观世音菩萨！"惹得他们大笑。

琴言见了，又好气，又好笑，面色倒平和了一分，便道："我真不能喝，你不用强我。"唐和尚陪著笑道："我的琴爷爷，我方才念过佛，这杯酒就有佛在里头。你喝了前门增百福，后户纳千祥，愿你大发财，日进一条金。"众人听了大笑，琴言只是不肯喝。和尚又把自己的脸抹了一抹，除下了毡帽，道："小琴爷，你瞧瞧我和尚，难道不是个人脸，真是个鸡巴脑袋吗？"琴言见这怪样，实在发笑，也忍不住笑了一笑。和尚道："好了，好了，天开眼了。到底我这个鸡巴，比人的脑袋还强呢。"琴言听了，又变了颜色。和尚道："我的祖爷爷，你不喝这一钟，我和尚就没有脸，明日只好还俗了。"便将酒杯顶在光头上，双膝跪下，两手靠在琴言膝上，口中不住的念佛，不肯起来，笑得众人捧腹。琴言被他缠得无法，只得说道："请起，请起，我喝一口，下不为例。"便在光头上拿了杯子，喝了一口。想一想，恐人喝他的剩酒，索性干了。立起身来想走，奚十一推住了，和尚抱了他的腿，跪著在他膝盖上碰头。琴言只得坐下，真急了，便厉声正色的说道："今日请教各位，待要怎样？"聘才连忙说道："不喝酒了，倒是大家谈谈罢。"拉了和尚起来。琴言道："我有事不能再坐了。"又要走。奚十一拦住不放，说道："不喝酒就是了，坐一会，忙什么？"聘才只得说道："快拿饭来，吃了我们还有事呢。"琴言又只得坐下，万分气恼，勉强忍住。

奚十一暗忖道："这孩子真古怪，斗不上笋来。若不是他，我早已一顿臭骂，还要硬顽他一回。不过我怜惜他，他倒这般倔强，实属可恨。"又转念道："向来说他骄傲，果真不错。我若施威，又碍著华府里；况他已不唱戏了，原不该叫他陪酒。且把东西赏他，或者他受了赏，回心转意也未可定。"潘三想道："这孩子比苏蕙芳更强，可惜我没有带些票子来赏他，或他得了钱，就巴结我也未可知。"奚十一道："我有样东西送你，你可不要嫌轻。"便从怀里掏出个锦匣子，揭开了盖，是一对透水全绿的翡翠镯子，光华射目。潘三伸一伸舌头，道："这个宝贝只有你有，别人从何处得来？这对镯子城里一千吊钱也找不出来。"不住"啧啧啧"的几声。聘才、和尚也睁睁的望著。聘才暗想道：好出手，头一回就拿这样好东西赏他，看他要不要？琴言也不来看，只低了头。奚十一道："你试试，大小包管合式。"便叫琴言带上。琴言站起来，正色的说道："这个我断不敢受，况且我从不带镯子的。"琴言无心，伸出一手给他们看，是带镯子不带镯子的意思。奚十一误猜是要替他带上的意思，便顺手把住了他的膀子，一拽过来，用力太重，琴言娇怯站立不稳，已跌倒奚十一怀里。奚十一索性抱了他，也忍不住了，脸上先闻了一闻；然后管住他的手。与他带上一个镯子。奚十一再取第二个，手一松，琴言挣了起来，已是泪流满面，哭将起来，也顾不得吉凶祸福，哭著喊道："我又不认识你！我如今改了行，你还当我相公看待，糟蹋我，我回去告诉我主人，再来和你说话！"遂急急的跑了出去，到了院子忙除下镯子，用力一砸，一声响，已是三段，没命的跑出去了。奚十一大怒，骂了一声"不受抬举的小杂种"，便要赶出去揪他。聘才死命的劝住，奚十一那里肯依，暴跳如雷，大骂大嚷，更兼身高力大，聘才如何拉得住他，只得将头顶住了他，连说道："总是我不好，你要打打我，要肏肏我。"潘三与唐和尚还在旁边火上添油，助纣为虐。

奚十一被聘才顶住，不能上前；又想琴言已跑出寺门，谅已上车走远，不好追赶，只得罢了。气得两眼直竖，肚皮挺起，坐下发喘。他的巴英官在旁抿著嘴笑，走到院子里，捡了那碎镯子，共是三段，放在掌中拼好。说道："待我花三钱银子镶他三截，也发个标，带个三镶翡翠镯子，不知道人肯赏我不肯赏呢？"拿来放在奚十一面前，又道："一千吊的镯子，如今倒直三千吊了。"奚十一见了，越发气狠狠的骂了一会。潘三与唐和尚连说"可惜"。大约奚十一回去，只剩一个镯子，菊花必有一场大闹，正是癞蛤蟆想吃天鹅肉，也不料自己的福分。

且说琴言上了车，下了帘子，一路掩面悲泣。到家即脱了外褂，上床卧下，越想越恨，只怨自己发昏，去找聘才，惹出这场祸来。把被蒙了头，整整哭了半日，几乎要想自尽。

不知后事如何，且听下回分解：

第三十七回
行小令一字化为三　对戏名二言增至四

且说琴言回寓，气倒了，哭了半日，即和衣蒙被而卧。千悔万悔，不应该去看聘才。知他通同一路，有心欺他，受了这场戏侮，恨不得要寻死，凄凄惨惨，恨了半夜。睡到早晨，尚未曾醒，他小使进来推醒了他，说道："怡园徐老爷来叫你，说叫你快去，梅少爷已先到了。"琴言起来，小使折好了被，琴言净了脸，喝了碗茶。因昨日气了一天，哭了半夜，前两天又劳乏了，此时觉得头晕眼花，口中干燥，好不难受。勉强扎挣住了，换了衣裳，把镜子照了一照，觉得面貌清减了些。又复坐了一会，神思懒怠。已到午初，勉力上车，往怡园来。

此日是二月初一，园中梅花尚未卅遍，茶花、玉兰正开。今日之约，刘文泽、颜仲清、田春航不来，因为是春航会同年团拜，文泽、王恂是座师的世兄，故大家请了他；春航并请仲清，仲清新受感冒，两处都辞了。王恂也辞了那边，清早就约同子玉到怡园。次贤、子云接进梅崦坐下。这梅崦是个梅花样式，五间一处，共有五处。长廊曲槛钩连，绿萼红香围绕。外边望着也认不清屋宇，唯觉一片香雪而已。子玉每到园中必须赏玩几处。子云道："今日之局，人颇不齐，这月里戏酒甚多。我想玉侬回来，尚有二十余日之久，这梅花还可开得十天。我要作个十日之叙，不拘人多人少，谁空闲即谁来，即或我有事不在园里，静宜总在家，尽可作得主人。庸庵、庚香以为何如？"王恂道："就是这样。如果有空，我是必来的。"子玉道："依我，也不必天天尽要主人费心，谁人有兴就移樽就教也可。或格外寻个消遣的法儿。"次贤道："若说消遣之法尽多，就是我们这一班人，心无专好，就比人清淡得多了。譬如几人聚著打牌掷骰，甚至摇宝摇摊，否则打锣鼓，看戏法，听盲词，在人皆可消遣；再不然叫班子唱戏，枪刀如林，觔斗满地，自己再包上头，开了脸，上台唱一出，得意扬扬的下来，也是消遣法；还有那青楼曲巷，拥著粉面油头，打情骂俏，闹成一团。非但我不能，诸公谅亦不好。"子云等都说："极是，教你这一说，我们究还算不得爱热闹，但天下事莫乐于饮酒看花了。"

王恂对子云道："我有一句话要你评评。"子云道："你且说来。"王恂道："人中花，与花中花，孰美？"子云笑道："各有美处。"王恂道："二者不可得兼，还是取人，还是取花？"子云笑道："你真是糊涂话，自然人贵花贱，这还问什么呢。"次贤道："他这话必有个意思在内，不是泛说的。"子云微笑。王恂笑道："我见你满园子都是花，我们谈了这半日，不见一个人中花来，不是你爱花不爱人么？"子云笑道："你不过是这么说呀，前日约得好好儿的，怎么此刻还不见来呢？"

少顷，宝珠、桂保来了，见过了。子云道："怎么这时候还只得你们两个人来？"宝珠道："今日恐有几个不能来。玉侬还没有来吗？"桂保道："今日联锦是五包堂会，联珠是四包堂会。大约尽唱昆戏，脚色分派不开，我们都唱过一堂的了。"王恂道："何以今日这么多呢？"桂保道："再忙半个月，也就闲了。"宝珠道："我见湘帆、前舟在那里，剑潭何以不来？"王恂道："身子不爽快。"桂保谓子玉道："今年我们还是头一回见面。"子玉道："正是，我却出来过几次，总没有见你。"宝珠道："今日香畹与静芳苦了，处处有他们的戏，是再不能来的了。"子云道："我算有六七人可来，谁晓得都不能来。"

将到午正，桂保往外一望，道："玉侬来了！"大家一齐望著他进来。子玉见他比去年高了好些，穿一套素淡衣裳，走入梅花林内，觉得人花一色，耀眼鲜明。大家含笑相迎，琴言上前先见了次贤、子云、王恂，后与子玉见了，问了几句寒温。子云笑道："如今人也高了，学问也长了。你看他竟与庚香叙起寒温来，若去年就未必能这样。"琴言听了，不好意思道："他是半年没有见面了。"子云道："我们又何曾常见面？"琴言笑道："新年上你同静宜来拜年，不是见过的？"次贤笑道："是了，大约见过一次，就可以不说什么了。"说得琴言笑起来。王恂道："只有我与玉侬见面时最少。"琴言也点一点头，然后与宝珠、桂保同坐一边。宝珠推他上坐，他就坐了。子云吩咐摆起席面来，也不送酒。

子云对王恂道："论年齿，吾弟长于庚香，但今日之酌特为玉侬而设，要玉侬坐个首席，庚香作陪。"琴言道："这个如何使得？我是不坐的。"子玉道："应是庸庵。"子云笑道："往日原是这样，今日却要倒转来。"

便拉定琴言坐了首席，子玉并之；桂保坐了二席，王恂并之，不准再逊，逊者罚酒十杯。子云又叫宝珠坐在上面，宝珠要推时，见蕙芳来了。子云道："好，好，你来坐了，次贤相并。"蕙芳不肯坐在次贤之上。次贤道："今日所定之席，皆是你们为上，我们为次，你不见已定了两位么？"蕙芳只得依了。下面宝珠也只得坐在子云之上。坐定了，王恂笑道："外边馆子上，若便依这坐法，便可倒贴开发了。"众皆微笑，互相让了几杯酒，随意吃了几样菜。

宝珠看琴言的眼睛似像哭肿的，想是为师傅了。子云也看出来，太息了一声，道："玉侬真是个多情人，长庆待他也不算好，他还哭得这样，这也难得。"众人尽皆太息。琴言听了，触起昨日的气来，便脸有怒容；又见子玉在旁，总是为他而起，他一阵酸楚，流下泪来。众人齐相劝慰，殊不知琴言别有悲伤，并不是为著长庆。众人既不知道，又不便告诉人，闷在心里，越想越气，要忍也忍不住，把帕子掩了面。想道："魏聘才这东西专会捏造谣言，将来必说我在他那里陪酒，奚十一赏镯子等语，不如我说了，也可叫人明白。况且谅无笑我的人。"又停了一会，问子玉道："你几时见聘才的？"子玉道："尚是去年十月内见过一次，如今住在城外宏济寺，也绝不到我家来。"琴言道："我昨日见他，他说今年见你三次了。"子玉道："何曾见过？最可笑的是大年初一天明的时候，在门外打门。门上人才穿衣起来，他说了一声，留下个片子，到如今还没有见著他。你是那里见他的？"琴言骂了一声，道："这魏聘才始终不是个东西！"蕙芳道："早就不是个东西，何须你说。"子玉又问琴言，琴言含泪说道："原是我不好，我到他寓里，要他同我去看你。"子玉听到此，一阵心酸，眼皮上已红了一点。

众人尽听他说。王恂道："你看他，他怎样待你？"琴言道："聘才起先还好，如今有一班坏人在那里引诱。"子云问道："是谁呢？"琴言道："一个奚十一，一个潘其观，还有一个和尚，就是聘才的房东。"蕙芳听了，皱了皱眉，问道："你怎样呢？"琴言也恨极了，索性细细的将奚十一故意先走，后聘才撺了潘三，奚十一忽又送菜来；后奚十一、潘三、和尚先后的闯进；并将席间诸般戏侮，与砸了他的镯子都说了出来。子玉听了，甚是生气，说道："这是聘才的坏，定是他设的计，故意叫他们糟蹋你的。"琴言道："可不是他通同的么？幸亏我如今不唱戏了，他们还不敢十分怎样。不然还了得，只怕你们今日也不能见我了。"子云道："这三个恶煞，怎么你一齐都遇见了，这也实在难为你。"次贤、王恂皆笑。桂保道："那个奚十一，我倒没碰见他，就是佩仙、玉艳吃了他的大亏。"琴言道："我是两次了。"王恂谓桂保道："你若遇见了奚十一，便怎样呢？"桂保道：

"我若遇见了他，也叫他看看桶子，叫个赶车的顽顽他。"说得众人大笑。

蕙芳道："我们如何想个法儿收拾他？"次贤笑道："你若要收拾他，须得用个苦肉计，恐怕你不肯。"蕙芳"啐"了一声，次贤复笑起来。子云问道："你想著什么好笑？"次贤道："我想奚十一就是那个东西作怪，何不拿他来割掉了，也就安分了。"王恂笑道："这倒不容易，除非媚香肯行苦肉计方可。"蕙芳道："你何不行一回？"王恂道："我与他无怨无仇，割他作甚。你倒别割奚十一，且先割了潘三，也免了你多少惊恐。"蕙芳连"啐"了几声，忽斟一杯酒来对次贤道："总是你不好，谁叫你讲这些人。"次贤也不推辞，一笑喝了。

忽见子玉与琴言四目相注，各人饮了半杯酒。子云不觉微笑，问子玉道："你与玉侬同过几回席了？"子玉道："这是第二回，已一年之久。"子云道："只得两回，可怜，可怜！真是会少离多了。"琴言笑道："也第三回了。"次贤道："庾香有些贪心不足，以多报少。去年你们瞒著人私逛运河，不算一回么？"子玉道："我偶然忘了。"子云道："我请吾弟与玉侬作十日之欢，阁下不知嫌烦否？"子玉道："名园胜友，若得常常欢聚，不胜之幸，何敢嫌烦。只怕弟无此香福，犹恐福薄灾生。"子云大笑，次贤道："十日之叙，已无此福，若华星北之福，真是福如东海了。"说得众人大笑。琴言与子玉此时，已觉十分畅满。

王桂保对著子云笑道："我有个一字化为三字的令，我说给你听，说不出者罚一杯。"子云道："你且说来。"桂保道："一个'大'字，加一点是'太'字，移上去是'犬'字，照这么样也说一个。"子云笑道："这是犬令，谁耐烦行他。"桂保笑嘻嘻的对著蕙芳道："你说一个。"蕙芳想了一想，道："一个'王'字，加一点是'玉'字，移上去是'主'字，不比你那'犬'字好些吗？"桂保点点头道："真好。"忽又笑道："你可不该，方才度香骂我，你又骂了度香了。"蕙芳道："我几时骂他？"众人也不解，桂保道："他是主人，你说的是'主'字，连上'犬'字，不是骂他吗？"蕙芳也笑。子云骂桂保道："你这小狐精，近来很作怪，偏有这些油嘴油舌。"

宝珠道："我有个'木'字，加一划是'本'字，移上去是'未'字。"子云笑道："我有个脱胎法：'未'字减一笔是'木'字，移下来是'本'字。"众皆大笑。琴言道："我有个'水'字，加一点是'冰'字，移上去是'永'字。"次贤道："这个'永'字些须欠一点儿，也只好算个薄水水。然眼前的却也没有多少。"王恂道："只怕就是这几个，被他们想完了。"桂保道："我还有一个'十'字，加一划是'士'字，移上去是'干'字。"大家说道："好。"蕙芳道："我有个'杏'字，加一笔是

'查'字，移上去是'香'字。"众人赞道："更好！"宝珠道："我有个'丁'字，加一笔是'于'字，移上去是'亍'字。"子云道："这字却冷些。"子玉道："也可用。"宝珠道："'于'、'亍'二字也不算冷。"琴言道："我有个'卜'字，加一笔是'上'字，移上去是'下'字。"次贤道："这个好得很。"桂保道："我有个'白'字，加一笔是'自'字，移上去是'百'字。"蕙芳道："略短些。"王恂道："我有个'日'字，加一笔是'田'字，移上去……。"说到此顿住了，桂保道："移上去是什么字？"王恂大笑，子玉道："只要说透上去，便成个'由'字。"子云道："我叫他拖下来成个'甲'字。"次贤笑道："你们一个要上，一个要下，要争竞起来。我叫他一头往上，一头往下，作个'申'字何如？"众人大笑。

吃了些点心，又喝了几杯酒。王恂问蕙芳道："你见湘帆、前舟没有？"蕙芳道："原是为他们在那里，所以耽搁了好一回，将我的戏挪上了才来的。我今天见了一个老名士，说是前舟的业师，相貌清古，有六旬之外了。"子云道："姓什么？"蕙芳道："姓得有些古怪，我想想著，好像姓瞿，穿著六品服饰，觉得议论风生，无人不敬爱他。"子云想了一想，道："要是姓屈，不是姓瞿。"蕙芳道："是姓屈，我记错了。"次贤道："不要是屈道生么？"子云道："一定是他，我听说他到了。"子玉道："他名字可叫本立？"子云道："正是，你认识他么？"子玉道："我却不认识，我见他几封书札与家严的，有论些史事疑难处，却独出卓见，真是只眼千古。家严将他裱成一个册页，我倒常看的。"次贤道："这道生先生，今年六十岁了，与先兄同举孝廉方正。他在江西作知县，为何来京？"子云道："去年题升了通判，想是引见来的。迟日我请他来，大家叙叙。虽是个方正人，然是看花吃酒也极高兴的。"子玉道："他是我的父执，恐不好相陪。"子云道："何妨。"次贤道："道生虽是个古执人，笔墨却极游戏。其著作之外，还有些零碎笔墨：一种名《忘死集》，一种名《醒睡集》，都是游戏之笔。"琴言道："这两种书名就奇。"王恂道："内中是说些什么呢？"次贤道："我当年在人家案头略翻一翻，也没有看他。记得《醒睡集》内有些集词为词、集曲为曲等类；还有些集经书诗词的对子，却甚有趣；好像末后还有个对戏目的对子，是两个字的多，可惜没有细看。"

子云道："你看道生的诗文，与侯石翁如何？"次贤道："据我看，是道翁高于石翁。石翁的才虽大，格却不高，且系驳杂不纯。道翁才也不小，其格纯正，却是可传之作。就是石翁也很佩服他的。"王恂道："我们江宁的侯石翁么，他却自负天下第一才子，据我看来也不见得。"子云道："才是大的，博也博的，到他那地位却也不易。"又说道："我想戏目颇可作对，譬如《观画》就可对《偷诗》，《偷诗》又可以对《拾画》等类，倒也有趣。我们八个人分著四对，我给你对一个，你也给我对一个。有一字不工稳者，罚一杯；两字不工者罚两杯；半字不工欠对者，罚半杯；有巧对绝对者，贺一杯。"次贤道："很好，就请庾香、玉侬先对起来。"子玉道："还是你与媚香先对，次度香、瑶卿，次庸庵、蕊香，末后轮到我们罢。"子云道："也罢，你作个先锋，他作个后劲，把我们放在中间，容易讨好些。"

次贤道："头难，头难，我一时想不出好的。我前日见瘦香的《题曲》唱得甚好，就出《题曲》罢。"蕙芳道："《题曲》就可以对《偷诗》。"宝珠道："将现成人家方才对过的，你又捡了来，这么对就牵扯不清了。你先罚一杯。"蕙芳道："不算就是了，又要罚什么。"子云道："要罚的，不然尽对上不喝酒了。"即罚蕙芳一杯。蕙芳想了一想，道："《教歌》可以对么？"次贤道："好。"于是都说一声"好"。蕙芳道："既说好，就应贺一杯。"子云道："应该。"即劝合席贺了一杯。蕙芳即出了《埋玉》，次贤对了《拾金》。王恂道："这工稳极了，也贺一杯。"又各贺一杯。应子云出对了，子云出了《踏月》的上对，宝珠想了一想，对了《扫花》。桂保道："好极了。"子云道："论对却好，但两个字似乎平仄都要相配，'扫'字也是仄声。此中稍欠工稳。"次贤道："你却论得是。据我想来，戏目虽多，内中可对者却也甚少，下一字须讲平仄，上一字尚可恕，不比泛对故实，可以随我们去搜索，此是有数的。与其平仄调而字面不工，莫若字面工而平仄稍为参差，也可算得。至于第二字，是不可错的。"子云一想也真没有多少，也就依了。

宝珠出了《山门》，子云想了一回，对了《石洞》，也算工稳，贺了一杯。到了王恂、桂保了，王恂出了《弹词》，桂保对了《制谱》。次贤道："我想这上对，总要新鲜的才好，太平正了觉得不见新奇。"桂保谓王恂道："我就出个新奇的与你对，是《偷鸡》。"王恂道："我对《伏虎》。"大家赞道："却也工稳。"要贺一杯。次贤道："要贺也可贺，但'偷鸡'二字纤小，'伏虎'二字正大，你们以为何如？"王恂道："你这评论，真是毫发不爽，我改了《访鼠》罢。"次贤道："这该贺了。"各人都贺一杯。到了子玉，出的是《看袜》，琴言对的是《借靴》。大家说道："这个对得好，要贺两杯。"蕙芳道："一杯也够了，这对子也对得快。若两杯两杯的贺起来，将人喝醉了，倒对不好了。"次贤道："说得是，以后顶好的方贺一杯，好的贺半杯，平平的不贺。"于是各贺了一杯。琴言出了《醉妃》，子玉听得王恂的《伏虎》，就触著了，对了《醒妓》。众人道："这个对得有趣，满贺一杯。"琴言道："巧在一醉一醒，这倒难得的。

轮到次贤，次贤道："我出《撇斗》。"蕙芳道："好个《撇斗》！"想了一想，道："我对《搜杯》。"次贤道："也好个《搜杯》！这里面工稳，贺一满杯。"大家喝了。停了一会，次贤催他出对，蕙芳道："我有一个对，恐怕没有对的，因此迟疑。"次贤道："若真没有对的，也只好喝一杯过去。你且说来，教我想想也好。"蕙芳道："《女盗》又名《牝贼》，这两字却新奇，你对出来，我情愿喝三杯。"次贤道："真的？"众人也暗暗想了一回，对不出来。子云道："这对难对。"次贤忽然笑起来，谓蕙芳道："你且喝三杯，我对给你。"蕙芳道："你对了，我再喝。"次贤道："要喝的。那《势利》又叫《势僧》，这不是绝对么？"蕙芳道："'势'字怎么对得'牝'字？"子玉一想，不觉抚掌大笑道："妙极，妙极！就是'势'字才可对得'牝'字，真是绝对！"琴言与宝珠尚未明白，子云、王恂也想出来了，也笑起来，赞道："真好心思，把这两字当这两件东西，真是异想天开了。"四旦尚未想出，蕙芳犹呆呆的想，王恂道："你们尚未想著，你们不知男子阳为势吗？"蕙芳等恍然大悟，便都笑起来，都也说"好"。蕙芳真喝了三杯，余皆贺一杯。

　　子云出了《打店》，宝珠对了《逃关》。宝珠出了《抢娇》，子云对了《杀惜》。都为工稳，贺了一杯。王恂出了《草桥》，桂保对了《麻地》，忽又说道："这'地'字还差半个字，我改作《絮阁》罢。"王恂道："这《絮阁》借对得好，可贺半杯。"桂保出了《花婆》，王恂想了一会，对了《火判》。大家已经赞好要贺，王恂道："慢著，我还要改。"又改了《草相》，众人道："更好，新奇之极。"各贺了。子玉出了个《封房》，琴言对了《辞阁》。也算工稳，贺了半杯。琴言出了《卸甲》，子玉也思索了一回，没有新鲜的，偶想起《桃花扇》上有出《哄丁》，便把《哄丁》借对了，众人极口赞妙。各贺了满杯。次贤出了《饭店》，蕙芳对了《茶房》。蕙芳出了《拔眉》，子云道："这更难对了。"次贤对了《开眼》。蕙芳道："这真工巧极了。"次贤道："还有《刺目》觉得更好些，就只'刺'字也是个仄声。"子玉道："这两个都好，倒像是天造地设，再没有比他好的了。"

　　又到子云，子云出了《跌雪》，宝珠道："这个宽了，便宜了我。"既又说道："这个'跌'字也不容易。"遂想了一想，对了《堕冰》。一齐赞"好"，道："好个《跌雪》、《堕冰》！真是一副好对，是一意化作两层法。"蕙芳谓宝珠道："你想个难的给他对。"宝珠点点头。子云道："你何故要他难我？无非想我罚杯酒。"蕙芳笑道："正是。"子云向宝珠道："你尽管出难的来。"宝珠想了一会，出了《扶头》。子云笑道："这个真不容易。"忽然把桌子一拍，道："有个好对，我对《切脚》，你们说好不好？"子玉道："妙，妙！这个与《拔眉》、《刺目》，可称双绝。"次贤道："比《拔眉》、《刺目》还好，这'头'、'脚'两字都是虚的，里面是一样，平仄又调，真是好对。倒是媚香激出来的，我们要贺双杯。"于是大家贺了，吃了一回菜。

到了王恂，王恂出了《花鼓》。桂保想来想去，没有对，急得脸都红了。王恂催他，桂保道："不料这个倒没有对的，只有《闻铃》上那个《雨铃》好对，却不是戏目。《草桥》这'桥'字也不甚对，其余我想不出来，我喝一杯罢。"桂保喝了半杯酒，出了个《跪池》，王恂对了《投井》，大家说"好"，也贺了半杯。到了子玉，子玉出了《折柳》。子云笑道："庚香惠顾著玉侬，出这样稀松的对子出来。"子玉道："我一时想不出生的，我看倒是对对易，出对难。"琴言对了《扫松》。子玉道："这一对连我的上对都好了。"众人也贺半杯。琴言道："我就出个'扫'字的上对，是《扫秦》。"众人道："这个难了。"子玉道："这个真难。秦是姓，又是国名，很不容易。"忽然的想起了一个，也很得意，说道："竟有这么一个现成的，我对《挡汉》。"众人道："妙绝了，天然。'秦'、'汉'二字，'扫'、'挡'两字，也对得好，我们贺双杯。"于是大家已轮到三转，也好半天，已点了灯，略为歇息，又说些闲话。

次贤道："又轮到我了，我也学庚香惠顾人，出个容易的。"出了《酒楼》。蕙芳对了《书馆》，便说道："我也学玉侬的连环出法，我就用'书'字出个《改书》。"次贤道："你就难我，我偏要对个好的。"因想了一会，对了《追信》。王恂道："'书'、'信'两字甚好。"次贤又道："我又想了一个《放易》，'易'字好似'信'字。"大家齐声赞道："这个更好，该贺双杯。"各贺了。子云道："《见鬼》。"大家没有留心。停了一会，宝珠催其出对。子云笑道："你倒不对，还来催我？"宝珠道："你还没有出对，叫我对什么呢？"子云道："我方才说的《见鬼》，就是这对。"宝珠一想果然有这个戏目，便对了《离魂》。子云点点头道："对也对得好。"贺了半杯。

宝珠出了《吃糠》，子云对了《泼粥》。到了王恂，出了个《冥判》。次贤道："这不容易。这个'判'字半虚半实，蕊香只怕要罚酒。"桂保想了一回，道："有一个好对，就新些，却不是老戏。《空谷香》上有出《佛医》。我对《佛医》。"次贤道："果然好，非但不罚，还要贺呢。"桂保道："我想出一个难的来了，我出《惊丑》。"王恂想了一会，道："我有个好对，这四个字比起来，还是一样的颜色，你们要贺双杯。我对《吓痴》。"众人大笑道："真是黑沉沉的一样颜色，我们贺双杯。"各人贺毕。

子玉道:"这对可以结了,天也不早了。况我一早出来,过迟了恐家慈见问。请以此对收令罢。"王恂道:"也是时候了,对了吃饭罢。"子云道:"且看其实天还早呢。"子玉道:"既要叙几天,也宜留些精神在明日,今日早散为妙。"子玉见琴言有些倦意,故要收令。子云只得依了。子玉道:"我出个三字对罢。"遂出了《飞熊梦》。众人道:"三个字就难些,好对的也少得很。"琴言想了一会,对了《伏虎韬》。众人大为称赞,贺了一杯。琴言笑道:"就这一对完结了,我出四个字对罢。"众人道:"四个字的更难。"琴言道:"罚酒也只得一杯了。若是大家都要对四字的,自然就难了。这一两个只怕还有。"便出了个《卖子投渊》。子玉也想了一会,对了个《思亲罢宴》。众人拍案称妙。子云道:"情见乎词,庾香方才说回去过迟,恐怕伯母见问,真是'思亲罢宴'了。这个本地风光,我们各贺三杯吃饭。"

这一回每人对了四转,共有三十二副对子,是六十四个戏目。也费了好些心,喝了几十杯酒,各有醉意,便也不能再饮。三杯之后,用过了饭,略坐了一坐,子玉、王恂告辞。子云又约了明日。到明日又添了文泽、春航,名旦中也添了几个,又在怡园叙了一日。陆素兰单请子玉、琴言二人,又叙了一日。这一日清谈小叙,更为有趣。一连叙了三日,子玉也心满意足,人也乏了。徐子云要请屈道生,却好史南湘已到京,作一个诗酒大会。子玉不能推辞,只得赴约。且听下回分解。

第三十八回
论真赝注释神禹碑　数灾祥驳翻太乙数

且说徐子云请了屈公来,并请南湘、仲清、文泽、春航、王恂、子玉作陪,仍在梅峤中。王恂是日为孙亮功请去有事,因李元茂吉期已定,要招赘过来;亮功因两位贤郎是不懂事的,一切皆托王恂料理,王恂所以不能前来。子云因屈道生是个高雅好静的人,名旦中止叫了四个:宝珠、漱芳、蕙芳、素兰。漱芳有恙不能前来,格外又知会了琴言。是日屈公先到,与子云、次贤叙了好些旧话。

且将屈公的出身述其大概。屈公是湖北武昌府人,为三闾大夫之后。学贯天人,神通六艺,但一生运蹇时乖,家道清寒,除了书籍之外,一无所有。其父由宏词科授了翰林院检讨,未满三十岁,即行去世。那时道生才得四岁，尚有祖父母在堂，其太夫人苦节多年，教养兼任。道生到了十六岁上入了学，即丁祖父忧，三年服满；将要应举，又丁了祖母忧，又是三年。那年服阕后，太夫人又相继去世。道生一连丁了九年忧，已到二十五岁了。娶妻闵氏，贤慧无双。道生奔走衣食，笔耕糊口，历走燕、赵、吴、越，并滇南、黔省，为诸侯幕客。纵横万余里，遨游二十年，名重一时，爱其才品者咸比为杜少陵、孟东野。但其赋性高旷，不善治家，常为贫乏所累。后复游京师应举，两试不第，馆于刘尚书家，教过文泽两年；继为华公子请去教书，又逗留了三年，仍归乡里。守令钦其贤，举了孝廉方正，铨选了江西一个苦缺知县。任满题升了南昌府通判。去年夫人又病故了，剩了孑然一身，并无亲丁骨肉。有几个下人，也是外面荐来的。只有一个长随叫刘喜，跟了有五六年，颇有良心，其余是些不关痛痒的。

　　屈公虽则一肩行李，生平所藏金石玩器、名书古画，倒有好几箱。到京来，刘尚书念旧，见其宦囊萧索，赠了他二百金；华公子知道他来，出城拜了他，送了三百金。屈公得了五百金，又到那些古玩铺，买了好些书籍名帖等类。从前相好中有寒士者，也分送了好些，目下所余无几了。从前徐中堂在京时，也与他相好，并有些事情请教他，又请他代代笔，作些诗文，所以子云以长者相待。史南湘是同乡后辈，不消说是认识的了。田春航前日已经会过，唯仲清、子玉初次识荆，见了那仙风道骨的相貌，况且又是父执，自然十分恭敬。道生见仲清骨秀神清，知是不凡。又看子玉温然玉立，皎若珠光，秀外慧中，神怡气肃，又不是那徒有外貌的一派，心中十分大喜，想道："梅铁庵可为有子矣！"便与子玉说些江西事情，说道："令尊大人严拒情面，杜绝苞苴，一省人都比他为司马光，文彦博。士子们感戴是不用说了。"又问些子玉去年乡试的事，子玉一一答了。

　　道生看他言词清蔚，气象虚冲，自然已是个饱学，心里要想试试他，且到饮酒时，慢慢的考他。只见四旦约齐同来，蕙芳已经认识，四人都上前请安。道生拱了手，命他们坐了，细细看了一番，又问了三个名号，谓子云道："如今京里的相公，一发比从前好了。"子云道："今日本不应叫他们来伺候，因他们尚不十分恶劣，还可以捧研拂笺呢。他们前日听得先生来了，要瞻仰瞻仰老名士。若得齿颊余芬，褒扬一字，则胜于拳金之赏，想先生决不责子云之荒谬也。"道生笑道："你为我是孝廉方正出身，故有此说。对花饮酒，何损于品行。不是我恭惟你，我看这四位倒不像个梨园子弟。你们自然是极熟的，我却头一回见面，我试将他们的大概说出来，看对与不对。"众人听了，倒要细细的听他怎么讲。次贤道："我知道尊兄是精于风鉴的，但以后的话不要讲他，倒要讲讲从前的，是什么千金事业，两子收成的话，我也会说的。你能将各人的性情脾气讲出来，我才服你。"诸旦听了皆笑。子云道："这个未必相得出。"道生道："不难，待我说给你们听。"

说到此，已摆了席。子云敬酒，分了东西两席。东首是道生不消说了。西首定要南湘，南湘道："这是我乡前辈，如何敢抗礼。"才定了仲清。东席第二是南湘，西席第二是春航；东席三是子玉，西席三是文泽。子云东席作主，次贤西席作陪。宝珠、琴言在东，蕙芳、素兰在西，一一坐了。主人让酒，客皆饮了几杯。道生道："我从前日先见的苏媚香谈起。"西席的人个个细听。道生道："我这看相不论气色，部位是要论的，然尚在其次。我看全身的神骨、举止行动、坐相立相并口音言语，分人清浊，观人心地，以定休咎。但头一句就恐有些不对，我看媚香是个好出身，不是平常人家子弟，你们自必知道，对不对呢？"众人心上有些诧异，犹疑他知道他的出身，所以头一个就拿他来开场，要显他的本事。次贤道："你不要访了他的根底来。"道生道："这也何必要访。我知道他聪慧异常，肝胆出众，是个敢作敢为的。但虽是个好出身，未免幼年受尽了苦，所谓死里逃生。据我看，他一二年内必有一番作为，就要改行的。后来收成怎样，此事还远，我也不必说；若说，静宜又要驳我了。"再看素兰、宝珠，大致相仿，与蕙芳也不差什么，就没有讲他们出身。又道："出污泥而不滓，就是他们三人的大概了。"

看到了琴言，道生道："这位有些不像，如今还在班里么？"次贤道："现在班里，而且是个'五月榴花照眼明'，雅俗共赏，是个顶红的。"琴言笑了一笑。道生道："雅或有之，俗恐未必。我看他身有傲骨，断不能与时俯仰，而且一腔心事，百不合宜。此人若念了书，倒与我一样，断不能科发甲的。"众人听他说得很切，也就笑了。又要琴言的手看了一看，道："可惜了，有文在手，趁早改行，虽非富贵中人，恰是清高一路。你这片心与人两样，不是你愿意的，恰一点委屈受不得；是你愿意，恰又死而无怨。如遇著忠孝节义的事，倒能够行人所不能行的出来。但有一句话，心从宽厚上用，可以造命立运，惟怕寿元不足。然而修身以俟，也可挽回造化。"

众人听他说得真切，便知道真能看相，不是瞎话。琴言因这几句话说到心坎上，便也十分快活。又看那屈道生有飘飘欲仙之概，便也待他亲厚起来。道生与南湘并坐，便问道："令尊到任可有些施为？请把善政讲讲。"南湘道："家严初任外官，况且才三个月，尚未办什么事，就访得了一个土豪、两个蠹役，地方上很称快。制台写信来，也说了几句好话，其余也没有什么。"道生道："我知道你令尊是耿直人，定有作为的。说起土豪、蠹役，何处没有。即如江西，我到任的时候，那土豪、蠹役最甚，民遭其殃者，不计其数。一连七任知县都装聋作哑，不敢办他，因此越发胆大了。有个口号：'东乡有一虎，西乡有一狼，虎食人之肉，狼食人之肠。狼虎食完剩残血，犹饱馋蛇与饿蝎。公门荡荡开，蛇蝎齐进来。县官坐堂如土偶，蝎爬其背蛇盘首。'那狼虎是土豪，蛇蝎是蠹役。东乡的捐了个卫千总。西乡的是亲兄弟，一个武举，一个武生，他手下的都是贼盗，他作个窝藏盗首，结交了东乡虎，包揽词讼，把持衙门，又有蛇蝎二役勾连。我到任时，查三年之内已换了七任知县，盗案、命案共有二百余件。我费了半年心力，办了这五个人，已后就太平无事，也没有个命盗案出来。"子云道："这功劳却也不小，感恩受惠的人也不止一县。"道生道："我也不敢居功，地方上应办的我总要办，尽力作去，也不管身家性命，且到什么地位再说。"又与诸名士谈讲了好些事情。

子云见上菜的家人一件新衣上爬著个虱子，候他上好了菜，叫他拈掉了。道生即问子玉道："世兄博览经史，不知方才这个虱子见于何书为古，诗词杂说是不用讲的。"子玉劈头被他一问，呆了一呆，想道："这个字却也稀少，他说见于何书为古，这些扪虱、贯虱就不必讲了。"婉言答道："小侄寡闻浅见，读书未多。见于书史者也只有数条，大约要以阮籍《大人先生论》'君子之处域内，何异虱之处裈中'为先了。"南湘道："还有《史记》'搏牛之虻，不可以破虮虱'。"道生道："此二条尚在《商子》之后，古有虱官，见于《商子》。《汉书·艺文志》传《商君书》二十九篇，后来亡其三篇，只传二十六篇。内有仁义礼乐之官为虱官。杜牧之书其语于处州孔子庙碑阴曰：'彼商鞅者，能耕能战，能行其法，基秦为强，曰：彼仁义虱官也。'盖仁义自人心生，犹虱由人垢生。译'虱'字之义似易生且密之意，不知是否？"南湘、子玉拜服。

次贤道："今日道翁要开书箱了，幸这些陪客都还可以领教。若单是我一个，我就不准你讲。"道生笑道："你们都是些才人词客，无书不览，我这老朽岂敢班门弄斧。况且少年时也是些耳食之学，随听随忘，如今都不记得了。"子云道："前日次贤见过大著内有一种《醒睡集》，此书可在身边么？"道生道："此板早已劈化了，这是少年时无赖作这些东西，毫无道理。"子云道："又闻得有些对戏目的对子。"道生道："有数十条，也记不得了。"次贤道："我们前日几个人也凑了好些。"又指琴言、蕙芳、宝珠三人道："这三个还有一个王桂保，他们也对了许多，比我们还好些。"便叫人到他书房拿出一个单子，并上次所行之令也写在上面，注了各人姓名。道生看了，连声赞好，道："不料这四位竟能如此，竟是我辈，老夫今日真有幸也！他们贵行中我却也见过许多，不过写几笔兰竹，涂几首七言绝句，也是半通不通的。要似这样，真生平未见。怪不得诸公相爱如此。可惜老夫早生四十年，不然也可附裙屐之列。"诸人见他欣赏，个个喜欢。

那边仲清问道："先生所藏金石甚富，且精于考辨。不知篆隶碑板，究以何本为最？"道生道："古篆近人不甚讲究，如《衡岳碑》，相传七十七字，在衡岳密云峰。至宋嘉定中何致子一游南岳，拓其文刻于岳麓，杨用修又刻于滇南，杨时乔又刻于栖霞，辗转相刻，姑为弗论。余尝译其文曰：

> 承帝曰嗟，翼辅佐卿。洲渚与登，鸟兽之门。参身洪流，而明发禹兴。久旅忘家，宿岳麓庭。智营形折，心周弗辰。往求平定，华岳泰衡。宗疏事袤，劳余神禋。郁塞昏徒，南渍衍亨。永制食备。万国其宁，窜舞永奔。

凡七十七字。王元美曰：'铭词未谐圣经，类周篆、穆天子语。'此为知言。其次如周武王《铜盘铭》云：

> 左林右泉，后冈前道。万世之宁，兹焉是宝。

亦岂三代语耶？其为赝作无疑。石鼓文，郑樵谓秦惠文后及欧阳三疑皆不足据。韦应物谓文王之鼓，宣王刻诗；马子卿谓宇文周时作，更为妄论。唯董、程二氏以《左传》'成王有岐阳之蒐'证之，凿凿可据。以后则秦《峄山铭》，为宋淳化中郑文宝刻，尚不失为古篆。汉隶之最佳者，以《孔庙礼器碑》为第一，次则汉《曹景完碑》，一则神奇浑璞，一则丰赡高华。至魏之《劝进碑》、《受禅碑》、《祀孔子碑》，后魏鲁郡太守《张君颂》、李仲璇《修孔子庙碑》，等等，优劣互见。汉隶已失，况其后乎！"仲清称善。

春航道："《兰亭》聚讼纷纷，即定武本亦有二刻。真伪已分，究何以辨？"道生道："《兰亭》刻于唐太宗贞观年，先太宗为秦王时，得于僧辨才处。贞观十年，始命汤普、冯承素、诸葛贞、赵模，各临拓以赐近臣。当时褚遂良、欧阳询各有临本，人并崇尚。所谓'定武本'者，欧临是也；唐绢本者，褚临是也。彼时欧临石刻在禁中，后石晋之乱，契丹辇石投于杀虎口，既为定武太守李景文所得，入于库中。熙宁间，薛师正出牧，刊一别本，以应求者。此定武有真赝二刻。其子薛道祖又摹之他石，潜易古刻，又剔损古刻'湍、流、带、左、右'五字为识。大观中诏向其子嗣昌取龛宣和殿，后靖康之乱失去。及明弘治间，得于天师庵中，置于太学，而欧本复显。褚摹绢本，当时广赐各郡学宫，如颖上石、长治县石皆得之，后明代颖上井中夜放光如虹，县令荀公异之，掘地得《兰亭》并六铜罍、舍利数颗，即为荀令携至家。至今不知流落何处矣。至于各家临本，不可胜数，诸公自有法眼，无俟鄙人陈说也。"春航又道："人说汉之碑、宋之帖，可以只立千古，淳化、大观、绛帖、潭帖，此四帖可好？"道生道："以鄙见论，以淳化为第一，次大观，次绛帖，又次潭帖。然宋人常谓潭帖在阁帖之上，又谓淳化创始，兼以王著摹手不高，未及大观之精美。然淳化气运朴厚，大观光彩浮动，比之诗，则盛而渐晚矣。"众人尽皆拜服。

子玉问道："先生方才说唐诗中晚之分，小侄以唐诗自然推李、杜、韩三家，而王荆公定诗则称杜、李，又选杜、韩、欧、李四家诗，则以李太白居四。元微之亦谓杜在李上，其优劣之意见于《工部墓志》。以太白天才，竟有不满人意处。韩昌黎则云：'李杜文章在，光焰万丈长。不知群儿愚，何用故谤伤。蚍蜉撼大树，可笑不自量。'乃自真心倾倒之意，究何所折衷？"道生道："诗以性情所近，近李则好李，近杜则好杜，李、杜兼近则兼好矣。元微之粗率之文，颓唐之句，于李岂能相近？自然尊杜而贬李。王荆公谓李只是一个家法，杜则能包罗众体，殊不知李亦何尝不包罗众体，特以不屑为琐语。人即疑其不能。大抵论太白之诗，皆喜其天才横逸，有石破天惊之妙。《蜀道》、《天姥》诸篇，摹拟甚多，而我独爱其《乌栖曲》、《乌夜啼》等篇。如《乌栖曲》云：

　　姑苏台上乌栖时，吴王宫里醉西施。
　　吴歌楚舞欢未毕，西山欲衔半边日。
　　银箭金壶漏水多，起看秋月坠江波。
　　东方渐高奈乐何！

其《乌夜啼》云：

　　黄云城边乌欲栖，归飞哑哑枝上啼。
　　机中织锦秦川女，碧纱如烟隔窗语。
　　停梭怅然忆远人，独宿空房泪如雨。

其高才逸气，与陈拾遗同声合调。且其论诗云：梁陈以来，艳薄斯极，沈休文又尚以声律。将复古道，非我而谁。故律诗殊少。常言：寄兴深微，五言不如四言，七言又其靡也。以鄙见论之，李诗可以绍古，而杜诗可以开今，其中少有分辨，故非拘于声调俳优者之所可拟议也。昌黎古诗，直追雅颂，有西京之遗风，其五七古尤好异斗奇，怪诞百出，能传李、杜所未传。读《南山》等篇，而《三都》、《两京》不能专美于前。人既无其博奥，又无其才力，尽见满纸黝黑，崟崟崿崿，所以目为文体，至有韵之文不可读之说。此何异听《钧天》之乐，而谓其音节未谐。特其五七言绝句及近体诗非其所好，只备诗中一格。原不欲后人学诗，仅学其五七言绝句小诗也。"

此一番议论，议论得个个首肯。宝珠、蕙芳等亦颇能领会。子玉道："诗之妙论，既闻命矣。韵有通转之分，且自魏晋而始，如李登之《诗韵》，吕静之《集韵》，齐周颙作《四声切韵》，梁沈约撰《四声》一卷，而韵谱成。隋陆法言、刘臻等，本沈约之旨又为《广韵》，唐郭知玄又为《切韵》，孙愐又为《唐韵》。丁度、宋祁为《集韵》。景云已后，又有《礼部韵》，王宗道之《切韵》，吴棫之《韵补》，宋阴时夫之《韵府群玉》，其合韵、分韵，究以何韵为是？"道生道："韵学之辨，诸家通转各有依据。沈约以越音而定八方之音，岂能尽合？而同一字也，而舌与齿为一音，齿与舌又为一音。即如五方土音，甚难吻合，所以支元之韵最杂，正不知何方人才能念出一韵来。昔分韵为二百六部，自淳祐中，平水刘渊始并为一百七部。《广韵》计二万六千一百九十四字，《集韵》计五万三千五百二十五字，《礼部韵》止收九千五百九十字，毛晃增韵，较《礼部韵》增二千六百五十五字，刘平水之《礼部韵略》又增出四百六十三字，而古书尽变。说者谓韵之失不在二百六部之分，而在一百七部之合，阴时夫又较《礼部韵》、毛晃、刘平水韵，刊落三千一百余字，有去古雅而入讹俗者。又黄公绍之《韵会》分并依毛、刘韵而笺注颇博，增添一万二千六百五十二字，不为无补。第其次序泥于七音三十六母，又为后人所议。今之韵即沈约之韵，但古韵之通，似较今韵为是。章黼之《韵学集成》校定四声，而古韵之通转亦可类推。请以《雅》、《颂》、《离骚》古歌诗核之，古今通转之异可想见矣。"子玉避席而谢。

南湘道："古人讲《易》，言理不言数；今人讲《易》，言数不言理。数竟可以该得理么？且数自康节先生之后无真传。今之所为太乙数者，可以验运祚灾祥、刀兵水火，并知人之贵贱；其考阳九百六之数，历历灵验，其说可以得闻否？"道生道："宋南渡后，有王湜著《太乙肘后备捡》三卷，为阴阳二遁，绘图一百四十有四。以太乙考治人君之善恶，其专考阳九百六之数者，以四百五十六年为一阳九，以二百八十八年为一百六。阳九奇数也，阳数之穷；百六偶数也，阴数之穷。王湜之说云：后羿、寒浞之乱，得阳九之数七；赧王衰微，得阳九之数八；桓、灵卑弱，得阳九之数九；炀帝灭亡，得阳九之数十。此以年代考之，历历不爽。又云：周宣王父厉而子幽，得百六之数十二；敬王时，吴、越相残，海内多事，得百六之数十三；秦灭六国，得百六之数十四；东晋播迁，十六国分裂，得百六之数极，而反于一；五代乱离，得百六之数三。此百六之数，确有可验。但又有不验者：舜、禹至治，万世所师，得百六之数七；成、康刑措四十余年，得百六之数十一；小甲、雍己之际，得阳九之数五，而百六之数九；庚丁、武乙之际，得阳九之数六；不降享国五十九年，得百六之数八；盘庚、小辛之际，得百六之数十；汉明帝、章帝继光武而臻泰定，得百六之数十五；至唐贞观二十三年，得百六之数二。此皆不应何也？甚至夏桀放于南巢，商纣亡于牧野，王莽篡汉，禄山叛唐，阳九百六之数，皆不逢之，又是何故？所以我说数不敌理，理生于自然，数若有预定。故圣人言理不言数，数止理中之一端耳。"南湘道："是真快论，可破古今之疑。"

次贤道："休论世上升沉事，且斗樽前现在身。我有一个极琐屑鄙俚之理要请教请教。我见《越绝书》有慧种生圣、痴种生狂、桂实生桂、桐实生桐之说，我往往见愚夫蠢妇，倒生出绝慧绝美的儿女来。看其父母，先天后天，皆无此种宿因，何竟得此妙果？"道生笑道："这个理倒有些难讲。然《齐民要术》内说种梨法，一梨十子，唯二子生梨，余皆为杜。段氏曰：鹘生三子，一为鸱。《禽经》曰：鹳生三子，一为鹤。造化权舆，夏雀生鹑，楚鸠生鹃。《南海记》曰：鳄生子百数，为鳄者才十二，余为鳖、为鼋，随气而化。且推之：圣不生圣，贤不生贤。先儒谓扬雄宜有后，张汤宜无后，以人之私智，岂能定天之理。且理有常，亦有变，岂无为气所感，可以变化气质。抑或愚夫愚妇，外貌虽蠢，其七情六欲之间亦有一样不蠢，从此解了这点灵气，就借此结成也未可知。"说得众人大笑。

子云道："古今美人多矣，其形之妙丽，唯在人之笔墨描写。见于文词诗赋者，亦指难胜屈，究以何处形容得最妙，先生肯指示一二处否？"道生道："古人笔墨皆妙，何能枚举。但形容的美人得体，又要人人合眼称妙者，莫如卫庄姜。《硕人》之诗，先曰：'硕人其颀，衣锦褧衣。'这两句，就写得光华射目。'领如蝤蛴'至'美目盼兮'，便字字形容绝妙，不著一衬帖语，不用一假借语，正所谓咏月咏月满，写花写花开，扫去烘云托月之法，是为最难。若写服饰之盛、体态之妍，究未见眉目鼻口之位置何如也。宋玉《神女赋》未尝不想形容，但云：'其始来也，耀乎若白日初出照屋梁；其少进也，皎若明月舒其光。'极言其光亮而已。明月犹可，而白日屋梁，则比之不伦。而曹子建《洛神赋》复用其意，有'远而望之，皎若太阳升朝霞'。《神女赋》又云：'忽兮改容，婉若游龙乘云翔。'而《洛神赋》复用其句云：'翩若惊鸿，婉若游龙。'是真不善体会，以游龙比美人，吾不知其何所见而然。

"再如宋玉《好色赋》云：'增之一分则太长，减之一分则太短。'只概而言之，不求其实可也。若必细核其人之长短，亦有语病。既云'增之一分则太长'，则此人真长，减一分必不为短；既云'减之一分则太短'，则此人真短，增一分必不为长。此又文章之过情话也。小说中有刻划尽致，言人所不忍言，而令读者目眩意移，其神情活现纸上，则莫如《杂事秘辛》之描写女莹身体，令人绝倒。你们细想：'女姁以诏书如莹燕处，屏斥接侍，闭中阁子。时日晷薄辰，穿照蠡窗，光送著莹面上，如朝霞和雪，艳射不能正视，目波澄鲜，眉妩连卷，朱口皓齿，修耳悬鼻，辅靥颐颔，位置均适。姁寻脱莹步摇，伸髻度发，如黔髹可鉴，围手八盘，坠地加半握。已，乞缓私小结束，莹面发赪抵拦。姁告莹曰：官家重礼，借见朽落，缓此结束，当加鞠翟耳。莹泣数行下，闭目转面内向，姁为手缓捧著日光，芳气喷袭，肌理腻洁，拊不留手，规前方后，筑脂刻玉，胸乳菽发，脐容半寸许珠。私处坟起，为展两股，阴沟渥丹，火齐欲吐。此守礼谨严处女也。约略莹体，血足荣肤，肤足饰肉，肉足冒骨。长短合度，自颠至底，长七尺一寸，肩广一尺六寸，臀视肩广减三寸，手自肩至指长各二尺七寸，指去掌四寸，肖十竹萌削也。髀至足长三尺二寸，足长八寸，胫跗丰妍．底平指敛，约缣迫袜，收束微如禁中，久之不得音响。姁令催谢皇帝万年，莹乃徐拜称皇帝万年。若微风振箫，幽鸣可听。'虽文章秽亵，然刻划之精，无过于此。"众人说道："极是，从古以来未有量及身体者。"

　　子玉道："缠足之始，谓始于陈后主之潘贵妃，今《秘辛》之'约缣迫袜，收束微如禁中'，非缠足之始么？"道生道："此不过略为缠束，不使放散，读'胫跗丰妍，底平指敛'，似又非今日之紧紧缠小，必使尖如莲瓣也。"蕙芳道："这个尺寸是怎样？'身长七尺一寸，肩广一尺六寸'，怎样算法？若依今日之尺寸，只怕没有这般长的人。"道生道："这是汉尺，比起今日工部营造尺来，只得七寸五分。而营造尺比起民间裁尺，只得九寸三分。依营造尺折算，则七七四尺九，五七三寸五，再加七分五，为五尺三寸二分半长。若核如今的裁尺折算，则五九四尺五，三九二寸七，再加上二分二，共长四尺八寸许。这身也就长了，似乎与你差不多，还要略高些。'肩广一尺六寸'，核营造尺则一尺一寸五分，核裁尺一尺一寸有零。'臀视肩广减三寸'，下体核今裁尺只广八寸有零，是个纤瘦身材。'手自肩至指长二尺七寸'，核营造尺长二尺零二分半，依裁尺只得一尺八寸有零。'髀至足长三尺二寸'，依营造尺长二尺四寸，依裁尺长二尺一寸六分，上下长短倒相称的。'足长八寸'，依营造尺实长六寸，依裁尺得五寸四分，究与缠足相异，也不为过小。通身算起来，身材觉长了些。要不然，古之美人总是身长玉立的。"次贤道："你也实在算得细。当日女姁量的时候，或者量错了，多说了一寸也未可知。"说得众人皆笑。

　　道翁又道："都中现有一个极博雅的人，年纪虽轻，与我是旧交，也是个南京巨族。论起世家来，与子云、星北不相上下，想诸公自必相熟的。"子云道："是那一位？"道翁道："此君姓金，名粟，号吉甫，可相好么？"众人同道："久闻其名，恨未一见。"道翁道："若论考据、学问、品行，当今可以数一数二了。他也有一部说部，是说平倭寇的事，我将他这书的名字忘了。曾经看过一遍，笔下极为雄健。将那两个逆首定江王、静海丞相骂得真真痛快，实在是才人之笔。"次贤道："此辈叛贼荼毒生灵，害人多矣，也是人人言之发指的。既有此骂，也是快事，将来倒要找一部读读。"道翁道："但其人时运太坏，未能大用其才，真真可惜。"宝珠忙接道："何幸此君，今日竟遇知己。"道翁道："瑶卿与此君相好么？"素兰在旁道："他的画画弹琴，皆是此君教的。前天他们还逛了两天翠微山呢。

他之待此君，也不亚于蕙芳之待湘帆了。"宝珠一笑，道："何至于此。"子玉道："前在瑶卿处，见其笔墨高雅之至，大有唐六如的光景。"道翁道："不特笔墨似六如，命宫磨蝎也似六如，却是怪事。何以古今若合，此又不可以言理不言数了。我明日尚要拜他去。"子云忙道："何不为我先容，得此良友也是快事。"道翁道："妙极！妙极！"宝珠道："此君疏懒太甚，不好交游的。"道翁道："想与此数君自必水乳。"

　　这一日，屈道翁足足讲了一日，人也乏了，吃完了饭，散坐了一会，也就二更光景。刘文泽系旧学生，不敢问难。宝珠问子云要柄扇子，求道翁题诗，子云索性叫取四柄扇子出来，给四旦每人一柄。于是宝珠拂几，蕙芳移研，素兰磨墨，琴言润毫，共求道翁留题。道翁也十分高兴，遂将各人的大概，每人写了七律一首，半行半草的一笔虞世南，并落了双款。四旦谢了，谈了一会各散。

　　不知后事如何，且听下回分解。

第三十九回
闹新房灵机生雅谑　装假发白首变红颜

　　话说王恂前日不能赴怡园之约，因为孙亮功请去商办喜事，也替他张罗了几天。定于二月初十日招赘，也不多几天了。新年李性全寄了几百两银子来与元茂，并写个禀帖与王文辉，要替他儿子办喜事。王文辉不耐烦作媒，俱令王恂代劳。李元茂求著了魏聘才，求其代制一切。魏聘才闹了一个多月，花的、输的，丢了好些银钱，窃案又未能破，心上也有些烦闷起来，不得主意。今见李元茂来求他，当日原是他与王文辉为媒，意欲借此到文辉处走动，作个幌子，便答应了。又道："你去年借我的镯子，如今也该取还我了，迟一日多一日利钱。"元茂道："老爹只寄了三百两银子来，要办这件事，只怕还不够。我又无处借，你再要这帐，就坑死我了。"聘才道："这话奇了，怎么说坑你？你去年怎样讲的，说家信一到就还，如今倒问你也不好问了。"元茂道："你放心，待我过门之后，我就赎还你。"聘才道："到过门之后，一发没钱了。"元茂道："我虽没钱，他应该有钱。"聘才道："他是谁？"元茂笑道："就是内人。非但这一笔，还有好些钱，想出在他身上呢。"聘才笑道："你内人身上倒会出钱？"元茂道："岂有此理！"聘才道："你自讲的，要出在他身上。"元茂道："我不过想他有些陪嫁，嫁了我也就任凭我了，稀罕你那一个镯子取不出来。"聘才道："要使老婆身上的钱，也不是个汉子。"元茂道："那又何妨？又不是当忘八来的钱。"两人说笑了一回，元茂去了。

聘才明日去拜王文辉，文辉进衙门去了，王恂接待。又同去见了亮功，说了些客套，无非是现在客途、无人照料、一切尚求包涵等语。亮功道："原是爱亲结亲，这些烦文一概删去。我也不要破费他一钱，一切在我就是了。"即留聘才吃饭。到了前三日过礼，聘才只得去找元茂，免不得上去见了颜夫人，因有好几个月不去了；又为去年闹了事，甚是局促不安。颜夫人也不问其往事，淡淡问了几句话。聘才去见了子玉，子玉想起琴言前日的话，心上总有些怪他，也不似从前待他亲厚了。元茂的事是梅进代办，替他办了钗环簪镯、彩缎衣衫，并借了颜夫人的珠冠玉带、补服朝珠、蟒衣绣裙，共铺了十六盒，扎了亭子，也还像个局面。两个媒人拥了去，孙家收了回盒，不过相称，也无甚珍异之物。

到了吉期，自有梅宅家人料理，备了两桌酒，一席送颜夫人；一席待媒人，并请子玉、颜仲清作陪。仲清道："元兄今夕真个到了群玉山头了。"王恂道："一路荣华到白头。"子玉道："'犹道灯前相对影，愈揉双眼愈模糊'。此是近视眼洞房诗，今日可为元兄咏矣。"元茂道："我说倒是近视眼好，就新人丑些也看不清楚。"仲清道："若美的呢，可不辜负了。"元茂笑道："我这新人想来未必能美。我也有些风闻，只要不像那两位弟兄的相貌就好了。"到了吉时，都送元茂到了孙宅，孙宅鼓乐迎接。

此位姑娘系亮功前室所生，如今这位夫人也不甚钟爱他，故此一切从简。女客只有陆氏夫人的嫂子，就是陆宗沅的夫人，带了小女儿前来。男家早上道过喜了，倒是姬亮轩在那里假热闹，心上想闹闹新房，自有两位废物招接。元茂与新娘拜了花烛，送入新房，坐床撒帐，饮了交杯，复又请新郎上席，坐了华筵。那嗣徽、嗣元陪了一回，王恂、仲清即要移席到新房中畅饮。大家进了新房，仲清道："今日可以看新人的。"便要走到床前。床前本有两个伴送的老妇人，还有两个小丫鬟侍立。嗣元恐怕仲清看了他的姐姐，便跑到床前把帐门把住，口内连说了几个"看"字，然后挣出"不得"两字，惹得众人都笑了。王恂扯了仲清过来坐下，嗣元尚不放心，还死紧把住了帐门，众人不住的暗笑。嗣徽道："夫妇居室，人之大伦也，外人何得与闻？幸亏兄弟阅于床，外御其侮。不然白雪之白，竟为十目所视矣。"子玉听了大笑。王恂对仲清道："真所谓'无感我帨兮，无使尨也吠'。"仲清也觉微笑。李元茂得意洋洋的喝酒。

姬亮轩与王恂、仲清是见过几回的了，子玉却是初见，心中想道："这个梅少爷好相貌，比起那孙老徽来，倒似那戏上岑彭、马武了。"聘才问姬亮轩道："好几天不见你东家出来，在家里作什么？"亮轩道："这两天敝东有点贵恙，不便行动。"聘才道："什么贵恙？"亮轩道："听得腿上生了疖子，所以不出来。"这一席却分了三路：子玉、仲清、王恂是一路；孙嗣徽兄弟是一路；聘才、亮轩又是一路，故此不能热闹。王恂作人素来和蔼，见同席都不能接洽，勉强要和合起来。此刻在新房里坐位乱坐的，无有推让。聘才与亮轩坐了一面，仲清与子玉坐了一面，元茂在上首独坐了一面，王恂与嗣徽坐在下首。叫嗣元过来，嗣元不肯。拿张凳子在床面前坐着。

姬亮轩向子玉笑嘻嘻道："梅大先生是不常出来，小弟今日还是头一回识荆。如高兴，歇天何不到敝东处来走走，敝东是极好相与的。"子玉不知他的东家是谁，含糊答应。即私问王恂，王恂答以奚十一，子玉便是一腔忿恨，也不理他。亮轩又向元茂道："舍表妹贤德无双，李大哥真有福气，结了这头好亲。我们大亲翁不久外放，不是四川夔州府。就是湖南辰州府。李大哥是娇客，将来同到任上，不要说是帐房，只怕内外一切都要仰仗呢。"仲清听了好笑，忍不住道："足下与孙府上怎么样的亲？"亮轩道："孙大哥的嫡亲舅嫂，是我两姨中表嫡亲表嫂之嫡亲表妹，这是新亲。叙起老亲来，从前已故夫人的外祖，是我丈人的丈人。"仲清笑起来。聘才道："这个青，也只好算个蛋青了。"亮轩道："虽然是淡亲，却也胜于举目无亲。我听得有副对子道：'岂有文章惊海内，更无亲友在朝中。'"又道："乱说，乱说。诸位是满朝朱紫贵皆亲友，我们这两位舍亲是不用说了。李新亲是明府之子，梅大先生是堂堂学院的少爷，王大先生是侍郎大人之公子，颜大先生是侍郎大人之娇客。就是魏大先生也作过华公府上的上宾，就是少府。都是一班贵客。只有区区小子，是个幕宾，将来总要拜求栽培栽培，携带携带。"说得个恶心。

仲清忍不住问道："姬先生这样叙起来，我们都可以算得亲戚，只要多转两个弯。"亮轩连称"正是"。子玉微笑。元茂道："我非但算不得清，而且也听不清，真是葫芦牵到扁豆藤。"聘才笑道："忙中遇著腿缠筋。"嗣徽道："亲亲也，凡有血气者莫不尊亲。亲亲人也，仁者人也。"嗣元听了乃兄开口，就要驳起来，道："这话、话，不、不通，你、你说凡有血、血、血气者，莫不、不、不尊亲，都、都、都是你、你的亲，我、我、我想就、就、就只有螃、螃、螃蟹没有、有、血，甲、甲、甲鱼还、还有、有血，王、王、王八也是你、你、你亲戚、戚了。我就没有这、这、这许多亲。"说罢，呵呵的笑起来，笑得满屋人皆笑。嗣徽道："妄人也，何足与言。"嗣元道："我、我、我倒不是妄、妄人，你、你、你倒是个亡人，亡人、亡人无以为、为、为宝，仁、仁、仁、仁亲以为宝。"众人听得更大笑。

仲清道："我有个笑话也是现成的。海龙王有一天放那些怪物转生，已放过了好些。末后巡海夜叉在泥里掏出两个怪物，求龙王放他，龙王看时：一个是王八，一个是蛤蟆。龙王道：'这两个放他去，我有些不放心，教他找个保人来。'王八听了，即指著旁边龟丞相道：'他是我本家。'又指著蛇将军道：'他是我的亲戚。'龙王道：'丞相是你本家也就够了，怎么又添出个将军亲戚来？'那王八答道：'非但亲戚，还算是本家呢。我们王八是不会生儿子的，要请蛇来替生儿子，虽是龟宗，还是蛇种，所以亲戚也算得，本家也算得。'海龙王笑道：'你既有这好本家阔亲戚，就放你去罢。'又叫蛤蟆上来问道：'你有本家亲戚没有呢？'那蛤蟆道：'人人是我本家，个个算我亲戚。'龙王怒道：'那里就有这许多？'蛤蟆道：'我们这一种，是人溺里带的余精生出来的，所以我也像个人样，不是人人算我本家，个个算我的亲戚么？'龙王大惊道：'快些放他去罢，不然他要与我攀亲了，不要攀出蛤蟆亲戚来。'"说得聘才、王恂、子玉几乎笑倒。嗣徽与亮轩知道是骂他们，因回答不出来，只好忍气。嗣元见骂了他们，倒反笑起来道："好、好个王八亲戚，好、好个蛤蟆亲、亲、亲戚。"

王恂道："我也有个笑话。一个妓女是个瞎子，有人去嫖他，他虽看不见，却分得人的等次来。那一天接了三个客，老鸨问他道：'姑娘，你猜今日三个客是何等样人？'瞎妓道：'头一个是秀才，第二个是刑名师爷，第三个是个近视眼的阿呆。'老鸨道：'你何以分得出来呢？'瞎妓道：'头一个上来，斯斯文文，把我两边的股分开去，又合拢来，既作我的正面，又作我的反面；又听他说道：此处放轻，此处着重。一深一浅，是个作八股的法子，所以我知道他是秀才。第二个上来，弄了一回，把我细细的看。听他说道：左太阳有一疤，右乳有指爪伤痕，斜长一寸二分。停一回又听他说道：两足并直，两手放开。这不是办命案的刑名么？第三个来得奇，一上来就把我那话儿看，他那眉毛似刷子一样，擦得我痒。看看又闻，闻闻又看。我知道他是个近视眼的阿呆。'"众人大笑，连那老婆子、丫头也笑了。觉得帐子里一丝半息的微有笑声，是新娘子也在那里笑，把个嘴掩紧了。嗣元道："那、那、那个近视眼倒像李大哥，那个刑名就是姬大哥。"亮轩笑道："不是，不是。我看断非刑名，定是仵作。"李元茂道："我不信眉毛会擦得痒。"子玉笑道："尊眉也就不轻了。"嗣徽道："三人中吾学那个作八股的。"

聘才道："我也有个笑话。亲兄弟两个，都是近视眼，然不肯自认近视眼。哥哥常说兄弟的眼光不好，兄弟也笑哥哥目力不佳。他家隔壁有个土地堂，新挂了一块匾，两人要试试眼光，去看匾，到底谁看得清楚。这两人偏又生得矮小，哥哥先叫兄弟蹲下，他踏在他肩上，叫他站起，凑到匾前，细细一看，下来对兄弟道：'我送你上去看。'兄弟也照样上去看了，即问他哥哥道．'你看的是什么字？'他哥哥道：'我看是块当铺的招牌，想必里面开了当。你看分明写著"土也当"，是土也可以当得的意思。我们回去挑两担土来当当。'兄弟笑道：'哥哥，看错了，我看是"上他当"三个字。我们去挑了土来，他又不当，不是上他当么？'哥哥听兄弟说得有理，也就一同回去了。一日两个又要赌赛眼光，兄弟道：'哥哥，你不要跟我赌，譬如你说我的面貌生的怎样，我说你的面貌生的怎样，我们自己不认得自己，说也不信。若嫂子面貌是我记得清楚的，弟妇的面貌，自然哥哥也看得逼真的。如今我们各把老婆的相貌说来怎样，就见得我们的眼光好与不好。'哥哥听兄弟说话又在理，便点点头，心中想他老婆的相貌，觉得模模糊糊说不出来。他兄弟想了半天，也想不出那模样来，便各跑了进去。他哥走到家中不见他老婆，一找找到磨房内，见他老婆正在那里簸面，飞了一头一脸雪白。他哥哥凑近他脸上，仔仔细细看了一看，即走出来坐了，等兄弟来说给他听。他兄弟也跑到房中，见关了门，把门一推。他老婆正脱了裤子要下盆子洗澡，见丈夫来，不好意思，要拿个东西遮遮下身。只有个蝇拂子在手边，便拿来遮了那件东西。他兄弟见了那丝丝缕缕的，著实诧异，便俯着身，细细看了，也即出来。见他哥哥坐在那里笑，即问他哥哥道：'什么好笑？'他哥哥道：'兄弟，笑我眼睛真不如你。我娶亲五年，今日才看清。那晓得你嫂子是个天老儿，一头白发。'他兄弟也叹了一口气，道：'哥哥，嫂子的白发何足为奇，我方才看清你弟妇的阴毛都是白的。'"众人放声大笑。

忽听得帐子里新娘骂起来，骂道："那个混账忘八，在这里撒村！你妈才是天老呢，你祖奶奶才是天老呢！"话言未了，打出一个东西来，砸破了两个菜碗，吓得众人面面相觑。嗣元见姐姐骂了，即跳起身来，也帮著乱骂。大家无趣，急忙起身走了出来，急急的各散。元茂、嗣徽也难张罗，只得送出，看上车而回。

原来聘才这个笑话，虽系有心打趣李元茂的近视眼，却不知关碍了新娘。从前就说过是个天老儿，生的一头白发，连眉毛寒毛都是白的，北边叫作"天老"，南边谓之"白羊子"。更兼情性泼悍，今年已经三十岁了，四远驰名，无人聘他，故将就送与元茂。元茂如何知道，高高兴兴的进来，心中想道："方才聘才的笑话，不过笑我近视眼，他就骂起他来，还把个痰盒打出来。夫妻还没有作亲，他就这样帮著我，那里有这种好老婆。"连忙把仆妇丫头打发开了，脱了外面的衣裳，掩了门，将蜡花剪的亮亮的。揭开帐子，挑了红巾，将灯一照，喜得元茂骨软筋酥。雪白桃花似的一个银盆脸，乌云似的一头黑发，弯流流、翠生生的两道黑眉，猩猩红的一张樱桃小口。粉香油腻，兰麝袭人。元茂喜得了不得，与他宽衣解带，那新娘便先钻入被内去了。元茂也忙忙脱了衣服，挨进了被窝，自有一番举动。那新娘半推半就的成了一度。见新娘递块帕子与他，元茂想起有什么元红的说法，把帕子擦了，塞在枕边，明日试验。心中想这滋味真觉有趣，要想句话说说，又找不出来。睡了一睡，又来了一度。一床被褥都是新绵的，况且是二月初十，天气已暖，元茂动得一身汗，似蒸笼似的，头上的汗流个不住。下来歇了，忽摸著那块帕子，他也忘记是方才用过的，便拿来满脸满头一擦。掀开半床被，透了透热气，然后睡著。绝早新娘已先起来，另在一间房梳头。元茂起来，擦了脸，穿了衣，悄悄的将那块帕子揣在怀里，要想去看新人梳头，已被伴婆拉了出去见泰山，并有些长亲等类，耽搁了好一回。

新人梳妆已毕，华服艳妆的在房里低头坐着。元茂挨近身边，也挣出几句话来，新娘唯有含笑不答，也偷看元茂，团头大脸，除了眉毛眼睛之外，也还生得平正，比自己两位令弟好看多了，心内也倒欢喜。再看他脸上有些黑气，隐隐的一条一块，深的浅的，花花落落，倒像个煤黑子擦脸不干净的样子。心上想道："必是洗脸不用胰子，明日叫他多擦些胰子就好了。"元茂看了一回，得意已极，想道："从今好了，不用外边闲闯了。"又想到那块帕子，便走到外间无人处，从怀中掏出来，两手将那帕子扯直，一看不觉呆了。想了一想："必是拿错了。"翻身到内，到床上四角一翻，不见；再到被底、枕底一翻，也没有。

旁边一个仆妇问道："姑爷要找什么东西？等我来找。"元茂见了有好些丫头、老婆子在房中，又不好说。只得出来，再到无人处，将那帕子细看，见一条条的漆不像漆、油不像油、墨不像墨，真猜不出是什么东西。闻一闻有点油香，又有些汗气，"扑嗤"的笑了一声。想道："怪不得他的乃弟满口通文，谁知他姐窝里头也有这许多墨水。"既又想道："决无此理。"又翻转帕子来细细一看，看到一处在那黑油之外，浸出一点红色来，似淡胭脂水一般，闻闻没有气息。再细细的想了一回，恍然大悟道："是了，是了！这一点红影影的，就是元红无疑。这些黑的必是昨日人家和我顽，捉弄我，把些黑油涂在我头上或是帽子里。出了汗，我误将此帕擦了。"便又塞入袖中进来。吃过了卯筵，燕尔新婚，自是如兄如弟。

过了几日，元茂谢媒拜客，听得王恂、仲清问他的新人怎样得意，不说别样，总说的是头发。有的说是白丝细发，有的说是银丝鹤发，总不懂什么意思。人家见他得意，也是诧异。元茂忽想起聘才挨骂那一回，也是说了白发、白阴毛，因此新人动气，便有些疑心。又想："自己脸上，天天沾染些黑油，那块帕子又是这样；况且他起得绝早，另在一间房内梳妆，而且要关

第三十九回　闹新房灵机生雅谑　装假发白首变红颜

了门，这是何故？"疑心不决，又不敢问。来到房中，见他欢天喜地，戴满了珠翠，分明一头好发，比漆的还亮。要去闻闻他的头，又被他推开。忽又转念道："或者头发原是黑的，阴毛倒是白的，故此人家讲这些话。"又想道："就算他有几根白阴毛，外人那能知道呢？若果如此，那就不好了。"又想道："这个念头起不得，等我今晚拔他一根，明日看看，便知分晓。"好容易盼到黄昏，二人睡了，忽然竟得了一根，心中喜极，两指捏紧了，探出一支手来，在褥子底下摸了一张纸，包好了。想来想去，没有放处，恐他搜著，便塞在辫顶里。那孙氏也猜不出他作什么。元茂费了半夜心，早上又睡著了。孙氏梳好了头，元茂才起来净脸时，就牢记著发顶里有个纸包，急忙带上帽子，跑到外间，打开一看，却是漆黑的一根。元茂欢喜道："白疑心了几天，那班刻薄鬼，原来是瞎说的。"才放了心。可笑元茂呆到二十分，费了半夜心，得了一毛，谁知还是他自己身上擦下来的，他当他老婆的，就疑心尽释了。

约过了半月，那一天事当败露。孙氏梳头时，觉得身上有些凉，叫丫鬟出去拿件半臂来穿；不料元茂已起来，见丫鬟拿了衣服进那间屋里去，他就跟了进去，不及关门。只见坐著一个人，身穿件大红紧身，披著一头银丝似的细发，有三尺余长，两道淡金色眉毛。李元茂心中唬了一大跳，当是遇见了鬼欲要转身，心中想道："穿的衣服分明是他，难道真是个白人？"急走近时，孙氏也吓了一跳，遮掩不及，脸都涨得飞红。李元茂仔细一看，一口气直冲上来，说道："原来如此，我该倒运，娶了一个妖精。这是《西游记》上的不老婆婆，也要嫁人，笑死了，笑死了！"孙氏一听，又羞又气，一面哭起来，一面骂道："我们待你这么样，我是千金小姐，留赘你一个白身人，你还不知足，倒嫌我？我就头发白了些，那一样不如你，难道还配不上一个屄瞅眼儿？你嫌我，你就休了我！"使起性子，乒乒乓乓，把零碎砸了一地。李元茂在那间咕咕噜噜的，也骂不完，两人闹了一早晨。

原来孙氏那几天把香油调了灯煤，再和了柿漆，先梳好了，然后将油漆细细的刷上，比人的还光还亮。就是天天要洗一回，不然就难梳，而且也刷不上去。洗时用皂荚水一桶，用硼砂、明矾洗干净，晾得半干，然后梳挽，也要一个时辰。今日略迟了些，因此败露。元茂气哄哄的跑了出去，在魏聘才处住了两天。聘才问其所以然，他只得直说了。聘才恍然大悟，遂明白前日的笑话，竟说到板眼里去了。

孙氏见丈夫两三天不回，心上急了，禀明了父母。亮功大怒，陆夫人也有了气，便著人到梅宅上一问，没有去。又各处找寻，找到了聘才处，找著了。元茂尚不肯回去，聘才力劝，方同了来人回家，犹不肯进房，在书房中同嗣徽说闲话。晚间亮功回来，即说了元茂几句，陆夫人也责备了元茂一番，然究竟心上有些对不住元茂，半说半劝的叫他进房。元茂也没奈何，只得进去，心上犹记著那天的模样，总不能高兴。

孙姑娘见他进来，要他先来陪话，坐著不动。灯光之下，元茂依然看了，黑白分明，是个美人，心上便活动了些，只得先说了一句话，孙氏也慢慢的答了一句。

元茂垂着头，闭著眼，想了一回，想得了一个绝妙的主意，跳将起来，对着孙氏嘻嘻的笑。孙氏见他回心转意，反倒拿腔作势要收服他，冷冷的不言语，自己对镜顾影，做作一番。元茂忍不住道："你何妨对我直讲，要瞒我作什么？我们既成了夫妇，自然拆不开的了。我看你天天梳头要上漆，就费力得紧，而且也不便，天天擦得我一脸黑油，惹人笑话。我如今想了一个好法，又省事，又好看，又油不到我脸上来，不知你要不要？"孙氏听了，不知他有什么法子，便问道："依你便怎样？"元茂道："如小旦上装，用个网巾一扎，岂不省事？你那一头银丝罩在里面，有谁看得出来？再不然，索性拿他剃掉了，倒也干净。"孙氏道："剃是剃不得，依你戴个网巾罢，倒也便当。我也怕上这些油，明早我就著人去买。"元茂道："你脸上也要天天拿剃刀刮刮，不然也有些黄寒毛出来。你若刮了寒毛，戴上网巾，倒可以算得绝色美人了。"孙氏被他说得喜欢，便也笑颜悦色起来，道："此刻尚早，何不著人去买了，明日就可用了。"元茂道："买了来，今晚就用，省得又染我一脸。"

孙氏叫丫头出去告诉了管事的，叫他买一个网巾、一个髻子、一个燕尾速速的办来。果然不多一刻，即买齐了。孙氏喜欢不尽，即刻熬了一罐皂荚水，把油煤洗刷干净，洗了很酽的两大盆，似染坊中靛青一般。也等不得干，元茂拿一块布与他抹了扚，扚了又抹。元茂又叫他索性把鬓脚及四围修去些，便不露出来。孙氏也叫老婆子用剃刀刮去一转，把眉毛也索性刮掉了，脸上也刮得光光的。把网巾戴上，真发盘了一圈，加上那假髻子，将簪子别好，扎上燕尾，额上戴上个翠翘，画了眉，真加了几分标致。晚上看了，竟是个醉杨妃一样。孙氏叫点了两枝大蜡，一前一后用两面镜子照了，觉得美不可言。元茂看了，也心花大开，走拢来，把他头上闻了一闻，将脸上擦了两擦，微有一点油，不像前头落色了。喜孜孜的支开了丫头，携手上床，同入鸳衾，开了一枝夜合花。

元茂忽又想起前夜拔毛之事，便问孙氏道："我闻得天老儿是浑身寒毛都是白的，为什么你下身的毛倒是黑的？"孙氏道："也不甚黑。"元茂道："好人，给我看看。"孙氏不肯，元茂道："我还嫌你？如今我都替你这么样了，还隐藏作什么？"孙氏不语。元茂赤身下床，携了烛照，把被揭开，孙氏尚要遮掩。元茂见他身上真是雪霜似的，甚为可爱，看到那妙处，好似骑了一匹银鬃马，倒应了聘才的笑话，真像一个蝇拂子遮著。元茂忍不住笑了一声，把他拧了一把。孙氏骂道："作什么？你原也是个近视眼，何不也闻闻？"元茂看动了心，放了灯，上床去了。

秽事休题，且看下回分解。

第四十回
奚老土淫毒成天阉　潘其观恶报作风臀

话说前回书中，奚十一受了琴言之气，恨恨而回，心中很想收拾他，又想不出什么计策，惟有逢人便说琴言在外陪酒，怎样的待他好，还要来跟他。造了好些谣言，稍出了几分恶气。那一个镯子，菊花盘问起来，奚十一只说自不小心，失手砸了，菊花也无可奈何。偏有那巴英官告诉了，菊花便大闹了一场，奚十一软话央求，将来遇有好的再配，方才开交。那奚十一的为人，真是可笑，一味的弃旧怜新。从前买了春兰，也待得甚好，不到半年就冷淡了；去年得了巴英官，如获至宝；如今又弄上了得月、卓天香，将英官也疏远起来。那巴英官心中气忿，便与春兰闲谈，说道："从前老土待我们怎样，如今是有一个忘一个，你心上倒放得开么？"春兰道："我从前主意错了，与我出了师，我当他是个有情有义的，那晓得是个没有良心的。看他所做的事，全不管伤天害理。从前那个桶子，也不知骗了多少人。听得说还有些好人家的孩子，被他哄了，回去竟有上吊投水的，将来不知怎样报应呢。"英官道："我也听得说，从前有个桶子，是怎样的，就能哄人？"春兰道："这桶子是西洋造法，口小底大，里头像钟似的叮叮当当的响。他将一样东西扔下去，叫那人用手取出来。中间一层板，有两个洞：一个洞内，只容得一只手。若两手都伸了进去，他便将桶内的机巧拨动，两手锁住再退不出来。耸著屁股，那就随他一五一十的顽罢。我头一次就上他这个当。后来被人告发了，将桶子才劈破了。"英官道："索性待人有恒心也罢了。从前还常常的赏东西，如今是赏也稀少了，倒像该应拿屁股孝敬他的。这个人偏不生疮，烂掉了倒大家干净。"春兰道："你还有旧主人在此，他如过于冷淡你，你还可以告假，仍跟姬师爷，我看还比跟他好些。"英官道："那姬师爷更不好，如果好，我也不跳槽了。那个人肉麻得很，又小气，一天闹人几回，才给几十个钱，还搭几个小钱在里头，所以我更不愿跟他。我在家做手艺时何等舒畅，打条辫子也有好几百钱。到晚饭后，便有几个知心著意的朋友，同了出去，或是到茶馆，上酒店，嘻嘻哈哈，好不快活。馄饨、包子、三鲜大面，随你要吃那样。同到赌场里去，只要有人赢了，要一吊八百都肯，真是又红又阔。从跟了那个姓姬的，便倒了运。"春兰道："那姬师爷的相貌，实在也不讨人喜欢，见人说话咯著两个黄牙，好不难看。"英官道："他身上还狐骚臭呢。"闲话休题。

且说奚十一那天一人独自到宏济寺来，和尚与聘才都出门去了，小和尚在自己一间房内，歪在炕上，朝里睡著。奚十一见他单穿个月白绸紧身，镶了花边，绿绉绸的套裤，剃得逼清的光头。奚十一看了动火，脱了外面长衣，倒身躺下，轻轻的解了他的带子，把裤子扯了一半下来，贴身服侍。得月惊醒，扭转头一看，见了奚十一，便说道："来不得。"奚十一不听，得月又说道："当真来不得。"奚十一还当是他做作，故意进了一步，只听得得月腹内咕噜咕噜的一响。得月连说"不好"，身子一动，一股热气直冒出来。奚十一觉得底下如热水一泡的光景，急忙退出，"咯"的一声，摞出许多清粪，撒得奚十一一小肚子。奚十一道："这怎么好？"忙翻身下炕。得月跟著下来，往下就蹲，哗喇喇的一响，已是一大滩，臭不可当。奚十一掩著鼻子瞧那地下，还有些似脓似血的东西。奚十一找了些纸，抹了一会，裤裆上连带子上也沾了好些，一一抹了。得月皱著眉挪了挪，方才撒完了起来，不好叫人收拾，自己到煤炉里撮些灰掩了，扫净了。奚十一道："我怎样好？快拿盆水来洗洗。"得月道："我原说来不得，你不听。"便找了小沙盆，舀了些水，将块脚布与他。奚十一将就抹了一把。得月重又躺下，奚十一好不扫兴。得月道："我身子不快，且走肚子，懒得说话，你去罢。"奚十一只得出来，却好碰著卓天香进来，撞个满怀。

奚十一道："和尚与魏大爷都不在家，得月病了，懒应酬，不要进去了。"天香道："我们还到魏老爷那边去坐坐罢，他虽不在家，也可坐得的。"奚十一无可无不可，就同了天香进去，叫聘才的家人沏了两碗茶，与天香闲谈。天香道："今日我找魏老爷，要问他借几吊钱，偏又不在家，不知几时才回来呢？"奚十一道："你方才从何处来，沾得一身土？"天香道："去找那卖牛肉的哈回子讨钱，又没遇着。"奚十一道："你要多少钱使？"天香道："还短十五吊钱，一时竟凑不起来。"奚十一道："什么事这样紧要？"天香道："昨日翠官被人讹了八十吊钱，写了欠票与他，今日来取，约明日还他的。"奚十一道："翠官被什么人讹的？"天香道："除了草字头，还有谁？昨日叫他们去伺候一天，倒把他捆了起来，说他偷了烟壶，要送北衙门。跟去的人再三央求，他们的人做好做歹，赔他八十吊钱，写了借票，才放出来的。今日将我们的衣服全当了，才得六十吊，又借了五吊钱，哈回回尚欠我们几吊钱，偏又遇他不著。如今求大老爷赏十五吊钱，了此事罢。"奚十一道："这有什么要紧，横竖明日才还他。他们坐一坐，到潘三爷铺子里开张票子就是了。"天香道了谢，便与奚十一在一处坐著闲谈。

原来天香去找哈回回，哈回回有个侄儿与天香有些瓜葛，见他叔叔不在家，便留在铺子里吃了两小碗牛肉、五六个馒头，做了一回没要紧的事，也给了他两吊钱。那晓得那个小回子才生了杨梅毒，尚未发出来，这一回倒过与天香了。天香此时后门口觉得焦辣辣的难受，要想奚十一与他杀杀火。奚十一见天香情动，便也高兴，两人不言而喻闹了一回，聘才尚未回来。奚十一本要同他到潘三处取钱，忽然眼中冒火，两太阳疼胀，身子不快起来，便写了一个飞字叫天香自取。奚十一即回家，头晕眼花，扎挣不住。脱衣睡了一夜，如火烧的一般，且下身疼得难受，把手一摸，湿淋淋的流了一腿，那东西热得烫手，已肿得有酒杯大了，口中呻吟不已。菊花一夜不能安睡，明日见了那东西，吓了一跳，忙问其缘故，奚十一不肯直说，只推不知为什么忽然肿起来。菊花道："请个医生来看看罢。"奚十一道："唐和尚就很好，专医这些病症。"菊花便打发人去请。

原来唐和尚这几天见得月气色不正，指甲发青，知他受了毒气，便用了一剂攻毒泻火的泻药，昨日已泻了好几遍，适奚十一来承受了，由肾经直入心经。奚十一身子是空虚的，再与天香闹了一次，而天香又新染了哈小回子的疮毒，也叫奚十一收来。两毒齐发，甚为沉重。少顷，和尚来问其得病之由，奚十一只将天香的事说了。诊了脉，也用一剂泻药。谁知毒气甚深，打不下来，一连三日，更加沉重。肿溃处，头已破了，奚十一苦不可言，只得又另请医生，要二百金方肯包医。一面吃药，一面敷洗。谁知那个医生更不及和尚，又没有什么好药，越烂越大，一个小和尚的脑袋，已烂得蜂巢一样，臭不可言。奚十一又睡不惯，只得不穿裤子，单穿套裤，坐在凳子上，两脚搽开，用两张小凳搁起，中间挂下那个烂茄子一样的东西，心上又苦又急。菊花见了，好不伤心，又不敢埋怨他，只得求神许愿，尽心调治。换了两三个医生，到成了蜡烛卸。还是唐和尚知道了，用了上好的至宝丹敷了，才把那个子孙桩留了一寸有余。后来收了功，没头没脑，肉小皮宽，不知像个什么东西，要行房时，料想也不能了。此是奚十一的淫报。

无事不成巧，说起来真也可笑。却说潘三店内有个小伙计，叫许老三，只得十六岁，生得颇为标致。潘三久想弄他，哄骗过他几次，竟骗不上手。那孩子有一样毛病，爱喝一钟，多喝了就要睡。正月十五日，众伙计都回家过节，潘三单留住了老三，在小账房同他喝酒。许老三已醉了，在炕上睡著。潘三早安排了毒计，到剃头铺里找了些剃二回的短发与刮下来的头皮，藏在身边，乘他醉了，便强奸了一回，将头发塞进，已后叫他痒起来，好来就他。那许老三醒来，已被他奸了，要叫喊时，又顾著脸，只得委委屈屈受了。谁知从此得了毛病，明知上了潘三的当，放了东西，心中甚恨，忍住了仍不理他。潘三自以为得计，必当移舟就岸，那知许老三怀恨在心。他有个姐夫周小三，即与潘三赶车，为人颇有血性，倒是个路见不平、拔刀相助的朋友。

　　许老三上当之后，即告诉了姐夫，姐夫即要与潘三吵闹，倒是老三止住了，商量个妙计报他。明日老三回家，他无父母，有两个哥哥：一个开的小酒店，卖些熏肉香肠；一个是游手无赖，在杂耍班里做个斗笑的买卖，叫把式许二。他那姐姐也在家。就将他上当的事讲起来，恨如切齿，誓要报仇。他二哥听了，即脱下衣裳，便要跑去打架。大哥拉住了，道："不是打架的事，且商量去邀了李三叔来，是他荐去的，我们讲理去，看他怎样？"三姐说道："打架固不好，讲理也不好。这又没有伤痕，难道好到刑部里去相验么？依我想个法子，也叫他受用一回，叫他吃个闷亏，讲不出来。"那老大、老二道："妹子倒说得好，他是个四五十岁人，怎样叫他吃这闷亏？"三姐笑道："待我慢慢的想着。"

　　原来那三姐才十九岁，生得十分标致，而且千伶百俐，会说会笑。若做了男子，倒是个有作为的，偏又叫他做了女身。想了一会，笑道："我倒有个妙计，就是没有这个人。"那老二道："要与兄弟报仇，就到水里去，火里去，我肯的。"三姐道："这件事用你不著，而且与你讲不得，与你讲了，你要说出来的。"老二发气道："这是什么话？既要赚人，难道还对人讲？"三姐道："只消如此如此，这般这般，就是没有这个人。"老大想道："你嫂子不中用，引不动人，且回娘家去了。或者请了王八奶奶来，不然请葛家姑娘。"三姐道："不好。这些门户中人，非亲非戚，他们也未必肯来。况且潘三认得这些人。"老二笑道："妹子，我们都是亲哥儿姊妹，既与兄弟报仇，也应出点死力。那天何妨就将你做个幌子，难道真与他有什么缘故？只要我们留点神，快快走进来就得了，横竖妹夫也要请来的。若讹著了钱，还是自己家里人分用，不比谢外人好些？"三姐"啐"了一口，骂道："放狗屁！你何不等二嫂子来做幌子？"老二笑道："还没有娶回来，谁耐烦等这一年半载。若已经娶在家里，怕不是就用他，还来求你？"老大听了，可以报得仇，还可以讹得钱，便也劝道："老二这句话倒也讲得在理，除妹子，却无第二人可做。但是做了之后，老三是不用说了，就是妹夫，这个锅也砸定了。"三姐道："那倒不妨，三吊钱一月，别处也弄得出来。这件事既商议定了，倒要趁早，你们去将你妹夫叫来。大家说明，也要他肯。"去叫了周小三来家，三姐将方才商量的话说了，周小三无有不依，定于后日晚间行事。过了一夜，明日老二到潘三处搬老三的铺盖，潘三知事发了，心中有些惧怕，只得将言留他。经周小三力劝，留下铺盖，把老二劝回。潘三感激小三不尽，谢了小三。

小三道："三爷如果真心要提拔我的舅子，明日我去劝他来。这孩子糊涂，我开导他几句，他就明白了。明日倒有件凑巧事，不晓三爷肯赏脸不肯？"潘三道："什么话？你虽与我赶车，也是伙计一样。你既这么懂交情，难道我还有什么不依的？"小三道："三爷若肯赏脸，就好说了。"又道："明日是我妻子的生日，家内也没有一个亲戚，老大、老二明日有事不能来，老三是来的。明日晚上，我请三爷到我家里去坐坐，趁老三在那里，当面说开，我叫他跟了回来就是了。"潘三喜极，说道："很好，你如完全了这件事，我重用你。我每月加一吊钱。"小三道："这更多谢三爷。"

到了明晚，小三跟了潘三步行回家，潘三就堂屋坐了，小三进去送出一钟茶来。潘三道："今日既是你奶奶的生日，我应该祝寿的，请你奶奶出来见个礼。"小三道："祝寿是不敢当，我受了三爷这样恩典，我叫他出来磕头。"便"三姐、三姐"的叫了两声。听得里头答应了，这又娇又嫩的声音，就觉入耳。潘三听得咭咭咯咯的鞋底响，到了门后，手望门上一扶，露出两个银指甲道："要什么？"小三道："三爷初次来，你也该出来见个礼。况且三爷是有年纪的人，父母一样，不要害臊。"三姐笑了一声，道："我厨房有事，还没有净手。老三嘴馋得很，不能帮我也罢，我装一碟，他倒要吃半碟。"又笑了一笑，便进去了。潘三听了，已有些软洋洋的起来，心中想道："好个声音，不知相貌怎样，若像他兄弟就好了。"小三拖开桌子，摆了三面。老三先拿酒壶、两个酒杯、两双筷子来，随后又送出四个碟子。潘三见是一碟腌肉、一碟熏鱼、一碟香肠、一碟面筋。小三斟了酒，两人坐了。潘三道："老三也可叫他出来坐坐。"小三即叫老三出来，老三道："我不喝酒。"潘三道："老三，来，来，来！喝一钟。"老三不理，又进去了。小三道："他帮著他姐姐弄菜，少停肯来的。"老三又拿出两碟两碗：一碟是炒猪肝，一碟是炒羊肉，一碗烩银丝，一碗炸紫盖。两人已吃了一会酒，只听得打门之声，又听得连叫两声"小三"，小三即忙去开门。

潘三听得一声"了不得了"，倒吃了一惊；又听得说了好些话。小三道："我就来。"那人道："同走罢，不要耽搁了。"小三进来向潘三道："三爷请坐坐，我叫老三来陪你，我要出去劝解一件事，就回来的。"潘三道："我也走罢。"小三道："忙什么，我即刻回来的。"潘三心上为著老三，正好等小三去了，招陪他。口虽说走，身却不动。小三叫老三出来，老三终是不肯。小三骂了一声："糊涂小子！"只得叫声："三姐出来。"三姐到门后道："又做什么？"小三道："你二哥又闹了事，要我去劝解。三爷在此，老三又不肯出来。我想三爷五十来岁的人，你做他女儿还小，你大方些出来陪陪，我去就来。"三姐道："我不会陪，我是妇人家，适或简慢了三爷怎好，三爷还是要怪你的。"潘三听了这几句话，已觉得魂消，巴不得他出来，便接口道："奶奶好说，本来要与奶奶祝寿，请出来。"潘三已站起了。

三姐笑将出来，潘三见了，神魂消荡。见他是瓜子脸儿，一双凤眼，梳了个大元宝头，插了一枝花；身上穿件茄花色布衫子，却是绿布洗了泛成的颜色；底下隐约是条月白绸绵裤；绝小的一对金莲，不过三寸；身材不长不短，不肥不瘦。香喷喷一脸笑容，对了潘三福了一福。潘三见了，色心已动，连忙还礼，请坐下，他却不坐，对小三道："你快些回来，省得三爷等得不耐烦。"小三应了，到了外边说道："顶快也要二更天才得回来，去有五六里路呢。"说著，忙忙的去了。三姐出去关门，进来坐下。潘三便笑迷迷的道："奶奶今年贵庚了？"三姐道："十九岁。"即叫声："三爷，我们那小三是粗卤人，有伺候不到处，多蒙三爷的恩典，常常照应他。穷人家没有孝敬的东西，就这一点心。酒是喝不醉，菜是吃不饱的。"便袅袅婷婷的执了酒壶来，斟了一杯放下。潘三乐得受不得，便道："奶奶何不请坐过来，要你这么劳动，心上不安。"三姐笑了一笑，即叫声："老三，三兄弟，你出来。"老三道："我不来，你陪他罢。"三姐笑道："你不来陪你的人，倒要我替你陪？那里有这样倔强孩子，怪不得人要暗算你。"

潘三听了这话有因，即道："小三在我家也是亲人一样，奶奶就坐近，谅也无妨。"三姐道："我坐在这里，也是一样。"潘三道："奶奶坐著虽是一样，但到底离远些，不好说话，请过来坐罢。"三姐起一起身，微微的笑著，又坐下了。潘三便起身斟了一杯酒，送到三姐身边，道："我敬奶奶一杯。"三姐道："不敢，不敢！三爷请自饮。"口虽说，已接过来，道："怎么倒要三爷敬酒？"便一饮干了，就走近桌边，把杯子用手擦了一擦，也斟上一杯，道："三爷请喝这杯。"潘三已经心醉，喘吁吁的道："敢不领奶奶的盛情。"接过杯子，顺手将他手腕上一捏，三姐低了头。潘三喝了，捺不住，便搭著三姐的香肩，说道："奶奶请坐，不要站疼了小脚。"三姐微笑，也就坐了过来。潘三道："小三天天不在家，奶奶家里还有谁，可不孤零零？"三姐道："向来有个老婆子，这两天又走了，还没有雇著人。"潘三道："今日要奶奶亲手自造，我却造化多了。"便又斟了一杯送过来。

酒已完了，三姐道："没有酒了，兄弟，你去打半斤好烧酒来。方才这酒淡，你上大街去买，你不要嫌路远，又在小铺里买来。"老三答应，亦不点灯，趁着月色去了。三姐道："我关了门，他到大街上去，有一会呢。"潘三见他去关门，心中想道：可以下手了，这婆娘很有勾我的意，我不可辜负他。三姐进来坐了，潘三此际欲火中烧，脸皮发赤，走过来道："奶奶再饮这一杯。"便挨近了，在凳边坐下。三姐故意要走开，潘三即扯住了袖子，三姐低著头只顾笑。潘三心迷意乱，大著胆放下杯子，双手抱住。三姐道："三爷，你抱我做什么？"把眼一睃。潘三忙道："我的妈，你儿子也不晓得要做什么。"便将三姐抱在膝上，想要亲嘴。三姐将手隔过，道："使不得，三爷，你好不正经，调戏良家妇女，我若喊起来，你就没脸了。"潘三道："我的娘，你施点恩罢！"三姐道："你真看上我，好便宜，那里有这么容易的事情，你把我太看轻了。"潘三道："奶奶，你要肯施恩，你怎么说怎么好。"三姐一手推他的脸，一手把住他的手，摸他的金镯子。潘三明白，心上想道：他想这个。也顾不得了，即除下来道："奶奶，你肯行好事可怜我，我就将镯子送你，已后还要大大的谢你，也加小三的工食钱。"三姐接了镯子，套在自己手上，笑道："多谢你，我如今依了你，你却不要告诉人。"潘三连声答应，想扯他的裤子。三姐即忙跳下，道："房里来！"说罢先走，潘三随后跟了进去。到了炕边，三姐道："你把长衣脱了，就在炕沿上顽一顽罢。"

　　三姐先坐在一边，潘三把长衣解开，扯了裤子，正想挨拢来。忽听得背后脚步响，回头一看，吓了一跳，连忙掖了裤子。只见周小三已到面前，大喝了一声，一把揪住，骂道："好大胆的忘八蛋，原来你竟不是人！"潘三吓得目瞪口呆。三姐忙说道："潘三爷方才要小解找溺壶，你当是什么？"小三忙道："没廉耻的婊子，一见爷们就搭上了，还要在我面前遮饰！溺壶在你身上呢！"三姐嚷道："你别撒赖讹人。"小三道："他窝了你，倒说我撒赖。讲是讲不清的，我们到街坊上去评评理。我好意请你喝酒，你倒要窝起人家的堂客来。"一面拖着潘三要走。潘三急了，道："小三，不要这么着，有话好好的说，原是我不是了，不应进你内室。但我们多年相好，你也容点情，没有不好说的话。"小三道："还有什么话说，我这媳妇也不要了。我将你们两个人送到官，凭官断，断与你也好，断与我也好，我们在这里不必讲。"三姐在旁装作啼哭，潘三无法，只得软求。

　　三姐骂道："你穷昏了，我做了什么事？你想断离了我么？你送到官，我也有得说的。"一面飞了个眼与潘三。潘三道："小三放手，我们有话好商量，我是没有不好讲的。"小三道："讲什么，我这个人不要了，你拿一千两银子来，饶了你罢。"潘三道："要银子也好说的，放了手。"小三道："放手好便宜！"翻将潘三按将下来。潘三道："奶奶，你劝劝。"小三道："你想罢，你愿出一千银子，你就乖乖的答应送来。你不愿，我就捆你起来，送你到官。"潘三道："我愿，我愿！但如何要得一千银子？我身边有三百吊钱的票子，给你罢。"小三道："三百吊钱算什么！"三姐道：

"你也摸摸良心，三爷待你这样好，今日就算他错了，你也须看他往日情分。你若知恩报恩，难道三爷真个不懂得好歹么？"潘三道："奶奶说得是，我是最懂交情的。小三，我们留个相与，我那一天不可照应你，何必定要今日。"小三道："既如此，我们倒说明了，横竖人也被你顽了，一回也是顽，一百回也是顽，我这绿帽子是扔不下了。你先拿三百吊来，以后每月再给六十吊钱，你依不依？"潘三道："我依！我依！"

小三把手一松，潘三爬起，将钱票送出，穿好了衣裳。三姐对小三道："你点灯送三爷回府罢，他受惊了。"小三笑道："三爷不要害怕，我们是顽笑的。"潘三方放了心，心中尚突突的跳，说道："好顽笑，这个只好一回。"小三道："以后凭你老人家怎样，再不顽笑了。"潘三方定神，小三去点灯。三姐道："你明日早饭后来，我有好处给你。"潘三没有做成，听了这话，又喜欢起来，连连点头。

小三领了潘三出去，三姐在后扯扯潘三的衣服，又低低说了"明日"二字。潘三乐极回家，明早即打发小三下乡有事。吃了早饭，到小三家，见门不闩，推了进去。见三姐坐在屋里，引著小狗儿顽。潘三咳嗽一声，三姐满面堆下笑来。潘三道："昨日几乎吓死人。"三姐道："他不过想钱罢了，他真心要拿你？"潘三道："屋里没有人？"三姐道："有什么人？"潘三道："我去闩了门。"三姐道："今日天气暖，脱了衣服爽快些。"又道："溺急了。"跑到后院子去小便，回头对潘三道："你先脱光了罢，进被窝去。"潘三不敢不遵，刚脱下身来，见三姐笑盈盈的两手提著裤子进来。潘三放心，脱光了上炕，扯了被窝盖了身子。三姐也走到炕边。潘三道："快些来罢！"要来扯他，三姐笑道："关了房门。"刚转身，只听得外面嚷道："做的好事！"一阵脚步响，潘三一听，魂不附体。

只见周小三领著他两个舅子，拿了雪亮的刀，又有一条粗麻绳，上前将潘三按住，拉下炕来。许老二一连三四拳，骂道："你这狗鸡巴肏的，肏了我的兄弟，还想肏我的妹子。"潘三只得在地下叩头。小三道："我昨日饶了你的狗命，你今日又来送死。"便把潘三捆了。潘三光著身子，只是哀求。许老二道："你会肏人的屁股，老爷子也要肏肏你的屁股。"潘三著急，苦苦求饶。那三姐在旁笑得打颤。只见他二哥伸出个中指头，像个小黄萝卜一样，到油罐里蘸了些油，在潘三屁眼里一抠，潘三"哎哟"连声。许老二解开一个纸包，拿那药与头发，塞了两三回。潘三口内呻吟，双脚乱挣。幸亏他的肛门老苍，没有抠出血来。许老二塞完，放了潘三。潘三只是发抖。许老大道："潘三，你知罪么？我好好一个兄弟，被你强奸了，就天理难容；你还放了些东西，叫他一世成了病，做不得好人。所以我们今日也还个礼，叫你也做个脏头风，你说该不该？"潘三俯首无词，穿了裤子鞋袜，然后向小三说道："你既然是为人报仇，就不应要我的钱。"小三道："要你什么钱？"潘三道："非但钱，还有八两重的金镯子。"小三道："你回去与我打官司就是了。"三姐道："潘三，你要打官司早些说，我好习学口供，省得上堂时说得不好。"潘三一人如何闹得过他们，只得忍气吞声，后门口又火焦火辣的难过，遂欲穿衣。周小三上前夺下，道："你还想穿衣出去么？"三姐道："给他罢，遮遮他那个狗脸。"潘三穿了衣裳，往外便走。听得三姐笑道："潘三转来，你明日有空再来走走，我找个东西与你杀杀痒儿。"那三个拍著手哈哈大笑。潘三又羞又气，抱头鼠窜而去。

那兄妹夫妻四人犹大笑了一会。三姐道："这潘三也被我们收拾苦了，亏二哥能下这毒手。"老二道："我还没有使劲，恐怕挖了他的肠子出来。"三姐道："那三百吊钱，我有个主意，不知两位哥哥肯依不肯依？"老大、老二道："这件事是妹子的功劳，凭妹子怎样，我们无有不依。"三姐道："将一百吊钱给你妹夫，叫他做本钱，也不必赶车了。二哥你使三十吊，大哥你也使三十吊。这一百四十吊，留与三兄弟将来做本钱，你们找个铺子，与他生息。这钱是因他来的，自然他应多些。"那兄弟两个都说："很是。"小三今早将这票子，已同潘三对了外票，是预先商量停妥的，便拿出来交与三姐。三姐分派定了，又说道："倒是三兄弟的毛病要紧，与他治好了方好。"许老大道："这个有什么方法？"三姐道："我闻得吃荞麦面，便可除肚里吃下的猪毛羊毛。你把这荞面做了汤圆，包些糖，不要煮熟，带生的与他吃，吃两天试试，或者可以撒得出来。"那二人道："这个最容易，我们回去就做些与他吃。"又坐了一坐，弟兄二人拿了钱也自回去。不知后事如何，且看下回分解。

第四十一回
惜芳春蝴蝶皆成梦　按艳拍鸳鸯不羡仙

话说华公子自琴言告假之后，假期已满，不见回来，心上有些思念他。一日，在园中归鸿小渚，倚阑垂钓，珊枝与金、玉二龄，还有一个小丫鬟香儿在旁伺候。金龄找了一个大瓷瓯，走下池边贮了水。华公子钓了一回，得了三寸长的一个小鱼，已觉满心欢喜。见那池水清冷，每于潆流洄互处，把些铜皮嵌在石脚，那流水过来，便有琤琮之声，如琴筑一般。又见水面上飞了无数的花瓣，一个红鲤鱼游来游去，吃那飞花，见了钓丝上的饵，便来吞了。华公子急把钓竿一拽，丝纶已断，那鱼却连钓吞下半截，断丝尚浮在水面。公子看了，一时高兴，便叫金龄、玉龄去将小船撑过来。那二龄听不得一声，走下台基，便飞跑的去了。过了桥，到了潭水房山对岸。金龄走忙了，不防脚下碰著个老树根，栽了一交，跌得膝盖甚疼，蹲在地下站不起来。玉龄将他扶起，揉了几揉，同下了船，解了缆。这小船也三丈余长，油漆光亮，两边栏干，船头有个亭子，中舱摆个小花梨圆桌。船篷上是绿油布顶，垂下白绫飞沿。金龄、玉龄在两头荡桨，荡了过来。

华公子见此春光明媚，桃李齐芳，即叫小丫鬟去请夫人出来逛园。约有两刻工夫，听得环珮琤琤，华夫人带了明珠、花珠、荷珠、赠珠四个女婢过来。华公子笑面相迎。华夫人道："这两日天气甚好，我本来也想逛逛。方才香儿说你在这里钓鱼，我从西书房夹道中走来，倒也不远。我又叫老婆子收拾些食品过来。"华公子道："我本有此意，你倒预先办妥了。"二人凭阑观玩了一会，华公子道："我们何不下船逛逛池子。"四珠即扶了夫人慢慢的走下台阶，明珠、赠珠先上了船头，挽住了华夫人上了船。公子也上来，同夫人坐在中舱，明珠、赠珠即走到后梢，花珠、荷珠在头，花珠把桨一撬，明珠把桨一推，两头不能应手，把个小船滴溜溜的在水中旋起来。花珠手又一脱，把水划得直溅，溅得自己一脸。荷珠笑个不住。华公子道："怎么样，你们也荡过桨的，今日又不会荡起来。"花珠笑道："明珠不会荡，我望前，他倒望后。"明珠道："不说你不会，倒说我不会。荷珠，你荡罢，再用著他，这个船就要翻了。"荷珠替了花珠，果然好了。

清风徐来，涟漪深碧，慢慢的穿过小桥。公子与夫人看那桥边及山石上缠的古藤，蒙蒙茸茸，垂到水面；底下的水，一派清泠戛玉之声，觉得心旷神怡。过了小桥，苏堤上便是些杨柳桃花，红绿相间，春风和煦，众鸟齐鸣。过了几处亭台，又绕过了潭水房山，到了留仙院，见修竹里一个院落，开了无数碧桃。华公子道："此处最佳，就到留仙院去罢。"荷珠将船系好，搭了跳板，华公子上了岸，四珠扶了夫人从桃花林下，欹欹斜斜的一条路进去，也有几堆灵石。过了个小石梁，接著一个石门。进了石门，是个亭子，名为惜芳亭，过去就是留仙院的回廊。到了留仙院，共有三进，回廊曲榭，叠阁崇台，甚为华丽，红白碧桃已开了好些。公子对夫人道："赏花不可无酒，方才说老婆子预备，不知可曾停妥？"

华夫人命花珠去看来，花珠拉明珠，同他弄船过去。明珠道："你又来混缠，不过爱顽罢了，那里真不认得路径。你从这后头走过古藤书屋，再过了猗香亭，就通方才来的路，要坐什么船？"花珠原是爱顽，并非不认得路径，只得独自出去。将到藤花书屋前，只见林珊枝正走来，口中嚷道："花姑娘来了，想必在留仙院了。"花珠待要问时，只见藤花架边走出一群人来，是六珠并两个老婆子，还有几个小丫鬟。爱珠对花珠道："在什么地方，你也不给个信，叫我们满园的瞎找。"花珠道："我们是坐船过去的，还到不多时，有人在岸上也应瞧得见。此刻原是来找你们的。"那两个老婆子抬了食箱，六珠婢也拿了零碎物件，还有二龄及珊枝帮忙。送到留仙院后，一一布置了。群珠上前送了茶，一边桌上摆了果盒，一边摆了食盒。茶铛、酒器都已预备，群珠分作两行侍立。只见那些蝴蝶一群一群的飞来飞去，又有些睡在花里不动，被十珠婢捉了好些，在小丫头头上拔了一根头发，拴了两个大蝴蝶，双双的飞舞。

华公子看得高兴，对夫人道："如此春光，不可不赏。这些蝴蝶儿倒比我们还顽得热闹。这园中最多的要算桃花，我们也该祭他一祭，何不取那百花露酿的竹叶春酒来，浇灌他一番。"华夫人道："我知道你爱这酒，已叫他们带了些来，但是没有什么很好的果品。既是祭花，这些食物都用不著，你想将什么祭好呢？"公子笑道："这倒被你问住了，年年祭花，也不过是些蔬果之类。这番是我们虔诚特祭，须得与花相称才好。"想了一想，叫爱珠去问珊枝，找管屋子的书僮要了钥匙来。不一会，爱珠取了进来，公子叫他开了两个博古厨，携著夫人细细看那厨中，尽是古铜旧玉等物；又将抽屉一开，见有一个紫檀木匣，开了盖子看，是个手卷，签上写著"花蕊夫人小像，管夫人画"。华夫人笑道："这个就很好。"公子扯开看时，是个绢本工笔，画得秀艳绝伦，后有赵集贤书的小楷，就写的花蕊夫人《宫词》，真是双绝。公子道："可惜就这一样，再找些什么配上呢？"华夫人道："马四娘的兰花，可以不可以？"公子摇头道："配不上，还是李香君那个桃花扇的册页罢，再将你绣的《玉台新咏序》来配上更好。"华夫人笑道："怎么配上这个？如何称得过那两样？"公子道："这是各人的好处。况且你那刺绣工夫也算绝顶了。"华夫人就命宝珠、爱珠取这两样来。二珠去了，也有好一会才来，又找了个汉玉觞，贮了一觞酒，将桌子抬到廊前，摆了这三样宝贝，再将博山炉焚了百合香。华夫人道："怎样，要拜不要拜呢？"华公子道："不用拜罢。我们去拣顶好的花，将这酒去浇在他根上罢。"二人就走到林下，公子拣了一棵红碧桃，夫人拣了一棵白碧桃；公子先浇了半杯，夫人也浇了。二人笑盈盈的在花下赏玩。

华夫人叫老婆子再去取一大瓶酒来，不要耽搁。公子道："要这许多酒做什么？"夫人笑道："我看这些丫头们见我们浇了花，觉得好馋似的，所以我要些酒来，也叫他们玩玩。"公子笑道："这叫做与人同乐。但是他们祭花是要拜的，不好同我们一样。"十珠都微微笑起来。掌珠对荷珠低低说道："要拜我们十个一同拜，不要分先后，省得先拜的叫后拜的笑。"爱珠道："我们一对一对的拜不好吗？"花珠凑著爱珠的耳，说道："又不是夫妻拜堂，怎么你要一对对的拜呢？"爱珠打他一下。已见老婆子颤巍巍的拎了一大瓶酒来，放在廊下。十珠等各拿了小酒杯斟了酒，分头去觅那开得鲜艳的，你一杯我一杯的乱浇，走来穿去也像一群穿花蝴蝶一样，果然齐齐的拜了四拜。公子夫人看了，好不快乐。

华公子叫取两个锦褥来，就铺在花下，与夫人对面坐了。摆了攒盒，把那百花春对饮了几杯。华夫人道："何不叫他们吹唱一回，以尽雅兴？"公子道："很好，你就分派他们唱起来。"夫人将十珠分了五对，吩咐道："你们各拣一支，总要有句桃花在里头的。我派定了对，不是此唱彼吹，就是彼吹此唱。若唱错了，吹错了，要跪在花下，罚酒一大杯。"爱珠笑道："奶奶这个令，未免太苦了。况且我们会唱的也有限，譬如这人会唱这一支，那人又不会吹那一支；那人会吹那一支，这人又不会唱这一支，如何合得来？今奶奶预先派定了这个吹、那个唱，我们十个人竟齐齐的跪在花下，喝了这一大瓶的冷酒就结了。"说得公子、夫人都笑。夫人道："既如此，方才题目原难些，曲文中有桃花句子也少。你们十人接著唱那《桃花扇》上的《访翠》、《眠香》两出罢。"公子听了，笑道："这个最好，这曲文我也记得，两套共十一支，有短的并作一支，便是一人唱一支了。"叫拿些垫子，铺在惜芳亭前，与他们坐了好唱。

十珠也甚高兴，即拿了弦笛、鼓板，我推你，你推我，推了一会，推定了是宝珠先唱。宝珠唱道：

　　金粉未消亡，闻得六朝香，满天涯烟草断人肠。怕催花信紧，风风雨雨，误了春光。　　　　　　　　　　　　《缑山月》

　　望平康，凤城东、千门绿杨。一路紫丝缰，引游郎，谁家乳燕双双。隔春波，碧烟染窗；倚晴天，红杏窥墙。一带板桥长，闲指点茶寮酒舫。听声声、卖花忙，穿过了条条深巷。插一枝带露柳娇黄。　　　　　　　　　　　　　　　　　　　《锦缠道》

公子道："这曲文实在好，可以追步《玉茗堂四梦》，真才子之笔。"夫人道："以后唯《红雪楼九种》可以匹敌，余皆不及。"只听明珠接著唱道：

　　结罗帕，烟花雁行；逢令节，齐斗新妆。有海错、江瑶、玉液浆。相当，竟飞来捧觞，密约在芙蓉锦帐。　　　《朱奴剔银灯》

公子道："该打。少唱了'拨琴阮，笙箫嘹亮'一句。"掌珠接唱道：

　　端详，窗明院敞，早来到温柔睡乡。鸾笙凤管云中响，弦悠扬，玉玎珰，一声声乱我柔肠。翱翔双凤凰。海南异品凤飘荡，要打著美人心上痒。　　　　　　　　　　　　　《雁过声》

掌珠一面唱，一面将帕子打了一个结，望荷珠脸上打来。荷珠"嗤"的

一笑,公子喝了一声采,夫人也嫣然微笑。二人各饮了一杯。听荷珠唱道:

> 误走到巫峰上,添了些行云想。匆匆忘却仙模样。春宵花月休成谎,良缘到手难推让,准备著身赴高唐。　　　　《小桃红》

《访翠》唱完了,爱珠接唱《眠香》,唱道:

> 短短春衫双卷袖,调筝花里迷楼。今朝全把绣帘钩,不教金线柳,遮断木兰舟。　　　　　　　　　　　　　　《临江仙》

公子笑道:"这等妙曲,当要白香山的樊素唱来,方称得这妙句。"夫人笑道:"樊素如何能得?就是他们也还将就,比外头那些班中生旦就强多了。"公子点头道:"是。"见赠珠唱道:

> 园桃红似绣,艳覆文君酒。屏开金孔雀,围春昼。涤了金瓯,点著喷香兽。这当垆红袖,太温柔,应与相如消受。　　《一枝花》

花珠一面打鼓板,一面接唱道:

> 齐梁词赋,陈隋花柳,日日芳情迤逗。青衫偎倚,今番小杜扬州。寻思描黛,指点吹箫,从此春入手。秀才渴病急须救。偏是斜阳迟下楼,刚饮得一杯酒。　　　　　　　　　《梁州序》

公子对夫人道:"如此丽句,不可不浮一大白。"将大杯斟了,叫宝珠敬夫人一杯。宝珠擎杯双膝跪下,夫人道:"我量浅不能饮这大杯,还请自饮罢。"遂把这大杯内酒倒出一小杯来,叫宝珠送与公子。宝珠又跪到公子面前,公子一口干了。明珠折了两枝红白桃花,拿个汝窑瓶插了,放在公子夫人面前。又见珍珠唱道:

> 楼台花颤,帘栊风抖,倚著雄姿英秀。春情无限,金钗重与梳头。闲花添艳,野草生香,消得夫人做。今宵灯影纱红透,见惯司空也应羞,破题儿真难就。　　　　　　　　　　《前腔》

公子道:"这'见惯司空也应羞'之句,岂常人道得出来。"夫人道:"与'今番小杜扬州'句,真是同一妙笔。"见蕊珠唱起,宝珠合著唱道:

> 金樽佐酒筹,劝不休,沉沉玉倒黄昏后。私携手,眉黛愁,香肌瘦。春宵一刻天长久,人前怎解芙蓉扣。盼到灯昏玳筵收,宫壶滴尽莲花漏。　　　　　　　　　　　　《节节高》

画珠接唱,明珠合著唱道:

> 笙箫下画楼,度清讴,迷离灯火如春昼。天台岫,逢阮刘,真佳偶。重重锦帐香熏透,旁人妒得眉头皱,酒态扶人太风流,贪花福分生来有。　　　　　　　　　　　《前腔》

> 秦淮烟月无新旧,脂香粉腻满东流,夜夜春情散不收。《尾声》

唱完,公子与夫人甚是欢喜,十珠齐齐站起。公子道:"今日倒难为他们,须要赏他们些东西。"华夫人道:"此中要定个等第,才见赏罚分明。"即叫拿笔砚过来。爱珠抢先取了笔砚、花笺，送到公子面前。公子让夫人品定，夫人又推公子。公子道："这音律中实在我不如你，恐定得不公，还是你定罢。"夫人微笑，把笔先写了十个字，就是"珠"字上面那个字，对公子道："据我评来：以宝珠为第一，唱得风神跌宕，文秀温存，十人中是他压卷了；次则爱珠，情韵皆到，为第二；次赠珠，次掌珠，次蕊珠，次珍珠，次花珠，次荷珠，次画珠，次明珠。不知定得不委屈么？"公子道："定得极是。"夫人又问十珠婢道："如有委屈，不妨自说。"花珠陪著笑道："奴才唱的，似乎在蕊珠、珍珠之上。"华夫人道："就是你不服。你那里知道自己唱的毛病。你想要显己之长，压人之短，添出些腔调来，此所谓戏曲，非清曲。清曲要唱得雅，洗尽铅华，方见得清真本色。你唱惯了搭白的戏曲，所以一时洗不干净。若不会听的，怕不定你第一。"花珠方才服了，因又问道："奶奶听珊枝的怎样？"华夫人道："珊枝也是戏曲，倒是琴言虽然生些，还得'清'字意。"公子听说琴言，便对夫人道："琴言这个孩子，实在有些古怪。我们待他也算好了，看他心上总像有些委屈，如今告假一个多月，也不见他进来。其实看他也不像那种下作的，不知为什么心上总不喜欢，我实想不出来。"华夫人道："我看这孩子，大抵是个高傲性子，像是不肯居人下的光景。但不知自己落到这个地位，也就无法。所谓'做此官，行此礼'，若妄自高傲，也真是糊涂人了。"华公子笑而不语。

夫人赏那十珠的，记了一等是钗环，二等是香粉。那跟来的两个老婆子远远的把那瓶冷酒偷吃了一半。一个老婆子已醺醺的歪靠著山石，坐在地下，将要睡著；那一个侧著耳朵听话，却又听不真。见爱珠走来，问道："姑娘，奶奶与你们讲些什么？又见他写单子。"爱珠笑道："要赏给我们东西。"那老婆子道："你们姑娘们实在福分大，常常得赏赐。我们一天劳到黑，也没有格外得过一点好东西。姑娘，如今赏下来你不要的给我，不要给那些小丫头糟蹋了。"爱珠一笑走开。那个小丫头叫香儿的笑道："他们还没有到手，你倒想他转赏了你。我明日买个沙吊子，送你好装烧酒，省得你那个没有把子，要倒拿著嘴使。你要想别的东西，你也配？"那老婆子被香儿取笑了，又不敢骂他，只得鼓起了眼睛，瞅了他一眼。那一个老婆子低低叹口气，道："咳，从来说'人老珠黄不值钱'，你还同他们一般见识呢？"

这边华公子忽然念那《牡丹亭》上的两句道："良辰美景奈何天，赏心乐事谁家院。"华夫人笑道："《牡丹亭》的《游园惊梦》，可称旖旎风光，香温玉软。但我读曲时，想那柳梦梅的光景似乎配不上丽娘。"公子道："我也这么想，觉柳梦梅有些粗气，自然不及丽娘。至于那《元人百种曲》，只可唱戏，断不可读。若论文采词华，这些曲本只配一火而焚之。偏有那些人赞不绝口，不过听听音节罢了，这个曲文何能赞得一句好的出来。"华夫人道："我想从前未唱时，或者倒好些。都是唱的人要他合这工尺，所以处处点金成铁。不是我说，那些曲本，不过算个工尺的字谱，文理之顺逆，气韵之雅俗，也全不讲究了。有曲文好些的，偏又没人会唱。从那《九宫谱》一定之后，人人只会改字换音，不会移宫就谱，也是世间一件缺陷。"公子道："真是妙论！我想对此名花，又听妙曲，意欲填首小词，也叫他们唱唱。虽然比不上《桃花扇》的妙文，也是各人遣兴，你道何如？"华夫人道："很好，何不就填那《梁州序》，用他的工尺，唱我们的新词，不省事么？"公子道："妙，妙！你就先填。"夫人笑道："我如何能，还是你先来，我算和韵罢。"

公子应了，喝了几杯酒，想了一会，写出一首《梁州序》来，递与夫人。夫人念道：

明霞成绮，冰绡如翦，万种柔情轻倩。良辰美景，乌纱红袖相怜。羞他仙子，闲引游人，私把凡心遣。春光一刻千金贱，珠箔银屏即洞天，休负了，金樽浅。

夫人念完，赞不绝口。自己也饮了一小杯，笑道："这是我遵你的教，'休负了，金樽浅'。但这原唱如此好，教我怎和得出来。就在《桃花扇》上，也是上上的好文字，细腻风光，识高意稳。我不做罢。"公子笑道："你不要谦让，你必定另有妙想，我想不到的，快写出来，好叫他们唱。"夫人又念了一遍，赞了几声，也就写了一阕，递与公子，念道：

帘栊半漾，楼台全见，绛雪飞琼争艳。清歌小拍，明眸皓齿生妍。华年如水，绿叶成荫，肯把春光贱？石家金谷花开遍，只羡鸳鸯不羡仙，休负了，金樽浅。

公子念了又念，朗吟了几遍，拍案叫绝。又说道："这两首比起来，我的就减色了。这五十七字如香云缭绕，花雨缤纷，就是《桃花扇》中也无此丽句。"夫人笑道："这承你谬赞，我看是不及你的。你如此赞赏，倒教我不安。"公子道："'只羡鸳鸯不羡仙'虽是成句，但用来比原作还好，也不能教崔鸳鸯、郑鹧鸪得名了。"即叫宝珠、爱珠过来念熟了好唱。二珠念了几遍熟了，唱了两句，错起板来。

夫人道："还不熟，你将工尺注在旁边，倒是看著唱罢。"宝珠、爱珠将工尺写了出来，果然一字字唱去，却很对腔，听得夫人公子快乐非常。公子笑道："这两支曲子，倒定了我们的生旦了。你何不唱唱？这里唱，外人断乎听不见的。"夫人笑道："你见我几时会唱？"公子道："你真不会唱，何以其中的深微奥妙都知道？且人偶然唱错了一板，你总听得出来的。"夫人笑道："三天两天的听，难道还听不熟么？"公子道："其实我也很熟，往往的不留心，错了竟听不出来，大约总是粗心之过。"夫人道："你何不唱唱？"公子道："我一人唱也无趣。"夫人道："叫宝珠和你唱。况'休负了，金樽浅'这句是要合唱的。"公子道："不唱罢，明日我们多填几阕，成了一套《祭花》。叫他们扮作你我串他一出，叫做《祭花》何如？"夫人道："这倒没趣味，串出来也像那《赏荷》一样。不过那十珠丫头，倒好扮些净丑出来取笑，然而也觉俗了。"公子笑道："若要扮丑脚的，只有花珠可以扮得。"花珠听了，红起脸来，扭转头对著爱珠道："还有爱珠也可扮得。"爱珠尚未开言，公子道："爱珠是贴旦，画珠是老旦，宝珠是正旦，蕊珠是小旦。其余扮生、净、外、末，比八龄又强了。"夫人道："这倒可以，只怕他们害羞做不出来。"

　　夫人一面说，一面看那桃花映著夕阳，红的更如霞如锦，白的成了粉色，又有些如金色一般，分外好看。看看天色，也将晚了，便对公子道："今日也可算尽兴，我有些乏了，进去罢。"便站起来，公子也起身。华夫人带了十珠等，将花蕊夫人的像与《桃花扇》，并他绣的《玉台新咏序》，都带进去。公子也同了夫人缓缓而行。到古藤书屋，又进去略坐了一坐。到了猗香亭，山石路径，险仄难行，群珠扶好了夫人，一步一步的走过。前面是一条青石荔支街，平正得很的，又过三四处楼台，便进内室。园里这两个老婆子收拾东西，虽有两个小丫头帮著他，一次也还拿不完。来时有六珠帮他拿些，如今只得央求珊枝、金龄、玉龄帮他拿了几样。两个老婆子跌跌撞撞的走了好一刻工夫，才到里面。

　　这边华公子直送夫人到房内坐了，又将方才填的词看了一会，同吃了晚饭。忽又高兴，到了洗红轩，因想起琴言如何还不进来，像已过了假期了，即叫小丫头去唤珊枝进来。小丫头去了一会，同了珊枝上前。公子问道："琴言是那天告假的？"珊枝道："正月二十四日。"公子道："正月二十四日，今日已是三月初二了，他告一个月假，怎么过了七八天还不回来？"珊枝不言语，停了一停，又说道："想必有事，自然要完了事才进来。"公子道："我想他也没有什么事，明日叫人出城找他，问他几时进来？"珊枝答应了。公子又问了些别的话，也就进去。

　　不知后事如何，且听下回分解。

第四十二回
索养赡师娘勒价　打茶围幕友破财

话说琴言在怡园与子玉叙了几日，颇觉十分畅满。到长庆葬事过了，忙了两三天，琴言辛苦了，身子有些不快起来，意欲安顿几天，再进华府。一日早饭后，卧在房中，见他师娘进来，琴言连忙站起。师娘叫他坐了，说道："从前你进华府，不知华公子怎样的对你师父讲的，师父也没有对我说过。他在时我诸事不管，如今是要我支持门户了。我想我们一年总要三千吊钱才够花消。你看那天福、天寿挣得出来吗？你没有进华府时，一月内极少也挣得二三百吊钱。如今你又不进班子，这钱自然要出在华府里，想他们也不肯白使唤人。你与我讲定了，一月给我多少钱，其余你自己存下，将来也可成家立业，过一辈子的日子。今虽少了你师父一个，其余还是一样，就算省俭些，大约二百吊钱一月总要的。你师父苏州也没有家，我又回不去，我不守住这个旧业做什么呢？三十几岁的人了，还有什么路走？开门七件事，好不难。还有那些人情使费，是免不了的。我知道你是有良心的人，你替我想想，叫我怎样，不靠你靠谁？"

琴言听了，呆了一会，心中想道："这倒是件难事。当初我也不知怎样，也不晓师父得过多少钱。就听得他们说，师父每月进府来领一次，也不知多少。如今师父死了，他们只怕未必照旧了。若除了华府，又问谁去要钱？难道还可以问度香商量么？不比在外常可见面。此刻师娘要我一月定给多少钱，这倒是件难事；况且公子近来待我又不如从前，这话怎好去问他。"想来想去，不得主意，答不出来。他师娘心上疑著，华公子待琴言不知怎样好，自然要一千就是一千，要二千就是二千。这几天在琴言身上盘算，把个心想昏了。又恐琴言存著坏心，道是师父死了，便可撒开。所以长庆媳妇的心，想钱倒与长庆一样，可称良偶。便要紧挤住了琴言，做个靠山吃山、靠水吃水的主意。见琴言不语，更生疑虑，又道："你怎么不说话？多少总要有个定数。"

琴言道："当日师父将我送进华府，原是避难，我实不知是怎样讲的，华府有钱给他、没有钱给他，我也不知。且我进去之后，从没有见著师父的面。只听说师父每月到府一回，也只在门房里，不知领多少钱。此时我又不出去应酬，一月给师娘多少钱，原是应该的，但我拿不定主意自己有钱无钱，我怎敢随口答应。设或答应了又不见钱呢，怎么对得住师娘？"他师娘口中"哼"了一声，道："我不信，我也不知细底。你师父是不知自己要死，若知道自己要死，也早对我说了。我听得去年你没有进去时，华公子就打发人出来，说要买你，他可是不肯花钱的主儿？一个人凭良心过日子，怎么师父一死，你就变起心来？"

琴言听了这些话，已气得要哭，只得忍住了，说道："这话只好等我进去了再商量，我自己是没有留一个钱。去年及新年得的赏赐，就是前天那一包银子。师娘要三百吊钱一月，只怕不能有这许多，总要问明白公子才好定得。但是这句话，师娘代我想想，怎好自己去对公子讲？"他师娘冷笑道："人在他家半年多了，还不好讲？交情越重，钱应该越多了。若是不给钱的交情，要他做什么？你不要装糊涂，他又没花过三千五千两的替你出师。若出了师，我自然不能对你讲这些话了。还有那一种有良心的，念著师父师娘，就出了师还常常孝敬，也是有的。不然你就对他说，叫他拿三千两银子来出师，我可以置些产业，倒比零碎的好。这两条路凭你走那一条。你总要讲明了，才可以进城。不然进去了，我又不能进来找你，便费了许多周折。"说罢，起身出去了。

琴言听了这些话，又不能驳他，心中好不气苦，以为师父死了，这个身子由得自己，那知师娘更加利害。气忿忿的重新躺下，思前想后，毫无主意。伤心了一会，又想道："我每逢想不透的，经香畹一说就明白了，此事非与他商量不可。"主意定了，带了跟他的小孩子，随身便服走出门来。

到了素兰寓处，却值素兰未回，意欲回家，又属烦闷。想宝珠离此不远，不如找他谈谈也好。才出得素兰门口，见两人站在街心。偶抬头一看，一个是圆脸，生得混混沌沌，脚下倒是一双皂靴；一个生得獐头鼠目，便帽上拖著一绺长红线纬。琴言低著头，只顾走，觉那两人就跟著他。听得一人低低的说道："好一朵鲜花。"又听得一个说道："咦，是那一家的，我竟不认识。我们且跴跴他。"又听那个说道："这才算个好脑袋呢。"琴言听了，好不有气，然也无奈何，只好由他们讲。只听得背后蹜蹜促促，脚步接著脚步，衣裳碰著衣裳，顺风吹来鼻中，觉有狐骚气。急行几步，到了宝珠门口，叫小孩子进去问时，也不在家。琴言见那两人又在后头站著，心中气极，便急急的回去，那两人也就急急的跟来。琴言到了自己门口，一直低了头进去了。

此刻正是散戏的时候，这些相公如何在家？琴言白白走了一回，路上又遇著这两个厌物，更加纳闷。进了房，长叹了一声，不觉泪下。偏有那师娘的表弟伍麻子不看风色，走进来，坐在炕沿，捏著潮烟袋，找了个纸条子，抽了二三十口，纸煤烟灰，吹得一地。又盘三问四的寻这样，看那样。

琴言好不厌烦，也不理他。伍麻子吃了一会潮烟，问琴言道："我听说华府里那些大爷们是不用说了，各人家里都是大屋子，有十个八个小老婆陪著睡觉。就是那些三爷、四爷、五爷，连那些赶车的、养马的、铡草的，新年上也穿著狐狸皮袄。"说到此，将手比著个样子道："这么大的皮荷包，拴在腰里，到赌场上解开来，尽是银锞子，抓一把就押个孤丁。还有去年来找你闹的那个姓金的三小子金三，在酒馆子里喝酒，也叫个打十不闲的陪陪。虽然是诳他爹的钱，然而也还有这些出息，是真的吗？怎么这些人也这么发财？"琴言心中只管纳闷，更加烦恼，那里有心听他的话，只是不答应。

伍麻子又道："我听说这还不算什么奇事。他家的银子柜子里装不下，就散堆在墙脚边，到了两三年不用他，受了潮气要霉烂的，便发出来晒晾。晒晾了一天，就有人将五两的换他十两的，将二两的换他五两的，他也不点数。偶然看出来，说：'我的银子如何变小了？'那些人说：'晒了一天，晒干了，自然收小了。'这句话我有些不信，难道这位公子真当著银子都晒得干吗？"琴言听到此，不觉失笑道："你这话是那里听来的？"伍麻子道："我们有一班朋友，闲著没有事，聚在一处就讲这些话。城里一个华公子，城外一个大园子里的徐老爷，这两家富贵，讲一年也讲不完。说那徐老爷的园子里山子石底下，埋著十缸银、十缸金。那看金子的财神爷是一头的黄毛，看银子的财神爷是一头的白毛。到半夜里，他两个便坐在园墙上吓人，还要拿金锭、银锭子打人。有时运的被他打著了，就捡了金银回去，回去就发财。没有时运的，被他打著了，捡起来是块黄土，回去还要生病。我看财神爷也势利，只奉承有时运的人。"琴言听了，倒也好笑。

伍麻子正说得高兴，忽外面有人叫他，就出去了。原来有两个客来打茶围，伍麻子招呼到客厅坐下。打量这二人：见一个衣裳很旧，穿著旧皂靴，头上的小帽子油晃晃的，沾了些灰土。心上想："他不是个监生老爷，就是个没选期的老爷。那一个衣裳略新些，帽上拖著一绺红线纬，虽不像个有钱的，或者倒是个老白相。"问了他们的姓，让他们坐了。

你道这两人是谁？一个是乌大傻，一个是姬亮轩，他二人新在戏园里认识。这日都在街上闲走，适相遇了，跟了琴言到了门口。亮轩恍惚记得这个门，想了一会想著了，就猜方才见的是琴言。后又想起奚十一的话，说前月在聘才处叫他陪过酒，无疑是他，便与大傻讲了。大傻见亮轩高兴，欲赞成他进去，好吃个镶边酒，便道："管他是与不是，既是相公寓里，总可以进得的，我们且进去坐坐，喝杯茶也好。"亮轩道："你高兴就进去，我是奉陪的。"商量了一会，才同了进去。这边伍麻子正在张罗，却好天福、天寿散戏回来。见亮轩像是见过的，又记不清，请了安。那个大傻子，他们却见过他，在园子里听衬戏的，便也请了安。

大傻子迷迷盹盹的说道："今日兰保的《盗令》、《杀舟》，桂保的《相约》、《相骂》，实是个名人家数，他人做不来的。"亮轩道："你们还认得我么？"天福道："有些面善，想不起来，好像那里见过的。"天寿眼瞪瞪的看了一会，问道："你能不是去年同一位吃烟的老爷来？那位吃烟的同我师父打起来，还是你能拉开的。"亮轩道："你的记性好，天福就不记得了。"天福听了，也想起来，道："哎哟！那一天好怕人。那位吃烟的好不利害，把桌子都打翻了，还直打到里头去。幸亏我躲得快，不然给他一脚，也踢个半死。"亮轩道："可不是！亏我救了你们，你们感激我不感激呢？"天寿道："那一位如今那里去了？"亮轩道："现在病著。"天福道："天报！天报！叫他多病几天。"大傻子道："方才见个相公进来，叫什么名字？"天福道："没有呵，我们就是师兄弟两个。"亮轩道："有一个进来的，比你们高些，有十六七岁了。"天寿道："没有，没有。我们只有一个琴师兄，从华公府回来，如今他也不算相公，不唱戏了。或者你们看见的就是他。"亮轩道："不错，不错，就是他。可以叫他出来见见么？"天福摇头道："他不见人的，多少人知他回来了，要见见他，他总不肯出来。就只到怡园徐老爷处，除了他家，是不到第二家的。"大傻子道："他既不肯出来，你领我们到他屋里坐坐是可以的。"天寿摇头道："他要骂我们。"

伍麻子站在廊前道："我们这个琴官，如今是华公府的二爷，不见人了。二位老爷如高兴，叫天福、天寿伺候罢。"大傻子望著亮轩道："你们既然是旧交，自然也应叙叙，断无空坐之理。"亮轩支吾道："我还有些事。"天寿道："你能没有事，你能是不肯赏脸。"亮轩道："真有事。"伍麻子道："坐坐罢，就有事也不必忙。如今他的师父不在了，他师娘就靠著这两个孩子呢。"大傻道："你也难得出来，我也走乏了，略坐一坐罢。"又问天福道："你师父几时不在的？"天福道："前月二十五。"大傻道："咳，我竟不晓得他死了。你们虽不认得我，你师父倒与我极相好的。"天寿道："我也常见你在戏园里，你怎么坐不住，总走的时候多？"大傻子道："我的朋友多，照应了这个，不照应那个，就招人怪了。"天福道："我见你进来又出去，出去又进来，好像忙得很。"大傻道："既到这个园子里照应了，自然也要到那个园子去照应，不然也要招怪的。"伍麻子已走开。

少顷，亮轩要走，天福拖住了他，大傻却不动身。只见打杂的进来，在桌子上摆了几个碟子。天福道："姬老爷请坐罢。"亮轩著急，对著大傻挤眉弄眼，要叫他走的意思。大傻装作不见，一手摸著那几根既稀且短的鼠须，拈了几拈。亮轩见他不动，只得独自想跑，说道："我要小便。"天寿指著院子里道："那东墙角就可以。"亮轩走出屋子，到院子中间撒开脚步就走，不料天寿在后扯著他的发辫，一松，将亮轩的帽子落了下来，发根拉得很疼。天寿嬉嬉的笑，亮轩急回转头来，涨红了脸道："这是什么顽法？"天寿拣了帽子，拍净了灰，与他戴上，拉了他进来。亮轩道："我真有事，何苦缠我。"大傻子见了酒，喉咙已经发痒，劝亮轩道："他们这般至诚留你，你就赏他们点脸罢。既摆了出来，不赏他们的脸，也叫他们下不去。"亮轩无法，又见大傻不肯走，反留住他，想是大傻要做这个东。如果大傻作东，也就放心了，只得勉强坐下。

天福、天寿各斟了酒。亮轩饮了两杯，见大傻子放心乐意的喝酒，手里抓了一把杏仁，不住的往嘴里丢；又见他吃了三个山里红、一个柿饼。亮轩心上又想要去看看琴言，此时已经点了灯，便对天福道："你同我到你师兄屋子里去坐坐罢。"天福道："你定要见他，待我先去讲一声。"天福进去，见琴言在那里看书，便说道："外面有个姬老爷要见见你，见不见呢？"琴言道："我见他作什么呢？你见我见过人吗？"天福没趣，将要出来，琴言想要关门，不料亮轩、大傻已走到房门口，就都偏著身子挤了进来。琴言满脸怒容，未开言，大傻子深深一揖，亮轩也曲著腰作了半个揖，满面堆下笑来。琴言倒也无法，只得还了一揖，不好就走。他们也不待招呼就坐了。亮轩眯齐了鼠眼，掀唇露齿的要说话。大傻先说道："怪道多天不见令师，原来归天了，我竟全然不知。非但没有具个薄分，连拜也没有来拜一拜。多年相好，从前承他一番相待，倒也不是寻常的交情。"又摇著头道："荒唐，荒唐，不知那些联幛的公分，有我的名字没有？"亮轩笑容可掬的道："我去年奉拜过的，偏值尊驾进了华府，以至朝思暮想，直到今日。前日又听得尊驾与敝东同席，我就没福奉陪。敝东是个直爽人，不会温存体贴，一切尚祈包涵，不要见怪。"

琴言见这二人，就是路上跟著他走的，心中甚恼。及见他们恭恭敬敬的作揖，一个说与师父相好，一个说与他敝东同席，正猜不出这两个是什么东西，也不来细问，含糊的答应了一声，叫小子给了两钟茶。大傻一面吃茶，见挂著一副对子，念将出来，错了两字。大傻腹内既属欠通，眼光又系近视，倒最喜念对子看画，充那假斯文。琴言看了暗笑，略略看他们的相貌，已经生厌。又见亮轩嘻著嘴说道："我那敝东，其实很好交的。你是不知道他的脾气，若混熟了，只怕还离不开呢。"大傻道："不见那春兰么？"亮轩道："春兰固然。本来钱也花多了，自应心悦诚服的了。我那英官呢，借去用两天，就用到如今不肯送还。这个小东西也恋着他，将我往日多少恩情付之流水。这也不能怪他，从来说白鸽子望旺处飞，也是人之常情；况且我这敝东在京里也算个阔老斗，就与那华公子、徐少爷也不相上下，而且他们都是世交。前日那位徐少爷来，适值敝东不在家，他就到我书房来坐了好半日，送他出去时，他再三的约我去逛园。"大傻道："你去没有呢？"亮轩道："我始而倒打算去，况且他往来那一班公子名士，都也与我相好。后来我想他还没有做过外任，未必知道我们这一席是极尊贵的。若论坐位，是到处第一，我恐他另有些尊长年谊，不肯僭我，我所以没有去。"大傻道："可惜，可惜！我吃过他家酒席，只怕京里要算第一家了。"琴言听得坐不住，幸天福、天寿都在这里，便对天福道："你请二位到外面坐罢，我有事情。"便即走了出来。二人没趣，只得同天福、天寿也出来了。

　　亮轩就想从此脱身，一径的走，又被福、寿二人拉住。桌上又添了四小碟小菜、两碗稀饭，亮轩心上想道："这是什么吃局，一样可吃的菜也没有，难道八碟干果、四碟小菜、两碗白粥，就算请客不成？要不然，是傻子与他讲明，是要省钱的缘故。这个东，大约是傻子作定了，索性吃他娘的。"亮轩也举箸吃了一会。大傻子已喝了两壶酒，将四碟小菜也吃干净了，喝了两碗粥，抹一抹嘴。见亮轩不甚高兴，便对天寿道："姬老爷是要喝热闹酒的，你叫人去添些菜来，酒烫得热热儿的，与姬老爷豁几拳。今日是我拉他来的，你们巴结得不好，以后他就不肯来了。"亮轩打量是请他，便放了心，忙说道："怎么是这样的，也算不得吃饭。"天寿道："这原算不得吃饭，我当你们吃过饭了，随便吃钟酒儿坐坐的。既然姬老爷还没有用饭，另预备饭就是了。"大傻道："是阿，我也没有吃饭。姬老爷也吹两口的，你何不请他去躺躺。"天福道："那一天真也见你吃了两口，不过吹不多。"亮轩见大傻这般张罗，像个做东的样子，便有些喜欢。天福同他们到了里面，一面吩咐厨房添菜供饭，亮轩原不会吹烟，不过藉此消遣。天福、天寿倒有几口烟瘾，便你争我夺的上烟。大傻乘他们不留心，即走了出来。他也饱了，便蹋著破皂靴匆匆而去。

　　亮轩与福、寿二人说了一会话，问了些琴言光景。伍麻子来请吃饭，亮轩才找起大傻来，杳无影响，心中著忙，便变了神色，只管要找乌大傻。天寿说道："他去了。这个人是坐不住的，我见他在戏园里，一天总要走个十几回，想必他就来的。我们先坐，不用等他了。"亮轩只得坐了。看菜是四碟两碗，两盘饽饽，就吃了些。终是无精打彩，心上要想个脱身之计。那伍麻子在旁，见大傻子先走了，看这位又是心神不定，像有心事，倒也猜不著他要跑。那长庆的媳妇自从丈夫死后，家里还是第一回开张留客，叫伍麻子好好照料，不要待慢了老斗，故常在窗前站立。那两个孩子本来不会说话，夹七夹八的。亮轩更坐不住，横竖迟早要走，吃完了，嗽了口，对天福道："今日扰了你们，我只好明日补情的了，今日却没有带钱。"

　　天福听了，呆了一呆，不敢答应。还是天寿略灵些，说道："老爷既没带钱，府上在那里住，叫人送老爷回府，就可以带了来。"亮轩道："这也不必，我明日送来罢。"伍麻子听了，想道："有些不妙，不料这两位是这样的。"便进来在窗户边站著，看著亮轩。亮轩想硬走出来，天寿拉住道，"不用忙，再坐坐。"亮轩不理，只要走，天福也来拉住。亮轩一想："不如拿出去年奚十一的手段来吓吓他。"便喝道："做什么！那里有天天带著开发来的，我们叫相公，是积了几回一总开发。你们这些不开眼的东西，还不放手，不要叫我生起气来，也照去年的样，给你们一顿打。"两个孩子怕他，不敢说话。

伍麻子是个不懂规矩的人，道是长庆死了，他表姊全要仰仗他。若头一回买卖就是这样，脸上觉得不好看；况且又是他帮著留的。听了亮轩这些话，便动了气，说道："姬老爷，你这话讲得不在理。你老爷又没有来过两回，伺候了半天，酒饭烟茶都是钱买来的，一个大钱不见面，倒要骂人不开眼。就说送你回府也没有说错，难道你没有个住处？就是住店也有个店，住庙也有个庙。身边不带著，自然就到府上去领，这句话就算得罪了人么？你既没有带钱，难道不准你走，留你的东西做抵押不成？自然跟你回去。知道了一个地方，就歇一天给我们也使得。"亮轩无言可答，再想说两句大话，又说不出来。那样鸡肋身材、木瓜脑袋，就装些威风也吓不动人，只得说道："我是省你们跟我走，你当是什么。你既不嫌路远，就跟我去领赏。"

伍麻子想那些跟兔不中用，便自己提了灯笼照了。亮轩轻轻的脚步，左绕右绕，还想遁去。无奈伍麻子紧紧的照著，亮轩只得回寓，叫他在门口等了，好不懊悔，上了大傻的恶当，心里骂几声，开了拜匣，捡出几张钱票，看来看去，犹如割他的肉一般，忍著心疼，捡了一张两吊的，又于纸页子内捡了一张一吊的，要找人送出，跟他的人又不在家。只得拈了一个纸条子，蘸上油点了出来，交与伍麻子，转身就走。伍麻子虽不认的字，但长庆生前将票子叫他取钱，也不知取了若干。一字到十字这几个，凭你怎样写，他都认得。灯下一看见是两吊，便叫道："姬老爷转来！"亮轩欲待不理他，已跟进了门，只得应道："还有什么？"伍麻子道："这两吊钱怎样，是赏我的么？那相公开发、酒席钱呢？"亮轩道："我不晓得，一总在内。"伍麻子道："姬爷不要顽笑，既然这么说，请收了。"便将票子递过来。亮轩无奈，只得又添上那一吊，说道："尽乎此，你要不要也随你罢。"伍麻子如何肯收，便发话道："既然心疼著钱，也应打算打算，就不该进来。就是摆个酒，至少也得二十吊；何况添菜吃饭。三吊钱，我们赏厨房、打杂的还不够呢。"亮轩不理，一直进去了。

伍麻子欲要跟进来，门房里有人听见，出来问是什么事情。伍麻子将细底说了，那管门的笑道："我们这师爷也太想便宜了，既要乐又舍不得钱。

你也算了，折了这一回本钱罢，不要在此罗唣，适或教我们老爷听见了，倒不好。"伍麻子见亮轩已进去了，又不好跟进去，再经那门公劝他，知道是奚十一的寓处，恐怕闹出事来，只好转回，却也讲了好些淡话，匆匆回家交帐。长庆媳妇一见，只有三吊钱，便说道："那里有这样开发？你也在这里多年了，你见收过三吊钱么？怎么不摔还他，也臊臊他的脸，腥不腥，臭不臭，两个相公留了两个客，烟茶酒饭闹得乌烟瘴气的，还替人做跟班，提了灯笼送回去，接了三吊钱就夹着屁股回来。一个汉子连个数目字都不认得，难道你钱票子见得少么？"把个伍麻子骂得火星直冒，嚷道，"我岂不知道，我见千见万，也没见这两个不爱脸的：一个喝了两碗粥先逃走了；这个也是时刻想跑，好容易逼住了他，送他回去。我想十吊八吊，最少不去了。谁料他先还只给两吊钱，这一吊还是后来加上的。那个忘八蛋肯接他的？他塞在你手里，就跑进去了。我想跟他进来，有个管门的出来解劝，说是奚十一的寓处。那奚十一是好惹的？去年凭空的来找琴官，将姐夫一摔一个大觔斗，半天爬不起来，桌椅板凳打得粉碎。倘今日又遇见了他，可不要白挨一顿打，连这三吊钱也没有，我所以只好接了回来。我岂不想他三十吊么？"

长庆媳妇道："都是你们这些瞎眼睛的，也不分个人鬼。分明来打茶围的，苦苦拉住他，将个臭虫当作洋虫。以后如遇这等不要脸的下作东西进来，务必撵他出去。太太这里不是舍粥厂，又不是我的儿子，吃了抹抹嘴就走。当家的死后，今日还是头一回开市，就遇着两个混账东西，与前年那个开姜店姓杨的杨八一样，不是玉天仙还叫他姊夫呢。归根儿是他妈的白吃白喝。这些个不要脸的狗鸡巴禽的，真他妈的可恶！"长庆媳妇叨叨了一回。

到明日，伍麻子去照票子，谁知后来添的一吊还是张假的。又到奚十一寓处来找亮轩，倒被奚十一的家人骂了一顿，伍麻子受屈而回，只得自己赔上一吊钱，交清了账，唯有咒骂亮轩而已。

琴言今日找著了宝珠、素兰，商量师娘要钱之事。不知宝、素二人有何良策，且听下回分解。

第四十三回
苏蕙芳慧心瞒寡妇　徐子云重价赎琴言

话说琴言是晚听姬亮轩、乌大傻说了多少瞎话，更加烦闷。幸他们就出去了，候到二更，不见宝珠、素兰过来，只得睡了。

一夜无眠，到了次早，即叫小使去请他二人来。是日，素兰清早已为王文辉叫去。少顷，宝珠过来。宝珠道："昨日失候，我到三更后才回的，他们也忘了，没有对我讲。方才你们五儿说起来，方知道两三天总不见你。为什么不出来散散闷？今日度香约赏杏花，咱们可同去了。"琴言道："可以。我这两日偶然感冒，觉得疲倦，今日也想出去散散。且假期已满，也要打算进城了。"宝珠道："再歇两天进去也不要紧，进去了，咱们又会少离多了。"琴言道："近来倒有件难事，我竟没有主意，故请你与香畹来商量，怎么代我想个法儿才好。"宝珠道："什么难事，你且说来。但你想不到的，只怕我也想不到。"琴言道："昨日我那师娘问我进华府时，华公子对你师父是怎样讲的，可曾得过他家的钱；又说家中一年的浇裹，须得两千四百吊钱，要我给他二百吊钱一月，说定了方叫我进城。我想去年原为奚十一的事送我进去，我进去了也没有见著师父，不知其中是怎样的。今师娘忽然问我要二百吊钱一月，叫我怎么打算得出来？又要我去对华公子讲；又说师父死了，我就变了心；又说华府也没有花过三千五千两。如今要我去对公子讲，要他出三千银子与我出师，出了师才不要我的养膳。不然这一辈子就要定在我身上过活。我想如今又不出去应酬，靠著府里节下赏一点东西，如何一月积得上二百吊钱。你是明白人，这话可以对公子讲得么，不是件难事？师娘又不晓得其中的难处，一味的问我要钱。你替我想一想，有什么法子，我是一无主意。"

宝珠听了，亦以为难，踌躇了一回，说道："一年要二千四百吊，三年也就三千两了。这'养膳'二字，是没有尽期的。华公子性情不常，未必靠得定。若要他出师，或者看他高兴倒能，但也须有个人去与他说。还有一层，他既与你出了师，你这人就算他的人了，以后就由不得你，只怕就要在他府里终局。这是要你立定主意的。"琴言道："这些事我也想过，但此时虽没有与我出师，我也不能自主。"宝珠道："若有人与你出了师，你以后怎样，还是在外呢，还是愿进华府去呢？"琴言道："此时我也不能定，且出了师，再打算出府。"宝珠笑道："人家只有一出，你今有两出，不要将来犯了七出。"琴言也笑了。只见素兰走来，琴言、宝珠让坐了。

琴言道："你早上那里去？"素兰道："今早王大人叫我去，我当是什么紧要事，原来很不要紧的一句话。我与剑潭、庸庵谈了一会，方才到家。知道你请我，不知有何差委？"宝珠将方才的话与素兰讲了。素兰拍手笑道："果然，果然不出我们所料。我真佩服他，据我说是出师的妙，你且应承他出师。"琴言道："好容易的话，你倒轻轻的一口断定了。这三千头打那里来，我岂能去对华公子讲的？"素兰道："定要三千？二千呢，可以不可以？"宝珠道："这事有点边儿了。请你来商量，你第一句答应出师，第二句就劈断银价。这是胸有成竹的话，岂不是可成么？"琴言道："也要个旁人去说，三千二千，我也不能对他讲的。"宝珠问素兰道："就算只要二千，你有何高见？倒要请教请教。"素兰道："这件事，我与一个人，十天前已想到，而且商量了一回，但是未必然之事，所以没有对人讲起。"宝珠道："你说佩服的是准？"素兰道："那一天我与媚香闲谈，偶然讲起玉侬来，媚香说他师娘——"素兰说到此，便从窗外望了一望，说道："此处说话，那边听不真么？"琴言道："听不见的。"素兰道："媚香说他师娘与他师父一样利害，只怕这一辈子要靠在玉侬身上。玉侬虽不唱戏，究竟没有出师。若论玉侬的钱，也就不少，看来此时未必有存余。若四五千吊钱可以出得师，我们代他张罗张罗，或是几个相好中凑凑，也可凑得一半。就说的是你、王氏弟兄、瘦香、佩仙等，想没有不肯的。若能凑出一半，那一半就容易了。"

宝珠道："出师之后怎样呢？"素兰道："那倒没有商量到这一层。只要出了师，这身子就是自己的了，那自然由得你。"宝珠道："若在华府中，也与不出师一样，由不得他。"素兰道："华公子也没有买他，他师父当日又没有写'卖'字给华府，怎么由不得他，难道在那里一世么？"宝珠道："此处说话到底不方便，我们何不同去找媚香商议，一同到度香处，看看杏花，连碧桃也开了许多。不知今年节气这么早，我记得碧桃往年是三月中开的，度香今日也不请客，我们几个人去谈谈未尝不可。"琴言也甚乐从，换了一身衣服，一面叫套了车。素兰、宝珠都是走来的，二人便吩咐跟班回去套车，并吩咐所带的衣服，都到苏家佩香堂来。二人即同坐了琴言的车，到蕙芳寓处。

却值蕙芳在寓，三人进内，只见蕙芳在书桌上看著几本册页，见他们进来，笑面相迎，说道："今日可谓不速之客三人来。"三人笑了一笑，且不坐下，就看那册页。宝珠先抢了那本画的，那两个也凑著同看，有山水，也有花卉，却画得甚好，原来蕙芳新求屈道翁画的。看到末后一页是一个美人倚阑惆怅的光景，阑外落花满地，双燕飞来，像是"落花人独立，微雨燕双飞"的诗意。琴言触动了当年那个灯谜，忽忽如有所感，看题著一首绝句，琴言默念是：

春色关心燕燕飞，杏花细雨不沾衣。
倚阑独自增惆怅，芳草天涯人未归。

又将那一本字也看了。蕙芳让三人坐下，问道："你们还是不约而同，还是约了同来的？"宝珠道："约齐来的，我们同到度香处看杏花罢。"蕙芳道："今日又有局吗？"宝珠道："局是没有，也算个不速之客何妨？"蕙芳点首笑应。素兰、宝珠的衣服与车都来了，二人即换了衣服。蕙芳进内也换了，又问道："你们同来竟一无所事，单为看花么？"素兰道："事有一件，到怡园再讲罢。"蕙芳道："何不先讲讲，此刻还早，到度香处尚可略迟。"素兰就将琴言的师娘要他出师的话略说了几句。蕙芳道："何如？我前日对你讲，你还说这也未必然之事，谁知竟叫我说著了。但要办这事，其实也不很难，就怕娘儿们的说语不作准，一会儿又不愿了。或是说定了数目，又要增添起来。且谁去与他讲呢？"素兰道："那倒不要紧，就是我们也可以去讲的。"

蕙芳道："既如此，且到怡园再商量罢。"于是一同上车，径往怡园来。进了园，看不尽绛桃碧柳，绿水青山。过了一座红桥，绕了十重绮户，才到东风昨夜楼边。只听得楼上清歌檀板，有人在那里唱曲。四人便住了脚步，听像度香的声音，唱着一支《懒画眉》，四人细听是：

漫说瑶台月下幸相逢，又住了群玉山头第一峰。耐宵宵参横月落冷惺忪，又朝朝铜瓶纸帐春寒重，且请试消息生香一线中。

众人听不出什么曲本上的，觉得笛韵凄清，甚为动听。听得子云笑道："到底不好，还是你来，我来吹笛。"又像次贤唱道：

则这勾阑星月夜朦胧，听尽了曲唱江城一笛风。相和那帘钩敲戛玉丁冬，引入离愁离恨的梅花梦，作到月落参横萧寺钟。

四人正在好听，忽然止了，听得次贤说道："其实唱起来，音节倒好。"又听得子云说道："何不将工尺全谱了，教他们唱起来。"四人知道不唱了，齐走进去。书童匆忙上楼通报。宝珠等走上扶梯，进得楼来。次贤、子云笑面相迎，见了琴言、蕙芳等更加欢喜，说道："今日倒料不著你们来。"宝珠道："都是我请来的。"又对次贤道："瘦香身子不快，不来了。"

琴言于此楼还是初次上来，见这楼弯弯曲曲，层层迭迭，有好几十间，围满了杏花。有三层的，有两层的，五花八门，暗通曲达，真成了迷楼款式。又望见前面的桃花坞，隔了一座小山，一条清溪，那桃花已是盛开，碧桃还只半含半吐，连著那边杏花就如云蒸霞蔚一般。看楼中悬着一额是："东风昨夜楼"。有一副长联，看是：

一夜雨廉纤，正燕子飞来，帘卷东风，北宋南唐评乐府；
三分春旖旎，问杏花开未，窗间青琐，红牙白纻选词场。

次贤、子云看他四人今日打扮分外好看，艳的艳，雅的雅，倒像有心比赛的一般。此刻都还穿著小毛外褂，琴言是玄狐耳绒，宝珠是玄狐抓仁，蕙芳是云狐抓仁，素兰是骨牌兜云狐乾尖。四人相对，就是珊瑚玉树交枝，瑶草琪花弄色，觉得楼外千枝红杏，比不上楼中四个玉人。次贤、子云虽时常相对，此刻亦还顾盼频频。子云道："今日无肴，只是小饮，你们饿了，就吃起来罢。"蕙芳道："我真有些饿了。"子云吩咐先拿几样点心来，随后就摆了几样肴馔，大家小酌。

宝珠道："方才听你们唱的是什么曲本？音节倒像很熟，而曲文却没有见过。"次贤道："这是我当年一个好友，制了一部《梅花梦》的曲本，有二十出戏。前日从书箱内找出来，将《九宫谱》照著他的牌子填了工尺，倒也唱得合拍。却只填了这一出《入梦》，其余不知唱得唱不得。明日与你们班里的教师商量，可以谱他出来。"蕙芳道："那倒可惜了。我听这曲文甚好，还是你自己按谱罢。若与我们教师，他便乱涂乱改，要顺他的口，去的去，添的添，改到不通而后止。若能移宫换羽，两下酌改就好了，除非要请教那位屈先生。"次贤道："他偏这音律上不甚讲究，弹琴之外，一无所好。你与他讲，他又说三代之后乐已亡，故将《乐记》并入《礼记》。"四旦皆笑。子云道："我今日得了些江瑶柱，但是干的，作起汤来，虽不及新鲜的，比那寻常海味还好些。"琴言道："我闻新鲜荔支与江瑶柱别有滋味，不同凡品。若那干荔支，也就没甚可爱，还比不上桂圆。那干江瑶不知是怎样的？"

蕙芳忽然大有感慨，呆呆不语，俯首若思。子云颇觉诧异，见他是倜傥诙谐惯的，何以忽然如此。次贤问道："媚香有什么心事么？"蕙芳道："没有。"子云道："方才很高兴的，此刻为何不乐呢？"宝珠等也看出蕙芳有些不快。蕙芳不语，停一会说道："花能开几日？"次贤接道："七十年。"蕙芳道："何以能七十年？"次贤道："人生在世，以七十年算，活一年开一年。"蕙芳道："今年的花，不是去年的花。"子云道："有去年花，就有今年花。"蕙芳又道："今年的花，留得到明年么？"子云道："看留的人怎样。"素兰道："你们忽然学起参禅来。"琴言道："据我看，是开花不如不开好。"宝珠道："何故？我说花谢不如不谢好。"蕙芳道："不谢也是不谢的花。你听玉侬说，荔支鲜的时候何等佳妙，及干了，便觉酸得可厌。何以形貌变而气味也会变呢？大约人过了几年，也就是清而变浊，细而变粗，甘而变酸了。"宝珠接道："就是酸些也是妙品，总比俗味强多了。"说得三旦齐声叹息。

次贤、子云颇觉得意。蕙芳又道："我们要看静宜到七十岁时，还是这样不是？"次贤笑道："春华秋实，各有其时。就是荔支鲜的时候，配得上杨玉妃；如今干了，也还配得上屈道翁。总还是在枣栗之上。"说得大家笑了。子云道："这一比虽切，然究竟委屈了道翁。他却不酸，还比为干江瑶罢。"次贤道："那更委屈了。你是浙人，自然夸赞江瑶。若说那干江瑶，真像那从良老妓，回忆当年，姿态全无，余腥尚在。"宝珠问次贤道："食品之内，究以何物为第一？"次贤道："我口不同于人口，不敢定。以我所好，以鱼为第一。"琴言、蕙芳皆道："说得是。"次贤道："食品中也分作几样。如人品不同，有仙品，有神品，有逸品，有妙品，有宜烹龙煮凤，有宜吸月餐露，使其相反，两不为佳。故往往我说这样好，他说这样不好。《孟子》曰：口之于味也，有同嗜焉。大概是论易牙所调的味，皆合人之口味。若今日的厨子，也就单合他自己的口味了。"子云道："正是。譬如去年那个熊掌，真真糟蹋了。怪不得晋灵公要杀宰夫，想是他也剩这一个，若还有几对留著，也不至恨到如此。"说得合席皆笑。

宝珠对琴言道："上一回对戏目的对，你出四个字的，以后我也想著一副。"琴言道："是什么？"宝珠道："《游湖借伞》，《搜山打车》。"琴言道："真好，工稳之极。"蕙芳道："就是《别母乱箭》，可以对《训子单刀》。"素兰道："这么对，还有《闹朝扑犬》也可对得《打店偷鸡》。"子云笑道："到底他们记得熟，可以不假思索。"

次贤道："自然，我们虽也记得几个，究竟是半生半熟的。"子云道："我有一个摆骰子的顽意儿，试试你们的心思。"叫取三颗骰子来。蕙芳道："又是那个飞曲文的么？"子云道："不是，这容易多著呢。将三颗骰子摆成一句诗色样，随你算。譬如四可以算人，也可以算花，也可以算水，也可以算风。像什么就算他什么，这不很容易么？我与静宜喝酒，你们摆来。"宝珠便接了过去，道："待我摆摆看，不知摆得出来，摆不出来。"便摆了一个么、一个四、一个五，口中念道：

　　日边红杏倚云栽

次贤、子云都赞道："摆得好。这五算云，更觉典雅，我们贺一杯。"素兰将骰子抓过去，道："我也摆一个。"摆了三个红，念道：

　　红杏枝头春意闹

子云也赞了好，这三个红都得个"闹"字意，即对次贤道："我们也贺一杯。"蕙芳道："'枝头'两字似欠著落。"即摆了一个四、两个五，念道：

　　一色杏花红十里

子云道："这个更摆得好。状元归去马如飞，此是湘帆的预兆，我们公贺，就是媚香也应贺一杯。"蕙芳听子云说得好，也觉喜笑颜开的饮了一杯。琴言取过骰子，摆了一个四、两个三，说道："你们都说杏花，我却说句桃花。"念道：

　　桃花流水杳然去

子云道："很好，原没有限定杏花，各样皆可说得的。"与次贤各饮了一杯。宝珠摆了两个三、一个么，念道：

双宿双飞过一生

　　子云与次贤赞了，饮毕。蕙芳抢过来，接着摆了两个六，斜摆了一个四。素兰笑道："你们看他这么忙，抢了我的去，又摆出这个色样，定有个好句出来。"蕙芳便念道：

　　　珍珠帘外向人斜

　　大家一齐赞道："好个'珍珠帘外向人斜'！摆得真像，合席各饮一杯。"素兰摆了两个六、一个四，念道：

　　　十二楼中花正繁

　　次贤、子云也饮一杯。琴言摆了两个么、一个三，念道：

　　　一一归巢却羡鸦

　　次贤把琴言瞅了一眼，心中暗忖道："今日玉侬出语甚是颓唐，为何他偏说这些句子？"后来大家乱摆了一阵，有说得像的，也有说得不像的。大约今日摆的，要推蕙芳第一了。吃过了饭，又下楼逛了一会，过了小山，过了石梁，便是留春坞。就在留春坞内，煮茗清谈。

　　宝珠对子云将琴言的师娘要他出师及蕙芳、素兰的主意说了一遍。子云道："若果如此，倒也很好。"便问蕙芳道："你们有这力量作此义举么？"蕙芳道："若说力量原也勉强，但集腋成裘，也还容易。我与瑶卿、香畹二人可以凑得六百金，王氏弟兄、珮仙、瘦香可以凑得四百金。"次贤道："我来一分，出二百金；前舟可出三百金，庾庵、竹君二人可出三百金；庾香、湘帆、剑潭不必派他，凑起来已得一千八百了。若要三千，还少一千二百两，不消说是度香包圆了。"子云道："难道华星北倒干干净净，一文不花，这么便宜？"蕙芳道："据我说，不必要他出钱。如今与他讲，就是一总要他拿出来，他也肯。但是，玉侬只好在他家一辈子了。"子云点头道："说得是。我想你们都不甚宽余，一时仗义挤了出来，恐后来自己受困。如今通不用费心，在我一人身上，只要你们去讲。讲妥了，银子现成，叫他们来领就是了。但以速成为妙，一来玉侬假期已满，也不宜常在外边，适或进去了，再找他出来也费事。明日你们就去，尽其所欲，自无不妥的。"四旦皆应了几个"是"。琴言见子云如此仗义，感激不尽，不觉流下泪来，便跪下拜谢。

　　子云连忙挽起，见琴言如此光景，颇觉恻然，说道："玉侬何必伤感，我看你终非风尘中人。不过一举手之劳，何足称谢。"三旦见琴言的凄恻是生于感激，子云之慷慨是生于怜爱，都也怅触起来，泪珠欲堕。子云问道："这话谁去讲呢？须得个老成会说话的。若你们去，恐不中用。"蕙芳道："此事少不得叶茂林，玉侬是他同来的，又是他教的戏，他也老成，会说话。"琴言连连点头道："必得他去才妥。"子云道："既如此，你们早些回去罢。今晚就请叶茂林去，讲妥了，我明日听信，碰玉侬的运气何如。我宅里还有点事，不能陪你们，要过那边去。"子云带了家人先出园去了，回到住宅。

这边四旦个个喜欢，辞了次贤，也同去找了叶茂林，告知此事。茂林一口应承，又对蕙芳道："停一会儿，你与我同去，我年纪老了，笨嘴笨舌的，恐说不圆转，你在旁帮个腔儿。那长庆奶奶嘴里，好像画眉叫的一般，我有几分怯他。"蕙芳道："人说他倒是个直性人，顺他的毛，倒也易的很的。"琴言、宝珠、素兰先回去了。蕙芳与叶茂林练了一番话，约定晚饭后同去，蕙芳也便回来。

却值田春航来看蕙芳，蕙芳即与他吃了饭，谈了一会，春航去了。茂林已在外面候了多时。定更后了，茂林提了灯笼，照著蕙芳，到了长庆家。也不找琴言，找了伍麻子，请了长庆媳妇出来。蕙芳见他扎了白包头，穿了孝衫，下面倒是条水绿绸裤子，白布弓鞋，黄瘦脸儿，长挑身材，三十来岁年纪，像个嘴尖舌利的人。见了蕙芳却不认识，问茂林道："这位是谁？"茂林道："这是班里的苏大相公。"蕙芳上前见了礼，叫了"婶娘"。长庆媳妇还了礼，请他坐下，问叶茂林道："你们二位，什么风吹进这冷门子来？"茂林笑嘻嘻的说道："竭诚来与嫂子请安的。为我曹大爷没了，嫂子究竟是个不出闺门的妇道家。适或外面有什么使唤我处，可以叫伍老麻来说声，我是闲著，尽可效劳。"

长庆媳妇道："阿哟哟！言重，言重！多谢你看顾我们的好心。我想我们当家的在日，那间屋子里，一天至少也有十几个人，围著那盏灯，一个起来，一个躺下，倒像吏部里选缺一样，挨著次序来。到他死了，不要说是人，连狗也没有一个上门。那两个孩子也不好，麻子又憨头憨脑的不在行。我想这个门户也支不起，心上想另作别计。我娘家在扬州，娘今年才五十岁。大兄弟开了个估衣铺，闻得很好。我想回去，手内又没有钱。你兄弟在日，是东手来、西手去，不要说别的，单这一盏灯，一年就一千多吊，还有别样花消，一家的浇裹呢。这两个傻孩子赔饭赔衣裳，一月挣得几个钱？昨日有两个生人来打茶围，他们就留他喝酒吃饭，吃了就走。麻子跟了他去，才开发了三吊钱，你想这买卖还作得作不得？想起来直臊死了人。"叶茂林道："如今事情也难，不比从前了，都是打算盘的。你看那家寓里到晚没有人来？就是空坐的多，吃酒的少。你方才说回南方的主意倒好，究竟是个妇道家，住在京里，无亲少故的，要支持这个门户原也不容易。不如带几千两银子，与令弟开个大铺子，倒是个上策。"

长庆媳妇笑道："阿哟哟！你倒说得好，若有几千银子，我也不著急了。原是为的两手空空，所以为难。我前日不是和琴言商量么，我说我要靠你的了，你去对华公子说，可一月给我二百吊钱。他又说不能，也不敢去对他说。我说你既不能拿钱回来，难道将我吊在西风里么？况且华公子在他面上也没花过什么钱。我说你何不请个人去对他讲，拿个三五千两银子来出了师，以后就由你怎样。我有了这一总银子，也可过得一世，自然不向你要养老送终了。他又支支吾吾的，没有爽爽快快的一声。"蕙芳道："婶娘，果然要他出师么？如今倒有个凑趣的人。今日原为著这件事来与婶娘商量。"长庆媳妇道："是那一处人？现作什么官？"蕙芳随口说道："是个知县，是江南人，这个人甚好，就是不大有钱。前日见了琴言，很赞他，想他作儿子，所以肯替他出师。昨日与我们商量，若要花三五千两，是花不起的，三千吊钱还可以打算。"

长庆媳妇口里"阿哟"了几声，道："三千吊钱就要出师？你想那琴言去年唱戏时，半年就得了整万吊钱。如今与他出师，这个人就是他的，他倒几个月就捞回本来。啧，啧，啧！有这便宜的事情，我也去干了。"茂林道："嫂子不是这么说。譬如还唱戏呢，原可以挣得出来。若卖去作儿子，是要攻书、上学、娶亲，只有赔钱，那里能挣钱。况且这个人是善人，成全了他也好。"长庆媳妇道："我也不管什么，只要他花得起钱。能依我的数，就教他来出师。"蕙芳道："婶娘，你到底要多少钱，说个定数儿，我好去讲，或是添得上来、添不上来再说。"长庆媳妇道："老老实实，是三千两上好纹银，我也肯了，他能不能？他若不能，我还候著华公子。他是个有名花钱的主儿，或者一万八千都可以呢。不然还有徐老爷，他是爱他的，更好说话。我忙什么。"

蕙芳冷笑道："婶娘但听华公子的声名，三千五千两原不算什么，但是华公子近来不甚喜欢他。非但不肯替他出师，只怕还要打发他出来。婶娘在外头如何知道，我们是常到他府里去的，如今是一间闲房给他住著，也不常使唤他。新年我们去叩岁，公子每人赏一个元宝，何以他倒没有赏呢？那一日我见他箱里，一总只得六十几两银子，还是去年中秋节积到如今，才积得这点东西。那徐老爷近来不比从前，也有些烦了；况他与徐老爷终是冷冷的，徐老爷肯替他出师，也早出了，不等到今日。除了这两人，你想要二百吊钱一月，否则三千银子出师，能不能？婶娘是明白人，难道近来在家一个多月了，还看不破他心事来？遇著这个机会，我们去说，叫他再添些；婶娘也看破些，与自己亲儿子一样，让些下来，两边一凑也就成了。三千吊钱原少，二千银子我可保得定的。"长庆媳妇道："你来说，更要为顾著我，也不可丢了你们红相公的身分。如今这么样罢：杀人一刀，骑马一跑，要爽快；我虽是个梳头裹脚的妇人，却不喜疙疙瘩瘩。我让二百两，二千八百是不可少的。"

茂林见他口风有些松了，对蕙芳道："如今这么样：你去对那位老爷说，只算他照应了孤儿寡妇，行好事，也是阴德，叫他出二千四百银。我们中间人不要他一个钱谢仪，都贴在正数内。庆嫂子，你也不必板住了，事体以速为妙。一二日成功了，也叫庆嫂子爽快，他是直性人，作不得转弯事。"长庆媳妇心内细想："万一华府打发出来，这孩子又强，不肯唱戏，也是不好。就是徐老爷，他心上人也多，不如应许了吧，二千四百两，已有六千吊钱，也不算少了。"主意已定，口中还说要添，经不得叶茂林这个老头子，倒是一条软麻绳，嫂子长、嫂子短，口甜心苦，把个长庆媳妇像个躁头骡子似的，倒捆住了，只得应允。蕙芳道："你倒担承了，不知那边花得起、花不起。若真凑不起来，倒叫婶娘见怪，空费了半天唇舌。"茂林笑道："你倒胆小，就是他凑不上来，短了一千八百，你这个红人儿替他张罗张罗，值什么事？横竖他也不至负你。"蕙芳道："只好如此，且看缘法。"于是约定了明日早饭后就有回信，如成了，就送银子来，并要这边写张字据给他。一番话也讲到三更天了。蕙芳便请长庆媳妇进内，他们还要到琴言处谈谈。长庆媳妇谢了一声，先进去了，心里想道："姓苏的这小杂种好不利害，二千四百两，从三千吊钱添起，我若软一点儿，就被他欺定了。内里他倒想赚一注大钱，这般可恶！"自言自语的也就睡了。蕙芳与茂林到琴言房内，把事讲定了的话与琴言说了，琴言甚是喜欢，只候明日就可跳出樊笼了。蕙芳与茂林也就回去。

明日一早，蕙芳就到怡园，子云尚未过来，在次贤处等候，一连两起的人，将子云请了过来，说明此事。子云也甚喜欢，就传总管的，叫他去开了二千四百两的一张银票，格外又一张五十两的，赏与茂林。蕙芳也不耽搁，急忙回去。吃了饭，找了茂林，先将五十两送了他，茂林感激不尽。即同到长庆媳妇家来，蕙芳说费了多少力，他才凑了一千九百两，我代他借了五百两，一总开了一张票子在此，请收了。茂林就代写了一张字据，与琴言收执。长庆媳妇见事成了，才备了几个碟子，请茂林、蕙芳，叫琴言陪了小酌。蕙芳道："我吃过饭了，不消费心，叶先生请独用罢。"即对琴言道："你去收拾收拾，辞辞师父的灵，谢谢师娘的恩，就同我到那边去，我再同你进城去谢华公子，也不宜迟了。"琴言依了他，带回的东西也不多，叫人帮了那小使收拾捆扎停当。蕙芳叫人一担挑了回家，又拿出十吊钱的票子，代琴言分赏众人。琴言穿了衣帽，拜了师父的灵，倒也伤心哭了一会。又向师娘拜辞，长庆媳妇也著实伤心，掉了好些眼泪，又嘱咐了几句话。茂林见此光景，也无心饮酒，随著出来。

长庆媳妇直送到门口，琴言洒泪而别，回到蕙芳寓处。明日，长庆媳妇谢了茂林一百吊钱，茂林倒也不想，已心满意足的了。谁知琴言命中磨蝎颇多，虽出了师，忽又生出气恼来。

　　未知后事如何。且听下回分解。

第四十四回
听谣言三家人起衅　见恶札两公子绝交

　　话说琴言出师之日，就是华公子赏花之日。明日，华公子吩咐珊枝著人去叫琴言回来，珊枝派了一个外跟班姚贤，一早出城。到了长庆寓处，见了伍麻子，说假期已过，叫他进城。伍麻子道："琴言么，昨日有人替他出师，已经搬了出去，恐怕未必进城来了。"姚贤听了一惊，道："这话怎么说？我家的人怎样私自放走了，如今他搬在那里？"伍麻子道："我不知道，听得说替他出师的是个江南人，想必就在他家了。"姚贤道："岂有此理！你们就要出师，也回明公子，没有这样的。我们公子知道了，如何肯依，那就了不得了。"伍麻子道："不干我事，这是他师娘作主，谁能拦阻他的。"姚贤道："琴言到底在什么地方？我好去找他问个明白。"伍麻子道："住处实在不知，只听得说，他还进城呢；况且他还有多少东西在城里，岂肯扔掉了，自然还要进城来的。"

　　伍麻子说得不明不白，急得姚贤什么似的，又问道："你们的奶奶呢？待我当面问他。"麻子道："他不在家，一早上坟去了。"姚贤无奈，只得出来，走到戏园门口，正待闲望，忽听后面车声辚辚，直冲过来。躲开一看，却像两个相公，坐在车里头的好像琴言。待要赶上看时，车已去远了。姚贤想道："原来他倒在外边这样快乐，一定又到那里去陪酒了。"姚贤一面想，一面走，忽前面来了两个熟人：一个二十九岁叫孟七，是徐子云的家人；一个三十九岁叫胡八，是奚十一的家人。都是本京人。那胡八与姚贤是两姨中表，这三个人都是相好的。这日胡八因主人患病，无事出来，找了孟七听戏，想到馆子里去吃饭，遇见了姚贤，又是城里出来的，便一把拉住，各人问了好，便邀进了馆子，要了几样菜、两壶酒，细酌闲谈。孟七问起姚贤倒有空出城闲逛，姚贤道："那里能闲逛？我们的差使是有专司的，就没有事也不能远离一步。今日公子叫我来找琴言，假期已满，叫他回去。谁知又找不著他。"

　　孟七听了，怔了一怔，道："还要叫他进府吗？"姚贤道："正是，我方才到他师父家，遇见一个麻子，说得不明不白。说昨日一个江南人，替他出了师，同了去了。我想他现在我们府里，外人如何敢替他出师，又带他去？这也实在是个奇闻。况我们公子待琴言怎样的恩典，一月给他师父二百银，格外还有赏赐。他的分儿，在府里除了林珊枝，还有谁比得上他？他竟绝不感恩，辞也不辞，竟同人走了。我想天下竟有这样忘恩负义的人，我回去禀明了公子，定然要拿转来，这就看他的造化罢。"孟七听了，笑道："那里的话，这是谁哄你的？琴言好好的在这里，何曾同什么江南人出京。这是讹言，听不得的。"姚贤道："这倒不是讹言，是他家里人讲的。"孟七道："你别信这话，你且喝一钟，我告诉你。这琴言从他父死了，告假出来，却天天总在我们园里。我们老爷为他请了半月多客。至于出师的事，不晓得是琴言求我们老爷的，还是我们老爷愿意与他出师的。昨日我们管总的，叫我去到日新银号开了一张二千四百两的银票，又一张五十两的，交与苏蕙芳，替琴言出师的。方才我们在路上，还见他同蕙芳坐在一车，又到我们园里去了。看这光景，想是我们老爷要使唤他，我们当是不在你们府里了，所以来伺候我们老爷。若知道还在你们府里，我们老爷与你们公子这般相好，我见他们彼此常送古董玩器，很重的东西都肯送。若要这个人，只消写个帖儿与你们公子，难道公子不肯送他，何必花此二千四百银，真冤不冤。"

姚贤道："原来如此。就是你们老爷要他，也应告诉我们公子一声，现在还没有出府。不是我说，你们老爷也有点冒失。"那胡八道："这琴言我没见过，不知怎样生得好呢。就是我们老爷，前月在宏济寺魏大爷处，叫他陪了一天酒，将我们姨奶奶的一对翡翠镯子赏了他。这镯子在广东买，还值一千四百块钱，在京里更贵了。如今我们老爷病倒了，也没见他来看过一回，这人大概是没有良心的。既跟了你们公子，又想跟他们老爷，可见是个无恒心的了，以后还不知要跟谁呢。"他二人不知底里，随口讲了一遍似是而非的活。

姚贤吃了饭，便道了谢，就进城来见了珊枝，将琴言近日的事，先照伍麻子，后照孟七、胡八的话，没有少说一句，说得顺口，还添了好些。又说路上见他与一个相公同车，想是陪酒去了。珊枝听了，呆了一会，说道："这是什么话？是真的，还是假的？我要照你的话回，若有假的在里头，就了不得了。"姚贤道："我怎敢撒谎？这是徐老爷家的孟七爷并奚家的胡八爷，讲得有凭有据，我敢添一句，对出谎来，是好耍的么？"珊枝心里细想道："琴言何敢如此负恩，非特公子白疼了他，我也白白的照应他一番了。"又转念道："看他的心总是勉强在此，心上又有什么梅少爷，自然在外面快乐。但到徐老爷处也还罢了，怎么连魏聘才、奚十一都陪起酒来了，就不顾自己身分，也应留公子脸面。翡翠镯子也不算什么宝贝，就这么下作。偏在府里时装腔作势，十三太保的样儿，冷气逼人。原来也报应在我眼里，此时就要替你遮瞒也不能了，不如照直说罢。这是有骨气的人作的事，也可臊臊人的脸，说他身分好，不像个唱戏的，全没有半点下作脾气。如今好罢，倒是那有些下作脾气的，不敢告假，闹出笑话来。"主意定了，便走到内书房，在粉墙外低低的喊叫那小香儿。听得香儿在里头咯吱吱的笑，喊了几声才出来。

香儿问是什么事，珊枝道："要回话。"香儿道："公子到园里去了。"珊枝道："公子一人去的，还是同奶奶去的？"香儿道："公子在这里带了宝姐姐、珍姐姐、蕊姐姐到园里，还是看桃花去了。奶奶没有去。"珊枝又听得里面一人说话："你听是谁？"那人道："是林珊枝兄，还有谁。"珊枝知是花珠、荷珠，就急忙走出来，只见姹紫嫣红，和风骀荡，一径往留仙院走去。

到了园后，听得笑声盈耳，又像念诗的，却是女儿声口。珊枝便轻了脚步，绕到西边，隐身在太湖石后，从石穴中远远望去，只见蕊珠穿了桃红绸袄，绿绸背心，跪在桃花林下，背的是《长恨歌》，背到了：

　　揽衣推枕起徘徊，珠箔银屏迤逦开。
　　云髻半偏新睡觉，衣冠不整下堂来。
　　风吹仙袂飘飘举，犹似《霓裳羽衣舞》。
　　玉容寂寞泪阑干，梨花一枝春带雨。

到了"梨花一枝春带雨"，便重了两句，背不下去。

公子哈哈大笑道："跪了之后，还背不出来，只好打了。"见蕊珠涨红了脸，越想越想不出来。旁边爱珠在那里笑他，宝珠在公子身后抓著脸羞他，羞得蕊珠要哭出来。这两日公子与夫人把这十珠作个消遣法子，教他们念唐诗，念熟了背，背错了要罚；如错得多的，跪了还要打几下手板。今日宝珠背了李义山《无题》六首，错了一字，没有记过；爱珠背了《琵琶行》，竟一字不错；蕊珠背《长恨歌》，已经错了许多，故跪在地下，又背不出来，那三珠又一言半语的笑他，他已气得难受，又不敢站起来跑了出去。

华公子在那里笑得有趣，忽见太湖石洞穴像有人偷望，便问一声："谁在太湖石背后？"倒把珊枝吓了一跳，忙走上前，垂手站立。公子道："你来为什么又不上来，要躲在石后？"珊枝道："奴才方才走来，听得公子正说著话，故在太湖石后瞧一瞧，再上来。"公子道："有什么话说？"珊枝道："今早打发姚贤去叫琴言，姚贤回来了。"公子道："琴言呢？"珊枝道："琴言没有回来。"公子道："琴言怎么还不回来？难道还有事呢？"珊枝道："这琴言恐怕不能来的了。"公子听了，倒吃了一惊，道："怎么

说，琴言有病么？"珊枝道："没有。"公子道："既没有病，为什么不能来呢？"珊枝故作吞吞吐吐的。公子十分疑心，忙道："姚贤回来是怎样说的，你快说，不要支吾。"珊枝道："说了，恐公子生气。"公子听了，一发疑心，就追紧了。

珊枝将姚贤回来所说的话细细说了。四珠婢听了，也觉诧异。那蕊珠尚跪在地下呆呆的看著珊枝讲话，自己忘其所以，花片落了一头，还拿一片花瓣在嘴里嚼了一会，吐在爱珠手上，爱珠瞅了他一眼。华公子听了这些话，不觉大怒，把脸都气得白了，连说："有这等事！可恨！可恨！琴言丧尽天良，人间少有；而度香笑里藏刀，欺人太甚，难道我就罢了不成！你明日还叫姚贤去，务必把他叫来，我问问他，是何缘故。我也不管什么徐度香，我自然不能依他，与他评个理，天下有这么欺人的事情么？若不相好的人也罢了。既系相好，就不该有心欺人。从前何以不早与他出师，要到我这里来了，才卖弄他的家私，替他出起师来？这琴言实在可恨，那一样待差了他，一心向著那边。"珊枝婉言劝道："公子请息怒，琴言本来进京未久，他师父又是个不会教训的，由他的性儿惯了。在这里半年，不要说没有委屈处，就走遍天下，也找不出这地方。不晓得他为什么，背地里总是颦眉泪眼的。他另有心事，讲不出来。这种没良心的人，公子还放他心上作什么。据奴才想，倒不生气，看他在徐老爷处也不长的，徐老爷园里天天有十个八个人，若待他与众人一样，他必不相安。断没有将野鸡养成家鸡的，坏了良心还有什么好处，只怕天也不容。况且那个奚十一，奴才虽不认识他，听说是极混账的人，也陪他喝酒，岂不辱抹杀人。奴才想这一件下作事，就不到徐老爷处，也可以不要他了。"公子听了珊枝的话，气略平了些。

珊枝又对宝珠丢个眼色，宝珠也劝道："珊枝的话说得是。琴言若果真心向著公子，就有人替他出师，他也不肯瞒著公子，必来禀明一声，如果他来禀明公子，难道公子不肯与他出师？这个人又糊涂，又没有良心，还要他作什么呢？况去年原是他自己要来的，今年又是他自己要去的，公子待他的恩典，那一个不知道？这是他自己没福，消受不起。若公子必要叫他进来，谅他也不敢不来，但倒像少不得这个人，他自己一发看得自己尊贵了。奴才想以后随他来也好，不来也好，横竖府里不少这个人。至于徐老爷自然更不该，但劝公子也不必与他较量，为着一个不要紧的人，伤了两代世交情分。且人自然也说徐老爷不好，抢人家的人，岂有不赞公子大量么？"公子被这两人劝了一番，气虽平了些，究不能尽释，坐着不语。蕊珠跪了这半天，虽有个垫子垫著，膝盖也跪得很疼，又遇著要小便起来，满脸飞红，那要笑要哭的光景，令人可怜。

公子生了这一回气，又听珊枝、宝珠说话，就忘了他还跪著。蕊珠急了，只得说道："跪到明日，也想不出的了，要打倒是打罢。"公子听了，倒笑了一笑，道："起来罢，我也忘了你还跪著。"蕊珠站起来，曲著腰，将膝盖揉了揉，徜徜徉徉的走开，道："冤不冤，跪了这半天。"找个僻静地方小解去了。华公子起身回夫人房内，宝珠、爱珠随了进去，珍珠和蕊珠同行。珊枝慢慢的送公子出了园，正要走时，忽然一把花瓣撒了他一头，急回头看时，见蕊珠、珍珠骂道："人家跪著，你倒在石洞里偷看人，瞎掉你的眼睛。"珊枝道："明日还要挨打呢。"说著，也就走开了。

公子回房，见了夫人，欲不题起，心上又忍不住，就将子云与琴言出师的事说了。华夫人道："什么叫作出师？"华公子道："当年他师父也是花钱买来的，所以挣的钱都归他的师父。有人替他出了师，那就不算师父的人，由他自己作主了。昨日度香花二千四百两与琴言出师的。"华夫人道："这么说，琴言就是度香的人了。"公子道："可不是么！我心上实在有气，度香眼底无人，也不告诉我一声，公然如此。我明日倒要亲去问问他，我还要将琴言撵出京去，不许他在京里。"华夫人笑道："为这点事，也值得生气？人家爱替他出师，干我们甚事？究竟琴言也算不得我们家里人，他不愿意在这里，随他罢了。度香的老爷与我们老爷是至好，何必为着琴言，伤了世交的情分。我劝你可以不必，琴言到底算个优伶，若闹起来，这'狎优'二字就难免了。"华公子是素来敬爱夫人的，听他心平气和的讲，心中的气亦消了一大半，口内答应了一句："说得是。"但又舍不得琴言。忽又转念过来，欲行不可，欲罢不能，惟是无情无绪的光景。华夫人又宽解了一回，华公子只得暂为放开。

过了一夜，明早忽又恼起来，叫珊枝将琴言的衣箱什物装了一车，写了个帖儿，著珊枝亲到怡园，面交度香，看他怎样。珊枝只得遵命而行。这是琴言出师第二日，琴言原要今日进去。适子云丁初六日要请客，一来与南湘、春航送场，并请屈道生，约子玉、仲清等相陪。今日已是初四，索性到初七进去；并说写个字帖与华公子，说他过了假期，一因身子不快，二因留他逛几天。所以琴言倒也心安，乐得多顽几日。

那日蕙芳出门去了，琴言便到怡园来。此时梨花已开，子云、次贤与宝珠在梨院闲谈，琴言进来相见了。次贤笑道："玉侬，如今由你自己作主了，不如辞了华府，到这里来罢。"琴言笑道："我倒很愿，但怎样去辞那边呢？"子云笑道："那还了得，华星北必说我夺其所好，这官司还打得清么？不要弄到叩阍起来。到初七日也可回去了，你是几时出来的？"琴言道："正月二十七。"子云道："已四十天了，怎么这样快？"琴言道："我在府里又觉日子慢，在外面又觉得快了。"子云对次贤道："这两天竹君、湘帆都在那里抱佛脚呢。湘帆无怪乎其然，他要在媚香跟前争个脸。竹

第四十四回　听谣言三家人起衅　见恶札两公子绝交

君也坐得定能写字作文，可见功名心切，是人人不免的。"

次贤道："今年有两条道路：不中进士，还可以考试博学宏词；中了宏词科，比那进士不好些么？"子云道："比中进士难多着呢，我是不能想这个好出身。想中个进士还不算妄想，偏又补了缺，叫人扫兴得很，今年只好看人热闹了。你们看，今年竹君、湘帆二人谁拿得稳？"次贤道："他二人本事不相上下，湘帆是当行出色之文，竹君是才气纵横，恐怕遇着那冬烘考官，就要委屈了。殿试工夫，竹君不及湘帆；若试宏词，竹君倒要擅长了。我看今年庚香是必得的，剑潭、卓然也有九分。"子云道："你自己呢？一发拿得稳了。"次贤道："也不去考，我自知无福。"子云道："这叫什么话？你不应举也罢了，还可以说得无心进取。这宏词原是品定海内人才，就是那些老前辈退居林下的还来应考，岂有全才如你倒不去的？那时我托人硬把你荐了，由不得你不去。"次贤笑而不答。宝珠道："若考中了，作什么官呢？"子云道："翰林院编修。"琴言道："庚香是个秀才，也可考么？"子云道："可以。"琴言道："你自然也去的。"子云道："现任官不准考，我已补了缺。就是前舟，只怕也不能的了，五月前后总可得缺。"

正说话间，忽然管门的进来禀道："华公子打发人来，要面见老爷，还有几个箱子送来。"子云诧异道："什么箱子？叫来人进来。"话言未了，只见珊枝已走到梨院。琴言望见珊枝，早躲进屋后，潜身听他所为何事。珊枝见子云、次贤，请过了安，说道："公子与二位老爷请安，有一封信在此。"便双手呈上。子云接来，看见封面上有："皮箱四个，面交徐二老爷查收。"才即问了华公子好，将书拆开，次贤在旁同看，只见写道：

> 正月二十七日，小价琴言因其师长庆病故，告假一月，经理丧葬。今已逾假数日。弟于昨日著家人姚贤出城唤彼回来，始知吾兄已为琴言出师，并已收用。今将其箱笼什物一并送上，祈即查收转交，想琴言断无颜面前来自取也。但闻此子下流已甚，曾于各处陪酒，不择所从，惟利是爱。弟闻之发指。本欲拘回重处，犹恐有负尊意。但以后务宜严加管束，勿使仍蹈前愆。兄虽大度优容，不与较量，而弟必留心查察，如有闻见，必为详达，代兄撙逐，勿使名园玷辱也。匆匆此布，并候通履。

子云看了，正不知从何说起，不白之冤，有口难辩，气得两手冰冷，与次贤面面相观，冷笑了几声。次贤问珊枝道："你公子对你说什么？"珊枝道："没有讲什么，就叫小的将琴言的箱子交徐老爷，问有回信没有回信。"子云气得说不出来，次贤道："奇了，这话从何说起？此时也不及写回字，明日我同徐老爷见你公子当面讲罢。"珊枝答应了"是"，退了出去，将箱子送来交与门上，自行回去不题。

这边琴言尚不知缘故，似乎听得将箱子送来，知珊枝去了，忙走出来，见子云面貌失色，靠在椅上。宝珠与次贤还看那信，琴言过来要看，次贤意欲藏过，子云道："给他看看，这是那里说起？华星北真不是人，听了谁的话，这般糟蹋人，可恼！可恼！"琴言不看此信还可，看了不由得伤心起来，一字字看去，忽然一腔怒气直涌上来，眼前一阵乌黑，喉中如物噎住，透不得气，两眼一翻，望后便倒。把子云、次贤、宝珠皆吓呆了，连忙扶住了他。子云掐定人中，次贤一手扶住了背，一手摩著他心，听得喉咽里痰响，次贤抱起了，将他坐在身上。有一盏茶时候，才见琴言将头一点，又俯著身，吐了一口痰，又呕了许多。宝珠道："好了，好了。"便拍著他。琴言渐渐的苏来，两眼一睁，泪如泉涌。子云等看了，好不伤心；宝珠的眼泪，索落落掉个不住。大家扶他到醉翁床上，将个枕头与他靠了。子云道："不要伤心，明日我同你去一对，就明白了。"

琴言忽然放声大哭，这一哭真有三年不雨之冤，六月飞霜之惨。子云等搅得柔肠寸断，这三个人也无从劝得一句，直哭到一个时辰，尚是有泪无声，黯然而泣。子云见琴言如此，甚是伤心，因想道："华星北过于欺人，不问真假。我本要与他讲个明白，但我去剖辩，倒长了他的志气，道是去招陪他了。索性罢了，断了这个交情也不要紧。"说道："玉侬，不必哭了，你的好处都是共见的，这些话有谁信他？一定是林珊枝从中调唆，以至如此，连我也怪到这样。我想你那一处不可安身，岂必定要仗着他？既将你的箱子送了来，你也索性不必去见他了；再去见他，必遭羞辱。且在这里住几天，再作商量。"琴言犹是呜呜咽咽的，道了谢，说道："你这样恩义待我，叫我没齿不忘。又为我受这些气恼，总是我这苦命人害了多少人。我实不要活了，死了倒干干净净，气恼也没了。在一日恨一日，已经多活了两年，如今极该死的时候。"说了又哭。

次贤说道："你当初去进府时，我早对度香说过，必无好处。如今既已出来，倒也是件好事。以后你就一无挂碍，由你怎样。旧业自然不理的了，你就在这园中与我作个忘年小友，我将那琴棋书画、词赋诗文教你件件精通，将来成个名流，不强如在华府当书僮么？应该自己欢喜才是，何必伤心呢。且他也是气忿时候写的，自然就没有好话了。"子云道："静宜说得是，我将来索性将你们那一班一齐请了过来，在园中住下，都不要唱戏，几年后倒栽培一班人物出来，总比那些不通举人与那三等秀才强了百倍。"即对次贤道："失言，失言！你是优贡，已不在秀才之列了。"次贤道："我固是个秀才，但你也是个举人。"子云道："我原不通的。"宝珠要解琴言的愁闷，便笑向次贤道："优贡，优贡，我们这优班，还在贡班之上。我们念起书来，就真是那学而优，适或作了官，又成了仕而优了。"次贤笑道：

"这还了得！非但骂我，连度香也骂在里头了。"宝珠深深陪罪道："恕我无心之言。"子云也笑了，琴言方止了哭。

只见蕙芳来了，见了琴言光景，著实诧异，问了缘故，便拍手称快道："天下有这么好事，真求也求不到，还哭什么呢？"次贤又将子云不要他们唱戏、要他们在园里的话说了。蕙芳道："这是极好的，只怕我们生了这个下贱的命，未必能有此清福。我这两年内就想要改行，但又无行可改。这跟官一道，与唱戏也在伯仲之间。若做买卖，又不在行；且在这京里，就改了行，人家也认识，总要出了京，才能改图。你道我唱戏我真愿么？叫作落在其中，跳不出来。就一年有一万银子，成了个大富翁，又算得什么，总也离不了'小旦'二字。我是决意要改行的。"宝珠道："我的心也与你一样，但不知天从人愿否？"是夜，三旦在园中谈谈说说，琴言亦解了许多愁闷。

子云对蕙芳道："玉侬在你那里也是不便，你不能在家陪著他，不如叫他到我这里住几天罢，以后再作个道理，总要与他想个万全的法子。"蕙芳道："起初原不过想留他一两天就进城的，如果常在我那里，真也不甚便。他又比不得从前了，不如搬到这里来，也有个散闷地方，不知玉侬意下如何？"此时琴言有甚主意，便说道："这里却方便些。"于是宝珠、蕙芳是夕也陪了琴言，同在园中梨花院内住了一夜。子云回宅后，次贤也自回房。他们三人同榻，足足讲到五更才睡。

且说珊枝回去，华公子便问到怡园见了度香怎样光景，珊枝道："今日见他们在梨花园内，奴才进去见琴言、宝珠，琴言见了奴才即躲开了。徐老爷问了公子好，将帖儿拆开看了一会，一句话也没有讲，就只冷笑一声。萧老爷说不及写回字了，回去与公子请安，我们明日见了公子当面讲罢。奴才将箱子交给他们门上，也就收了。"华公子打发珊枝去后，心上想子云必定认个不是，自将琴言送来，可以消释此恨，谁知不发一言，公然笑纳，连回字也不给一个，这般可恶！还是萧次贤周旋了一句。这一气就如周公瑾遇了诸葛武侯一般，不觉双眉倒竖，脸泛浓霜，倒也讲不出什么话来。

未知后事如何，且听下回分解。

第四十五回
佳公子踏月访情人　美玉郎扶乩认义父

话说琴言在怡园住下，赖有子云、次贤日为开导，又有那些名旦不约而来。或有煮茗清谈，或有咏花斗酒。园中的胜景甚多，今日在牡丹台，明日在芍药圃，倒也把愁闷消去了一半。昨日子云又请了屈道生、梅子玉、史南湘、颜仲清、田春航、刘文泽、王恂等，并有诸名旦全来，会了一日。因南湘、春航次早要入场，所以散得甚早。

且说子玉又与琴言聚了一日，知他出了华府，十分欢喜。但因昨日人多，彼此未能畅谈衷曲。今日晚饭后，想趁著那一钩新月，去到怡园，也可畅叙一会，遂禀明了颜夫人，带了云儿，乘舆而来。进了怡园，却值子云未回，到了次贤处。子玉尚未进门，听得有人在那里高谈阔论。次贤见子玉来了，即忙出来，要请到里面。子玉问道："何客？"次贤笑道："不要紧，是个湖州王客人，贩些古董、书画、笔墨等货，来托销的。"子玉进去，那人便鞠躬如也的直迎上来，深深作了一个揖，子玉也还了礼。见那人有五十余岁，相貌虽俗，倒生得一部好须，直垂至腹。王胡子见子玉清华潇洒，知是个贵公子，头一句便问家世，第二句就问科第。子玉倒有些不好意思，次贤代他答了。

王胡子道："在下作个斯文买卖，二十年来，走了十四省，就是关东、甘肃、广西没有到过，其余各省都已走过几回。去年八月在江西吉安府，遇见尊大人，正在开考。候考完了，也进去叩谒过两回，销了一个宣炉、十匣笔。尊大人还到小寓来回拜的。不瞒梅少爷讲，在下到一处都有些相好。少爷要用什么书籍以及笔砚玩器之类，我留一个折子在萧老先生处，有合用的，开个单子，打发管家来取便了。我寓在古香斋书画铺。"那王胡子好不话多，子玉有些发烦。无奈王胡子要候子云回来，销些东西。还有一部《图书集成》，这部书是个难销的，心上要想求子云买这部书，情愿减价，只要三千银子。今日看来也要在园中下榻的了。

次贤觉得子玉有些嫌他，便对子玉道："何不到玉侬处谈谈，今日又挪到海棠春圃，相去不远。"子玉正中心怀，次贤便叫书僮引路，送子玉到了海棠春圃。望见琴言穿著随身的月白夹袄，脚上是双大红盘花珠履，倚著海棠花树，对著块太湖石，在那里凝思。书僮咳嗽一声，琴言回头见了子玉，便笑盈盈的迎上来，说道："来得正好。你看夕阳欲下，映著这些花分外好看。快来看罢。"子玉笑著走过来，二人倚著阑干同玩。琴言道："人说海棠有色无香，你不闻见香么？我觉得比别的花还香些。"子玉笑道："已经占了国色，何必还要占那国香。这香只怕是那边丁香的香。若说海棠的香，无此浓厚，他也有一种香气，是藏在花肌肤里，颜色中不肯轻易吐出，要人将花凝眸谛视。良久良久，他那一种清香自然随人的心上到鼻孔中来，也不是人人闻得出来的。你不信，你就将那一枝垂下来的细细的闻闻，管保不是方才吹来的那种香气。"琴言果然走上台阶，手扳一枝海棠，看了一会，又闻了一回。点头微笑道："果然，果然！你真是细心人，这香就像与花的颜色一样，说他不香却真有香，说他香又不像别的花香，真正恰是海棠的香。"子玉笑道："此所谓心香，如何可以比得别的花香呢？岂有娇如海棠而云其一无香气，此真为唐突名花了。"二人在花下谈了一会，才进屋子坐下。

子玉道："你如今出了华府，无拘无束，所有那些愁闷都可消了。况在这个园子里，一年四季都可游玩，又有那一班长见的时来时往，比在师傅处更好了。"琴言道："那自然。若说在师傅处，却是第一的不好。那日点了我的戏，心里就像上法场，要杀的一样。及到上场，我心里就另作一想，把我这个身子不当作我，就当那戏上的那个人，任人看，任人笑，倒像一毫不与我相干。至下了台，露了本相，又觉抱愧了。再陪著个生人在酒席上，就觉如芒刺在背。看著他人自然得很，有说有笑，我也想学他，但那时心口都不听我使唤，也不懂得是什么缘故。后来要到华府时，心里想不知怎么受罪，及进去了，倒也不见得怎样。惟有这片心，人总瞧不出来。就算格外待得好，究竟把我当个优伶看待，供人的喜笑。至于度香待我，还有什么说的？但我此时身虽安了，心实未安。从前在火坑里，受这些魔障，只求早死，也想不到如今还能出来。既出来了，我的心倒比从前更乱了，戏是决意不唱，奴才也不再作，但又作什么呢？人既待得这么好，我只是愁愁闷闷，也叫人疑惑，说我不知足了。所以我此刻另有一种活路上烦闷，不是死路上的算计。这话我也没有对人讲过，只有你知我的心，所以今日告诉你。既未到十分危急，也不便视死如归。但生在世间，没有一个归著，你教我这心怎能放得开呢？"

子玉连连点头，道："你虑得极是，我倒有个主意，就只怕遇不著这个人。此时你在京里，人人知道你的出身，若到了别省地方，人家如何知道？岂不与平人一样。但是那里有这个好人，同你出京去呢？"琴言道："你怎么倒愿意我出京吗？"子玉道："我岂愿你出京？我的心里是愿与你终身相聚，同苦同乐。只恨我一无能为，与废人一样，还时时虑著老人家回来；或再放了外任，要带我出去。幸而此时还未到这田地，但替你想，也不好尽为著我耽误了你一世。"琴言道："这话也是白说的，除非候你作了官，才可提拔我。静宜说今年要考博学宏词，若考中了就好了。"子玉道："这如何拿得定？我倒不想中博学宏词作翰林，我只想得一个外任的小官，同了你出去，我就心满意足了。"

二人这一回已谈到定更时候，只见新月半窗，花枝弄影，忽听得外面子云、次贤进来。子云叫道："庾香在这里么？"子玉连忙答应，琴言接二人进来，一同归坐。子云道："今日二位，真可谓畅谈衷曲了。"次贤道："今日园中苦乐不均，我被那王胡子缠得发昏，要销这样，要销那样，据他的想头，差不多把他带来的东西都销在这里才好。"子云道："老王的胡子越发长了。其实这个人倒也不讨人嫌，就是利心过于重些。《古今图书集成》我虽有一部，这个也只好我们留下罢。这部书也不过如聋子的耳朵，摆设而已。留他住两天，倒要看看他扶乩的本事，是哄人的不是。"子玉道："他会扶乩么？"次贤道："他说去年在岳阳楼，遇著个道士传授他。据他说，灵验得很，并不是哄人。"子玉道："几时请他来扶乩，我好看看。"子云道："我留他住下就是为此。要不然，就是明日，我们把几位相好的都请来。那金吉甫我也往还过了，人极风雅，明日一并请来，结个仙缘罢。"子玉笑道："我是必来的。"子云道："既如此，就是明日辰刻毕集，此时就叫人去知会。"一面吩咐家人到各处去了。

子云道："今日月光不足，辜负名花，叫把那像生花灯点上几盏来，挂在树上。"家僮忙到厢房内，开了柜子，取出十二盏海棠灯，是用通草作成。花朵中点了小白蜡，挂起来十分好看。子云道："对此好花，也须小饮几杯；况庚香也来久了。"子玉道："可不必了，时候不早，要回去了。"子云道："略饮数杯，领领玉侬的情。"吩咐随便拿几样果菜来，当下四人小酌了一回，已经二更，子玉告辞，子云又嘱明日务必早到，子玉答应而别。

次日清晨，告禀颜夫人，要去看扶乩，并要问问自己前程。颜夫人是从没有阻过他的。子玉到了辰刻，因是仙坛，衣冠而去。是日一早，屈道生同金吉甫先到，随后颜仲清、刘文泽、王恂一齐都来了，子玉到了，各人与吉甫相见，叙了些彼此仰慕的话。只有史南湘、田春航在场中未来。相公们到的是宝珠、蕙芳、素兰、玉林、漱芳、兰保、桂保、春喜、琪官、连琴言刚是十人。王胡子过来，也与诸人叙礼，他却都是认识的，与屈道生更是多年相好。王胡子道："今日人多，仙坛要设个宽绰地方才好。"子云道："我估量著人多，已经叫人在含万楼上铺设了。"又笑问王胡子道："你是主坛的法师，请教你，今日是吃斋呢，还是吃荤？"王胡子笑道："神仙也是吃肉的，只不用葱蒜五荤罢。"子云道："这很好，我们菜里本不用葱蒜的。"于是吩咐摆早饭，吃了好上坛。计算人数共是十九位，就在次贤处摆了三桌。吃毕，才到午初。子云先上楼去，看看铺设，遂命人请众位上楼。

王胡子看那楼中好不精致，是五大间，却分作五处，两面开窗，中设了仙坛。看不尽玉壶宝鼎、古画奇书，王胡子自忖一生贩买古董，从未见过这些好的。凭栏眺望，犹如身在蓬莱。想扬州盐商家那些花园，也算精工的了，如何比得上这里；再如平山堂、虹园也不能仿佛；至于侯石翁的起凤园，更不必提了。这边子云取出商彝周斝、汉鼎秦盘，斟上百花酿，焚了百和香，中铺上一盘净沙，摆了一个仙乩。大家下楼冠带，盥漱已毕，重新上楼。王胡子上前虔诚默祷，一连叩了九个头。先焚了一通风符，次云符，又鹤符。候了约有半刻时候，要请两位仙童扶乩，便点了玉林、漱芳，二人扶上。又有半刻工夫，不见运动。王胡子又磕了头，再焚个催符。玉林、漱芳呆呆的扶著，见那乩像有些动，玉林把手一拨，便旋转起来，满盘走了一回，画了无数的圈子。玉林疑是漱芳，漱芳疑是玉林，两人对著微笑。那乩画了一回，略停一停，忽又运动，上下往来，成了两个字。王胡子将笔写了，子云等就在两边看时，分明是"珍珠"两字。后又一连写了五个，是"为辇玉为轮"；再看又写了七个，王胡子一一记了，已得了两句七言诗。众人点头，暗暗称奇。又见运动得更快了，斜斜的两行，写得甚草。王胡子却认得，写了出来是：

   珍珠为辇玉为轮，去请瑶台绛阙真。
   朱鸟窗前问阿母，碧桃花树几千春。

原来是首降坛诗，众人知是女仙，越加敬谨。复又写出数语道："吾仙杜兰香奉金母命，至东海蓬莱仙阙，邀请碧霞仙府神君，便道来游，王髯有何疑问？"王胡子连忙下了拜，来问道："那位要问，就请祷告，好待上仙判断。"众人心上都没有事，不过来看热闹的。及王胡子问时，你推我，我推你，没有一个肯上前。子云忍不住笑道："既诸位没有问的事，我要问一个人。"就叫："玉侬！你来跪下，默祷默祷，请上仙判判你的终身，后来如何？"琴言原想自己问问，不好抢先上来；今见子云叫他，即便上前跪下。叩头默祷了一回。只见乩上运动，已写了两三行。琴言起来，站在王胡子背后，看他写出，也是首七绝道：

   薄命红颜最可怜，杜鹃啼血自年年。
   再生不记前生事，父子相逢各惘然。

众人看了，不解其意，有的还在细细推求。但第四句总解不出来，琴言只是发怔。王胡子道："你再祷告祷告，求个注解。"琴言又祷告了，乩上又判了四句是：

   前世之因，今生之果。杜郎且退，屈翁上前。

屈道生听了，恭恭敬敬上前叩拜，站立在旁。乩上又判了一首诗，王胡子录出，众人看是：

   可怜一死因娇女，三绝曾传郑广文。
   后日莫愁湖上去，莲花香绕女郎坟。

又判道："汝前生为江宁府推官，杜郎为汝娇女，十五夭亡，汝伤悼成疾而殁。七十七年前事也。前因具在，后果将成。"子云看了，不禁笑道：

"据上仙所判，玉侬前世，竟是道翁的女公子了。"琴言不觉红晕了两颊，道生也觉奇异，欲要再问时，见乩又动起来，写道："吾去也，坡仙来。"写罢，寂然不动。道生与琴言拜送了杜兰仙，重新焚香换酒，众名士一齐下拜，换了琪官、春喜上来扶乩。道生道："今日坡仙必有佳作，我们当盥漱恭读。"只见乩上写道：

翩翩裙屐佳公子，舞席歌场日终始。
兴似春山再展云，情如秋浦长流水。

众人看了，都欣欣然说道："坡仙要作长古了。"子云叫人取了一幅白绢笺，研好了墨，请道生另写。只见乩上又写道：

梅花一枝开春先，瑶琴三尺弹鹍弦。
红愁绿怨泪沾袖，明月一年几度圆。

道生写了。仲清对金粟道："这四句像是说庚香与玉侬的。"金粟点头。子玉看了，分明一个"梅"字、一个"琴"字，也知道是说他们二人的，心里又想道："难道坡仙今日要将这十九个人全写入诗内么？"子云与诸人也都看了，蕙芳呆呆的看着乩盘，只见道生又照着乩上写了四句是：

春江水涨轻舠出，蕙质兰心人第一。
大贾空存惜玉心，分香浪费金条脱。

蕙芳看了两句，喜动颜色，及看到"分香浪费金条脱"，不觉脸上又微泛红潮，怕人题起潘三的故事。止有道生不懂，吟哦了几遍。众人心里想道："怎么这些事神仙都会知道？这也奇极了。"各各骇异。又见写道：

名园公子人中英，于彼于此俱有情。
珠辉宝气联星斗，金光灿烂云霞明。

道生写了，对着子云、吉甫道："这像是说你们二位呢。"子云、吉甫俱说："惭愧！惭愧！"宝珠看了，也知道带着他，且与吉甫相联，心甚喜欢。只见又写道：

石崇王恺人争羡，世德勋门荷天眷。
只惜豪华怒爨琴，明珠减价珊瑚贱。

仲清道："这不消说是华公子。"子云道："竟连前日的事都说出来了。你知道明珠、珊瑚的故事么？"仲清道："我不知这句的故事。"文泽道："明珠是他有十婢，皆'以'珠'字为名；这珊瑚就是林珊枝了。"又看写的是：

冲寒一鹤云中来，知尔磊落非凡材。
依刘暂作王粲计，剑气闪烁凌风雷。

子云道："此是剑潭无疑了。"又见写道：

更有清才萧颖士，漱芳六艺精文史。

闲云不肯出山来，赋价曾高洛阳纸。

道生道："这位是静宜了。"漱芳看见第二句，心中暗喜神仙赞静宜，也带着他的名字，可谓附尾了。一面看写的道：

酒狂词客何纷纷，眼底直欲空人群。
举杯渴酌洞庭水，掉头笑看吴山云。

文泽道："这必是竹君、卓然二公了。"众人说道："正是的，怎么把他二人写得如此活跳，真非仙笔不能。"又见写道：

刘晨子晋求仙去，十丈红尘阻前路。
均是龙华会上人，名场同日欣知遇。

次贤道："这是前舟、庸庵了。"众人说"是"。王恂道："我们这些人都说完了，看以后还说谁。"只见又写道：

清芬竟体是兰香，玉树琪花列两行。
十树琼花十样锦，春风喜气满华堂。

众人道："首句是香畹，次句是珮仙、玉艳，三句总说，末句是小梅。"子云掐指一算，名花已有了八人，只少静芳、蕊香两人了。又见写道：

春兰秋桂非凡种，香色由来人所重。
尽待神仙闲品题，群花齐向天门拥。

子云道："他们都说完了，就只有道翁先生与胡兄了。"王胡子拈著长须，候著乩上说他。道生道："我这老朽，恐怕未必能附诸名士名花之后，且如何能邀坡仙齿芬一粲。"只见乩上又写道：

曲终又见湘江灵，蛟龙出没江涛腥。
汨罗沉冤感天帝，千百余世裡明馨。
知君一生秉正直，风骨棱棱谢雕饰。
娇女含愁化玉郎，石头城下伤春色。

道生写到此处，不禁伤感起来，众人亦皆叹息。子玉道："据两仙所云，玉侬前身的真是道翁先生前世之女，今日相见可谓有缘。"道生听了子玉之言，不觉泪下。原来道生六十无儿，并且丧偶，孤苦一身，是以触动心事，凄然流涕，便呆呆的看着琴言，琴言也呆呆的看着道生，各有感伤之态。众人也呆呆的看他二人。忽然乩上又写道：

难得名花名士兼，长歌一纸示王髯。
丙寅三月初八日，请得眉山苏子瞻。

道生写完，众人正要观看。忽见乩上又写道："奉敕赴凌云殿撰文，不能久留，去矣！"书完寂然不动。众人一齐拜送，焚符酹酒，俱欣欣然有喜色。

家僮收拾了仙坛，大家就在楼中坐下，又将仙诗同读了两遍。子云吩咐家人在承荫堂摆了四桌盛席，便对众人道："今日我有一言，上承仙命，下合人心，成了前因后果。两仙乩上俱判玉侬为道翁前生娇女。现在道翁无子，玉侬无父，我欲成此仙缘，要请道翁收玉侬为义子。玉侬虽失足于前，未尝不可立身于后，想先生决不以世俗之见论人，未识玉侬之意如何？而诸公以弟之言为然否？"道生尚未回言，子玉喜动颜色，即道："玉侬若得道翁先生栽培，真是精金入冶，美玉成器，只求道翁不以寒微为鄙，玉侬岂有不愿之理？"次贤与吉甫等都赞成道："这是极好的事，大约今日合当父子相逢，不然杜兰仙何以特判出来，又单叫道翁上前，说明前因后果，不是也要撮合这件事么？可见数已前定。"子云接口道："可勿三思，请到承荫堂一拜就算了。"

道生想道："我看著琴言虽系优伶，却无半点习气，度香早说过他多少好处；况我也见过他好几次，竟是毫无讥议的。若以为义子，倒是个千里驹。况他天资颖悟，略一指点，便可有成。而且两次仙乩，都说前生是我的女儿，自然他也会天性相亲。"主意已定，便道："恐福薄老人，未必能有此佳儿。"众人皆笑说："先生太谦了。"琴言想道："两次神仙特为我判出前因后果，我看这位屈老先生，真是天下第一等人品，得他教训，也不枉了一世。况前世又是父女。但我断没有自己开口求人为父的理。"既而听见子云之言，又测度子玉之意，众人竭力赞成，道生一口应允，便也满心欢喜。但终是面嫩，答应不来，红泛桃花，低头不语。子云道："玉侬，你怎么样？道翁是极愿意的了。况你们前生原系父女，今世自然天性未离，这是光明正大的事情，何妨答应，有什么害羞处说不出来的？"琴言目视子云，将头点了一点。子云哈哈大笑道："愿意了，愿意了，这也不是轻易遇得著的。"就让众人到承荫堂，铺了红毡，次贤、子云扶道生坐了，文泽、仲清拉过琴言来拜了八拜，道生受了。

众人称贺已毕，道生又谢了子云，便说道："弟是孤苦一身，并无家小，既承诸公雅爱作成，认为父子。但我比不得那有子嗣的人，单只挂个名儿。我既认了他，自就与亲生的一样，要教训他，并且要随著我去，不知他心上何如？"子云听了，略一踌躇，即问琴言道："这事要你自己作主意，旁人难以应答的。"琴言道："这个自然，我又没有父母，岂有不追随的道理？"子云赞了一声"好"。子玉听到此，未免有些伤悲，然也无可奈何；况从此琴言入了正路，故也喜多悲少。在琴言彻底一想，非但不悲，而且极乐。道生便叫过琴言来，说道："从今以后，须要改去本来面目，也不应常到外边，在我寓里读书习字。出京日期也近了，你的名姓是都要改的，如今就依我的姓，改名为勤先，留你一个'琴'字在内，号就是琴仙。"众人都说：“改得甚好。”琴言俯首听训。子云与子玉见了这个光景，颇觉凄然，以后就要另样相待，正是"从此萧郎是路人"了。

　　子云便请入席：第一席是道生、子玉、吉甫、王胡子、琴言；二席是仲清、文泽、王恂、子云、次贤；九个名旦分为两桌，各自叙齿坐了三、四两席。琴言坐在下手，拘拘谨谨，也不举箸，甚觉可怜。倒是道生体恤他道："凡遇热闹场中，当言的即言，也不必过于拘谨，但存著个后辈的分寸就是了。"道生喝了几杯酒，便与子玉、吉甫、王胡子谈些闲话。王胡子道："屈老先生，晚生这个请仙的本事如何？你说我是赚人么？"道生笑道："今日之事却真稀奇，若不是我亲眼见的，亲手写的，凭谁告诉我，我也不信。"又道："胡兄，你往常请仙，也有这么灵异么？"胡子道："今年过扬州时，在一个盐商家扶乩，请的什么杨少师，写了一长篇，把他家闺门里的事都写出来，吓得那主人家磕头如捣蒜的哀求，方才没有写完。第二次就要算今日了。往常请时，却没有这么灵异。"子云笑道："今日说我们的诗中，也有两句说著隐情，不过谑而未虐。"

　　蕙芳咳嗽一声，惹得各席都笑了。道生也笑道："我也略猜著些，但不知是怎样个始末，何妨与我说明。"子云道："我要说，又怕有人不依，我不说罢。"玉林对漱芳说道："起初乩动的时候，我总当著你的手动，我想把我的手不动，教你写不成。到后来，不由得我的手也跟著动起来了。"漱芳道："可不是，我先也打量是你作诡，及至写了一句诗，我还疑惑是作出来的。后来才知不是了。"春喜道："我们扶的时候手要不动，那乩自己就会跳起来，比你们头一回还动得快。"琪官道："这神仙也不知怎么来的，就这样快，就像在这园子里一样，真是心动神知了。"兰保道："那杜兰仙与玉侬同姓，所以关切得很，把他的前事都说出来了，总成了这件好事。"宝珠道："我们前生，就不知道是什么人转生的。吉甫说他也会请，我要看看，总未遇巧。"素兰笑道："你的前生不是说是个尼姑吗？"宝珠不觉得脸一红，笑道："你怎么知道？"素兰道："我听见你自己说的。"宝珠笑道："我竟忘记了。"因远远的看着吉甫一笑，大家也不觉笑了。

　　道生来了一天，便要早回，对琴言道："明日我着人来接你罢。"子云道："先生何不搬来，那寓里有甚好处？"道生道："这个最妙。我心上不好讲，又要搅扰。我还要细细把你的园子逛一逛呢！"诸名士道："若得道翁先生住在园里，更有趣了。"次贤道："前年园亭成后，一切布置倒也罢了。只有一样，各处的联匾，都是草创时定的；后来改造起来，往往有些不合适了。且书字撰句，就是我们二人，并无第三人斟酌，至今日看去，似觉草草。昨日我与度香商量，尚须添的添，换的换，非道翁及诸兄手笔不可。"仲清道："我们究竟还没有逛到，须尽一日之兴，游到了方可拟题。"子云道:"含万楼下,我想刻一篇《怡园序》,要借重道翁。明日搬来,第一就要请教这篇序。"次贤笑道:"他还没有搬进来,你倒先索房租了。"说得众人大笑。

道生约定明日即移过来,与琴言同住。以后琴言就改了姓屈,称他为屈勤先,人叫他号是琴仙,不叫琴言了。看官须自记明。

不知后事如何,且看下回分解。

第四十六回
众英才分题联集锦　老名士制序笔生花

话说屈道翁搬过怡园来,与琴仙就在海棠春圃住下。次贤向在梨花院,与海棠圃相近。道翁即有一番教导,琴仙从前念过的书,一面温理,一面与他讲究些诗词文艺,习学楷书。可喜琴仙天资颖悟,过目成诵,而且锐志攻书,把从前的忧闷倒也撇开。一连几日,道翁见其聪明可学,也甚欢喜。子云更为得意,吩咐园内家人都称为屈大爷。约有半月以来,琴仙的文理已通了好些,字也写好了,对对做诗也通顺了。父子之间,十分亲爱,竟是亲生的一样。那些相公们到园来,倒不好与他盘桓,到门口略一探望。琴仙也不肯旷功,足不出户,道翁倒有时体贴他,叫他也到各处逛逛,可以开放心胸。琴仙虽答应了,也不出去,不是写字,就是看书,把个潇洒惯的屈道翁,反被他拘住,要时常的释疑问难起来。

一日,想起子云托做《怡园序》,便作了半日,又修饰了一会,自己送与子云、次贤看了,请他斟酌。次贤道:"妙极了,就使徐、庾复生,也不能涂改一字。"子云道:"是石刻好呢,还是木刻好呢?"道翁道:"论长久,自然是石刻。前日见金吉甫相熟的那个季十矮子,刻工尚好,不过价值大些,然此是市井的常理。你莫若找吉甫将他荐来一刻,是极妙的。不是说要刻在含万楼屏风上,却也好看。"次贤称善。子云即叫书僮,找出了八张大宣纸,照着屏风大小裁好了,送到海棠春圃,请道翁亲笔自书。此时春航、南湘场事已毕,子云定了二十八日,请诸名士游园,以辰初毕集。是日不设筵宴,恐误了游兴,止于几处备了小酌茶点。凡近水者坐船,离水远者步行,须以一日之内游尽。王胡子住了两日回寓,将《图书集成》装了五大车,送进怡园,子云只得收了,就放在含万楼上,也就摆满了五间大楼。

诸名士于二十八日早上陆续皆到。是日,子玉、春航、南湘、仲清、文泽、王恂，共是六位，惟吉甫因感冒未到。园内屈氏父子与次贤主人四位，都在含万楼下坐了。道翁道："这个含万楼是本《易经》'含万物而化光'句摘下，因为园中的主楼，故取此名。但就本意是言乾道之大，此名似乎不甚相宜。度香以为何如？我见楼上现供着赐书，何不就改为'赐书楼'未知可否？"子云道："改得甚妙，就是赐书楼。还要求作一副长联。"道翁道："老夫改了楼名，那联句请诸名士题罢。"子云道："诸兄自有分题，这第一联还求道翁先生赐题，就是诸弟兄也不肯相僭的。"道翁又让了一会，叫琴仙捧过笔砚来，题了一副长联。诸人见他写出，看是：

　　文苑赐英华，数玉笈金编；
　　正学十三经，旁通廿二子。
　　词场开鼓吹，看笔歌墨舞；
　　纵横一万里，上下五千年。

　　题罢，哈哈大笑道："老夫拙句不文，诸兄休得见笑。"众名士看了，个个首肯心服。子云让大众进了承荫堂，崇轮巍焕，局面堂皇。院子内有座戏台，槐阴布绿，栋宇生辉。道翁与诸名士看了那些匾对，说道："这堂名很好，不用换，东西楹要添副长联，就请静宜大笔罢。"次贤道："这些联额，原是弟当日胡乱写成的。这承荫堂与赐书楼，皆是正屋，还求吾兄老手一题才称，恐我们终是柔筋脆骨，撑不住这个大局面。况所添的地方尚多，大约有二十余处，再等我与诸位分拟罢。"道翁道："不是这么说。我虽与诸位兄台相叙了几次，尚未瞻仰珠玉，今日正可窥豹。若尽要老夫题咏，倒将诸位的锦绣埋没了。"众名士谦道："此处实不敢妄拟，其余各拟几句呈改。"琴仙又捧了笔砚过来，道翁道："你学了几天字了，我念你写，不要写别字才好，诸兄看看可长进些么？"遂口占一联，琴仙写了，个个的端楷。诸名士看是：

　　佳气近蓬莱，欣玉烛时和，金瓯业盛；
　　晴光开阆苑，咏珠帘雨卷，画栋云飞。

　　又集六朝文语，成了一副八言的，也念与琴仙，写出是：
　　风草月松，绿庭绮合；
　　日华云实，旁沼星罗。

　　诸名士惟有痛赞。再看琴仙的字，已是美女簪花，秀润如水，更为欣喜。道翁道："对面戏台，虽有联匾，那块'太音之和'可以不换，檐前那块是要换的。柱上的七字联，应改八字的，请庾香世兄一题，老夫借观珠玉。"子玉尚要推逊，众人挤定了，却也不慌不忙，想了半刻工夫，提起笔来写了，说道："小侄荒疏，未敢妄作，也集个成语，尚求老先生斧正。"道翁与诸名士看时，匾是"画堂秋拍"四字，联句也是集六朝文上的，是：

轻扇初开，长眉始画；
　　鸣瑟向赵，吹箫入秦。

　　道翁赞道："我说庾香世兄定是不凡的，果然！果然！"子云及众名士也赞了"好"。子云就让进内，出了承荫堂，后是牡丹香国，四围短短花墙，围了有两三亩大的一块地。内中花石亭台，位置无一不佳，倒像独成一个园林景象。径用小白石砌成，曲曲折折有数十条，护以短栏。满园尽是牡丹花，有在石台上的，有在平地上的，高高下下，足有千万朵，开得正盛，五色缤纷，令人目眩意乱。诸名士也赏玩不尽，然到此亦不能不稍为游憩，各寻石径花台、小亭曲槛处，小憩了一会。来到正屋，是七间，里面又间著些洞房绮户。再到后一进，长廊缭曲，屈成横波，却种满芍药花，此时未开。道翁道："这牡丹香国，繁华已极，可改名为'宝香堂'，后一进题为'护香廊'。这宝香堂须添一副对子，请湘帆兄罢。"春航要逊，诸人不依，只得遵了。想了一联，写出是：

　　五云书凿金银字，百宝栏开富贵花。

　　道翁看了，赞道："真好富丽，却称这宝香堂。"众人也附和了几声。

　　次贤道："我们还是从东去呢，还是从西去呢？"子云道："从西到东路长，还是从东转西，可以坐船，路却顺些。"便领众人出了护香廊后的围墙，只见一带石坡，层层的丛兰翠箓，芳馨袭人。从石磴上行到了山北，也是一样的兰竹。那带山向西北去的，却是土冈，由高而低；望东南去的，却是层峦苍翠。山下一带清溪，溪外尽是竹树。依山临水间，有一所院宇，石壁上刻了"兰径"两个大字。道翁与众人进了屋子，见是一间、两间、三间、五间的不一，有好几处。满目尽是碧杜、红兰、翠苔、绿藓，甚为幽雅。道翁道："此处甚佳，一洗宝香堂繁华之气，不可不题。"因题为"风露清吟馆"，对仲清道："剑潭兄试题一联。"仲清不能推辞，此处也合他的雅趣，即题道：

　　二分水蘸三分竹，一面山栽两面花。

　　道翁赞道："好极了，却移不到别处去。"仲清笑道："有先生的珠玉在前，我等实难附尾，不过聊以塞责而已。"文泽道："此处我竟没有来游玩过。"王恂道："我也没有，到护香廊就住了。"南湘道："我去年看菊花，是从这里走过，倒游了一游。"

　　子云引道，过了一座木桥，从竹林走出，是片空地，有几间敞厅，立著鹄棚，旁边还有一条马路，望东北上编些竹篱，高高矮矮，护著几处屋宇。同到了里头，内中摆设俱极雅淡，署名曰"菊畦"。后面是个大荡，荡边树木茂密，再后头就是围墙了。道翁道："此处可改做'黄香东圃'，添副小对子罢。"遂念道：

春秋多佳日，风雨近重阳。

子云引了，从菊畦东手走出，一带桑林前面，是溪河挡住，便叫家僮去撑了两个船来。家僮沿着河堤，转过山嘴，不多一刻，见两个小艇撑了过来。众人下了船，一并的慢慢撑去。绕过了一个石矶，见一边是山，一边是树。到了一处，系好了船上岸，只见苍松夹道，古柏成盘。从松林里进了一所庄院，也有二十余间，最后一进已在山顶，见有一株古松，如虬龙盘云一般，中间设一张禅床，前面一个丹鼎，署名为"松龛"。外有一个鹤栏，见有两只白鹤，雪羽皑皑的，甚是可爱。道翁道："松龛可改名为'松鹤丹房'，竹君可题一联。"南湘也集了六朝文，念道：

逸翮独翔，孤风绝侣；
真花暂落，画树长春。

道翁赞了"好"。

翻山过去，从一条石径走下，望南一百余步，便是梅嶂了。密叶繁阴，子多于豆。同进了屋内，众人已走了许多路，也要歇歇了。子云即吩咐摆饭上来，略喝了几杯酒，便吃了饭，喝了茶。道翁问道："这个园共有几里？我们今日也走了好半天，还不到三分之一。"子云道："周围原有五里，山占了一分，水占了两分，树木占了一分，空隙处又占了一分。于房屋原只得二十几处，除了门房、马棚、厨房等类，算起来共有四百零八间。其实也不算很大，若要扩充出去，也还可以。"道翁道："够了。太大了，太觉空旷。你这个园好在不散，处处精神团聚，一处有一处的结构，真是好手笔，大约你与静宜也费尽了心。"次贤道："可不是，那时你又不在京里。你若在此，便好商量，必定还要添出许多好处来。"道翁道："已经好极了，设使我起出稿来，还未必能如此。"子云道："有几处，静宜也改了好几回才成的。"子玉道："这'梅嶂'两字，只好刻在山上。在房屋里，这'嶂'字似乎要改才好。"道翁道："就请教换个名字。"子玉道："还请道翁先生改罢。"仲清道："你若想著了好的，就说也不妨。"道翁道："正是，就我换得不妥，也要请教大家商量的。"子玉道："改做'古香林屋'罢。"道翁道："妙，妙！这个古香林屋实在改得妙，就请题一联以成全璧。"子玉要取笔写时，琴仙道："我代写，你念来。"子玉一面念，琴仙一面写。众人看是：

看他竹外枝斜，恰称翠袖生寒，缟衣纯素；
伴我夜阑人静，正值瑶琴一曲，玉笛三终。

道翁大赞道："仙骨珊珊，非吃烟火食所能道，拜服，拜服！"子云与众人也都大赞。又赞琴仙的字，比先写的更加精美。子玉看了，真是喜不自胜。琴仙见子玉题了这副好对，也觉得玉颜春暖，笑启朱唇。仲清、南湘等也替子玉喜欢。

大家走出了梅峤，过了梅林，转过一处，又是一个庭院。前面两块英州灵石，平屋三进。后有一楼，楼上有一神龛，供设花神牌位。中间一进，署名为"红茶仙馆"，两边都有厢房。道翁道："此处既供设花神，索性做个花神庙，改名为'蕊珠仙府'，湘帆兄可再咏一联。"春航应了，想了一想，写了出来。众人看是：

　　花雨散缤纷，娇舞霓裳云贴地；
　　风情吹旖旎，轻摇月佩步凌虚。

道翁笑道："湘帆兄的是妙才，写得如此风流香艳，真把那花情花魂都写出来了。"春航自谦了几句，众人也帮着赞"好"。

于是出了蕊珠仙府，顺著两行修竹径、一条荔支街，又过了几处神仙洞，望东走，到了萧次贤的梨院来。道翁道："可不必进去了，梨院可改为'卧云香院'，庸庵兄请题一联。"王恂一面想，随着走到了海棠春圃来。子云道："且请坐坐，喝杯茶，那边又要用船了。"都进了海棠春圃坐下。道翁道："海棠为花中艳品，还有那些紫白丁香衬贴他，更觉香色兼备，须好好起他个名字才好。"即笑对琴仙道："我看你于那些诗词上也还明白，我今日当着人考你一考，你能起这个名字么？"琴仙听了，红起脸来，答应不出。子云道："很能，很能。你快想来，如不甚好，也没有人笑你的。"琴仙道："有倒有一个，只怕不好用。"道翁道："你且说来。"琴仙道："'春风沉醉轩'，不知用得用不得？"子云拍手赞"好"，子玉等同声说道："果然真好，这'沉醉'二字，用得入神入妙。"道翁也点点头，道："也难为他。"又道："你还能作一副对子么？"琴仙正要回言，王恂已写了卧云香院的对子出来，看是：

　　梦到香云生屋角，笑看新月上墙腰。

道翁与众人也着实赞赏了。琴仙道："这个春风沉醉轩是昨日偶然想著的。对子只有上联，没有想得出下联。"道翁道："你且将上联写出来看看，不好就不用他。如可以用得，请一位替你对成了才好。"琴仙就将上联写了出来，众人看是：

　　一曲惜余芳，娇比玉颜时醒醉；

众人大赞，倒将琴仙赞得不好意思起来。仲清道："可惜没有下联。"子玉将这句不住的吟哦，次贤道："这下联非庾香续成不可。"道翁道："果然，就烦庾香点铁成金罢。"子玉欣然提起笔来，写道：

　　千金买良夜，好酬春色正温柔。

道翁大赞道："此与湘帆兄一样手笔，今日看诸兄题的联句，正是一人一样性灵，原不能强合的，就是前舟还没有题过。"

大家喝了一会茶，子云命家僮去驾船。那边池水宽阔，撑了一个画船来。众人绕过了河堤，下了船，荡出了小港，即是个大宽阔处，令人豁目爽心。不多一刻，到了吟秋榭，子云请众客进了榭。道翁尚未游过，把这三层水榭游了一转，老年人也乏了，就在中间一层坐了。子云道："少酌几杯，此处已预备了。"于是众家人上来，在各人面前摆了个攒盒，斟了杯酒。道翁饮了数杯，倚阑眺远，见旁有条条小港，叠叠崇山；前有绿柳低垂，红桥斜跨；山上有泉，翻银滚雪；屋边皆树，云护烟笼，赞道："我看园中以此处为第一，这榭名也好，就每层一副对子。前舟题第一层，竹君题第二层，剑潭题第三层。必皆有惊人好句，老夫洗耳恭听。"三人不能推让，先看文泽的第一层是：

　　楚江烟水吴江雨，
　　卍字阑杆丁字帘。

道翁及众人痛赞了。道翁道："这第二层最难，上有第三层，下有第一层，这要看竹君的巧思了。"南湘已想了一会，颇难著笔；仲清也在那里凝思，各要争胜。南湘已得了，写了出来道："题得不好，将就算他第二层罢。"众人看是：

　　秋色扑帘栊，置身已觉超平等；
　　月光穿竹树，放眼请登最上层。

道翁赞道："果然是第二层的联句，移易不动，这是煞费苦心才得出来。剑潭的第三层如何？想另有妙意。"仲清道："我的不及竹君的切题。"即写了出来，看是：

　　君如趁月来游，云移一鹤；
　　我欲乘风归去，桥卧长虹。

南湘看了，先痛赞起来道："剑潭此联，颇有仙气，这断不像第二层，也不像第一层，实在是第三层最高处，我真服了你这种浑脱句子。"道翁与诸人也齐声痛赞。

吃了些点心，又下了船，慢慢的摇。众名士领略那水光山色，佳兴增添。穿过了六曲红桥，沿着那竹树蒙茸，到了一处，那是"停云叙雨轩"。高下两层，一在半山，一在山脚，甚为幽雅，大致与吟秋榭仿佛。道翁道："这个名字要改，此处是第二个胜景，着不得陈腐语，改为'练秋阁'罢。"众人道："改得很好。"道翁道："此处须静宜添一副好对子。"次贤道："恐题得不佳。"也即写了两句，看是：

　　清樽满赏山香子，
　　画舫遥听水调歌。

道翁与众名士赞赏不已。

子云让众人下船，对次贤道："先到了桂岭，转来再到缥缈亭罢。"次贤道："自然先到桂岭为是。"就从练秋阁旁，转入一条小港，随著山脚，荡有三箭多远。上坡见是一个药圃，四面围著白石短栏，一个亭子。从亭子进去，有几间屋宇，内中清洁，有些药铛、杵臼等物。一边是豆花篱，此时却还空著；一边是鹿栅，有只梅花鹿在里面，见人来便呦呦的叫起来。众人也赏玩了一回。出了药圃，是一座土岭，见无数的桂树，过岭来桂树更加多了，内中有好几处院落，自成一景，亭台楼阁，备极其胜。子云领众都走到了，进了正屋坐下。子云又让客用了些茶点心，诸人一面游赏。道翁道："此处是个大坐落，'桂岭'二字不足以尽之，改为'丛桂山房'罢。"子云道："改得妙。"道翁又道："你自置一联。"子云笑道："道翁先生既要考我，也应早些命题。到临时才说，教我如何想得出来。"构思了一刻，也集了副成语，写将出来。众人看是：

　　大雅扶轮，小山承盖；
　　落花入领，微风动裾。

道翁道："集得甚好。"

即起身出了桂岭，望北而来。只见怪石嵯峨，若飞若走，颇为骇目。古藤如臂，香草成茵。上了山径，直盘旋到了山顶，有十丈多高，把园中的景致望得瞭然。看了好一会，才一步步的拾级而下，到一个山凹里亭子边，便是缥缈亭，靠山踞石，两翼外张如飞的样子，好不幽险！亭中可容三席，下面东手就是方才的练秋阁了。道翁道："怎么又走回来了？"看亭子里有副对子，是他的学生华光宿的，也还用得，便对子云道："你于此处，何不再集一副成语？"子云道："我料著道翁还要考我，我已想就了。"即写道：

　　幽岫含云，深溪蓄翠；
　　横藤碍路，弱柳低人。

道翁说："好。"又步下山来，沿着右边一带山径，足足走了半里多路，过了好些石磴云屏、小亭曲榭，到了一带梧桐树边。前面远远望见赐书楼。才从西边一条曲径走去，又穿过了几处神仙洞，便是一道清溪，围着一个院落，门外也有几堆小山，尽是碧桃花树，已盛开了。遂同过了小石梁，来到桃花坞。这里有五六处坐落，游赏已毕，道翁道："此处改为'寻源仙墅'，也须添副对子，再借重庾香一题罢。"子玉想了一会，写出看是：

　　此处即仙源，自有问字青鬟，添香红袖；
　　名园为福地，不数踏歌潭水，打桨春潮。

道翁大赞，众名士也随声附和。出了寻源仙墅，又过一座半石半土的小山，接著就是几百株杏林，围着三四层重楼，湘帘晃漾，绮户文窗，令人应接不暇。道翁道："这个楼名题得才妙，无须更换。'东风昨夜楼'是那

一位题的?"次贤道:"是度香题的,对子是我做的。"道翁道:"好对子。"朗吟了一遍,也叫琴仙写了出来,琴仙记得是:

一夜雨廉纤,正燕子飞来,帘卷东风,北宋南唐评乐府;

三分春旖旎,问杏花开未,窗间青琐,红牙白纻选词场。

于是从东风昨夜楼后面走去,说不尽园中的景致。又到了一处,尽是些榴花艾叶、萱草紫薇等类,有几架老藤花开满四处,还有些罂粟、虞美人,有五六处坐落。道翁各处看了,知是小赤城,因榴花而设。又看了些对联,自己题了一副,命琴仙写了出来。众人看是:

翠黛忘忧,琥珀杯斟金谷酒;

红巾侍宴,珊瑚枕卧赤城霞。

众人大赞。又走了出来,望北而行,右手竹梅外,望见宝香堂的东墙角,又见风露清吟馆的那一带峭壁,迤向西北。沿池走去,又到一处,见碧梧翠竹、芭蕉棕榈、枇杷柿子,清荫满目,爽逼衣襟。有五六块大盘陀石,顶上盘着凌霄花,正开得茂盛。此处妙不可言。道翁与众名士在石磴上坐了,道翁道:"这里别开生面,宜夏宜秋。"坐了一会,进了屋宇,见有回廊,有抱厦,有平台,有敞厅,游历不厌。正中厅内,见题著"积翠轩",有几副对联。道翁道:"积翠轩可改为'清凉诗境'。"众名士道:"这'诗境'二字大妙。"道翁道:"庚香再题一联何如?既题了温柔乡,也不可不题清凉境。"子玉听了,颇有愧色,只得唯唯听命,也就集了成语。众人看是:

零雨送秋,轻寒迎节;

狂花满屋,落叶半床。

道翁与众人赞毕。过了清凉诗境,便是个水荡,青蒲细柳,绿蘸波光。湖边有两三处茅舍竹篱,是个稻庄,其余隙地尽作平畴,颇有鸡犬桑麻之胜。东边河面窄处有个石梁,众人走了过去,就是先来的射圃,那边就是菊畦了。到了稻庄,闲步了一会。又到稻庄后面,尚有无数的小房子在那里,都是园丁花叟住的地方。还有藏花窖、藏冰窖、茶寮酒肆,但也有趣。那些园丁见主人同了客来,一齐躲到屋里去了。众人又绕到西边,尚有些鸭栏鸡坞、蟹籪渔庄,莽麦一畴,菱茨满荡。道翁不胜留恋,想起归田之乐来,谓子云道:"将来尊大人回来,这个平泉庄胜于古人多矣。"便数今天添的对子,已有了二十二副,内中最多者是子玉与他自己,其余也有两副的,惟文泽、王恂只有一副,未免不公,于是烦王恂、文泽各撰一副,又改稻庄为"红雪西庄"。先是文泽念了出来,是:

梅雨平添瓜蔓水,

豆花新带稻香风。

王恂也念了两句,是:

　　宰相归来游绿野,
　　将军老去隐青门。

道翁道:"这两联都好,不分伯仲。今日这些对联,各有所长,老夫只可拜倒辕门了。"众名士谦让了好些话。

今日这怡园也算游尽,只剩了些小景致,不关紧要的地方。子云请众位还到宝香堂,已是夕阳西下,朱霞半天,映著那些牡丹花,更为绚烂。已撤了护花的幛子。子云备了两席,一席是道翁、南湘、子玉、琴仙、次贤,一席是仲清、春航、文泽、王恂、子云。正饮酒间,王兰保、金漱芳、秦琪官、林春喜同来见了,即分开坐了,谈了些闲话。子云道:"今日这二十四副对子,清芬浓艳,各尽所长。但我看来,始终要推道翁先生的赐书楼、承荫堂,冠冕堂皇了。"众名士道:"自然,我们到底觉得力薄,那里能这样大方,这是勉强不来的。"道翁道:"这也不然,一来相体裁衣,二来是各人的性灵。今日高超的是剑潭,沉著的是竹君,细腻风光的是庾香,风华绮丽的是湘帆,秀润工稳的是庸庵、前舟,潇洒跌宕的是静宜,就是度香那两副集句,也觉得落落大方。正是各人自立一帜,无从评定甲乙。你们看这二十四副对子,好在虚字少,尽是实字多,便见得力量。若教外边那些名宿做起来,不知要添多少虚字在里头,才凑得成、捏得拢呢。"众名士一齐佩服。子云道:"先生何不将那篇序文拿出来,大家看看?"道翁道:"我本要请教。"即叫书僮到春风沉醉轩取了出来,大家争先要看。子云道:"不用,我与静宜是看过的了。"便叫书僮找了两个针,将序文插在壁上。携灯照了。众名士看时,那四旦也同过去看,见道:

　　昔者署书之体,肇于白虎苍龙;刻石之诗,昉白平泉翠篆。故《兰亭》一序,春帖争传;《柏梁》数篇,华词擅藻。况乃地严紫禁,云护皇都,名著金台,星连帝座。铜街复道,珠市通衢。龙楼映凤阁以生辉,玉辇随金銮而同警。貂蝉贵第,大开竹木之园;驷马高门,广建芙蓉之府。

　　尔乃东海巨公,南天协相。秉百蛮之节钺,领两浙之湖山。岛屿风清,海洋令肃。鲸氛净而飞艎万里,蜃气息而晴霞满天。预谋韩忠献昼锦之堂,先廓晏大夫近市之宅。赐来水衡之钱百万,拓出金谷之地十弓。则有翩翩公子,弱冠为郎;岳岳清才,英年攀桂。簪裾云集,皆四姓之门庭;裙屐风流,洵一时之俊彦。共商图画,成此园居。鸠工庀材,三十六月;风廊水榭,四百八间。人杰自应地灵,云蒸亦复霞蔚。

　　其园也峥嵘窈窕,突兀窜嵌崎,山列如屏,水潆成带。灵枫人柳，老化红羊；怪石危峰，暗蹲碧兽。三分竹而二分水，五步阁而十步楼。构塘曲槛，尽草木之扶疏；青琐绿墀，极房栊之繁盛。听鹂有馆，斗鸭成陂。驰马球场，设鹄射圃。春风一来，则繁花如绣；夕阳欲下，则好鸟咸啼。流泉数金石之声，岩岫染黛眉之色。则有云间词客，邺下才人，落唾生珠，清词霏玉。回紫澜于大海，骑彩凤于神山。琉璃研匣，置鸲眼之端溪；翡翠笔床，卧鼠须之湘管。朱盘展而华月倒行，宝鼎喷而祥烟成盖。夜吟未已，宵露珠圆；晓寐未遑，朝阳金灿。竹楼花浦，时来不速之宾；残雪断霞，绝少离群之感。论古则源探星海，辨才则河下龙门。风云壮而五纬经天，月露新而七星贯手。洵乎豪矣，不亦壮哉！

于是南都石黛，妙选歌台；北地胭脂，齐来舞榭。惊鸿飞燕，飘冶袖之双双；鹿锦凤绫，结霓裳之队队。联步于广寒之阙，玉宇无尘；回眸于洛浦之滨，秋波屡转。唾花飞而香留三日，歌珠串而莺啭一林。何论蛾眉蠄首，秾夸桃李之颜；翠羽金梁，盛侈钗钿之饰也。

而议者谓玩物丧志，节欲保身，腥酸之味腐肠，窈窕之姝伐性。是以寇公居处，地乏楼台；羊子清贫，衣惟布帛。上卿犹豚难掩豆，丞相亦门不容车，即为清德之是徵，高风之足尚。岂知屏列歌姬，不失汾阳之业；庭罗丝竹，愈形谢傅之贤。陶士行有僮仆千人，于襄阳称馈遗十万。金花银烛，羊公爱客之心；醇酒妇人，信陵自豪之致。况本门高王、谢，佩爱罗囊；姓拟金、张，卫森画戟。自有甘临之象，何须苦节之占。宜乎视金银为土芥，轻珠玉如泥沙。且超脱者为才子之情，豪纵者尤少年之气。阳春烟景，大块文章；驰电难追，逝川谁挽。苟不及时以行乐，殊为拘执而鲜通。更逢樱桃为郑国之尤，芍药以扬州为盛。故琵琶筝笛，游楚常以随身；月观琴台，徐湛因之宴客。龙华会上，聚青真玉女之仙；兀迹山前，志赤乌美人之地。千灯张而银河落于树杪，重帘卷而珠彩生于栋间。华鬘忉利之天，原许神仙游戏；流水夭桃之际，岂无花草迷人。多见者识广，博览者心宏。若云尹文子之身宜布衣，公孙弘之餐应脱粟。清风明月，买不因钱；扫雪烹茶，贫而能乐。是犹舍江湖之大而濯蹄涔，忘泰华之高而惊培塿也。

仆衰年作吏，憔悴风尘；壮岁束装，羁栖宾客。然而览洞庭、彭蠡之胜，瞻南衡、东岱之崇。登吹台而揖高、岑，入戎幕而抗范、陆。拥裘雪寒，走马兰台。庾子山萧瑟生平，江关已暮；杜少陵飘摇风雨，草舍无存。今也驽骀犹系盐车，归田何日；社燕暂寻朱户，胜地重逢。会珠敦玉斝之场，作联袂题襟之集。呜呼！蓬心将死，经零雨而重苏；桐尾已焦，遇赏音而犹响。结交以道，文字为缘。他年事业勋猷，相门出相；此日池台花鸟，仙境求仙。若谓歌梓泽之芳园，言兴珠翠；序《玉台》之新咏，书凿金银。则仆才尽江淹，赋输王粲；愿投梭而看织锦，请捧研以俟生花。

当下众名士看了，正是游、夏不能赞一词，惟有拜倒而已。道翁自谦一番，又道："可惜今日吉甫未来，又少了许多名作。明日想他也就大好了，请他来看了，斟酌斟酌再刻。"诸名士皆以为然。直饮到三更方才尽欢而散。

不知后事如何，且听下回分解。

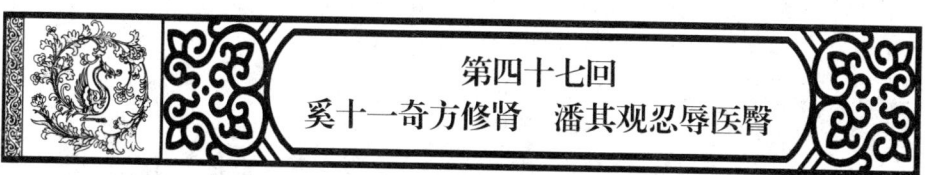

第四十七回
奚十一奇方修肾　潘其观忍辱医臀

话说诸名士那日在怡园分题了些对子，经道翁一番赏识，俱极欣喜，后又看了那篇序文，真是五体投地，不能不服。就是南湘、春航，是最不轻易服人的，此时也是真心拜倒。明日子云又请金吉甫到园，将那些联额看了，吉甫亦甚佩服。请道翁用真行字，写了十六扇屏风，吉甫荐的季十矮子在园中刻起来。

到了四月十一日，春航、南湘报中进士，南湘中了二十　名，春航中了三十四名，两人不消说都欢喜，把个蕙芳、兰保也乐得说不出来。南湘此番在京，借住在文泽处，因去年乃翁赴任时，将住宅卖去。蕙芳因春航在文泽处，虽彼此相安，但他出进虽没人说话，也常要到门房走走，因此觉得不甚便当；又见南湘也中了，想他们二人的才学，是必入馆选的，即与春航、南湘商量，何不合租一所房子。

他二人也甚愿意，就托蕙芳留心。蕙芳又托人问了几处，皆不合意。一日来到子云处说及此事，子云道："何不到我园中来，也热闹些？且道翁已选了南昌府通判，不日就要赴任，玉侬是要同去的了，你们搬进来不好么？"蕙芳道："我是不搬进来。"子云道："你也搬进来。"蕙芳道："我要搬进来，还要等一两个月，此时还不能呢。"子云道："桂岭那边丛桂山房就有三十几间屋子，竹君、湘帆二人很够住了。你去对他们讲，说我说的，不必另觅，将来如有家眷来了，再找不迟。我明日拣个日子去请他就是了。"蕙芳应了,又到次贤、琴仙处谈了一会。琴仙知道不日就要出京,回念旧时朋友相好一场,出京之后,不知何年再叙,甚觉缱绻,留蕙芳坐了半天,谈了好些话。蕙芳道:"你要出京,我们自然要送行的。但你令尊在家,拘拘束束,不甚畅快,须到外边去才好。"琴仙也应了。蕙芳谈了许久,方才辞出,见了春航、南湘、文泽,均将此话说明,度香要请他们二人过去,春航道:"竹君可以去,我这几日就想接家母与内人来,房子终要找的,省得挪来挪去。"南湘道:"我也看去不去,也在两可。"春航明日面辞了子云,说要接家眷来京,子云也不好相强。蕙芳也找着一所房子,甚是合式,就在鸣珂坊,与子玉相近;又替春航备了车马,新收了几个管家。那赶车的就是周小三,进来后,又荐他小舅子许老三,改名许贵,做了跟班。局面一变,暂且按下。

且说那奚十一病好之后,已养了一月有余,此时性子减了好些,身体瘦了好些,烟瘾又大了好些。但奚十一这个孽障,虽经了这番痛苦,就应该痛改前非,保身节欲。谁知他身体一健,仍旧不安本分;况且内有菊花,外有巴英官,这两重前后门是封锁不来的,未免也要应酬应酬。无奈那厮物甚不妥当,不动作时倒也不觉怎样,此时原只剩了半截,没头没脑,颇不壮观。到动兴时,内中有一条筋胀得生疼,要勉强应酬几下,也是不能的,把个菊花心内急得无法,唯有暗中流泪。奚十一也觉抱愧,自己一想:"今年才得三十岁,怎好就是这样。若在家乡倒还能想个修治法子,这里只怕未必有这个能手,把他移梁换柱起来。"

一日,要到宏济寺去谢唐和尚,封了五十两银子,叫英官拿了。到了寺门口,见间壁开了个饭庄子,挂著招牌写著"安吉堂"。奚十一也不理会,到寺中见了得月,有些恨上心来,把他肩上狠狠的拧了一把。得月嚷道:"做什么使劲的拧我?"奚十一笑道:"你害得我好苦,病了一个多月不算,把那子孙桩也锯掉了半截,教我做了个废人,我好不恨你。"得月把眼狠狠的瞅了他一下,冷笑了一声,道:"你不知那里沾了来,倒来怨我,我好好儿的有什么,你只要看我的师父——"说到此,住了口。奚十一坐了,拉他在身边,问道:"你师父那里去了?"得月道:"在间壁庄子上。方才有个杨八爷请他去说话,就回来的。"奚十一又与得月顽笑一会,再问聘才,也不在家。

只见唐和尚醉醺醺的回来,见了奚十一,满面春风的道:"恭喜,恭喜,如今是大好了。"奚十一笑道:"多谢,多谢,还亏了你,虽然如今做了歪脖子的老短,到底还留得一半。若用了那人的药,定然弄到斩草除根,净了身子。我也没有什么谢你,这一点东西算还你的药本罢。"说罢,作了一个揖,从英官手里接过来,双手送上。唐和尚连忙的推辞,道:"这如何使得？咱们弟兄怎样的交情，你竟把我当作外人看待，送起谢仪来，快请收回。"奚十一道："你莫非嫌少么？"唐和尚连忙陪笑道："岂有此理。"双手只管推来。

奚十一道："唐大哥，你不用这样，咱们交情原不在这上头。但你那八宝丹是个贵重丹药，也花了钱才配成，不是几个钱买来的。如今你不收，倒使我为难了。"唐和尚还要推辞，奚十一决要他收，只得收了。二人讲了一会话。唐和尚道："你如今想已不忌口了，我这个庄子有几样菜颇好，今日尝尝新。"奚十一道："这个庄子是谁开的？开有几天了？"唐和尚道："这所房子是我寺里的，前年师兄租与一家住了，吊死了两个人，那家就搬了出去。已后常常的闹鬼，所以闲空了一年。前月春阳馆的黄掌柜的来，看这屋子好开庄子，与我搭伙计，我出了四千吊钱，才开了三天。有个厨子会做几样菜：一样烧鸭子，已是压倒通京城的了；还有一样生炒翅子，是人家做不来的。靠你能的福，这几天倒也拥挤不开，城里头有几位相好也赶出来。却还有一样比别处好，后头一重门开通，就是魏大爷的住房前一层，有相好的如果酒后要吹两口，可以到我这里来。就那边也另有两个密室，要相公、媳妇，都可以叫得。从我这边进去，是没有人知道的。比运河旁边那个右僧庙，一切更觉方便，又觉严紧，你说好不好？"

若奚十一从前听了，不知怎样高兴，无奈如今大非昔比，眼前不见，耳中不闻，倒还好些。若听了那些话，见了那些人，心中一动，底下那脑袋就像要伸出来，这条筋偏又拳缩伸不直，好不难受，因此不敢动心。他也不怕人笑他，就将这个苦楚说给唐和尚听，听得唐和尚大笑不止，说道："你拼得再病一个月，我替你治好他。"奚十一道："怎样治？"和尚笑道："我将些烂药把那条筋烂掉了，省得他要痛，岂不好么？"奚十一道："不好，适或一齐烂完了，怎样呢，难道还长得出来？我们广东倒有个接树法子，用海狗肾接他，不知京里有会的没有？"唐和尚拍手笑道："巧极，巧极！怎么没有？方才一个杨八爷，叫梅窗；一个张师爷，叫笑梅，是魏大爷的相好，常到这里来，我也与他相好。他们二人在间壁吃饭，我送烟过去，与他们讲了半天。那张笑梅有个亲戚是苏州人，专门行这一道：替人配眼珠子，配鼻子，配牙，这却都是假的。惟有接那样东西，说先上了麻药，将他一劈四瓣，把狗肾嵌进，用药敷好，再将药线缠好，一月之后平复如初。这狗肾是要狗连的时候，一刀砍死两个，从母狗阴里取出来的，才有用呢，不是什么海狗肾。而且听得说人是不疼不痒的。这人叫阳善修，现寓在城外，想必你那个也可以接得。但据你说短了，不晓得能接长不能。"

奚十一听了，满心欢喜，就立逼著唐和尚去请他来商量。唐和尚已经访明了住处，就叫人去请那阳善修。那阳善修住得不远，不多一刻来了。唐和尚出来，照应他先在外间坐下。奚十一从里面看他，面貌颇不适观，衣裳蓝缕，有几分瞧不起他，也不出来，叫唐和尚与他说话。和尚将奚十一的毛病讲了。阳善修道："讲接法也不同，先看各人的本源，再看各人的行货。譬如那老年人筋力衰的，是不能接的，就接了也是白接。若是本源好的，就烂掉了半截，只要有个根子，也可接得起来。但先要看看那位的本源，再斟酌接法。"唐和尚同了他进去，奚十一勉强把腰松了一松，就坐下了。阳善修见奚十一才三十来岁，身材长大，像个本源未亏的人。但看他那威风凛凛的样子，不敢来问他，局局促促的站著。奚十一把手一招，叫他坐了。

方才讲的话，奚十一早已听见，便道："我这个病就有一样作怪，内中像有条筋扳住，胀起来，他就有些疼。必要先治好了这条筋，才可治别的。"阳善修道："且先请教请教，看是怎样。"奚十一也觉有些不好意思，唐和尚走了出去，奚十一方站起来，解开裤子。那人凑著一看，把个象牙片儿拨了两拨，叫奚十一把裤穿了，说道："果然，先治直了这条筋，方好再接。"便出来对和尚坐了，先讲盘子，包修包好要二百银子，如有什么不妥当处，一钱不要。唐和尚与奚十一讲了，奚十一道："二百银也不多，但是要有用才好，不要被他赚了。"唐和尚道："他说好了才受谢，不好不要钱的。"奚十一应了。唐和尚做中，三面言明，立了字据，明日先付药银五十两。阳善修即拿出一包药、一条绫带来，交与奚十一道："你回去，将这药用丁香油调好敷上，把这绫带捆了，起先松松的，到起性时，便扎得紧紧的，越硬越扎紧，只要三刻工夫，这条筋就直了，永远不缩的。明日我到府上来再治。"说罢去了。

奚十一满心欢喜，便等不及唐和尚请他吃饭，即辞了回去，与菊花说知。菊花更加欢喜，便找了丁香油出来，绝早就吃饭，过了瘾，催奚十一睡了，将药调得浓浓的，敷满了他，将带子捆上。奚十一觉得那物先凉后热，一会儿火烧起来，胀得甚疼，便叫菊花把带子收紧，收紧了觉好些，一连收了三次，方才止痛。奚十一睡著了，菊花醒来，将手摸摸他，觉比以前长了好些，心中甚喜。到了明日起来时，菊花要解他的看看，奚十一正想撒溺，菊花替他解了，奚十一撒了一泡黄溺，重新捆了。

吃了早饭，唐和尚同了那人前来，奚十一到书房里陪他们坐了，阳善修问了昨夜的光景。菊花走将出来，从板壁缝里望那个医生，生得颇不顺眼：一个黄肿脸儿，约三十来岁年纪，有几根微须，身材短小，穿一件油晃晃的旧绸袄子，两只袖子破烂不堪。又见唐和尚的头，剃得紫光油滑，穿件青绸夹袄，拿著把扇子搧著。听得那人说道："叫你们管家生个炭炉来。要一大罐子开水，再要个小药吊子，还要旧绸子一块。"奚十一吩咐都取了来，炭炉开水是现成的，就搁在一边。那人取出一包药，听得他说道："这是参，这是牛黄，这是珍珠。"又抓些别样的药在里头，煎了一会，倒了一杯，凉了半刻时候，叫奚十一先服了。奚十一道："我等不及了，我要过那瘾。"那人道："索性上了药，你再和唐师父吃烟。等这药性发一发，就好动手了。"此时春兰、英官也站在书房门口观望。菊花见那人先调了半盏子药，将奚十一的带子解开，将水洗净，把绸子擦干了。菊花嫌那板缝小，还有些灰土嵌在里面，取下金耳挖来，把板缝里的灰，剔得干干净净，眼光才望得到转弯处。见那人将药与他敷上，又拿一个细套子套上，点了五寸长一枝香。奚十一与和尚躺下吹烟，菊花又见那人到窗前桌子上解一个包，取出个竹筒，并一个油纸包来。把那油纸包打开，有几条药线还像是湿的，将四条理直了，放在一边。听得他问道："你那尊躯似乎过短，你如今要加长些不要？"奚十一道："能够加长更好。"那人道："也不能很长。此时尊驾发起性来有多少长？"奚十一道："前日不过两寸半，昨日筋直了有三寸了。"那人道："我替你修好了，就可以有四寸，也就够了。"奚十一一口烟含在嘴里，答不出话来，菊花在外听了，当是奚十一只要四寸，便著了急，失口说了一声道："极短也要五寸。"唐和尚忍不住笑了一声。

奚十一听得出口声，便咳嗽了一声，菊花自知失言，便跑了进去。阳善修听得有人说要五寸，抬头一看，见门口有两个孩子站著，便当是他们讲的，也笑了一笑。春兰脸倒红了一红，英官鼻子里"哼"了一声。那麻药已上了好一会，菊花忍不住又走了出来瞧时，见那人说道："香已点完了，药性也走到了。"身边又扯了一块青绉纱来，笑对奚十一道："疼是一点不疼的，但你自己看了，我就下不得手，你须闭了眼。"奚十一听了，把绉纱在脸上捆了两道。叫他坐在炕沿上，把腿分开，搁在两张凳上。那人拿了药线放在一边，即蹲下身子，从竹筒里拣出两把小钢刀。菊花见了害怕，心里已突突的乱跳。见那人解下套子，那敷上的药已半干了。又将鸡毛蘸著药水，刷了一转，才把刀割了一刀，血冒出来，把一条药线嵌进。一连四刀，嵌了四条。菊花看了在那里发抖，抖得牙齿对碰，扑在板壁上，那板壁也刷剌剌的响。春兰、英官吐出了舌头，缩不进去。唐和尚不忍看，躺著吹烟。那人又掏出一个锡盒子，取出一片鲜红带血的肉来，中间还剜了一个眼。又见他把那把小刀在龟头上戳了几刀，又冒出血来，将那片肉贴上，再用药敷好。通身又上了药，扎了两三根药线，把个象牙片子在头上按了几按，砑得光光的，才把绸套子套了。解开了蒙眼的绉纱，见奚十一揉揉眼睛，像似不知疼痛，菊花才放心。

唐和尚问道："怎样？"奚十一道："倒也不觉怎样，就是下身麻木，此时两腿一动也难动。"阳善修把他腿掇了下来，扶他睡下，说道："每日吃煎药一服，我留下方子，你们自去抓罢。敷药我每天午正时来替你上，七日内包好。好之后切不可就使唤他，总要两三月之后方可办事，不然是要受伤的，切记，切记。公鸡、鲤鱼、羊肉，百天之内吃不得的。大好之后，你若能吃狗肉，倒有益处。"奚十一道："狗肉，我们广东人叫做地羊，是常吃的。我也不知吃过多少了。"阳善修对唐和尚道："昨日讲的药本先给我，我好去配药。"奚十一即叫春兰去对姨奶奶讲，要一封银子出来。菊花听了，先进去开了箱，取出一封银子，交与春兰送出。阳善修接了，收拾了药包物件，叫春兰、巴英官扶了奚十一进内去躺躺罢，同了唐和尚出去了。

奚十一果然每天服药一次，阳善修每到午正时候便来上药，一连十余日，竟已长好。后来菊花也不回避了，到阳善修来上药时，在旁偷看。见奚十一那物壮了好些，但是刀痕虽合，一条一条的形迹尚在头上，更不好看，一块青，一块红，像人脸上带着记印一般。惟撒溺时尚有些疼痛，且按下不题。

再说潘三自那日受了周小三这番荼毒回去，唬了一场大病，二十几天才起得来。这口气闷在心里，无从发泄，还算小事。那许老二抠了他一抠，又放了些东西在内，潘三回来趁早想法还好，偏偏又病了整一个月，如今又隔了多时，里头倒像生了虫，痒得难忍。老婆面前也讲不出来，每到痒时只好隔著裤子抠抠擦擦，无奈全不中用。要想找个人替他医医这痒病，自己已是这些年纪，又这般相貌，断难启齿。那一日实在难忍了，只得要老年失节。想家内人都告诉不得，只有一个打更的焦傻子，是个懵懵懂懂的人，才二十几岁。告诉他，要他当这个美差，叫他不许对人讲，想他倒不讲的。

主意定了，便叫了焦傻子到了一个小帐房里，先赏他喝了一碗酒，三个黑面饽饽，然后把这毛病对他说了，又叫他别告诉人。焦傻子只管点头答应，心内一些不懂。嚼完了饽饽，转身就走。潘三一把拉住他，他问："要做什么？"潘三再要讲一遍，也讲不出口来，若放了手，又恐他走了。便拉他到炕前，才放了手，自己伏在炕沿上，拉脱了后面衣服，高耸尊臀，口里说道："你来！你来！"焦傻子见了，四下张一张，见桌上有张包茶叶的纸，抓了过来，递与潘三，嘴里说道："三爷，你自己擦罢，我只会打更，不会擦屁股的。"一径走出去了。

潘三又好气，又好笑，只得罢了。过了几日，更加难忍，便恍然大悟道："要找人，是要找个行家，这糊涂的找他何用。"便想起与他顽过那些相公："若去找那年轻貌美的，又定不妥，只有一个叫桂枝，如今三十多岁了，光景甚苦，在班里分包钱，他与我有些情分。"即到戏园中找著了桂枝，也带他上了馆子，又许他几件衣裳。桂枝心里喜欢，当是潘三念旧，还要与他叙叙，便极力巴结。潘三见他光景甚好，痒病便发作了，便把他的病根告诉了他，问他可有医方。桂枝听了，笑了一会，说道："这没有医方，就有医方，想你能也断乎不肯的。"潘三道："我倒肯，只怕人家倒不肯。你若肯医我这个病，我愿重重谢你。"桂枝笑了一笑，瞅著潘三。潘三见他肯了，便坐到他怀里，一手将桂枝那物捏了几捏，也有些意思。桂枝心里想他帮衬，只得勉强。彼此松了裤子，桂枝也当他与自己一样的东西，不料到门口一撞，一团茅草，路径不分，针针刺刺的，心上一惊，那物就如春蚕将死的光景卧倒了，再也扶不起来。再见潘三的脸回转来，问道："怎样？"桂枝更觉肉麻，身上一冷，浑身起了鸡皮皴，忙说道："今日不能，明日再医罢。"潘三见此光景，只得拉倒，心上还想他明日来，与他约定了，给了他四吊钱。那桂枝又诉了多少的苦，格外要借十吊钱，潘三又只得给了。到了次日，桂枝果然来了。进了小帐房内，也照昨日的样，只是不济，就用三牲也祭不起他，把个潘三急得无可奈何，两人白白的坐了半天而散。

潘三正在纳闷，忽见一个伙计进来说道："周家那找零的银子二十九两七钱，打发人来取。"潘三道："我早已秤好在此。"将天秤架下抽屉一开，只见几个法码在内，不见银包；又从各处找了，也不见有。潘三明知桂枝偷去，只得叫伙计重兑了。再看屋内墙上挂的一个表，也不见了。潘三恨声不已，因是找他来医病的，不便多说，忍气吞声，惟有暗恨周小三与三姐害他。又挨了几日，那天多喝了一钟，更痒得利害，偶然想起卓天香也十七八岁了，又是他的老主顾，叫他来商量商量倒可以。即叫人去叫了天香来。天香来了，见了潘三请了安。潘三甚是欢喜，又同他到小帐房里，摆出一盘盒子菜、一碟熏鱼、一碟瓜子、一壶陈木瓜酒，与他谈心。

天香见潘三喜眉笑脸，乜斜著眼睛，扭头扭脑，不像往日的样子，心里想："他今日高兴，必有一番缠扰。"吃了一会，天香过去与潘三一凳坐了。潘三搂著，一手摸他那物，比落花生大得有限，心里吃惊，问道："你今年十八岁了，怎么还没有发身，像七八岁的孩子？"天香笑道："不晓得为什么缘故，他只不肯长，他也不懂人事，总没有动过色。"潘三道："我不信。"把他那颗落花生双手拈了几拈，果然不动；又挦两下，也不见怎样。潘三气极，将他推下身来。天香嘻嘻的笑，又扑在潘三怀里，拈著他的胡子，道："三爷，怎么恼我？我原用不著这个，怎么你今天找错了门路？"潘三撅著嘴不理他。天香伸手去摸潘三的下体，也像烟瘾来了的一样，垂头丧气，不比往日的淘气。天香弄了一会有些起来。无奈潘三一动心，后面更发痒得利害，要把天香撑开。天香当是他故意装做，便一把攥得紧紧的。潘三咬紧了牙，夹紧了屁股，把天香肩上咬了一口。此时是穿的夹衣服，一口把天香咬得"哎哟哟"的叫起来，把一手护著肩。见潘三靠了椅背，把身子往下矬了几矬。天香见此光景，甚是不解，眼睁睁的看著潘三，见他面红耳赤，又不讲什么。天香道："三爷，你今日为什么不喜欢我？

想我伺候错了，因此恼我？"潘三道："我也不恼你，但我今日不高兴与你做这件事。"天香只得走开坐了，又道："三爷，要梳发不要？"潘三道："也好，倒梳梳发罢。"

天香与潘三梳起发来，潘三问道："你伺候人顽的时候，内里怎样快活？"天香笑道："有什么快活？这是伺候人的差使，快活是别人快活呢。"潘三道："不是这么说。我听说有一种人，小时上了人的当，成了红毛风，说里头长了毛便痒得难受，常要找人顽他，及到老了还是一样，这真有的么？"天香道："可不是！我们东光县就有两个：一个刘掌柜是开米铺的，一个狐仙李，都有四十几岁了，常到戏场里去找人。他先摸人的东西，那人被他摸了不言语，他就拉了他去，请他吃饭，给他钱，千央万恳的，人才顽他一回。适或碰着了个古怪人，非但不理他，还要给他几个嘴巴。这个毛病至死方休。"潘三听了，心里更急，又问道："这毛病除了人顽，还有什么方法可以治得呢？"天香道："那里有什么方法。"想了一想，忽又说道："有，有，有，有一个人与我们同行，听他说医好一个人，说是用手挖出来的。"潘三笑道："这个如何放得进手？"天香道："手是放不进，指头是伸得进的。"潘三道："适或长了毛，指头也挖不出来。"天香道："他有方法。他说长毛也要经过人精才长，没有经过是不长的，不过那东西不得出来。"潘三道："既这么说，有三个月的，大约还可以治得。"天香道："这要问他。"

潘三见有人能治这个毛病，便将实话与天香说了。天香听了，也甚诧异，怪不得方才这个样儿，想要与我做个"烧饼会"，便笑道："你也顽得人多了，与人顽顽也没有什么要紧，治好他做什么？"潘三把他拧了一下。梳完了发，潘三千叮万嘱的叫他找了那人来。天香去了。到明日去找那人，告知缘故。那人笑道："潘三叫你来请我么？这事我早知道。他正月里拿这个法子收拾了许老三，许三姐才设计哄他，许老二就用他的法子收拾他，许老二早告诉了我。许老三吃了多少荞麦面，还吃了泻药，泻不出来。还是我传他的法子。听说三姐将银耳挖替他挖干净的，才不至成了毛病。潘三这个人真不是个东西，极该得这个报应，由他罢了。"天香再三的替潘三央求，那人道："既然要我去治好他的病，你去对他说，要送我三百吊钱。他这个毛病还花三百吊买来的，何况要治好，他应该加一倍才是。"天香即将这话去对潘三讲了。潘三道："不知取得出来取不出来？如果真能取出来，我就给他三百吊。但叮嘱他别告诉人。"天香去了。歇了两日，才同了那人来到潘三小帐房内。

潘三颇不好意思，那人道："三爷的事我全知道，但日子久了取他出来也不容易。"潘三自己讲不出来，叫天香与他讲定了：如好了送他三百吊钱,明日先交一百吊,十日后不发痒,再送那二百吊。那人也依了,便对潘三道:"三爷,你那洞府深,我的指头短,摸不著底。你今日将二两金子,打一支七寸长、笔管粗的一根耳挖,明日早饭后我来,包管你取得干干净净,不要你受第二回苦。"潘三道:"必定要金的,银的使不得?"那人道:"定要金的,银的万使不得。"说罢去了。潘三疑他赚这二两金子,便用二两低银打了,镀了金,等他来。明日那人果然来了,将耳挖放进,替他掏得个干净。潘三也算略尝滋味,先给了一百吊钱,那人把这耳挖果然要了,潘三以为得计。过了十余日,居然好了,竟不发痒,又将那二百吊也给了他。天香借此向潘三借钱,潘三要买他的嘴,也给了几十吊钱。

那人是个剃发的,得了三百吊钱,便一朝发迹;又有二两金子,便乐不可言。一日,想将那金耳挖,到银匠铺里打两个戒指。银匠说是镀金的,他还不信,及到试金石上刮了出来,果然是银的,便恨潘三赚他,起了狠心,找了天香,要他去对潘三讲,不应欺他,他如今把这耳挖做了凭据,逢人便说是潘三爷要他挖屁股的,叫他一辈子怎样做人?天香果然说了,潘三无奈,只得托天香去说,叫他不要声扬,再给他些钱。后来讲来讲去,那人只是不依,又给了二百吊。以后那人与天香串通,每逢缓急,便找潘三,潘三不肯应酬,便恶言恶语的把那件事题起来,潘三像写了卖身文契与他一样,零零星星真应酬了好几年,直到那人死了方罢。

此是闲话,非书中正文。下文即叙琴仙出京,且俟细细分解。

第四十八回
木兰艇吟出断肠词　皇华亭痛洒离情泪

话说屈道翁选了南昌府通判,领凭之后,就要起身,这几天就有些人与他饯行,常不在园。那些名士、名旦也轮流与琴仙作饯。

田春航、史南湘殿试过了,正是万言满策,铁画银钩。春航竟占了鳌头,大魁天下,授了修撰之职。南湘在二甲第四,点了庶常。雁塔题名,杏林赐宴,好不有兴,比起去年春间的春航来,就天壤之别了。

这春航偏是姓苏的与他有缘。去年亏了苏蕙芳遂了他的心愿,本以风月姻缘,倒成了道义肝胆,使春航一腔感激,不得不向正路上走,因此成就了功名学问。今年会试房官虽荐了他的卷子,大总裁已经驳落。内中有一位总裁姓苏,名臣泰,现任兵部大堂,翰林出身,后又承袭了侯爵,就是华公子的泰山。看了春航的文字，大加赞赏道："此人才调不凡，虽捃藻摘华，过于靡丽，倒是个词臣格调，可以黼黻太平。"大总裁犹以为未可。及看他《五经》通明，策对平允，遂中了他三十四名。苏侯到填榜时，拆对墨卷，见他这一笔楷字，心中大喜，知他殿试必在前列，果然被他中了状元。春航谒见座师，苏侯倒没有讲起，房师与他讲了，所以春航感激这个恩师与别位不同。

这苏侯少年时，也是个风流学士。年近五旬，夫人之外，尚有四位如君，贵承七叶，位列通侯，但艰于子嗣。正夫人止生了两位千金：长的是华夫人；第二位小姐也十九岁了，要选个才貌双全的女婿，所以还没有字人。苏侯初见了春航这般人物，心上十分中意，意欲附为婚姻，问他已有了妻室，暗暗叹息。

且说春航搬进了新宅，凡车马服饰、一切器用，尽是蕙芳一人之力。蕙芳数年所积，也就运用一空。此时蕙芳已辞了班子，常常过来与春航照应。春航要留他在宅里住，他又不肯。但春航大大小小的事，皆系他一人调度，春航万分感激，意欲分任其劳，实在又不及他精明周到。蕙芳又是个好胜脾气，就是没有办过的，他先就访问了，想得澈底澄清，一无罣障，不要春航费一点心。就是那个许贵也十分灵慧，惟有那老田安只可看门而已。

一日，春航正与蕙芳商议，要接家眷，无人可托的话，蕙芳愿身任其劳。忽然到了家信，是其太夫人的谕帖。春航连忙拆读，一看之后，不觉泪下。蕙芳心惊，便在春航背后同看。原来春航的夫人于二月内暴病而亡。太夫人伤心万状，家中止有一老仆并一仆妇，诸事草草，甚望春航会试回来。适值春航之母舅张桐孙，前任直隶天津府知府，因与上台不合，告病回家，家居数年，情况不支；且上司已换，只得起程来京，定于三月十五日挈眷起身，偕了田太夫人来都，数日间就要到了。春航看完，一悲一喜，喜的是慈母将来，晨昏得事；悲的是朱弦已断，中馈无人。且春航又是个钟情人，想起在家时，钗荆裙布，唱随之乐，不觉大恸起来。蕙芳十分劝慰，劝道："老太太不日就到，你极该打起精神才好，如今倒自己苦坏了，教老太太见了不更伤感么？"春航只得暂止悲痛，明日就为太夫人收拾上房，铺陈一切，盼咐下人，从今以后称呼蕙芳为苏大爷。蕙芳也感激春航相待之意。

过了十余日，田太夫人已到，春航接到良乡，母子相见，悲欢各半。太夫人在路，已知春航中了状元，因此更念起亡媳来。春航又拜见了舅父舅母，无人不为春航喜欢。进了城，他母舅在春航处暂住了几日，赁了住房，方才搬去。春航在太夫人面前说起蕙芳的好处，也是落难才唱戏的，如今已出了班子，他父亲在云南做过州同，是个书香之后，在京甚为相得，一切都赖藉他。因此田太夫人待蕙芳甚好，蕙芳更加相安了。

却说史南湘馆选后，便搬进怡园，在清凉诗境住了。他的脾气又与春航两样，把那些同年同馆朋友不放在眼里，也不出去应酬，天天与屈道翁、萧次贤、徐子云一班人，诗酒陶情。闲时又有宝珠、素兰、兰保、漱芳等一班名旦，不是垂帘度曲，就是对酒当歌。南湘素有才名，如今加上个翰林名号，更有那求文求诗的接踵而来。他又怕烦，常请金粟、子玉等代笔。至于不要紧的，连琴仙、蕙芳、素兰、宝珠的佳章都有在里面，好在人人说好，没有一个看得出来。

南湘本要接夫人来京，一因任上两大人无人侍奉；二因他夫人利害，常要阻他的清兴，劝他戒酒。南湘有些惧内，本来只好狂饮狂游，鳏居倒也不妨。今日已是五月初四，道翁定于初七日起身，众名士饯行已过。今日道翁一早进城，为华公子请去了。南湘来找次贤、子云，都不在园里，即到春风沉醉轩来，只见琴仙手托香腮，在那里颦眉泪眼。见南湘进来，连忙起身。南湘笑道："我道你此番自然长了学问，谁知还是那样见识。人生离合悲欢，是一定之理，各人免不来的，何必作那儿女嗫嚅、楚囚相对的光景？快不要这样。你看半阴半晴，时凉时燠，这般好天气，何不同我到吟秋榭去看看龙舟，如今算你们祖上的遗风余韵了。"

琴仙因与子玉就要离别，虽然叙了几日，心上还是丢不开，郁郁的想念，被南湘道破了，只得强起精神；也因闷坐无聊，便随着他到吟秋榭去。南湘忽又说："我们何不去请了庾香、吉甫两人来，作个清谈雅集，倒也有趣。"琴仙听了，正合他意，便道："很好，请打发人去请来。"南湘道："你找张纸来，我写个字帖儿去。"琴仙找了一张诗笺，南湘写了两行狂草，著家人骑了快马，即刻请了金少爷、梅少爷来。家人奉命先到梅宅投了字帖，却好金粟正在子玉处，吃了早饭，正想同子玉到怡园来。二人看了字，吩咐来人先去了。子玉、金粟都是随身便服，各带了书僮，坐车到怡园。

自有南湘的家人引进，知道主人在吟秋榭，便从山边小径，抄入练秋阁前，下了船。这个船是天天有人伺候的，不须找人荡桨，双桨分开，哑哑轧轧的从莲萍菱茨中荡去。见白鹭横飞，绿杨倒挂，已觉妙不可言。穿过了红桥，望见吟秋榭边，靠著一个龙舟，今日却未装满，恐天要下雨，只装了几层油绸蜡绢。到了水榭阁边，已见琴仙靠在第二层栏干，望见他们来，在上面微笑点头。下面栏前有几个书僮站着。

金粟、子玉上了岸，进了第一层，听得楼上叮叮当当的响，又听得南湘朗吟东坡的《水调歌头》道："我欲乘风归去，只恐琼楼玉宇，高处不胜寒。"当的一声，像把个玻璃钵击碎了，遂狂笑起来。金粟笑道："何物狂奴，悲歌击节？"南湘见金粟等进来，益发大笑。金粟道："此是端午，又非中秋，忽然念那《水调歌头》做什么？"南湘道："我因看这副对子，不觉击节起来。"琴仙道："若依著时令，只可改作：'我欲乘龙归去，只恐珠宫贝阙，深处不胜寒。'"南湘赞道："改得好。教我们馆中朋友改这一句，定想不到'深'字，必改个'低'字。"子玉、金粟大笑。子玉道："你也把他们太薄了。"金粟道："他们的文章诗赋，倒合古时候的格调，也是有本而来。"南湘道："什么格调？"金粟笑道："《清平调》，不是太白先生遗下来的？"子玉道："这'清平调'三字甚合。"南湘道："只怕还有些清而不平、平而不清的。"金粟道："文章之妙，在各人领略，究竟也无甚凭据。我看庾子山为文，用字不检，一篇之内，前后叠出。今人虽无其妙处，也无此毛病。宋之问以土囊谋人佳句，试看佳句何如？王勃《滕王阁序》最传诵者为落霞秋水一联，然亦不过写景而已。"南湘道："我们今日作何消遣？你看天也晴了。去年是初六日，我记得是仲清泰山的生日，那日所以仲清没有能来。今年竟都不在坐。"又道："玉侬两三天就要走了，今日庾香应当怎样，也应大家叙个痛快。这一别不知几年再见呢。"子玉、琴仙听了，都觉凄然，几乎堕泪。琴仙道："我们何不下船去坐坐？一面走，一面看，比这阁子倒还好些。"子玉道："果然船里好。"南湘道："我们就下船去，我备了几样酒果，船里去谈，一发有趣。"说著，都下船来。南湘叫书僮带了笔砚，又把酒肴也摆下船来，荡动双桨。

南湘道："庾香、玉侬何以不开口谈谈，再隔两天就谈不成了。"子玉道："谈也是这样，亦只两天半了。就算再叙两次，还只好算一天。"琴仙眼皮一红，斜靠著船窗，看那池中的燕子飞来飞去，掠那水面的浮萍，即说道："这个燕子今年去了，明年还会回来么？"子玉道："怎么不会来？管保这两个燕子明年又在这里了。"金粟笑道："何以拿得这样稳呢？"子玉道："'似曾相识燕归来'，不是就是去年的么？"琴仙道："'无可奈何花落去'呢，难道落花还会吹上枝么？"子玉道："花落重开也是一样，不过暂时落劫罢了。"琴仙道："落花劫也太多，有落在水里的，有落在溷里的。若落在水里的还好，到底干净些。既然落了下来，倒也是他归结之所了。"

子玉也与琴仙并坐，靠在一个窗里，慢慢的荡到桥边，只见一群鸭子从桥洞里过来。琴仙道："你看这鸭子是一群同著走，倒没有一个离群的。"子玉道："人生在世，倒没有这些物类快活，毫无拘束。"南湘对著金粟微笑，金粟点点头，听著他们讲话。子玉道："人生离合也没有什么一定，你看天上的云，总是望一边去的。你不见今日是西来的云，东边的会遇著西边的么？"琴仙仰首看天，道："只怕有横风来吹散他。"子玉道："那边有横风来吹得散，难道这边没有横风来吹合他？"琴仙笑道："那就要四面风才能。"南湘道："只怕还有八面风呢。"子玉也笑了。琴仙道："你看那个鲤鱼好不有趣,他一个独自摆尾而去。"子玉道："你试看他转来不转来?"琴仙道："未必能转来了。"子玉心里默祷道："鲤鱼,你若能游转来,玉侬也就能转来,你须顺我的心。"那鱼真又转来,一直挨着船身过去了。子玉喜道："何如?我要他转来,他就转来了。"琴仙道："你怎样的叫他转来?"子玉道："我心上想他,他也就顺了我的心。这是天从人愿。"琴仙对着子玉笑了一笑。

　　南湘叫摆过酒来,家僮摆好了。金粟道："庾香、玉侬过来喝一杯罢。"一面把船荡到练秋阁前。南湘道："去年静宜有个《水浒传》的酒令,媚香掣著了《潘金莲雪天戏叔》,媚香那个神色再没有这么好笑,不料湘帆今日竟能如此了。"金粟道："湘帆真不负媚香。"说著,叹了一口气。南湘道："也幸遇著了媚香,若遇了别人,未必有这管教他的本领。若天天朝歌夜弦,只怕湘帆真要做郑元和了。可惜,可惜!媚香若是个女身,此刻就是状元夫人了,偏又要多生出个雀儿来,教湘帆有欲难遂,伉俪不谐。"

　　子玉恐琴仙不愿听这些话,便把些别样话来打断他。南湘、金粟也因琴仙在座,便不说了。船又荡到了桂岭。子玉道："我们荡转去,到兰径、菊畦、稻庄去罢。"南湘道："也只可到兰径罢,我看那边水浅,这船如何去得。"琴仙道："要到稻庄去,就要走围墙边那带河,过了水闸,全是大河。从菊畦背后,就到了稻庄,还可以到桃花源,就到不得兰径。"金粟道："这里路我没有走过,就这样去。"于是一路的荡去,又觉别开生面。金粟道："庾香,你也该临别赠言。做首诗赠玉侬。"子玉道："我们联句罢。"金粟道："这个恐不能,各人是各人的情意,未必联得上来。"琴仙道："前日静宜画了一炳扇子,是个《怡园饯别图》,度香于那一面填了一首《金缕曲》,还空了一半。"说罢,便从袖子里拿了出来,给与金粟等看了,见画的是古香林屋,内中画几个人在那里饯行的光景,度香的词也做得甚好。子玉道："我们就和他的韵罢。"南湘道："你先来。"子玉一面闲谈,一面想著,即成了一阕,写了出来。南湘、金粟看著,琴仙念道:

　　　　何事云轻散。问今番、果然真到,海枯石烂?

　　南湘道："一开口就沉痛如此,倒要看看底下怎样接得来。"琴仙念了一句,已经哽塞住了,到"海枯石烂"四字,便接连流下几点泪来。再读时,声音就低了好些,停了一停,又念道:

　　　　离别寻常随处有,偏我魂消无算。已过了、几回肠断。只道今
　　生长厮守,盼银塘不隔秋河汉。谁又想,境更换。

　　琴仙到此忍不住哭了,金粟道："这是庾香不好,谁叫他做得如此伤

心，倒不怪玉侬要哭。"子玉也落下泪来，只得忍住，要劝琴仙。琴仙又要哭，又要看，拿著那词稿，被眼泪滴湿了一半。南湘道："我念给你听，你也念不来了。"琴仙犹带著泣，听南湘念道：

　　明朝送别长亭畔。忍牵衣、道声珍重，此心更乱。

南湘念到此，也几乎念不出来。金粟听了，也觉惨然难忍。琴仙已放声大哭，南湘勉强又念道：

　　门外天涯……

将词稿放下，道："我不念了。"斟了一杯酒喝了，便跂脚而卧，口中吟道："'一声何满子，双泪落君前'。哀猿夜吟，令人肠断。"琴仙痛哭了一会，子玉勉强劝住了，把绢子替他拭了眼泪，琴仙还望著那词稿，想人念完了。金粟只得念道：

　　门外天涯何处是？但见江湖浩漫。也难浣、愁肠一半。若虑梦魂飞不到，试宵宵彼此将名唤。墨和泪，请君玩。

琴仙哭了一个发昏，把个子玉哭得柔肠寸断。金粟叹道："这首词也不枉玉侬这些眼泪，真是一字一珠，一珠一泪，一泪一血，旁人尚不忍读，何况玉侬？"便叫子玉索性在扇上写好了。子玉道："你们和的呢？"金粟道："这是绝唱，还和什么？可不必了。"子玉写好。这一会凄楚，连南湘、金粟也没有兴致，即上了岸。正逢子云、次贤回来，大家在寻源仙墅坐了一会，道翁也回来了。子云还要留金粟、子玉小饮，子玉坐在此倒觉心酸，便同金粟各自回去。

　　明日，道翁还有事进城。琪官因与琴仙一同来京，且同一师傅学戏，如今见他跳出樊笼，得以出京，心里甚为感慨，便单请琴仙过来话别；因想请琴仙，必须请子玉，又托琴仙转约子玉于初六日同去。琴仙应了，果然把子玉请了出来。子玉那日先到文辉处拜寿，耽搁了一早晨，吃了面，即便辞回。王恂留住不放，陆夫人也留他。子玉是一腔心事，如何留得住，只得将实话悄悄的告诉了仲清。仲清与王恂说了，方才放他出来。子玉喜欢，一径就到琪官寓处，进去见琴仙已等了好一会，还有一个老年人在那里说话。见了子玉，那人就站起身来，作别而去，琴仙还谢了一声。琪官送客转来，请子玉到他书房里坐下。子玉问起方才这人，琴仙道："他叫叶茂林，是我们教戏的师傅，闻我要出京，今日送了几样东西来。"

　　子玉见琴仙面似梨花，朱唇浅淡，眼睛哭得微肿，说不出那一种可怜可爱的模样，只呆呆的看著他。琴仙这两日千虑万愁，也不知从何处说起，倒一句话也没有，就只一汪眼泪，在眼皮里含著，只要题起心事，便一滴就下。琪官见他们两人四目相泣，一样的神色，知道九分。但自己想著从前的事，不免也有些悲楚。三人坐了许久，都不言语。琪官与琴仙坐在一凳，拉着琴仙的手，说道："琴哥，你如今是好了，上了岸，看我们落在水里。想我们同来的十个人，到京后死的死，散的散，就剩下你我两个。你如今又要去了，就只有我一人。想到咱们在船上的时候，那几个又是不投机的。哥哥，你说咱们两个生在一处，死在一处。有一天你受了人家的气，晚上想要跳河，我拉住了你，你还恨我。我说要跳河咱们同跳，你才住了，哭了半夜，自己将块帕子撕得粉碎。到明日看时，才晓得撕了我的帕子。你还拿新的还我。到了天津那一天，船碰坏了，我们睡在舱里避风，你睡著怕冷，叫我将背拥了你的背，你才睡著。及到了京，又分开在两处。我想起好不伤心。"琴仙听了，眼泪直流下来，琪官也哭起来了。

子玉本来伤心，今见他二人都哭，再将琴仙前前后后一想，怎么还忍得住，便也泪流满面。琪官又道："你从前给我那个水晶猫儿，我还当著宝贝一样。现在天天学字，拿他做镇纸。去年林小梅要我的，我不肯给他。我说是哥哥路上给我的，我要留著他。"琴仙道："你给我那琥珀扇坠儿，我也留著。"便也执著琪官的手，道："我此去，也不知怎样，我这般苦命，料是没有什么好处的。还是你们在京里好，大家相帮著，还有个照应。我如今出了京，只好听我的运气，好好歹歹，随遇而安。适或苍天见怜，过了一二年，我义父或者又进京，我随了来，与你们还可见得一面也未可知。或不然，你们出了京，到外省来，做个萍水相逢，也论不定的。若论我们的缘分，就是今日这一叙了，那也是天数，无可挽回，只好来生再见；或者情缘不断，再成个相识；或做了亲弟兄更好了。"说罢又哭。子玉劝道："离合之数，原是对待的局面，有离自然就有合。难道不准你再进京来？适或玉艳将来也到江西去，也是难料的。如今且把心事丢开，你一路保养身子要紧。先有那十八站旱路，就极辛苦的。你再将身子伤感坏了，在路上更是不好，我们这片心也放不下。事已如此，只得听天由命罢。"琴仙将子玉看了一眼，叹口气道："我们何尝不这么想。前几天要他一天长似一天，把一月并做一天才好。到这两日，反要他一天短似一天，一会儿就上了路，望不见这京城里，倒也死了心。譬如人断了气，这魂灵随风飘去。偏又望来望去，还隔著一天。今日已是这样，明日又怎生挨得过去。"说著，重新又哭。

琪官道："琴哥，不要哭了，我想你那义父是个好人，绝不至像那易老西儿，将人买去几个月，又不要了，那是何等俗物。况你这义父又无亲生儿子，待你好是不用说的了。你人又聪明，不比我生得笨。他教你读起书来，飞黄腾达，也是意中之事。将来自然必念著患难弟兄，那时我们还要仗著你呢。况此去一路好山好水，游玩不尽，也不至烦闷。我明年满了师，也由我怎样，我找个便人，同著他来找你。我随便都愿意作，我实不愿唱戏。"琴仙道："你来找我，要我活著才好。适我已经死了，你就怎样？不如你先寄封书来问问，得了我的信再来。"琪官道："何必说死说活呢。哥哥总喜欢诅怨自己。"子玉道："是极了，玉侬总要咒自己。譬如去年你进华府的时候，你也口口声声咒自己要死，如今偏好好儿的出来了。那时怎想到今日？那时既思不到今日，自然今日也想不到后日。焉知不应了玉艳的说话，我劝你放开些罢。若说玉艳要找个便人同到江西，这也不难。我们老爷现在江西，只要我太太肯教我去，我就同了玉艳来访你。"

琴仙瞅了子玉，道："你真能到江西来吗？"子玉道："这也没有什么不能，我要到江西省亲，自然太太也肯教我去的。"琴仙道："若说太太的心，是慈悲的，就恐舍不得你，不教你去。"子玉道："太太不教我去，我也要去。"琴仙道："好容易？几千里路，你就想去，就太太准你去，我也不愿你去；况且你去了，又要回来，做什么吃这一路的辛苦。这个念头断不必起他，倒是我三年两年之内，进京来看你们为妙。你们一个都不准来。"于是谈谈讲讲，琴仙略减了些酸楚。琪官备了酒席，请他们二人坐了。今日就是八珍罗列，也难举箸，酒落愁肠，一滴已醉。

三人勉强饮了一巡，琴仙已经醉了，离了席，到书桌边，看见那个水晶猫儿，真在都盛盘里，不觉凄然有感。见一个绝小的方锦匣子，揭开看时，是六颗骰子。琴仙放在手中，重新入席，拿了个空碟儿，对著子玉、琪官说道："三心和同，有始有终。掷个全红。""珰瑯"一声掷下，却也奇怪，倒像有神明佑护著他，却好碰著六个全红。子玉大喜，琴仙也觉开怀。琪官笑了一笑，取骰子在手，也对著琴仙、子玉说道："三心和同，后日相逢，二十四红。"又说道："你们看我掷。"琴仙、子玉看时，也是个六红。子玉更加喜欢道："这不用说了，两个全红，岂是容易碰著的？谢天地神明，先给个信儿。"琴仙还要再掷，琪官把骰子收起，道："不用掷了，两掷皆应了口，再掷就不能灵验了。"子玉恐再掷未必有全红，也劝琴仙不要掷了。若论这副骰子再掷一掷，保管也是个全红，何以琪官即行收起，不教琴仙再掷呢？原来这骰子六面皆是红的，并无二色，那是琪官做的顽意。今日琴仙被他赚了，解了好些愁闷。

这一回也谈了许久，琴仙恐他义父回来，只得要早散，琪官也不好久留他。子玉想后日送他的人多，不好说话，便从身上解下一个小玉琴，送与琴仙道："此是我常佩的东西，给你算个记念罢。"琴仙接了，一阵心酸，也从身边解下个五色玉梅花，递与子玉道："这也是我常佩的。"子玉也收了，各人佩上。子玉道："明日一天怎样？"琴仙道："你也不用来了。后日起身得早，你断不要送我。今日就叩辞了。"跪将下去，子玉也忙跪下，两人对叩了头，站起来，两人眼泪像四串珠子一样，滴个不住。琴仙又与琪官也辞了行，也叫不必来送。琪官道："这是什么话？就半夜起身，也是要送的。"琴仙、子玉皆谢了琪官,各人上车洒泪而散。

明日端午,道翁在园,琴仙也要收拾些零碎。那名旦九人是要到子云处来贺节的,见了一见。子云也无心绪,没有请客,就止与南湘、次贤、屈氏父子,在练秋阁小饮了几杯,看了一看龙舟,应了景儿。到了初六日,道翁一早命家人押了行李先走,自己与琴仙到了辰初方才上车。其时送行的不计其数。道翁一班老友,有到园中来的,有在城外等候的。华公子本要出城亲送,道翁再三阻了,没有来,止打发家人代叩送行,预先送了程仪六百金。子云也送了六百,文泽送了二百,道翁的盘费很富足了。子云、次贤各备车马跟著,一直送出城外,直到十里之外皇华亭。只见南湘、仲清、文泽、金粟、王恂、子玉、春航,领著那蕙芳、宝珠、素兰、漱芳、玉林、兰保、桂保、琪官、春喜九个名旦,在皇华亭等候。道翁等连忙下车,极口辞谢。各人皆要把盏。那九个名旦见了琴仙,一齐上来,握手的握手,牵衣的牵衣。琴仙见了这九人,已觉悲酸万状;又见子玉躲在人后,在那里拭泪,不觉一阵心痛,头晕眼花,跌倒在地。慌得众人连忙扶起,拍的拍,唤的唤。把个子玉急得如痰迷心窍一般,直瞪瞪两眼,一句话说不出,泪落如雨。

子云、次贤急急救醒了琴仙,便说道:"快扶他上车罢。"道翁交代家人刘喜好好服侍。子云谓道翁道:"令郎与他们几年在一处,一刻要分手,自然是难忍的。道翁先生我们倒不敢久留了,一路福星,请升舆罢。"道翁见琴仙如此,心内甚慌,与诸人作了一个揖,又握著子云、次贤的手,道:"从此别后,只好魂梦相随。感激之私,令人口不能说。惟祝诸公云程万里,富贵双全而已。"也不觉老泪涔涔,诸名士与名旦亦各洒泪。道翁上车,领著琴仙而去。正是:

双轮碾动如飞去,回首云山已渺茫。

众人劝回子玉,子玉直著眼睛望不见琴仙的车,才放声一哭而回。不知后事如何,且听下回分解。

第四十九回
爱中慕田状元求婚　意外情许三姐认弟

话说子玉送了琴仙回来,这一急一痛,便出了神,旧病复发,足足病了一月始愈。后来颜夫人已知琴仙出了京,道翁养为义子,倒也替他欢喜。

且说春航断弦之后,田夫人又上了年纪,没有媳妇总是不惯,不得已命春航从权选择清门。春航犹豫未决，意欲先觅个小星，又以北人生硬，总乏娇柔，只得先于老婆子、家人媳妇里头，找个细致的来伏侍。太夫人那知道京里这些老婆子，是一万个里头拣不出一个好的来。一日雇了两个来，都是京东妇人，四十来岁。一个麻脸似蜂窝一样，发髻上罩著个马尾冠子，扎著裤腿，松松的似两个布袋，倒插得一头纸花，走起路来腰掀屁蹶，好不难看。且专门内外搬弄是非，四下里调唆，不是说这个作贼，就是说那个偷汉，也不过是想掩他自己的丑处。每每人家骨肉不和，多因此辈所使。内有一个更觉奇怪，沙盆大的脸，水缸大的肚子，伺候了老太太一顿饭，便一样事都不肯做。每一使唤他，他就装聋做哑的腆著大肚子，摆开八字脚，穿著薄底鞋，抽著关东烟，去找那些火夫、打杂的，大哥长，大爷短，嘻嘻哈哈，坐在厨房土炕上，挤在人堆里，要他说笑个尽兴。隔一天还要出外半日，去找那些赶车、碓米、挑煤的孤身汉子解个闷儿。就见春航，也要偷瞧一眼。春航如何看得惯这些东西，不到半月都撵掉了。又买了两个丫头，十二三岁，也是三等货。

一日，赶车的周小三与蕙芳说起他的三姐，情愿进来伺候老太太，又夸奖他三姐粗粗细细，件件皆能，还会缝衣写算，针线活计，是不用说了。蕙芳也闻得三姐之名，收拾过潘三，想是个伶俐人，也想见见他，问他怎样收拾的，便与春航说了，举荐他进来。春航不好推辞，一口应允。这三姐因收拾潘三之后，心上也有些惧怕潘三要来报仇，故此小三在家，闲了两三个月，才得进了这个门子。后又见春航点了状元，老太太来了，也没有个中意的人伺候，所以想把他三姐带进，也便当些，省得一个少妇孤零零的住在外面，没有照应。

这日三姐收拾进来，打扮得不村不俏，薄施香粉，淡扫蛾眉，鬓边簪一朵榴花，穿了一件月布衫，加个夹背心，水绿绸子裤，翘然三寸弓鞋，细腰如杵。进见春航，叩了头。春航一见大为失惊，以为周小三的媳妇，自然是粗笨的，再不料如花枝一般，便和颜相待，命他去叩见老太太。田老夫人一见三姐，甚是欢喜，更兼三姐千伶百俐，无一样伺候不到。不但田老夫人，连春航与蕙芳身上，也很用心，做出菜来，比京城里的厨子高了十几倍。老太太常给蕙芳东西，叫三姐送出来。三姐未见春航时，小三也没有对他讲过，当他不过寻常相貌，及见了那样的风流潇洒，如金如玉，那怜才爱貌之心，人人一样，自然格外尽心。再见了蕙芳的人才，觉得自己比起来，竟差得多远，心里反觉自愧，偶然与他说句话，分外高兴，所以待蕙芳殷勤之处，更是不同。见了几回，也熟识了。

一日，春航不在家，蕙芳独坐在书房里。老太太知道蕙芳来了，便叫三姐送点心出来。三姐托了碟子到书房门口，先咳嗽了一声，然后进来，笑容满面的，叫了一声："苏大爷！"蕙芳也带著笑，回叫了一声"三姐"。三姐道："这是老太太给你的。"说著，将碟子送到蕙芳手边。蕙芳见他十指尖尖，套了银甲，就接了放下，道："请三姐叫我的名字，谢老太太的赏。"三姐答应了，把蕙芳打量一番，蕙芳便触起潘三的事，想要问他，却又不敢。三姐慧眼一观，已瞧出蕙芳像要问他什么，便呆呆的看著蕙芳，等他问来。蕙芳被他不转眼的看著，倒有些不好意思，心中想道："我看他这个光景，就问了他，他也未必怪我。"便笑盈盈的走近一步，叫了一声："三姐！我有一句话要问你，又怕你要恼，不知好问不好问？"三姐微微笑道："什么话好问不好问？"蕙芳又陪著笑道："我知道三姐是个女中豪杰，把那潘三收拾得爽快，是真有的事么？"三姐听了，脸上一红，低低的"啐"了一声，带著笑转身便走，又道："我道你问什么，谁又认得潘三？是那里听来的话？"走到帘子边，那枝银挖耳插得不长，抓著帘子，落下地来，回转脸来，又是一笑，拾起插在头上，急急的走去了。

  蕙芳虽然碰了个钉子，见他还没有什么恼，尚是笑了两笑，也还放心，然终悔自己失言，这事原不该问他。蕙芳回去了以后，来了两次，没有见著三姐。一日，蕙芳又来，春航未回，在书房闲坐，听得三姐脚步声，在他门前过，急出来望时，见三姐到二门口叫小三说话。说了话进来，蕙芳意欲招陪他几句；见他低了头，当不看见。及走过书房门口，又回转脸来，却正与蕙芳四目相对，三姐低鬟一笑而去。蕙芳自此以后，也看出没有恼他的意思了。

  却说春航要续弦，选择清门之语，传入苏侯耳内，正合他意。便在武选司郎中杨方猷面前，略露了些口风，似要他去对春航说，托人来求的意思。杨方猷是春航的房师，心中甚喜，即来与春航讲了，叫他请人去求亲。春航倒有些踌躇，因苏家是世禄之家，门庭烜赫，自己虽成了名，依然寒素，因此有些不愿；且未知那位小姐怎样，也要留心一访。但系座师愿与他联姻；且是房师来讲，怎好推辞？口内只得允了。又说禀过家慈，再来覆命。杨公去后，春航知道子云与苏侯最好，且慢禀高堂，先找子云访问。到了怡园门口，见有一辆绿围车，八匹马挤在一边，知道有客，跟班问明了，是华公子在园。春航便先到清凉诗境找南湘去了。

  却说华公子为琴言之事，与子云有了嫌隙，如何又到怡园来呢？这华公子是一时气性，写了那封恶札。过了两日，便有些自悔了。谁知子云只当没有事的一般，又不来招陪他，心内殊觉无趣。后与屈道翁送行，道翁倒把子云的好处说了一番。又说起扶乩，琴言与他前世原是父女，并将那首诗通身念给他听。华公子听了，心中著实骇然。道翁又赞琴言多少好处，现在认为义子，带他到任。华公子冰消雨霁，倒有几分过意不去。再将琴言细细一想，真没有甚么不好，倒冤了他，便也赞了几句。

道翁去后，次贤又来，才将这事澈底澄清的讲了一番，华公子始悔自己孟浪。又念与子云两代世交，为这点事绝交，是给人要议论的。又因他是个盟兄，只得尽个弟道，下口气先去招陪他。先是道翁、次贤已将华公子懊悔之意与子云讲过。子云是大度包容的，既是他先来，岂尚有芥蒂之意，便与从前一样相待，绝不题起那事。华公子忍不住，只得说误信浮言，认了不是。子云也安慰了好些话，留他在春风沉醉轩小饮了一会而散。次贤、南湘皆未在坐。南湘昨夜于子云去后大发酒兴，邀了次贤下船，两人喝了一坛，把个次贤喝得大醉。南湘掉了水里，家人救了出来，已是喝了几口水。今日腹胀腰疼，起不来。次贤也是昏昏沉沉的睡了。春航到他们房里谈了一会，打听华公子去了，才到子云处来。

此时子云在宝香堂，见了春航进来，连忙迎接，彼此谈了些话。春航问他与苏侯是师生，可知他家的细底。子云道："你问他做甚？"春航将杨方猷的话对子云讲了。子云连忙称贺道："恭喜，恭喜！这个喜，比你中状元还要大些。"春航笑道："不过显宦罢了，知道成与不成，吾兄倒先贺起来。"子云道："显宦什么要紧，又不要借他声势。但这个苏侯是我的中举座师，又是家兄会试房师，又是家严的盟弟，两重年谊，一重世谊，是极好的人。这还别管他。我为什么说比中状元还要喜呢？我那两位世妹，真是绝世无双，有名的苏氏二乔。大世妹就是华星北的夫人，今年二十一岁了，名叫浣香。方才说的二世妹，叫浣兰，一母所生的。若结了这个亲，就要叫你喜欢得说不出来，那时你才信我这句话。"春航听他说得这样好，似信不信的，便道："怎样的好处，你如此称赞。你且把他的大概说说，你见过这人吗？"子云道："怎么没有见过？他姐妹两个跟著师母，常到我家来看我们家母，且与我内人是盟姊妹，就见我也不回避的。从大世妹出嫁后，他一人就不高兴来，或是等他姊姊归宁时，也还同来走走。说也奇怪，这句话我此时对你讲，你必不信，如成了，你一见面，就明白他姊妹二人相貌，与苏媚香真是一模一样。大世妹还只有七分相像，二世妹竟有九分，比媚香还要娇柔些，艳丽些。媚香到底是个男身，自然不及女子娇媚。"

话未说完，春航就乐起来，道："这话果然么？我有些不信。怎么同了姓，又会同了相貌呢？"不觉大笑起来，子云听了，也是好笑，说道："信不信由你，就算我说谎的。"春航深深作揖，说道："小弟孟浪，仁兄幸勿见罪。但仁兄与苏老师如此交情，弟此时如请冰人，定非吾兄不可了。"子云道："我就不会做媒，这事不敢效劳。既是杨四爷来讲了，就请杨四爷为媒，何必又要我去呢？"春航又作一揖，子云佯作不见，并不还礼。春航笑道："杨老师是他的属员，见了拘谨得很，不便说话，要我另请人去说。吾兄素肯成人之美的；且他人去说，苏老师也未必见信。言以人重，定非吾兄不可。"子云停下一会，说道："适或是我赚你的，将来不要怨我么？"春航又连连作揖，子云只得应了，春航告辞而去。

子云过了两日，回拜华公子，进城顺路到了苏府。正值苏侯下衙门回来，请了进去。子云请了安，又进去见了师母，说他夫人与师母请安，苏夫人也问了好。苏侯让进内书房坐下，谈了一会，子云将春航春间断弦、闻二世妹贤淑之名、奉母命求亲的话说了。苏侯故作沉吟道："看田修撰文才品貌，是极好的，而且也是个旧家，但不知品行如何，我最怕的是轻薄少年。年兄既是至交，必深知道。"子云道："这田修撰的品行，是人人尽知，也不须门生多讲，老师可以问得出来。真是廉隅砥砺，孝友兼全的。"苏侯哈哈大笑道："足见年兄取友必端，自然不用说了。"子云道："老师春风化雨之中，岂生莠草。"

苏侯大乐，留子云小饮，问近日见华星北无有。子云答以方才从那里来。苏侯又问："园中想必收拾得更好了，我竟一二年没有来逛园了。"子云道："比初成时又更好了些，花木比从前繁盛了，池子也开通了。"苏侯道："我这几年也实在忙，竟没有一日空闲，倒是你们师母心上想来逛逛，如今天气又热了。"子云道："门生回去，叫门生媳妇择个日子，请师母与世妹逛园。"苏侯道："等天气秋凉再看罢。"子云又问春航之事，苏侯道："年兄为此而来，老夫怎好推却，请致意田修撰就是了。"子云深深打了一恭谢了。

苏侯又问他椿萱在任安好，想常有府报回来；又问令兄在淮扬也好。子云道："家严是前月打发家人进京来的，托赖安善，僚属军民以及外洋客商，尽皆静谧，物阜年丰，颇称安逸；家兄新署运司，前月有禀帖与老师请安的。"苏侯道："不错，不错，我也才写了回信，几天就忘了。又带了些东西来，我还没有道谢。"子云欠身说声"不敢"，又道："家兄今年又添了个舍侄。"苏侯道："一发恭喜。"又问道："令泰山如今升到福建，比云南自然好些。"子云道："前在云南巡抚任上，事情还少。如今是浙闽两省，且兼著外洋，却繁得多了。"苏侯道："你们泰山是与我同年，又且同馆。这件事，想他与你们讲过。我们留馆那一日，他晚间做梦，仪从纷纭的到一处地方，一个牌楼上面写著'福地'两字。他预先知道要到福建去的。他的令郎今年几岁了？"子云道："今年才八岁。"苏侯道："他比我长四岁，今年五十五岁，已有八岁的儿子。我五十一岁，却一个也没有。"子云道："就五十外得子，也不算很迟。德门世胄，无须虑及此的。"

苏侯道："我已不作此想了。尊大人今年是六十几了？"子云道："家严六十三，家慈六十二。"苏侯道："尊翁是何等福分。那年在京时是五十九了，须发光黑，那里像花甲之人，正是龙马精神，我们是比不上的。而且尊公的福气那是世间全福，就是令泰山也比不上他。"子云道："总是天恩祖德，家父一路算平稳，没有遇著风波。至于家岳也就遇著好些蹭蹬的事。"苏侯道："海楼先生过于耿直，我想做他的属员是不容易的。"又问道："今年有个点庶常的叫史南湘，是大名道史同年的儿子。这人倒有些才名，只不见他出来。"子云笑道："史竹君是个清高疏放人，现寓在门生园里，老师有教训他的话？"苏侯道："也没有什么话。我就听得有人说，他见那些前辈的礼数不大合式。有人议论他狂，或是他才入翰林，不知这些礼数也未可知的。至于那前后辈的规矩也太严，就是我从前在馆中，也有人议论的。已后教他留点神就是了。"又道："今年秋间有宏词之试，这个科名已有五十年没有考了。年兄广交，于那些海内人才及世家子弟，有所见闻，有真才实学的么？"子云道："老师垂问，门生不敢不对。海内人才甚广，门生孤陋，也不能广交。但在世家及各大员子弟，与四方乡会试诸名宿，门生熟识往来却也不少，但是人云亦云的多。就有一位老前辈，近来又赴任去了，叫屈本立。想现任官，在京也不能考的。"苏侯道："屈道生么？他是孝廉方正，可惜了，屈在下位。不然倒好保他。还有那南京名宿金粟，也因限于成例不能保举的，真真令人可惜。此外呢？"

子云道："此外尚有几个，都是英才未发的人。翰林院侍读学士梅公之子名子玉，目下少年中有景星凤凰之誉。"苏侯点点头。子云又道："已故翰林院编修颜庄之子名仲清，现任礼部尚书刘大人之子名文泽，内阁学士王大人之子名恂；此外，还有苏州拔贡生高品，湖南优贡生萧次贤。这几位都是名下无虚，与田修撰、史庶常朝夕观摩，是门生往来无间的。其余不知其他，不敢滥举。"苏侯听了，掀髯大笑道："怎么你举的人，多半是我的年侄？你不要阿私所好，叫我听了喜欢。"子云笑道："这个门生怎敢，至于老师的同年故旧，门生却也不能尽知。"苏侯笑道："这是老夫戏言，年兄岂肯阿私所好。你方才说这几位，就是那两位明经，我不知道他家世。至于梅铁庵、王质夫、刘定之及已故的颜穆堂，还有你令泰山袁海楼，与史庶常的令尊史鉴湖，都是我们同年。现在还有些做部属司官的，有几位做州县的，这也是人生不齐之数。我们这一科也就算好了，已经有好几位坐了一品。"又讲了些别的话，子云坐久了，见时候不早，告辞出城。在车内想了一会，道："湘帆太便宜了，不如等他来求我，我再与他讲。"便一径自回宅子去了。

明日春航果然来找子云，子云只推宅里有事，叫春航在南湘、次贤处等了一日。明日又来，子云又不见他。春航明知子云故意作难，然心上又恐怕此事不谐，只得忍耐了性气。第三日又来，才见了子云。子云笑道："这几日，吾弟有甚么要紧事，连日来找我？"春航笑道："已经三顾了。我知道前日失言，仁兄因此怪我。"子云笑道："岂有此理，我辈肝胆之交，就说错句话也断无怪理。"却说闲话，不提起苏侯的事来。春航性急，只得问道："前日吾兄进城会见苏老师么？"子云道："谈了半日，到赶城出来的。"春航见他神色不像，心中疑虑，只得问道："所托之事怎样？"子云道："有几分可望。"春航听了大疑，心中想道："据杨老师说，是他愿意，怎么如今只有几分可望，此话怎说？难道杨老师是意想情愿的话么？"便问子云道："据吾兄看，他的意思是怎样，与敝房师之言对不对？"子云道："苏老师却是赞吾弟人才学问，真不愧状元，联姻原可。就不晓得那里听了一句闲话，我却替你分辨了许多话，他方才半疑半信再商量。"

春航听了，倒猜不著什么意思，便问道："他听了什么闲话？"子云说："我说又恐怕你要恼，我不说罢。"春航道："我恼什么，吾兄只管实说。"子云笑道："那句话问得我也好笑，他说：'我听说现有个状元夫人在家，也姓苏，还是有恩于他，怎么还要续弦呢？'"春航臊得满脸通红，说道："岂有此理！吾兄怎么讲起这些顽话来？弟固不足惜，兄应为媚香留一地步。"子云笑道："这是他的话，关我甚事。"春航笑道："吾兄也顽得我够了，到底怎样，如今倒不是他求我，是我求他了。"子云道："你肯去求他吗？若专心去求，跟紧了他，一个月两个月后，自然他发起善心来，应许你了。"春航听他句句机锋，心上有些气，面上有些羞，因是子云，不好顶撞他，只得陪笑说道："并不是我要紧，是我家慈之命，以早成为妙。今日家慈又谆谆的命弟拜求仁兄，务以早成，将来命弟一总叩谢。"子云大笑，看著春航道："你真是个好汉子，跌得下，爬得起。既说是老伯母慈命，愚兄敢不竭力为弟一谋，或者竟可有成也未可定。"春航大喜，连连谢了。

只见次贤、南湘进来，大家坐了。子云即将苏侯问南湘的话，与南湘说了。南湘听了，不觉双眉一扬，说道："没有什么错处，我也照著人一样。况且那一天同著人去的，并不是我一人，怎么就是我错，又单是我狂呢？这就难了，这就难了。"春航笑道："礼数是不会错的，或者你那神色之间，有些错处也未可知。"南湘瞅著春航道："我倒请教你，什么叫神色之间有些错呢？"大家也就不言语了。次贤问子云道："湘帆的事如何？"子云道："可成。"又将苏侯问他访些真才实学的人，就将对苏侯所举那几个一一讲来。又对南湘道："原来你们都是年谊。"南湘道："原是年伯，但从前却不大往来。"子云道："闻考宏词定于八月初一日，如今只有两月多了，怎么高卓然还不见来？"春航道："他连信也没有一封，不知在家做什么，真荒唐极了。"次贤道："我想卓然必是羁留在什么地方，大约下月总会到来。他在家里是要本省督抚保荐的。"四人谈了一会，春航辞回，将子云去说亲的话一一告禀，太夫人甚为欢喜。即又请子云前去说定了，择日先过帖子，俟定日之后，再行纳采。后来定于七月初七日。春航将此事与蕙芳说明，蕙芳欢喜。春航又述子云之言，说这位苏小姐像你竟到九分。

蕙芳笑道："这不是糟蹋人么，一个千金小姐像了我，还说好，我们算什么人呢？"春航道："只怕未必如你，若果然像你，我就心满意足了，当他菩萨供养，天天拜他。"蕙芳笑道："你嘴里常说，我就没见你拜过谁。"春航笑道："你要我拜么？我就拜。"果然先对蕙芳作了一揖。蕙芳一笑，连忙走开道："不要折杀了我，留著拜你那位状元夫人罢。"

春航笑道："方才倒有一人讲。"蕙芳道："讲什么？"春航想了一想，道："没有讲什么。"蕙芳道："你说方才有人讲，怎么转口又说没有呢？"春航道："讲就讲那状元夫人的一句，原是姓苏。"蕙芳脸一红，瞅了春航一眼。春航不敢再说，蕙芳也不问了。春航道："你也应该成个家才好，就是配得上你的人少。"蕙芳道："这话倒也不错，我也这么想。我们对亲，好人家是不肯的，那小户人家的女儿，我又不要。况且我们这些人，被那些无耻的东西闹得不像个样子，谁肯信我们是清清白白的呢？我想与其娶小家之女，倒不如娶大家之婢，那礼貌性德倒是见惯的，也没有那小模小样。就是一件，只怕主人已先受用，这倒十有八九。"春航笑道："这是必有之事。我想度香家的丫鬟就不少。"蕙芳道："度香自然是有好的，他家的闺范也好，从没有遇见丫鬟们到园里来；况且隔著一条街，也不便来。只闻得华公子的丫鬟最多，而且都好。我们有一回在他家唱戏，看见帘子内有一大群，有男装的，有女装的，粉白黛绿，也望不清楚。"春航道："将来苏侯赠嫁过来，我想必有几个丫鬟，如果有好的在内，我送一个与你。"蕙芳笑道："多谢，多谢，那时我只好在这里伺候一辈子。算田、苏两姓家奴了。"春航道："言重，言重，我自有个道理，决不教你受一分委屈；而且也是顽话，知道有好的没有好的。我想世间错配的真有，咱们家里的周小三，倒有这么个好女人，岂不冤枉了他。"蕙芳道："你爱他么？"春航笑道："岂有此理！我不过说说罢了。"蕙芳道："这'爱'字也没有什么要紧，爱好之心，自然各人难免的。这三姐不但人生得好，而且还灵慧异常，倒是个贞节妇人呢。"春航笑道："灵慧有之，贞节未确。"蕙芳笑道："你没听见他收拾过潘三么？"春航笑道："也有所闻，那是潘三这般嘴脸，自然应收拾的。你方才说爱好之心，人人有之。设使你做了潘三，他就不忍收拾你了。"蕙芳道："你何不试试他，他在你这里，就想收拾你也不敢。"春航笑道："一发胡说了。"忽然跟班的来请道："房师杨老爷有要紧话商量，就请老爷过去。"春航即吩咐套车，换了衣服去了。

蕙芳此时闲著，一人在寓里也闷，唯有到各相好处走走。春航去了，蕙芳正走出来，忽听得咭咭咯咯之声，一回头看是三姐，蕙芳笑面相迎，三姐也笑盈盈的说道："好些天不见你来。"蕙芳道："我倒天天来的，就不见你出来。"三姐道："老爷出门去了。"三姐把蕙芳腰间的表套子看了一看，道："这个我也会做，我还会做戳纱的荷包。"蕙芳笑道："何不赏我一个？"三姐笑道："我的东西不给人。"蕙芳道："将针线给人也不要紧。"

三姐瞅了他一眼，问道："你今年贵庚了？"蕙芳道："十九岁了。"三姐道："倒与我是同庚，只怕月分总比我小，你是几月？"蕙芳道："三月。"三姐道："我比你长，我是正月。"蕙芳道："你是我的姐姐，我以后就叫你为姐姐。"三姐笑道："我不配。"蕙芳道："我又冒失了，我原不配做你的兄弟。"三姐道："我说我不配，你有什么不配呢？你肯叫我姐姐，我就叫你兄弟。"便接口叫了一声："兄弟！"蕙芳也叫了一声："姐姐！"三姐又道："我前日真怪你有点冒失，怎么你问起潘三那事来？这事干我什么事，那是你姐夫做的事情。与三兄弟报仇，我瞧还没有瞧见潘三是什么样儿呢！这句话你若问了别人，只怕就不好。幸亏是我，我因为是你问我，我所以不肯恼你，若第二人我依他么？兄弟，我明日送你对荷包，你只别告诉人说我给你的。你若说了，惹得这个又来要，那个又来讨了。"蕙芳谢了。又立谈了一会，各自散去。

不知后事如何，且听下回分解。

第五十回
改戏文林春喜正谱　娶妓女魏聘才收场

话说春航已聘了苏侯的小姐，只等七月七日完毕婚姻。五月过了，正是日长炎夏，火伞如焚。

且说刘文泽补了吏部主事，与徐子云同在勋司，未免也要常常上衙门。这些公子官儿那里认真当差，不过讲究些车马衣服，藉著上衙门的日子，可以出来散散。戏馆歌楼，三朋四友，甚是有兴。

一日，文泽回来，路过林春喜门口，著人问了春喜在家，文泽下了车进去。远远望见春喜穿著白纻丝衫子，面前放著一个玻璃冰碗，自己在那里削藕，见了文泽，连忙笑盈盈的出来。文泽道："你也总不到我那里去，你前日要我那白磁冰桶，我倒替你找了一个，而且很好，不大不小的，我明日送来给你。"春喜道:"多谢费心,我说白磁的比玻璃的雅致些。"文泽看了书室中陈设,便道:"你又更换了好些?"春喜道:"你看我那幅画是黄鹤山樵的,真不真?"文泽道:"据我看不像真的。"春喜道:"静宜给我的,他说是真的。"文泽笑道:"若是真的,他也不肯给你,知你不是个赏鉴家。"春喜笑道:"好就是了,何必论真假。"

　　文泽见春喜两间书室倒很幽雅。前面一个见方院子,种些花草,摆些盆景,支了一个小卷篷。后面一带北窗墙子内,种四五棵芭蕉,叶上两面皆写满了字,有真有行,大小不一,问春喜道:"这是你写的么?悬空著倒也难写。"春喜道:"我想'书成蕉叶文犹绿'之句,自然这蕉叶可以写字。我若折了下来,那有这许多蕉叶呢。我写了这一面,又写那一面。写满了,又擦去了再写。横竖他也闲著,长这些大叶子,不是给我学字的么?我若写在纸上,教人看了笑话。这个蕉叶便又好些。我还画些草虫在上面,我给你瞧瞧,不知像不像。"便拉了文泽走到后面,把一张小蕉叶攀下来,给文泽看,是画些蜻蜓、螳螂、促织、蜘蛛各样的草虫。文泽笑道:"这倒亏你,很有点意思,只怕你学出来,比瑶卿还要好些。"春喜道:"瑶卿近来我有些恨他。他的画自然比我好,但他学了两三年,我是今年才学的。春间请教请教他,不是笑我,就是薄我,问他的法子,他又不肯说。近来我也不给他看了,他倒常来要我的看。我总要画好了才给他看呢。我问静宜要了许多稿子,静宜说我照著他画,倒不要看那芥子园的画谱。"又笑嘻嘻的对著文泽道:"我与你画把扇子。"文泽道:"此时我不要,等你学好了再画。"春喜道:"你们势利,怎见得我此时就画得不好?你若有好团扇,我就加意画了。"说罢,就跑了进去,拿了一柄团扇出来,画著一枝杨柳,有一个螳螂捕蝉。那一翅张开,一翅在螳螂身下压住,很像嘶出那急声来。那螳螂两臂扎住了蝉项,口去咬他,两眼鼓起,头上两须一横一竖,像动的一样。

　　文泽看了,大赞道:"这是你画的么?"春喜点点头。文泽道:"我不信。"春喜道:"你不信,我当面画给你看。"文泽道:"你将这把扇子给我罢。"春喜道:"这扇子我自要留的。"文泽道:"我不管你留不留,我只要这把,你落了款罢。"春喜只得落了款,送与文泽。文泽道:"看你这画,已经比瑶卿好了,字也写得好。"春喜道:"瑶卿原只会画兰竹与几笔花卉,山水尚是乱画的,草虫他更不会。此时说我比他好,我也不安,将来或者赶得上他。"

　　正说话间,只见仲清、王恂同著琪官、桂保进来。文泽见了大喜,问道:"怎么今日不约而同,都到这里来?"仲清道:"庸庵要到蕊香那里去,却遇见玉艳,想同到新开的庄子里去坐坐。见你的车在门口,所以进来。"文泽道:"莫非就是那唐和尚开的安吉堂么?闻得那地方倒好,他又将寺里几间房子也通了过去，我们就去。"春喜道："怪热的天，在这里不好吗？"桂保道："那里也好，内中有几间屋子，摆满了花卉，大天篷凉爽得很。倒是那里好。"即催了春喜，换了衣裳，都上车，到了安吉堂对门车厂里，卸了车。文泽等走进，掌柜的忙出柜迎接，即引到后面一个密室，却是三间，隔去一间，并预备了床帐枕席。外面摆了两个座儿，一圆一方，都是金漆的桌凳。上面是铺炕，挂了四幅屏画，是画些螃蟹，倒还画得像样。上头挂一块桃红绸子的贺额，写著"九重春色"四字，上款是"归云禅师长兄、瑞林亲台长兄开张之喜"，下款也是两个人名字。一幅朱笺对联，写的金字是：

    磨墨再烦高力士，当垆重访卓文君。

  众人看了大笑，仲清道："怪不得这里热，被这些联额字画，看得出汗。"再看两边墙上两个大横披，一个姓马的写的字，其恶俗已到不堪。那一幅画甚离奇，是画的张生游寺。文泽等又笑了一阵。掌柜的进来张罗了一会，亲手倒了几杯茶出去，遂换走堂的进来点菜。王恂道："这里的生炒翅子、烧鸭子是出名的，就要这两样。"各人又分要了好些，皆是凉菜多，热菜少。走堂的先摆上酒杯、小菜，果碟倒也精致。送上陈绍、木瓜、百花、惠泉四壶酒来，放下一搭纸片。那边桌上点了一盘小盘香，中间一个冰桶，拿了些西瓜、鲜核桃、杏仁、大桃儿、葡萄、雪藕之类，浸在冰里。首坐仲清，次文泽，次王恂，琪官、春喜、桂保相间而坐。来了几样菜，各人随意小酌闲谈。

  文泽问起子玉，还是前月初七日送行时见他。仲清道："庚香已后大约未必肯出门的了，我们去看过他几次，他又病了几天，俨然去年夏天的模样。他这个元神，此时正跟著玉侬在长江里守风，只怕要送他到了南昌，才能回来呢。"琪官听了，眉颦起来，神情之间，颇有感慨，说道："初六那一日，我请他们叙了半日，虽然彼此啼哭，却也还劝得住。不料至皇华亭，彼此变成这形象，我此时想起，还替他们伤心。"王恂道："那天幸是没有生人在那里，若有生人见了他们这个光景，岂不好笑。玉侬倒还遮饰得过，有他们一班人送他，自然离别之间，倒应如此的。就是庚香遮饰不来，直著眼睛，拉他上车，还挣著不动，又有那一哭，到底为著什么事来？幸亏度香催道翁走了，不然他见了也要猜疑。"

  文泽道："可不是！庚香与湘帆比起来，正是苦乐不同。湘帆非但与媚香朝夕相亲，如今又对了阔亲，偏偏又是个姓苏的，而且才貌双全。你道湘帆的运气好不好？我看咱们这一班朋友，就是他一个得意。"仲清道："自然。"王恂道："竹君近来倒没有从前的意兴，这是何故？"仲清道："竹君么，他因不得鼎甲，因此挫了锐气。如今看他倒有避热就凉之意，是以住在怡园，不与那些新同年往来。"文泽道："今年你们若考中了宏词科，也就好了。倒要劝劝庾香，保养身子要紧。"仲清、王恂点头。

桂保对王恂道："从前我在怡园，行那一个字化作三个字的令，你一个也没有想得出来。我如今又想了一个拆字法，分作四柱，叫做旧管、新收、开除、实在四项。譬如这个'酒'字——"一面说，一面在桌子上写道："旧管一个'酉'字，新收一个三点水，便成了一个'酒'字。开除了'酉'字中间的'一'字，实在是个'洒'字。都是这样。你们说来，说得不好，说不出的，罚酒一杯。"春喜道："这个容易，也不至于罚的。我就从'天'字说起。旧管是个'天'字，新收一个'竹'字，便合成了'笑'字。开除了'人'字，实在是个'竺'字。"众人赞道："好。"琪官道："我也有一个，旧管是个'金'字，新收一个'则'字，"说到此，便写了一个"铡"字。"开除了一个'贝'字，实在是个'钊'字。"桂保道："'金'字加个'则'，是个什么字？"琪官道："有这个字，我却一时说不出来。"春喜道："这字好像是铡草的'铡'。"琪官道："正是。"桂保道："以后不兴说这种冷字；若要说这种冷字，字典上翻一翻，就说不尽。且教人认不真，有甚趣味。"琪官被驳得在理，也不言语。

仲清道："倒也有趣，我们也说几个。我说旧管是个'射'字，新收一个'木'字，是'榭'字。开除了'身'字，实在是'村'字。"桂保道："好，说得剪截。"文泽道："旧管是个'圭'字，新收一个'木'字，是'桂'字。开除了'土'字，实在是'杜'字。"王恂道："旧管是个'寺'字，新收一个'言'字，是'诗'字。开除了'土'字，实在是'讨'字。"桂保道："这个比从前的'田'字讲得好了。我说旧管是个'一'字，新收一个'史'字，是'吏'字。开除了'口'字，实在是'丈'字。"

琪官道："我的旧管是'串'字，新收了'心'字，是'患'字。开除了'口'字，实在是'忠'字。"春喜道："我旧管是'昌'字，新收'门'字，是个'阊'字。开除了'日'字，实在是'间'字。"仲清道："我旧管是'贱'字，新收三点水，是'溅'字。开除了'贝'字，实在是'浅'字。"文泽道："我旧管是'波'字，新收一个'女'字，是'婆'字。开除了'波'字，实在是'女'字。"春喜道："怎么说？闹错了。旧管是'波'字，怎么开除也是'波'字？新收是'女'字，怎么实在又是'女'字？内中少了运化。"桂保道："这要罚的。"文泽笑道："我说错了，我是想得好好儿的。"便说道："开除是'皮'字，不是'波'字。"琪官笑道："这是什么字，一个'婆'字少了'皮'字？"春喜道："要把那三点水揪下来，把'女'字抬上去，不是个'汝'字？"文泽笑道："正是'汝'字。"桂保道："太不自然，要罚一杯。"文泽笑道："不与你们来了。"饮了一杯。

王恂道："旧管是'眇'字，新收三点水，是'渺'字。开除了'目'字，实在是'沙'字。"桂保道："旧管是'士'字，新收了'口'字，是'吉'字。开除了'一'字，实在是个'古'字。"文泽道："这张口可惜生下了些，凑不拢，也要抬上些才好。"众人皆笑。桂保道："这个批评未免吹毛求疵。就算略差些，也用不著抬'女'字的那么使劲。"众皆大笑。琪官道："旧管是'胡'字，新收三点水，是'湖'字。开除了'沽'字，实在是'月'字。"春喜道："旧管是'邑'字，新收个'扌'字，是'挹'字。开除了'口'字，实在是'把'字。"文泽道："这个令没有什么意思，我不说了，还说别样罢。"

饮了几杯酒，只听得隔壁唱起来，众人听是唱的《南浦》道：

无限别离情，两月夫妻，一旦孤零。

桂保谓春喜道："小梅，你近来很讲究唱法，南曲逢入声字，应断，还是可以不断呢？"春喜道："若说入声，是应断的。"桂保道："自应唱断。你听方才唱的，却与我们唱的一样，笛上工尺'妻'字，是五六工尺工；'一'字，笛上工尺是六五。你听'两月夫妻，一旦孤零'，这'一'字怎么断呢？"春喜道："这是要把板眼改正了就断了。如今唱的工尺'妻'字的五字自中眼起，六字的腰板，工字的头眼，尺字的中眼，工字的末眼；'一'字上的工尺是六字的头板、头眼、中眼，五字的末眼。如此唱法，'一'字怎么能断？然'一'字不断，究竟不合南曲唱入声的规矩。你要这'一'字断却也不难，只要将'妻'字上的工尺五字拖长，六字改为中眼；工字改为'一'字的头板，尺字改为'一'字的头眼，六字改为中眼，五字改为末眼，音节截断，便合南曲入声唱法。"一手拍著桌子道："你听，'两月夫妻，一旦孤零'。"桂保道："你真讲得不错。"又道："你知道唱南曲，有用一凡工尺的没有？"春喜道："南曲是没有一凡的，是人人尽知。惟有一处我问过你令兄，他是个刺杀旦。我问他南曲笛子上有一凡没有，他也说没有。我说你做《刺梁》那一出，是南北合套，梁冀所唱之曲皆系南曲，到看报时唱的'酒困潦倒'这'潦倒'上的工尺，就吹出一凡。因为邬飞霞接唱北曲不能不出调，所以非一凡不可。我说南曲用一凡就只有此一处，并无第二处。"桂保点点头道："我也听得我哥哥与人讲，大约还是你对他说的。"

春喜道："若说不讲究唱也罢了，既要讲究，唱错的还不少呢。譬如那《小宴》一出，南北合套音节最好。若以人之神情摹想当日光景，至《惊变》处，唱到'怎道是失机的哥舒翰'，非用五六五出调高唱不可。既惊变矣，则仓皇失措之神自在言外。且下文还有'社稷摧残'等语，慢腾腾低唱是何神理？"琪官道："这也论得极是。我想那些口白，也都有不妥当处，一气说完，后来唱出，全无头绪，若断章摘句起来，几至不通。"春喜道："可不是么。又如《阳告》一出，出场时一口说尽，所以后头唱的曲文，与口白文气不接。如今班中唱的个个是如此。要依我，就改他口白。"

桂保道："怎样改呢？"春喜道："你记第一段的口白是'望大王爷早赐报应'，与《滚绣球》一只'他因功名阻归'，文气不接。第二段口白'在神前焚香设誓'，与《叨叨令》一只'那天知地知'，文气又不对。第三段口白'勾去那厮魂灵与奴对证'，与《脱布衫》一只'他好生忘筌得鱼'，文气又不接。依我要这第一段口白：'奴家敫桂英，因王魁负义再娶，要到海神庙把昔日焚香设誓情由哭诉一番，求个报应。来此已是，不免径入。'把这一段说完进庙，再向大王爷案前哭诉，之后也只说'奴家敫桂英，与济宁王魁结为夫妻，谁想他负义又娶。妈妈逼奴改嫁，奴家不从，致遭殴辱，忿恨难伸，故到殿前把已往从前之事诉告一番，求大王爷早赐报应。当时那王魁呵'，再唱那《滚绣球》一只，文气便接。唱完之后，再说'定盟之时，神前设誓，誓同生死，若负此心，永堕地狱。呵哟，是这么的嘘'。这才是'神前设誓，天知地知呢'。这只唱完，说道：'不是奴家心肠忒狠，他到京中了状元，另娶韩丞相之女为妻，一旦把奴休了，是令人气愤不过嘘。'把他头一段口白分作三段，这就通身文气都接了。"仲清、文泽、王恂道："这都改得好，但如今讲究唱昆腔的也不少，怎么就不晓得这些毛病呢？"春喜道："唱清曲的人，原不用口白，他来改正他做什么？唱戏曲的课师，教曲时总是先教曲文，后将口白接写一篇，挤在一处，没有分开段落，所以沿袭下来，总是这样。"

众人正在谈得高兴，只听那间房后面角门一响，房内脚步声，有人走出来。众人留心看时，帘子一掀，钻出个光头来，穿件黄纻丝短僧衣，蓝绸裤子，散著裤脚，跋著青线网凉鞋，摇著鹅毛扇子，见了众人，满面堆下笑来，抢步上前，和著双手半揖半叩的见文泽等三人，又与桂保等三人拉了拉手，原来是唐和尚。文泽让他坐了，唐和尚鞠躬如也，坐在炕沿上。走堂的倒了一钟茶给他，唐和尚道："这茶不好，你另沏壶雨前，放些珠兰在里面。少爷们在此，好好的伺候。"走堂的笑嘻嘻的答应了。

唐和尚道："今日少爷们这么高兴，到小庄来。"王恂道："我们来过多回了。"和尚笑道："少爷说谎，今日尚是头一次。少爷们若到来，我没有不晓得的。如果酒多了，还可以里面坐坐。"文泽道："那倒不消，我们闻了那气味就要醉的。"唐和尚道："如今田老爷是贵人了，他搬出后，我也没有见著他。好容易一年之内，中举，中进士，中状元，这是天上文曲星，人间岂常有的？不是我说，也幸遇见了那位苏相公，倒被他管好了。未见那苏相公以前，田老爷又不是如今的魏大爷一样？天天锁著房门，在戏园子里过日子。那位高老爷更有趣，我是不敢见他的。远远的见著他，就躲起来，不然，就是贼秃长、贼秃短，嬉皮笑脸的，没有顽笑不开口。有一回顽得我苦：我们寺里做法事，他不晓得那里去买了一个角先生，塞在我袖兜里。后来有些客来，在房里闲坐，我热了脱衣，一翻袖子，落了下来，惹得那些人大笑，说我买去送尼姑的。他还将白粉在那先生脑袋上，写了四个字是：'归云小像。'臊得我要死。停一停我见了他，他忍不住笑，我才知道是他算计我。我说：'高老爷，你这么刻薄，我天天拜佛，保佑你多下一场。'去年果然应了我的口，没有中。不然他今年榜眼没有，探花是一定有的。"仲清等大笑。

唐和尚道："我听得说，这位苏相公如今也出了班子，田老太太认他为义子，宅里都称他为二老爷，是真的么？"文泽道："没有的话。苏相公也没有住在那里。他们下人称呼他为苏大爷是真的。"唐和尚道："这苏相公本来好，斯斯文文，和和气气，见了我们也是待得一样，必恭必敬，不当我们是个和尚，少了头发看待。不像那个什么琴相公，在华府里的，见了人板著脸，一点笑容也没有。"

王恂道："方才里头吹唱的是谁？"唐和尚道："那就是魏大爷。"文泽道："那个魏大爷？"仲清道："魏聘才在这里作寓。"唐和尚道："魏大爷，想少爷们都认识的。"王恂道："认识之至。"唐和尚道："这个人真好，真是个满场飞。近来他也要出京了。方才是杨八爷、张、顾二位师老爷在那里，大家高兴，唱了几只曲子。"仲清道："他出京怎么？"和尚道："他捐了个从九品，如今是分发湖北去了，这也是他运气好。正月里被贼一偷，偷去衣服银钱等物，共有千金，也就把他的家私去了一半。后来他又包了那个玉天仙，每月一百五十吊钱，四五个月也支持不来，渐渐的当卖东西起来。我常常劝他道：'婊子无情，兔子无义，你的钱也干了，他的情也断了。'谁知这玉天仙竟不给人料著，他与魏大爷十分相得，竟拆散不开，倒拿出他的积蓄来，与他捐了分发，说定了嫁他，到出京时同走。这魏大爷以后非但不要花钱，倒还可以使他的钱。谁料婊子之中，也有这等有情有义的人，不是奇事吗？最可笑是那潘三。他因欠玉天仙的嫖钱不能还，他就引他的表侄去逛，留他表侄住下，他就偷跑了。他表侄住了两夜才明白，即至要走，那些捞毛的要钱，又不叫他走。他表侄没法，只得同那婊子坐了车回家，当了两票当，才打发了婊子。他表侄忙至潘老三家内告知，家中大闹了一场。潘老三没法，只得将手腕上的肉，自己咬下了两块，人都说他为嫖割股。你们说这个自行伤可笑不可笑？"于是大家大笑道："那潘三本不

第五十回　改戏文林春喜正谱　娶妓女魏聘才收场

是个东西。"

文泽道："我知道你与奚十一相好。"唐和尚道："这奚大老爷闹得很，今年生了毒疮，几乎性命不保，还是我医好他的。如今他也要到班了，七月内有缺就是他的。我想人生聚散是一定的。去年有位富三老爷，是魏大爷相好，魏大爷托我照应，才选了湖北。有个贵大爷，是富三爷的相好，他们是朝夕不离的，也得了湖北的同知。如今魏大爷又要到湖北去了，他们这三位相好，仍旧聚在一处，岂不是缘分么？譬如你们三位，也是天天相见的，在京做官是一样，将来如果都放了外任，一个做抚台，一个做藩台，一个做臬台，仍旧的聚在一个城内，岂不有趣？"说罢大笑，恭惟得文泽等甚是欢喜。那三个相公看著唐和尚胁肩谄笑，好不难看。

仲清道："连日未见瑶卿。"琪官道："瑶卿近日从著吉甫学琴呢，竟是足不出户。吉甫也真好静，他当日教过梅卿弹琴，自梅卿死后，他的《梅花三弄》是再不弹的了。你说这也算深于情了。"仲清道："吉甫的人本沈静高雅，于这些文玩上无不精通。"桂保道："提起瑶卿，昨日吉甫说他有了化身了，与他同名。"王恂笑道："不是去年看见的黑保珠吗？"桂保道："不是。这是苏州人，姓沈，也叫宝珠。昨日在素兰家见有人作一篇传，今日恰好带来，你们大家看看。"遂从靴掖内取出。只见上面写道：

　　伶氏沈，宝珠其名也。吴人，业伶于京师，有声。父疾久弗愈。伶刲臂肉和药进，世俗之传割肉疗亲也。事泄且弗效。伶裹创甫毕，有召伶奏技者，念弗往父必疑，乃负痛往。而是夕大风沙，至宴所，创发血溢，狼狈归，医之数旬始愈，其父疾亦竟瘳。或尤之曰："人而伶矣则辱亲，臂而刲矣则亏体，是尚谓之孝乎？"解之者曰：君子之论孝也严，而严之所以责贤者；《春秋》不尝药书弑之类是也。而宽之所以励中人，前史及郡县志所载割股庐墓之类是也。得此于众人，犹将搜罗而表章之，况伶人乎？且伶鬻自髫龄，辱亲非其罪也。当割臂时，伶知爱其亲而已，毁誉庸所计乎！予惟天性之良，不隔贵贱，观于此，而孝悌之心油然生矣。为作《孝伶传》。

　　看毕，文泽等叹息道："这也算得奇事，我们也该替他表扬表扬，竹君《花选》又该续刻了。"

大家谈论，日已西沉，文泽等也要散了，王恂叫走堂的报账，文泽又抢作东，两人争执，谦让一回。唐和尚对著走堂的把嘴扭了一扭，走堂的出去交代了柜上，进来说道："这帐两位少爷不用争会，唐大爷已会过了。"文泽道："这怎么说？"王恂道："断无此理。"唐和尚笑道："些须敬意，三位少爷肯赏脸，常来坐坐就沾光多了。况和尚没有折本的买卖，明日就拿著缘簿到宅里来，少爷只要多写一笔就是。"说了又大笑，拿著扇子在他们三人身上搧了几扇。仲清等倒不好再说，只得谢了一声，说："我们竟吃到十一方了。"说著，大家又笑了一阵，带了三旦出来，唐和尚与掌柜的送出大门，看上了车，方才进去。

却说魏聘才与玉天仙相好，倒得了他的嫖钱，捐了分发，掣著湖北，好不有兴。已另租了几间房子，从寺里搬出来，与玉天仙同居。这两日置备些出京物件，已买了一个丫头，雇了一个老婆子，玉天仙做起奶奶来。这玉天仙本是扬州瘦马，到京来颇有声名。但年纪已二十七岁，比聘才大了两年。相貌极为标致，看著还像二十来岁人，更兼弹唱皆精，与聘才甚为合意，故成了夫妻。聘才想起去年元茂所借之当还没有归还，便到孙宅去找他，谁知元茂同了他两个舅子下通州赴考去了，只好认了晦气。

到出京那几日，一起一起的饯行，潘其观、奚十一、张仲雨、冯子佩、杨梅窗、张笑梅、顾月卿、唐和尚等轮流作饯，唐和尚的庄子好不热闹，聘才又辞了几天行。白菊花未从良时，与玉天仙同在一局，且甚相好，结为异姓姊妹，玉天仙长菊花两岁。菊花与奚十一讲了，要请玉天仙过来饯行。奚十一岂有不肯之理，即请了玉天仙到家，菊花出外迎接。到了里面见了礼，坐下各谈契阔。玉天仙道："我见四妹从了良，又遇见这位多情的老爷，我便心上羡慕。不料我的运气不好，去年吃了一场官司。我看这个魏大爷倒很有情，为我吃了这些苦，还是待我一样，而且比前更好，我所以定了主意嫁了他。又见他手头不宽，在京里费用大，候选无期，遂把历年积下的东西与他捐了分发，虽是磕头虫，到底也算个老爷，比咱们接客时总强了。"菊花道："自然。姐夫虽然是个小官，姐姐到底是位太太。你妹夫虽是个大老爷，妹子终是个偏房。衙门虽比你家大些，这名分是不及你。而且他家里还有好几房人在家，将来知道怎样？那里及得姐姐一马一鞍的安稳。况且姐夫又年轻，又俊俏，人又能干，那里选得出这种人呢。"玉天仙道："你见过你姐夫么？"菊花道："姐夫也常来找我们老爷，所以我也看见过他几次，人才是没有说的。"玉天仙面有喜色，笑道："只要裙里香，管他十二房。妹妹这么个人，妹夫岂有不一心一意的。你看那杨八妹夫也是个从九，再没有选期，尽仗著看风水，能赚多少人？他家里也利害，如今与六妹妹也远了，那六妹妹也真教他赚苦了，那个人才没良心呢。听说他上了回江南，也不知是谁赚他。叫他给门户中带了一封信。他到江南就坐著轿子，穿著衣帽，拿著眷晚生的帖去拜。到了门，投了帖，还是轿夫说：'老爷，这是个忘八家。'他才没有进去。你说怯不怯？"听得菊花也欢喜了。

二人又笑了一会，就叫了个女先儿来，唱了半天；又叫个耍猴儿的来，顽了一回。玉天仙吃了饭，谢了菊花要回，菊花送出来，到了二门，两人还是依依的拉著手站住说话。姬亮轩在书房里听得清清楚楚，便剜破窗纸，闭著一眼，睁著一眼，从窗隙里望将出去。

先见一个老婆子拿了衣包，又一个小丫头拿了一根长烟袋、一把团扇。只见玉天仙一身华服，满头珠翠，很像个奶奶模样。不大不小，一个容长脸儿，容光滑洁，体态风骚，裙下金莲约有四寸，甚是伶俏，比菊花身材略高了些。菊花穿件蛋青纱衫，内衬桃红衫，下是月白纱裤，穿著厚底堆绒蝴蝶鞋。两鬓堆鸦，高鬟滴翠，脸上微带几点俏麻，美目含情，春容满面。把姬亮轩看得筋酥骨软，口内流涎。谁料这个窗纸还是旧年糊的，风吹日晒，也脆极了。亮轩只顾偷看，把个额角靠在纸上，"拍"的一响，裂破了一块。玉天仙回头见窗内有人偷看他们，玉天仙也就走了出去。菊花送出二门，看上了车，转身回来，抬头望见亮轩的窗纸破处，他尚在里面偷看。欲要笑时，已勉强忍住，低著头进去了。

聘才出京之日，唐和尚直送到十里长亭，洒泪而别。聘才回家接了父母，同往湖北，后来书中就没有他的事了。

要叙李元茂、孙嗣徽在通州小考，闹了一个小小的笑话，且俟下回分解。

第五十一回
闹缝穷隔墙听戏　舒积忿同室操戈

话说聘才出京之时，曾问元茂要帐，适值元茂赴通州去了。元茂与孙氏昆仲都冒了顺天籍贯，府县考过了，到通州院考，租了寓，进了场。元茂遇见了旧日窗稿，是先生改好的，便直笔而抄之。这孙嗣徽如何会做文章，遇见了一个同窗朋友，是个廪生，托其代请枪手。那人与他请了一个人，讲定了八十两银子，写了契约。在场内与孙嗣徽枪了两文一诗。这个嗣元自己又不能作文，又没有雇著枪手，不得已在卷子上一阵乱写，不知写了一篇什么东西。发案之日，嗣徽、元茂竟进了。覆了试，元茂也还勉强得来，嗣徽仍是请人代做。到发落之日，忽然挂了一块牌出来，上写道：

查看宛平县童生孙嗣元文卷，字体草率，一字两格，方言俗语，杂字一篇，无两字可连，无一句可讲，是否系染狂疾，抑或是其本真，殊为可怪。仰通州知州协同宛平县教谕，严为究问，以正功令，毋得混蒙徇纵。速，速！

元茂、嗣徽看了，也不知嗣元卷子上写了什么。嗣徽倒暗暗喜欢，与元茂进去叩见宗师。宗师见了元茂，倒也没有讲话。孙嗣徽穿了蓝衫皂靴，把那个红糟脸擦得光亮，大摇大摆，踱上前去。宗师见了，觉得他与诸人不同，甚是可笑。见他名字与孙嗣元像是弟兄，便问道："有个孙嗣元是你兄弟么？"嗣徽道："是门生舍弟。"文宗笑道："你兄弟有什么毛病么？"嗣徽随口答应道："舍弟有个结巴的毛病，说的愈急愈说不出，此其一；左眼皮高吊起，时时要流眼泪，此其二；若到门生说话，他即要驳起来，此其三。"文宗听了，笑了一笑；诸生也要笑时，只得忍住。嗣徽得意洋洋的，把肩摆了一摆，自己看看脚上的皂靴。文宗正色问道："你那兄弟的卷子，写的并不是文章，是写几百个杂字，没有半句可讲，没有两字可连，是何缘故？这样不通人，怎样应过府县考？或是近日得了疾病，所以如此呢，或是本来就是这样？"嗣徽笑道："若说舍弟有生之初，就有时而昏；有生之后，就无时而明。其府县考之得以有名者，乃门生中也养不中，才也养不才，此舍弟之乐有贤父兄也。"诸生忍不住大笑。文宗把案一拍道："胡说！你就是个疯子，快下去罢！"嗣徽失惊，打了一恭，摇摆出来。诸生掩口胡卢，一齐告退了。

嗣徽上了马，元茂坐了车，一同回寓，嗣元被州官叫了去了。却又得了个喜信，亮功放了安徽凤阳府。嗣徽心中大喜，就想回家，等著下科再花些银子，找人枪一枪，就可以拔贡了，无奈为嗣元的文卷尚未问明，只得再待两天。元茂得了一个秀才，也就心满意足；如今又娶了亲，心中一无牵挂。却喜丈人与他父亲同在一省，便可同了媳妇回去，在任乐几年。也为嗣元之事未了，只好同著嗣徽守候。

那日饭后，元茂闷坐无聊，太阳也将落了，独自逛出城来，到了运河边，只见粮船如云，还有些官船，大旗招展，好不热闹。那粮船舱里也有些妇女们，就望不清楚。把眼镜擦了一擦戴上，沿著河堤慢慢的走去，只管东张西望。见那些卖西瓜的与卖桃儿的，还有卖牛肉的，卖小菜豆腐的，挤来挤去，地下还有些测字摊子。还有那些缝穷婆，面前放下个筐子，坐在小凳上与人缝补。元茂望著一个缝穷的，堆著一头黑发，一个大髻子歪在半边，插一枝纸花。虽然紫赭色脸，望去像二十几岁的人，倒也少艾。两眼只顾瞅著，慢腾腾走出去，不防一条缆子一绊，栽了一交，直跌到那个缝穷婆身上。那个缝穷婆正伸直两条腿，交跷著七寸长的花鞋，鞋口上捆了鲜红的带子。见元茂跌来，吃了一惊，恐他跌到身上，急起身躲时，腿未站起，元茂已倒了过来，刚刚压著了他。船上岸上的人见了，齐拍手笑起来。

这一笑，把个李元茂臊得满脸紫涨，把脚一伸，可可的踹在烂泥里，没了力，左手撑著地，右手按著缝穷婆的腿，使劲一支，遂支了起来，沾了一袜子泥，偏偏衫子被篙子扎破了一块。元茂满面无光，怔了一回。只见那缝穷婆抖著布衫，连说道："这是怎么说？走道儿会栽到人身上来。"元茂只得自认不是。那缝穷的尚要发作几句，见元茂一身绸绢，像个旗丁模样；又见他一袜子泥，衫子也扎破了，倒想揽这个买卖，便道："你的衣裳破了，你脱下来我与你缝缝罢。"元茂见他好言好语，便看自己样子也难回去，便把长衫脱将下来，蹲在一边看他缝补。又看那缝穷的颇有几分姿媚，容长脸，小嘴，长眼睛，直鼻子，手也不甚粗，约二十四五年纪。一件旧蓝布衫倒还干净，跷起了一双新布花鞋。元茂看得有些动心，那缝穷的手里缝衣，飘转眼来问元茂道："你在那一帮？"元茂不懂，眯齐了眼瞅他。那缝穷的又瞟了他一眼，道："我问你是那一帮粮船上的，不是杭州帮吗？"元茂道："我不是粮船上的。"缝穷的道："你现在那里住？"元茂道："一进城门就是。我身边没有带著钱怎么好，你同到寓里去取罢。"缝穷的点点头。缝完了，元茂穿上，缝穷的提了篮子，跟了元茂进城。

　　元茂问他的住处，缝穷的道："我也在城里。"元茂又问他的丈夫，缝穷的道："我们当家的撑小驳船，如今在杨柳青呢。"元茂说一句望一望，两人并著走，见他胸前高高的两个乳，元茂鼻子望空嗅嗅，觉有些汗香，心上有几分爱他，却又不敢问他。同进了寓，只见嗣徽的房门也锁著，不见一个人，缝穷的便跟了进来，看他开了房门，便靠在房门上，望著房里。元茂在炕上找了个青缎小搭连，坐在房门口凳上，一五一十的数了四十大钱，递与缝穷的。缝穷的接了，笑道："这钱太少，请高升些。"一手将钱望篮子里放了，笑嘻嘻的一脚跨进了房门，一手来抢了元茂的搭连，元茂不放手，他是一脚在内，一脚在外，元茂将手一拽，那缝穷的随著手，即扑倒在元茂怀里，笑个不住。那元茂岂是个坐怀不乱的，便登时动了色，如今娶了亲已是老在行，比不得从前了，便把两腿夹住了他下身，将他抱起来。那缝穷的一面笑，一面还不放那个搭连，笑得头发都要散了。元茂道："你要钱容易，我给你，你要多少？"缝穷的道："单是缝补的钱么？"元茂道："那手工钱，我再加你二十大钱。我们讲个交情，你要多少钱？"缝穷的道："讲交情，别人是二百六十六，我没有这个价儿，我总要四百钱。"元茂道："我就给你四百钱。"对著他把嘴望炕上一扭，缝穷的道："待我提了篮子进来。"元茂恐怕人来，关了门闩了，二人就在炕上云雨起来。

　　恰好嗣徽回来，望望元茂的房门没有锁，把手一推却是闩著，知道元茂在内，便叫了一声："开门，青天白日关了门做什么？"元茂听了，吃了一惊，伏著不动。嗣徽又推了一推，元茂只得应道："我肚子疼，要躺一会起来，不要来推门吵闹人。"嗣徽倒也不疑心，一移步间，踢著一样东西，一看是妇人戴的一朵纸花，拾起来闻一闻，有一点油气，心上想道："那里来这东西在他房门口？他又不肯开门，莫非他倒接个媳妇在里面受用么？"此时天未全黑，屋里尚有些亮。嗣徽到窗下一望，却是冷布窗心，元茂忘下了卷窗。嗣徽望到炕上，见一个妇人仰卧著，元茂正在那里高兴，淫声甚炽。听得那妇人低低说道："起来罢，四百钱要怎样，已经值八百钱了。"元茂尚是老皮老脸的，被那媳妇一推，推出了笋。坐了起来，就在那元宝篮里拿块破布，抹了一抹，系好了裤。元茂也穿了小衣，取出四百钱递与那媳妇。那媳妇收了，塞在篮里，又道："那缝补的钱呢？"李元茂又找那小搭连摸钱，那媳妇一手抢去，连搭连往篮里一摔，把肘抄著篮子，开门出来。嗣徽看清，想撞破他，恐元茂脸上下不来。

且看缝穷的生得少艾，便想要半路截留，便先到门口等他。那缝穷婆出来，嗣徽拦住了门，问道："你方才在里头做什么？"那缝穷婆笑嘻嘻的，扭著头看嗣徽，穿著芙蓉布汗衫，脚下是皂靴，知道是位老爷，说道："方才有位爷们，叫我缝补小衣。"孙嗣徽道："我在窗子外望得清清楚楚，他给了你四百钱。明日我也要缝小衣，你务必来。"那缝穷的听了，裹头裹脑的答应了，又道："什么时候来呢？"嗣徽道："吃了早饭就来，我在这门口等你。如我不在门口，你就在门口等我。"缝穷的连连答应，将嗣徽打量了一番，把手摸一摸头髻，提著篮子出去了。嗣徽进来也不说破，与元茂谈了一会，各自睡了。

明日早饭后，嗣徽到门口望了几次，尚不见来。心里一想，有些下人在面前，不便行事，把几个家人尽行打发出门，叫他去探听嗣元消息，与到远处去买物去了。知元茂是要睡中觉的，到他房门口望了一望，见元茂在炕上躺著，闭了眼，当他睡著了。急到门口来，见那缝穷婆已坐在门槛上。今日打扮得不同，梳得光光的元宝头，绞光了鬓脚，插了一枝花，穿一件蓝夏布衫子，手中带上烧料镯子、铜戒指，回头见了嗣徽，便笑嘻嘻的提了篮子，走了进来。嗣徽见他比昨日娇俏多了，心中大喜，进了二门，便一手搭在他肩上，一直推进了房，把房门闩上，下了卷窗。

这房嗣徽弟兄两人同住，此时嗣元未回，真是难得。嗣徽低低的说道："天气热，脱了衣服罢。"缝穷的点点头，便将衫子脱了。他脸上是被太阳晒黑的，身上倒还白净，凸出两个灰色奶头，嗣徽摸了两把。又叫他脱去小衣，缝穷的抿著嘴笑，不肯脱，嗣徽便解了他的带子，替他脱了。请教到妙处，倒也光肥可玩，就是颜色不甚好看，像是个连鬓胡子。嗣徽也脱光，缝穷婆一眼望去，其物甚伟，比起昨日那位，真是小巫见了大巫，二人就在躺椅上顽起来。

且说那元茂并未睡著，嗣徽与他对面房，有人进来，岂有听不见的？况那缝穷婆今日穿了木底鞋，鞋内又衬了高底，七寸长的花鞋，今日变了五寸。虽轻轻的走，总有咭咯之声。嗣徽当元茂睡著了，也不防他，把全副的精神施出来。元茂轻轻的走到嗣徽房门口，侧著耳朵听去，听了多时，听得一身发涨，底下已冒了些出来。听得那人说道："这是给我的么？喷！喷！喷！好出手，也叫是位老爷，我没有这个价钱。"听得嗣徽说道："我是照你昨日的价钱，没有少给你。他那里不是四百钱？"

元茂听了，方知是昨日的缝穷婆，心里诧异道："他怎么在他房里？定是来找我的，被这强盗打劫了去，可恨！可恨！"又听得缝穷婆道："快快的高升，不要耽搁我。"嗣徽道："这是什么缘故，一样的人，我就要加钱？"缝穷婆道："一样的人？他是平等人，你是个老爷；况且昨日连衣也没有脱，今日有两三倍工夫，好意思拿出四百钱，也失你老爷的身分。"两人争论，声音高了好些，嗣徽又加了一百钱，缝穷的道："不是这么加的，告诉你，今天是要两吊钱。"嗣徽道："岂有此理，两吊钱我要顽你五回。"那缝穷的道："你这一回就抵人五回。我们陪著过夜，总要四吊钱。今天浑身脱得精光，给你顽了两个时辰，两吊钱还多吗？不要耽搁人，快添来。"嗣徽又加了一百钱，缝穷的只是不依，要定了两吊，说话越说越高起来。嗣徽恐人听见，只得又加了些钱，共加了五回，才加成了一吊钱，缝穷的方收了。听得嗣徽笑道："我倒问你，你怎么知道我是个老爷？难道昨日那人不是位老爷么？"缝穷婆道："他不是老爷。"嗣徽暗喜，又道："我身上有几样主贵，你若说出来，我才服你；若说不出来，不过想讹我一吊钱。"那缝穷婆道："呸！你的鸡巴主贵，那满面的糟疙瘩，像粮船上带来的糟枇杷一样。我讹你的钱？把良心夹在胳肢窝里！一上身就三四百抽，你把吃奶的气力都使出来，闹得人丢了好些。这一吊钱还不够做体惜钱呢。你几时见过泥腿上跷著皂靴还要赚人，说不是老爷，想省钱？你若穿了草鞋，我只要你二百钱。"嗣徽被他一顿恼辱，方知穿了皂靴之故，便又捧了他的脸，亲了几个嘴。缝穷婆将他脸上咬了一口。嗣徽又问道："我见你昨日与那人顽，正响得热闹，为什么要推了他起来？今日你又勾紧了我？"缝穷婆笑道："那人好不在行，又短又笨。"元茂听了，心中好不有气，想候他出来，骂他两句。

忽见孙嗣元从外边进来。孙嗣元因文卷之事，在州里押了一日。今日州官问他，他倒期期艾艾的挺撞了州官，本要打他几板，因他是孙亮功的儿子，留他体面，送到宛平教谕处戒斥。他又将教官得罪了，教官气极，遂将他牵到通州学明伦堂上，叫门斗按在板凳上，结结实实打了二十竹板，打得嗣元杀猪似的叫起来；口又结截，带著南边话"肏娘肏娘"的乱骂，门斗也恨他，狠狠的打了几下，打得嗣元两腿紫烂，一步一步的颠回来。又恐气血凝滞，不敢坐车，幸遇见了家人，扶了回来。见元茂在房门口侧耳窃听，他也不知就里，吊起那一只眼皮，讲道："晦、晦、晦他娘的气，你、你、你、你们倒在家快、快乐呢。"元茂正要问他，他到房门口把门一推，见闩著，双手乱搊，那薄板门将要破了，元茂摇摇手，嗣元不懂，仍是乱搊。

嗣徽听嗣元回来，心内惊慌，定一定神，倒生了个急智，随手拉一件衣裳，撕破了一块，叫他拿出针线来缝，便开了门。嗣元进去见一个缝穷的鬓发蓬松，面有愧色，坐在凳上缝衣。嗣元一见生了气，心里早已明白。骂道："那里有这种不要脸的烂、烂、烂货跑进房里来，关了门，做、做、做什么事情，还、还不滚出去！"把他的篮子踢翻。缝穷的虽不敢发作，也有了气，便道："有人请我来的，我又不是挨上门的。开口就骂人滚，好个不讲理的蛮子！"便理清了零星碎布，提了篮子，到外间来缝。见了元茂，有些不好意思，笑了一笑。元茂仔细看他，比昨日标致了好些，脚也小了，但心里恨他没有情义；还说他不像老爷，又嫌他笨不在行，尽巴结嗣徽，为他穿了双皂靴；便不理他，瞅著他缝衣。

嗣元腿疼，便往躺椅上一躺，不料一边的铁搭已断，一侧滚了下来。嗣徽呵呵大笑道："言悖而出者，亦悖而入。人倒没有滚，自己倒滚了。"嗣元更有了气，爬了起来，一脚踢翻了躺椅，骂道："我肏你的娘！"往炕上就躺，口中牵藤蔓葛的混骂。嗣徽踱到外间，反拢著手，踱了几步。缝穷婆看了，也不禁笑了一笑。元茂道："我来听，已听得报了一百下，后又听数到八十八，到炕上去，远了些，还听得似扯风箱的扯了好一会，不知多少数目？"缝穷婆嘻著嘴，把眼乜了他一乜。嗣徽道："人若一之，我百之；人若十之，我千之。"元茂笑起来。嗣元听得明白，又在里头"狗屎狗卵"的骂不清，忽然一伸手在席子上摸著一块湿漉漉的，沾了一手，连忙望地下一摔，听得"嗒"的一声。嗣元恨极了，即将席子扯下地来，叫小使进来，把马褥子铺了，便"烂脓烂血"的大骂。嗣徽自知理短，不敢回言，只作不闻。那个缝穷的实在也听不得了，便道："太太今儿真丧气，碰著了这些浑虫，没有开过屁眼。"将衣裳一扔，提了篮子，扭著屁股，唠唠叨叨的骂了出去。嗣徽不敢进房，在外间与元茂说那缝穷婆的好处，一个说一吊钱很值，一个说我还只得四百钱。

少顷，嗣元要找汗衫更换，小使找了一会，找到外间，就是方才缝的那一件。嗣元一看火上添油，问嗣徽道："我、我、我这件汗衫只穿了一回，好端端的怎、怎、怎么会破了，要缝起来呢？又怎、怎、怎么破的是小衿呢？这不、不、不是有心撕、撕、撕破的？"嗣徽道："缁衣之好兮，敝乎又改造兮。"嗣元道："倒是屎，余又该肏兮。满口'之乎者也'，倒像是个通、通朋友，不过花、花、花了八十两，请人枪、枪、枪了来的，当是你、你的真本事中、中、中的了。臊也臊、臊、臊死人。"嗣徽道："君子之所异于禽兽者，以其怀刑也。我总没有叫州里押起。"一面拍著手道：

"一五、一十、十五、二十，父母之体，不敢毁伤，辱莫大焉。"嗣元大怒，忍著疼爬起来，拿了支窗子的棍子，走出房，照嗣徽劈头打来。嗣徽躲不及，肩胛上著了一下，连声"哎哟"道："了不得，绠兄之臂。"夺住了棍子要打嗣元，元茂连忙大力分开了，两个还斗嘴斗舌的闹了半天。到五更，大家起来，收拾了，天明上车而回。

到了家，亮功见大儿子与女婿进了学，也甚欢喜。又恨嗣元不通，出了大丑，痛骂了一顿。嗣元回房，又被他媳妇巴氏羞辱了一顿，他的气苦无门可诉，只好在外面逢人便说，他乃兄是代枪进学的，又在他炕上闹了缝穷的，所以大不吉利，害他吃了苦。众人听了这些话，不过一笑而已。

且说李元茂侥幸了这个秀才，也十分得意，见了孙氏，便夸奖他的才学，说嗣徽是代枪的，嗣元不通，以致打了板子。孙氏也觉光彩，到底丈夫算个读书人了。元茂看著孙氏虽然假眉、假发，但五官生得颇好，又高又胖，是个有福之相，比起缝穷婆来，虽没有他风骚，到底比他干净了好些。到了并头夜合之际，已离了二十来天，未免彼此贪爱。况元茂学问也长了许多，孙氏又比不得那缝穷婆尝过那冲烦疲难的滋味，自然当是人生之乐，止于如此。

元茂将嗣徽与缝穷的光景，并听的声息，细细的描摹与孙氏听。孙氏笑得不休，又说道："自然，你也是这样的。"元茂道："我没有，我岂肯要这种人。"孙氏半疑半信，又盘诘了一番，元茂只说没有。那元茂真是糊涂人。所说的话一会儿又忘了。元茂自觉得意忘言，忽然说道："谁想那个缝穷婆才二十四岁，竟是一大片毛，连小肚子上都是的，倒不好看。"孙氏气涌心头，把元茂身上一把拧得死紧，元茂道："哎哟哟！轻些，做什么？"孙氏道："你这个丧尽良心、烂心烂肺的恶人，你说我兄弟闹缝穷婆，你是没有，为什么你又讲出来？我倒在家天天想著你，你倒这么肆无忌惮。我咬掉你这块肉！"便一口咬紧了元茂的膀子。元茂方悔无心失言，只得再三的陪礼。孙氏犹咬著牙，把他揉了两揉。元茂又上去巴结了一回方好。

孙亮功到领凭之后，即到通州写了四个太平船赴任，自然的一样钱行热闹。惟有王恂的夫人见父亲哥嫂一齐出京，未免凄凉悲苦，在母家住了几日。陆夫人也疼爱到十分，又不能带他赴任，只好劝慰他一番。元茂与孙氏是同去的。元茂外间有些亏空，这两天追逼起来，孙氏虽有些妆资，但不肯与元茂花消。元茂问他要钱时，便骂起来说："不是叫相公，就是嫖婊子。我也不给你钱，你也不许出去。"此时元茂被人追急了，无词可对，只得苦苦哀求他媳妇说，系进学费用，此时都应归还，并不是嫖钱等类。孙氏见他愁眉不展的几天，心里也疼他，即问道："你要多少钱就清楚了？"元茂道："要一百吊钱。"孙氏即给他四十两银子，说道："你快去还了正经帐目，不要去混花消了。"

元茂大喜，得了银子，又起了邪念，想到二喜待我这两年颇为不薄，如今远别，怎好不给他十吊钱。但这四十两只够还帐，不能有余，怎么好呢？想了半夜，想出一个方法：去年借聘才的金镯子，若取了出来，照时价换了，可以多得五六十吊钱，可不是帐也还了，别敬也有了？早上起来，找了当票，自己到当铺里一算不够，又添了些碎银，做了利钱，把金镯子取了出来。到金店里请他看看成色，换了十四换，元茂不肯；又到一家，倒又少了半换，只得十三换半。元茂心中纳闷，把镯子带上手，一路的闯去。忽然见二喜坐著车劈面过来，见了元茂忙下来，一把拉住，说道："今日叫我找著了。我听得你要出京，又知道你中了秀才，也不知找你多少回，我们也多时没有坐坐了。"便拉著元茂，上了车。元茂本来想他，便忘了要事，一径同到了二喜寓处。

进了客房，二喜道："你此番去了，几时才来？你倒忍心撇得下我么？"说罢，便窝在元茂怀里，道："我跟你去罢！你去了，我在京里也没有疼我的人，不如咱们苦苦乐乐的在一块儿。"说到此，两眼红红的，像要淌下泪来。元茂见了，好不伤心，也擦了眼睛，道："若说跟我去的话，此时不用说他，且我明年就来的。如今我在这里寄了籍，明年要来科考，还要乡试，那时就可与你快叙了。"二喜故作悲啼，把个元茂如苍蝇掐了头一样，抓耳揉腮，垂头丧气。

少顷，摆出酒来，元茂心中有事，不能畅饮，禁不得二喜百般奉承，元茂欢心一开，便又痛喝起来。二喜斟了一杯酒，喝了一口，走到元茂身边，坐在膝上，双手捧了元茂的脸，敬了一个皮杯。元茂两眼眯齐，在二喜脸上嗅了几嗅。二喜道："你也还敬我一口。"元茂道："待我来。"便含了一口酒，对著二喜的嘴送来，二喜尚未接著，元茂先放了出来，滴了一身。元茂想著从前的事，不觉好笑，笑得前合后仰。二喜也笑道："什么好笑？"元茂闭紧了嘴，用力忍住，停了一停，说道："你不记得前年魏老聘的笑话，说姑嫂两个磨镜子淌出水来？"二喜笑道："你倒好，你愿把自己的嘴比那东西。"元茂道："世间还有比那东西么？人家嫌那东西脏，我就不嫌。"二喜道："不信没有比他好的。"元茂道："只怕没有。"二喜道："怎么没有？这句话你从前说过的。"元茂闭著眼想了一想，点点头道："有是有这句话的。"二喜瞅了他一眼，道："好良心，吃了橘子就忘了洞庭山了。"一头说，双手将元茂浑身乱捏，捏得元茂骨软筋酥，打了一个呵欠，伸一伸腰。

二喜道："你的瘾来了，躺躺罢。"元茂道："很好。"速同了二喜进房，开了灯。二喜先在对面上了几口后，躺在元茂怀里，与他吐烟，一个脸直扭到元茂嘴边。元茂伸出舌尖，在他脸上舔了几舔，觉得香喷喷的，色心大动。二喜知觉，把手伸过来一㩳，仰著脸，望了元茂哈哈哈的几声，把手一紧，元茂一酥，说道："了不得了！"便侧转身子来，把二喜紧紧的一搂。也算了春风一度，把裤裆擦了一擦。

二喜又与元茂上了几口烟，一手把著元茂的手放在自己脸上，道："从前有位张少爷，也与我相好，我也使过他的钱。他在京时，问他要什么，他总肯。到他出京时，我问他要个镯子，他就支支吾吾，说这样，推那样，不肯给我。其实我也不稀罕他那个小镯子，不过留一点记念，教人心上常记著这个人。然而如今的人，见面时是好的，一过后就忘了。我就不然，那个人若是我相好的，我总想著他。你要去了，你给点什么东西与我做记念呢？要常常带在身上，又要经久不坏的东西。"元茂见他这般光景，心里甚是过意不去。本要送他些钱，因镯子又没有换成，支支吾吾的道："我有东西给你。"二喜道："我说那张少爷的镯子，与你这个一样的，你若做了他，还要等我开口么？"说著，要把元茂的镯子除下来看，说道："可是两根丝搅成的？"即捋下来看看，戴在手上，说道："这种镯子我也得了不少，若是不要紧的人给我，我也不记得他；若是你给我，那管是铜的，我也当他金的一样，况是个金的，自然一发当作宝贝了。"一面说著，看元茂。元茂近来身子淘虚了，一喝酒就醉，一吹烟就睡，模模糊糊的讲了一声，也听不出讲的什么话。元茂朦朦胧胧，然犹听得门外叫声："二喜出来！"觉二喜爬下炕去，出去了。

元茂睡了一觉，醒来见烟灯也收了，叫了一声："二喜！"不见答应，擦擦眼睛，走了出来。只见那边房里欢呼畅饮，有些人，还有几个相公，唱的唱，豁拳的豁拳。元茂见跟二喜的人站在门口，叫了他过来，问道："二喜呢？"那人道："在那里陪酒。"说了，又站到那里去了。元茂此时酒已醒了，一想心中有事，便一径出来。到了家，方知镯子被他狠去，心里甚急；再去找他，又不在家了，一肚子苦说不出来，丧气而回。孙氏问他为何出去了大半天才回，元茂只得支吾说还帐耽搁了。到晚上元茂更加著急，梦中还是长吁短叹，孙氏也不解其故，一夜云雨稀疏，应名而已。孙氏疑他精力乏了，也不来惹他。

明日元茂没法，只得老了面皮去找王恂借了四十金，说是娶亲时欠下的帐，到了安徽即行寄还，才把那一零星馆子帐、相公开发及婊子嫖钱还个清楚。也到各处辞了行，遂同丈人出了京，到了凤阳府，住了一月，同著孙氏到他父亲任上去了。

不知后事如何，且听下回分解。

第五十二回
群公子花园贺喜　众佳人绣阁陪新

话说光阴甚快，六月将过，又交七月，高品到了，住在怡园，与南湘同寓在清凉诗境。带了本省抚台的文书，一咨礼部，一咨府尹，保荐应考博学宏词。四方名宿，纷纷渐到。已定于八月初十日开考。

且说春航吉期已到，这苏侯是个阔家，大姑娘嫁与华公子，妆奁就值百万。今知春航是个寒士，把京东的田庄批了二百顷，拨了两名庄头、六房家人男妇、十个丫鬟，至珠宝古玩、陈设铺垫，以及衣服被褥、箱盒桌椅器皿之类。送奁那一日，用了二千名人夫，苏夫人犹以为薄，不及大姑娘十分之七。于铺箱时铺了两万两白银、三千两黄金。子云是媒人，见春航房屋窄小，铺张不下，把自己住宅东边一所空房借与他，有个八九十间，还有个小花园在内。这回春航娶亲，贺客纷纷，很为热闹，请酒演戏，内外铺设，也成了个锦天花地，一个蕙芳如何料理得开？子云去请了张仲雨来帮忙，管了帐房，并指点铺设一切。仲雨这些事是最在行的，诸事调度得很有章程。新房内自有苏府的人来铺设。春航的母舅张桐孙已带了家眷往直省候补去了，今奉差来京，也帮着春航张罗。初六那一日有两处戏酒，一处在聚星堂，请的是乡试座师礼部尚书刘守正、座师内阁学士王文辉、会试房师兵部郎中杨方猷；鸿胪寺卿周锡爵、光禄少卿陆宗沅，这两位是同乡前辈兼有年谊，张桐孙陪了这几位在聚星堂观戏，演的是联珠班。春航陪著一班名士在花园挹爽斋观演联锦班。那一天大媒是徐子云，客是萧次贤、高品、南湘、颜仲清、刘文泽、王恂、梅子玉。近日子玉病已好了，勉强打起精神出来。这八个名旦不消说都在园中，那聚星堂上一个也不去，尽是一班中年的脚色与那些寻常的旦脚，在那里应酬。苏蕙芳一会儿走了来，又被张仲雨叫了去帐房帮忙，倒比别人还忙些。

早上就开了戏，诸人一面看戏，一面欢笑，好不高兴。子玉见那些名旦之中，就只少了琴言，触景伤情，颇有一人向隅之惨，众人也都会意。忽不见了高品，子云命书僮去找他，找到戏房后头找著了，见高品在那里教王兰保的戏，兰保点头而笑。高品出来，装出正经样子，连笑话也都不说一句。少顷，王兰保来请点戏，送到子云面前，子云点了一出《乔醋》，高品点了一出《当巾》。《乔醋》唱了，《当巾》却是兰保扮了小生，倒作得人情逼肖。

春航是个聪明人，已知高品奚落他，便说道："这李亚仙真是个女中豪杰，前赚郑元和是遵母命，后来是感于至情。若我作了郑元和，宁当身子上衣衫，不当这巾。你们不听得这两条网巾绳子是李亚仙亲手打的么？"高品道："只怕衣裳有了泥，当不得了。你不听得来兴唱道：'相公，你戴月来，满身露湿，我这件衣服呵白苎新裁，未沾汗迹。'"子云道："他是沾的露，你又怎么说他沾的泥呢？"众人皆笑。作到来兴进去，轿夫出来赶打，兰保跌了一交，便改了口白，说道："罢了！罢了！被他一路赶来，跌了一身泥垢。且喜七叔赠我这件衣衫，我且去当了，也可听得两天。呵哟！兀的不想杀小生也。"众人听了，个个骇异道："忽然讲些什么？"仔细一想，便大笑起来。高品只是微笑，众人心里早已明白。又听得兰保唱那《玉抱肚》的曲子道：

我只得门前窥伺，跟随他绣幰香车。忍羞惭要乞青眸顾，应怜辱在泥涂，回肠如路，双轮一碾一嗟吁，怎笑倚。

兰保唱到此，也要笑了。子云等连声喝采，诸人乱叫起"好"来。春航满面通红，指著高品骂道："我只道你别过了一年，自然也改恶从善，谁道还是这副歪心肝。"高品道："这才骂得奇，我又讲了什么？这不是自己栽了筋斗埋怨地皮么？"

春航尚要骂他，只见家人进来禀道："苏府妆奁已到。"一片吹打之声。春航请了子云、次贤一同迎接上去。送奁的是苏府几位本家亲戚，内中有华公子，绣衣金带，玉貌如仙。春航尚是初见，已久仰这位连衿的大名，接进了聚星堂，齐齐见礼。华公子见了刘尚书、王文辉是父执，便请了安，其余都行平礼。春航与华公子系是新亲，无甚话说，不过彼此道些仰慕之意。幸有王文辉、徐子云帮著张罗，应酬了那几位新亲，颇不寂寞。妆奁到了，挤满了街道，二千名抬夫，也就与出兵一样。只见众家人带领抬夫头儿，纷纷搬运；张仲雨跑过来，跑过去，指这样，说那样。门外人声嘈杂，苏蕙芳发赏封，上号簿，一个人那里打发得开，又叫了兰保、素兰来相帮，足足闹了两三个时辰，尚未清楚。里头许三姐也帮著手忙脚乱，同著那些陪房的摆这样，安那样，闹得一身的汗，一件绸衫子沾住了背心，腰也酸了，脚也疼了，喝了一碗凉茶，把扇子搧了一会，再来收拾。春航忙进城谢妆去了。

王文辉要推华公子首坐，华公子不肯。子云意欲邀他进园，与诸名士会会，华公子也不愿在外，便同了子云进园，文泽等齐齐站起，华公子上前见礼。除文泽之外，都不认识，内中见一个最年轻的，觉得如月光珠彩，凤举霞轩，骨重神清，风华雅丽，心里一惊，觉眼中从未见过这样人。子玉见华公子的品貌，也暗暗称赞：清华贵重，仪表天然，果是不凡。华公子一一见了，问明了子云。华公子道："叙起来都也有世谊，小弟疏于交接，今日幸会，涤我尘衿。"诸名士也各述一番景仰，遂推华公子首坐，华公子如何肯坐，说道："我们既幸会了，就与夙好一样。若以小弟当客相待，倒是见弃了。我们今日叙定，下次就不用再推。方才诸兄怎样坐的，自然是叙齿，那位年纪比我小，我就僭他。"叙起来，就是子玉比他小了三岁。华公子就坐在子玉之上。众人见他直爽，也不让了。

华公子见这班人都是潇洒出尘的相貌，将春航比起子玉来，稍逊一筹，而神情洒脱过之，可算瑜、亮并生了。坐了席，开了戏。那边王文辉、张仲雨进来，在华公子面前张罗了一番。华公子要请仲雨坐席，仲雨道："今日我竟没有这个福分。"春航谢妆已回，也请仲雨入席，仲雨道："外面一个媚香，如何照应得来，不可叫他怨我。"便拱拱手走开，指著子云道："总是你好作成。"笑出去了。王文辉跷起了朝靴，手捋长髯，与华公子、徐子云讲了一番话，也就踱了出去。春航请客宽了公服，唱了一出戏。华公子道："天气热，倒不用唱戏了，也叫他们歇歇。"八旦上来，华公子不见蕙芳，便问春航道："怎么不见那位状元夫人，还在帐房里么？"春航不好意思回答。子云听了，笑道："如今闹出两位状元夫人，倒与《燕子笺》上的《诰圆》一样了。"华公子一想，自觉失言，便不再问。见素兰美丽风流，亭亭可爱，即叫他上前，说道："你去年写在那《良宵风月图》上的诗，我已裱成了手卷，并请人题了好些，实在画也画得好，字也写得好，人人称赞。"即对子云道："此君风韵不减袁、苏，貌类琴言，而聪明过之。"赞得素兰好不喜欢。

华公子又问子玉道："弟与尊兄虽初次识面，但心契已久。有个魏聘才，是府上搬出来的，在弟处住了半午，常常提及阁下，并有一事倒要请教。"子玉不知问他何事，即答道："魏世兄也时常提及尊府，但未识荆，不敢晋谒，不知有何赐教？"华公子道："事本细微，但一时不能索解。闻得阁下与琴言订交最密，矢志不渝。琴言在弟处，弟即有所闻。琴言如今又同了敝业师出京，阁下何以忍心割爱，而琴言又何以掉臂游行？乞道其详。"这一问，把个子玉问得顿口无言，面有愧色，而心中悲苦又随感而生。子云见子玉甚是为难，便大笑道："这话须问我，庾香仁弟是长于情而拙于言。你说'何以忍心割爱'，而琴言又肯'掉臂游行'，其故最易说明。此是庾香用情深处，欲成全这个人，所以叫他同了令业师去的。况令业师认为义子，已如平地而履青云。琴言也明白这个道理，成身以报知己，岂不胜于轻身以事知己。"华公子点头叹息，子玉方安了心。

华公子又与高品、南湘、仲清、王恂、文泽、次贤各讲了些话，知高品才从苏州来,问了些江苏风景。偶然见素兰的扇子一面画的甚细,要了过来,看了一会。又见那一面写著小楷,题目是《断肠词》。华公子道:"肠何可以轻断?"子玉见了,又觉不安。华公子低低吟了一遍,又问素兰道:"这是你自己的么?"素兰道:"字与画都是胡乱涂写的,这词……"即指著子玉道:"就是梅少爷送玉侬的。"华公子摺了扇子,对著子玉道:"看时就有几分猜著是吾兄手笔,非至情人不能道,果然,果然。"又笑道:"这梦魂到底唤得来唤不来呢?"子玉怎样回答,众人皆笑。忽见林珊枝走来,华公子便叫取衣服过来,穿戴了,辞了春航,说道:"弟还要到舍亲处有事,明早送轿来再会罢。"一拱而别。

外面送衾来那几位,早已去了。诸人送下了阶,单是那春航送出。素兰见拿了他的扇子,便跟了出来。到上车时,华公子始见素兰送他,知他要那扇子,但又心爱此词,不忍释手,便对素兰笑道:"你好不解事,今日这个好日子,你拿这《断肠词》扇出来,不教人忌讳的么?"一面说,把自己扇袋里的扇子取出来,与素兰道:"给你这一柄罢。"素兰请安谢了,华公子登舆而去。

春航、素兰进来,素兰将华公子换扇之事,与众人讲了。把他的扇子展开来与诸名士看时,见一面画著两枝桃花,红白相间;一面写的小楷,却是美女簪花,娟秀无比,是两首《梁州序》的曲子,后注:"金错园赏桃花和《桃花扇》曲。"春航道:"这楷书是闺阁笔迹。"众人看这两首词,情文互至,秀韵天然,赞叹不已。子玉道:"这第二首也像闺阁口气。"子云道:"不要是他夫人题的么?这两首像是唱和的。"仲清道:"未必,如果是他夫人写的,怎肯给人?"次贤道:"这话说得是。"

诸名士在园内谈心,却说那聚星堂上,王文辉见诸名旦一个不来,颇觉岑寂,又不好意思去叫他们。想蕙芳在帐房里,便叫了他出来。蕙芳也累苦了,乐得出来歇歇,便到文辉席上来,就在文辉旁边坐了。此处是两席:那席是刘守正、周锡爵、杨方猷;这席是王文辉、陆宗沅、张桐孙。文辉道:"这几天我知道你也累极了,所以叫你出来歇歇,此刻也应没有什么事了。"蕙芳道:"也没有什么忙,借此倒可跟着张二爷学学。张二爷实在可以,大大小小,没有一点遗漏。"陆宗沅道:"这是张老二的专门本事。大概遇著这些事情,这帐房非他不可。"

文辉问蕙芳道:"你将来打算怎样,也要立个主意。我若能放了外任,你同我出去罢,我就请你管帐。"蕙芳笑道:"管帐?我才帮了几天帐房,已经闹得昏了,还能与你管帐呢!我倒有个主意,而且还有几个人也愿来。我想开个古董书画铺,兼卖绸缎、纸张、花绣、香粉、花木等类,这些物件都到苏杭去置办。房子也有现成的,度香有所空房子近著他住宅,也有个小花圃在内，看大家凑起来，如果凑得成，倒也有趣。我们也不想发财，不过借此安了身，几个相好聚在一处，也省得日日离散。"文辉道："很好，我也愿来一分，我来与你掌柜。"蕙芳笑道："我请不起你，你是就要放督抚的。你如果有不要的古董搬几件出来，借光摆摆罢。"王文辉道："有，有，有！如果我放了督抚，我难带的东西都与你留下。"蕙芳笑道："难带的东西想是粗笨的，你不要拿些木器家伙，什么铁炉子、铁火盆寄放在我处，我是不领情的。"陆宗沅、张桐孙笑起来。王文辉也笑，把扇子打了蕙芳一下："你薄我，这还了得。"蕙芳也笑。

文辉手弄长髯，蕙芳道："你那胡子怎么倒黑起来了？想是遵姨太太命染黑的。"文辉笑道："这更胡说了。"便自己看看胡须，道："老了，你们这些少年人，虽然与我们讲些顽笑话，心上是很嫌我们的。"陆宗沅笑道："你不要带著人说，我们的胡子不是染的。"那边席上刘尚书、周锡爵、杨方猷都笑起来，惟有张桐孙是个道学人，不会顽笑。周锡爵道："质夫，你那乌须药的方子，可是你孙亲家传你的？"文辉道："他那几根胡子，要用什么乌须药？"既而一想，便大笑起来。陆宗沅也明白，也笑了。刘守正与杨方猷不解其故，连声的问，文辉就将亮功女儿漆头发的一事讲出来，听得众人皆笑，连张桐孙也笑起来。

周锡爵道："既是这么著，质夫，你何不到班里，借个假胡子带著，省得这乌黑的东西，沾染了你如夫人的脸。"刘守正道："这一染，就直染到胸前呢。"文辉道："嚼你的舌头。"陆宗沅道："怎么你把这尺寸都量得清清楚楚的。"蕙芳道："带著假胡子好。你索性把真胡子剃掉了，出门时带了假的出来，进房时就除下，不更好看么？"大家又笑。文辉把扇子在蕙芳肩上打了两下，笑著骂道："你这尖酸刻薄鬼，怪不得田湘帆被你收管得服服帖帖，一强也不敢强。但你也只有今大一大了，明日就有个真状元夫人来，看你又怎样？"蕙芳脸一红，道："岂有此理，这是什么顽笑。"周锡爵道："媚香不要理他，你到这里来，咱们谈谈。"蕙芳到那边席上去打了一转通关，又到这边来打了一转。张仲雨又把蕙芳叫了去了，诸人也坐了一天，到迎亲时刻尚早，也各自暂散。那苏府繁华不能细述。

明日辰刻，春航先行了亲迎之礼，随后子云并一班迎亲的押了花轿到苏府来，一切交代排场已毕，花轿回来，一路笙歌鼎沸，仪从纷纭，满街车填马塞，好不热闹。进了门请出新人，拜了花烛，珠围翠绕，玉暖花香，说不尽富贵风流，温柔旖旎。外面那些宾客及诸名士，又足足闹了一日。到晚间春航进房，见了新人，果然应了子云的话，真像蕙芳，便万种温存，十分美满，真是佳人才子，玉女仙郎，占尽人间香福矣。

明日，苏夫人请了他大姑奶奶浣香，与徐子云夫人袁绮香去陪新，吃扶头卯酒。田太夫人请了王文辉的陆氏夫人，带了他大姑奶奶蓉华并媳妇孙少奶奶佩秋；又请刘守正的夫人，没有来，他媳妇吴少奶奶紫烟来了。周锡爵、杨方猷、陆宗沅的夫人都辞了。

却说华夫人清早起来梳妆，群珠伺候。打扮停妥，华公子进来，在妆台边坐了一会，忽然笑道："不知二妹心里此时怎样，还是苦，还是乐？"华夫人笑了一笑，道："亏你作姐夫的讲出这句话来。"群珠也都微笑。华夫人见公子手内的扇子，不是前日写的那一把，要过来看了一看，把这词念了一遍，道："好词。这扇子那里来的？"公子道："是陆素兰的，我爱这首词，所以带了他回来。"华夫人道："这首词甚好，但不像是送朋友的。若送朋友，怎么有这'只道今生常厮守，盼银塘不隔秋河汉'呢？若说夫妇离别之词，又不像；说是赠妓的，也不甚像。然而语至情真，却有可取。"华公子笑道："你真好眼力，这一评真评得不错。这首词是一个人送琴言的，可不是夫妇不像夫妇，朋友不像朋友，妓又不像妓么？然而有这片情，真写得消魂动魄。"华夫人道："是度香作的么？"华公子道："不是，是梅庾香，就是琴言向日的知己。"华夫人问道："前日我写的扇子呢？你不要给人瞧。"华公子听了这句话，方想起给了素兰，就是这扇，心中甚悔一时没有留心，只得说道："我不与人瞧，我恐搁旧了，已收起了。"华夫人也不疑心他给了人。将要出门，带了宝珠、爱珠、蕊珠、珍珠、明珠、掌珠六婢，又带了小香儿与两个仆妇。此时新秋，天气尚热，也不须多带衣服，带了一个小锦箱、一个锦匣，装些花钿脂粉。外面叫一个老年的管家骑了顶马，金龄、玉龄、兰龄、桂龄骑了跟班马。华夫人出房到内花厅，就坐肩舆，到了垂花门，上了车，另有车道。绕过大堂，家人方上马，随后八辆大鞍车，坐了群婢。雕轮绣毂，流水一般的出城。来到了田宅，众夫人已到，田老夫人迎下阶来，群珠扶拥著夫人进来。田老夫人一见，真是仙娥下降，玉女临凡。走上台阶，田老夫人一把手挽住了；众夫人出坐相迎，华夫人略略照应。管家婆铺下红毡，华夫人行拜见礼。田老夫人再三推辞，执定不肯。华夫人拜了，田老夫人也还了拜。然后与众夫人相见，除了徐度香的夫人之外，都不认识，徐夫人一一告知，都相见了。然后请出新人来拜，见了婆婆，又与各位夫人也对拜了。六珠婢磕了田老夫人的头，又与新人叩头贺喜。苏家陪房的一群丫鬟仆妇十七八个，还有许三姐，都到华夫人面前来叩头，把三间花厅挤得满满的了。

鼓乐开戏，请新人正席居中，东西分了两席，田老夫人定席：徐夫人坐首席。徐夫人道："老伯母怎么将侄女当作客了？这首席该定新亲，是要华家妹妹坐的。"田老夫人只得让华夫人坐，华夫人道："这个侄女如何坐得？"即对徐夫人道："姐姐，我姐妹不知叙过多少次了，怎么今日忽然推起来？"徐夫人道："往日我就僭你，今日妹妹是新亲；况且你老远的出来，我又近在此，我如何僭得你来？"华夫人道："今日姐姐是家母请来陪舍妹的，叫妹妹跟著姐姐过来，怎么今日倒要让我坐呢？"徐夫人笑道："我今日与你让定的了，非但我不坐这首席，连那边首席我也不坐。那边自然要让王老伯母的。"田老夫人道："这个贤侄女太谦了，若序齿呢自然是王太太，但是老身请来作陪的，只好委屈些了。贤侄女不必过谦，从直些罢。"

徐夫人那里肯坐，便道："老伯母吩咐，侄女就坐那边，这边是一定不坐的。"便走到西边去了。田老夫人见徐夫人决不肯坐，只得又让华夫人，华夫人又与徐夫人让了好一会，让不过徐夫人。经陆夫人也帮著田老夫人劝，他只得坐了。陆夫人坐东席第二，刘少奶奶坐第三，王少奶奶坐西席第二，颜少奶奶坐第三。田老夫人在东边作陪。陆夫人对田老夫人说："太太那边不用走过去张罗了。"便叫蓉姑道："你在那边代作主人罢，省得田老太太走来走去的费事。"田老夫人满面笑容，站起来说道："若得姑奶奶张罗，就妙极的了。"说罢，便福了两福，蓉华连忙还礼。陆夫人道："太太实在多礼，小孩子也当得起你这么著？他们姐妹聚会还高兴不过，只怕你老人家过去，倒拘束了他们。"

田老夫人见新妇这般天姿国色，不觉喜动颜开；再看华夫人，真是同胞姊妹，一样娇柔，分不出次第来。看他们二人，倒像在那里见过的一般，想不出来，惟觉眼中很熟，想去想来，原来有些像苏蕙芳，怪不得像见过的了。看徐子云的夫人袁绮香，是冰肌玉骨，雍容大雅，真是林下风流，与子云恰是一对佳偶。刘少奶奶娟秀可爱，颜少奶奶秀丽超群，甚是洒落。王少奶奶静婉和妍，与刘少奶奶仿佛。再看那陆夫人，虽是四十以外中年人，骨格风华，穿衣打扮，尚极美丽。两颧微露，脸上生了几点雀斑，若远远望去，尚是一个绝代佳人，像个智慧聪明、才干出众的人。

陆夫人道："想我太太真有天样大的福气，生这个状元儿子，娶这个天仙媳妇。你老人家只怕是王母下凡，灵妃转世，所以有这些仙子仙女跟了你老人家下来。我们虽不算蟠桃会上人，今日却也沾了多少光，托了多少福。"田老夫人笑道："我看太太的福气也就是全福了，自己是正二品的诰命，到一品也快了。膝下佳儿、佳妇朝夕承欢。还有两位千金在家，东床又皆是人中英俊。大姑爷已是极好的了，前日我见二姑爷这个品貌，谁还赶得上他，学问是小儿佩服得很的，下科怕不是一门三鼎甲么？"

陆夫人欣欣笑起来道："据太太在外面看我，我原像个有福气的，殊不知一家就是我一个人操心，还要照应到外头的事呢。我们老爷，他是不管家务的。至于儿子、女婿却也不算不好，但此时都还未中。我想起来，我只怨我们老爷，去年偏又作了主考。我早料著有这件事，我劝他先告一个月的病假，躲过了这个差。他执意不肯，倒说收了几个好门生，也与儿子、女婿中了一样。你看如今是一样吗？依了我的话，三个人进场，难道一个也不中出来？所以被他误尽了。八月内又听得考博学宏词，这也是百年难遇的，考中了也可作翰林，但知道考得中考不中呢？也或又派了他作起主考来，那就是坑死人了。太太，你将我来比你，若论上半世呢，我也将就；论下半世，只怕就差得远了。"华夫人与刘少奶奶听他这一口清而且脆的话，听得甚有趣；又见他卷起大袖子，手上金钏、金镯碰得叮叮当当，那一种精明爽辣的样儿，倒也可爱。那边徐夫人笑道："伯母倒也不必自谦，我看你们两位，一位是东华圣母，一位是南岳夫人，正是敌体。"

　　新人坐了一坐，早已告退。这边太太们讲得好不投机，底下是许三姐张罗。徐家的红雪、红莲、红香、红玉、红梅、红月、红露、红霓八个，并华家六珠与那些家人媳妇、丫鬟们，整整坐了八桌。这八桌里头，有会说会笑的，有会喝会吃的，有抿著嘴不开口的，有缩著手不动箸的，各人有各人的模样。三姐八面张罗，满场飞舞。正席上听了几出戏，放过了赏，散了席。太太奶奶们都到新房中坐。华夫人与他妹子说了好一会话，然后告辞。徐夫人要留他逛园，华夫人说晚了，改日再来奉拜罢，遂带了群珠登舆而去。徐夫人也即告辞，陆夫人同了女、媳回去，刘少奶奶也回。田老夫人一一相送。

　　不知后事如何，且听下回分解。

第五十三回
桃花扇题曲定芳情　燕子矶痴魂惊幻梦

　　话说前回书中，华公子将自己扇子与素兰换了，后被华夫人问起来，方知将夫人写画的桃花扇子与了他，甚是懊悔。一日，即命家人去叫素兰，说明叫他带了前日的扇子来。

　　那日素兰正在蕙芳处商议开那古董铺的事情，苏、陆之外，尚有袁宝珠、金漱芳、王兰保、李玉林要来，大家商议那古董书画等物公凑些起来，也就不少；况且怡园花木极多，尽可分些来应用。我们何不先开起来，再到南边制办也未尝不可。若要等买齐了，就有两三月耽搁去了。蕙芳道："如今我们几个人凑起那古玩来，能有几样？而且也没有很好的东西，奇书名画更少，开张起来，空空的什么样子。若尽靠些花木，不成个花局子了么？"宝珠道："要凑东西其实也不难。若说书画，前日我见度香园中晒晾，也数不清有多少。一种书有十几部的，他要这许多作什么？法帖重的很多，若画那似假似真的也有几十箱，横竖将来总饱蠹鱼的了，分些来他岂有不肯的？至于古玩，好的自然不好去要他。他那不爱的东西，要几件来，也就搁不下了，就怕什么？香料、针黹、顾绣的东西倒少，又要新鲜，卖不得旧的，后来再买也可以的。这房子也不用收拾，一切俱好，器皿什物皆有。我们一班人全进去，也住不满他。只要作些厨柜等物，一完备就可开张。中秋前后尽来得及了。"漱芳、兰保同声说："好！"又说："就这么著，我们大家去找度香商量。"

正商议间，忽见素兰的人进来说："华公子打发人叫，立等进城。"素兰道："他叫几个人？"那人道："就叫你一个，说叫带了扇子去。"素兰道："我知道他叫我作什么，原来是为这把扇子。"蕙芳道："那扇子一定是他夫人写的了，所以来要回去。"素兰就辞了众人，到家换了衣服，带了人上车，一径到华府来。先到门房应酬了几句话，再到珊枝处问了缘故。珊枝道："我不知道，或者要你写什么。"素兰在珊枝房里略坐了一坐，珊枝道："公子在园中，就去见见罢，省得他等。"于是珊枝领著素兰径入园来。只见秋色斑斓，灿然可爱。问了园童，方知在潭水房山。二人登高涉水，过竹穿林的走了好些地方。到了门口，珊枝先回明了。素兰进来见了公子，公子正在那里画扇子，旁边站著个小丫鬟，还有两个小书僮。素兰请过安，站在一边，华公子命他坐了。素兰见公子所画的扇子，也是两枝红白桃花，润色鲜明，甚是可爱。华公子知他爱看，便递给他道："你看看有什么毛病么？"素兰接了过去，看了道："兼工带写，得意得神。钱舜举、徐熙合为一手。"公子道："前日那把扇子带来没有？那是人家的，那一天我没有理会，带在身边。昨日那人来取时，我才想起给了你。这扇子却要还他。"素兰从扇袋里取出来，双手奉上。公子看了一看，搁过一边，便道："你的书法，我是请教过了。你的诗词，我尚未见。何不将那《梁州序》也作一首，赏赏这扇上桃花。"素兰笑道："字已是勉强的，诗词上没有工夫，不敢献丑。"公子笑道："太拘泥了，你这样灵慧人，怕不是绣口锦心，作出来还要比人好。不要谦，今日在这里逛半天。既要制曲，自然不可无酒。"叫香儿到小厨房要几样果品，并要那莲心酒来。

公子道："你们这班人，为什么从前定要学戏？既学了戏，倒又不专于戏，学成了多少本事。我想从前戏旦中，也没有你们这一派。就有几个小聪明的，也拿不出手，况且他们的品行，我就不好说了。"素兰道："我们这样本事算得什么？因是我们这等人是不应会的，所以会写几个字，会画几笔画，人就另眼相待，先把个好字放在心里。若将我们的笔墨，换了人的名氏，直怕非但没有说好，尽是笑不好的了。"公子笑道："这话也有些理，但真好真歹，人也看得出来。若你们的笔墨，真是那小孩子写的仿格，小丫头描的花样，难道也说好不成？况且我又奉承你作什么，好歹自然要分得清，岂可没人之善。但是，你们后来这个行业倒难，这碗饭也不是终于好吃的。"素兰道："如今我们几个人，现在想出一条道路。"就将蕙芳、宝珠等要开书画古董，并些针线、香料、花卉、绸缎等物合成一个大铺子的话说了。公子点头道："这倒罢了，你们这几个人也只好老于是乡。这个铺子几时开呢？"素兰道："此时货物都不全，所有东西皆要到苏杭去置买。先想凑些书画等件，布置起来，原不当买卖作，不过这几个人没有事，在那里坐了，作个公局的意思。至于要等置齐物件，必要到十月才能完备。"

华公子道："要些什么东西，定要到苏杭去，京里置不出来？"素兰道："那里便宜。至于花绣刻丝等物，皆是苏杭来的。"公子道："定要那些东西么？依我倒不要。若卖那些东西，倒俗了。"素兰笑道："不过，有这些东西搭配著热闹些，不然也与那些书画铺一样。且既作买卖，那伙计的薪俸饭食也须出在里头。"公子道："自然。既开铺子，就要打算盘了。设或将来我来买把扇子，你也必得开个虚价儿。"说得素兰笑了。公子道："你要些刻丝顾绣的东西，只怕我倒有，若用得用不得，就不可必了。前日听说库房里蛀坏了几个箱子，糟蹋了多少东西，大约有七八十年没有用著他，还是我老老太太遗下来的，只怕用不得，颜色黯淡，花样古老了。如果用得，我每样给你些，教你开成这个铺子。至于古董书画也有，要好的不能，不过中等的。"素兰请安谢了，道："府上中等的，就是外头上等的了。"

正说间，香儿领著两个书僮，拿了酒盒来。珊枝见素兰喝酒，想没有什么差使，便走开了。华公子道："喝一杯润润诗肠，好得佳句。"素兰道："今日真要出丑，恐石子里榨不出油来。"公子道："不用谦，况且是曲，一发熟极生巧。"素兰接过酒壶，与公子斟了，自己也斟了一杯，心中好不思索。且看那潭水房山的景致，屋是一统五间，东边临水，像怡园练秋阁光景。西边叠叠层层的危石，盘著藤萝薜荔，陪著松柏桐杉。池内荷叶半凋，尚有几朵残荷，余香犹腻，其余草花满地，五采纷披。后面玻璃窗内，望见绿竹萧疏，清凉爽目。素兰饮了几杯，公子道："你看过后面那块石头没有？"素兰道："没有。"公子领他从屋西到后面竹林中。素兰见有个石台，上面竖著一石，如春云出岫模样，顶平根瘦，有八尺多高，浑身是穴。公子向石根边一个小穴，指与素兰道："你看这个字。"素兰看时是个"洞天一品石"五个字，又一行是："五月十九日米芾记。"素兰道："这就是米元章的一品石么？闻是共有八十一穴。"公子道："你数数看。"

素兰数了一会，那高处及顶上的，如何望得著，也就不数了。看了一会，问公子道："我闻米元章拜石，成了佳话，后人便绘他的《拜石图》。听得这块石在安徽无为州衙门里，怎么取来的？"公子道："米元章拜的石，不是这块。那是无为军中一块英石，也生得玲珑。这是他宝晋斋的洞天一品。若要考清这块石的来历，一时也说不清。这是我祖太爷在南边作官时，地下刨出来的。从运河运到张家湾，特作了四轮的大车，用十二套的牛才拉进来。"

素兰又到各处逛了一逛，重复进来，要了纸笔，说道："方才倒想了几句，只是不好。"便写了出来是：

> 春光早去，秋光又遍，一片闲情空恋。齐纨皎洁，写他红粉娟妍。恨随流水，人想当时，何处重相见？韶华在眼轻消遣，过后思量总可怜。休负了，金樽浅。

华公子看了，不禁狂叫好道："你这首真是黄绢幼妇，可称绝妙。恰是题画的桃花，何等凄清宛转，动人情味。"连吟了四五遍，忽将素兰看了一会，素兰低了头。公子凄然动容，叹了一声，又问素兰道："你这首词是何寓意？要说得这样。"素兰道："也没有寓意，公子是画的桃花，况今秋天，似乎不能与春日赏桃花一样题法。"公子道："这个自然，但你另有寓意，不然何以要说'恨随流水，人想当时，何处重相见'呢？而且又说：'韶华在眼轻消遣，过后思量总可怜。'这明明是由后思前，翻悔从前轻看春光之意。但凭你怎样惜春，而春不肯留，又将如何呢？"素兰被他说破词中之意，只得遮饰道："其实我倒没有什么寓意，公子这一讲，倒像有意题的了。"公子笑道："你明明将琴言借题发挥感讽我，但究竟是他负我，非我负他。我如今一想，在我这里也终非了局，如今他倒好了。"素兰见他说明，不能再辨，只得说道："公子之待琴言，原是没有说的。但琴言用情专一，不善变通。倘使琴言一进京来，就遇公子，有这番恩典，他竟可以杀身相报，至死不怨的。"公子道："他与梅庾香，到底是怎样交情？"素兰道："他与梅庾香的交情，其实也不甚亲密，就是两心相照，悲多欢少，这是人人解不出来的；一见就哭，大约前世有点因果在里头。那日扶乩说琴言原是屈公前生之女，我想庾香前世，又是琴言什么，也未可知。"华公子道："这事渺茫，譬如你作了琴言，当怎样待人呢？"这句话，素兰倒有些难答，支支吾吾起来。华公子笑道："你作了琴言，待庾香怎样，在我这里又当怎样？事齐乎，事楚乎？必有一个主意。"素兰面泛桃花，只是不语。

公子道："这有什么不好说。况我们皆是光明正大，无一毫暗昧之心，难道一人只许有一个知己，不准有两个么？"素兰道："若论知己，自然越多越好。就以蕙芳之与田春航，琼卿之与金吉甫而论，春航固是蕙芳的知己，吉甫固是琼卿的知己。蕙芳之待春航，琼卿之待吉甫，也是报知己之报了。事虽不同，情则一也。然而他们待外人也是这样，心里却有权衡，外面若无轩轾，不露出厚薄来。所以人也不能说他们，也不能妒他们。若琴言之心，没有一点曲折，这样就是这样，那样就是那样。所谓孤忠苦节，不避艰险，不顾利害，其实也是他的好处。"公子点头道："你说得是，我毕竟不是他的知己；但度香又怎样的待他，算知己不算呢？"素兰道："若说度香待他，真也是个知己。度香第一能包容，第二能体贴。琴言之待度香，或冷一会，或热一会，笑一会，哭一会，挺撞一会。度香非但全不芥蒂，倒反过意不去，百般的安慰他。所以他视度香也算一个知己。"华公子道："这么看起来，我还不如度香。这也是各人的性情，勉强不来的。"又问："那漱芳呢？"素兰道："漱芳是个和而不同的，外面虽和顺，内里却有把持。"

  公子说："你看我的珊枝如何？你要直说，不许恭惟他。"素兰一想，这个倒定要恭惟几句才好，若实说了，是要闹出乱子来的。便道："这个人还有什么议论呢，又忠直，又正派，知恩报恩，还有什么说话。公子恩能逾格，珊枝公而忘私，城外人都是这么讲。"公子大笑道："这句话有些违心之论。我闻珊枝颇不利于人口。"素兰见公子口虽如此说，心上觉得很乐，便答道："没有说他的人，他待人也好，说他怎么呢？"公子道："虽然这么说，我看他是个有心胸的人，就取他见事明白，说话透彻，一句话从他口里说出来，就与人两样。所以我倒喜欢他。就是肚子里不甚通，不如你们。我也曾教他念念诗，学学字，总弄不上来。今年稍明白些，寻常通候的书信，也可以写写了。就这一样，别无他能。"素兰道："他自小没有人教过他，但他这等聪明，也没有学不来的。"当下喝了些酒，又吃了些点心之类，又领了他逛了逛各处地方。

  天色将晚，素兰告辞。公子道："你若没有事，你今天住在这里，不必出城了。"素兰一怔，尚未答应，公子笑道："这有何妨，难道是瓜田李下么？"素兰不语。公子又笑道："我教你住在这里，也有个意思。先不是说那刻丝顾绣的东西，你若住在此，我晚上就教他们翻出来，明日你看看可用得，捡些去，省得又费第二回手。不过是这个意思。"素兰起初当是戏言，及听了这话，甚是感激，便道："果然，天也晚了，也恐赶不出城，我也要与珊枝谈谈，就在他那里住罢。"公子道："很好，我就去看那些东西。"说罢，带了小丫鬟进去了，一径到夫人房里，将素兰的和词给他瞧。夫人看了赞好，道："是今天题的么？字不是你写的，是珊枝写的么？比往日好多了。"华公子笑道："正是。"又道："前日库房楼上，那几箱的花绣片子，听得说都坏了，还有好的在里面么？"夫人道："那六个箱子，坏的算起来，也不过三分，有七分好的；而且倒是顶好的材料，如今新的还不及他。我已将好的挑了出来，分给十珠了。此刻还有三箱存著，要挑还可挑得出两箱，问他怎么？"公子道："我想留著这些东西也无用，霉烂了也可惜，不如赏人。如今有几个相公，要开个铺子，正要到南边买些东西，又没有人去买。我想起来，何不把这些赏了他们，我们自己也用不著的。"夫人道："明日再挑些看看，如有好的，就给他们。"当夜无话。

素兰在珊枝房内歇了，珊枝听得素兰在公子面前赞他好，十分欢喜，就与素兰谈心，又要与他换帖。素兰虽不满珊枝，但见他这番相待，也乐得送情，应许了与他结盟。二人谈了半夜，方各安睡。明日，华公子吩咐将那三个箱子抬下楼来，再叫十珠婢挑选，选出两箱可用，都是些绣蟒，以及刻丝顾绣的裙料、裓料，还有炕罩、桌围、椅披，各色铺垫料，并零件荷囊、扇袋的花片子，共装了两大箱，算起时价来，也值数千金，叫人抬出去，放在珊枝屋里。公子又问宝珠要出那文房什物以及玩器书画闲放著不用的那本账来。宝珠找了出来，公子看了，把笔点出了几十样是：新坑大端砚四方、中端砚六方、歙石砚十方、假铜雀砚二方、徽墨二十匣、印色一斤、田黄石图章两匣、青田石图章两匣、寿山石图章十匣、昌化石图章十匣，嘉兴刻花竹笔筒十个、大铜炉两座、小铜炉四座、大磁瓶一个、大磁瓯一个、宜兴茶壶二十把，云南玉碗一对，玉盘一个，围棋子两副，象牙象棋子两副、宝晋斋帖两部、阁帖两部、绛帖两部，其余杂帖数十种，南扇五十把、团扇四十把、绣花宫扇二十把，宣纸二百张、高丽笺纸二百张、蓝绢红绢笺共四十张、白矾绢四匹、冷金捶金笺对纸共六十张、虚白笺一大捆，湖笔大小二百枝、香珠三十挂，香料十斤，英德石四座，玉烟壶四个、玛瑙烟壶八个、水晶烟壶十二个，玉如意四匣，宋元名款赝笔字画四十轴，手卷十二个，册页二十本。把十珠婢忙个半天，才找全了，堆了几张桌子。公子吃过饭，点清了，也一样一样的搬到外边，叫素兰点了，珊枝与他开了一篇帐单。素兰见了，喜不可言，这也再想不到的事情，竟有了半个古董铺子。在珊枝处吃了饭，珊枝帮他一样样装好，装了几木箱，用棉花碎纸塞了空处，免得车上碰坏，也收拾到下午时候。华公子出来，素兰谢了，说了多少感恩的话。

公子道："我昨日与你讲明的，没有什么好东西在里头，这个比不得自己留下的。若铺子里卖的东西也不过如此，若拿真古董出来，人也未必认得。"素兰道："这已好极了，一刻时候要找这些东西，那里去找？"就谢了公子出城。珊枝已预备了一个大车，拉了这几个箱子，与素兰送出城去不题。

且说蕙芳等，昨日早上见华公子叫了素兰进城，后来打听得一夜未归，今日又将一日，尚未见他回来，心里猜疑，为什么事耽搁两日。再著人到素兰处打听，恰好素兰已回。少顷，素兰到蕙芳处来，讲华公子要他题那《桃花曲》，并待他一番光景，赏他好些东西，这铺子竟可开成了。蕙芳也甚喜欢，即同到素兰处，点了两枝蜡，开了箱子，一件一件的看了。对素兰道："这些东西若全买起来，也要好几千银子，而且未必有这好材料。再到度香处添几样，就可添可不添了。我明日就把橱柜制办起来，叫花儿匠来收拾花草。八月中秋竟可以开了。"素兰道："题个什么名字呢？"蕙芳道："我想题为'九香楼'可好么？"素兰道："这个九香楼，妙极，妙极！"又请了宝珠、漱芳、玉林、兰保等来，大家看了，都极喜欢，同赞素兰能干，叫华公子这般倾倒起来；又赞他题的曲子。素兰颇为得意。

明日，宝珠等到子云处，将华公子赏给素兰的东西一一说了。并要子云回去，也把帐单看了，点出：花玻璃灯二十对，大小玻璃杂器四十件，料珠灯八盏，各色洋呢十板，各色纱衣料一百匹，各色贡缎二十匹，各色湖绉一百匹，各色绸绫一百匹，座钟四架，挂钟四架，洋表二十个，真古铜器一件，赝古铜器七件，碧霞玺带板两副，宝石大小六件，零星玉器一包，赝笔书画一箱，各色郼绒衣料十匹，沉香半斤，檀香四斤，各种香料四十斤，各种丸散三十瓶，香牛皮十张、佳纹席十张，湘妃竹扇料一捆，桃榔木对联两副，描金红花磁碗四桶。其余玩意物件数十件。花木随时搬取，不入数内。开了一个单子给与宝珠。宝珠大乐，谢了谢道："这几日不必搬出，到开市那几天，搬到那边去罢。"春航知道他们要开铺子，又闻得华公子、徐度香帮了许多物件，也要与蕙芳些东西。但系苏小姐过门未久，虽然鱼水情深，但将蕙芳之事骤然说起，恐他疑心，要吃醋起来，只得托辞要了二百两赤金，送与蕙芳添买货物。蕙芳本想不受，但恐春航心上过不去；又见宝珠、素兰得了多少东西，自己又有好胜之心，只得收了，托子云著人到苏杭添置一切。子云封了金子，开了一个清单，写了一封书，著人到他乃兄署中，叫管总的徐福亲自制办。

一日，子云正与静宜、南湘、高品闲话，只见书僮拿了一包书信进来。子云一看封面，是屈道翁在南京途中寄来的，心中一喜。拆了总封，里头有十几封信与各相好，却都是琴言笔迹，说自己跌坏了膀子不能写，无非是些道谢等语，内有《怀怡园诸同人》五古一篇，并沿途七律八首。又见琴言另有一封信，子云拆开，内里是三封：一封是诸名士同启，一封是众弟兄同启，一封庚香才子手启。子云一一拆看，与他们及与诸名旦的写得已经沉痛。及看与子玉的信，是和的《金缕曲》，只见写着是：

岂料真如此。只朝朝、泪珠盈把，袖痕凝紫。烟水孤村何处也，回首迷离难视。又雨细、斜风不止。若果梦魂飞不到，望长天早趁江云驶。须一刻，走千里。　　报君近事心先喜。纵生离、只身还在，自应胜死。勉强加餐期日后，要使形骸尚似。居两地、从今伊始。自古多情成积恨，恨东流不接西流水。肠断矣！写此纸。

子云等看了，大奇道："不料玉侬竟能与庾香那首，工力悉敌，一样沉痛。"高品道："玉侬学问几时长的？我去年没有见他能如此。"次贤道："这是新进长的，不料受乃翁陶镕了几天，就这些进境。若过两年，不知要好到怎样呢。"南湘道："我只道庾香这首词是绝唱，不能和的，谁又想和出这一首，教我看到，非玉侬不能。"又见另写著一纸道：

本要依韵，因原唱烂字韵不能再用，勉强拾取，反失性情，故另换韵。六月初九日，阻风燕子矶，见铁索练孤舟，俗称乃陈妙常妆楼下，即秋江送别处。回想从前置身优孟，曾演此事，不料今履其地矣。触目伤心，愁多于水。犹幸南风打头，吹我北向，夜梦偏左，言与心违；村鸡一鸣，揽衣起坐。伤哉！伤哉！何可言也。勉力加餐，愿期后会，请自宽解，以待晨昏。夏秋多厉，千万珍重，勤先百拜。

子云等看了，叹息一会。子云道："怎样呢？将庾香请来罢。"次贤道："不可。这首词他若见了，必有一番伤心痛哭，那时在这里倒教他难为情。不如送去与他，索性使他哭个尽性罢。"子云即著人将琴言并道生的信，送与子玉。

却说子玉自前日春航处见了诸名旦，单少了琴言一人，又感伤了数日。一夜在睡梦中，忽见云儿走来道："少爷，琴言回来了。"子玉听了大喜，即问道："在那里？"云儿道："就在门外。"子玉忙到大门外一望，只见烟水茫茫，杳无涯涘，便失惊道："这是什么地方？"迷迷离离，心无主意，沿著江堤走去，唯见白浪滔天，帆樯来往。走了一箭远路，忽又见云儿赶来道："琴言在船上呢，闻说在燕子矶下守风。"子玉道："此地到燕子矶有多远？"云儿道："这是观音门，燕子矶就在前面了。但须得个船渡去。"二人在江边站了一会，见有一个小艇来，兰桨咿哑，极其干净。到了岸边，仔细一看，那荡桨的可不就是琴言。子玉叫道："玉侬从那里来？"只见琴言拭一拭泪，将船拢了岸，子玉上了船，却又不见了云儿。子玉模模糊糊的问道："云儿呢？"琴言道："他又到前面去了。"

子玉听琴言讲道："一月之别，令人想死。你看我的眼睛都哭肿了。你倒绝不想著我。你那首词我将他烧了灰，吞在肚里，变了一肚子眼泪，哭也哭不出来。"子玉道："可不是，你那上车时，我眼前一阵乌黑，倒像坐在你的车沿上，同了你去。后来你把我推下来，我像跌醒似的，回去了病了十几天，怎么说我不想著你呢？"琴言道："你怎么能到此地来？隔了二千五六百里路呢。"子玉道："方才云儿同我来的，我觉也不甚远，一出大门，便到这里。"琴言一面荡桨，一手搭在子玉膝上，说道："我如今恨你，我作了东流水，你作了西流水，接不到一处来。"

子玉尚未回言，只见琴言袅袅婷婷的站起来，坐在子玉怀里，一手勾了子玉的肩。子玉甚觉不安，要扶他起来，忽然不是琴言，变了一个十七八岁的女郎，高鬟滴翠，秋水无尘，面粉口脂，芬芳竟体。子玉大惊，要推他起来，却两手无力，一身瘫软，只好怔怔的看著他。听得那女郎低低说道："良宵风月，千里姻缘。妾家不远，长板桥头，青楼第二门便是。君如不弃，愿订绸缪。"子玉大骇，心跳了一会，说："桑中陌上，素所未经，此言何其轻出，一入人耳，力不能拔。知卿虽是戏言，但仆不愿闻此。"急欲起身离坐，被那女郎挽住，"嗤嗤"的笑道："世间有此呆郎，是何腐见，踽踽凉凉，一至于此。但君拳拳于杜玉侬，非为色耶？男女相悦，天经地义，君何以胶柱之性，作刻舟之想？且两人凿枘，情何以生？你若非好色之心，你且将爱玉侬的心说出来。君虽口具雌黄，想难文饰。若以貌论，你看杜玉侬及我么？如今是泪眼将枯，面黄于蜡，憔悴欲死，劝你不必假惺惺，弃了他罢。"把子玉一把搂紧。子玉大窘，只得叫道："云儿快来！"那女郎又道："呆郎，你叫什么？难道天下有女子调戏人的么？"子玉道："你将何为？"那女郎道："我也不过怜才爱貌的心，君固男子，岂无能为事耶？"

子玉越急，正在无法，只见一个船拢将过来，船窗相对。却见琴言坐在舱里，吟他的《金缕曲》，凄怆欲泣。子玉叫道："玉侬救我！"那女郎发起怒来，将他一推，狠狠的骂了一句道："世间有此措大，令人气忿欲死！"子玉见两船相并，便从船舱里跨了过去。一见琴言，喜不可言，但仔细看他，果然是泪眼将枯，面黄于蜡，见了子玉，惟有掩面悲叫，子玉便觉心如刀割。琴言说道："谁叫你老远的来，怎么忘了我的话？我是叫你不要来的，你看这一派长江，太太心上不惦记你么？适或受了些惊险，叫我如何当得起？"便呜呜的哭起来。子玉好不伤心，极意宽慰。琴言道："我今和了你的词。"即取出来给与子玉，子玉接了过来一看，不见有什么词，就是从前到华府去时寄他那块帕子，唯觉血泪斑斑可数。

子玉此时心中如万箭攒心，停了一会，问道："为何你一人在此，你那义父道翁先生呢，那里去了？"琴言道："你问我那义父么？"叹了一声，又泪如雨下，停了半响，说道："我也为要见你一面，不然这个地方就是我葬身之地了。"子玉不解所言，尚要问他，只听得后船舱有人出来，不见犹可，一见吓得魂不附体。原来不是别人，是他父亲梅学士，满面怒容，见了他大喝道："无耻的东西，在家作得好事，如今又背了你母亲跑出来，这还了得！"子玉这一吓，口中不觉"哎呀"一声，要想往那个船上躲时，一脚踏了空,"扑通"的一响,落在江里。将身一挣,出了一声冷汗,原来是个梦境。只听得虫声唧唧,月照纱窗,倚枕自思,唯有黯然神伤而已。

明日,子云处送了琴言的和词来,子玉看了,一恸欲绝。过了半天,将这信与这词足足念了有百余遍,又喜琴言学问大进,竟成了名作,便缝了个古锦囊,置了此词,佩在身上。

不知后事如何,且听下回分解。

第五十四回
才子词科登翰苑　佳人绣阁论唐诗

话说子玉得了琴言和词之后,悲楚了好几日。又想起那个梦,见琴言十分憔悴,不知是何吉凶,只是郁闷不解,终日精神涣散,涕泪沾巾。

一日,梅学士的家书回来,与颜夫人说:在任上很好,也取了多少真才实学的士子。现今有个进士,保荐博学宏词进京,托他带了三千金回来。说子玉年已十九,可以完婚,若要等我任满回来,要到明年冬天,适或又有调动,更觉迟了。况王质夫又系至亲至好,一切可托仲清料理,不丰不俭,叫颜夫人办了这件亲事。又与子玉一个谕帖,说近日寄来诗文颇有些进境。今秋有宏词之试,你要自己明白,如可以自信去得,即求人保荐;如果不能自信,也不必好此虚名。颜夫人问子玉道:"你父亲问你信得过再去,信不过就不用去,你是怎样?"子玉道:"自信呢,也拿不稳必定可取。但如我这样的也多,就考不上也没有什么不是处。"颜夫人请文辉来商量,将家信与他看了。文辉道:"方才亲家与我的信也是这些话。我去年就来问过的,我那里是早已预备停妥,不论迟早,总在八九两月之内罢。至于考是必要去的,这有什么自信不自信,这事也在我,表妹不必费心,剑潭、恂哥也都要去的,一同求人保荐就是了。"颜夫人道:"至于子玉的姻事,妹子实在不在行,也没有一个料理的人。总求表兄事事说明,应该怎样,我们这里就遵著办,倒不要含糊才好。"文辉道:"这事也没有一定的办法,我们这样局面,太省也省不来,外面的排场是必要的。剑潭倒还明白,表妹一切吩咐他就是了。"坐一坐,别了颜夫人回去,将子玉、仲清、王恂托了刘尚书保了。

考期三日前就忙乱起来,各士子投印结,买卷子,海内文人纷纷拥挤,自致仕先达以及布衣,共有七八百人。子云托人保了次贤,次贤忽然的抱病起来，不能赴考，子云甚为太息。

　　初九日派了几位阅卷大臣，苏侯又做了总裁，华公子派了搜检官，徐子云派了收卷官，刘文泽派了弥封官，张仲雨派了巡逻官。初十日一早入场，首试题目是《拟汉诏》、《拟唐疏》、《五经条解》、《五代南北朝年号考》、《治河策》、《问酌六科则例》、《增损盐法利弊》、《正本清源论》八题。二试是《大礼赋》、《大乐赋》、《大蒐赋》。三试《拟杜少陵北征诗》、《韩昌黎南山诗》，皆依元韵。这三场子玉甚是得意。第一试共有八百人，就贴去了五百，第二场止三百名了，第三场出榜时，只取了六十名。王恂已被落，高品取在四十九，仲清取在二十七，子玉取在第二。另期殿试，子玉文星照命，也占鳌头，共取了三十二名。仲清、高品才高运蹇，皆被落。此科最年轻者就是子玉一人，授了编修之职，颜夫人好不喜欢。正是身经三试，压倒群英，比中状元难得多了。

　　子玉见仲清、高品、王恂等落第，心甚不安，并不以此自得，反谦谨了许多。拜了保荐老师刘尚书，是熟极的，及谒阅卷老师。苏侯见了子玉，就想起子云之言，真是吉星鸾凤，喜不可言。王文辉与陆夫人心中半喜半闷，喜的是子玉考中，闷的是王恂、仲清不中，但接着要办女儿的喜事，也就喜多闷少。

　　一日，王恂的妻子孙佩秋与仲清的妻子蓉华，到琼华房里来贺喜。蓉华道："妹夫恭喜，压倒了天下英才。如今是玉堂金马，才子神仙，比今科鼎甲还要体面了好些，这是妹妹的福气，我如何比得上来？"佩秋讲道："二姑爷真是天下第一个才子，我听这些赴考宏词，从前中过鼎甲、点过翰林的也有在内，也考不过二姑爷。二姑爷不是名闻天下么？状元三年出一个，这宏词科是十年考一回，不比中状元强得多了？"你一句，我一言，把个琼华说得脸红，又不好回答。心上虽是喜欢，但未过门，如何可以公然领谢，只得手拈衣带，低头不语。姑嫂二人见他不好意思，就不说了。

　　蓉华见他妆台上摆设得甚是精雅，见桌上有一本诗集，蓉华翻看时，是南海杜军门浣白夫人的诗草，蓉华道："这浣白夫人诗怎样？"琼华道："诗也做得好，就是不脱闺门气，无甚体裁。"蓉华道："你看那些题词呢，要算谁的好？"琼华道："那瑶因女史十首七绝，就做得好；还有那浣香、浣兰这几首七律，真是绣口锦心，香因慧果，这两人不知是那里人？"蓉华道："这两人我七月内都曾会过，有他们的诗么？我前日倒没有细看。"琼华翻了出来，蓉华看了，道："果然。这浣香、浣兰是苏年伯苏侯的女儿，浣香嫁与华家，浣兰就是田春帆新娶的夫人。这两姊妹真是才貌双全，世间少有的。"琼华道："就是他们么？怪不得母亲回来这么夸奖他们。"佩秋道："他们姊妹倒像双生似的，一模一样，比二位姑娘生得还要像些。"

蓉华道："我们虽是亲姊妹，其实不很像。你看二姑娘的秀艳风韵，倒像隐在肌肤眉目里面，像个碧纱笼罩著牡丹花，那花情花韵隐隐的要透在外面，然却不露出来。我近来已是老干横斜，绝无姿态。你不见我面上，颧骨也要显出来了？"佩秋道："这是你近来瘦了些，终是有个外甥，自然累得慌了。我看苏氏姊妹，浣香华妍，像朵白牡丹；浣兰清艳，像是粉芍药；袁绮香像莲花，香能及远，觉有潇洒出尘之致。"蓉华道："刘大嫂呢？"佩秋道："刘大嫂倒像碧桃花儿似的。"

琼华笑道："刘大嫂小小巧巧，绝像樱桃花；他又会笑，又像含笑花。这个人最有趣的。"又问蓉华道："那浣白夫人诗你题没有？我打算也要题一首。"蓉华道："我实在心绪不佳，做出来也是不好，不如藏拙为妙。你是题的什么？你的歌行最好，自然是长古了。"琼华笑道："我昨日胡乱做了一篇，要哥哥改改，他倒说好，就这么样，我细看实在不好，要重做了，还得姐姐润色润色。"蓉华笑道："要我润色，那就请著了铁匠，点金成铁了。"佩秋道："我看学做诗也不容易。人说'熟读《唐诗三百首》，不会吟诗也会吟'。若说《唐诗三百首》，我就很熟的，就是不会做诗。"蓉华道："你是不肯做，做了又不肯给人看。前日你的《七夕》诗，我就看得很好。为何有这样诗才，要秘不示人呢？"佩秋笑道："我何曾做什么《七夕》诗？你从何处看来？"蓉华道："我听哥哥念的，还赞得了不得，这是谁做的呢？"佩秋笑道："或者就是你哥哥做的，做得不好，就说是我做的了。"

琼华笑道："嫂嫂，你说《三百首》很熟，你得意是那几首？"佩秋笑道："我最爱念的是七绝杜牧之的几首：'折戟沉沙铁未销'、'烟笼寒水月笼沙'、'青山隐隐水迢迢'、'落魄江湖载酒行'、'银烛秋光冷画屏'，李义山之'君问归期未有期'，温飞卿之'冰簟银床梦不成'。七律是李义山的《无题》六首，与沈佺期的'卢家少妇郁金堂'，元微之的'谢公最小偏怜女'。五律喜欢的甚多。七古我只爱《长恨歌》、《琵琶行》。五古我只爱李太白之'长安一片月'与'妾发初覆额'两首。"蓉华道："你喜欢，我也喜欢些。五古如孟郊之'慈母手中线，游子身上衣'；杜工部之'侍婢卖珠回，牵萝补茅屋'，写得这般沉痛。七古如李太白之《长相思》、《行路难》、《金陵酒肆》，岑参之《走马行》，杜少陵之《古柏行》、《公孙大娘舞剑器》，韩昌黎之《石鼓歌》，李义山之《韩碑》。五律如'山中一夜雨，树杪百重泉'；'星垂平野阔，月涌大江流'；'时有落花至，远随春水香'；'承恩不在貌，教妾若为容'。七律如崔颢之'岩峣太华俯咸京'，崔曙之'汉文皇帝有高台'，李白之'凤凰台上凤凰游'，你倒不得意么？"佩秋道："我也有得意的，譬如那大家的诗力量大，我就不能学他。若小巧些的，意远情长，还容易领略些。"

琼华道："《唐诗三百首》，真是全唐诗中的精液，而温、李七古止载义山《韩碑》一篇，便于初学津梁。若以我看去，一诗有一诗的好处，亦不可以优劣论。但我看，时人多好做七律，以其格局工整，可以写景，又可以传情，无如诗中最难学的就是他，我倒怕做，只好做七古。唐诗中的七古佳者亦难尽述，即如《三百首》中，如岑参之《白雪歌》内云：

　　北风卷地白草折，胡天八月即飞雪。
　　忽如一夜春风来，千树万树梨花开。
　　散入珠帘湿罗幕，狐裘不暖锦衾薄。
　　将军角弓不得控，都护铁衣冷犹著。

写塞外胡天，偏用梨花、珠帘、罗幕、狐裘、锦衾、角弓、铁衣等字相间成文，便成了清清冷冷的世界，妙在言语之外。高适之《燕歌行》云：'战士穷边半死生，美人帐下犹歌舞。'写得军中苦者自苦，乐者自乐。王维《洛阳女儿行》云：

　　画阁珠楼尽相望，红桃绿柳垂檐向。
　　罗帏送上七香车，宝扇迎归九华帐。
　　春窗曙灭九微火，九微片片飞花琐。
　　戏罢曾无理曲时，妆成只是薰香坐。

写女儿之娇艳自然，不同年年全系代人作嫁的光景。若沉痛悲凉，则莫如老杜之《兵车行》、《哀江头》、《哀王孙》等篇。人说李、杜诗格不同，我说杜诗也有似太白处，其《寄韩谏议》云：

　　今我不乐思岳阳，身欲奋飞病在床。
　　美人娟娟隔秋水，濯足洞庭望八荒。
　　鸿飞冥冥日月白，青枫叶赤天雨霜。
　　玉京群帝集北斗，或骑麒麟翳凤凰。
　　芙蓉旌旗烟雾落，影动倒景摇潇湘。
　　星宫之君醉琼浆，羽人稀少不在旁。
　　似问昨日赤松子，恐是汉代韩张良。

不绝似太白么？还有韩昌黎《谒衡岳庙》与《八月十五夜赠张功曹》诗，绝似少陵。不知二公当日有意摹仿，还是无心相像的？"蓉华道："你真论诗真切，将这些议论倒可以做一本诗话出来。"佩秋道："我也看得出，却论不出来，说不真，说不透，倒教人驳起来。"

琼华道："五律自然以真挚为贵，其余写景写情总也容易，如杜少陵之：

国破山河在，城春草木深。
　　感时花溅泪，恨别鸟惊心。
　　烽火连三月，家书抵万金。
　　白头搔更短，浑欲不胜簪。

四十字至情至语，为五律之冠。七律格律甚多，似以浩气流转为上。以我的见解，首举一首为格，我想如祖咏《望蓟门》云：

　　燕台一去客心惊，笳鼓喧喧汉将营。
　　万里寒光生积雪，三边曙色动危旌。
　　沙场烽火侵胡月，海畔云山拥蓟城。
　　少小虽非投笔吏，论功还欲请长缨。

这个格律最妙，后来仿者甚多。如杜工部之'风急天高猿啸哀'、'花近高楼伤客心'、'岁暮阴阳催短景'、'群山万壑赴荆门'，柳子厚之'城上楼高接大荒'，刘禹锡之'王濬楼船下益州'，李义山之'猿鸟犹疑畏简书'，皆是此格。此数首为一律，亦像一首。七律中亦有最真切者，如白香山之《望月有感》云：

　　时难年荒世业空，弟兄羁旅各西东。
　　田园寥落干戈后，骨肉流离道路中。
　　吊影分为千里雁，辞根散作九秋蓬。
　　共看明月应垂泪，一夜乡心五处同。

这纯是血性语，几于天籁。香山诗当以此为第一。"蓉华道："此是遭遇使然，所以人说穷而后工。"琼华道："穷而后工也是有的。然后人未尝无此流离之苦，他却不能如此写，倒不写真情，要写虚景，将些凄风苦雨和在里面，虽也动人，究竟是虚话，何能如此篇字字真切。"

　　佩秋笑道："我就不喜欢这等诗，若学了他，不是成了白话么？"琼华道："诗只要好，就是白话也一样好看。若极意雕琢，不能稳当，也不好看，倒反不如那白话呢。你看岑参《逢入京使》那一首：

　　故园东望路漫漫，双袖龙钟泪不干。
　　马上相逢无纸笔，凭君传语报平安。

再如王维的：

　　独在异乡为异客，每逢佳节倍思亲。
　　遥知兄弟登高处，遍插茱萸少一人。

何尝不是白话，却比雕琢的还要好。不然就要造意深远，措词香艳，字字是露光花气，方能醒眼，如王昌龄《春宫曲》、《闺怨》是人人说好的。其余如温飞卿之：

　　冰簟银床梦不成，碧天如水夜云轻。

　　　　雁声远过潇湘去,十二楼中月自明。
顾况的:
　　　　玉楼天半起笙歌,风送宫嫔笑语和。
　　　　月殿影开闻夜漏,水晶帘卷近秋河。
字字如花瓣露珠一样,你说可爱不可爱?"
　　蓉华道:"被你批了出来,真觉得醒眼些。你看那些诗,首首是好的,也有可议处没有呢?"琼华道:"那我不敢,我是什么人,敢议唐贤,不要教人笑我骂我么?"蓉华道:"这是我们的私见,有谁知道。"琼华道:"若说可议处也有呢,我就要议那诗祖宗那一首,少陵《梦太白》诗云:
　　　　死别已吞声,生别常恻恻。
　　　　江南瘴疠地,逐客无消息。
　　　　故人入我梦,明我长相忆。
　　　　恐非平生魂,路远不可测。
此写得绝妙,并恐梦的不是真太白。以下接那'魂来枫林青,魂去关塞黑'这两句,梦的是死太白,不像是活太白了。何不删了这两句,直接:
　　　　君今在罗网,何以有羽翼。
　　　　落月满屋梁,犹疑照颜色。
如此径住。那'水深波浪阔,无使蛟龙得'也不要,倒觉含意不尽。"蓉华、佩秋都笑道:"真的,删了倒好。那个枫林青、关塞黑,真有些鬼气。这是你的卓见。还有什么可议的么?"琼华道:"还有僧皎然《访陆鸿渐》那一首,古不像古,律不像律,不知选家何意。其诗云:
　　　　移家虽带郭,野径入桑麻。
　　　　近种篱边菊,秋来未著花。
　　　　扣门无犬吠,欲去问酒家。
　　　　报道山中去,归来每日斜。
毫无意味,若讲律,现重了'来'、'去'两字,真已失律之至。此种诗,似是而非,断不可以学。至于五绝小诗,另有别意,可入乐府。然尤难及者,如金昌绪之:
　　　　打起黄莺儿,莫教枝上啼。
　　　　啼时惊妾梦,不得到辽西。
白香山之:
　　　　绿蚁新醅酒,红泥小火炉。
　　　　晚来天欲雪,能饮一杯无?
此皆信手拈来,都成妙谛。"
　　佩秋道:"姑娘论诗,深得三昧,若去考博学宏词,怕不是状元?又是当初的黄崇嘏了。"琼华笑道："单靠几句诗中用么？"佩秋道："二姑娘从前那些诗，我见你还要叫你哥哥改。不是我说，你哥哥倒未必做得出来。若做得出来，不至三场就被贴了。"蓉华笑道："这句话给哥哥听见，他是要不依你的。"佩秋笑道："我是没有学过做诗，但我前日听他们说杜少陵的《北征》、韩昌黎的《南山》，我将他翻出来看时，用的都是险韵。二位姑娘，我倒考你一考罢，你们说《北征》多少韵？"蓉华笑道："这倒被你考倒了，你是数了来难人的，我却没有数过，而且我也记不全。"琼华道："《北征》好像七十韵。"佩秋道："你记得他有几个重韵在里头？"琼华道："若说重韵，也只有一个'日'字，第三韵'朝野少暇日'，与二十七韵'呕泄卧数日'，这是的的确确是重的。"

佩秋笑道："还有'往者散何卒'，与'几日休练卒'，与后'佳气上金阙'，下又是'洒扫数不阙'，虽是一字两用，也要算重的。"琼华道："这不好算重，一个是'阙门'的'阙'，一个是'阙略'的'阙'，不过音同罢了，如何算得重韵？至于'卒'字韵更不是重。'至尊尚蒙尘，几日休练卒'之'卒'，乃是兵卒。'潼关百万师，往者散何卒'，此'卒'字，读促音，乃散何卒然之速也。韵本两收。"蓉华道："妹妹实在好记性。我只记得几句，最佳的是'瘦妻面复光，痴女头自栉'，还有'不闻夏殷衰，中自诛褒妲'，归美明皇，其意正大，不高于刘禹锡之'官军诛佞幸，天子舍妖姬'、白乐天之'六师不发无奈何，宛转蛾眉马前死'么？至于《南山》诗，我虽看过，但一句也不记得，佶屈聱牙的如何念得？且字又难认，嫂嫂，你倒记得清么？"佩秋道："我原是查了来，故意考你们的。若要念熟他，如何念得熟呢？且有一百韵之多，而字又难认。"

琼华道："你数错了。《南山》诗一百零二韵，内中一个重韵也没有，真与《子虚》、《上林》一样，非大力量不能。"佩秋道："你说没有重韵，我说也有一韵：'尝升棠丘望，戢戢见相凑。'又云：'或散若瓦解，或赴若辐凑。'不是两个'凑'字？"琼华笑道："你又论错了，'或赴若辐凑'的'凑'字，虽刻的是三点水，其意是'辐辏'之'辏'是'车'字旁。我要请问嫂嫂，'鸟獸'的'獸'字去了犬旁，是读什么字？"佩秋笑道："有这个字，想还是'獸'字。"琼华笑道："不是，是'嘼'字，音'嗅'字。你不记得'因缘窥其湫，凝湛闷阴嘼'注：嘼，畜产也。大约也是蛟龙所生的子，如虫的子为虾一样的光景。"蓉华道："可惜你不能去考，你若去考时，倒是必取的。这些诗都能这么烂熟，真是亏你。"琼华笑道："我却倒是因出了这两个题目，新近才看熟的。"

蓉华道："你拿那《南山》诗来给我瞧瞧。"琼华找了出来，蓉华看了两句，数了一数，问琼华道："第七韵是什么字？"琼华笑道："那里有这种问法，就算熟极的，也不能记得第几韵是什么字。等我数下去。"即一韵一韵的念出来，笑道："是'瘦'字。"佩秋道："这实在难为他了，背得这么熟，想姑娘和韵是必定和得出来的。"琼华道："这一百二韵，字虽难些，倒容易用。那《北征》诗，方才姐姐说的：'不闻夏殷衰，中自诛褒妲。'这个'妲'字就难用得很，不知他们考上的是怎样用。姐夫、哥哥的也是用妲姬的'妲'字，大概除了这个，也无二用了。"佩秋笑道："只要问二姑爷，就知用法了。"琼华脸上一红，不言语。

佩秋道："将来二姑爷过门第一天，就教二姑爷要背清了诗韵进房，不然关了房门，教他跪在门外，别要理他，好叫他知道咱们女人中也有个博学的呢。"蓉华笑起来。琼华更觉含羞，停了一停，说道："想是我哥哥跪过的。"佩秋笑道："可惜我不配，若配时，你哥哥自然也要跪了。"蓉华道："日子快了，我们姐妹也不能常在一处了。妹妹是个有福气的，不比我们。"又说道："看看你外甥再来。"便出去了，佩秋也同了出去。琼华暗想道："姐姐一肚子的牢骚，这也难怪他。但姐夫这样才学，终要高发的，不过迟早些罢了。"又想："自己的郎君才得十九岁，已能如此，真是难得。但听得从前有个什么琴言，害他病过几场，如今不知这琴言又怎样了。"

却说王文辉定了九月十九日吉期，颜夫人写了家信，说子玉已中宏词，又即完姻，一切交与仲清办理。仲清打起精神，幸他本来旷达，也不将这些得失放在心里，便照常一样。过了几日，吉期已到，两边各请喜酒，还有那些名旦夹在里头，送戏送席的，闹了好几天。洞房花烛之夜，子玉一见颇觉心花开放。说也奇怪，倒不是做书人说谎，也是前定姻缘，皇天可怜子玉这一片苦心，因琴言是个男子，虽与子玉有些情分，究竟不能配偶，故将此模样，又生个琼华小姐出来，与琴言上妆时一样，岂不是个奇事？此事颜夫人久知，当日见了琴言即说像他媳妇。这么看起来，就是两家的像貌也是五百年前就定下的了。一见之后，又未免有些感触起来，忽又暗暗的解释，遂成就了良缘爱果，自然也不像那梦中措大的光景，若像那梦中光景，岂不要将个琼华小姐气死了么？明日也请了袁绮香、苏浣香、浣兰、吴紫烟、王蓉华、孙佩秋来陪新人，群仙高会，又叙了一日。华夫人因是父亲得意门生，又是年伯母来请他，所以欣然而来。至排场热闹，与田家一样，不能细述。以后子玉闺房之乐，真是乐不可言。一个仕女班头，一个才人魁首，或早起看花，或迟眠玩月，或分题拈韵，或论古辨疑，成了个闺房良友，自然想念琴言之心也减了几分。

一日，子玉在房中与琼华谈心，值馆中有事请他，即便穿衣出门。不意将个小锦囊落在地下，琼华拾起解开时，见折著两张字：一张认得是子玉笔迹，一首《金缕曲》，反覆吟哦，甚觉悲楚，知是送别词；再看那一张，也是《金缕曲》，想是那人和的。又看了信笺写着琴言的名字，不觉心中甚喜，想道："我几次问他那琴言。他总不肯告诉我实话，倒取笑我，说我与他生得一样，如今教我拿着了凭据，看他回来怎样抵赖。原来他们有这样深情，彼此魂梦相契，又说肠已断了几回，这个情倒是人间少有的。又想我在家时，常听得哥哥与姐夫议论这个琴言，说他这段情来得很奇，令人想不出来的。今看了这两首词，果然非有情有恨人说不出来。"便将那词稿收起，将那锦囊挂在一边。少顷，子玉回来，一时倒想不起锦囊，忽见挂在那边，便吃了一惊。琼华故作不见，只见子玉欲取不取，如有所思，颇为可笑。子玉忍不住把锦囊取了下来，捏了一捏，空空的，心甚著忙，知道琼华取了去了。别样倒还可以辩。惟有那信上有琴言的名字，如何辩得来。欲要问时，又不好径问，只时时偷望琼华一眼。

琼华忍不住，笑了一笑，子玉藉此进言，便问："为何好笑？"琼华道："我笑么，我其实也不要笑，偏无故的笑起来。"子玉也笑道："那里有既不愿笑，而偏要笑的，正是：人世难逢开口笑。"琼华又笑道："人生有几断肠时？"子玉听了这句，已打到心坎里来，便不敢再问，心上想走开了就算了，省得讲这一番糊涂帐。琼华已瞧出他要走，若走了，这话就说不成，便要将话兜住他，对子玉道："我今日见了两首好词，我念给你听。"便念将出来。子玉笑道："你不必论什么，单论这两首词好不好。"琼华道："好，若不好，我还念熟他？但我不甚懂得词中之意，你讲给我听。"子玉笑道："但凡诗词的意也不能讲的，一时要凑成那一句，随便什么都会拉上来。只可说以指喻指之非指，以马喻马之非马。若要认真讲起来，那《离骚》美人、香草之言，也去凿凿的指明他吗？"琼华笑道："寓言是寓言，实话是实话，我也会讲。"

子玉听了想走，琼华拉他坐了，便念那词道："'何事云轻散。问今番、果然真到，海枯石烂'，第一句就讲得这样沉痛，若教我要接一句，就接不下了。好在一句推开说：'离别寻常随处有，偏我魂消无算。'人说'黯然而魂消者，惟别而已矣'，你便说魂消还不算，也不晓得消了多少回了；'又过了、几回肠断'，这肠也断了几回。"说到此，想了一想，又道："'只道今生常厮守，盼银塘不隔秋河汉。谁又想，境更换。'又是一开一合，这上半阕已转了三层，这片情谁人道得出来。若算常常厮守，毫无间隔，成了一家眷属不好吗，偏偏的又要分离起来。"又念道："'明朝送别长亭畔。忍牵衣、道声珍重，此心更乱。'我读到此，也觉心酸，况身亲其际，不知要怎样呢。以后就去得远了，望又望他不见，也不知他到底在什么地方，所以说：'门外天涯何处是，但见江湖浩漫。'然江湖虽只浩漫，要说我的愁肠，只怕一半还浣不尽呢，所以说'也难浣、愁肠一半'。底下真是奇想，难道身虽离了，再不许我们魂梦相会么？但隔得老远，魂梦也未必能来，或者心动神知，且呼他的名字，或者倒呼唤得来。于是非但我这边呼他，他那里也呼唤我，两边凑合，竟能凑着也未可知。所以又说：'若虑魂梦飞不到，试宵宵彼此将名唤。墨和泪，请君玩。'这句也不消解，不过和墨和泪，请你看就是了。是这么解的不是？"子玉笑道："解得一点不错。"

琼华道："我且问你，这人与你常相厮守，你却怎样位置他？"子玉道："不过侍书捧研。"琼华道："侍书捧研，何用魂梦相唤？"子玉著了一分急，说道："我说你是我的知己了，自然是洞见肺腑。谁道你也不能知我，何况他人？"琼华笑道："我讲得这么透彻，怎说还不能知你呢？"子玉道："别人讲些糊涂话，也由他，你是不应该讲的。现在相貌还有些……"便住了口，琼华道："恶，那你就应该……"住了口，不说下去。

子玉看了琼华，琼华也看了子玉，子玉只得陪笑道："这事也不用讲他，横竖久后自知，也不须分辩的。我今日见著度香，说他夫人要请你去赏菊花，还请庸庵与剑潭的夫人，并众相好的夫人。你去不去呢？"琼华道："我不去罢。"子玉道："为什么不愿去？"琼华道："一来我也才过来，还没有满月；二来也要等太太吩咐，如太太去，我就跟了去。"子玉道："他们不请太太，单请你们一辈人。度香并说他夫人讲的，日子还没有定，要一家一家去问明了，都高兴来，要全到，不准少一个，还要没有大风的日子。若有一个不高兴，再改期，所以预先要问定了。"琼华道："且看我们姐姐、嫂嫂怎样，他们若都去，我也去，如有不去的，我也就不去了。"子玉恐他再问琴言的事，尽找些闲话与他谈。琼华明知子玉心事，也不忍再问，教他难为情了。正是：

　　鱼水深情，凤凰良匹；曾经沧海难为水，愿作鸳鸯不羡仙。

下卷要详叙琴言在路景况，且俟细细分解。

第五十五回
凤凰山下谒骚坛　翡翠巢边寻旧家

话说琴仙出京之后，一路相思，涕零不已。十八站旱路到了王家营，渡了黄河，在清江浦南河赁店住了。写了江船，做了旗子，制了衔牌，耽搁了三日。道翁于漕河两院都是相好，一概不惊动了，没有往拜。道翁有个长随叫刘喜，为人老实忠厚，四十多岁，跟随了五六年，跟过江宁侯石翁太史，善于烹调，如今叫他伺候琴仙。这刘喜正是个老婆子一样，饥则问食，寒则问衣，琴仙甚得其力。开船之后，三天到了扬州。道翁怕那些商人缠扰，要来求诗求画，请吃酒，请听曲，便不上岸。但要等过关，只得在关口等候。

是日一早，想著平山堂，要带琴仙去逛逛，便在船上吃了早饭，叫刘喜去雇了一个小船，从小南门沿河绕西门而去。此日幸喜凉爽，天阴阴的没有太阳。琴仙看那一湾绿水，萍叶参差，两岸习习清风，吹得罗衫滉漾，甚是有趣。行了数里，见一个花园，围墙半倒，楼屋全攲，古木鸦啼，繁阴蝉噪，正是：

朱楼青琐声歌地，蔓草荒榛瓦砾场。

道翁道："这是小虹园。我当日在此与诸名士虹桥修禊，眼见琳宫梵宇，瑶草琪花，此刻成了这个模样，令人可感。前面还有个大虹园，也差不多，略还好些。"琴仙道："若论这个园，当年只怕也与怡园仿佛。"道翁道："那本来不及怡园，若能两园相并，再连到平山堂，就比得上怡园了。"过了一会，又见满地的灵石，尚有堆得好好的几座，其余坍的坍，倒的倒，滚满一地。又见几处楼阁，有倒了一角的，有只剩几根柱子竖著的，看了好不凄凉。过了一座石桥，上面题著"虹桥"两字。那边岸上又有个花园，虽然略好些，尚未倒败。但那些洞房曲槛，当年涂泽的想必是些青绿朱丹，如今都成了一样颜色，是个白惨惨的死灰色。园中高处也望得见楼上的窗子，十二扇的只有七八扇，还有脱了半边，斜挂在上面。惟有树木茂盛，密层层的望不见天，那些鸣蝉嘶得聒耳可厌。倒过了好一会才过完。便又过了一座石桥，三面皆通，署名为莲花桥，甚是完整。河面略宽了些，两岸绿柳阴中露出几处红墙梵刹来，俨然图画。又见有几处酒帘飘漾，曲径通幽。

琴仙游览不尽。忽见前面有两个游船来，琴仙举眼望时，只见有两个人光了脊梁，都是蟠蟠大腹。那一个船坐著两个妇人，浓妆艳饰，粉黛霏霏。琴仙忽见他义父低著头看水，把扇子遮了脸，不知何意。琴仙又见那两个妇人，都眼瞪瞪望著他，一个还对他笑盈盈的。两船紧挨他的船身过去，两个妇人越看得认真，倒像要与他说话一般。琴仙不好意思，低了头望著别处。船过去时，琴仙身上忽然打来一样东西，吃了一惊，掉在船板上，看时是一方白绢，包著些果子。道翁一笑，拾起来解开，是些枇杷、杨梅、菱、藕、桃、梨之类。琴仙还不知从何处打来，问道翁这包从那里掉下来的，道翁道："是那船上抛过来与你的，这倒成了安仁掷果了。"琴仙方明白是两个妇人送给他的，脸便红起来。道翁道："这也不必管

第五十五回　凤凰山下谒骚坛　翡翠巢边寻旧家

他，他既送来，也是他的好意，扰了他便了。"自己倒先吃了一个枇杷，琴仙终不肯吃。道翁道："方才这两人是盐商家的伙计，认得我，我怕他们见了回去讲，又要来缠扰。幸他们没有见著。"船到了一处，道翁同了琴仙上去逛了。

琴仙见是个庙，进了山门有个小小的园，也有阑干亭子，中间三间厅屋，写著"平湖草堂"。逛了一逛，也没有甚么意思，便又下了船。到了平山堂，景致就好了。山脚上就是青松夹道，清风谡谡，凉浸衣衿。一磴一磴的走到山门，进去瞻谒，宝殿巍峨，曲廊缭绕，一层高似一层。四处灵石层叠，花木繁重，瑶房珠户，不计其数。不过也是旧旧的了，还不见得很荒凉。过了御书楼，才穿到平山堂上来，见了欧文忠公的亲笔。见有个和尚出来，见了道翁，忙笑嘻嘻的上前施礼，问道："屈老爷几时到的？僧人眼也望穿了。"道翁一看见那和尚，有五十来岁，白白净净，高颧骨，颐下有三寸长的黑须，记得是个知客，忘了他的名氏，便也拱一拱手，道："才到。现等过关，今日晚上就要开船的。"那和尚道："那里有这样要紧，自然盘桓几天。"便骨碌碌两眼在琴仙面上转了几转，看琴仙穿著件白罗衫子，脚下一双小皂靴，便知道是他的少爷。便也两手和南，琴仙也还了一揖。和尚连忙让坐，问了道翁去向。即叫人拿出茶来，笑嘻嘻的对著琴仙道："少爷是头一回来，不晓得我们这里有个第二泉，请尝尝这个第二泉。"又吩咐人，快将泉水泡那龙井茶来。"明日你们到镇江，就尝第一泉，也不能胜似这个。"道翁道："那第一泉也实在费力，往往取了出来，也不见得甚好。"和尚道："你要把索子量准了尺寸，潮长时二丈四尺五寸，潮落时一丈六尺就够了。放到了数，才把桶盖扯起。若没有到泉出的地方，扯开了盖子，江水灌满了，泉不得进去。所以往往取出来不见好，就是没有量准尺寸。"道翁道："是了，我只晓得金山脚下为第一泉，却不晓得潮长潮落时的尺寸，故取出来仍是江水，倒辜负了这个第一泉了。"和尚道："容易，明日我们摆过江去取来，吊桶是现成的。"道翁道："也罢了，这第二泉尝了也不输似第一泉。"

那和尚道："屈老爷，我们想杀你了。你去年说，三月内就转来的。四月里包七太爷、鱼三老爷在这里赏芍药，看罂粟，说起你来。说三月十五，盐台大人的寿诞，盐务里钱礼之外，还要做架屏。一时扬州城里，竟选不出一个作家来。其实，翰林进士不少在这里，他们说做得不好，只得到江宁去找侯石翁老爷，送了十二色礼，六百银子；又请王大老爷王蒙山写了，又是三百两。他们说，那时你老人家若来了，只消一桌酒，又快又好，连写带做不消两天工夫，岂不省事。等你不来，教他们东找人西请人，好不为难。"道翁笑道："这些商家就多花几个钱，也不要紧。"和尚对琴仙道："少爷，那边还有个花园，请去逛逛罢。"琴仙也想逛园，不敢说，看著道翁，道翁道："也好，索性逛一逛。"

和尚叫人开了门，引进了园。可惜是夏天，虽然今日没有太阳，也是热烘烘的，有那树木丛杂，翳障了不透风。各处逛了一逛，和尚又指那口井，说就是第二泉。平山堂是江南胜地，凡各处过客到此，无不游览。那和尚眼中，男男女女也见过几千万了，却没有见过琴仙这样美貌，倒也不是邪心，不过那一双滑油油的眼睛，又生在个光头之上，分外觉得不好些。只管参前错后，挨来挤去，殷殷勤勤，借著指点景致，若遇见石径难走地方，他便搀一把，扶一扶，琴仙的纤手倒被他握了好几回。琴仙心上好不恨他，脸上已有了怒容，便对著道翁道："回来罢，恐天要下雨。"和尚道："不妨，就下雨难回，敝山房屋颇多，尽可下榻。"道翁也恐下雨，且闻隐隐的起雷，便也要回去了。那和尚尚要挽留，道翁决意要走。琴仙见那开园门的几个人，问他刘喜要钱，刘喜给了一百大钱，尚还嫌少。

和尚喝退了，直送出山门。道翁与琴仙下了船，仍坐船而回。只见往来游船甚多，一去一来也有大半天。回来船已过关，等道翁、琴仙上了大船，即打了三回锣，抽了跳，开起船，趁著微风，到了瓜州，又要过关。这瓜州地方没有什么逛处，道翁也无相好，明日又耽搁了半天，过了关，一日半到了江宁，在龙江关泊下。道翁忆著侯石翁，要在此与他盘桓几日。一早带了琴仙并刘喜，雇了个凉篷子，由护城河摇到了旱西门，进城雇了肩舆，到凤凰山来访侯石翁。

这个侯石翁，是个陆地神仙，今年已七十四岁。二十岁点了翰林，到如今已成了二十三科的老前辈，朝内已没有他的同年。此人从三十余岁就致仕而归，遨游天下三十余年。在凤凰山造了个花园，极为精雅。生平无书不读，喜作诗义，有千秋传世之想，当时推为天下第一才子。但此翁年虽七十以外，而性尚风流，多情好色，粉白黛绿，姬妾满堂。执经问字者，非但青年俊士，兼多红粉佳人。石翁游戏诙谐，无不备至。其平生著作，当以古文为最，而世人反重其诗名，凡得其一语褒奖，无不以为荣于华衮。盖此翁论诗专主性灵，虽妇人孺子，偶有一二佳句，便极力揄扬，故时人皆称之为诗佛，亦广大法门之意。而好谈格调者，亦以此轻之。

道翁与琴仙到了园，叫刘喜先将名帖送进。琴仙见这个园四面尽编槿竹为篱，种些杂树。望著里头，疏疏落落，有几处亭台院子，甚是清旷，却无围墙。不一会，刘喜同了一人出来说，请就将肩舆抬进。琴仙在轿窗里看时，高高下下，弯弯曲曲，有长松夹道，有修竹成林，有飞瀑如帘，有清泉作带，有三两处楼台接连，有十几抱树木交格，鹤羽皑皑于栏中，鹿鸣呦呦于栅内。到了一处，下了轿，走上前去。只见松石边，迎出一位老翁来，飘飘然有凌云之气，不衫不履的，上前一把拉了道翁的手，把琴仙看了一看，也一把拉了他的手，拉进了三间书屋。道翁与他叙礼，命琴仙拜见。

石翁问道："这位郎君，与你是何瓜葛？"道翁道："此是小儿。"石翁呵呵大笑，道："俭腹人要充饱学，寒乞儿要装富翁，再醺妇还想学新嫁娘。你是个秃尾猢狲，怎么忽然有个小儿？难道这位玉郎是你口里吐出来的？"道翁笑道："胡说，这原是我过继的螟蛉。"石翁又笑道："原来是螟蛉。"便拉住琴仙，两目注定，说道："请起，请起，好个玉郎，何物老妪得此宁馨儿，难得，难得。"两人叙了叙契阔，就高谈起来。

琴仙在旁，听那侯石翁声如洪钟，明炯炯两只三角眼睛，疏疏两撇白髭须，纵横舌辩，口似悬河。听得他将些疑难的经典来问道翁，说经书上什么什么怎样解，史书上什么什么怎样解，子书上什么什么怎样解，《汉书》上什么什么怎样解。却见道翁一一的回答出来，石翁不住点头。后来见道翁也问了他几种书，石翁也答得明明白白。两人又对驳了一会，各自抚掌大笑。石翁即吩咐家人备出饭来，石翁是不饮酒的，拿出来陪道翁。琴仙不肯喝酒，道翁善饮，便一人自酌。石翁道："我劝你也不必做官了，虽然得了别驾，究也难展骥足。你的相知也尽多，难道舍了这六品前程，竟没有饭吃么？"道翁叹道："我并非老马恋栈，但也有个难处。你晓得我数十年来非特依然故我，反成了个孑身，还是立锥无地。我若有你这样仙才浓福，自然也会安享了。正是命宫磨蝎，无可如何。"石翁道："仗文章也尽可自豪，何必手板在身，浮沉宦海，依我殊可不必。或身依莲幕，或遨游名山，岂不自由自在。"道翁道："你不见汤临川与梅国祯的回书说：少与诸公比肩事主，老而为客，所不能也。仆少未立朝，老屈下位，岂能再作依人之想。况彩笔已还，枯肠难索，虚名有限，大敌恒多。养由基如一矢不中，毁者交集，我甚畏之。自今以后，将焚弃笔砚，善刀而藏，不作身后虚名之想，浮沉于半刺间。以终老是身足矣。"

石翁也太息了几声，又问道："王质夫、刘敬之都好么？"道翁道："甚好！我见他们一班的后人，个个都是佳品。"石翁道："都好么？"道翁道："第一是梅铁庵的令郎名子玉，号庾香，竟是人中鸾凤。今年若考宏词，是必中的。"石翁笑道："宏词科也没有什么稀奇，熟读《事类赋》三部就取得中宏词。"道翁道："这是你老先生没有考上，所以提起你的牢骚来。"石翁道："这也不然，我倒是公论。那梅铁庵的令郎怎么好呢？"道翁道："第一相貌就好，温然如玉，学问各样全的。"石翁笑道："相貌好了，自然心地灵慧，这是一定的。还有好的呢？"道翁把那几个名士一一说了。

石翁道："今年点状元的那个田君，他的父亲也算我的门生，中了进士，就不在了。他的母舅张桐孙也与我相好。这徐公子自然不用讲了，晓山相公可为善人裕后。"道翁将怡园诸人分题的对子念了，石翁也赞了几联，说道："倒不料一班小孩子居然能这样，真是英雄出少年，我辈老头儿倒要退避三舍了。"道翁又将那篇序又念了，石翁赞了两声，道："竟是一篇唐文，宋人四六无此谨严。但其中有两句，还要斟酌斟酌。"道翁道："就请教，那两句呢？"石翁道："'琉璃研匣，翡翠笔床'，是用《玉台序》。但他一浓一淡，相间成文，便入古格。他是'琉璃研匣，终日随身；翡翠笔床，无时离手'，此等句倒好。你换了'置鸲眼之端溪，卧鼠须之湘管'，此调便入时格。篇中虽有丽句，却带古艳。惟此二语稍时，不称通篇也。只要点去'鸲眼鼠须'四字。就救转来了。'琉璃研匣，常置端溪；翡翠笔床，时安湘管'，便是六朝句法，老弟以为何如？"道翁道："真一字之师，敢不拜服。"

道翁又饮了几杯酒，道："老兄近来诗力益肆，正如浔阳九派，泛滥横溢，弟倾心已久。但阁下之诗，无论游戏之言，也入全稿，似乎不可。何不分为内集、外集？"石翁道："游戏之言，颇得天趣，《三百篇》不废《桑中》、《溱洧》，何以圣人当日删《诗》，也不另编一集呢？"道翁道："此是存本国土风，且寓惩创读诗者之逸志。若以吾兄现身说法，似以逸志为正音，以游戏为风雅，譬如群仙齐集于王母瑶池，而曲巷青楼之妖婢，连袂而来，且得与彩鸾、双成并坐其间，无目者以为同一丽姝，而识者则既灌而往，已不欲观。且有妨于名教之作，尤宜割爱。兄如赵飞燕、卓文君风流太过，固不肯为小节所拘。但身后之名，权在人口，吾兄岂不自知。特以才华倜傥，厌作绳墨中生计耳。"

石翁道："敬佩良箴，自后必为留心，以赎前咎。"忽然看看琴仙，说道："琼枝太艳。"又笑道："无逾我园，无折我树檀。"琴仙听了说他"琼枝太艳"，便有些不悦。道翁望著园中道："你这园真好清净，正是合著'树深时见鹿，溪午不闻钟'两句。"石翁听了，始不为异，忽然悟了，说道："可恶！可恶！"道翁也笑。石翁道："你送我副对子，要说得真切，不要那隔靴搔痒的话。"道翁念道："天下词人皆后辈。"石翁大笑道："当不起，但马齿加长也还说得去。"道翁笑道："下联倒难对呢。"又说道："此地有个卢莫愁，借他对一对罢，'卢家少妇是乡亲'。"石翁狂笑起来道："这个不可，这一句倒可用作印章，作对子不好，再想副大方些的。"道翁道："我又想了一副，但你又要疑心的。"石翁道："你且说来，就骂我，也只要骂得切当。"道翁道："腹不负我，我不负腹；文如其人，人如其文。"石翁想了一想，道："对子虽非是你的好心，但于我颇合。文章具在，也是共见共闻的，千秋位置，自有一定，就用这一副罢。"

石翁见琴仙玉笋尖尖的，拿了把扇子，便要他的扇子看，顺便拉他的手看了一看，赞道："此子有文在手，是有凤慧的。"便将他的手翻来翻去，迷离老眼，看了两回；又将自己扇子，递与琴仙。琴仙见这扇上画得甚好，不忍释手的看。石翁将琴仙的扇子看了一看，原来是道翁画的梅妻鹤子图，就拿手扇著。又谈了一回，道翁要回船，石翁约他明日一早去游玩诸名胜，道翁应了，同了琴仙，辞了石翁，仍旧坐了肩舆，由旧路出了旱西门，坐船而回。

天已晚了，琴仙在路上始知换了扇子，心中甚悔，回船告知道翁，道翁道："明日我还去，与你换了来就是了。"过了一夜，明早石翁打发人来请道翁并琴仙，琴仙执意不去，道翁亦不强他。来人送上扇子，说昨日拿错了，道翁接了过来，也没有看，将昨日琴仙带回的扇子，与了他，即带了一个家人，坐了来船，同了去了。琴仙出来，取过自己扇子一看，见上面题了一首诗是：

谁咏枝高出手寒，云郎捧研想应难。
羡他野外孤飞鹤，日傍瑶林偷眼看。

琴仙看了，有些疑心，恍记得有个云郎捧研的故事。细细一想，心上恼起来，欲将这扇子撕了；忽又想等义父回来看看，这种人何必与他相好，便气忿忿的将扇子撂过一边，自己倒在床上发闷。忽又想起京中事来，更加凄楚；除了怡园一班名士者外，每见一个生人，必遭戏侮，甚为可恨，越想越气，不觉掉下泪来。刘喜送早饭进来，琴仙也不肯吃。刘喜见他烦闷，便撺掇他去游玩，说道："大爷坐在船上也闷得慌，不如进城逛逛。最好逛的是莫愁湖、秦淮河、报恩寺、雨花台、鸡鸣埭、玄武湖、燕子矶。小的同大爷进城散散闷，老爷总要晚上才回。"琴仙道："我不高兴，怪热的天气，也不能走路。"刘喜道："若别处还要走几步，若到莫愁湖、秦淮河、燕子矶，一直水路，坐了船去不用走的。燕子矶我们前日走风，没有靠船，可惜明日就过了，开船再逛罢。今日去逛逛秦淮河，两边珠围翠绕，好不有趣呢。"琴仙道："莫愁湖此去多远？"刘喜道："也不多路，就在水西门一带。"琴仙心上想起怡园扶乩有"后日莫愁湖上望，莲花香护女郎坟"之句，说他前生坟墓在此，心上便感触起来，十分伤感，便对刘喜道："我有个亲戚的坟墓在莫愁湖，若去逛湖，我想去祭奠一番。"刘喜道："这也不难，但是没有预备祭菜。"琴仙道："不用菜，只要一杯酒、一炷香就够了。"刘喜道："那更容易了。"便去叫了凉篷子，装了一个果盒，带了香酒，交代了伙计们小心看船，扶了琴仙，过了小船，双桨如飞的去了。琴仙见是昨日所过的那条河，也有十余里，才到了莫愁湖。

刘喜道："我们且先逛逛，再去寻坟。"便引琴仙进了观音庵。到了里面，见两进重门，四面皆通，铺设精雅，满壁图书，尽是名人题咏，内中见有侯石翁的诗文，又见有江西学使梅士燮一副对子。琴仙见往来游玩的，也有士人，也有商贾，也有乡农，也有妇女们，摆著几张茶桌子，栏外就是满湖的荷花。和尚便泡了两碗茶来，刘喜请琴仙坐了，他拿了茶碗又到一处去坐。琴仙见那些人走来走去，只管的看他；有几个村里的妇人，瓦盆大的脸，鳊鱼宽的脚，凸著肚子，一件夏布衫子浆得铁硬，两肩上架得空空的，口里嚼著大甜瓜，黄瞪瞪的眼珠也看琴仙，当是戏台上的张生跑下来，把个琴仙看得好不耐烦，便叫刘喜还了茶钱，一径走出。

只见摇船的提了酒盒上前，刘喜问道："这个坟地在什么地方呢？"琴仙道："我如何知道，要去找呢！"刘喜道："是那一家的，问了姓名方可去找。"琴仙一想乩上并未判出姓名，便呆呆的想了一会，便说道："我也不晓得姓什么。"刘喜笑道："怎么亲戚的姓都忘了？那只好罢了，从何处找起？"琴仙道："实不瞒你说，我从前请仙，乩上判出来，说我前世的坟墓在这莫愁湖上，却没有判出姓氏来。"刘喜道："这话渺茫得很，那知真与假呢。"琴仙道："真得很，他各样事都判出来。"刘喜不好驳他。琴仙走到湖边，只见一湖的荷花，红的似杨玉环初酣御酒，白的似赵昭仪新浴兰汤。中间有些采莲船，也有几个小女郎在船里，还有些小孩子光著身在湖里嬉水。琴仙暗暗的默祷道：上仙，上仙！承你指示了我的前身，又没有判出姓来，叫我身亲其地，无从寻觅，殊为恨事。怎样显个灵验出来，指点迷途。

琴仙一面祷告闲望，四面空地虽多，并无坟墓。忽见莲花丛中荡出个小艇来，有一穿红衣垂鬌女郎，年可十四五，长眉秀颊，皓齿明眸，妙容都丽，荡将过来。琴仙谛视，以为天仙游戏，尘寰中安得有此丽姝？自觉形神俱俗，肃然而立。见那女郎船上放了几朵荷花，船头上集著一群翠雀，啾啾唧唧，展翅刷翎，毫无畏人之态。琴仙心中甚异。只见那女郎双目瞪瞪的望著琴仙，琴仙也望著他，不一刻拢到岸来，那一群翠雀便"刷"的一声都飞向北去了。刘喜还拍一拍手赶他，刘喜问那女郎道："湖那边有什么顽的地方没有？"女郎道："那边是城墙，只有个杜仙女墓，看兰苕花、翡翠雀最好顽的。方才那一群翠雀就是杜仙女墓上的，他懒得飞，搭我的船过来。"琴仙听了有个杜仙女墓，触动了心事，即问道："这个杜仙女是几时人？"那女郎道："我却不知，只听说有七八十年，也是个官家的女儿，死了葬在这里的。"琴仙问道："何以要称他仙女呢？"那女郎道："他看这个地方也数得清的人家，如何有那样华妍妙丽的女郎？见他常常的荡个小船，在莲花丛里或隐或现的，人若去赶他，就不见了。后来见那边有个小坟，坟周围有许多斑竹，坟后一盘凌霄花。那盖盘得有一间屋子大了，有无数的翠雀在里面作窠。又有许多兰花，奇奇怪怪，一年开到头。人若采了回去，就要生病。所以地方上人见有些灵验，便不敢作践，倒时常去修葺修葺，也没有牛羊去作践他。到初一月半，还有人过湖烧香呢。"

琴仙道："我也过湖看看，你肯渡我过去么？"女郎道："你就下船来。"琴仙即叫刘喜拿了酒盒并香，叫船家先回船去。下了船，那女郎荡动了桨，刘喜也拿了一枝桨帮著他荡。女郎问琴仙道："你是那里人？"琴仙道："我本苏州人，如今从京里来。"女郎又问道："如今要到那里去？"琴仙道："到江西去。"女郎问一句，琴仙答一句，已到了湖岸。女郎道："我领你去罢。"琴仙道："很好。"女郎拿了一张荷叶、一朵荷花，领了琴仙，穿过树林。那城墙是因山为城的，走入斑竹丛中，见两树马缨花开满，还有几棵紫薇、木槿，果然有个小小坟墓，幽香扑鼻，开满了无数的蕙兰。山脚下有一盘凌霄缠在石上，结了一个圆顶，绿荫荫如伞盖一般。里头啾啾唧唧，翠鸟乱鸣，清风一吹，香入心骨。琴仙先倒伤心，及走到了这个地方，翻觉尘心涤尽，栩栩欲仙。若能结庐在此，便比什么所在都好。扪苔剔藓的将那坟垄看了许久，便叫刘喜从火镰内取了火，点了香，浇了酒，将那带来几样果子也摆在坟前。那女郎道："我来帮你。"于是将荷花剥下一瓣，放在坟前，满满斟了一花瓣酒，将那些果子放在荷叶里，叫刘喜将那盒子拿开。问琴仙道："你为什么不拜两拜？"琴仙道："我即是他，他即是我。"那女郎笑道："这是什么讲，好呆话。既有了你，就没有他；既还有他，就没有你。"

琴仙听这话有些灵机，便看著女郎，女郎也看著琴仙。琴仙道："你不知道我，只知道他。"女郎道："我倒没见著他，倒见著你，无缘无故的祭他作甚？"琴仙道："有个缘故，对你讲，你也不明白。"那女郎道："既不明白，也不消讲了。"琴仙就坐在地下，那女郎也坐在一旁。琴仙颇为留恋，不肯就走，倒是那女郎催他道："可以回去了。"琴仙只得起身，将那些果子送与那女郎。女郎笑道："我不吃这些东西，既然你送我，我不受你的又不好，与你种在此处，等你将来再来看罢。"在头上拔下根簪子，在坟前掘了几个小坑，将那桃、李、苹、梨四样种了，其余的还装在他盒子里，给刘喜带回。琴仙看了，甚是诧异，女郎催促起身，遂下了船，渡过湖来。刘喜要给他的船钱，女郎笑道："不要，不要，我不是撑渡船的。"琴仙见了，更是不解，只得作谢而别。那女郎嫣然一笑，仍荡入莲花丛里去了。琴仙留心望他，只见花光湖水，一片迷离，望不清楚，不知那女郎去处，只得惆怅回船。

天色尚早，刘喜又要去逛秦淮河，把船荡进了水西关。到了秦淮河，果见两边画楼绣幕，香气氤氲。只见那楼上有好些妓女：或一人凭阑的，或两三人倚肩的，或轻摇歌扇、露出那纤纤玉手的，或哝哝唧唧的轻启朱唇讲话的。有妍有媸，不是一样。那些妓女见了琴仙这个美貌，便唤姐姐、呼妹妹的，大家出来俯著首看他，又把琴仙看得好不害羞，只得埋怨刘喜不该来，急要倒转船身回去。那两头又来些游船，有些妓女们陪著些客，挤将拢来，个个挤眉擦眼的看他，琴仙真成了个看杀卫玠。好容易把船挤了过去，听得前面窗子一响，又有一个老妓出来，见了琴仙，目不转睛的看，又听得他叫一声："张老保，你荡到那里住，何不回到我们这里来？"张老保看著刘喜，把嘴往上扭扭。刘喜摇头道："回去罢，我们大爷不肯去的。"那老妓还在上面招呼，张老保摇摇手，一径荡了过去。出了水西关，好半天才到大船。

天已黑了，上了船。只见两个家人慌慌张张的道："大爷怎么此刻才回？了不得了，老爷在山上跌了一交，晕了过去，救转来，现在还哼声不止呢。"琴仙听了，吓得一身冷汗，连忙进舱来。

不知屈道翁性命如何，且听下回分解。

第五十六回
屈方正成神托梦　侯太史假义恤孤

话说琴仙上船，闻道翁跌坏，连忙进舱看视。道翁道："此刻略清爽些，就是半个身子动不来，想也就好的。我已服了好些药，你今日到何处去？"琴仙便说去逛莫愁湖，有个杜仙女墓，与仙乩上说的相对。道翁也觉诧异道："果然有这个坟，有碑记没有呢？"琴仙道："没有碑记。"也将红衣女子的光景述了一遍。道翁猜是莲花神指点，父子两个说了一会话。琴仙又将石翁所赠的诗，与道翁看了。道翁不觉动气，因说道："此夫游戏散漫，习与性成，老来还是这样。我就素鄙其人，不过爱其才耳。将这扇子撕了罢。"琴仙即将扇子撕得粉碎。一夜无话。

明早将要过关，忽然起了大顶风，走了锚，白浪滔天，把船倒打上去，一直打到了燕子矶，方才收住，连忙抛锚打橛，加缆守风。道翁叫过琴仙来，吩咐道："京中诸好友也应写封信去道谢道谢，我膀子疼，你替我写，我念给你，写行书就是了，不必尽要楷书。"一面靠在靠枕上，一面念给琴仙，大同小异写了十几封；又写了好些诗，足足写了大半天。傍晚风小了些，道翁知他写乏了，便叫刘喜同他上岸去散散。刘喜同了琴仙，到燕子矶上逛了一逛，又到宏济寺看了悬崖撒手处，再到了铁索缆孤舟，名胜不一而足，直到天黑而回。琴仙想和子玉的词，便卧在床想了半夜才妥。明日依然大风，不能开船，即写了这首词，又写了一封信。此外又写了两封，一与众名士，一与众弟兄，与道翁的信一处封了。道翁命家人进城，交城守营加封递寄。

　　道翁一生于笔墨一事，耗费心血，又伤于酒，前日这一跌已中了心，有时清楚，有时昏愦，若痰涌上来，便迷了心，连话也说不出来。兼之老年人了，大小便也不甚便，这些下人如何肯来服事？就只刘喜一人又兼买办，料理饮食，是以琴仙终夜无眠，在中舱伺候。偏遇了日日顶风，江中船来来往往，坏了多少。道翁自想："此病未必能好，就好了，也是半身不遂之症。虽道路不多，但这个瘫痪人，到省去怎样见得上司，不如在此医好了，再去也不迟。"

　　主意定了，叫人进城去租公馆，遂租了旱西门内一个护国寺养病，即搬运行李，开发船价。道翁与琴仙乘舆进了城，到了寓所，倒也干干净净的一所客房，每月房租银三两。道翁与琴仙对面做房，中间空了两间。琴仙见这四间屋子甚是干净，院子里有两株大槐树，遮住了，不见天日。后面也是个大院子，却是草深一尺，楼下有口棺木放著，却是空的。一边是四五间厢房，一间做了厨房，那几间与下人住了。一边是墙，墙上有重门通著外面。初搬进来，尚未布置妥当，箱笼堆满一处。刘喜等先将道翁并琴仙的床帐铺设好了，琴仙自将笔研玩意布置，也挂了些字画。自此住在庙里，请医调治。谁知道翁命逢阳九，岁数将终，非特不能好，倒添出别样病来。因他一生心血用枯，素有李长吉呕血之病，近来好了几年，此时重又大发，一日呕吐数次，神昏色丧，卧床不起。过了二十余日，更加沉重。琴仙见此光景，心如油沸，日夜在神前焚香祷告，愿以身代。道翁自知不免，见琴仙如此孝心，更增伤感，设或中道弃捐，教他如何归著？依靠谁人？想到此泪流不已。

　　正在悲伤之际，琴仙捧了药碗进来，见了道翁，不敢仰视，惟泪盈盈的站在一边。道翁叫他上来，琴仙放下药碗，在床沿坐下。道翁执了他的手，叫了声"琴儿"，便觉喉间噎住，说不出来。琴仙泪似穿珠，滴个不住，只得把袖子掩了面。道翁又一丝半气的接了一句，说："我害了你了，你好端端……"琴仙忍住了哭，叫声："爹爹，且请保重。这年灾月晦，也是人人常有的。"道翁又叹了一声。琴仙道："药已煎好了，请服罢。"道翁道："病已至此，还服什么药？可不必了。但我死后，你仍旧……，"又歇了一会，说道："仍旧到京去。我看你心气已定，我可放心。但我生无以为家，死无以为墓，照伍大夫以鸱夷裹尸，沉我于燕子矶下罢，切勿殡葬。"琴仙听了，肝肠寸断，双膝跪在床前，泪流满面，惟双手捧著药碗。道翁勉强吃了一口，咳嗽一声，又吐出许多血来。时日将暮，琴仙方寸已乱，不知怎样，只听柏树上那几个老鸦，呀呀呀的叫个不住。又有一个枭鸟在破楼上，鼓吻弄舌，叫得琴仙毛发森竖。

时已新秋，天气昼热夜凉，琴仙身上发冷，到自己房里去穿衣。走到中堂，一灯如豆，那盏小琉璃，也是昏昏欲灭。窗外新月模糊，见树边有个人影一闪，即不见了。琴仙吓得打颤，连忙叫人，刘喜偏有事去了，那三个不见个影儿，也不知在那里。琴仙战兢兢的走到房中，不防床前一个大乌黑的东西冲将出来，把琴仙一撞，"哎呀"一声，栽倒在地。那东西一溜烟走了，吓得琴仙浑身发抖。停了好一回，爬起来，灯又灭了。再到外头来点了灯，重到房来，见地下有个小木盖子，将灯一照，床前一个大碗翻在那里。原来刘喜见琴仙天天不能吃饭，今日将莲子薏苡，蒸了一只一百天的大肥笋鸭子与琴仙，也只吃了几块。刘喜又怕那几个同伴要偷吃，便将盖子盖了，放在床下。不防那里来了一个大狮毛狗，闻见了香味，倒来打扫一空，还把琴仙撞了一交。

琴仙穿了个半臂，坐了一会，听得后头有响声，便又叫声张贵，不听得答应。琴仙又不敢去看，刘喜是请大夫没有回来，又问了一声"是谁"？也没有答应。再听得一声很响，像似棺材爆起来，又像鬼叫了几声，琴仙好不害怕。想到佛前去求告，却又心惊肉跳的不敢前去；要不去，心又不安。重到道翁房里去看时，见昏昏沉沉的睡著了。便放大了胆，烧了一炉香，就在院子里跪下，叩头默祷，祷了三刻工夫方才起来。树上落下一个虫，在发顶上蠕蠕的动。琴仙心慌，将袖子拂了下来，拿了香炉，走进了房，方才坐下，心上还突突的跳。忽见自己肩上有三寸来长的一条蝎虎，爬到胸前来，琴仙魂不附体，不敢用手去撵他，将半臂一抖，蝎虎又倒走了回去，那尾还在他颈上一捎，琴仙骨节酥麻，不知怎样，只得将半臂脱了，扔在地下。那蝎虎又从颈上爬在头上，琴仙吓得哭叫起来。

却好刘喜回来了，进来见了，拿扇子打下来，一脚踏死。琴仙已吓得满身寒毛直竖，眼泪汪汪，且遍体发烧，眼睛冒火。刘喜与他放了蚊帐，看他床下只有一个空碗，便问道："那鸭子呢？"琴仙道："我不在房，一个大黑狗进来吃了。"刘喜骂了一声："那里来这个害瘟疫的狗？我还不敢放在厨房里，恐伙计们嘴馋，来撕了几块去，倒请了这只狗了。"琴仙道："你为何去了这半天才回？"刘喜道："那王大夫今日到仪徵县去了，要耽搁三四天才回。我只得去请了李大夫，也是个名医，住的远，

来回有二十里路呢。"又问道:"老爷此刻怎样?"琴仙道:"还是这样。"刘喜道:"如果老爷有些长短便怎样呢?"琴仙又哭道:"如果有什么不好,我也是死。"刘喜叹了一声,到道翁房里来看了一看,就到后头去了。

琴仙又到道翁的房来,只听得刘喜嚷道:"不好了,这些箱子到那里去了?"琴仙听了,慌忙出来,走到后面厢房里看时,就剩了几个书画箱,其余搬运一空;见张贵、汪升、钱德的行李都没有了,便急得发怔,目定口呆。刘喜道:"奇怪,他们这三个人那里去了,此刻还不回来?这门开著,岂没有人进来的,如何是好呢?况且盘费银子也都在箱内。老爷房内一个小扁箱,只有几件单纱衣服。大爷,你的东西也全偷去了,你房里那小箱子也是几件纱衣。现在我身边存不到二十两银子,适或有起事来。这怎么样呢?"琴仙急得没有主意,只得说道:"这事断不可对老爷讲,别急坏了他,且等张贵等回来再作商量。"琴仙与刘喜等到天明,绝无影响,方知三人偷了东西走了。琴仙却不是心疼东西,见道翁如此模样,设有不测,则殡殓之费皆无,如何是好。便哭了半日,只剩一个刘喜,又不能分身寻觅。忽听得道翁叫人,琴仙急忙过去,见他歪转半身,当他要解手,问了他,摇摇头,心上要坐起来。琴仙叫刘喜来帮著扶起,把两个大靠枕靠了背。

道翁道:"你们去找我那些诗文集来。"琴仙忙去开了箱,一部一部的搬过来。道翁问了书名,又过了目,叫留下一本近作诗文稿子、一本书画册,其余都叫烧了。琴仙哭道:"这些诗文著作,一生的心血在内,正可留以传世,为何要烧了呢?"道翁道:"你不知道,我没有这些东西,我也不至今日这个模样,总是他误了我。若留了他,将来是要害人的。教人学了我,也与我一样,偃蹇一生,为造物所忌。断断留不得,快拿去尽行烧了。"琴仙万种伤心,十分无奈,只得到外面烧了几种,又自藏了几种。道翁将方才留的诗文字画付与琴仙,道:"这个给你作个记念。"琴仙见此光景,就要忍住哭,也忍不住了,只是掩面呜咽。道翁又叫取笔砚来,琴仙磨了墨送上,道翁要纸,琴仙又送上纸,扶正了他。刘喜搬过一张小桌,放在床前,琴仙在旁照应。道翁喘了一会,刘喜拧了手巾与他擦了脸,漱了口。道翁执著笔,颤巍巍的一大一小,写了一篇放下,又喘了一回,眼中掉下泪来,叫一声:"琴儿,我有句话吩咐你。"琴仙含泪听训。道翁道:"你虽幼年失路,但看你立志不凡,我不须多嘱。你回京后自然旧业是不理的了,徐度香处尽可寄身。"琴仙听到此,便哭起来,不能答应。道翁又道:"这个遗言你收好了,将来到京之后与度香,他必有个道理。"琴仙接了过来,看是:

六月八日偕侯石翁游清凉山，登绝巘，为罡风吹落堕地，致伤腰足，归卧不起，呕血数斗。现寓白下萧寺中。弥留之际，旦夕间事也。伤哉！伤哉！素车无闻，青蝇谁吊，骸轻蝉蜕，魂咽江潮。一抔之土何方，六尺之孤谁托？琴儿素蒙青眼，令其来依。呜呼！度香知我，自能慰我于九原也。残魂不馁，当为报德之蛇；稚子有知，亦作感恩之雀。肝胆素照，神魂可通，不尽之言，伏惟矜察。七月七日屈本立绝笔。

琴仙看了，不觉恸倒在地，刘喜也哭了。道翁命刘喜扶起琴仙，琴仙独自倚床而哭。道翁道："不必哭了，我累了你。殡殓之后，即埋我于江岸，也不必等过百日，你速速进京罢。你将我的文凭送到石翁处，托他在制台前缴了，要他与我做篇传。人虽不足传，但我一生之困苦艰难也就少有的。"琴仙只自掩面哭泣，不能答应，刘喜也泪落不止。

满屋中忽觉香风拂拂，道翁叫刘喜与他擦了身子，换了衣裳，桌上焚了一炉香，道翁跏趺而坐。琴仙偷眼看他，像个不吉的光景，只见又提起笔来，在纸上写了四句道：

一世牢骚到白头，文章误我不封侯。
江山故国空文藻，重过南朝感旧游。

题罢，掷笔而逝。琴仙一见，又昏晕倒了，慌得刘喜神魂失措，一面哭，一面拍醒琴仙。琴仙跪在床前，抱了道翁双足，哭得昏而醒，醒而昏，足足哭了半天。

刘喜连连解劝道："大爷，事已如此，人死不能复生，料理后事要紧。这么个热天也不宜耽搁。"琴仙那里肯听，又哭了好一会，直到泪枯声尽，人也起不来了。刘喜扶了他起来，又拿水来与他净了脸，琴仙才敢仰视，只见道翁容颜带笑，玉柱双垂，室中余香未散。琴仙对刘喜道："你看老爷是成了仙了。"刘喜道："老爷一生正直，岂有不成仙之理！"刘喜与琴仙商议道："前日扣下船价二十两，已用了四两，还有十六两。我的箱子，他们算有良心，没有拿去，内中破破烂烂也可当得二三十千，共凑起来五十吊钱是有的。老爷的后事也只得将就办了。或者报丧之后，有些分子下来也未可定。但这件事怎样的办呢？"琴仙道："这些事我都不知道，尽要仗你费点心的了。"刘喜道："这个不消吩咐。"于是先将道翁扶下，易箦之后，点了香烛，焚了纸钱，昨日请的李大夫方来，闻得死了，即忙回转。刘喜出去料理，一个人又没有帮手。棺材买不到，只得向和尚买了那一口停放在后楼的，就去了二十二千大钱。其余做孝衣，叫吹鼓手，请僧念经，雇了一个厨子，忙得不了。琴仙诸事不能，惟在床前守尸痛哭，水浆不入口者两日。刘喜又疼他，也无空劝他。入殓之后，停放中堂，琴仙穿了麻衣，在灵帏伴

宿，刘喜也开铺在一边。此时正是中元时候，是盂兰盆鬼节。南京风俗，处处给鬼施食，烧纸念经，并用油纸扎了灯彩，点了放在河中，要照见九泉之意。一日之内，断风零雨，白日乌云，一刻一变。古寺中已见落叶满阶，萧萧瑟瑟；夜间月映纸窗，秋虫乱叫，就是欢乐人到此，也要感慨；况多愁善哭如琴仙，再当此茕茕顾影，前路茫茫，岂不寸心如割。正是死无死法，活无活法。若死了，道翁这个灵柩怎样？岂不做了负恩人？若活了，请教又怎样熬这伤心日子。数日之间，将个如花如玉的容颜，也就变得十分憔悴了，饮食也减了。一个来月，日间惟喝粥两碗，不是哭，就是睡，也似成了病的光景。

那日晚上，酸风动魄，微雨打窗，琴仙反覆不寐，百感交并起来。在房里走了几步，脚下又虚飘飘的。听得刘喜鼻息如雷，琴仙走去看时，见枕头推在一边，仰著面，开著口，鼻孔朝天，鼾声大振，一手摸著心坎。又见一个耗子在他铺上走去，闻他的鼻子。琴仙恐怕咬他，喝了一声，耗子跳了过去，琴仙也转身回铺。听得刘喜鼻子"哼哼哼"的叫了几声，便骂起来，忽然一抢出来，往外就跑，吓得琴仙毛骨耸然，不知何故，忙出来拉他。刘喜撞开长窗，望著大树直奔上去，两手抱住不放。琴仙不解其故，倒吓得呆了。停了一会，不见响动，才大著胆走上前，见刘喜抱著树，又在那里打鼾。琴仙见他尚是睡著，便叫了几声，推了几推，刘喜方醒过来，问道："做什么？"琴仙道："你是什么缘故，睡梦中跑出来，抱住了树？"刘喜方揉揉眼，停了一停，道："原来是梦，我方才见张贵来扯我的被窝，我正要捉他，问他的箱子，一赶出来抱住了他，不想抱著了树，又睡著了。"自己也笑了一笑。

琴仙又害怕，又好笑，同了进来，关了窗子，刘喜倒身复睡。琴仙也只得睡下，恍恍惚惚的一会，觉自己走出寺来，见对面有个书铺，招牌写著"华正昌"三字，有个老年掌柜的照应了他。琴仙即进铺内，忽听锣声锽锽，又接著作乐之声。回头看时，见一对对的旌旗幡盖，仪从纷纭；还有那金盔金甲，执刀列道；香烟成字，宝盖蟠云；玉女金童，华妆妙像。过了有半个时辰，末后见一座七香宝辇，坐著一位女神，正大华容，珠璎蔽面。看这些仪仗并那尊神都进寺里去了。琴仙也跟了进去，却不是那个寺，宝殿巍峨，是个极大所在。只见那些仪从人唱名参见后，两班排立，弓衣刀鞘，俨似军中，威严可畏。琴仙躲在一棵树后偷望，见那尊神后站著许多侍女，宫妆艳服，手中有捧如意的，有捧巾栉的，有捧书册的，有执扇的。只见那尊神说了几句话，却听不明白。见人丛里走出一个童子来，约十二三岁。虽然见他清眉秀目，却已头角峥嵘，英姿爽飒，走上阶去，长揖不拜。又见那尊神似有怒容，连连的拍案，骂那童子，见那童子口里也像分辨。两人觉说了好一会话，然后见那尊神颜色稍和，那童子也就俯首而立。又见那尊神向右手站的一个侍女说了一句什么，那侍女便入后殿，少顷捧着一个古锦囊出来，走近童子身边。那童子欲接不接似的，双手将衣衿拽起，侍女把锦囊一抖，见大大小小、新新旧旧、五颜六色，共有百十来枝笔，一齐倒入那童子衣兜里。见那童子谢了一声，站了一会。尊神又与他讲了好些话，那童子方徐行退下。

　　琴仙看他一直出了庙门，心上想道："这不知是什么地方，那个童子好不兀傲，到了此处，还是那样凛凛的神色，怎么跪也不跪的，想是个有根气的人，来历不小。"琴仙将要出去，只见一个戴金幞头穿红袍的神人进来，仔细一看，就是他义父屈道翁。琴仙吃了一惊，心上却不当他是死的。因为这个地方，不敢上前相见，仍躲在树后。见他义父上阶，打了一恭。那尊神也不回礼，略把手举了一举，见他义父恭恭敬敬站在一旁。那尊神问了几句话，便听得一声云板，两边鼓乐起来。尊神退入后殿去了，仪从亦纷纷各散。见他义父独在阶下徘徊，仰瞻殿宇。琴仙此时忽想他已身死，一阵伤心，上前牵住了衣哭起来。见他义父也觉凄然，便安慰他道："琴儿，你受苦了，也是你命里注定的，不过百日困苦，耐烦等候，自有个好人来带你回去。"琴仙想要问他几件事情，却一件也想不起，就记得方才那个童子，问道："方才有个童子进来，那尊神给他许多笔，始而又骂他，这童子是什么人？"道翁道："这童子前身却不小，从六朝时转劫到此刻，想还骂他从前的罪孽。后来是个大作家，名传不朽的。三十年后见他一部小小的著作，四十年后还有大著作出来。"琴仙又问道："这位尊神是何名号？"道翁道："低声。"便左右顾盼了一会，用指头在琴仙掌中写了两字，琴仙看是"殿娥"二字，也不甚明白，再要问时，道翁已望外走，琴仙随在后头。见他出了庙门，上了马，也有两个皂隶跟着。道翁把鞭梢一指道："那边梅翰林来了。"琴仙回头一看，只见江山如画，是燕子矶边，自己仍在船上，道翁也不知去向。

　　忽见一个船靠拢来，见子玉坐在舱里，长吁短叹。琴仙又触起心事，欲要叫他，那船已与他的船相并。琴仙又见他舱里走出一个美人来，艳妆华服，与子玉并坐。琴仙细看，却又大骇，分明就是他扮戏的装束，面貌一毫不错；自己又看看自己，想不出缘故来。见他二人香肩相并，哝哝唧唧，好不情深意密，心上看出气来。忽见那美人拿了一面镜子，他们两人同照，听得那美人笑吟吟的说道："一镜分照两人，心事不分明。"听得子玉笑道："有甚不分明。"琴仙心上忍耐不住，便叫了一声："庾香好么？"那子玉毫不听见。琴仙又叫了一声，只听子玉说道："今日好耳热，不知有谁骂我。"那美人忽然望见琴仙，便说道："什么人在这里偷看人？"便将镜子望琴仙脸上掷来。

琴仙一躲，落在舱里，那边的船也不见了。琴仙拾起镜子来一照，见自己变了那莫愁湖里采莲船上的红衣女子，心中大奇。忽又见许多人影，从镜子里过去，就是那一班名士与一班名旦。自己忽将镜子反过来，隐隐的有好些人映在里面，好像是魏聘才、奚十一等类。正看时，那镜子忽转旋起来，光明如月，成了一颗大珠，颇觉有趣。忽然船舱外伸进一只蓝手，满臂的鳞甲，伸开五个大爪，把这面镜子抢去了。琴仙"哎哟"一声，原来是梦，睁眼看时，已是日高三丈，刘喜早已起身了。琴仙起来，刘喜伺候洗脸。

琴仙呆呆的想那梦，件件都记得逼清，将两头藏过，单将中间的梦与刘喜说了，老爷像成了神，但是位分也不甚大。刘喜道："只要成了神就是了，想必天上也会升转的。"刘喜一会儿就送上饭来，说要到侯老爷那里去，告诉老爷近日事情，要他将文凭找出来。琴仙道："文凭也在那个衣箱子里，也偷了去了，怎样好呢？"刘喜道："偷去了么，那只好求侯老爷与制台讲明，想人已死了，也没有什么要紧的。"刘喜伺候了饭，脱了孝衫，便到凤凰山侯石翁处来。

那侯石翁自从见道翁跌了这一交，甚不放心，隔了一日，来找道翁的船，已不见了，当是开了船，只道他已经到任，再不料他已经身故。心上又想起琴仙见了那首诗，不知是喜是恼，想来经我品题，自然欢喜。但看他生得这般妙丽，却冷冰冰的，少些风趣。可惜如此美男，若能收他作个门生，足以娱此暮年。正在胡思乱想，只见刘喜进来，在地下叩头，石翁问道："怎么你又回来了，不曾跟去么？"刘喜将道翁归天之事细细说了；又将遗言嘱托，并张贵等偷去衣箱银钱等物，并文凭也偷去了；如今少爷在寺里守灵，连衣食将要不给说了。石翁听了一惊，道："有这等事！我道是已经到任去了，那知道这个光景。"便也洒了几点泪。刘喜道："此时总要求老爷想个法子才好。"石翁道："屈老爷相好呢尽多，但皆不在这里。我只好写几封信，你去刻了讣闻，拿来我这里发，也有些分子来，就可以办丧事了。我与屈老爷多年相好，况且他还有个孤儿在此，我自然要尽力照应的。官事我明日去见制台说，就著江、上两县缉拿张贵等，并要行文到江西，恐他们将这文凭到江西去撞骗，也不可不防的，这些事都在我。明日还到寺里吊奠，面见你们少爷，再商量别的事。"刘喜叩谢了回来，对琴仙讲了，琴仙也没有什么感激。明日石翁去见了制台，说知此事，又到上元县与刘喜补了呈子。知县通详了，一面缉拿逃奴，一面行文到江西去了。

石翁过了一日，备了一桌祭筵、一副联额，亲到寺里来上香奠酒，痛哭了一场，倒哭得老泪盈盈，甚是伤感。琴仙在孝帏里也痛哭，心上想道："此老倒也有些义气，听他这哭倒也不是假的。"石翁收了泪，叫自己带来的人，挂了匾额，看了一看，叹口气，走进孝帏。琴仙忙叩头道谢，石翁蹲下身子，一把挽住，也就盘腿坐下，挨近了琴仙，握了琴仙的手，迷离了老眼。此时石翁如坐香草丛中，觉得一阵阵幽香，随风攒入鼻孔，此心不醉而自醉。见他梨花似的，虽然容光减了好些，那一种叫人怜惜疼爱的光景，也增了许多。琴仙心上不悦，身子移远些，石翁倒要凑近些，说道："不料贤侄遭此大故，昨日刘喜来说了方知，不然我还当往江西去了。前月初十日，我到江边见你们已开了船，谁知道有这些事，如今你心上打算怎样？"

琴仙心里很烦，但不得不回答几句，便说道："承老伯的厚意，与先父张罗一切，甚是感激不尽。小侄的意思，且将过了百天，觅块地，将先人安葬了，那时再作主意。"石翁道："这是什么主意？你令先尊是湖北人，汨罗江是他的祖居。他数代单传，并无本家亲戚。你若到那里去，是没有一个人认得的。况如今又是孑然一身，东西都偷光了，回湖北这个念头可不必起了。京里人情势利，况你令尊也没有什么至交在京里。从来说：人在人情在。不是我说，贤侄，你太生得娇柔，又在妙龄，如何受得苦。那奔走求食，好不难呢。就我与你令尊，是三十年文章道义之交，我不提拔你，教谁提拔你？轮也轮到我，我是义不容辞的。歇天我来接你回去，这灵柩且寄停在这里，一两月后，找著了地，再安葬不迟。你且放宽了心，有我在此，决不教你无依无靠。你天资想是极好，将来成了名，也与你令尊争口气，我也脸上有光的。就此定了主意，不必三心二意。"琴仙见他这个样子，两只生花老眼，看定了他，口中虽说得正大光明，那神色之间，总不像个好人。心上又气又怕，脸已涨红，低了头，只不肯答应。

石翁把琴仙的手握在掌中，两手轻轻的搓了几搓，笑迷迷的又问道："前日扇上那首诗，看了可懂得么？"琴仙心上好气，把手缩进，将要哭了，便要站起来走开。石翁拉住道："且慢，还有话说。你在京里时，认得些什么人？"琴仙想不理他，又不好，只得忍住了气，道："人也认得几个。"石翁道："是些什么人？"琴仙道："都是一班正正经经的，倒也没有那种假好人。徐度香、梅庚香之外，还有几人也是名士。"石翁笑道："徐度香么，是晓山相国的公子，他与你相好么？"琴仙道："是，现在先君还有一封遗书与他，托他照应的。"石翁笑道："了不得了，快不要去。这些纨绔公子，你如何同得来的。他外面虽与你相好，心上却不把你当作朋友。你倒不要多心，不是我说，你的年纪太小，又生得这好模样，京城的风气极坏，嘴贫舌薄，断断去不得。你去了，也要懊悔的。自然在我这里，你令尊九泉之下也放心。你拜我作义父也好，拜我作老师也好，我又是七十多岁的人，人家还有什么议论？且我家里姬妾也有好几个，疼你的人也多，娘儿们一样，自然有个照应。你若要到京，这路途遥遥的，路上我就不放心；而且人要议论我不是，怎么把个至交的遗孤，撇在脑后，也不照应，让他独自去了。你想这句话，我如何当得起？"琴仙只当没有听见，撒脱了手，站得远远的。

　　石翁没趣，睁大了三角眼，瞅了他一会，又道："我是一片好心，你倒不要错了主意。"便起身要走，琴仙只得又叩了两个头道："小侄不认得外边，就算谢过了孝了。"石翁要扶他，琴仙已站了起来，离远了。石翁走出窗外，当著琴仙送他，尚可说两句。谁知琴仙竟已入帏，石翁无奈，只得走了回去。想了半日，明日著人送了一担米、一担炭、四两银来，试试琴仙的心受不受，若受了，自然慢慢的还肯到他家里去。谁知琴仙执不肯受，刘喜也不敢作主，只得原物璧还。石翁甚怒，骂他不受抬举，已后也就无颜再来。但心里一分恨，一分爱，一分怜，终日之间，方寸交战，作了许多诗。幸苏州巡抚请了他去，勾留两月始归。

　　不知后事如何，且听下回分解。

第五十七回
袁绮香酒令戏群芳　　王琼华诗牌作盟主

　　话说前回书讲琴仙在江宁落难，受尽悲苦，这回又要说些京中事了。此时已到了十月初旬，小春天气，晴光和蔼，百卉发荣，怡园又要热闹起来。

　　且说徐子云的夫人袁绮香，生得婉娴柔静，贤淑无双；又且绣口锦心，才能咏絮。于十月初十日，请了华公子的夫人苏浣香、田春航的夫人浣兰、刘文泽的夫人吴紫烟、颜仲清的夫人王蓉华、梅子玉的夫人琼华、王恂的夫人孙佩秋。此时园中菊花开满，五色斑烂。是日晴光和蔼，风不扬尘，小毛衣服都用不著，绵的尽够了。袁绮香一早带了十二红婢，还有几个家人媳妇，先到园里候客。那日次贤、高品、南湘皆回避了。那十二红都是十五六岁，有的已是云鬟堆鸦，有的还是垂髻刷翠，却一样的盈盈秋水，窄窄弓鞋。绮香夫人带了群婢在宝香堂伺候。

　　今日宝香堂另是一番铺设，一色的锦裀绣褥，翠幕银屏，中间堆了七层菊花。到巳初一刻，刘文泽的夫人吴紫烟先到，车进了园门，即换肩舆，抬到宝香堂前下轿，珠围翠绕的带了四个丫鬟。绮香迎接上堂，彼此见了礼。绮香笑道："今日算你早，我是辰刻过来的。"紫烟道："我今天卯正就起来，昨日姐姐说要辰正毕集的。已经到了巳初了，谁知这些姐姐们还没有一个来。"绮香道："也差不多了，大约浣香来得迟些，自然先到浣兰处同来的。"家人媳妇报道："王大姑奶奶与少奶奶、梅家少奶奶齐来了。"说罢，轿子已齐到堂前。姑嫂三位下了轿，一群仆妇丫鬟随在后头。绮香一一迎接，见琼华打扮，今日分外娇艳，比陪新那一日，更添了几分娇娆妩媚。

众姊妹序齿坐下，蓉华道："我等二妹来，就等了多时，只道客已到齐了，谁知苏家二位还没有来。"绮香道："蓉妹、佩妹为什么不把侄儿带了来？"蓉华道："孩子们怕见生人，一见就哭，所以没有带来。"因问道："怎么也不把侄儿、侄女带过来玩玩？"绮香道："你侄儿感冒才好，恐出来又冒了风，侄女我倒要带他过来，他不肯过来。"正说话间，报道："华夫人、田夫人到。"只见一群蝴蝶，拥著两朵花王出轿来，莲步未移，香风已到。袁绮香接下台阶，苏氏姊妹笑盈盈的上前见礼，然后与佩秋、紫烟、蓉华、琼华都见了，各人挽著手，喜笑颜开，叙了一番。苏氏姊妹见了琼华，分外亲爱；琼华见了浣香、浣兰，也十分亲热。这一班姊妹，大约同是瑶池会上人，都有夙契。绮香道："今日我们众姊妹都是通家世好。苏家二浣，王氏双华，本是同胞，不用说了。我们一共七人，今日仿他竹林七贤，做个桃园结义，大家团拜一拜，以后遇著，就不许谦让。愚姐痴长，不识众位妹妹意下如何？"众佳人都应道："甚妙。"浣香道："妹子前日就有这心，今日正打算商议这事，不料姐姐先得我心。我们今日序齿之后，以后称呼，就照这里的排行可好么？"紫烟道："更好了。我与绮香姐姐，都没有亲姊妹，我从前就伏人称我为大姑娘。如今好了，要改排行了。"绮香笑道："你要改什么行？大姑娘已改了大奶奶，你如今就想改大太太么？"说得众人笑了。序齿袁绮香二十五岁，吴紫烟二十三岁，孙佩秋、王蓉华皆二十二岁，苏浣香二十一，浣兰十九，王琼华十八居末。绮香命丫鬟们焚了一炉百和香，铺了一条大锦毯，七美顺著年次团团的拜了一拜，珠珞垂肩，云裳贴地，甚是好看。嗣后七美中称呼绮香为大姐，琼华为七妹，紫烟行二，佩秋行三，蓉华行四，浣香行五，浣兰行六，依次而坐。

琼华对绮香道："大姐姐，我们今日之来，非为哺啜，原为游园。若这一坐，天又短，只怕就逛不成了。列位姐姐心里怎样？"绮香笑道："我不过借逛园之名，约妹妹们叙叙。若真要逛园，这五六里一片大地方，山石荦确，又难行走，况你那金莲三寸还不满，如何走得来？"浣兰道："据我想，要逛尽这个园，一天也逛不到。不如到一个极高的所在，望一望罢。"浣香道："极高的所在，除非上山不可，但恐难走。"紫烟道："我听说这园里有个缥缈亭是最高的，我们就到那缥缈亭上去罢。"蓉华道："据我想，登山不如临水，且闻得路路走得通的。不如坐个船游他一转，望著那些景致，似乎比岸上还好些。"佩秋道："说得是，又省力。若上山去，只怕也走乏了，还能游么？"绮香道："既是这样，我们到吟秋榭顶上去，也望得个全景，就在那里坐罢。"于是一群粉黛，都出了宝香堂后院，到了风露清吟馆那边下了船。宾主只有七个，那七家的丫鬟仆妇，共有四十余人，用了十几个小船，一齐荡到吟秋榭来。

众佳人望著芙蓉如锦，空水澄鲜，岩岫如屏，寒林错落，就是绮香也记不清那些地方。那十二红婢是常过来折花摘果的，便指点此处是什么所在，那处是什么所在，众佳人目不暇给。到了吟秋榭，将三层游览过了，在第二层设了筵宴。众佳人酒量虽不算好，却也能饮几杯，最大者为吴紫烟、王蓉华。绮香命红雪、红云、红玉调丝品竹，小拍清歌。绮香道："可惜我们酒量都是有限。我新年无事，与我们老爷编了一个酒令，行起来颇为热闹，不论多少人，都放得进去。"浣香笑道："这么说来，竟不是个酒令，是个阵图了。"绮香道："却也有阵图在内。"蓉华道："你且说这个令是怎样的？若要人多也不难，我们带著这些女兵，都叫过来，也就不少了。"绮香道："要行这个令，只好如此。我这个令叫做'秦灭六国'，又叫做'六国伐秦'。今天好在七人，正合秦、楚、齐、赵、韩、魏、燕七国，有七根筹，掣谁是谁，六国并力伐这秦国。还有小筹数十根，是七国的人物，掣著那一国的，就归那一国。"话未说完，喜得众佳人眉欢眼笑，都要试这个酒令。

绮香道："我们且先点起将来，没有不合使唤的，便不中用。出去战败了，倒累主人罚酒。"就先点自己的丫鬟，点了红香、红玉、红雪、红雯、红薇、红莲、红霙、红娟，其余那四个不能饮酒。浣香的十珠都可使唤，全点了。浣兰的四个丫鬟，只点了一个小翠，才十三岁，生得很好，且又灵变；又点了许三姐。琼华的四个丫头，点了一个青琴。蓉华两个丫头，点了一个秋莲。紫烟两个丫头，点了一个侍香。佩秋两个丫头，点了一个金凤。共二十四人。其余都命他们代酒。

绮香即命拿过筹来，先是七人掣了，顺著年齿掣去，绮香掣著秦，紫烟掣著楚，佩秋掣著燕，蓉华掣著赵，浣香掣著魏，浣兰掣著齐，琼华掣著韩。浣香道："姐姐，你今日受了大敌了，我们六国今番并力，定要杀你个片甲不留。"绮香道："慢说大话。少顷叫你这国投降，那国纳贡，好看罢。"蓉华道："我若再掣著廉颇、蔺相如，就教你不敢出崤函之外了。"

琼华道："我若掣了张子房，这博浪一椎，断不教他中个副车。"佩秋道："我掣荆轲，也不至中铜柱的。"浣兰道："我把田单的火车驱过来，看你有什么御敌的妙计。"紫烟道："就是我国没有勇将，若能掣著了项重瞳就好了。"绮香道："且慢高兴，我秦国是兵强将勇，没有一个弱兵。待我且先派定了人数再说。他们共二十四人，我用六个，你们一家用三个。"即叫浣香的爱珠、花珠过来道："你两人到我大国来立些功业，不要在你那个小国埋没。"爱珠、花珠笑了，站了过来。

绮香自己点了爱珠、花珠、红香、红玉、红雪、红霓；浣香自己留了宝珠、明珠、掌珠；浣兰留了许三姐、小翠，要了荷珠；紫烟留了侍香，要了红薇、赠珠；佩秋留了金凤，要了红莲、红娟；蓉华留了秋莲，要了红雯、画珠；琼华留了青琴，要了珍珠、蕊珠。分派定了，绮香叫拿七个小筹来，先掣秦国的。爱珠掣了是白起，花珠掣的是商君，红香掣的是韩非子，红玉掣的是吕不韦，红雪掣的是李斯，红霓掣的是赵高。绮香笑道："如何，你看我们文武皆全。"收过了筒，取紫烟楚国的筹来，侍香掣的是令尹子兰，红薇掣的是高唐神女，赠珠掣的是宋玉。紫烟笑道："完了，一个佞人，一个梦神，一个风流鬼，这如何打得仗来？"众佳人皆笑，也收过了。再掣佩秋的燕国小筹，金凤掣了荆轲，红莲掣了田光，红娟掣了骏马。佩秋道："也不好，究竟是个不祥之兆。"蓉华笑道："尚未出兵，倒已先砍了两个脑袋。"众人皆笑，又收过了。取蓉华的赵国来，秋莲掣了廉颇，画珠掣了蔺相如，红雯掣了平原君。蓉华道："我这三根掣得好，大可折秦国的锐气。"再掣浣香的魏国，宝珠掣了信陵君，明珠掣了侯生，掌珠掣了醇酒妇人。大家又笑起来。绮香道："这倒难，又算酒，又算妇人，横竖一出马，就叫人开心的。"掌珠道："换一根罢。"红香道："好便宜事。"忙将筹拿开了，掌珠无奈，也只得捏了那根筹，脸上甚是羞愧。再掣浣兰的齐国，浣兰道："我这国就掣得平常，只怕没有什么好筹在里头，再不能如蓉华姐姐的廉颇、蔺相如的。"看小翠掣一根，已经失笑，再看三姐掣出来，大家笑得如花枝乱颤，扎挣不住。

原来小翠一根是鸡鸣，三姐一根是狗盗，幸亏荷珠掣了孟尝君，稍可解嘲。再掣琼华的韩国，蕊珠掣了张子房，青琴掣了博浪椎，珍珠掣了圯上老人。琼华笑道："我早说的，绮香姐姐你仔细博浪椎、荆轲匕首，好不利害。就是高唐神女、醇酒妇人，教你受用罢。"红薇道："奶奶且慢喜欢，只怕奶奶手下也有个笑话出来呢！"绮香道："不用讲，拿出谱来。"大家看时，见写道：

  六国伐秦，无论秦胜秦败，六国皆要出马。起手以击鼓传花，花到谁国，即谁国先出。国君不出战，遣将出战。如三胜秦，秦王领群臣纳降，跪献酒三樽，与某国君臣贺。如某国为秦所败，亦君臣跪献秦国三樽，余皆仿此。

一国如有三人，三人出马后无论胜败，即退让他国出战。七国群臣，各有故事可按，但系随手掣来，前后不同。如两人对敌，胜负后，各运化本人故事饮酒，俱有详注，查对便明。如六国先后以传花为次，一国诸将出马以掷骰为次，数到谁，则谁先出马。

众佳人看了，笑道："今日这个笑话，必定闹得不少，不知谁国谁人先出。且把他们这些谱看看是怎样的，可有些丑态在里头。"绮香道："都有些，且不要看。若看了，必惹得他们这个喜欢，那个发气，莫如定了人再看。"于是折了枝菊花来，命小丫鬟点鼓。

到了蓉华，鼓已住了。蓉华笑道："我这三员勇将正好出这个头阵，试试手段。"秋莲、画珠、红雯三个就上来，旁边又摆了一桌酒肴。秋莲把两个骰子一掷，掷了四点，是自己出马。秦国的爱珠、花珠、红香、红玉、红雪、红霙也过来。爱珠把骰子一掷，掷了二点，是花珠出马。花珠是商君，秋莲是廉颇。绮香翻出谱来，查到廉颇名下，内有一条：廉颇如遇商君，俱系勇将，皆以豁拳为令。如廉颇败了，必系老年无用，一败带上假白须，再败罚酒一大觥，三败罚饭一碗。众佳人看了，不禁又笑。秋莲道："姑奶奶，这廉颇也不见得好。"蓉华笑道："你只要赢了，就不带胡子了。"再看商鞅的谱，商君足智多谋，能开阡陌。如败后，手中藏一物，叫胜家猜。猜不著，平过，猜著了，商君即以本物飞诗一句。不能或不合本题者，罚一杯。花珠道："这还好，不甚累赘。"两人对垒起来，秋莲看了谱，心已怯了，输了三次。蓉华道："好个廉颇！头一阵就打了败仗。"秋莲想跑开，被爱珠、花珠赶上，捉了过来，戴上假须，飘飘漾漾的。众婢女把他形容个淋漓尽致，罚了一杯酒，又盛了一碗饭要他吃。秋莲笑道："你们也有良心，戴上这个东西，怎样吃得饭来？除非要用金钩挂胡子法子。"红雪道："有钩子，早就预备的。"便在匣子里，找出两个金钩来，挂在秋莲耳上，两边分开。佩秋想著他丈夫说的笑话，不留心说了出来道："倒像个蝇拂子。"蓉华瞅了他一眼，道："请问，这蝇拂子是谁家的？"一句话说得佩秋两颊微红，幸众人不解，也过去了。秋莲只得央求旁人代了这碗饭，便除下胡子，指著花珠道："我看你的笑话。"

骰子掷了，是画珠，画珠是蔺相如。蓉华道："廉颇无用，要看这相如了。"绮香看蔺相如的谱：如败了，三杯俱系赵王代饮。蓉华笑道："画姑娘，你须仔细些，不要丧师辱国，反累我喝酒。"画珠道："奶奶放心，看我赢他。"无奈行的是猜枚令，画珠藏了三个瓜子，三次都被花珠猜著，画珠好不惭愧，只得说道："这酒我自喝罢。"绮香道："那不能，你若徇私,是要罚三十杯的。"蓉华笑道:"我喝,我喝。"一口气就喝了三杯。

轮到了红雯,是平原君。谱上:平原君用丝线。平原作交线之戏,平原输了叫人打了手,还要喝十大杯,说"有酒惟浇赵州土",要他吐了才歇。这红雯是酒量最小的,又兼胆小,见了这个令,先害怕起来,两手框了一条线,那十个指头就不住的发颤,惹得众佳人又笑,他自己也笑起来,越笑越颤。绮香道:"看来这个鸡爪风更不济事,蓉妹不如带了他们来跪献三杯罢。"蓉华笑道:"尚可背城一战。"两人将线交了一回,红雯也赢了一次,只打了两下手,喝了两小杯,余请旁人代了。花珠手中藏了一颗莲子,叫红雯猜。画珠看见了,把脚踢一踢红雯的脚,红雯不解;看著画珠,画珠又指著桌上一盘的莲子,红雯又看到隔壁去了,道是鸭掌,便说道:"鸭掌。"画珠听了大笑起来。红雯害臊,说道:"你故意顽我。"画珠道:"我顽你?"花珠道:"他倒不是顽你,你倒是骂我。"便摊开手,说道:"露冷莲房坠粉红。"红雯对画珠道:"既是莲子,怎么踢我的脚,叫我如何想得出来?"画珠道:"难道你裙下的不是金莲,定要算鸭掌么?"众佳人都笑。

绮香笑向蓉华道:"你三将出马,败了八阵,虽不算全军覆没,也不过一息尚存。你看谱上:'如九阵中只胜一阵者,虽免跪献之辱,也须领队前来纳降'。"蓉华笑道:"这也不难。"便斟了一杯酒,走到绮香面前福了一福,绮香也还了一礼,笑而受之。那画珠、秋莲、红雯只得也向花珠万福。花珠笑道:"我是甲胄在身,不能还礼。"画珠骂道:"你威风不要使尽了,只怕这回就要对人磕头呢。"于是又击起鼓来,花到了紫烟住了,侍香、红薇、赠珠上来。赠珠把骰子一掷,数到红薇,是高唐神女,众人皆笑。紫烟笑道:"好个红姑娘!高髻大袖的,真像个神女。"红薇脸已红了。那边爱珠、红玉、红香、红霓、红雪也过来。掷到爱珠,是白起。绮香道:"这叫做无情遇。"看谱:"如神女遇见白起,神女如何能敌,须起倾国之兵尽出助战。如系文臣者,行藏阄令,手中各藏一物。国君点戏一出,如白起为净,神女为旦,其余助战者各肖其人定色。再查:令尹子兰为丑,宋玉为生。"绮香命他们四人手中,各藏一粒榛子,又道:"你们手里有也使得,没有也使得,你们伸过一手来,我说的戏内中查点脚色,应到的不到罚,不应到的到也要罚。"绮香点了一出《刘唐》,是单,是净脚戏,看各人手中个个皆有。绮香笑道:"生旦不应到,各罚一杯。"绮香又点了一出《闹庄》,也是净脚戏,生旦俱不应到,红薇又到了,又罚一杯。红薇不服,说道:"这出戏也要让我们国王点了。"紫烟道:"不错,我们上了他的当了。"紫烟点了一出生旦戏,想罚爱珠一杯。谁知爱珠是个空手,倒将侍香罚了一杯。又击鼓传花,到了浣香，数宝珠出马。

浣香笑道："这是我们的福将，四公子中的魁首，看你们什么人来抵敌罢。"那边数到了红雪，是李斯。绮香道："好个对手！"看谱："信陵君是运筹点将令。"就拿上一个酒筹来，宝珠掣了一枝，看时是："蜡照半笼金翡翠。"注："席中戴金条脱玉钏者饮一杯。"绮香道："这一句只怕都要喝一杯。"七位佳人都喝了，独浣兰不喝，绮香问他，浣兰道："这杯没有我的酒。"绮香不信，拉他手看时，是一对碧霞玺做成的镯子。众佳人道："这真便宜了他。"那二十四个婢女，不是金的，就是玉的，满堂都喝了一杯。佩秋道："五妹好个福将，一出来叫满堂喝酒。"红雪掣了一枝是："玉搔头袅凤双飞。"注："插金丝软凤钗者饮一杯。"红雪四下留心，戴此钗的却亦不少，只见爱珠与红雯在那里交线顽耍，爱珠交错了，被红雯打了一下，爱珠格格的笑，把个金丝双凤钗颤得乱飞。红雪斟了一杯酒，上前道："在这里了。"爱珠道："怎么你要消酒，消到外国来了？"红雪道："你不见你头上么，方才这句诗是戴'双凤钗'的酒。"爱珠摸一摸钗，又看看众人道："呸！你瞧谁不戴，你偏来缠我。"说罢又笑。浣香笑道："爱珠，你喝了罢，难逃公道。"爱珠看看主人，只得喝了一口，红雪还要他喝酒，爱珠把红雪一推，半杯酒也翻去了。绮香笑道："这爱珠真是可儿，不枉这个'爱'字。"

宝珠又掣了一根筹是："轻敛翠蛾呈皓齿。"宝珠四下一望，道："有了，我来敬我们侍香妹妹。你看双蛾颦蹙，皓齿微呈，不是西子捧心的模样么？"侍香不肯，被宝珠捏著鼻子一灌，侍香一笑，喷了宝珠一身。众佳人皆笑。绮香道："宝丫头了不得，真是个勇将。"红雪又掣了一枝是："暗中惟觉睡鞋香。"说道："这句倒难。"绮香道："你一个个闻去，是谁的香，就叫他喝酒。"红雪笑道："若要闻那就……"，便笑了不说。又说道："我知道了，我来敬个人。"便斟了一杯来敬红薇。红薇道："难道你真闻过我的脚么？这奇不奇，无缘无故的来缠人。"红雪道："我虽没有闻过你的脚，但常见你用松子粉浆缠足带，不是香的？"红薇被他说著了，两颊通红，只得喝了一杯。宝珠又掣了一枝是："十指纤纤玉笋红。"看来看去，就是个小翠指甲尚是红的，要他喝了一杯。红雪掣了一枝是："天赐胭脂一抹腮。"看红雯喝了两杯酒，两颊尚是红的，也逼他喝了一杯。

重掷骰子，数到明珠是侯生，是个"顶针续麻令"，李斯输了喝酒，侯生输了要喝酱油。明珠道："这个酱油倒有些难喝呢。"花珠低低说道："吃杯醋罢，比酱油还好些。"众佳人听了，忍不住笑。明珠也不理他，说道："十月之交。"红雪道："交交黄鸟。"明珠道："鸟鸣嘤嘤。"红雪道："嘤其鸣矣。"明珠道："请教这个'矣'字怎样接，这不是难人？"罚了红雪一杯，喝了说道："我换一个'已'字罢。"即道："已焉哉。"明珠道："又要罚。"红雪道："你单念过一部《诗经》，没有念过别的经书，就说没有'哉'字的起头。"明珠不服，红雪道："你喝一杯酱油，我说给你。"明珠如何肯服，只是嘴强。红雪道："你接不上来，怎么不要喝这酱油呢？"惹得众人皆笑。明珠道："你若造一句，我就听不出，还有奶奶们听得出来。你如哄我喝了酱油，若说不出来，你要吃我的唾沫的。"红雪道："是了，你喝罢。"明珠赌著气，真吃了一口酱油。红雪笑道："《书经》上'惟三月哉生魄，哉生明'。'哉'字可作起句，怎么说没有'哉'字起句呢？"众佳人笑道："这却说得是。"绮香笑道："这唾沫可以免了。"后又换字顶了几句，红雪输了一杯。

轮到掌珠是醇酒妇人，令是掷色，若输了，跪请本国王与敌国王出令。掌珠掷了么二三，红雪掷了四五六。掌珠跪在浣香面前求救出令，把个华夫人笑得不止，便道："出什么令呢？"便对绮香道："我有一个集词牌成韵的，两句三字，一句七字，要凑拍。"便念道：

"宴清都，清平乐，八声甘州金缕曲。

姐姐也照样说一个。"绮香道："这个倒难，词牌我也不甚熟，比不得你是长填词的，这倒被你难倒了。我喝一杯罢。"浣香道："姐姐不要谦，请说来。"绮香想了一想，也念道：

高阳台，尉迟杯，貂裘换酒醉蓬莱。

浣香道："拜服，拜服，姐姐说得这样凑拍，还说不熟呢！"那五位佳人都赞道："两人都说得好，我们公贺一杯，为两盟主寿。再请多说几个，大家听听。"浣香道："就是七个字的难凑些，只怕也没有多少呢。"又念道：

长相思，十二时，烛影摇红玉漏迟。

绮香道："这个更好。"便也念道：

媚人娇，系裙腰，凤凰台上忆吹箫。

众佳人赞道："妙极！这两副比前更好了。词牌中七字的就这一句，被绮香姐姐说著了。"浣香道："实在绣口锦心，令人拜倒。"又念道：

少年游，过秦楼，西江月明月棹孤舟。

下句换了八个字。绮香又想了一想，也念道：

红娘子，锦帐春，如梦令巫山一段云。

众佳人称赞不已，叫满堂都贺一杯。于是又击鼓传花，传到佩秋的燕国，数骰子是金凤出马，为荆轲。那边数到了红玉，是吕不韦。荆轲行的是"投壶令"。浣兰道："这令大约没有笑话了。"金凤投了一枝"苏秦背剑"，红玉投了一枝"姜公钓鱼"，那两枝都没有中，各人饮了两杯。转到红莲的田光出来，是个"哑口令"，各出一指，如大指为金，食指为木，中指为土，无名指为水，小指为火。譬如一个出大指，一个出食指，便是金克木。大指赢，食指输了；一个出大指，一个出小指，是火克金，小指赢，大指输了。这三婢出得甚快，有输有赢。

再换红娟的骏马上来。看谱是马吊谱："大指为赏，中指为肩，小指为极，食指为百子，无名指不用。可用两手齐出，如此出二指，彼出一指，成了色样，是归出二指家。出一指者，照例贺酒。如彼出两手三指，此出一手二指，成了色样，是归出两手家。总以少数凑成多数，余皆仿此。所贺之酒，数多则通场分喝。"蓉华道："这个酒了不得，若照贺例喝酒，譬如要一百贺的，难道也贺一百杯不成。"绮香道："一百杯也不多，我们现在有三十余人，一家不过分得三杯酒，怕什么？"红娟道："这个马吊色样我记不清楚，奶奶须与我记着。"浣香应了。红娟出了一个食指，一个小指，红玉偏偏出了一个小指，刚刚凑成一百两极，是个双尾蝎。浣香道："这个就六十贺。"绮香道："这倒好，叫通场伺候的都喝一杯。"红玉两手齐出，是一个食指，两个小指，红娟出了一个小指，是一百三极，凑成了玉鲫鱼背，又是一百贺。佩秋道："这酒实在消得多，不论多少总通场一杯罢。"于是又通贺了一杯。红娟出了两个大指，一个食指，红玉出了一个大指，又凑成了三赏一百，是个花兜肚，是十二贺。绮香等各饮一杯，红玉饮了两杯，红娟饮了三杯。这一回通计喝了一百七十二杯酒。于是传花又传到浣兰，点将出马是荷珠孟尝君，那边点了红霓的赵高。

浣香笑道："赵高如何是孟尝君的对手？"且看谱来："孟尝君是食客三千，令两人用骰子六颗对掷，如遇红、遇么者，出钱投于盆内，六红即投六钱，两红两么即投四钱，无红无么即赢此钱。如孟尝君赢了，问那人：'你有的是什么？没有的是什么？要的是什么？不要的是什么？'那人每件说一句唐诗，说得好免饮，说得不好与不能说者罚酒。如孟尝君输了，人也照样问他。"红霓与荷珠掷了一会，红霓输了，荷珠问道："你有的是什么？"红霓道："我有的是：

绣檀回枕玉雕锼。"

荷珠又问道："你没有的是什么？"红霓道："我没有的是：

珍簟新铺翡翠楼。"

荷珠又问道："你要的是什么？"红霓道："我要的是：

红珠斗帐樱桃熟。"

荷珠道："你不要的呢？"红霓道："我不要的是：

春入眉心两点愁。"

众佳人都赞道："说得好。"浣香对绮香道："姐姐，足见你强将手下无弱兵。你的婢女都是这样绣口锦心，真令人羡慕之至。"绮香道："他们虽然记得几句诗，然那里及得尊婢们般般皆会。"荷珠听他主人称赞红霓，心中有些不服，便说道："这四句却说得好，但忘了你是赵高，一个老公，也配用这些东西。"即笑说道："你有的是'细草春香小洞幽'，你没有的是'娇娆意绪不胜羞'。你要的是'鸳鸯帐下香犹暖'，你不要的是'嫁个萧郎爱远游'。"浣香听了，笑骂荷珠道："荷儿怎么这般轻薄？"绮香正笑著，尚未开口，红霓气极要打起荷珠来，荷珠再四的陪礼，群珠又与他央求，红霓方才饶他。众佳人笑道："荷姑娘这几句太刻薄，幸遇著人多，不然是挨定霓姑娘的打。"

到了小翠的鸡鸣来了，小翠上来就有些发怯。看谱是"接牌令"："两人将骨牌对接，么头对么，二头接二，接死了罚酒。"小翠暗喜。两人就在地下接起来，小翠接死了三次，便发急起来，不知道要怎样奈何他。绮香道："今番有好令来了。"把谱一翻是："鸡鸣出关三杯酒，都要装著鸡啼，从板凳下钻过去、钻过来三次。众佳人掩口胡卢。"小翠听了这个，倒投其所好，毫不为难，便咪咪唎唎的学起鸡叫来，学了几声，即从凳下钻了三次。惹得众人大笑。浣兰道："姐姐，你好心，故意点他来作笑话。"绮香笑道："这是他自己掣著的，你倒别笑他，若不是他，别人也不能钻得这么灵便。"小翠钻完了，头上歪著个偏髻，嘻嘻的对著浣兰笑。浣兰视了他一个白眼，道："你还乐得很呢。"酒是三姐代喝了。

到了三姐上前，红霓口里作呼狗声。三姐道："你运气好，别要赢我，你若赢了我，我真咬你一口。"翻出谱来是五毒令："大指为虾蟆，食指为蛇，中指为蜈蚣，无名指为蝎虎，小指为蜘蛛。分胜负是蜘蛛吃蝎虎，蝎虎吃蜈蚣，蜈蚣吃蛇，蛇吃虾蟆，虾蟆吃蜘蛛。"两人就猜起来，三姐想道：他若料我出蜘蛛，他就出虾蟆，我不如出蛇。谁知红霓出了蜈蚣，三姐输了，便道："我倒想喝酒。"红霓笑道："你看看谱来喝。"绮香笑对浣兰道："妹妹，你手下那些鸡鸣狗盗怎么好，又要作出好模样来了。"浣兰气忿忿的道："罢了！罢了！今日教姐姐的威风施尽，我只好慢慢的报仇。将来掣著了'西楚霸王'，钜鹿一战，才消得这口气呢。"众佳人笑道："还有一个韩国在那里，兵书尚未出来，只好盼他打胜仗了。"看三姐的令谱："头一杯要装狗叫三声，第二三杯要伏在地下爬两步，作狗叫三声。"三姐笑道："吓！这个令如何来得？我当狗盗是什么东西，原来要装狗的。我不来。"说著就跑，众佳人听了，都笑得了不得。

只见花珠、爱珠、红香、红玉、红雪、红霓一齐赶上，围住了三姐，说道："凭你怎样利害，今天在我们园里，你想走到那里去？好好的叫了饶你，不然我们就按倒了你，剥你的皮。"便七手八脚，你一捏、我一捏，三姐身上最怕捏的，被他们缠住了，便笑作一团，身似紫薇花的乱颤起来，连连求告道："不要闹，不要闹，我叫，我叫。"那六个人还不肯信，五人围住了他，一个拿了一杯酒，要他叫了再喝。三姐寡不敌众，只得汪汪的叫了三声，闹得哄然大笑，倒像百鸟齐鸣。三姐脸也红了。红霙还要他猜，三姐也想翻本，又猜，仍旧是输。三姐道："这回姐妹们可饶了我罢。"二珠、四红如何肯依。浣兰笑对绮香道："你这个无道强秦，到底要怎样？五国已给你吞食尽了，还要纵容这些豺狼虎豹去吃人。"绮香笑得伏桌难应。

　　三姐被他们围住，毫不容情，心生一计，想道：这些骚货，实在可恶，我今也顾不得作笑话。也叫他们作些笑话出来。又想：顶坏是爱珠、红雪两个，待我顽他们一顽。便装著笑盈盈的说道："姐妹们不要这样，你们让开些，我就伏在地下就是了。"诸人还不信，红雪道："我们就站开些，谅你也不能跑。"三姐故意慢慢的曲著腰，伏将下去，见红雪与爱珠都是三寸金莲，裙边下微露一线的镶边花裤，叫了一声，众人又笑。三姐乘其不备，一转身把爱珠两脚一抱，把他的裤腿望上一捋，露出雪霜似的一节小腿。三姐就学作狗叫一声，一口咬定，两手在腿上乱抓，把个爱珠唬得神号鬼叫，浑身一麻，已栽倒在地。那五个人上来救爱珠，三姐又将红雪腿上一咬，两手也是乱抓，四个人见了没命的跑开，笑得弯著了腰。这红雪也笑得麻倒在地，跌在爱珠身上。爱珠还当是三姐伏在他身上要咬他，极嚷极笑的，已带著哭声，将要哭了，三姐掩著嘴走开。那众佳人与众婢女，都笑得粉黛霏霏，秋波搵泪，有堕钗的，有翻酒的，不一而足。

　　爱珠与红雪在地上坐了好一会，才爬得起来。三姐还格格的笑，爱珠指著骂道："你这个短命鬼，你将来总教疯狗咬一口，肚里生出小狗子来。"红雪道："不要将来，只怕出门就教狗咬的。"三姐笑道："谁教你们太作恶了。我还容情，他们四个跑得快，不然叫你一窝子六个滚在一堆。"那六个人我一句，你一句，把三姐骂了好一会。众佳人方才笑完，紫烟一人尚有余笑。绮香对浣兰道："妹妹，你这个三姐真好，我拿个丫鬟与你换了罢。"浣兰道："姐姐要他作什么，他是只会装狗的。"紫烟笑道："姐姐，你招集这些亡命作甚，你真作秦始皇么？"大家又笑起来。琼华道："我来灭秦了，他们也只有一个韩非子，只懂刑名，不懂兵法的。"

　　数到蕊珠出马，是张良，是"金门射策令"：自己先出一句成语为题，将三个骰子摆出句中之意，将杯子盖了；叫那人也摆，摆出来相同的不论，如摆出来不同，请中人评论优劣，劣者罚酒。蕊珠将三个骰子摆了，将茶杯盖好，又将三个骰子递与红香，道："你摆'九重春色醉仙桃'这一句。"红香想了一想，摆了一个三、一个六、一个四，说道："三六是九重，四即算仙桃，不知对不对？"蕊珠揭开杯子，是对的。蕊珠又摆了一句是"十三筝柱雁行斜"。红香想了一想，摆了两个五、一个三。蕊珠也说对了。又摆了一句，说道："词源倒流三峡水。"红香想了一会，想不出个理来，便摆了三个三，问道："是不是？"蕊珠道："不是。"揭开杯子是三个四。红香拍手道："妙极！这才是倒流，我竟想不到，我罚酒就是了。"看韩非子罚酒的谱是："作法自弊，轻则黥面，重则刖足。"蕊珠道："取笔砚来涂脸。"红香道："姐姐，饶了我罢，涂了脸又要擦脸，费事得很，我情愿跪了喝一杯罢。"蕊珠将要容情，倒是珍珠不肯，说道："我还要与他来呢，一个容了情，个个要容情了。"便把笔在红香脸上画了一个眼镜，惹得满堂又笑起来。红香好不有气，喝了一杯，忙忙的要水洗了脸。

　　幸他倒是不擦粉的，不然便将脂粉洗去了。气忿忿的抬著手，向珍珠道："你先来，你先来，你若输了，求人讨饶便不算人，只算是狗。"珍珠笑道："我怕你？讨饶也算好汉么？"看谱上："圯上老人的令，是盘象棋谱，名为八阵图。圯上老人下红子。"珍珠象棋下得虽好，谱却不熟，偏偏遇著红香是爱打棋谱的。珍珠十分用心，无奈未得其妙，几著变化就迷住了，看看要输，宝珠要指点他，红香道："谁教了，就算谁输，要照样罚酒。"琼华心甚著急，又不好教，看红香把他一个挂角将，就将死了。红香笑道："今番得了。"查圯上老人的谱是："脱鞋置酒，遍敬席上。"珍珠见了，说道："这个断断使不得，怪脏的东西，那是什么样儿。"红香道："不妨的。"便要来脱他的鞋，珍珠一跑，不防红雪在旁暗中把脚一勾，珍珠跌了一交，被红香上前按住，脱了他一只鞋下来。珍珠急得满脸飞红，一手拉住红香要夺回，不料红雪把鞋接了过去，正要装酒，不防又被花珠一手抢了，扔与珍珠，惹得大家笑个不住。珍珠著了鞋，捆上带子，起来将红香拧了两把。这一关也就算了。

　　只剩了一个青琴是博浪椎，谱上是："打擂有闷雷、劈雷，是打秦国通国中人马。"琼华道："就要看这一将成功了。"蓉华道："琴儿，你须与主人争个脸。"青琴笑道："我这椎是要椎椎打中的。"浣兰道："你若赢了他们，非但与你主人争气，且与我等报仇。"浣香道："这闷雷、劈雷是可以乱打的，你也不必容情，连他们的国王也可打得的。"佩秋道："你若像了秋莲的廉颇，就不好了。"紫烟道："也不要像我们荆轲的匕首。"你一句，我一句的说笑。绮香笑道："谅此孤军深入重地，焉有生还之理。"便命六人一齐上前，与青琴对敌。说也奇怪，被青琴一顿闷雷、劈雷，将二珠、四红打得个个心惊胆怯，琼华好不得意，只管点头微笑，说道："一将功成万骨枯。"众佳人齐声称贺。绮香笑道："这还了得！你是个顶小的小妹妹，公然欺侮大姐姐来，这般可恶！你敢与我对敌么？"那五个佳人同声说道："这有什么不敢？如果七妹胆怯，我们一齐相帮。"琼华笑道："妹子愿避三舍，如必不获命，也只可秣马厉兵，与姐姐周旋。"绮香笑道："众志成城，坚不可破，我让了你罢。"看青琴这打擂，已赢得不少，爱珠、花珠、红香、红玉、红雪、红霰都喝了许多酒。

浣香见天色已晚，便要进城，浣兰要留他，浣香不肯，定要回去。绮香见太阳已落，也不好挽留，只得先送了浣香，便说道："你们是不要紧，又不赶城，到三更再散不迟。"十珠婢收拾零星，大家都下船渡过了河，直送到山下，上了轿出园。众姐妹方携著手，就近到了春风沉醉轩坐下。群婢也都来了，煮茗清谈了一会，已点上灯。紫烟要打马吊，便拉了蓉华、佩秋二人打起马吊来。琼华看见有一匣诗牌，便与绮香、浣兰三人在一桌打了一副，足足打到二更后，琼华方成了一首七律，绮香差了一韵斗不成。浣兰牌起得不好，尚差了十数字。琼华将牌摊出，那边蓉华等也过来看时，只见斗的是：

饯别春光已半年，小春天气最堪怜。
酒分捭阖纵横策，人比瑶池阆苑仙。
任说朝朝依玉树，终应步步让金莲。
彩云明月如相妒，照彻楼台分外鲜。

那五位佳人同声赞道："这首诗倒像做成的，那里像斗出来的？真是字字稳当，且切今日之事。"绮香又笑道："我最爱是'任说朝朝依玉树，终应步步让金莲'这一联，为我辈闺阁吐气，不然这个园几成了那几个名旦的梨园了。"蓉华道："姐姐，那几个名旦你见过没有？闻得二哥天天带他们在园里。"绮香道："若说这几个名旦，倒也生得很好，我也见过五六个，到年节下，他们也进来贺节。不是我说，我们今日这一班人，倒有几个像他们。"这句话就有紫烟想不出是谁，其余皆听得人说过。浣兰、琼华恐绮香说出来，便不约而同的将闲话拦住他。又看将近三更，也要各散。绮香挽留不住，只得同散，便说道："残月未尽，妹妹们可高兴，能走到园门口不能？"众佳人情愿都走，一对对的手灯相照，令姊妹你携我，我携你，一路说说笑笑，穿过了好些石门竹径。正是：

衣香鬓影留余艳，拾翠寻芳趁此时。

到了园门，各自上车，在车里又各相辞谢了几句，方才坐了绣幰，碾动双轮，群婢各登车随后，绮香也与十二红各上车而回。不知后事如何，且听下回分解。

第五十八回
奚十一主仆遭恶报　潘其观夫妇闹淫魔

话说众佳人怡园一叙，正如群花齐放，百鸟争鸣，香留数日。后来彼此唱和了许多诗，传为佳话。这回又有几个下作人，做几件下作事出来。

却说奚十一选了广西一个知州，是个极苦的地方，十分不乐，心上想告病不去。又因近著他家乡；且菊花是广西人，借此可以回家看看，因此竭力唆成。奚十一近来得了家信，洋行倒了，盐场又为海水冲了，家事不好；又听得老太翁得了腿疾，也要告病；又想家内兄弟都已回去，也轮不到他作主，不如且到广西走走，看看局面怎样。但此时已经盘费全无，而且又欠了潘三四千银子，急于要还，日来催逼，把个挥金如土的奚十一闹得走投无路起来。潘三是个大账局，一天之内往来的保家不少，听说奚家的洋行倒了，盐场漂了，人口如风，已传遍了。别的账局更不用说。奚十一竟至告贷无门，思前想后，不得主意。

此时十月天气，日短夜长，日里在外头张罗，夜间开了灯，惟以吃烟为事，吃迷了睡著不醒。一连几夜，把个菊花熬得清水直流。一日，奚十一带了胡八出门去了，与唐和尚商量。一轮晴日，满照明窗，菊花梳了头，好不纳闷。无意之间到外边来散步，走到跟班房门口，见关著门，里面有笑声。菊花轻轻的在门缝里一张，见春兰弯著腰在炕边，看有四只脚站在一处。菊花一见，即把袖子掩了口，听巴英官说道："你倒会长，怎么他不会长，总是这样的？"春兰道："也觉长了些，没有你的长得快就是了。你人虽短，他倒长呢，与老爷的差不多了。"英官道："老爷如今的还不及我了。"说话之间，两人的脚步又翻了转来，在前的此时在后，在后的忽又在前。菊花看得软洋洋的，牙齿咬得扎喇喇的响起来，心中受不得了，欲要骂他们几句，又不好意思，只得回房。心里想道："倒不料这两个小狗肏的也会闹鬼。人还赚我说兔子不起阳的，谁晓得一炉的好烧饼。既然会这样，那样想必也会的了。"想得脸红红的。

老婆子送了饭进来，菊花吃了饭，开了灯。忽然将那枝枪看了一会，把双指围了一围，足足有一虎口粗细，放下夹在腿间，把烟挑了一盒子出来，剪了灯煤，慢慢的一口一口吹了几口。星眼朦胧的像要睡著，觉得有人伏在他身上来，亲了一个嘴，慢慢的睁开眼来，见是奚十一回来了。菊花笑了一笑，只见奚十一脸有笑容，就到那边躺下吹烟。菊花问道："你今日为何回来得快？"奚十一叹口气道："人情势利，早知如此，我若省俭些，非但不欠账，而且还有余，何必要受人这些气。今日若不是唐和尚、张仲雨做保，这潘三准不肯借钱，还要逼还欠账。就是潘三，他也借过我的钱，我何尝要过利钱。不料此时，将对扣的账来借给我，你想，这个交情可叹不可叹？我本来零零碎碎使了他三千银子，他如今加上利钱，就算四千。再借给我一千两做盘缠，就要我写了一万银子的欠票，到江南大爷任上先还五千，到广东再还五千。他叫两个伙计同了去，我此时无法，只好依他。到了江南就好了，能一齐还了便更好，省得一路供养他们。带著两个账主回家，也不好看。"菊花道："那个潘三原不是个东西，怪不得人家要抠他的屁股，我就恨他那个讨人嫌的嘴脸。"奚十一嘻嘻的笑。菊花道："银子呢，拿回来了？"奚十一道："拿回来了。"菊花道："我听得有个九香楼是相公们新开的，卖些花绣东西，你与我买一样东西，我要两双花袖：一双要刻丝的，一双要拉锁的。"奚十一道："我们此去，正在苏州路过，到苏州去买罢，这里也是苏州来的。"菊花道："我要他们这个，九香楼有的是内造货，什么王府里赏他的，苏州也不及他好。我要买也要不了多少钱。"

奚十一也知道这个铺子是袁宝珠、苏蕙芳等开的，却因近日心绪不佳，没有去逛。如今有了盘缠，明日借此可以逛逛，便答应了。奚十一忽从怀中摸出个纸包看看，重又揣好了。菊花问是什么东西，奚十一道："宝贝。"菊花道："给我瞧瞧。"奚十一道："停一停，用的时候给你瞧。"菊花笑嘻嘻的一骨碌爬了过来，伏在奚十一身上，在怀里掏了出来，解开一看，是几条白绫带子，便道："呸！这个宝贝用也用了几十条了，不见得什么稀奇，现在还有几条存著呢。"奚十一道："这个另是一种，你不信，少顷试试就知道好了。那个是两吊钱一条，这个是二两四钱银子一条呢。他说用得省可用一月，用得费也可二十天。"菊花笑道："一月用一回就可一年了。"奚十一笑道："大约与你用不过十天也就算了。"菊花道："稀罕这些东西，这是你用，你怎么说我用呢？"奚十一道："那人说遇著干的，就可多用几回；遇著湿的，几回泡透了，药性也就过了。"菊花把奚十一嘴上拧了一把，道："你这个倒是干的。"便靠在奚十一身上，把带子理了一会，将一条扎在指上，擦到奚十一嘴上，格格的笑。奚十一见他骚极了，便从荷包里取出一样东西，望嘴里一放，叫菊花倒半杯烧酒来过了，又吃了十几口烟。菊花道："你这烟也应够了。""扑"的一声，吹灭了灯，转身关上房门，两人索性脱光了，盖了被。

到了明日早饭后，奚十一即拉了姬亮轩，坐了车，巴英官骑了马，到了九香楼。奚十一下了车，见是大门里面竖著一块屏风，两旁放著金字招牌；一块是"收买秦汉唐宋古玩书画"；一块是"发卖苏杭花绣衣料，一切洋货俱全"；还有一块是"内看金珠宝玉四时花卉"。此时那九个名旦均已出班，内有未满师者，也是宝珠、蕙芳公同帮他们出了师，一齐搬在里头居住。

里面有个花园，园里也有几十间房子，九旦就住在园里。将一所正楼名为九香楼，园即为九香园。奚十一、姬亮轩走进了大门，见门房两人站起招呼，一人便引他们进了二门。见上面是五间正屋，两边厢房。到了那东厢，便有个伙计出来招接，衣冠楚楚，相貌文雅，五十余岁年纪，请他们坐了，问了姓名，即有人送上茶来。奚十一四下张望，并不见班里一个人，便问那人道："这班掌柜的都不住在这里么？"那人道："都住在这里，后面有个花园，总在园里住。老爷要用些什么东西？若要花绣绸缎，请吩咐要什么颜色花样，就取出来。这东厢房是看花绣绸缎，西厢房是看洋货，正屋看书画，后楼是看珍玩珠宝。若要看花卉并上等的古玩，请到园里去。"奚十一道："我都要请教请教。"先将菊花的东西点了出来，果然精致，价也不昂；又要了些零碎东西，共花了十金。便要看看古董、花木，即同亮轩走到中间正屋来。从人揭开帘子，见是两面大玻璃窗，屋中摆设精致，名人书画挂了好些；两边是画橱书架，还有些陈设古玩。那个伙计叫了一声："乌大爷！有客来了。"听得屋后靴声雌雌的，走出一个人，醒不醒、睡不睡的模样，穿一双旧皂靴，歪著膀子，蹋将出来。

姬亮轩一看是乌大傻子，乌大傻作了揖，请二人坐了。奚十一道："你在这里掌柜么？"大傻笑道："闲著没有事，他们要我过来帮同照料。"姬亮轩从前打茶围上了大傻的当，后来已经说明。大傻倒说得好，我回去取钱来，你又走了；又说他那日晚上，还给了他们十几吊钱。亮轩似信不信的。后来伍麻子即跟了长庆的媳妇回扬州去了。此话绝无对证。三人讲了些闲话，奚十一便问大傻子，那些相公在什么地方。大傻道："今日就只王兰保、苏蕙芳在家，其余都出门去了。"奚十一道："我要看看花，你同我们去。"大傻便领了奚、姬二人从东边进了一重门，见是一带游廊，假山层迭，花木扶疏，大大小小盆景有几千盆，有楼，有阁，有台，有池，甚是有趣。来到一所正楼之下，见有冷金笺写的一匾为"九香楼"，是殿元公手笔。奚十一与姬亮轩在满园逛了一逛，见池子边尽是些杨柳、芙蓉，还有些菊花，中间也有一座小桥，对岸一个坐落，闻得里头有欢笑之声。奚十一问道："那边是谁？"大傻道："那边就是王兰保的住房。今日田状元与史翰林在这里。"

奚十一就不便过去，在池畔站了一会。见那边园门口走进一人来，穿著新衣、新帽、新靴，手提著马鞭子，昂昂的走上了小石桥。见他才二十几岁，好生面善，想了一想，像是从前潘三那个赶车的，如今体面多了。那人一见了奚十一，低著头过去。大傻子道："你应认得这人。"奚十一道："好像潘三从前那个赶车的一样。"大傻道："可不是他，如今他靠著他女人的福，不赶车，做了状元公的家人了。"奚十一逛了一会，重到九香楼下来。园中有许多灌园的浇灌花木，还有几个扎花匠修剪花树，与那小使们川流不息。奚十一道："好地方，可惜他们都不在家的，又遇著有客，不然喝个酒儿很好。"大傻道："歇天等他们都在家时，我做个小东，请你二人来坐坐。你们也就要出京了，到广西去要见这样脑袋是没有的。那里的班子尽是些湖南、贵州人。"亮轩道："其实有两个在家，也可叫一个过来陪陪。"大傻不言语。奚十一烟瘾来了，见这楼下头铺设得甚好，想开灯吃烟，就可等他们回来。烟枪是带著的，就少盏灯，问大傻道："你去点一个灯来，我要吃两口。"大傻想了一想，道："这件东西只怕没有。"便蹭到扎花匠处，借了一个旧木盘，油腻灰尘积有半寸，盘里合著个茶杯，放著一个瓦灯盏。大傻点著了，捧了过来道："将就用用罢。"奚十一道："怎么这样家伙？我用不惯，换了好的来。"大傻道："要好的却没有。"亮轩道："你们卖洋货，玻璃灯与那洋磁、洋铁盘子是有的，拿一副新的来，用一用就是了。"大傻怔了一会，只得又去问伙计们借了一副干净的来。奚十一躺下便吹，亮轩、大傻也来挤在一堆。

忽听园里有人闹起来，大傻子留神细听，听得骂道："那里来得这个小杂种兔崽子，将这金橘摘得干干净净。"又有一个骂道："不是那个小狗禽的？连那佛手也摘了两个。"就听得大闹起来，有个小孩子声音乱骂乱嚷的。大傻子走了出去。奚十一懒得起身，但听得像巴英官的声音，与人嚷闹，便叫亮轩出去看看。见一丛人围著，走上前，见英官揪住了一个人，那人把马鞭子打了他几下，英官号啕哭骂道："你骂我兔崽子，你是驴崽子。将老婆的屄去讹钱，讹到了手，如今要充二爷了。"骂得那人气极了，又打了他几下。乌大傻连声劝解，亮轩也上前说道："他是个孩子，你怎么动手就打？"那人道："他先来揪住了我，要打我。我们才买了两盆金橘、两盆佛手，要抬回去，被他摘得干干净净，气人不气人？问问他，他开口就骂人。"

那边蕙芳、兰保都出来看，却不认得英官，也不认得姬亮轩。奚十一听了许久，忍不住出来，见众人劝开了，但心中甚怒。望见芙蓉花外站著两个玉人，认得是蕙芳、兰保，觉得光辉相映，不觉涎垂起来，便说道："你们这些相公好不讲理，怎么无缘无故的就打起人来？"蕙芳一看，认的是奚十一，便拉了兰保进去了。奚十一大怒，他也不管有客，便闯过桥去，亮轩跟著。大傻子一想这事情有些不好，便把灯收了，自己躲起来，免得带累他受气。奚十一走到屋子里，见残肴满桌，不见一人，明知他们躲了，心中更怒，拍著桌子嚷道："走个人出来！"不见答应，奚十一又拍桌子骂道："好大的相公，见了人都不理么？虽然出了班子，总是小旦。兔子变得成狗么？"听得里面有人说道："你们就出去见他，怕他怎么？这个无耻下作的东西，打了他也不要紧。"奚十一大怒，即把桌子一掀，碗盏砸了好些，大骂起来，里头也大骂。奚十一如何能忍，要赶进去打架，亮轩却劝住。只见蕙芳、兰保出来，对奚十一点点头道："尊驾为什么发气，到小店来照顾什么？敢是敝伙计们得罪了。"

奚十一听了，火上添油，圆睁两眼，大喝道："你别支起那屁架子，我照顾你？我要带你到安吉堂吃饭，还要留你过夜呢。"蕙芳气得满面通红，尚未回答，兰保已大怒，说道："这个人真混账，认也认不得，就闹起来，敢是个疯子？"奚十一听了，抢过来就抓兰保。兰保已按住他的手，说道："你要怎样？"奚十一也不回言，那只手又飞过一掌来。兰保一闪，就将他胁下一抟，奚十一踉踉跄跄直跌出去。奚十一自知要跌，幸记得后头有张桌子，把左手一扶，腰里使劲，扭转身来，因他身子高大，脚下虚浮，往前一撞，两手支住桌子，不防胯间那个镶嵌狗肾，却却的压在那花梨桌子角上。这中间止一压，头上就像裂了缝的疼起来，两臂软了，扑在桌上不动，话也说不出来。兰保忍不住笑，叫园丁扶他出去。奚十一想要不依他们，无奈阳物已伤，适或再受了磕碰就不好了，嘴里骂了几句，也就出来。姬亮轩见奚十一不闹，自然更不敢闹，重到了九香楼下，英官收拾了烟枪，奚十一坐了一会，也就不大疼了。心中忿恨。来到外边，乌大傻躲得不见影儿，奚十一只得上车而回。到了家进了房，见菊花捆了绉纱包头，两太阳贴了两个小红膏药，两眼水汪汪的靠在枕上。奚十一将花袖给他看了，菊花才有笑容，软洋洋的坐不起来。奚十一道："怎么样？"菊花道："今日觉得不舒服。"奚十一摸他的手有些发热，便笑道："昨日弄伤了？"菊花笑道："或者脱衣时冒了风，你出去后忽然就疼起来。"奚十一又开灯吃烟，菊花也吃了几口。奚十一越想越气，心上想个法子，要收拾他们；又因有些阔人护著，他自己相与的都是些没有势力的；又因出京已近，闹出事来于功名有碍，只能罢了。

菊花一连病了几日，奚十一的春药不能发试，心中便闷。一日，唐和尚送行，约了潘三来。潘三打发人来说："跌坏了鼻子，要避风，不能来。"奚十一、唐和尚都疑潘三怪了，是托辞的。那日奚十一见了得月，想与他叙叙，无奈唐和尚在前，只得忍住，酒也多喝了几杯，烟又多吹了几口，到二更后才回，醉醺醺的，底下那东西甚是作怪，时刻直竖起来，头上痒飕飕的，好不难受。看看菊花口里哼哼唧唧的，身上火炭一般，嘴唇皮结得很

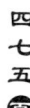

厚，鼻子里热气直冲，心里不忍。但可恨那东西，不知为什么不肯安静。便想著英官多时没有做这件事了，又想道这个兔子与别人不同，真是屁中之精，近来嫌我不好，勉勉强强的，今日我要收拾这个兔崽子。酒醉模模糊糊，吃了四粒丸药，带了绫带，到书房叫英官来开上灯，叫他打烟。英官强头强脑的打了几口，便出去。奚十一叫住了，英官靠著门望著奚十一道："有什么事？"奚十一道："走来！"英官不应，奚十一笑道："你来，我有样东西给你看看。"英官方慢慢的走来，道："看什么？不是又有了翡翠镯子了？"奚十一坐起，拉了过来，抱了他。英官冷笑道："闹什么鬼？我又不是得月、卓天香，贪了要烂鸡巴的，我们好好的家伙为什么要装这个狗鸡巴。"奚十一道："好屁话。"便拽起长衣，扯开裤子，那物脱颖而出。再不料上头竹篾篷日久枯朽，"豁喇"一声，塌将下来。这半篷灰土已有两担。奚十一大吃其惊，恐被压了，便使劲一抽，两人都"啊哟"一声，一同滚倒在地，发昏去了。

众家人听见这一响，连忙过来看时，见篷塌了半边，并未压人，不知主人与英官何故躺倒。忙将灯照时，见奚十一的阳物血淋淋的，只有半截；再看英官的屁股也是血淋淋的，脏头拖出三四寸。众人个个失色，便大惊小怪乱闹起来，忙报与菊花知道。菊花听了，急得一身透汗，也顾不得病，穿上衣裳，著了裤子，袜子也穿不及，趿上鞋，把衣衿掩好，只扣了外面钮子，直跌直晃的出来。姬亮轩也睡了，听得闹便也赶出来，穿上袜子，披上长衣，竟忘记穿裤子，慌慌张张赶到书房里，正与菊花撞个满怀，也不及回避，乱嘈嘈的闹在一块。

菊花见奚十一如此光景，便哭起来。亮轩心慌，便仔细看了奚十一尚有点气，便说："不妨，姨奶奶且慢哭，我想老爷这个头原是接上的，如今脱了下来，不过是一时疼痛发晕，不如还请那个医生来商量。"菊花不得主意，一面去请医生，一面扶起奚十一，放在炕上，见奚十一面如纸灰，鼻间只有一丝气了，菊花好不伤心，口对口的与他接气。奚十一渐渐苏醒，把眼一睁，见了菊花落泪满面，心里甚是惭愧，忽又一疼，重又咬紧牙关，重复晕去，好一会才转来，叹了一口气，菊花心如刀割一般。那个医生还不见来，这边亮轩看见英官这个模样，也十分心疼，便细细的照料他一会，叫人烧了一盆热水，拿块布泡热了，与他揉，揉了一会，英官已醒转来。亮轩把蜡灯放在旁边，揉了一会，恐怕水溅了袍子，便将前衿提起些。此时心里痛苦，再想不起自己没有穿裤子。菊花坐在炕上，亮轩蹲在地下，却是对面，中间放了一个蜡灯，菊花一手摸著奚十一心坎，回头看他服事英官，心中突突的乱跳，只得说道："姬师爷，你把巴英官的裤子替他穿上罢。"亮轩听了，便与英官扯上裤子，系好了；见自己衣里露出个膝盖来，才记得没有穿裤子，连忙站起，走了出去。这边春兰与老婆子将英官扶出，放在他自己炕上去了。

少顷医生来，亮轩又同了进来。那医生先将灯照了一照，然后诊了脉，菊花远远的坐著。那医生道："今番难治了，这个除非神仙才能。"菊花求道："先生，你行个方便，医好了我们老爷，你要多少谢仪，我一毫也不少你的。"那医生道："奶奶，医生有割股之心，最肯行方便的，倒是奶奶你不肯行方便。他本是个残疾，修治好了，也只可随意用用，那里可以当得铜烧铁铸的用法？你不见舂米的铁杵，几年还要换一回呢。"菊花涨红了脸，骂道："呸！嚼你的舌头，这关我什么事来。他方才肏屁股肏断的，还有一个脏头子拖长三四寸的在那里呢。你也不问问缘故，一嘴的屁话混糟蹋人。"那医生自知话说错了，便陪笑道："奶奶不要生气，是我不是，我也急了，说话所以没有留心。如今尽我的心，谢仪不谢仪，我倒也不计论。但要说明：我只能救他这条命，不能再接那条卵子。"亮轩道："先生说话文气些，奶奶在这里。"那医生道："我这行业就不文气，说话焉能文气？天天的把那卵放在手里盘弄，觉得这个字顺口得很，没有忌讳了。"便又说道："杀只鸡来，要一块活鸡皮。"菊花即叫人割了一块活鸡皮来。那阳善修拿些药和鸡皮捣烂了，与他洗净了血，敷上了药。也与从前一样的治法，留了一服药煎了与他吃，明日再来看罢。亮轩又同他去看英官，阳善修也与他几味药吃了，说道："这个不要紧，明日就缩进去的。"阳善修去了，菊花就在书房中睡，陪了奚十一。这一唬，倒把个菊花的病唬好了。叫家人把顶篷支好，扫去了灰土。

奚十一上了药，便止了痛。明日阳善修复来，过了十余日伤痕平复。阳善修说道："从此你要戒淫才好，若再把根子弄散了，那就有性命之忧，不如吃两剂寒凉药，断了性罢。"奚十一无奈，与菊花商量，菊花也只得由他，遂听了阳善修，吃了十剂凉药，从此春蚕如死，再不起性了。又谢了阳善修五十两。菊花便守了活寡，不知果然是真守，还是假守，这也不能查他，外面确做出那从良极正派的样子来，以博虚名。菊花恨极英官，等他脏头好了，痛打了一顿，撵他出去。姬亮轩馆地要紧，也只可忍心割爱。英官撵出之后，便到卓天香铺里去做了伙计。人爱他脑袋好，这个"卵"字号，倒也生意兴隆。虽然英官脏头上去些，但屁股里已经受了伤，竟成了内外痔。后又广与人交，不到一年之功，竟是众毒齐发，把个巴英官活活烂死，岂不是件大奇事。这也是他的恶报了。

奚十一病好之后，带了菊花赴任，潘三打发伙计同去讨账。唐和尚倒十分惆怅。又请了几天，临行，与得月送出城外，倒算个全始全终的交情了。潘三因脸上有病，不好见风，这月内总不出门。

却说潘三脸上害什么病呢？也有个缘故。潘三今年五十岁，若他的元配在这里，倒也五十三岁，已别过了十余年。潘三四十岁上又娶了一房，是山西人，姓石，其父在京里开个油盐酱醋的小铺子，发了些财，开了个小账局。这个石氏颇有几分姿色，潘三看中了，娶他已有十年。石氏才二十八岁，情性风骚。起初与潘三尚称恩爱，后来见潘三心不足，鬼头鬼脑，瞒著他外面偷鸡盗狗，因此从醋里生出恨，恨里生出厌来。潘三爱他生得好看，便从爱里生出顺，顺里生出怕来。一边越软，一边越硬，日久相沿，潘三成了篾，石氏成了铁。石氏非但不许潘三在外胡闹，连晚上与他云雨的事，也要潘三求他半天，甚至叩头哀告，才许他上身。若遇石氏兴浓，潘三已经兴尽，便把潘三身上掐得稀烂，这老屁股上两边劈劈拍拍，要打个手酸。这潘三不以为苦，反以为乐。

叙起他们一件闲事来。今年六月初六，唐和尚生日，请潘三、奚十一在庙里吃面，又备了两桌送与白菊花、石氏。石氏处是打发得月送去。这石氏见了得月那个模样，中心甚是爱他，给了他许多东西，便要他做干儿子。得月岂有不肯，便拜了乾娘，以后常常叫他来走动。得月若来，必陪著石氏吃饭，或时抹牌玩耍。又知道潘三爱男风，必想得月，不许他进来窥探，潘三竟不敢进来，只好暗地垂涎。

一日，活该闹出事来。得月来看乾娘，那日天气很热，见石氏在房中将席子铺在地上，穿件没有领子的白罗布短袖汗衫，却也大镶大滚，只齐到腰间，穿条桃红纱裤，四寸金莲，甚是伶俏；两鬓茉莉花如雪，胸前映出个红纱兜肚；眉目澄清，肌肤白腻，实足动人。叫得月也在席子上坐了，又叫小丫鬟拿了水果儿、冰梅汤、西瓜等类放在一边，叫小丫鬟走开了，两人将牙牌在席子上抹起来。石氏盘腿不惯，两脚踏地，像个半蹲半坐的样儿。得月一面抹牌，两眼望著石氏裤裆，又见石氏眉欢眼笑，不觉心中大动，就在席子上玩起来。一个是新硎初试，一个是积闷才消，你贪我爱，各到娇汗霏霏，筋酥骨软，方才云收雨散。自此更加亲爱，不消说三天一小叙，五天一大叙，大约已下了佛种了。

潘其观驮了个小小石碑尚不知觉，一心倒想顽那得月。后来也有些疑心，看出石氏待得月的情景。过了两月，心生一计。一日，候著得月进来，半路截留，邀他到一间书房内，开了一个灯，与他吃烟。潘三睡在得月后头，摸摸索索，得月不肯。潘三道："你若不依我，我便不许你进来。你们娘儿两个做的事，当我不知道么？我不过不肯丢你们的脸。你若不依我，我以后见你进来，我就打你。"那得月虽十七岁了，尚是胆小面嫩，被潘三说破，便脸红起来，不得主意；且他那个后门原与大路一样，什么要紧，只得说道："倒不是我不肯，只怕乾娘知道了，倒要不依你。"潘三道："不妨，如今谅他也心虚，不敢与我闹了。"得月想著石氏，只得依了潘三。潘三乐极，便关了门，下了卷窗。得月坐在身上，斗了笋，一拍就合，大顽起来。

　　石氏那日约定得月早饭后来的，等了好一会还不见来，心里也恐潘三半路打劫。他悄悄的到书房来，见关上门，更加疑心。听了一听，觉两人切切促促的私语，听不明白，便轻轻的走到窗下来，见又下了卷窗，便将舌尖舔破了纸一望，见潘三抱著得月坐在身上，两脸相偎，索索的动。一看心中大怒，想要骂起来，又想道："不如在门口候这老兔子出来，打他几下，方泄此恨。"主意定了，便拿张凳子，门边一坐。只听得得月说道："放我去罢，恐乾娘等我心烦，是要骂我。"又听得潘三咂他的嘴，响了两三响。石氏更气得不可开交。忽见门一开，得月走了出来，一见石氏，满脸即涨得通红，站住了脚。石氏怒容满面，狠狠的瞅了他一眼。潘三一脚跨出来，石氏站起，一把将胡子揪牢。潘三魂不附体，低了头，一动也不敢动。石氏骂道："你这不要脸的老忘八，老兔子，自己的屁股被人肏出虫来，才花了钱请人挖干净了。你如今又想肏人，你何不弯转你的屌子来，肏你自己的。他是我的干儿子，你胆包了身，你敢顽他？"便使劲一个嘴巴，潘三"啊哟"一声，血流满面，也顾不得胡子，死命的挣脱了，胡子已掉去了半边。石氏怒气未息，把得月光头上凿了几个栗暴，脸上拧了两把。得月战战兢兢，双膝跪下求饶。石氏又可怜他，拧了他的耳朵，同了进去。

　　且说潘三被石氏这一掌，如何就打得这般利害，满面流血呢？原来石氏带了两个银指甲，一抓戳在潘三鼻子上，因用力太猛，将那银指甲打断，既薄且尖，竟将潘三的鼻子尖刮断，故此流得满面的血。潘三痛不可忍，忙忙跑出，就请了与奚十一修肾的那个阳善修医治，也与他配了个假鼻子。潘三因在家不能医治，又怕他女人再打，竟不敢回家，就在城里他的那个靴铺内住著，日日请那阳善修进城与他诊视，服药两月有余，方见大好。从此各处传说，又有人赠他个美名，叫做"抓三爷"，又叫"大眼三儿"。

　　奚十一断肾那几天，正是潘三抓鼻那几天，因此不能与奚十一送行，倒也不见怪他。不知为何，他们两人总是同病相怜的，那个烂鸡巴，这个便害臀风；那个接狗肾，这个便掏粪门；那个断龟头，这个又抓鼻子，你说奇不奇？谁也想不出这个理来。只便宜了得月这个小秃厮，害了两人做了残疾，他倒好端端的又拜了一个好乾娘。

　　不知后事如何，且听下回分解。

第五十九回
梅侍郎独建屈公祠　屈少君重返都门地

且说琴仙在南京护国寺里守灵，倏忽已经百日。主仆两人虽日用有限，但天天供饭烧纸，连房租银子，一月也须十金。三月以来，将琴仙所剩衣物尽行当卖。当时初冬时节，琴仙尚无棉衣，刘喜更不用说了。

一日，刘喜劝道："大爷，我看你年纪轻轻，也不可过于古板。我想那侯老爷一片真心待你，自己来请你过去，还送钱米来，这也就难得了。你倒不要错看这位老爷，是王侯将相都敬重他的；他的门生好不多呢，现任官、进士、举人不知多少；还有些夫人小姐们拜他做老师。那一年做起寿来，那些寿屏、寿诗，园内的房子处处都挂满了，还挂不下。我看他的交游比怡园的徐老爷还要阔些，你若去了，倒也可以认得些人，怕不有些好处出来。若长在此，举目无亲，将何度日？不要说别的，就老爷这口灵柩，也须入土为安。天又冷了，身上棉衣也没有，这个光景须趁早定个主意。不是这样的。"琴仙道："侯老爷那里，我就饿死也不去的。"刘喜道："这却为何？真令人不懂。"琴仙道："你外面留心访问，有进京的便人，我要寄信到京，借些钱来，好安葬老爷。"刘喜道："要便人，是天天有的。摺差、塘报那一日没有？你写起来，我去寄就是了。"琴仙于是哀哀切切，写了几封信与子玉、子云、蕙芳诸人，要他们专人来接他回去。子云信内并封着屈道翁遗言。写了一天，刘喜托便寄了。后来寺中又做起法事来，男女混杂，游人挤满。琴仙屋里常有人来张张望望的，琴仙好不气闷。刘喜见度日艰难，就算京里有人来接他们，也须两月之久，就到年底去了。便想出个法子，卖了两件衣裳，就借寺门口摆了一个小摊，卖些水果、干果之类，一天也可趁得百十钱，藉以糊口。琴仙在寓里也安心守着这一粥一饭，闲时写字画画。惟觉身上衣单，不能添制。

一日，侯石翁自苏州回来，闻知琴仙还在寺里，已到衣食不周，心上又念着他。因前此送他米炭等物，倒去碰个钉子，虽然怀恨，但爱根未断，只得老了面皮，带了二十金，叫小僮拿了，乘轿而来。到了门口，只见刘喜摆着个小摊子，无非乌菱、荸荠、瓜子、花生之类；又见壁上挂了几张画，倒是生纸画的花卉，颜色鲜明，颇为可观。便问刘喜道："这是谁画的？"刘喜道："大爷画的。二十钱一张纸，弃了可惜，我拿来挂在这里。昨日倒有人说好，买了两张去，一张牡丹卖了二百钱，一张梅花卖了一百五十钱。还有人要定画八幅屏，他拿纸来，肯出两千钱呢。这个画画开了，比这摊子就好多了。"石翁只微笑进来，见琴仙在那里调脂弄粉。石翁眯齐了老眼，看他觉比从前胜了几分。从前像个葵心带病，此刻依然梅萼含香，就觉得翠袖寒生，缟衣雪素的光景。琴仙见了石翁，心里老大的一跳，只得上前见礼。石翁忘了前情，又握了他的手，说了几句话，坐了。琴仙勉强陪著，面上却是冰冷的。

　　石翁先将他的画赞了一番，想了一个赚他的法子来，便道："老世兄，你心上也不急，这两天各处也应有回信来了。我在苏州时，又将你令尊的事告诉人，人人都也肯帮。但你在这寺里终究不便。你若搬到我家里，我的相好，也就是你令尊的相好，那时遇著人，必有见面之情，就好说了。你若在这里住，老远的，人也不肯来。况且你这个光景如何可以御寒？虽然梅花可耐冰雪，究这玉骨难受风霜。而且这个十方所在，闲杂人多，见你是个异乡之人，无依无靠的，将来就有人欺侮你。不是我说，你庙门口又挂了几张画卖钱，那些光棍恶少就借看画之名，谁人不好进来？这南京地方十八省人都有的，有一种人以拐骗为业，叫做拐子，他见那年轻美貌的，他便用迷药弹在人身上，人就迷了性，会跟著他走。诱到别处去，他将这人装做女人去哄人，任人取乐，他待这人也就无所不至。这还是好的。还有把这个人弄残疾了，变得稀奇古怪的模样，到十字街口敲著锣叫人看，以此骗钱。这是常有的事，所以我天天不放心，惦记著你。难道你这样聪明人，一个吉凶祸福都想不出来？我待你这片情，也应体贴体贴，又焉知我们没有些缘法，不然为什么单把你放在我心里呢？不是老夫夸口，裙屐风流，钗钿娟秀，老夫门墙之下，颇不寂寞。因见你有何郎之美，叔宝之姿，天意钟灵，自应倍惜。萤火不能自照，必藉烛龙之光；蝇飞岂能及远，必附骥尾而显。为才人之了弟，即是龙门；居侯氏之园亭，胜于月府。一生佳话，千载风流。玉郎与石叟同游，旁观岂为不雅；海棠与梨花并植，相对亦可无猜。况歌童不乏樱桃，小婢尚多芍药，此中你也不少乐趣。凡事宜三思而行，不可执一。"琴仙听了这些话，已气得满脸发烧；再看他的神情，那老面皮里，紫光光的透出一团邪气。琴仙心里想要痛骂他一场，方可泄恨，但又因他是个老辈，只得暂时忍住不理他。

　　石翁见他脸上红红的，当他面嫩不好答应，自然心上有些回心了，便叫小童将银子送过来。石翁亲手送与琴仙道："这些须几两银子，先赎几件衣服穿了，明日我叫轿子来接你。"琴仙道声"多谢"，又说道："前次所赏之物尚不敢受，如今更不敢受这赏赐。至于'冻馁'两字，是命中注定的。譬如先父不死，也受不著人欺侮，何况冻馁？就使沿门乞食，古之英雄尚且不免，我何等之人，敢以为辱？就冻死饿死，也死得光明正大，决不教人笑话，做那些贪生怕死、亡廉丧耻的事来。"一头说，已不顾而走。石翁手里还捏着银包，听了这几句话，犹如钢刀削了他的老牛皮，气得须眉欲竖，真是平生未有之事。羞恼变怒，欲要发作，但看琴仙不知走到何处去了，刘喜看著他的摊子不能进来。石翁只得收了银包，恨恨而出，便在刘喜面前，把琴仙痛斥了一顿，说他不识好歹，不受抬举，将来的事情，他一些不照管了，上轿而去。刘喜也摸不着头脑，到收摊时进来煮饭，见琴仙尚在房里哭泣。刘喜又劝了他，讲了些懵懂话。琴仙又不能将石翁的歹意告诉他，只好闷在心里，惟有呜咽而已。暂且按下不题。

且说梅士燮在江西学院任上，取士有方，文风大振；而且扬芳表烈，阐微显幽，奏了十数件要事，九重大悦，即将梅士燮一月三迁。先升了詹事府正詹事，又升了都察院左副都御史，复升吏部左侍郎，现著来京供职。江西学政改放了陆宗沅。梅侍郎近又得了家信，已知子玉取了宏词，授职编修；又知娶了媳妇，心中大乐，即日起身还京。官场应酬无暇细述，自然纷纷的祖道送行。梅侍郎于十一月初一日起程，正是一帆风送滕王阁。行了十日，到了南京。要在家耽搁几天，祭扫坟墓，查理田园，周恤亲戚。到了两日，第三日去拜制台，谈了一会。制台讲起江西有个通判屈本立，可认得么？梅侍郎答以相好。制台就将屈本立死在南京，其行李盘费为三个长随窃逃，侯石翁代他嗣子报了，行文到江西。昨接江西巡抚移文，内开：吉安府差役拿获窃犯张贵、钱德二名，搜出南昌府通判凭文一角，皮箱两口，内存白银三百十七两零，金镯一个，衣服若干件，一并著役赍解前来，但此衣物等须交还他嗣子收领。那二犯现收禁江宁县监，还有从犯一名汪升已经身故了。但不知他嗣子下落，须问石翁便知。

梅侍郎听了，心里颇为恺恻，又想："道翁并无嗣子，想是近来过继的了。"便辞了制台，到凤凰山来拜石翁。石翁连忙接进，先道了喜，叙了契阔，即问宦囊如何。士燮笑道："晚生靠祖宗的余荫，稍有几亩薄田，尽够饔飧，无须另积囊橐。论江西虽不算富厚之邦，也算膏腴之地。若不论公明，任行暧昧，此行原也可腰缠十万，顾盼自豪。不敢瞒老前辈，晚生于各棚内棚规减去三分之二，其实比京官还强几倍呢。"石翁道："吾兄清正，一乡所知。此行已邀简任，不久移节封疆。且令郎英年逸隽，海内人才，共皆钦仰，正是德门世庆。"士燮谦让了一番，即说起方才制台所问道生之子安在。

石翁闻他题起琴仙，心上很想说他不好，叫士燮不必理他，忽又天良不昧，失口说了一句："此子甚佳，现在旱西门内护国寺，离此不远。"士燮又问了些闲话，便告辞回家。明日，先著人到护国寺问了，说要亲自过来；

又遣人送了道翁一封奠仪，自己备了祭桌，到护国寺来。刘喜手忙脚乱，请个小和尚看了摊子，进来伺候。琴仙穿了孝衣，帏间俯伏，知是子玉的父亲，心里虽喜，然倒有些虚心，恐他风闻前事，问起他那根本来，甚是惶恐。只见梅侍郎进来上了香，奠了酒，行了礼，请出琴仙来。琴仙上前叩谢了，梅侍郎挽起，先把琴仙一看，点了一点头，叹了一声道："道翁可为有子。"便问："世兄尊庚多少？"琴仙答道："十七岁。"梅侍郎又问道翁怎样病故，及现在他的光景。琴仙细细说了一遍。

梅侍郎叹道："尊公在日，海内知名，到处自有逢迎。就论此地，相好也不少，怎么一故之后，没有一个人来问一问？炎凉之态，令人可恨！如今且喜你失去的东西追了些回来，现在制台处，因不知你的下落，托我访问明白，就可去领回的。"又道："尊公葬事一切在我，我回去就着人去找地，先安葬了再说别事。"琴仙想道："与其葬在别处，不如葬在莫愁湖杜仙女坟上，原是父女。"又恐梅侍郎不信，委委曲曲的讲了那底里。梅侍郎半信不信的道："明日我且去看看，问问地方，可以买得，就是那块。"琴仙一面看那梅侍郎的相貌，却与子玉半点不像，生得身瘦而长，一脸秋霜，凛然可畏，将近五十岁光景。此时琴仙称呼士燮为大人，自己为晚生。梅侍郎道："你尊公与我二十年交好，祖上还有年谊，你叫我为世叔，自己称侄就是了。方才这个称呼，倒觉疏远。"说了些话也就去了。

琴仙心内安稳，且万分感激，意欲求他携带进京，尚有几天耽搁，且慢慢商量罢。明日带了刘喜即去拜谢，梅侍郎即命家人代琴仙写了领状，将失物领了出来，送还琴仙。琴仙从此得了生路，见两箱尽是他的衣服，尚余三百十七两银子，还有个金镯，与零星几样玩器，便有恃不恐，与刘喜说，葬事盘费都已有了。刘喜也甚喜欢。琴仙因是绸缎细毛衣服不好穿，就拿出几十两银子，只得自己同了刘喜，到衣铺里去买了两套素面羔皮的称身衣服，刘喜也买了一身。

这两日，梅侍郎托人找买坟地，尚无回信。晚间睡了，梦见屈道翁纱帽红袍欣然而来。士燮见了大奇，便问他为何这样打扮。道翁也不讲明，执著士燮的手，道："明公不忘故旧，仗义恤孤，泉下人衔环难报。小女现寓莫愁湖畔，乞以骸骨付之，死且不朽。小儿流落无所依栖，想万间广厦，可借一枝，诸祈怜悯。"说罢便拜，慌得士燮也答拜了。道翁起辞而去，忽又进来，手执莲花一枝，对士燮道："此花出于淤泥而临清波，岂得以淤泥为辱？既往不咎，明公幸勿鄙此花之所自出也。"说毕，足起烟云，冉冉凌空而去。士燮醒来，把这梦中的言语细细详了一会，心里已有几分明白："出于淤泥而临清波"与"既往不咎"，想他这个义子必是个小旦出身。这也不必论他，只要人好，总是一样。又想："看这道翁像成了神，莫非莫愁湖畔果有他女儿的坟么？昨琴仙请仙之说，又见什么杜仙女，竟是真的了。"半夜竟不能寐。天一明就起来，著人去请了屈大爷过来，有话商量。

　　不多一会，琴仙过来，就同他吃了早饭，梅侍郎且不说梦，要他同去逛莫愁湖，琴仙欣然。梅侍郎与琴仙各坐了轿，家人骑马，出了城，沿著城墙走去，约有二里路已到了。此时正是严冬天气，已下过了几场大雪，梅侍郎恐旷野寒冷，轿中披了玄狐斗篷。及进了斑竹林中，反觉春风和煦，如二月间天气，绝不寒冷。那些竹树花草依然流青扑翠，芳馥如前。最奇的那盘凌霄花，开了数百朵，地下的兰蕙齐芳，那马缨花是盛夏时开的，也复含苞吐萼，一时就开了许多花出来。倒将个梅侍郎看得心惊，唯有肃然起敬。琴仙见墓门间多了四棵小树，已有三四尺高，仔细看时，就是杜仙女种的苹、梨、桃、李，每棵树上开了一朵花，芳艳无比，心中甚骇，怎么已经开花了。梅侍郎看了，连连称异，叹为真神仙福地，便问家人道："此处大约是官地，没有地主的。"家人道："凡靠城一带，俱系官地。"梅侍郎才定了主意，在左右徘徊了一会，见苔花丛中，飞出许多翠雀来，唧唧啾啾，望著梅侍郎、琴仙鸣个不已，飞来飞去，在他们身边旋绕了无数，然后飞往湖边去了。

　　梅侍郎连连赞叹，对琴仙道："这里真是个仙地。我素来不信神仙之说，如今眼见，不得不信。我并要与你尊公建一个祠，并供这女仙牌位，你说可好么？"琴仙听了，淌下泪来，就跪下叩谢。梅侍郎一发感慨起来，连忙挽起，说道："我为这事倒多耽搁几天，虽等不及完工，也须筹画好了，方可起身。"便叫琴仙回去，他就到江宁县中与县尹商量建祠之说。知县一口应承，即传了工房丈量了地，唤了工头，鸠工庀材，就在那里搭了棚，动起工来。士燮择了二十四日下葬，即与他做了墓志，赶紧刻了，又写了神道碑，勒于石。到了二十四日，江宁诸绅士闻了士燮这个义举，来送葬者数百人，或作诗，或作歌行，或作文，或题祠中联额，士燮一一看了，等祠成之后，一齐刻在祠内。

　　是日，祠已竖了梁柱，头门、二门、正厅三楹，两厢房后楼三楹，余平厦六间。规模粗定，士燮不能等待，发了二千金与家中老总管梅成督造，又画了杜仙女像，命塑泥身彩画。一一分拨定了，那日就请琴仙过来商量，要带他进京。琴仙喜出望外，又复谢了，即算清房租，一直搬到梅侍郎的船上，并将领回之银，送与梅侍郎，梅侍郎仍叫他收了。此番琴仙感激，真到二十分。梅侍郎因道翁梦中之语，绝不查问琴仙根底，因刘喜称呼大爷，便命家下人也称呼为屈大爷。梅侍郎要他叔侄称呼，琴仙不敢，仍称大人，自称名字，梅侍郎也只好由他了。

　　送葬之日，侯石翁被众绅士拉了同去，也来走了一走。见琴仙尚是有气,话也不与他讲,石翁不乐,心里既恨琴仙,又妒士燮,一到就走,拜也没有拜一拜。后来诸绅士又有高兴的出来倡捐,这个十两,那个二十,集腋成裘,又凑了数千金,把这屈公祠扩充起来,起了好些亭台楼阁。莫愁湖中造了湖心亭、九曲红桥;又造了几个船,以为春夏游湖之乐;屈公墓、杜仙女墓前,都建石牌坊、华表柱、翁仲;余外又围了一个园,种些花木,堆些假山,竟成了一个名胜。这屈公祠竟与孙楚楼、江令宅齐名不朽了。

　　梅侍郎于二十八日开船,在船上也是寂寞,倒将琴仙当著子玉一样,朝夕相依。又见他稳重灵警,十分契爱;又试他书本上虽未用过功,而诗词杂艺颇觉聪明,因想到京后,慢慢的再教他读书,学作文字。惟琴仙绝不敢题起认得子玉,心里还怕问他的出身,如果问他,只好撒两句谎,支吾遮饰,再不知道乃尊梦中已嘱咐了他。船到王家营子起旱,已是腊月初八了,计日要到二十六日才能到京,日短夜长,只得昼夜兼程而进,且暂按下。

　　再说子玉见父亲超升了侍郎,喜出望外。已得了江西所发之信,计日早可到京,为何至今未到?颜夫人盼望,更不必说,王文辉也时常来问信。那日已是腊月十五,早上送了一封信来,子玉看信面上是:"江西学政梅宅梅庚香少爷手启,屈勤先寄。"心中大喜,知琴仙到了江西任所了,便忙拆开,看见还有与子云、蕙芳、素兰、琪官的信,且搁过一边。拆开自己的信,见一张白纸写著哀启者,大为骇然。想道:"难道道翁有什么缘故了?"遂细细的看下去,不觉泪珠点点的落将下来。及再看到所有衣物尽为逃奴辈窃去,守棺萧寺,衣食全无;又屡遭侯石翁戏侮,本拟一死;又因旅榇无归,故尔暂延残喘,务祈设法著人前来等语。子玉不觉泪如泉涌,万箭攒心,毫无主意,也不忍再看。便吩咐套车到怡园找子云,谁知次贤、子云、南湘、高品没有一个在园子里,子玉更加著急。跟班们不知何事,又不敢问子玉,使又到九香楼,进去见诸名旦都在园中,南湘、高品、金粟都在这里。子玉不及叙话,一脸悲愁,就将琴仙给众人之信与他们看了,个个洒泪。再不料琴仙一出京,就遭此大难,真令人意想不到。蕙芳道:"如今没有别的,快找度香来商量。"于是打发人找寻子云,找著了子云,到了九香园,见了子玉的光景,急急的拆开信看了,已觉涕泪潸潸。又将道翁的遗言拆读,更加泪落如雨。子玉等与众人看了,个个大哭了一场,哭得九香楼下好不热闹。众人哭毕,子云道:"此事在我,明日即著人到江南去接玉侬回来,并办道翁葬事。但今年不能到了。"子云即回,要告诉次贤商量此事。子玉也无心在九香楼,便即回家。高品、史南湘、金粟与那些名旦,各惆怅无欢。子云回园与次贤说了,次贤更痛得伤心,一夜之间,便摹了道翁神像。明日邀同众名士在九香楼为位而哭,设奠三日。华公子得了信,也来哭奠。一个九香园倒成了屈道翁的丧居了,就没有穿孝的人。

子云发了一千银子，打发家人星夜下了江南。子玉连天的悲苦，日间不敢进内，一来怕颜夫人问他，二来怕琼华小姐看出，正是他的苦楚，比人更胜几倍。但心上有这样心事，脸上如何装得过来？颜夫人倒疑心他怕见父亲，想是他父亲就回来，因此著急。惟有那琼华小姐，异样心灵，便料定他另有心事，再三盘诘，子玉只得直说了。琼华小姐也只好宽慰几句，见他这个光景，也不好取笑他。过了几日，又得了梅侍郎家信。头站人已回，说二十三日就到了，便把子玉急上加急。若父亲回来拘管住他，那就要闷死了。正是悲尽欢来，到了二十二日，子玉同了仲清接出三十里之外，住了宿店。等到定更时候，头站才到，却是新收的家人，子玉不相认识，店家与他说了，才进来叩见，说老爷的轿子也就到了，今日是破站走的。子玉等到二更，听得门外车马声喧，知是到了，与仲清出外迎接。士燮出轿，仲清、子玉上前叩见了，士燮慰劳了几句，问了仲清好，即同到上房来。士燮昨日半夜起身，也乏极了，即忙坐下，靠在枕上，问了子玉家内一番事；又问仲清妻子都好，兼询文辉近况。

爷儿三个谈了一会，士燮惦记琴仙，问家人："怎么屈大爷的车子还不到来？"家人道："总也快了。"不多一时，门外又车声辚辚，仲清、子玉想道："不知那个屈大爷，想是任上同回来的。"只见一人照了灯笼，一个美少年走进来，仲清、子玉大奇，灯光之下，不甚分明，觉得此少年骨格甚是不凡。琴仙早已看得清清楚楚，便一阵心酸，只得竭力忍住，先上前问了安。士燮道："这个是我的小儿，那个是我的内侄颜剑潭。"又对子玉、仲清道："这是屈道生先生的令郎，同我进京的，其中缘故，此时也不及细说。你们见见，将来要在一处的。"子玉始而大骇，继而大乐，竟乐得笑将出来。琴仙见了子玉，笑容满面，也觉喜欢，上前与二人见了礼，彼此面面相觑，心里明白，口里却都无话可讲。士燮当著他们初次见面，自然是生的，没甚话说，那里知道有缘故在内，便道："今日乏极了，要躺躺，你们都到那边去罢。"

子玉喜甚，便拉了琴仙到那边屋里来，三人怔怔的，你看我，我看你，一个不敢问，一个不敢说，仲清心上也不知姑父知道琴仙细底不知，也不便问，只好心内细细的默想，竟是三个哑子聚在一处。子玉与琴仙只好以眉目相与语，一会儿大家想著了苦，都低头颦眉泪眼的光景；一会儿想到此番聚会，也是梦想不到，竟能如此，便又眉开眼笑起来，倒成了黄梅时节，阴晴不定的景象。少顷，送饭进来，琴仙吃了。那边士燮已安歇，琴仙困乏已甚，支持不住，便躺在炕上，子玉、仲清也都在炕上坐了。家人们出去，今日幸喜云儿没跟来，仲清也是新用的人，都不认识琴仙，故此一宵无话。后来三人都也困乏，便都躺下，人静之后，细细的谈起来。此刻子玉、琴仙在一个枕上和衣而卧，竟把嫌疑也忘了，琴仙便哝哝唧唧说出京时如何想念，在南京如何游玩，到莫愁湖亲见他前生坟墓，杜仙女怎样灵异，道翁临终时怎样伤心，众长随逃窃后怎样受苦，刘喜怎样尽心服侍，侯石翁怎样戏谑；又将梅侍郎来访，他怎样仗义安葬建祠的话细细述了，说得子玉悲乐相乘。仲清在旁看他们并头而卧，哝哝私语，心上颇替他们快乐，想道："这两人两年之内伤了无数的心，哭了无数的眼泪，才有今日这一叙，倒成了悲欢离合，真也奇极了。"后来琴仙又讲到他梦见神娥授笔，道翁成神，并舟中彼此照镜正面反面，怎样又化了珠为龙抢去，子玉、仲清也连连称异。子玉也将送行后，怎样得病；得信后，怎样悲伤；众人怎样祭奠道翁；度香已著人下了江南来接你，并安葬道翁；直说到今日再想不著你来。二人又复悲喜交集。琴仙又复感激子云与众人，不住在枕上与子玉、仲清连连叩头。

　　仲清问道："你一起来，姑父知道你的事不知道呢？"琴仙道："大约不知道，大人也总没有问我根底，我倒天天的防著问我，教我怎样回答呢？"子玉一想不得主意，设或将来问起来，你怎样回呢？仲清道："此事倒也瞒不得，明日一到家，家中人岂没有认得你的么？依我想，此事隐著倒也不便，若叫外人对姑父讲了，倒教你脸上更下不来。不如明日求姑母与姑父婉婉的讲明，姑父既看重他，今日也只好将他从前的倒说明了，彼此相安。况姑母甚说他好，如今转了一劫，也决不再题起以往的了。"子玉道："甚好，但我不便说，还是你去说。"仲清应了，以后大家也就睡著了。

　　到天明时，仲清先醒，只见琴仙枕著子玉的手，尚呼呼睡著，子玉也未睡醒。仲清暗笑，唤醒了他们。琴仙见与子玉一枕，且枕著他的膀子，被仲清见了，甚是羞愧。子玉一个膀子被他枕得很酸也不知觉，及要抬起手来，抬不动了，遂"扑哧"的一笑。各人漱洗。士燮起来，急急的叫上车进城，三十里路甚快，一个多时辰已到了。梅侍郎且不到家，先宿了庙，明日五鼓时分上朝复命。子玉先将琴仙在书房里安顿了。梅进、云儿一见琴仙，个个骇异，又猜是他，又猜不是他。若说是他，为何老爷与他抗礼？且又穿著素服，像个有孝的人；若说不是他，面貌再没有这般相像的了。众人疑疑惑惑猜不出来，又听得叫屈大爷，便知不是。

　　子玉趁这空儿，就请仲清对颜夫人讲明，琼华也在旁听了，望著子玉笑，看著子玉含羞含愧，局促不安。颜夫人听了，也以为异，便道："这个孩子本来原好，如今既做了屈家之儿子，从前的出身倒也不必提起了，算他转了个劫罢。"仲清道："此事要姑母与姑夫说明才好，不然外人见了，终要说的，倒教琴仙难为情。"颜夫人也应了，说道："你姑夫重世交，又见他人好，决不看轻他的。"仲清见颜夫人应允了，也即告退。

琼华小姐进房，子玉同了进来。琼华道："如今好了，是不要做梦，天天的呼唤了。"子玉笑道："我去同他进来见太太，你出去看看像不像？"琼华"啐"了一声，忽又说道："你去同他进来见太太，我真要望望他。"子玉果然拉了琴仙进来，到内堂拜见了颜夫人。夫人见了也甚疼他，便叫了一声："屈大爷受苦了！"琴仙先进来，尚觉不安，及见颜夫人以礼相待，称他屈大爷，便安了心。琼华小姐在房门口偷望，果然像他，心中颇以为异，望了一望就进去了。颜夫人问了琴仙近况，琴仙略说了几句，也就告退。明日士燮面圣回家，合家迎接。琼华拜见了公公，士燮十分欢喜。颜夫人同著谈了一回，后将琴仙的事委委婉婉说了出来，就说他唱过戏，屈道翁见他人品好，所以收为义子。将子玉害病的话，却隐藏不题。士燮道："我已猜著了几分。"也将屈道翁梦中之言说了。又道："前事也不必论他。这个孩子甚好，没有一点优伶习气，不说破真令人看不出来。"颜夫人道："看这个孩子，将来有些造化也未可定的。"士燮点头，索性叫梅进进来，将琴仙之事与他说明："都称呼为屈大爷，不许怠慢，如果怠慢了，我定不依。"士燮吩咐了，底下不敢不遵。以后众家人待琴仙，竟是规规矩矩，不敢有一分放肆处，琴仙故能相安。

士燮即命收拾琴仙卧榻，日间叫他同著子玉在书房念书，又叫子玉尽心教他，不许轻看他。这句话梅侍郎多说了，他岂知子玉心事。颜夫人不觉笑了一笑，子玉好不得意，正是十分美满，比中宏词科还高兴了几倍。明日就有人与士燮接风，好不热闹！琴仙初来不好出门，一日子玉带了他到众名士处一走，都相见了，齐与子玉称贺。又到了九香楼，见了九名旦，都各悲喜交集。琴仙也喜诸人都跳出了孽海，保全了清白身子，各诉离情，牵衣执手的足足谈了一天。正是：

金乌玉兔如飞去，腊尽春回又一年。

众家年事不用细谈。未识新年有何好事出来，且听下回分解。

第六十回
金吉甫归结品花鉴　袁宝珠领袖祝文星

话说新年已过，又到元宵，六街三市，火树银花，好不热闹。子云于十三日请了华公子、田春航、梅子玉、史南湘、高品、颜仲清、刘文泽、王恂、萧次贤、金粟、屈勤先，并九香园诸人，作一大会。琴仙见了华公子，尚有些不安，华公子也不问起前事，以礼相待。此时琴仙已出了旦党，入了士党，但从前作旦时傲睨一切，此刻倒谦谦自守起来，因此上下诸人更加尊重他，绝没有一个人笑他。琴仙对于那些名旦，还是从前一样，并不生疏。是日，觥筹交错，晚间灯火交辉。华公子进城后，子云又将那些灯试了一会，如见万花齐放，炮竹之声，声闻数里，二更后方煮茗清谈。

琴仙一身历尽艰辛，此时才觉魔难尽释。然回想萧寺凄凉，孤灯残月，真如梦境。次贤又将琴仙从前的梦境，向吉甫细细的说了一遍。吉甫因笑向子云、次贤道："九香楼绝好一个花园，百花全有，如今单有一个花神牌位，且在隐僻处，与土地祠一样，岂不亵渎花神？我拟借他们九个作个九香花史，众位以为何如？"众人均以为可，同问道："请道其详。"次贤道："我久有此意，我欲画他们九个的小像。今你既有此意，妙不可言。我明日一一画出，就请你润色润色，就刻石供养在这九香楼下，做个花神。但只有九个，凑不出十二个来。"众人亦同说大妙。

吉甫道："我倒有一个主意，但不知可行不可行？"子云问道："怎样呢？"吉甫道："花神若定要十二位，也可凑得上，只要把屈道翁做了芙蓉城主，再借重玉侬的前生所说那杜仙女，凑上玉侬，不是十二位了？"春航道："妙，妙！此像要画得像，不必说真姓真名，缀个别号，每人做一篇赞语，说得似真似幻的，要与人花两合。"子玉道："这个图怎样的好呢？还是单画人，还是补景呢？"仲清道："自然单画人，一并的画去，后就缀小传一篇。刻石之后，可以拓出来，或裱册页，或裱手卷，皆可传世。"文泽道："做两块好，就镶嵌在东西两楹。"王恂道："若画杜仙女，就画他在采莲船上的样子。"吉甫道："玉侬梦见那面镜子，必非无因。我画条龙执著这面镜子，就做头幅，好不好？"大家都说："好。"子玉道："这云龙人必猜有个寓意在里头呢。"子云道："这十一篇传赞，各人分了罢。"次贤道："好。这一番大著作倒要借吉甫以传。"吉甫道："岂敢，岂敢。"次贤道："不必过谦，道生先生故后，笔墨之道，自然要让你，大家公论，何必推辞。我就做云龙那一幅，作好了，你再给我改改。"

子云道："自然是借重你们二位。那十篇如今是这样：各人拈阄，拈到谁是谁。华星北也叫他做一篇在内。"南湘道："甚好。"于是写起阄来，将屈道翁与杜仙女、屈琴仙分做二阄，其余九人分作九阄。说也奇怪，想必文字有灵，前生缘法，子云拈了道翁，子玉拈了杜仙女、琴仙，金粟拈了宝珠，春航拈了蕙芳，仲清拈了琪官，文泽拈了春喜，南湘拈了兰保，王恂拈了桂保，高品拈了玉林，次贤拈了漱芳，单拈不著素兰，只好送与华公子去作了。众人分派已定，子玉说道："做传容易，画画难，还要刻石，更须时日，不知几天可以告成？"吉甫道："不消多日，碑是磨现成的，一面画，

一面就叫季十矮子找人刻,大约十几天是必要的,嵌好这些碑,也要几天。我们这一叙,总在九香园了,索性多歇几天,我好加意画画,到二月初一日,在九香园聚会罢。"大家都说有理,于是各散。

子玉同了琴仙回家,正是内有韵妻,外有俊友,名成身立,清贵高华,好不有兴。子云写了一札与华公子为素兰作传。这边次贤妙腕灵思,画了十天才成。画成又请吉甫一一的改好,画一个,刻一个,倒也甚快。子云因受了感冒甚重,不敢用心,嘱将道翁、琴仙、杜仙女画在一幅,并求子玉作赞。到二十七日连传赞都也刻起,系是各人书丹。二十八日就搬往九香楼镶嵌,一日完工。三十日,琴仙先到九香园看碑,九旦同到楼下。琴仙道:"今日也应祭一祭花神,明日我们方可聚会。这个花神就是我们的像,若叫他们来祭,我们也当不起,就是我们十个人祭一祭罢。"蕙芳等皆以为是。便设了酒果,焚了好香,十人齐齐拜了。琴仙看东楹嵌的第一方画,上云下水,云水中间,隐著一龙,露出一爪,托著一面镜子,上题曰《品花宝鉴》。刻著次贤的赞语是:

　　上不在天,下不在田。云生九霄,水出重渊。神奇变化,气象
　万千。灵珠之圆,明镜之悬。烛微照幽,隐奸显贤。如月之临,如
　水之鲜。亦曰孋其孋,而妍其妍。

第二方画的人纶巾道服,左右侍仙子女各一,题曰:"总持九香花主、三间道君及左右花史杜仙之像。"下有赞语,是子玉手笔:

　　公气为云,公神为水;在天在地,靡尽靡止。司文曰郎,司花
　曰主。列宿之精,群芳之祖。左英琼瑶,右青珊瑚。一气二气,同
　归殊途。五色炫采,九华流香。心花意蕊,文运之祥。

宝珠道:"这几篇赞语实在做得好。若将我们实事叙在里头,虽然不致辱身,究竟也为贱行。"蕙芳道:"可不是!你看那些花谱花评,虽将那些人赞得色艺俱佳,究不免梨园习气。我们这一关倒可以算跳出了。"素兰等皆点首浩叹。琴仙再看第三方,画一个仙女,云鬟雾縠,清艳绝伦,手拈一枝蕙花,琴仙已知是蕙芳。看题的是:"锦文花史苏仙。"是春航一篇跋语:

　　锦文花史苏仙,性灵慧警悟,色如瑶瑜。持雪作肤,镂月为
　骨。常散花而翦彩,亦掷米以成珠。狡狯神通,均出三昧。曾游戏
　人间,使留恨于碧桃花者有焉。江皋仙影,时去时来;洛浦神光,
　乍离乍合。萧史常垂于彩凤,裴航终隔于蓝桥。是宜结十重珠网,
　护金屋于群玉山头;何幸启九叠银屏,窥素面于瑶台月下。

琴仙道:"这个跋语跋得甚切,'狡狯神通,均出三昧'二语尤妙。"蕙芳笑道:"凭他怎样讲,那里还算得我们?"看第四方,一个仙女月佩霓

裳，十分娇艳，手捧明珠一颗，题曰："弄珠花史袁仙。"有金粟赞曰：

> 仙露在霄，明珠出海；和神当春，秀气成采。不胫而走，不夜而光。琼花瑶蕊，国色天香。珍珠饰车，云锦缝裳。金支翠羽，玉珮明珰。华月光满，蓬山路长。既美且都，亦风而雅。学士满宫，首推大舍。

琴仙道："瑶卿之秾艳韶华，却一齐被静宜画出来，吉甫赞出来了。"宝珠道："算花神罢了，我也配这样？"看第五方画一个仙女，意致飘洒，素艳欲流，手拈兰花一朵，题曰："素心花史陆仙。"下有小传，为华公子撰：

> 陆仙性敏悟，姿容绝世，才艺过人。常衣紫绡衣，行吟风露间。其竟体之清芬，与兰香蕙馥相表里也。工词善书，流露人间，购之者千缗不获焉。昔钟嵘评诗，谓颜延之镂金错彩，不如谢康乐初日芙蓉。素面风流，是为绝艳，仙殆莲花化身者欤？

琴仙笑道："这几句倒比香畹的小照还画得像些。这'紫绡衣行吟风露间'，与'莲花化身'之说，却移不到他人的，真是你。"素兰笑道："我如何敢当？大抵既赞花神，自然就要竭力赞扬的了。"琴仙再看第六方仙女，纤纤弱质，翩舞凌风，有掌上轻盈之态，头上戴著金步摇，题曰："纤纤花史金仙。"下是萧次贤的七律一首：

> 蛾眉新月露纤纤，光彩天然不用添。
> 鸳锦裁成九华帐，鲛珠穿作十重帘。
> 隐身阆苑依琼树，返劫琅嬛典玉签。
> 只恐留仙留不住，晓风吹上绿云尖。

琴仙道："将瘦香的神情骨相全写出来。"漱芳笑道："我这个'瘦'字倒有些像，别样真令我惭愧死了。"再看第七方画的仙女，在两棵玉树之下，有玉树凌风之致，题的是："娟娟花史李仙。"是高品的诗。琴仙道："高卓然肯说好话吗？"玉林道："这一回倒没有刻薄人。"蕙芳道："这首诗，算卓然极要好的了。"琴仙看是：

> 花情月色想娟娟，玉树临风更袅然。
> 帐里不知兰麝贵，梦中羞作雨云仙。
> 珊瑚枕上生红晕，翡翠楼头锁绿烟。
> 谪往天台守孤另，碧桃流水自年年。

琴仙道："真说得好，将佩仙浓香秀韵一齐写出来了。"玉林道："这首诗究竟也不甚好，还有些刻薄，你看'帐里'、'梦中'等句，有什么好呢？"蕙芳道："这倒没有什么，不过写他娇艳尊贵处。"宝珠道："卓然这等诗，就算他的好心了。若要他做庄重些，他也未尝不愿，但他那油嘴油舌说惯这一派。你们看他生平说过几句正经话来？"吉甫说："他去年到京来有个笑话：卓然有个表叔，请他吃饭，还有好几位客坐在那里。表叔问他道：'你去年回家，见我家里可好么？'卓然道：'很好，前月表婶又生了个表弟。'那表叔一听吓呆了，想道：我三四年不回家，怎样会生了儿子？当著人又不好问他。那些客虽也听得不顺耳，但或者他说别个表婶，也就过去了。到客散后，表叔问他：'方才这句话是怎么讲？'你们想想卓然怎样回答？他说：'我与表叔初次见面，自然要找句吉利话说，我随口找著这句，其实没有的事。'气得他表叔要死，然也奈何他不得。他的长亲，尚且要顽笑顽笑，何况他人？"众人大笑道："那吉甫的嘴也不能让他。"又看第八方画一个仙女，玉貌锦衣，腰悬秋水，似公孙大娘模样。题曰："侠隐花史王仙。"琴仙知是兰保，下看史南湘的七古：

　　我观王仙舞神剑，手掣寒泉一匹线。
　　鼕鼕羯鼓始三挝，溜亮风生已迎面。
　　彩虹映水合成团，流电穿云曲如线。
　　破开点点绿沉枪，拨落纷纷大羽箭。
　　锦衣玉貌何娉婷，白咽红颊长眉青。
　　云裙轻曳锦靴起，去如飞鸟来如霆。
　　四方观者围成堵，不羡英雄羡媚妩。
　　绿云堆鬓翠鬟新，九梁插花步摇古。
　　妾藉防身不爱名，娇娆我自惜轻生。
　　请看世上黄衫客，多少恩仇报不成。

琴仙赞道："这首七古实在做得好，念去比《公孙大娘舞剑器行》还刻画得入细。"王兰保笑而不言。蕙芳道："去年奚十一闹来，幸亏著他，我就没有法了。"素兰道："原来你也怕奚十一，难道他比潘三还利害么？"蕙芳道："潘三是个无用的人，那奚十一闹起来，就与前日魏聘才使来的车夫一样，你怕不怕？"兰保道："那天适或我不在家，你便怎样？"蕙芳道："我就躲开不出来了。"琴仙问奚十一怎样，兰保将他的样子学了一回，琴仙也觉好笑。蕙芳道："听得奚十一出京去了，但我前日在剃头铺里看见一个人，很像他那一天带来的那个小子，就不是他，也必是他的兄弟，再没有这么像的了。"兰保道："或者奚十一没有带去也论不定的，那个狗小子也只配做剃头的。"琴仙又看第九方画一株梅花，有一只喜鹊，梅花下有一个仙女，题曰："报春花史林仙。"看有刘文泽一首小赋：

　　梅花枝上鸟报春，梅花树下倚玉人。杜兰香嫁不可见，绿萼华来幸接真。翠袖翩跹，缟衣自妍。韵生骨里，秀出天然。却珠钿而愈美，洗脂粉而尤娟。纤纤兮云间新月，淡淡兮花外晴烟。秋水盈浦，朝霞丽天。斯何修而若此，得非人而果仙。兰自秀兮菊自芳，思美人兮何日忘。蓬莱清浅不可到，我欲从之骑凤凰。天风急吹袂，玉露冷沾裳。吮纤毫而抒写，对玉貌而徬徨。

琴仙道："好赋。正是松风竹雨，仙露明珠，将你那清腴娟秀，都一齐刻画出来。"春喜道："这是前舟在那里认真做赋，忘了题目了。"琴仙道："却也是你的光景。"再看第十方是一个桂树下，有个仙女，姿致风流，青眸善盼，题曰："蟾宫花史王仙。"知是桂保，有王恂五古一首：

> 青青月中桂，花开已及秋。
> 皎皎蟾宫女，临镜常自愁。
> 自从窃药奔，与世无因由。
> 广寒二万户，珍珠十二楼。
> 圆圆复缺缺，轮转日一周。
> 世人徒仰望，不见蛾眉修。
> 蓬莱水清浅，或可操神舟。
> 银河望隔浦，七夕诉离忧。
> 唯此一轮月，梯虹亦难求。
> 安得张丽华，缟素来嬉游。

琴仙道："好诗！好诗！读之令人口齿俱香。蕊香真像嫦娥。"桂保道："不是我，这是蟾宫花史。"众人说道："这些诗词赞语，他们倒是争奇角胜，那里记着本人？就是竹君的诗，与静宜、庾香这两个赞语，倒是切定题目说的。"琴仙道："都切得很。你将这些诗更换了人，便不像了。"宝珠道："只是静芳那一首，再不能更换的。"琴仙再看第十一方，画一个杏花，下有一个仙女，珠腰玉袯，十分妩媚，题曰："及第花史秦仙。"知是琪官。看颜仲清的序文：

> 及第花史秦仙，嬉戏人间，见之者有"红杏枝头春意闹"之比。明眸善睐，笑靥常开。艳粉紫情，断红映肉；袅钗雀化，明镜鸾飞。贮金屋以何嫌，映玉屏而同色。然而芳心未许，烈性常存。当机织女，屡见投梭；出水神妃，未逢解佩。云袿风动，生步步之金莲；雾縠香飘，讶朝朝之琼树。谁不曰人间绝世，亦何愧仙处无双。若论六宫粉黛，定让龙头；以云一岁花司，是真凤尾。

琴仙痛赞了一会。蕙芳道："你看这些诗文，各有体裁，正是格律不混，体制判然，都是作手，难定优劣。"琴仙道："虽是些小文章，但吉光片羽，彩散人间，终胜雀屏五色。有此一赞，也不辜负我们数年辛苦了。"众人都皆欢喜。琴仙就在九香楼吃了饭，坐了闲谈。

宝珠忽然说道："今日众兄弟都在一处，我想我们这十个人，同在京师沉沦菊部，如今个个跳了出来，虽然其中受苦的受苦，安逸的安逸，但自此以后，只要各人安分守己，想必没有风波出来。但我们这一班人，也算不得世间少有的。那一班名士将我们抬举到这个地位，那倒是世间少有，你们心上感激不感激呢？"众人道："岂有不感之理。"宝珠道："感激便思怎样报答呢？"众人皆不能对。宝珠道："我想个报答的法子。他们既将我们刻了像，做了花神，我们何不也将他们刻了像，就在楼上供养起来。他们称我们为花史，我们就称他们为文星，仿司空《诗品》，各作四言赞语一首，刻在上面。你们想这个报答可好？"蕙芳道："这个是极妙，但我们的诗配不上他们。且请谁画这些像呢？"蕙芳道："就是瑶卿，你与小梅两人分画罢，也不必画服饰，不衫不履的最妙。我们今晚先把赞语做起，明日与他们看看，然后再画。我们就各人还各人的礼，一个赞也不甚费力。"琴仙心上甚喜，就辞了回家，到晚上构思起来，子玉面前也未讲起。

这一晚各人的赞已做成。明日，琴仙先到九香楼将赞与众人看了，大家拿来评定一会，又各自斟酌一会，再公同推敲一会，尽善尽美了，宝珠便誊在一处。诸名士纷纷已到，华公子、金吉甫也都到了。大家果然要祭花神，宝珠等拦住了，然犹摆了香案，各名士奠酒焚香，就没有下拜。然后在九香楼下摆了四席，序齿而坐。这一聚正是人人意满，个个心欢，毫无不足之处。而且罗列珍馐，横陈肴错，花香人气，缭绕一堂。

酒至半酣，宝珠避席致辞说："宝珠等十人同入迷津，今登觉岸。将来勉盖前愆，勤修后果，得齿于人，皆诸贵人提拔之力。但感恩有心，报德无力，唯有日爇清香一炷，以祝诸贵人福寿绵长，荣华白首。昨日我等十人，公同商议，亦欲在九香楼上，供设诸贵人文星禄位，也照样刻石，朝夕顶礼皈依，且各缀数语于后，当虔心诵佛。不识诸贵人不以贱地为鄙，俗笔为亵，使我等得遂所愿否？"众名士大喜，个个情愿，倒翻谦让了几句。宝珠又道："度香先生提唱风雅，只得另立一品，在各位文星之上，曰群仙领袖。未知诸贵人以为然否？"众人皆说："是极。"子云说："这个何敢？"宝珠就将诗稿恭恭敬敬的取出来，却已誊在一处，端正的楷书。除群仙领袖徐文星之次，皆以年齿定的先后，第二是仙中逸品萧文星，第三是仙中趣品高文星，第四是仙中狂品史文星，第五是仙中高品颜文星，第六是仙中和品刘文星，第七是仙中乐品王文星，第八是仙中华品田文星，第九是仙中豪品华文星，第十是仙中上品金文星，第十一是仙中正品梅文星。众名士谦让道："这些个品格过于谬赞了。"遂看第一首，是他们十人公撰的，题曰《群仙领袖》：

> 群仙领袖，能兼众为。不脱不粘，不即不离。得大自在，具广设施。亦无我欲，亦无我私。素月流天，照靡有遗。青空无云，霄露自降。大钟中虚，寸挺可撞。

第二首是金漱芳题的《仙中逸品》：

惟逸故淡，惟逸故闲。鹤鸣在林，云卧于山。秋花娟妍，清风往还。望彼竹林，客有笑颜。濯足清涧，抱琴禅关。江皋有梅，篱落有菊。小窗分茶，松花自熟。

第三首是李玉林题的《仙中趣品》：

乱头粗服，不亚妍妆。嬉笑怒骂，皆成文章。东方诙谐，淳于隐藏。颠倒四座，纵横满堂。言不为虐，行不失方。悠哉悠哉，聊复尔尔。弥勒一笑，皆大欢喜。

第四首是王兰保题的《仙中狂品》：

呼龙耕烟，磨刀割云。狂飙四起，落花纷纷。手捉明月，腹晒斜曛。悠悠青天，落落人群。醉死醉生，我不与闻。碧海骑鲸，瑶京散发。冠裳自嘉，奈此仙骨。

第五首是秦琪官题的《仙中高品》：

孤鹤冲烟，归鸿远飞。渺渺天际，云间翠微。独立千仞，好风吹衣。秋庭仰望，月明星稀。古松自挺，碧萝难依。太华入云，蓬莱隔水。谁登其峰，徒兴仰止。

第六首是林春喜题的《仙中和品》：

五味调剂，五声和平。暖气入律，春风自行。旭日霭霭，晴光争明。云辉锦集，月满川盈。《霓裳》一曲，《箫韶》九成。不矜不庄，或休或暇。惠而好我，是曰柳下。

第七首是王桂保题的《仙中乐品》：

粹然中和，其乐陶陶。畛畦悉泯，坦白是交。醉月秋夕，拥花春朝。洞房香暖，金殿声高。心香吐萼，意蕊含苞。日富日康，如宾如友。妻子好合，父母眉寿。

第八首是苏蕙芳题的《仙中华品》：

锦衣昼行，玉貌簪花。璧月宵满，明珠吐华。旭旭朝阳，灿灿流霞。金盘承露，粉壁笼纱。庄严妙相，天女笄珈。玉佩自鸣，貂褕为饰。云近蓬莱，望之五色。

第九首是陆素兰题的《仙中豪品》：

佩刀列戟，铸券剖符。以我如意，碎彼珊瑚。紫丝步障，红锦貂褕。浩歌落落，噀玉喷珠。太白自赏，击缺唾壶。朔风横空，雪花如掌。吹角轮台，久无嗣响。

第十首是袁宝珠题的《仙中上品》：

无上上品，首推此君。静者多妙，飘然不群。具大智慧，博学多闻。温良冲淡，《九丘》、《三坟》。磊磊落落，抱璞含芬。高谈雄辩，说剑论文。不合时宜，潇洒凌云。

第十一首是屈琴仙题的《仙中正品》：

朱为正色，雅为正声。射以观德，惟身是程。哀乐至性，而无过情。珠光月彩，内蕴晶莹。虞弦夏舞，景运休明。醴泉非水，瑞芝非草。景星庆云，金日恒少。

众名士看完，喜动颜色，痛赞不已，说道："可谓木桃之投，而得琼瑶之报矣。"是日畅饮欢呼而散。

素兰与春喜各画了几日，摹上了石，将赞语书丹，共有二十余日完竣。择于三月三日，供设九香楼上，为长生禄位。琴仙过来与宝珠商量，必须作一篇祝文，方表诚意，宝珠等深以为然。于是十人公同斟酌，凑成一篇文，改削了几遍，倒也不见联缀痕迹。宝珠道："明日公祝，须请齐了诸名士来。再我们跳出梨园，从前一切所有之物，都用不著了，孽根须净，色界尽除，将那所存的钗钿首饰，当著众名士，一齐熔化。舞袖歌裙，则一火而焚之，岂不爽快？"众人道："正合我等之意。只有琴仙没有这些东西了，大家捡出来聚在一处，明日焚化。"

到了初三，九香楼上香花簇拥，蔬果纷陈，花排姐妹之班，雁次弟兄之序。宝珠虔诚恭敬，铺设了一会，诸名士齐到。上得楼来，已见红烛双辉，香烟云绕。十花史请他们坐了，便齐齐的拜起来，诸名士如何肯受，连忙扶起。宝珠道："昨日玉侬说的，要做篇祝文，我等胡乱凑了一篇，还求改正改正。"便将祝文拿出来。高品道："必好的，我就读起来。"高品高声朗读，诸名士倾耳而听。听得高品读道：

维年月日，九香楼弟子花史袁宝珠等，谨爇百和之香，酿百花之酒，献于诸文星之座而祝曰：

维彼文星，川岳之灵，左奎右璧，纬史经纶。故在天为列宿，在世为传人。其光明也如火，其和煦也如春。其根于性也，为纲常伦纪；其见于词也，为变化奇神。言必由中，情多自妙。天籁一声，空号万窍。绪触而纷，丝萦而绕。对镜自看，顾影独笑。索实于虚，辨恶于好。春风秋月，不知其他。明眸皓齿，当如之何？粉白黛绿，铁马金戈。清歌宛转，妙舞婆娑。倏若驰驷，委若逝波。伤古今之一辙，恒日月之消磨。鉴彼造化，作为文章。群分以物，类聚以方。酬醑太白，颠倒雌黄。和于琴瑟，亮比笙簧。缠绵骚雅，姿肆韩庄。不怪不乱，取艳取香。寓意严正，措词明光。朱霞丽天而绚彩，金刀映日而生芒。泉泻涧而注急，花凌风而舞狂。秋零一庭，残香数星。鬼则夜哭，神则昼惊。铸鼎象物，尽相穷形。魔女旁立，龙姑前迎。金支翠羽，电掣雷鸣。拂笺霍小玉，捧研董双成。神娥授笔，使之为文。

祝曰：笔之色兮有五，笔之花兮半含吐。砰磤声声击天鼓，青鸾鸣兮紫凤舞，小言詹詹兮足千古。

祝文读完，众花史齐齐下拜了，便将那些舞衫歌扇、翠羽金钿，在园中太湖石畔烧化起来。诸名士看那火光五色，吐金闪绿。将到烧完时，忽然一阵香风，将那灰烬吹上半空，飘飘点点，映著一轮红日，像无数的花朵与蝴蝶飞舞，金迷纸醉，香气扑鼻，越旋越高，到了半天，成了万点金光，一闪不见。园中万花如笑，颤巍巍的像要说话一般。正是：

亲逢天女散花时，手授生花笔一枝。

碧海愁多填未满，蓬山路远到无期。

风尘面目轮蹄迹，徐庾文章温李诗。

我自有情君莫问，此中得失寸心知。

图书在版编目（CIP）数据

品花宝鉴 /(清)陈森著. -- 哈尔滨：黑龙江美术出版社，2014.8
（中国古典文学名著丛书）
ISBN 978-7-5318-5094-6

Ⅰ.①品… Ⅱ.①陈… Ⅲ.①章回小说 – 中国 – 清代 Ⅳ.①I242.4

中国版本图书馆CIP数据核字(2014)第174754号

品花宝鉴

作　　者	陈　森
责任编辑	陈颖杰　于　澜
出版发行	黑龙江美术出版社
地　　址	哈尔滨市道里区安定街225号
邮政编码	150016
发行电话	（0451）84270514
网　　址	www.hljmscbs.com
经　　销	全国新华书店
印　　刷	三河市腾飞印务有限公司
开　　本	720×1020　1/16
印　　张	32.25
字　　数	573千字
版　　次	2014年8月第1版
印　　次	2019年4月第2次印刷
书　　号	ISBN 978-7-5318-5094-6
定　　价	79.00元（上下）

本书如发现印装质量问题，请直接与印刷厂联系调换。